suhrkamp taschenbuch 472

Hermann Broch, geboren am 1. November 1886 in Wien, ist am 30. Mai 1951 in New Haven gestorben. Auf Wunsch seines Vaters absolvierte er eine technische Ausbildung, die er 1907 mit der Qualifikation eines Textilingenieurs abschloß. Ab 1913 erste schriftstellerische Publikationen. Bis 1927 war er leitender Direktor der Firma seines Vaters; danach Verkauf der Fabrik und von 1925-1930 Studium der Mathematik, Philosophie und Psychologie. 1938 bei der nationalsozialistischen Okkupation Österreichs Verhaftung durch die Gestapo. Emigration in die USA dank einer Intervention von James Joyce. 1950 Honorary Lecturer für deutsche Literatur an der Yale University, New Haven.

Das Werk Hermann Brochs erscheint im Suhrkamp Verlag, herausgegeben von Paul Michael Lützeler, Germanistikprofessor an der Washington University, St. Louis (USA).

Die kommentierte Werkausgabe umfaßt folgende Bände:

I. *Das dichterische Werk:* Band 1, Die Schlafwandler. Eine Romantrilogie: 1978. Band 2, Die Unbekannte Größe. Roman: 1977. Band 3, Die Verzauberung. Roman: 1976. Band 4, Der Tod des Vergil. Roman: 1976. Band 5, Die Schuldlosen. Roman in elf Erzählungen: 1974. Band 6, Novellen, Prosa. Fragmente: 1980. Band 7, Dramen: 1979. Band 8, Gedichte: 1980.

II. *Das essayistische Werk:* Band 9/1, Schriften zur Literatur/Kritik: 1975. Band 9/2, Schriften zur Literatur/Theorie: 1975. Band 10/1, Philosophische Schriften/Kritik: 1977. Band 10/2, Philosophische Schriften/Theorie: 1977. Band 11, Politische Schriften: 1978. Band 12, Massenwahntheorie: 1979.

III. *Briefe:* Band 13/1, Briefe 1913–1938: 1981. Band 13/2, Briefe. 1938-1945: 1981. Band 13/3, Briefe 1945-1951: 1981.

Broch schrieb seine Trilogie *Die Schlafwandler* in den Jahren zwischen 1928 und 1932. Die Epoche Wilhelms II. zwischen 1888 und 1918 wird in den drei Romanen querschnitthaft geschildert und analysiert, wobei nicht nur die Realistik der Darstellung, sondern auch die subtile psychologische Schilderung besticht. In einem von Broch als »erweitertem Naturalismus« bezeichneten Verfahren werden die rationalen und irrationalen Ebenen psychischen Erlebens in ihrem Ineinander nachgezeichnet und exemplarisch an Vertretern der verschiedenen Gesellschaftsschichten des Wilhelminismus verdeutlicht.

Hermann Broch
Kommentierte Werkausgabe

Herausgegeben von
Paul Michael Lützeler

Band 1

Hermann Broch
Die Schlafwandler

Eine Romantrilogie

Suhrkamp

suhrkamp taschenbuch 472
Erste Auflage 1978

Suhrkamp Taschenbuch Verlag
Satz: IBV Lichtsatz KG, Berlin
Druck: Nomos Verlagsgesellschaft, Baden-Baden
Printed in Germany
Umschlag nach Entwürfen von Willy Fleckhaus
und Rolf Staudt

5 6 7 8 9 – 88 87 86 85 84

Inhalt

Die Schlafwandler

Hermann Brochs Kommentare

Anmerkungen des Herausgebers

Für Anja Herzog

Der erste Roman

1888 · Pasenow oder die Romantik

I

Im Jahre 1888 war Herr v. Pasenow siebzig Jahre alt, und es gab Menschen, die ein merkwürdiges und unerklärliches Gefühl der Abneigung verspürten, wenn sie ihn über die Straßen Berlins daherkommen sahen, ja, die in ihrer Abneigung sogar behaupteten, daß dies ein böser alter Mann sein müsse. Klein, aber von richtigen Proportionen, kein hagerer Greis, aber auch kein Fettwanst: er war sehr richtig proportioniert, und der Zylinder, den er in Berlin aufzusetzen pflegte, wirkte durchaus nicht lächerlich. Er trug den Bart Kaiser Wilhelms I., doch kürzer geschoren, und an seinen Wangen war nichts von der weißen Wolle zu bemerken, die dem Herrscher das leutselige Aussehen verlieh; sogar das Haupthaar, kaum gelichtet, wies bloß einige weiße Fäden auf; trotz seiner siebzig Jahre hatte es sich die Blondheit seiner Jugend erhalten, jenes rötliche Blond, das an faulendes Stroh erinnert und einem alten Manne, den man sich lieber mit würdigerer Behaarung dächte, eigentlich nicht ansteht. Aber Herr v. Pasenow war an seine Haarfarbe gewöhnt, und auch das Einglas erschien ihm keineswegs zu jugendlich. Sah er in den Spiegel, so erkannte er jenes Gesicht wieder, das ihm dort vor fünfzig Jahren entgegengeblickt hatte. Und war Herr v. Pasenow solcherart mit sich nicht unzufrieden, so gibt es eben doch Menschen, denen das Äußere dieses alten Mannes mißfällt und die es auch nicht begreifen, daß je eine Frau sich gefunden hatte, die diesen Mann mit begehrenden Augen betrachtet haben sollte, ihn begehrend umfing, und sie werden ihm höchstens die polnischen Mägde auf seinem Gute zugestehen und daß er sich ihnen mit jener etwas hysterischen und doch herrischen Aggression genähert haben dürfte, die kleinen Männern öfters eigentümlich ist. Mochte dies stimmen oder nicht, es war jedenfalls die Meinung seiner beiden Söhne, und es versteht sich, daß er diese Meinung nicht geteilt hätte. Auch ist die Meinung von Söhnen oft subjektiv, und es wäre leicht, ihnen Ungerechtigkeit und Befangenheit vorzuwerfen, trotz des etwas unbehaglichen Gefühles, das einen selber beim Anblick des Herrn v. Pasenow überkommen mag, merkwürdiges Unbehagen, das sich noch steigert, wenn Herr v. Pasenow vorbeigegangen ist und man ihm zufällig nachschaut. Vielleicht liegt es daran, weil einem dann das Alter des Mannes völlig ungewiß wird, denn er bewegt sich weder greisenhaft noch wie ein Jüngling, noch wie ein Mann in guten Jahren. Und weil Zweifel Unmut erzeugt, ist es nicht unmöglich, daß einer der Passanten diese Fortbewegungsart als würdelos empfindet, und wenn er sie dann als überheblich und kommun beschimpft, als schwächlich draufgängerisch und aufgetrumpft korrekt, so ist es kein Wunder. Das ist natürlich Temperamentsache; doch man kann sich ganz gut vorstellen, daß ein vom Haß verblendeter junger Mensch zurückeilen möchte, um dem, der so geht, einen Stock zwischen die Beine zu stecken, ihn irgendwie zu Fall zu bringen, ihm die Beine zu brechen, solche Gangart für immer zu vernichten. Jener aber geht sehr raschen Schrittes und geradlinig, den Kopf trägt er hoch, wie kleine Leute es zu tun pflegen, und da er sich eben auch sehr gerade hält, streckt er seinen kleinen Bauch ein wenig vor, man könnte fast sagen, daß er ihn vor sich hertrage, ja daß er damit seine ganze Person irgendwohin trage, ein häßliches Geschenk, das niemand will. Allein da mit einem Gleichnis noch nichts erklärt ist, bleiben solche Beschimpfungen haltlos, und vielleicht schämt man sich ihrer, bis man den Spazierstock neben den Beinen entdeckt. Der Stock geht taktmäßig, hebt sich fast bis zur Kniehöhe, verweilt mit einem kleinen harten Aufschlag am Boden und hebt sich wieder, und die Füße gehen daneben. Und auch diese heben sich mehr als sonst üblich, die Fußspitze geht etwas zu weit nach aufwärts, als wollte sie in Verachtung der Entgegenkommenden ihnen die Schuhsohle zeigen, und der Absatz wird mit einem kleinen harten Aufschlag auf das Pflaster gesetzt. So gehen Beine und Stock nebeneinander, und nun taucht die Vorstellung auf, daß der Mann, wäre er als Pferd zur Welt gekommen, ein Paßgänger geworden wäre; aber das Schrecklichste und Abscheulichste daran ist, daß es ein dreibeiniger Paßgang ist, ein Dreifuß, der sich in Bewegung gesetzt hat. Und furchtbar der Gedanke, daß diese dreibeinige Zielgerichtetheit so falsch sein muß wie diese Geradlinigkeit und dieses Vorwärtsstreben: auf das Nichts gerichtet! Denn so geht keiner, der Ernsthaftes beabsichtigt, und wenn man auch einen Augenblick an einen Wucherer denken muß, der zur harten Schuldeintreibung in die Wohnung des Armen sich trägt, so weiß man doch sogleich, daß dies viel zu wenig und viel zu irdisch wäre, entsetzt von der Erkenntnis, daß so der

Teufel schlendert, ein Hund, der auf drei Beinen hinkt, daß dies ein geradliniges Zickzackgehen ist, ... genug; dies alles kann man nämlich herausfinden, wenn man den Gang des Herrn v. Pasenow mit liebevollem Haß zergliedert. Aber schließlich kann man solches bei den meisten Menschen versuchen. Immer stimmt irgend etwas. Und wenn Herr v. Pasenow auch keine gehetzte Lebensweise führte, vielmehr reichlich Zeit zur Erfüllung der dekorativen und sonstigen Verpflichtungen verwendete, die ein ruhig-gesichertes Vermögen mit sich bringt, so war er – und dies entspricht auch seiner Wesensart – in alledem geschäftig, und eigentliches Schlendern lag ihm ferne. Und kam er zweimal des Jahres nach Berlin, so hatte er vollauf zu schaffen. Jetzt befand er sich auf dem Wege zu seinem jüngeren Sohn, dem Premierleutnant Joachim v. Pasenow.

Immer wenn Joachim v. Pasenow mit seinem Vater zusammentraf, stiegen Jugenderinnerungen auf, das verstand sich nur von selbst, doch vor allem wurden die Ereignisse wieder lebendig, die seinem Eintritt in die Kadettenanstalt Culm vorangegangen waren. Es waren allerdings nur Bruchstücke von Erinnerungen, die da flüchtig emportauchten, und regellos floß Wichtiges und Unwichtiges durcheinander. So ist es wohl völlig unwichtig und überflüssig, den Schaffer Jan zu erwähnen, dessen Bild, obwohl er doch eine ganz nebensächliche Figur war, sich vor alle anderen Bilder schob. Dies mag daher rühren, daß Jan eigentlich kein Mensch, sondern ein Bart war. Stundenlang konnte man ihm zuschauen und darüber nachdenken, ob hinter der struppigen Landschaft voll undurchdringlichen, wenn auch weichen Gebüsches ein menschliches Wesen hause. Selbst wenn Jan sprach – aber er sprach nicht viel –, war man dessen nicht sicher, denn die Worte entstanden hinter dem Barte wie hinter einem Vorhang, und ebensowohl hätte es ein anderer sein können, der sie sprach. Am spannendsten war es, wenn Jan gähnte: dann klaffte die haarige Fläche an einer vorbestimmten Stelle auf, dartuend, daß dies auch der Ort sei, wo Jan Speise in sich einzuführen pflegte. Als Joachim zu ihm gelaufen kam, um ihm seinen bevorstehenden Eintritt in die Kadettenanstalt zu erzählen, war er gerade beim Essen, saß dort, schnitt Brotwürfel und hörte schweigend zu. Endlich sagte er: »Nun ist der Jungherr wohl recht froh?« Und da war es Joachim zu Bewußtsein gekommen, daß er gar nicht froh war; gerne hätte er sogar geweint, aber da kein unmittelbarer Anlaß dazu vorlag, hatte er bloß genickt und hatte gesagt, daß er sich freue.

Dann gab es noch das Eiserne Kreuz, das im großen Salon unter Glas und Rahmen hing. Es stammte von einem Pasenow, der anno 13 an kommandierender Stelle gestanden hatte. Da es ohnehin an der Wand hing, so war es etwas unbegreiflich, daß man so viel Aufhebens machte, als Onkel Bernhard auch eines erhielt. Joachim schämte sich noch heute, daß er damals so dumm hatte sein können. Doch vielleicht war er damals bloß erbittert gewesen, weil man ihm die Kadettenanstalt mit der Aussicht auf das Eiserne Kreuz schmackhafter machen wollte. Jedenfalls hätte sein Bruder Helmuth besser für die Anstalt getaugt, und trotz der langen Zeit, die seitdem verflossen war, nannte Joachim es eine lächerliche Einrichtung, daß der Erstgeborene zum Landwirt, der Jüngere aber zum Offizier bestimmt werden mußte. Ihm war das Eiserne Kreuz gleichgültig, aber Helmuth war in tolle Begeisterung geraten, als Onkel Bernhard mit der Division Goeben an der Erstürmung Kissingens teilgenommen hatte. Übrigens war es nicht einmal ein richtiger Onkel, sondern ein Vetter des Vaters.

Die Mutter war größer als der Vater, und alles auf dem Hofe gehorchte ihr. Merkwürdig war es, wie wenig Helmuth und er auf sie hören wollten; das hatten sie eigentlich mit dem Vater gemein. Sie überhörten ihr zähes und lässiges »Nicht doch« und ärgerten sich bloß, wenn sie dann hinzufügte: »Seht euch bloß vor, daß Vater euch nicht dahinter kommt.« Und sie fürchteten sich nicht, wenn sie zu ihrem letzten Mittel griff: »Nun aber will ich es wirklich Vater sagen«, fürchteten sich auch kaum, wenn sie Ernst machte, denn der Vater warf ihnen dann bloß einen bösen Blick zu und ging mit seinen steifen geradlinigen Schritten seines Weges. Es war wie eine gerechte Strafe für die Mutter, weil sie mit einem gemeinsamen Feind Partei zu machen versuchte.

Zu jener Zeit war noch der Vorgänger des jetzigen Pastors im Amte. Er hatte einen gelblich-weißen Backenbart, der sich von der Farbe der Haut kaum abhob, und wenn er an den Festtagen zu Tische kam, so pflegte er die Mutter mit der Königin Luise inmitten ihrer Kinderschar zu vergleichen. Das war ein wenig lächerlich, machte einen aber trotzdem stolz. Nun hatte der Pastor auch noch die neue Gewohnheit angenommen, die Hand auf Joachims Kopf zu legen und »Junger Krieger« zu sagen, denn alle, und sogar das polnische Küchenmädchen, sprachen schon von der Kadettenanstalt in Culm. Trotzdem wartete Joachim noch immer auf eine richtige Entscheidung. Bei Tische hatte die Mutter einmal gesagt, sie sähe die Notwendigkeit nicht ein, Joachim wegzugeben; er könnte ja später als Avantageur eintreten; so sei es doch stets gewesen und so habe man es doch immer gehalten. Onkel Bernhard aber hatte erwidert, daß die neue Armee tüchtige Leute brauche, und in Culm könne es einem richtigen Jungen schon gefallen. Der Vater hatte unangenehm geschwiegen – wie immer, wenn die Mutter etwas sagte. Er hörte nicht auf sie. Bloß zu Mutters Geburtstag, wenn er ans Glas klopfte, entlehnte er das Gleichnis des Pastors und nannte sie seine Königin Luise. Vielleicht war die Mutter wirklich dagegen, daß er nach Culm kommen sollte, aber auf sie war kein Verlaß, sie machte schließlich doch Partei mit dem Vater.

Die Mutter war sehr pünktlich. Niemals fehlte sie zur Melkzeit im Stalle, beim Eierausheben im Hühnerhof, vormittags konnte man sie in der Küche aufsuchen und nachmittags in der Wäschekammer, wo sie mit den Mägden das steife Leinen zählte. Damals hatte er es eigentlich erst erfahren. Er war mit der Mutter im Kuhstall gewesen, seine Nase war voll von dem schweren Stallgeruch, da sie in die kalte Winterluft hinaustraten, und Onkel Bernhard kam ihnen über den Hof entgegen. Onkel Bernhard trug noch immer einen Stock; nach einer Verwundung durfte man einen Stock tragen, alle Rekonvaleszenten tragen Stöcke, auch wenn sie nicht mehr so arg hinken. Die Mutter war stehengeblieben, und Joachim hielt sich an dem Stock Onkel Bernhards fest. Noch heute erinnerte er sich deutlich der wappengeschmückten Elfenbeinkrücke. Onkel Bernhard sagte: »Gratulieren Sie mir, Cousine, soeben bin ich Major geworden.« Joachim blickte zum Major hinauf; der war sogar größer als die Mutter, hatte sich einen kleinen, gleichsam stolzen und doch vorschriftsmäßigen Ruck gegeben, schien noch ritterlicher und noch strammer als sonst und war vielleicht auch jetzt noch gewachsen, jedenfalls paßte er besser zu ihr als der Vater. Er hatte einen kurzen Vollbart, aber man konnte den Mund sehen. Joachim überlegte, ob es eine große Ehre sei, den Stock eines Majors halten zu dürfen, und dann entschloß er sich, ein wenig stolz zu sein. »Ja«, sagte Onkel Bernhard weiter, »aber nun ist es mit den schönen Tagen auf Stolpin auch wieder zu Ende.« Die Mutter sagte, daß dies eine gute und eine schlechte Nachricht zugleich sei, und das war eine komplizierte Antwort, die Joachim nicht völlig klar wurde. Sie standen im Schnee; die Mutter hatte ihre braune Pelzjacke an, die ebenso weich war wie sie selber, und unter ihrer Pelzmütze sahen ihre blonden Haare hervor. Joachim freute sich stets, daß er die gleichen blonden Haare hatte wie die Mutter; er würde also auch größer als der Vater werden, vielleicht so groß wie Onkel Bernhard, und als dieser auf ihn wies: »Nun werden wir ja bald Kameraden in des Königs Rock sein«, so war er für einen Augenblick ganz einverstanden. Doch da die Mutter bloß seufzte und keinen Einwand äußerte, sich unterwarf, genauso als stünde sie dem Vater gegenüber, ließ er den Stock los und lief zu Jan.

Mit Helmuth ließ sich die Sache nicht besprechen; der beneidete ihn und redete wie die Erwachsenen, die alle sagten, daß ein künftiger Soldat froh und stolz sein müsse. Jan war der einzige, der kein Heuchler und Verräter war; der hatte bloß gefragt, ob der Jungherr froh wäre, und stellte sich nicht so, als ob er daran glaubte. Natürlich mochten die anderen und auch Helmuth es nett gemeint haben, wollten ihn bloß trösten. Niemals hatte Joachim es verwunden, daß er damals im stillen von dem Verrätertum und der Heuchelei Helmuths überzeugt gewesen war; denn hatte er es auch sofort gut machen wollen und ihm all seine Spielsachen geschenkt, so hätte er sie ohnehin nicht in die Kadettenanstalt mitnehmen dürfen, und es war keine Entschuldigung. Auch die Hälfte des Ponys, das den Knaben gemeinsam gehörte, hatte er ihm geschenkt, so daß Helmuth nun ein ganzes eigenes Pferd besaß. Diese Wochen waren eine unheilschwangere und doch eine gute Zeit; niemals, weder früher noch später, war er mit dem Bruder je so befreundet gewesen. Dann allerdings kam das Unglück mit dem Pony: Helmuth hatte für diese Zeit auf seine neuen Anrechte verzichtet, und Joachim durfte über das Pony allein verfügen. Zwar war es kein sehr bedeutender Verzicht, denn der Boden war in diesen Wochen aufgeweicht und tief, und es bestand ein strenges Verbot, bei solchem Boden auf die Felder zu reiten. Joachim aber fühlte das bessere Recht des Scheidenden, und da überdies Helmuth einverstanden war, ritt er unter dem Vorwand, dem Pony in der Koppel Bewegung zu machen, auf den Acker hinaus. Nur zu einem ganz kurzen Galopp hatte er angesetzt, als schon das Unglück geschehen war; das Pony geriet mit dem Vorderbein in eine tiefe Grube, überschlug sich und konnte nicht mehr aufstehen. Helmuth kam herbeigelaufen, dann kam auch der Kutscher. Das Pony lag dort, den struppigen Kopf in den Schollen des Ackers, und ließ die Zunge seitwärts aus dem Maule hängen. Joachim sah noch, wie er und Helmuth dort knieten und den Kopf des Tieres streichelten, aber er vermochte sich nicht mehr zu entsinnen, wie sie heimgekommen waren, wußte bloß, daß er in der Küche stand, in der es mit einem Male ganz still geworden war, und daß alle ihn anschauten, als wäre er ein Verbrecher. Dann hatte er die Stimme der Mutter gehört: »Man muß es Vater sagen.« Und nun stand er plötzlich im Arbeitszimmer des Vaters, und es war, als ob das Strafgericht, das die Mutter ihnen so oft mit dem verhaßten Satze angedroht hatte, nunmehr aufgestapelt und angesammelt, über ihn hereinbrechen müßte. Doch es erfolgte nichts. Der Vater ging bloß stumm und geradlinig in dem Raume auf und ab, und Joachim versuchte stramm zu stehen, blickte auf die Geweihe an der Wand. Als noch immer nichts erfolgte, begannen seine Blicke zu schweifen und blieben an dem blauen Sand in der Papierkrause des braun-polierten sechseckigen Spucknapfes neben dem Ofen hängen. Fast hatte er vergessen, warum er hergekommen war; bloß der Raum schien noch weiter als sonst zu sein, und in der Brust lastete etwas Eisiges. Endlich klemmte der Vater das Einglas ins Auge: »Es ist die höchste Zeit, daß du aus dem Hause kommst«, und nun wußte Joachim, daß sie alle geheuchelt hatten, sogar Helmuth, und in diesem Augenblicke war es Joachim sogar recht, daß das Pony sich das Bein gebrochen hatte, und auch die Mutter hatte ihn immerzu verklatscht, damit er aus dem Hause käme. Dann sah er noch, wie der Vater die Pistole aus dem Kasten nahm. Ja, und dann erbrach er sich. Am nächsten Tag erfuhr er von dem Arzte, daß er eine Gehirnerschütterung erlitten hätte, und er war stolz darauf. Helmuth saß an seinem Bette, und obwohl Joachim wußte, daß das Pony vom Vater erschossen worden war, sprachen sie nicht ein Wort davon, und es war wieder eine gute Zeit, sonderbar geborgen und abgerückt von allen Menschen. Trotzdem nahm sie ein Ende, und mit einer Verspätung von einigen

Wochen wurde er nach Culm in die Anstalt eingeliefert. Doch wenn er dort vor seinem schmalen Bett stand, das so ferne und weit abgerückt war von seinem Krankenbette in Stolpin, da schien es fast, als hätte er jene Abgerückheit mit herübergenommen, und dies machte ihm den Aufenthalt fürs erste erträglich.

Natürlich gab es in jener Zeit noch allerhand, das er vergessen hatte, aber es war trotzdem ein beunruhigender Rest geblieben, und in seinen Träumen glaubte er manchmal, polnisch zu sprechen. Als er Premierleutnant geworden war, schenkte er Helmuth ein Pferd, das er selber lange geritten hatte. Dennoch ließ ihn das Gefühl nicht los, als wäre er ihm etwas schuldig geblieben, ja als wäre Helmuth ein unbequemer Gläubiger. Das war alles sinnlos, und er dachte nur selten daran. Nur wenn der Vater nach Berlin kam, wachte es wieder auf, und wenn dann Joachim nach der Mutter und nach Helmuth fragte, so vergaß er nie, sich auch nach dem Befinden des Gaules zu erkundigen.

Nun da Joachim v. Pasenow seinen Zivilgehrock angetan hatte und sein Kinn in ungewohnter Freiheit zwischen den beiden Ecken des offenen Stehkragens sich bewegte, da er den geschweiften Zylinder aufgesetzt und einen Stock mit spitz zulaufender Elfenbeinkrücke zur Hand genommen hatte, nun auf dem Wege ins Hotel, um den Vater zu dem obligaten Bummelabend abzuholen, tauchte plötzlich Eduard v. Bertrands Bild vor ihm auf, und es war ihm angenehm, daß die Zivilkleider keineswegs mit solcher Selbstverständlichkeit an ihm saßen wie an diesem Menschen, den er im stillen manchmal einen Verräter nannte. Leider war es ja vorauszusehen und zu befürchten, daß er Bertrand in den Lokalen der Lebewelt, die er heute mit dem Vater besuchen mußte, antreffen werde, und schon während der Vorstellung im Wintergarten hielt er Ausschau nach ihm und war sehr mit der Frage beschäftigt, ob er einen solchen Menschen mit dem Vater bekannt machen dürfe.

Das Problem hielt ihn auch noch gefangen, als sie in einer Droschke durch die Friedrichstraße zum Jägerkasino fuhren. Sie saßen steif, ihre Stöcke zwischen den Knien, stumm auf den schwarzledernen brüchigen Sitzen, und wenn ihnen eines der vorüberstreifenden Mädchen etwas zurief, so schaute Joachim v. Pasenow gerade vor sich hin, während sein Vater, das Einglas starr im Auge, »toll« sagte. Ja, seit Herr v. Pasenow nach Berlin kam, hatte sich vieles verändert, und wenn man es auch hinnahm, so durfte man sich doch nicht der Einsicht verschließen, daß die neuerungssüchtige Politik des Reichsgründers höchst unerfreuliche Blüten gezeitigt hat. Herr v. Pasenow sagte, was er alljährlich sagte: »In Paris kann es auch nicht ärger zugehen«, und es erregte auch sein Mißfallen, daß eine Reihe greller Gasflammen die Aufmerksamkeit der Passanten auf den Eingang des Jägerkasinos lenkte, vor dem sie nun hielten.

Eine schmale Holztreppe führte zum ersten Stockwerk, in dem die Lokalitäten sich befanden, und Herr v. Pasenow erstieg sie mit der geschäftigen Geradlinigkeit, die ihm eigentümlich war. Ein schwarzhaariges Mädchen kam ihnen entgegen, drückte sich in den Stiegenwinkel, um die Besucher vorbeizulassen, und da sie offenbar über die Geschäftigkeit des alten Herrn lachen mußte, machte Joachim eine etwas verlegene und entschuldigende Geste. Von neuem war der Zwang da, sich Bertrand vorzustellen, sei es als den Liebhaber dieses Mädchens, sei es als dessen Zuhälter, sei es als sonst irgend etwas Phantastisches, und kaum im Saale, blickte er suchend umher. Aber natürlich war Bertrand nicht da, hingegen zwei Herren vom Regiment, und nun fiel es Joachim erst ein, daß er sie doch selber zu dem Kasinobesuch animiert hatte, um nicht mit dem Vater oder gar noch dazu mit Bertrand allein sein zu müssen.

Herr v. Pasenow wurde, Alter und Stellung gemäß, wie ein Vorgesetzter mit schmal-steifer Verbeugung und Zusammenschlagen der Hacken begrüßt, und gleich einem kommandierenden General erkundigte er sich, ob die Herren sich amüsierten; wenn die Herren nun auch ein Glas Sekt mit ihm trinken wollten, würde es ihm zur Ehre gereichen, worauf die Herren ihre Zustimmung wieder mit den Füßen bekanntgaben. Es wurde frischer Sekt gebracht. Die Herren saßen schweigend und steif auf ihren Stühlen, tranken einander stumm zu und betrachteten den Saal, die weißgoldenen Dekorationen, die Gasflammen, die von Tabaksrauch umzogen im großen Kreise des Lüsters surrten, und betrachteten die Tanzenden, die sich in der Mitte des Saales drehten. Endlich Herr v. Pasenow: »Nun, meine Herren, ich will nicht hoffen, daß Sie meinetwegen auf holde Weiblichkeit verzichtet haben!« Verbeugungen und Lächeln – »sind doch niedliche Mädchen hier; – als ich heraufkam,

begegnete ich einem durchaus ansprechenden Ding, schwarzhaarig und mit Augen, die euch jungen Herren nicht gleichgültig bleiben können.« Joachim v. Pasenow hätte vor Scham dem Alten die Kehle zupressen mögen, um solche geile Rede zurückzuhalten, aber schon antwortete einer der Kameraden, daß dies offenbar Ruzena gewesen sei, wirklich ein ausnehmend hübsches Mädchen, dem man auch eine gewisse Vornehmheit nicht abstreiten könne, wie überhaupt die Damen hier zum großen Teil nicht das seien, was man von ihnen halte, vielmehr werde mit einiger Strenge von seiten der Direktion eine Auslese getroffen und auf die Wahrung eines feinen Tones geachtet. Mittlerweile aber war Ruzena wieder im Saale erschienen: sie hatte ihren Arm unter den eines blonden Mädchens geschoben, und wie sie mit ihren hohen Tournüren und spitzen Taillen an den Tischen und Logen entlangstrichen, machten sie tatsächlich einen vornehmen Eindruck. Als sie bei dem Tische Pasenows vorbeikamen, wurde die scherzhafte Meinung geäußert, ob nicht Fräulein Ruzena soeben die Ohren geklungen hätten, und Herr v. Pasenow fügte hinzu, daß, dem Namen nach zu schließen, er wohl eine schöne Polin, also fast eine Landsmännin, vor sich sähe. Nein, sie sei keine Polin, sagte Ruzena, sondern eine Böhmin, hierzulande sage man wohl Tschechin, aber Böhmin sei richtiger, weil auch das Land richtig Böhmen heiße. »Um so besser«, sagte Herr v. Pasenow, »die Polen taugen nichts... sind unzuverlässig... Na, ist ja egal.«
Indessen hatten sich die beiden Mädchen gesetzt, und Ruzena sprach mit einer tiefen Stimme und lachte über sich selbst, weil sie noch immer nicht Deutsch erlernt hatte. Joachim ärgerte sich, weil der Alte die Erinnerung an die Polinnen heraufbeschwor, mußte aber selber an eine Erntearbeiterin denken, von der er als kleiner Junge auf den Wagen mit den Garben gehoben worden war. Aber wenn sie auch mit hart stakkatiertem Tonfall alle Artikel durcheinanderwarf und von die Direktor und das Stadt sprach, so war sie doch eine junge Dame, die in steifem Korsett und guter Haltung das Sektglas zum Munde führte, und war etwas anderes als eine polnische Erntearbeiterin; mochte das Gerede über den Vater und die Mägde wahr sein oder nicht, Joachim hatte damit nichts zu schaffen, aber mit dem zarten Mädchen hier sollte der Alte nicht wagen, ebenso zu verfahren, wie er es vielleicht gewohnt war. Trotzdem wollte sich das Le-

ben eines böhmischen Mädchens nicht anders vorstellen lassen als das der Polinnen – schien es doch schon bei deutschen Zivilisten unmöglich, ein Lebendiges hinter der Marionette des Bewegten sich vorzustellen –, und wenn er versuchte, um Ruzena eine gute Stube zu denken, eine gute matronenhafte Mutter, einen guten Freier mit Handschuhen, so stimmte dies nicht, und Joachim kam von dem Gefühl nicht los, daß dort alles wild, geduckt, tartarisch vor sich gehen müsse: Ruzena tut ihm leid, obwohl sie sicherlich etwas von einem kleinen geduckten Raubtier spüren läßt, in dessen Kehle der dunkle Schrei steckt, dunkel wie die böhmischen Wälder, und er möchte wissen, ob man mit ihr reden kann wie mit einer Dame, denn all dies ist erschrekkend und doch verlockend und gibt dem Vater und seinen schmutzigen Absichten irgendwie recht. Er fürchtet, daß auch Ruzena dies durchschauen könne, und er sucht in ihrem Gesicht nach Antwort; sie merkt es und lächelt ihm zu, doch ihre Hand, die weich über die Tischkante hängt, läßt sie von dem Alten tätscheln, und der tut es in aller Öffentlichkeit und versucht dabei, seine polnischen Brocken anzubringen, eine sprachliche Hecke um sich und das Mädchen zu errichten. Natürlich dürfte sie ihn nicht gewähren lassen, und wenn es in Stolpin immer hieß, daß die polnischen Mägde unzuverlässig seien, so hatte man vielleicht recht. Aber vielleicht ist sie bloß zu schwach, und die Ehre würde es verlangen, daß man sie vor dem Alten schütze. Solches allerdings wäre das Amt ihres Liebhabers; besäße Bertrand eine Spur von Ritterlichkeit, so hätte er nachgerade die Pflicht, endlich aufzutauchen, um dies alles mit leichter Hand in Ordnung zu bringen. Unvermittelt beginnt Joachim mit den Kameraden von Bertrand zu sprechen, ob sie schon lange nichts von Bertrand gehört hätten, was er wohl treibe, ja, ein merkwürdiger verschlossener Mensch sei Eduard v. Bertrand. Aber die Kameraden haben schon viel Sekt getrunken, geben verkehrte Antworten und wundern sich über nichts mehr, nicht einmal über die Beharrlichkeit, mit der Joachim am Thema Bertrand hängenbleibt, und so listig er den Namen immer wieder besonders laut und deutlich ausspricht, auch die beiden Mädchen zucken mit keiner Wimper, und der Verdacht keimt in ihm auf, Bertrand könne schon so tief gesunken sein, daß er hier unter falschem Namen verkehre; also wendet er sich direkt an Ruzena, ob sie nicht doch v. Bertrand kenne..., bis der Alte, hellhörig und geschäftig trotz allen Sektes, fragt, was denn Joachim jetzt mit diesem v. Bertrand wolle: »Suchst ihn ja, als ob er hier sichtbarlich versteckt wäre.« Joachim verneint errötend, aber der Alte ist im Schwatzen: ja, er habe den Vater, den alten Oberst v. Bertrand gut gekannt, der habe das Zeitliche gesegnet, schon möglich, daß ihn dieser Eduard ins Grab gebracht hat. Er hätte es sich ja, hieß es, so sehr zu Herzen genommen, daß der Schlingel ausgesprungen sei, kein Mensch wisse warum und ob nicht etwas Schmutziges dahinter gesteckt habe. Joachim lehnte sich auf: »Ich bitte um Verzeihung, das sind haltlose Ausstreuungen – am allerwenigsten ist Bertrand ein Schlingel zu nennen.« – »Nur sachte«, meint der Alte und wendet sich wieder der Hand Ruzenas zu, auf die er nun einen langen Kuß drückt; Ruzena läßt es gleichmütig geschehen und betrachtet Joachim, dessen weiches helles Haar sie an die Kinder in ihrer Heimatschule erinnert. »Will ich nicht Ihnen Hof machen«, stakkatiert sie zu dem Alten, »aber hat liebe Haare der Sohn«, dann packt sie den Kopf der Freundin, hält ihn neben den Joachims und ist befriedigt, daß die Haarfarbe übereinstimmt: »Möchtet scheenes Paar sein«, erklärt sie den beiden Köpfen und fährt ihnen beiden in die Haare. Das Mädchen kreischt, weil sie ihr die Frisur zerzaust, Joachim spürt die weiche Hand am Hinterkopf, es ist ein kleines Schwindelgefühl, er wirft den Kopf zurück, als wollte er die Hand zwischen Kopf und Nacken einfangen, zum Verweilen zwingen, doch da geht die Hand ganz von selbst zum Nacken hinunter, streicht rasch und behutsam darüber hin. »Sachte, sachte!« hört er wieder die trockene Stimme des Vaters und dann bemerkt er, wie jener die Brieftasche zieht, zwei große Scheine herausnimmt und sich anschickt, sie den beiden Mädchen zuzustecken. Ja, so wirft der Alte, wenn er guter Laune ist, den Erntearbeiterinnen Markstücke zu, und obwohl Joachim dazwischenfahren möchte, kann er nicht verhindern, daß Ruzena ihre fünfzig Mark in die Hand gedrückt bekommt und sie sogar fröhlich einsteckt: »Danke, Pappa«, sagt sie, »Schwiegerpappa«, bessert sie sich aus und zwinkert zu Joachim. Joachim ist blaß vor Zorn; soll ihm der Alte ein Mädchen für fünfzig Mark kaufen? Der Alte, hellhörig, merkt den Verstoß Ruzenas und unterstreicht: »Na, mir kommt vor, daß dir mein Bengel gefällt..., an meinem Segen soll's nicht fehlen...« Hund, denkt Joachim. Aber der Alte hat jetzt Oberwasser: »Ruzena, schönes Kind, morgen komme ich als Brautwerber zu dir, wie es sich gehört, tipptopp; was soll ich dir als Morgengabe mitbringen... aber du mußt mir sagen, wo dein Schloß steht...« Joachim schaut weg, wie einer, der bei einer Hinrichtung nicht das Beil fallen sehen will, aber da wird Ruzena plötzlich steif, ihre Augen werden blind, die Lippen werden hilflos, sie stößt eine Hand fort, die helfend oder zärtlich nach ihr greifen will, und läuft davon, um sich bei der Toilettenfrau auszuweinen.

»Na, egal«, sagt Herr v. Pasenow, »aber es ist auch spät geworden. Ich glaube, wir gehen, meine Herren.« In der Droschke saßen Vater und Sohn nebeneinander, steif, die Stöcke zwischen den Knien, feindlich. Endlich sagt der Alte: »Na, die fünfzig hat sie doch genommen. Dann ist leicht weglaufen.« Der Elende, denkt Joachim.

Bertrand könnte zum Thema der Uniform etwa sagen: Einstens war es bloß die Kirche, die als Richterin über den Menschen thronte, und ein jeglicher wußte, daß er ein Sünder war. Jetzt muß der Sünder über den Sünder richten, auf daß nicht alle Werte der Anarchie verfallen, und statt mit ihm zu weinen, muß der Bruder dem Bruder sagen: »Du hast unrecht gehandelt.« Und war es einst die bloße Tracht des Klerikers, die sich als etwas Unmenschliches von der der anderen abhob, und schimmerte damals selbst in der Uniform und in der Amtstracht noch das Zivilistische durch, so mußte, da die große Unduldsamkeit des Glaubens verloren ward, die irdische Amtstracht an die Stelle der himmlischen gesetzt werden, und die Gesellschaft mußte sich in irdische Hierarchien und Uniformen scheiden und diese an der Stelle des Glaubens ins Absolute erheben. Und weil es immer Romantik ist, wenn Irdisches zu Absolutem erhoben wird, so ist die strenge und eigentliche Romantik dieses Zeitalters die der Uniform, gleichsam als gäbe es eine überweltliche und überzeitliche Idee der Uniform, eine Idee, die es nicht gibt und die dennoch so heftig ist, daß sie den Menschen viel stärker ergreift, als irgendein irdischer Beruf es vermöchte, nicht vorhandene und dennoch so heftige Idee, die den Uniformierten wohl zum Besessenen der Uniform macht, niemals aber zum Berufsmenschen im Sinne des Zivilistischen, vielleicht eben weil der Mensch, der die Uniform trägt, von dem

Bewußtsein gesättigt ist, die eigentliche Lebensform seiner Zeit und damit auch die Sicherheit seines eigenen Lebens zu erfüllen.

So mochte Bertrand sprechen; aber wenn dies auch sicherlich nicht jedem Uniformträger bewußt wird, so mag immerhin feststehen, daß ein jeder, der viele Jahre die Uniform trägt, in ihr eine bessere Ordnung der Dinge findet als der Mensch, der bloß das Zivilgewand der Nacht gegen das des Tages vertauscht. Gewiß braucht er über diese Dinge nicht eigens nachzudenken, denn eine richtige Uniform gibt ihrem Träger eine deutliche Abgrenzung seiner Person gegenüber der Umwelt; sie ist wie ein hartes Futteral, an dem Welt und Person scharf und deutlich aneinanderstoßen und voneinander sich unterscheiden; ist es ja der Uniform wahre Aufgabe, die Ordnung in der Welt zu zeigen und zu statuieren und das Verschwimmende und Verfließende des Lebens aufzuheben, so wie sie das Weichliche und Verschwimmende des Menschenkörpers verbirgt, seine Wäsche, seine Haut überdeckt, und der Posten auf Wache hat die weißen Handschuhe überzuziehen. So wird dem Mann, der des Morgens seine Uniform bis zum letzten Knopf geschlossen hat, tatsächlich eine zweite und dichtere Haut gegeben, und es ist, als ob er in sein eigentliches und festeres Leben zurückkehre. Abgeschlossen in seinem härteren Futteral, verschlossen mit Riemen und Klammern, beginnt er seines eigenen Untergewandes zu vergessen und die Unsicherheit des Lebens, ja das Leben selbst rückt fernab. Wenn er dann noch am untern Saume des Uniformrockes gezogen hat, damit er glatt und faltenlos über Brust und Rücken sich spanne, dann ist sogar das Kind, das der Mann doch liebt, ist die Frau, in deren Kuß er dieses Kind gezeugt hat, in so weite und zivilistische Ferne gerückt, daß er den Mund, den sie zum Abschied ihm reicht, kaum mehr erkennt, und sein Heim wird zu etwas Fremdem, das man in Uniform nicht besuchen darf. Geht er dann in seiner Uniform zur Kaserne oder ins Amt, so ist es nicht Stolz, wenn er den anders Gekleideten übersieht; er kann bloß nicht mehr begreifen, daß unter dem anderen und barbarischen Kleide sich etwas befindet, das mit eigentlicher Menschheit, wie er sie an sich erlebt, auch nur das Geringste gemein haben könnte. Doch deshalb ist der Mann in der Uniform nicht blind geworden und auch nicht von blindem Vorurteil erfüllt, wie so oft angenommen wird; er ist noch immer ein Mensch wie du und ich, denkt an Essen und Beischlaf, liest auch seine Zeitung beim Frühstück; aber er ist mit den Dingen nicht mehr verbunden, und da sie ihn kaum mehr etwas angehen, vermag er jetzt, sie nach gut und böse zu unterscheiden, denn auf Unduldsamkeit und Unverständnis ist die Sicherheit des Lebens gegründet.

Immer wenn Joachim v. Pasenow gezwungen war, Zivil anzulegen, kam ihm Eduard v. Bertrand in den Sinn, immer war er dann froh, daß die Zivilkleider nicht mit solcher Selbstverständlichkeit an ihm saßen wie an diesem Menschen, und eigentlich war er immer neugierig zu erfahren, wie Bertrand über die Frage der Uniform dachte. Denn Eduard v. Bertrand hätte natürlich alle Ursache, über diese Probleme nachzudenken, hatte er doch ein für alle Male die Uniform abgelegt und sich für das Zivilkleid entschieden. Das war verwunderlich genug gewesen. Er hatte die Kadettenanstalt in Culm zwei Jahrgänge vor Pasenow absolviert und hatte sich dort von den anderen in nichts unterschieden, trug im Sommer weite weiße Hosen wie die anderen, hatte mit den anderen am gleichen Tische gegessen, hatte Prüfungen abgelegt wie die anderen und dennoch, als er Sekondeleutnant geworden war, geschah das Unbegreifliche: ohne äußeren Anlaß hatte er den Dienst quittiert und war in einem fremdartigen Leben verschwunden, im Dunkel der Großstadt verschwunden, wie man so sagt, in einer Dunkelheit, aus der er bloß hin und wieder auftauchte. Traf man ihn auf der Straße, so war man immer ein wenig unsicher, ob man ihn grüßen dürfe, denn in dem Gefühl, einem Verräter gegenüberzustehen, der etwas, das ihrer aller gemeinsamer Besitz gewesen war, hinüber auf die andere Seite des Lebens getragen und es dort preisgegeben hatte, fühlte man sich auch irgendwie schamlos und nackt drüben ausgestellt, während Bertrand selber von seinen Motiven und seinem Leben nichts preisgab und von der stets gleichen freundlichen Verschlossenheit blieb. Vielleicht aber lag das Beunruhigende bloß in Bertrands Zivilgewand, aus dessen Westenausschnitt die weiße Stärkbrust schaute, so daß man sich eigentlich für ihn schämen mußte. Dabei hatte Bertrand selber einstens in Culm erklärt, daß ein richtiger Soldat die Manschetten seines Hemdes nicht aus den Rockärmeln hervorlugen lasse, weil alles Geborenwerden, Schlafen, Lieben, Sterben, kurzum alles Zivilistische eine Angelegenheit der Wäsche sei; und wenn auch solche Paradoxien stets zu Bertrands Gewohnheiten gehört hatten, nicht minder wie die leichte Handbewegung, mit der er lässig und wegwerfend das Gesagte hinterher wieder abzutun pflegte, so mußte er sich offenbar doch schon damals mit dem Problem der Uniform befaßt haben. Mit der Wäsche und den Manschetten allerdings mochte er zum Teil recht haben; soferne man nämlich bedachte – immer erweckte Bertrand solch unangenehme Gedanken –, daß alle Männer, die Zivilisten und der Vater nicht ausgenommen, das Hemd in die Hose gesteckt trugen. Joachim liebte es daher auch nicht, im Mannschaftszimmer Leute mit offenem Rock anzutreffen; es war irgend etwas Unanständiges dabei, das zwar nicht ganz durchsichtig, dennnoch begreiflich zu der Vorschrift führte, daß für den Besuch gewisser Lokale und für andere erotische Konstellationen Zivil angelegt werden mußte, ja darüber hinaus, es geradezu als einen Verstoß gegen die Vorschrift erscheinen ließ, daß es verheiratete Offiziere und Unteroffiziere gab. Wenn der verheiratete Wachtmeister zum Morgendienst sich meldete und zwei Knöpfe des Rockes öffnete, um aus dem Spalt, in dem das karierte Hemd sichtbar wurde, das große rote Lederbuch hervorzuholen, dann griff Joachim meistens auch nach den eigenen Rockknöpfen und fühlte sich erst geborgen, da er sich vergewissert hatte, daß sie alle geschlossen waren. Fast hätte er wünschen mögen, daß die Uniform wie eine direkte Emanation der Haut wäre, und manchmal dachte er auch, daß dies die eigentliche Aufgabe einer Uniform sei, oder daß wenigstens die Unterkleidung durch Abzeichen und Distinktion zu einem Teil der Uniform gemacht werden müßte. Denn unheimlich war es, daß jeder das Anarchische, das allen gemeinsam ist, unter dem Rocke mit sich herumträgt. Vielleicht wäre die Welt völlig aus den Fugen geraten, wäre nicht im letzten Augenblick die steife Wäsche, die das Hemd in ein weißes Brett verwandelt und einer Unterkleidung unähnlich macht, für die Zvilisten erfunden worden. Joachim entsann sich des Erstaunens seiner Kindheit, als er auf dem Porträt des Großvaters feststellen mußte, daß der kein Stärkhemd, sondern ein Spitzenjabot getragen hatte. Allerdings haben die Menschen damals einen innigeren und tieferen Christenglauben besessen, und sie mußten den Schutz vor der Anarchie nicht anderwärts suchen. Das waren wohl alles sinnlose Überlegungen, und sicherlich waren sie auch nur Ausfluß der ungereimten Äußerungen eines Bertrand; Pasenow schämte sich fast, vor dem Wachtmeister solche Gedanken zu hegen, und wenn sie sich aufdrängten, so schob er sie beiseite und begab sich mit einem Ruck in eine dienstlich stramme Haltung.

Aber wenn er auch diese Gedanken als sinnlos beiseite schob und die Uniform als das Naturgegebene hinnahm, es steckte doch mehr dahinter als eine bloße Bekleidungsfrage, mehr als etwas, das seinem Leben zwar keinen Inhalt, wohl aber Haltung gab. Oft glaubte er die ganze Frage und auch Bertrand mit dem Wort: »Kameraden in des Königs Rock« abtun zu können, obzwar er weit davon entfernt war, damit eine außerordentliche Hochachtung vor dem Rock des Königs ausdrücken zu wollen oder einer besonderen Eitelkeit zu frönen, war er doch sogar darauf bedacht, daß seine Eleganz über eine genau eingehaltene vorschriftsmäßige Korrektheit nicht hinausginge oder von ihr abwiche, und er hörte es auch nicht ungern, als einmal im Kreise der Damen die begründete Ansicht ausgesprochen ward, daß des Uniformstückes hölzern langer Schnitt und die aufdringlichen Farben des bunten Tuches ihm schlecht genug zu Gesichte stünden, ja, daß ein braunsamtener Künstlerrock und ein loser Schlips ihn weit besser kleiden würden. Daß ihm trotzdem die Uniform weit mehr bedeutete, läßt sich teilweise durch die von der Mutter ererbte Beharrlichkeit erklären, die dem einmal Gewohnten unbewegt anzuhängen pflegte. Und manchmal schien es ihm selber, als dürfe es auch für ihn keine andere Haltung geben, obgleich er noch immer voller Groll gegen die Mutter war, welche sich damals den Bestimmungen Onkel Bernhards ohne Widerspruch untergeordnet hatte. Aber nun war es schon einmal geschehen, und wenn einer seit seinem zehnten Lebensjahr daran gewöhnt ist, eine Uniform zu tragen, dem ist das Kleid schon wie ein Nessushemd eingewachsen, und keiner, am allerwenigsten Joachim v. Pasenow, vermag dann noch anzugeben, wo die Grenze zwischen seinem Ich und der Uniform liegt. Und doch war es mehr als Gewohnheit. Denn wenn es auch nicht sein militärischer Beruf gewesen ist, der in ihn hineingewachsen war oder er in ihn, so war ihm die Uniform Symbol für mancherlei geworden; und er hatte sie im Laufe der Jahre mit so vielen Vorstellungen ausgefüttert und ausgepolstert, daß er, in ihr geborgen und abgeschlossen, sie nicht mehr hätte missen können, abgeschlossen gegen die Welt und gegen das Vaterhaus, in solcher Sicherheit und Geborgenheit sich bescheidend oder kaum mehr bemerkend, daß die Uniform ihm nur einen schmalen Streifen persönlicher und menschlicher Freiheit ließ, nicht breiter als der schmale Streifen der Stärkmanschette, den die Uniform den Offizieren gestattet. Er liebte es nicht, Zivil anzulegen, und es war ihm recht, daß ihn die Uniform von dem Besuche anrüchiger Lokale abhielt, in denen er den Zivilisten Bertrand in Begleitung lockerer Frauenzimmer vermutete. Denn oft überkam ihn unheimliche Angst, auch er könne in das unerklärliche Schicksal Bertrands hineingleiten. Deshalb verdachte er es auch seinem Vater, daß er ihn bei dem obligaten Bummel durch das Berliner Nachtleben, mit dem der Besuch in der Reichshauptstadt traditionsgemäß abgeschlossen wurde, begleiten und eben in Zivil begleiten mußte.

Als Joachim am nächsten Tage den Vater zur Bahn brachte, meinte dieser »Nun, wenn du jetzt Rittmeister wirst, werden wir wohl auch ans Heiraten denken müssen. Wie wäre es mit Elisabeth? Sind schließlich ein paar hundert Morgen, die die Baddensen in Lestow drüben haben, und das Mädel wird das Ganze einmal erben.« Joachim schwieg. Gestern hätte er ihm beinahe um fünfzig Mark ein Mädchen gekauft, und heute versucht er es mit einer legitimen Verbindung. Oder hatte der alte Mann vielleicht auch noch Gelüste auf Elisabeth wie auf das Mädchen, dessen Hand Joachim jetzt wieder im Nacken fühlte! Aber unvorstellbar war es, daß einer überhaupt wagen könnte, Elisabeth zu begehren, und noch weniger vorstellbar, daß jemand eine Heilige durch den eigenen Sohn vergewaltigen lassen wolle, weil er es selber nicht besorgen kann. Fast möchte er dem Vater den ungeheuerlichen Verdacht abbitten; freilich ist dem Alten alles zuzutrauen. Ja, man müßte alle Frauen der Welt vor diesem Greis schützen, denkt Joachim, während sie den Bahnsteig entlang gehen und auch noch, als er dem Zug salutierend nachblickt, denkt er dies. Doch als der Zug verschwunden war, denkt er an Ruzena.

Auch abends denkt er noch an Ruzena. Es gibt Frühlingsabende, deren Dämmerung viel länger währt, als es astronomisch vorgeschrieben ist. Dann senkt sich rauchiger, dünner Nebel über die Stadt und gibt ihr jene etwas gespannte Gedämpftheit des Feierabends, der einem Festtag vorangeht. Und es ist auch, als hätte sich das Licht in diesem gedämpften lichtgrauen Nebel so sehr verfangen, daß es immer noch helle Fäden in ihm gibt, wenn er auch schon schwarz und samtig geworden ist. So dauert diese Dämmerung sehr lange, so lange, daß die Inhaber der Geschäfte vergessen, die Läden zu schließen; plaudernd stehen sie mit den Kundinnen vor der Tür, bis der Schutzmann vorbeikommt und sie auf die Überschreitung der Sperrstunde lächelnd aufmerksam macht. Auch dann blinkt noch Licht aus vielen Läden, denn rückwärts hinter dem Lokale sitzt die Familie beim Abendbrot; sie haben den Balken nicht wie sonst vor den Eingang gezogen, sondern bloß einen Stuhl davorgelegt, um zu zeigen, daß die Kunden nicht mehr bedient werden, und wenn sie fertig gegessen haben, werden sie herauskommen, werden ihre Stühle mitbringen und vor der Ladentüre ausruhen. Sie sind zu beneiden, die kleinen Geschäftsleute und Handwerker, die ihre Wohnung hinter dem Verkaufsraum haben, beneidenswert im Winter, wenn sie die schweren Balken vorlegen, um doppelt geschützt und warm die lichte Stube zu besitzen, aus deren Glastür zur Weihnachtszeit der geschmückte Baum ins Geschäftslokal lächelt, beneidenswert an den milden Frühjahrs- und Herbstabenden, wenn sie, die Katze auf dem Schoße oder die kraulende Hand auf des Hundes weichem Nacken, vor ihrer Türe sitzen wie auf der Terrasse ihres Gartens.

Joachim, von der Kaserne kommend, geht durch die Vorstadtstraße. Es ist nicht standesgemäß, dies zu tun, und die Offiziere fahren sonst stets im Regimentswagen in ihre Wohnungen. Niemand geht hier spazieren, sogar Bertrand täte es nicht, und daß er nun selber hier geht, ist Joachim so unheimlich, als ob er irgendwo ins Gleiten geraten wäre. Aber ist es nicht fast so, als wollte er sich damit für Ruzena erniedrigen? Oder soll es gar eine Erniedrigung Ruzenas sein? Denn seine Vorstellung beheimatet sie nun ganz deutlich in einer Vorstadtwohnung, vielleicht sogar in jenem Kellerlokal, vor dessen dunklem Eingang Grünzeug und Gemüse zum Verkaufe liegt, während Ruzenas Mutter strickend davor hockt und die dunkle fremde Sprache redet. Er spürt den blakigen Geruch von Petroleumlampen. In dem geduckten Kellergewölbe blinkt ein Licht auf. Es ist eine Lampe, die hinten an der schmutzigen Mauer befestigt ist. Fast könnte er selbst mit Ruzena dort vor dem Gewölbe sitzen, ihre Hand kraulend auf seinem Nacken. Doch er erschrickt, als er sich dieses Bildes bewußt wird, und es wegzuzwingen, versucht er daran zu denken, wie über Lestow die gleiche lichtgraue Abenddämmerung ruht. Und in dem nebelstummen Park, der schon nach feuchtem Grase riecht, findet er Elisabeth; sie geht langsam zum Hause hin, aus dessen Fenstern die milden Petroleumlampen durch die steigende Dämmerung blinken, und auch ihr kleiner Hund ist bei ihr, als ob auch der schon müde wäre. Doch wie er näher und schärfer hindenkt, sieht er sich und Ruzena auf der Terrasse vor dem Hause, und Ruzena hat die Hand kraulend auf seinen Nacken gelegt.

Es verstand sich von selbst, daß man bei diesem schönen Frühlingswetter in guter Stimmung war und daß die Geschäfte sich gut anließen. So dachte auch Bertrand, der sich seit einigen Tagen in Berlin aufhielt. Aber im Grunde wußte er, daß seine gute Laune doch bloß von den Erfolgen herrührte, die er nun schon seit Jahren bei allen seinen Aktionen hatte und daß er andererseits diese gute Laune brauchte, um Erfolg zu haben. Es war ein freundliches Gleiten, beinahe so, als müßte er sich nicht zu den Dingen hinbewegen, sondern als kämen sie entgegengeschwebt. Vielleicht war auch dies einer der Gründe gewesen, um derentwillen er das Regiment verlassen hatte: so viele Dinge gab es, die ringsum sich anboten und von denen man damals ausgeschlossen war. Was sagten ihm einstens die Firmenschilder der Banken, der Rechtsanwälte, der Spediteure? es waren tote Worte, die man übersah oder von denen man gestört wurde. Jetzt wußte er vielerlei von den Banken, wußte, was hinter den Schaltern geschah, ja, er verstand nicht nur die Aufschriften der Schalter, Eskompte, Valuten, Giroverkehr, Wechselkassa, sondern er wußte auch, was in den Büros der Direktion vor sich ging, wußte eine Bank nach ihren Einlagen und ihren Reserven zu beurteilen, und ein Kurszettel gab ihm lebendigen Aufschluß. Er verstand Ausdrücke wie Transit und Zollfreilager bei den Spediteuren und all dies war sehr natürlich in sein Wesen eingeflossen, ihm so selbstverständlich wie jene messingene Tafel am Steinweg in Hamburg »Eduard v. Bertrand, Baumwollimporte«. Und daß nunmehr eine ebensolche Tafel in der Rolandstraße in Bremen und beim Cotton Exchange in Liverpool zu sehen war, machte ihn geradezu stolz.

Als er Pasenow Unter den Linden begegnete, eckig im langen Uniformrock mit den Epauletten, eckig die Schultern, während er die seinen bequem in dem englischen Tuch bewegte, wurde ihm besonders fröhlich zumute und er begrüßte ihn so vertraut und leicht wie immer, wenn er einen der alten Kameraden traf, ja er fragte ihn ohne weiteres, ob er schon zu Mittag gespeist habe und ob er nicht mit ihm bei Dressel frühstücken wolle.

Pasenow vergaß angesichts des plötzlichen Zusammentreffens und der raschen Herzlichkeit, wie sehr er in den letzten Tagen an Bertrand gedacht hatte; wieder schämte er sich, daß er, schön gekleidet in seiner Uniform, mit einem sprach, der sozusagen nackt in Zivil vor ihm stehen mußte, und am liebsten wäre er dem Antrag, gemeinsam zu speisen, ausgewichen. Aber er fand sich bloß zu der Konstatierung zurecht, daß er Bertrand doch schon außerordentlich lange nicht gesehen habe. Ja, das sei bei dem gleichförmigen, seßhaften Leben, das Pasenow führe, kein Wunder, meinte Bertrand. Ihm dagegen, in seiner Unruhe und Gejagtheit, schiene es, als wäre es gestern gewesen, daß sie gemeinsam ihre ersten Portepees über die Linden getragen und zum ersten Male bei Dressel soupiert hätten – indessen waren sie eingetreten –, und dabei sei man doch älter geworden. Pasenow dachte: er spricht zu viel – aber weil es ihm angenehm war, daß Bertrand eine häßliche Eigenschaft besaß, oder weil er spürte, daß die bisherige Schweigsamkeit des einstigen Freundes ihn immer gekränkt hatte, fragte er trotz seines Widerwillens gegen jede Indiskretion, wo Bertrand denn überall gewesen sei; der machte eine leicht wegwerfende Handbewegung, als schiebe er etwas Nebensächliches fort: »Nun, mancherorts, zuletzt in Amerika.« Ja, Amerika – Amerika war für Joachim stets das Land der ungeratenen, verstoßenen und verkommenen Söhne gewesen und der alte v. Bertrand ist wohl doch vor Kummer gestorben! Aber dies wieder verband sich schlecht mit dem artigen Manne, der leicht und durchaus wohlsituiert ihm gegenübersaß. Pasenow hatte allerdings schon von solchen Ungeratenen gehört, die drüben als Farmer zu Wohlstand gekommen waren, dann nach Deutschland heimkamen, um eine deutsche Braut zu suchen, und dieser holte jetzt vielleicht Ruzena; doch nein, sie ist keine Deutsche, sondern eine

Tschechin, oder, wie man richtiger zu sagen hat, eine Böhmin. Dennoch dem Gedanken verhaftet, fragte er weiter: »Und Sie gehen wieder zurück?« »Nein, vorerst nicht, vorerst muß ich nach Indien.« Also ein Abenteurer! Und Pasenow sah sich in dem Lokale um, betreten, mit dem Abenteurer beim Mahle zu sitzen; indes, nun galt es durchzuhalten: »So sind Sie also stets auf Reisen.« »Mein Gott, so weit es eben die Geschäfte verlangen – aber ich reise gerne. Man soll bekanntlich immer das tun, wozu einen der Dämon treibt.« Damit war es also heraus; nun wußte er es: Bertrand hatte den Dienst quittiert, um Geschäfte zu machen, aus Profitgier, aus Habsucht. Doch Bertrand, dickhäutig wie diese Profitjäger schon sind, fühlte nicht die Verachtung, sondern sprach unbefangen weiter: »Sehen Sie, Pasenow, das wird mir ja immer unbegreiflicher, daß Ihr es hier überhaupt aushaltet. Warum melden Sie sich nicht wenigstens zum Kolonialdienst, da Ihnen das Reich schon den Spaß eingerichtet hat?« Pasenow und seine Kameraden hatten sich über das Kolonienproblem nie den Kopf zerbrochen; das war ein Reservatum der Marine; aber trotzdem war er empört: »Spaß?« Bertrand hatte jetzt wieder diesen ironischen Zug um den Mund: »Nun ja, was soll dabei heraussehen? Ein bißchen privater Kriegsspaß und Kriegsruhm für die unmittelbar Beteiligten. Natürlich alle Achtung für Dr. Peters, und wäre er früher gekommen, ich hätte wahrhaftig mitgetan, aber was soll sonst wirklich dabei heraussehen, außer Romantik? Ist ja doch alles Romantik – mit Ausnahme der katholischen und evangelischen Missionstätigkeit natürlich, die nüchterne, zweckdienliche Arbeit besorgt. Aber alles andere – Spaß, nichts als Spaß.« Er sprach so wegwerfend, daß Pasenow ehrlich aufgebracht ward, doch klang es eher gekränkt: »Warum sollen wir Deutschen vor andern Völkern zurückstehen?« »Ich will Ihnen etwas sagen, Pasenow, erstens, England ist England, zweitens ist auch für England nicht aller Tage Abend, drittens lege ich überflüssige Kapitalien immer noch lieber in englischen Kolonialpapieren an als in deutschen, so daß man also sogar von einer wirtschaftlichen Kolonialromantik sprechen kann, und viertens, ich sagte es bereits, ist es immer nur die Kirche, die an Kolonialexpansion ein wahres nüchternes Interesse hat.« Die gekränkte Verwunderung Joachim v. Pasenows wuchs und auch das Mißtrauen, dieser Bertrand wolle ihn durch undurchsichtige und pfauenhafte Reden blenden und irgendwohin verführen und hinabziehen. Irgendwie hing das mit den so durchaus unmilitärischen, fast gelockten Haaren Bertrands zusammen. Irgendwie war es schauspielerhaft. Joachim fiel das Wort Pfuhl ein und Höllenpfuhl; warum redete jener immer vom Glauben und von der Kirche? Aber bevor er sich noch zur Antwort zurechtfand, hatte Bertrand wohl schon sein Erstaunen gemerkt: »Ja, sehen Sie, Europa ist für die Kirche doch schon ein recht dubioser Posten geworden. Afrika hingegen! Hunderte von Millionen Seelen als Rohmaterial für den Glauben. Und Sie können überzeugt sein, daß ein getaufter Neger ein besserer Christ ist als zwanzig Europäer. Wenn sich Katholizismus und Protestantismus bei diesen Fanatisierten den Rang ablaufen wollen, so ist dies mehr als verständlich; dort liegt ja die Zukunft des Glaubens, dort sind jene künftigen Glaubensstreiter, die einmal gegen das heidnisch versunkene und verpfuhlte Europa im Namen Christi sengend und brennend losziehen sollen, um schließlich einen schwarzen Papst inmitten der rauchenden Trümmer Roms auf den Stuhl Petri zu setzen.« Das ist die Apokalypse Johannis, dachte Pasenow; er lästert. Und was will er mit den Seelen der Neger? Sklavenhändler gibt es doch nicht mehr, obwohl einem, der von der Profitgier besessen ist, auch das zuzutrauen wäre. Er hat doch eben von seinem Dämon gesprochen. Aber vielleicht spaßt er bloß; schon in der Schule wußte man nie, wie Bertrand es meinte. »Sie scherzen! Und was die Spahis und Turkos betrifft, so sind wir mit ihnen schon einmal fertig geworden.« Bertrand mußte lächeln und er lächelte so freundlich und gewinnend, daß auch Joachim nicht umhin konnte zu lächeln. So lächelten sie sich freundlich an und ihre Seelen nickten sich durch die Fenster ihrer Augen zu, eben für einen Augenblick, wie zwei Nachbarn, die sich nie gegrüßt und nun zufällig zu gleicher Zeit aus ihren Fenstern sich lehnen, erfreut und beschämt ob dieses unvermuteten Grußes und seiner Gleichzeitigkeit. Aus ihrer Beschämung retteten sie sich in die Konvention und Bertrand sagte, sein Glas erhebend: »Pupille, Pasenow«, und Pasenow sagte: »Pupille, Bertrand«, worauf sie beide nochmals lächeln mußten.

Als sie das Lokal verließen und Unter den Linden standen, vor diesen etwas welken, bewegungslosen Bäumen im heißen Licht der Nachmittagssonne, erinnerte sich Pasenow dessen, was während des Frühstücks zu sagen er sich gescheut hatte: »Ich begreife eigentlich nicht, was Sie gegen die Gläubigkeit von uns Europäern einzuwenden haben. Ich meine, daß Sie als Großstädter doch nicht den richtigen Einblick besitzen. Wenn man, wie ich, auf dem Lande aufgewachsen ist, so steht man zu diesen Dingen doch anders. Auch unser Volk draußen ist dem Christlichen viel enger verbunden, als Sie anzunehmen scheinen.« Irgendwie fühlte er sich kühn, weil er Bertrand dies so geradeaus ins Gesicht sagte, ein Troupier, der einem Generalstabsoffizier strategische Ausstellungen machen wollte, und er fürchtete ein wenig, daß Bertrand böse sein könnte. Aber der sagte bloß heiter: »Na, dann mag ja doch noch alles in schönste Ordnung kommen.« Und dann tauschten sie ihre Adressen und versprachen einander, daß sie in Verbindung bleiben wollten.

Pasenow nahm eine Droschke, um nach Westend zum Rennen zu fahren. Der Rheinwein, die Hitze des Nachmittags und wohl auch die Sonderbarkeit dieses Zusammentreffens ließen hinter der Stirn und unter den Schädelknochen – gerne hätte er die steife Mütze abgenommen – ein dunkles und brüchiges Gefühl zurück, nicht viel anders als das Leder des Sitzes, das er durch den weißen Handschuh hindurch mit den Fingerspitzen fühlte, ein wenig klebrig sogar, so sehr brannte die Sonne darauf. Es tat ihm leid, daß er Bertrand nicht eingeladen hatte mitzufahren und er war froh, daß wenigstens der Vater nicht mehr in Berlin weilte, denn der wäre sonst sicherlich hier neben ihm gesessen. Andererseits war er doch recht froh, daß Bertrand im Zivilanzug ihn nicht begleitet hatte. Aber vielleicht will ihn Bertrand überraschen, holt Ruzena ab und sie alle werden sich draußen auf dem Rennplatz treffen. Wie eine Familie. Aber das ist ja alles Unsinn. Mit so einem Mädchen würde sich nicht einmal Bertrand auf dem Rennplatz zeigen.

Als wenige Tage darauf Kamerad Leindorff Besuch seines alten Herrn empfing, war es für Pasenow wie ein Befehl des Himmels, das Jägerkasino aufzusuchen, damit er dem alten Leindorff, den er schon mit geradlinigem, geschäftigem Schritt die schmale Treppe dort hinaufsteigen sah, zuvorkomme. Er fuhr im Regimentswagen nach Hause und bekleidete sich mit dem Zivilgehrock. Dann machte er sich auf den Weg. An der Ecke begegnete er zwei Soldaten; er wollte schon lässig zum Mützenrand greifen, um ihren Gruß zu erwidern, da merkte er, daß sie ihn gar nicht gegrüßt hatten und daß er statt der Mütze den Zylinder trug; das alles war irgendwie ungereimt und er mußte sogar lächeln, weil es so absurd war, daß der alte halbgelähmte Graf Leindorff, der an nichts anderes als an seine ärztlichen Konsultationen dachte, sich heute ins Jägerkasino begeben sollte. Am klügsten wäre es wohl, einfach umzukehren, aber da er dies jeden Augenblick tun konnte, hatte er ein kleines Freiheitsgefühl und ging weiter. Allerdings wäre er lieber in die Vorstadt hinausgewandert, um den Gemüsekeller mit der rauchigen Petroleumlampe an der Mauer wiederzusehen; aber er konnte doch nicht in Gehrock und Zylinder im Norden draußen promenieren. Da draußen war der Abend wohl auch heute so zauberhaft verdämmert wie damals, doch hier im eigentlichen Zentrum der Stadt schien alles der Natur feindlich zu sein, über dem lärmenden Licht und über den vielen Schaufenstern und dem bewegten Leben der Straße waren selbst der Himmel und seine Luft so sehr städtisch und so heimatsferne, daß es zu einem beglückenden und beruhigenden, dennoch beunruhigenden Heimfinden wurde, als er ein kleines Weißwarengeschäft entdeckte, das in schmalen Fensterchen Spitzen, Rüschen, angefangene Handarbeiten mit blauem Vordruck ausstellte, und als er die Glastüre sah, die im Hintergrund des Ladens offenbar in einen Wohnraum führte. Hinter dem Verkaufstisch saß eine weißhaarige Frau, beinahe damenhaft, neben ihr ein junges Mädchen, dessen Gesicht er nicht sehen konnte, beide mit Handarbeiten beschäftigt. Er betrachtete die Waren in der Auslage und überlegte, ob man Ruzena mit solchen Spitzentüchlein nicht eine herzliche Freude bereiten könnte. Allein auch dies dünkte ihn wieder absurd und er ging weiter; bei der nächsten Querstraße aber kehrte er zu dem Laden zurück, getrieben von dem Wunsche, das abgewandte Gesicht des Mädchens zu sehen; er erstand drei zarte Tücher, ohne sie eigentlich für Ruzena zu bestimmen, so aufs Geratewohl und beglückt, auch der alten Dame mit dem Einkauf Freude zu machen. Das Mädchen aber hatte ein gleichgültiges Gesicht, ja es schaute fast böse drein. Dann ging er nach Hause.

Im Winter, zur Zeit der Hoffestlichkeiten, die eine uneingestandene Hoffnung der Baronin waren, im Frühling, zur Zeit der Rennen und der Sommereinkäufe, bewohnte die Familie Baddensen ein schmuckes Haus im Westend, und an einem Sonntagvormittag stattete Joachim v. Passenow den Damen seinen Besuch ab. Selten kam er in diese entlegene Villengegend, die nach dem Muster der englischen Cottages sich rasch hier ausdehnte, obwohl bloß begüterte Familien, die eine ständige Equipage ihr eigen nannten, hier wohnen konnten, ohne des Nachteils der großen Entfernung zur Stadt allzusehr gewahr zu werden. Aber für jene Bevorzugten, die den räumlichen Nachteil solcherart sich mildern durften, war der Aufenthalt ein kleines ländliches Paradies, und Pasenow, die gepflegten Straßen zwischen den Villen durchschreitend, war von der Vorzüglichkeit dieser Wohngegend angenehm und herzlich durchdrungen. Manches war in den letzten Tagen unsicher geworden und dies hing auf eine unerklärliche Weise mit Bertrand zusammen: es war irgendein Pfeiler des Lebens brüchig geworden, und wenn auch noch alles an seinem alten Platze stand, weil die Teile sich gegenseitig stützten, so war mit dem vagen Wunsche, daß auch das Gewölbe dieses Gleichgewichts noch bersten und die Stürzenden und Gleitenden unter sich begraben möge, zugleich die Furcht aufgekeimt, daß solches sich erfüllen werde, und es wuchs die Sehnsucht nach Festigkeit, Sicherheit und Ruhe. Nun, diese wohlhabende Villengegend mit ihren schloßartigen Gebäuden in trefflichstem Renaissance-, Barock- oder Schweizerstil, umgeben von wohlgepflegten Gärten, aus denen man das Harken der Gärtner, den Strahl des Gartenschlauches, das Plätschern der Fontänen vernahm, strömte große und insulare Sicherheit aus, so daß man Bertrands Prophezeiung, daß auch für England noch nicht aller Tage Abend sei, wirklich kaum glauben konnte. Aus offenen Fenstern tönten Etüden von Stephen Heller und von Clementi: wohlgeborgen können die Töchter dieser Familien ihren Studien nachgehen; gutes Geschick der Sicherheit und der Sanftheit, von Freundschaft erfüllt, bis Liebe die Freundschaft ablöst und die Liebe wieder in Freundschaft verklingt. Von ferne, nicht von allzu ferne her krähte ein Hahn, als wollte auch er die Ländlichkeit dieses gepflegten Aufenthaltes andeuten: ja, wäre Bertrand auf der Scholle aufgewachsen, so würde er nicht Unsicherheit verbreiten, und hätte man ihn selbst in der Heimat gelassen, so wäre er für die Unsicherheit nicht empfänglich geworden. Schön wäre es, mit Elisabeth durch die Felder zu gehen, das reifende Korn zwischen die prüfenden Finger zu nehmen und abends, wenn der schwere Geruch der Ställe vom Winde herübergetragen wird, den sauber gekehrten Hof zu durchqueren, um nach dem Melken zu sehen. Dann stünde Elisabeth dort zwischen den großen rustikalen Tieren, viel zu schmal für die Gewichtigkeit dieser Umwelt, und was bei der Mutter bloß natürlich und heimatlich war, das wird bei ihr rührend und heimatlich zugleich. Aber zu alldem war es für ihn ja zu spät, für ihn, den man zum Fremdling gemacht hatte, und er ist – nun fiel es ihm ein – heimatlos wie Bertrand.

Nun umfing ihn Geborgenheit des Gartens, dessen Zäune durch Hecken verdeckt waren. Und die Geborgenheit dieser Natur war noch dadurch erhöht, daß sich die Baronin einen der Plüschfauteuils aus dem Salon in den Garten hatte bringen lassen: der stand da wie etwas Exotisches und Wärmebedürftiges mit seinen gedrechselten Füßen und den beräderten Hufen auf dem Gartenkies und lobte die Freundlichkeit des Klimas und der zivilisierten Natur, die ihm solchen Verbleib gestattete; seine Farbe aber war die einer verwelkenden schwarzroten Rose. Elisabeth und Joachim saßen auf den eisernen Gartenstühlen, deren Blechsitze gleich erstarrten Brüsseler Spitzen mit Sternen durchbrochen waren.

Nachdem man die Vorzüge dieser Wohngegend, die besonders jenen zustatten komme, die das ländliche Leben gewohnt seien und es lieben, genugsam erörtert hatte, wurde Joachim nach seinem Leben in der Residenz befragt, und er konnte nicht umhin, seine Sehnsucht nach dem Lande zu äußern und auch zu begründen. Er fand bei den Damen volle Zustimmung; insbesondere die Baronin beteuerte stets von neuem, daß sie, er möge nicht staunen, oft tage-, ja wochenlang nicht ins Stadtzentrum käme, so sehr ängstige, ja ängstige sie der Trubel, der Lärm und der gigantische Verkehr. Nun, meinte Pasenow, hier hätten sie ja ein wahres Refugium, und das Gespräch bewegte sich wieder einige Zeit im Fahrwasser dieser bevorzugten Wohngegend, bis die Baronin, als wollte sie ihm eine frohe Überraschung bereiten, geheimnisvoll fast, ihm mitteilte, daß ihnen das Häuschen, das sie so liebgewonnen hatten, zum Kaufe angeboten worden sei. Und in der Vorfreude des Besitzes forderte sie ihn auf, das Häuschen doch anzusehen, le tour du propriétaire zu machen, wie sie mit ein wenig Verschämtheit und Ironie hinzufügte.

In üblicher Weise lagen im Erdgeschoß die Gesellschafts-, im Oberstock die Schlafräume der Familie. Ja, sie würden nun an den Speisesaal, der mit seinen geschnitzten altdeutschen Möbeln düstere Behaglichkeit ausströmte, einen Wintergarten mit Springbrunnen anbauen und wohl auch den Salon ausgestalten. Dann stiegen sie die Treppe empor, welche oben und unten mit schön gerafften Samtportieren verhängt war, und die Baronin ließ nicht ab, jede der Türen zu öffnen und bloß die diskreteren wurden ausgelassen. Mit Zögern und einem kleinen Erröten wurde das Zimmer Elisabeths dem männlichen Auge gezeigt, doch mehr noch als dieses Gewölke weißer Spitzen, mit welchem das Bett, die Fenster, Waschtisch und Spiegel verhängt waren, wurde das Schlafzimmer des Ehepaares für Joachim zum schamhaften und peinlichen Erlebnis, ja fast verdachte er es der Baronin, daß sie ihn solcherart zum Vertrauten des Hauses und Mitwisser seiner Schande gemacht und gezwungen hatte. Denn nun stand vor seinem Auge, hier vor aller Augen, unverborgen vor Elisabeth, die er von solchem Wissen belastet und vergewaltigt fühlte, Bett an Bett, bereit zur Sexualfunktion der Baronin, die er nun zwar nicht nackt, aber undamenhaft und wie aufgerissen vor sich sah, stand dieses Schlafzimmer, und dies Zimmer erschien ihm nun plötzlich als der Mittelpunkt des Hauses, als sein versteckter und doch öffentlich sichtbarer Altar, um den alles andere herumgebaut war. Und ebenso plötzlich wurde ihm klar, daß in jedem der Häuser der langen Villenreihe, die er durchschritten hatte, ein ebensolches Schlafzimmer Mittelpunkt ist und daß die Sonatinen und Etüden, hinausgesendet aus den geöffneten Fenstern, hinter denen der Frühlingswind die weißen Spitzenvorhänge sanft bewegt, bloß den wahren Sachverhalt verschleiern sollen. So werden abends überall die Betten für die Herrschaft gerichtet mit den Laken, die so heuchlerisch glatt in der Wäschekammer gefaltet werden, und das Gesinde und die Kinder wissen, wofür dies geschieht; überall schlafen Dienerschaft und Kinder keusch und ungepaart um den gepaarten Mittelpunkt des Hauses herum, sie keusch und fromm, dennoch im Dienst und Befehl der Unkeuschen und Schamlosen. Wie hatte die Baronin es wagen können, da sie die Vorzüge der Gegend pries, die Nähe der Kirche in dieses Lob einzuschließen: müßte sie nicht als Letzte, sozusagen barfuß die Kirche betreten? Vielleicht hatte Bertrand dies gemeint, als er von der Unchristlichkeit sprach, und es wollte Joachim einleuchten, daß schwarze Gottesstreiter mit Feuer und Schwert über das Gezücht herfallen werden, um wahre Keuschheit und Christlichkeit wiederherzustellen. Er schaute zu Elisabeth hin und glaubte, in ihren Blicken Einverständnis mit seiner Empörung zu lesen. Und daß sie zu gleicher Entweihung bestimmt sein könnte, ja daß er selbst es sein sollte, der ihr solche Entweihung werde antun müssen, erfüllte ihn mit solcher Rührung, daß er sie hätte rauben mögen, bloß um vor ihrer Tür zu wachen, damit ungestört und ungeschändet in einem Traum von weißen Spitzen ewig sie träume.

Freundlich von den Damen ins Erdgeschoß zurückgeleitet, verabschiedete er sich mit dem Versprechen, bald wiederzukommen. Auf der Straße wurde er sich der Leere dieses Besuches bewußt; er dachte daran, wie die Damen von Bertrands Reden bestürzt wären und er wünschte sogar, sie könnten ihn einmal hören.

Wenn ein Mensch sowohl infolge der kastenmäßigen Abgeschlossenheit seines Lebens, als auch infolge einer gewissen Trägheit des eigenen Gefühls die Gewohnheit angenommen hat, den Nebenmenschen zu übersehen, so muß es ihm selber auffallen und verwunderlich erscheinen, wenn sein Auge von zwei fremden jungen Leuten gefesselt wird, die sich in seiner Nähe unterhalten. Solches widerfuhr Joachim eines Abends im Foyer des Opernhauses. Die beiden Herren waren offenbar Ausländer und hatten die Zwanzig nicht viel überschritten; am ehesten hätte er sie für Italiener gehalten, nicht nur, weil der Schnitt ihrer Anzüge ein wenig außergewöhnlich schien, sondern weil der eine, schwarzäugig und schwarzhaarig, den italienischen Knebelbart trug. Und obwohl es Joachim widerstrebte, auf die Gespräche anderer Leute zu horchen, ward ihm dennoch inne, daß sie einer fremden Mundart sich bedienten, die aber nicht die italienische war, so daß er sich gezwungen fühlte, näher hinzulauschen, bis er mit einem kleinen Schreck zu erkennen glaubte, daß die beiden jungen Leute tschechisch, oder wie es richtiger hieß, böhmisch sprachen. Unbegründet war dieser Schrecken und noch unbegründeter erschien ihm das

Gefühl der Untreue gegenüber Elisabeth, das sich dazu einstellte. Natürlich war es möglich, wenn auch nicht wahrscheinlich, daß Ruzena sich hier im Theater befände und daß die beiden jungen Leute sie ebenso in ihrer Loge aufsuchen würden, wie er selber manchmal Elisabeth in der ihrigen besucht hatte, und vielleicht hatte der junge Mann mit dem schwarzen Bärtchen und dem allzu gelockten schwarzen Scheitel wirklich eine Ähnlichkeit mit Ruzena, nicht bloß der Haarfarbe wegen: es war vielleicht der nämliche etwas zu kleine Mund, dessen Lippen sich zu deutlich von der gelblichen Haut abhoben, diese zu kurz und zu zierlich geratene Nase und das Lächeln, das irgendwie herausfordernd war – ja, herausfordernd war das richtige Wort –, und trotzdem um Verzeihung bat. Dennoch schien solches ungereimt und es mochte auch sein, daß er sich diese Ähnlichkeit nur einbildete; denn wenn er jetzt an Ruzena dachte, so mußte er sich eingestehen, daß ihr Bild völlig verblaßt war, ja daß er sie auf der Straße sicherlich nicht erkennen würde und daß er sie bloß durch die Maske und das Medium jenes jungen Mannes zu sehen vermochte. Das beruhigte ihn und machte die Angelegenheit irgendwie gefahrlos, ohne daß man dessen froh werden konnte, denn gleichzeitig und in einer anderen Schicht fühlte er es als etwas Unsagbares und Furchtbares, daß das Mädchen hinter der Maske eines Mannes verborgen war und dieser Gedanke wollte ihn auch nach der Pause nicht loslassen. Man gab den »Faust« und die süßen Klänge waren nicht minder sinnlos als das opernhafte Geschehen, in dem kein Mensch, und auch Faust selber nicht, es bemerkte, daß in den geliebten Zügen Margaretens das Antlitz Valentins verborgen liegt und daß Margarete dafür und für nichts anderes zu büßen hat. Vielleicht wußte es Mephisto, und Joachim war froh, daß Elisabeth keinen Bruder hatte. Als er dem Bruder Ruzenas nach der Vorstellung nochmals begegnete, fühlte er dankbar, daß damit auch die Schwester ihm verboten war, und er fühlte sich so sicher, daß er trotz seiner Uniform den Weg in die Jägerstraße einschlug. Und auch das Gefühl der Untreue war verflogen.

Allein, als er in die Friedrichstraße einbog, wußte er, daß er das Lokal doch nicht in Uniform betreten könnte. Er war enttäuscht und ging die Jägerstraße weiter. Was sollte er tun? Er bog um den nächsten Häuserblock, kam zur Jägerstraße zurück, ertappte sich dabei, wie er den vorübergehenden Mädchen unter den Hut schaute, oftmals in der Erwartung, italienische Worte zu hören. Als er aber wieder in die Nähe der Lokale kam, klang es nicht italienisch, sondern hartsingend stakkatiert: »Aber wollen S' mich gar nicht mehr kennen?« Pasenow sagte wider Willen »Ruzena« und dachte gleichzeitig: wie peinlich. Er stand in Uniform auf offener Straße mit so einem Mädchen, er, der sich noch vor wenigen Tagen Bertrands und seines Zivilanzuges auf der Straße fast geschämt hatte, und statt sich zu entfernen, war er, alle Haltung vergessend, geradezu glücklich, war sogar glücklich, daß dieses Mädchen Anstalten machte, weiterzuplaudern: »Wo ist heut' Pappa? Kommt heut' nicht?« An den Vater hätte sie ihn nicht erinnern dürfen: »Nein, heute geht es nicht, kleine Ruzena; auch...«, wie nennt sie ihn doch? – »auch der alte Herr kommt heute nicht ins Lokal...« Ja, und er müsse nun eilen. Ruzena sah ihn fassungslos an: »So lange haben mich warten lassen und jetzt ist nicht...«, aber, und ihr Gesicht hellte sich auf, er müsse sie besuchen. Er blickte in dieses ängstlich fragende Gesicht, als wollte er es endgültig sich einprägen, dennoch suchend, ob nicht das des südländischen Bruders mit dem Spitzbart darin verborgen wäre. Es war irgendeine Ähnlichkeit vorhanden; aber während er darüber nachdachte, ob ein Mädchen, das seinen Bruder im Antlitz trägt, ihm etwas anhaben könnte, fiel ihm sein eigener Bruder ein, der mit seinem kurzen Vollbart blond und männlich war, und das brachte ihn zur Wirklichkeit zurück. Natürlich war es etwas anderes; Helmuth gehörte aufs Land, er war ein Weidmann, hatte mit diesen weichlich südländischen Städtern nichts gemein, und es war trotzdem wie eine Beruhigung. Noch forschte sein Blick, aber seine Abneigung erlosch und er hatte das Bedürfnis, ihr etwas Liebes zu tun, etwas Gutes zu sagen, damit sie eine gute Erinnerung an ihn behalte; er zögerte noch: nein, kleine Ruzena, er werde sie nicht besuchen, aber... »Aber?« klang es ängstlich und erwartungsvoll..., Joachim wußte erst nicht, was sich an das Aber anschließen sollte, und da wußte er es auch schon: »Wir könnten uns ja draußen treffen, gemeinsam frühstücken.« Ja, ja, ja, ja, sie kenne ein kleines Gasthaus: morgen! Nein, morgen ginge es noch nicht, aber Mittwoch sei er dienstfrei, und sie machten aus, sich Mittwoch zu treffen. Dann stellte sie sich auf die Zehenspitzen und flüsterte ihm ins Ohr: »Bist lieb und gut, du«, und lief davon, verschwand in der Türe, über welcher die Gasflammen brannten. Pasenow sah seinen Vater raschen und zielstrebigen Schrittes die Treppe hinaufsteigen und sein Herz zog sich deutlich und sehr schmerzlich zusammen.

Ruzena war von der steifen Konvention entzückt, mit der Joachim sie im Restaurant behandelt hatte, und sie vergaß darüber sogar die Enttäuschung, daß er in Zivil gekommen war. Der Tag war regnerisch und kühl; dennoch hatte sie auf ihr Programm nicht verzichten wollen und so waren sie nach dem Mittagessen nach Charlottenburg und an die Havel gefahren. Schon in der Droschke hatte Ruzena Joachims Handschuh abgestreift, aber jetzt, da sie den Uferweg entlanggingen, hatte sie seinen Arm genommen und unter den ihren geschoben. Sie gingen langsam, schritten in einer Landschaft, die erwartungsvoll war vor Stille, und dennoch nichts anderes erwarten konnte als den Regen und den Abend. Der Himmel lag weich darüber, oftmals durch Regenstriche mit der Erde wie zu innigerer Einheit verbunden, und auch für sie, wandelnd in der Stille, war es so, als ob ihnen nichts zurückgeblieben wäre denn Erwartung, als wäre alles, was in ihnen lebendig gewesen, in ihre Finger geflossen, die ineinandergelegt und ineinandergefaltet ruhten wie die Blätter einer geschlossenen Knospe. Schulter an Schulter gelehnt, von weitem einem Dreieck gleichend, gingen sie den Uferweg, stumm, denn sie wußten beide nicht, was sie zueinandergeweht hatte. Doch unversehens, während sie gingen, hatte Ruzena sich über seine Hand gebeugt, die in der ihren gefesselt lag, und hatte sie geküßt, noch ehe er sich freimachen konnte. Er schaute in Augen, die voll Tränen standen, auf einen Mund, der zum Weinen schon zuckte, doch noch sagte: »Wie bist mir auf Stiegen entgegen, hab' ich gesagt, Ruzena, hab' ich gesagt, ist nicht für dich, ist nie für dich. Und jetzt bist da ...« Aber sie gab ihm die Lippen nicht zum erwarteten Kuß, sonden fiel, gierig fast, nochmals mit dem Gesicht auf seine Hand, und als er es nicht dulden wollte, biß sie sich fest, nicht arg, sondern so vorsichtig und zart wie ein kleiner Hund, der spielt; dann das Mal befriedigt betrachtend, sagte sie: »Jetzt gehme weiter spazieren. Regen schadet nicht.« Sanft sank der Regen in den Fluß, rieselte leise in den Blättern der Weiden. Ein Kahn lag halb ertränkt im Uferwasser; unter einem kleinen Holzsteg mündete ein Rinnsal mit rascherem Gefälle in das ruhige Gewässer des Flusses und Joachim fühlte auch sich fortgeschwemmt, als wäre das Sehnen, das ihn erfüllte, ein weiches, lindes Fließen seines Herzens, ein atmendes Gewässer, bangend danach, im Atem geliebten Mundes aufzugehen und zu vergehen wie in einem See unermeßlicher Stille. Es war, als taute der Sommer, so wurde das Wasser erst lind, rieselte es von den Blättern, Tautropfen die Gräser behangen. Ein sanfter Nebelschleier stand in der Ferne, und wandten sie sich um, so hatte er sich auch hinter ihnen geschlossen, so daß ihr Schreiten wie ein Ruhen war; setzte der Regen stärker ein, suchten sie Schutz bei den Bäumen, unter denen der Boden noch trocken lag, ein Flecken trockenen unerlösten Sommerstaubes, fast armselig in all der Gelöstheit ringsum; Ruzena zog die Nadeln aus dem Hut, nicht bloß weil der städtische Zwang sie störte, sondern auch um Joachim vor den scharfen Spitzen zu bewahren, nahm den Hut ab und lehnte sich mit dem Rücken an Joachim, als wäre er der schützende Baum. Ihren Kopf hatte sie zurückgebeugt, und senkte er sein Gesicht, so berührten seine Lippen ihre Stirn und die Locken, die schwarz sie rahmten. Er sah nicht die dünnen und ein wenig dummen Querfalten auf der Stirn, vielleicht weil er zu nahe war, um sie zu unterscheiden, vielleicht weil alles Schauen zu Fühlen aufgetaut war. Sie aber fühlte seine Arme um sie geschlungen, seine Hände in den ihren, fühlte sie sich wie im Geäst des Baumes, und sein Atem auf ihrer Stirn war wie das Rieseln des Regens in den Blättern; so unbewegt standen sie, und der graue Himmel wurde so eins mit der Wasserfläche, daß die Weiden der Insel drüben wie in einem grauen See schwebten, aufgehängt oben oder ruhend unten, man wußte es nicht. Doch dann betrachtete sie die nassen Ärmel ihrer Jacke und bedeutete leise, daß sie umkehren müßten. Nun schlug ihnen wohl die Nässe ins Gesicht, aber sie durften nicht eilen, denn es hätte den Zauber zerbrochen und sie wurden seiner erst wieder sicher, als sie in der kleinen Schenke Kaffee tranken. An den Scheiben der ländlichen Glasveranda rann der Regen nun immer dichter herab und von der Dachrinne plätscherte es dünn. Ging die Wirtin aus dem Raum, setzte Ruzena ihre Tasse hin, nahm ihm die seine aus der Hand und packte seinen Kopf, zog ihn herüber, ganz nahe zu ihren Augen, so nahe und doch immer noch kußlos, daß ihrer beider Blicke schmolzen und die Spannung schier unerträglich war in ihrer Süße. Als sie aber in der Droschke unter dem aufgestellten Dach mit der heruntergelassenen Regenklappe wie in einer dunklen Höhle saßen, leises, sanftes Trommeln der Tropfen auf dem gespannten Leder über sich, nichts sahen als den Pelerinenrand des Kutschers und von der Welt nicht mehr als die zwei grauen nassen Streifen des Fahrdammes in den Ausschnitten links und rechts und bald auch dies nicht mehr sahen, da beugten sich ihre Antlitze ineinander, mündeten und vergingen ineinander, ruhend und fließend wie der Fluß, verloren und uneinbringlich, immer wieder gefunden und im Zeitlosen untergetaucht. Es war ein Kuß, der eine Stunde und vierzehn Minuten währte. Dann hielt der Wagen vor Ruzenas Haus. Doch als er mit ihr eintreten wollte, schüttelte sie den Kopf und er wandte sich zum Gehen: aber der Schmerz dieses Abschiedes war so groß, daß schon nach wenigen Schritten er umkehrte und die Hand ergriff, die unbewegt sehnend noch ausgestreckt war, gezogen von der eigenen Bangigkeit und hingezogen von der ihren, wie im Traume schon beide, schlafwandelnd sie hinaufstiegen, die dunkle Treppe, die unter den Füßen knarrte, dunklen Vorraum durchquerten und in dem Zimmer, das im Schatten früher Regendämmerung lag, hinsanken auf den rauhen Teppich, der das Bett dunkel bedeckte, den Kuß wieder suchten, aus dem sie gerissen worden waren, ihre Gesichter feucht von Regen oder von Tränen, sie wußten es nicht. Ruzena aber machte sich frei, führte seine Hand zu den Haften, die ihre Taille am Rücken verschlossen und ihre singende Stimme war dunkel: »Mach auf das«, flüsterte Ruzena, riß zugleich an seiner Krawatte und den Knöpfen seiner Weste. Und wie in plötzlich jäher Demut, sei es vor ihm, sei es in Dankbarkeit vor Gott, fiel sie auf die Knie, den Kopf an der Bettkante, riß sie die Knöpfe seiner Schuhe auf. Oh, wie war dies fürchterlich, warum nicht hinsinken, unerinnert an die Futterale, in denen sie steckten, und doch, wie war er ihr dankbar, daß rührend sie es erleichterte: oh, Erlösung ihr Lächeln, mit dem sie das Bett aufschlug, in das sie stürzten. Noch störte das scharfkantige, gestärkte Plastron des Hemdes, das ins Kinn sie stach, und es öffnend und das Gesicht zwischen die scharfen Kanten zwängend, befahl sie: »Gib weg das«, und nun war Gelöstheit und Fühlen, Weichheit des Körpers, Atem,

Ersticken in Verströmtheit des Gefühls, Entzücken, das aus der Bangigkeit aufsteigt. Oh, Bangigkeit des Lebens, die aus dem lebendigen Fleisch strömt, mit dem die Knochen überlagert sind. Weichheit der Haut, die darüber gebreitet und gespannt ist, furchtbare Mahnung des Knochengerüstes, des vielrippigen Brustkorbes, den du umfassen kannst und der atmend sich an dich drängt mit dem Herzen, das an dem deinen pocht. Oh, süßer Geruch der Haut, feuchter Duft, weiche Rinne unter den Brüsten, Dunkel der Achselhöhle. Aber noch war Joachim zu verwirrt, waren sie beide zu verwirrt, um das Entzücken zu wissen, wußten bloß, daß sie beisammen waren und sich doch suchen mußten. Im Dunkel sah er Ruzenas Gesicht, doch wie dahingleitend war es, gleitend zwischen den dunkleren Ufergebüschen der Locken, und seine Hand mußte es suchen, sich vergewissern, daß es da sei, fand die Stirn und die Lider, unter denen hart der Augapfel ruht, fand die beglückende Rundung der Wange und die Linie des Mundes zum Kusse geöffnet. Welle des Sehnens schlug gegen Welle, hingezogen von der Strömung fand sein Kuß den ihren, und während die Weiden des Flusses emporwuchsen und von Ufer zu Ufer sich spannten, sie umschlossen wie eine selige Höhle, in deren befriedeter Ruhe die Stille des ewigen Sees ruht, war es, so leise er es sagte, erstickt und nicht mehr atmend, bloß ihren Atem noch suchend, war es wie ein Schrei, den sie vernahm: »Ich liebe dich«, sie aufschloß, so daß wie eine Muschel im See sie sich aufschloß und er in ihr ertrinkend versank.

Unvermutet traf die Nachricht vom Tode seines Bruders ein. Er war im Duell mit einem polnischen Gutsbesitzer in Posen gefallen. Wäre es einige Wochen früher geschehen, Joachim wäre vielleicht nicht erschüttert gewesen. In den zwanzig Jahren, die er fern vom Hause verbracht hatte, war ihm die Gestalt des Bruders immer mehr verblaßt und wenn er an ihn dachte, so sah er bloß den blonden Jungen im Knabenanzug vor sich – sie waren stets gleich gekleidet gewesen, bis man ihn in die Anstalt gesteckt hatte –, und auch jetzt mußte er zuerst an einen Kindersarg denken. Doch unvermittelt erhob sich daneben Helmuths Bild, blondbärtig und männlich, das gleiche Bild, wie es ihm an jenem Abend in der Jägerstraße aufgetaucht war, als er fürchtete, das Antlitz eines Mädchens nicht mehr als das, was es ist, zu erkennen: ach, damals retteten die klareren Augen des Weidmanns ihn aus den Hirngespinsten, in die ein anderer ihn hatte ziehen und verstricken wollen, und diese Augen, die er ihm damals geliehen, die hatte Helmuth nun für immer geschlossen, vielleicht um sie ihm für immer zu schenken! Hatte er solches von Helmuth verlangt? Er fühlte sich frei von jeder Schuld und doch war es, als wäre dieser Tod für ihn geschehen, ja als hätte er ihn veranlaßt. Merkwürdig, daß Helmuth den Bart wie Onkel Bernhard getragen hatte, den gleichen kurzen Vollbart, der den Mund freiließ, und nun schien es Joachim, als hätte er stets Helmuth und nicht Onkel Bernhard, der doch der eigentlich Schuldige war, für die Kadettenanstalt und die militärische Karriere verantwortlich gemacht. Nun ja, Helmuth hatte zu Hause bleiben dürfen, hatte dazu noch geheuchelt – das mochte vielleicht der Grund sein, aber all dies ging so sonderbar durcheinander, um so sonderbarer, da er längst wußte, daß das Leben des Bruders nicht beneidenswert gewesen war. Er sah wieder den Kindersarg vor sich und Erbitterung gegen den Vater stieg auf. So war es also dem alten Manne gelungen, auch diesen Sohn aus dem Hause zu vertreiben. Es war ein erbittertes Gefühl der Befreiung, daß er den Vater für den Tod verantwortlich machen durfte.

Er fuhr zum Begräbnis. Als er in Stolpin anlangte, fand er einen Brief Helmuths vor: »Ich weiß nicht, ob ich aus dieser etwas überflüssigen Angelegenheit lebend herauskomme. Natürlich hoffe ich es, aber mir ist es trotzdem fast gleichgültig. Ich begrüße das Faktum, daß es so etwas wie einen Ehrenkodex gibt, der in diesem so gleichgültigen Leben eine Spur höherer Idee darstellt, der man sich unterordnen darf. Ich hoffe, daß Du in Deinem Leben mehr Werte gefunden hast als ich in dem meinen; manchmal habe ich Dich um die militärische Laufbahn beneidet; sie ist wenigstens ein Dienst an etwas Größerem, als man selber ist. Ich weiß ja nicht, wie Du darüber denkst, aber ich schreibe es Dir, um Dich zu warnen, die militärische Laufbahn (sollte ich fallen) aufzugeben, um das Gut zu übernehmen. Früher oder später wird es ja nötig sein, aber solange Vater lebt, ist es wohl besser, Du bleibst vom Hause ferne, es sei denn, daß die Mutter Dich brauchen sollte. Ich habe viel gute Wünsche für Dich.« Es folgte eine Reihe verschiedener Bestimmungen, über deren Ausführung Joachim zu wachen hätte, und zum

Schluß etwas unvermittelt der Wunsch, Joachim möge weniger einsam sein als er.

Die Eltern waren sonderbar gefaßt, auch die Mutter. Der Vater begrüßte ihn mit einem Händedruck und sagte: »Er fiel für die Ehre, für die Ehre seines Namens«, und ging dann schweigend mit harten geradlinigen Schritten im Zimmer hin und her. Bald darauf wiederholte er: »Er fiel für die Ehre« und ging zur Türe hinaus.

Man hatte Helmuth im großen Salon aufgebahrt. Im Vorhaus spürte Joachim den schweren Duft der Blumen und Kränze: zu schwer für einen Kindersarg, ein obstinater und sinnloser Gedanke, und dennoch blieb Joachim zögernd in der schwerdrapierten Türe stehen, wagte nicht hinzuschauen, sah zu Boden. Die Parketten hier, die kannte er, kannte auch die Dreieckstafeln, die an die Türschwelle anstießen, kannte das Ornament, das sich fortsetzte, und da er es mit seinen Blicken verfolgt, so wie er sich als Kind bemüht hat, kunstvolle Muster darauf zu gehen, gelangt er zum Rande des schwarzen Teppichs, der unter den Katafalk gebreitet ist. Einige Blätter, von Kränzen abgefallen, liegen dort. Er hätte Lust, es wieder mit dem Ornamentweg zu versuchen, macht einige Schritte und sieht den Sarg. Es war kein Kindersarg, das war gut; aber noch schreckte er zurück, mit seinen sehenden Augen in die toten des Mannes zu schauen, in Augen, die sich so sehr erlöscht haben mußten, daß das Gesicht des Knaben darin ertrunken ist, vielleicht den Bruder nach sich ziehend, dem die Augen dennoch sich geschenkt, und die Vorstellung, er selber liege dort, wurde so stark, daß er es wie eine Erlösung und wie ein freundliches Geschick empfand, als er nähertretend erkannte, daß der Sarg geschlossen war. Irgend jemand sagte, daß das Gesicht des Toten durch die Schußwunde entstellt sei. Er hörte es kaum, blieb beim Sarg stehen, hatte die Hand auf den Deckel gelegt. Und in der Unbeholfenheit, die den Menschen vor einer Leiche und dem Schweigen des Todes überkommt, und in der alles Gegebene sich weitet und zerfällt, das Altgewohnte zerbricht und zerfallend erstarrt, die Luft dünn wird und untragfähig, war es, als würde er den Platz am Katafalk nie mehr verlassen können, und nur mit großer Anstrengung vermochte er sich zu erinnern, daß dies der große Salon war und daß der Sarg auf der Stelle stand, die sonst das Klavier einnahm, und daß am rückwärtigen Rande des Teppichs ein Stück Parkett sein mußte, das man noch nie betreten hatte; langsam ging er hin, berührte die schwarzverhängte Wand, spürte unter dem finsteren Tuche die Bilderrahmen und den Rahmen des Eisernen Kreuzes, und das wiedererlangte Stück Wirklichkeit verwandelte den Tod auf eine neuartige und fast spannende Weise in eine Art Tapeziererangelegenheit, fügte es fast mit Heiterkeit, daß man Helmuth mit seinem Sarg, dekoriert mit all seinen Blumen, wie ein neues Möbelstück in dieses Zimmer geschoben hatte, verengte das Unbegreifliche wieder so sehr ins Begreifliche und in die Kraft der Gewißheit, so sehr, daß das Erlebnis dieser Minuten – oder waren es bloß Sekunden gewesen? – in einem guten Gefühl ruhiger Zuversicht mündete. Der Vater erschien in Begleitung einiger Herren und Joachim hörte ihn wieder mehrmals sagen: »Er starb für die Ehre«. Doch als die Herren gegangen waren und Joachim wieder allein zu sein glaubte, hörte er plötzlich neuerdings: »Er starb für die Ehre«, und sah den Vater klein und einsam neben dem Katafalk stehen. Er fühlte sich verpflichtet, auf ihn zuzugehen. »Komm, Vater«, sagte er und geleitete ihn hinaus. In der Tür sah ihn der Vater voll an und sagte: »Er starb für die Ehre«, als wollte er es auswendig lernen und als wünschte er, daß auch Joachim es täte.

Nun kamen viele Leute. Auf dem Hofe stand die Feuerwehr des Ortes. Auch die Kriegervereine der Umgebung hatten sich eingefunden und bildeten eine ausgerichtete Kompanie von Zylindern und schwarzen Gehröcken, auf denen nicht selten das Abzeichen des Eisernen Kreuzes zu sehen war. Die Wagen der Nachbarn fuhren vor und während die Kutschen an einen geeigneten schattigen Platz gewiesen wurden, hatte Joachim mit der Begrüßung der Herrschaften zu tun und vor des Bruders Sarg die Honneurs zu machen. Der Freiherr v. Baddensen war allein eingetroffen, da seine Damen sich noch in Berlin befanden, und als er ihn begrüßte, wurde Joachim von dem zornig abgelehnten Gedanken ergriffen, es könnte dieser Herr den nunmehrigen Alleinerben Stolpins als erwünschten Schwiegersohn betrachten und er schämte sich für Elisabeth. Vom Giebel hing still eine schwarze Fahne und reichte beinahe bis zur Terrasse.

Die Mutter schritt am Arm des Vaters die Treppe herab. Man wunderte sich über ihre Standhaftigkeit, ja bewunderte sie.

Aber vielleicht lag das bloß an der Trägheit des Gefühls, die ihr eigentümlich war. Der Trauerzug formierte sich und als die Wagen in die Dorfstraße einbogen und das Gotteshaus vor ihnen lag, freuten sich alle herzlich, daß sie aus der heißen Nachmittagssonne, die sich in das schwere Tuch der Trauergewänder und der Uniformen scharf und staubig eingebrannt hatte, in die kühle weiße Kirche eintreten durften. Der Pastor hatte eine Rede gehalten, in der viel von Ehre vorgekommen war, geschickt verbunden mit Wendungen, die auf die Ehre des Höchsten abzielten; zur Orgel erklang es, daß man vom Liebsten, was man hat, muß scheiden... ja meiden, und Joachim wartete stets auf den Reim, ob er auch eintreffen werde. Zu Fuß ging es sodann auf den Friedhof, über dessen Pforte ein »Ruhe sanft« aus goldenen Blechlettern blinkte, und die Equipagen folgten langsam in einer langgestreckten Staubwolke. Mit purpurnem Blau wölbte sich der durchsonnte Himmel über der trockenen, brüchigen Erde, die darauf wartete, daß man Helmuths Leichnam ihr übergebe, wenn es auch nicht eigentlich Erde war, sondern die Familiengruft, die, ein kleiner geöffneter Keller, gelangweilt dem Ankömmling entgegengähnte. Als Joachim die kleine Schaufel dreimal entleerte, schaute er hinab, sah die Enden der großelterlichen und der Onkelsärge und dachte, daß man einen Platz für den Vater freigehalten und wohl auch deshalb Onkel Bernhard nicht hier beigesetzt hatte. Dann aber, als die hinabgeschüttete Erde auf Helmuths Deckel und auf den Steinfliesen der Gruft verstaubte, mußte er mit seiner Spielzeugschaufel in der Hand an Kindertage im weichen Flußsand denken, sah den Bruder wieder als Knaben vor sich, sah sich selber auf dem Katafalk liegen und es schien, als hätte die Trokkenheit dieses Sommertages Helmuth nicht nur um das Altern, sondern auch um den Tod betrogen. Da wünschte sich Joachim für sein eigenes Sterben einen weichen Regentag, an dem der Himmel selbst sich herabsenkt, um die Seele aufzunehmen, damit sie in ihm verfließe wie in den Armen Ruzenas. Das waren unzüchtige Gedanken, unpassend an diesem Orte, doch nicht er allein hatte die Verantwortung dafür zu tragen, sondern auch alle anderen, denen er jetzt den Platz an der Gruftöffnung freigab, und auch der Vater hatte teil an dieser Verantwortung: denn ihrer aller Glaube war heuchlerisch, war brüchig und staubig und war abhängig vom Sonnenschein und Regen. Sollte man nicht die Armeen der Neger herbeiwünschen, damit dies alles weggefegt werde und der Heiland zu neuer Gloria aufsteige und die Menschen in sein Reich zurückführe? Der Christ hing an seinem marmornen Kreuz über der Gruft, angetan bloß mit dem Tuche, das ihm die Scham verhüllte, und mit der Dornenkrone, von der bronzene Tropfen herabbluteten, und auch Joachim fühlte Tropfen auf seiner Wange: vielleicht waren es Tränen, die er nicht gemerkt hatte, vielleicht aber kam es bloß von der lastenden Hitze; er wußte es nicht und drückte die Hände, die sich ihm entgegenstreckten.

Die Kriegervereine und die Feuerwehren hatten dem Toten mit militärischem Parademarsch und scharf links gewandten Köpfen die letzte Ehre erwiesen, scharf klappten die Stiefel auf dem Friedhofkies, stramm marschierten ihre Viererreihen zur Friedhofspforte hinaus, begleitet von den kurzen abgehackten Befehlen der Führer. Auf der Stufe der Gruftkapelle stehend, hatten Herr v. Pasenow, den Hut in der Hand, Joachim die Hand am Helm, zwischen ihnen Frau v. Pasenow, die Parade abgenommen. Auch die anderen anwesenden Militärs standen stramm und die Hand am Helmesrand. Hierauf fuhren die Equipagen vor und Joachim bestieg mit den Eltern das Gefährt, dessen Klinken und sonstige Metallteile ebenso wie das Metall der Pferdegeschirre vom Kutscher sorglich in Flor verpackt worden waren; Joachim stellte fest, daß an der Peitsche gleichfalls eine Florrosette sich befand. Nun weinte die Mutter, und Joachim, der nichts zu ihrem Troste zu sagen wußte, konnte wieder nicht einsehen, warum Helmuth und nicht er von der tödlichen Kugel getroffen worden war. Der Vater aber saß steif auf dem schwarzen Leder des Kissens, das nicht hart und brüchig war wie bei den Berliner Droschken, sondern schmiegsam und mit Lederknöpfen genau abgesteppt. Einige Male schien es, als wollte der Vater etwas sagen, irgend etwas Abschließendes zu einer Gedankenreihe, die ihn offenbar beschäftigte und völlig gefangenhielt, denn er setzte zum Reden an, fiel aber gleich wieder in Starrheit und bewegte bloß stumm die Lippen; endlich sagte er scharf: »Sie haben ihm die letzte Ehre erwiesen«, hob einen Finger, als ob er noch auf etwas wartete oder etwas hinzufügen wollte und legte dann schließlich die Hand wieder flach auf den Schenkel. Zwischen dem Rand des schwarzen Handschuhs und der Manschette mit dem großen schwarzen Knopf war ein Stück Haut mit rötlichen Haaren sichtbar.

Die nächsten Tage verliefen in Schweigen. Die Mutter ging ihren Beschäftigungen nach; sie war beim Melken im Stall, beim Eierausheben im Hühnerhof, in der Wäschekammer. Joachim ritt einige Male auf die Felder hinaus; es war das Pferd, das er Helmuth geschenkt hatte, und das war wie ein Liebesdienst für den Toten. Am Abend war der Hof gekehrt und auf den Bänken vor dem Gesindehaus saßen die Leute und freuten sich des kühlen, milden Windes. Einmal gab es in der Nacht ein Gewitter und Joachim merkte erschrocken, daß er Ruzena fast vergessen hatte. Den Vater hatte er wenig zu Gesicht bekommen; der saß zumeist an seinem Schreibtisch und las die Kondolenzen oder registrierte sie auf einem Bogen. Lediglich der Pastor, der nun täglich zu Besuch kam und oftmals zum Abendessen blieb, sprach von dem Toten, aber da es eine Art Fachsimpelei war, wurde es wenig bemerkt und sein einziger Zuhörer schien Herr v. Pasenow zu sein, denn der nickte manchmal mit dem Kopfe, und es hatte den Anschein, als ob er etwas sagen wollte, das ihm recht am Herzen lag; aber er wiederholte dann meistens bloß eines der letzten Worte des Pastors mit einem bekräftigenden Nicken, etwa: »Ja, ja, Herr Pastor, schwergeprüfte Eltern.«

Dann reiste Joachim ab. Als er sich vom Vater verabschiedete, war der alte Mann wieder auf dem Spaziergang durchs Zimmer begriffen. Joachim erinnerte sich unzähliger gleicher Abschiede in diesem Raume, den er nicht mochte, so sehr er ihm auch vertraut war mit seinen Jagdtrophäen an den Wänden, mit dem Spucknapf in der Ecke neben dem Ofen, mit den Schreibutensilien, die wohl schon beim Großvater so gestanden hatten, mit den vielen Jagdzeitungen auf dem Tische, die zumeist nicht aufgeschnitten waren. Er erwartete, daß der Vater wie immer das Einglas ins Auge klemmen und ihn mit einem kurzen »Na, denn gute Reise, Joachim«, entlassen würde. Aber diesmal sagte der Vater nichts, sondern setzte seinen Spaziergang fort, die Hände auf dem Rücken, so daß Joachim zum zweiten Male anhob. »Ja, Vater, ich muß also jetzt fahren, es ist Zeit zur Bahn.« »Na, denn gute Reise, Joachim«, war endlich die gewohnte Antwort. »aber was ich noch sagen wollte, ich meine, du wirst nun doch bald zu uns heimkehren. Es ist leer geworden, ja leer geworden...«, er sah sich um, »... aber das begreift nicht jeder... natürlich muß man die Ehre hochhalten...«, er hatte seinen Weg wieder aufgenommen, dann vertraulich: »Und wie steht es mit Elisabeth? Wir sprachen doch davon...?« – »Vater, es ist höchste Zeit«, sagte Joachim, »ich versäume sonst den Zug.« – Der Alte hielt ihm die Hand hin und Joachim nahm sie widerwillig.

Als er durchs Dorf fuhr, sah er auf der Kirchenuhr, daß noch reichlich Zeit zum Zuge war; er hatte es ohnehin gewußt. Die Kirchentüre war zufällig offen und Joachim ließ den Wagen halten. Es galt, eine Schuld abzutragen, eine Schuld gegen die Kirche, die ihm bloß angenehme Kühle gewesen war, gegen den Pastor, dessen gute Rede er nicht gehört, gegen Helmuth, dessen Begräbnis er durch profane Gedanken verunehrt hatte, mit einem Wort eine Schuld gegen Gott. Er trat ein und suchte nach der Stimmung seiner Kindheit und ihrer Kirchenbesuche, da er, Joachim v. Pasenow, stets aufs neue überwältigt, jeden Sonntag vor Gottes eigenem Antlitz hier gestanden hatte. Er hatte damals viele Kirchenlieder gekonnt und sie mit Inbrunst gesungen. Aber es ging doch nicht an, daß er jetzt allein in der Kirche zu singen anhöbe. Er mußte sich bescheiden, seine Gedanken zu sammeln und sie auf Gott und auf seine Sündigkeit vor Gott zu lenken, auf seine Kleinheit und Erbärmlichkeit vor Gott; aber seine Gedanken wollten Gott nicht finden. Nur das Wort Jesajas, das er an dieser Stelle einst gehört hatte, fiel ihm ein: »Ein Ochse kennt seinen Herrn, und ein Esel die Krippe seines Herrn; aber Israel kennt's nicht, und mein Volk vernimmt's nicht.« Ja, Bertrand hatte recht, sie hatten die Christlichkeit verloren; und nun versuchte er das Vaterunser zu beten, mit geschlossenen Augen und achthabend, keine leeren Worte aufzusagen, sondern in jedem Wort den Sinn zu erfassen; und als er zu der Stelle kam, »wie auch wir vergeben unseren Schuldigern«, da stellte sich das weiche, ängstliche und doch vertrauende Gefühl der Kindheit wieder ein: er erinnerte sich, daß er diese Stelle stets auf den Vater bezogen und aus ihr die Zuversicht geschöpft hatte, dem Vater verzeihen zu können, ja ihm all das Gute noch zu tun, zu dem ein Kind verpflichtet ist; und nun kam ihm ins Ohr, daß der alte Mann von einer Vereinsamung gesprochen hatte, von der er offenbar geängstigt war und die man ihm erleichtern mußte. Joachim verließ die Kirche und es fiel ihm das Wort »erhoben und gestärkt« ein, aber das Wort war ihm nicht leer, sondern hatte einen guten jugendlichen Sinn. Er nahm sich vor, Elisabeth aufzusuchen.

Im Coupé tauchte es wieder auf, wieder sagte es »erhoben und gestärkt«, aber es verband sich nun mit dem Bilde einer gestärkten Hemdbrust und mit einer beglückenden Sehnsucht nach Ruzena.

II

Von der Königsstraße her kam ein Passant. Er war beleibt und untersetzt, ja eigentlich klein, und alles an ihm war recht weich, so daß man meinen konnte, er wäre des Morgens in seine Kleider eingefüllt worden. Er war ein ernster Passant, der zu seinen schwarzen Tuchhosen einen grauen Lüsterrock trug, und seine Brust war von einem braunen Bart bedeckt. Er hatte sichtlich Eile, aber es war kein geradliniges rasches Gehen, sondern eine Art ernsthaften Watschelns, wie es einem so weichen ernsthaften Manne ansteht, wenn er Eile hat. Doch das Gesicht war nicht nur hinter dem Barte, sondern auch hinter einem Kneifer versteckt, durch den der Mann strenge Blicke auf die übrigen Passanten warf, und es war eigentlich unvorstellbar, daß ein solcher Mann, der mit solcher Eile seinen sehr dringenden Geschäften nachwatschelte und der seiner Weichheit zum Trotz so strenge harte Blicke schießen ließ, an anderen Stellen seines Lebens sicherlich freundlich war, daß es immerhin Frauen gab, denen er in Liebe sich zuneigte, Frauen und Kinder, vor denen der Bart ein freundliches Lächeln entblößte: Frauen, welche das rosa Fleisch und die dunkle Höhle im Barte zum Kusse suchen mochten.

Als Joachim dieses Mannes ansichtig geworden war, war er ihm automatisch gefolgt. Es blieb sich ja gleich, wohin er ging. Seitdem er erfahren hatte, daß es einen Berliner Vertreter von Bertrands Firma gab und daß dessen Büro in einer der Straßen zwichen dem Alexanderplatz und der Börse etabliert war, trieb es ihn manchmal in diese Gegend, so wie es ihn vordem in die Proletariervorstadt getrieben hatte – und daß er Ruzena nicht mehr dort draußen suchen mußte, war beinahe wie ein Avancement für sie. Aber er kam nicht etwa her, um Bertrand zu treffen; im Gegenteil, er mied die Gegend, wenn er Bertrand in Berlin wußte, und auch an dem Vertreter Bertrands hatte er eigentlich kein Interesse. Es war bloß so seltsam, daß dies hier der Raum sein sollte, in dem man sich das eigentliche Leben Bertrands vorzustellen hatte, und wenn Joachim durch diese Straßen ging, so geschah es nicht nur, daß er die Fronten der Häuser musterte, als wollte er erforschen, welche Büros sich dahinter versteckten, sondern es geschah auch, daß er diesen Zivilisten unter den Hut schaute, als wären es Frauen. Darüber wunderte er sich manchmal selbst, denn er wußte ja kaum, daß er in ihren Gesichtern danach forschte, ob dies Lebewesen völlig anderer Art wären und ob sie Eigenschaften aufwiesen, die Bertrand schon von ihnen übernommen hatte, aber noch verborgen hielt. Ja, die Verborgenheit dieser Lebewesen war so groß, daß sie nicht einmal Bärte benötigten, um sich dahinter zu verstecken. Sie zeigten sich ihm sogar ein wenig vertrauter und weniger heuchlerisch, wenn sie Bärte trugen, und dies mochte vielleicht ein Grund sein, warum er dem eiligen dicken Mann nachschlenderte. Plötzlich schien es ihm, als würde der Mann dort vorne sehr sonderbar dem Bilde gleichen, das er sich stets von Bertrands Vertreter gemacht hatte. Vielleicht war es sinnlos, aber als einige Leute den Mann grüßten, freute er sich, daß Bertrands Vertreter solches Ansehen genoß. Er hätte sich schließlich nicht gewundert, wenn ihm Bertrand selber, schauspielerhaft verwandelt, klein und beleibt und vollbärtig entgegengewatschelt wäre: denn wie hätte er sein Äußeres beibehalten sollen, da er in eine andere Welt geglitten war. Und wußte Joachim auch, daß es ohne Sinn und Ordnung war, was er dachte, so war es dennoch, als hätte das scheinbar verwirrte Netz eine versteckte gute Ordnung: man mußte bloß den Faden erhaschen, den Ruzena an diese Leute band, diese tiefere und sehr geheime Verknüpfung, und vielleicht war ein Ende jenes Fadens in seiner Hand gelegen, damals, als er in Bertrand den richtigen Liebhaber Ruzenas vermutete; aber jetzt war seine Hand leer und es fiel ihm bloß ein, daß Bertrand sich einmal bei ihm entschuldigt hatte, weil er den Abend mit Geschäftsfreunden verbringen mußte, und Joachim konnte den Gedanken nicht mehr loswerden, daß dieser Mann jener Geschäftsfreund gewesen sei. Wahrscheinlich sind die beiden miteinander im Jägerkasino gesessen, und der Mann hat Ruzena fünfzig Mark zugesteckt.

Wenn einer einem andern auf der Straße folgt, und sei es auch bloß automatisch und in scheinbarer Gleichgültigkeit, so wird es sich bald fügen, daß er allerhand Wünsche, wohlwollende und unwohlwollende, an jenes Wesen hängt, dem er folgt. Vielleicht will er wenigstens dessen Gesicht sehen und wünscht, daß es sich umdrehe, obgleich er selbst seit des Bruders Tod dagegen gefeit zu sein glaubt, in jenem gefürchteten Antlitz das

Antlitz Ruzenas suchen zu müssen. Allerdings steht es mit nichts in Zusammenhang, daß Joachim der Gedanke angeflogen kam, die aufrechte Haltung all der Menschen hier auf dieser Straße sei eine völlig unberechtigte, sei unvereinbar mit ihrem besseren Wissen oder ergäbe sich aus einer traurigen Unwissenheit, da sich doch alle diese Körper zum Sterben werden hinlegen müssen. Dabei ging der Mann dort vorne durchaus nicht mit harten, abgehackten, geraden Schritten, und auch die Gefahr, daß er sich fallend ein Bein brechen könnte, war nicht vorhanden, war er doch dafür viel zu weich.

Nun blieb der Mann an der Ecke der Rochstraße stehen, als warte er auf etwas; es mochte schon sein, daß er darauf wartete, Joachim werde ihm jetzt die fünfzig Mark zurückgeben. Hierzu war Joachim eigentlich verpflichtet und jäh und heiß stieg die Scham in ihm auf, weil er aus lauter Angst, man könnte meinen, er habe sich eine Frau gekauft, oder er selber könnte aus solchem Grunde an Ruzenas Liebe zu zweifeln beginnen, sie in der verhaßten Animiertätigkeit belassen hatte; und wie Schuppen fiel es von seinen Augen: er, ein preußischer Offizier, war der heimliche Liebhaber einer Frau, die von anderen Männern bezahlt wurde. Eine Unehrenhaftigkeit kann man bloß durch eine Pistolenkugel auslöschen, doch ehe er es mit allen furchtbaren Konsequenzen durchdenken konnte, verflimmerte der Gedanke, verflimmerte wie das Bild Bertrands, da der Mann die Rochstraße überquerte und Joachim ihn nicht aus den Augen verlieren durfte, bevor er nicht..., ja, bevor er nicht, das ließ sich eben nicht erhaschen. Bertrand, der hatte es leicht, der stand in jener Welt und zugleich in dieser, aber auch Ruzena steht zwischen zwei Welten. War dies der Grund, warum die beiden doch rechtmäßig zusammengehörten? Nun aber schoben sich seine Gedanken durcheinander wie die Menschen in dem Gewühl, das ihn umgab und wenn er auch ein Ziel vor sich sah, zu dem er hindenken wollte, so war es dennoch schwankend und verfließend und immer wieder verdeckt wie der Rükken des weichen Mannes vor ihm. Wenn er Ruzena ihrem rechtmäßigen Besitzer geraubt hatte, so mochte es wohl stimmen, daß er sie jetzt verborgen hielt wie einen Raub. Er versuchte Haltung zu bewahren, steif und gerade, versuchte die Zivilisten nicht mehr anzuschauen. Das Gewühl der Menschen um ihn herum, der Trubel, wie die Baronin sagte, all das geschäftliche Getriebe voller Gesichter und Rücken schien eine verschwimmende, gleitende, weiche Masse zu sein, deren man nicht habhaft werden konnte. Wohin sollte das noch führen! Und mit der vorschriftsmäßigen Haltung, in die er sich mit einem Ruck begab, fiel ihm befreiend ein, daß man bloß ein Wesen aus einer fremden Welt zu lieben vermag. Deshalb durfte er Elisabeth niemals lieben und deshalb mußte Ruzena wohl auch eine Böhmin sein. Liebe heißt, von seiner Welt in die des anderen flüchten, und so hatte er, trotz aller beschämenden Eifersucht, Ruzena in ihrer Welt belassen, damit sie stets aufs neue süß zu ihm sich flüchte. Die Garnisonskapelle lag vor ihm, und er hielt sich noch steifer, so steif wie beim sonntäglichen Gottesdienst der Mannschaft. An der Ecke der Spandauer Straße verlangsamte der Mann seinen Schritt, zögerte am Rande des Fahrdamms; wahrscheinlich fürchtet sich so ein Geschäftsmann vor den Pferden auf der Straße. Daß er diesem Menschen Geld zurückzustellen hatte, das war natürlich sinnlos; aber Ruzena mußte aus dem Kasino herausgenommen werden, das stand fest. Eine Böhmin blieb sie ja trotzdem, ein Wesen aus einer fremden Welt. Wohin aber gehörte er selber? Wohin war er schon geglitten? Und Bertrand? Wieder sah er Bertrand vor sich, verwunderlich weich und klein und strenge durch den Kneifer blickend, fremd ihm, fremd Ruzena, die eine Böhmin ist, fremd Elisabeth, die durch einen stillen Park geht, fremd ihnen allen und dennoch vertraut, wenn er sich umwendet und den Bart zu einem freundlichen Lächeln öffnet, heischend, daß die Frauen die dunkle Höhle im Barte zum Kusse suchen. Die Hand am Degengriff blieb Joachim stehen, als könnte ihm die Nähe der Garnisonskapelle Kraft und Schutz vor dem Bösen gewähren. Schillernd, unheimlich war Bertrands Bild. Es tauchte auf und verschwand wieder; »im Dunkel der Großstadt verschwunden«, fiel Joachim ein und die Dunkelheit hatte den Klang eines höllischen Sterbens. Bertrand steckte in allen Gestalten und alle verriet er; ihn, die Kameraden, die Frauen, alle. Doch nun bemerkte er, daß Bertrands Vertreter mit kurzem Trab wohlbehalten die Spandauer Straße überquert hatte. Joachim war glücklich, daß er Ruzena fürderhin den beiden entziehen würde. Nein, da konnte man nicht von Raub sprechen; im Gegenteil, er hatte die Pflicht, sich schützend auch zwischen jenen und Elisabeth zu stellen. Oh, er wußte, der Böse ist gleißnerisch. Aber ein Militär durfte nicht fliehen. Würde er fliehen, er würde Elisabeth schutzlos jenem ausliefern, er selber wäre einer von denen, die sich im Dunkel der Großstadt verstecken und vor den Pferden sich fürchten, und es wäre nicht nur das Schuldbekenntnis eines Raubes, sondern es hieße auch für ewig darauf verzichten, jenem das Geheimnis des Verrates zu entreißen. Er mußte ihm weiter folgen, doch nicht versteckt wie ein Spion, sondern aufrecht, wie es sich geziemt, und auch Ruzena wird er nicht verborgen halten. So wurde es inmitten des Börsenviertels, wenn auch in der Nähe der Garnisonskapelle, mit einem Male ruhig um Joachim v. Pasenow, so ruhig und durchsichtig wie der hellblaue Himmel, der durch den Straßenspalt hereinschaute.

Er hatte den zwar nicht sehr deutlichen, doch dringenden Wunsch, den Mann nun einzuholen, und ihm mitzuteilen, daß er Ruzena aus dem Kasino nehmen und fortab nicht mehr verheimlichen werde; aber kaum war er einige Schritte gegangen, als jener eilig in die Börse hineingewatschelt war. Joachim sah einen Augenblick lang auf das Tor; war dies der Ort der Verwandlung? Würde nun Bertrand selbst herauskommen? Er überlegte, ob er ihn sofort mit Ruzena werde zusammenführen müssen und verneinte die Frage: Bertrand gehörte doch zur Welt der Nachtlokale, und eben diese Welt war es, der er Ruzena jetzt entreißen mußte. Aber das wird sich finden; schön wäre es, von all dem nichts zu wissen und mit Ruzena durch einen stillen Park und an einem stillen Teich zu wandeln. Er stand vor der Börse. Er sehnte sich nach dem Lande. Der Verkehr toste um ihn herum; oben donnerte die Stadtbahn. Er blickte die Passanten nicht mehr an, wußte er auch, daß sie fremdartig und unheimlich aussahen. Er wird diese Gegend fortab vermeiden. Gerade und steif hielt sich Joachim v. Pasenow mitten im Gewoge vor der Börse. Er wird Ruzena sehr lieben.

Bertrand stattete ihm einen Kondolenzbesuch ab und Joachim war sich wieder einmal nicht klar, ob dies als nett oder als zudringlich zu werten sei; man konnte es so oder so auffassen. Bertrand entsann sich Helmuths, der manchmal, aber selten genug, nach Culm gekommen war, und das war immerhin ein erstaunliches Gedächtnis: »Ja, er war ein blonder, stiller Junge, sehr verschlossen... ich glaube, daß er uns beneidet hat... er dürfte sich auch später nicht viel verändert haben... übrigens war er Ihnen ähnlich.« Das war nun wieder etwas zu vertraulich, fast schien es, als wollte Bertrand den Tod Helmuths für sich ausnützen; übrigens war es kein Wunder, daß Bertrand sich aller Begebenheiten seiner einstigen militärischen Karriere so erstaunlich genau entsann: man erinnert sich gerne glänzenderer Zeiten, deren man verlustig geworden ist. Aber Bertrand sprach trotzdem durchaus nicht sentimental, sondern sachlich und ruhig, so daß der Tod des Bruders einen menschlicheren und leichteren Aspekt bekam, irgendwie unter den Händen Bertrands objektiv, zeitlos und versöhnlich wurde. Joachim hatte sich über das Duell seines Bruders eigentlich wenig Gedanken gemacht; alles, was er seit dieser Begebenheit darüber gehört hatte und was in allen Kondolenzen unzählige Male wiederholt wurde, ging in der gleichen Richtung: daß Helmuth von einem unabänderlichen Fatum der Ehrenhaftigkeit, aus dem es kein Entrinnen gab, tragisch erfaßt worden sei. Bertrand dagegen sagte: »Das Merkwürdigste ist es doch, daß man in einer Welt von Maschinen und Eisenbahnen lebt und daß zur nämlichen Zeit, in der die Eisenbahnen fahren und die Fabriken arbeiten, zwei Leute einander gegenüberstehen und schießen.«

Er hat kein Ehrgefühl mehr, sagte sich Joachim, und trotzdem schien Bertrands Meinung natürlich und einleuchtend. Doch Bertrand fuhr fort: »Das mag wohl davon herrühren, daß es sich um Gefühle handelt...«

»Ehrgefühl«, sagte Joachim.

»Ja, Ehrgefühl und ähnliches.«

Joachim schaute auf – machte Bertrand sich doch wieder lustig? Er hätte gerne gesagt, daß man nicht bloß vom Standpunkt des Großstädters sprechen dürfe; auf dem Lande draußen seien die Gefühle unverfälschter und sie bedeuten mehr. Bertrand verstand also eigentlich nichts davon; dies durfte man natürlich einem Gaste nicht sagen, und Joachim bot schweigend Zigarren an. Aber Bertrand zog seine englische Pfeife und den ledernen Tabaksbeutel aus der Tasche: »Es ist so merkwürdig, daß gerade das Leichteste, Vergänglichste, das eigentlich Beharrliche ist. Körperlich kann sich der Mensch unglaublich geschwind neuen Lebensbedingungen anpassen. Aber selbst die Haut und die Haarfarbe sind beharrlicher als das Knochengerüst.«

Joachim betrachtete die helle Haut und die allzu gewellten

Haare Bertrands und wartete, worauf jener hinaus wollte. Bertrand merkte sogleich, daß er sich nicht genügend verständlich gemacht hatte: »Nun, das Beharrlichste in uns sind wohl die sogenannten Gefühle. Wir tragen einen unzerstörbaren Fundus von Konservativismus mit uns herum. Das sind die Gefühle oder richtiger Gefühlskonventionen, denn sie sind eigentlich unlebendig und Atavismen.«

»Sie halten also konservative Prinzipien für Atavismen?«

»Oh, manchmal schon, nicht immer. Obgleich es sich hier eigentlich nicht darum handelt. Ich meine, daß das Lebensgefühl, das man hat, immer etwa ein halbes oder auch ein ganzes Jahrhundert dem wirklichen Leben nachhinkt. Das Gefühl ist eigentlich immer weniger human als das Leben, in dem man steht. Denken Sie doch nur, daß ein Lessing oder ein Voltaire es ohne Revolte hingenommen haben, daß man zu ihrer Zeit noch gerädert hat, schön von unten herauf, für unser Gefühl unvorstellbar – und glauben Sie, daß es bei uns anders ist?«

Nein, darüber hatte sich Joachim noch nie Gedanken gemacht. Bertrand mochte recht haben. Aber warum sagte er ihm dies alles?

Er spricht ja wie ein Zeitungsschreiber. Bertrand sagte: »Wir nehmen es ruhig hin, daß zwei Menschen, beide sicherlich anständig, denn mit einem anderen hätte ihr Bruder sich nicht duelliert, an einem Morgen einander gegenüberstehen und schießen. In welcher Konvention des Gefühls müssen die beiden befangen sein und wie sehr sind wir es selber, daß wir es ertragen können! Das Gefühl ist träge und daher so unverständlich grausam. Die Welt ist von der Trägheit des Gefühls beherrscht.« Trägheit des Gefühls! Joachim war davon getroffen; war er nicht selber voller Trägheit des Gefühls, war es nicht strafbare Trägheit, daß er nicht genügend Phantasie aufbrachte, Ruzena trotz ihres Sträubens mit Geld zu versorgen und aus dem Kasino herauszunehmen? Er sagte bestürzt: »Wollen Sie wirklich Ehre als Trägheit des Gefühls bezeichnen?«

»Ach, Pasenow, Sie stellen zu eindeutige Fragen«, Bertrand hatte wieder das gewinnende Lächeln, mit dem er Differenzen zu überbrücken pflegte, »ich meine schon, daß Ehre ein sehr lebendiges Gefühl ist, bin indes auch überzeugt, daß überlebte Formen stets voller Trägheit sind und daß viel Müdigkeit dazu gehört, sich einer toten und romantischen Gefühlskonvention hinzugeben. Viel verzweifelte Ausweglosigkeit gehört dazu...«

Ja, Helmuth war müde gewesen. Doch was verlangte Bertrand? Wie mochte man sich dieser Konvention entledigen? Joachim fühlte mit Schaudern die Gefahr, daß man wie Bertrand ins Gleiten geraten könnte, wenn man der Konvention entrinnen wollte. Gewiß war er in seiner Beziehung zu Ruzena der strengsten Konvention schon entglitten, jetzt aber durfte es nicht weitergehen und die lebendige Ehre verlangte, daß er bei Ruzena bliebe! Vielleicht hatte Helmuth dies vorausgeahnt, als er ihn warnte, aufs Gut zurückzukommen. Denn dann war Ruzena verloren. So fragte er unvermittelt: »Was halten Sie von der deutschen Landwirtschaft?«, fast hoffend, daß Bertrand, der stets auch praktische Gründe bei der Hand hatte, ihn ebenfalls warnen werde, Stolpin zu übernehmen. »Schwer zu beantworten, Pasenow, besonders wenn jemand von der Landwirtschaft so wenig versteht wie ich, ... wir haben ja alle noch das feudale Vorurteil, daß auf Gottes Erdboden die Beschäftigung mit diesem Boden auch die solideste Existenz darstellt.« Bertrand machte eine leicht wegwerfende Handbewegung, Joachim v. Pasenow war davon enttäuscht, freilich auch befriedigt, der Kaste dieser Bevorzugten anzugehören, während Bertrands unsichere Handelsexistenz sozusagen bloß als Vorstufe zu einer solideren Lebensform anzusehen war. Offenbar bereute er doch, das Regiment verlassen zu haben; wie leicht hätte er als Gardeoffizier ein Gut erheiraten können! Dies jedoch war eine Überlegung, die seines Vaters würdig gewesen wäre und Joachim schob sie beiseite, fragte bloß, ob Bertrand daran dächte, sich späterhin ansässig zu machen. Nein, meinte Bertrand, das würde er wohl kaum mehr tun, er sei wohl nicht der Mensch, den es lange an einem Platze leide. Und sie sprachen noch allerlei über Stolpin, über die dortigen Wildverhältnisse, und Joachim lud Bertrand ein, ihn zur Herbstjagd draußen zu besuchen. Und plötzlich läutete die Türklingel: Ruzena! durchfuhr es Joachim und fast feindlich sah er Bertrand an: nun sitzt er seit zwei Stunden hier, trinkt Tee und raucht; das ist ja kein Kondolenzbesuch mehr. Aber Joachim mußte sich gleichzeitig eingestehen, daß er selbst es gewesen war, der Bertrand in den Lehnstuhl und zum Bleiben genötigt und ihm Zigarren angeboten hatte, trotzdem er doch eigentlich hätte wissen müssen, daß Ruzena kommen werde. Jetzt natürlich, da es geschehen war, konnte man nicht mehr zurück; natürlich wäre es passender gewesen, wenn er Ruzena vorher gefragt hätte. Sie wird sich vielleicht doch gestört fühlen, wollte vielleicht selber die Heimlichkeit, die zu durchbrechen er sich jetzt anschickte, wollte in ihrer Güte vielleicht sogar vermeiden, daß er sich ihrer schämen müßte – vielleicht war sie wirklich nicht ganz gesellschaftsfähig; er konnte es nicht mehr beurteilen, denn wenn er sie sich vorstellte, sah er bloß ihren Kopf und ihre aufgelösten Haare in den Kissen neben sich, atmete den Duft ihres Körpers, wußte aber kaum mehr, wie sie in Kleidern aussah. Nun schließlich, Bertrand ist Zivilist, hat selber zu lange Haare, und da hatte dies alles weniger auf sich. Er sagte also: »Hören Sie, Bertrand, ich erhalte jetzt Besuch einer netten jungen Dame; darf ich Sie bitten, mit uns zu Abend zu speisen?« – »Oh, wie romantisch«, antwortete Bertrand, natürlich wolle er es gerne tun, wenn er nicht störe.

Joachim ging hinaus, um Ruzena zu begrüßen und sie auf den Gast vorzubereiten. Sie war sichtlich betroffen, einen Fremden vorzufinden. Aber sie war nett zu Bertrand und Bertrand war nett zu ihr. Joachim empfand die Routine der Freundlichkeit, mit der die beiden einander behandelten, als unangenehm. Man beschloß, daheim zu essen; der Bursche wurde um Schinken und Wein gesandt und Ruzena lief ihm nach: auch Apfelkuchen mit Schlagsahne möge er bringen. Sie war glücklich, daß sie in der Küche wirtschaften und Kartoffelpuffer fabrizieren durfte. Später rief sie Joachim in die Küche hinaus; er meinte erst, daß sie sich bloß in ihrer großen weißen Schürze, den Kochlöffel in der Hand, zeigen wollte, und war sehr bereit, dieses Bild hausfraulicher Lieblichkeit mit großer Rührung aufzunehmen, sie aber lehnte draußen an der Tür und weinte; fast war es ein wenig wie damals: er war, ein kleiner Junge, zu der Mutter in die große Küche gekommen und dort hatte eine der Mägde – vielleicht war ihr von der Mutter eben gekündigt worden – so bitterlich geschluchzt, daß er, hätte er sich nicht geschämt, am liebsten mitgeweint hätte. »Jetzt hast mich nicht mehr lieb«, schluchzte Ruzena an seinem Halse und obwohl sie sich inniger denn je küßten, ließ sie sich nicht beruhigen, »...is aus, weiß es, is aus...«, wiederholte sie, »aber geh hinein jetzt, muß kochen.« Sie trocknete die Tränen, lächelte. Doch ungern ging er zurück und ungern wußte er Bertrand im Zimmer; natürlich war es kindisch von ihr, war es kindisch, zu meinen, daß es Bertrands halber aus wäre, und trotzdem war es richtiger weiblicher Instinkt, ja, richtiger weiblicher Instinkt, man konnte es nicht anders nennen, und Joachim fühlte sich bedrückt. Denn mochte auch Bertrand, zynisch genug, ihn mit den Worten »Sie ist reizend« empfangen und den dankbaren Stolz des Königs Kandaules in ihm erwecken, unerschüttert blieb das Drohende: wenn er nach Stolpin zurückkehren würde, dann war Ruzena verloren und dann müßte es wohl aus sein. Hätte ihm Bertrand wenigstens von der Beschäftigung mit der Landwirtschaft abgeraten! Oder wollte er – und vielleicht gar gegen die eigene Überzeugung – ihn zu diesem Erwerbszweig drängen, bloß um ihn aus Berlin zu entfernen und um Ruzena, die er vielleicht trotz allem als sein rechtmäßiges Eigentum betrachtete, für sich zu gewinnen? Das war doch nicht anzunehmen!

Ruzena, von dem Burschen gefolgt, kam mit dem großen Tablett herein. Sie hatte die Küchenschürze abgelegt und zwischen den beiden Männern an dem kleinen runden Tische sitzend, spielte sie grande dame, machte singend-stakkatierten Tonfalles Konversation mit Bertrand, den sie von seinen Reisen erzählen ließ. Die beiden Fenster des Zimmers standen offen und ungeachtet der dunklen Sommernacht dort draußen erinnerte die milde Petroleumlampe über dem Tische an weihnachtlichen Winter und an die Geborgenheit der kleinen Wohnstuben hinter den Geschäftsläden. Wie sonderbar, daß er die Spitzentüchlein hatte vergessen können, die er für Ruzena an jenem Abend in unbestimmter Sehnsucht gekauft hatte. Nun lagen sie noch immer im Schranke und gerne würde er sie Ruzena geben, wenn Bertrand nicht hier wäre und wenn sie nicht so gespannt auf diese Erzählungen horchen würde, von den Baumwollplantagen und den armen Negern, deren Väter noch Sklaven waren, freilich, richtige Sklaven, die man verkaufen konnte. Wie, auch die Mädchen hat man verkauft? Ruzena schauderte und Bertrand lachte, lachte leicht und angenehm: »Oh, Sie müssen keine Angst haben, kleine Sklavin, es geschieht Ihnen nichts!« Warum sagte Bertrand dies? Zielte er darauf hin, Ruzena zu kaufen oder sie geschenkt zu bekommen? Joachim muß an den Gleichklang von Sklaven und Slaven denken und daran, daß alle Neger einander gleichen, so daß man sie kaum auseinanderhalten kann, und es war wieder, als wollte ihn Bertrand in Hirngespinste treiben, ihn erinnern, daß Ruzena von ihrem italienisch-slavischen Bruder nicht zu unterscheiden war! Hatte jener die schwarzen Heerscharen deshalb heraufbeschworen? Aber Bertrand lächelte ihn bloß freundlich an und war blond, so blond fast wie Helmuth, wenn auch ohne Vollbart, und sein Haar war gewellt, allzu gewellt, anstatt straff aufgebürstet; und für einen Augenblick war wieder alles verworren und man wußte nicht, wem Ruzena rechtmäßig zugehörte. Hätte die Kugel ihn getroffen, so wäre Helmuth an seiner Stelle hier und der hätte auch die Kraft gehabt, Elisabeth zu schützen. Ruzena wäre vielleicht für Helmuth zu gering gewesen; dennoch war er selber nichts als der Stellvertreter des Bruders. Joachim graute es, als ihm dies klar wurde, es graute ihm, weil einer durch den andern zu vertreten war, weil Bertrand einen kleinen weichen bärtigen Vertreter hatte, und weil von hier aus sogar des Vaters Ansichten verzeihlich wurden: warum gerade Ruzena, warum gerade er? warum also nicht wirklich Elisabeth? es war alles irgendwie gleichgültig und er begriff die Müdigkeit, die Helmuth in den Tod getrieben hatte. Mochte Ruzena recht haben und ihrer Liebe Ende nahe sein, es war plötzlich alles in eine große Ferne gerückt, in der die Gesichter Ruzenas und Bertrands kaum auseinander zu kennen waren. Gefühlskonvention, hatte Bertrand gesagt.

Ruzena dagegen schien ihre düstere Prophezeiung vergessen zu haben. Sie hatte nach Joachims Hand unter dem Tische gehascht und als er, in panischer Wohlerzogenheit und mit einem Seitenblick auf Bertrand, die Hand in die Öffentlichkeit des hellbeleuchteten Tischtuchs rettete, griff Ruzena nach ihr und streichelte sie; und Joachim, in der Berührung des Besitzes wieder froh geworden, überwand mit kleinem Anlauf seine Scham und behielt ihre Hand in der seinen, so daß es mithin in aller Öffentlichkeit sichtbar wurde, wie sie rechtmäßig zusammengehörten. Und sie taten doch nichts Unrechtes; in der Bibel hieß es doch: wenn ein Bruder stirbt vor dem andern ohne Kinder, so soll sein Weib keinen Fremden nehmen, sondern sein Bruder soll es nehmen. Ja, so ähnlich mußte es heißen und es war absurd, daß er Helmuth mit einer Frau betrügen könnte. Dann aber klopfte Bertrand ans Glas und hielt einen kleinen Toast, und man wußte wieder nicht, ob er es ernst meinte oder ob er spaßte oder ob die wenigen Glas Sekt für ihn schon zuviel gewesen waren, so außerordentlich schwer verständlich war seine Rede, da er von der deutschen Hausfrau sprach, die am reizendsten als Imitation sei, weil ja das Spiel doch die einzige Realität dieses Lebens bleibe, weshalb auch die Kunst stets schöner sei als die Landschaft, ein Kostümfest netter als echte Trachten und das Heim eines deutschen Kriegers erst dann vollkommen werde, wenn es, gewöhnlicher Eindeutigkeit entrückt, durch einen traditionslosen Kaufmann zwar entweiht, durch das lieblichste Böhmermädchen hingegen geweiht worden ist, und darum bitte er die Anwesenden, mit ihm auf das Wohl der schönsten Hausfrau anzustoßen. Ja, das war alles etwas dunkel und hinterhältig und man wußte eben nicht recht, ob mit all den Anspielungen auf die Imitation und die Nachahmung nicht irgendwie die eigenen Gedanken über den Vertreter gemeint waren, aber da Bertrand trotz eines gewissen ironischen Zuges um den Mund nicht aufgehört hatte, Ruzena sehr freundlich anzuschauen, wußte man auch, daß es eine Huldigung für sie gewesen war und daß man sich über all die dunklen Unverständlichkeiten hinwegsetzen durfte, und das Essen endete für sie alle in einer angenehmen Fröhlichkeit und Unbeschwertheit.

Später ließen sie es sich nicht nehmen, Bertrand in sein Absteigequartier zu begleiten, wohl auch, weil sie nicht offen zeigen wollten, daß Ruzena noch bei Joachim bleiben werde. Ruzena in der Mitte, gingen sie durch die stillen Straßen, jeder allein, da Joachim nicht wagte, Ruzena den Arm zu reichen. Als Bertrand im Hauseingang verschwunden war, sahen sie einander an und Ruzena fragte sehr ernst und ergeben: »Bringst mich in Kasino?« Er fühlte, wie schwer und ernst es ihr von den Lippen kam, aber er empfand nur müde Gleichgültigkeit, so daß er beinahe die Frage ebenso ernst bejaht und es sogar ertragen hätte, jetzt Abschied für immer zu nehmen, und wenn Bertrand zurückgekommen wäre, um Ruzena wegzuführen, Joachim hätte es ertragen. Unerträglich jedoch war der Gedanke an das Kasino. Und beschämt, daß es solchen Anstoßes bedurfte, trotzdem fast glücklich, nahm er schweigend ihren Arm. Sie liebten sich in dieser Nacht mehr denn je. Nichtsdestoweniger vergaß Joachim auch diesmal, Ruzena ihre Spitzentüchlein zu geben.

Täglich, wenn der kleine einspännige Postwagen vom Morgenzuge zurückkehrte und beim Amt im Dorfe vorfuhr, lehnte der Bote vom Gut bereits am Schalter, zwar nur ein Privatbote, dennoch zum Inventar des Postamtes gehörig, gewissermaßen selber zur Amtsperson geworden, vielleicht sogar über die beiden dort befindlichen Amtspersonen gesetzt, nicht etwa seiner persönlichen Leistung wegen, mag er auch schon selber im Dienste ergraut sein, wohl aber, weil er vom Gute kam und seine Würde eine Einrichtung war, die schon viele Jahrzehnte bestand, sicherlich in jene Zeit zurückreichte, in der es noch keinerlei Reichspost gab, sondern, selten genug, die Postkutsche durchs Dorf fuhr und ihre Briefschaften beim Kruge abgab. Die große schwarze Posttasche, deren Riemen seinem Anzug ein diagonales Abzeichen über den Schultern eingebrannt hatte, hatte so manchen Boten überlebt und sicherlich mochte sie aus dieser längst vergangenen und wohl auch besseren Zeit stammen; denn da ist keiner so alt im Dorfe, daß in seinen fernsten Jugendtagen nicht die Tasche schon an ihrem Haken gehangen und nicht der Bote schon am Postschalter gelehnt hätte, und jeder der Alten entsinnt sich und weiß auch alle die Gutsboten aufzuzählen, die mit dem diagonalen Streifen über der Jacke brav ihren Weg gegangen waren und die nun allesamt draußen auf dem Gottesacker ausruhten. So war die Tasche älter und ehrwürdiger als das neumodische Postamt, das nach dem Sturmjahr 1848 eingerichtet worden war, älter als der Haken, den man der Tasche zu Ehren oder gewissermaßen als letzte amtliche Huldigung für die Gutsherrschaft bei der Einrichtung des Postamtes dort eingeschlagen hatte, vielleicht auch als Mahnung, daß man der alten Sitten trotz des stürmenden Forschrittes nicht vergessen soll. Denn auch im neuen Postamt bestand die alte Gepflogenheit weiter, die Post der Gutsherrschaft bevorzugt zu behandeln und wahrscheinlich wird es auch heute noch so gehalten: war der Kutscher mit dem graubraunen Postbeutel hereingekommen und hatte er ihn mit jener verächtlichen Bewegung, die einem Postbeutel in den Augen eines gewöhnlichen Kutschers zukommt, auf den abgenützten Posttisch geworfen, hatte der Postmeister, der über die Würde menschlicher und amtlicher Einrichtungen besser Bescheid weiß, mit kaum verhehlter Feierlichkeit das Siegel und die Schnüre gelöst und die durcheinanderfallenden Postsachen der

Größe nach in kleine Pakete geschichtet, um sie bequemer durchsehen und einteilen zu können, hatte sich solches der schönen Ordnung gemäß abgespielt, dann war es stets das erste, daß der Postmeister die Briefschaften des Gutes herauslegte und, ehe er etwas anderes tat, der Tischlade einen Schlüssel entnahm und zu der aufgehängten Tasche schritt, die mit ihrem gelben Messingbügel schweigend dieser Prozedur harrte; in der Mitte des Bügels sperrt sie der Postmeister auf, so daß sie aufklafft und ihm schamlos ihr graues Segeltuchfutter entgegenzeigt, und rasch, als könnte er den Anblick des klaffenden Leinenmaules nicht länger ertragen, läßt er die Briefe und Zeitungen und auch die kleineren Pakete hineingleiten, gibt dem Maule einen schwachen Schlag in den Unterkiefer, damit es zuklappe und sperrt die Messinglippen ab, versorgt den Schlüssel in der Lade. Der Bote aber, der bisher bloßer Zuschauer geblieben war, nimmt die schwere Posttasche, hängt sie sich mit dem harten brüchigen Riemen über die Schulter, nimmt die größeren Pakete in die Hand und bringt die Sendung solcherart ein oder zwei Stunden früher zum Gute, als dies dem amtlichen Briefträger, der erst das ganze Dorf abzulaufen hat, gelungen wäre; eine außerordentlich beschleunigte Zustellung, welche dartut, daß die Einrichtung des Gutsboten und seiner Tasche nicht nur die Fortführung einer schönen alten Tradition ist, sondern auch praktische Bedürfnisse der Herrschaft und der Leute auf dem Gute noch immer zu befriedigen vermag.

Joachim bekam jetzt öfter als früher Nachricht vom Hause; zumeist schrieb der Vater bloß kurze Mitteilungen in jener halbschrägen Kurrentschrift, die so sehr an seinen Gang gemahnte, daß man geradezu von einer Dreibeinigkeit dieser Schrift hätte sprechen können. Joachim erfuhr von den Besuchen, die die Eltern empfangen hatten, von den Jagdverhältnissen und den Aussichten für den Herbst, auch einiges über die Ernte, und zumeist schloß sich an die landwirtschaftliche Mitteilung: »Es wäre gut, wenn Du bald Vorbereitungen zu Deiner Übersiedlung ins Auge fassen würdest, da es ja angebracht wäre, daß Du Dich je eher einarbeitest und alles seine Zeit braucht. Dein getreuer Vater.« Wie stets spürte Joachim starke Abneigung gegen die Schrift und er las die Briefe mit vielleicht noch ärgerer

Unaufmerksamkeit als sonst, denn jede Mahnung zur Quittierung des Dienstes und zur Übersiedlung in die Heimat war wie ein Hinabzerren ins Zivilistische und Haltlose, nicht viel anders, als wollte man ihn eines Schutzes berauben und ihn nackt hinausstoßen in die Gegend des Alexanderplatzes, damit jeder der fremdartigen und geschäftigen Herren sich an ihm reiben könne. Mochte man es Trägheit des Gefühls nennen: nein, er war nicht feig und er würde sich ruhig vor die Pistole des Gegners stellen oder gegen den französischen Erbfeind ins Feld ziehen, aber die Gefahren des zivilistischen Lebens waren von fremder und dunkler, unfaßbarer Art. Da war alles in Unordnung, ohne Hierarchie, ohne Disziplin und wohl auch ohne Pünktlichkeit. Wenn er auf seinem Weg zwischen Wohnung und Kaserne an Borsigs Maschinenfabrik zu Arbeitsbeginn oder -schluß vorüberkam und die Arbeiter vor dem Fabriktor standen wie ein exotisches rostiges Volk, nicht viel anders als das Volk der Böhmen, so fühlte er ihre unheimlichen Blicke, und wenn der eine oder der andere grüßend an die schwarze Lederkappe griff, wagte er nicht zu danken, weil er sich scheute, den Freundlichen zum Überläufer zu stempeln, zu einem, der mit ihm Partei macht. Denn er empfand den Haß der anderen als etwas Berechtigtes, wohl auch weil er ahnte, daß sie Bertrand trotz seines Zivilanzuges nicht minder hassen würden als ihn. Etwas davon steckte wohl auch in Ruzenas Abneigung gegen Bertrand. All dies war beklemmend und ungeordnet, und es war Joachim, als habe sein Schiff ein Leck bekommen, das zu erweitern man ihn zwingen wolle. Völlig ungereimt aber schien es, daß der Vater von ihm verlangte, er möge Elisabeths halber den Dienst quittieren; gab es überhaupt etwas, was einen Freier ihrer würdig machen könnte, so war es, daß er sich wenigstens dem Kleide nach von all der Unreinheit und der Unordnung abhob; ihn der Uniform berauben, hieße Elisabeth entwürdigen. So schob er wohl den Gedanken an das zivilistische Leben und an die Rückkehr ins Vaterhaus als eine zudringliche und gefährliche Zumutung beiseite, doch um dem Vater nicht völlig ungehorsam zu werden, fand er sich mit Blumen am Bahnhof ein, als Elisabeth und ihre Mutter sich zum Sommeraufenthalt nach Lestow begaben.

Der Schaffner vor dem wartenden Zuge stand stramm, als er Joachims ansichtig wurde, und es war ein stillschweigendes

Einverständnis zwischen den beiden Männern, Einverständnis in dem Blick des braven Unteroffiziers, der die Damen des Vorgesetzten in seinen Schutz übernahm. Und obzwar es ein wenig gegen die Konvention verstieß, die Baronin, welche mit Jungfer und Gepäck im Abteil installiert worden war, dort allein zurückzulassen, empfand Joachim es als freundliche Auszeichnung, daß Elisabeth den Wunsch äußerte, bis zum Klingelzeichen längs des Zuges noch zu promenieren. Sie gingen auf der festgestampften Erde zwischen den Schienen auf und nieder und wenn sie bei der geöffneten Türe des Coupés vorüberkamen, verabsäumte Joachim nicht, mit leichter Verbeugung hinaufzugrüßen, während die Baronin herunterlächelte. Elisabeth aber sprach davon, wie sehr sie sich auf das heimatliche Haus freue und daß sie mit Sicherheit darauf rechne, Joachim während seines Urlaubes, den er doch wie stets und in diesem traurigen Jahre mit um so größerer Bestimmtheit bei den Eltern verbringen werde, oft in Lestow zu sehen. Sie trug ein knappes englisches Reisekostüm aus leichtem grauem Tuche und ihr blauer Reiseschleier, der den kleinen Hut verdeckte, stand gut zur Farbe des Tuches. Es war fast verwunderlich, daß ein Wesen von so ernstem Gesichtsausdruck das Interesse und den tändelnden Geschmack zur Auswahl der vorteilhaften Garderobe aufbringen konnte, besonders wenn man mutmaßen wollte, daß das Grau des Kleides und das Blau des Schleiers eigens zur Farbe ihrer Augen ausgewählt sein mochten, die zwischen ernstem Grau und heiterem Blau schimmerten. Doch schien es schwierig, diesen Gedanken in richtige Worte zu fassen und Joachim war daher froh, als das Klingelzeichen ertönte und der Schaffner bat, die Plätze einzunehmen. Elisabeth stieg auf das Trittbrett und wußte durch Fortsetzung des Gespräches bei halbgewendetem Körper den häßlichen Anblick einer gebückt ins Coupé kletternden Dame geschickt zu kaschieren; erst auf der obersten Stufe ließ es sich nicht weiter vermeiden und sie kroch resolut durch die niedere Türe. Nun stand Joachim emporgedrehten Kopfes vor dem Waggon, und der Gedanke an den Vater, zu dem er vor nicht allzu langer Zeit hier an der gleichen Stelle in die Coupétüre hinaufgesprochen hatte, vermischte sich so merkwürdig mit dem Gedanken an die Jackenschöße Elisabeths und mit dem Projekt der Heirat, welches der Vater damals in häßlicher Weise angedeutet hatte, daß der

Name dieses Mädchens mit den graublauen Augen und den grauen Jackenschößen, obwohl er es doch leibhaftig dort oben in der Coupétüre vor sich sah, plötzlich gleichgültig und vergessen war, merkwürdig und häßlich untergetaucht in der verwunderten Empörung, daß es Menschen gab wie seinen Vater, die in ihrer Verworfenheit sich erfrechten, ein jungfräuliches Wesen, gleichsam zur Erniedrigung und Besudelung irgendeinem Manne für ein ganzes langes Leben zu bestimmen. Aber so sehr er sie in dem Augenblick ihres resoluten Einsteigens als Frau erkannt hatte, er erkannte gleichzeitig schmerzlich, daß er nicht die Süßheit der Nächte Ruzenas, nicht ihr sehnendes Empfangen und Verdämmern erwarten dürfte, sondern daß es ein ernstes, vielleicht religiöses Gewährenlassen sein müßte, unvorstellbar, nicht nur weil es ohne Reisekostüm und ohne Uniform zu geschehen hätte, sondern auch unvorstellbar, weil der Vergleich mit Ruzena, die er aus der Männer Berührung und Besudelung gerettet hatte, geradezu als Gotteslästerung erschien. Doch schon läutete es zum dritten Male und während er leicht salutierend am Bahnsteig stand, ließen die Damen ihre Spitzentücher flattern, so lange, bis schließlich nur mehr zwei weiße Punkte sichtbar waren und eine Linie sanfter Sehnsucht aus dem Herzen Joachims sich herauswagte, sich dehnte und zu dem weißen Pünktchen sich hinüberspann, noch rechtzeitig im letzten Augenblick, ehe es in der Ferne entschwand.

Vom Portier und den Angestellten militärisch gegrüßt, verließ er den Bahnhof und trat auf den Küstriner Platz hinaus. Der lag nüchtern und ein wenig verwahrlost da, dunkel, obwohl er doch allenthalben von heller Sonne durchströmt war, einer entlehnten Sonne, während die richtige über den goldenen Feldern glänzte. Und wenn dies auch in einer nur schwerverständlichen Weise an Ruzena erinnerte, so war es doch deutlich, daß Ruzena, sonderbar durchsonnt, dennoch dunkel und ein wenig verwahrlost, mit Berlin so eng verbunden war wie Elisabeth mit den Feldern, durch die sie jetzt fuhr, und mit dem Herrenhaus, das in dem Parke liegt. Das war eine Art befriedigender reinlicher Ordnung. Trotzdem war er froh, Ruzena dem dunklen Animierberuf und seiner falschen Helligkeit entzogen zu haben, froh, daß er daran war, sie aus dem Gewirr der Fäden zu lösen, die diese ganze Stadt umspannten, aus diesem Netz, das er überall fühlte, am Alexanderplatz und bei der rostigen Maschinenfabrik und in der Vorstadt mit dem Gemüsekeller, ein undurchdringliches unfaßbares Netz des Zivilistischen, das unsichtbar war und dennoch alles verdunkelte. Aus solcher Verstrickung galt es, Ruzena zu lösen, denn auch hier galt es, sich Elisabeths würdig zu erweisen. Aber das war bloß ein sehr undeutlicher Wunsch, ein Wunsch, den er sich überdies gar nicht klarmachen wollte, weil er ihm wahrscheinlich selber absurd erschienen wäre.

Eduard v. Bertrand, der im Begriffe stand, seine Geschäfte auf das böhmische Industriegebiet auszudehnen, erinnerte sich in Prag an Ruzena, hatte gewissermaßen für sie Heimweh und wollte ihr etwas Freundliches zum Troste sagen. Und da er Ruzenas Adresse nicht wußte, schrieb er an Pasenow, daß er in dankbarem Gedenken an ihren letzten Abend gerne hoffe, ihn bei der Rückreise nach Hamburg in Berlin anzutreffen, fügte einen herzlichen Gruß an Ruzena bei und lobte ihre schöne Heimat. Dann bummelte er durch die Stadt.

Nach dem Abend mit Bertrand und Ruzena hatte Pasenow erwartet, daß irgend etwas Besonderes und Feierliches, vielleicht sogar etwas Furchtbares erfolgen würde, zum Beispiel daß Bertrand die Auszeichnung und das Vertrauen, die er ihm durch die Gewährung jenes Abends hatte zuteil werden lassen, mit gleicher Münze zurückzahlen werde, wenn eine Entführung Ruzenas auch nicht ganz außerhalb des Bereichs des Möglichen lag; Kaufleute sind gewissenlos. Aber als weder das eine noch das andere erfolgte, vielmehr Bertrand sang- und klanglos und programmgemäß abreiste und nichts mehr von sich hören ließ, war Joachim eigentlich gekränkt. Da kam unverhofft die Nachricht aus Prag; er zeigte sie Ruzena: »Du scheinst Eindruck auf Bertrand gemacht zu haben«, sagte er zögernd. Ruzena verzog das Gesicht: »Wenn schon, mir gefallte nicht dein Freund, ist häßlicher Mensch.« Joachim nahm Bertrand in Schutz; er sei nicht häßlich. »Weiß nicht, mir gefallte nicht, sagt so Sachen«, entschied Ruzena, »soll nicht wiederkommen.« Damit war Joachim sehr einverstanden, obwohl er ihn jetzt eigentlich dringend gebraucht hätte, um so mehr, als Ruzena hinzufügte: »Morgen geh' ich in Theaterschule.« Er wußte, daß sie nicht hingehen würde, wenn er sie nicht hinführte, natürlich nicht, aber wie konnte er sie hinführen? Wie packte man so etwas an?

Ruzena wollte durchaus etwas »arbeiten« und das Planen neuer Beschäftigungsarten bildete ein neues Gesprächsthema mit dem Reiz ungewohnter Ernsthaftigkeit, wenngleich Joachim all den aufgeworfenen Fragen sehr hilflos gegenüberstand. Vielleicht fühlte er, daß ein bürgerlicher Beruf ihr die exotische Anmut, mit der sie zwischen zwei Welten schwebte, rauben und sie in die Barbarei zurückversetzen würde, und eben deshalb reichte seine Phantasie auch nicht weiter als bis zum Theaterberuf, auf den Ruzuena voll Begeisterung sich mit ihm einigte: »Wirst sehen, wie ich sein werde berühmt, wirst mich liebhaben!« Aber es war ein weiter Weg bis dahin und es geschah nichts. Bertrand hatte einmal von einer vegetativen Indolenz gesprochen, in der die meisten Menschen lebten; das war wohl etwas Ähnliches wie jene Trägheit des Gefühls. Ja, wenn Bertrand hier wäre; der könnte mit seiner Weltgewandtheit und praktischen Erfahrung vielleicht helfen. Und so fand Bertrand, als er nach Berlin kam, eine dringende Einladung Pasenows als Antwort auf seine freundlichen Grüße vor.

Das ließe sich wohl machen, meinte Bertrand zur großen Überraschung der beiden, das ließe sich wohl machen, wenn sie auch nicht glauben sollten, daß das Theater eine besonders zukunftsreiche oder gar leichte Karriere sei. Allerdings habe er in Hamburg bessere Beziehungen, aber er wolle es gerne versuchen. Und dann entwickelten sich die Dinge viel rascher als man gehofft hatte; schon nach wenigen Tagen war Ruzena zu einem Probesingen bestellt, das sie nicht schlecht bestand, und kurze Zeit darauf war sie als Chordame engagiert. Der Argwohn Joachims, daß die rasch bereite Gefälligkeit Bertrands mit dessen Absichten auf Ruzena zusammenhänge, konnte vor der freundlich-gleichgültigen, man könnte beinahe sagen ärztlichen Haltung Bertrands nicht bestehen. Es wäre zweifellos klarer gewesen, wenn Bertrand seine Bemühungen für Ruzena zum Anlaß genommen hätte, um seine Liebe zu ihr offen zu erklären. Im Grunde war Joachim ernstlich böse auf Bertrand, der zwar drei Abende in seiner und Ruzenas Gesellschaft verbracht und allerlei durcheinander geschwatzt hatte, der aber doch nichts von sich hergab als die sattsam bekannte freundliche Verschlossenheit, ein Fremder blieb, der überdies für Ruzena mehr geleistet hatte als er selber in der Trägheit seiner romantischen Phantasie. Das war alles sehr peinlich. Was wollte dieser

Bertrand? Jetzt, da er sich von ihm verabschiedete und, wie es sich gehörte, jeden Dank von und für Ruzena ablehnte, sprach er wieder einmal die Hoffnung aus, Joachim v. Pasenow bald wiederzusehen. Warum wollte er ihn wiedersehen? war das nicht heuchlerisch? Und Joachim, sich selbst unverständlich, sagte: »Ja, Bertrand, wenn Sie nächstens nach Berlin zurückkehren, werden Sie mich kaum antreffen, da ich nach den Manövern für einige Wochen nach Stolpin fahre. Wenn Sie mich dort aber wirklich besuchen wollten, so würde ich mich aufrichtig freuen.« Und Bertrand sagte zu.

Es war stets eine Gepflogenheit Herrn v. Pasenows gewesen, die Post in seinem Zimmer zu erwarten. Auf dem Tische wurde seit unvordenklichen Zeiten neben dem Stoß der Jagdzeitungen ein Platz freigehalten und auf diesen Platz hatte der Bote täglich die Tasche hinzulegen. Und obwohl die Ausbeute sich meistens nicht verlohnte und oftmals bloß aus ein oder zwei Zeitungen bestand, nahm Herr v. Pasenow mit der stets gleichen Gier den Postschlüssel von dem Rehgeweih, an das er ihn zu hängen pflegte, und öffnete den gelben Messingbügel der schwarzen Tasche. Und während der Bote mit der Mütze in der Hand schweigend wartet und den Fußboden betrachtet, übernimmt Herr v. Pasenow die Briefschaften und setzt sich mit ihnen an den Schreibtisch, legt vor allem die seinen und die seiner Familie heraus, und nachdem er sorgsam die Anschriften der übrigen geprüft hat, übergibt er sie dem Boten, damit dieser sie den Empfängern unter den Hausleuten bringe. Manchmal mußte er sich Zwang antun, um nicht den einen oder den anderen Brief, der an die Mägde gerichtet war, zu öffnen, denn dies erschien ihm wie ein selbstverständliches jus primae noctis des Herrn, und daß das Briefgeheimnis auch für Untergebene gelten sollte, war eine neumodische Einrichtung, die ihm wider den Strich ging. Immerhin gab es unter dem Gesinde einige, die sogar über die äußerliche Briefbeschau murrten, besonders da der Herr sich nicht scheute, hinterher nach dem Inhalt der Briefe zu fragen oder die Mägde zu hänseln. Dies hatte auch schon zu ernsten Zerwürfnissen geführt, welche aber mit Kündigungen geendet hatten, so daß die Rebellen jetzt nicht mehr offen sich auflehnten, sondern ihre Briefe entweder selbst vom Amte holten oder dem Postmeister insgeheim den Auftrag gaben, sie durch den amtlichen Briefträger zustellen zu lassen. Ja, sogar den seligen Jungherrn hatte man eine Zeitlang täglich beim Amte vom Pferde steigen sehen, um seine Post eigenhändig abzuholen; mag sein, daß er damals Frauenbriefe erwartete, die er vor den Augen des Alten bewahren wollte, oder daß er Geschäfte machte, die geheim bleiben sollten; aber der Postmeister, der sonst mit seinen Beobachtungen nicht hinterm Berge hielt, konnte weder das eine noch das andere vermuten, da die spärlichen Briefschaften, die Helmuth v. Pasenow empfing, keinerlei Schlüsse zuließen. Nichtsdestoweniger erhielt sich hartnäckig das Gerücht, daß der Alte durch irgendwelche Machinationen mit der Post eine Heirat und das Glück seines Sohnes zerstört habe. Insbesondere die Frauen auf dem Gute und im Dorfe hielten daran fest, und sie mochten nicht ganz so unrecht haben, denn Helmuth wurde immer gleichgültiger und müder, hatte bald seine Ritte ins Dorf eingestellt und seine Post wieder in der großen Posttasche aufs Gut und auf den Tisch des Vaters bringen lassen.

Seine Leidenschaft für die Post hatte Herr v. Pasenow beibehalten und es war daher nicht auffallend, daß sie sich vielleicht sogar noch etwas verschärft hatte. Er richtete seinen Morgenritt oder Spaziergang nun oft so ein, daß er dem Boten begegnen mußte, und da zeigte es sich, daß er den kleinen Schlüssel zur Tasche nicht mehr am Rehgeweih hängen ließ, sondern ihn zu sich gesteckt hatte, damit er auf offenem Felde die Tasche öffnen könne. Dort sah er auch die Briefe hastig durch, legte sie aber in die Tasche zurück, um das häusliche Ritual, das sich in gewohnter Weise anschloß, nicht zu stören. Einmal aber war er des Morgens gar bis zum Amte vorgedrungen, in dem der Bote noch am Schalter lehnte, und hatte gewartet, bis der Postbeutel auf den abgenützten Posttisch entleert worden war, hatte dann gemeinsam mit dem Postmeister die Briefe gesichtet und eingeteilt. Als der Bote diesen bemerkenswerten Vorfall auf dem Gute erzählte, meinte das Hausfräulein Agnes, die wegen ihrer scharfen Zunge überall bekannt war: »Jetzt beginnt er schon, sich selber zu mißtrauen.« Das war natürlich ein Gerede ohne vernünftigen Hintergrund, und die Unerschütterlichkeit, mit der sie mehr als alle anderen den Gutsherrn für den Tod seines Sohnes verantwortlich machte, ließ sich vielleicht als späte Folge jenes Ärgers auslegen, der nun schon seit den Jahren in ihr saß, da sie, noch jung und stattlich, von dem Alten ob ihrer Korrespondenz gehänselt worden war.

Nein, mit der Post hatte es Herr v. Pasenow stets gehabt und was er jetzt trieb, war eben auch nicht weiter auffallend. Es fiel auch nicht auf, daß der Pastor jetzt öfter zum Abendessen eingeladen wurde und daß auf seinen Spaziergängen Herr v. Pasenow von Zeit zu Zeit sogar selber im Pfarrhause vorsprach. Nein, dies schien nicht verwunderlich und der Pastor wertete es als Frucht des gespendeten geistlichen Trostes. Bloß Herr v. Pasenow wußte, daß es ein unerklärlicher und geheimer Grund war, der ihn zu dem Pastor trieb, obwohl er den Mann nicht leiden mochte, eine unbestimmte Hoffnung, daß der Mund, der in der Kirche predigte, ihm etwas mitteilen müßte, das er erwartete und das er, trotz aller Angst, daß es niemals eintreffen werde, nicht einmal zu benennen vermochte. Wenn der Pastor die Rede auf Helmuth brachte, so sagte Herr v. Pasenow manchmal: »Ist ja egal...« und brach zu seiner eigenen Verwunderung das Gespräch ab, fluchtartig geradezu, als fürchte er sich vor dem Unbekannten, das er doch herbeisehnte. Aber manchmal gab es Tage, da duldete er es, daß das Unbekannte ihm in die Nähe kam, und das war dann wie ein Spiel, das er als Kind gespielt hatte: man hatte einen Ring sichtbarlich versteckt, ihn etwa an einen Lüster gehängt oder an einen Schlüssel, und wenn die Suchenden sich entfernten, sagte man »kalt« und wenn sie sich dem versteckten Gegenstand näherten sagte man »warm« oder gar »heiß«. So war es nur ganz selbstverständlich, daß Herr v. Pasenow plötzlich scharf und deutlich »heiß, heiß...« sagte und beinahe in die Hände geklatscht hätte, als der Pastor wieder einmal von Helmuth sprach. Höflich bestätigte der Pastor, daß der Tag wirklich recht warm gewesen sei, und Herr v. Pasenow fand in die Gegenwart zurück. Dennoch war es sonderbar, wie nahe beieinander die Dinge lagen: noch glaubte man mitten im Kinderspiel zu sein und doch ist auch der Tod schon mitten im Spiele. »Ja, ja, warm ist's heute«, sagte also Herr v. Pasenow, hatte aber das Aussehen als fröre ihn, »ja, in solch heißen Nächten brennt es gerne in den Scheunen.«

Der Gedanke an die Hitze verließ ihn auch beim Abendessen nicht: »In Berlin muß es jetzt drückend heiß sein. Joachim schreibt zwar nichts darüber... ja, er schreibt überhaupt so wenig.« Der Pastor sprach von den Anstrengungen des Dienstes. »Was für ein Dienst?« fragte Herr v. Pasenow scharf, so daß der Pastor betreten keine Antwort wußte. Nun, kommentierte Frau v. Pasenow, der Herr Pastor meine eben, daß der Dienst Joachim wenig Muße zum Schreiben lasse, besonders jetzt zur Manöverzeit. »So soll er eben den Dienst lassen«, knurrte Herr v. Pasenow. Dann trank er rasch nacheinander einige Glas Wein und erklärte, daß ihm nun wohler sei; er schenkte dem Pastor ein: »Trinken Sie, Pastor, wenn man trinkt, wird einem warm und wenn man doppelt sieht, ist man weniger einsam.« – »Wer mit Gott ist, ist nie einsam, Herr v. Pasenow«, erwiderte der Pastor, und Herr v. Pasenow empfand die Antwort als Ermahnung und Taktlosigkeit. Hatte er nicht stets Gott gegeben, was Gottes ist und dem Kaiser oder richtiger dem König hat er gegeben, was ihm gebührt: ein Sohn macht Dienst beim König und schreibt nicht und den andern hat Gott zu sich genommen und ringsherum ist es leer und kalt. Ja, der Pastor hatte leicht hochmütig reden; der hatte das Haus voll, zu voll für seine Verhältnisse und jetzt war wieder eines zu erwarten. Da hielt es nicht schwer, mit Gott zu sein; gerne würde er dies dem Pfarrer sagen, aber er durfte es nicht mit ihm verderben, wer blieb ihm denn sonst, wenn keiner mehr zu ihm wollte, außer... da riß der eben sichtbar gewesene Gedanke ab, versteckte sich, und Herr v. Pasenow sagte weich und träumerisch: »Im Kuhstall ist es warm.« Erschrocken schaute Frau v. Pasenow auf ihren Gatten; hatte er den Wein doch zu hastig getrunken? Aber Herr v. Pasenow war aufgestanden und horchte zum Fenster hin; hätte die Lampe nicht bloß den Tisch beleuchtet, so hätte Frau v. Pasenow den erschreckt-wartenden Ausdruck in seinen Zügen sehen müssen, der allerdings verschwand, als im knirschenden Kies die Schritte des Nachtwächters vernehmbar wurden. Herr v. Pasenow ging zum Fenster, beugte sich hinaus und rief »Jürgen«. Und als Jürgens schwerer Tritt vor dem Fenster Halt machte, befahl Herr v. Pasenow auf die Scheuern achtzuhaben, »just zwölf Jahre sind es her, daß uns die große Scheune am Vorwerk in solch warmer Nacht abgebrannt ist«. Und als Jürgen sich befehlsgemäß erinnert und »keine Sorge« gesagt hatte, fügte sich auch für Frau v. Pasenow der Vorfall wieder ins Gewohnte und Unauffällige, so daß sie auch nichts weiter dabei fand, als Herr v. Pasenow sich verabschiedete, um noch einen

Brief, der mit der Morgenpost fortgehen sollte, zu schreiben. An der Tür kehrte er nochmals um: »Sagen Sie, Herr Pastor, warum haben wir Kinder? Sie sollten es doch wissen, Sie haben doch Praxis.« Und er entfernte sich rasch und kichernd, aber ein wenig wie ein Hund, der auf drei Beinen läuft.

Mit dem Pastor allein geblieben, sagte Frau v. Pasenow: »Ich bin ganz glücklich, wenn er wieder mal besserer Laune ist. Seit dem Ableben unseres armen Helmuth ist er ja stets recht gedrückter Stimmung gewesen.«

Der August neigte sich seinem Ende zu und die Pforten der Theater waren wieder geöffnet. Ruzena hatte nun Visitenkarten, die sie als Schauspielerin bezeichneten, und Joachim mußte auf Manöver nach Oberfranken. Er war Bertrand böse, weil er Ruzena in einem Beruf untergebracht hatte, der schließlich nicht minder anrüchig war als die Tätigkeit im Jägerkasino. Natürlich mußte man es auch Ruzena selber zur Last legen, daß sie überhaupt in einen derartigen Beruf geraten war, mehr vielleicht noch ihrer Mutter, daß sie ihr Kind nicht besser behütet hatte. Aber was er daran hatte gutmachen wollen, das schien nun durch Bertrand wieder zerstört. Vielleicht war es sogar jetzt noch ärger als früher. Denn im Kasino war alles eindeutig und es galt ja, ja, und nein, nein; die Bühne hingegen besaß ihre eigene Atmosphäre; hier gab es Huldigung und Blumen und wohl nirgend anderwo wurde es einem jungen Mädchen so schwer gemacht, anständig zu bleiben. Das war ja allgemein bekannt. Ach, es war ein stets tieferes Hinabgleiten, und Ruzena wollte es nicht verstehen, sondern war auf ihren neuen Beruf und ihre Visitenkarten sogar noch stolz. Sie erzählte mit großer Eindringlichkeit Kulissenerlebnisse und all den Klatsch des Theaters, den er nicht hören wollte, und durch die Dämmerung ihres Zusammenlebens brachen nun unaufhörlich Streifen von Rampenlichtern. Wie hatte er je glauben können, daß er zu ihr hinfinden würde, oder daß sie ihm gehört hätte, sie, die im vorhinein Verlorene. Noch suchte er sie, aber das Theater stand wie eine Drohung aufgerichtet und wenn sie von den Liebesaffären der Kolleginnen eifrig erzählte, so sah er darin die Gefahr und das feste Vorhaben ihres geweckten Ehrgeizes, es ihnen gleichzutun, sah darin Ruzenas Rückkehr zu einem früheren Leben, das sich vielleicht nicht viel anders abgespielt haben mochte; denn der Mensch strebt immer zu seinem Ausgangspunkt zurück. Zerstörtes Glück der dämmerigen Indolenz, verlorene Süßigkeit der Trauer, die das Herz zwar umschloß und Tränen aufsteigen machte, die aber doch den Schimmer ewigen Versinkens in sich trug. Nun tauchten auch wieder die Hirngespinste auf, vor denen er sich gefeit geglaubt hatte, und wenn er auch nicht mehr das Antlitz des italienischen Bruders im Gesicht Ruzenas suchen mußte, es war darin vielleicht in noch ärgerer Weise eingegraben, eingegraben als das unauslöschliche Antlitz jenes Lebens, dem er sie nicht zu entreißen vermochte. Und der Argwohn wurde wieder wach, daß Bertrand es sei, der diese Hirngespinste herbeiführte, der alles beabsichtigt hatte, der gleich Mephisto alles vernichten und selbst Ruzena nicht schonen wollte. Zu all dem kamen die Manöver; wie wird er Ruzena bei seiner Rückkunft wiederfinden? Wird er sie überhaupt noch wiederfinden? Sie versprachen einander häufig zu schreiben, täglich; aber Ruzane hatte mit der deutschen Schriftsprache allerhand Schwierigkeiten, und weil sie überdies auf ihre Visitenkarten stolz war und er nicht wagte, die kindliche Freude zu zerstören, brachte ihm die Post oftmals bloß eine solche Karte mit der verhaßten Aufschrift »Schauspielerin« und auf der Karte stand »schickt viele Pussi«, ein Wort, das die Sanftheit ihrer Küsse zu entweihen schien. Dennoch war er höchlich beunruhigt, wenn er einige Tage keine Nachricht von ihr erhielt, trotzdem er sich sagen mußte, daß die Bewegtheit des Feldlebens Postverspätungen erklärlich machte; und er war froh, wenn dann eines der unangenehmen Kärtchen einlangte. Und plötzlich und unvermittelt tauchte es wie Erinnerung auf, daß auch Bertrand so eine Art Schauspieler sei.

Ruzena aber sehnte sich nach Joachim. Seine Briefe enthielten Schilderungen des Manöverlebens und der Abende in den kleinen Dörfern, deren er sich erst wirklich erfreuen würde, »wenn du, liebe, kleine, süße Ruzena bei mir wärest«. Und wenn er sie aufforderte, zu gleicher Zeit mit ihm, um neun Uhr abends den Mond zu betrachten, damit ihre Blicke sich dort oben träfen, so lief sie während der Pause aus der Bühnentür und schaute pflichtschuldig hinauf, selbst wenn die Pause erst auf halb zehn Uhr fiel. Es war ihr, als ob jener Frühlingsnachmittag im Regen sie immer noch festhielte, in ihr etwas lähmte; die Flutwelle, die damals über sie gegangen war, zog sich nur langsam zurück, und obwohl des Mädchens Wille nicht stark genug war und es auch sonst keinerlei Möglichkeit besaß, Staudämme aufzurichten, um die Flut zurückzuhalten, so war doch die Luft, die es atmete und ausatmete, noch immer von milder Feuchtigkeit geschwängert. Zwar beneidete sie die Kolleginnen, die Blumen in der Garderobe erhielten, aber sie bedauerte es eigentlich bloß Joachims wegen, dem sie eine gefeierte Diva zur Geliebten gewünscht hätte. Und wenn auch eine liebende Frau oftmals jenen Hauch des Erotischen um sich trägt, der vielen erst zartester Reiz ist, es waren die Männer, die den Künstlerinnen ihre Huldigungen darbrachten, doch von anderer Art und nicht danach angetan, solch leisen Ton zu vernehmen. So geschah es, daß Ruzena unberührter denn je Joachim empfing, als er von den Manövern nach Berlin zurückkehrte, und sie empfanden es wie einen Sieg, von dem sie trotzdem wußten, daß die Niederlage folgen werde; aber sie wollten dies nicht wissen und verschlossen sich der Erkenntnis unter Umarmungen.

Seitdem der Zug die Halle verlassen und sie mit flatterndem Spitzentüchlein Abschied genommen hatte, versuchte Elisabeth sich klarzumachen, ob sie Joachim liebe. Es war eine fast freudige Beruhigung, daß das Gefühl, welches sie als Liebe bezeichnen wollte, so sehr behutsam und zivilisiert auftrat; man mußte geradezu nachdenken, um es zu bemerken, denn es war ein so leichtes und dünnes Gebilde, daß es erst auf einem Hintergrund von silberiger Langeweile sichtbar wurde. Doch nun verblaßten die sanften Konturen des Bildes, da die Langeweile sich zu steigender Ungeduld wandelte, je mehr sie sich der Heimat näherten, und als auf dem Bahnhof der Baron sie mit den neuen Pferden erwartete und gar als sie in Lestow einlangten, mit grünen Wipfeln des Parkes umfriedete Natur auftauchte, vorgelagert das Tor in ruhigerer Massigkeit, eine erste Überraschung, denn rechts und links vom Parkeingang waren zwei neue Pförtnerhäuser angebaut worden, so daß die Damen lebhafte Rufe des Erstaunens von sich gaben, und dies doch bloß der Auftakt war für das viele, das in den nächsten Tagen noch zu sehen und zu erleben sein würde, war es nur allzu verständlich, daß Elisabeth nicht mehr an die Liebe dachte. Hatte doch der Baron die Abwesenheit seiner beiden Damen oder, wie er sie zum Stolze Elisabeths manchmal nannte, seiner beiden

Frauen wieder einmal dazu benützt, um im Hause mannigfache Verbesserungen und Verschönerungen vorzunehmen, die sie entzückten und dem Baron viele Worte des Lobes und des zärtlichen Dankes eintrugen. Sie hatten ja auch allen Grund, auf ihren kunstverständigen Papa stolz zu sein, der zwar keinen übermäßigen Respekt vor dem Bestehenden an den Tag legte und der dem alten Herrenhaus schon allerlei Verzierungen zugemutet hatte, der sich aber keineswegs auf das Architektonische beschränkte, sondern niemals vergaß, daß es immer Plätze an den Wänden gab, an denen sich ein neues Bild gut machte, eine Ecke, die man mit einer gewichtigen Vase schmücken konnte, ein Büffet, das mit einer goldgestickten Samtdecke zu versehen war, und er war der Mann, der danach handelte. Seit ihrer Verheiratung waren der Baron und die Baronin zu Sammlern geworden, und die stete Ausgestaltung ihres Heims wurde ihnen eine Verewigung des Brautstandes, auch dann noch, als die Tochter sich dazugesellt hatte. Elisabeth blieb es nicht verborgen, daß der Eltern Leidenschaft, die verschiedenen Geschenkfeste des Jahres zu begehen, die Geburtstage zu feiern und ständig auf neue Überraschungen bedacht zu sein, eine tiefere Bedeutung besaß und mit der Freude, ja, man konnte fast sagen Sucht, sich mit immer neuen Dingen zu umgeben, in einem tieferen, wenn auch schwer durchschaubaren Zusammenhang stand; zwar wußte Elisabeth nicht, daß jeder Sammler mit der nie erreichten, nie erreichbaren und doch unentwegt erstrebten lückenlosen Absolutheit seiner Sammlung hinauslangt über die gesammelten Dinge, in die Unendlichkeit hineinlangt, und daß er, aufgehend in seiner Sammlung, auch die Erreichung seiner eigenen Absolutheit erhofft und die Aufhebung seines Todes, Elisabeth wußte es nicht, aber umgeben von all den vielen schönen toten Dingen, die um sie angesammelt und aufgehäuft waren, umgeben von den vielen schönen Bildern, ahnte sie dennoch, daß die Bilder an die Wände gehängt waren, als sollten sie die Mauern verstärken, und als sollten all die toten Dinge etwas sehr Lebendiges bergen, vielleicht auch verbergen und schützen, etwas, dem sie selber so sehr verbunden war, daß sie manchmal denken mußte, es sei ein kleines Geschwister, wenn ein neues Bild gebracht wurde, etwas, was gehegt sein wollte und das die Eltern hegten, als ob ihrer aller Beisammensein davon abhängen würde: sie ahnte die Angst, die dahinter stand und die den Alltag, der das Altern ist, im Festlichen zu übertönen suchte, Angst, die sich immer wieder vergewisserte – stets neu erlebte Überraschung –, daß sie lebendig und geboren und definitiv beisammen waren und ihr Kreis ewiglich geschlossen. Und so wie der Baron immer neue Strecken seines Bodens in den Park einbezog, dessen dichter dunkler Bestand nun schon fast von allen Seiten mit weiten Flächen freundlichen lichten Jungholzes umgeben war, so schien es Elisabeth, als wünschte er mit fast weiblicher Fürsorge ihrer aller Leben zu einem immer größeren eingefriedeten Park voll anmutiger Raststationen zu machen und als wäre er erst am Ziele und von jeglicher Angst befreit, wenn sich der Park über die ganze Erde ausgebreitet haben würde, Ziel seiner selbst, Park zu sein, auf daß Elisabeth sich für immer in ihm ergehen möge. Zwar widersetzte sich manchmal etwas in ihr solch sanfter unentrinnbarer Verpflichtung, aber da die Auflehnung fast niemals sehr deutlich wurde, verfloß sie mit den sonnigen Konturen der Hügel, die draußen hinter der Einfriedung des Parkes lagen.

»Ei«, sagte die Baronin, als sie die neue Pergola im Rosarium bewunderten, »ei, wie zierlich: als wäre es für ein Brautpaar geschaffen.« Sie lächelte Elisabeth zu und auch der Vater lächelte, aber in ihrer beider Augen war die Angst vor dem Drohenden, Unentrinnbaren deutlich zu lesen, Hilflosigkeit, Wissen von einer Untreue und einem Verrat, dennoch im vorhinein verzeihend, da sie selber gesündigt hatten. Wie war es traurig, daß die Eltern schon von dem bloßen Gedanken an solch künftige Eheschließung bedrückt schienen, und Elisabeth wies jeden Heiratsgedanken weit von sich, so weit, daß es fast wieder erlaubt wurde, gerne zuzuhören, wenn die Eltern gleichsam als Zugeständnis an die Liebesbestimmung der Tochter von einer möglichen Heirat sprachen, gleichsam in einer Anerkennung, die die Tochter in die Sphäre der Erwachsenen erhob, beinahe zu einer Schwester der Mutter machte, und deshalb wohl auch mußte Elisabeth an Tante Brigittens Hochzeitstag denken, als nun die Mutter ihr einen zärtlichen Kuß auf die Wange drückte, mußte ihn auch wie einen Abschiedskuß empfinden, denn so hatte die Mutter damals die Schwester geküßt, unter Tränen geküßt, unter Tränen, obzwar sie alle behauptet haben, sehr glücklich zu sein und über den neuen jungen Onkel sich zu freuen. Aber natürlich war dies schon lange her; es war kindisch, daran zu denken, und Elisabeth, zwischen den Eltern, legte die Arme um ihre Schultern und ging mit ihnen zur Mittellaube der Pergola, wo sie sich niederließen. Die Rosenbeete, durchzogen von den schmalen, symmetrisch gewundenen Wegen, prangten in allen Farben und waren voll Duft, doch die Schatten waren noch nicht verflogen und der Baron sagte traurig, auf eine Gruppe weisend: »Und dort versuchte ich, auch einige Manettirosen zu setzen, aber unser Klima dürfte zu rauh für sie sein«, und als beabsichtigte er die Tochter durch solches Versprechen zurückzuhalten, fuhr er fort: »Falls es aber gelingt und sie gedeihen, dann sollen sie Elisabeth gehören.« Elisabeth spürte den Druck seiner Hand und das war ihr beinahe wie eine Andeutung, daß es etwas gab, das sie nicht fest genug umschlossen halten konnte, etwas, von dem man vielleicht meinen mochte, daß es die Zeit war, zusammengeballt und zusammengepreßt wie eine Uhrspirale, und die nun aufzuspringen drohte, sich zwischen den Fingern herauswand, länger wurde, ein beängstigend langes dünnes weißes Band, das zu kriechen begann und von ihnen Besitz zu ergreifen suchte wie eine böse Schlange, so daß man dick, alt und häßlich wurde. Vielleicht spürte dies auch die Mutter, denn sie sagte: »Wenn das Kind einmal von uns weggehen wird, werden wir allein hier sitzen.« Und Elisabeth sagte schuldbewußt: »Ich werde ja immer bei euch bleiben«, sagte es schuldbewußt und beschämt, weil sie selber nicht daran glaubte und es doch wie die Erneuerung eines alten Gelöbnisses klang. »Übrigens sehe ich nicht ein, warum sie dann nicht mit ihrem Mann bei uns wohnen soll«, schlug die Baronin vor, indes der Vater wehrte ab: »Bis dahin ist noch lange Zeit«, und nun mußte Elisabeth wieder an Tante Brigitte denken, die auf Würbendorf saß und dick geworden war, mit ihren Kindern zankte und die mit der holden Gestalt von einst so wenig gemein hatte, daß man sich nicht vorstellen konnte, wie es gewesen war, und sich fast des Glückes schämte, das ihre Nähe einst ausgelöst hatte. Und dabei ist Würbendorf heller und freundlicher als Stolpin und alle hatten sich gefreut, in Onkel Albert einen neuen jungen Verwandten zu erhalten. Mag sein, daß es auch nicht einmal Tante Brigitte gewesen war, die sie so sehr geliebt, sondern es hatte sich die Angliederung eines neuen Verwandten zu solch erregendem und holden Geschehen entfaltet. Würde man mit allen Menschen verwandt sein, so wäre die Welt wie ein gepflegter Park und einen neuen Verwandten bringen, hieße eine neue Rosensorte in den Garten setzen. Untreue und Verrat würden dann zum leichteren Verbrechen: das hatte sie wohl auch schon damals gespürt, als sie sich über Onkel Albert so sehr freute, und in dem Meere des ihnen angetanen Unrechts war es vielleicht diese kleine Insel des Verzeihens, auf welche die Eltern sich jetzt retteten, da sie von der möglichen Heirat der Tochter wie von einem freundlichen Geschick sprachen. Auch die Baronin hatte den Gedanken nicht aufgegeben; und weil das Leben aus lauter Kompromissen besteht, sagte sie: »Überdies wird unser Häuschen im Westend immer für sie bereit sein.« Aber Elisabeths Hand lag noch in der des Vaters, spürte deren Druck, Elisabeth wollte von einem Kompromiß nichts wissen. »Nein, ich bleibe bei euch«, wiederholte sie fast trotzig und sie erinnerte sich, wie bitter sie es als Kind empfunden hatte, daß sie vom Schlafzimmer der Eltern ausgeschlossen war und nicht über ihre Atemzüge wachen durfte; sprach doch die Baronin gerne und oft vom Tode, der den Menschen im Schlafe zu überfallen pflegt, und wenn sie ihren Gatten und Elisabeth damit erschreckte, so wurde es des Morgens selige Überraschung, daß sie die Nacht nicht auf ewig getrennt hatte, wurde zum täglich erneuten stürmischen Wunsch, sich bei den Händen zu nehmen, sich zu halten, auf daß sie niemals voneinandergerissen würden. So saßen sie auch jetzt hier in der Pergola, die von Rosenduft erfüllt war; Elisabeths kleiner Hund kam herangesprungen und begrüßte sie, als hätte er sie für ewig wiedergefunden und legte die Pfoten auf ihr Knie. Die Stöcke der Rosen standen steif und hart vor der grünen Wand des Gartens und gegen den hellblauen Himmel. Niemals würde sie einen Fremden, und wäre er noch so nahe verwandt, des Morgens mit jener Freude begrüßen können, niemals würde sie an seinen Geburtstag mit solcher leidenschaftlicher und fast andächtiger Eindringlichkeit wie etwa an den Geburtstag des Vaters denken können, nie würde sie ihn mit jener unbegreiflichen und doch hohen Angst umhegen, die die Liebe ist. Und da sie dies erkannte, lächelte sie liebend den Eltern nun zu und streichelte den Kopf des Hündchens Bello, das mit angstvoll liebenden Augen andächtig zu ihr hinaufsah.

Späterhin begann sie sich zu langweilen und auch das kleine Gefühl der Auflehnung stellte sich wieder ein. Dann war es nicht unangenehm, an Joachim zu denken und sie sah seine schlanke Gestalt und wie er in dem langen viereckigen Uniformrock mit leichter Verbeugung am Bahnsteig gestanden hatte. Aber sein Bild vermischte sich sonderbar unlöslich mit dem der jungen Tante Brigitte, und sie wußte nachgerade nicht mehr, ob Joachim die zarte Brigitte heiraten sollte oder sie selber den jungen Onkel ihrer Kinderzeit. Und wenn sie auch wußte, daß Liebe nicht das ist, was in der Oper und in den Romanen vorgeführt wird, so stand doch fest, daß sie an Joachim ohne Angst dachte; ja, selbst wenn sie die Vorstellung heraufbeschwor, der abrollende Zug hätte damals seinen Degen erfaßt und Joachim wäre unter die Räder geschleudert worden, so erfüllte dieses Bild sie wohl mit Entsetzen, nicht aber mit jener süßen Trauer und Bangigkeit und mit jenem Zittern, mit dem sie am Leben der Eltern hing. Als ihr dies klar wurde, war es wie ein Verzicht, aber auch wie eine kleine traurige Erleichterung. Nichtsdestoweniger nahm sie sich vor, Joachim gelegentlich nach seinem Geburtstag zu fragen.

Joachim war nach Stolpin heimgekehrt. Schon auf dem Wege vom Bahnhof, gleich nachdem sie das Dorf durchquert und die ersten Gutsfelder erreicht hatten, war ein neues Gefühl überraschend in ihm aufgekeimt; er suchte nach einem Wort dafür und fand es: mein Besitz. Als er beim Herrenhaus abstieg, war er mit einem neuen Heimatgefühl ausgestattet.

Nun saß er mit Vater und Mutter beisammen, und wenn es sich auf das Frühstück beschränkt hätte, wäre es recht erträglich gewesen; da freute er sich, unter der großen Linde sitzen zu können, der Garten lag frisch und sonnig vor ihm; die gute gelbe Butter, der Honig und der Aufsatz mit den Früchten, all diese Behaglichkeit hob sich wohltuend ab von dem eiligen Frühstück vor dem Dienst. Aber bereits die Mittags- oder Abendmahlzeiten und die Kaffeestunde waren eine Qual; je weiter der Tag fortschritt, desto stumpfer wurde das Beisammensein, und wenn des Morgens die Eltern sich über das Erscheinen des ungewohnten Sohnes gefreut hatten und vielleicht täglich auch erwarteten, es werde etwas Schönes und Lebenfüllendes von ihm ausgehen, so war der Verlauf des Tages – skandiert durch die Mahlzeiten – eine etappenweise Enttäuschung, und gegen Nachmittag war Joachims Gegenwart beinahe zur Verschärfung ihrer zweisamen Unerträglichkeit geworden; selbst die Hoffnung auf die Post, einziger Lichtblick des Alltags, war durch des Sohnes Anwesenheit herabgemindert, und wenn der Alte trotzdem auch jetzt noch täglich dem Postboten entgegenging, so war es fast ein Akt der Verzweiflung, war fast wie eine versteckte Aufforderung für Joachim, doch endlich wegzureisen und Briefe zu schicken. Dabei schien Herr v. Pasenow es selber zu wissen, daß er etwas anderes erwartete als Joachims Briefe und daß der Bote, dem er entgegenspähte, nicht jener mit der Tasche war.

Joachim machte schwache Versuche, den Eltern näherzukommen. Er besuchte den Vater in dem mit Geweihen ausgeschmückten Zimmer und fragte nach der Ernte, nach der Jagd, hoffte wohl auch, es würde den Alten freuen, daß er der Aufforderung, »sich einzuarbeiten« wenigstens andeutungsweise nachkam. Aber entweder hatte der Vater die Aufforderung vergessen oder er wußte selbst nicht Bescheid über die Verhältnisse auf dem Gute; denn er gab bloß widerwillige, ausweichende Antwort, ja einmal sagte er geradezu: »Darum brauchst du dich vorderhand nicht zu kümmern«, und Joachim, zwar einer lästigen Verpflichtung entbunden, mußte an die Zeit denken, da man ihn auf die Kadettenschule gebracht und ihn zum ersten Male der Heimat beraubt hatte. Jetzt aber war er zurückgekehrt und erwartete seinen eigenen Gast. Das war ein angenehmes Gefühl und enthielt es auch allerlei Feindseliges gegen den Vater, so blieb dies Joachim selber verborgen, ja, er hoffte sogar, daß auch die Eltern mit dieser Unterbrechung der wachsenden Langeweile zufrieden sein und in gleicher Ungeduld wie er der Ankunft Bertrands entgegensehen würden. Er ließ es hingehen, daß der Vater seine Briefschaften durchstöberte und wenn sie ihm dann mit den Worten übergeben wurden: »Scheint leider noch immer keine Nachricht von deinem Freund dabei zu sein; ob er nur überhaupt kommt«, so wollte Joachim, trotzdem es ihm wie Schadenfreude klang, bloß das Bedauern heraushören. Seine Mißstimmung kam erst zum Durchbruch, wenn er überdies einen Brief Ruzenas in den Händen des Vaters sah. Aber der Alte sagte nichts, höchstens klemmte er das Einglas ins Auge und mahnte: »Jetzt solltest du aber wirklich schon mal zu den Baddensen hinüber, wäre schon an der Zeit«; das konnte nun eine Anzüglichkeit bedeuten oder nicht, jedenfalls genügte es, um Joachim das Wiedersehen mit Elisabeth so sehr zu verleiden, daß er den Besuch stets wieder hinausschob, mochten auch ihre Gestalt und ihr wehendes Spitzentüchlein ihn bisher treulich begleitet haben, allerdings immer eindringlicher mit dem Wunsche und mit der Vorstellung verquickt, er müsse Eduard v. Bertrand neben sich auf dem Bocke des Kutschierwagens haben, wenn er an der Freitreppe in Lestow vorfahren werde.

Aber es kam nicht dazu, wenigstens vorderhand nicht, denn eines Tages machten Elisabeth und ihre Mutter einen nachträglichen Kondolenzbesuch bei Herrn und Frau v. Pasenow. Elisabeth war enttäuscht und doch irgendwie befreit, weil Joachim zufällig nicht daheim war, und sie war auch ein wenig beleidigt. Nun saß man im kleinen Salon und die Damen erfuhren von Herrn v. Pasenow, daß Helmuth für die Ehre des Namens gefallen sei. Elisabeth mußte daran denken, daß in vielleicht nicht allzu langer Zeit auch sie den Namen tragen werde, für den einer gefallen war, und mit einem Anflug von Stolz und freundlichem Erstaunen stellte sie fest, daß dann auch Herr und Frau v. Pasenow neue Verwandte sein würden. Man sprach noch über den Trauerfall und Herr v. Pasenow sagte: »So geht es, wenn man Söhne hat; sie fallen für die Ehre oder für den König... es ist lächerlich, Söhne zu haben«, setzte er scharf und angriffslustig hinzu. »Ach, die Töchter heiraten uns dafür unter der Hand weg«, entgegnete mit fast beziehungsreichem Lächeln die Baronin, »und wir Alten bleiben auf jeden Fall allein zurück.« Aber Herr v. Pasenow erwiderte darauf nicht, wie es sich doch gehört hätte, daß die Baronin beileibe nicht zu den Alten gezählt werden dürfe, sondern er erstarrte in Blick und Haltung und sagte nach einigem Stillschweigen: »Ja, allein zurückbleiben, allein zurückbleiben«, und nachdem er noch ein wenig und offenbar angestrengt nachgedacht hatte, »allein sterben.« – »Aber, Herr v. Pasenow, wir wollen doch nicht ans Sterben denken«, war die mit pflichtschuldig fröhlicher Stimme vorgebrachte Antwort der Baronin, »oh, wir wollen noch lange nicht daran denken; auf Regen folgt Sonnenschein, mein lieber Herr v. Pasenow, und das soll man sich immer vor Augen halten.« Herr v. Pasenow fand in die Realität zurück und wurde wieder Kavalier: »Vorausgesetzt, daß der Sonnenschein in Ihrer Gestalt in unser Haus kommt, Baronin«, und ohne die geschmeichelte Entgegnung der Baronin abzuwarten, fuhr er fort: »doch wie selten ist das... das Haus ist leer, sogar die Post bringt nichts. Ich habe Joachim geschrieben, aber wenig Antwort; ist auf Manöver.« Erschrocken wandte sich Frau v. Pasenow an ihren Gatten: »Aber... aber, Joachim ist doch hier.« Ein giftiger Blick strafte sie für diese Richtigstellung. »Nun, hat er etwa geschrieben? Und wo ist er jetzt?«, und es wäre sicherlich zu einer kleinen Auseinandersetzung gekommen, wenn nicht der Harzer Kanarienvogel in seinem Käfig die dünne gelbe Garbe seiner Stimme hätte emporschießen lassen. Da aber saßen sie um ihn herum wie um einen Springbrunnen und vergaßen für ein paar Augenblicke alles andere: es war, als ob dieser schmale gelbe Stimmstreifen auf- und niedergleitend sich um sie schlänge und sie zu jener Gemeinsamkeit vereinte, in der die Behaglichkeit ihres Lebens und Sterbens begründet lag; es war, als ob dieser Streifen, der emporschnellte und sie erfüllte, und dennoch zum Ursprung sich wieder zurückbog und rundete, sie des Redens enthöbe, vielleicht weil er ein dünnes, gelbes Ornament im Raum war, vielleicht weil er ihnen für ein paar Augenblicke zum Bewußtsein brachte, daß sie zusammengehörten und sie heraushob aus der fürchterlichen Stille, deren Getöse und deren Stummheit undurchdringlicher Schall zwischen Mensch und Mensch steht, eine Wand, durch die des Menschen Stimme nicht hinüber, nicht herüber mehr dringt, so daß er erbeben muß. Doch jetzt, da der Kanarienvogel sang, hörte selbst Herr v. Pasenow nicht mehr die entsetzliche Stummheit und alle hatten sie ein herzliches Gefühl, als Frau v. Pasenow sagte: »Nun wollen wir uns aber zum Kaffee begeben.« Und auch als sie durch den großen Saal gingen, dessen Vorhänge der Nachmittagssonne wegen geschlossen waren, dachte keiner daran, daß Helmuth hier aufgebahrt gelegen hatte.

Dann kam Joachim und Elisabeth war wieder enttäuscht, denn sie hatte sein Bild in Uniform im Gedächtnis gehabt und er war jetzt mit dem ländlichen Jagdanzug bekleidet. Sie waren fremd und befangen, und selbst als sie mit den anderen in den Salon zurückgekehrt waren und Elisabeth vor dem Käfig des Kanarienvogels stand, dem sie einen Finger zwischen die Stäbe steckte, damit er zornig darauflospicke, selbst als sie da beschloß, daß sie in ihrem eigenen Salon – sollte sie je heiraten

– solch einen kleinen gelben Vogel stets werde haben wollen, selbst da konnte sie Joachim mit einer Heirat nicht mehr in Verbindung bringen. Aber das war eigentlich bloß angenehm und beruhigend und erleichterte es ihr, beim Abschied zu verabreden, daß er sie bald zu einem Spazierritt abholen müsse. Vorher würde er natürlich Besuch bei ihnen machen.

Bertrand hatte es endlich ermöglicht, der Einladung Pasenows zu folgen und war mit einem Abendzug zu zweitägigem Zwischenaufenthalt in Berlin eingetroffen. Es verstand sich, daß er sich um Ruzena kümmern wollte: er ging geradenwegs ins Theater und schickte ihr mit ein paar Blumen Botschaft in die Garderobe. Ruzena freute sich über seine Karte, freute sich über die Blumen, und es schmeichelte ihr, daß Bertrand sie beim Bühneneingang erwartete. »Nun, kleine Ruzena, wie geht's?« Und Ruzena erzählte sofort sprudelnd, daß es sehr gut, sehr gut, oh, eigentlich gar nicht gut gehe, weil sie so große Sehnsucht nach Joachim habe, aber jetzt gehe es ihr natürlich gut, weil sie sich schrecklich freue, daß Bertrand, der doch ein so guter Freund von Joachim sei, sie abhole. Als sie dann beim Essen einander gegenübersaßen und vielerlei über Joachim gesprochen hatten, wurde Ruzena, wie dies oft bei ihr geschah, plötzlich traurig: »Jetzt fahrens Sie zum Joachim und ich hab' dableiben; ist Ungerechtigkeit auf die Welt.« – »Natürlich ist Ungerechtigkeit auf die Welt und eine viel ärgere noch als du denkst, kleine Ruzena« – es erschien ihnen beiden angemessen, daß er Du zu ihr sagte –, »und ein wenig hat mich auch die Sorge um dich hergeführt.« – »Wie meinen das?« – »Ja, es paßt mir nicht, daß du in dieser Theaterwirtschaft steckst.« »Warum? Ist doch schön.« – »Es war voreilig von mir, euch nachzugeben... bloß weil ihr Romantiker seid und euch unter dem Theater weiß Gott was vorgestellt habt.« »Versteh' ich nicht, was meinen.« – »Macht nichts, kleine Ruzena, aber es ist ausgeschlossen, daß du dabei bleibst. Schließlich, wohin soll das führen? Was soll aus dir, Kind, schließlich werden? Man muß doch für dich sorgen und mit Romantik kann man für niemanden sorgen.« Ruzena sagte steif und stolz, daß sie schon allein für sich sorgen werde; sie brauche niemanden und er soll nur gehen, der Joachim, wenn er sie verlassen will, soll er nur gehen, »und Sie sinds schlechter Mensch, nur hergekommen, um Freund schlecht machen«; sie weinte und sah Bertrand unter Tränen feindselig an. Es war nicht leicht, sie zu beruhigen, denn sie blieb dabei, daß er schlechter Mensch und schlechter Freund sei, der ihr so schönen Abend verderben will. Und mit einem Male wurde sie ganz blaß und heftete entsetzte Augen auf ihn: »Hat Ihnen hergeschickt, sagen, daß aus ist?!« – »Aber Ruzena!« – »Nein, können zehnmal sagen nein, ich weiß, daß es so ist, oh, sinds schlecht alle beide. Habens mich hergebracht zu Schande.« Bertrand begriff, daß mit Vernunftgründen da nichts auszurichten war; aber vielleicht war in ihrem ungeschickten Verdacht sogar eine Ahnung von dem wahren Sachverhalt und seiner Hoffnungslosigkeit. Sie sah ratlos aus wie ein kleines Tier, das nicht mehr aus noch ein weiß. Und doch war es vielleicht gut, wenn sie nüchterner in die Zukunft blickte. So schüttelte er bloß verneinend den Kopf: »Sagen Sie, Kind, könnten Sie nicht, solange Joachim fort ist, in Ihre Heimat zurück?« Sie hörte nur heraus, daß sie weggeschickt werden sollte. »Aber Ruzena, wer will Sie denn wegschicken! Aber anstatt daß Sie hier allein in Berlin und bei diesem sinnlosen Theater sind, wäre es doch besser, Sie wären bei Ihren Leuten...« Sie ließ ihn nicht ausreden: »Hab' niemand, alle sind schlecht auf mich... hab' niemand und Sie wollens mich wegschicken.« – »Ruzena, nimm doch Vernunft an; wenn Pasenow wieder in Berlin ist, kommst du auch wieder zurück.« Ruzena hörte ihn nicht mehr, wollte fortgehen, wollte nichts mehr wissen. Aber er mochte sie so nicht fortlassen und dachte, wie er sie auf andere Gedanken bringen könnte; schließlich hatte er den Einfall, daß sie einen gemeinsamen Brief an Joachim schreiben sollten. Ruzena war sofort einverstanden; also ließ er Papier bringen und schrieb darauf: »An einem fröhlichen Abend Ihrer herzlichst gedenkend, senden schöne Grüße Bertrand«, und sie fügte hinzu »und viele Pussi von Ruzena.« Sie drückte einen Kuß auf das Papier, aber die Tränen wollten nicht versiegen. »Ist aus«, wiederholte sie und verlangte, heimgebracht zu werden. Bertrand gab nach. Doch damit er sie in ihrer hilflosen Stimmung nicht zu bald verlassen müsse, schlug er vor, zu Fuß zu gehen. Sie zu beruhigen – Worte versagten ohnehin –, hatte er wie ein guter braver Arzt ihre Hand gefaßt; sie schmiegte sich ein wenig dankbar und Halt suchend an ihn und überließ ihm die Hand mit leisem Druck. Ein kleines Tierchen ist sie, dachte Bertrand, und zur Richtigstellung der Situation sagte er: »Ruzena, ich bin doch schlechter Mensch und dein Feind«, aber sie antwortete nichts. Eine leichte und doch zärtliche Erbitterung über die Verwirrtheit ihres Denkens stieg in ihm auf und erstreckte sich auch auf Joachim, den er für Ruzena und ihr Schicksal verantwortlich machte und der doch nicht minder verwirrt schien als das Mädchen. Mag sein, daß es die Wärme ihres Körpers war, die er spürte, er hatte einen Augenblick lang den bösartigen Gedanken, Joachim würde es verdienen, daß man ihn mit Ruzena betröge, aber das war nicht ernsthaft und er fand bald zu dem liebenswürdigen Wohlwollen zurück, das er sonst stets für Joachim empfunden hatte. Joachim und Ruzena schienen im Wesen, die nur mit einem kleinen Stück ihres Seins in die Zeit, die sie lebten, in das Alter, das sie besaßen, hineinreichten und das größere Stück war irgendwo anders, vielleicht auf einem andern Stern oder in einer andern Zeit oder auch nur bloß in der Kindheit. Bertrand fiel es auf, daß überhaupt so viele Menschen verschiedener Zeitalter zugleich miteinander lebten, und sogar gleichaltrig waren: deshalb wohl ihrer aller Haltlosigkeit und die Schwierigkeit, sich miteinander rational zu verständigen; merkwürdig nur, daß es trotzdem so etwas wie eine menschliche Gemeinschaft und überzeitliche Verständigung gibt. Wahrscheinlich müßte man auch Joachim bloß die Hände streicheln. Was sollte und konnte er mit ihm sprechen? Welchen Zweck hatte überhaupt dieser Besuch in Stolpin? Bertrand war verärgert, aber dann erinnerte er sich, daß er mit Joachim über das Schicksal Ruzenas sprechen werde; dies gab der Reise und der verschwendeten Zeit einen ordentlichen Sinn und, wieder guter Laune, drückte er Ruzenas Hand.

Vor ihrem Hause nahmen sie Abschied, standen ein paar Augenblicke stumm einander gegenüber und es schien, als ob Ruzena noch etwas erwartete. Bertrand lächelte und noch ehe sie ihm ihren Mund geben konnte, hatte er sie ein wenig onkelhaft auf die Wange geküßt. Sie streichelte rasch seine Hand und wollte ins Haus schlüpfen; er hielt sie bei der Türe zurück: »Ja, kleine Ruzena, morgen früh reise ich; was soll ich Joachim bestellen?« – »Gar nix«, sagte sie rasch und böse; doch dann überlegte sie: »Sinds schlecht, aber werd' auf Bahnhof kommen.« – »Gute Nacht, Ruzena«, sagte Bertrand und wieder stieg die kleine Erbitterung auf, aber da er die Haut ihrer

Wange noch immer wie eine Flaumfeder auf seinen Lippen fühlte, ging er in der dunklen Straße auf und ab und schaute zum Hause Ruzenas hinüber, wartend, daß hinter einem Fenster Licht gemacht werde. Aber entweder hatte bei ihr das Licht schon gebrannt oder das Zimmer ging auf den Hof hinaus – Joachim hätte wohl auch für eine bessere Unterkunft sorgen können! – kurz, Bertrand wartete vergebens und nachdem er eine Weile das Haus betrachtet hatte, fand er, daß damit für die Romantik genug geleistet worden sei, zündete eine Zigarre an und ging heim.

Während die Gesellschaftsräume mit Parketten belegt waren, hatten die Gastzimmer im zweiten Stockwerk bloß gebohnte Böden, große Tafeln aus weichem, weißem Holze, die durch etwas dunklere Leisten voneinander getrennt waren. Es mußten mächtige Stämme gewesen sein, aus denen man diese Tafeln einst geschnitten hatte, und wenn es auch nur weiches Holz war, so zeugte die Regelmäßigkeit und die Größe von dem Wohlstand des einstigen Bauherrn. Die Fugen zwischen den Leisten und Tafeln waren scharf gestoßen und wo sie sich später infolge der Eintrocknung des Holzes erweitert hatten, waren sie durch Klemmspäne so sauber aufgefüllt, daß man es kaum merkte. Die Möbel waren wohl vom Dorftischler angefertigt worden und mochten aus jener Zeit stammen, da die napoleonischen Truppen durch die Gegend gezogen waren; zumindest mußte man daran denken, da sie entfernt an jenen Stil erinnerten, den man Empire nennt, aber es konnte trotzdem sein, daß sie etwas älter oder etwas jünger waren, denn sie wichen mit mancherlei gebauchten Formen von der Geradlinigkeit jener Epoche ab. Hier war ein Spiegelkasten, dessen Glasscheibe höchst unvermittelt durch einen senkrechten Holzstab geteilt war, es gab Kommoden, die mit zu viel oder zu wenig Laden gegen eine reine Architektonik verstießen. Aber wenn auch diese Möbel fast planlos an den Wänden aufgereiht waren, wenn auch das Bett in möglichst unzweckmäßiger Weise zwischen zwei Türen gestellt und der große weiße Kachelofen schräg in seiner Ecke eingezwängt war zwischen zwei Schränken, so machte das geräumige Zimmer dennoch den Eindruck des Behäbigen und Gelassenen, freundlich, wenn die Sonne durch die weißen Vorhänge schien und die Fenster mit ihren Kreuzen sich in der glänzenden Politur der Möbel spiegelten. Dann mochte es sogar auch jetzt vorkommen, daß man das große Kruzifix, welches oberhalb des Bettes den Raum schmückte, nicht mehr als Zier oder als gewöhnlichen Einrichtungsbestandteil wertete, sondern daß es wieder zu dem wurde, als das man es einstens hier angebracht hatte: als Wächter und Erinnerung für den Gast, mahnend, daß er in einem Hause christlicher Gemeinschaft wohne, in einem Hause, das wohl mit mancherlei für sein leibliches Gedeihen sorgte, und aus dem er in fröhlicher Gesellschaft zur Jagd ausziehen durfte, zurückzukehren, um dem Jagddiner und seinen vielen schweren Weinen zuzusprechen, einem Hause, in dem die Jäger sich auch manchen kräftigen Witz erlaubten und wo man in jenen Zeiten, da die Möbel des Zimmers angefertigt worden waren, auch noch ein Auge zudrückte, wenn einem eine Magd gefallen wollte, wo man es aber trotzdem als selbstverständlich erachtete, daß der Gast, und war er vom Weine noch so müde, des Abends das Verlangen haben werde, seiner Seele zu gedenken und seine Sünden zu bereuen. Und es entsprach einer solchen, im Grunde strengen Denkungsart, daß über dem mit grünem Rips bespannten Kanapee ein strenger und nüchterner Stahlstich hing, der bei vielen Besuchern die Erinnerung an die Königin Luise erweckte, denn es war eine hohe Frau in antiker Kleidung darauf abgebildet – »La mère des Gracches« war das Bild betitelt – und nicht nur dieses Kostüm gemahnte an das der Königin, sondern es ließ auch der Altar, zu dem sie emporwallte, an den Altar des Vaterlandes denken. Gewiß, die meisten der Jäger, die in diesem Zimmer schon übernachtet hatten, haben ein weltliches Leben geführt, zupackend, wo Vorteil und Genuß sich eben bot, haben sich auch nicht gescheut, die Ernte oder die Schweine mit großem Nutzen an den Händler zu verkaufen, waren einer barbarischen Jagd hingegeben, bei welcher Gottes Kreatur in Massen über den Haufen geschossen wurde, und viele von ihnen waren auch nach Weiberfleisch gierig: aber so sehr sie auch das herrisch-sündhafte Leben, das sie führten, als ein von Gott verliehenes gutes Recht und Vorrecht hinnahmen, so waren sie doch bereit, es jederzeit für die Ehre des Vaterlandes oder zum Ruhme Gottes zu opfern, und kamen sie auch nicht in die Lage es zu tun, so war die Bereitschaft, das Leben als etwas Nebensächliches und kaum Erwähnenswertes zu betrachten, so stark, daß dessen

Sündhaftigkeit kaum in der Waagschale lastete. Und sie fühlten sich frei von jeder Schuld, wenn sie im morgendlichen Nebel durch das leise knackende Unterholz schritten oder wenn sie abends den Hochsitz auf schmaler steiler Leiter erklommen und über Gebüsch und Lichtung, in der die Mückenschwärme noch tanzten, zum Saume des Waldes hinüberschauten: wenn dann der feuchte Geruch des Grases und des Holzes zu ihnen aufstieg und über das dürre Geländer des Hochsitzes eine Ameise lief, um in der Rinde sich zu verlieren, dann konnte es geschehen, daß in ihrer Seele, obwohl sie doch Kerle waren, die fest und konsequent auf ihren Beinen standen, etwas erwachte, das wie Musik klang und das Leben, das sie gelebt und noch zu leben hatten, so sehr auf einen einzigen Augenblick zusammendrängte, daß sie die Hand der Mutter noch auf dem kindlichen Haar liegen fühlten wie für alle Ewigkeit, und doch der vor ihnen schon stand, durch keine Spanne Zeit, keine Spanne Raum mehr von ihnen getrennt, der, den sie nicht fürchteten: der Tod. Dann konnte alles Holz ringsum zum Holz des Kruzifixes werden, weil nirgends Magisches und Irdisches so eng beisammen wohnt wie im Herzen des Jägers, und wenn der Bock am Rande der Lichtung auftaucht, dann ist die Erleuchtung noch gewärtig und das Leben scheint noch immer zeitlos, augenblicklich und ewig, zusammengeballt in der eigenen Hand, so daß der Schuß, der das fremde Leben tötet, wie ein Sinnbild ist und Notwendigkeit, das eigene in die Gnade zu retten. Immer zieht der Jäger aus, um das Kreuz im Geweih des Hirsches zu sehen, und um der Erleuchtung willen scheint ihm der Preis des Tötens nicht zu hoch. So auch vermag er es, kehrt er von reichlichem Jagddiner in sein Zimmer zurück, nochmals den Blick zum Kruzifix zu erheben und, wenn auch schon aus weiterer Ferne der Ewigkeit zu gedenken, in die sein Leben eingebettet ist. Und vielleicht fällt angesichts dieser Ewigkeit auch die Reinlichkeit des Leibes nicht schwerer ins Gewicht als die Sündigkeit ihres irdischen Lebens: auf dem Waschtisch steht ein Bekken, dessen Kleinheit zu den Formen des Jägers und zu den sonstigen Dimensionen seines Lebens in seltsamem Widerspruch steht, und auch der Krug vermag viel weniger Wasser zu fassen, als der Jäger an Wein zu trinken imstande ist. Auch das schmale Nachtkästchen neben dem Bette, das in Gestalt einer kaschierten Lade dem Geschirre Raum bietet, schreibt diesem bloß geringfügige Abmessungen zu. Der Jäger benützt es und wirft sich krachend ins Bett.

In diesem für die Bedürfnisse des Jägers seit Generationen wohlvorbereiteten Zimmer wurde Bertrand bei seiner Ankunft in Stolpin untergebracht.

Zu den merkwürdigen Erinnerungen, die Bertrand von seinem Stolpiner Aufenthalt zurückbrachte, gehörte nicht zuletzt das Bild des alten Herrn v. Pasenow. Schon am ersten Tage und sofort nach dem Frühstück war er von dem alten Herrn aufgefordert worden, ihn auf seinem Spaziergang zu begleiten und das Gut zu besichtigen. Es war ein trüber, gewitteriger Morgen, reglos lag die Luft, doch dumpf war die Stille vom Takte der Dreschflegel unterbrochen, die von den beiden Tennen herüberdröhnten. Herrn v. Pasenow schien der Rhythmus Freude zu bereiten: mehrmals blieb er stehen und klopfte mit seinem Stocke den Takt mit. Dann fragte er: »Wollen Sie den Kuhstall sehen?« und steuerte auf das langgestreckte niedrige Gebäude zu; in der Mitte des Hofes aber machte er halt und schüttelte den Kopf: »Geht nicht, das Vieh ist auf der Weide.« Bertrand erkundigte sich höflich, welche Rasse er halte; Herr v. Pasenow schaute ihn erst an, als ob er die Frage nicht verstünde, dann sagte er achselzuckend: »ist ja egal«, und führte den Gast zum Hofe hinaus; rings um die leichte Mulde, in der der Hof lag, breiteten sich die Hügel, Feld an Feld, und überall war die Erntearbeit im Gange. »Gehört alles zum Gute«, sagte Herr v. Pasenow, stolz mit dem Stocke im Kreise zeigend; dann blieb sein erhobener Arm mit dem Stock in einer Richtung unbeweglich haften; Bertrand folgte mit den Augen und sah den Kirchturm des Dorfes hinter den Hügeln emporragen: »Dort liegt die Post«, wurde ihm eröffnet und Herr v. Pasenow schlug den Weg zum Dorfe ein. Drückend lag die Schwüle; das Klopfen der Dreschflegel verstummte langsam hinter ihnen und nur der zischende Ton der Mäher, das Dengeln der Sensen, das Rauschen der geworfenen Garben hing noch in der ruhenden Luft. Herr v. Pasenow blieb stehen. »Haben Sie auch manchmal Angst?« Bertrand war betroffen, aber er fühlte sich von dieser menschlichen Frage sympathisch berührt: »Ich? Oh, oft.« Herr v. Pasenow näherte sich interessiert: »Wann haben Sie Angst? Wenn es still ist?« Bertrand merkte, daß hier etwas nicht stimmte:

»Nun, Stille ist doch manchmal herrlich; ich bin von dieser Stille über den Feldern geradezu beglückt.« Herr v. Pasenow war unzufrieden und ärgerlich: »Sie verstehen nichts...« Nach einer Pause: »Haben Sie Kinder gehabt?« – »Meines Wissens nicht, Herr v. Pasenow.« – »Nun eben«, Herr v. Pasenow blickte auf die Uhr und lugte den Weg entlang; er schüttelte den Kopf; »unverständlich«, dann wieder zu Bertrand: »Wann haben Sie denn eigentlich Angst?« – doch er wartete die Antwort nicht ab, sondern blickte wieder auf die Uhr: »Er müßte doch schon hier sein...« Dann sah er Bertrand voll an: »Werden Sie mir manchmal schreiben, wenn Sie auf Reisen sein werden?« Bertrand bejahte; er würde es gerne tun und Herr v. Pasenow schien sehr befriedigt. »Ja, schreiben Sie mir nur, es interessiert mich, es interessiert mich vieles... schreiben Sie mir auch, wann Sie Angst haben... aber er ist noch immer nicht hier; Sie sehen, niemand schreibt mir, nicht einmal die Söhne...« Da wird von weitem ein Mann mit einer schwarzen Tasche sichtbar. »Da ist er!« Herr v. Pasenow setzte sich mit Stock und Beinen in geradlinige, eilige Bewegung und als der Mann in Hörweite war, schrie er ihn an: »Wo bleibt Er wieder so lange? Heute ist es das letzte Mal, daß Er zur Post gegangen ist... Er ist entlassen, hört Er, Er ist entlassen!« Er hatte einen roten Kopf bekommen und fuchtelte mit seinem Stock vor des Mannes Gesicht herum; während dieser, offenbar an solche Begegnung schon gewöhnt, ruhig die Tasche von der Schulter nahm und sie seinem Herrn reichte, der beinahe folgsam den Schlüssel aus der Weste zog und mit zittriger Hand öffnete. Zitternd griff er in die Posttasche, doch als er bloß ein paar Zeitungen hervorholte, schien es, als sollte sich der Wutanfall wiederholen, da er dem Boten die Ausbeute wortlos unter die Nase hielt. Offenbar besann er sich aber darauf, daß er einen Gast neben sich hatte, denn nun streckte er die Zeitungen Bertrand hin: »Da, sehen Sie selbst...« klagte er und gab sie in die Tasche zurück, sperrte ab und erklärte im Weitergehen: »Ich werde in diesem Jahr wohl in die Stadt ziehen müssen; hier ist es mir zu still.«

Als die ersten Gewittertropfen fielen, waren sie eben beim Dorfe angelangt und Herr v. Pasenow schlug vor, das Wetter im Hause des Pastors abzuwarten. »Sie müssen ihn ja ohnehin kennenlernen«, fügte er hinzu. Er wurde wütend, weil sie den Pastor nicht daheim antrafen, und als die Pastorin gar noch sagte, daß ihr Gatte in der Schule sei, fuhr er auf: »Sie scheinen auch zu glauben, daß man einem alten Mann alles einreden darf, was einem beliebt, aber so alt bin ich noch lange nicht, um nicht zu wissen, daß jetzt Schulferien sind.« Nun, es habe doch niemand behauptet, daß der Pastor zum Unterricht in der Schule sei, und überdies werde er sofort zurückkommen. »Ausreden«, brummte Herr v. Pasenow, aber die Pastorin ließ sich nicht beirren, sondern bat die Herren, Platz zu nehmen und sie wolle indessen für ein Glas Wein sorgen. Als sie das Zimmer verlassen hatte, beugte Herr v. Pasenow sich zu Bertrand: »Er versteckt sich gerne vor mir, denn er weiß, daß ich ihm dahintergekommen bin.« – »Hinter was, Herr v. Pasenow?« – »Nun, daß er ein völlig unwissender und unfähiger Pastor ist, natürlich. Aber leider bin ich trotzdem gezwungen, die guten Beziehungen mit ihm aufrechtzuhalten. Hier auf dem Lande ist man ja aufeinander angewiesen und...« er zögerte und setzte leiser hinzu: »auch das Grab steht unter seiner Obhut.« Der Pastor trat ein und Bertrand wurde als Freund Joachims vorgestellt. »Ja, der eine kommt, der andere geht«, meinte Herr v. Pasenow sinnend, und die Anwesenden wußten nicht, ob diese Anspielung auf den armen Helmuth eine Freundlichkeit oder eine Grobheit für Bertrand bedeuten sollte. »Ja, und das ist unser Theologe«, stellte er weiter vor, während der Theologe kümmerlich dazu lächelte. Die Frau Pastorin hatte ein wenig Schinken und den Wein serviert, und Herr v. Pasenow hatte rasch ein Glas getrunken. Während die andern am Tische saßen, stand er beim Fenster, klopfte den Takt der Dreschflegel an die Scheiben und sah nach den Wolken, als könne er es nicht erwarten, wieder wegzukommen. In die träge fließende Unterhaltung rief er vom Fenster her: »Sagen Sie, Herr v. Bertrand, haben Sie schon je einen gelernten Theologen gesehen, der nichts vom Jenseits weiß?« – »Herr v. Pasenow belieben wieder zu scherzen«, sagte der eingeschüchterte Pastor. »Bitte sagen Sie selbst: wodurch soll sich der Priester Gottes von uns übrigen Menschen unterscheiden, wenn er keine Verbindung mit dem Jenseits hat?« Herr v. Pasenow hatte sich umgedreht und schaute böse und scharf durch sein Einglas auf den Pastor, »und wenn er es gelernt hat, was ich mir ja zu bezweifeln gestatte, welches Recht hat er, es uns zu verheimlichen?... mir, mir zu verheimlichen!« Er wurde etwas milder, »mir, mir... er gibt es selber zu, einem schwergeprüften Vater.« Der Pastor sagte leise: »Gott allein kann Ihnen Botschaft senden, Herr v. Pasenow, bitte glauben Sie doch endlich daran.« Herr v. Pasenow zuckte die Achseln: »Ich glaube ja daran... ja, ich glaube, nehmen Sie dies zur Kenntnis...« Nach einer Pause, zum Fenster gewandt, wieder achselzuckend: »Ist ja egal«, und blickte, weiter an die Scheiben trommelnd, auf die Straße hinaus. Der Regen fiel langsamer und Herr v. Pasenow kommandierte: »Jetzt können wir gehen«; beim Abschied schüttelte er dem Pastor die Hand: »Und lassen Sie sich mal wieder blicken... zum Abendessen, nicht? Unser junger Freund wird auch mit uns sein.« Dann gingen sie. In der Dorfstraße standen Pfützen, aber auf dem Felde draußen war es beinahe wieder trocken; der Regen hatte kaum genügt, die Risse im Erdboden zu verwaschen. Der Himmel war noch von leichtem weißem Dunst überzogen, man fühlte schon die stechende Sonne, die bald durchbrechen würde. Herr v. Pasenow schwieg, ging auf die Gespräche Bertrands nicht mehr ein. Nur einmal machte er halt und sagte mit erhobenem Stock dozierend: »Man muß mit diesen Gottesgelehrten sehr vorsichtig sein. Merken Sie sich das.«

In der Folge wiederholten sich die Morgenspaziergänge und manchmal schloß sich Joachim ihnen an. Dann war der Alte mürrisch und schweigsam und gab sogar die Versuche auf, etwas über die Angst Bertrands zu erfahren. So versteckt und tastend er sonst seine Fragen anzubringen pflegte, er verstummte nun völlig. Aber auch Joachim war schweigsam. Denn auch er durfte nicht nach dem fragen, was er von Bertrand erfahren wollte und Bertrand blieb beharrlich die Aufklärung schuldig. Solcherart wanderten sie selbdritt über die Felder und sowohl Vater als Sohn nahmen es Bertrand übel, daß er ihre wißbegierige Erwartung enttäuschte. Bertrand aber hatte alle Mühe, ein Gespräch in Gang zu erhalten.

Hatte Joachim seinen Besuch in Lestow erst hinausgeschoben, weil er der Vorstellung verhaftet gewesen war, mit Bertrand dort vorzufahren, so war jetzt der leise Unmut, den er gegen Bertrand hegte, vielleicht daran schuld, daß er die Fahrt neuerdings hinauszögerte: es war eine verschwommene Hoffnung in ihm, es werde, wenn Bertrand nur sprechen wollte, alles so gut und einfach sich gestalten, daß er ihn dann auch ohne weiters nach Lestow werde mitnehmen können. Da aber Bertrand trotz dieser Verlockung, von der er allerdings nichts erfuhr, enttäuschend in seinem Schweigen verharrte, mußte sich Joachim endlich entschließen und fuhr allein. Er kutschierte an einem Nachmittag nach Lestow hinüber, auf dem hochrädrigen Wagen, die Beine in die Decke glatt und vorschriftsmäßig eingeschlagen, die Peitsche schräg vor sich gehalten und die Zügel liefen glatt über den braunen Handschuh. Der Vater hatte bei seiner Abfahrt »na endlich« gesagt, und Joachim war nun von Widerwillen gegen das phantastische Heiratsprojekt erfüllt. Drüben tauchte die Kirchturmspitze des Nachbardorfes auf; eine katholische Kirche und sie erinnert ihn an Ruzenas römisch-katholisches Glaubensbekenntnis; Bertrand hatte von Ruzena erzählt. Wäre es nicht am richtigsten, diesen unsinnigen Aufenthalt einfach abzubrechen, einfach zu ihr zu fahren? Hier begann alles ihn anzuekeln; widerlich war der Staub auf der Straße, widerlich der Straßenbäume staubige müde Blätter, die den Herbst ankündigten. Seit Bertrands Ankunft sehnte er sich wieder nach der Uniform: zwei Menschen in gleicher Uniform, das war unpersönlich, das war des Königs Rock; zwei Menschen in ähnlichen Zivilanzügen, das war schamlos, das war wie zwei Brüder; und als schamlos empfand er den kurzen Zivilrock, der die Beine und den Hosenschluß sehen ließ. Elisabeth war zu bedauern, daß sie Männer in kurzen Sakkos und sichtbaren Hosen betrachten mußte – merkwürdig, daß ihm solches noch niemals bei Ruzena eingefallen war – aber wenigstens zu diesem Besuche hätte er die Uniform anlegen sollen. Die breite weiße Krawatte mit der Hufeisennadel deckte den ganzen Westenausschnitt; das war gut. Er griff danach und vergewisserte sich, daß sie ordentlich saß. Nicht umsonst legt man den Toten im Sarge ein Tuch über den Unterleib. Hier auf dieser Straße nach Lestow war auch Helmuth gefahren, hatte Elisabeth und ihre Mutter besucht und solcher Straßenstaub ist ihm ins Grab nachgegossen worden. Hatte der Bruder ihm eigentlich Elisabeth als Erbe hinterlassen? Oder Ruzena? Oder gar Bertrand? Man hätte Bertrand das Zimmer Helmuths anweisen sollen, anstatt ihn in dem einsamen Gastzimmer unterzubringen; aber das wäre nicht recht angegangen. Dies alles war wie ein unentrinnbares Räderwerk, das doch irgendwie von seinem eigenen Willen abhing und eben deshalb unentrinnbar und selbstverständlich erschien, sicherlich unentrinnbarer als das Räderwerk des Dienstes. Indes er konnte den Gedanken, hinter dem sich vielleicht Entsetzliches auftat, nicht weiter verfolgen, weil er jetzt in das Dorf einbog und auf die spielenden Kinder achthaben mußte; knapp hinter dem Dorf fuhr er zwischen den beiden Gärtnerhäusern links und rechts vom Tore in den Park ein.

»Ich freue mich, Sie endlich wieder bei uns zu sehen. Herr v. Pasenow«, sagte der Baron, der ihn in der Halle empfing, und als Joachim von dem Gaste erzählte, durch den sein Besuch verzögert worden war, machte er es ihm zum Vorwurf, daß er Bertrand nicht gleich mitgebracht hatte. Joachim verstand das nun selber nicht; es wäre sicherlich kein Verstoß gewesen; aber als Elisabeth eintrat, fand er es doch richtiger, daß er allein gekommen war. Er fand sie sehr schön, oh, gewiß könnte auch Bertrand sich dem Bann solcher Schönheit nicht entziehen, und gewiß würde er in ihrer Gegenwart es nicht wagen, jenen allzu zwanglosen Ton beizubehalten, der ihm sonst zu eigen war. Dennoch hätte Joachim gewünscht, dies zu erleben, etwa wie man es sich wünscht, ein häßliches Wort in der Kirche zu hören oder gar einer Hinrichtung beizuwohnen.

Der Tee wurde auf der Terrasse eingenommen und Joachim, der neben Elisabeth saß, hatte die Empfindung, diese Situation vor nicht allzu langer Zeit schon erlebt zu haben. Aber wann war es nur gewesen? Seit seinem letzten Besuch in Lestow waren nahezu drei Jahre vergangen und damals war es Spätherbst und es wäre nicht möglich gewesen, auf der Terrasse zu sitzen. Doch während er noch darüber nachdachte und es doch so war, als hätte man damals die Lichter im Schlosse angesteckt, da führte ihn eine etwas seltsame Verknüpfung ins Absurde, und beinahe wurde es unentwirrbar, weil sein Komplice Bertrand – es ekelte ihn ein wenig, da ihm das Wort Komplice einfiel –, weil der Komplice und Zeuge seiner Intimität mit Ruzena auch hier vor Elisabeth mit ihm beisammen sein sollte! Wie hatte er ihn überhaupt bei den Eltern einführen dürfen? Das fatale Gefühl, durch Bertrand ins Gleiten geraten zu sein, stellte sich wieder ein, und plötzlich war es ihm peinlich, daß er sich in seinem Zivilgewande nach dem Tee werde erheben müssen; er hätte gerne seine Serviette auf den Knien belassen, aber schon ging man in den Park. Als die Wirtschaftsgebäude sichtbar wurden, meinte der Baron, daß Pasenow nun wohl auch bald zur Landwirtschaft zurückkehren werde; wenigstens habe der alte Herr es angedeutet. Joachim, mit neuerwachtem Widerwillen gegen des Vaters Versuch, sein Leben zu bestimmen, hätte gerne erwidert, er denke nicht daran, ins Vaterhaus heimzukehren; natürlich konnte man so etwas nicht äußern; es hätte den Tatsachen nicht ganz entsprochen, auch nicht seiner wiedergefundenen Anhänglichkeit an Heimat und Besitz, und so sagte er bloß, daß es nicht leicht sei, den Dienst zu verlassen, um so weniger, als er nun doch knapp vor dem Rittmeister stehe. Und man gäbe eine liebgewordene Karriere, und sei es auch nur aus Gefühlskonvention, nicht so leicht und ohne weiteres auf; er sähe dies am besten bei seinem Freunde, Herrn v. Bertrand, der sich trotz manch bedeutenden Erfolges wahrscheinlich immer noch insgeheim zum Regiment zurücksehne. Und wie ohne sein Zutun begann er, von den weltumspannenden Geschäften Bertrands zu erzählen, von seinen großen Fahrten und er umgab ihn, fast knabenhaft, derart mit dem Nimbus eines Forschungsreisenden, daß die Damen nicht umhin konnten, ihre Freude über die baldige Bekanntschaft eines so interessanten Mannes kundzutun. Nichtsdestoweniger hatte Pasenow den Eindruck, als fürchteten sie sich allesamt, nicht eben vor Bertrand, so doch vor dem Leben, das jener führte, denn Elisabeth war fast kleinlaut und meinte, es sei schlechterdings unvorstellbar, etwa einen Bruder oder sonst einen nahen Verwandten so weit draußen in der Welt zu wissen, daß man nie mit Sicherheit angeben könne, wo er sich befinde. Und der Baron sagte zustimmend, daß bloß ein Mensch ohne Familie ein solches Leben führen dürfe. Ein Seemannsleben, fügte er hinzu. Doch Joachim, der hinter dem Freunde nicht allzusehr zurückstehen wollte, ja hier sich geradezu als sein Vertreter fühlte, erzählte nun noch, daß Bertrand ihn angeregt habe, sich zum Kolonialdienst zu melden, und die Baronin erwiderte strenge: »Das dürfen Sie Ihren armen Eltern nicht antun.« – »Nein«, sagte der Baron, »Sie gehören auf die heimatliche Scholle«, und Joachim hörte es nicht ungern. Dann kehrten sie um und gelangten, von Elisabeths Hunden begleitet, wieder zu der großen Lichtung vor dem Hause. Das Gras roch schon feucht und tauig und die Lichter im Hause wurden bereits angesteckt; denn die Abende begannen kurz zu werden.

Als Joachim zurückfuhr, dunkelte es vollends. Das letzte, was er von Elisabeth gesehen hatte, war ihr Schatten auf der Terrasse; sie hatte den Gartenhut abgenommen und im Zwielicht des verlöschenden Tages stand sie gegen den hellen Himmel, der von rötlichen Streifen durchzogen war. Deutlich sah man ihren schweren Haarknoten im Nacken und Joachim fragte sich, warum er dieses Mädchen so schön fand, so schön, daß die Süße Ruzenas dagegen aus seinem Gedächtnis schwinden wollte. Und doch sehnte er sich nach Ruzena und nicht nach der Reinheit Elisabeths. Warum war Elisabeth schön? Die Bäume an der Straße ragten nun dunkel und der Staub roch kühl, vielleicht wie in einer Höhle oder einem Keller. Doch im Westen lag noch ein rötlicher Streifen in dem dunkelnden Himmel über der welligen Landschaft.

An diesem Nachmittage, an dem Joachim den Besuch in Lestow abstattete, gleich nachdem er weggefahren war, erklomm Herr v. Pasenow die Stiege zum zweiten Stockwerk und klopfte an Bertrands Türe: »Ich muß doch auch einmal Visite bei Ihnen machen...« und mit listigem Einverständnis »ich habe ihn weggeschickt... es war nicht leicht!« Bertrand sagte einige liebenswürdige Worte; er wäre ja gerne hinuntergekommen. »Nein«, sagte Herr v. Pasenow, »die Form muß gewahrt werden. Aber nach dem Tee wollen wir ein wenig ausgehen. Ich habe einiges mit Ihnen zu besprechen.« Er setzte sich für eine kurze Weile, um die Form seines Besuches zu manifestieren, doch mit der ihm eigenen Unruhe verließ er bald wieder das Zimmer, um wieder zurückzukommen, noch ehe er die Türe hinter sich geschlossen hatte: »Ich will bloß sehen, ob Sie alles haben, was Sie brauchen. In diesem Hause kann man sich auf niemanden verlassen.« Er ging im Zimmer umher, betrachtete La mère des Gracches, besah auch den Fußboden und sagte dann freundlich: »Na, also beim Tee.«

Sie hatten die Zigarren angezündet und gingen durch den Park, durchquerten den Küchengarten, an dessen Obstbäumen bereits die Früchte reiften, und gelangten in die Felder. Herr v. Pasenow war offenkundig guter Laune. Eine Gruppe Erntearbeiterinnen kam ihnen entgegen. Um den Herren auszuweichen, ordneten sie sich im Gänsemarsch am Feldrand und eine nach der anderen grüßte im Vorbeigehen. Herr v. Pasenow sah einer jeden unters Kopftuch und als ihr Gänsemarsch vorübergezogen war, sagte er »stramme Mädchen«. – »Polinnen?« fragte Bertrand. – »Natürlich, das heißt, wohl die meisten, ... ja, sind ein unzuverlässiges Pack.« Schön sei es hier, meinte Bertrand, und eigentlich beneide er jeden Landwirt. Herr v. Pasenow klopfte ihn auf den Arm: »Könnten Sie auch haben.« Bertrand schüttelte den Kopf; nun, das sei doch nicht so einfach und man müsse auch dazu erzogen sein. »Würde ich schon besorgen«, war die von vertraulichem Lachen begleitete Antwort. Dann schwieg er und Bertrand wartete. Aber Herr v. Pasenow schien vergessen zu haben, was er ihm eigentlich hatte sagen wollen, denn als Frucht seiner Gedanken äußerte er nach längerer Zeit: »Natürlich müßten Sie mir schreiben, ... oft, ja.« Dann: »Wenn Sie einmal hier leben werden, werden wir keine Angst mehr haben; beide werden wir keine Angst mehr haben... nicht?« Er hatte seine Hand auf Bertrands Arm gelegt und blickte ihn angstvoll an. »Ja, Herr v. Pasenow, warum sollen wir denn Angst haben?« Herr v. Pasenow war erstaunt: »Aber Sie sagten doch...«, er starrte vor sich hin. »Na, ist ja egal...« Er blieb stehen, drehte sich um und es hatte den Anschein, als wollte er heimkehren. Dann besann er sich und führte Bertrand weiter. Nach einer Weile fragte er: »Waren Sie schon bei ihm?« – »?« – »Nun, bei der Gruft.« Bertrand war ein wenig beschämt; aber innerhalb der Atmosphäre dieses Hauses hatte sich wahrlich kein Anlaß ergeben, einen Wunsch nach dem Besuch des Grabes zu äußern. Als er sich anschickte, die Frage entsprechend zu verneinen, lachte Herr v. Pasenow beglückt auf: »Nun, da haben wir ja noch etwas nachzuholen«, und, gleichsam eine frohe Überraschung für den Gast, zeigte er mit dem Stock auf die Friedhofsmauer, die vor ihnen lag. »Gehen Sie hinein, ich will hier auf Sie warten«, befahl er, und da Bertrand ein wenig zögerte, sträubte er sich unwillig: »nein, ich komme nicht mit hinein«, und führte Bertrand bis zu dem Tor, über dem die Aufschrift »Ruhe sanft« in Goldbuchstaben blinkte. Bertrand trat ein und nachdem er eine geziemende Zeit bei der Gruft verweilt hatte, kehrte er zurück. Herr v. Pasenow patrouillierte längs der Mauer, sichtlich ungeduldig: »Waren Sie bei ihm? ... und –?« Bertrand drückte seine Hand, aber Herr v. Pasenow wollte anscheinend kein Beileid, sondern wollte etwas hören; er machte eine Bewegung, wie um nachzuhelfen, und als trotzdem nichts erfolgte, seufzte er: »Er ist für die Ehre des Namens gefallen... ja, und Joachim macht indessen Visiten.« Wieder zeigte er mit dem Stock, diesmal in die Richtung von Lestow. Später ergänzte er den Gedanken und kicherte: »Ich habe ihn auf Brautschau geschickt«, und als ob ihn dies erinnerte, daß er doch mit Bertrand etwas besprechen wollte: »Richtig, man sagt mir, daß Sie in Geschäften bewandert seien.« Ja, das schon, allerdings bloß in seinem Spezialgeschäft, antwortete Bertrand. »Na, für unsere Sache wird es wohl noch reichen. Wissen Sie, lieber Freund, ich muß mich jetzt natürlich beraten, da er gefallen ist«, er machte eine Pause und sagte dann wichtig: »Erbschaftsangelegenheiten.« Bertrand meinte, daß Herr v. Pasenow ja sicherlich einen vertrauten Notar haben werde, der ihm hierbei zur Seite stehen müßte, doch Herr v. Pasenow hörte nicht zu: »Joachim wird sich schon durch die Heirat sicherstellen; man könnte ihn enterben«; er lachte wieder. Bertrand versuchte, das Gespräch abzubiegen und wies auf einen Hasen: »Also bald beginnt es wieder mit Weidmannsheil, Herr v. Pasenow.« – »Ja, ja, zur Jagd mag er wohl kommen, dazu ist er immerhin zu brauchen... da wollen wir ihn einladen, ja? natürlich muß er uns schreiben; das wird man ihm schon beibringen, nicht?« Da Herr v. Pasenow lachte, lächelte Bertrand gleichfalls, so unbehaglich er sich auch fühlte. Er war etwas verärgert, weil Joachim ihn diesem Manne ausgeliefert hatte; aber wie ungeschickt schien dieser Joachim sich auch hier zu benehmen, daß er den kindischen Alten in solcher Stimmung belassen konnte. Hatte der Unglücksmensch ihn hergerufen, damit er auch hier Ordnung in seine Angelegenheiten bringe? Er sagte also: »Ja, ja, Herr v. Pasenow, wir werden ihn uns schon erziehen«, und damit hatte er den Ton getroffen, den der Alte hören wollte. Er hängte sich in Bertrand ein, achtete sorgfältig darauf, daß ihre Schritte in Gleichklang blieben, und ließ Bertrands Arm auch nicht los, nachdem sie heimgekehrt waren. Trotz der eingebrochenen Dunkelheit spazierten sie im Hofe auf und ab, bis Joachim vorfuhr. Als Joachim vom Wagen sprang, sagte Herr v. Pasenow: »Ich stelle dir meinen Freund, Herrn v. Bertrand vor«, und mit einer etwas nebensächlichen Handbewegung »und dies ist mein Sohn... kommt von der Brautschau«, setzte er vergnügt hinzu. Der Geruch des Kuhstalls strich herüber und Herr v. Pasenow fühlte sich wohl.

Sie ist eigentlich nicht schön, sagte sich Bertrand, da er Elisabeth am Klavier betrachtete, der Mund ist zu groß und diese Lippen sind von einer merkwürdig weichen und fast bösen Sinnlichkeit. Aber wenn sie lächelt, ist sie reizend.

Es war ein musikalischer Tee, zu dem Joachim und Bertrand eingeladen waren. Ein alter Gutsnachbar und der dürftige Lehrer waren die Begleiter Elisabeths in dem Trio von Spohr, und es schien Joachim, als sei es Elisabeths Verdienst, wenn die silbernen glashellen Tropfen des Klaviers in den braunen Fluß der beiden Streichinstrumente fielen. Er liebte die Musik, obwohl er nicht viel davon verstand, aber nun glaubte er, ihren Sinn zu erkennen: sie war etwas, das rein und klar über allem andern schwebte wie auf einer Silberwolke und kalte, reine Tropfen aus der göttlichen Höhe ins Irdische fallen ließ. Und vielleicht ist sie bloß für Elisabeth vorhanden, wenn auch Bertrand, wie er von der Anstalt her wußte, ein wenig auf der Geige spielen konnte. Nein, es sah nicht danach aus, daß Bertrand im Wege der Musik Elisabeth erobern wollte. Er hatte auf die Frage nach seinem Geigenspiel bloß ausweichend und mit einer wegwerfenden Handbewegung geantwortet, und pure Heuchelei mochte es gewesen sein – zynisch genug hatte es ja geklungen –, als er auf dem Heimweg nichts Besseres zu sagen wußte als: »Wenn sie nur nicht diesen grausam langweiligen Spohr spielen wollte!«

Man hatte einen Ausritt vereinbart; Joachim und Bertrand hatten Elisabeth abgeholt. Joachim ritt das Pferd Helmuths, das nun ja wieder zu seinem Besitz geworden war. Über die Stoppelfelder, auf denen noch die Garben standen, waren sie galoppiert und dann mit kurzem Trab in den engen Waldweg eingebogen. Joachim ließ den Gast mit Elisabeth vorausreiten und während er folgte, schien sie ihm in ihrem langen schwarzen Reitkleid noch größer und schmäler als sonst. Er hätte gerne anderswohin geschaut, aber sie saß nicht ganz tadellos zu Pferde und das störte ihn; sie hielt sich ein wenig zu weit vorgebeugt, und wenn sie sich mit dem Trab hob und senkte, den Sattel sitzend berührte und wieder aufschnellte, auf und ab, mußte er an ihren Abschied am Bahnhof denken, und der verächtliche Wunsch, sie als Frau begehren zu können, drängte sich wieder auf, doppelt verächtlich, seitdem der Vater, und dazu noch vor Bertrand, von Brautschau gesprochen hatte. Aber fast noch fürchterlicher war es, daß auch die Eltern Elisabeths, ja sogar ihre eigene Mutter, ihn als Objekt für der Tochter Liebesbegehren ansehen mochten, ihn ihr anboten, sie allesamt überzeugt, daß sie über dieses Liebesbegehren verfügen dürften, daß es sich einstellen und keinesfalls versagen werde. Zwar verbarg sich noch etwas Eigentlicheres, Tieferes dahinter, eine undeutliche Vorstellung, von der Joachim nichts wissen wollte, obwohl er seinen Mund trocken werden fühlte und Hitze im Gesicht; es war undeutlich, dennoch empörend, daß man Elisabeth solche Dinge zuzumuten wagte, er schämte sich vor Elisabeth und schämte sich für sie. Mag sie Bertrand überlassen bleiben, dachte er und vergaß, daß er damit die gleiche Sünde beging, die er eben noch mit solcher Entrüstung von sich gewiesen hatte. Aber plötzlich war es ohne Belang, plötzlich war es, als käme Bertrand nicht in Betracht: er war so weiblich mit seinen gewellten Haaren, irgendwie schwesterlich, eine schwesterliche Fürsorge, der man Elisabeth vielleicht doch überlassen durfte. Es war wohl unwahr, aber für einen Augenblick beruhigend. Warum übrigens ist sie eigentlich schön? und er betrachtete ihren auf- und abwippenden Körper, dessen Schwerpunkt sich immer wieder auf den Sattel setzte. Dabei machte er die Entdeckung, daß es nicht Schönheit, sondern viel eher Unschönheit ist, die Begehren hervorruft; allein er schob den Gedanken beiseite, und während er noch die Szene des Einsteigens am Bahnhof vor Augen hatte, flüchtete er zu Ruzena, deren viele Unvollkommenheiten sie so reizvoll machten. Er ließ sein Pferd in Schritt fallen, damit der Abstand zwischen ihm und den beiden da vorne sich vergrößerte, und nahm aus der Brusttasche den letzten Brief Ruzenas. Das Papier roch nach dem Parfüm, das er ihr geschenkt hatte, und Joachim atmete den Duft der ungeordneten Intimität ihres Beisammenseins. Ja, dort gehörte er hin, dort wollte er sein, fühlte sich freiwillig verbannt aus der Gesellschaft und doch verstoßen, fühlte sich Elisabeths unwürdig. Bertrand war zwar sein Komplice, hatte aber reinere Hände, und da Joachim dies klar wurde, begriff er auch, warum Bertrand ihn und Ruzena eigentlich stets etwas von oben herab, irgendwie onkelhaft oder wie ein Arzt behandelt hatte und ihm die eigenen Geheimnisse verschloß. Niemand deckt die Geheimnisse des Vaters auf; es war richtig, daß es so war und deshalb durfte und mochte jener nun dort vorne an der Seite Elisabeths reiten, unwürdig auch jener, doch besser als er selbst. Helmuth fiel ihm ein. Und als wollte er wenigstens Helmuths Pferd in ihre Nähe bringen, setzte er es in Trab. Die Hufe trappelten weich auf dem Waldboden und wenn ein Ästchen von ihnen getroffen wurde, hörte man das scharfe Knicken des Holzes. Das Leder des Sattels knirschte angenehm, und kühl wehte die Luft aus der dunklen Tiefe des Laubes.

Er erreichte sie am Rande einer langgestreckten Lichtung, die sanft anstieg. Die Kühle des Waldes war hier wie abgeschnitten und man roch die Sonne über dem Grase. Elisabeth schlug mit der Lasche des Reitstockes nach den Pferdefliegen, die sich an der Haut ihres Tieres festgesetzt hatten, und das Pferd, das den Weg kannte, war unruhig, weil es den Galopp über die Lichtung erwartete. Joachim fühlte sich Bertrand überlegen; mochten dessen Geschäfte eine noch so große Ausdehnung haben, im Comptoir bekommt man nicht die Übung, Hindernisse zu springen. Elisabeth zeigte die Hürden, eine Hecke, die sie zu nehmen pflegte, einen gefallenen Baumstamm, einen Graben. Schwierig waren sie nicht. Man ließ den Reitknecht am Rande der Lichtung; Elisabeth übernahm die Führung und Joachim folgte wieder als letzter, nicht nur aus Höflichkeit, sondern auch, weil er Bertrand springen sehen wollte. Die Wiese war noch nicht gemäht und das Gras zischte leise und scharf an den Beinen der Pferde. Elisabeth führte erst zum Graben; das war eine Kleinigkeit, nicht weiter erstaunlich, daß Bertrand darüber hinwegkam. Aber als auch die Hecke von Bertrand in guter Form genommen worden war, ärgerte sich Joachim aufrichtig; der Baumstamm war allzu leicht, da war keine Hoffnung mehr darauf zu setzen. Joachims Gaul, der die anderen Pferde einholen wollte, ging scharf in die Zügel, und Joachim mußte ihn halten, um die Distanz zu wahren. Nun kam der Baumstamm; Elisabeth und Bertrand hatten ihn leicht und fast elegant erledigt und Joachim gab zum Anlauf dem Pferde die Zügel frei. Jedoch wie es zum Sprunge ansetzte, verhielt er es plötzlich, warum, blieb ihm ewig unerklärlich, das Pferd stolperte über den Stamm, überschlug sich seitwärts und rollte über ihm im Grase. Das ging natürlich sehr schnell und als die beiden andern sich umwandten, standen er, der den Zügel nicht losgelassen hatte, und der Gaul friedlich nebeneinander vor dem Baumstamm. »Was ist geschehen?« Ja, das wußte er selber nicht; er untersuchte die Beine des Tieres, es lahmte am Vorderfuß, man mußte es nach Hause bringen. Ein Fingerzeig Gottes, dachte Joachim: nicht Bertrand, sondern er war gestürzt und es war jetzt recht und billig, daß er sich zu entfernen und Elisabeth jenem zu überlassen hatte. Als Elisabeth vorschlug, er möge das Pferd ihres Reitburschen nehmen und diesen mit dem lahmen Gaul nach Hause schicken, lehnte er es unter dem Eindruck des Gottesurteils verstimmt ab. Schließlich war es auch Helmuths Pferd und man durfte es nicht jedem anvertrauen. Im Schritt trat er den Heimweg an und beschloß, ehestens nach Berlin zurückzukehren.

Sie ritten nebeneinander den Waldweg entlang. Obwohl der Reitbursche in kurzem Abstand folgte, hatte Elisabeth das Gefühl, als seien sie von Joachim allein gelassen worden, und das Gefühl war voller Beklommenheit. Vielleicht spürte sie den Blick Bertrands, der ihr Gesicht streifte. Ihr Mund ist sonderbar, sagte sich Bertrand, und ihre Augen sind von einer Helligkeit, die ich liebe. Sie müßte eine zerbrechliche und aufreizende und eigentlich beschwerliche Geliebte sein. Ihre Hände sind zu groß für eine Frau, mager und schmal. Ein sinnlicher Knabe ist sie. Aber sie ist reizend. Aus Beklommenheit begann Elisabeth ein Gespräch, trotzdem sie das nämliche schon kurze Zeit vorher gesagt hatte: »Herr v. Pasenow hat uns viel von Ihnen und Ihren großen Reisen erzählt.«

»Ja? mir erzählte er viel von Ihrer großen Schönheit.«

Elisabeth antwortete nicht.

»Freut Sie das nicht?«

»Ich mag nicht, daß man von dieser sogenannten Schönheit spricht.«

»Sie sind sehr schön.«

Elisabeth sagte etwas unsicher: »Ich habe Sie nicht zu jenen gerechnet, die die Cour schneiden.«

Sie ist klüger, als ich meinte, dachte Bertrand und er erwiderte: »Ich brächte dieses fürchterliche Wort nicht über die Lippen, nicht einmal, wenn ich verletzen wollte. Aber ich schneide Ihnen nicht die Cour; Sie wissen recht gut, wie schön Sie sind.«

»Warum sagen Sie es mir dann?«

»Weil ich Sie nicht mehr wiedersehen werde.«

Elisabeth schaute ihn betroffen an.

»Natürlich mögen Sie es nicht, daß man von Ihrer Schönheit spricht, denn Sie spüren hinter dieser Courschneiderei eben die Werbung. Wenn ich aber abreise und Sie nicht mehr sehe, kann ich logischerweise nicht um Sie werben und bin legitimiert, Ihnen die nettesten Dinge zu sagen.«

Elisabeth mußte lachen: »Schrecklich, daß man nette Dinge bloß von einem ganz Fremden hören darf.«

»Zumindest kann man sie bloß einem ganz Fremden glauben. In der Vertrautheit liegt von vorneherein der Keim des Unaufrichtigen und Verlogenen.«

»Wenn das wahr wäre, wäre es eigentlich erschreckend.«

»Natürlich ist es wahr, aber deswegen noch lange nicht erschreckend. Vertrautheit ist die hinterlistigste und eigentlich gemeinste Art der Werbung. Statt Ihnen einfach zu sagen, daß man Sie begehrt, weil Sie schön sind, schleicht man sich erst hinterrücks in Ihr Vertrauen ein, um sich gewissermaßen unbemerkt Ihrer zu bemächtigen.«

Elisabeth dachte eine Weile nach, dann sagte sie: »Steckt nicht irgend etwas Gewalttätiges hinter Ihren Worten?«

»Nein, denn ich reise ja ab... der Fremde darf die Wahrheit sprechen.«

»Ich fürchte alle Fremdheit.«

»Weil Sie ihr verfallen sind. Sie sind schön, Elisabeth. Darf ich Sie für diese Stunde so nennen?«

Sie ritten stumm nebeneinander. Dann sagte sie und traf damit das Richtige: »Was wollen Sie eigentlich?«

»Nichts.«

»Dann ist es doch sinnlos.«

»Ich will dasselbe wie jeder, der um Sie wirbt und darum sagt, daß Sie schön sind, aber ich bin aufrichtiger.«

»Ich mag nicht, daß man um mich wirbt.«

»Vielleicht hassen Sie eben bloß die unaufrichtige Form.«

»Sind Sie nicht noch unaufrichtiger als die anderen?«

»Ich werde abreisen.«

»Was beweist das?«

»Unter anderem bloß meine Schamhaftigkeit.«

»?«

»Um eine Frau werben, heißt sich ihr antragen als der atmende Zweibein, der man ist, und das ist schamlos. Und es ist immerhin möglich, wenn auch nicht wahrscheinlich, daß Sie darum jede Werbung hassen.«

»Ich weiß es nicht.«

»Liebe ist etwas Absolutes, Elisabeth, und wenn das Absolute im Irdischen ausgedrückt werden soll, dann gerät es immer ins Pathos, weil es eben unbeweisbar ist. Und weil es dann so schrecklich irdisch wird, wird das Pathos immer so komisch, der Herr, welcher sich auf das Knie niederläßt, damit Sie auf seine verschiedenen Wünsche eingehen; und wenn man Sie liebt, muß man dies vermeiden.«

Wollte er damit sagen, daß er sie liebte? Als er schwieg, sah sie ihn fragend an; er schien es verstanden zu haben:

»Es gibt bloß ein wirkliches Pathos und das heißt Ewigkeit. Und weil es keine positive Ewigkeit gibt, muß es negativ werden und heißt Nie-wieder-sehen. Wenn ich jetzt abreise, ist die Ewigkeit da; dann sind Sie ewigkeitsfern und ich darf sagen, daß ich Sie liebe.«

»Sagen Sie nicht solch gewichtige Dinge.«

»Vielleicht ist es eine große Klarheit des Gefühls, die mich zwingt, so mit Ihnen zu reden. Vielleicht ist aber auch ein wenig Haß und Ressentiment dabei, daß ich Sie nötige, solche Monologe anzuhören, Eifersucht vielleicht, weil Sie hier bleiben und weiterleben...«

»Wirklich Eifersucht?«

»Ja, Eifersucht und auch ein wenig Hochmut. Denn es ist auch der Wunsch, einen Stein in den Brunnen Ihrer Seele fallen zu lassen, damit er unverlierbar dort ruhe.«

»So wollen auch Sie sich in meine Vertrautheit drängen.«

»Mag sein. Aber noch größer ist der Wunsch, daß Ihnen der Stein noch ein Talisman werden möge.«

»Wann?«

»Wenn der vor Ihnen knien wird, auf den ich jetzt schon eifersüchtig bin und der mit dieser antiquierten Geste Ihnen seine körperliche Nähe anbieten wird: dann könnte die Erinnerung an eine, sagen wir, aseptische Form der Liebe Sie auch daran erinnern, daß hinter jeder ästhetisierenden Geste in der Liebe eine noch größere Roheit steckt.«

»Sagen Sie das allen Frauen, von denen Sie wegreisen?«

»Man sollte es allen sagen, aber ich reise meistens ab, ehe es dazu kommt.«

Elisabeth sah nachdenklich auf die Mähne ihres Pferdes. Dann sagte sie: »Ich weiß nicht, aber mir kommt dies alles sonderbar unnatürlich und abseitig vor.«

»Wenn Sie an die Fortpflanzung des Menschengeschlechtes denken, dann ist es allerdings unnatürlich. Aber finden Sie es natürlicher, daß Sie einmal mit irgendeinem Herrn, der jetzt irgendwo lebt, irgendwo ißt und trinkt und seinen Geschäften nachgeht und den Sie einmal durch einen dummen Zufall kennenlernen werden und der Ihnen dann bei passender Gelegenheit sagen wird, wie schön Sie sind, und der sich hiezu auf ein Knie niederlassen wird, daß Sie sodann mit diesem Herrn nach Erledigung einiger Formalitäten Kinder bekommen werden: finden Sie dies etwa natürlich?«

»Schweigen Sie doch, es ist ja furchtbar... es ist entsetzlich.«

»Ja, es ist furchtbar, aber nicht weil ich es ausspreche, denn noch viel furchtbarer ist es, daß Sie wohl imstande und fast bereit sind, es zu erleben, nicht aber es zu hören.«

Elisabeth kämpfte mit dem Weinen; sie preßte hervor: »Warum aber, um Gottes willen, soll ich es denn hören... ich bitte Sie doch, schweigen Sie.«

»Was fürchten Sie, Elisabeth?«

Sie sagte leise: »Ich habe ohnehin schon solche Angst.«

»Wovor?«

»Vor dem Fremden, vor dem anderen, vor dem, was kommen wird... ich kann es nicht ausdrücken. Ich habe eine dunkle Hoffnung, daß das, was einmal kommen soll, mir ebenso vertraut sein wird wie alles, was mir jetzt vertraut ist. Meine Eltern gehören doch auch zusammen. Sie aber wollen mir diese Hoffnung nehmen.«

»Und aus Angst vor der Gefahr wollen Sie sie nicht sehen. Muß man Sie da nicht aufrütteln, damit Sie nicht aus Müdigkeit, aus Konvention, aus Dunkelheit Ihr Schicksal verrinnen lassen oder verstauben oder vertropfen oder so ähnlich... Elisabeth, ich meine es sehr gut mit Ihnen.«

Wieder traf Elisabeth das Richtige, als sie sagte, leise, zaghaft, mit Widerstreben: »Warum bleiben Sie dann nicht?«

»Ich bin Ihnen doch auch bloß vom Zufall hergeweht. Und bliebe ich, so wäre es ebenso eine Überrumpelung Ihres Gefühls wie jene, vor der ich Sie warnen wollte; eine etwas aseptischere Überrumpelung, aber doch eine.«

»Was soll ich tun?«

»Das läßt sich bloß negativ beantworten: nichts, was nicht bis in die letzte Faser Ihres Erlebens von Ihnen bejaht werden kann. Nur wer sich frei und gelöst dem Befehl seines Gefühls und seines Wesens unterwirft, kann zur Erfüllung kommen – verzeihen Sie das Pathos.«

»Niemand hilft mir.«

»Nein, Sie sind allein, so allein wie in Ihrem alleinigen Sterben.«

»Es ist nicht wahr. Es ist nicht wahr, was Sie reden. Ich war nie allein, meine Eltern sind es nicht. Sie reden so, weil Sie allein sein wollen... oder weil es Ihnen Freude macht, mich zu quälen...?«

»Elisabeth, Sie sind so schön, für Sie ist Erfüllung und Vollendung vielleicht schon in Ihrer Schönheit. Wie sollte ich Sie quälen! Aber alles ist wahr und viel ärger ist es noch.«

»Quälen Sie mich nicht.«

»Irgendwo ist in jedem die wahnsinnige Hoffnung, daß das bißchen Erotik, das uns geschenkt ist, diese Brücke schlagen könnte. Hüten Sie sich vor dem Pathos der Erotik.«

»Vor wem warnen Sie wieder?«

»Alles Pathos zielt daraufhin, Mysterien zu versprechen und mit Mechanik das Versprechen einzulösen. Ich möchte Sie vor dieser Art Liebe bewahrt wissen.«

»Sie sind sehr arm.«

»Weil ich meine leeren Taschen zeige? Hüten Sie sich vor allen, die sie nicht zeigen.«

»Nicht so, nein, ich fühle, daß Sie bemitleidenswerter sind als die anderen, sogar als die anderen, die Sie meinen...«

»Wieder muß ich Sie warnen. Haben Sie in diesen Angelegenheiten niemals Mitleid. Eine Liebe aus Mitleid ist nicht besser als eine käufliche Liebe.«

»Oh!«

»Ja, Sie wollen das nicht hören, Elisabeth. Nun, anders gesprochen: wer aus Mitleid sündigt, präsentiert hinterher die mitleidsloseste Rechnung.«

Elisabeth blickte ihn beinahe feindselig an.

»Ich habe mit Ihnen kein Mitleid.«

»Aber Sie sollen mich auch nicht so böse ansehen, obwohl es fast richtiger wäre, Sie täten es.«

»Wofür richtiger?«

Bertrand schwieg. Nach einer Weile: »Hören Sie, Elisabeth, man muß auch die Aufrichtigkeit zu Ende führen. Ich sage solche Dinge nicht gerne. Aber ich liebe Sie. Das ist mit allem Ernst und mit aller Aufrichtigkeit konstatiert, deren man in diesen Gefühlsdingen fähig ist. Und ich weiß auch, daß Sie mich lieben könnten...«

»Um Gottes willen, schweigen Sie doch...«

»Warum? ich überwerte diese vagen Gefühlslagen keineswegs, werde auch nicht pathetisch werden. Doch kein Mensch kann jene wahnsinnige Hoffnung auslöschen, daß er die mystische Brücke der Liebe nicht noch finde. Aber auch deshalb muß ich abreisen. Es gibt eben bloß ein einziges wahrhaftes Pathos, das der Entfernung, des Schmerzes... wenn man die Brücke tragfähig machen will, dann muß man sie überspannen, da man ja keine Gewichte darauflegen kann. Wenn dann...«

»Oh, schweigen Sie.«

»Wenn dann doch die Notwendigkeit stärker wird als alles, was man ihr freiwillig entgegensetzt, wenn die Spannung einer unbeschreiblichen Sehnsucht so scharf wird, daß sie die Welt zu zerschneiden droht, dann besteht die Hoffnung, daß die armen Einzelschicksale der Menschen sich herausheben aus dem Wust des Zufalls, aus einer platten und sentimentalen Melancholie, aus der mechanischen und zufälligen Vertrautheit.«

Und als spräche er für sich und nicht mehr zu Elisabeth, setzte er fort: »Ich glaube, und das ist tiefster Glaube, daß nur in einer fürchterlichen Übersteigerung der Fremdheit, erst wenn sie sozusagen ins Unendliche geführt ist, sie in ihr Gegenteil, in die absolute Erkenntnis umschlagen und das erblühen kann, was als unerreichbares Ziel der Liebe vor ihr herschwebt und doch sie ausmacht: das Mysterium der Einheit. Durch langsames Aneinandergewöhnen und Vertrautwerden entsteht kein Mysterium.«

Elisabeth weinte.

Er sagte leise: »Ich möchte, daß du die Liebe nie anders erlebtest und erlittest als in dieser letzten und unerreichbaren Form. Und wäre es auch nicht mit mir, ich werde dann nicht eifersüchtig sein. Doch ich leide und bin eifersüchtig und ohnmächtig, wenn ich daran denke, daß du Billigerem verfallen wirst. Weinst du, weil das Vollkommene unerreichbar ist? dann hast du recht zu weinen. Oh, ich liebe dich, sehne mich, in deiner Fremdheit zu versinken, sehne mich, daß du das Endgültige und das Vorbestimmte wärest...«

Nun ritten sie wieder stumm nebeneinander; die Pferde traten aus dem Wald heraus und ein Feldweg führte hinunter zur Landstraße, die sie einschlagen mußten, um nach Hause zu gelangen. Angesichts der staubigen Straße, die weiß unter der Sonne und dem weißlichen Himmel lag, hielt er sein Pferd an und sagte, damit im Schatten der Bäume er es noch aussprechen könne, wieder sehr leise und wie zum Abschied: »Ich liebe dich, ... liebe dich, es ist phantastisch.« Daß sie nun aber noch auf der trockenen, sonnigen Straße beisammen bleiben sollten, dünkte ihnen beiden unmöglich, und sie war ihm dankbar, als er anhielt und sagte: »Ich werde jetzt unseren verunglückten Reiter einzuholen trachten...«, und leiser: »Lebwohl.« Sie gab ihm die Hand, er beugte sich darüber und sie hörte nochmals »Lebwohl«. Sie hatte geschwiegen, doch wie er gewendet hatte, rief sie: »Herr v. Bertrand.« Er kam zurück; sie zögerte ein wenig, dann sagte sie: »Auf Wiedersehen.« Sie hätte gerne Lebwohl gesagt, aber da war es ihr unangebracht und theatralisch erschienen. Als er nach einiger Zeit sich umblickte, konnte er kaum mehr unterscheiden, welche der beiden Gestalten Elisabeth und welche der Reitknecht war; sie waren schon zu weit und die Sonne blendete.

Der Diener Peter stand auf der Terrasse des Lestowschen Herrenhauses und schlug den Gong. Die Mahlzeiten mittels dieser Töne anzukündigen, hatte die Baronin eingeführt und zur Gepflogenheit gemacht, seit sie mit ihrem Gatten in England gewesen war. Und obwohl der Diener Peter nun doch schon etliche Jahre das Instrument bediente, schämte er sich immer noch ein wenig, den kindischen Lärm zu verursachen, besonders da die Töne bis in die Dorfstraße drangen und ihm einst den Spitznamen Trommler eingetragen hatten. Daher schlug er den Gong diskret, entlockte ihm nur wenige dunkle Töne, die rund in die Stille des Parks rollten, und der Rest war ein flaches unmusikalisches blechernes Etwas, das dünngewalzt verhallte.

Im langsamen Schritt durch die mittägliche Dorfstraße reitend, hörte Elisabeth, wie der Diener Peter auf der Terrasse leise den Gong schlug und zum Umkleiden mahnte. Trotzdem beschleunigte sie nicht den Schritt des Pferdes, und wäre sie nicht so sehr in Gedanken gewesen, es wäre ihr aufgefallen, daß sie heute vielleicht zum erstenmal in ihrem Leben eine Art Widerstreben gegen die Gemeisamkeit des Mittagstisches empfand, ja, daß die Heimkehr in den schönen friedlichen Park, der Eingang zwischen den beiden Pförtnerhäusern, ihr eine große Beklemmung auferlegte. Eine beunruhigende Sehnsucht nach Ferne war in ihr aufgekeimt und zugleich mit der Sehnsucht ein absurder Gedanke, doppelt absurd in solcher Mittagshitze: daß Bertrands Leben in diesem allzu rauhen Klima nicht gedeihe und daß er deshalb fliehend stets aufs neue Abschied nehmen müsse. Die Gongschläge waren verhallt. Sie saß im Hofe ab, der Reitbursche hielt ihr den Bügel und eilig ging sie ins Haus: die Schleppe über den Arm geworfen, ging sie die Stufen hinauf, ging gewohnten Weg, dennoch ein wenig im Traume. Ein zarter Mut war über sie gekommen, eine etwas traurige Freude hinzugehen, wohin sie wollte, selber ihr Schicksal in die Hand zu nehmen und es zu bestimmen; aber all dies gelangte nicht sehr weit, blieb stecken in der Überlegung, was die Eltern sagen würden, wenn sie im Reitkleid bei Tische erschiene. Auch Joachim v. Pasenow wäre jemand, der sich ob solchen Verstoßes schokkieren könnte. Das Hündchen Bello kam kläffend die Stiege heruntergerast, mechanisch gab sie ihm den Reitstock, aber sie lächelte nicht über den Stolz, mit dem er den Stock ins Boudoir vorantrug, und so artig Bello ihn ihr vor die Füße legte, andächtig zu ihr aufschauend, als würde er in ihrer Schönheit Erfüllung und Vollendung finden, Elisabeth streichelte ihn nicht, sondern trat vor den Spiegel, blickte lange hinein, ohne sich zu erkennen, sah bloß die schwarze schmale Silhouette, und es war, als würde das Spiegelbild, als würde sie selbst sich enteilen in einer Unbewegtheit, die erst langsam sich löste, da die Zofe eintrat, um täglichem Brauche gemäß beim Aufhaken des Reitkleides behilflich zu sein. Aber als das Mädchen vor sie hinkniete, ihr die Reitstiefel abzustreifen, als der gestreckte Fuß mit einem leichten, kühlen Gefühl aus der Lackröhre schlüpfte und schmal im schwarzen Seidenstrumpf auf des Mädchens Knie lag, suchte sie aufs neue im Spiegel das enteilende Bild, das gleichsam ein Wegeilen war zu irgend jemand, der irgendwo lebte, und der irgendwann vielleicht vor ihr niederknien wird. Die Reitpeitsche lag noch immer dort auf dem Teppich. Elisabeth versuchte, sich Bertrand am Bahnhof vorzustellen in eckiglangem Uniformrock, einen Degen an der Seite, und daß der enteilende Zug ihn erfassen könnte. Irgendeine böse Freude war in dieser Vorstellung und doch eine würgende und noch nie empfundene Angst. Sie saß mit zurückgebeugtem Kopf, die Hände an den Schläfen, als könnte sie durch solche Stellung sich aus dem Befehl eines ungewohnten Zwanges befreien und lösen. »Es ist doch nichts geschehen«, sagte etwas in ihr und sie begriff nicht die vage Spannung, die trotzdem so seltsam deutlich schien, daß man sie beinahe in Worte fassen konnte: die Welt zerschneiden. Sicherlich war es nicht ganz deutlich, aber es war eine Grenzscheide gezogen, und was einstens einheitlich gewesen, diese Welt des Geschlossenen, zerfiel, und die Eltern standen jenseits der Grenze. Dahinter war die Angst, jene Angst, vor der die Eltern sie schützen wollten, als würde ihrer aller Beisammensein davon abhängen: das Gefürchtete, es war jetzt hereingebrochen, sonderbar erschütternd und spannend und doch keineswegs fürchterlich. Man konnte einem Fremden du sagen; das war alles. Und das war so wenig, daß Elisabeth beinahe traurig wurde. Resolut erhob sie sich; nein, sie will sich nicht einer platten und sentimentalen Melancholie hingeben. Sie geht zum Spiegel und streicht sich die Haare zurecht.

Am Fuße der großen Treppe hängt in seinem Ebenholzgestell der Gong aus mattgelber Messingbronze, geziert mit flachen chinesischen Ornamenten. Ein echtes Stück, das der Baron in London erstanden hat. Den Schlegel mit der weichen grauen Lederkugel hält der Diener Peter in der Hand, sieht auf die Uhr und wartet. Es sind vierzehn Minuten seit dem ersten Zeichen vergangen, und wenn der Uhrzeiger die fünfzehnte Minute erreicht haben wird, wird der Diener Peter der Bronzeplatte drei diskrete Schläge verabfolgen.

III

Tags darauf hatte sich Bertrand beim gemeinsamen Frühstück entschuldigen lassen, suchte dann Joachim auf und meldete, daß er zu seinem aufrichtigen Bedauern abberufen worden sei; er müsse schon am nächsten Morgen abreisen. Im ersten Augenblick fühlte sich Joachim erleichtert: »Ich reise mit Ihnen«, sagte er und blickte Bertrand, der doch offenbar auf Elisabeth verzichtet hatte, dankbar an. Und um ihm zu zeigen, daß er auch seinerseits verzichtete, fügte er tröstend hinzu: »Ich wüßte nicht, was mich hier zurückhalten sollte.«

Joachim ging zum Vater, ihm den Entschluß mitzuteilen. Aber als Herr v. Pasenow stutzte und in gewohnter Indiskretion mißtrauisch fragte: »Wie ist das möglich? er hat doch seit vorgestern keine Post erhalten«, stutzte auch er: ja, wie war es möglich? was mochte Bertrand zu dem Verzicht bewogen haben? Und mit der Bitternis, durch solche Fragen an der Indiskretion des Vaters teilzunehmen, stieg die Vision eines freundlichen Sieges auf: weil Elisabeth ihn, Joachim v. Pasenow, liebte, hatte Bertrand sich einen Korb geholt. Allerdings war es geradezu unausdenkbar, daß jemand es wagen sollte, so rasch, man könnte sagen im Handumdrehen, sich einer Dame zu deklarieren. Freilich, bei einem Geschäftsmann, welcher die Aussicht auf eine reiche Erbin zu haben glaubt, ist wohl alles möglich. Aber er gelangte nicht zu weiteren Überlegungen, denn der Alte hatte plötzlich ein sonderbares Aussehen bekommen: er war auf dem Sessel beim Schreibtisch zusammengesunken, stierte vor sich hin und murmelte: »Der Hund, der Hund... er bricht sein Wort.« Dann sah er Joachim und schrie ihn an: »Pack dich, du mit deinem sauberen Freund..., konspirierst mit ihm.« – »Aber, Vater!« – »Hinaus mit euch, pack dich.« Er war aufgesprungen und ging dem zurückweichenden Sohn in kleinen Abständen zur Türe nach. Und jedesmal wenn er stehen blieb, streckte er den Kopf vor und zischte: »Packt euch.« Als Joachim im Korridor war, zog der Alte die Tür zu, öffnete sie aber gleich wieder und steckte den Kopf hinaus: »Und sag ihm, daß er nicht wagen soll, mir zu schreiben. Sag ihm, daß ich keinen Wert mehr darauf lege.« Die Tür schlug ins Schloß und Joachim hörte, wie der Schlüssel umgedreht wurde.

Er fand die Mutter im Garten; sie war nicht übermäßig bestürzt: »Er ist ja immer recht wortkarg, aber in den letzten Tagen schien er gegen dich aufgebracht. Ich glaube, er verübelt es dir, daß du den Dienst noch nicht quittiert hast. Sonderbar ist es trotzdem.« Als sie zum Hause kamen, fügte sie hinzu: »Vielleicht war er auch gekränkt, daß du dir sofort einen Gast mitgebracht hast; ich denke, es ist wohl besser, wenn ich vorerst mal allein nach ihm sehe.« Er begleitete sie hinauf: die Tür zum Korridor war verschlossen und auf ihr Klopfen blieb es still. Es war nicht ganz geheuer, und sie gingen zum großen Salon, da es immerhin möglich war, daß der Vater von dort aus sein Zimmer verlassen haben könnte. Durch die leere Flucht der Räume kamen sie zum Arbeitszimmer und fanden es unversperrt; Frau v. Pasenow öffnete und Joachim sah den Vater unbeweglich am Schreibtisch sitzen, die Feder in der Hand. Er rührte sich auch nicht, als Frau v. Pasenow nähertrat und sich über ihn beugte. Die Feder hatte er so scharf aufs Papier gepreßt, daß sie zerbrochen war; und auf dem Papier stand: ich enterbe wegen Unehrenhaftigkeit mei..., und dann kam der verspritzte Tintenfleck der zerbrochenen Feder. »Um Gottes willen, was ist denn geschehen?«, aber er gab keine Antwort. Hilflos blickte sie ihn an; als sie bemerkte, daß auch das Tintenfaß umgeworfen war, ergriff sie eilfertig die Löschwiege und versuchte, die vergossene Flüssigkeit damit aufzusaugen. Er stieß sie mit dem Ellbogen fort und dann sah er Joachim in der Türe, grinste ein wenig und versuchte, mit der zerbrochenen Feder weiterzuschreiben. Als er wieder am Papier hängenblieb und ein Loch hineinriß, stöhnte er auf, streckte den Zeigefinger gegen den Sohn und schrie: »Hinaus mit dem dort.« Dabei versuchte er sich zu erheben, vermochte es aber anscheinend nicht, denn er sank gleich wieder in sich zusammen und während er, der verschütteten Tinte nicht achtend, über den Schreibtisch fiel, vergrub er den Kopf zwischen die Arme, als wäre er ein weinendes Kind. Joachim flüsterte der Mutter zu: »Ich lasse den Arzt holen«, und eilte hinunter, um einen Boten ins Dorf zu schicken.

Der Arzt war gekommen und hatte Herrn v. Pasenow zu Bette gebracht. Er hatte ihm Brom gegeben und sprach von einer Kaltwasserkur; sicherlich habe der Tod des Sohnes nun doch einen Nervenzusammenbruch zur Folge gehabt. Ja, das war die banale Erklärung des Arztes. Aber das war keine Erklärung.

Da steckte mehr dahinter und es konnte kein Zufall sein: wie eine erste Mahnung war es gewesen, daß Helmuths Pferd gestürzt war, und jetzt, da sich trotzdem ein Triumph über Bertrand vorbereiten wollte, jetzt, da Elisabeth um seinetwillen Bertrand verschmäht hatte, und er sich anschickte, Untreue an Bertrand und Ruzena zu begehen, scheinbar damit den Willen des Vaters zu erfüllen, jetzt mußte das Unheil hereinbrechen. Ein Komplice, der den Komplicen verrät und vom Vater mit Recht beschuldigt, daß er mit Bertrand konspiriere! Mußte nun das ganze Gewebe nicht wieder auseinanderfallen, Verrat in Gegenverrat sich auflösen? und Bertrand mußte sich Ruzena wieder aneignen, solcherart dem Vater beweisend, daß er nicht mehr des Sohnes Komplice ist, Rache übend, weil Elisabeth ihn verschmäht hat! Und in all dem unsaubern und häßlichen Verdacht, mit dem er Bertrands Reise nach Berlin ansah, sah Joachim bloß die eigene ins Unabsehbare gerückt, und das quälte ihn mehr als die Sorge um den kranken Vater. Das Verwirrte löste sich, um zu neuer Verwirrung sich zu schließen. War dies der Wille des Vaters gewesen, da er ihn zu dem Besuch in Lestow gedrängt hatte? unerfindlich blieb bei all dem, was zwischen dem Vater und Bertrand vorgefallen war. Vielleicht hätte es sich geklärt, wenn er Bertrand von den wirren Anspielungen des Vaters etwas hätte sagen dürfen, so aber mußte er sich darauf beschränken, ihm von der plötzlichen Erkrankung Mitteilung zu machen. Er bat ihn, Ruzena die Sachlage zu schildern; im übrigen werde er jedenfalls bald auf einige Tage nach Berlin kommen, Urlaubsverlängerung und ähnliches. Ja, sagte Bertrand, als ihn Joachim zur Bahn begleitete, ja, was soll nun eigentlich mit Ruzena geschehen? natürlich sei auf die baldige Genesung Herrn v. Pasenows zu hoffen, aber die Anwesenheit Joachims in Stolpin werde nichtsdestoweniger immer mehr und mehr vonnöten werden. »Man müßte ihr«, meinte er, »irgendeine geordnete Beschäftigung verschaffen, die ihr Freude macht: das würde ihr über die kommenden Schwierigkeiten etwas hinweghelfen.« Joachim war gekränkt, schließlich war das seine Angelegenheit; er sagte zögernd: »Das Theater, in das Sie sie gebracht haben, bereitet ihr doch Freude.« Bertrand machte eine wegwerfende Handbewegung, so daß Joachim ihn verständnislos anstarrte. »Aber seien Sie unbesorgt, Pasenow, wir werden schon etwas finden.« Und obwohl für Joachim diese

Sorge erst jetzt Gestalt angenommen hatte, war er nun tatsächlich froh, daß sie ihm mit so leichter Hand von Bertrand abgenommen worden war.

Seitdem der Vater krank war und noch immer den größten Teil des Tages im Bett verbrachte, war das Leben seltsam vereinfacht; man konnte jetzt über manches ruhiger nachdenken und manche Fragen zeigten sich durchsichtiger, oder es schien wenigstens, daß man sich an sie heranwagen könne. Doch hier lag ein fast unlösbares Problem vor und es nützte nichts, im Antlitz Elisabeths nach der Lösung zu fahnden; im Gesichte selber war das Rätsel gelegen. In ihrem Stuhl zurückgelehnt, blinzelte sie auf die herbstliche Landschaft, und das zurückgeworfene Gesicht, rechtwinklig fast gegen den gespannten Hals abgebogen, war wie ein unebenes Dach auf diesen Hals aufgesetzt. Vielleicht mochte man auch sagen, daß es auf dem Kelch des Halses schwamm wie ein Blatt oder ihn abschloß wie ein flacher Deckel, denn eigentlich war es kein richtiges Gesicht mehr, sondern bloß ein Teil des Halses, sah aus dem Hals hervor, sehr entfernt an das Gesicht einer Schlange erinnernd. Joachim folgte der Linie des Halses; hügelartig sprang das Kinn vor und dahinter lag die Landschaft des Gesichtes. Weich lagen die Ränder des Mundkraters, dunkel die Höhle der Nase, geteilt durch eine weiße Säule. Wie ein kleiner Bart sproß der Hain der Augenbrauen und hinter der Lichtung der Stirne, die durch dünne Akkerfurchen geteilt war, war Waldesrand. Joachim mußte wieder an die Frage denken, warum eine Frau begehrenswert sein könne, aber nichts gab Antwort; es blieb ungelöst und verwirrt. Er schloß ein wenig die Augen und schaute durch den Spalt über die Landschaft des hingebreiteten Gesichtes. Da verfloß es mit dem Gesicht der Landschaft selber, der Waldessaum der Haare setzte sich fort in dem gelblichen Gelaube des Forstes und die Glaskugeln, die die Rosenstöcke des Vorgartens zierten, glitzerten gemeinsam mit dem Stein, der im Schatten der Wange – ach, war es noch eine Wange – als Ohrgehänge sonst blitzte. Es war erschreckend und beruhigend zugleich und wenn der Blick das Getrennte in so seltsam Einheitliches und nicht mehr Unterscheidbares verschmolz, fühlte man sich sonderbar an irgend etwas gemahnt, in irgend etwas versetzt, das außerhalb aller Konvention fernab im Kindlichen lag, und die ungelöste Frage war wie etwas, das aus der Erinnerung emporgetaucht war wie eine Mahnung.

Sie saßen im schattigen Vorgarten des kleinen Wirtshauses; der Reitbursche war mit den Pferden rückwärts im Hof. Im Rauschen der Blätter über ihnen hörte man den September. Denn es war nicht mehr das klare, weiche Getön des Frühlingslaubes und auch nicht mehr der Klang des Sommers: rauschen im Sommer die Bäume schlechthin, sozusagen nuancenlos, so mischt sich an den frühen Herbsttagen bereits silbrig-metallische Schärfe hinein, als ob ein breiter, einheitlicher Ton in Geäder aufgelöst werden sollte. Wenn der Herbst beginnt, sind die Mittagsstunden ganz still: sommerlich glüht noch die Sonne, und wenn von irgendwo dann ein leichterer, kühlerer Wind durch das Geäst geht, so ist es wie ein schmaler Streifen Frühling in der Luft. Die Blätter, die von den Baumkronen auf den rohen Wirtshaustisch fallen, sind noch nicht vergilbt, aber brüchig und trocken trotz ihrer Grüne und die sommerliche Sonnigkeit des Tages erscheint dann doppelt wertvoll. Mit stromaufwärts gerichtetem Bug liegt das Boot des Fischers im Strome; wellenlos gleitet das Wasser, als würde es in großen Tafeln geschoben. Solche Herbsttage haben nichts von der Schläfrigkeit des Sommermittags; eine weiche, wachsame Ruhe lagert überall.

Elisabeth sagte: »Warum lebt man hier? Im Süden gäbe es das ganze Jahr solche Tage.« Joachim sah das südliche Gesicht des Italieners mit dem schwarzen Bärtchen vor sich. In dem Antlitz Elisabeths aber konnte man nicht einmal mehr das eines Italieners oder sonst eines Bruders finden, so fern-menschlich und landschaftlich waren ihre Züge geworden. Er versuchte, die gewohnte Form wiederzufinden, und als sie jählings im Gesicht wiedererschien, Nase wieder Nase ward, Mund wieder Mund, Auge wieder Auge, da war der Wechsel neuerlich erschreckend und es beruhigte ihn bloß, daß ihr Haar glatt gestrichen war und nicht allzusehr gewellt. »Warum? Mögen Sie den Winter nicht?« – »Ihr Freund hat recht; man muß reisen«, war die Antwort. »Er will nach Indien«, sagte Joachim und dachte an den olivenfarbigen Volksstamm und an Ruzena. Warum war es ihm eigentlich nie eingefallen, mit Ruzena fortzureisen? Er spürte den Blick Elisabeths auf seinem Gesicht, fühlte sich ertappt und wandte sich ab. Doch wenn jemand an der Reiselust schuld trug, so war es Bertrand. Weil er für den Verlust seines geordneten Lebens sich durch Geschäfte und exotische Reisen entschädigen und betäuben mußte, wirkte er ansteckend, und wenn Elisabeth vom Süden sprach, so bedauerte sie es vielleicht doch, – mochte sie Bertrand auch abgewiesen haben –, daß sie nicht mit ihm reiste. Er hörte Elisabeths Stimme: »Wie lange kennen wir uns eigentlich schon?« Er rechnete nach; das ließe sich nicht so genau sagen: wenn er als zwölfjähriger Junge auf Ferien zu Hause war, wurde er von den Eltern manchmal nach Lestow mitgenommen. Und damals war Elisabeth doch kaum geboren. »Ich habe Sie also eigentlich immer gekannt, mein ganzes Leben lang«, stellte Elisabeth fest, »aber ich habe Sie wohl nie zur Kenntnis genommen; Sie haben für mich zu den Erwachsenen gezählt.« Joachim schwieg. »Mich hatten Sie wohl auch nie zur Kenntnis genommen«, fuhr sie fort. O doch, meinte er, doch, damals, als sie auf einmal eine junge Dame geworden war, plötzlich und überraschend. Elisabeth sagte: »Aber jetzt sind wir fast gleichaltrig geworden, ... wann haben Sie eigentlich Geburtstag?« und ohne die Antwort abzuwarten, setzte sie hinzu: »Wissen Sie noch, wie ich als Kind ausgeschaut habe?« Joachim mußte nachdenken; im Salon der Baronin hing ein Kinderporträt Elisabeths und das schob sich hartnäckig vor die lebende Erinnerung. »Es ist merkwürdig«, sagte er, »ich weiß sehr wohl, wie Sie ausgesehen haben, indes...«, er wollte sagen, daß er das Kinderantlitz in ihrem Gesicht nicht auffinden konnte, obwohl es sicherlich darin sein mußte, aber wie er jetzt zu ihr hinüberblickt, war das Gesicht in ihrem Gesicht überhaupt wieder verschwunden und es war nur mehr Hügel und Tal, überzogen mit etwas, das man Haut nennt. Als ob sie seinen Gedanken aufnehmen wollte, sagte sie: »Wenn ich mich anstrenge, kann ich Ihr Knabengesicht trotz des Schnurrbarts erkennen«, sie lachte, »eigentlich ist es lustig; ich muß das einmal auch bei meinem Vater versuchen.« – »Können Sie mich auch als alten Mann sehen?« Elisabeth forschte scharf: »Komisch, das kann ich nicht... oder halt, ich kann es: Sie werden Ihrer Mutter noch mehr ähneln, ein gutes rundes Gesicht haben und der Schnurrbart wird buschig und weiß sein... und ich als alte Frau? Werde ich einen sehr würdigen Eindruck machen?« Joachim erklärte sich dieser Vorstellung unfähig. »Seien Sie nicht galant und sagen Sie es doch.« – »Verzeihen Sie, aber ich mag das nicht. Es ist doch unangenehm, plötzlich wie seine Eltern oder sein Bruder oder wie etwas anderes auszusehen, ... es wird dann so vieles sinnlos.« – »Sagt das auch Ihr Freund Bertrand?« – »Nein, meines Wissens nicht: warum glauben Sie es?« – »Ach nur so, es könnte ihm liegen.« – »Ich weiß es nicht, aber mir scheint Bertrand mit den äußeren Dingen seines bewegten Lebens so sehr beschäftigt, daß er auf derlei überhaupt nicht acht hat. Er ist niemals ganz er selbst.« Elisabeth lächelte. »Sie meinen, daß er alles aus großer Entfernung sieht? Gewissermaßen mit den Augen eines Fremden?« Was wollte sie damit sagen? Auf was spielte sie an? Er verachtete sich ob dieser Neugierde, fühlte sich unritterlich, sah plötzlich auch wieder ein, daß es eine unritterliche Geste war, eine Frau einem andern zu überlassen, statt sie zu schützen, vor jedem andern zu schützen. Eigentlich wäre er verpflichtet, Elisabeth doch zu heiraten. Elisabeth hingegen machte durchaus keinen unglücklichen Eindruck, da sie sagte: »Schön war es, aber jetzt müssen wir zu Tische, die Eltern warten.«

Als sie heimritten und der Turm des Lestower Hauses schon vor ihnen auftauchte, schien sie ihr Gespräch überdacht zu haben, denn sie sagte: »Sonderbar ist es doch, wie Vertrautheit und Fremdheit nicht auseinanderzuhalten sind. Vielleicht haben Sie recht, wenn Sie vom Altern nichts wissen wollen.« Joachim, mit Ruzena beschäftigt, verstand zwar nicht, machte sich aber dieses Mal keine Gedanken darüber.

Wenn etwas zur Gesundung Herrn v. Pasenows beitrug, so war es die Post. Eines Morgens, er lag noch im Bette, fiel es ihm ein: »Wer übernimmt die Posttasche? Etwa gar Joachim?« Nein, Joachim kümmere sich nicht darum. Er brummte, daß Joachim sich überhaupt um nichts bekümmere, schien aber befriedigt, verlangte aufzustehen und ging langsam auf sein Zimmer. Als der Bote erschien, fand das gewohnte Ritual statt, das sich nun wieder täglich abspielte. Und war Frau v. Pasenow gerade anwesend, mußte sie die Klage anhören, daß niemand schreibe. Er erkundigte sich auch öfter, ob Joachim auf dem Gute sei, aber er wollte ihn nicht sehen. Und als er hörte, daß Joachim auf einige Zeit nach Berlin müsse, sagte er: »Bestelle ihm, daß ich es verbiete.« Manchmal vergaß er daran und beklagte sich, daß ihm nicht einmal die eigenen Kinder schrieben und da kam

Frau v. Pasenow auf den Gedanken, daß Joachim dem Vater zur Versöhnung einen Brief schreiben könnte. Joachim erinnerte sich der Wünsche, die er und sein Bruder zu den Geburtstagsfesten seiner Eltern auf rosenumranktes Papier hatten malen müssen; es war eine fürchterliche Plage gewesen. Er weigerte sich, dies zu wiederholen und erklärte, daß er abreise. Möge man es dem Vater verheimlichen.

Er fuhr ohne Sehnsucht; hatte er sich einst aufgelehnt, daß man ihn zu einer Heirat befehlen wollte, so war es nun in der gleichen Weise rebellierend, daß der dreitägige Aufenthalt in Berlin ihn zu drei Liebesnächten mit Ruzena verpflichtete. Er fand es auch für Ruzena entwürdigend. Am liebsten hätte er das Wiedersehen hinausgezögert, und damit sie wenigstens nicht an die Bahn käme, hatte er unterlassen, sie von der Stunde seiner Ankunft zu verständigen. Auf der Fahrt fiel ihm ein, daß er ihr doch ein Geschenk mitbringen müßte; aber da sich weder Rebhühner noch sonst ein Wildpret dazu geeignet hätten, wäre ohnehin nichts anderes übriggeblieben, als es in Berlin zu besorgen; gut also, daß Ruzena nicht zur Bahn kommen konnte. Er bemühte sich, eine passende Gabe auszudenken, aber seine Phantasie war gebunden, er konnte nichts ausfindig machen und pendelte zwischen Parfüm und Handschuhen hin und her; nun, in Berlin würde sich schon irgend etwas finden.

In seiner Wohnung angelangt, schrieb er vor allem ein Billett an Bertrand, der sicherlich froh sein würde, die unheimlichen Vorfälle des letzten Tages in Stolpin mit ihm besprechen zu können. Er schrieb auch an Ruzena, und mit dem Auftrag auf Antwort zu warten, ließ er die beiden Karten durch einen Dienstmann befördern. Er war von seiner Wohnung angeheimelt. Der Sommer brütete noch immer eingesperrt hinter den geschlossenen Fenstern. Joachim öffnete einen Flügel und freute sich der ruhigen Straße; es war später Nachmittag. Regen war für die Nacht zu erwarten, im Westen stand eine graue Wolkenwand. Das Weinlaub an den Zäunen der Vorgärten war rot, auf dem Gehsteig lagen gelbe Kastanienblätter und die Pferde vor den vier Droschken an der Straßenecke drüben hatten traurig und friedlich gebeugte Vorderbeine. Joachim lehnte sich zum Fenster hinaus und sah zu, wie der Bursche die andern öffnete; hätte sich dieser dabei gleichfalls hinausgelehnt, Joachim hätte ihm längs der Hauswand zugelächelt und zugenickt.

Und während der Bursche auspackte, blieb Joachim beim Fenster und betrachtete die dunkelnde ruhige Straße. Dann trat er zurück; die Zimmer waren kühl geworden, und nur mehr an manchen Stellen hing noch ein Stückchen Sommer in der Luft, erfüllte Joachim mit angenehmer Wehmut. Aber es tat wohl, endlich wieder die Uniform auf sich zu spüren; er ging zwischen seinem engeren Eigentum umher und besah die Dinge und seine Bücher. Ja, er wollte in diesem Winter mehr lesen. Dann erschrak er, in drei Tagen sollte er ja all dies wieder verlassen. Er setzte sich, als könnte er sich damit Seßhaftigkeit beweisen, ließ die Fenster schließen und Tee kochen. Es dauerte eine Weile; der Dienstmann, den er vergessen hatte, kam zurück: Herr v. Bertrand sei nicht in Berlin, werde aber in den nächsten Tagen erwartet, und die Dame habe keine Antwort gegeben, sondern bloß gesagt, sie komme sofort. Joachim war es, als sei nun irgendeine kleine Hoffnung zerronnen; fast hätte er gewünscht, daß es umgekehrt gewesen und Bertrand sofort gekommen wäre. Zudem hatte er doch noch ein Geschenk besorgen wollen. Aber schon nach wenigen Minuten läutete es; Ruzena war da.

Beim Schwimmunterricht in der Kadettenschule hatte er sich vor dem Springen gefürchtet, bis er einmal vom Schwimmlehrer kurzerhand ins Wasser gestoßen worden war; und da war es im Wasser bloß angenehm gewesen und er hatte gelacht. Ruzena kam hereingestürmt und war ihm an den Hals geflogen. Es war angenehm im Wasser und sie saßen Hand in Hand, tauschten Küsse und Ruzena erzählte unaufhörlich Dinge, deren Zusammenhang er nicht kannte. Nichts von dem Unbehagen war übriggeblieben und es wäre ein fast ungetrübtes Glück gewesen, wenn der Ärger über das vergessene Geschenk sich nicht plötzlich mit erneuter Schärfe eingestellt hätte. Aber da nun Gott alles zum Besten oder doch mindestens zum Guten fügte, leitete er Joachim zum Schranke, in dem die seit Monaten unbeachteten Spitzentaschentücher ruhten. Und während Ruzena in gewohnter Weise das Abendbrot richtete, suchte Joachim ein hellblaues Bändchen und Seidenpapier und legte das Paket unter Ruzenas Teller. Und ehe sie sich dessen versahen, waren sie schlafen gegangen.

Erst am nächsten Tage fiel ihm ein, daß er ja bald abreisen müßte. Nun teilte er es Ruzena zögernd mit. Aber der erwartete

Ausbruch von Unglück oder Zorn erfolgte nicht, vielmehr sagte Ruzena bloß einfach: »Gibt nicht; bleibst da.« Joachim stutzte; sie hatte doch recht, warum sollte er nicht wirklich hier bleiben? Unter welchem Bann war er doch gestanden, daß er zwecklos auf dem Hofe herumgegangen war und sich vor dem Vater versteckte. Überdies schien es unbedingt notwendig, Bertrand in Berlin abzuwarten. Vielleicht war es eine Inkorrektheit, eine Art zivilistischer Unpünktlichkeit, in die er von Ruzena gezogen wurde, aber es gab ihm ein kleines Freiheitsgefühl. Er beschloß, die Sache zu überschlafen und da er dies mit Ruzena tat, schrieb er tags darauf an seine Mutter, daß ihn die Dienstverhältnisse etwas länger als in Aussicht genommen in Berlin zurückhielten; einen ähnlichen Brief, den er beilegte, sollte sie, falls sie es für richtig hielt, dem Vater übergeben. Später besann er sich, daß dieses Vorgehen wenig Sinn hätte, da der Vater ohnehin die Post in die Hände bekäme; aber jetzt war es schon zu spät; der Brief war aufgegeben.

Er hatte sich zum Dienst gemeldet; stand in der Reitschule. Ein Wachtmeister und ein Unteroffizier, beide mit langen Peitschen in der Hand, führten den Unterricht und längs der Wände bewegte sich die Kette der Pferde mit den Rekruten in den Zwilchjacken. Es roch kellerig und der weiche Sand, in dem die Füße versanken, ließ ihn mit einem kleinen Heimweh an Helmuth denken und an den Sand, den er ihm nachgeschüttet hatte. Der Wachtmeister knallte mit der Peitsche und kommandierte Trab. Rhythmisch begannen die Zwilchgestalten an den Wänden auf und ab zu wippen. Nun müßte Elisabeth bald zum Herbstséjour nach Berlin kommen. Aber das stimmte doch nicht: sie waren noch nie vor Oktober gekommen und auch das Haus konnte unmöglich schon fertig sein. Und eigentlich erwartete er auch nicht Elisabeth, sondern Bertrand; natürlich, den hatte er gemeint. Er sah ihn mit Elisabeth vor sich her im Trab reiten, beide in den Bügeln sich hebend und senkend. Verwunderlich war es, wie damals Elisabeths Gesicht in die Landschaft geglitten war und wie er sich gequält hatte, es herauszulösen. Er versuchte, ob ihm das nämliche mit Bertrands Gesicht hätte widerfahren können, versuchte sich vorzustellen, daß Bertrand, in den Bügeln sich hebend und senkend, längs der Wand reite, gab es aber wieder auf; es war irgendwie gotteslästerlich und er war froh, daß er Helmuths Gesicht nicht mehr gesehen hatte. Nun kommandierte der Wachtmeister Schritt und man brachte die weißen Sprungbäume und Hürden in die Manege. Er mußte an Clowns denken und verstand plötzlich, daß Bertrand einst sagen konnte: das Vaterland wird durch einen Zirkus verteidigt. Unbegreiflich noch immer, daß er damals über den Baumstamm gestürzt war.

Er fuhr wieder bei Borsigs Maschinenfabrik vorbei. Wieder standen Arbeiter dort. Eigentlich wollte er all dies nicht mehr sehen. Er gehörte nicht dazu und es war überflüssig, sich durch eine bunte Uniform abzugrenzen. Gewiß, Bertrand gehörte dazu, vielleicht mit Widerstreben, aber der hatte sich eben eingelebt; indes auch von Bertrand wollte er nichts mehr wissen; das beste wäre es ja doch, sich nach Stolpin zurückzuziehen. Trotzdem ließ er den Wagen bei Bertrands Wohnung halten und freute sich zu hören, daß Herr v. Bertrand abends eintreffen werde. Gut, er wolle auf alle Fälle abends vorsprechen, und er hinterließ ein Billett, das diese Absicht kundtat.

Sie gingen in das Theater, auf dessen Bühne Ruzena stand und armselige Choristinnengesten exekutierte. Im Zwischenakt sagte Bertrand: »Das ist doch nichts für sie; wir werden etwas anderes finden«, und Joachim hatte wieder das Gefühl der Geborgenheit. Als sie beim Abendbrot saßen, wandte sich Bertrand an Ruzena: »Sagen Sie, Ruzena, Sie werden doch jetzt eine berühmte und großartige Schauspielerin?« Natürlich würde sie das werden, und ob sie das werden würde! »Na, aber was geschieht, wenn Sie sich's überlegen und uns ausspringen? jetzt haben wir uns so geplagt, damit Sie uns berühmt und großartig werden und auf einmal lassen Sie uns stehen und wir sind blamiert. Was sollen wir dann machen?« Ruzena wurde nachdenklich, meinte: »No, das Jägerkasino.« – »Aber nein, Ruzena, man soll nie wieder zurück, wenn man schon höher gestanden ist. Also etwas, das mehr ist als das Theater.« Ruzena begann zu weinen: »Für unsereiner gibt's doch nix. Joachim, er ist schlechter Freund.« Joachim sagte: »Bertrand macht doch Spaß, Ruzena.« Aber er hatte selber ein unbehagliches Gefühl und fand, daß Bertrand nicht in den Grenzen des Taktes bleibe. Bertrand hingegen lachte: »Da gibt es doch nichts zu weinen, weil wir darüber nachdenken, wie wir Ruzena berühmt und reich machen. Sie muß uns dann alle aushalten.« Joachim war schockiert; man merkte doch, wie das Geschäftsleben das Gemüt eines Menschen verrohte.

Später sagte er zu Bertrand: »Warum quälen Sie sie?« Bertrand antwortete: »Man muß doch vorsorgen und man kann nur im Gesunden operieren. Jetzt ist noch Zeit dazu.« Wie ein Arzt sprach er.

Was er halb befürchtet hatte, war eingetroffen. Der Brief war dem Vater in die Hände gefallen und der hatte offenbar wieder zu toben begonnen, denn die Mutter schrieb, daß ein neuer Rückschlag eingetreten sei. Joachim wunderte sich, wie gleichgültig ihn dies eigentlich ließ. Er fühlte nicht die Verpflichtung heimzureisen, er würde immer noch zeitig genug kommen. Helmuth hatte ihm aufgetragen, der Mutter beizustehen, ach, man konnte ihr doch kaum helfen; sie mußte das Los, das sie auf sich genommen hatte, wohl alleine tragen. Er antwortete, daß er ehestens kommen werde und blieb, beließ alles, wie es war, tat seinen Dienst, traf keinerlei Anstalten zu einer Veränderung und schob jeden Gedanken, der sich damit befassen wollte, mit einer unerklärlichen Furcht beiseite. Denn es bedurfte manchmal geradezu einer gewissen Anstrengung, an den Dingen ihr gewohntes Aussehen festzuhalten, und das konnte so arg werden, daß ihm die Menschen, die weiter mit den Dingen hantierten, als sei alles in Ordnung geblieben, oftmals eng, verblendet und fast närrisch erschienen. Erst war es ihm nicht aufgefallen; doch als ihm das Zirkusmäßige des Dienstes wieder einmal zum Bewußtsein kam, machte er Bertrand dafür verantwortlich. Ja, sogar die Uniform wollte sich nicht mehr wie früher anlegen lassen: plötzlich störten ihn die Epauletten auf den Achseln, störten ihn die Manschetten seines Hemdes, und eines Morgens vor dem Spiegel fragte er sich, warum er den Säbel eigentlich links tragen müsse. Er flüchtete mit seinen Gedanken zu Ruzena, sagte sich, daß die Liebe zu ihr, ihre Liebe zu ihm etwas sei, das aller anzweifelbaren Konvention enthoben war. Wenn er ihr dann lang in die Augen schaute und mit sanft tastendem Finger über ihre Lider strich und sie es für Liebe nahm, so versank er oftmals in ein angstvolles Spiel und er ließ dieses Antlitz ins Unbestimmte verdämmern, bis hart an die Grenze, wo es ins Unmenschliche umzukippen drohte und das Gesicht gesichtlos wurde. Vieles war wie eine Melodie geworden, die man nicht vergessen zu können meint, und aus der man doch herausgleitet, um sie stets aufs neue schmerzlich suchen zu müssen. Das war ein unheimliches und hoffnungsloses Spiel und man wünschte gereizt und ärgerlich, daß Bertrand auch für diesen befremdlichen Zustand verantwortlich gemacht werden könnte. Hatte er denn nicht von seinem Dämon gesprochen? Ruzena spürte Joachims Gereiztheit und aus dem Mißtrauen, das sie seit jenem Abend gegen Bertrand hegte, brach es nach langem dumpfem Schweigen jäh und ungeschickt heraus: »Hast mich nicht mehr lieb... oder mußt erst Freund fragen ob darfst... oder hat schon verboten Bertrand?« und obwohl dies böse und zankende Worte waren, hörte Joachim sie gerne, denn sie waren wie eine erleichternde Bestätigung des eigenen Verdachtes, daß allen Unheils dämonischer Ursprung in Bertrand liege. Und es schien ihm sogar wie ein letzter Ausfluß solch unheilvollen mephistophelischen und heuchlerischen Wirkens, wenn trotz der gemeinsamen Abneigung Ruzena ihm nicht näher verbunden wurde, sondern mit ihren rüden unbeherrschten Ausbrüchen eher zu Bertrand rückte und zu dessen nicht minder verletzenden Scherzen: zwischen dem Freund und der Geliebten, unzuverlässig sie beide, zwischen diesen beiden Zivilisten, fühlte er sich wie zwischen zwei Mühlsteine der Taktlosigkeit geraten und hilflos vermahlen. Es roch nach schlechter Gesellschaft, und manchmal wußte er nicht, ob Bertrand ihm Ruzena zugeführt hatte oder ob er durch Ruzena zu Bertrand gelangt war, bis er erschrocken gewahr wurde, daß er der verschwimmenden und verfließenden Masse des Lebens nicht mehr habhaft zu werden vermochte und daß er immer rascher und immer tiefer in irre Hirngespinste glitt, und alles war unsicher geworden. Doch als er daran dachte, daß er in der Religion den Ausweg aus solcher Wirrnis suchen müsse, tat sich neuerdings der Abgrund auf, der ihn von den Zivilisten trennte, denn jenseits dieses Abgrundes stand der Zivilist Bertrand, ein Freigeist, stand die Katholikin Ruzena, beide für ihn unerreichbar, und es schien fast, als wollten sie sich seiner Vereinsamung freuen.

Es war ihm recht, daß er am Sonntag Kirchendienst hatte. Aber selbst bis in die militärische Kulthandlung verfolgte ihn das Zivilistische. Denn die Gesichter der Mannschaften, die befehlsgemäß in zwei parallelen Kolonnen in das Gotteshaus einmarschiert waren, sahen nicht anders aus als jene, die sie beim Exerzieren und beim Reitunterricht aufsetzten; keines der Gesichter war fromm, keines ergriffen. Es mußten wohl Arbeiter aus Borsigs Maschinenfabrik sein; echte Bauernsöhne aus der Heimat wären nicht so unbeteiligt dagestanden. Außer den Unteroffizieren, die dienstlich fromm dreinschauten, horchte wohl keiner auf die Predigt. Die Verlockung, auch dies einen Zirkus zu nennen, stand in furchterregender Nähe. Joachim schloß die Augen und versuchte zu beten, wie er in der Dorfkirche zu beten versucht hatte. Vielleicht betete er auch nicht, doch als die Soldaten den Choral anstimmten, da erhob sich seine Stimme, mitsingend, ohne daß er es wußte, denn mit dem Liede, das er als Kind gesungen, war die Erinnerung an ein Bild aufgestiegen, Erinnerung an ein kleines buntes Heiligenbild, und da das Bild ihm nun deutlich wurde, erinnerte er sich auch, daß es die schwarzhaarige polnische Köchin gewesen war, die es ihm gebracht hatte, hörte ihre dunkle singende Stimme und sah ihren runzligen Finger mit der rissigen Spitze, hinstreichend über all die Buntheit, aufzeigend, daß hier die Erde war, auf der die Menschen leben, und wie darüber, nicht allzu hoch darüber, auf silbriger Regenwolke die Heilige Familie gar friedlich beieinander saß, abkonterfeit in sehr bunter Kleidung, und das Gold, mit dem die Gewänder verziert waren, wetteiferte mit dem Glanz der goldenen Heiligenscheine. Heute noch wagte er nicht daran zu denken, wie selig er gewesen war, sich auszumalen, daß man selber Teil dieser katholischen Heiligen Familie wäre, selber auf jener silbrigen Wolke in den Armen der jungfräulichen Gottesmutter zu ruhen oder im Schoße der schwarzhaarigen Polin... das konnte man jetzt nicht mehr entscheiden, wohl aber, daß das Entzücken durchsetzt war von Zittern ob der gotteslästerlichen Anmaßung und ob der Ketzerei, die ein geborener Protestant mit solchem Wunsche und solcher Seligkeit sich zuschulden kommen ließ, und daß er es nicht gewagt hatte, dem zürnenden Vater einen Platz auf dem Bilde einzuräumen; aber er wollte ihn auch gar nicht darauf haben. Und während er mit großer Aufmerksamkeit und angespanntem Willen sich das Bild näher zu vergegenwärtigen suchte, war es, als höbe sich die versilberte Wolke ein wenig höher, ja als begänne sie nach oben zu verfließen, mit ihr die Gestalten, die auf ihr ruhten, sie schienen sich leicht aufzulösen, verschwimmend in der Melodie des Chorals, ein sanftes Verfließen, das aber keineswegs ein Erlöschen des Erinnerungsbildes war, vielmehr eine gewisse Erhellung und Verschärfung, so daß er einen Augenblick sogar daran denken konnte, es wäre damit die notwendige evangelische Auflösung des katholischen Heiligenbildes erreicht worden: schien doch auch das Haar der Gottesmutter nicht mehr dunkel, und sie war kaum mehr die Polin, noch war sie Ruzena, sondern heller und vergoldeter wurden die Locken, und ebensowohl hätte es das jungfräuliche Blond Elisabeths sein können. Das war alles ein wenig merkwürdig und doch befreiend, Lichtstrahl und Ahnung kommender Gnade inmitten der Wirrnis; denn war es nicht schon Gnade zu nennen, daß ein katholisches Bild evangelisch sich auflösen durfte? Und in dem Verfließen der Formen, Verfließen, das so sanft war wie das Rieseln des Wassers und der Nebel an einem regnerischen Frühlingsabend, wurde ihm klar, daß der so sehr gefürchtete Zerfall des menschlichen Antlitzes zu einem Nichts von bewegten Erhöhungen und Vertiefungen die Vorstufe sein soll für eine neue und lichtere Einheit im seligen, wolkigen Verband, nicht Abklatsch mehr des irdischen Gesichtes, sondern zur Verheißung des Ebenbildes, kristallener Tropfen, der singend aus der Wolke fällt. Und selbst wenn dieses höhere Antlitz nicht von irdischer Schönheit und Vertrautheit sein würde, fürs erste wohl fremd und erschreckend, vielleicht noch erschreckender als das Verlöschen der Gesichter in der Landschaft, so war eben dies der erste Schritt gewesen, Vorahnung des göttlichen Grausens, dennoch Gewißheit des göttlichen Lebens, in dem das Irdische vergeht, versinkend wie das Gesicht Ruzenas und wie das Gesicht Elisabeths, vielleicht auch versinkend wie die Gestalt Bertrands. So war es eigentlich nicht das kindische Bild von einst, mit Vater und Mutter, das wieder sich auftat: wohl schwebte es noch an dem gleichen Orte, schwebte in der gleichen Silberwolke, und immer noch in der gleichen Weise zu Füßen des Bildes saß er selber wie einst zu Füßen der Mutter, er selber ein Jesusknabe, aber das Bild war reifer geworden, kein Wunsch des Knaben mehr, sondern Zuversicht des Zieles, und er wußte, daß er den ersten schmerzlichen Schritt zum Ziele getan hatte, zugelassen zur Prüfung, wenn auch erst am Anfang der Prüfungsreihe stehend. Fast war es ein stolzes Gefühl. Doch da verblaßte das beglückende Bild, versiegte wie ein erlöschender Regen, und daß Elisabeth daran teil hatte, war wie ein letzter Tropfen aus dem Nebelschleier. Vielleicht war dies der Fingerzeig Gottes. Er öffnete die Augen; der Choral ging zu Ende und Joachim glaubte zu erkennen, daß manche der jungen Männer gleich ihm zuversichtlich und mit entschlossener Inbrunst zum Himmel schauten.

Nachmittags traf er Ruzena. Er sagte: »Bertrand hat recht; das Theater ist doch nichts Geeignetes für dich. Würde es dir nicht Spaß machen, einen Laden zu besitzen, nette Sachen zu verkaufen, etwa Spitzen und hübsche Stickereien?« Und er sah eine Glastüre vor sich, hinter der eine trauliche Lampe brannte. Doch Ruzena blickte ihn still an und, wie jetzt so häufig, stiegen Tränen in die dunklen Augen. »Schlechte Männer seid ihr«, sagte sie und hielt seine Hand.

Angesichts des neuerlichen Rückfalls hatte der Arzt ein Konsilium verlangt und für Joachim ergab sich die selbstverständliche Verpflichtung, mit dem Nervenspezialisten nach Stolpin zu reisen. Er sah es als Teil der Buße an, die er auf sich zu nehmen hatte, und wurde in dieser Vorstellung noch bestärkt, als während der Fahrt der Arzt mit freundlicher Unbeteiligtheit Fragen über die Art der Krankheit, über die Vorgeschichte und über das Familienmilieu stellte. Denn diese Fragen schienen Joachim eine zwar sanfte, aber deshalb nicht weniger eindringliche und scharfe Inquisition und er erwartete, daß plötzlich der Inquisitor mit strengem Blick durch die Augengläser und ausgestrecktem Finger auf ihn deuten werde, hörte bereits anklagend und verdammend das fürchterliche Wort: Mörder. Aber der freundliche alte Herr mit den Brillen war nicht dazu zu bewegen, dieses fürchterliche und doch befreiende Wort auszusprechen, sondern meinte bloß, daß die durch den Tod des Sohnes ausgelösten Erschütterungen gewißlich jene beklagenswerten Erscheinungen verursacht hätten, unter denen Herr v. Pasenow nun leide, wenn auch die ursprünglichen Wurzeln tiefer liegen dürften. Joachim begann den Nervenspezialisten mit Mißtrauen und doch mit einiger Befriedigung zu betrachten, überzeugt, daß ein Mann, der solche Ansichten äußerte, dem Kranken nicht werde helfen können.

Dann erstarb ihr Gespräch und Joachim sah die altbekannten Felder und Bäume vorübergleiten. Der Nervenspezialist war unter dem Rhythmus der Fahrt eingeschlummert, das Kinn zwischen den Ecken des Steifkragens, und der weiße Bart lag auf dem Westenausschnitt und verdeckte ihn. Es war Joachim unvorstellbar, daß auch er selber einst so alt werden könnte, unvorstellbar auch, daß jener einst jung gewesen und daß in diesem Bart eine Frau den Kuß gesucht haben mochte; irgend etwas müßte doch noch davon bemerkbar sein, in dem Bart hängengeblieben sein wie eine Feder oder ein Halm. Er fuhr sich über das Gesicht; es war betrügerisch gegen Elisabeth, daß von den Küssen, mit denen ihn Ruzena entlassen hatte, nichts haftengeblieben war: Gott segnet den Menschen, indem er ihm die Zukunft verhüllt, er verdammt ihn, indem er ihm die Vergangenheit unsichtbar macht; wäre es nicht Gnade, wenn er den Menschen für alles brandmarken würde? aber Gott senkte das Brandmal bloß in das Gewissen und selbst der Nervenspezialist vermag es nicht zu erkennen. Helmuth hat sein Brandmal erhalten; darum durfte man ihn im Sarge nicht sehen. Aber auch der Vater ist ein Gebrandmarkter; einer, der so einhergeht wie der Vater, der müßte eigentlich schielen.

Herr v. Pasenow war außer Bett, aber im Zustand völliger Apathie; dennoch verheimlichte man ihm Joachims Anwesenheit, da man neuerliche Zornausbrüche fürchtete. Dem fremden Arzte begegnete er zuerst mit Gleichgültigkeit, hielt ihn aber bald darauf für einen Notar und verlangte, sein Testament neu aufzusetzen. Ja, Joachim sollte wegen Ehrlosigkeit enterbt werden, doch sei er kein harter Vater, er wünsche bloß, daß Joachim mit Elisabeth einen Enkel zeuge. Dieses Kind müsse dann ins Haus gebracht werden und dann alles erben. Nach einigem Überlegen setzte er hinzu, Joachim dürfe das Kind niemals sehen, sonst werde es gleichfalls enterbt. Die Mutter hatte dies hinterher Joachim zögernd erzählt und gegen ihre Gewohnheit war sie ins Jammern gekommen: wohin solle dies noch führen! Joachim zuckte die Achseln; er empfand nur wieder die Schmach, daß da einer war, der davon zu sprechen wagte, er möge mit Elisabeth Kinder zeugen. Auch der Nervenspezialist hatte die Achseln gezuckt; es sei nicht jede Hoffnung aufzugeben, Herr v. Pasenow sei ja noch außerordentlich rüstig, aber vorderhand hieße es eben zuwarten; man möge den Kranken nur nicht zu viel im Bette lassen, das könne bei den vorgeschrittenen Jahren des Patienten doch abträglich sein.

Frau v. Pasenow entgegnete, daß ihr Mann aber nun immer wieder nach dem Bett verlange, immer friere ihn und es scheine auch, als sei er von einer geheimen Furcht gequält, die sich erst im Schlafzimmer etwas beruhige. Ja, man müsse sich eben nach dem jeweiligen Gemütszustand richten, meinte der Nervenspezialist, er könne eigentlich nur sagen, daß Herr v. Pasenow in der Behandlung des Herrn Kollegen – der verbeugte sich dankend – sich in den besten Händen befände.

Es war spät geworden, der Pastor hatte sich eingefunden und das Abendessen war aufgetragen. Plötzlich stand Herr v. Pasenow in der Tür: »Man gibt hier also Gesellschaften, ohne mich zu benachrichtigen; wahrscheinlich weil der neue Hausherr schon da ist.« Joachim wollte das Zimmer verlassen. »Dageblieben und auf deinen Platz«, kommandierte Herr v. Pasenow und setzte sich in seinen Hausherrnstuhl, der für ihn, auch wenn er nicht anwesend war, freigelassen wurde; offenbar hatte ihn dies etwas versöhnt. Er verlangte, daß ihm nachserviert werde: »Hier muß wieder Ordnung hereinkommen; Herr Notar, hat man für Sie gesorgt? Hat man Sie gefragt, ob Sie roten oder weißen Wein trinken? Ich sehe bloß roten. Warum ist kein Sekt da; ein Testament muß mit Sekt begossen werden.« Er lachte vor sich hin. »Also was ist's mit dem Sekt?« herrschte er das Mädchen an, »soll ich etwa selber melken gehen?« Der Nervenspezialist war der erste, der sich zurechtfand und die Situation zu retten, sagte er, daß er gerne ein Glas Sekt trinken werde. Triumphierend schaute Herr v. Pasenow im Kreise herum: »Ja, hier muß wieder Ordnung werden. Keiner hat Sinn für Ehre...«, dann leiser zu dem Arzte: »Helmuth ist nämlich für die Ehre gefallen. Aber er schreibt mir nicht. Vielleicht trägt er es mir doch nach...«, er überlegte, »oder dieser Herr Pastor unterschlägt mir die Briefe. Will sein Geheimnis für sich behalten, will nicht, daß unsereiner hinter den Spiegel sieht. Aber bei der ersten Unordnung im Kirchhof fliegt er, der Gottesmann. Dafür stehe ich ein.« – »Aber, Herr v. Pasenow, dort ist doch alles in allerschönster Ordnung.« – »Scheinbar, Herr Notar, scheinbar, lauter Augenauswischerei, wir kommen bloß nicht so leicht drauf, weil wir ihre Sprache nicht verstehen; sie sind sichtbarlich versteckt. Wir anderen hören bloß, wie stumm sie sind, aber immerfort beklagen sie sich zu uns. Deshalb fürchten sich ja alle so sehr und wenn ich einen Gast habe, muß ich selbst ihn hinausführen, ich alter Mann«, ein feindseliger Blick streifte Joachim, »ein Ehrloser kann natürlich nicht den Mut dazu aufbringen, verkriecht sich lieber im Kuhstall.« – »Nun, Herr v. Pasenow, Sie müssen eben selbst öfter nach dem Rechten sehen, die Felder inspizieren, überhaupt hinauskommen.« – »Möchte ich auch, Herr Notar, tue ich ja auch. Aber wenn man vor die Türe tritt, verstellen sie einem oft den Weg, so voll ist die Luft von ihnen, so voll, daß kein Laut durch sie hindurchdringt.« Er schauderte und hatte das Glas des Arztes ergriffen, leerte es, ehe man ihn daran hindern konnte, in einem Zuge. »Sie müssen oft zu mir kommen, Herr Notar, wir werden Testamente machen. Und indessen werden Sie mir schreiben?« flehte er. »Oder werden auch Sie mich enttäuschen?« Er sah ihn mißtrauisch an, »konspirieren vielleicht auch mit denen? ... er hat mich schon einmal mit einem betrogen, der dort ...« er war aufgesprungen und sein Finger wies auf Joachim. Dann ergriff er einen Teller und drückte, als ob er zielen wollte, ein Auge zu; schrie: »Ich habe ihm befohlen zu heiraten ...« Doch der Arzt stand neben ihm, legte die Hand auf seinen Arm: »Kommen Sie, Herr v. Pasenow, wir wollen auf Ihrem Zimmer noch ein wenig miteinander plaudern.« Herr v. Pasenow sah ihn verständnislos an; der andere wich seinem Blick nicht aus: »Kommen Sie, wir wollen ganz allein miteinander plaudern.« – »Wirklich allein? Und ich werde mich nicht mehr fürchten ...« Er lächelte jetzt hilflos, tätschelte die Wange des Arztes, »ja, wir wollen es ihnen schon zeigen ...« Er machte eine verächtliche Bewegung zum Tische hin und ließ sich wegführen.

Joachim hatte das Gesicht zwischen den Händen vergraben. Ja, der Vater hatte ihn gebrandmarkt; nun war es eingetroffen, und dennoch lehnte er sich auf. Der Pastor war auf ihn zugetreten, und er hörte von ferne banale Trosteswörte: ja, der Vater schien auch hierin recht zu haben; dieser Diener der Kirche füllte sein Amt schlecht aus, er müßte doch sonst wissen, daß der Fluch des Vaters unauslöschbar auf den Kindern lastet, müßte wissen, daß es Gottes Stimme selber ist, die durch den Mund des Vaters spricht und die Prüfung verkündet: oh, deshalb war der Vater nun umnachtet, denn niemand ist ungestraft Gottes Sprachrohr. Und natürlich konnte der Pastor bloß ein banaler Mensch sein; auch der müßte ja irre reden, wäre er wirklich ein Werkzeug Gottes auf Erden. Aber Gott hat den Weg zur Gnade ohne Mittlerschaft des Priesters gewiesen; dagegen konnte man sich nicht auflehnen, man mußte die Gnade allein und in eigenem Leid erkämpfen. Joachim sagte: »Ich danke Ihnen für Ihre guten Worte, Herr Pastor; wir werden jetzt wohl oft Ihres Trostes bedürfen.« Dann kamen die Ärzte; Herr v. Pasenow hatte eine Injektion erhalten und schlummerte jetzt.

Der Nervenspezialist blieb noch zwei Tage auf dem Gute. Und als bald darauf ein höchst beunruhigendes Telegramm Bertrands aus Berlin eintraf und der Zustand des Kranken offenbar stationär blieb, konnte auch Joachim abreisen.

Bertrand war nach Berlin zurückgekehrt. Nachmittags wollte er Joachim besuchen, fand aber bloß Ruzena in der Wohnung vor. Sie räumte im Schlafzimmer und als Bertrand eintrat, sagte sie: »Mit Ihnen sprech' ich nicht.« – »Hallo, Ruzena, das ist aber freundlich.« – »Mit Ihnen sprech' ich nicht, weiß was von Ihnen zu halten.« – »Bin ich wieder schlechter Freund, kleine Ruzena?« – »Bin ich nicht Ihre kleine Ruzena.« – »Schön, also was ist geschehen?« – »Was geschehen? Weiß alles, haben ihn weggeschickt. Pfeif' auf Ihr Spitzengeschäft.« – »Gut, meinetwegen habe ich ein Spitzengeschäft, warum nicht, aber man kann immerhin noch mit mir sprechen. Was ist's also mit meinem Spitzengeschäft?« Ruzena legte schweigend die Wäsche in die Kommode; Bertrand rückte einen Stuhl heran und freute sich auf die Fortsetzung. »Wenn möcht' sein meine Wohnung, möcht' hinauswerfen, nicht sitzen lassen.« – »Also, Ruzena, jetzt im Ernst, was ist denn los? Geht es dem alten Herrn wieder so schlecht, daß Pasenow hinreisen mußte?« – »Stellen S' sich nicht so, als möchten nicht wissen; bin nicht so dumm.« – »Ich glaube doch, kleine Ruzena.« – Sie drehte sich nicht um und räumte weiter: »Lass' mich nicht lustig machen... von niemand lass' mich lustig machen.« Bertrand trat zu ihr hin, nahm ihren Kopf in die Hände, um ihr ins Gesicht zu schauen. Sie riß sich los. »Rühren S' mich nicht an. Erst haben mir ihn weggeschickt und dann noch lustig machen.« Bertrand begriff, bis auf die Sache mit dem Spitzengeschäft: »Also, Ruzena, Sie glauben nicht, daß der alte Herr v. Pasenow krank ist?« – »Nichts glaub' ich, alle sinds gegen mich.« Bertrand ärgerte sich ein wenig:

»Wahrscheinlich wird also der alte Herr auch noch sterben, weil er gegen die kleine Ruzena ist.« – »Wann Sie werden umbringen, wirde sterben.« Bertrand hätte ihr gerne geholfen, aber es war schwer; er wußte, daß gegen diese Geistesverfassung wenig zu machen war, und er schickte sich zum Gehen an. »Ihnen soll man umbringen«, sagte Ruzena abschließend. Bertrand war amüsiert: »Gut«, meinte er, »ich habe nichts dagegen, wird es aber dann besser werden?« – »So, Sie haben nichts dagegen, nichts dagegen«, Ruzena kramte aufgeregt in der Wäschelade, »...aber höhnen noch mich, ja?...«, sie kramte weiter, »...nichts dagegen...« und hatte gefunden, was sie suchte; feindselig, mit dem Armeerevolver Joachims in der Hand, stand sie Bertrand gegenüber. Das ist zu albern, dachte Bertrand: »Ruzena, leg das Zeug sofort weg.« – »Haben S' ja nichts dagegen.« Ein kleiner Zorn und etwas Scham hinderten Bertrand, einfach das Zimmer zu verlassen; er wollte auf Ruzena zutreten, um ihr die Waffe fortzunehmen, da krachte schon ein Schuß, ein zweiter folgte, als der Revolver, von Ruzena fallengelassen auf dem Boden aufschlug. »Das ist doch wirklich zu dumm«, sagte Bertrand und bückte sich danach. Der Bursche war hereingestürzt, doch Bertrand erklärte, das Ding sei zu Boden gefallen und losgegangen. »Sagen Sie dem Herrn Leutnant, daß die Waffen nicht geladen aufbewahrt werden mögen.« Der Bursche ging wieder hinaus. »Also, Ruzena, bist du ein dummes Mädel oder nicht?« Ruzena stand weiß und versteinert, zeigte auf Bertrand und sagte »da«: aus Bertrands Ärmel tropfte Blut. »Lassen mich einsperren«, stammelte sie. Bertrand riß den Rock und das Hemd herunter; er hatte nichts gespürt; es war ein Streifschuß am Arm, aber er mußte doch zu einem Arzt. Er rief dem Burschen zu, daß er eine Droschke besorgen solle. Mit einem Wäschestück Joachims machte er sich einen Notverband und hieß Ruzena die Blutspur wegwaschen; aber sie war so aufgeregt und verwirrt, daß er ihr helfen mußte. »So, Ruzena, und du kommst mit, denn ich lasse dich jetzt nicht allein. Eingesperrt wirst du nicht, wenn du einsiehst, daß du ein dummes Mädel bist.« Sie folgte willenlos. Vor der Türe seines Arztes bat er sie, in der Droschke zu warten.

Er sagte dem Arzte, daß er durch einen ungeschickten Zufall einen Streifschuß abbekommen habe. »Nun, Sie können von Glück reden, aber nehmen Sie die Sache nicht von der leichten

Seite und legen Sie sich lieber für ein paar Tage in eine Klinik.« Bertrand hielt es für eine übertriebene Vorsicht, aber als er die Stiege hinunterging, fühlte er sich doch etwas hergenommen. Zu seiner Überraschung fand er Ruzena nicht mehr im Wagen. Nicht schön von ihr, dachte er.

Er fuhr zuerst nach Hause, holte alles, was ein praktischer und standesbewußter Herr für das Krankenlager benötigt, und nachdem er sich in der Klinik eingerichtet hatte, schickte er ein Billett an Ruzena mit der Bitte, sie möge ihn doch besuchen. Der Bote kam mit der Nachricht zurück, daß das Fräulein noch nicht heimgekommen sei. Das war sonderbar, und fast beunruhigend; aber er war nicht in der Verfassung, an diesem Tage noch etwas einzuleiten. Am nächsten Morgen schickte er wieder zu ihr: sie war noch immer nicht daheim gewesen, auch in Joachims Wohnung war sie noch nicht gesehen worden. Da entschloß er sich, nach Stolpin zu telegraphieren, und zwei Tage darauf traf Joachim ein.

Bertrand fühlte sich nicht verpflichtet, Joachim den Hergang der Szene wahrheitsgetreu zu erzählen; die Geschichte vom Unfall und von Ruzenas Ungeschicklichkeit klang plausibel genug. Er schloß: »Seither hat sie nichts von sich hören lassen. Das dürfte wohl nichts weiter bedeuten, aber so ein aufgeregtes Mädel begeht ja leicht eine Dummheit.« Joachim dachte: was hat er mit ihr gemacht? doch dann stieg es mit plötzlichem Entsetzen auf, daß Ruzena schon öfters, manchmal bloß im Scherz, manchmal aber auch ernsthaft gedroht hatte, sie werde ins Wasser gehen. Er sah die grauen Weiden des Havelufers, den Baum, unter dem sie damals Schutz gesucht hatten, ja, dort mußte sie im Flusse liegen. Einen Herzschlag lang fühlte er sich von dieser romantischen Vorstellung geschmeichelt. Dann aber überschwemmte ihn wieder das Entsetzen. Unabwendbares Geschick, unabwendbare Prüfung! Hatte er vor seiner Abreise noch voll Hoffnung in der Kirche gebetet, des Vaters Krankheit möge nicht Buße sein, ihm dem Sohne auferlegt, sondern einfacher Zufall des Lebens, so zeigte ihm nun Gott, daß dieser Gedanke schon sündhaft gewesen war: man durfte an Gottes Prüfungen nicht zweifeln, es gab keinen Zufall; denn mochte Bertrand auch in scheinbarer Zwietracht vom Vater geschieden sein und mochte er jetzt auch das Mißgeschick mit dem Revolver zu einem albernen Zufall herabwürdigen, er wollte damit doch nur verschleiern, daß er ein Sendling des Bösen war, ausersehen von Gott und dem Vater, dem Büßenden die Buße zu bereiten, ihm verlockend voranzueilen, in die Falle ihn zu führen, damit der Verführte dort ratlos erkenne, daß er ebenso schlecht ist wie der Verführer und daß es ihm auferlegt ist, stets auferlegt war, gleich jenem vernichtendes Schicksal dem Nächsten zu sein und daß es ihm niemals gelingen wird, den Fängen des Verführers die Beute zu entreißen. Ist es für den, der solches erkannt hat, nicht besser, sich selbst auszulöschen? Wäre es nicht besser gewesen, die Kugel hätte ihn statt Helmuth getroffen! Aber nun war es zu spät, nun lag Ruzena auf dem Grunde der Havel, sah mit verglasten Augen auf die Fische, die im grauen Wasser über sie hinwegzogen. Ganz unvermittelt vermengte sich ihr Bild wieder mit dem des Italieners aus der Oper; indes auch dies verwischte sich, da Joachim entdeckte, daß der Mann dort im Wasser er selber war. Ja, in seinen eigenen blauen Augen saß der unheilbringende böse Blick, an welchen die Italiener glauben, und es wäre bloß gerecht, wenn über diesen Augen die Fische schwimmen würden. Bertrand sagte: »Haben Sie irgendeine Vermutung? Wir wollen hoffen, daß sie kurzerhand nach Hause gereist ist. Sie hat doch genügend Geld gehabt?« Joachim fühlte sich von dieser Frage beleidigt, es war etwas von der inquisitorischen Teilnahmslosigkeit eines Arztes darin; was dachte dieser Bertrand wieder von ihm; natürlich hat sie Geld bei sich gehabt. Bertrand bemerkte seine Gereiztheit nicht: »Nichtsdestoweniger werden wir wohl die Polizei verständigen; es ist nicht ausgeschlossen, daß das Mädel irgendwo umherirrt.« Selbstverständlich mußte man die Polizei verständigen, Bertrand hatte recht, aber Joachim empfand Scheu davor; man würde ihn über seine Beziehungen zu Ruzena ausfragen und wenn er sich auch sagte, daß dies ohne Belang wäre, so fürchtete er doch geheimnisvoll unvorstellbare Weiterungen. Das Verhältnis zu Ruzena, allzulange sträflich verborgen, vielleicht wollte Gott im Wege der Polizei sich davon Kenntnis verschaffen, vielleicht gehörte auch dies zu der Reihe der Prüfungen, noch verschärft durch die Lage des Polizeigebäudes auf dem Alexanderplatz, den zu betreten er sich mehr denn je sträubte. Trotzdem stand er auf: »Ich fahre zur Polizei.« – »Nein, Pasenow, ich werde das für Sie erledigen; Sie sind noch zu erregt, außerdem wittern die Herren gleich alle möglichen Dramen.« Joachim war ihm aufrichtig dankbar: »Ja, aber Ihr Arm...« – »Ach, das macht nichts, man wird mich hier schon fortlassen.« – »Aber ich begleite Sie.« – »Gut, hoffentlich werden wenigstens Sie mir noch in der Droschke sitzen, wenn ich herunterkomme.« Bertrand war wieder heiter und Joachim fühlte sich geborgen. Im Wagen bat er Bertrand, bei der Polizei zu veranlassen, daß die Havelufer abgesucht würden. »Nun, Pasenow, aber ich meine, daß Ruzena schon längst in Böhmen steckt; schade, daß Sie den Namen des Nestes dort nicht kennen, aber wir werden es schon herausbekommen.« Joachim wunderte sich nun selber, daß er Ruzenas Heimatsort nicht kannte, kaum ihren Familiennamen. Sie hatte sich öfters den Spaß gemacht, ihn diese Namen aussprechen zu lassen, aber er brachte es kaum zuwege und konnte die fremden Worte nicht behalten. Jetzt fiel es ihm auf, daß er sie eigentlich nie hatte wissen und auch nicht hatte behalten wollen, ja, als hätte er sich vor diesen harmlosen Namen beinahe ein wenig gefürchtet.

Er begleitete Bertrand durch die Gänge des Polizeigebäudes; vor der Türe eines Amtszimmers mußte er warten. Bertrand kam bald zurück: »Wissen es schon«, und er zeigte auf einen Zettel den tschechischen Ortsnamen. »Haben Sie die Leute auf die Havelufer hingewiesen?« Gewiß hatte Bertrand dies getan: »Aber Sie, lieber Pasenow, haben heute abend eine unangenehme Mission, die ich Ihnen leider meines Armes wegen nicht abnehmen kann. Sie werden Zivil anlegen und die Nachtlokale ein wenig durchsuchen. Ich wollte die Polizei nicht darauf hinlenken, dazu haben wir immer noch Zeit; sonst wird uns die gute Ruzena am Ende noch mitten in einem Lokal verhaftet.« An solch banalste und abscheulichste Möglichkeit hatte Joachim nicht gedacht; dieser Bertrand war eben ein widerlicher Zyniker. Er sah Bertrand an: wußte der mehr? Mephisto allein wußte, wofür Margarete zu büßen hatte. Aber Bertrand ließ sich nichts anmerken. Es blieb kein anderer Ausweg, als sich zu unterwerfen und Bertrands Befehl als Prüfung auf sich zu nehmen.

Er hatte seinen erniedrigenden Weg angetreten, bei Kellnern und Büffetdamen Nachfrage gehalten und war erleichtert, als man ihm im Jägerkasino sagte, daß Ruzena nicht gesehen worden sei. Auf der Stiege aber begegnete er einer der dicken Animierdamen: »Suchst wohl deine Braut, Kleiner; ist dir ausgerückt? Na, komm mit, kriegst immer noch 'ne andre.« Was wußte die von seinem Verhältnis zu Ruzena? Es war ja möglich, daß sie Ruzena getroffen hatte, aber dennoch ekelte es ihn an sie auszufragen, und er lief an ihr vorbei und in das nächste Lokal; ja, sie sei dagewesen, sagte die Dame am Büffet, gestern oder vorgestern, mehr wisse sie nicht, vielleicht könne die Toilettefrau ihm Auskunft geben. Er mußte seinen Leidensweg fortsetzen, immer wieder schamerfüllt beim Büffet, bei der Toilettefrau nachfragen, erfuhr, daß man sie gesehen oder nicht gesehen habe, daß sie sich gewaschen hatte, einmal mit einem Herrn fortgegangen wäre, daß sie recht herabgekommen ausgesehen hätte: »Wir haben ihr schon alle gut zugeredet, daß sie nach Hause gehen soll; ein Mädchen in einem solchen Zustand macht doch einem Lokal keine Ehre, aber sie hat sich hingesetzt und hat geschwiegen.« Manche dieser Leute hatten Joachim ohne weiteres als »Herr Leutnant« angesprochen, so daß der Verdacht in ihm aufgestiegen war, Ruzena hätte diese alle zu Vertrauten ihrer Liebe gemacht, hätte ihre Liebe an diese Leute verraten, und besonders waren es die Toilettefrauen, an die er immer wieder gewiesen wurde.

Dort fand er sie auch. Schlafend saß sie im Winkel eines Waschraumes unter einer Gasflamme, die Hand mit dem Ring, den sie von ihm bekommen hatte, lag weich auf der feuchten Marmorplatte des Waschtisches. Sie hatte die hohen Schuhe aufgeknöpft und unförmig hing an dem Fuß, der unter dem Kleide hervorschaute, der aufgeknöpfte Schuhteil herab, zeigte ein graues Leinenfutter. Der Hut war ein wenig nach hinten gerutscht und hatte mit seinen Nadeln die Frisur mitgezogen. Joachim wäre am liebsten fortgegangen; sie machte den Eindruck einer Betrunkenen. Er berührte ihre Hand; Ruzena öffnete mühsam die Augen; als sie ihn erkannte, schloß sie sie wieder. »Ruzena, wir müssen gehen.« Sie schüttelte mit geschlossenen Augen den Kopf. Er stand ratlos vor ihr. »Geben Sie ihr 'nen herzhaften Kuß«, ermunterte ihn die Toilettefrau. »Nein«, schrie Ruzena angstvoll, sprang auf und wollte zur Türe hinaus. Sie stolperte über ihre hängenden offenen Schuhe, und Joachim hielt sie zurück. »Fräuleinchen, mit die Schuhe und mit die

Frisur können Sie doch nicht auf die Straße«, bat die Toilettefrau, »der Herr Leutnant will Ihnen doch nichts Böses.« – »Lassen, auslassen, sag' ich...«, fauchte Ruzena und Joachim ins Gesicht: »Is aus, daß weißt, aus is.« Ihr Atem roch übernächtig und faulig. Doch Joachim gab ihr den Weg nicht frei; da wandte sich Ruzena um, riß die Tür zur Toilette auf und riegelte sich ein. »Is aus«, brüllte sie heraus, »sagen ihm, soll weggehen, is aus.« Joachim war auf den Stuhl neben dem Waschtisch gesunken; unfähig einen Gedanken zu fassen, wußte er bloß, daß auch dies zu den gottgewollten Prüfungen zählte, und starrte auf die halboffene braune Lade des Waschtisches, in der die Habseligkeiten der Toilettefrau, Handtücher, ein Korkzieher, eine Kleiderbürste kunterbunt durcheinander verstaut waren. »Iste weggegangen?« hörte er die Stimme Ruzenas. »Ruzena, komm heraus«, bat er. »Fräuleinchen, kommen Sie heraus«, bat die Toilettefrau, »hier ist Damentoilette und der Herr Leutnant können ja hier nicht bleiben.« – »Soll weggehen«, war Ruzenas Antwort. »Ruzena, bitte komm doch heraus«, flehte Joachim nochmals, aber Ruzena hinter ihrer verriegelten Tür blieb stumm. Die Toilettefrau zog ihn am Ärmel in den Vorraum, flüsterte ihm zu: »Sie wird herauskommen, wenn sie Herrn Leutnant nicht mehr hört. Herr Leutnant können ja unten warten.« Joachim gehorchte der Toilettefrau und im Schatten des Nebenhauses wartete er wohl eine Stunde. Dann zeigte sich Ruzena; an ihrer Seite watschelte ein dicker, bärtiger, weicher Mann. Sie blickte mit sonderbarem erstarrtboshaftem Lächeln vorsichtig herum und dann winkte der Mann einer Droschke und sie fuhren davon. Joachim hatte gegen einen Brechreiz zu kämpfen; er schleppte sich nach Hause, wußte kaum, wie er hinkam, und vielleicht am tiefsten quälte es ihn, daß er den Gedanken nicht loswurde, der dicke Mann sei eigentlich zu bedauern, weil Ruzena doch ungewaschen sei und einen übernächtigen Geruch habe. Der Revolver lag noch auf der Kommode; er untersuchte ihn, zwei Schüsse fehlten. Die Waffe in den gefalteten Händen begann er zu beten: »Gott, nimm mich auf wie meinen Bruder, ihm warst du gnädig, sei es auch mir.« Dann aber besann er sich, daß er noch letztwillige Verfügungen zu treffen habe; und Ruzena durfte er nicht unversorgt zurücklassen, sonst hätte sie ja recht mit allem, was sie ihm angetan hatte, so unverständlich es auch war. Er suchte

Tinte und Papier. Der Morgen fand ihn über den kaum beschriebenen Bogen eingeschlafen.

Er verheimlichte sein Erlebnis mit Ruzena, schämte sich vor Bertrand, wollte ihm den Triumph nicht gönnen, und obwohl er die Lüge verabscheute, erzählte er, er habe sie in ihrer Wohnung angetroffen. »Auch gut«, sagte Bertrand, »haben Sie die Polizei verständigt? Die könnte ihr sonst noch Schwierigkeiten bereiten.« Natürlich hatte Joachim nicht daran gedacht und Bertrand schickte einen Boten mit der entsprechenden Mitteilung zur Polizei. »Wo hat sie denn während der drei Tage gesteckt?« – »Sie sagt es nicht.« – »Auch gut.« Dieser Gleichmut und diese Sachlichkeit waren aufreizend; er hätte sich fast erschossen und jener sagte bloß: Auch gut. Aber er hatte sich nicht erschossen, weil er für Ruzena sorgen mußte, und dazu benötigte er den Rat Bertrands: »Hören Sie, Bertrand, ich werde jetzt wohl das Gut übernehmen müssen; ich habe erst daran gedacht, Ruzena, die doch Erwerb und Beschäftigung braucht, einen Laden oder etwas Ähnliches zu verschaffen...« – »Aha«, sagte Bertrand. – »...aber das geht doch nicht recht. Und da möchte ich ihr eine Geldsumme aussetzen. Wie macht man das?« – »Man überweist ihr das Geld. Aber setzen Sie ihr lieber für eine bestimmte Zeit eine Rente aus; sie bringt sonst das Geld sofort durch.« – »Ja, aber wie macht man das?« – »Wissen Sie, ich würde es Ihnen natürlich gerne durchführen, besser aber, wir lassen es durch meinen Rechtsanwalt besorgen. Ich will für morgen oder übermorgen eine Zusammenkunft vereinbaren. Im übrigen sehen Sie miserabel aus, mein Lieber.« Das sei doch gleichgültig, meinte Joachim. »Nun, was nimmt Sie denn so sehr her? Sie brauchen es sich wirklich nicht so zu Herzen zu nehmen«, sagte Bertrand mit leichter Gutmütigkeit. Seine ironischen Indiskretionen und dieser ironische Zug um den Mund sind hassenswürdig, dachte Joachim, und von ferne stieg wieder der Verdacht auf, hinter dem unerklärlichen Verhalten Ruzenas und ihrer Unzuverlässigkeit stünden Bertrands Intrigen und irgendeine gemeine Verbindung, die Ruzena ins Sinnlose getrieben hätte. Es war eine kleine Befriedigung, daß sie gewissermaßen auch Bertrand mit dem dicken Mann betrog. Der Ekel, der ihn gestern abend überkommen hatte, stellte sich wieder ein. In welchen Pfuhl war er doch geraten. Draußen floß der Herbstregen an den Scheiben herab. Jetzt mußten die Gebäude bei Borsig schwarz vor geschwemmtem Ruß sein, schwarz die Pflastersteine und der Fabrikshof, den man durch das Tor sehen konnte, ein Meer schwarzen, glänzenden Morastes. Er roch den Rauch, den der Regen von den geschwärzten Enden der langen roten Schornsteine herunterdrückte: es roch faulig, übernächtig, schweflig. Das war der Pfuhl; dort gehörten der dicke Mann und Ruzena und Bertrand hin; das war alles das nämliche wie die Nachtlokale mit ihren Gasflammen und ihren Toiletteräumen. Der Tag war zur Nacht geworden, wie die Nacht zum Tage. Ihm fiel das Wort Nachtalben ein, allerdings konnte er sich wenig darunter vorstellen. Gab es auch Lichtalben? Er hörte das Wort »jungfräuliche Lichtgestalt«. Ja, das war das Gegenteil der Nachtalben. Und nun sah er wieder Elisabeth, die anders war als alle anderen, hoch oben auf silbriger Wolke über allem Pfuhle schwebend. Vielleicht hatte er dies schon geahnt, als er die weißen Spitzenwolken in Elisabeths Zimmer gesehen und ihren Schlaf hatte bewachen wollen. Jetzt würde sie mit ihrer Mutter bald kommen, ins neue Haus einziehen. Daß es dort auch Toiletteräume gab, war eigentümlich; er empfand es als gotteslästerlich, daran zu denken. Doch nicht minder gotteslästerlich war es, daß Bertrand hier mit blondgewelltem Haar in einem weißen Zimmer wie ein junges Mädchen lag. So verbirgt Finsternis ihr wahres Wesen, läßt sich ihr Geheimnis nicht entreißen. Allein Bertrand fuhr mit besorgter Freundlichkeit fort: »Sie sehen so elend aus, Pasenow, daß man Sie auf Urlaub schicken sollte, – ein wenig reisen täte auch Ihnen gut. Sie kämen auf andere Gedanken.« Er will mich entfernen, dachte Joachim; bei Ruzena ist es ihm gelungen und jetzt will er auch Elisabeth ins Verderben stürzen. »Nein«, sagte er, »ich darf jetzt nicht fort...« Bertrand schwieg eine Weile und dann war es, als ob er Joachims Verdacht gespürt hätte und nun selber seine bösen Absichten auf Elisabeth verraten müßte, denn er fragte: »Sind die Damen Baddensen bereits in Berlin?« Bertrand lächelte noch immer teilnehmend, ja fast licht, aber Joachim, in einer Schroffheit, die ungewohnt war, erwiderte kurz: »Die Damen werden ihren Séjour in Lestow wohl noch einige Zeit ausdehnen.« Und nun wußte er, daß er am Leben bleiben müsse, daß dies seine ritterliche Pflicht war, damit nicht noch ein Schicksal durch seine Schuld ins Verderben und in die

Fänge Bertrands gerate; Bertrand aber sagte bloß heiter zum Abschied: »Ich verständige also meinen Rechtsanwalt... und wenn die Sache mit Ruzena erledigt ist, so gehen Sie mir auf Urlaub. Sie haben es wirklich nötig.« Joachim entgegnete nichts mehr; sein Entschluß war gefaßt und er entfernte sich voll schwerer Gedanken. Immer war es Bertrand, der solche Gedanken erweckte. Und mit dem kleinen sozusagen vorschriftsmäßigen Ruck, den sich Joachim v. Pasenow gab, die Gedanken abzuschütteln, war es ihm plötzlich, als nähme ihn Helmuth an der Hand, als wollte Helmuth ihm wieder den Weg weisen, ihn in die Konvention und zur Pünktlichkeit zurückgeleiten, ihm die Augen wieder öffnen. Daß Bertrand, dem die gestrige Expedition zum Polizeipräsidium wohl nicht gut angeschlagen hatte, an diesem Tage wieder fieberte, bemerkte Joachim v. Pasenow allerdings nicht.

Die Nachrichten vom Krankenbette des Vaters lauteten unverändert trübselig. Er erkannte niemanden mehr: vegetierte dahin. Joachim ertappte sich bei der häßlich-angenehmen Vorstellung, daß man jetzt ungefährdet jeden Brief nach Stolpin schicken könne, malte sich aus, wie der Bote mit der Tasche ins Zimmer tritt und wie der Alte Brief für Brief verständnislos fallen läßt, verständnislos, selbst wenn sich eine Verlobungsanzeige darunter befände. Und das war eine Art Erleichterung und eine vage Hoffnung für die Zukunft.

Die Möglichkeit, Ruzena wiederzusehen, erfüllte ihn mit Angst, obwohl es ihm manchmal, kam er vom Dienste, unfaßbar war, sie nicht in seiner Wohnung anzutreffen. Allerdings wartete er nun auch täglich auf eine Nachricht von ihr, denn er hatte die Angelegenheit der Rente mit Bertrands Rechtsanwalt geordnet und mußte annehmen, daß Ruzena bereits verständigt worden sei. Statt dessen kam ein Schreiben des Rechtsanwaltes, mitteilend, daß die Schenkung nicht akzeptiert werde. Das ging nun doch nicht an; er machte sich auf den Weg zu Ruzena: Haus, Stiege und Wohnung erfüllten ihn mit großer Beklemmung, ja mit einer fast angstvollen Sehnsucht. Er fürchtete, wieder vor einer versperrten Türe stehen zu müssen, vielleicht gar von irgendeiner Aufräumefrau weggeschickt zu werden, und so sehr es ihm widerstrebte, in das Zimmer einer Dame einzudringen, fragte er bloß, ob sie daheim sei, klopfte an und trat ein. Das Zimmer und Ruzena waren in unordentlichem, unaufgeräumtem Zustand, sahen tartarisch und verwahrlost aus. Sie lag auf dem Kanapee, machte eine abweisende, müde Geste, als hätte sie gewußt, daß er kommen werde. Schleppend sagte sie: »Nimm von dir nichts geschenkt. Ring behalt' ich, Andenken.« Joachim konnte kein Mitleid empfinden; hatte er auf der Stiege noch die Absicht gehabt, ihr zu erklären, daß er im Grunde nicht verstehe, was sie ihm eigentlich vorwarf, so war er jetzt bloß erbittert; er konnte in alledem nur mehr Verstocktheit sehen. Dennoch sagte er: »Ruzena, ich weiß nicht, was eigentlich vorgefallen ist...« Sie lachte höhnisch auf, und seine Verbitterung über ihre Verstocktheit und Unzuverlässigkeit, die ihm Böses angetan hatte und ihm unrecht tat, stellte sich wieder ein. Nein, es hatte keinen Sinn, sie überzeugen zu wollen, und so sagte er nur, daß es ihm ein unerträglicher Gedanke sei, ihr Schicksal nicht halbwegs gesichert zu wissen, daß er es schon längst getan hätte, gleichgültig, ob sie beisammen geblieben wären oder nicht, und daß es ihm jetzt nur leichter fiele, weil er – dies setzte er mit Absicht hinzu – nun doch das Gut übernehmen müsse und daher bequemer über Geld verfügen werde. »Bist guter Mensch«, sagte Ruzena, »hast nur schlechten Freund.« Das war schließlich auch die tiefere Meinung Joachims, aber da er sie sich nicht eingestehen wollte, sagte er bloß: »Warum soll denn Bertrand ein schlechter Freund sein?« – »Schad' Wort«, entgegnete Ruzena. Verlokkend erschien es, mit Ruzena eine gemeinsame Front gegen Bertrand zu bilden, aber war nicht auch dies noch eine Verlokkung des Teufels und eine Intrige Bertrands? Offenbar hatte Ruzena dies gefühlt, denn sie sagte: »Mußt dich vor ihm achtgeben.« Joachim sagte: »Ich kenne seine Fehler.« Sie hatte sich auf dem Kanapee aufgerichtet und sie saßen nun dort nebeneinander. »Bist armer guter Kerl, kannst nicht wissen, wie schlecht Mensch sein kann.« Joachim versicherte, daß er das sehr gut wisse und daß man ihn nicht so leicht täuschen könne. Und so sprachen sie eine Weile über Bertrand, ohne seinen Namen zu nennen, und da sie nicht zu sprechen aufhören wollten, ließen sie von dem Thema nicht ab, bis die fade Traurigkeit, die zwischen ihren Worten dahinfloß, immer mehr anschwoll, die Worte in ihr versanken und sich mit den Tränen Ruzenas in einem Strome vereinigten, der immer breiter und langsamer wurde. Auch Joachim hatte Tränen in den Augen. Hilflos waren sie beide der Sinnlosigkeit des Daseins ausgeliefert, da sie inne geworden waren, daß sie beieinander keine Hilfe mehr finden konnten. Sie wagten nicht, sich anzusehen und schließlich sagte Joachims vergrämte Stimme leise: »Ich bitte dich, Ruzena, nimm wenigstens das Geld.« Sie antwortete nichts, doch sie hatte seine Hand ergriffen. Als er sich über sie neigen wollte, um sie zu küssen, beugte sie den Kopf, so daß er mit den Lippen zwischen ihre Haarnadeln geriet. »Geh jetzt«, sagte sie, »rasch geh«, und Joachim verließ leise das Zimmer, in dem es bereits dunkelte. –

Er verständigte den Rechtsanwalt, damit die Schenkungsurkunde neuerlich zugestellt werde; Ruzena würde sie diesmal wohl annehmen. Aber die Sanftheit, mit der Ruzena und er voneinander Abschied genommen hatten, sie bedrückte ihn stärker als die hilflose Erbitterung, in die ihr unbegreifliches Verhalten ihn vorher versetzt hatte. Unverständlich und schrecklich war es auch jetzt noch immer. Seine Gedanken an Ruzena waren voll dumpfer Sehnsucht, voll jenes widerwilligen Heimwehs, mit dem er in der ersten Kadettenzeit an das Vaterhaus und an die Mutter gedacht hatte. War der dicke Mensch jetzt bei ihr? Er mußte der Scherze gedenken, mit denen der Vater Ruzena belästigt hatte und sah nun auch hier den Fluch des Vaters, der, selber krank und hilflos, nun doch seinen Stellvertreter gesandt hatte. Ja, Gott führte den Fluch des Vaters aus; und es galt sich zu beugen.

Manchmal machte er einen schwachen Versuch, Ruzena wiederzufinden; aber wenn er dann ein paar Straßen von ihrer Wohnung entfernt war, so kehrte er stets wieder um oder bog irgendwohin ab, geriet in das Proletarierviertel oder in das Gewimmel beim Alexanderplatz, und einmal sogar bis zum Küstriner Bahnhof. Neuerlich war das Netz unentwirrbar geworden, alle Fäden waren ihm entglitten. Einziger Halt, daß wenigstens die Angelegenheit der Rente nun in Ordnung kam, und Joachim verbrachte viel Zeit bei Bertrands Rechtsanwalt, eigentlich mehr Zeit als sachlich notwendig gewesen wäre. Aber die Stunden, die er dort vertat, waren eine Art Beruhigung, und wenn dem Rechtsanwalt diese langwierigen und etwas inhaltsarmen Besuche auch nicht sehr genehm sein mochten, und wenn auch Joachim nichts von dem erfuhr, was er von

Bertrands Vertreter zu erfahren hoffte, so ließ es sich der Rechtsanwalt doch nicht verdrießen, auf die bloß halbsachlichen und beinahe privaten Fragen seines vornehmen Klienten einzugehen, und er brachte ihm auch jene berufliche Besorgtheit entgegen, die zwar ein wenig an die eines Arztes erinnerte, dessenungeachtet aber Joachim wohltat. Der Rechtsanwalt, ein knapper Herr, bartlos, obschon er Bertrands Rechtsvertreter war, sah einem Engländer ähnlich. Als mit reichlicher Verspätung Ruzenas Annahmeerklärung endlich einlangte, sagte der Rechtsanwalt: »Also, das hätten wir jetzt. Aber wenn es nach mir ginge, Herr v. Pasenow, würde ich Ihnen empfehlen, der bezugsberechtigten Dame freizustellen, statt der Rente das entsprechende Kapital zu beziehen.« – »Ja«, warf Joachim ein, »ich habe aber mit Herrn v. Bertrand eben die Rente besprochen, weil...« »Ich kenne Ihre Motive, Herr v. Pasenow, und ich weiß auch – verzeihen Sie den Ausdruck –, daß Sie es nicht sehr lieben, den Stier bei den Hörnern zu packen; aber was ich vorschlage, ist im Interesse beider Parteien gelegen: für die Dame ist es ein hübsches Stück Geld, das ihr gegebenenfalls eine bessere Lebensbasis als die Rente bietet, für Sie dagegen ist es eine radikale Erledigung.« Joachim war etwas hilflos; wollte er denn eine radikale Erledigung? Der Rechtsanwalt merkte seine Hilflosigkeit: »Wenn ich die private Seite der Frage berühren darf, so hat mich meine Erfahrung gelehrt, daß stets eine Lösung vorzuziehen ist, die es ermöglicht, eine gewesene Beziehung als nichtexistent anzusehen«, Joachim schaute auf, »ja, als nichtexistent, Herr v. Pasenow. Die Konvention ist wohl immer noch der beste Leitfaden.« Das Wort des Nicht-Existenten blieb haften. Es war bloß merkwürdig, daß Bertrand durch den Mund seines Vertreters die eigene Meinung abändern ließ und nun sogar die Konvention des Gefühls anerkannte. Warum tat er das? Der Rechtsanwalt sagte noch: »Also überlegen Sie sich die Sache auch nach dieser Richtung, Herr v. Pasenow; zudem spielt ja bei Ihrer Position die Kapitalsentäußerung keine Rolle.« Ja, in seiner Position; Joachims Heimatgefühl stieg wieder warm und beruhigend auf. Er verließ das Büro des Rechtsanwalts diesmal mit einem besonders guten Gefühl, man könnte fast sagen, erhoben und gestärkt. Zwar sah er den Weg noch nicht in voller Klarheit, denn immer noch verwirrte ihn das Netz des Unsichtbaren, das über diese Stadt geworfen schien, all des Unsichtbaren, das nicht zu erfassen war und das die dumpfe unverlorene Sehnsucht nach Ruzena inhaltslos machte, dennoch mit neuem angstvollem Inhalt erfüllte, ihn selber aber auf eine so neue und so unwirkliche Art mit Ruzena und mit der Welt des Städtischen verband, daß das Netz der falschen Helligkeit zu einem Netz der Angst wurde, welches um ihn sich spannte und in dessen großer Verwirrung die Drohung lauerte, es werde nun auch Elisabeth, zurückkehrend in die Welt des Städtischen, die nicht die ihre ist, im Netze verfangen werden, die Unschuldige und Unberührte, verfangen und verknüpft im Teuflischen und Unfaßbaren, verknüpft durch seine Schuld, hineingezogen durch ihn, der sich aus der unsichtbaren Umklammerung des Bösen nicht befreien kann: so drohte noch immer die Vermischung des Hellen mit der Dunkelheit, wenn auch unsichtbar und aus weiter Ferne, wenn auch lose und unbestimmt, so doch unsauber wie das, was der Vater im Hause der Mutter mit den Mägden getrieben hatte. Trotz alledem aber fühlte Joachim die Wendung, da er nun die Kanzlei des Anwalts verließ, denn es war, als hätte sich Bertrand durch den Mund seines eigenen Vertreters Lügen gestraft: Bertrand war es gewesen, Bertrand, der ihn in das Netz des Unsichtbaren, Unfaßbaren hatte ziehen wollen, und nun hatte sein Vertreter selbst zugeben müssen, daß die Position eines Pasenow eine andere sei, außerhalb dieser Stadt und ihres Gewimmels, wenn man bloß all den Spuk als nichtexistent ansehen wollte. Ja, dies hatte ihm Bertrand durch seinen Vertreter gesagt, und so hebt sich das Böse schließlich selber auf, auch das Böse noch untertan dem Willen Gottes, der durch den Mund des Vaters die Vernichtung und die Nichtexistenz dessen verlangt, was der Vater verflucht hat. Der Böse gibt sich geschlagen, und wenn er auch nicht ausdrücklich auf Elisabeth verzichtet, so weist er ihn doch selber an, dem Befehl des Vaters zu gehorchen. Und ohne den Rat Bertrands eigens einzuholen, beschloß Joachim, dem Rechtsanwalt die Ermächtigung zur Kapitalsauszahlung zu erteilen.

Und gleichfalls ohne Bertrand zu fragen, legte Joachim Paradeuniform und neue Handschuhe an, als er von der Ankunft der freiherrlichen Familie benachrichtigt wurde, und fuhr bei Baddensens zu einer Stunde vor, zu der er den Baron und die Baronin anzutreffen hoffte. Man wollte ihm sofort das neue Haus zeigen, doch er bat den Baron vorerst um eine Privatunterredung, und nachdem der Baron sich mit ihm zurückgezogen hatte, richtete sich Joachim mit kurzem Ruck zu einer vorschriftsmäßigen Haltung auf, stand stramm wie vor einem Vorgesetzten und hielt um die Hand Elisabeths an. Der Baron sagte: »Sehr erfreut, sehr geehrt, mein lieber, lieber Pasenow«, und rief die Baronin ins Zimmer. Die Baronin sagte: »Oh, ich habe es erwartet, eine Mutter sieht gar vieles«, und trocknete tupfend ihre Augen. Ja, er wäre ihnen als lieber Sohn sehr erwünscht, sie könnten sich wohl keinen besseren denken und wären überzeugt, daß er alles daran setzen werde, ihr Kind glücklich zu machen. Ja, er werde es tun, erwiderte er männlich. Der Baron hatte seine Hand erfaßt: aber nun müßten sie vor allem mit dem Kinde sprechen; das wäre nur begreiflich. Joachim erwiderte, daß er begreife; und hierauf verweilten sie noch ein Viertelstündchen in einem halb förmlichen, halb vertraulichen Gespräch, in dessen Verlauf Joachim es nicht hatte unterlassen können, Bertrands Verwundung zu erwähnen; dann verabschiedete er sich kurz und ohne das neue Haus oder Elisabeth gesehen zu haben, aber das hatte jetzt wenig auf sich, da er ja ein ganzes Leben hierfür Zeit haben würde.

Es fiel ihm selber auf, daß er ihr Jawort nicht stürmischer ersehnte und daß ihn nichts dazu drängte, die Wartezeit abzukürzen, und manchmal wunderte er sich, daß er sich von dem künftigen Leben keine Vorstellung machen konnte: er sah sich zwar, gestützt auf einen Stock mit weißer Elfenbeinkrücke, in der Mitte des Wirtschaftshofes neben Elisabeth stehen, aber dachte er näher hin, so stellte sich das Bild Bertrands dazu ein. Es wird nicht leicht sein, ihm die Verlobung mitzuteilen; schließlich war es eben Bertrand, gegen den es ging und vor dem Elisabeth bewahrt werden sollte, und streng genommen, sah es ein wenig nach Verrat aus, da er ihm Elisabeth gewissermaßen schon einmal überlassen hatte. Und wenn Bertrand es auch nicht anders verdiente, es war trotzdem unbehaglich, ihm dieses Leid anzutun. Natürlich war das kein Grund, die Verlobung hinauszuzögern; aber nun war es plötzlich, als könnte es zu dieser Verlobung überhaupt nicht kommen, wenn Bertrand nicht vorher in Kenntnis gesetzt würde. Noch war er ja verpflichtet, Bertrand im Auge zu behalten, und Joachim begriff nicht, daß er schon seit Tagen Bertrand so völlig vergessen hatte, als sei er bereits aller Pflicht enthoben. Dabei war Bertrand wahrscheinlich noch krank; er fuhr zur Klinik. Bertrand befand sich tatsächlich noch immer dort; man hatte an ihm herumoperieren müssen; Joachim war aufrichtig bestürzt, daß er den Patienten so sehr hatte vernachlässigen können, und wenn er sich nun anschickte, das bevorstehende große Ereignis zu erzählen, da war es gleichzeitig eine Art Entschuldigung für solch mangelnde Anteilnahme: »Aber ich kann Sie, lieber Bertrand, nicht immerwährend mit meinen Privatangelegenheiten behelligen.« Bertrand lächelte, und es war etwas von ärztlicher oder weiblicher Fürsorge in diesem Lächeln: »Nur zu, Pasenow, so arg ist es nicht; es macht mir Freude, sie zu hören.« Und Joachim erzählte von seiner Werbung um Elisabeth. »Ich weiß nicht, ob ich ihr Jawort erhalten werde. Allein so sehr ich es erhoffe, ich fürchte noch mehr die Absage, weil ich mich dann in all die furchtbaren Wirrnisse der letzten Monate, die Sie ja zum großen Teile miterlebt haben, rettungslos zurückgestoßen fühlen würde, während ich an ihrer Seite den Weg ins Freie wieder zu finden hoffe.« Bertrand lächelte wieder: »Wissen Sie, Pasenow, das ist zwar wunderschön gesagt, nur möchte ich Sie daraufhin nicht heiraten; aber Sie brauchen keine Angst zu haben, ich bin überzeugt, daß man Ihnen bald wird gratulieren können.« Welch widerlicher Zynismus; dieser Mensch ist tatsächlich ein schlechter Freund, er ist überhaupt kein Freund, wenn man ihm jetzt auch den Milderungsgrund der Eifersucht und der Enttäuschung zubilligen muß. Joachim kehrte sich also nicht an die zynischen Worte, sondern fiel in seinen Gedankengang zurück und bat: »Was soll ich machen, wenn sie nein sagt?« Und Bertrand antwortete, was er hören wollte: »Sie wird nicht nein sagen«, sagte dies mit solcher Bestimmtheit und Sicherheit, daß Joachim wieder jenes Gefühl der Geborgenheit empfand, das ihm so oft schon von Bertrand zugeflossen war. Fast erschien es ihm nun doch ungerecht, daß Elisabeth mit ihm, dem Unsicheren, vorlieb nehmen und auf den sicheren und zuversichtlichen Führer verzichten sollte. Und wie zur eigenen Bestätigung sagte etwas in ihm: »Kameraden in des Königs Rock.« Und plötzlich sah er Bertrand als Major vor sich. Woher aber hatte der seine Zuversicht? Wie konnte der wissen, daß Elisabeth nicht nein sagen würde? Warum lächelte er so ironisch dazu?

Was wußte dieser Mensch? Und er bedauerte, ihn eingeweiht zu haben.

Bertrand hätte nun allerdings manche Ursache gehabt, ironisch zu lächeln, oder richtiger vielwissend zu lächeln; aber es war doch nur ein Lächeln des Wohlwollens.

Elisabeth hatte ihn am Vortage kurzerhand besucht. Sie war in die Klinik gefahren und hatte ihn ins Sprechzimmer bitten lassen. Trotz seiner Schmerzen kam er sofort herunter. Das war ein merkwürdiger Besuch und entsprach gewiß nicht der Sitte; doch Elisabeth gab sich gar nicht die Mühe, den gesellschaftlichen Verstoß zu bemänteln; in sichtlicher Aufregung sagte sie ohne Umschweife: »Joachim hat um meine Hand angehalten.«

»Wenn Sie ihn lieben, ist es kein Problem.«

»Ich liebe ihn nicht.«

»Dann ist es ebenfalls kein Problem, denn dann werden Sie ihm einen Korb geben.«

»Sie wollen mir also nicht beistehen?«

»Ich fürchte, Elisabeth, dazu ist keiner imstande.«

»Und ich dachte, Sie könnten es.«

»Ich wollte Sie nicht wiedersehen.«

»Haben Sie keine Freundschaft für mich?«

»Ich weiß es nicht, Elisabeth.«

»Joachim liebt mich.«

»Zur Liebe gehört leider eine gewisse Klugheit, fast Weisheit. Gestatten Sie mir also, an dieser Liebe etwas zu zweifeln. Ich habe Sie schon einmal gewarnt.«

»Sie sind ein schlechter Freund.«

»Nein, aber es gibt Augenblicke, in denen man absolut aufrichtig sein muß.«

»Kann man denn zur Liebe zu dumm sein?«

»Ich sagte es eben.«

»Vielleicht bin auch ich zu dumm dazu…«

»Hören Sie, Elisabeth, mit solchen Erwägungen wollen wir uns nicht befassen, das sind keine Motive, mit denen man über sein Leben entscheidet.«

»Vielleicht liebe ich ihn…, es gab eine Zeit, in der ich nicht ungern an diese Ehe gedacht habe.« Elisabeth saß in dem breiten Krankensessel, den man in dieses kleine Sprechzimmer gestellt hatte, und sah zu Boden.

»Warum sind Sie gekommen, Elisabeth? Doch nicht, weil Sie einen Rat brauchen, den niemand Ihnen geben kann.«

»Sie wollen mir nicht helfen.«

»Sie sind gekommen, weil Sie es nicht dulden, daß jemand Sie flieht.«

»Mir ist sehr ernst zumute... Sie dürfen es nicht bagatellisieren... zu ernst, daß Sie wieder versuchen dürften, mir böse Dinge zu sagen. Ich meinte, bei Ihnen eine Art Fürsorge zu finden...«

»Aber die Wahrheit muß ich Ihnen sagen. Eben deshalb muß ich's Ihnen sagen. Sie sind gekommen, weil Sie fühlen, daß ich gewissermaßen und irgendwo außerhalb Ihrer Welt stehe, weil Sie meinen, daß es in diesem Irgendwo noch eine dritte Instanz geben könne neben der banalen Alternative: ich liebe ihn, ich liebe ihn nicht.«

»Vielleicht ist es so; ich weiß es nicht mehr.«

»Und Sie sind gekommen, weil Sie wissen, daß ich Sie liebe – ich habe es Ihnen doch deutlich genug gesagt –, und weil Sie mir zeigen wollen, wohin mich meine etwas absurde Form der Liebe führt«, er sah sie von der Seite an, »vielleicht um zu erproben, wie rasch Fremdheit in Erkenntnis umschlagen kann...«

»Das ist nicht wahr!«

»Seien wir aufrichtig, Elisabeth, es handelt sich hier für Sie und für mich um die Frage, ob Sie mich heiraten würden. Oder richtiger, ob Sie mich lieben.«

»Herr v. Bertrand, wie dürfen Sie die Situation so ausnützen!«

»Ja, das hätten Sie nicht sagen sollen, denn Sie wissen genau, daß dies nicht der Fall ist. Sie stehen vor einer Lebensentscheidung, dürfen sich also nicht in Konventionalismen verlieren. Natürlich kommt es bloß darauf an, ob eine Frau den Mann als Liebhaber will und nicht darauf, ob sie eine Menage miteinander gründen wollen. Wenn ich diesem Joachim etwas verdenke, so ist es, daß er das einzig Wesentliche nicht offen mit Ihnen ins reine gebracht, sondern Sie mit der sogenannten Werbung bei den Eltern geradezu entwürdigt hat. Passen Sie auf, hinterher gibt es dann noch den Kniefall.«

»Sie wollen mich wieder quälen. Ich hätte nicht herkommen dürfen.«

»Nein, Sie hätten nicht kommen dürfen, weil ich Sie nicht

mehr sehen wollte, aber du mußtest kommen, weil du mich...«
Sie hielt sich die Ohren zu.

»Oder richtiger, Sie glauben von ferne, daß Sie mich lieben könnten.«

»Quälen Sie mich doch nicht; bin ich denn nicht schon genügend gequält?« Die Hände an den Schläfen lag sie mit zurückgebeugtem Kopf und geschlossenen Augen im Lehnsessel; so pflegte sie auch in Lestow zu sitzen und dieses Hineingleiten ins Gewohnte machte ihn lächeln und beinahe zärtlich. Er stand hinter ihr. Der Arm in der Schlinge schmerzte und machte ihn unbeholfen. Aber es gelang ihm, sich herabzubücken und ihre Lippen mit den seinen zu berühren. Sie fuhr auf: »Das ist Wahnsinn.«

»Nein, es ist nur ein Abschied.«

Mit einer Stimme, die nicht weniger bleich war als ihr Gesicht, sagte sie:

»Sie durften nicht, Sie nicht...«

»Wer darf Sie küssen, Elisabeth?«

»Sie lieben mich nicht...«

Bertrand ging nun im Zimmer auf und ab. Der Arm schmerzte und er fühlte sich fiebrig. Sie hatte recht, es war ja Wahnsinn. Plötzlich wandte er sich um, stand knapp vor ihr: ohne sein Zutun klang es drohend:

»Ich liebe dich nicht?«

Sie stand unbeweglich mit herabhängenden Armen, ließ es geschehen, daß er ihren Kopf zurückbog. Noch bei ihrem Gesicht wiederholte er drohend: »Ich liebe dich nicht?« und sie hatte das Gefühl, daß er sie in den Mund beißen werde, aber es wurde ein Kuß. Und während unbegreiflich die Erstarrung ihres Mundes zu einem Lächeln schmolz, wich die Gelähmtheit ihrer Hände, die herabgehangen waren und sich nun hoben mit der Gelöstheit ihres Gefühls, an seinen Schultern sich festzuhalten, um nie mehr sie loszulassen. Da sagte er: »Geben Sie acht, Elisabeth, ich bin dort verwundet.«

Entsetzt ließ sie los: »Verzeihen Sie.« Aber dann schwand ihr die Kraft: auf dem Lehnstuhl fiel sie in sich zusammen. Er saß auf der Lehne, zog die Nadeln aus dem Hute, streichelte das blonde Haar. »Wie bist du schön und wie sehr liebe ich dich.« Sie schwieg, ließ es geschehen, daß er ihre Hand hielt, spürte die Fieberhitze der seinen, spürte die Hitze seines Gesichtes, als er sich nochmals ihr näherte. Als er heiser wiederholte, »ich liebe dich«, schüttelte sie den Kopf, überließ ihm aber ihre Lippen. Dann endlich konnte sie weinen.

Bertrand saß auf der Lehne des Stuhles, strich ihr leicht übers Haar; er sagte:

»Ich sehne mich nach dir.« Sie antwortete weich: »Es ist ja nicht wahr.«

»Ich sehne mich nach dir.«

Sie antwortete nicht, schaute ins Leere. Er berührte sie nicht mehr; er war aufgestanden und sagte nochmals: »Unsagbar sehne ich mich nach dir.«

Nun lächelte sie: »Und gehst fort?«

»Ja.«

Sie blickte ungläubig und fragend auf; er wiederholte: »Nein, wir werden uns nicht mehr sehen.«

Sie begriff noch immer nicht. Bertrand lächelte:

»Kannst du dir vorstellen, daß ich jetzt bei deinem Vater um dich anhalten werde? Daß ich alles, was ich gesagt habe, jetzt verleugne? Es wäre eine höchst meskine Komödie gewesen; eine höchst plumpe Bauernfängerei.«

Sie fand sich irgendwie zurecht, konnte doch nicht verstehen.

»Warum aber dann? Warum...?«

»Ich kann dich doch nicht bitten, meine Geliebte zu werden, mit mir zu kommen..., natürlich könnte ich es und du tätest es schließlich auch..., vielleicht aus Romantik..., vielleicht, weil du mich jetzt wirklich gern hast... jetzt natürlich... oh, du...«, sie versanken in einem Kuß, »...aber schließlich kann ich dich nicht in eine schiefe Situation bringen, selbst wenn sie vielleicht für dich wertvoller sein könnte als..., sagen wir es geradeheraus, die Heirat mit diesem Joachim.«

Sie sah ihn erstaunt an.

»Sie können noch immer daran denken, daß ich ihn heirate?«

»Natürlich; es ist« – und um sich aus der unerträglichen Spannung ins Spaßhafte zu retten, sah er auf die Uhr – »zwanzig Minuten her, daß wir beide daran gedacht haben. Entweder hätte der Gedanke schon vor zwanzig Minuten unerträglich sein müssen oder er ist auch jetzt erträglich.«

»Sie sollen jetzt nicht spaßen...«, angstvoll, »oder ist es dein Ernst?«

»Ich weiß nicht... das weiß niemand von sich.«

»Du weichst aus oder es macht dir Freude, mich zu quälen. Sie sind zynisch.«

Bertrand sagte ernst: »Soll ich dich belügen?«

»Du belügst dich vielleicht selbst... vielleicht weil du... ich weiß nicht warum... aber etwas ist nicht echt... nein, du liebst mich nicht.«

»Ich bin egoistisch.«

»Du liebst mich nicht.«

»Ich liebe dich.«

Sie sah ihn voll und ernsthaft an: »Soll ich also Joachim heiraten?«

»Ich darf dir trotzdem nicht nein sagen.«

Sie löste ihre Hände aus den seinen, saß lange stumm. Dann stand sie auf, suchte ihren Hut, steckte die Nadeln fest: »Leb wohl, ich werde heiraten... vielleicht ist es zynisch, aber das darf dich nicht wundern... wir begehen vielleicht beide das schwerste Verbrechen an uns... leb wohl.«

»Leb wohl, Elisabeth, vergiß diese Stunde nicht; es ist meine einzige Rache an Joachim, ... ich werde dich nie mehr vergessen können.«

Sie fuhr mit der Hand über seine Wange. »Du fieberst«, sagte sie und ging rasch aus dem Zimmer.

Solches hatte sich zugetragen und Bertrand hatte es mit einem schweren Fieberanfall bezahlt. Aber das schien ihm richtig und gut, es legte Entfernung zwischen gestern und heute. Und machte es ihm möglich, Joachim, der nun hier, im gleichen Hause – war es das gleiche? – vor ihm saß, wieder mit dem gewohnten Wohlwollen zu betrachten. Nein, es wäre grotesk gewesen. So sagte er: »Haben Sie keine Sorge, Pasenow, Sie landen schon im Hafen der Ehe. Und viel Glück dazu.« Ein unritterlicher und zynischer Mensch, mußte Joachim neuerlich denken und war trotzdem dankbar und beruhigt. Vielleicht war es die Erinnerung an den Vater oder war es bloß der Anblick Bertrands, aber der Gedanke an die Ehe vermischte sich merkwürdig mit dem Bilde eines stillen Krankenzimmers, durch das weißgekleidete Nonnen huschen. Zart und nonnenhaft war Elisabeth, weiß in ihrer Silberwolke, und er entsann sich eines Madonnenbildes, einer Assunta, die er in Dresden gesehen zu haben glaubte. Er nahm seine Mütze vom Haken. Joachim fühlte sich von Bertrand in diese Ehe hineingedrängt und hatte nun den bizarren Einfall, Bertrand wolle ihn damit ins Zivilistische hinabziehen, wolle ihn seiner Uniform und des Platzes beim Regiment berauben, um an seiner Statt zum Major zu avancieren; und als Bertrand ihm die Hand zum Abschied gab, merkte er nicht, wie fieberheiß sie war. Doch er dankte Bertrand für seine guten Worte und steif und viereckig in seinem langen Uniformrock ging er von dannen. Bertrand hörte noch das leise Sporenklirren auf der Stiege und mußte daran denken, daß Joachim jetzt unten beim Sprechzimmer vorüberging.

Seine Werbung war angenommen. Allerdings, schrieb der Baron, wolle Elisabeth noch keine offizielle Verlobung feiern. Sie habe eine gewisse Scheu vor dem endgültigen Schritt; aber Joachim werde für den nächsten Abend zum Souper erwartet.

Wenn es auch noch nicht als richtige Verlobung galt, wenn auch Joachim weder von Elisabeth, noch von den künftigen Schwiegereltern das trauliche Du angeboten wurde, ja wenn der Ton bei Tische fast ein steifer war, unverkennbar lag es wie Festeßstimmung in der Luft, insbesondere als der Baron an sein Glas klopfte und mit vielen schönen Worten den Gedanken umschrieb, daß eine Familie ein geschlossenes Ganzes sei und nicht leicht ein neues Mitglied in ihren Kreis einlassen könne; wenn dies aber nach Gottes Fügung doch geschehe, so soll es von ganzem Herzen geschehen und die Liebe, die die Familie zusammenhalte, werde dann auch den Neuankömmling umschließen. Die Baronin hatte Tränen in den Augen und hielt gerührt die Hand ihres Gatten gefaßt, als er von der Liebe sprach, und Joachim hatte das warme Gefühl, daß er es hier gut haben werde; im Schoße der Familie, sagte er sich, und es fiel ihm die Heilige Familie ein. Ja, Bertrand hätte wahrscheinlich gelächelt und sich über die Rede des Barons mokiert, aber wie billig war solcher Spott. Die unverständlichen Witzeleien, aus denen damals Bertrands Tischrede bestanden hatte – wie weit lag dies zurück –, waren sicherlich angreifbarer als das innige Gemüt, das aus den Worten des Barons herauszuhören war. Dann stießen alle mit den Gläsern an, daß es hell erklang und der Baron rief: »Auf die Zukunft!«

Nach dem Souper ließ man die jungen Leute allein, damit sie sich aussprechen könnten. Sie saßen in dem neueingerichteten Musikzimmer mit den schwarzen Seidenmöbeln, auf denen von der Baronin und von Elisabeth angefertigte Spitzenschoner angenadelt waren, und während Joachim nach dem rechten Worte suchte, hörte er Elisabeth fast fröhlich sagen: »Also Sie wollen mich heiraten, Joachim; haben Sie sich das auch richtig überlegt?« Wie undamenhaft, dachte er, beinahe könnte Bertrand so sprechen. Was aber sollte er tun? Sollte er sich jetzt auf ein Knie niederlassen, um seine Werbung anzubringen? Das Glück war ihm hold, denn das Taburett, auf dem er Platz genommen hatte, war so nieder, daß er, wenn er sich zu Elisabeth hinüberwandte, ohnehin mit dem Knie fast den Boden berührte, und, wollte man es so auffassen, dies immerhin als angedeuteter Kniefall genommen werden konnte. In dieser etwas gezwungenen Stellung verblieb er denn auch und sagte: »Werde ich hoffen dürfen?« Elisabeth antwortete nicht; er sah zu ihr hinüber; sie hatte den Kopf zurückgelegt und ihre Lider waren halb geschlossen. Als er jetzt in ihr Gesicht schaute, empfand er es unangenehm, daß man ein Stück Landschaft in ein Haus versetzen könne; ach, es war die Erinnerung, die er gefürchtet hatte, es war der Mittag unter den Herbstbäumen, es war das verfließende Bild, um dessentwillen er beinahe gewünscht hatte, daß die Zustimmung des Barons noch länger ausgeblieben wäre. Denn ärger als der Bruder im Antlitz der Frau ist die Landschaft, die es überwuchert, Landschaft, die Besitz ergreift und die das entmenschlichte Antlitz in sich saugt, so daß selbst Helmuth nicht mehr helfen könnte, des Verschwimmenden und Verfließenden habhaft zu werden. Sie sagte: »Haben Sie den Heiratsplan mit Ihrem Freund Bertrand besprochen?« Er durfte dies, ohne gegen die Wahrheit zu verstoßen, verneinen. »Aber er wußte davon?« Ja, erwiderte Joachim, er habe sein Vorhaben angedeutet. »Und was sagte er?« Er habe ihm bloß Glück gewünscht. »Hängen Sie sehr an ihm, Joachim?« Joachim empfand ihr Sprechen und ihre Stimme als wohltuend; es brachte ihm zu Bewußtsein, daß er einem menschlichen Wesen und nicht einer Landschaft gegenübersaß. Dennoch war es beunruhigend. Was wollte sie mit Bertrand? Wo wollte sie damit hinaus? Es war irgendwie ungehörig, in dieser Stunde von Bertrand zu sprechen, obwohl es Erleichterung war, überhaupt ein Gesprächsthema gefunden zu haben. Und weil er es nicht loslassen konnte und auch weil er die Verpflichtung fühlte, mit seiner künftigen Gattin völlig aufrichtig zu sein, sagte er zögernd: »Ich weiß es nicht; ich habe eigentlich immer das Gefühl, daß er der aktive Teil in unserer Freundschaft ist, aber sehr oft bin ich es, der ihn aufsucht. Ich weiß nicht, ob man dies als An-ihm-Hängen bezeichnen kann.« – »Sie sind von ihm beunruhigt?« – »Ja, das ist das richtige Wort... ich bin immer wieder von ihm beunruhigt.« – »Er ist ein unruhiger und deshalb wohl auch ein beunruhigender Mensch«, sagte Elisabeth. Ja, das sei er, antwortete Joachim und spürte den Blick Elisabeths auf sich, mußte sich neuerdings wundern, daß diese durchsichtigen, gewölbten Sterne, links und rechts neben einer Nase, so etwas wie einen Blick aussenden konnten. Was ist ein Blick? Er griff an die eigenen Augen und nun war Ruzena da und Ruzenas Augen, die er entzückt durch die Lider hindurchgetastet hatte. Unvorstellbar, daß er Elisabeth je über die Augen werde streichen können; vielleicht war es richtig, wie man es in der Schule gelernt hatte und es gab Kälte, von der man Brandwunden davonträgt; Kälte des Weltalls fiel ihm jetzt ein, Kälte der Sterne. Dort schwebte Elisabeth auf silberner Wolke, unberührbar ihr gelöstes, verfließendes Antlitz, und er empfand es wie eine grausame Störung, daß Vater und Mutter sie geküßt hatten, als die Tafel aufgehoben wurde. Doch aus welcher Sphäre stammte jener, dessen Geschöpf und Opfer sie fast geworden wäre? Hatte Gott ihr und ihm den Versucher gesandt, so ist es zu einem Teil der auferlegten Prüfung geworden, Elisabeth von solch irdischer Anfechtung zu erlösen! Gott thront in absoluter Kälte und seine Gebote sind erbarmungslos, sie greifen ineinander wie die Zahnräder an den Maschinen bei Borsig und all dies war so zwingend, daß Joachim beinahe befriedigt war, bloß einen einzigen Weg zur Erlösung zu sehen, den geraden Weg der Pflicht, mochte er auch selber daran verbrennen. »Er wird bald nach Indien reisen«, sagte er. »Ja, Indien«, erwiderte sie. »Ich habe lange gezögert«, sagte er, »denn ich kann Ihnen ja bloß ein einfaches Leben auf dem Lande bieten.« – »Wir sind anders als er«, erwiderte sie. Joachim war gerührt, daß sie »wir« gesagt hatte. »Er ist vielleicht entwurzelt«, sagte er, »und vielleicht sehnt er sich zurück.« Elisabeth sagte: »Jeder ist in sich beschlossen.« – »Doch haben wir nicht das bessere Teil behalten?« fragte Joachim. »Wir wissen es nicht«, sagte Elisabeth. »Ja, doch«, empörte sich Joachim, »denn er lebt für Geschäfte und er muß kalt und gefühllos sein. Denken Sie doch an Ihre

Eltern, an die Worte Ihres Herrn Vaters. Er aber nennt es Konvention; ihm fehlt die wahre Innigkeit und Christlichkeit.« Er verstummte: ach, das Gesagte, es war ja nicht echt gewesen, denn was er von Gott und von Elisabeth erwartete, war nicht gleichbedeutend mit dem, was unter christlichem Hausstand zu verstehen man ihn gelehrt hatte; aber eben weil er von Elisabeth mehr erwartete, wollte er seine Worte in die Nähe jener Sphäre des Himmlischen zwingen, in der Elisabeth sich ihm offenbaren sollte als zarteste silberne schwebendste Madonna. Vielleicht müßte sie erst sterben, um so zu ihm sprechen zu können, denn wie sie dort zurückgelehnt saß, sah sie aus wie Schneewittchen im Glassarg und war so sehr von jener höheren wunderbaren Lieblichkeit und himmlischen Lebendigkeit, daß ihr Gesicht kaum mehr jenem ähnelte, das er im Leben gekannt hatte, bevor es erschreckend und unlösbar in die Landschaft verwoben wurde. Der Wunsch, Elisabeth möge tot sein und ihre Stimme möge ihm engelhaft jenseitige Botschaft geben, wurde sehr groß und die außerordenliche Spannung, die durch diesen Wunsch erzeugt wurde, oder die es sogar selber gewesen war, die den Wunsch in ihm hervorgebracht hatte, erlangte solche Stärke, daß wohl auch Elisabeth von der Welle angstvoller Kälte ergriffen ward, als sie sagte: »Er braucht nicht die schützende Wärme des Beisammenseins wie wir.« Doch sie enttäuschte Joachim mit diesen irdischen Worten, und wenn auch das Schutzbedürfnis, das aus ihnen klang, sein Herz bewegte und das Bild der erdenwallenden Maria, ehe sie zum Himmel anstieg, in ihm erweckte, so wußte er doch, daß seine Kräfte zu solchem Schutz kaum ausreichten, und in derlei zwiefacher Enttäuschung wünschte er mit zwiefacher Innigkeit einen zarten und sanften Tod für sie beide. Und weil vor dem Tode, preisgegeben dem Atem des Ewigen, die Maske von dem Antlitz fällt, sagte Joachim: »Er wäre Ihnen stets fremd geblieben«, und dies erschien ihnen beiden von einer großen und bedeutungsvollen Wahrheit zu sein, obwohl sie kaum mehr wußten, daß es Bertrand war, von dem sie sprachen. Gleich gelben Schmetterlingen, schwarze Streifen auf gelbgezackten Flügeln, brannte der Gasflammenkreis im Kranze des Lüsters über schwarzseidenem Katafalk, auf dem Joachim noch immer mit steifgewandtem Oberkörper und gebeugtem Knie unbeweglich saß, und die weißen Spitzendecken auf der schwarzen Seide waren wie die Bilder von Totenköpfen. In die Unbeweglichkeit der Kälte hinein glitten die Worte Elisabeths: »Er ist einsamer als die anderen«, und Joachim erwiderte: »Sein Dämon treibt ihn fort.« Elisabeth aber schüttelte kaum merklich den Kopf: »Er hofft auf Erfüllung...«, und dann sagte sie noch wie aus einem starren Erinnern: »Erfüllung und Erkennen in der Einsamkeit und Fremdheit.« Joachim schwieg; nur widerwillig nahm er den Gedanken auf, der kalt und unverständlich zwischen ihnen hing: »Er ist fremd... er stößt uns alle fort, denn Gott will, daß wir einsam seien.« – »Ja, das will er«, sagte Elisabeth und es war nicht zu entscheiden, ob sie Gott oder Bertrand gemeint hatte; aber darauf kam es jetzt nicht mehr an, denn die Einsamkeit, die über sie und Joachim verhängt war, war ja hereingebrochen, ließ das Gemach trotz seiner traulichen Vornehmheit zu immer größerer angstvoller Regungslosigkeit erstarren; regungslos sie beide, war es ihnen, als ob um sie der Raum sich weitete, und als ob mit den weichenden Wänden die Luft immer dünner und kälter würde, so dünn, daß sie die Stimme kaum mehr trug. Und obwohl alles in Regungslosigkeit erstarrt blieb, schienen die Möbel, schien das Piano, auf dessen schwarzer Lackfläche der Kreis der Gaslichter sich noch spiegelte, nicht mehr an der Stelle zu stehen, wo sie vordem gestanden, sondern weit draußen, und auch die goldenen Drachen und Schmetterlinge auf dem schwarzen chinesischen Paravent in der Ecke waren hinweggehuscht, aufgesaugt gleichsam von den weichenden Wänden, die wie mit schwarzen Tüchern verhängt waren. Die Lichter surrten mit einem kleinen giftigen Pfeifen und neben ihrer winzigen mechanischen Lebendigkeit, die aus unanständig geöffneten schmalen Spalten höhnisch hervorschoß, gab es kein Leben mehr. Nun wird sie bald sterben, dachte Joachim und fast war es Bestätigung, da er ihre Stimme in der Leere vernahm: »Sein Tod wird einsam sein«; es klang nach Todesurteil und nach Verheißung, einer Verheißung, die er bekräftigte: »Er ist krank und es mag bald sein; vielleicht in diesem Augenblick.« – »Ja«, sagte Elisabeth aus dem Jenseits und es war wie ein Tropfen, der im Auffallen zu Eis wird, »ja, in diesem Augenblicke«, und in der starren Unentscheidbarkeit dieser Sekunde, in der der Tod neben ihnen stand, wußte Joachim nicht, ob sie beide es waren, die er berührte, oder Bertrand oder den Vater, wußte nicht, ob die Mutter hier saß, sein Sterben zu überwachen, pünktlich und gelassen wie sie das Melken im Kuhstall und das Sterben des Vaters überwacht, und nun wurde es auch nahe und verständlich und seltsam klar, daß der Vater fror und nach der dunklen Wärme des Kuhstalls sich sehnte. War es nicht besser, jetzt mit Elisabeth zu sterben, von ihr sich in die gläserne Helligkeit geleiten zu lassen, die über dem Dunkeln schwebte! Er sagte: »Eine furchtbare Dunkelheit wird um ihn sein und keiner wird kommen, ihm zu helfen.« Doch Elisabeth sagte hart: »Keiner darf kommen«, und mit der gleichen grauen, tonlos harten Stimme sprach sie weiter in die Leere hinein, schloß im gleichen Atem an, der doch Atem nicht mehr war, »ich werde Ihre Frau werden, Joachim«, und wußte selber nicht mehr, ob sie es gesagt hatte, denn Joachim saß unverändert reglos verdrehten Oberkörpers und antwortete nichts. Nichts ereignete sich, und wenn es auch nicht länger währte als der Augenblick, in dem ein Auge erlischt und starr wird, so war die Spannung dennoch von solcher Leere und Ungewißheit erfüllt, daß Elisabeth es nochmals sagte: »Ja, ich werde Ihre Frau werden.« Joachim aber wollte es nicht hören, denn ihre Stimme zwang ihn, den Weg zurückzugehen, auf dem es kein Zurück mehr gab. Mit großer Anstrengung versuchte er sich ihr zuzuwenden; es gelang kaum, nur das halbgebeugte Knie berührte jetzt wirklich den Boden, seine Stirne, auf der kalter Schweiß stand, neigte sich und seine Lippen trocken und kühl wie Pergament streiften ihre Hand, die so eisig war, daß er ihre Fingerspitzen nicht zu fassen wagte, auch dann noch nicht, als das Zimmer langsam wieder zusammenschrumpfte und die Möbel ihre alten Plätze eingenommen hatten.

So blieben sie, bis sie die Stimme des Barons im Nebenzimmer vernahmen. »Wir müssen hineingehen«, sagte Elisabeth. Dann traten sie in den hellerleuchteten Salon und Elisabeth sagte: »Wir haben uns verlobt.« – »Mein Kind«, rief die Baronin aus und schloß Elisabeth unter Tränen in ihre Arme. Doch der Baron, dessen Augen nicht minder feucht waren, rief: »Nun wollen wir aber fröhlich sein und Gott für diesen glücklichen Tag danken«, und Joachim liebte ihn für diese herzlichen Worte und fühlte sich in seine Hut gestellt.

Aus dem apathischen Halbschlaf, in den seine Müdigkeit unter dem Gerassel der Droschkenräder auf der Heimfahrt verfiel, formte sich deutlicher der Gedanke, daß sein Vater und Bertrand heute gestorben seien, und fast wunderte er sich, keinerlei Trauernachricht in seinem Zimmer vorzufinden, denn das hätte zur wiedergewonnenen Pünktlichkeit des Lebens gehört. Immerhin durfte man auch einem toten Freunde die Verlobung nicht verheimlichen. Der Gedanke verließ ihn nicht und am nächsten Morgen steigerte er sich sogar zu einer Art Gewißheit, und wenn schon nicht zu einer Gewißheit des Todes, so doch der Nicht-Existenz: der Vater und Bertrand waren aus diesem Leben geschieden, und wenn er auch selber an solchem Tode mitschuldtragend war, so blieb doch alles in geruhsamer Gleichgültigkeit, und er mußte nicht einmal mehr darüber nachdenken, ob es Elisabeth oder Ruzena war, die er jenem geraubt hatte. Ihm war der Auftrag geworden, hinter jenem herzugehen, ihn im Auge zu behalten, und der Weg, auf dem er ihm hatte folgen müssen, war jetzt zu Ende, das Geheimnis war erloschen; es galt nur mehr, von dem toten Freunde Abschied zu nehmen. »Eine gute und eine schlechte Nachricht zugleich«, sagte er vor sich hin. Er hatte Zeit; er ließ die Droschke halten, um einen Strauß für seine Braut und für die Baronin zu bestellen, und ohne Eile begab er sich in die Klinik. Aber als er die Klinik betrat, sagte ihm niemand etwas von der Katastrophe; als ob nichts geschehen wäre, wurde er in gewohnter Weise zu Bertrands Zimmer gewiesen: erst von der Schwester, der er auf dem Korridor begegnete, erfuhr er, daß die Nacht zwar schlecht gewesen sei, daß Bertrand sich jetzt aber besser fühle. Joachim wiederholte mechanisch: »Er fühlt sich besser, ... ja, das ist erfreulich, sehr erfreulich.« Es war, als hätte Bertrand ihn neuerdings betrogen und hintergangen, und dies steigerte sich zur Überzeugung, da er von ihm mit den heiteren Worten begrüßt wurde: »Also ich schätze, daß man heute gratulieren darf.« Woher weiß er das, fragte sich Joachim und war trotz seines Ärgers beinahe stolz, weil solches Mißtrauen durch seine neue Stellung als Bräutigam gewissermaßen legitimiert wurde: ja, er sei so glücklich, ihm seine Verlobung melden zu dürfen. Bertrand schien doch weich gestimmt. »Sie wissen, daß ich Sie gerne habe, Pasenow«, sagte er – Joachim empfand es als Zudringlichkeit –, »und deshalb wünsche ich Ihnen und Ihrer Braut von ganzem Herzen Glück.« Wieder klang es herzlich und aufrichtig und dennoch wie ein Hohn: er, der alles immer im voraus wußte, er, der es doch gewollt und herbeigeführt hatte, wenn auch bloß als Werkzeug eines höheren Willens, er entglitt nun, da er das Werk vollendet sah, mit einer glatten, herzlichen Gratulation. Joachim war irgendwie erschöpft; er setzte sich zu dem Tisch in der Mitte des Zimmers, sah auf Bertrand, der blond und beinahe mädchenhaft im Bette lag und sagte ernst: »Ich hoffe, daß sich nun doch alles zum Guten wenden wird«, und Bertrand sagte obenhin und mit jener leichten Sicherheit, die Joachim stets aufs neue beruhigend und beunruhigend in ihren Bann zog: »Seien Sie versichert, lieber Pasenow, daß es sich zum Allerbesten wenden wird... zumindest für Sie.« Joachim wiederholte: »Ja, zum Besten...«, doch dann begriff er nicht: »...warum nur für mich?« Bertrand lächelte, und es mit einer ein wenig verächtlichen Handbewegung abtuend: »Nun, wir... wir sind ein verlorenes Geschlecht...«, gab aber keine weitere Erklärung, sondern fügte unvermittelt an: »Und wann wird geheiratet?«, so daß Joachim weiteres Fragen vergaß und sofort antwortete: ja, das hätte noch seine Wege; vor allem sei doch die Krankheit des Vaters zu berücksichtigen. Bertrand betrachtete Joachim, der steif-korrekt ihm zugewendet beim Tische saß: »Um zu heiraten, müssen Sie doch nicht sofort aufs Gut zurück«, sagte Bertrand. Joachim erschrak: es sollte wohl alles vergebens geschehen sein! Immer hatte Bertrand von der Notwendigkeit der Gutsübernahme gesprochen, hatte Ruzena ins Unglück gestürzt, und jetzt sagte er, daß er nicht aufs Gut zurückzukehren brauchte, als wollte er ihm die Freude an seinem Besitze nehmen und ihn auch noch der Heimat berauben! Mit welchen Winkelzügen hatte Bertrand ihn zu alledem gebracht, und jetzt schob er die Verantwortung von sich und verschmähte sogar den Sieg, ihn zu sich ins Zivilistische herabgezogen zu haben, verstieß ihn auch hier noch! Es war das Böse um des Bösen willen, was jener trieb, und Joachim sah ihn mit empörter Verwunderung an. Doch Bertrand bemerkte bloß die Frage in seinem Blick: »Nun«, sagte er, »Sie erwähnten unlängst, daß Sie knapp vor dem Rittmeister stünden, und dieses Avancement werden Sie ja noch abwarten wollen. Rittmeister a. D. klingt wirklich besser als Leutnant a. D.« – jetzt schämt er sich, der Sekondeleutnant, dachte Joachim und gab sich einen kleinen, gleichsam vorschriftsmäßigen Ruck –, »und während dieser wenigen Monate wird sich die Krankheitssituation bei

Ihrem Herrn Vater schon geklärt haben.« Joachim hätte gerne gesagt, daß ihm verheiratete Offiziere merkwürdig erschienen, und daß er sich nach seiner Scholle zurücksehne, aber das durfte er nicht sagen, und so meinte er bloß, daß die von Bertrand angeregte Lösung auch einem Herzenswunsch seiner künftigen Schwiegereltern entgegenkäme, die das neue Haus im Westend gerne von Elisabeth bewohnt sehen würden. »Nun also, lieber Pasenow, alles fügt sich zum Besten«, sagte Bertrand und dies war wieder eine recht unangebrachte und häßliche Überheblichkeit, »außerdem könnten Sie Ihr Avancement sicherlich beschleunigen, wenn Sie Ihrem Kommandeur Mitteilung machen, daß Sie nach Erhalt des Patents aus dem aktiven Dienste scheiden wollen.« Auch damit hatte er recht, aber es war ärgerlich, daß Bertrand sich sogar in militärische Dinge hineinmischte. Nachdenklich nahm er Bertrands Stock vom Tische, besah die Krücke, fuhr mit dem Finger über den federnden Wulst der schwarzen Gummikapsel am Ende; ein Rekonvaleszentenstock. Daß jener so zur Heirat drängte, erfüllte ihn mit neuem Mißtrauen. Was steckte hier wieder dahinter? Gestern abend hatten er und Elisabeth den Eltern erklärt, daß sie die Heirat nicht übereilen mochten, hatten alle Hindernisse aufgezählt, und nun wollte dieser Bertrand die Hindernisse einfach wegblasen. »Dennoch werden wir die Hochzeit nicht überstürzen können«, sagte Joachim eigensinnig. »Nun«, meinte Bertrand, »mir tut es nur leid, daß ich Ihnen dann bloß aus weiter Ferne ein Glückwunschtelegramm werde schicken können, irgendwoher aus Indien oder von sonstwo. Denn sobald ich wieder halbwegs auf dem Damme bin, reise ich ab... Die Sache hat mich doch etwas angegriffen.« Welche Sache? Der Streifschuß? Es war richtig, daß Bertrand leidend aussah, Rekonvaleszenten tragen immer Stöcke, aber was war vorher schon geschehen? Was wußte Bertrand von der heutigen Nacht? Eigentlich dürfte Bertrand nicht fortreisen, ehe dies alles geklärt war, und Joachim überlegte, ob Helmuth, der sich seinem Gegner offen gestellt hatte, nicht doch viel ehrenhafter gewesen war als er selber; hieß es nicht auch hier: Klärung oder Tod? Er aber wollte beides und doch zugleich beides nicht. Der Vater hatte recht; er war ehrlos wie dieser Bertrand, ein Freund, der doch kaum mehr Freund zu nennen war. Und das war trotzdem beinahe befriedigend, denn es mußte wohl auch in den Intentionen des

Vaters liegen, daß man Bertrand nicht zur Hochzeit zu laden brauchte. Nichtsdestoweniger hörte er Bertrand ruhig an: »Noch eines, Pasenow; ich habe den Eindruck, daß das Gut, soweit nicht Ihre Frau Mutter sich drum kümmert und soweit es nicht automatisch läuft, immerhin recht herrenlos ist. In seinem leidenden Zustand kann Ihr Herr Vater unter Umständen überdies einen beträchtlichen Schaden anrichten. Verzeihen Sie, wenn ich mich verpflichtet fühle, Sie auf die Möglichkeit einer Entmündigung aufmerksam zu machen. Und nehmen Sie einen tüchtigen Verwalter; der macht sich jedenfalls bezahlt. Ich meine, Sie sollten mit Ihrem Schwiegervater darüber sprechen; er ist doch auch Landwirt.« Ja, er redete wie ein niedriger agent provocateur, aber Joachim mußte ihm für den Rat, dessen wohlmeinende Richtigkeit er einsah, trotzdem danken und sogar die Hoffnung aussprechen, ihn bis zu seiner Genesung auch noch öfters zu sehen. »Gerne«, sagte Bertrand, »und legen Sie mich Ihrer Braut zu Füßen.« Dann sank er erschöpft in die Kissen zurück.

Zwei Tage später erhielt Joachim einen Brief, in welchem Bertrand ihm mitteilte, daß sein Zustand sich wesentlich gebessert habe, und daß er in eine Klinik nach Hamburg übersiedle, um dem Sitz seiner Geschäfte näher zu sein. Doch würden sie sich vor seiner Orientreise gewiß noch treffen können. Angesichts dieser anmaßlichen Selbstverständlichkeit, mit der Bertrand die Zusammenkunft in Aussicht nahm, beschloß Joachim, sie unter allen Umständen zu vermeiden. Aber er litt darunter, daß er der Sicherheit und der Leichtigkeit des Freundes und seiner Lebensgewandtheit fortab entraten sollte.

Hinter dem Leipziger Platz befindet sich ein Laden, der sich äußerlich kaum von seinen Nachbarn unterscheidet, es sei denn, man stoße sich daran, daß in seinen Fenstern keinerlei Waren zur Schau gestellt sind, sondern daß Mattglasscheiben mit schön eingeätzten pompejanischen und Renaissance-Motiven den Einblick in das Innere verwehren. Aber diese Aufmachung teilt der Laden mit vielen Bankgeschäften und Maklerbüros und auch die Ankündigungen, die an den Scheiben kleben und die Ornamente unliebsam unterbrechen, haben eigentlich nichts Auffallendes. Auf diesen Ankündigungen war das Wort »Indien« zu lesen und ein Blick auf das Firmenschild über der Tür belehrt, daß in dem Laden das »Kaiserpanorama« untergebracht ist.

Tritt man ein, so gelangt man zuerst in einen lichten, freundlich erwärmten Raum, in welchem eine ältere, offenbar gütige Dame hinter einem Tischchen eine Art Kassadienst versieht und Karten für die Besichtigung des Etablissements verkauft. Die meisten Besucher benützen aber diese Kassa bloß, um ihre Abonnements stempeln zu lassen und einige vertraute Worte mit der alten Dame zu wechseln. Wenn der betagte Diener, der lautlos aus der schwarzen Portiere, die den Hintergrund des Raumes abschließt, hervorkommt und mit einer kleinen, bedauernden Geste um ein wenig Geduld bittet, dann nimmt der Besucher mit einem leisen Seufzen auf einem der Rohrstühle Platz und plaudert weiter, beobachtet auch mißtrauisch die Glastüre, die zur Straße führt, und erscheint ein neuer Gast, so betrachtet er ihn mit eifersüchtig-beschämter Feindschaft. Dann hört man gedämpftes Rücken von Stühlen hinter der Portiere und der Mensch, der heraustritt, blinzelt ein wenig ins Licht und entfernt sich mit einem kurzen Gruß zu der alten Dame hin, rasch, betreten und ohne einen Blick auf die Wartenden zu werfen, als ob auch er sich schämte. Der Harrende aber erhebt sich eilig, damit kein anderer ihm zuvorkomme, bricht das Gespräch unvermittelt ab und verschwindet hinter dem schützenden Vorhang. Selten geschieht es, daß Besucher miteinander sprechen, obwohl sich doch viele im Laufe der Jahre vom Sehen her kennen müßten, und bloß einige schamlose Greise bringen es über sich, nicht nur mit der Dame an der Kassa, sondern auch mit anderen Wartenden zu reden und die Darbietungen zu loben; doch erhalten sie zumeist bloß einsilbige Antworten.

Drinnen aber ist Dunkelheit und man könnte meinen, daß es eine alte und schwere Dunkelheit ist, die schon viele Jahre hier aufgestapelt liegt. Der Diener nimmt dich zart bei der Hand und führt dich behutsam zu einem Sitz, der rund und lehnenlos deiner harrt. Vor dir siehst du zwei helle Augen, die etwas unheimlich aus einer schwarzen Wand dir entgegenschauen und unter diesen Augen ist ein Mund, dessen hartes Viereck durch das matte Licht, das in ihm liegt, gemildert ist. Nun bemerkst du allmählich, daß du vor einem polygonen tempelartigen Gebilde stehst, dem die Wand angehört, vor die man dich hingeführt hat und vor der dein Stuhl sich befindet, siehst auch, daß links und rechts von dir ein Andächtiger sitzt, der seine Augen an die Augen der Wand gelegt hat und du tust nun desgleichen, nachdem du einen Blick auf die lichte viereckige Scheibe geworfen und dir eingeprägt hast, daß sie »Regierungsgebäude in Kalkutta« sagt. Doch da du nun hineinsiehst in die dir entgegengeöffneten Augen, verschwindet soeben das Regierungsgebäude unter dem Anschlag einer zarten Glocke und mit einem mechanischen Schnarren: noch siehst du es vorbeigleiten, doch schon gleitet eine andere Landschaft nach, so daß du dich fast betrogen fühlst, aber dann tönt ein neues Klingelzeichen, die Landschaft gibt sich noch einen winzigen Ruck, als wollte sie sich vorteilhaft zurechtrücken, um von dir betrachtet zu werden, und erstarrt. Es sind Palmen, die du siehst und ein gepflegter Weg; im Hintergrund, wo es schattig ist, sitzt ein Mann in einem hellen Anzug auf einer Bank; ein Springbrunnen streckt einen steifen, peitschenförmigen Strahl in die Luft, doch du bist erst befriedigt, bis dich der Blick auf die matte Lichtscheibe belehrt hat: »Partie aus dem Königspark in Kalkutta.« Dann folgt wieder ein Klingelzeichen, ein Gleiten von Palmen, Bänken, Gebäuden, Masten, ein Zurechtrütteln, ein Klingelzeichen und sonnenüberglänzt: »Hafenpartie in Bombay.« Der Mann, der eben im Königspark auf der Bank gesessen hatte, steht nun im Tropenhelm im Vordergrunde auf den Steinquadern der Mole. Gestützt auf einen Spazierstock, bewegt er sich nicht, weil er gebannt von der starren Takelage der Schiffe, von ihren Schloten und Kranen, gebannt von den Stößen der Baumwollballen am Kai, gebannt zu ihnen hinüberschaut und man kann sein beschattetes Gesicht nicht erkennen. Doch wird er vielleicht heraustreten in den magischen Raum, der glatt in bräunlicher Farbe, ein abstraktes Kästchen und doch eine Reise, zwischen dir und dem Bilde liegt, wird sich auf dem Holze dort frei und wundersam bewegen und du wirst in ihm Bertrand erkennen, der leicht und doch furchtbar dich mahnt, daß er nicht mehr aus deinem Leben zu streichen ist, mag er auch in noch so weiter Ferne weilen. Aber das mag Einbildung von dir sein, denn schon gibt ihm Gott das Klingelzeichen und ohne Gruß, steif und unbewegt, ohne einen Schritt zu tun, entgleitet er. Du lugst zu deinem Nachbar zur Linken, ob er dort nun auftauchen werde, doch auf dessen Lichttäfelchen liest du »Regierungsgebäude in Kalkutta«, und fast hast du die Hoffnung, daß Bertrand für dich allein hier erschienen sei, um nur dich zu begrüßen. Aber du hast keine Zeit, darüber nachzudenken, denn wenn du nun rasch wieder in deine beiden Gläser schaust, so erwartet dich frohe Überraschung: die »Eingeborene Mutter auf Ceylon« ist nicht nur von der sanft gelblichen Sonne überstrahlt, sondern überdies in ihren natürlichen Farben dargestellt; sie lächelt mit weißen Zähnen zwischen roten Lippen und erwartet vielleicht den weißen Sahib, der aus dem Abendlande gekommen ist, weil er die Europäerinnen verschmäht hat. Auch die »Tempelgebäude in Delhi« strahlen in den Farben des Orients am Grunde des braunen Kästchens: dort mag der Unchristliche lernen, daß selbst untergeordnete Rassen Gott zu dienen verstehen. Aber hat er nicht selber gesagt, daß es dem Mohren obliegen werde, die Herrschaft Christi wieder aufzurichten? Erschrocken siehst du das Gewimmel der braunkolorierten Gestalten und nicht ungern hörst du das Signal, mit dem sie fortgeschickt werden, um dem »Aufbruch zur Elefantenjagd« Platz zu machen. Hier stehen die mächtigen Quadrupeden und weich hält der eine das Vorderbein gebeugt. Der Platz ist voll feinen weißen Sandes und wenn du geblendet einen Augenblick wegschaust, entdeckst du oberhalb der Mattscheibe einen kleinen Knopf, an dem du spielerisch ziehst. Allsogleich zu deiner Freude verwandelt sich das Bild in eine sanfte Mondlandschaft, so daß es in deinem Belieben steht, die Jäger bei Tage oder bei Nacht aufbrechen zu lassen. Nun, da die grelle Sonne dich nicht mehr schmerzt, nimmst du die Gelegenheit wahr, die Gesichter der Ausreitenden zu betrachten und wenn dein Auge nicht trügt, ist es doch Bertrand, der hinter dem dunklen Elefantenlenker in dem Korbe sitzt, das Gewehr schußfertig in der Rechten und den Tod verheißend. Du wechselst das Licht und nun ist es wieder ein wildfremder Mann, der dich anlächelt, und der Elefantenlenker legt den Spieß hinter das Ohr des Tieres, um es zum vorgeschriebenen Aufbruch zu mahnen. Sie gleiten davon und ins Dickicht, allein du vernimmst nichts von dem Trampeln der Herde und dem Trompeten der Bullen, sondern mit kleinem Klingelzeichen und ein wenig mechanischem Schnarren rückt Landschaft auf Landschaft sonderbar unvermittelt vorwärts und vorüber, und wenn der Passant wirklich der zu sein scheint, den ewig du suchen mußt, er, den du ewig ersehnst, er, der entschwindet, während du seine Hand noch hältst, dann geschieht das Zeichen, und ehe du dich versiehst, entdeckst du beim Nachbar zur Rechten, zu dem du schon ängstlich hinübergelugt hast, die Aufschrift »Regierungspalast in Kalkutta«, so daß du weißt, daß nun bald auch deine Stunde geschlagen hat. Dann tust du noch einen kurzen Blick, dich vergewissernd, daß nun wirklich die Palmen des Königsgartens folgen, und da sie es unnachsichtig tun, rückst du deinen Stuhl, der Diener eilt herbei und du verläßt, mit den Augen leicht zwinkernd, den Kragen hochgestellt, ein armer Ertappter, der einer Lust gefrönt, die er doch nicht kennt, mit kurzem Gruß den Raum, in dem die anderen schon harren und die Dame Abonnements verkauft.

In dieses Etablissement waren Joachim und Elisabeth geraten, als sie, gardiert von Elisabeths Gesellschaftsdame, für das Heim und die Ausstattung Besorgungen in der Stadt machten. Denn obwohl sie Bertrand noch in Hamburg wußten und obwohl sie niemals mehr von ihm sprachen, hatte das Wort Indien einen magischen Klang für sie.

Es war eine stille Hochzeit auf Lestow. Der Zustand des Vaters war stationär geblieben; er dämmerte dahin, nahm die Umwelt nicht mehr zur Kenntnis und man mußte sich gefaßt machen, daß es noch jahrelang so weitergehen könne. Zwar sagte die Baronin, daß eine stille, innige Feier ihrem und ihres Gatten Sinn viel mehr entspräche als rauschende Festlichkeiten, aber Joachim wußte bereits, welchen Wert die Schwiegereltern auf die Familienfesttage legten und er fühlte sich verantwortlich für den Vater, der den Glanz verhinderte. Auch er selber hätte vielleicht einen großen und lauten gesellschaftlichen Rahmen gewünscht, um den sozialen Charakter dieser dem Amourösen abgewandten Vermählung zu betonen; andererseits aber schien es dem Ernst und der Christlichkeit solcher Verbindung eher angepaßt, wenn Elisabeth und er aller Weltlichkeit entrückt zum Altare schritten. Und so hatte man denn darauf verzichtet, die Hochzeit in Berlin zu begehen, obwohl es nun auch in Lestow mancherlei äußere Schwierigkeiten gab, die nicht leicht zu überwinden waren, besonders da der Rat Bertrands fehlte. Joachim weigerte sich, die Braut am Hochzeitsabend heimzuführen; diese Nacht im Hause des Kranken zu verbringen, erfüllte ihn mit Widerwillen, aber noch unmöglicher erschien es ihm, daß Elisabeth sich vor den Augen der vertrauten Dienerschaft zur Ruhe begeben solle; er schlug also vor, daß Elisabeth in Lestow übernachten möge, und er würde sie am nächsten Tage abholen; sonderbarerweise stieß dieser Vorschlag auf den Widerstand der Baronin, die eine solche Lösung für unschicklich fand: »Und wenn wir uns auch darüber hinwegsetzten, was würde das ungebildete Gesinde davon halten!« Endlich entschloß man sich, die Feier so zeitig anzusetzen, daß das junge Paar noch den Mittagszug erreichen könne. »Ihr kommt dann gleich in euer behagliches Heim nach Berlin«, hatte die Baronin gesagt, aber auch hievon wollte Joachim nichts wissen. Nein, das wäre zu entlegen, denn sie wollten doch schon am frühen Morgen weiter und wahrscheinlich würden sie sogar gleich den Nachtzug nach München benützen. Ja, Nachtreisen waren beinahe die einfachste Lösung des Eheproblems, waren Rettung aus der Furcht, es könnte einer mitwissend lächeln, wenn er mit Elisabeth werde schlafen gehen müssen. Doch nun schwankte er, ob sie tatsächlich sofort nach München weiterreisen könnten; durfte man Elisabeth nach den Anstrengungen des Tages eine Nachtfahrt zumuten? Und wie würde der Tag in München in Erwartung des Kommenden hinzubringen sein? Es verstand sich, daß man auch mit Bertrand solche Dinge nicht hätte besprechen können, man hatte dies mit sich selber abzumachen; allerdings wäre manches wesentlich einfacher, wenn Bertrand zur Hand gewesen wäre. Er überlegte, was Bertrand in solchem Falle getan hätte und kam zu dem Ergebnis, daß es ja nichts verschlüge, Zimmer im »Hotel Royal« in Berlin zu bestellen; sollte Elisabeth es wünschen, so könnte man trotzdem noch weiterreisen. Und er war eigentlich stolz, diese gewandte Lösung allein gefunden zu haben.

Es war nun völlig winterlich geworden und die geschlossenen Wagen, mit denen man zur Kirche fuhr, kamen im Schnee bloß schrittweise vorwärts. Joachim fuhr mit seiner Mutter; die saß behäbig und breit in dem Wagen und Joachim ärgerte sich, wenn sie wiederholte: »Vater würde doch seine herzliche Freude daran gehabt haben; 's ist eben ein Jammer.« Ja, das hätte noch gefehlt; Joachim war gereizt – niemand ließ ihm Zeit zu der Sammlung, die in dieser feierlichen Stunde geboten war, doppelt geboten für ihn, dem diese Ehe mehr bedeutete als eine

Ehe christlichen Hausstands, für ihn, dem sie Rettung aus Pfuhl und Sumpf bedeutete und dem sie Verheißung der Gläubigkeit war auf dem Wege zu Gott. Elisabeth im Brautkleid sah so madonnenhaft aus wie noch nie, sah aus wie Schneewittchen, und er mußte an das Märchen von der Braut denken, die am Altar tot zusammengebrochen war, weil sie plötzlich erkannt hatte, daß in des Bräutigams Gestalt der Leibhaftige sich versteckt hielt. Der Gedanke wollte ihn nicht loslassen, überwältigte ihn so sehr, daß er weder den Gesang des Chors noch die Rede des Pastors vernahm, ja, er verschloß sich sogar, sie zu hören, aus Angst, er müsse ihn unterbrechen, müsse ihm sagen, daß ein Unwürdiger, ein Verstoßener vor dem Altar stehe, einer der die heilige Stätte entweiht, und erschrocken fuhr er auf, als er das »Ja« auszusprechen hatte, erschrocken auch, daß die Zeremonie, die ihm die Offenbarung des neuen Lebens hätte sein sollen, so rasch und fast unbemerkt vorübergegangen war. Er empfand es bloß als wohltuend, daß Elisabeth, ohne es eigentlich noch zu sein, jetzt seine Frau genannt wurde, doch grausam schien es, daß dieser Zustand nicht andauern sollte. Auf der Rückfahrt von der Kirche hatte er ihre Hand genommen und hatte »meine Frau« gesagt und Elisabeth hatte seinen Händedruck erwidert. Dann aber versank alles in dem Trubel der Glückwünsche, des Umkleidens, der Abreise, so daß sie erst am Bahnhof wußten, was geschehen war.

Als Elisabeth in das Coupé stieg, wandte er sich ab, um nicht wieder Beute unreiner Gedanken zu werden. Nun waren sie allein. Elisabeth lehnte müde in einer Ecke und lächelte ihm ein wenig zu. »Du bist müde, Elisabeth«, sagte er hoffnungsfreudig, froh, sie schonen zu müssen, schonen zu dürfen. »Ja, ich bin müde, Joachim.« Er wagte aber nicht, ihr vorzuschlagen, daß sie in Berlin bleiben sollten, fürchtend, sie könnte es ihm als Lüsternheit auslegen. Ihr Profil stand scharf gegen das Fenster, hinter dem der graue Winternachmittag hing, und Joachim war glücklich, daß jene beklemmende und gefürchtete Vision ausblieb, in der ihr Gesicht zur Landschaft wurde. Aber während er sie noch betrachtete, sah er, wie der Koffer, den man auf den Sitz gegenüber gestellt hatte, sich nicht minder scharf vom grauen Horizont abhob und es überkam ihn die sinnlos verschärfte Angst, sie wäre ein Ding, eine tote Sache, nicht einmal eine Landschaft. Er stand rasch auf, als wollte er dem Koffer etwas antun, doch er öffnete ihn bloß und entnahm ihm den Proviantkorb: das war ein Hochzeitsgeschenk und ein kleines Wunder an Eleganz, das man ebensowohl auf der Reise wie auf der Jagd benützen konnte; die Elfenbeingriffe der Messer und Gabeln waren mit ornamentalen Jagdszenen geziert, die sich in den Ziselierungen der Metallteile fortsetzten und selbst der Spirituskocher war davon nicht verschont geblieben; zwischen den Ornamenten aber konnte man auf jedem Stücke die verschlungenen Wappen Elisabeths und Joachims erkennen. Der Mittelraum des Korbes diente zur Aufnahme von Eßvorräten und war von der Baronin vorsorglich angefüllt worden. Joachim bat Elisabeth, sich zu stärken, und da sie an dem Hochzeitsfrühstück nicht mehr hatten teilnehmen können, tat sie es gerne. »Unser erstes eheliches Mahl«, sagte Joachim und schenkte den Wein in die zusammenschiebbaren Silberbecher und Elisabeth stieß mit ihm an. So verbrachten sie die Fahrt und Joachim war wieder der Meinung, daß die Eisenbahn die beste Form des Ehelebens darstelle. Ja, er begann Bertrand zu verstehen, der einen so großen Teil seiner Zeit auf der Bahn verbringen konnte. »Wollen wir nicht abends gleich nach München weiter«, sagte er; doch Elisabeth erwiderte, daß sie sich recht abgespannt fühle und lieber die Fahrt unterbrechen wolle. So konnte er nicht umhin, ihr zu verraten, daß er für diesen Wunsch schon vorgesorgt und Zimmer bestellt hätte.

Er war Elisabeth dankbar, daß sie ihre Unbefangenheit nicht verloren hatte, wenn es vielleicht auch bloß eine scheinbare Unbefangenheit war, denn sie zögerte die Nachtruhe hinaus, verlangte nach Abendbrot und sie saßen recht lange im Speisesaal; die Musiker, welche die Tafelmusik besorgten, hatten ihre Instrumente schon weggetan, nur wenige Gäste waren noch im Saale, und so angenehm Joachim jede Verzögerung war, so fühlte er dennoch wieder jene Kälte verdünnter Luft in dem Raume sich spannen, jene Kälte, die ihnen am Abend ihrer Verlobung furchtbare Todesahnung geworden war. Auch Elisabeth mochte dies fühlen, denn sie sagte, daß es nun Zeit zur Ruhe wäre.

Der Augenblick war also gekommen. Elisabeth hatte ihn mit einem freundlichen »Gute Nacht, Joachim«, verabschiedet, und nun ging er in seinem Zimmer auf und ab. Sollte er sich zu Bett begeben? Er betrachtete die geöffnete Lagerstatt. Er hatte sich doch geschworen, vor ihrer Türe zu wachen, himmlischen Traum zu bewachen, auf daß in ihrer Silberwolke ewig sie träume: und nun hatte es plötzlich Sinn und Ziel verloren, da alles bloß darauf hinauszulaufen schien, daß er sich's hier bequem machen sollte. Er sah an sich herab und empfand den langen Uniformrock als Schutz; es war schamlos, daß die Leute im Frack zur Hochzeit erschienen. Dennoch mußte er daran denken sich zu waschen und leise, als beginge er ein Sakrileg, zog er den Rock aus und goß Waschwasser in das Becken auf dem braunpolierten Waschtisch. Wie peinlich war dies alles, wie sinnlos, es sei denn, daß es ein Glied in der Kette der auferlegten Prüfungen darstellte; es wäre alles leichter, wenn Elisabeth die Türe hinter ihm abgesperrt hätte, aber das hat sie aus Zartgefühl sicherlich nicht getan. Joachim erinnerte sich, diese Situation schon erlebt zu haben, und nun kam mit strafender Wucht die Erinnerung an einen braunen Waschtisch unter einer Gasflamme und an eine verriegelte Tür: furchtbar als Erinnerung an Ruzena, nicht minder furchtbar als Problem, wie im Zusammenleben mit einem Engel der diskrete Gedanke an eine Toilette sich praktisch überhaupt würde fassen lassen, in beiden Fällen eine Herabsetzung Elisabeths und eine neuerliche Prüfung. Er hatte Gesicht und Hände gereinigt, mit leisen kleinen Bewegungen, um jedes Klingen des Porzellans auf dem Marmor zu vermeiden, aber nun ergab sich etwas Unvorstellbares: wer durfte es wagen, in der Nähe Elisabeths zu gurgeln? Und doch müßte er viel inniger untertauchen im flüssigen reinigenden Kristall, müßte sich ertränken, hervorzugehen aus tieferer Reinigung wie aus der Taufe im Jordan. Aber was nützte selbst ein Bad? Ruzena hatte ihn erkannt und hat die Konsequenzen gezogen. Er schlüpfte rasch wieder in den Rock, knöpfte ihn vorschriftsmäßig zu und ging im Zimmer auf und ab. Im Nebenzimmer rührte sich nichts und er fühlte, daß seine Anwesenheit auf ihr lasten müsse. Warum schrie sie nicht wie Ruzena hinter der verschlossenen Tür, daß er weggehen solle! Damals hatte er wenigstens die Toilettefrau zur Seite gehabt, nun aber war er allein und ohne Beistand. Allzufrüh hatte er sich von Bertrand und seiner leichten Sicherheit abgewendet, und daß er glauben konnte, Elisabeth vor ihm schützen zu müssen, mutete ihn jetzt wie ein Vorwand an. Eine entsetzensvolle Reue brach auf: nicht sie war es, die er hatte schützen und retten wollen, seine eigene Seele wollte er durch ihr Opfer retten lassen. Lag sie nun drin auf den Knien, betend, daß Gott sie wieder befreie von der Fessel, die sie aus Mitleid auf sich genommen hatte? Mußte er ihr nicht sagen, daß er sie freigebe, heute noch, daß er sie, wenn sie befehle, sofort in ihr Haus nach Westend, in ihr schönes neues Haus, das auf sie wartete, bringen werde. In großer Erregung klopfte er an die Verbindungstüre, wünschte gleichzeitig, es nicht getan zu haben. Sie sagte leise: »Joachim« und er klinkte die Tür auf. Sie lag im Bette und die Kerze brannte auf dem Nachtkästchen. Er blieb an der Türe stehen, nahm eine leicht vorschriftsmäßige Haltung an und sagte heiser: »Elisabeth, ich wollte dir bloß sagen, daß ich dich freigebe; es geht nicht an, daß du dich für mich opferst.« Elisabeth war erstaunt, doch sie empfand es als Erleichterung, daß er sich ihr nicht als verliebter Gatte näherte. »Meinst du, Joachim, daß ich mich geopfert habe?« sie lächelte ein wenig, »eigentlich fällt es dir etwas verspätet ein.« – »Es ist noch nicht zu spät, ich danke Gott, daß es nicht zu spät ist... mir ist es erst jetzt zu Bewußtsein gekommen... soll ich dich nach Westend bringen?« Nun mußte Elisabeth lachen; jetzt mitten in der Nacht! die Leute draußen würden Augen machen. »Willst du nicht einfach zu Bett gehen, Joachim. Wir können dies alles doch morgen in schönster Ruhe besprechen. Du mußt ja auch müde sein.« Joachim sagte wie ein trotziges Kind: »Ich bin nicht müde.« Die Kerze beleuchtete flackernd ihr blasses Gesicht, das zwischen den gelösten Haaren in den bleichen Kissen lag. Ein Zipfel des Polsters schaute wie eine Nase in die Luft und sein Schatten an der Wand war nicht anders als der Schatten von Elisabeths Nase. »Bitte, Elisabeth, drücke den Zipfel des Kissens herunter, links oben neben dir«, sagte er von der Türe her. »Warum?« fragte Elisabeth verwundert und griff hinauf. »Er wirft einen so häßlichen Schatten«, sagte Joachim; indessen hatte sich eine andere Polsterecke erhoben und zeigte eine andere Nase an der Wand. Joachim war geärgert, er wollte es gerne selber in Ordnung bringen und machte einen Schritt ins Zimmer. »Aber, Joachim, was stört dich an dem Schatten? – ist es jetzt recht?« Joachim erwiderte: »Der Schatten deines Gesichtes ist wie eine Gebirgskette an der Wand.« – »Das macht doch nichts.« – »Ich mag es nicht.« Elisabeth fürchtete ein wenig, daß dies der Übergang zum Auslöschen der Kerze sein sollte, aber zu ihrer zufriedenen Überraschung sagte Joachim: »Man sollte zwei Kerzen neben dich stellen, dann gäbe es keinen Schatten und du sähest aus wie Schneewittchen.« Und tatsächlich ging er in sein Zimmer und kam mit der zweiten brennenden Kerze zurück. »Oh, du bist lustig, Joachim«, mußte Elisabeth nun sagen, »wohin willst du denn die zweite Kerze stellen? Du kannst sie doch nicht an der Wand anbringen. Und überdies sähe ich wie eine Tote aus zwischen den beiden Kerzen.« Joachim besah die Sachlage; Elisabeth hatte recht und er sagte: »Darf ich sie aufs Nachtkästchen stellen?« – »Natürlich darfst du...«, sie machte eine kleine Pause und sagte zögernd und doch ein wenig befriedigt, »jetzt bist du ja mein Mann.« Er hielt die Hand vor die Flamme und trug sie zum Nachtkästchen, betrachtete dort sinnend die beiden Lichter und da ihm die stille, fast lichtlose Hochzeit einfiel, sagte er: »Drei wären feierlicher«, als ob er Elisabeth und ihren Eltern damit eine Entschädigung für die Bescheidenheit des Festes hätte bieten können. Auch sie schaute auf die beiden Kerzen; sie hatte die Decke über die Schultern hinaufgezogen, nur die Hand, von einer Spitzenkrause am Gelenk eingefangen, hing weich über den Bettrand. Joachims Gedanken waren noch bei der unfeierlichen Hochzeit; diese Hand aber hatte er im Wagen in der seinen gehalten. Er war ruhiger geworden und fast hatte er vergessen, warum er hereingekommen war; jetzt erinnerte er sich und fühlte die Verpflichtung, sein Angebot zu wiederholen: »Du willst also nicht nach Westend, Elisabeth?« – »Du bist ja närrisch, Joachim, daß ich jetzt aufstehen soll! Ich fühle mich hier sehr wohl und du willst mich hinausjagen.« Joachim stand unschlüssig bei dem Nachtkästchen; er begriff nun plötzlich nicht, wie die Dinge ihre Art und Bestimmung wechseln konnten; ein Bett war ein angenehmes Möbelstück zum Schlafen, bei Ruzena war es ein Ort der Sehnsucht und unbeschreiblicher Süßigkeit, und jetzt war es etwas Unnahbares, ein Etwas, dessen Kante er kaum zu berühren wagte. Holz ist doch Holz, aber auch das Holz des Sarges will man nicht berühren. »Es ist so schwer, Elisabeth«, sagte er nun plötzlich, »verzeih mir.« Doch er bat sie nicht bloß um Verzeihung, wie sie vielleicht glauben mochte, weil er sie in dieser vorgerückten Stunde zum Aufstehen hatte bewegen wollen, sondern weil er sie neuerdings mit Ruzena verglichen und – er gewahrte es mit Schrecken, – weil er fast gewünscht hatte, daß nicht sie, sondern Ruzena hier wäre. Und er merkte, wie tief er dem Pfuhl noch verhaftet war. »Verzeih mir«, sagte er nochmals und kniete nieder, um die weiße, blaugeäderte Hand auf der Bettkante zum Abschied zu küssen. Sie wußte nicht, ob es die gefürchtete Annäherung bedeuten sollte und schwieg. Sein Mund lag auf ihrer Hand und er spürte seine Zähne, die sich an die Innenseite der Lippen drückten, als Rand des harten Knochenkopfes, der in dem seinen steckte und im Gerippe sich fortsetzte. Er spürte auch den warmen Atem in der Höhlung seines Mundes und die Zunge eingebettet in dem Trog zwischen den Unterkiefern, und er wußte, daß er dies nun alles rasch wegtragen müsse, damit Elisabeth dessen nicht inne werde. Doch er wollte Ruzena diesen raschen Sieg nicht zugestehen und so verharrte er noch in schweigendem Kniefall vor dem Bette, bis ihm Elisabeth, wie um ihn zum Abschied zu mahnen, ganz leise die Hand drückte. Vielleicht mißverstand er dieses Zeichen absichtlich, denn es ließ ihn wie von ferneher die schmeichelnden Hände Ruzenas fühlen; er gab ihre Hand nicht frei, trotzdem er eigentlich schon recht ungeduldig war, das Zimmer zu verlassen. Er wartete auf das Wunder, auf das Zeichen der Gnade, das Gott ihm geben sollte und es war, als stünde die Angst an der Pforte der Gnade. Er bat: »Elisabeth, sag ein Wort«, und Elisabeth antwortete langsam, als wären es nicht ihre eigenen Worte: »Wir sind nicht fremd genug und wir sind nicht vertraut genug.« Joachim sagte: »Elisabeth, wirst du von mir fortgehen?« Elisabeth antwortete weich: »Nein, Joachim, ich glaube wohl, daß wir jetzt mitsammen gehen werden. Sei nicht traurig, Joachim, es wird sich alles zum Guten wenden.« Ja, wollte Joachim antworten, das seien auch Bertrands Worte; aber er stockte, nicht bloß, weil es unschicklich gewesen wäre, dies zu erwähnen, sondern er stockte, weil aus ihrem Munde das Wort Bertrands ihm wie ein mephistophelisches Zeichen des Dämons und des Bösen war, statt des Zeichens von Gott, das er erwartet und erhofft und erbeten hatte. Einen Augenblick war das Bild Bertrands wie am Grunde eines braunen Kästchens sichtbar und war dennoch versteckt, und es war der Leibhaftige, dessen Gesicht und Gestalt den Schatten eines Gebirgszuges dort an die Wand warf. Und so unbewegt und starr dies erfolgte, und so rasch und wie auf ein Klingelzeichen es auch wieder entschwand, so war es doch

Mahnung, daß das Böse noch nicht besiegt und selbst Elisabeth dem Bösen noch untertan war, da sie es mit dessen eigenen Worten herbeigerufen und nicht vermocht hatte, Spuk und Hirngespinst mit dem Worte Gottes zu verscheuchen. Und war dies auch enttäuschend, so war es auch gut, und war voller Rührung über das Menschlich-Geschöpfliche und über ihre Schwachheit. Elisabeth ist das Ziel im Himmlischen, aber den Weg im Irdischen zu solchem Ziele, den hat er selber trotz eigener großer Schwachheit für sie beide zu finden und zu bereiten; indes wo ist der Wegweiser zu jenem Erkennen in der Einsamkeit? Wo ist die Hilfe? Clausewitz' Ausspruch fiel ihm ein, daß es immer nur ein Ahnen und Herausfühlen der Wahrheit ist, nach dem gehandelt wird, und sein Herz ließ es ahnend erkennen, daß ihnen in einem christlichen Hausstand die rettende Hilfe der Gnade beschieden sein werde, sie schützend, damit sie nicht unbelehrt, hilflos und sinnlos auf Erden wandeln und ins Nichts eingehen müßten. Nein, das war nicht Gefühlskonvention zu nennen. Er richtete sich auf und fuhr mit der Hand sanft über die Seidendecke, unter der ihr Körper lag; er fühlte sich ein wenig als Krankenpfleger, und von ferne war es, als wollte er den kranken Vater oder dessen Sendboten streicheln. »Arme kleine Elisabeth«, sagte er; es war das erste Kosewort, das er auszusprechen wagte. Sie hatte die Hand freibekommen und fuhr nun über seine Haare; so hat es auch Ruzena getan, dachte er. Doch sie sagte leise: »Joachim, wir sind noch nicht vertraut genug.« Er hatte sich ein wenig höher geschoben und saß nun auf der Bettkante, streichelte ihren Scheitel. Dann stützte er sich auf den Ellbogen, betrachtete ihr Gesicht, das noch immer bleich und fremd, nicht das Gesicht einer Frau, nicht das Gesicht seiner Frau, in den Kissen lag, und es ergab sich, daß er langsam und ohne es selber zu merken, in eine liegende Stellung neben sie gelangte. Sie war ein wenig zur Seite gerückt und ihre Hand, die mit spitzenumfangenem Gelenk allein noch aus der Decke hervorschaute, ruhte in der seinen. Sein Uniformrock war durch die Lage ein wenig in Unordnung geraten, die auseinandergefallenen Schöße ließen das schwarze Beinkleid sehen, und als Joachim das bemerkte, brachte er es eilig wieder in Ordnung und deckte die Stelle. Er hatte nun auch die Beine heraufgezogen und um mit seinen Lackschuhen das Linnen nicht zu berühren, hielt er die Füße ein wenig angestrengt auf dem Stuhl, der neben dem Bette stand. Die Kerzen flackerten; erst erlosch die eine, dann die andere. Hie und da hörte man gedämpfte Schritte auf dem Teppich des Korridors, einmal fiel eine Türe zu, und von ferne hörte man die Geräusche der Riesenstadt, deren gigantischer Verkehr auch des Nachts nicht völlig erschweigt. Sie lagen regungslos und sahen zur Decke des Zimmers, darauf sich gelbe Lichtstreifen von den Spalten der Fensterjalousien abzeichneten, und es glich ein wenig den Rippen eines Skeletts. Dann war Joachim eingeschlummert, und als Elisabeth es bemerkte, mußte sie lächeln. Und dann schlief sogar auch sie ein.

IV

Nichtsdestoweniger hatten sie nach etwa achtzehn Monaten ihr erstes Kind. Es geschah eben. Wie sich dies zugetragen hat, muß nicht mehr erzählt werden. Nach den gelieferten Materialien zum Charakteraufbau kann sich der Leser dies auch allein ausdenken.

Der zweite Roman

1903 · Esch oder die Anarchie

I

Der 2. März 1903 war ein schlechter Tag für den 30jährigen Handlungsgehilfen August Esch; er hatte mit seinem Chef Krach gehabt und war entlassen worden, ehe sich noch Gelegenheit ergeben hatte, selber zu kündigen. Und so ärgerte er sich weniger über die Tatsache der Entlassung als darüber, daß er nicht schlagfertiger gewesen war. Was hätte er dem Mann nicht alles ins Gesicht sagen können, diesem Mann, der nicht wußte, was in seinem Geschäft eigentlich geschah, der sich auf die Einbläsereien eines Nentwig verließ, der keine Ahnung hatte, daß dieser Nentwig Provisionen nahm, wo es nur anging, und der wohl die Augen absichtlich verschloß, weil der Nentwig von irgendwelchen Schweinereien Kenntnis haben mußte. Und wie blödsinnig hatte er sich von denen überrumpeln lassen: sie hatten ihm in unflätiger Weise einen Buchungsfehler vorgeworfen und wenn er es sich jetzt überlegte, war es gar kein Fehler gewesen. Aber die beiden hatten so wüst in ihn hineingeschrien, daß es zu einem albernen Geschimpfe ausgeartet war, in dessen Verlauf er sich plötzlich gekündigt sah. Natürlich war ihm dann nichts anderes als das Götzzitat eingefallen, während er jetzt so allerlei Treffendes wußte, »Herr«, ja, »Herr«, hätte er sagen müssen und auf die Fußspitzen hätte er ihm dabei schauen müssen, und Esch sagte nun sarkastisch »Herr« vor sich hin, »haben Sie eine Ahnung, wie es in Ihrem Geschäft aussieht...«, ja so hätte er sprechen müssen, aber jetzt war es zu spät. Hinterher hatte er sich besoffen und mit einem Mädchen geschlafen, aber es hatte nichts genützt, der Zorn war geblieben und Esch schimpfte vor sich hin, während er das Rheinufer entlang zur Stadt ging.

Er hörte Schritte hinter sich und als er sich umwandte, sah er Martin, welcher, die Fußspitze des verkürzten Beines gegen das Holz gepreßt, sich in aller Eile zwischen den beiden Krücken einherschwang. Der Kerl da hinten hatte ihm gerade noch gefehlt. Esch wäre gerne seines Weges weitergeschritten, auf die Gefahr hin, mit den Krücken eins über den Schädel zu kriegen – verdient hätte er es ja, erschlagen zu werden –, aber er fühlte, daß es eine Gemeinheit wäre, den Krüppel nachlaufen zu lassen, und so blieb er stehen. Überdies mußte er sich nach einem

Posten umtun, und Martin, der alle Welt kannte, würde ihm vielleicht etwas wissen. Der Krüppel war nachgekommen, ließ das krumme Bein baumeln und sagte schlicht: »Rausgeschmissen?« Also das wußte der auch schon. Esch entgegnete giftig: »Rausgeschmissen.« »Hast du noch Geld?« Esch zuckte die Achsel; für ein paar Tage reiche es noch. Martin überlegte: »Ich wüßte einen Platz für dich.« – »Ja, aber in die Organisation steige ich dir nicht rein.« – »Ich weiß, ich weiß, bist dir zu gut dazu... na, wirst schon noch kommen. Wohin gehen wir?« Esch hatte kein Ziel, und daher gingen sie zu Mutter Hentjens Wirtschaft hinauf. In der Kastellgasse blieb Martin stehen: »Haben sie dir ein anständiges Zeugnis gegeben?« – »Muß mir's erst holen.« – »Bei der Mittelrheinischen in Mannheim brauchen sie einen Schiffskassier oder so was Ähnliches... wenn es dir nichts ausmacht, von Köln wegzuziehen...«, sie traten ein. Es war ein mäßig grober, düsterer Raum, wohl schon seit Hunderten von Jahren eine Kneipe der Rheinschiffer; allerdings war von der langen Vergangenheit außer dem verrauchten Tonnengewölbe nichts mehr zu sehen. Die Wände hinter den Tischen waren bis zur halben Höhe braun vertäfelt und eine angebaute Bank lief die Wand entlang. Oben auf dem Bord standen Münchner Maßkrüge, und auch ein Eiffelturm aus Bronze war dort zu sehen. Der Eiffelturm war mit einer schwarz-weiß-roten Fahne geschmückt, und wenn man genauer hinsah, konnte man darauf die verwischten Goldbuchstaben des Wortes »Stammtisch« entziffern. Zwischen den beiden Fenstern aber stand ein Orchestrion mit geöffneten Flügeln und zeigte die Notenrolle und die Mechanik in seinem Innern. Eigentlich sollten die Flügel geschlossen sein, und wer die Musik zu genießen wünschte, hätte einen Nickel einwerfen müssen. Doch Mutter Hentjen ließ sich nicht lumpen und so brauchte der Gast bloß in die Mechanik zu greifen und den Hebel zu ziehen; alle Gäste Mutter Hentjens wußten, wie der Apparat zu bedienen war. Gegenüber dem Orchestrion aber wurde die ganze rückwärtige Schmalseite des Lokals von dem Büfett eingenommen, und hinter dem Büfett befand sich der große Spiegel zwischen den beiden Glasschränken mit den bunten Likörflaschen. Wenn dann Mutter Hentjen abends ihren Platz am Büfett eingenommen hatte, pflegte sie sich manchmal umzuwenden und die blonde Frisur, die wie ein kleiner steifer Zuckerhut auf dem runden, schweren Schädel saß, vor dem Spiegel abzutasten. Auf dem Büfett standen einige große Flaschen mit Wein und Schnaps. Denn die bunten Liköre aus dem Glasschrank wurden selten verlangt. Schließlich war noch zwischen dem Büfett und dem Glasschrank ein Zinkblechbecken mit Wasserhahn diskret eingebaut.

Das Lokal war ungeheizt und seine Kälte stank. Die beiden Männer rieben sich die Hände und während Esch schwer auf eine Bank sich setzte, griff Martin in das Orchestrion, das brüllend den Gladiatorenmarsch in die kalte Luft des Raumes entließ. Trotz des Lärms hörte man bald Schritte auf einer knarrenden Holztreppe, und die schloßlose Pendeltüre neben dem Büfett wurde von Frau Hentjen aufgestoßen. Sie war noch in morgendlicher Arbeitskleidung, hatte eine große blaue Kattunschürze dem Rocke vorgebunden und auch das abendliche Mieder hatte sie noch nicht angelegt, so daß ihre Brüste wie zwei Säcke in der breitkarierten Barchentbluse lagen. Nur die Frisur saß als steifer und korrekter Zuckerhut über dem blassen, ausdrucksarmen Gesicht, dessen Alter man nicht anzugeben vermochte. Aber alle wußten, daß Frau Gertrud Hentjen sechsunddreißig Jahre zählte und seit langer, langer Zeit – man hatte erst kürzlich nachgerechnet, daß es sicherlich vierzehn Jahre her sein mußten – Witwe nach dem Herrn Hentjen war, dessen gelbverblaßte Photographie zwischen dem Gewerbeschein und einer Mondlandschaft, alle drei in schönen, schwarzen, goldverzierten Rahmen, oberhalb des Eiffelturmes prangte. Und obwohl Herr Hentjen mit seinem Ziegenbärtchen wie ein dürftiger Schneidergeselle aussah, hielt ihm seine Witwe die Treue; zumindest konnte man ihr nichts nachsagen, und wenn einer sich ihr ehrbar zu nahen wagte, so meinte sie schnöde: »Ja, die Wirtschaft würde ihm eben in den Kram passen. Nee, da wirtschafte ich schon lieber alleine.«

»Morgen, Herr Geyring, Morgen, Herr Esch«, sagte sie, »heute sind Sie aber zeitig dran.« – »Sind auch schon lang genug auf den Beinen, Mutter Hentjen«, antwortete Martin, »wer arbeitet, will auch essen«, und er bestellte Käse und Wein; Esch, dem der gestrige Wein noch immer Mund und Magen lähmte, bekam einen Schnaps. Frau Hentjen setzte sich zu den Männern und ließ sich die Neuigkeiten erzählen; Esch war einsilbig, und wenn er sich seiner Entlassung auch keineswegs schämte, es ärgerte ihn doch, daß Geyring dieses Ereignis so breittrat. »Ja, wieder einmal ein Opfer des Kapitalismus«, schloß der Gewerkschaftler seine Erzählung, »aber jetzt heißt's von neuem an die Arbeit; natürlich, der Freiherr hier darf auf der faulen Haut liegen bleiben.« Er zahlte, ließ es sich auch nicht nehmen, den Schnaps Eschs mit zu begleichen. »... Arbeitslose muß man unterstützen...«, nahm die Krücken, die neben ihm gelehnt hatten, preßte die linke Fußspitze an das Holz und klapperte zwischen den Stöcken sich schwingend hinaus.

Nachdem er gegangen war, schwiegen die beiden eine Weile; dann deutete Esch mit dem Kinn nach der Tür: »Ein Anarchist«, sagte er. Frau Hentjen zuckte die fleischige Schulter: »Und wenn schon, ist doch ein anständiger Mann...« – »Anständig ist er«, bekräftigte Esch und Frau Hentjen fuhr fort: »... aber bald genug werden sie ihn wieder packen; sechs Monate haben sie ihm schon einmal aufgebrummt...«, dann: »'s ist ja sein Geschäft.« Sie schwiegen wieder. Esch sann darüber nach, ob Martin schon von Kindheit an gehinkt habe; eine Mißgeburt, sagte er sich, und laut: »Der möchte mich auch zu seiner sozialistischen Gesellschaft bringen. Ich tue es aber nicht.« – »Warum nicht?« antwortete Frau Hentjen ohne Interesse. »Paßt mir nicht. Ich will hinaufkommen; Ordnung muß sein, wenn man hinaufkommen will.« Frau Hentjen konnte nicht umhin beizupflichten: »Ja, das ist richtig, Ordnung muß sein. Aber nun muß ich in die Küche. Werden Sie heute bei uns essen, Herr Esch?« Esch konnte ebensowohl hier wie anderswo essen, und schließlich, warum sollte er sich in dem eisigen Wind herumtreiben. »Daß es heuer keinen Schnee gibt«, verwunderte er sich, »der Staub macht einen ganz blind.« – »Ja, häßlich ist es draußen«, sagte Frau Hentjen, »also Sie bleiben gleich hier.« Sie verschwand in die Küche, die Pendeltür zitterte noch eine Zeitlang, und stumpf verfolgte Esch das Zittern, bis der Türflügel zur Ruhe kam. Dann versuchte er zu schlafen. Aber nun spürte er die Kälte des Raumes; er ging auf und ab, mit etwas schweren und ungelenken Schritten, nahm die Zeitung, die auf dem Büfett lag, konnte aber mit den erstarrten Fingern die Seiten nicht wenden; auch schmerzten die Augen. So entschloß er sich, die warme Küche aufzusuchen; die Zeitung in der Hand trat er ein. »Sie wollen wohl in die Töpfe riechen«, sagte Frau Hentjen, indes sie begriff, daß es im Lokal zu kalt war, und da sie dort erst nachmittags Feuer zu machen pflegte und an dieser Regel festhielt, erlaubte sie, daß er ihr Gesellschaft leiste. Esch betrachtete sie, wie sie am Herde hantierte, und hätte ihr gerne unter die Brüste gegriffen, doch der Ruf ihrer Unnahbarkeit ließ den Wunsch im Keime ersticken. Als das Küchenmädchen, das ihr in der Wirtschaft half, die Küche verließ, sagte er: »Daß Sie so alleine leben mögen.« – »Nanu«, antwortete sie, »fangen Sie jetzt auch mit der Melodie an.« – »Nein«, sagte Esch, »ich meinte bloß so.« Frau Hentjen hatte einen sonderbar starren Ausdruck bekommen; es war, als ekelte ihr vor etwas, denn sie schüttelte sich, daß ihre Brüste wackelten, und dann ging sie wieder an die Arbeit mit dem gelangweilten leeren Gesicht, das man an ihr gewohnt war. Esch, beim Fenster, las seine Zeitung und sah schließlich auf den Hof hinaus, in dem der Wind kleine Staubzyklone aufblies.

Später kamen die beiden Mädchen, die abends als Kellnerinnen fungierten, ungewaschen und verschlafen. Frau Hentjen, die beiden Mädchen, die kleine Magd und Esch nahmen um den Küchentisch herum Platz, jedes streckte die Ellbogen weit von sich, beugte sich tief über den Teller, und sie aßen.

Esch hatte das Offert für die Mannheimer vorbereitet; er brauchte bloß das Zeugnis beizulegen. Eigentlich war er froh, daß die Dinge so gekommen waren. Es war nicht gut, immer an einem Platz zu sitzen. Man mußte hinaus, je weiter desto besser. Und man mußte sich umtun; so hatte er es auch stets gehalten.

Nachmittags ging er zu Stemberg & Co., Weingroßhandlung und Kellereien, sein Zeugnis holen. Nentwig ließ ihn an der Holzbarriere warten, saß dick und rundlich an seinem Schreibtisch und rechnete. Esch klopfte ungeduldig mit dem harten Fingernagel auf die Barriere. Nentwig erhob sich: »Nur Geduld, Herr Esch«, er trat zur Barriere und sagte von oben herab: »Also wegen Ihres Zeugnisses, – wird schon nicht so dringend sein. Also, Geburtsdatum? Eintrittsdatum?« Esch, weggewandten Kopfes, machte ihm diese Angaben und Nentwig schrieb sie auf. Dann diktierte Nentwig und brachte das Zeugnis. Esch las es durch: »Das ist kein Zeugnis«, sagte er und gab das Papier zurück. »So, was ist es denn?« – »Sie haben mir meine Tätigkeit als Buchhalter zu bestätigen.« – »Sie, und ein Buchhalter! Sie haben ja gezeigt, was Sie können.« Jetzt war der Augenblick der Abrechnung da: »Daß man für Ihre Inventuren einen Spezialbuchhalter braucht, das will ich meinen!« Nentwig wurde stutzig. »Was soll das heißen?« – »Es heißt, was es heißt.« Nentwig schlug um, wurde freundlich: »Mit Ihrer Aggressivität schaden Sie immer nur sich selbst; haben einen guten Posten und überwerfen sich mit dem Chef.« Esch fühlte einen Sieg, begann ihn auszukosten: »Mit dem Chef werde ich schon noch reden.« – »Meinetwegen reden Sie mit dem Chef, was Ihnen paßt«, trumpfte Nentwig auf, »also was soll's für ein Zeugnis sein?« Esch bestellte sich »pflichteifrig, zuverlässig, in allen buchhalterischen und sonstigen Comptoirarbeiten bestens bewandert.« Nentwig wollte ihn loshaben. »Wahr ist es zwar nicht, aber meinetwegen.« Er wandte sich wieder dem Schreiber zu, um die neue Fassung zu diktieren. Esch hatte einen roten Kopf bekommen: »So, es ist nicht wahr? so? ... dann schreiben Sie noch dazu, ›jedermann bestens zu empfehlen‹, verstehen Sie?« Nentwig verbeugte sich: »Gerne zu Diensten, Herr Esch.« Esch las das neue Manuskript durch und war befriedigt. »Unterschrift des Chefs«, kommandierte er. Das war Nentwig denn doch zu stark; er schrie: »Die meine tut's Ihnen wohl nicht?!« – »Wenn Sie Einzelprokura haben, soll es mir nicht darauf ankommen«, war Eschs großmütige und großartige Antwort, und Nentwig unterschrieb.

Esch trat auf die Straße, steuerte auf den nächsten Postkasten zu. Pfiff vor sich hin; er fühlte sich rehabilitiert. Das Zeugnis hatte er, gut; es steckte in dem Umschlag mit dem Offert für die Mittelrheinische. Daß Nentwig nachgegeben hatte, zeugte für dessen schlechtes Gewissen. Die Inventuren waren also geschwindelt, man müßte also den Mann der Polizei übergeben. Ja, es war einfach Bürgerpflicht, sofortige Anzeige zu erstatten. Der Brief war im Postkasten weich und dumpf aufgeklatscht, und Esch, die Finger noch immer in der Einwurfklappe, überlegte, ob er direkt zum Polizeipräsidium gehen solle. Unschlüssig streunte er weiter. Es war nicht in Ordnung, daß er das Zeugnis abgeschickt hatte, er hätte es dem Nentwig zurückstellen müssen; erst ein Zeugnis erpressen und dann anzeigen, das war nicht anständig. Aber nun war es bereits geschehen, und ohne Zeugnis würde es auch schwer halten, den Platz bei der Mittelrheinischen Reederei zu bekommen, – es bliebe ihm rein nichts anderes übrig, als wieder bei Stemberg einzutreten. Und er malte sich aus, daß der Chef ihm für die Aufdeckung des Schwindels die Stelle Nentwigs geben würde, welcher indessen im Kerker zu schmachten hätte. Ja, aber wenn der Chef selber an den Schweinereien beteiligt war? Dann allerdings würde die polizeiliche Untersuchung die ganze Kiste zusammenbrechen machen. Dann gab es ein fallites Haus, aber keinen Platz für einen Buchhalter. Und in der Zeitung würde man von der »Rache eines entlassenen Angestellten« lesen. Und schließlich würde er der Mitwisserschaft verdächtigt werden. Und dann gab es für ihn weder ein Zeugnis, noch war irgendwo ein Posten zu finden. Esch freute sich des Scharfsinns, mit dem er alle Konsequenzen zog, aber er war wütend. »Versautes Schweinehaus«, fluchte er vor sich hin. Er stand am Ring vor dem Opernhaus, fluchte in den Wind hinein, der den kalten Staub ihm in die Augen trieb, war unschlüssig, und endlich entschied er, die Sache aufzuschieben; falls er die Stelle bei der Mittelrheinischen nicht bekommen sollte, würde immer noch Zeit sein, die Nemesis walten zu lassen. Durch den dunkelnden Abend ging er, die Hände in den Taschen seines schäbigen Überrocks vergraben, ging eigentlich mehr der Form halber bis zum Polizeipräsidium. Dort betrachtete er den Posten, und da ein Schubwagen mit Häftlingen vorfuhr, wartete er, bis alle ausgestiegen waren, und fühlte sich enttäuscht, als der Beamte schließlich den Wagenschlag zuwarf, ohne daß Nentwig zum Vorschein gekommen wäre. Er blieb noch einige Augenblicke stehen, dann kehrte er definitiv um und schlug den Weg zum Alten Markt ein. Die beiden Längsfalten, die in seinen Wangen angedeutet waren, hatten sich vertieft. »Weinpantscher«, »Essigfritze«, schimpfte er vor sich hin. Und mürrisch und unzufrieden ob des vergällten Sieges, mußte er sich wieder betrinken und mit einem Mädchen schlafen.

In dem Braunseidenen, mit dem sie sich sonst erst abends zu bekleiden pflegte, hatte Frau Hentjen den Nachmittag bei einer Freundin verbracht, und nun wurde sie von ihrem gewohnten Zorn gepackt, als sie, heimkommend, dieses Haus wieder vor sich sah und dieses Lokal, in dem ihr Leben hinzubringen sie nun schon so lange gezwungen war. Gewiß, man konnte sich bei dem Geschäft etwas zurücklegen, und wenn sie von den Freundinnen wegen ihrer Tüchtigkeit belobt und umschmeichelt wurde, dann ergab sich ein kleines Wohlgefühl, das manches wiedergutmachte. Aber warum besaß sie nicht lieber einen Weißwarenladen oder ein Miedergeschäft oder einen Damenfrisiersalon, statt sich allabendlich mit diesen besoffenen Kerlen abgeben zu müssen! Wäre sie nicht durch ihr Korsett behindert gewesen, sie hätte sich vor Ekel geschüttelt, als sie ihres Hauses ansichtig wurde: so sehr haßte sie die Männer, die darin verkehrten und die sie zu bedienen hatte. Obzwar sie vielleicht noch mehr die Frauen haßte, die immer wieder so albern waren und den Männern nachliefen. Nein, von ihren Freundinnen gehörte nicht eine einzige zu diesen Weibern, die es mit den Männern hielten, sich mit diesen Subjekten vermischten, sie in sich aufnahmen wie die Hündinnen. Gestern hatte sie das Küchenmädchen im Hofe mit einem Burschen erwischt, und befriedigt juckte sie noch die Hand, mit der es die Ohrfeigen gesetzt hatte: sie hatte alle Lust, sich das Mädel nochmals vorzunehmen. Nein, Weiber waren vielleicht noch widerlicher als Männer. Am liebsten mochte sie noch ihre Kellnerinnen und alle die Dirnen, die die Männer verachteten, wenn sie mit ihnen schlafen gehen mußten: mit diesen Frauen sprach sie gerne und lange, ließ sich ihre Geschichten ausführlich erzählen, tröstete und verhätschelte sie, um sie für ihre Leiden zu entschädigen. So waren denn auch die Plätze in Mutter Hentjens Wirtschaft beliebt, und die Mädchen sahen sie als etwas Erstrebenswertes an, das sie sich möglichst zu erhalten suchten. Mutter Hentjen aber freute sich solcher Anhänglichkeit und Liebe.

Oben im ersten Stock lag ihre gute Stube: übergroß nahm sie mit ihren drei Fenstern nach der Gasse die ganze Hausbreite über dem Wirtslokal und dem Hausflur ein; im Hintergrund, dort wo unten das Büfett stand, bildete die Stube eine Art Alkoven, der mit einem verschlossenen lichten Vorhang abgegrenzt war. Hob man den Vorhang, so konnte man, wenn sich der Blick an das Dunkel gewöhnt hatte, drinnen die Ehebetten erkennen. Aber Frau Hentjen benützte diesen Raum nicht, und niemand wußte, ob er je benützt worden war. Ein derartig großes Zimmer läßt sich auch nur schwer und nur unter bedeutenden Kosten erheizen, und so war es Frau Hentjen nicht zu verdenken, daß sie die kleinere Stube oberhalb der Küche zum Wohn- und Schlafgemach erwählt hatte, hingegen den verdunkelten Saal und seine Eiseskälte zum Aufbewahren leicht verderblicher Waren verwendete. Auch die Nüsse, welche Frau Hentjen im Herbste einzuhandeln pflegte, waren dort untergebracht und lagen in schütterer Schicht auf dem Fußboden, über den zwei breite grüne Linoleumstreifen kreuzweise liefen.

Frau Hentjen, noch voller Zorn, war in das Zimmer heraufgekommen, um für den Abend Wurst ins Lokal zu holen, und weil der zornige Mensch unachtsam ist, geriet sie in die Nüsse, die mit aufreizend hartem Lärm ihr vor den Füßen herrollten. Als sie zudem noch eine zertrat, verstärkte sich ihr Zorn, und während sie, damit der Verlust nicht noch größer werde, die Nuß auflas und vorsichtig den Kern aus der zerschmetterten Schale herauslöste, und die weißen Stückchen mit der bitteren braungelben Haut in den Mund steckte, kreischte sie zwischendurch nach dem Küchenmädchen; endlich hörte das freche Luder, kam die Treppe heraufgestolpert und wurde mit einer Flut ungeordneter Scheltworte empfangen: natürlich, sich mit Burschen abgeben und Nüsse stehlen, das gehöre zusammen, – die Nüsse hätten drüben beim Fenster gelegen, und jetzt falle man schon hier bei der Türe darüber, – aus eigenem Antrieb seien die Nüsse nicht vom Fenster wegspaziert, – sie holte schon zum Schlage aus, und das Mächen duckte sich hinter seinem Arm, aber da war Frau Hentjen eine Nußschale in den Mund geraten, und so spuckte Frau Hentjen bloß verächtlich aus; dann stieg sie, von dem weinenden Mädchen gefolgt, ins Lokal hinunter.

Als sie in die Wirtsstube trat, in der schon der dicke Tabaksrauch hing, überkam sie, wie fast alltäglich, jene angstvolle Erstarrung, die kaum verständlich, dennoch nur schwer zu bemeistern war. Sie ging zum Spiegel und betastete mechanisch den blonden Zuckerhut auf ihrem Kopfe, zupfte das Kleid zurecht, und erst als sie sich ihres vorteilhaften Äußeren vergewissert hatte, kehrte die Ruhe zurück. Sie sah nun die bekannten Gesichter unter ihren Gästen, und obwohl an den Getränken doch besser zu verdienen war als an den Speisen, freute sie sich mehr der Essenden als der Trinker. Sie trat aus dem Büfett und zu den Tischen hin und fragte, ob es munde. Und mit einer gewissen Beglückung rief sie die Kellnerin herbei, wenn ein Gast noch eine Portion bestellte. Ja, Mutter Hentjens Küche durfte sich sehen lassen.

Geyring war bereits da; seine Krücken lehnten neben ihm; er hatte das Fleisch auf dem Teller in kleine Stücke geschnitten und aß nun mechanisch, während er mit der Linken eine jener sozialistischen Zeitungen hielt, von denen stets ein ganzer Pack aus seinen Taschen hervorlugte. Frau Hentjen mochte ihn gerne, einesteils weil er als Krüppel kein richtiger Mann war, andernteils weil er nicht zum Juchhe und nicht zum Saufen und nicht wegen der Mädchen herkam, sondern weil es einfach sein Geschäft verlangte, daß er mit den Schiffern und Hafenarbeitern in Fühlung blieb; und vor allem mochte sie ihn, weil er Abend für Abend seine Mahlzeiten in der Wirtschaft einnahm und ihre Kost lobte. Sie setzte sich zu ihm. »War Esch schon hier?« fragte Geyring, »er hat den Platz bei der Mittelrheinischen bekommen, tritt ihn schon Montag an.« – »Den haben wohl Sie ihm verschafft, Herr Geyring«, sagte Frau Hentjen. »Nee, Mutter Hentjen, so weit sind wir noch nicht, daß die Organisation Plätze verschaffen kann... nee, noch lange nicht... na, auch das wird schon noch werden. Aber ich habe den Esch auf die Fährte gesetzt. Warum soll man einem braven Burschen nicht helfen, auch wenn er nicht von den unseren ist.« Mutter Hentjen zeigte dafür wenig Teilnahme: »Lassen Sie sich's nur schmecken, Herr Geyring, kriegen auch noch extra was von mir«, und sie ging zum Büfett und brachte auf einem Teller eine nicht zu starke Wurstschnitte, die sie mit einem Stengelchen Petersilie verziert hatte. Geyrings faltiges Gesicht eines vierzigjährigen Kindes lächelte ihr mit schlechten Zähnen Dank zu und tätschelte ihre weiße, fettliche Hand, die sie sofort etwas erstarrt zurückzog.

Später kam Esch. Geyring sah von der Zeitung auf und sagte: »Gratuliere, August.« – »Danke«, sagte Esch, »du weißt's also schon – glatt ist es gegangen, sofort geantwortet und engagiert. Also schönen Dank auch, daß du mich hingewiesen hast.« Aber seine Züge unter der kurzen dunklen Haarbürste hatten den hölzern leeren Ausdruck des Verärgerten. »Gerne geschehen«, sagte Martin und dann rief er zum Büfett: »Da haben wir nun unsern neuen Herrn Zahlmeister.« – »Viel Glück, Herr Esch«, antwortete trocken Frau Hentjen, indes, sie kam dann doch hervor und gab ihm die Hand. Esch, der zeigen wollte, daß nicht alles Verdienst bei Martin lag, holte sein Zeugnis aus der Brusttasche: »Es wäre ja wohl nicht so flott gegangen, wenn mir Stemberg nicht so ein anständiges Zeugnis hätte geben müssen.« Er betonte das »müssen« mit Nachdruck und setzte hinzu:

»diese Schweinegesellschaft«. Frau Hentjen las das Zeugnis mit zerstreutem Blick und sagte: »Schönes Zeugnis.« Auch Geyring las das Zeugnis, nickte: »Ja, die Mittelrheinische darf wohl zufrieden sein, daß sie so eine erstklassige Kraft geheuert hat... ich werde mir jetzt wirklich vom Präsidenten Bertrand noch eine Vermittlungsprovision auszahlen lassen.«

»Perfekter Buchhalter, perfekt, was?« brüstete sich Esch. »Schön, wenn man so etwas von sich sagen kann«, bestätigte Frau Hentjen, »jetzt sind Sie gewiß sehr stolz, Herr Esch, haben auch alle Ursache dazu; wollen Sie was essen?« Natürlich wollte er, und während Frau Hentjen wohlgefällig zusah, wie es ihm schmeckte, erzählte er, daß er nun bald rheinaufwärts reisen werde und daß er hoffe, in den Außendienst zu kommen; da gäbe es Reisen bis nach Kehl und Basel. Indessen hatten sich mehrere andere Bekannte dazugesellt, der neue Zahlmeister ließ Wein für sie alle bringen und Frau Hentjen zog sich zurück. Angewidert mußte sie feststellen, daß Esch es nicht unterließ, die Kellnerin Hede jedesmal abzutasten, wenn sie beim Tische vorbeiging, und wie er sie schließlich neben sich nötigte, damit sie mit ihnen trinke. Aber es war eine große Zeche, und als die Herren nach Mitternacht aufbrachen und Hede mitnahmen, steckte sie ihr ein Markstück zu.

Nichtsdestoweniger konnte Esch seiner neuen Stellung nicht froh werden. Es war ihm, als hätte er den Posten um den Preis seines Seelenheils oder zumindest seiner Anständigkeit erkauft. Jetzt, da es soweit war und er bei der Kölner Filiale der Mittelrheinischen sogar schon Reisevorschuß behoben hatte, überkam ihn neuerlich der Zweifel, ob er nicht doch noch die Anzeige erstatten sollte. Allerdings müßte er dann bei den Erhebungen anwesend sein, könnte nicht abreisen, und das würde fast den Verlust seiner Stelle bedeuten. Einen Augenblick dachte er daran, die Situation mit Hilfe eines anonymen Briefes an die Polizei zu lösen, aber er verwarf diesen Plan: man konnte nicht eine Unanständigkeit durch eine andere auslöschen. Zu guter Letzt ärgerten ihn sogar auch noch seine Gewissensbisse; schließlich war er kein kleines Kind, er scherte sich einen Dreck um die Pfaffen und die Moral; er hatte schon allerlei gelesen, und als ihn einmal Geyring wieder aufgefordert hatte, in die Sozialdemokratische Partei einzutreten, da hatte er geantwortet: »Nein, zu euch Anarchisten komme ich nicht, aber damit du wenigstens zum Teil deinen Willen hast, werde ich mich vielleicht den Freidenkern anschließen.« Der undankbare Kerl hatte darauf geantwortet, daß ihm dies egal sei. So sind die Menschen; nun, Esch konnte es auch egal sein.

Zu guter Letzt tat er das Vernünftigste; er reiste termingemäß ab. Aber er fühlte sich losgerissen, die gewohnte Reisefreude wollte sich nicht einstellen, und jedenfalls ließ er einen Teil seiner Habe in Köln; auch sein Fahrrad ließ er zurück. Immerhin, sein Reisevorschuß versetzte ihn in Geberlaune. Und auf dem Mainzer Bahnsteig stehend, Bierglas in der Hand, Fahrkarte am Hut, gedachte er derer, die zurückgeblieben waren, wollte ihnen was Gutes tun, und da der Zeitungsmann eben seinen Wagen heranschob, kaufte er zwei Ansichtskarten. Vor allem hätte Martin einen Gruß verdient; freilich schreibt man einem Manne keine Ansichtskarten. So füllte er zuerst eine an Hede aus; die zweite bestimmte er für Mutter Hentjen. Dann überlegte er, daß es für Frau Hentjen, die doch stolz war, vielleicht beleidigend sein würde, zugleich mit einer Angestellten eine Karte zu erhalten, und weil es ihm heute nicht darauf ankam, zerriß er die erste und sandte bloß die an Mutter Hentjen ab; sie und alle lieben Freunde und Bekannten und die Fräulein Hede und Thusnelda grüße er herzlich aus dem schönen Mainz. Danach fühlte er sich wieder ein wenig einsam, trank ein zweites Glas Bier und fuhr weiter nach Mannheim.

Im Zentralbüro hatte er sich zum Dienst zu melden. Die Mittelrheinische Reederei-AG. besaß ein eigenes Gebäude unweit des Mühlau-Hafens, ein schweres Haus aus Stein mit Säulen neben dem Tor. Die Straße davor war asphaltiert, gut zum Radfahren; es war eine neue Straße. Das schwere schmiedeeiserne Glastor, das sicherlich leicht und geräuschlos zu bewegen war, stand halb offen und Esch trat ein; der Marmor im Vestibül gefiel ihm; über der Stiege hing ein Glasschild, auf dessen durchsichtiger Fläche in Goldbuchstaben »Direktion« zu lesen war. Er steuerte geradewegs darauf hin. Als er den Fuß auf der ersten Stufe hatte, hörte er hinter sich: »Wohin, bitte?« Er drehte sich um und sah den Portier im grauen Livreeanzug; silberne Knöpfe blitzten daran und die Mütze hatte eine silberne Borte. Das war alles sehr nett, aber Esch ärgerte sich: was ging ihn der Kerl an? er sagte kurz: »Ich habe mich hier zu melden«

und wollte weiter. Der andere gab nicht nach: »Bei der Direktion?« – »Wo denn sonst?« entgegnete Esch grob. Im ersten Stockwerk mündete die Stiege in einen großen dunklen Vorraum. In der Mitte stand ein großer Eichentisch, darum herum einige Polsterstühle. Es war offenbar sehr vornehm. Wieder war einer mit Silberknöpfen da und fragte nach dem Begehr. »Zur Direktion«, sagte Esch. »Die Herren sind bei einer Aufsichtsratssitzung«, sagte der Diener, »ist es wichtig?« Notgedrungen mußte Esch Farbe bekennen; er zog seine Papiere hervor, das Anstellungsschreiben, die Anweisung des Reisevorschusses; »'n paar Zeugnisse habe ich auch mit«, sagte er und wollte Nentwigs Zeugnis hervorlangen. Er war etwas enttäuscht, daß der Kerl es gar nicht ansah: »Damit haben Sie hier nichts zu suchen... im Erdgeschoß durch den Korridor durch und zur zweiten Stiege... erkundigen Sie sich unten.« Esch blieb einen Augenblick stehen; er wollte dem Portier den Triumph nicht gönnen, fragte nochmals: »So, nicht hier?« Der Diener hatte sich schon gleichmütig abgewandt: »Nein, hier ist das Vorzimmer des Präsidenten.« In Esch stieg Zorn auf; die machen nicht wenig Aufhebens mit ihrem Präsidenten, Polstermöbel und Silberdiener; der Nentwig möchte sich gern auch auf so etwas herausspielen; na, so ein Präsident wird auch nicht groß was anderes sein als ein Nentwig. Aber wohl oder übel mußte Esch den Rückzug antreten. Unten stand der Portier. Esch sah ihn an, ob er ein boshaftes Gesicht machte; doch da der Mann bloß gleichgültig dreinschaute, sagte Esch: »Ich muß ins Aufnahmebüro« und ließ sich den Weg weisen. Nach zwei Schritten kehrte er um, zeigte mit dem Daumen die Stiege hinauf: »Wie heißt denn der dort droben, euer Präsident?« – »Präsident v. Bertrand«, sagte der Portier und es klang darin etwas wie Respekt. Und Esch wiederholte gleichfalls ein wenig respektvoll: »Präsident v. Bertrand«; den Namen mußte er schon irgendeinmal gehört haben.

Im Aufnahmebüro erfuhr er, daß er seinen Dienst im Hafenmagazin zu verrichten haben werde. Als er wieder auf die Straße hinaustrat, hielt eine Equipage vor dem Hause. Es war kalt; an den Bordsteinen und in den Mauerwinkeln lag der vom Wind zusammengefegte pulverige Schnee; das eine Pferd klopfte mit dem Huf auf den glatten Asphalt. Es war sichtlich ungeduldig, und das mit Recht. Ohne Equipage tut er es nicht, der Herr Präsident, sagte Esch, unsereins kann laufen. Aber trotzdem gefiel es ihm und er war zufrieden, daß er dazugehörte. Es war doch ein Sieg über Nentwig.

In den Magazinen der Mittelrheinischen Reederei hatte er seinen Platz in dem Glasverschlag, der sich am Ende des langen Schuppens befand. Neben seinem Schreibtisch stand der des Zollbeamten und dahinter glühte ein kleiner Eisenofen. Freute einen die Arbeit nicht mehr oder fühlte man sich wieder einmal vereinsamt und verwaist, so gab's bei den Waggons und bei den Ladearbeiten immer was zu schaffen. Die Schiffahrt sollte in den nächsten Tagen aufgenommen werden und bei den Booten war alles schon in Bewegung. Es gab Krane, die sich drehten und senkten, als wollten sie irgendwelche Dinge vorsichtig aus den Schiffskörpern herauspicken, und es gab solche, die wie begonnene und nicht fertiggestellte Brücken über das Wasser ragten. Das war für Esch natürlich nichts Neues, denn es sah auch in Köln nicht anders aus, aber dort war die lange Reihe der Lagerhäuser etwas Gewohntes, etwas, das man nicht zur Kenntnis nahm, und wäre man je gezwungen gewesen, darüber nachzudenken, so hätte man die Baulichkeiten, die Krane, die Rampen fast als etwas Sinnloses betrachtet, das irgendwelchen unerklärlichen Bedürfnissen der Menschen dienen mochte. Jetzt allerdings, wo er selber dazugehörte, da war dies alles zu natürlichen und sinnvollen Anlagen geworden, und das tat wohl. Während er sich früher höchstens gewundert, gelegentlich sogar geärgert hatte, daß es so viele Speditionsfirmen gab, und daß die gleichförmigen Schuppen am Ufergelände mit so verschiedenen Firmenschildern besetzt waren, wurden nun die einzelnen Betriebe zu Individuen und Individualitäten, die man an den Personen ihrer dicken und mageren Lagerhalter, ihrer barschen und gemütlichen Platzmeister erkannte. Auch die Anschriften der Kaiserlich Deutschen Zollbehörde beim Eingange in das umschlossene Hafengebiet waren erfreulich: sie führten zu Bewußtsein, daß man sich auf fremder Erde bewegte. Es war ein gebundenes und zugleich freies Leben, das man hier führte auf dieser Freistatt der Waren, die unverzollt hier lagern durften, es war Grenzerluft, die man hinter den Eisengittern des Zollgeländes atmete. Und wenn er auch noch keine Uniform trug und sozusagen nur ein Privatangestellter war, so war man in diesem Zusammenleben mit den Zollorganen und Bahnangestellten dennoch selber fast zur Amtsperson geworden, da man überdies die Legitimation in der Tasche hatte, mit der man im geschlossenen Gebiet unbehindert zirkulieren durfte, von den Wächtern am Haupttor bereits freundschaftlich salutierend begrüßt. Ja, dann salutierte man zurück, warf in großem Bogen die Zigarette fort, um das allenthalben angeschlagene Rauchverbot zu achten, und begibt sich, selber ein korrekter Nichtraucher, stets bereit, entgegenkommende Zivilpersonen wegen etwaiger Verstöße gegen die Vorschrift anzurüffeln, mit langen gewichtigen Schritten in das Büro, wo der Lagerhalter schon die Listen auf den Schreibtisch gelegt hat. Dann zieht man die grauen Wollhandschuhe mit den abgeschnittenen Fingerkappen an, weil einem sonst in der grauen staubigen Kälte des Schuppens die Hände erfrieren würden, man nimmt die Listen zur Hand und kontrolliert die aufgestapelten Kisten und Ballen. Falls eine Kiste verräumt ist, wird man nicht verfehlen, den Lagermeister, in dessen Ressort die Stapelung fällt, strafend oder auch ungeduldig anzublicken, damit dieser die Magazinarbeiter entsprechend beschimpfe. Und wenn dann später auf seinem Rundgang das Zollorgan in den Glasverschlag tritt und die Wärme des glühenden Ofens lobt, den Kragen der Uniformbluse aufhakt und unter wohligen Jammerrufen emporgehobenen Armes gähnend sich im Stuhle zurücklehnt, dann sind die Listen bereits kontrolliert und in die Kartothek übertragen, und es ist keine strenge Prüfung, sondern die beiden Männer sitzen nebeneinander vor dem Tische, besprechen mit Muße den Einlauf. Dann bestätigt der Beamte mit blauem Stift und gewohntem Schwung die Liste, übernimmt die Kopie, schließt sie in seinen Schreibtisch ein und sofern es ihnen zusagt, gehen sie miteinander in die Kantine.

Ja, Esch hatte einen guten Tausch gemacht, wenn auch die Gerechtigkeit dabei draufzahlte. Oft mußte er denken – und es war das Einzige, was zu seiner Zufriedenheit fehlte –, ob sich nicht doch ein Weg finden ließe, um die pflichtgebotene Anzeige zu erstatten; dann erst wäre alles in Ordnung.

Der Zollinspektor Balthasar Korn stammte aus einer sehr nüchternen Gegend Deutschlands. An der Grenzscheide zwischen bayrischer und sächsischer Kultur war er geboren, und seine Jugendeindrücke hatte er von der hügeligen Stadt Hof in

Bayern empfangen. Sein Sinn stand zwischen nüchterner Grobheit und nüchterner Gewinnsucht, und nachdem er es im aktiven Militärdienst bis zum Feldwebel gebracht, hatte er die Gelegenheit ergriffen, die der vorsorgliche Staat treuen Soldaten gewährt, und war zum Zolldienst übergetreten. Unbeweibt lebte er mit seiner gleichfalls unverheirateten Schwester Erna in Mannheim, und da ihm das leerstehende Hofkabinett in der Wohnung ein Dorn im Auge war, veranlaßte er August Esch, das kostspielige Gasthofzimmer aufzugeben und wohlfeileres Logis bei ihm zu nehmen. Und obzwar er Esch nicht für voll gelten ließ, weil dieser als Luxemburger auf keine Militärzeit hinweisen konnte, so wäre es ihm doch nicht unlieb gewesen, wenn er mit Esch nicht nur das Kabinett, sondern auch die Schwester an den Mann gebracht hätte; er sparte nicht mit entsprechenden Anspielungen, und das ältliche Mädchen begleitete sie mit verschämten und kichernden Abwehrbewegungen. Ja, er ging sogar so weit, den guten Ruf der Schwester in Gefahr zu bringen, denn er entblödete sich nicht, Esch vor aller Öffentlichkeit in der Kantine als »Herr Schwager« anzureden, so daß jeder glauben mußte, der also Angeredete teile bereits das Bett seiner Wirtin. Doch tat Korn dies keineswegs bloß des gelungenen Scherzes halber, vielmehr wollte er Esch teils durch fortgesetzte Gewöhnung, teils durch den Druck der öffentlichen Meinung zwingen, das fiktive Leben, in das er ihn solcherart versetzte, in gediegene Realität zu verwandeln.

Esch war nicht ungern zu Korn gezogen. Er, der sich schon so viel herumgetrieben hatte, fühlte sich diesmal verlassen. Vielleicht waren die numerierten Mannheimer Straßen daran schuld, vielleicht ging ihm der Geruch der Wirtsstube bei Mutter Hentjen ab, vielleicht war es die Geschichte mit dem Dreckkerl, dem Nentwig, die ihm noch in den Gliedern lag, kurzum, er fühlte sich einsam und blieb bei dem Geschwisterpaar, blieb, trotzdem er längst heraus hatte, woher der Wind bei den Korns wehte, blieb, trotzdem er nicht daran dachte, sich mit dieser ältlichen Person einzulassen: er machte sich nichts aus der reichhaltigen Wäscheausstattung, die Erna im Laufe der Jahre angesammelt hatte und die sie ihm mit einigem Stolze zeigte, und auch das Sparkassabuch über zweitausend Mark, das sie ihn einmal sehen ließ, reizte ihn nicht. Aber die Bemühungen Korns, ihn in die Falle zu locken, die waren so spaßig, daß man dafür schon etwas riskieren konnte; natürlich mußte man auf der Hut bleiben und sich nicht übertölpeln lassen. Einige Beispiele: Korn ließ es sich selten nehmen, ihm das Bier zu bezahlen, wenn sie sich vor dem gemeinsamen Heimweg in der Kantine trafen; und hatten sie dann weidlich über die Minderwertigkeit des Mannheimer Gesöffs geschimpft, so war Korn nicht davon abzubringen, auch noch im Spatenbräu einzukehren. Griff dann Herr Esch eilig in die Tasche, so wehrte Korn neuerlich ab: »Sie werden sich schon noch revanchieren, Herr Schwager.« Und wenn sie dann durch die Rheinstraße schlenderten, pünktlich blieb der Herr Zollinspektor dann vor den beleuchteten Schaufenstern stehen und ließ seine Pranke auf Eschs Schulter fallen: »So einen Schirm hat sich meine Schwester schon lange gewünscht; den werde ich ihr zum Namenstage kaufen«, oder: »Solch ein Gasbügeleisen gehört in jeden Haushalt«, oder »wenn meine Schwester eine Waschmaschine hätte, wäre sie froh.« Und weil Esch auf all dies nichts sagte, ärgerte sich Korn so wütend wie einst über die Rekruten, die die Zerlegung des Gewehrs nicht hatten verstehen wollen, und je wortloser Esch neben ihm herging, desto wütender wurde der dicke Korn über die freche Visage, die der Esch dabei aufsteckte.

Esch aber verstummte in solchen Fällen keineswegs aus Geiz. Denn obgleich er sparsam war und kleine Vorteile gern ergatterte, so erlaubte die solide und rechtliche Buchhaltung seiner Seele doch nicht, daß er Ware ohne Bezahlung annahm; Leistung erforderte Gegenleistung und Ware wollte Bezahlung; allerdings erachtete er es für überflüssig, sich in einen voreiligen Kauf einzulassen, ja, es wäre ihm geradezu plump und lieblos erschienen, den handfesten Aufforderungen Korns sachlich Folge zu leisten. So hatte er sich denn fürs erste eine sonderbare Art der Revanche zurechtgelegt, die ihm gleichzeitig gestattete, Korn etwas zugute kommen zu lassen und trotzdem zeigte, daß er es mit einer Heirat nicht eilig habe; nach dem Abendbrot pflegte er Korn auf einen kleinen Bummel einzuladen, der in die Kneipen mit Damenbedienung führte und der unweigerlich für sie beide in den sogenannt verrufenen Gassen draußen endigte. Das kostete manchmal ein schönes Stück Geld für die gemeinsame Zeche – wenn auch Korn gezwungen war, sein Mädchen selber zu bezahlen –, jedoch es war schon alles Geld wert, mit anzusehen, wie Korn nachher auf dem Heimweg mit knurriger Miene neben ihm herging, den schwarzen buschigen Schnurrbart zerzaust und oftmals daran kauend, brummend, daß solches Lotterleben, zu dem Esch ihn verführe, nun ein Ende haben müsse. Und überdies war Korn am nächsten Tag auf seine Schwester stets so schlecht zu sprechen, daß er sie ohne weiteres in ihren empfindlichsten Gefühlen beleidigte, indem er ihr vorwarf, daß es ihr nie gelingen werde, einen Mann an ihre Person zu fesseln. Und wenn sie dann keifend aufzählte, wie oft und oft sie dies zuwege gebracht habe, verwies er mit geringschätziger Bemerkung auf ihren ledigen Stand.

Eines Tages gelang es Esch, seine Schuld zu einem größeren Teile abzutragen. Auf seinem Wege durch die Speditionsmagazine war seine wachsame Neugierde an den auffällig geformten Kisten und Stücken eines Theaterfundus, den man eben verlud, hängengeblieben. Ein glattrasierter Herr stand daneben und gebärdete sich aufgeregt, schrie, daß man seine wertvolle Habe, die einen unermeßlichen Wert darstelle, so roh behandle, als wäre es Brennholz, und da Esch, der mit ernster Kennermiene zugesehen hatte, den Magazinarbeitern einen überflüssigen Rat erteilte, und solcherart in unmißverständlicher Weise zu wissen gab, daß der Herr in ihm eine fachmännische Standesperson zu erblicken habe, richtete er den nicht geringen Redeschwall des Fremden auf sich und sie gerieten bald in ein freundschaftliches Gespräch, in dessen Verlauf sich der glattrasierte Herr unter Lüpfen des Hutes als Direktor Gernerth, Gernerth mit th, und als neuer Pächter des Thaliatheaters vorstellte, dem es zu besonderem Vergnügen gereichen würde – inzwischen waren die Verladearbeiten beendigt –, wenn der Herr Speditionsinspektor mit seiner geehrten Familie der glanzvollen Eröffnungsvorstellung beiwohnen wollte, zumal er ihm hiefür gerne Billette zu ermäßigtem Preise zur Verfügung stellen werde. Und als Esch mit Freuden zusagte, griff der Direktor sogar in die Tasche und schrieb kurzerhand eine Anweisung auf drei Freikarten.

Nun saß Esch mit dem Geschwisterpaar Korn vor dem weißgedeckten Tisch des Varietétheaters, dessen Programm mit einer neuen Attraktion, den beweglichen, sogenannt kinematographischen Bildern eingeleitet wurde. Diese Bilder fanden zwar wenig Anklang bei ihnen sowie bei dem übrigen Publikum, da man dieselben als unernst und nur als Überleitung zu den reelleren Genüssen empfand, allein man war von der modernen Kunstform trotzdem gefesselt, als man ein Lustspiel vorgesetzt bekam, das die komischen Wirkungen von Abführpillen zeigte und die kritischen Augenblicke mit einem Trommelwirbel unterstrich. Korn schlug dröhnend mit der flachen Hand auf den Tisch, Fräulein Erna lachte, die Hand vor dem Mund, schaute neckisch und verstohlen durch die Finger zu Esch, und Esch war stolz, als wäre er selber der Erfinder und Dichter dieser gelungenen Vorführung. Der Rauch ihrer Zigarren stieg aufwärts und mündete in die Tabakswolke, welche unter der niederen Decke des Saales gar bald schwebte, silbrig durchschnitten von der Lichtbahn des Scheinwerfers, der von der Galerie aus die Bühne beleuchtete; in der Pause, die den Darbietungen des Kunstpfeifers folgte, bestellte Esch drei Glas Bier, obwohl es in dem teueren Theaterlokal wesentlich mehr kostete als anderswo, war aber zufrieden, da es sich als abgestanden und schal erwies, so daß beschlossen wurde, von weiterer Bestellung abzusehen und das Getränk nach der Vorstellung im Spatenbräu einzunehmen. Er geriet wieder einmal in Geberlaune, und während die Primadonna Feuriges und Schmerzliches zum besten gab, sagte er beziehungsvoll: »Ja, die Liebe, Fräulein Erna.« Doch als der Vorhang nach dem Beifall, den man der Sängerin von allen Seiten reichlich gespendet hatte, wieder hochging, da blinkte es wie Silber, und droben standen vernickelte Tischchen und die anderen Nickelgerätschaften eines Jongleurs. Auf dem roten Samt, mit dem die Gestelle teils behangen, teils überzogen waren, ruhten die Kugeln und die Flaschen, die Fähnchen und die Keulen und auch ein großer Stoß weißer Teller. An einer spitz zulaufenden Leiter, die gleichfalls aus spiegelndem Nickel verfertigt war, hingen etwa zwei Dutzend Dolche, deren lange Klingen nicht minder blinkten als all das polierte Metall ringsumher. Der Jongleur im schwarzen Fracke war von einer Gehilfin unterstützt, die er offenbar bloß mitgenommen hatte, um ihre große Schönheit dem Publikum zu zeigen, und auch das schillernde Trikot, mit dem sie bekleidet war, diente wohl nur diesem Zwecke, denn sie hatte ja nichts anderes zu tun, als dem Jongleur die Teller und die Fähnchen zu reichen oder sie ihm mitten in einer Übung zuzuwerfen, so oft er, in die Hände klatschend, sie dazu aufforderte. Sie entledigte sich dieser Aufgabe mit einem graziösen Lächeln und wenn sie ihm die Keule zuwarf, stieß sie einen kleinen fremdländischen Schrei aus, vielleicht um die Aufmerksamkeit ihres Gebieters auf sich zu lenken, vielleicht auch, weil sie damit um ein wenig Liebe bettelte, die der Strenge ihr vorenthielt. Und obzwar der eigentlich wissen mußte, daß er Gefahr lief, sich mit seiner Hartherzigkeit die Sympathie der Menge zu verscherzen, würdigte er die Schöne keines Blickes, und bloß wenn es galt, den Applaus mit einer Verbeugung zu quittieren, dann machte er eine beiläufige Bewegung zur Gehilfin hin, andeutend, daß er ihr einige Prozente des Beifalls überlasse. Dann aber geht er in den Hintergrund und freundschaftlich, als wäre die Schmach, die er ihr doch eben angetan, niemals gewesen, holen sie gemeinsam ein großes schwarzes Brett, das, von niemand beachtet, dort gewartet hat, bringen es zu dem wartenden Nickelgerüst, stellen das Brett auf und befestigen es an dem Gestänge. Hernach schieben sie, mit kleinen Rufen und Lächeln sich gegenseitig anfeuernd, das nunmehr senkrecht aufgestellte schwarze Brett zur Rampe vor und fixieren es mit Drähten, die plötzlich nun da sind, am Boden und in den Kulissen. Nachdem sie dies mit großer Wichtigkeit besorgt haben, stößt die schöne Gehilfin neuerdings ihren kleinen Schrei aus und hüpft zu dem Brett, welches so hoch ist, daß sie mit ihren gestreckten Armen kaum bis zum oberen Rand hinreicht. Nun bemerkt man auch, daß dort oben zwei Handhaben an dem Brette angebracht sind, und die Gehilfin, die mit dem Rücken gegen das Brett lehnt, ergreift jetzt die Handhaben, und diese etwas gezwungene und künstliche Haltung verleiht ihr, die in ihrem glitzernden Flittergewand scharf gegen die Schwärze des Brettes steht, das Aussehen einer Gekreuzigten. Trotzdem lächelt sie noch immer ihr graziöses Lächeln, auch jetzt noch, da der Mann, der sie mit scharf zugekniffenem Auge betrachtet hat, herantritt und ihre Lage zwar unmerklich, aber doch so verändert, daß jedem inne wird, wie es hier auf den kleinsten Millimeter ankommt. Dies alles vollzieht sich unter den Klängen eines leisen Walzers, der alsbald auf ein kleines Zeichen des Jongleurs verstummt. Ganz still ist es im Saal geworden; eine außerordentliche Einsamkeit, aller Musik entblößt, hat sich auf der Bühne droben aufgetan, und die Kellner dürfen weder Speise noch Bier zu den Tischen bringen, sie stehen, selber in großer Spannung, bei den gelb erleuchteten Türen im Hintergrund; wer im Begriffe war zu essen, tut die Gabel, die den aufgespießten Bissen noch trägt, auf den Teller zurück, und bloß der Scheinwerfer, den der Beleuchter voll auf die Gekreuzigte gerichtet hat, surrt weiter. Der Jongleur aber prüft bereits einen der langen Dolche in der mörderischen Hand; er legt den Oberkörper zurück, und er ist es jetzt, welcher den rauhen exotischen Schrei ausstößt, da das Messer pfeifend seiner Hand entfliegt, quer über die Bühne saust und neben dem Körper des gekreuzigten Mädchens mit dumpfem Aufschlag im schwarzen Holze stecken bleibt. Ehe man sich dessen versieht, hat er beide Hände voll spiegelnder Dolche und während seine Schreie immer rascher und immer tierischer, ja immer brünstiger aufeinanderfolgen, schwirren die Messer in immer rascherer Folge durch die zitternde Luft der Bühne, stoßen mit immer rascherem Aufschlag in das Holz, rahmen den schmalen Körper, die zarten nackten Arme, rahmen ein Gesicht, das immer noch lächelt, erstarrt und bezwungen, werbend und fordernd, kühn und verängstigt zugleich. Fast hätte Esch die Arme selber gegen den Himmel erhoben, selber gekreuzigt, hätte er gewünscht, vor der Zarten zu stehen, mit eigenem Körper die drohenden Messer aufzufangen, und hätte der Jongleur, wie dies zu geschehen pflegt, gefragt, ob ein Herr aus dem Publikum den Wunsch hege, auf die Bühne zu kommen, um sich vor das schwarze Brett zu stellen, wahrlich, Esch hätte sich gemeldet. Ja, es war ihm fast ein wollüstiger Gedanke, daß er allein und verlassen dort stünde, und daß die langen Messer ihn an das Brett anheften könnten wie einen Käfer, doch müßte er dann, korrigierte er, mit dem Gesicht gegen das Brett gewendet sein, da kein Käfer vom Bauche her aufgespießt wird: und der Gedanke, daß er gegen die Finsternis des Brettes gekehrt wäre, nicht wissend, wann das tödliche Messer von hinten heranfliegt, das Herz ihm zu durchbohren und es an das Brett anzuheften, war von so außerordentlichem und geheimnisvollem Reiz, war Wunsch von so neuer Stärke und Reife, daß er wie aus Traum und Seligkeit auffuhr, als mit Trommelwirbel und Paukenschlag und Fanfarenruf das Orchester den Jongleur begrüßte, der siegreich das letzte Messer entsendet hatte, indes das Mädchen aus seiner nun vollendeten Umrahmung heraushüpfte, und sie beide mit symmetrischer Pirouette, an den Händen sich haltend und mit dem freien Arme runde Bewegungen vollführend, vor dem erlösten Publikum sich verneigten. Es waren die Fanfaren des Gerichtes. Der Schuldige wird wie ein Wurm zertreten; warum soll er nicht wie ein Käfer aufgespießt werden? warum soll der Tod nicht statt der Sense eine lange Stecknadel tragen, oder zumindest eine Lanze? immer wartet man, daß man zum Gericht geweckt wird, denn mag man auch einmal beinahe dem Freidenkerbund beigetreten sein, so hat man trotzdem sein Gewissen. Er hörte Korn sagen: »Das war großartig«, und es klang wie Blasphemie; und gar als Fräulein Erna meinte, daß sie, wenn man sie fragen täte, sie sich nicht so nackt hinstellen und in aller Öffentlichkeit mit Messern anwerfen lassen möchte, da wurde es Esch zu bunt, und er stieß Ernas Knie, das an dem seinen lehnte, höchst unsanft von sich; solchen Leuten durfte man eben nichts Besseres zeigen; hergelaufene Leute ohne Gewissen waren sie, und es imponierte ihm durchaus nicht, daß Fräulein Erna jeden Augenblick zur Beichte rannte, vielmehr wollte ihm scheinen, als sei die Lebensführung seiner Kölner Freunde doch gesicherter und anständiger.

Schweigsam im Spatenbräu trank Esch sein dunkles Bier. Er hatte ein Gefühl mit hierher gebracht, das schier Sehnsucht genannt werden durfte. Besonders da es sich nun in eine Ansichtskarte an Mutter Hentjen umsetzte. Daß Erna sich daran beteiligen wollte, »Herzliche Empfehlungen Erna Korn«, das war selbstverständlich, aber daß auch Balthasar sich dazudrängte und unter seinem »Gruß Korn Zollinsp.« mit fester Hand einen dicken Abschlußstrich zog, das bildete eine Art Huldigung für Frau Hentjen und stimmte Esch so milde, daß er unsicher wurde: hatte er seine Schuldigkeit, sich anständig zu revanchieren, wirklich zur Gänze erfüllt? Eigentlich müßte er zwecks Abrundung des Festes zu Ernas Türe schleichen, und hätte er Erna vorhin nicht so unsanft weggestoßen, er würde die Türe auch sicherlich unversperrt finden. Ja, so müßte wohl der richtige und gemäße Abschluß aussehen, allein er unternahm nichts, um solches herbeizuführen. Eine Art Lähmung war über ihn gekommen, er kümmerte sich nicht weiter um Erna, suchte nicht ihr Knie, und es geschah nichts, weder auf dem Heimweg noch hinterher. Irgendwo drückte schlechtes Gewissen, doch dann konstatierte August Esch, daß er immerhin genug geleistet hätte, und daß es sogar üble Konsequenzen nach sich ziehen könnte, wenn er sich dem Fräulein Korn gegenüber allzusehr verausgabte: er fühlte ein Schicksal über sich, das die Lanze zu drohender Strafe erhob, bereit zuzustoßen, wenn er sich weiterhin wie ein Schwein benahm, und er fühlte, daß er jemandem treu zu bleiben habe, wußte er auch nicht wem.

Während Esch noch den Stich des Gewissens in seinem Rücken spürte, so deutlich, daß er schon meinte, von kalter Zugluft getroffen worden zu sein, und abends den Rücken, soweit er ihm zugänglich war, mit einem scharfen Fluid einrieb, freute sich Mutter Hentjen der beiden Ansichtskarten, die er ihr geschrieben hatte, und steckte sie, bevor sie zur endgültigen Aufbewahrung ins Ansichtskartenalbum wanderten, in den Spiegelrahmen hinter dem Büfett. Abends nahm sie sie dann heraus und zeigte sie den Stammgästen. Vielleicht tat sie dies auch, damit niemand ihr nachsagen könne, sie führe mit einem Manne eine geheime Korrespondenz: ließ sie die Karten die Runde machen, so waren sie nicht mehr an sie, sondern an die Wirtschaft gerichtet, die sich bloß zufällig in ihr personifizierte. Daher war es ihr auch recht, daß Geyring die Beantwortung übernahm, doch ließ sie es nicht zu, daß Herr Geyring sich Unkosten machte, vielmehr besorgte sie selbst für den nächsten Tag eine besonders schöne, eine sogenannte Panoramakarte, die in dreifacher Länge einer gewöhnlichen Postkarte ganz Köln in der vollen Ausdehnung seines dunkelblauen Rheinufers zeigte und Platz für sehr viele Unterschriften bot. Oben schrieb sie »Vielen Dank für die schönen Karten sendet Mutter Hentjen.« Dann beorderte Geyring »zuerst die Damen«, und es unterschrieben sich Hede und Thusnelda. Und dann folgten die Namen von Wilhelm Laßmann, von Bruno May, Hoelst, Wrobek, Hülsenschmitt, John, folgte der Name des englischen Monteurs Andrew, des Steuermanns Wingast und schließlich nach einigen anderen, die man nicht alle entziffern konnte, der Name Martin Geyrings. Dann schrieb Geyring die Adresse, »Herrn August Esch, dzt. Lageroberbuchhalter, Speditionsmagazin der M. R. Schiffahrts-AG., Mannheim«, und überreichte das fertige Produkt Frau Hentjen, die nach aufmerksamem Durchlesen die Kassenlade öffnete, um dem Drahtkorb, in dessen breitem Fach die Banknoten ruhten, die Freimarke zu entnehmen. Fast erschien ihr nun die große Karte mit den vielen Unterschriften als eine zu bedeutende Ehrung für Esch, der doch keineswegs zu den ausgezeichneten Gästen der Wirtschaft zählte. Doch da sie in allem, was sie tat, nach großer Vollkommenheit strebte, und weil auf der weiträumigen Karte trotz der vielen Namen noch so viel leerer Platz geblieben war, daß es nicht nur ihr Schönheitsgefühl beleidigte, sondern auch die erwünschte Gelegenheit bot, Esch in seine Schranken zu verweisen, indem man den leeren Platz durch einen Namen geringeren Standes ausfüllen ließ, trug Mutter Hentjen, auf daß die Magd sich unterfertige, die Karte in die Küche hinaus, doppelt befriedigt, weil sie damit auch der Magd eine wohlfeile Freude bereiten konnte.

Als sie ins Lokal zurückkam, saß Martin an seinem gewohnten Platz in der Ecke neben dem Büfett und war in eine seiner sozialistischen Zeitungen vertieft. Frau Hentjen setzte sich zu ihm und wie so oft sagte sie scherzend: »Herr Geyring, Sie werden mein Lokal noch in Verruf bringen, wenn Sie hier ständig Ihre aufwieglerischen Zeitungen lesen.« – »Ich ärgere mich selber genug über die Zeitungsschmierer«, war die Antwort, »unsereiner kann die Arbeit leisten und die schmieren Unsinn zusammen.« Wieder einmal war Frau Hentjen von Geyring ein wenig enttäuscht, denn immer wieder erwartete sie von ihm umstürzlerische und haßerfüllte Äußerungen, an denen sie ihre eigene Abneigung gegen die Welt hätte weiden können. Sie hatte manchmal in die sozialistischen Zeitungen hineingeblickt, freilich, was sie darin fand, kam ihr stets recht zahm vor und so hoffte sie, daß die lebendige Rede ihr mehr bieten würde als die gedruckte. Solchermaßen war sie einerseits befriedigt, daß auch Geyring von den Zeitungsleuten nichts hielt, wie es ihr überhaupt immer recht war, wenn irgendeiner von irgendeinem andern nichts hielt, andererseits aber blieb er ihr doch schuldig, was sie erwartete. Nein, mit diesem Anarchisten war es nicht sehr weit her, mit so einem, der in seinem Gewerkschaftsbüro saß, nicht anders als der Polizeifeldwebel in seinem Amte, und Frau Hentjen hatte wieder die feste Überzeugung, daß die ganze Welt bloß ein abgekartetes Spiel zwischen den Männern sei, bloß vereinbart, um die Frauen zu schädigen und zu enttäuschen. Sie machte noch einen Versuch: »Was paßt Ihnen an Ihren Zeitungen nicht, Herr Geyring?« – »Dummen Lärm machen sie«, brummte Martin, »machen uns mit ihrem revolutionären Geschwätz die Leute verrückt und wir sollen es dann draußen auslöffeln.« Frau Hentjen verstand nicht recht; es interessierte sie übrigens auch nicht mehr. Mehr aus Höflichkeit seufzte sie: »Ja, man hat's nicht leicht.« Geyring blätterte um und sagte zerstreut: »Ja, man hat's nicht leicht, Mutter Hentjen.« – »Und ein Mann wie Sie, immer auf den Beinen, immer unermüdlich vom frühen Morgen bis zum späten Abend...« Geyring sagte beinahe zufrieden: »Für unsereinen wird es noch lange keinen Achtstundentag geben; erst kommen alle anderen dran...« – »Und so einem Mann werden Prügel zwischen die Füße geworfen«; Frau Hentjen wunderte sich, schüttelte den Kopf und warf dann einen Blick auf ihre Frisur im Spiegel drüben. »Im Reichstag und in den Blättern können sie schreien, die Herren Juden«, sagte Geyring, »aber vor dem Gewerkschaftsdienst, da drücken sie sich.« Das verstand Frau Hentjen; beleidigt ergänzte sie: »Überall sitzen sie, das ganze Geld haben sie und auf jede Frau gehen sie los wie die Böcke.« Der Zug erstarrten Ekels breitete sich wieder über ihr Gesicht; Martin sah von der Zeitung auf und mußte lächeln: »Wird schon nicht so arg sein, Mutter Hentjen.« – »So, jetzt halten Sie es wohl auch schon mit denen?«, sie hatte eine kleine hysterische Aggression in der Stimme: »Ihr könnt nichts anderes als zueinanderhalten, Ihr Männer...« und höchst unvermittelt dazu: »anderes Städtchen, anderes Mädchen.« – »Wird schon so sein, Mutter Hentjen«, lachte Martin, »aber so gut wie bei Mutter Hentjen wird doch so bald nicht woanders gekocht.« Frau Hentjen war versöhnt: »In Mannheim wohl auch nicht«, sagte sie, indem sie Geyring die Karte an Esch zur Expedition übergab.

Theaterdirektor Gernerth gehörte jetzt zum engeren Freundeskreise Eschs. Denn Esch, ein Mensch impetuoser Haltungen, hatte sich schon am folgenden Tage ein Billett zur Vorstellung gekauft, nicht nur, weil er das mutige Mädchen wiedersehen wollte, sondern er hatte es auch getan, um nach Theaterschluß den etwas verwunderten Gernerth in der Direktionskanzlei aufzusuchen und sich als zahlenden Kunden zu präsentieren; dabei hatte er ihm nochmals für den gestrigen schönen Abend gedankt, und Direktor Gernerth, der neuerliche Freibillette witterte und schon daran war, sich die Taschen zuzuknöpfen, mußte sich nun statt dessen gerührt zeigen. Und angesichts solch freundlichen Empfanges einfach sitzen bleibend, erreichte Esch seinen weiteren Zweck und lernte den Jongleur Herrn Teltscher sowie dessen mutige Freundin Ilona kennen, die sich beide als aus Ungarn gebürtig erwiesen, insonders Ilona, die der deutschen Sprache wenig mächtig war, während Herr Teltscher, der unter dem Künstlernamen Teltini arbeitete und auf der Bühne ein englisches Idiom sprach, aus Preßburg stammte.

Herr Gernerth dagegen war ein Egerländer und das war, als er zum ersten Male mit ihm zusammentraf, eine große Freude für Korn; denn Eger und Hof sind so sehr benachbarte Städte, daß Korn es für einen außerordentlichen Zufall ansah, wenn zwei, die beinahe Landsleute sein könnten, gerade in Mannheim zusammenkamen. Doch waren seine Ausbrüche der Freude und Überraschung eher rhetorischer Art, da er für das Faktum der beinahe Landsmannschaft in einem weniger erwünschten Falle bloße Gleichgültigkeit empfunden hätte. Er lud Gernerth zu sich und seiner Schwester ein, wohl auch, weil er nicht dulden konnte, daß sein präsumptiver Schwager selbständige Privatbekanntschaften hätte, und ebenso wurde Herr Teltscher bald zu einem Kaffeebesuche aufgefordert.

Nun saßen sie um den runden Tisch, auf dem neben der bauchigen Kaffeekanne die von Esch beigesteuerten Kuchen zu einer kunstvollen Pyramide aufgeschichtet waren, und der Regen des trüben Sonntagnachmittags floß die Scheiben herab. Herr Gernerth, der das Gespräch in Gang zu bringen suchte, sagte: »Sehr hübsch wohnen Sie, Herr Zollinspektor, geräumig, licht...« und er sah zum Fenster und auf die trübselige Vorstadtstraße hinunter, auf der die großen Regenlachen standen. Fräulein Erna erklärte, es sei eben bescheiden, wie es ihren Verhältnissen anstehe, doch der eigene Herd sei wirklich das einzige, was das Leben schön mache. Herr Gernerth wurde elegisch: eigener Herd, Goldes wert, ja, so könne sie sprechen, allerdings für einen Künstler sei dies ein unerfüllbarer Traum; ach, für ihn gäbe es kein Heim, er habe wohl eine Wohnung, eine schöne nette Wohnung in München, in der seine Frau mit den Kindern hause, aber seine Familie kenne er kaum mehr. Warum er sie denn nicht mitnehme? Das sei kein Leben für Kinder, jede Saison woanders. Und überhaupt. Nein, seine Kinder würden keine Künstler werden, seine Kinder nicht. Er war offenkundig ein guter Vater, und nicht nur Fräulein Erna, sondern auch Esch waren von seinem guten Herzen bewegt. Und vielleicht weil er sich einsam fühlte, sagte Esch: »Ich bin Waise, ich habe meine Mutter kaum gekannt.« – »Ach Gott«, sagte Fräulein Erna. Doch Herr Teltscher, dem das traurige Gespräch nicht zu behagen schien, ließ eine Kaffeetasse auf der Spitze seines Fingers kreiseln, so daß alle lachen mußten, mit Ausnahme Ilonas, die unbeteiligt auf ihrem Stuhle saß und sich wohl von dem vielen Lächeln ausruhte, mit dem sie den Abend verschönen mußte. Jetzt in der Nähe war sie lange nicht so lieblich und zart wie auf der Bühne, vielleicht sogar ein wenig behäbig; ihr Gesicht war ein wenig schwammig, sie hatte schwere Tränensäcke, die voll Sommersprossen waren, und Esch, mißtrauisch geworden, argwöhnte, es könnte auch das schöne blonde Haar nicht echt, sondern eine Perücke sein; aber der Gedanke versank, da er neben ihrem Körper wieder sausende Messer sehen mußte. Dann bemerkte er, daß auch Korns Augen diesen Körper abtasteten und deshalb versuchte er, Ilonas Aufmerksamkeit auf sich zu ziehen, fragte sie, ob es ihr in Mannheim gefalle, ob sie den Rhein schon kenne und ähnliches Geographisches. Leider gelang es ihm nicht, denn Ilona antwortete bloß hie und da und an unrechter Stelle: »Ja, bitte schön«, und schien weder mit ihm noch mit Korn irgendeine Verbindung zu wünschen; schwer und ernst trank sie ihren Kaffee, und selbst wenn Teltscher ihr etwas in ihrem heimischen Idiom zuzischte, sichtlich unangenehme Dinge, hörte sie kaum hin. Fräulein Erna indes sagte zu Gernerth, daß ein schönes Familienleben doch das Schönste auf der Welt sei, und sie versetzte Esch kleine Stöße mit der Fußspitze, sei es, um ihn zu ermuntern, daß er Gernerth nacheifern möge, sei es aber auch nur, um ihn von der Ungarin abzulenken, deren Schönheit sie nichtsdestoweniger lobte: denn die Begehrlichkeit, mit der ihr Bruder jene Frau betrachtete, war ihrem aufmerksamen Eidechsenblick nicht entgangen, und sie hielt es für angemessener, daß die Schöne dem Bruder und nicht Esch zufalle. Also streichelte sie die Hände Ilonas und lobte deren Weiße, streifte ihr auch den Ärmel zurück und sagte, daß das Fräulein eine feine Haut habe, Balthasar möge sich überzeugen. Balthasar legte die haarige Tatze darauf. Teltscher lachte und sagte, daß alle Ungarinnen eine Haut wie Seide hätten, worauf Erna, die auch nicht ohne Haut herumlief, erwiderte, daß es bloß auf die Pflege der Haut ankäme, und sie wasche ihr Gesicht täglich mit Milch. Gewiß, sagte Gernerth, sie habe eine prachtvolle, geradezu eine internationale Haut, und Fräulein Ernas welkes Antlitz öffnete sich, ließ die gelblichen Zähne und die Zahnlücke links oben sehen, und sie errötete bis unter die Schläfenhaare, die dünn und braun und ein wenig fahl aus der Frisur heraushingen.

Es war dämmerig geworden; Korns Faust umspannte immer fester die Hand Ilonas, und Fräulein Erna erwartete, daß Esch oder zumindest Gernerth das gleiche mit der ihren tun werde. Sie zögerte, die Lampe anzustecken, nicht zuletzt, weil Balthasar sich solche Störung gründlich verbeten hätte, doch schließlich mußte sie aufstehen, um den selbstgebrauten Likör zu holen, der in blauer Karaffe auf der Kommode prangte. Stolz verkündend, daß das Rezept ihr Geheimnis sei, kredenzte sie das Gebräu, das nach abgestandenem Bier schmeckte, von Gernerth aber als deliziös befunden wurde; und er bekräftigte dies mit einem Handkuß. Esch erinnerte sich, daß Mutter Hentjen die Schnapstrinker nicht liebte, und insbesondere erfüllte es ihn mit Befriedigung, daß sie gegen Korn allerlei einzuwenden gehabt hätte, denn der stürzte ein Gläschen nach dem andern hinunter, wobei er jedesmal schnalzte und den buschigen dunklen Schnurrbart ableckte. Korn schenkte auch für Ilona ein, und es mochte ihrer unwandelbaren Gleichgültigkeit und Unbeweglichkeit entsprechen, daß sie sich das Glas von ihm zum Munde führen ließ und auch nicht darauf achtete, als er einmal daran nippte, seinen Schnurrbart eintauchte und erklärte, daß dies ein Kuß sei. Ilona verstand es wahrscheinlich nicht, hingegen mußte Teltscher wissen, was da vor sich ging. Unbegreiflich, daß er dem so ruhig zusah. Vielleicht litt er in seinem Inneren und war bloß zu gebildet, um Krach zu schlagen. Esch verspürte große Lust, es an seiner Stelle zu besorgen, aber da fiel ihm ein, in welch barschem Tone Teltscher auf der Bühne das mutige Mädchen zu Handlangerdiensten kommandierte; oder wollte er sie gar absichtlich herabwürdigen? Irgend etwas mußte geschehen, man mußte sich mit ausgebreiteten Armen davor stellen! Teltscher jedoch schlug ihn lustig auf die Schulter, nannte ihn Kollege und confrère, und als Esch ihn fragend anblickte, wies er auf die beiden Paare und sagte: »No, wir müssen zusammenhalten, wir Junggesellen.« – »Da muß ich mich Ihrer doch erbarmen«, sagte Fräulein Erna darauf und wechselte den Platz, so daß sie nun zwischen Gernerth und Esch zu sitzen kam, Herr Gernerth aber gekränkt sagte: »So wird ein armer Künstler immer wieder verkürzt... ja, die Kaufleute.« Teltscher meinte, Esch möge sich das nicht gefallen lassen, im Kaufmannsstand allein sei noch Solidität und weiter Blick zu finden. Das Theatergeschäft wäre ja gewiß auch als kaufmännisches zu betrachten und sogar als das schwierigste, und alle Achtung vor Herrn Gernerth, der nicht nur sein Direktor, sondern gewissermaßen auch sein Kompagnon sei und der in seiner Art sicherlich als tüchtiger Kaufmann gelten dürfe, selbst wenn er seine Erfolgsmöglichkeiten nicht immer in entsprechender Weise ausnütze. Er, Teltscher-Teltini, könne das recht gut ermessen, denn er habe, ehe es ihn zum Künstlerberuf gezogen hatte, selber als Kaufmann begonnen. »Und was ist das Ende vom Lied? Ich sitz' hier, wo ich lauter Prima-Engagements in Amerika haben könnt'... oder bin ich vielleicht keine prima Nummer?« In Esch rebellierte eine unklare Erinnerung: was hatten die den Kaufmannsstand so sehr zu loben; gar so weit ist es mit der gepriesenen Solidität auch nicht her. Er sagte es ihnen geradeheraus und schloß: »Natürlich gibt es Unterschiede, zum Beispiel der Nentwig und der Präsident v. Bertrand, das sind beides Kaufleute, und der eine ist ein Schwein und der andere... der ist eben was anderes, was Besseres.« Korn brummte verächtlich, daß der Bertrand ein weggelaufener Offizier sei, das wissen alle, der brauche sich nichts einzubilden. Esch hörte es nicht ungern, also war der Unterschied gar nicht so arg groß. Aber das verschlug nichts; der Bertrand war etwas Besseres, und überhaupt waren das Gedanken, an die Esch sich nicht recht heranwagen wollte. Teltscher indessen fuhr fort, von Amerika zu reden: drüben, fein, da könnte man hochkommen, da brauche man sich nicht wie hier umsonst zu schinden. Und er zitierte: »Amerika, du hast es besser.« Gernerth seufzte; ja, wenn man bloß genügend Kaufmann wäre, dann wäre jetzt manches anders: schwer reich sei er schon einmal gewesen, doch trotz allen kaufmännischen Geistes habe er eben die kindliche Vertrauensseligkeit des Künstlers, und das ganze Kapital, fast eine Million Mark, ist ihm durch einen Gaunerstreich wieder entrissen worden. Ja, Herr Esch möge nur schauen, so reich sei der Direktor Gernerth gewesen! Tempi passati. Nun, er wird es schon wieder schaffen. Er denke an einen Theatertrust, eine große Aktiengesellschaft, um deren Anteile sich die Leute noch reißen würden. Man müsse bloß mit der Zeit gehen und Kapital müßte man beibringen. Und mit einem neuerlichen Handkuß für Fräulein Erna ließ er sich das Glas noch einmal vollschenken, sagte genießerisch: »Deliziös«, und gab die Hand nicht mehr frei, die willig und befriedigt ihm überlassen blieb. Esch aber, von dem Gehörten überwältigt und nachdenklich gestimmt, merkte kaum, daß Fräulein Ernas Schuh auf dem seinen stand, sah bloß von ferne und in der Dunkelheit Korns gelbe Hand, – die nämlich lag auf der Achsel Ilonas, und es war leicht zu erraten, daß Balthasar Korn seinen kräftigen Arm um Ilonas Schulter geschlungen hatte.

Dann mußte schließlich doch Licht gemacht werden, und nun sprachen sie alle durcheinander, und nur Ilona schwieg. Und da es Theaterzeit wurde und man nicht auseinandergehen wollte, lud Gernerth seine Gastgeber ein, die Vorstellung zu besuchen. So machten sie sich fertig und fuhren mit der Straßenbahn in die Stadt. Die beiden Damen saßen drinnen im Wagen und die Männer rauchten ihre Zigarren auf der Plattform. Der kalte Regen warf Tropfen in ihre erhitzten Gesichter, und das war angenehm.

Der Händler, bei dem August Esch seine billigen Zigarren zu erstehen pflegte, hieß Fritz Lohberg. Er war ein junger Mann, etwa im gleichen Alter wie Esch, und dies mochte der Grund sein, warum Esch, der stets mit älteren Leuten verkehrte, ihn als Idioten behandelte. Dennoch sollte der Idiot eine gewisse Bedeutung für sein Leben erhalten, sicherlich keine überragende, aber eigentlich hätte Esch selber stutzig werden müssen, daß er sich just an diesen Laden so rasch gewöhnt hatte und Lohbergs Stammkunde geworden war. Schön, der Laden lag auf seinem Weg, doch das war noch lange kein Grund, sich sogleich darin heimisch zu fühlen. Freilich, es war ein properer Laden und man mochte sich gerne darin aufhalten: der helle reine Tabaksgeruch, der in dem Raume schwebte, gab ein leichtes Gefühl in der Nase, und es war angenehm, über den polierten Tisch zu streichen, an dessen einem Ende stets einige geöffnete Probeschachteln hellbrauner Zigarren und ein Kistchen mit Zündhölzern neben der glänzend vernickelten automatischen Kasse standen. Tätigte man einen Kauf, so erhielt man ein Zündholzpaket gratis, und das war von einer adretten Großzügigkeit. Ferner gab es einen riesigen Zigarrenabschneider, den Herr Lohberg stets bei der Hand hatte, und wenn man die Zigarre gleich in Brand zu stecken wünschte, so schnitt er mit einem scharfen kleinen Knacks die Spitze ab, die man ihm hinhielt. Es war ein guter Aufenthaltsort, hell und sonnig und freundlich hinter blanken Schaufenstern und an diesen kalten Tagen voll einer guten, sozusagen glatten Wärme, die über den weißen Steinfliesen lag und von der überhitzten Staubigkeit des Glaskäfigs im Speditionsmagazin wohltuend sich unterschied. Aber das genügte gerade, um nach der Arbeit oder in der Mittagspause gerne herzukommen, mehr bedeutete es nicht. Man lobte dann die Ordnung, schimpfte auf den Dreck, in dem man selber zu schuften hatte; doch das war nicht ganz ernst gemeint, denn Esch wußte recht gut, daß man die schöne Ordnung, die er in seinen Büchern und Magazinslisten hielt, nicht auf die Stapelung von Kisten und Ballen und Fässern übertragen konnte, und mochte der Lagermeister noch so sehr dahinter sein. Hier im Laden dagegen herrschte eine seltsam beruhigende Geradlinigkeit und eine fast weibliche Präzision, die um so seltsamer schien, als es für Esch kaum oder bloß mit Unbehagen vorzustellen war, daß Zigarren von Mädchen verkauft werden könnten; bei aller Reinlichkeit, es war Männerarbeit, etwas, was ihn an gute Kameradschaft erinnerte: so sollte Männerfreundschaft aussehen und nicht so beiläufig und salopp wie die unordentliche Hilfsbereitschaft eines Gewerkschaftssekretärs. Aber das waren lauter Dinge, über die sich Esch eigentlich keine Gedanken machte; das kam bloß so nebenbei. Hinwiederum war es komisch und auffällig, daß Lohberg mit dem Lose, das ihm beschieden war und mit dem er hätte glücklich sein können, sich nicht zufrieden gab, und noch komischer waren die Gründe, die Lohberg dafür ins Treffen führte und an denen es so recht deutlich wurde, daß er ein Idiot war. Denn obwohl er an der Automatenkasse ein Pappschild hängen hatte: »Rauchen hat noch keinem geschadet«, und obwohl er seinen Zigarrenkistchen hübsche Geschäftskarten beilegte, die nicht nur die Geschäftsanschrift und die Spezialsorten anzeigten, sondern auch ein Verslein trugen: »Wer stets nur reines Kraut geraucht, hat niemals noch den Arzt gebraucht«, so glaubte er doch selbst nicht daran, ja, er rauchte seine eigenen Zigaretten bloß aus Pflichtgefühl und Schuldbewußtsein, und in steter Furcht vor dem sogenannten Raucherkrebs erlebte er an sich, an seinem Magen, seinem Herzen, seinem Rachen alle üblen Wirkungen des Nikotins. Er war ein schmächtiger kleiner Mensch mit einem dunklen Schnurrbartanflug und glanzlosen Augen, die viel Weiß zeigten, und seine etwas schiefen Allüren und Bewegungen standen zu seinen sonstigen Überzeugungen in einem nicht minder merkwürdigen Gegensatz als das Geschäft, das er betrieb und das er doch nicht gegen ein anderes auszutauschen dachte: nicht nur, daß er im Tabak die Volksvergiftung und die Vergeudung des Nationalwohlstandes sah, unausgesetzt wiederholend, daß man das Volk von dem Gifte erlösen müßte, er trat überhaupt für ein großes, naturgemäßes, echt deutsches Leben und Wesen ein, und ein großer Schmerz war es ihm, nicht mit gewaltiger Brust und in gewaltiger Blondheit leben zu können. Immerhin ließ sich diese Benachteiligung durch die Mitgliedschaft in antialkoholischen und vegetarischen Vereinen zum Teil wieder wettmachen, und so hatte er neben der Registrierkasse stets eine Anzahl einschlägiger Zeitschriften liegen, die ihm zumeist aus der Schweiz zugeschickt wurden. Kein Zweifel, er war ein Idiot.

Esch, der gern rauchte, große Fleischportionen vertilgte und Wein trank, wo immer es anging, wäre nun von den Argumenten des Herrn Lohberg, trotz des lockenden Wortes von der Erlösung, das aus ihnen immer wieder herausklang, nicht so sehr beeindruckt gewesen, wäre ihm nicht eine seltsame Parallele zur Haltung Mutter Hentjens aufgefallen. Allerdings, Mutter Hentjen war eine vernünftige Frau, eine besonders vernünftige Frau sogar, und hatte mit solchem Kauderwelsch nichts zu tun. Wenn aber Lohberg, treu den calvinistischen Meinungen, die ihm mit den Zeitschriften aus der Schweiz geliefert wurden, wie ein Pfarrer gegen den Sinnengenuß herzog und gleichzeitig wie ein sozialistischer Redner in einer Freidenkerversammlung für ein freies einfaches Leben am Busen der Natur eintrat, wenn er solcherart an seiner dürftigen Person erahnen ließ, daß die Welt einen Bruch hatte, einen fürchterlichen Buchungsfehler, der nur durch eine wundersame neue Eintragung zur Erlösung gebracht werden konnte, so war in solchem Durcheinander vor allem bloß das eine deutlich, daß es mit Mutter Hentjens Betrieb ebenso lag wie mit Lohbergs Zigarrengeschäft: sie mußte ihren Erwerb von den betrunkenen Männern nehmen, und auch sie haßte und verachtete ihren Erwerb und ihre Kundschaft. Es war zweifellos ein seltsames Zusammentreffen, und Esch dachte schon daran, Frau Hentjen davon zu schreiben, damit sie über solchen Zufall sich gleichfalls verwundere. Aber er ließ es bleiben, als er sich überlegte, wie befremdet Frau Hentjen sein würde, vielleicht sogar beleidigt, daß er sie mit einem Menschen verglich, der ungeachtet aller Tugendhaftigkeit ein Idiot war. Er sparte es sich also für einen mündlichen Bericht auf; er würde ohnehin bald dienstlich in Köln zu tun haben.

Nichtsdestoweniger blieb der Fall Lohberg besprechenswert; eines Abends als Esch mit Korn und Fräulein Erna bei Tische saß, machte sich sein Mitteilungsbedürfnis Luft.

Die beiden Geschwister kannten selbstverständlich den Zigarrenhändler. Korn hatte schon manchmal bei ihm eingekauft, doch von den Eigenheiten des Mannes hatte er nichts bemerkt: »Man tät's ihm nicht ansehen«, beschloß er seine schweigende Gedankenreihe, mit welcher er Esch beipflichtete, daß es sich um einen Idioten handle. Fräulein Erna jedoch hatte eine lebhafte Abneigung gegen den geistigen Doppelgänger der Frau Hentjen gefaßt und fragte vor allem, ob Frau Hentjen etwa gar der so lange geheimgehaltene Schatz des Herrn Esch sei. Das müsse ja eine sehr tugendhafte Dame sein, aber sie glaube schon, daß sie es mit ihr aufnehmen könne. Und was die Tugend des Herrn Lohberg anlange, so sei es natürlich nicht schön, wenn einer, wie ihr Herr Bruder, die ganzen Gardinen vollrauche, andererseits merke man dann wenigstens, daß ein Mann im Hause sei. »Ein Mann, der gar nichts tut, nur Wasser trinkt...«, sie suchte nach Worten, »mir wäre er ekelhaft.« Und dann erkundigte sie sich, ob Herr Lohberg überhaupt schon eines Weibes Liebe genossen hätte. »Wird schon noch eine Unschuld sein, der Idiot«, meinte Esch, und Korn, voraussehend, daß man mit dem noch seine Gaudi haben werde, schrie: »Der keusche Josef.«

Sei es deshalb, sei es, weil er seinen Mieter unter Kontrolle hielt, sei es, weil es sich bloß so ergab, Korn wurde nun gleichfalls Kunde in Lohbergs Geschäft, und Lohberg fürchtete sich, so oft der Herr Zollinspektor polternd eintrat. Die Furcht war nicht unberechtigt. An einem der nächsten Abende geschah es; knapp vor Ladenschluß kam Korn mit Esch zu Lohberg und kommandierte: »Mach dich fertig, Bürscherl, heute verlierst deine Unschuld.« Lohberg rollte hilflose Augen und deutete auf einen Mann in Heilsarmeeuniform, der sich im Laden aufhielt. »A Maskerer«, sagte Korn, und Lohberg stellte verwirrt vor: »Ein Freund von mir.« – »Wir sind auch Freund'«, konstatierte Korn und hielt dem Heilsarmeemann die Pranke hin. Das war ein sommersprossiger, etwas finniger, rothaariger Bursche, welcher gelernt hatte, daß man zu jeder Seele freundlich sein müsse; er lachte Korn ins Gesicht und rettete Lohberg: »Bruder Lohberg hat uns versprochen, heute in unseren Reihen zu streiten. Ich hole ihn dazu ab.« – »So, streiten gehts Ihr, da gehen wir mit«, Korn war begeistert, »wir sind Freund'...« – »Jeder Freund ist uns willkommen«, sagte der fröhliche Heilsarmeesoldat. Lohberg wurde nicht gefragt; er hatte ein ertapptes Gesicht und schloß betreten den Laden. Vergnügt war Esch den Vorgängen gefolgt, doch weil er sich über Korns Breitspurigkeit ärgerte, klopfte er Lohberg wohlwollend auf die Schulter, nicht anders, als Teltscher es mit ihm selber zu tun pflegte.

Sie marschierten in die Neckarvorstadt hinaus. Schon in der Käfertaler Straße hörte man Trommel- und Beckenschlag und Korns Soldatenbeine kamen in Takt. Als sie aus der Straße traten, sahen sie in der Dämmerung die Heilsarmeeleute am Rande der Anlage. Es hatte dünn und wässerig geschneit und wo die kleine Menschengruppe versammelt war, da war der Schnee zu einer schwarzen Suppe zerronnen, die sich kalt in die Stiefel einfraß. Der Leutnant stand auf einer Bank, rief in das beginnende Dunkel: »Kommet zu uns, lasset euch retten, der Erlöser ist nahe, rettet die gefangene Seele!« Aber nur wenige waren seinem Rufe gefolgt, und wenn seine Soldaten mit Trommel- und Beckenschlag von der erlösenden Liebe sangen und ihr Halleluja ertönen ließen: »Herr Gott Zebaoth, rett', o rett' uns vor dem Tod«, so stimmte kaum einer der umstehenden Zivilisten mit ein, und sicherlich sahen die meisten bloß aus Neugierde dem Spektakel zu. Und obgleich die braven Soldaten aus Leibeskräften sangen und die beiden Mädchen mit aller Macht ihre Tamburins schlugen, es wurde dennoch immer lichter um sie herum, je dunkler es am Himmel wurde, und bald standen sie allein mit ihrem Leutnant und hatten nur mehr Lohberg, Korn und Esch als Zuschauer. Lohberg hätte vielleicht auch jetzt noch gerne mitgesungen, er hätte es auch ganz bestimmt getan und sich auch vor Esch und Korn weder geschämt noch gefürchtet, hätte ihm Korn nicht in einem fort unter Rippenstößen »Lohberg, mitsingen!« befohlen. Es war keine angenehme Lage für Lohberg und er war froh, als ein Schutzmann kam und sie zum Gehen aufforderte. Da machten sie sich alle auf den Weg ins Thomasbräu. Und es wäre doch so gut gewesen, wenn Lohberg mitgesungen hätte, ja, es wäre dann vielleicht sogar ein kleines Wunder geschehen, denn es hätte nicht viel gefehlt und auch Esch hätte seine Stimme erhoben zum Preise des Herrn und der erlösenden Liebe, ja, nur eines kleinen Anstoßes hätte es bedurft und vielleicht wäre Lohbergs Singen dieser Anstoß geworden. Aber das läßt sich jetzt hinterher nicht mehr entscheiden.

Was da draußen geschehen war, Esch verstand es selber nicht: die beiden Mädchen hatten Tamburin geschlagen, während ihr Kommandant auf der Bank stand und ihnen das Zeichen zum Einsatz gab, und das hatte merkwürdig an die Befehle erinnert, die Teltscher auf der Bühne Ilona erteilte. Vielleicht war es die plötzlich erstarrende Ruhe des Abends gewesen, der hier am Rande der Stadt erstummte wie die Musik im Theater, die Unbeweglichkeit des schwarzen Baumgeästes, das in den dunkelnden Himmel hineinstarrte, und hinten am Platz waren die Bogenlampen aufgeflammt. Alles blieb unverständlich. Durch die Schuhe drang beißend die Kälte des nassen Schnees; aber nicht bloß deshalb wäre Esch lieber auf der trockenen Bank droben gestanden, das Heil und die Erlösung zu predigen, sondern es war auch das fremdartige Gefühl verwaister Einsamkeit wieder da, und plötzlich war es ihm erschreckend klargeworden, daß er mutterseelenallein werde sterben müssen. Irgendeine vage und doch überraschende Hoffnung war aufgestiegen, daß dies besser, viel besser werden würde, wenn er auf der Bank droben hätte stehen können: und er sah Ilona vor sich, Ilona in der Uniform der Heilsarmee, zu ihm emporschauend und seines erlösenden Zeichens harrend, das Tamburin zu schlagen und Halleluja zu rufen. Aber Korn hatte sich neben ihm aufgepflanzt, feixte aus dem hochgestellten Kragen des nassen Uniformmantels hervor, und bei diesem Anblick hatte sich die Hoffnung verkrochen. Esch verzog den Mund, seine Miene wurde verächtlich, und nun war es ihm fast recht, daß es keine Gemeinschaft gab. Jedenfalls war auch er froh, daß der Schutzmann sie weggeschickt hatte.

Vorne schritt Lohberg mit dem finnigen Heilsarmeesoldaten und dem einen der beiden Mädchen. Esch stapfte hinterdrein. Ja, ob so eine Tamburin schlägt oder Teller wirft, man braucht's ihnen bloß zu befehlen, es ist immer dasselbe, nur das Kleid ist verschieden. Von der Liebe singen sie da wie dort. »Erlösende vollkommene Liebe«, Esch mußte lachen, und er beschloß, die brave Heilssoldatin diesbezüglich zu begutachten. Wie sie in die Nähe des Thomasbräu kamen, blieb das Mädchen stehen, stellte den Fuß auf einen Mauervorsprung, bückte sich und begann die Schnüre ihres nassen unförmigen Stiefels zu knüpfen. Wie sie nun zusammengeklappt dastand, den schwarzen Strohhut gegen das Knie gebeugt, war sie eine höchst unmenschliche Masse, eine Mißgeburt, dennoch von einer gewissen, sozusagen mechanischen Sachlichkeit, und Esch, der bei anderer Gelegenheit eine solche Positur mit einem Klaps auf den vorgestreckten Körperteil quittiert hätte, war ein wenig erschrocken, als sich keine Lust hiezu einstellte, und fast wollte es ihn bedünken, als sei wieder eine Brücke zum Nebenmenschen abgebrochen worden, und er sehnte sich nach Köln zurück. Damals in der Küche hatte er ihr unter die Brüste greifen wollen; ja, Mutter Hentjen wäre es gestattet, sich niederzubücken und sich die Schuhe zu schnüren. Da aber alle Männer dieselben Gedanken haben, wies Korn, der gut gelaunt alle Welt duzte, auf das Mädchen: »Glaubst, daß die laßt?« Esch warf ihm einen giftigen Blick zu, Korn hingegen gab keine Ruhe: »Untereinander werden's schon tun, die Soldaten.« Mittlerweile waren sie beim Thomasbräu angelangt und sie traten in den hellen lärmenden Saal, in dem es nach Braten, Zwiebel und Bier angenehm roch.

Hier allerdings widerfuhr Korn eine Enttäuschung. Denn die Heilsarmeeleute waren nicht zu bewegen, gleichfalls am Tische Platz zu nehmen, sondern verabschiedeten sich, um im Saale zu sammeln und ihre Zeitungen zu verkaufen. Auch Esch wäre es lieber gewesen, wenn sie ihn nicht mit Korn alleingelassen hätten: irgendein Rest von Hoffnung schwamm noch in seiner Seele, daß sie ihm das zurückbringen könnten, was er draußen unter den dunkelnden Bäumen erfahren und doch nicht hatte erfassen können. Andererseits war es wieder gut, daß sie sich den Hänseleien Korns entzogen, und es wäre noch besser gewesen, wenn sie Lohberg mit sich genommen hätten, denn Korn versuchte nun sich zu entschädigen und die Gaudi mit Lohberg zu beginnen, indem er mit Hilfe einer Portion Zwiebelfleisch und einer Maß Bier den Hilflosen zur Durchbrechung seiner Prinzipien bringen wollte. Indes der Schwache hielt stand, sagte bloß still: »Man spielt nicht mit Menschenleben« und berührte weder Fleisch noch Bier so daß Korn, neuerlich enttäuscht, ingrimmig sich bequemen mußte, diese Portionen selber zu vertilgen, damit sie nicht ungenützt davongetragen würden. Esch betrachtete den dunklen Tümpel am Grunde seines Maßkrugs; komisch, daß das Heil davon abhängen sollte, ob man das austrank oder nicht. Trotzdem war er dem sanft verstockten Idioten beinahe dankbar. Lohberg saß still lächelnd da, und manchmal glaubte man, daß er mit seinen großen weißen Augen zu weinen beginnen werde. Als jedoch die Heilsarmeeleute auf ihrem Rundgang zwischen den Tischen wieder in die Nähe kamen, stand er auf und es schien, als wollte er ihnen etwas zurufen. Wider Erwarten tat er es nicht, sondern blieb einfach stehen. Plötzlich sagte er unvermittelt, sinnlos, unbegreiflich für jeden, der es hörte, ein einziges Wort; er sagte laut und deutlich das Wort »Erlösung«, und dann setzte er sich wieder hin. Korn sah Esch an und Esch sah Korn an. Wie nun aber Korn einen Finger zur Stirn führte, um mit einer kreisenden Bewegung den Zustand in Lohbergs Kopf darzutun, da veränderte sich das Bild in höchst merkwürdiger und schreckhafter Weise, und es war, als schwebte das Wort der Erlösung befreit über dem Tische, gehalten und doch losgelöst von einer unsichtbar kreisenden Mechanik, losgelöst auch von dem Munde, der es ausgesprochen hat. Und obwohl die Verachtung für den Idioten um keinen Deut geringer wurde, schien das Reich der Erlösung zu bestehen, konnte bestehen, mußte bestehen, und sei es bloß, weil der Korn, dieses tote Stück Vieh mit breitem Hintern im Thomasbräu saß und nicht bis zur nächsten Straßenecke, geschweige denn bis zur erlösten Freiheit der Ferne zu denken vermochte. Und wenn auch Esch deshalb noch lange nicht zum Tugendbold wurde, vielmehr mit dem Krug auf den Tisch klopfte und sich noch ein Bier geben ließ, so wurde er doch schweigsam wie Lohberg, und als Korn nach Aufhebung der Tafel vorschlug, nun mit dem keuschen Josef zu Mädchen zu gehen, weigerte sich Esch, heute mitzutun, ließ den vollends enttäuschten Balthasar Korn auf der Straße stehen und begleitete den Zigarrenhändler nach Hause, sehr zufrieden, daß ihnen Korn unflätige Worte nachrief. Es hatte zu schneien aufgehört und in dem lauen Wind, der sich erhoben hatte, flatterten die häßlichen Worte wie leichte Frühlingsbänder.

In jener außerordentlichen Bedrängnis, die jedem Menschen auferlegt ist, wenn er, der Kindheit entwachsen, zu ahnen beginnt, daß er einsam und brückenlos seinem einstigen Tode entgegenzugehen hat, in dieser außerordentlichen Bedrängnis, die eigentlich schon eine göttliche Furcht zu nennen ist, sucht der Mensch nach einem Genossen, damit er mit ihm Hand in Hand dem dunklen Tore zuschreite, und wenn er die Erfahrung gemacht hat, wie lustvoll es unleugbar ist, mit einem anderen Wesen im Bette zu liegen, so meint er, daß diese sehr innige Vereinigung der Haut hindauern könne bis zum Sarge: wenn also auch manches widerwärtig aussieht, weil es zwischen schlecht gelüfteten und groben Bettlaken vor sich geht, oder weil man meinen könnte, es käme einem Mädchen bloß darauf an, in ihrem späteren Alter von einem Manne versorgt zu werden, so möge man doch nie vergessen, daß jedes Wesen, auch wenn es von gelblicher Hautfarbe ist, spitzig und klein und mit einer sichtbaren Zahnlücke oben links, daß dieses Wesen trotz seiner Zahnlücke nach jener Liebe schreit, die es in Ewigkeit vor dem Tode bewahren soll, vor einer Todesfurcht, die täglich neu mit der Nacht sich herabsenkt auf das einsam schlafende Geschöpf, Furcht, die es bereits umzüngelt und beleckt gleich einer Flamme, wenn es sich seiner Kleider entledigt, wie es Fräulein Erna nun tat: sie legte die rotsamtene verschlossene Taille ab und ließ den dunkelgrünen Tuchrock fallen und auch den Unterrock. Auch die Schuhe zog sie aus; die Strümpfe hingegen behielt sie an und ebenso den weißgestärkten Unterrock, ja, sie konnte sich nicht einmal entschließen, das Mieder zu öffnen. Sie hatte Angst, aber sie verbarg die Angst hinter einem verschmitzten Lächeln und beim Scheine der züngelnden Kerzenflamme auf dem Nachttisch schlüpfte sie, ohne sich weiter zu entkleiden, ins Bett.

Es begab sich nun weiters, daß sie Esch mehrmals durch den Vorraum schreiten hörte, wobei er größeren Lärm machte, als die Verrichtungen, denen er oblag, es erfordert hätten. Vielleicht waren diese Verrichtungen selbst etwas überflüssig, denn wozu mußte er jetzt noch zweimal Wasser holen? Und gar so schwer war der Eimer gewiß nicht, daß man ihn im Vorraum gerade vor Ernas Türe mit einem Krach zu Boden stellen mußte. Und jedesmal, wenn Fräulein Erna solches vernahm, wollte sie nicht zurückbleiben und machte gleichfalls Lärm: rekelte sich in dem knarrenden Bett, stieß sogar absichtlich gegen die Fußwand und seufzte vernehmlich wie ein schläfriger Mensch »Ach Gott«, und auch Husten und Räuspern benützte sie zu solchem Zwecke. Esch jedoch war ein Mensch impetuoser Haltungen, und nachdem sie sich auf diese Art eine kleine Weile telegraphiert hatten, trat er kurz entschlossen bei ihr ein.

Da lag nun Fräulein Erna in ihrem Bette und lächelte mit ihrer Zahnlücke verschmitzt und listig und zugleich ein wenig freundlich ihm entgegen und gefiel ihm eigentlich nicht sehr. Dessenungeachtet leistete er ihrer Aufforderung: »Aber Herr Esch, jetzt machen Sie aber, daß Sie da wieder hinauskommen«, keine Folge und blieb ruhig in dem Zimmer, und er tat dies nicht nur, weil er ein Mensch grober Sinnlichkeit war wie eben die meisten Menschen, tat es nicht nur, weil zwei Personen verschiedenen Gechlechtes, die in vertrauter Wohnungsgemeinschaft leben, der Mechanik ihrer Körperlichkeit kaum entrinnen können und mit der Überlegung »warum schließlich nicht« sich leichthin ihr unterwerfen, er tat es nicht nur, weil er bei ihr Ähnliches vermutete und ihre Aufforderung nicht ernst nahm, er tat es also sicherlich nicht bloß infolge seiner niedrigen Triebe, selbst wenn man zu diesen auch noch die Eifersucht zählt, die bei jedem Manne erregt wird, sooft er zusehen muß, wie ein Mädchen mit Herrn Gernerth poussiert, sondern auch für den Menschen Esch galt es, daß die Lust, die der Mensch als Selbstzweck zu suchen meint, einem höheren Zwecke dient, den er kaum ahnt und der ihn dennoch beherrscht, und der doch nichts anderes ist als die Aufgabe, jene große Angst zu betäuben, die weit über ihn hinausreicht, auch wenn sie manchmal bloß die zu sein scheint, die den Handlungsreisenden befällt, wenn er ferne von Frau und Kindern sich in das einsame Hotelbett legt: Angst und Lust des Reisenden, der bei dem häßlichen, ältlichen Stubenmädchen schläft, manchmal mit herzbrechenden Zoten und oftmals mit schlechtem Gewissen. Natürlich dachte Esch, da er seinen Wassereimer hart auf den Boden stellte, nicht mehr an die Einsamkeit, die wieder über ihn gekommen war, seit er Köln verlassen hatte, er dachte auch nicht an die Einsamkeit, die über der Bühne lag, bevor Teltscher die blitzenden, spiegelnden Messer sausen ließ. Doch wie er jetzt, auf dem Rande von Fräulein Ernas Bett sitzend und über sie gebeugt, nach ihr begehrte, da wollte er mehr von ihr als das, was man sich unter den Wünschen eines brünstigen Mannes im landläufigen Sinne vorstellt, denn hinter dem scheinbar so sehr Handgreiflichen, ja Ordinären, steht immer die Sehnsucht, die Sehnsucht der gefangenen Seele nach Erlösung aus ihrer Einsamkeit, nach einer Rettung, die ihm und ihr, ja vielleicht allen Menschen und sicherlich auch Ilona gelten sollte, einer Rettung, die das Mädchen Erna ihm nicht gewähren konnte, weil weder sie noch er wußten, was er meinte. So war der Zorn, der ihn ergriff, als sie ihm das Letzte vorenthielt und zart abwehrte: »Wenn wir Mann und Frau sein werden«, nicht bloß der Zorn des enttäuschten Männchens und nicht bloße Wut, weil er den Scherz ihrer Bekleidung entdeckt hatte, es war mehr und war Verzweiflung, mochte es auch kaum nach Edlerem aussehen, als er grob und ernüchtert antwortete: »Na, denn nicht.« Und obwohl ihm ihre Weigerung als ein Fingerzeig Gottes zur Keuschheit erschien, war er sofort aus dem Hause und zu einem willigeren Mädchen gegangen. Das kränkte Erna.

Seit jenem Abend war offener Krieg zwischen Esch und Fräulein Erna. Sie ließ sich keine Gelegenheit entgehen, seine Begierde zu reizen, und nicht minder ergriff er jeden Anlaß, den Versuch zu erneuern und die Widerstrebende ohne Eheversprechen in sein Bett zu ziehen. Der Kampf begann am Morgen, da sie ihm, dem kaum Bekleideten, das Frühstück ins Zimmer brachte, eine lüsterne Bemutterung, die ihn in Raserei versetzte, und endete abends, gleichgültig, ob sie nun ihre Stube versperrte oder ihn eindringen ließ. Keines der beiden sprach das Wort der Liebe aus, und wenn zwischen ihnen nicht offener Haß entbrannte, vielmehr manches in Form böser Scherze vor sich ging, so lag dies bloß daran, daß sie einander noch nicht besessen hatten.

Oftmals dachte er, daß es mit Ilona anders und besser sein müßte, aber sonderbar genug, wollten sich seine Gedanken nicht an sie heranwagen. Ilona war etwas Besseres, ungefähr so wie der Präsident Bertrand etwas Besseres war. Und Esch nahm es nicht einmal ungern hin, daß es zu den Scherzen Ernas gehörte, ihm jedes Beisammensein mit Ilona zu vereiteln, ja, es war ihm ganz recht, so sehr ihn auch das neckische Getue und diese kichernde Scherzhaftigkeit erbitterten. Dabei war jetzt Ilona nahezu täglich in der Wohnung und es hatte sich zwischen ihr und Erna eine Art Freundschaft entwickelt. Was sie miteinander trieben, war Esch allerdings unverständlich: kam er nach Hause und spürte er das starke und billige Parfüm Ilonas, das ihn stets erregte, so fand er die beiden Frauen in einer merkwürdig stummen Zwiesprache: Ilona hatte kein deutsches Wort zugelernt, und Fräulein Erna war genötigt, sich darauf zu beschränken, die Freundin zu streicheln, sie vor den Spiegel zu stellen und an ihrer Frisur und an ihrem Kleide bewundernd herumzuzupfen. Doch meistens sah Esch sich ausgeschaltet. Denn Erna hatte es geradezu darauf angelegt, ihm die Anwesenheit der Freundin zu verheimlichen. So saß er eines Abends unschuldigen Sinnes auf seinem Zimmer, als die Flurschelle ertönte. Er hörte Erna öffnen, und hätte sich weiter nichts Böses gedacht, wenn nicht plötzlich der Schlüssel in seiner Türe umgedreht worden wäre. Mit einem Satz war Esch bei der Tür: er war eingesperrt! Das Frauenzimmer hatte ihn eingesperrt! Und obwohl er diese albernen Scherze nachgerade hätte ignorieren müssen, war es stärker als er, und er begann zu toben und an die Tür zu trommeln, bis endlich Fräulein Erna öffnete, um kichernd hereinzuschlüpfen. »So«, sagte sie, »jetzt kann ich mich Ihnen widmen... wir haben nämlich einen Gast, aber um den kümmert sich schon Balthasar.« Da rannte Esch wütend davon.

Als er eines Nachts spät heimkehrte, roch es im Vorhaus wieder nach ihrem Parfüm. Sie war also wieder einmal hier gewesen oder sie mußte noch hier sein, denn nun sah er auch ihren Hut am Haken hängen. Aber wo steckte sie? Die Wohnstube war dunkel. Korn schnarchte daneben in seiner Kammer. Sie wird doch nicht ohne Hut fortgegangen sein! Esch horchte an Ernas Tür; er hatte die erregende und beklemmende Vorstellung, daß die beiden Frauen da drinnen beieinander lägen. Vorsichtig drückte er die Klinke nieder; die Türe gab nicht nach, sie war abgesperrt, wie immer, wenn Fräulein Erna wirklich zu schlafen wünschte. Esch zuckte die Achsel und ging lärmend auf sein Zimmer. Aber es litt ihn nicht im Bett; er schaute in den Vorraum hinaus; das Parfüm schwebte noch immer in der Luft und der Hut hing noch immer dort. Etwas war nicht in Ordnung, das fühlte man, und Esch schlich durch die Wohnung. Da war es ihm, als werde in Korns Zimmer geflüstert; freilich, Korn war nicht der Mensch, der flüstern konnte, und Esch horchte schärfer hin: da stöhnte Korn, unverkennbar stöhnte er, und Esch, ein Kerl, der sich vor einem Korn gewiß nicht zu fürchten brauchte, floh mit nackten Füßen in seine Stube zurück, als ob etwas Entsetzliches hinter ihm her gewesen wäre. Am liebsten hätte er sich die Ohren zugehalten.

Am Morgen weckte ihn Erna aus bleiernem Schlaf, und ehe er noch eine Frage anbringen konnte, sagte sie: »Pst, eine Überraschung – stehen Sie nur auf!« Eilends zog er sich an, und als er in die Küche hinaus kam, in der Erna hantierte, nahm sie ihn bei der Hand und führte ihn auf Fußspitzen zu ihrer Stube, öffnete einen Spalt der Türe und ließ ihn hineinschauen. Da sah er Ilona; sie ließ den vollen weißen Arm, der noch immer keine Messerwunden aufwies, über die Bettkante hängen, in ihrem etwas aufgedunsenen Gesicht lagen die schweren Tränensäcke, und sie schlief.

Nun stellte sich Ilona öfters zu später Stunde in der Wohnung ein, und es dauerte verhältnismäßig lange, ehe Esch begriff, daß sie bei Balthasar Korn übernachtete und daß Erna die Liebschaft des Bruders sozusagen mit eigenem Leibe deckte.

Martin besuchte ihn in seiner Magazinskanzlei. Es war merkwürdig, wie dieser Verfemte, der von jedem Betriebsportier befehlsgemäß hinauszuweisen war, sich doch immer wieder Eintritt verschaffte und in aller Öffentlichkeit und mit aller Seelenruhe auf seinen Krücken sich durch die Arbeitsstätten dahinschwang, von niemandem aufgehalten, von vielen freundlich gegrüßt, sicherlich auch, weil ein jeder sich scheute, dem Krüppel etwas anzuhaben. Just an seiner Arbeitsstätte hatte Esch den Gewerkschaftssekretär allerdings nicht gebraucht; Martin hätte ihn ebensowohl draußen erwarten dürfen, aber andererseits konnte man sich auf ihn verlassen: er wußte, wann er kommen durfte und wann er zu gehen hatte, er war ein anständiger Bursche. »Morgen, August«, sagte er einfach, »ich wollte doch mal sehen, was du treibst. Hübsch hast du's hier; guten Tausch gemacht.« Wollte der Krüppel ihn erinnern, daß er ihm für dieses verfluchte Mannheim dankbar sein müsse? Immerhin, für die Geschichte zwischen Ilona und Korn war Martin nicht verantwortlich zu machen, und so erwiderte Esch bloß mürrisch: »Ja, guter Tausch.« Und irgendwie stimmte es auch. Denn jetzt, da Martin ihn an seinen früheren Posten und an Nentwig erinnerte, da war Esch heilfroh, mit Köln nichts mehr zu tun zu haben. Wie ein Hehler hielt er Nentwigs Missetat noch immer verborgen, und daß man in Köln den Essigfritze an jeder Straßenecke treffen konnte, das benahm einem alle Lust, je wieder dorthin zurückzukehren. Köln oder Mannheim, es war überhaupt kein Tausch – wo sollte man eigentlich leben, um von dem ganzen Dreck erlöst zu sein! Demungeachtet fragte er, wie es in Köln ginge. »Später«, sagte Martin, »jetzt habe ich keine Zeit; wo ißt du zu Mittag?« Und als er es erfahren hatte, schwang er sich eilig davon.

Nun freute sich Esch doch des Wiedersehens und weil er ein ungeduldiger Mensch war, konnte er die Mittagsstunde kaum erwarten. Es war über Nacht Frühling geworden, Esch ließ den Überrock im Magazin zurück; die Pflastersteine zwischen den Schuppen glänzten freundlich in der lauen Mittagssonne und mit einem Male gab es bei den Gebäudeecken auch junges frisches Gras zwischen den Steinen. Als er bei den Verladerampen vorbeiging, legte er die Hand auf die Eisenleiste, mit der die holperigen grauen Holzböden eingekantet waren, und auch das Eisen fühlte sich warm an. Falls er nicht nach Köln versetzt wird, muß er trachten, sein Fahrrad bald herzubekommen. Es atmete sich tief und leicht, und das Essen schmeckte ganz anders, vielleicht weil die Fenster der Gaststube offen standen. Martin erzählte, daß er wegen einer Streikangelegenheit heraufgekommen sei; sonst hätte er sich noch Zeit lassen können. Aber in den süddeutschen und elsässischen Fabriken gehe etwas vor und solche Dinge greifen gerne über: »Meinetwegen dürfen die ja streiken so viel sie wollen, wir jedoch können jetzt keinen Wirbel brauchen. Ein Streik der Transportarbeiter wäre heute der helle Wahnsinn... wir sind eine arme Gewerkschaft und von der Zentrale ist kein Geld zu kriegen... es wäre ein Zusammenbruch, der sich gewaschen hat. Natürlich, mit einem

Schiffer darfst du nicht rechnen, wenn so ein Ochse streiken will, hält ihn kein Teufel zurück. Über kurz oder lang werden sie mich noch totschlagen.« Er erzählte dies freundlich, ohne Bitterkeit. »Jetzt schreien sie schon wieder hinter mir her, daß ich von den Reedern bezahlt werde.« – »Vom Bertrand?« fragte Esch interessiert. Geyring nickte: »Selbstredend auch vom Bertrand.« – »So ein Schwein«, entfuhr es Esch. Martin lachte: »Der Bertrand? das ist ein hochanständiger Mann.« – »So, so, der ist also anständig... ist es wahr, daß er ein entlaufener Offizier ist?« – »Ja, er soll vom Militär weggegangen sein – das spricht doch bloß für den Mann.« So, so! das spricht für den Mann? nichts ist eindeutig, dachte Esch voll Zorn, nichts ist eindeutig, nicht einmal an solch schönem Frühlingstag: »Ich möchte bloß wissen, warum du dieses Geschäft noch weiter betreibst?« – »Jeder steht, wo Gott ihn hingestellt hat«, sagte Martin und sein altes Kindergesicht blickte fromm. Dann bestellte er Grüße von Mutter Hentjen und daß sich alle auf Eschs baldigen Besuch schon freuten.

Nach dem Essen begaben sie sich in Lohbergs Zigarrenladen. Sie hatten etwas Zeit und Martin ruhte auf dem schweren Eichenstuhl aus, der vor dem Ladentisch stand und der so blank und solid war wie alles andere in dem Laden. Gewöhnt, nach allem Gedruckten zu greifen, das ihm in Reichweite kam, blätterte Martin in den alkoholfeindlichen und vegetarischen Schweizer Zeitungen. »Alle Wetter«, sagte er, »fast ein Gesinnungsgenosse.« Lohberg war geschmeichelt, aber Esch verdarb ihm die Freude: »Ja, er gehört zu den Limonadebrüdern«, und um ihn gänzlich zu vernichten, setzte er hinzu: »Geyring hatte heute eine große Versammlung, aber eine richtige – keine Heilsarmee!« – »Leider«, sagte Martin. Lohberg, der eine große Schwäche für öffentliche Versammlungen und rednerische Darbietungen hatte, schlug sogleich vor, sie zu besuchen. »Das lassen Sie lieber bleiben«, sagte Martin, »zumindest soll Esch nicht hinkommen, dem könnte es schaden, wenn er dort gesehen wird. Außerdem dürfte die Sache nicht glatt abgehen.« – Esch hatte nicht eben Angst, seine Stelle zu gefährden, doch sonderbarerweise schien der Besuch der Versammlung wie eine Untreue gegen Bertrand. Lohberg dagegen sagte kühn: »Ich komme auf jeden Fall«, und Esch fühlte sich von dem Limonadeschwächling beschämt: nein, es ginge nicht an, einen Freund schutzlos in der Gefahr zu lassen und täte man es, man dürfte Mutter Hentjen nicht mehr unter die Augen treten. Indes er verschwieg seinen Entschluß. Martin erläuterte: »Ich glaube, daß uns die Reeder ein paar Provokateure hinschicken werden; sie haben ja alles Interesse daran, daß so ein wilder Streik in Gang kommt.« Und obwohl Nentwig kein Reeder war, sondern der feiste Prokurist eines Weingeschäftes, war es Esch, als ob der Verruchte auch bei dieser Perfidie die feiste Hand im Spiele hätte.

Die Versammlung fand, wie dies so üblich ist, im Saale eines kleinen Wirtshauses statt. Vor dem Eingang standen einige Schutzleute, musterten die Hineingehenden, und die gaben sich den Anschein, die Wächter nicht zu bemerken. Esch kam spät; als er eintreten wollte, klopfte ihm jemand auf die Schulter und als Esch sich umwandte, war es der Revierinspektor der Hafenwache. »Was führt denn Sie hierher, Herr Esch?« Esch war rasch gefaßt. Eigentlich bloße Neugierde; er habe erfahren, daß der Gewerkschaftssekretär Geyring, den er in Köln gekannt habe, hier sprechen werde und da er nun sozusagen mit zum Bau gehöre, interessiere ihn die ganze Aufmachung. »Davon möchte ich Ihnen abraten, Herr Esch«, sagte der Inspektor, »eben weil Sie vom Bau sind; es riecht brenzlig und Sie können keinen Nutzen davon haben.« – »Für einen Augenblick will ich es mir ansehen«, entschied Esch und ging hinein.

Der niedere Saal, geziert mit den Bildnissen des Kaisers, des Großherzogs von Baden und des Königs von Württemberg, war dicht gefüllt. Auf der Estrade stand ein weißgedeckter Tisch, hinter dem vier Männer saßen; einer von ihnen war Martin. Esch, zuerst ein wenig neidisch, weil nicht auch er an bevorzugter Stelle sitzen durfte, wunderte sich im nächsten Augenblick, daß er jenen Tisch überhaupt wahrgenommen hatte, so wüst lärmte das Chaos im Saale. Ja, es dauerte eine Zeitlang, bis er bemerkte, daß mitten im Saale ein Mensch auf einen Stuhl gestiegen war und eine unverständliche Sprache von sich gab, wobei er jedes Wort – besonders liebte er das Wort »Demagoge« – mit einer Schleudergeste unterstrich und zu dem Tische auf dem Podium hinaufwarf. Es war eine Art ungleicher Zwiesprache, denn die Antwort vom Tische war dünnes Bimmeln einer Glocke, die nicht durchdrang, schließlich aber das letzte Wort behielt, als Martin, auf Krücke und Stuhllehne gestützt, sich erhob und der Lärm verebbte. Zwar war nicht ganz deutlich zu verstehen, was Martin mit der etwas müden und ironischen Routine des gewiegten Versammlungsredners sagte, aber daß er mehr wert war als alle, die um ihn herumbrüllten, das fühlte Esch. Beinahe war es, als käme es Martin gar nicht darauf an, sich Gehör zu verschaffen, denn leicht lächelnd verstummte er und ließ die Rufe »Kapitalistensöldling«, »Schweinestaat«, »Kaiserlicher Sozialist« ruhig über sich ergehen, bis plötzlich unter all den Pfiffen ein schärferer ertönte – in der jähen Stille stand ein Polizeioffizier auf der Estrade und sagte knapp: »Im Namen des Gesetzes, die Versammlung ist aufgelöst; der Saal ist zu räumen.« Während Esch nun von den Hinausstürzenden aus der Türe gedrängt wurde, bemerkte er noch, daß der Polizeioffizier sich Martin zuwandte.

Wie einer Verabredung gemäß hatten sich die meisten zu dem Hofausgang des Lokales gedrängt. Freilich nützte das den Leuten nichts, denn das ganze Haus war inzwischen von der Polizei umstellt worden, und ein jeder mußte sich legitimieren oder mit auf die Polizeiwache. Beim Haupteingang war das Gedränge weniger arg; Esch hatte das Glück, wieder an den Revierinspektor zu geraten und konnte ihm rasch sagen: »Sie haben recht gehabt, einmal und nie wieder«; so entging er der Perlustrierung. Aber die Sache war noch nicht zu Ende. Die Leute standen nun vor dem Lokal, verhielten sich ruhig und schimpften bloß leise auf das Komitee, auf die Gewerkschaft und auf Geyring. Doch mit einem Male wurde es ruchbar, daß das Komitee und Geyring verhaftet worden seien und daß man bloß warte, bis sich die Menge verzöge, um sie abzutransportieren. Da warf die Stimmung jählings um; Pfiffe wurden wieder laut und die Menge schickte sich an, gegen die Polizei loszugehen. Der freundliche Polizeiinspektor, in dessen Nähe Esch geblieben war, gab ihm einen Stoß: »Jetzt verschwinden Sie wohl endlich, Herr Esch«, und Esch, der einsah, daß er hier nichts mehr nützen könne, verzog sich bis zur nächsten Straßenecke, hoffend, irgendwo wenigstens auf Lohberg zu stoßen.

Vor dem Lokal hielt der Lärm noch eine gute Weile an. Dann kamen in raschem Trab sechs berittene Schutzleute, und weil Pferde, die zwar fügsame, dennoch etwas irrsinnige Tiere sind, auf viele Menschen eine Art magischen Einfluß ausüben, so war diese kleine hippische Verstärkung entscheidend. Esch sah noch, wie eine Anzahl Arbeiter mit gefesselten Händen unter dem entsetzten Schweigen der anderen wegeskortiert wurden, und dann leerte sich die Straße. Wo noch zwei beieinanderstanden, wurden sie von den roh und ungeduldig gewordenen Schutzleuten barsch davongetrieben und Esch, in der begründeten Annahme, daß man ihn nicht minder rücksichtslos behandeln würde, räumte das Feld.

Er ging zu Lohberg. Der war bisher nicht heimgekehrt, und Esch blieb vor der Haustüre stehen, wartete in der lauen Frühlingsnacht. Hoffentlich haben sie nicht auch Lohberg mit gefesselten Händen abgeführt. Obgleich dies eigentlich eher erfreulich gewesen wäre. Herrje, was würde Erna sagen, wenn sie den Tugendbold in Fesseln vor sich sähe! Als Esch das Warten schon aufgeben wollte, kam Lohberg daher, furchtbar aufgeregt und fast weinend. Derartiges habe er noch nicht erlebt und es sei unerhört gewesen. Nach und nach und sehr ungeordnet erfuhr Esch, daß die Versammlung erst ganz ruhig verlaufen wäre, wenn man auch Herrn Geyring, der sehr schön gesprochen habe, allerlei Unflätiges zugerufen hätte. Ja, und dann sei einer aufgestanden, welcher offensichtlich einer der agents provocateurs gewesen sei, von denen Herr Geyring selber mittags Erwähnung getan hatte, und habe eine fürchterliche Rede gegen die Besitzenden, gegen den Staat und selbst gegen den Kaiser gehalten, so daß der Polizeioffizier schon gedroht habe, die Versammlung zu schließen, wenn in solchem Tone fortgefahren werde. Unverständlicherweise hätte Herr Geyring, dem es doch klar gewesen sein mußte, was für einen feinen Vogel er da vor sich hatte, den Mann nicht als agent provocateur entlarvt, sondern habe ihn sogar in Schutz genommen und für ihn Redefreiheit verlangt. Nun, dann wurde die Sache eben immer wüster, und schließlich sei die Versammlung aufgelöst worden. Das Komitee und Herr Geyring seien tatsächlich verhaftet: das könne er mit Gewißheit aussprechen, denn er sei unter den letzten gewesen, die den Saal verlassen hatten.

Esch war fassungslos, eigentlich fassungsloser als er sich's eingestand. Er wußte bloß, daß er Wein trinken müsse, um Ordnung in die Welt zu bringen: Martin, der gegen den Streik war, wurde verhaftet, verhaftet von der Polizei, die es mit den Reedern und mit einem entlaufenen Offizier hielt, einer Polizei, die sich nun in ruchloser Weise an einem Unschuldigen vergriff –

vielleicht weil man ihr den Kopf Nentwigs schuldig geblieben war! Dabei hatte sich der Revierinspektor doch so freundlich gegen ihn benommen, hatte ihn sogar geschützt. Jäher Zorn gegen Lohberg überkam ihn; der verfluchte Idiot mit seiner ewigen Limonade war vermutlich bloß deshalb bestürzt, weil er sich eine harmlose und erhebende Vereinsmeierei erwartet hatte und nicht begriff, daß es wirklich hart auf hart gehen konnte. Diese Vereinsmeierei erschien Esch plötzlich ekelerregend: wozu gab es so viele Vereine? sie machen die Unordnung nur noch größer und wahrscheinlich sind sie es, die all dies verursachen; grob fuhr er Lohberg an: »Tun Sie diese verfluchte Limonade endlich weg oder ich schmeiße sie Ihnen vom Tisch... wenn Sie 'nen ehrlichen Wein trinken würden, dann wären Sie wenigstens einer vernünftigen Antwort fähig.« Aber Lohberg sah ihn nur mit verständnislos großen Augen an, in deren Weiße sich nun rote Äderchen zeigten, und war keineswegs in der Lage, die Zweifel Eschs zu lösen, Zweifel, die am nächsten Tage noch viel ärger wurden, als man hörte, daß die Verlader und Schiffer mit Hinblick auf die Verhaftung ihres Gewerkschaftssekretärs Geyring die Arbeit eingestellt hatten. Gegen Geyring aber war von der Staatsanwaltschaft die Anklage wegen des Verbrechens der Aufwiegelung erhoben worden.

Während der Vorstellung saß Esch bei Gernerth im sogenannten Direktionsbüro, das ihn immer an seinen Glaskäfig im Magazin erinnerte. Draußen arbeiteten Teltscher und Ilona, und er hörte die sausenden Messer in das schwarze Brett einschlagen. Über dem Schreibtisch befand sich ein weißes Kästchen, das mit dem Genfer Kreuz geziert war und Verbandzeug enthalten sollte. Sicherlich war schon längst keines mehr darin und seit Jahrzehnten hatte keiner das Kästchen geöffnet, aber Esch war überzeugt, daß man jeden Augenblick Ilona hereintragen werde, um ihre blutenden Wunden zu verbinden. Statt dessen kam Teltscher, etwas schwitzend und etwas stolz, wischte sich die Hände mit dem Taschentuch und sagte: »Reelle Arbeit, gute gediegene Arbeit... heißt eine Bezahlung dafür.« Gernerth rechnete in seinem Notizbuch: Saalmiete M. 22.–, Steuern M. 16.–, Beleuchtung M. 4.–, Honorare... »Hören Sie mir auf damit«, sagte Teltscher. »Ich weiß es ohnehin schon auswendig... viertausend Kronen hab' ich in dem Geschäft stekken, sehen werde ich sie nie mehr wieder... mir muß so etwas passieren... Herr Esch, haben Sie einen, der mich hier auslöst! Zwanzig Prozent Rabatt kann er haben und für Sie noch zehne Provision extra.« Esch kannte bereits diese Ausbrüche und diese Anerbieten und reagierte nicht mehr darauf, obwohl er gerne den Teltscher ausgekauft hätte, damit er samt Ilona verschwände.

Esch war mißlaunig. Seit der Einkerkerung Martins hatte sich das Leben gründlich verdunkelt: daß das Geplänkel mit Erna unerträglich und lästig geworden war, das war schließlich belanglos, daß aber Bertrand sich mit der Polizei eingelassen hatte, daß die Polizei sich niederträchtig benommen hatte, das war mehr als aufreizend, und das Verhältnis Ilonas zu Korn, weder von den beiden noch von Erna mehr geheimgehalten, war widerlich anzusehen. Ekelhaft war es. Er wollte gar nicht daran denken; Ilona war doch etwas Besseres. Ja, am schönsten wäre es, man wüßte nichts mehr von ihr und sie verschwände auf Nimmerwiedersehen. Und der Präsident Bertrand nicht minder mitsamt seiner Mittelrheinischen. Das ward Esch nun erst recht deutlich, als Ilona umgekleidet hereinkam und stumm und ernst, von keinem der Männer beachtet, sich niedersetzte. Jetzt würde Korn bald erscheinen, um sie abzuholen; der ging ja neuestens hier ein und aus.

Über Ilona war eine ehrliche Leidenschaft zu dem beleibten Manne gekommen, vielleicht weil Balthasar Korn sie an irgendeine dem Unteroffiziersstande angehörige Jugendliebe erinnerte, vielleicht auch nur, weil er völlig anders war als der gewandte, schwächliche, gleichgültige und in seiner Schwächlichkeit doch herzensrohe Teltscher. Daran freilich verlor Esch keinen Gedanken; genug, daß eine Frau, auf die er selber verzichtet hatte, weil sie zu Höherem bestimmt war, statt dessen nun von einem Korn erniedrigt wurde. Unerklärlich blieb höchstens das Verhalten Teltschers. Der Kerl war zweifelsohne ein Zuhälter, doch das brauchte niemanden zu stören. Übrigens konnte die ganze Geschichte dem Teltscher nicht viel tragen: Korn ließ sich zwar nicht lumpen und Ilona war in einem neuen Kleide, das er ihr geschenkt hatte, recht prächtig anzuschauen, dermaßen prächtig, daß Fräulein Erna die kostspielige Liebschaft ihres Bruders keineswegs mehr mit dem gleichen Wohlwollen wie am Anfang begünstigte, aber bei all dem nahm Ilona kein Geld von Korn und seine Geschenke mußte er ihr förmlich aufdrängen; so sehr liebte sie ihn.

Korn trat zur Türe herein und Ilona warf sich ihm unter östlichen Koseworten an die Uniformbrust. Nein, es war nicht mit anzusehen! Teltscher lachte: »Soll sie sich unterhalten«, und als die beiden zur Türe hinausgingen, rief er ihr sichtlich hämische Worte in ungarischer Sprache nach, die ihm nicht nur einen haßerfüllten Blick Ilonas eintrugen, sondern auch das halb scherzhafte, halb ernsthafte Versprechen Korns, den jüdischen Messerstecher einmal noch zu erschlagen. Teltscher kehrte sich nicht daran, sondern kam auf seine geliebten geschäftlichen Erwägungen zurück: »Wir müssen etwas bringen, was uns nicht teuer kommt und zieht.« – »Da hat er schon eine große Entdekkung gemacht, der Herr Teltscher-Teltini«, sagte Gernerth und rechnete wieder in seinen Notizen. Dann sah er auf: »Wie wäre es übrigens mit Damenringkämpfen?« Teltscher pfiff durch die Zähne: »Wäre zu überlegen, natürlich, ganz ohne Geld geht auch das nicht.« Gernerth kritzelte Ziffern: »Etwas Geld braucht man, nicht so arg, die Weiber kosten nicht viel. Allerdings Trikots... man müßte schon noch jemand dafür interessieren.« – »Anlernen möcht' ich sie schon«, sagte Teltscher, »und Schiedsrichter kann ich auch spielen. Aber Mannheim?«, er machte eine verächtliche Miene, »als ob man nicht sehen möcht', wie das Geschäft hier geht. Was halten Sie davon, Esch?« Esch hatte keine bestimmte Meinung, doch die Hoffnung stieg in ihm auf, daß mit einer Verlegung des Schauplatzes Ilona aus den Fängen Korns erlöst werden könnte. Und da es das Nächstliegende war, sagte er, daß ihm Köln als vorzüglicher Boden für Ringkämpfe erschiene, im Vorjahre hätte es dort im Zirkus Ringkämpfe gegeben, allerdings ernste, und es wäre steckvoll gewesen. »Ernst sein werden auch wir«, nahm sich Teltscher vor. Sie redeten noch lange hin und her, und schließlich erhielt Esch den Auftrag, bei seinem bevorstehenden Kölner Besuch mit dem Agenten Oppenheimer Rücksprache zu nehmen, dem Gernerth inzwischen geschrieben haben würde. Und wenn es Esch gelingen sollte, noch außerdem Geld für das Unternehmen aufzutreiben, so wäre dies nicht nur ein Freundschaftsdienst, sondern es könnte überdies etwas für ihn selber abfallen.

Esch wußte vorderhand keinen Geldgeber. Aber im stillen

dachte er an Lohberg, der ja beinahe als reicher Mann gelten konnte. Ob ein keuscher Josef Interesse für Damenringkämpfe haben mochte?

Obwohl man durch die Verhaftungen die Schiff- und Hafenarbeiter im vorhinein der zuständigen Führung beraubt hatte, zog sich der Streik nun schon seit zehn Tagen hin. Es gab zwar einige Arbeitswillige, doch da sie zum Bahnverladedienst nicht ausreichten, und die Schiffahrt ohnehin zum Teil lahmgelegt war, verwendete man sie bloß zu den dringendsten Arbeiten. In den Lagern herrschte sonntägliche Ruhe. Esch war verärgert, weil er wahrscheinlich nicht vor Ende des Streiks abberufen werden konnte und lungerte müßig im Magazin herum, rieb seinen Rücken an den Türpfosten und setzte schließlich einen Brief an Mutter Hentjen auf. Erzählte von den Begebenheiten bei Martins Einkerkerung, erzählte von Lohberg, erzählte aber nichts von Erna und Korn, denn davor ekelte ihm. Und dann besorgte er sich wieder einmal Ansichtskarten und sandte sie an eine Anzahl Mädchen, mit denen er in den letzten Jahren geschlafen hatte und an deren Namen er sich erinnerte. Draußen im Schatten standen die Meister und Lagerverwalter beisammen, und hinter den halboffenen Schiebetüren eines leeren Güterwagens wurde Karten gespielt. Esch dachte nach, wem er noch schreiben sollte und versuchte, die Frauen, die er bisher besessen hatte, zusammenzuzählen. Als ihm dies nicht gelang, war es wie eine verdorbene Lagerliste, und um ins reine zu kommen, begann er die Namen auf einem Blatt zu verzeichnen und setzte Monat und Jahr dazu. Dann addierte er und war befriedigt, besonders als Korn hereinkam und seiner Gewohnheit gemäß ihm wieder einmal mitteilte, daß Ilona ein Prachtweib und eine feurige Ungarin sei. Esch steckte die Liste in die Tasche und ließ Korn reden; der würde sowieso nicht mehr lange reden können. Der Streik müßte nur erst vorüber sein und dann würde der Herr Zollinspektor seiner Ilona bis nach Köln nachlaufen können, oder noch weiter, bis ans Ende der Welt. Und fast tat er ihm leid, weil er nicht wußte, was ihm bevorstand; sorglos prahlte Balthasar Korn mit seiner Eroberung, und als er genügend von Ilona geschwätzt hatte, zog er ein Paket Karten hervor. Brüderlich suchten sie einen dritten Mann und dann spielten sie den ganzen Tag.

Abends ging Esch zu Lohberg, der mit einer Zigarette zwischen den Lippen in seinem Geschäfte saß und in die vegetarischen Zeitungen vertieft war. Er legte sie weg, als Esch hereinkam und begann von Martin zu sprechen: »Die Welt ist vergiftet«, sagte er, »nicht nur mit Nikotin und mit Alkohol und mit tierischer Nahrung, sondern mit einem noch übleren Gift, das wir kaum kennen... es ist nicht anders, als ob Geschwüre aufbrächen.« Seine Augen waren feucht und sahen fiebrig aus, er machte einen ungesunden Eindruck; möglich, daß wirklich ein Gift in ihm arbeitete. Esch stand vor ihm, hager und robust, aber sein Kopf war von dem langen Kartenspiel ausgeleert und er erfaßte nicht den Sinn der idiotischen Rede, erfaßte kaum, daß sie sich auf Martins Einkerkerung bezog; alles lag in einem idiotischen Nebel und klar war bloß der Wunsch, die Sache mit der Beteiligung am Theatergeschäft ins reine zu bringen. Er war kein Freund von Winkelzügen: »Wollen Sie sich an Gernerths Theater beteiligen?« Das war für Lohberg eine überraschende Frage, und großaufgerissenen Auges sagte er bloß: »Hh?« – »Ja, ob Sie sich an dem Theatergeschäft beteiligen wollen?« – »Aber ich habe doch das Zigarrengeschäft.« – »Die ganze Zeit haben Sie geflennt, daß sie es nicht mögen und da dachte ich mir, daß Sie mit einem anderen glücklicher wären.« Lohberg schüttelte den Kopf: »Solange meine Mutter lebt, muß ich den Zigarrenladen weiterführen; zur Hälfte gehört er ja ihr.« – »Schade«, sagte Esch, »Teltscher meint, daß an den Damenringkämpfen hundert Prozent zu verdienen sein werden.« Lohberg fragte gar nicht, welche Bewandtnis es mit den Ringkämpfen habe, sondern sagte auch bloß: »Schade.« Esch fuhr fort: »Ich habe mein Geschäft gleichfalls satt. Jetzt streiken sie; es ist zum Kotzen, wie stumpfsinnig man dort herumsitzt.« – »Was wollen Sie denn anfangen? wollen Sie auch zum Theater?« Esch dachte nach; das Theater hieß, mit Gernerth und Teltscher in irgendeiner verstaubten Direktionskanzlei beisammen hocken. Die Künstlerinnen waren ihm auch schon über, seitdem er sich hinter den Kulissen herumgetrieben hatte; sie waren nicht viel anders als Hede oder Thusnelda. Eigentlich wußte er heute überhaupt nicht, was er wollte, so öde war der Tag. Er sagte: »Weg, nach Amerika.« In einer illustrierten Zeitung hatte er Bilder aus New York gesehen; die stiegen jetzt auf; auch die Photographie eines amerikanischen Boxkampfes hatte es dort gegeben und dies führte zu den Ringkämpfen zurück. »Wenn ich mir das Fahrgeld rasch verdienen könnte, ziehe ich los.« Er war selber erstaunt, daß er es ernst meinte und ernstlich zu rechnen begann: er besaß nahezu dreihundert Mark; wenn er die in das Ringkampfgeschäft hineinsteckte, könnte er sie tatsächlich vermehren und warum sollte er, ein kräftiger, arbeitsfähiger Mensch mit buchhalterischer Praxis, es nicht ebensowohl in Amerika als hier versuchen. Zumindest hätte man dann ein Stück Welt gesehen. Vielleicht würden Teltscher und Ilona dann bereits ihr New Yorker Engagement haben, von dem Teltscher immerzu sprach. Lohberg unterbrach seinen Gedankengang. »Sie haben eben Sprachkenntnisse, die mir leider abgehen.« Esch nickte befriedigt; ja, mit dem Französischen würde er sich schon irgendwie durchbringen und das Englische würde auch keine Hexerei sein, – aber um sich an der Ringkampffinanzierung zu beteiligen, brauche Lohberg doch keine Sprachkenntnisse. »Nein, das nicht, hingegen wohl für Amerika«, meinte Lohberg. Und obgleich es für Lohberg unvorstellbar war, daß irgend jemand oder gar er selber in einer andern Stadt als in Mannheim leben sollte, waren sie nun trotzdem fast Reisekameraden geworden und besprachen die Kosten der Überfahrt und wie sie sie aufbringen könnten. So kamen sie im natürlichen logischen Ablauf wieder auf die Gewinnchancen des Damenringkampfes, und nach mancherlei Überlegungen gelangte Lohberg zu dem Schluß, daß er ganz gut tausend Mark im Geschäfte freimachen und bei Gernerth placieren könnte. Das reichte nun allerdings nicht, um den Anteil Teltschers aufzukaufen, immerhin war es ein ganz netter Anfang, besonders wenn man die dreihundert Eschs dazurechnete.

Der Tag hatte besser geendet, als er begonnen hatte. Auf dem Heimweg grübelte Esch darüber nach, wo er den Rest des Geldes auftreiben könne und es fiel ihm Fräulein Erna ein.

Sosehr es Erna lockte, Esch durch finanzielle Leistungen an sich zu fesseln, sosehr hielt sie auch hierin an dem Prinzip fest, das Verlangte erst dem angetrauten Gatten preiszugeben. Als sie neckisch diese Sinnesart kundtat, ärgerte sich Esch: was sie von ihm glaube! ob er vielleicht das Geld für sich verlange? aber indem er es aussprach, fühlte er, daß es nicht stimmte, daß es eigentlich gar nicht um das Geld ging und daß Fräulein Erna noch viel mehr im Unrecht war, als man ihr begreiflich machen konnte – natürlich sollte das Geld bloß dazu dienen, Ilona auszukaufen, natürlich sollte bloß verhütet werden, daß je wieder mit Messern nach wehrlosen Mädchen geschmissen wird, natürlich wollte er das Geld nicht für sich, doch das war noch lange nicht alles, denn darüber hinaus wollte er ja auch von Ilona selber nichts mehr haben – beileibe nicht, wo doch die anderen das Geld hergaben –, und es war ihm sogar recht, verzichten zu müssen, er pfiff auf Ilona! für ihn stand Höheres auf dem Spiele, und mit Recht war er empört, daß Erna ihn des Eigennutzes zieh, gerechtfertigt war es, daß er sie barsch anließ: so möge sie es eben bleiben lassen und ihr Geld behalten. Sie aber nahm seine Grobheit für Schuldbewußtsein, freute sich, ihn ertappt zu haben, und kicherte, daß man dies schon kenne, wobei sie jenes Handlungsreisenden in Hof gedachte, der nicht nur ihre Gunst genossen, sondern überdies ihr einen schmerzlicheren Verlust von fünfzig Mark zugefügt hatte.

Überhaupt war das heute ein guter Tag für Fräulein Erna. Esch hatte etwas von ihr verlangt, was sie ihm versagen konnte, und zudem hatte sie neue Schuhe an, die ihr ein freudiges Empfinden verschafften, und in denen es sich gut stand. Sie hatte auf dem Kanapee Platz genommen, und weil es eine übermütige und ein wenig spöttische Geste war, ließ sie die Füße unter dem Kleidersaum hervorschauen und wippte mit den Fußspitzen; das leichte Knirschen des Leders tat wohl und im Rist gab es ein angenehmes Gefühl. Sie verspürte also keine Lust, das erfreuliche Gespräch zu beenden, und trotz des rüden Schlußpunktes, den Esch gesetzt hatte, fragte sie neuerdings, wozu er das viele Geld haben wolle. Esch antwortete wieder, sie möge ihr Geld behalten, Lohberg sei froh, wenn er sich an dem Theatergeschäft beteiligen könne. »So, der Herr Lohberg«, sagte Fräulein Erna, »der hat's eben, der kann es sich leisten.« Und in dem Eigensinn, der manche Situationen der Liebe auszeichnet und kraft dessen Fräulein Erna sich jetzt eher einem Gleichgültigen hingegeben hätte als dem Herrn Esch, welcher es bloß ehelich bekommen durfte, war sie sehr bereit, Esch zu ärgern und das Geld nicht ihm, sondern Lohberg zur Verfügung zu stellen. Sie wippte mit den Fußspitzen: »Ja, in Kompagnie mit dem Herrn Lohberg, das wäre etwas anders. Das ist ein solider Geschäftsmann.« – »Ein Idiot ist er«, sagte Esch teils aus

Überzeugung, teils aus Eifersucht und war mit dieser Eifersucht Fräulein Erna wohlgefällig, denn sie hatte es ja darauf angelegt gehabt. Sie versuchte, in der Wunde zu wühlen: »Ihnen geb' ich's nicht.« Aber das wurde nun merkwürdig wirkungslos. Was ging es eigentlich ihn an? er hatte ja auf Ilona verzichtet, und eigentlich hätte der Korn dafür zu sorgen, daß sie von den Messern erlöst werde. Esch sah auf Ernas wippende Fußspitzen. Die würde Augen machen, wenn man ihr sagte, daß sie ihr Geld letzten Endes für den Balthasar hergeben soll. Natürlich wäre es auch damit nicht getan. Vielleicht müßte eigentlich der Nentwig zahlen. Denn soll die Welt erlöst werden, so muß man, wie Lohberg sagt, den Sitz des Giftes packen; der Sitz des Giftes jedoch war Nentwig, vielleicht sogar irgend etwas, das sich hinter Nentwig versteckt hielt, etwas Größeres – vielleicht so groß und so versteckt wie ein Präsident in seiner Unzugänglichkeit – etwas, das man nicht kannte. Dies alles mochte einen schon wütend machen und Esch, der doch ein kräftiger und keineswegs nervöser Bursche war, hatte Lust, Fräulein Erna auf die wippenden Füße zu treten, um sie zur Ruhe zu bringen. Sie sagte: »Gefallen Ihnen meine Schuhe?« – »Nein«, antwortete Esch. Fräulein Erna war überrascht: »Dem Herrn Lohberg werden sie schon gefallen... wann bringen Sie ihn denn her? In der letzten Zeit verstecken Sie ihn ja direkt... am Ende gar aus Eifersucht, Herr Esch?« Bitte, er könne ihn sofort herbringen, wenn sie solche Sehnsucht nach ihm habe, meinte Esch, der ja doch hoffte, die beiden würden über das Geschäftliche miteinander einig werden. »Gleich braucht er nicht zu kommen«, sagte Fräulein Erna, »aber am Abend zum Kaffee.« Schön, das werde er ihm bestellen, sagte Esch und entfernte sich.

Lohberg kam. Er hielt seine Kaffeetasse in der Hand und rührte mechanisch darin herum. Auch wenn er trank, ließ er den Löffel in der Tasse, so daß er ihn an der Nase störte. Esch saß breitspurig da, fragte, ob Balthasar mit Ilona kommen werde, und sonst allerlei Taktloses. Fräulein Erna hörte nicht hin. Sie betrachtete mit Interesse Herrn Lohbergs rachitischen Kopf und seine großen weißen Augäpfel; wahrlich, er sah ganz so aus, als ob man nicht viel dazu tun müßte, um ihn weinen zu machen. Und sie dachte darüber nach, ob er in Entflammung und Liebesraserei weinen würde; sie ärgerte sich über ihren

Bruder, weil er sie in diese hoffnungslose Sache mit dem Esch hineingetrieben hatte, mit diesem Menschen, der grob war und sie beunruhigte, während es ein paar Häuser weiter einen wohlbestallten Geschäftsmann gab, der errötete, wenn sie ihn ansah. Ob er wohl schon das Weib erkannt hatte? und aus allen diesen Gründen und um Esch zu reizen, brachte sie das Gespräch mit geschickter Wendung auf die Liebe: »Sie sind ja auch ein eingefleischter Junggeselle, Herr Lohberg? Sie werden es schon noch bereuen, wenn Sie alt und krank sein werden und niemand sie pflegen wird.«

Lohberg errötete: »Ich warte bloß auf die Richtige, Fräulein Korn.«

»Und die ist noch nicht gekommen?« Fräulein Erna lächelte versprechend und streckte den Fuß unter dem Rocksaum hervor. Lohberg setzte seine Tasse ab und sah hilflos aus. Esch sagte giftig: »Er hat es halt noch nicht probiert.«

Lohberg fand sich in seiner Überzeugung wieder zurecht: »Man liebt bloß einmal, Fräulein Korn.«

»Oh«, sagte Fräulein Erna.

Das war einmal eindeutig und klar. Esch schämte sich fast seines unkeuschen Lebens und es kam ihm nicht unwahrscheinlich vor, daß es diese große und einmalige Liebe gewesen wäre, die Frau Hentjen an ihren Gatten gebunden hatte, und vielleicht forderte sie nun deshalb Keuschheit und Enthaltsamkeit von ihren Gästen. Allerdings mußte es furchtbar für Frau Hentjen sein, die kurze Seligkeit mit dem Verzicht auf alle weitere Liebe bezahlen zu müssen, und deshalb sagte er: »Schön, aber wie ist es dann mit den Witwen? dann dürfte ja keine weiterleben... speziell, wenn sie keine Kinder hat...« und weil er sich manches merkte, was er so in den illustrierten Zeitungen las, fügte er hinzu: »Die Witwen, die müßte man dann eigentlich verbrennen, damit sie... ja, damit sie sozusagen erlöst werden.«

»Sie sind ein roher Mensch, Herr Esch«, sagte Fräulein Erna, »so etwas Häßliches würde einem der Herr Lohberg niemals zumuten.«

»Die Erlösung steht bei Gott«, sagte Herr Lohberg, »wem er die Gnade der Liebe geschenkt hat, der besitzt sie über den Tod hinaus.«

»Sie sind ein kluger Mann, Herr Lohberg, und es sollte bloß

mancher Ihre schönen Worte beherzigen«, sagte Fräulein Erna, »das wäre noch schöner, sich für ein Mannsbild verbrennen lassen! Eine solche Gemeinheit...«

Esch sagte: »Wenn es gerecht zuginge, brauchte man Ihre albernen Vereine nicht für die Erlösung, ...ja, ja, wundern Sie sich nur...« er schrie fast, »keine Heilsarmee brauchte man, wenn die Polizei die Leute einsperren würde, die es verdienen... statt Unschuldige.«

»Ich würde bloß einen Mann heiraten, der pensionsfähig ist oder seiner Witwe etwas hinterläßt zum Leben, sozusagen eine Sicherheit«, sagte Fräulein Erna, »das hat man sich um so einen Mann verdient.«

Esch verachtete sie. In dieser Weise würde Mutter Hentjen niemals reden. Lohberg aber sagte: »Wer sein Haus nicht bestellt, ist ein schlechter Wirt.«

»Sie werden Ihre Frau sehr glücklich machen«, sagte Fräulein Erna. Lohberg fuhr fort: »Wenn Gott mir das Glück schenkt, eine Gefährtin zu finden, so hoffe ich mit Bestimmtheit auszusprechen, daß wir eine wahrhaft christliche Ehe führen werden. Wir werden abgeschlossen sein gegen die Welt, nur unserem Glücke leben.«

Esch höhnte: »Wie der Balthasar mit der Ilona... und am Abend darf einer Messer nach ihr schmeißen.«

Lohberg war empört: »Wer sich mit billigem Fusel betrinkt, weiß einen Trunk kristallenen Wassers nicht zu schätzen, Fräulein Korn. Eine Leidenschaft ist keine Liebe.«

Fräulein Erna bezog den Kristall auf sich und war geschmeichelt: »Das Kleid, das er ihr geschenkt hat, hat achtunddreißig Mark gekostet; ich hab' mich im Laden erkundigt. Einen Mann derartig ausrauben... ich brächte das nie übers Herz.«

Esch sagte: »Ordnung muß gemacht werden. Der eine sitzt unschuldig und der andere läuft frei herum; umbringen müßte man ihn, oder sich selber müßte man umbringen.«

Lohberg begütigte: »Man spielt nicht mit Menschenleben.«

»Nein«, sagte Fräulein Erna, »eine Frau, die für den Mann kein Gefühl hat, müßte man umbringen... ich, wenn ich für einen Mann zu sorgen hab', ich bin ein Gefühlsmensch.«

Lohberg sagte: »Eine wahre evangelische Liebe ist auf gegenseitige Achtung gegründet.«

»Und Sie werden Ihre Frau auch achten, auch wenn sie nicht

so gebildet sein wird wie Sie... mehr so ein Gefühlsmensch, wie eine Frau sein soll.«

»Nur ein Mensch mit Gefühl ist der wahren erlösenden Gnade fähig und für sie bereit.«

Fräulein Erna sagte: »Sie sind gewiß ein guter Sohn, Herr Lohberg, einer, der seinem Mütterlein dankbar sein kann.«

Esch wurde darüber wütend, wütender, als er selber begriff: »Guter Sohn hin, guter Sohn her... auf die Dankbarkeit pfeif' ich; solange man zusieht, daß Unrecht geschieht, gibt es keine Erlösung auf der Welt... warum hat Martin sich geopfert und sitzt?«

Lohberg antwortete: »Herr Geyring ist ein Opfer des Giftes, das die Welt zerfrißt. Erst, wenn die Menschen zur Natur zurückgefunden haben werden, werden sie sich nichts Böses mehr antun.«

Fräulein Erna sagte, daß auch sie die Natur liebe und schon oft spazierengegangen sei. Lohberg fuhr fort: »Erst in Gottes freier Natur, die uns erquickt, erwachen die edlen Gefühle des Menschen.«

Esch sagte: »Damit haben Sie noch keinen vom Kerker gerettet.«

Fräulein Erna meinte: »Das sagen Sie... aber ich sag', ein Mensch ohne Gefühl ist kein Mensch. Ein so untreuer Mensch wie Sie, Herr Esch, darf überhaupt nicht mitreden... Und so sind alle.«

»Wie mag man bloß so schlecht von der Welt denken, Fräulein Korn?«

Fräulein Erna seufzte: »Enttäuschungen des Lebens, Herr Lohberg.«

»Dennoch hält uns die Hoffnung aufrecht, Fräulein Korn.«

Fräulein Erna sah sinnend ins Leere:

»Ja, wenn die Hoffnung nicht wär'...« dann schüttelte sie das Haupt. »Die Männer haben kein Gefühl, und zuviel Verstand ist auch schlecht.«

Esch überlegte, ob Frau Hentjen und ihr Gatte so gesprochen haben mochten, als sie sich verlobten. Doch Lohberg sagte: »In Gott und in der göttlichen Natur ist alle Hoffnung.«

Erna wollte hinter Lohberg nicht zurückstehen: »Ich gehe ja gottlob regelmäßig in die Kirche und zur Beichte...« und triumphierend setzte sie hinzu: »und unsere heilige katholische

Religion hat vielleicht noch mehr Gefühl als die lutherische – ich, wenn ich ein Mann wäre, ich möcht' keine Lutherische nehmen.«

Lohberg war zu höflich, um zu widersprechen: »Jede Wendung zu Gott ist gleich achtbar... wen Gott zusammenführt, dem gibt er auch die Möglichkeit beisammenzubleiben... bloß der gute Wille muß vorhanden sein.«

Die Tugend Lohbergs wurde Esch wieder einmal ekelhaft, obwohl er ihn doch gerade dieserhalb oft mit Mutter Hentjen verglichen hatte. Er fuhr auf: »Schwätzen kann ein jeder Idiot.«

Fräulein Erna sagte geringschätzig: »Der Herr Esch natürlich, der nimmt eine jede, der fragt nicht nach Gefühl und nicht nach der heiligen Religion; wenn so eine nur Geld hat.«

Das könne er rein nicht glauben, sagte Herr Lohberg.

»Das können Sie ruhig glauben, ich kenne ihn, der hat kein Gefühl und der denkt über gar nichts nach... solche Gedanken wie Sie, Herr Lohberg, macht sich eben nicht ein jeder.«

Da könne er ihm aber leid tun, meinte Lohberg, denn dann sei ihm alles Glück der Welt verschlossen. Esch zuckte die Achseln, was wußte der von einer neuen Welt! er sagte höhnisch: »Erst machen Sie mal Ordnung.«

Fräulein Erna aber hatte die Lösung gefunden: »Wenn zwei Menschen zusammen arbeiten, wenn Ihnen zum Beispiel Ihre Frau im Geschäft hilft, dann findet sich schon alles andere, auch wenn der Mann lutherisch und die Frau katholisch ist.«

»Gewiß«, sagte Lohberg.

»Oder wenn die zwei Menschen überhaupt etwas Gemeinsames haben, wie man so sagt, ein gemeinsames Interesse... man muß sozusagen zusammenstehen, nicht wahr?«

»Gewiß«, sagte Lohberg.

Fräulein Ernas Eidechsenblick streifte Esch, als sie sagte: »Hätten Sie etwas dagegen, Herr Lohberg, daß ich mich auch an dem Theatergeschäft beteilige, von dem der Herr Esch gesprochen hat? Jetzt wo mein Bruder so leichtsinnig ist, muß wenigstens ich trachten, daß Geld ins Haus kommt.«

Wie konnte Herr Lohberg etwas dagegen haben! Und als Fräulein Erna sagte, daß sie die Hälfte ihrer Ersparnisse, also etwa tausend Mark anlegen wolle, da rief er aus und Fräulein Erna hörte es gerne: »Ach, da werden wir ja Kompagnons sein.«

Trotzdem war Esch unzufrieden. Daß er seinen Willen durchgesetzt hatte, war mit einemmal bedeutungslos, mag sein, weil er auf Ilona ohnehin verzichtet hatte, mag sein, weil es um wichtigere Ziele ging, aber vielleicht auch nur – und das war das einzige, was er sich klarmachte – weil ihm plötzlich ernste Bedenken aufstiegen: »Sprechen Sie vorerst mit Gernerth, dem Theaterdirektor Gernerth. Ich habe bloß auf das Geschäft aufmerksam gemacht, aber ich übernehme keinerlei Verantwortung.«

Ja, sagte Fräulein Erna, sie wisse schon, daß er ein verantwortungsloser Mensch sei und er brauche keine Angst nicht zu haben, daß man ihn zur Verantwortung ziehen werde. Er sei überhaupt ein unchristlicher Geselle und Herr Lohberg sei ihr im kleinen Finger lieber als der Herr Esch in Lebensgröße. Und Herr Lohberg möge doch öfters zu einer Tasse Kaffee zu ihr kommen. Ja? Und da es spät geworden war und sie sich bereits erhoben hatten, nahm sie Lohbergs Arm. Die Lampe droben goß milden Schein auf ihre Köpfe, und da standen die beiden vor Esch wie ein neues Brautpaar.

Esch hatte den Rock ausgezogen und an den Kleiderständer gehängt. Dann begann er ihn auszubürsten, klopfte ihn ab und besah den abgenützten Kragen. Wieder wollte ihm irgend etwas nicht stimmen. Er hatte auf Ilona verzichtet, nun aber mußte er zusehen, wie sich Erna von ihm abwandte und ihr Herz jenem Idioten anbot. Das war gegen alle buchhalterische Regel, die bekanntlich zu jeder Post ihrer Gegenpost verlangt. Allerdings – unternehmend schwenkte er den Rock in seiner Hand –, wenn er wollte, würde ein Lohberg ihn nicht so rasch ausstechen, mit dem nahm er es schon noch auf, nein, so eine arge Mißgeburt war der August Esch noch lange nicht, und er machte schon einige Schritte zur Türe hin, blieb jedoch stehen, ehe er öffnete: ach was, er wollte ja gar nicht. Die Person dort drüben könnte sonst meinen, er käme aus lauter Dankbarkeit für ihre lumpigen tausend Mark zu ihr gekrochen. Esch ging zum Bett zurück, setzte sich und schnürte die Schuhe auf. Soweit war alles in Ordnung. Und daß es ihm im Grunde leid tat, nicht mit Erna schlafen zu dürfen, das war auch in Ordnung. Opfer ist Opfer. Trotzdem blieb ein ungeklärter Buchungsfehler übrig, auf den er nicht gleich kommen konnte: schön, man wird nicht zu dem

Weibsstück hinübergehen, man wird auf den Spaß verzichten; allein warum tat man dies? Etwa um sich der Heirat zu entziehen? Man nimmt also das kleinere Opfer auf sich um dem wirklichen Opfer zu entgehen und nicht mit der eigenen Person bezahlen zu müssen. Esch sagte: »Ich bin eine Sau.« Ja, eine Sau war er, keine Spur besser als der Nentwig, der sich gleichfalls der Verantwortung entzog. Eine Unordnung, in der sich der Teufel auskennen mochte!

Und ohne Ordnung in den Büchern gab es auch keine Ordnung in der Welt, und solange keine Ordnung war, würde Ilona weiter den Messern ausgeliefert sein, würde Nentwig sich weiterhin frech und gleisnerisch der Sühne entziehen und Martin würde ewig im Kerker schmachten. Er dachte scharf nach, und wie er jetzt die Unterhose fallen ließ, ergab es sich zwanglos: die andern hatten ihr Geld dem Ringkampfunternehmen zur Verfügung gestellt, also mußte er, der kein Geld besaß, nun eben doch mit seiner eigenen Person zahlen, zwar nicht durch Heirat, wohl aber, indem er sich dem neuen Unternehmen zur Verfügung stellte. Und weil dies bedauerlicherweise mit seiner Mannheimer Stellung unvereinbar war, so mußte er eben kündigen. Auf diese Art konnte er zahlen. Und wie als Probe aufs Exempel erkannte er in diesem Augenblicke, daß er bei einer Gesellschaft, die Martin ins Gefängnis gebracht hatte, nicht länger bleiben durfte. Und keiner hatte das Recht, ihm deshalb eine Untreue vorzuwerfen; selbst der Herr Präsident wird einsehen müssen, daß der Esch ein anständiger Bursche ist. Jetzt dachte Esch nicht mehr an Erna, und er legte sich beruhigt zu Bett. Daß es nebenbei angenehm sein würde, nach Köln und in Mutter Hentjens Lokal zurückzukehren, verkleinerte zwar das Opfer, fiel aber kaum in die Waagschale; Mutter Hentjen hatte ja nicht einmal seinen Brief beantwortet. Und Lokale gab's auch in Mannheim genug. Nein, die Rückkehr nach Köln, in diese Saustadt, war eine sehr geringfügige Verkleinerung des Opfers, war höchstens ein Kassaskonto bei der Zahlung, und ein Kassaskonto war sicherlich erlaubt.

Die Nachricht von dem Erfolg an den Mann zu bringen, trieb es ihn schon am frühen Morgen zu Gernerth: zweitausend Mark so rasch auftreiben, das war eine Leistung! Gernerth klopfte ihn auf die Schulter und nannte ihn einen Mordskerl. Das tat wohl. Über seinen Entschluß, die Stelle aufzugeben und sich in den

Dienst der Ringkämpfe zu begeben, war Gernerth erstaunt; immerhin, er konnte nichts dagegen haben. »Wir werden's schon schaffen, Herr Esch«, sagte er, und Esch fuhr ins Zentralbüro der Mittelrheinischen.

In den oberen Stockwerken des Bürohauses der Mittelrheinischen Reederei gab es lange stille Korridore, die mit braunem Linoleum bespannt waren. Die Türen waren mit ordentlichen Schildchen versehen, und an irgendeinem Ende des Ganges, hinter einem Tische, von einer Stehlampe beleuchtet, saß ein Diener, fragte, wohin man wolle, und trug Namen und Wunsch des Besuchers in einen Durchschreibeblock ein. Esch ging durch den Korridor, und weil es das letzte Mal war, betrachtete er alles genau. Er entzifferte die Namenschilder an den Türen, und als er überrascht auf einen weiblichen Namen stieß, blieb er stehen und versuchte, sich die Person hinter der Türe vorzustellen: war sie ein gewöhnlicher Beamter, der mit schwarzen Schreibärmeln an schrägem Pulte rechnete und wie jeder andere kühl und teilnahmslos mit dem Besucher sprach? Er begehrte plötzlich nach dieser unbekannten Frau hinter der Türe, und die Vorstellung einer neuen, einfachen, sozusagen geschäftsmäßigen und magistralen Form der Liebe stieg in ihm auf, einer Liebe, die so glatt, so kühl und doch so ausgedehnt und weiträumig sein müßte wie diese Gänge mit ihrem glatten Linoleumbelag. Dann aber sah er die lange Reihe der Türen mit den vielen Männernamen und er mußte daran denken, daß jene einsame Frau von solch männlicher Umgebung sicherlich nicht minder angeekelt war als Mutter Hentjen von ihrem Geschäfte. Zorn gegen das Geschäftswesen erwachte wieder in ihm, Zorn gegen eine Organisation, die unter dem Schein schöner Ordnung, glatter Gänge, schöner glatter Buchungen alle Infamien verbirgt. Und das nennt sich Solidität. Ob es nun Prokurist oder Präsident heißt, es gibt keinen Unterschied zwischen Kaufmann und Kaufmann. Und hatte Esch einen Augenblick bedauert, nicht mehr Glied der schönen Organisation zu sein, nicht mehr zu denen zu gehören, die, von keinem Diener aufgehalten oder befragt oder angemeldet, hier ein- und ausgehen dürfen, er bedauerte jetzt nichts mehr, sah bloß hinter jeder Türe einen Nentwig sitzen, lauter Nentwigs, sie alle verschworen und darauf bedacht, Martin im Gefängnis schmachten zu lassen. Am liebsten wäre er in die Buchhaltung hinuntergegangen, hätte am liebsten den Verblendeten dort gesagt, daß auch sie endlich aus der Gefangenschaft der trügerischen Ziffern und Kolonnen ausbrechen und gleich ihm sich freimachen sollten, ja, sie sollten es tun, selbst auf die Gefahr hin, daß sie dann gleich ihm und mit ihm nach Amerika auswandern müßten.

»Das war aber ein kurzes Gastspiel bei uns«, hatte der Personalchef, in dessen Büro er sich abmeldete und ein Zeugnis verlangte, freundlich gesagt und Esch war schon daran, die wahren Gründe seines Austrittes aus dieser niederträchtigen Firma aufzudecken. Aber er mußte es unterlassen, denn der freundliche Personalchef hatte sich sogleich anderen Dingen zugewandt, wobei er allerdings wiederholte: »Kurzes Gastspiel... kurzes Gastspiel«; recht behaglich wiederholte er es, als gefiele ihm dieses Wort besonders, und als suchte er mit dem Worte »Gastspiel« anzudeuten, daß das Theatergeschäft auch nicht viel anderes oder gar Besseres sei als der Betrieb, den zu verlassen Esch sich eben anschickte. Was konnte der Personalchef davon wissen? wollte er ihm am Ende Treulosigkeit vorwerfen und ihm in den Rücken fallen? Ihm nun die neue Stellung vermasseln? Mißtrauisch verfolgte er das ausgehändigte Dokument, trotzdem er recht gut wußte, daß bei der Ringkämpferei niemand nach einem Zeugnis fragen würde. Und weil er von dem Gedanken an das Theatergeschäft nicht loskam, auch nicht, als er schon über das braungespannte Linoleum der Korridore zur Stiege hin strebte, merkte er nichts mehr von der Ruhe und Ordnung des Hauses, dachte auch nicht mehr an die Türe mit dem weiblichen Namen, an dem er vorbeilief, und er sah auch nicht mehr die Tafel »Buchhaltung«, ja, sogar die Direktion und das Präsidium mit ihrem ganzen Pomp da vorne im Hauptgebäude waren ihm gleichgültig. Erst auf der Straße warf er einen Blick hinüber, einen Abschiedsblick, sagte er sich, und war irgendwie enttäuscht, daß keine Equipage vor dem Haupteingang hielt. Den Bertrand hätte er eigentlich gerne einmal zu Gesicht bekommen. Der versteckt sich auch immer; wie der Nentwig. Besser natürlich, man sieht ihn nicht, sieht ihn überhaupt nicht, ihn und das ganze Mannheim mit allem, was drum und dran hängt. Auf Nimmerwiedersehen, sagte Esch und war dennoch unfähig, so raschen Abschied zu nehmen, blieb vielmehr stehen, blinzelnd, weil glattes Mittagssonnenlicht auf dem Asphalt der neuen Straße lag, blieb stehen und wartete, daß das

Glasportal sich vielleicht doch noch geräuschlos in den Angeln drehen werde, den Herrn Präsidenten zu entlassen. Aber wenn es auch im flimmernden Sonnenlicht so aussehen mochte, als zitterten die Flügel des Portals, so daß man an die Flügel der Pendeltüre hinter dem Büffet denken mußte, so war dies eine sogenannte Sinnestäuschung und die Flügel saßen fest in ihren Marmorgewänden. Sie öffneten sich nicht und niemand kam. Esch empfand es als Zumutung: da mußte er hier in der prallen Sonne stehen, weil sich die Mittelrheinische an einer protzigen neuen Asphaltstraße angesiedelt hatte statt in einer kühlen kellerigen Gasse; das Götz-Zitat drängte sich ihm auf, er machte kehrt, überquerte die Straße mit langen, etwas ungelenken Schritten, bog um die nächste Ecke, und als er sich auf das Trittbrett des heranrasselnden Trambahnwagens schwang, war er endgültig entschlossen, schon am nächsten Tage Mannheim zu verlassen und nach Köln zu reisen, um die Verhandlungen mit dem Theateragenten Oppenheimer in Angriff zu nehmen.

II

Natürlich war es eine Kränkung für Esch, daß Frau Hentjen seinen Brief noch immer nicht beantwortet hatte, wo es doch im kaufmännischen Leben üblich ist, einen Brief in angemessener Frist zu erledigen, und gar ein Privatbrief zweifelsohne eine gewisse und nicht alltägliche Leistung darstellt. Immerhin ließ Mutter Hentjens Schweigen sich aus ihrem Charakter erklären. Bekanntlich brauchte bloß einer nach ihrer Hand zu greifen oder zu versuchen, sie an den rundlichen Körperstellen zu tätscheln, und allsogleich war jene starr angeekelte Miene da, mit der sie den Zudringlichen stumm in die Schranken wies; vielleicht mochte sie mit ähnlichen Gefühlen auch seinen Brief in die Hand genommen haben. Schließlich ist ein Brief etwas, das von des Schreibers Hand beschmiert worden ist, ungefähr wie schmutzige Wäsche, und eine solche Ansicht war Mutter Hentjen ohne weiteres zuzutrauen. Sie war eben anders als andere Frauen; sie war nicht so eine, die in sein unaufgeräumtes morgendliches Zimmer treten würde und sich nicht einmal stören läßt, wenn er vor der Waschschüssel steht: sie war keine Erna, sie hätte niemals verlangt, er möge an sie denken und ihr schöne gefühlvolle Briefe schreiben. Und sie war auch keine, die sich mit einem Korn eingelassen hätte, obwohl sie viel irdischer war als Ilona. Gewiß war auch Mutter Hentjen etwas Besseres, allein es dünkte ihn, als müßte sie im Irdischen künstlich das verteidigen, was Ilona von vornherein gegeben war. Und wenn sie sich vor seinem Brief ekeln würde, so wäre es bloß recht und billig; fast wünschte er, böse Worte von ihr zu hören: es schien, als wüßte sie, wie er es wieder getrieben hatte, und er spürte wieder jenen Blick, mit dem sie ihn stets gestraft hatte, wenn er sich mit Hede einließ; nicht einmal das hat sie dulden wollen und dabei gehörte das Mädel immerhin zu ihrem eigenen Geschäftsbetrieb.

Nun aber, da er nach Köln zurückkehrte und sein erster Weg Mutter Hentjen galt, wurde Esch weder mit der erhofften Vertraulichkeit, noch mit dem gefürchteten Ekel empfangen. Sie sagte bloß: »Da sind Sie ja wieder, Herr Esch, hoffentlich für längere Zeit«, und er kam sich vor wie einer, mit dem man nicht mehr rechnet, fühlte sich geradezu verdammt, für alle Ewigkeit in der Kornschen Menage fortzuvegetieren. Als Frau Hentjen später doch zu seinem Tische kam, kränkte sie ihn sogar noch tiefer, indem sie bloß nach Martin fragte: »Ja, das hat er nun davon, der Herr Geyring«, sie hätte ihn oft genug gewarnt. Esch gab einsilbige Antwort; was er wisse, habe er ohnehin schon geschrieben. »Richtig, für Ihren Brief muß ich Ihnen auch noch danken«, sagte Frau Hentjen, und das war alles. Trotz seiner Enttäuschung zog er nun ein Paket hervor: »Ich habe ein Andenken aus Mannheim mitgebracht«; es war eine bronzene Nachbildung des Schillerdenkmals vor dem Mannheimer Theater, und Esch deutete auf das Bord, von dem der Eiffelturm mit der schwarz-weiß-roten Fahne herunterschaute: es würde sich dort oben vielleicht ganz gut ausnehmen. Und wenn er auch das Ding sozusagen bloß ablieferte, Frau Hentjen bekundete eine überraschend ehrliche Freude, denn da war etwas, was sie ihren Freundinnen zeigen konnte: »Oh, nein, hier sieht es ja kein Mensch; das ist viel zu schön, das kommt hinauf in meine Stube..., doch daß Sie sich solche Auslagen für mich machen, Herr Esch, ist nicht recht von Ihnen.« Ihre Herzlichkeit gab ihm die gute Laune zurück und er begann von der Mannheimer Zeit zu erzählen, wobei er es nicht unterließ, Ansichten zu äußern, die zwar aus dem Mund des Idioten Lohberg stammten, von denen er aber annahm, daß sie Mutter Hentjen wohlgefällig sein mußten. Manchmal unterbrochen, wenn sie zum Büfett mußte, pries er die Schönheit der Natur und insbesondere des Rheins, wunderte sich, daß sie stets in Köln sitze, niemals dasjenige genieße, was so leicht erreichbar sei. »Gut für Liebespaare«, sagte Frau Hentjen verächtlich, und Esch meinte respektvoll, daß sie ebensowohl allein oder in Begleitung einer Freundin solchen Ausflug unternehmen könne. Das klang für Frau Hentjens Ohren überzeugend und beruhigend und sie sagte, daß sie es vielleicht einmal beherzigen werde. »Übrigens«, meinte sie wegwerfend, »den Rhein kenne ich noch von meiner Mädchenzeit her.« Doch kaum hatte sie es ausgesprochen, als sie erstarrt ins Leere blickte. Esch war nicht verwundert, denn er kannte diese abrupten Verstimmungen an Mutter Hentjen. Allein diesmal hatte es einen besonderen Grund, und das konnte Esch natürlich nicht ahnen: es war zum ersten Male, daß Frau Hentjen etwas von ihrem eigenen Leben einem Gast gegenüber erwähnte, und sie war nun darüber so sehr erschrokken, daß sie zum Büfett flüchtete, um vor dem Spiegel an dem Zuckerhut auf ihrem Haupte herumzufingern. Sie zürnte Esch, weil er ihr Konfidenzen entlockt hatte, und sie kam nicht zu ihm zurück, obwohl das Schillerdenkmal sich noch auf seinem Tische befand. Am liebsten hätte sie ihm befohlen, daß er es wieder einstecken solle, um so mehr als ein paar Freunde sich zu Esch gesellten und mit männlichen Augen und männlichen Fingern das Geschenk abtasteten. Sie flüchtete weiter in die Küche, und Esch verstand, daß er irgendeinen unerklärlichen Verstoß begangen hatte. Als sie schließlich doch wieder im Lokal erschien, erhob er sich und brachte die Statuette zum Büfett. Sie rieb sie mit einem der Gläsertücher blank; Esch, der keinen rechten Abgang wußte und stehen geblieben war, erzählte, daß in dem Theater, welches man gegenüber dem Denkmal errichtet habe, die Première – das Wort war ihm durch den Verkehr mit Gernerth geläufig –, die Première von Schillers Stück stattgefunden hätte. Er besitze jetzt überhaupt mehrfache Beziehung zum Theater und wenn alles klappe, werde er ihr bald mit Billetten dienen können. So? er habe Beziehungen zum Theater? nun ja, einen wüsten Lebenswandel hätte er ja schon immer geführt. Für Mutter Hentjen waren Beziehungen zum Theater nur im Wege liederlicher Schauspielerinnen denkbar und sie erwiderte verächtlich und obenhin, daß sie das Theater nicht leiden mochte, weil darin nichts als Liebe vorkäme; das langweile sie. Esch wagte nicht, irgend etwas dagegen einzuwenden, aber während Frau Hentjen ihr Geschenk, es in Sicherheit zu bringen, in ihr Zimmer hinauftrug, knüpfte er ein Gespräch mit Hede an, die ihn kaum begrüßt hatte, offenbar beleidigt, weil es ihm nicht der Mühe wert gewesen war, auch ihr eine Karte zu schreiben. Hede schien überhaupt übellaunig und übellaunig erschien das ganze Lokal, in das der Musikautomat, von einem heitern Gast in Gang gesetzt, sich nun plärrend ergoß. Hede stürzte zu der Maschine, um sie abzustellen, da das Musizieren zu solch vorgerückter Stunde polizeilich verboten war, und die Männer lachten über den gelungenen Scherz. Durch das halbgeöffnete Fenster hauchte ein Streifen Nachtwind herein, und Esch, der einen Atemzug davon abbekam, schlüpfte in die milde Kühle hinaus, rasch ehe Hede sich ihm wieder zuwenden konnte, rasch, damit er Frau Hentjen nicht neuerlich begegne; sonst brachte sie's noch heraus, daß er die

Stelle bei der Mittelrheinischen gekündigt hatte: Mutter Hentjen würde sich nicht aufschwatzen lassen, daß das Ringkampfgeschäft ein seriöses sei, würde an die sicheren künftigen Erfolge nicht glauben, sondern im Gegenteil, sie würde hämische Bemerkungen daran knüpfen, – vielleicht sogar mit Recht. Aber für heute hatte er genug, und so machte er sich davon.

In den schwarzen kellerigen Gassen stank es kühl, wie es im Sommer immer gestunken hatte. Esch war auf eine unerklärliche Weise zufrieden. Die Luft und die dunklen Mauern waren anheimelnd; man fühlte sich nicht einsam. Fast hätte er gewünscht, daß Nentwig ihm jetzt entgegenkäme. Gerne und gut hätte er ihn verdroschen. Und Esch freute sich, daß das Leben manchmal einfache Lösungen bot. Lotteriegewinne sind indessen rar, und daher mußte es eben doch bei den Ringkämpfen bleiben.

Der Theateragent Oppenheimer besaß weder ein Vorzimmer mit Polstermöbeln noch einen Diener mit Anmeldeblock. Das verstand sich von selbst. Aber der Mensch tauscht ungern das Gute gegen Schlechteres, und Esch hatte sich irgendwo die Hoffnung bewahrt, einen Betrieb vorzufinden, der immerhin dem der Mittelrheinischen ähneln würde, bloß ins Theatergeschäftliche übersetzt. Na, es war anders. Nachdem er eine schmale dunkle Treppe zum Halbstock emporgeklommen war, die Tafel von Oppenheimers Agentur gefunden und niemand ihm auf sein Klopfen Antwort gegeben hatte, mußte er unangemeldet eintreten. Er kam in eine Stube, in der ein eiserner Waschtisch mit schmutzigem Wasser stand; auf allerlei Regalen lag eine Menge Makulaturpapier umher. An der einen Wand hing der große Reklamekalender einer Versicherungsgesellschaft, an der anderen unter Glas und Rahmen eine Gabe der Hapag, das Schiff »Kaiserin Augusta Victoria« in bunten Farben, wie es umschwärmt von kleineren Fahrzeugen den Hafen verläßt und die schäumenden blauen Wogen der Nordsee durchschneidet.

Esch nahm sich nicht die Zeit, es eingehend zu betrachten, denn er war zu Geschäftszwecken da; und weil Zurückhaltung nicht zu seinen Gepflogenheiten gehörte, drang er, wenn auch ein wenig zögernd, in ein zweites Zimmer vor. Fand dort einen

Schreibtisch, der zum Unterschied von all der übrigen Unordnung nichts als eine kahle Platte ohne eine Spur irgendwelcher Schreibutensilien aufwies, sondern bloß tintenfleckig war, das braune Holz voll alter grauer und neuer gelber Kerben und das grüne Tuch vielfach zerrissen. Es gab keine weitere Tür. Wohl aber auch hier manch bemerkenswerten Wandschmuck, mit Reißnägeln an die Tapete geheftet, eine Menge von Photographien, so daß Eschs Interesse sich an den Bildnissen all der Damen entzündete, die mit Trikots oder mit Paillettekleidern angetan, in Stellungen der Verführung und Anlockung sich befanden, und er suchte, ob Ilona darunter sei. Dann jedoch hielt er es für anständiger, sich zurückzuziehen und Auskunft nach dem Verbleib des Herrn Oppenheimer einzuholen. Da kein Hauswart zu ermitteln war, klingelte er an mehreren Türen und erhielt, selber verachtet, verachtungsvolle Auskunft, daß Oppenheimer höchst ungewisse Bürostunden einhalte. »Sie können ja warten, falls Sie nichts Besseres vorhaben«, sagte eine Frau.

Also, nun wußte er es. Schön war's nicht, wie einen die Leute da behandelten, und wenn solche Verachtung zu seinem neuen Beruf gehörte, war das wenig erfreulich. Doch daran ließ sich nichts ändern, er hatte es Ilona zuliebe auf sich genommen (und das ergab ein kleines Wollustgefühl in der Herzgegend), es war eben sein neuer Beruf, und so wartete Esch. Nette Bürogewohnheiten hat sich dieser Herr Oppenheimer zugelegt. Esch mußte lachen; nein, das war kein Geschäft, bei dem man Zeugnisse vorzuweisen hatte. Er stand vor dem Haustor, sah die Straße hinab, bis endlich ein verächtlich kleiner, blondhaarig rosiger Mann auf das Haus lossteuerte und die Stiege hinaufging. Esch folgte ihm. Es war Herr Oppenheimer. Als er ihn über den Zweck seines Besuches aufklärte, sagte Herr Oppenheimer: »Wegen der Damenringkämpfe? Werd' ich machen, werd' ich machen. Aber sagen Sie mir, was braucht der Gernerth Sie dazu?« Ja, was brauchte Gernerth ihn dazu? warum war er hier? wie war er überhaupt hierher gekommen? jetzt, da er die Stellung bei der Mittelrheinischen aufgegeben hatte, war es ja gar nicht mehr die Dienstreise, mit der er immer gerechnet hatte. Warum also war er eigentlich nach Köln gekommen? doch nicht etwa, weil Köln näher zum Meere lag?

Wenn ein braver Mann nach Amerika auswandert, dann stehen seine Verwandten und Freunde am Kai und winken dem Scheidenden mit ihren Taschentüchern. Die Schiffskapelle spielt »Muß i denn, muß i denn zum Städtle hinaus«, und mag man dies angesichts der Regelmäßigkeit der Ausfahrten auch als eine gewisse Scheinheiligkeit von seiten des Kapellmeisters betrachten, so greift es doch vielen ans Gemüt. Spannt sich dann das Seil zu dem kleinen Schlepper, schwimmt dann der Ozeanriese auf dem dunklen tragenden Spiegel, dann tönt über das Wasser spärlich und verloren noch immer das blecherne Zirpen lustigerer Weisen, mit denen der besorgte Kapellmeister die Scheidenden aufzuheitern sich bemüht. Dann wird manchem klar, wie schütter die Menschen über die Erd- und Wasseroberfläche verstreut sind und daß es zwischen ihnen nur ganz dünne Fäden gibt, die von dem einen zum andern hinüberreichen. Wenn der Ozeanriese aus dem Hafen gleitet, das Wasser unter ihm farbloser wird und die Strömung des Flusses nicht mehr erkennbar ist und es gar aussieht, als hätte die Strömung sich gedreht und das Meer ströme in den Hafen hinein, dann schwimmt der Ozeanriese oft in einer großen Wolke unsichtbarer, dennoch gespannter Angst, so daß viele ihn zurückhalten wollen. An den Schiffen vorbei, die längs der rauchigen verwahrlosten Ufer liegen und ihre Krane rasselnd drehen lassen, unbestimmte Dinge zu unbestimmten Zwecken ein- und ausladen, vorbei an den verwahrlosten Ufern, die flußabwärts mit staubigem Grün sich bedecken und in einer kargen Ländlichkeit endigen, vorbei schließlich an den Dünen, wo man den Leuchtturm schon sieht, wird der Ozeanriese gezogen, gefesselt an seinen kleinen Wächter wie ein Ausgestoßener, und auf den Schiffen und an den Ufern stehen Menschen, die zusehen, wie dies geschieht, die Hand heben, als wollten sie ihn zurückhalten, es aber doch bloß zu einem schwächlichen und steif unbeholfenen Winken bringen. Schwimmt er dann weit draußen, verschwunden fast sein Rumpf in der Linie des Horizontes, kaum mehr seine drei Schlote sichtbar, so fragt sich mancher, der von der Küste aufs Meer hinausschaut, ob das Schiff dem Hafen zustrebt oder in eine Einsamkeit hinausgeht, die der Mensch am Ufer nie erfassen kann. Stellt man dann fest, daß es den Kurs zur Küste hält, dann ist ein jeder beruhigt, als trage ihm jenes Schiff ein Liebstes zu oder wenigstens einen Brief, auf den er lange gewartet hat, ohne es zu wissen. Manchmal treffen sich dort draußen in dem lichten Nebel der Grenze zwei Schiffe und man sieht, wie sie aneinander vorübergleiten. Da ist ein Augenblick, in dem die beiden zarten Silhouetten ineinander verschwimmen und eins werden, ein Augenblick von zarter Erhabenheit, bis sie sich sanft wieder voneinander lösen, so still und sanft wie der ferne Nebel, in dem dies geschieht, und jedes für sich wieder seine Bahn allein weitergleitet. Süße, nie erfüllte Hoffnung.

Doch der, der draußen auf dem Schiffe ist, weiß nicht, daß wir um ihn gebangt haben. Er sieht kaum den schwimmenden welligen Streifen der Küste und nur wenn er wie von ungefähr den gelblichen Strich des Leuchtturmes errät, weiß er, daß hier am Land noch welche sind, die um ihn bangen und an seine Gefahr denken. Er versteht nicht die Gefahr, in der er sich doch befindet, ist sich nicht bewußt, daß ein hoher Wasserberg ihn von dem Meeresgrunde trennt, der Erde ist. Nur wer Ziele hat, fürchtet die Gefahr, denn er fürchtet um das Ziel. Er aber geht über die glatten Schiffsplanken, die wie eine Radrennbahn im Kreise um das Deck herumführen und die ebener sind als alle Wege, die er bisher gegangen ist. Wer auf dem Meere ist, hat kein Ziel und vermag nicht sich zu vollenden; er ist abgeschlossen in sich. Was in ihm möglich ist, ruht. Wer ihn liebt, kann es bloß tun für das, was er verspricht, für das, was in ihm liegt, nicht für das, was er erreichen wird oder erreicht hat; er wird es nie erreichen. Darum weiß der Mensch auf dem Lande nicht, was Liebe ist und hält seine Angst für Liebe. Der Seereisende aber erkennt dies bald und die Fäden, die sich von ihm zu denen am Ufer hinübergespannt hatten, reißen ab, noch ehe die Küste versinkt. Fast ist es überflüssig, daß der Kapellmeister ihn durch seine Weisen aufheitere, denn dem Seereisenden genügt es, die Hand über die glatten braunpolierten Hölzer und die glänzenden Messingbeschläge gleiten zu lassen. Die blinkende See spannt sich vor ihm; er ist zufrieden. Mächtige Maschinen treiben ihn und ihr Dröhnen weist den Weg, der nirgendshin führt. Der Blick des Seereisenden ist anders geworden, es ist ein verwaister Blick, der uns nicht mehr kennt. Was einst Aufgabe war, der Seereisende hat es vergessen, er glaubt nicht mehr an die Richtigkeit der Addition von Kolonnen, und wenn ihn sein Weg bei der Kabine des Telegraphisten vorbeiführt und er hört das

Ticken der Apparate, so bewundert er wohl die Mechanik, aber er kann nicht begreifen, daß jener damit Botschaft vom Lande empfängt, Botschaft zum Lande sendet, und wäre der Seereisende nicht ein nüchterner Mensch, er meinte, daß jener mit dem Weltall spreche. Er liebt die Walfische und die Delphine, die das Schiff umspielen, und er fürchtet nicht die Eisberge. Aber taucht eine ferne Küste auf, so will er sie nicht sehen und er verkriecht sich vielleicht im Bauche des Schiffes, bis jene wieder entschwunden ist, weiß er doch, daß ihn dort nicht Liebe erwartet, nicht Gelöstheit und Freiheit, sondern gespannte Angst und die Mauer des Zieles. Wer aber Liebe sucht, sucht das Meer: er spricht vielleicht noch von dem Lande, das jenseits des Meeres liegt, aber er meint es nicht, denn unermeßlich denkt er die Fahrt, Hoffnung der einsamen Seele, sich zu öffnen und aufzunehmen die andere, die im lichten Nebel auftaucht und einströmt in ihn, den Losgelösten, ihn erkennend als das Seiende, Ungeborene und Unsterbliche, das er ist.

So dachte Esch sicherlich nicht, wenn er auch von dem Gedanken besessen blieb, nach Amerika auszuwandern und die Buchhalter der Mittelrheinischen auf das Schiff mitzunehmen. Doch wenn er in das Büro des Herrn Oppenheimer kam, so betrachtete er lange und eindringlich die »Kaiserin Augusta Victoria«, wie sie die Wellen durchschneidet.

Er hatte sein altes Leben wieder aufgenommen, bewohnte sein früheres Zimmer und war oft Mittagsgast bei Mutter Hentjen. Sein Fahrrad benützte er eifrig, nur führte ihn sein täglicher Weg nicht mehr zu Stemberg & Co., sondern zu Herrn Oppenheimer. Frau Hentjen hatte die Änderung seiner Tätigkeit mit einem Blick betrachtet, in dem trotz aller Gleichgültigkeit so etwas wie Verachtung, Unzufriedenheit, vielleicht gar ein wenig Besorgnis lag, und obwohl Esch ihrer Besorgnis recht geben mußte oder eben deshalb, bemühte er sich, ihr die Vorzüge und Aussichten des neuen Berufes in ein helles Licht zu rücken. Es gelang ihm teilweise. Wenn sie auch nur mit halbem Ohre der kühnen Erzählung von dem großen Leben zuhörte, an dessen Schwelle er jetzt stand und das sich nicht nur über Amerika, sondern über alle Weltteile ausdehnen sollte, so erweckte diese Mischung von glanzvollem Reichtum, Künstlerschaft und Reisefreude, die er vor ihr ausbreitete, dieses Ziel, das nicht sie, sondern der andere erreichen sollte, solche Größe erweckte den Neid der Frau, die seit fünfzehn Jahren das Los ihrer schmutzigen Enge haßte. Man könnte sagen, daß sie von einer Art hämischer Bewunderung erfüllt war, denn während sie ihm einerseits die Hohlheit und die Unerreichbarkeit seiner Ziele vor Augen hielt, überbot sie auf der andern Seite seine Phantasie mit der ihren, gab ihm hochmütige Ratschläge und hielt ihm vor, daß er sich zum Herrn, oder wie er sagte, zum Präsidenten über das Heer der Künstler, Artisten und Direktoren aufschwingen könnte. »Erst muß der Bande einmal straffe Ordnung und Zucht beigebracht werden«, pflegte er dann zu erwidern, »daran fehlt es vor allem.« Ja, davon war er durchdrungen, und diese tiefe Verachtung alles Künstlertums begründete sich nicht nur am Anblick des fettigen Notizbuches Gernerths und des anarchischen Büros Oppenheimers, sondern sie deckte sich auch so sehr mit der Meinung Mutter Hentjens, daß in einem solchen Augenblick bewundernden Einverständnisses – oft mündet das Weltumspannende im Häuslichen – Frau Hentjen sein Anerbieten genehmigte, ihre Rechnungen und Aufzeichnungen seiner buchhalterischen Überprüfung anzuvertrauen; sie genehmigte es mit herablassendem Lächeln voll Überzeugtheit, daß ihr einfaches Kassabuch ohnehin in besonders sinnreicher und vorbildlicher Weise geführt sei. Doch kaum hatte sich Esch über die Kolonnen gebeugt, als Mutter Hentjen ihn anschrie, er brauche durchaus kein schnödes Gesicht ziehen, so ein bißchen Buchhalterei imponiere ihr noch lange nicht, er möge sich lieber um das Theatergeschäft kümmern, das solche Kontrolle nötiger habe als das ihre. Und sie entriß ihm die Bücher.

Ja, das Theatergeschäft! In der Beiläufigkeit dieses Betriebes hatte sich Oppenheimer daran gewöhnt, Zufälle ohne viel Nachdenken hinzunehmen, und durch die Beharrlichkeit Eschs in eine Art Wehrlosigkeit versetzt, lachte er darüber, daß jeden Morgen ein Mann auf einem Rade angefahren kam, welcher sich fast wie ein Kompagnon gebärdete; aber er nahm es gerne hin, seitdem er erfahren hatte, daß Esch Geld in die Ringkampfsache bringe, und er steckte auch die Grobheiten ein, mit denen Esch alltäglich die Unordnung im Geschäfte bemängelte. Gemeinsam hatten sie mit dem Besitzer des Alhambratheaters über die Pachtung für Juni und Juli verhandelt, und da für Eschs

Arbeitseifer ein Feld geschaffen werden mußte, wurde er beauftragt, die Anwerbung der Ringerinnen vorzubereiten.

Esch, wohlbewandert in Kneipen, Bordellen und Mädchen, war hiezu wie geschaffen. Er durchzog die Lokale und fand er geeignete Mädchen, die sich dem sportlichen Zwecke dienstbar machen wollten, so schrieb er deren Namen und Personalien in ein Notizbuch ein, das er eigens angelegt hatte, wobei er es nicht unterließ, in eine ausgesparte Spalte, die die säuberliche Bezeichnung »Bemerkung« trug, zu jedem Namen seine Meinung über die Aufnahmewürdigkeit der Bewerberin nach Art einer Klassifikation einzutragen. Insbesondere bevorzugte er Mädchen fremdklingenden Namens und fremden Volksstammes, da es ja eine internationale Konkurrenz werden sollte, und bloß die Ungarinnen nahm er aus. Manchmal war es eine ganz lustige Beschäftigung, die Muskeln der Mädchen zu prüfen, und manchmal verführten ihn auch die kräftigen Reize. Dessenungeachtet freute ihn diese Tätigkeit nicht, und wenn er zu Mutter Hentjen bloß in beiläufiger und wegwerfender Weise davon sprach, sprach er wahr: er konnte eine solche Beschäftigung nicht mehr als seiner würdig betrachten, und er zog es vor, an dem nackten Schreibtisch Oppenheimers zu sitzen oder sich um die Alhambra zu kümmern.

Oft ging er dort durch den leeren grauen Saal, in dem die Schritte auf dem Bretterboden hallten, stieg über die wippenden Bohlen, die man über die Orchestervertiefung gelegt hatte, hinauf zur Bühne, deren graue kahle zyklopische Mauern fast zu wuchtig waren für den leichten Tapetenstand der Kulissen, die sie bald bergen würden. Durchmaß er die Bühne mit großen Schritten, so war es wie ein Triumph, daß hier keine Messer mehr geworfen werden durften, und er schaute in die Direktionskanzlei, erwägend, ob er sich nicht jetzt schon daselbst installieren sollte. Dachte auch daran, daß er Frau Hentjen sein neues Reich einmal zeigen müsse. Die Luft war befremdend grau und kühl, während draußen der Restaurationsgarten in heller, heißer Sonne glühte, und dieses in sich beschlossene Reich von verstaubter Fremdheit war wie eine abgeschlossene Insel der Unbekanntheit innerhalb einer Welt des Bekannten, war Versprechen und Hinweis auf das, was hinter dem großen grauen Meer fremd und verheißungsvoll lag. Auch abends fuhr er manchmal zur Alhambra hinaus. Dann war der Restaurationsgarten erleuchtet und eine Kapelle spielte auf dem Holzpodium unter den Bäumen. Das Theater lag dunkel und fast unbemerkt hinter den Lichtern, angefüllt bis zum Dachboden mit Finsternis, und niemand mochte sich dann seine Geräumigkeit und seine Einrichtung vorstellen. Esch kam gerne zu solcher Stunde, weil es ihm angenehm war zu denken, daß es ihm und keinem andern vorbehalten war, das Leben in dem dunklen Hause wieder zu erwecken.

Als Esch die Alhambra an einem der nächsten Vormittage wieder besuchte, fand er den Besitzer bei einer Kartenpartie am Schanktisch. Er setzte sich dazu und sie spielten bis in den späten Nachmittag hinein. Abends fühlte Esch sein Gesicht ausgeleert hölzern, und er war sich darüber klar, daß dieses Leben das gleiche war wie das in den Mannheimer Magazinen zur Streikzeit. Es fehlte bloß noch, daß Korn daherkäme und mit Ilonas Liebe prahlte. Welchen Sinn hatte also seine Kündigung bei der Mittelrheinischen gehabt? Er saß in geschäftiger Müßigkeit hier, verfraß sein Geld, und nicht einmal Martin hatte er gerächt. Wenn er in Mannheim geblieben wäre, er hätte ihn wenigstens im Gefängnis besuchen können.

Beim Abendessen klagte er sich an, daß er Martin so schmählich verlassen habe, doch als Frau Hentjen antwortete, jeder sei seines Glückes Schmied und Herr Geyring, der von ihr genügend gewarnt worden wäre, könne nicht verlangen, daß ein Freund seinethalben in Mannheim bleibe und auf eine glänzende Laufbahn verzichte, erboste er sich gegen sie und fuhr sie dermaßen hart an, daß sie hinter das Büfett flüchtete und sich an ihrem Haar zu schaffen machte. Er zahlte sofort und verließ das Lokal, wütend, daß sie solchen Müßiggang als glänzende Laufbahn lobte. Indes gestand er sich solchen Anlaß seines Zornes nicht ein, sondern warf ihr bloß ihre kalte Herzlosigkeit gegen Martin vor, und er grübelte die ganze Nacht über Maßnahmen, die Martin nützlich sein könnten.

Frühmorgens schon begab er sich zu Oppenheimer. Er hatte sich mit Schreibmaterial versorgt und verbrachte nun den ganzen Vormittag mit der Verfertigung eines bissigen Berichtes, in welchem er klarlegte, daß der verdiente Sekretär Geyring einer teuflisch-demagogischen Intrige der Mittelrheinischen Reederei und der Mannheimer Polizei zum Opfer gefallen sei. Diesen

Artikel trug er schnurstracks in die Redaktion der sozialdemokratischen »Volkswacht«.

Das Haus, in dem die »Volkswacht« ihren Sitz hatte, war kein Zeitungspalast. Von Marmorvestibülen und Schmiedetoren keine Spur. Überhaupt erinnerte gar manches an Oppenheimers Büro, nur daß es hier emsiger zuging; aber sonntags, wenn der Zeitungsbetrieb feierte, mußte es genauso aussehen wie bei Oppenheimer. Das schwarze Eisengeländer der Treppe fühlte sich klebrig an, die abgeblätterte, abgeschabte Mauer zeigte die Spuren öfters erneuter Malerarbeit, und von einem Fenster aus konnte man in einen schmalen Hof schauen, in dem ein Wagen mit Papierballen stand. Druckmaschinen arbeiteten irgendwo mit asthmatischen Atemstößen. Durch eine ehemals weiße Tür, die hart klapperte, weil ihr Schloß nicht zusprang, gelangte man in die Redaktion. Statt des Versicherungskalenders hing dort ein Fahrplan, statt der Bilder der Tänzerinnen eine Photographie von Karl Marx. Nichts war anders, und daß er hergekommen war, wurde mit einem Male so völlig überflüssig, daß sogar der Artikel, der doch kräftig und drohend geklungen hatte, plötzlich matt und überflüssig erschien. Es ist überall das gleiche Pack, dachte Esch voll Zorn, Demagogenpack, das überall in der gleichen Unordnung lebt. Nein, es hatte keinen Zweck, denen oder jenen eine Waffe in die Hand zu drücken; sie wird schlaff in ihren Händen, denn keiner weiß, was hüben, was drüben ist.

Er wurde in ein zweites Zimmer gewiesen. Hinter einem Tische, der vielleicht einmal mit Tuch bespannt gewesen sein mochte, saß ein Mann in braunem Samtrock. Esch gab ihm das Manuskript. Der Redakteur überflog es eilig, faltete es und legte es in einen Korb neben sich. »Sie haben es ja nicht gelesen«, sagte Esch scharf. »Doch, doch, ich bin im Bilde, ...der Mannheimer Streik; werden sehen, ob wir es verwerten können.« Esch war erstaunt, daß jener auf den Inhalt nicht neugierig war und sich so stellte, als kenne er ihn bereits. »Bitte, es sind Tatsachen, die ein ganz neues Licht auf den Streik werfen«, beharrte er. Der Redakteur griff nochmals nach dem Manuskript, um es aber gleich wieder hinzulegen. »Was für Tatsachen? Ich finde nichts Neues darin.« Esch hatte das Gefühl, jener wolle mit Allwissenheit prahlen. »Ich war doch Augenzeuge; ich war bei der Versammlung!« – »Nun? unsere

Vertrauensleute waren ja auch dort.« – »Haben Sie es also schon veröffentlicht?« – »Meines Wissens ist dort nichts Besonderes vorgefallen.« Esch war so erstaunt, daß er sich einfach niedersetzte, obwohl ihn der andere gar nicht aufgefordert hatte. »Lieber Herr und Genosse«, fuhr der Redakteur fort, »wir können schließlich nicht warten, bis es Ihnen beliebt, uns einen Bericht zu bringen.« – »Ja, aber«, Esch verstand durchaus nicht, »aber warum haben Sie dann nichts getan, warum lassen Sie Martin«, er verbesserte sich, »warum lassen Sie Geyring unschuldig im Gefängnis?« – »Ach so... alle Achtung vor Ihrem Rechtsbewußtsein«, der Redakteur sah das Manuskript an, das mit Eschs Namen geziert war, »Herr Esch, ... Sie meinen also, daß wir Geyring damit freibekommen könnten?« Er lachte. Esch ließ sich durch diese Heiterkeit nicht beirren: »Die anderen gehören ins Loch, ... das ist mehr als klar für jeden, der dabei war!« – »Sie meinen also, daß wir das Direktorium der Mittelrheinischen an Stelle Geyrings einsperren lassen sollen?« Dreckiges Lachen, dachte Esch und schwieg. Den Bertrand einsperren? Also auch den Bertrand, nicht nur den Nentwig! Aber schließlich und bei Lichte besehen ist der Unterschied zwischen einem Präsidenten und einem Nentwig gar nicht so gewaltig. Allerdings der in Mannheim, der war was Besseres, für so einen genügte das Einsperren nicht. Versonnen sagte er: »Den Bertrand einsperren.« Der Redakteur lachte noch immer. »Das würde uns noch fehlen.« – »Warum?« fragte Esch gereizt. »Ein netter, freundlicher, umgänglicher Herr ist er«, versetzte entgegenkommend der Redakteur, »ein ausgezeichneter Geschäftsmann, mit dem sich immerhin leben läßt.« – »So, mit so einem, der es mit der Polizei hält, mögen Sie leben?« – »Du lieber Himmel, daß die Unternehmer mit der Polizei arbeiten, ist doch selbstverständlich; wenn wir oben sein werden, werden wir es auch nicht anders machen...« – »Feine Gerechtigkeit«, empörte sich Esch. Der Redakteur hob in heiterer Resignation die Hände: »Was wollen Sie, das ist eben die kapitalistische Rechtsordnung. Vorderhand muß uns ein Aufsichtsrat, der dafür sorgt, daß sein Unternehmen in Gang bleibt, lieber sein als einer, der es zugrunde richtet. Wenn's nach Ihnen ginge, und alle Fabrikchefs, die gegen uns sind, wären eingesperrt, so gäbe das höchstens eine Industriekrise, und für die würden wir uns bedanken, nicht?« Esch wiederholte bockbeinig wütend:

»Trotzdem gehört er eingesperrt.« Die Heiterkeit des Redakteurs wurde wieder aufreizend: »Ach, jetzt verstehen wir uns, Sie meinen, weil er ein warmer Bruder ist...« – Esch horchte auf, der Redakteur wurde immer vergnügter, »...das also stört Sie? Na, über diesen Punkt kann ich Sie beruhigen: er macht es in Italien unten ab. Und überhaupt sperrt man einen solchen Herrn nicht so leicht ein wie einen Sozialdemokraten.« Das war es also: Polstermöbel, Silberdiener, Equipagen und ein warmer Bruder, und der Nentwig rennt frei herum! Esch starrte dem Redakteur ins heitere Antlitz: »Martin aber sitzt!« Der Redakteur hatte den Bleistift hingelegt, öffnete ein wenig die Arme: »Lieber Freund und Genosse, daran werden wir beide nichts ändern. Der Streik in Mannheim war urdumm, da blieb eben nichts anderes übrig als die Geschichte ablaufen zu lassen und die Schlappe einzustecken; so können wir jetzt nur froh sein, daß die drei Monate Geyrings uns Agitationsmaterial abgeben. Also schönen Dank für Ihren Artikel, lieber Freund und Genosse, und wenn Sie wieder mal was haben, so bringen Sie's uns rascher als diesmal.« Er gab Esch die Hand, und Esch vollführte trotz seiner Wut eine ungelenke Verbeugung.

Man näherte sich dem Juni. Esch machte für Oppenheimer die Wege zur Druckerei und zum Plakatinstitut; es war alles vorbereitet, wirksame Ankündigungen an den Säulen und Planken belehrten die Stadt, daß die stärksten Frauen der verschiedenen Nationen hier zusammentreffen würden, um ihre Kräfte zu messen, und wer daran zweifelte, konnte an der Liste der Namen die Wahrheit der Behauptung ersehen: da war Tatjana Leonoff, die russische Meisterin, Maud Ferguson, Siegerin des Championats von New York, Mirzl Oberleitner, Verteidigerin des Wiener Pokals, nicht zu vergessen die deutsche Meisterin Irmentraud Kroff. Die Namen waren zum großen Teil Gebilde von Oppenheimers Phantasie, dem die natürlichen Namen meistens von zu schwächlicher Charakteristik schienen. Esch hatte vergeblich gegen diesen Schwindel opponiert; also dafür sollte er sich geplagt haben, wirklich internationale Mädchen aufzutreiben, damit so ein Jude mit den Namen herumschmeißt. Er nahm es als neuerliches Zeichen für den anarchischen Zustand der Welt, in der keiner weiß, ob er rechts oder links, ob er hüben oder drüben steht, und in der es schließlich gleichgültig ist, ob Herr Oppenheimer einem den oder jenen Namen zulegt; man mußte froh sein, solange der Oppenheimer nicht auch noch einen ungarischen erfand. Weiß Gott, dieses Ungarn brauchte überhaupt nicht zu existieren. Und daß Italien von Oppenheimer in die Kämpferreihe eingestellt worden war, erschien ihm gleichfalls unpassend. War man sicher, ob es da drunten überhaupt Frauen gab? Lauter warme Brüder laufen dort herum. Dennoch sah er das Plakat mit den internationalen Namen nicht ungern: Land reihte sich an Land und die weite Welt war ihm hier gleichsam sein eigenes Werk, wurde ihm zur Zuversicht und zum Versprechen für den künftigen Weg. Er brachte das Plakat in Mutter Hentjens Wirtschaft, und ohne viel zu fragen, befestigte er es an der Holzwand unter dem Eiffelturm.

Frau Hentjen aber trug es ihm noch immer nach, daß er sie Geyrings wegen damals angefahren hatte, und sie rief vom Büfett herüber, daß er seine Plakate gefälligst dort ankleben wolle, wo es ihm gestattet sei; hier hätte sie zu entscheiden. Esch, der an den Vorfall längst nicht mehr dachte und erst durch ihr böses Gesicht stets aufs neue daran gemahnt wurde, tat, als wollte er ihrem Befehl gehorchen. Solche Nachgiebigkeit entwaffnete Mutter Hentjen; sie kam, immer noch scheltend, hinter dem Büfett hervor, um sich das Plakat anzuschauen. Als sie die Reihe der Frauennamen entzifferte, war sie von Mitleid und Ekel erfüllt: sie gönnte diesen Frauenzimmern die Erniedrigung, sich unter den Blicken der widerlichen Männer herumbalgen zu müssen, und sie bemitleidete sie zugleich. Esch, der dies alles zustande gebracht hatte, erschien ihr wie ein Pascha inmitten einer Frauenherde, und dies dünkte sie nun von einer besonderen Schlechtigkeit zu sein, von einer Verworfenheit, die so groß war, daß Esch damit auf einer anderen, ja fast höheren Ebene stand als all die übrigen Männer, die da herumsaßen mit ihren kleinen verächtlichen Begierden und Schlechtigkeiten. Seine kurzen steifen Haare, dieser dunkle Kopf, die gelblich-rötliche Haut, huch, das machte ihr Angst, nein, sie verstand nicht, wie sie den Menschen mitsamt seinen Plakaten hier noch dulden konnte, und sie erschrak, wie er sie jetzt beim Handgelenk packte: sah es nicht so aus, als wolle er sich nun auch noch an ihr vergreifen, sie wehrlos machen, um sie all den Frauennamen auf dem Plakate anzureihen? Fast war sie enttäuscht, daß nichts dergleichen erfolgte und Esch bloß ihren gehorsam ausgestreckten Finger von Namen zu Namen führte: »Rußland, Deutschland, Vereinigte Staaten von Nordamerika, Belgien, Italien, Österreich, Böhmen«, las er dabei vor, und weil es großzügig und gefahrlos klang, beruhigte sich Frau Hentjen. Sie sagte: »Da fehlt aber noch manches, zum Beispiel die Schweiz und Luxemburg.« Dann allerdings wandte sie sich von dem Plakat mit den Frauennamen ab, als ströme es schlechten Geruch aus: »Daß Sie sich aber mit diesen Weibern abgeben mögen!« Esch erwiderte mit Martins Worten, daß jeder Mensch dort stehe, wo Gott ihn hingestellt habe, und daß übrigens der Verkehr mit den Ringerinnen nicht seine, sondern Teltschers Aufgabe sein werde; er kümmere sich bloß um das Administrative.

Teltscher kam nach Köln und ließ die von Esch ausgewählten Damen in Oppenheimers Büro antreten. Er amtierte den ganzen Vormittag, schied viele von ihnen von vorneherein aus und bestellte die übrigen in die Alhambra, um ihnen eine erste Lektion zu erteilen und sie auf ihre Eignung zu den Vorführungen zu prüfen.

Es wurde eine fröhliche Angelegenheit: Teltscher hatte die Trikots gleich mitgebracht, und nachdem Esch an Hand seiner Notizen die Anwesenden festgestellt hatte, lud Herr Teltini die Damen ein, die Garderoben zu betreten und die Trikots anzulegen. Die meisten weigerten sich, dies zu tun, wollten erst einmal die anderen in dem ungewohnten Kostüm sehen. Aber als die nun nackt und höchlich geniert aus der Garderobe kamen, mußten sie alle lachen. Die Türen, die in den Restaurationsgarten hinausführten, waren weit geöffnet; das Grün der Bäume blickte lustig herein und wenn ein Windstoß kam, spürte man im Saale die warme Morgensonne. An den Türen, da stand der Besitzer des Hauses, standen die Köchinnen aus dem Restaurant, und Teltscher kletterte auf die Bühne, um die Regeln des griechisch-römischen Ringkampfes auf der weichen braunen Matte, die dort aufgespannt war, zu demonstrieren. Dann forderte er ein Paar zum Versuche auf, und keines der Mädchen wollte; sie stießen sich kichernd an, schoben die eine, schoben die andere vor, die sich sträubte und in das Rudel zurückdrängte. Endlich entschlossen sich zwei von ihnen; doch als Teltscher ihnen die ersten Griffe zu zeigen sich anschickte, da lachten sie bloß und ließen die Arme hängen und getrauten sich nicht, einander anzufassen. Teltscher forderte eine andere Dame auf, allein da sich das Spiel wiederholte, ließ er die Namen nochmals von Esch verlesen und trachtete mittels scherzhafter Bemerkungen eine kühne und verwegene Stimmung zu erzeugen. Gab es einen französischen Namen, so pries er die gallische Kühnheit und bat »Frankreichs Stolz« auf die Bühne, nicht minder die »Polnische Gigantin«, kurzum, er zeigte bereits, mit welch ehrenden und anfeuernden Worten er die Damen dem Publikum vorstellen würde. Manche kamen nun auf die Bühne, während andere kreischend zurückriefen, daß es trotz allem nichts für sie sei und daß sie sich wieder zu bekleiden wünschten, was Teltscher mit Ausdrücken des Bedauerns und mit einer komischen Verzweiflung quittierte. Freilich ging es nicht ohne Verstimmungen ab: als Esch den Namen Ruzena Hruska ausrief und Teltscher antwortete: »Herauf mit dir, o böhmische Löwin«, da drängte sich eine dicke weiche Frau, die noch nicht ausgekleidet war, zur Rampe vor, und mit dem harten singenden Tonfall ihres Volkes schrie sie, daß man über sie sich nicht wird lustig machen für lumpiges Geld: »Ich hab' ich schon mehr Geld wegschmissen, weil ich mich nicht laß' von Lumpen lustig machen«, schrie sie Teltscher an, und während der nach einem Witzwort suchte, um die Situation zu überbrükken, hob sie ihren Sonnenschirm, als wollte sie ihn hinaufschleudern. Doch dann verstummte sie; ihre runden weichen Schultern begannen zu zucken und man sah, daß sie weinte. Als sie sich umwandte und durch die schweigende Gasse der verschreckten Mädchen schritt, fiel ihr Blick auf Esch, der mit seinen Listen an einem Tische saß; sie beugte sich zu ihm und zischte ihn an: »Sie, Sie sinds schlechter Freund, habens mich herbracht zu Schande.« Dann ging sie weinend hinaus. Indes war Teltscher bald wieder Herr der Situation und der Zwischenfall hatte auch sein Gutes: die Mädchen, als schämten sie sich ihrer früheren Ausgelassenheit, waren nun zu ernsthafer Arbeit bereit; Teltscher belobte sie munter, und bald hatten sie alle die wilde Tschechin vergessen. Sogar Esch dachte nicht mehr an ihre Vorwürfe, wenngleich er zugeben mußte, daß er ein schlechter Freund war, aber getrost, er würde die Kerle schon noch dazu bringen, Martin freizugeben. Unter solchen Gedanken ging er heim.

Frau Hentjen schneuzte behutsam ihre Nase und betrachtete das Resultat in ihrem Taschentuch. Er hatte ihr den Vorfall mit der wilden Tschechin erzählt, vielleicht aus Schuldbewußtsein, und Frau Hentjen war über ihn hergefallen und hatte gesagt, daß es ihm zu gönnen gewesen wäre, wenn dieses bedauernswerte Weib ihm die Augen ausgekratzt hätte. Das käme davon, wenn man sich mit solchen Weibern herumsühle. Ob er denn gar nichts auf sich halte. Eine Person, die froh sein müßte, daß er ihr Gelegenheit zum Gelderwerb gegeben habe. Ja, das sei der Dank. Aber diese Tschechin habe ganz recht, so müsse man die Männer behandeln; sie verdienten es nicht besser. Sich zu freuen, weil ein paar arme Frauenzimmer im Trikot sich auf der Bühne herumbalgten! Zehnmal besser seien die noch als diese Männer, von denen sie sich alles gefallen lassen. Und bissig sagte sie: »Legen Sie doch endlich Ihre Zigarre weg.« Esch ließ es hochachtungsvoll über sich ergehen, nicht nur, weil sie ihm für ein lächerliches Entgelt einen überaus reichlichen Mittagstisch verabreichte, sondern auch weil er ihr das Recht einräumte, seinen sündhaften Lebenswandel in jenes Licht zu setzen, das er verdiente. Er war in einer üblen Lage; von seinen dreihundert Mark, die für das Ringkampfunternehmen bestimmt gewesen waren, besaß er nurmehr knappe zweihundertfünfzig, und obwohl er vom ersten Tagesgewinn sofort seinen Anteil erhalten sollte, so wußte er doch nicht, wohin er steuerte. Er brauchte eine Erwerbsbeschäftigung, wenn jenes Opfer, von dem er eigentlich kaum mehr wußte, daß er es für Ilona auf sich genommen hatte, nicht in eine Katastrophe ausarten sollte; gerne hätte er davon gesprochen, allein seine Eitelkeit verbot es ihm, denn Mutter Hentjen war nicht in der Stimmung, einsehen zu können, daß auch die glanzvollste Karriere aus kümmerlichen Anfängen sich entwickeln mußte. So sagte er bloß: »Besser Ringkämpfe als Messerwerfen.« Frau Hentjen betrachtete das Messer in Eschs Faust; was er gesagt hatte, verstand sie zwar nicht, aber es war ihr unangenehm. Darum antwortete sie einfach: »Vielleicht.« – »Gutes Fleisch«, sagte Esch über den Teller gebeugt und sie erwiderte mit der Würde des Fachmannes: »Lendenstück.« – »Der Fraß, den sie dem armen Martin jetzt geben...« Frau Hentjen sagte: »Fleisch bloß am Sonntag...« und sie setzte mit einer kleinen Freude hinzu: »sonst hauptsächlich Rüben, ja.« Für wen mußte Martin Rüben fressen? für wen opferte sich der? wußte es Martin selber? Martin war ein Märtyrer und betrachtete dieses Märtyrertum doch bloß wie einen teils fröhlichen, teils ärgerlichen Beruf; trotzdem war er ein anständiger Kerl. Frau Hentjen sagte: »Wer nicht hören will, muß fühlen.« Esch antwortete nicht. Vielleicht hielt Martin etwas geheim, was niemand außer ihm wußte; ein Märtyrer hat immer für irgendeine Überzeugung zu leiden, für ein Wissen, das er besitzt und das ihm sein Handeln vorschreibt. Märtyrer sind anständig. Frau Hentjen erklärte: »Das kommt von den Anarchistenzeitungen.« Esch stimmte zu: »Ja, das ist eine Saubande, jetzt lassen sie ihn im Stich.« Freilich, über die sozialistischen Zeitungen hatte selbst Martin sich lustig gemacht, obzwar man meinen sollte, daß es eben denen obliege, die sozialistische Überzeugung zu vertreten und voranzutragen. Hat also Martin eine sozialistische Überzeugung oder hat er keine? Esch ärgerte sich, daß Martin ihm etwas vorenthielt. Wer die Wahrheit besitzt, vermag die anderen zu erlösen; so haben es auch die Christenmärtyrer geübt. Und weil er auf seine Bildung stolz war, sagte er: »Zur Römerzeit hat es ebenfalls Ringkämpfe gegeben, aber mit Löwen. Da ist Blut geflossen. In Trier droben ist so ein Zirkus.« Frau Hentjen sagte gespannt: »Und?« Da aber keine Antwort kam, fuhr sie fort: »Das wollen Sie wahrscheinlich auch noch einführen, was?« Esch schüttelte schweigend den Kopf. Wenn Martin ohne Überzeugung und ohne besseres Wissen und niemandem zu Danke sich opferte und Rüben fraß, so tat er es wohl um des bloßen Opfers willen. Vielleicht mußte man sich erst opfern, damit – wie sagte doch dieser Idiot in Mannheim? – damit man die Gnade der Erlösung erfahren könne. Aber dann brauchte vielleicht Ilona auch die Messer um des puren Opfers willen; wer mochte sich da auskennen, und so sagte Esch: »Ich will überhaupt nichts. Vielleicht sind diese ganzen Ringkämpfe ein Blödsinn.« Ja, sagte Mutter Hentjen, das seien sie. Und da hatte er vor Mutter Hentjen wieder jene respektvolle Hochachtung, in der man sich geborgen fühlt.

Es roch nach Speisen und Tabakrauch, dazwischen süßlich nach Wein. Mutter Hentjen hatte recht; die Weiber wollten's nicht anders. Deswegen hatte Ilona sich den Korn genommen. Und besitzt der hinterlistige Krüppel wirklich ein besseres Wissen, so gibt er nichts davon her, läßt keinen daran teilhaben.

Rennt fröhlich daher wie ein Hund auf drei Beinen, flitzt um die Ecken und ins Gefängnis, und das Gefängnis kann ihm ebensowenig anhaben wie dem Hund die Prügel. »Vielleicht macht es ihnen sogar Spaß, geprügelt zu werden, sich aufzuopfern...« sagte er sinnend. »Wem?« fragte Mutter Hentjen interessiert, »wem, den Weibern?« Esch dachte nach. »Ja, ihnen allen...« Mutter Hentjen war befriedigt: »Soll ich Ihnen noch ein Stück Fleisch bringen?« Sie ging in die Küche. Die Tschechin tat Esch leid; sie hatte so weich geweint. Aber auch hier hatte Mutter Hentjen wohl recht; auch die Hruska wollte es nicht anders. Und als Frau Hentjen mit dem Teller zurückkam, tat er ein übriges: »Die wird sich auch noch ihren Messerwerfer suchen, die Tschechin.« – »So«, sagte Mutter Hentjen. »Armer Teufel«, sagte Esch und wußte selber nicht ob er Martin oder die Tschechin meinte. Mutter Hentjen hingegen meinte bloß die Tschechin und versetzte spitz: »Nun, Sie können sie ja trösten, wenn sie Ihnen so leid tut..., gehen Sie nur gleich hin zu ihr.«

Er entgegnete nichts; er hatte gut gegessen, und so nahm er denn schweigend seine Zeitung, begann den Anzeigenteil zu studieren, der ihm das Wichtigste im Blatte geworden war, seit daselbst die Ringkampfankündigungen sich befanden. Doch die rechtschaffene Buchhaltung seiner Seele verlangte, daß auch Frau Hentjen ein Konto eingerichtet bekäme: hatte sie denn weniger Anrecht darauf als Ilona, die es sogar verschmäht, daß man ihr etwas Gutes tue? Sein Auge blieb auf der Ankündigung einer Weinauktion in St. Goar haften und er fragte Mutter Hentjen, woher sie ihren Wein bezöge. Sie nannte einen Kölner Weinhändler; Esch rümpfte die Nase: »Also denen werfen Sie das Geld in den Rachen! Warum haben Sie mich nicht schon längst gefragt? Ich behaupte nicht, daß es überall so zugeht wie in der Essigbude meines saubern Herrn Nentwig, aber ich könnte wetten, daß Sie kräftig draufzahlen.« Sie setzte eine gekränkte Miene auf: wer eine alleinstehende schwache Frau ist, muß sich viel gefallen lassen. Er machte ihr den Vorschlag, nach St. Goar zu fahren und für sie Wein zu kaufen. »Schade um die Spesen«, sagte sie. Esch geriet in Eifer: die Spesen wären im Preise leicht hereinzubringen, und wenn die Qualität danach sei, könnte man sie mit einer billigeren Sorte verschneiden; darauf verstehe er sich. Und schließlich käme es ihm nicht auf die Spesen an; ein Ausflug den Rhein hinauf – Lohbergs idiotisches Kauderwelsch von der Naturfreude kam ihm in den Sinn –, sei immer ein Vergnügen, und sie brauche ihm die Spesen erst zu ersetzen, wenn das Geschäft mit wirklichem Vorteil abgewickelt sein werde. »Da nehmen Sie wohl Ihre Tschechin mit?« sagte Mutter Hentjen mißtrauisch. Der Gedanke erschien ihm nicht unverlockend; doch er lehnte ihn laut und entrüstet ab; Mutter Hentjen möge sich überzeugen und gefälligst selber mitkommen, sie hätte ja erst kürzlich die Absicht geäußert, einmal wieder die Natur genießen zu wollen, – da ginge es gleich in einem, setzte er gereizt hinzu. Sie schaute in sein Gesicht, sah die gelb-braune Haut und rückte erstarrend von ihm ab: »Und wer soll in der Wirtschaft bleiben...? nein, das geht nicht.«

Nun, er hatte auch keinen solchen Wert darauf gelegt; seine Finanzen hätten einen Ausflug zu zweit jetzt ohnehin nicht gestattet, Esch sprach also nicht weiter davon und Mutter Hentjen gewann wieder Vertrauen. Sie nahm die Zeitung, sah zu ihrer Beruhigung, daß die Auktion erst in zwei Wochen stattfinden würde, und meinte, daß sie es sich noch überlegen könne. Ja, sie möge es sich überlegen, sagte Esch trocken und stand auf. Er mußte in die Alhambra, wo Teltscher Probe abhielt. Er nahm den Weg über die Straße, in der die Tschechin in einem Lokal bedienstet war. Aber er trat in sein Rad und fuhr vorbei.

Direktor Gernerth war jetzt ebenfalls eingelangt und Esch, ob seiner Fachkenntnisse im Speditionswesen hiezu designiert und vom Betätigungsdrang getrieben, kam täglich zum Hafen, um nach dem Fundus zu fragen, der auf dem Rheinweg verfrachtet worden war. Und wenn er den Weg vielleicht auch nur machte, um angesichts der Speditionsschuppen die Reue über seine vorzeitige Kündigung bei der Mittelrheinischen auszukosten, angesichts der Weinlager die Existenz Nentwigs aufs neue als bittern Stachel im Fleisch spüren zu können; er sah und erlebte all dies nicht ungern, denn es führte ihm vor Augen, daß sein Opfer neben dem Opfer Martins bestehen konnte. Auch daß Ilona nicht nach Köln gekommen, sondern bei Korn geblieben war, fügte sich in den Kreis und war wie eine höhere Schickung. Aber man stelle sich ja nicht vor, daß Esch ein leidensseliger Mensch gewesen sei. Oh, keineswegs! In seinen Selbstgesprächen scheute er sich nicht, Ilona eine Hure und sogar eine drekkige Hure zu nennen, und Teltscher einen Hurentreiber und Meuchelmörder. Und wenn er diesen Mordbuben Nentwig zwischen den aufgestapelten Weinfässern getroffen hätte, ja, so hätte er ihn eben verdroschen. Doch kam er dann bei den langgestreckten Magazinen der Mittelrheinischen vorbei, sah er dann die verhaßte Firmenaufschrift, so erhob sich hoch über all dem dreckigen Gesindel der kleinen Mörder eine Gestalt, vornehm und überlebensgroß, die Gestalt eines hochanständigen Menschen, kaum Mensch mehr zu nennen, so weit und hoch war sie entrückt, und dennoch Gestalt des Übermörders, unvorstellbar und drohend erhob sich das Bild Bertrands, des schweinischen Präsidenten dieser Gesellschaft, des warmen Bruders, der Martin ins Gefängnis gebracht hatte. Und diese vergrößerte und eigentlich unvorstellbare Gestalt schien die der beiden kleineren Schächer in sich aufzunehmen, und manchmal war es, als müßte man bloß diesen Antichrist treffen, um auch alle geringeren Mörder der Welt zu vernichten.

Natürlich könnte einem all dies schnuppe sein, man hatte ärgere Sorgen; lausig genug ging's einem ja, wie man da ohne Bezahlung am Hafen herumlungerte. Ein Mensch ohne richtigen Erwerb gehört umgebracht. Das müßte eigentlich auch Mutter Hentjen sagen und merkwürdig angenehm war es, sich solche Drohung vorzustellen. Ja, das klügste wäre es wohl, es käme so ein Übermörder und brächte einen kurzerhand um. Und während Esch den Kai entlang streunte und ihm die Tafel der Mittelrheinischen Reederei AG. wieder entgegenblickte, sagte er laut und deutlich: »Entweder er oder ich.«

Nun stand Esch beim Schleppboot und überwachte die Ausladung des Fundus. Er sah Teltscher mit dem rosigen Oppenheimer daherkommen: die beiden rückten sozusagen etappenweise vor, denn sie blieben immer wieder stehen, oftmals an den Knöpfen oder am Rockaufschlag sich haltend, und Esch fragte sich, was sie wohl so dringend zu besprechen hätten. Als sie nahe genug waren, hörte er Teltscher: »Und Ihnen sag' ich's, Oppenheimer, das ist kein Geschäft für mich – Sie werden sehen, ich laß' mir die Ilona kommen, und ich laß' mir den Kopf abhacken, wenn ich nicht in einem halben Jahr die Nummer in New York bring'.« So, so, Teltscher hatte die Ilona noch immer nicht aufgegeben. Na, der wird schon anders reden, wenn einmal Ordnung gemacht sein wird. Und Esch hatte keine Lust mehr auf den Tod. Er knurrte die beiden an, was sie hier suchten, ob sie etwa meinten, daß er noch nie eine Verladearbeit geleitet hätte, ob er vielleicht etwas wegtragen wolle, ob die Herren ihn vielleicht zu kontrollieren wünschten? überhaupt tue es ihm bitter leid, fremder Leute Geld in dieses Geschäft hineingesteckt zu haben, von seinem eigenen ganz zu schweigen. Jetzt arbeite er seit nahezu einem Monat umsonst für dieses zweifelhafte Unternehmen, gäbe sein Letztes her, und warum? weil ein gewisser Herr Teltscher, der selber auskneifen will, ihn beschwatzt hat. Voller Wut begann er, den jüdischen Tonfall des Herrn Oppenheimer ungeschickt nachzuahmen. »Heißt ein Antisemit«, sagte Herr Oppenheimer, und Teltscher meinte, daß die Laune des Herrn Speditionsdirektors sich übermorgen nach dem ersten Kassenrapport schon heben werde. Und weil er selber guter Laune war und Esch necken wollte, ging er um das Fuhrwerk herum, auf dem die Stücke aufgeladen wurden, und justament zählte er sie ab, trat dann zu den Pferden, holte Zucker aus der Tasche, um ihn den Tieren hinzuhalten. Esch, der sich wütend und beleidigt von den beiden Juden abgewendet hatte und die Kisten notierte, beobachtete ihn von der Seite und wunderte sich über Teltschers Gutmütigkeit; eigentlich wollte er nicht daran glauben, erwartete fast, daß die Tiere kopfschüttelnd die Gabe ablehnen würden. Allein die Pferde, wie Pferde eben sind, nahmen mit freundlich-weichem Maul den Zucker von Teltschers flacher Hand, und Esch ärgerte sich: immerhin hätte auch er sich's einfallen lassen können, wenigstens ein Stück Brot ihnen zuzustecken; freilich, wo nun das Aufladen beendet war, blieb einem nichts anderes übrig, als jedem der beiden Pferde einen nüchternen Klaps auf die Kruppe zu geben. Esch tat es, und dann fuhren sie alle auf den Kisten sitzend mit dem Wagen in die Stadt zurück. Oppenheimer verabschiedete sich bei der Rheinbrücke; Teltscher und Esch fuhren weiter, um bei Mutter Hentjen abzusteigen.

Teltscher war einige Male in der Wirtschaft gewesen und gebärdete sich, als ob er bereits ein alter Stammgast wäre. Esch fühlte sich schuldbewußt, weil er Mutter Hentjen solches Gesindel ins Haus brachte ... statt etwas Besserem. Gerne hätte er den Kerl vom Wagen geschmissen. Setzt sich auf Martins Platz, so ein Judas, und hat keine Ahnung, daß es bessere, vornehme, hochanständige Menschen gibt, hat keine Ahnung, daß Martin von der Hand eines Mannes gefällt worden ist, der so einen Messerwerfer nicht mal anspucken würde. Und dieser Gaukler, dieser Hurentreiber spielt sich auf den Sieger heraus, dem Martins Platz gebührt. Taschenspielerkunststücke! mit toten Dingen herumjonglieren, unfruchtbare Arbeit voller Lug und Trug.

Sie waren angelangt. Teltscher kletterte als erster vom Wagen. Esch schrie ihm nach: »Na, und wer soll abladen? Kontrollieren und spionieren, das paßt Ihnen, aber um eine richtige Arbeit, da drücken Sie sich.« – »Ich habe Hunger«, versetzte Teltscher einfach und stieß die Türe zum Lokal auf. Dem Juden war nicht beizukommen; Esch folgte ihm achselzuckend. Und um die Verantwortung für diese Art Gäste abzulehnen, machte er einen Scherz: »Einen feinen Gast bring' ich Ihnen da, Mutter Hentjen, ja, es kommt nie was Besseres nach.« Plötzlich aber war er mit allem einverstanden: mochte Teltscher auf Martins Platz sitzen und Martin auf dem Platze Nentwigs: man kannte sich nicht aus, und trotzdem war es irgendwo in Ordnung. Irgendwo kam es eben nicht mehr auf die Menschen an, die waren alle gleich und es verschlug nichts, wenn einer im andern verfloß und der eine auf dem Platz des andern saß, – nein, nicht mehr nach guten und bösen Menschen, sondern nach irgendwelchen guten und bösen Kräften war die Welt zu ordnen. Giftig sah er zu Teltscher hin, der Taschenspielerkünste mit Messer und Gabel vollführte und nun ankündigte, er werde Frau Hentjen ein Messer aus dem Mieder ziehen. Sie fuhr kreischend zurück, doch da präsentierte Teltscher bereits das Messer zwischen Daumen und Zeigefinger: »Aber, aber, Mutter Hentjen, so etwas tragen Sie im Mieder!« Dann wollte er sie hypnotisieren und prompt erstarrte sie im voraus. Was zu viel ist, ist zu viel; Esch fuhr auf Teltscher los: »Herr, Sie sollte man einsperren.« – »Neuigkeit«, sagte Teltscher. Esch knurrte: »Hypnose ist gesetzlich verboten.« – »Interessanter Mensch«, sagte Teltscher und wies mit dem Kinn nach Esch, solcherart Frau Hentjen auffordernd, daß sie sich gleichfalls über den interessanten Menschen lustig mache; ihr aber saß der Schreck noch in den Gliedern und sie fingerte starr an ihrer Frisur. Esch nahm den Erfolg seiner Rettungsaktion zur Kenntnis und war zufrieden. Ja, den einen, den Nentwig hatte er laufen lassen, ein zweites Mal würde so etwas nicht geschehen, wenn es auch nicht auf die Person ankam, und wenn auch einer in den andern verfließt und die Burschen nicht mehr voneinander zu kennen und zu unterscheiden sind; losgelöst vom Täter besteht das Unrecht und das Unrecht allein ist es, das gesühnt werden muß.

Als er später mit Teltscher zur Alhambra ging, war ihm leicht zumute. Er hatte ein neues Wissen bekommen. Und beinahe tat ihm Teltscher leid. Und auch Bertrand. Und selbst Nentwig.

Er hatte bei Gernerth nun doch herausgeschunden, daß ihm mit Rücksicht auf seine Mitarbeit ein Gewinnanteil von hundert Mark im Monat garantiert werde, – wovon hätte er denn sonst leben sollen? – aber schon der Eröffnungsabend brachte ihm sieben Mark Anteil ein. Wenn das so weiter ging, war seine Einlage nach einem Monat verdoppelt. Frau Hentjen war nicht zu bewegen gewesen, der Eröffnungsvorstellung beizuwohnen, und Esch, beim Mittagstisch, erzählte angeregt von dem gestrigen Erfolg. Als er zu dem Punkt gelangte, man könnte wohl sagen, zu dem Höhepunkte, wie Teltscher eines der Trikots aufgeschnitten und nur lose hatte zunähen lassen, so daß es während des Ringens tatsächlich an jener rundgespannten Stelle platzte, und wie sich dieses Ereignis allabendlich wiederholen werde, als er darüber noch nachträglich so sehr lachen mußte, daß er statt zu reden immerzu mit der Hand winkte, da erhob sich Frau Hentjen und sagte, sie habe es nun satt. Es sei unerhört, daß ein Mensch, den sie für anständig gehalten habe und der früher einem anständigen Beruf nachgegangen sei, so weit sinken könne. Sie zog sich in die Küche zurück.

Esch, der verdutzt zurückgeblieben war, trocknete sich die vom Lachen noch tränenden Augen. In einem Winkel seines Herzens saß schlechtes Gewissen, in diesem Winkel erhielt Mutter Hentjen recht; die geplatzten Trikots auf der Bühne waren undeutlich verwandt mit den Messern, die auf dieser Bühne nicht mehr geworfen werden durften; doch davon ahnte Mutter Hentjen sicherlich nichts und eigentlich war ihr Zorn unbegreiflich. Er hatte Hochachtung vor ihr, wollte sie nicht beschimpfen wie den Idioten Lohberg, aber mit dem hätte sie sich gewiß besser verstanden, und er war eben nicht so fein wie Lohberg. Er betrachtete das Bild des Herrn Hentjen über dem Bord, ob es Ähnlichkeit mit Lohberg aufwies, und als er lange genug hingeblickt hatte, verschwammen tatsächlich die Gesichter des seligen Schenkwirtes und des Mannheimer Zigarrenhändlers. Ja, wo man hinsah, zeigte es sich, daß einer in den andern verfließt und daß man nicht einmal Totes von Lebendem unterscheiden könne. Keiner ist, was er zu sein glaubt: man glaubt, daß man ein Kerl ist, der fest auf seinen zwei Beinen steht, der seine sieben Mark Gewinnanteil einstreicht, und der sich hinträgt, wohin er will; und in Wirklichkeit steht man einmal auf diesem Platz und einmal auf jenem, und selbst wenn man sich opfert, ist man es nicht selber gewesen. Eine unbändige Sucht überkam ihn, den Beweis zu erbringen, daß es nicht so sei, nicht so sein dürfe, und wenn er es schon niemandem anderen beweisen konnte, so mußte er wenigstens der Frau da drinnen zeigen, daß sie ihn weder mit Herrn Lohberg noch mit Herrn Hentjen zu verwechseln habe. Kurzerhand ging er in die Küche hinüber und sagte, daß Frau Hentjen am nächsten Freitag die Weinauktion in St. Goar nicht vergessen möge. »Sie werden Begleitung genug finden«, erwiderte Frau Hentjen vom Herde her. Ihr Widerspruch reizte ihn. Was verlangte diese Person von ihm? Hatte er bloß jene Worte zu sagen, die sie ihm vorschrieb und die sie hören wollte? Er mußte an den Musikautomaten denken, in den jeder hineingreifen konnte. Aber den mochte sie ja nicht leiden. Wäre das Küchenmädchen nicht da gewesen, er hätte nicht übel Lust gehabt, sie, wie sie da am Herde stand, einfach zu übermannen, damit sie sich von seiner Existenz überzeuge. So sagte er bloß: »Ich habe es schon zusammengestellt: wir fahren mit der Bahn bis Bacharach, von dort mit dem Schiff bis St. Goar. Dort sind wir um elf Uhr, kommen noch zur Auktion zurecht. Nachmittags können wir zur Lorelei hinauf.« Sie erstarrte ein wenig unter der Festigkeit dieses Entschlusses, dennoch bemühte sie sich, einen spöttischen Ton in ihre Stimme zu legen: »Große Pläne, Herr Esch.« Esch war seiner sicher geworden: »Erst der Anfang, Mutter Hentjen; bis zur nächsten Woche habe ich jedenfalls schon meine hundert Emm verdient.« Er pfiff vor sich hin und verließ die Küche.

Draußen sah er noch die Zeitungen durch, die er mitgebracht hatte, und merkte die Berichte über die Eröffnungsvorstellung mit rotem Bleistift an. Daß er in der Volkswacht keinen Bericht fand, ärgerte ihn. Einen Parteigenossen und Freund, der sich aufgeopfert hatte, im Gefängnis schmachten lassen, ja das konnten sie. Aber nicht einmal zu einem lumpigen Bericht langte es. Auch hier sollte man eigentlich Ordnung machen. Er fühlte in sich die Kraft dazu und hatte die Zuversicht, daß es ihm gelingen werde, das Chaos, in dem alles leidend verstrickt war, in dem Freund und Feind verbissen und doch kampflos ineinanderlagen, zu durchdringen und zu erlösen.

In der Pause durch den Saal gehend, erschrak er heftig, ja, das Wort vom »Stich im Herzen« fiel ihm ein, als er Nentwigs ansichtig wurde. Der saß mit vier anderen Leuten an einem Tische, und eine der Kämpferinnen, einen Bademantel über das Trikot geworfen, war bei ihnen. Der Bademantel klaffte und Nentwig war damit beschäftigt, durch listige Bewegungen seiner runden Hände den Spalt zu erweitern. Esch ging weggewandten Kopfes vorüber, aber das Mädchen rief ihn an, so daß er sich umdrehen mußte: »Hallo, Herr Esch, was machen Sie denn hier«, hörte er Nentwig. Esch zögerte; er sagte bloß kurz »'n Abend«, doch Nentwig verstand nicht die Abweisung, sondern trank ihm zu, und das Mädchen sagte: »Ich mache Ihnen schon Platz, Herr Esch, muß ohnehin zur Bühne.« Nentwig, der schon getrunken hatte, hielt die Hand Eschs gefaßt, und während er ein Glas für ihn einschenkte, sah er mit zärtlich-weinseligen Augen zu ihm auf: »Nein, so etwas, das ist einmal eine unverhoffte Überraschung.« Esch sagte, daß er gleichfalls auf die Bühne müsse, und Nentwig, seine Hand nicht loslassend, prustete vor Lachen: »So, zu die Damens auf die Bühne, komm' ich mit, komm' ich mit.« Esch suchte ihm verständlich zu machen, daß er von Berufs wegen hier beschäftigt sei. Endlich begriff Nentwig: »So, Sie sind hier angestellt? guter Posten?« Eschs Selbstbewußtsein erlaubte es nicht, die Frage zu bejahen; nein, er sei hier nicht angestellt, er sei am Geschäfte beteiligt. »So etwas, so etwas«, erstaunte sich Nentwig, »machte Geschäfte, gute Geschäftchen, sichtlich gutes Geschäftchen«, er sah sich in dem dichtgefüllten Saale um, »und vergißt, daß es einen guten alten Freund Nentwig gibt, der sich an so etwas stets gerne beteiligt.« Er wachte völlig auf: »Wie steht's mit den Weinlieferungen, Esch?« Esch erklärte, daß er mit dem Wirtsbetrieb nichts zu tun habe; das sei Sache des Saalbesitzers. »So, aber alles andere«, Nentwig machte eine große umfassende Geste über Saal und Bühne, »geht Sie an? na, trinken Sie doch wenigstens ein Glas«, und Esch konnte nicht umhin, sein Glas an dem des Nentwig klingen zu lassen, und er mußte auch den Begleitern Nentwigs die Hand geben und mußte mit ihnen trinken. Trotz der Hinterhältigkeit, mit der ihn Nentwig von rückwärts her hatte anrufen lassen, konnte er nicht den Haß gegen ihn aufbringen, zu dem er sich verpflichtet fühlte. Er versuchte, sich das Vergehen des Prokuristen wieder zu vergegenwärtigen; es gelang nicht; es waren irgendwelche Schweinereien in den Bilanzen gewesen, arge Schweinereien, und Esch reckte sich ein wenig auf, um nach dem im Saale befindlichen Schutzmann Ausschau zu halten. Aber es war so seltsam unfaßbar und konturlos geworden, daß Esch sich der Sinnlosigkeit seines Vorhabens sofort bewußt wurde, und etwas ungeschickt und beschämt griff er nach seinem Weinglas. Nentwig indessen sah seinen guten alten Buchhalter mit verschwommenen Blicken an, und da kam es Esch so vor, als wollte mit dem verschwimmenden Blick diese ganze rundliche Gestalt in Gleichgültigkeit verfließen. Dieser Essigfritze hatte ihm meuchlings Buchungsfehler vorgeworfen, hatte ihn um Brot und Existenz bringen wollen und wird ihn immer wieder meucheln. Man konnte ihm jedoch kaum mehr böse sein. Aus dem verworrenen Knäuel des Geschehens ragt ein Arm, droht die Faust mit dem Dolche, und entdeckt man dann, daß es der Arm Nentwigs ist, so wird es zu einem dummen und fast schäbigen Zufall. Der Tod, von eines Nentwigs Hand empfangen, er wäre kaum Mord mehr zu nennen, und das Gericht, gehalten über Nentwig, es wäre nichts als eigenste schäbigste Rache für einen Buchungsfehler, der keiner war. Nein, nutzlos ist es, einen Prokuristen der Gerechtigkeit zu überantworten, denn es gilt nicht, einen Arm abzuschlagen, selbst wenn der Arm den drohenden Dolch hält, es gilt das Ganze oder zumindest einen Kopf zu treffen. In Esch sagte etwas: »Wer sich opfert, ist anständig«, und er beschloß, Nentwig nicht weiter zu beachten. Der kleine feiste Mann war wieder in seinen Dusel zurückgesunken, und da die Musik nun zum Gladiatorenmarsch ansetzte, zu dessen Klängen die Ringerinnen unter Teltschers Anführung auf die Bühne marschiert kamen, merkte Nentwig nicht, daß Esch von seinem Tische verschwunden war.

Gernerth hingegen saß bei einem Glas Bier in der Direktionskanzlei und jammerte, als Esch eintrat: »Ist das ein Leben, ist das ein Leben...« Oppenheimer ging mit dem Kopf und dem ganzen Körper wackelnd auf und ab: »Möcht' wissen, was Sie so aufregt...?« Gernerth hatte sein Notizbuch vor sich: »Die Zinsen fressen einen auf. Wofür arbeitet und schindet sich unsereiner? Für die Zinsen!« Draußen klatschten die Griffe auf dem schwitzenden Fett der Frauenleiber, und Esch empörte sich, daß hier einer von Schinden sprach, weil er in einem Notizbuch rechnete. Gernerth jammerte weiter: »Jetzt sollen die Kinder auf Ferien; das kostet Geld... wo soll ich es hernehmen?« Hier zeigte Oppenheimer Verständnis: »Kinder sind ein Segen, Kinder sind eine Plage, Direktor; na, wird schon werden, sorgen Sie sich man nicht zu sehr.« Esch hatte Mitleid mit Gernerth, der brav war; und trotzdem verwirrten sich wieder die Angelegenheiten der Welt, dachte man daran, daß da draußen jetzt ein Trikot platzen müsse, damit die Kinder Gernerths auf Ferien gehen könnten. Irgendwo hatte Mutter Hentjen mit ihrem Ekel doch recht, freilich ganz wo anders als sie selber meinte. Auch Esch wußte es nicht; vielleicht war es die Unordnung, die ihn mit Ekel und Wut erfüllte. Er ging hinaus; in den Kulissen standen einige Ringerinnen und rochen nach Schweiß; Esch, um sich einen Durchgang zu schaffen, packte sie von rückwärts bei den dicken Armen oder bei den Brüsten und drückte sie sich gegen den Unterleib, so daß einige gierig zu lachen begannen. Dann trat er auf die Bühne und nahm seinen Platz als sogenannter Schriftführer beim Jurytisch ein. Teltscher, die Signalpfeife zwischen den Lippen, lag auf dem Boden und äugte scharf unter die Brücke, in der sich eine der Damen befand, während die andere sich auf ihr wälzte und scheinbar bemüht war, diese Brücke einzudrücken, selbstverständlich bloß scheinbar, denn die unten Liegende war die Germanin, zu deren Pflichten es gehörte, sich alsobald mit einem patriotischen Ruck aus beschämender Bedrängnis zu befreien. Und obwohl Esch das abgekartete Spiel kannte, hatte er ein erleichtertes Gefühl, da die fast Besiegte wieder auf den Beinen stand, und war doch voll empörten Mitleids für ihre Gegnerin, als Irmentraud Kroff sich nun auf die warf und unter dem nationalen Jubel des Saales die Schultern der Feindin gegen die Matte drückte.

Als Frau Hentjen aufstand, dämmerte es kaum. Sie öffnete das Fenster, um nach dem Wetter zu sehen. Der Himmel spannte sich hell und wolkenlos über dem noch grau-dunklen Hofraum, der in unbeweglichem Schweigen, ein kleines Viereck zwischen dunklen Mauern, vor ihr lag. Still lehnten dort unten helle Bottiche vom Waschtag her. Ein kühler Wind hatte sich zwischen den Mauern verfangen und roch nach Stadt. Sie schlapfte zur Kammer der Küchenmagd hinauf und klopfte an die Türe; sie wollte nicht etwa auch noch ohne Frühstück weggehen müssen, das hätte noch gefehlt. Dann begann sie sorgsam ihre Toilette und zog das Braunseidene an. Als Esch sie abholte, saß sie mürrisch vor ihrem Kaffee in der Wirtsstube. Mürrisch sagte sie: »Gehen wir«, indes im Hausflur erinnerte sie sich, daß Esch vielleicht auch Kaffee haben wollte; er bekam ihn rasch in der Küche und schlürfte ihn stehend. Auf den Straßen gab es schon Sonne, doch der helle Schein, der zwischen den langen Mauerschatten auf dem Pflaster lag, vermochte ihrer beider Laune nicht zu bessern. Esch gab bloß knappe und barsche Weisungen: »Ich nehme die Fahrkarten«, und »Bahnsteig fünf.« Schweigend saßen sie nebeneinander im Coupé; in Bonn zwar beugte er sich hinaus, fragte, ob es schon frisches Gebäck gäbe, und kaufte ihr ein Brötchen. Sie verzehrte es mürrisch und vorwurfsvoll. Nach Koblenz, als die Leute wie üblich ans Fenster traten, um die Rheinlandschaft in sich aufzunehmen, wurde auch Frau Hentjen angeregt, das nämliche zu tun. Esch hingegen rührte sich nicht von seinem Platze; er kannte die Gegend bis zum Überdruß und außerdem hatte er die Absicht gehabt, erst vom Schiffe aus Frau Hentjen die Natur vorzuführen. Jetzt ärgerte er sich, daß sie das Vergnügen vorwegnahm und überdies die belehrenden Erklärungen von den Coupégenossen einholte. So war jeder Tunnel, der die Aussicht unterbrach, seinem Mißmut genehm und sein Ärger stieg so sehr, daß er sie in Ober-Wesel kurzerhand vom Fenster wegrief: »In Ober-Wesel war ich auch mal in Kondition...« Frau Hentjen schaute hinaus; der Bahnhof bot nichts Bemerkenswertes. Sie sagte höflich: »Ja, man kommt so herum.« Esch war noch nicht zu Ende: »Miserabler Posten gewesen, hab's trotzdem ausgehalten, ein paar Monate lang, wegen einem Mädel im Ort... Hulda hat sie geheißen.« Da möge er gleich aussteigen und sie besuchen, war Frau Hentjens gereizte Antwort, ihrethalben brauche er sich keinen Zwang aufzuerlegen. Aber nun waren sie auch schon in Bacharach und Esch empfand zum ersten Mal in seinem Leben die Hilflosigkeit des Vergnügungsreisenden, der am Bahnhof steht und eine Stunde Zeit vor sich hat. Seinem Programm zufolge hätte ein Frühstück auf dem Dampfer eingenommen werden sollen und nur aus Verlegenheit schlug er vor, in einem der ihm bekannten Gasthöfe hier einzukehren. Doch als sie die engen Gassen der Stadt betraten, die still und anheimelnd im klaren Vormittagslichte lagen, da plötzlich vor einem der Fachwerkhäuser brach Mutter Hentjen in die Worte aus: »Hier möchte ich wohnen, das wäre mein Ideal.« Vielleicht war es der Blumenschmuck vor den Fenstern, der ihr solchen Eindruck machte, vielleicht war es nichts als das befreite Aufatmen, das vor dem Unbekannten oft im Menschen sich löst, oder vielleicht hatte sich ihre schlechte Laune einfach erschöpft, – kurzum die Welt war heller geworden; einträchtig schauten sie nun alles an, kamen sogar bis zur Kirchenruine hinauf, mit der sie wenig anzufangen wußten, eilten vorzeitig zum Anlegeplatz, um das Schiff ja nicht zu versäumen, und es machte ihnen nichts aus, als sie noch eine halbe Stunde zu warten hatten.

Auf der Fahrt allerdings gerieten sie mehrmals ins Streiten, denn auf die Dauer erlaubte Frau Hentjens Stolz es nicht, daß Esch allein die Gegend kennen sollte. Sie kramte in ihrem Gedächtnis nach bekannten Namen, begann ihrerseits mit ausgestrecktem Arm Vermutung und Belehrung abzugeben und war beleidigt, wenn seine Rechtschaffenheit keinen Fehler durchgehen ließ. Doch auch dies konnte ihrer guten Laune nichts anhaben, und in St. Goar angekommen, tat es ihnen leid, das Schiff verlassen zu müssen, ja, im ersten Augenblick wußten sie nicht einmal mehr, weshalb sie hier ans Land gingen. Der geschäftliche Zweck ihrer Reise war ihnen irgendwie gleichgültig geworden, und als sie im Auktionslokale erfuhren, daß der Verkauf der gewünschten wohlfeilen Sorten bereits stattgefunden hätte, wurmte es sie nicht, und fast war es ihnen wie Enthebung von einer Pflicht, denn viel wichtiger war es ihnen, zur Fähre zu kommen, die an weitgespanntem Seil nach dem verlockend besonnten Goarshausen hinüberschwamm. Und wenn Esch, die Obsorge des ordentlichen Kaufmannes mimend, die bei der Auktion erzielten Preise notierte, »für ein andermal«, wie er sagte, so war diese kommerzielle Haltung immerhin eine leicht hochstaplerische, und daraus ergab sich ein kurios schlechtes Gewissen, das ihn einerseits zwang, allzu günstige Preise geflissentlich zu übersehen, andrerseits ihn derart bedrückte, daß er, bereits auf der Fähre, die weggelassenen Preise aus dem Gedächtnis der Liste einfügte und Frau Hentjen mit unwohlwollenden Blicken maß.

Frau Hentjen saß auf dem sonndurchglühten Holz der Fähre, tauchte zufrieden einen Finger ins Wasser, sehr behutsam, damit ihr cremefarbener Spitzenhalbhandschuh nicht naß werde, und wenn es nach ihr gegangen wäre, so hätte man den Rhein noch einige Male überquert, denn das seltsam leichte Schwindelgefühl, mit dem man auf das schräg vorbeischießende Wasser schauen konnte, war angenehm. Aber die Zeit war schon zu sehr vorgerückt, und unter den Bäumen im Wirtshausgarten am Ufer war auch gut sein. Sie aßen Fisch, tranken Wein, und bei der Zigarre bedachte Esch die Notwendigkeit einer Steigerung, ernsthaft überlegend, ob nicht auch Mutter Hentjen, die schwer und prächtig dasaß, solche Steigerung erwartete. Freilich, sie war nicht wie andere Frauen, und so begann er bloß vorsichtig von Lohberg zu sprechen, dem er eigentlich die Anregung zu dieser schönen Fahrt verdankte, lobte Lohberg dafür, um nach dieser Überleitung nun die vegetarischen Ansichten von der wahren Liebe in passender Form zum Vortrag zu bringen; doch Frau Hentjen, welche gespannt merkte, worauf er abzielte, brach das Gespräch ab, und obzwar sie selber Müdigkeit verspürte und lieber der Ruhe gepflogen hätte, verwies sie auf das Programm, laut welchem sie nun zur Lorelei mußten. Esch war empört; er strengte sich an, wie Lohberg zu sprechen, und fand keine Anerkennung. Er war ihr wahrscheinlich noch immer nicht fein genug.

Er erhob sich und zahlte. Als sie den Wirtshausgarten durchquerten, bemerkte er die Sommergäste; junge hübsche Frauen gab es darunter und junge Mädchen: Esch begriff plötzlich nicht, was er mit dieser ältlichen Frau eigentlich vorhatte, mochte sie auch in ihrem braunen Seidenkleid recht stattlich einhergehen. Die Mädchen trugen leichte helle Sommerkleider und das Braunseidene war auf der Straße bald staubig und unansehnlich geworden. Nichtsdestoweniger war ihm dies alles irgendwo recht; man hatte ja ein Gewissen, und dachte man an Martin, der im Kerker nach der Sonne schmachtete und der sich für schnöden Undank geopfert hatte, so ging's einem selber eigentlich noch viel zu gut! Und wie er jetzt mit Frau Hentjen im Staub der Landstraße watete, statt mit einem der schönen Mädchen im Grase zu liegen, da war es ihm sogar auch recht, daß diese Frau ihm für das Opfer keinen Dank wissen würde. Wer sich opfert ist anständig. Er überlegte, ob er ihr sein Opfer geziemend vor Augen führen könnte, doch dann erinnerte er sich an Lohberg und ließ es sein: ein feiner Mensch leidet schweigend. Einmal, vielleicht wenn es zu spät sein wird, wird es ihr schon zu Bewußtsein kommen. Schmerzliche Rührung überkam ihn, und während er voranschritt, legte er erst den Rock, dann die Weste ab. Mutter Hentjen sah mit Ekel die beiden großen feuchten Flecke, mit denen das Hemd an den Schulterblättern klebte, und als er, in den Waldweg einbiegend, nun stehenblieb und sie nachkam, spürte sie zurückschreckend den hitzigen Geruch seines Körpers. Esch sagte gutmütig: »Na, Mutter Hentjen?« – »Ziehen Sie den Rock an«, sagte sie streng, doch mütterlich fügte sie hinzu: »Kühl ist es hier, schön kühl, aber Sie werden sich erkälten.« – »Im Gehen wird einem schon warm«, entgegnete er, »machen Sie lieber ein paar Haften am Halse auf.« Sie schüttelte den Kopf mit dem altmodisch geputzten kleinen Hut: nein, das mochte sie nicht, wie sähe das denn aus! »Nun, hier sieht uns ja niemand«, sagte Esch und diese plötzlich festgestellte Einsamkeit und Gemeinsamkeit, in der man sich voreinander nicht zu schämen brauchte, weil niemand es sieht, verwirrte sie. Sie fand es mit einem Male auch begreiflich, daß er sozusagen vertrauensvoll seinen Schweiß vor ihr entblößte; und fühlte sie noch den Ekel, sie fühlte ihn eigentlich nicht mehr an der Oberfläche, sondern wie stumpf und abgedämpft, nur so unter der Haut ekelte ihr, und selbst vor seinem Pferdegebiß fürchtete sie sich nicht mehr, sondern nahm es als Teil der so seltsam erlaubten Schamfreiheit, da er es jetzt wieder einmal lachend entblößte: »Also frisch weiter, Mutter Hentjen, keine Müdigkeit vorgeschützt.« Sie war beleidigt, weil er ihr offenbar nicht zutraute, daß sie mit ihm Schritt halten könne, und setzte sich mit etwas kurzem Atem und gestützt auf den fragilen rosa Sonnenschirm wieder in Bewegung. Esch hielt sich jetzt neben ihr und an steileren Stellen versuchte er ihr zu helfen. Sie sah ihn erst mißtrauisch an, ob dies nicht eine ungehörige Annäherung sein sollte, und nur zögernd nahm sie schließlich seinen Arm, allerdings um solche Stütze sofort loszulassen, ja wegzustoßen, sobald ihnen irgendein Wanderer oder auch nur ein Kind entgegenkam.

Sie stiegen langsam, und wenn sie verschnaufend halt machten, begannen sie mählich dessen gewahr zu werden, was um sie herum war: in der Hitze brüchig gewordener weißlicher Lehm des Waldwegs, die Pflanzen, deren fahles Grün in dem trockenen Boden steckte, Wurzeln, die mit verstaubten Fasern über den schmalen Weg sich legten, welker trockener Geruch des in der Hitze kaum atmenden Waldes, die Stauden, zwischen deren Blättern schwarze unbelebte Beeren standen, bereit, herbstlich zu verdorren. Sie gewahrten dies, ohne es benennen zu können, doch als sie die erste Aussichtsbank erreichten, sahen sie das Tal vor sich liegen, und obwohl sie den Loreleifelsen noch lange nicht erklommen hatten, schien es ihnen, als wären sie, die Landschaft aufzunehmen, bereits am Ziele, da sie sich niederließen; und Frau Hentjen strich das braunseidene Kleid auf der Rückseite sorgsam glatt, auf daß sie durch ihr Gewicht es nicht in Falten drücke. Es war so still, daß man die Stimmen vom Landungsplatz und von den Wirtshäusern in St. Goar herüber hörte und auch den sattdumpfen Ton, mit dem die Fähre an die Brücke anstieß; und den beiden war das Ungewohnte solchen Eindrucks wenig behaglich. Frau Hentjen betrachtete die Herzen und die Initialen, die in die Lehne der Bank und in den Sitz neben ihr eingekerbt waren, und mit gepreßter Stimme fragte sie Esch, ob er sich hier auch mit seiner Hulda aus Ober-Wesel verewigt hätte. Als er zum Spaße danach suchte, hieß sie ihn es bleibenlassen: sei es nun sichtbarlich oder unsichtbar, wo immer ein Mann hinträte, er fände stets seine besudelte Vergangenheit. Esch aber, der seine Witze nicht aufgeben wollte, sagte, daß er ja vielleicht ihren Namen ebenso in einem Herzen finden werde, und machte sie damit ernstlich böse; was er sich denn noch alles herausnehmen werde? ihre Vergangenheit sei gottlob rein und sie könne es mit jedem jungen Mädchen aufnehmen. Das werde einer, der sich zeitlebens und unausgesetzt mit Frauenzimmern herumgetrieben habe, freilich nicht verstehen. Und Esch, den der Vorwurf in der Seele traf, fühlte sich gemein und niedrig, weil er sie geringer geschätzt hatte als die jungen Mädchen im Wirtshausgarten, von denen vielleicht so manche nicht würdig war, Mutter Hentjen das Wasser zu reichen. Auch tat es ihm wohl, daß hier ein Mensch war, der eindeutig und bestimmt sich darstellte, ein Mensch, der wußte, wo sein Rechts und sein Links, sein Gut und sein Böse zu finden ist. Einen Augenblick hatte er das Gefühl, daß hier der ersehnte Punkt sei, der aus der allgemeinen Unordnung klar und unverrücklich sich heraushob, an den man sich klammern durfte; aber da störte ihn der Gedanke an Herrn Hentjen und dessen Bild in der Wirtschaft, und es ließ ihn nicht los, daß doch irgendwo jenes Herz eingekerbt sein müsse, das ihre und Herrn Hentjens innig ineinander verschlungene Initialen umschloß. Er getraute sich nicht, daran zu rühren, sondern fragte bloß, wo ihr Elternhaus gestanden habe. Sie erwiderte kurz, daß sie aus Westfalen stamme; im übrigen gehe dies niemanden etwas an. Und weil sie nicht an ihre Frisur herankonnte, zupfte sie ihren Hut zurecht. Nein, sie mochte es überhaupt nicht leiden, wenn man immerzu die Nase in anderer Leute Leben hineinstecke, und so benähmen sich eben nur Menschen wie Esch oder ähnliche Kunden, die nicht imstande sind, sich vorzustellen, daß nicht ein jeder mit einer schmierigen Vergangenheit herumlaufe. Wenn solche Kerle eine Frau schon nicht selber haben können, so trachten sie wenigstens, ihr ein Liebesleben und eine Vergangenheit anzudichten. Sie rückte entrüstet ein Stückchen von ihm ab, und Esch, dessen Gedanken noch immer um Herrn Hentjen kreisten, war nun sicher, daß sie sehr unglücklich gewesen sein mußte. Sein Gesicht bekam einen bittern vergrämten Ausdruck. Schon möglich, daß sie mit Stockschlägen in diese Ehe hineingetrieben worden war. Also sagte er, daß er es nicht böse gemeint habe. Und gewohnt, Frauen, die weinten oder sonst ihm unglücklich erschienen, durch körperliche Berührung zu trösten, nahm er ihre Hand und streichelte sie. Vielleicht war es die außerordentliche Stille in der Natur, vielleicht aber bloß ihre Erschöpftheit; sie wehrte sich nicht. Sie hatte ihre Meinung gesagt, aber schon die letzten Worte waren ihr vom Munde verflattert, wie zerschlissene Federn, so daß sie selber kaum sie erkannte, und nun war sie völlig entleert, nicht einmal mehr fähig, Widerwillen oder Ekel zu empfinden. Sie sah das hingebreitete Tal, ohne es zu sehen, und wußte nicht mehr, wo sie war. Die vielen mechanischen Jahre, die sie zwischen dem Büfett und den paar bekannten Straßen gelebt hatte, schrumpften zu einem kleinen Punkt zusammen, und schier war es, als ob sie stets hier auf diesem unbekannten Fleck gesessen hätte.

Die Welt so unbekannt, daß es unmöglich war, sie zu erfassen, und nichts verband sie mehr mit ihr, nichts als der dünne Zweig mit den stacheligen Blättern, der über die Lehne der Bank hing und an dem die Finger ihrer Linken auf und ab fuhren. Esch fragte sich, ob er ihr einen Kuß geben müsse, doch er hatte keine Begierde, und er hielt es auch nicht für fein.

So saßen sie schweigend. Die Sonne neigte sich gegen Westen und strahlte ihnen ins Gesicht, aber Mutter Hentjen empfand nicht die Hitze und nicht das Brennen der gespannten, geröteten und verstaubten Haut. Und fast schien es, als würde das Traumhafte, Halbwache zu Esch hinübergleiten und ihn umfangen wollen, denn sah er auch die breiter und länger werdenden Bergschatten im Tale als eine kühle Lockung vor sich, er scheute sich dennoch, die Lage zu verändern und nur zögernd griff er schließlich nach der Weste, die neben ihm lag und die große silberne Uhr enthielt. Es war Zeit zum Zuge, und die Willenlose gehorchte seiner Aufforderung. Abwärtssteigend stützte sie sich schwer auf seinen Arm, und er trug den dünnen rosa Sonnenschirm geschultert: Weste und Rock baumelten daran. Ihr das Gehen zu erleichtern, öffnete er zwei Haften an ihrer hochgeschlossenen Taille, und Mutter Hentjen ließ es geschehen, stieß ihn auch nicht von sich, wenn Wanderer ihnen entgegenkamen; sie sah sie nicht. Ihr braunseidener Rock strich im Staub der Landstraße, und als Esch am Bahnhof sie auf eine Bank setzte und sie verließ, um seinen Durst zu stillen, saß sie wunsch- und hilflos da, wartend, daß er zurückkomme. Er brachte auch ihr ein Glas Bier und sie trank es auf sein Geheiß. In dem dunklen Abteil des Personenzuges bettete er ihren Kopf an seine Schulter. Er wußte nicht, ob sie schlief, und sie wußte es wohl selber nicht. Ungeschickt rollte ihr Kopf auf seiner harten Schulter hin und her. Dem Versuch, sie an sich zu ziehen, leistete ihr breiter Körper in dem Fischbeingehäuse steifen Widerstand und die Hutnadeln auf ihrem wackelnden Kopf bedrohten sein Gesicht. Kurz entschlossen schob er ihren Hut zurück, der mitsamt der Frisur nach hinten rutschend, ihr das Aussehen einer Betrunkenen verlieh. Die Seide ihres Kleides roch staubig und erhitzt; nur manchmal merkte man den feinen Lavendelduft, der noch in den Falten geblieben war. Dann küßte er die Wange, die an seinem Mund vorbeiglitt, und schließlich nahm er den runden schweren Kopf in die Hand und drehte ihn zu sich. Sie erwiderte den Kuß mit trockenen dicken Lippen, etwa wie ein Tier, das seine Rüsselschnauze gegen eine Glasscheibe drückt.

Erst als sie im Hausflur standen, fand sie sich in der Welt wieder zurecht. Sie gab Esch einen Stoß vor die Brust, und mit noch unsicheren Schritten gewann sie ihren Platz hinter dem Büfett. Dort setzte sie sich nieder und schaute ins Lokal, das wie im Nebel vor ihr lag. Endlich erkannte sie Wrobek am ersten Tische und sie sagte: »Guten Abend, Herr Wrobek.« Aber sie sah nicht, daß Esch ihr ins Lokal gefolgt war, und sie merkte auch nicht, daß er zu den letzten gehörte, die das Lokal verließen. Als er sie zum Abschied grüßte, sagte sie teilnahmslos: »Gute Nacht, meine Herren.« Dennoch hatte Esch, aus der Wirtschaft tretend, ein sonderbares und fast stolzes Gefühl: Liebhaber Mutter Hentjens zu sein.

Wenn man eine Frau einmal geküßt hat, folgt alles übrige unabweislich und unabänderlich. Man kann es verlangsamen, aber man kann ein Naturgesetz nicht aufheben. Darüber wußte Esch Bescheid. Trotzdem war er nicht imstande, sich den Fortgang seines Verhältnisses zu Mutter Hentjen vorzustellen, und es war ihm daher angenehm, daß Teltscher ihn am folgenden Mittag in die Wirtschaft begleitete; das Wiedersehen mit Mutter Hentjen war dadurch erleichtert und überhaupt, es war einfacher.

Teltscher hatte etwas Neues ausgeheckt: man müßte eine Negerin auftreiben, das würde den Schlußrunden einen besonderen Reiz verleihen; er wollte sie »Schwarzer Stern von Afrika« nennen, und die Germanin müßte nach zwei unentschiedenen Runden den Schwarzen Stern schließlich besiegen. Esch fürchtete ein wenig, daß Teltscher diese afrikanischen Pläne vor Mutter Hentjen ausbreiten würde, und er hatte sich darin nicht getäuscht, denn gleich beim Eintritt brachte Teltscher seine Neuigkeit vor: »Frau Hentjen, unser Esch wird uns eine Negerin verschaffen.« Sie begriff erst nicht, auch dann noch nicht, als Esch wahrheitsgemäß versicherte, daß er kaum wüßte, wo er eine Schwarze hernehmen sollte, nein, Mutter Hentjen wollte überhaupt nicht hinhören, sondern wappnete sich mit saurer Bitterkeit: »Eine mehr oder weniger, das spielt bei dem wohl keine Rolle.« Angeregt klopfte Teltscher ihm aufs Knie:

»Natürlich, ein Mann, dem die Damen derart zufliegen, mit dem nimmt's keiner auf.« Esch schickte einen Blick zu dem Bild des Herrn Hentjen: da war einer, der es mit ihm aufgenommen hatte. »Ja, so ist der Esch«, wiederholte Teltscher. Frau Hentjen war es eine Bestätigung ihrer eigenen schlechten Meinung und sie suchte das Bündnis mit Teltscher weiter auszubauen; sie betrachtete die kurzen steifen Haare Eschs, diese dunkle Bürste, unter welcher gelblich die Kopfhaut schimmerte, und sie fühlte, daß sie heute einen Bundesgenossen brauchte. Von Esch sich abkehrend, lobte sie Teltscher; es sei nur allzu verständlich, daß ein Mann, der etwas auf sich halte, von diesen Weibergeschichten nichts wissen wolle und sie lieber einem Herrn Esch in Auftrag gebe. Esch sagte gereizt, das seien Aufträge, um die mancher sich reißen würde, die freilich mancher nicht ausführen könne. Und er verachtete Teltscher, dem es nicht einmal gelungen war, Ilona für sich zu behalten. Aber gemach, bald wird die keiner mehr für sich behalten: »Nun, Herr Esch«, sagte Frau Hentjen, »nur zu, die Negerin wartet, machen Sie sich schleunigst an die Arbeit.« Ja, das werde er auch, erwiderte er, und kaum daß er gegessen hatte, stand er auf und ließ die etwas verdutzte Frau Hentjen in Teltschers Gesellschaft zurück.

Er lungerte eine Zeitlang herum. Er hatte nichts zu tun. Er ärgerte sich, daß er sie mit Teltscher allein gelassen hatte, und schließlich trieb es ihn zurück. Es war nicht anzunehmen, daß er Teltscher noch antreffen würde, doch er wollte sich vergewissern. Die Wirtsstube war leer und auch in der Küche fand er niemanden. Teltscher war also fortgegangen und er hätte sich ebenfalls entfernen können; aber es war ihm bekannt, daß sich Frau Hentjen um diese Zeit stets in ihrem Zimmer aufzuhalten pflegte, und jäh wußte er nun auch, daß er deshalb hierher zurückgekehrt war. Er zögerte einen Augenblick und dann stieg er leise die Holztreppe hinauf. Ohne anzuklopfen, trat er ein. Mutter Hentjen saß beim Fenster und stopfte Strümpfe; als sie seiner ansichtig wurde, stieß sie einen leisen Schrei aus und erstarrte. Er ging geradewegs auf sie zu, drückte sie auf den Stuhl zurück und küßte sie auf den Mund. Sie warf den schweren Körper abwehrend und ausweichend hin und her, gurgelte heiser: »Gehen Sie hinaus... Sie haben hier nichts zu suchen.« Schmerzlicher als unter seiner Gewalttätigkeit litt sie unter dem Gedanken, daß er, der von einer Tschechin oder Negerin kam, hier in ihrem Zimmer war, in dem Zimmer, das noch nie ein Mann betreten hatte. Sie kämpfte für das Zimmer. Doch er hielt sie fest, und schließlich erwiderte sie mit trockenen dicken Lippen seine Küsse, vielleicht nur, um ihn durch solche Milde zum Gehen zu bewegen, denn zwischendurch und mit zusammengebissenen Zähnen wiederholte sie immer von neuem: »Sie haben hier nichts zu suchen.« Zuletzt flehte sie nur noch: »Nicht hier.« Esch, des lustlosen Kämpfens müde, erinnerte sich, daß er eine Frau vor sich hatte, der Hochachtung und Respekt gebührte. Wenn sie einen Wechsel des Schauplatzes wünschte, warum nicht? er ließ von ihr ab und sie drängte ihn zur Türe. Als sie auf dem Flur standen, sagte er heiser: »Wohin?« Sie verstand nicht, denn sie glaubte, daß er nun gehen werde. Esch, nahe ihrem Gesicht, fragte nochmals »Wohin?«, und da sie unbeweglich blieb, keine Antwort gab, umfaßte er sie neuerdings, um sie wieder in das Zimmer hineinzubefördern. Sie empfand es als einzige Aufgabe, das Zimmer zu schützen. Hilflos sah sie sich um, sah die Türe zur guten Stube, hatte plötzlich die Hoffnung, daß des Raumes Vornehmheit ihn zu Vernunft und guten Sitten zurückführen werde, und wies mit dem Blick dorthin; er gab den Weg frei, folgte ihr aber, die Hand auf ihrer Achsel, als führte er einen Gefangenen.

Eintretend sagte sie unsicher: »So, jetzt werden Sie wohl vernünftig sein, Herr Esch«, und wollte zum Fenster gehen, um die verdunkelnden Läden zu öffnen. Indes er hatte sie nun von rückwärts umschlungen und Frau Hentjen konnte sich nicht von der Stelle rühren. Sie trachtete freizukommen, da torkelten sie ein wenig und gerieten in die Nüsse, so daß sie beinahe hingefallen wären. Die Nüsse zerbrachen ihnen unter den Schuhen, und als, den Vorrat zu schonen, Frau Hentjen zurückstrebte und sich dem Alkoven näherte, um dort Halt und festen Fuß zu fassen, gab es für sie einen Augenblick schlafwandlerischer Besinnung: war sie es nicht selber gewesen, die ihn hierher gelockt hatte? Allein dies erbitterte sie nur noch mehr und sie zischte: »Gehen Sie nur zu Ihrer Negerin... mich werden Sie nicht herumkriegen wie Ihre Weiber.« Sie klammerte sich an der Ecke des Alkovens an, erwischte aber den Vorhang; die Holzringe an der Vorhangstange klapperten leise, und aus Angst, den guten Vorhang zu beschädigen, ließ sie los, so daß sie nun in die dunkle Nische zu den Ehebetten hin gedrängt werden konnte. Noch immer hinter ihr stehend, hatte er ihre freigewordenen Hände nach rückwärts und an sich gezogen, so daß sie die Erregung des Geschlechts an ihm spüren mußte. Sei es darum, sei es weil der Anblick der Ehebetten sie in wehrlose Erstarrung brachte, sie erschlaffte unter seinem keuchenden Drängen. Und da er ungeschickt an ihren Kleidern riß, und da es jetzt wieder ihre Wäsche war, die in Gefahr gebracht wurde, half sie, wo es ihm nicht gelang, selber nach wie ein Delinquent, der selber dem Henker behilflich ist, und es erfüllte ihn fast mit Grauen, wie glatt nun alles vonstatten ging und wie Mutter Hentjen, da sie auf das Bett kippten, sich sachlich auf den Rükken legte, ihn zu empfangen. Und es erfüllte ihn mit noch tieferem Grauen, daß sie, unbeweglich und erstarrt, als käme sie einer alten Pflicht nach, als setzte sie bloß alte und gewohnte Pflicht fort, tonlos und lustlos es geschehen ließ. Bloß ihr runder Kopf rollte wie in einem steten Verneinen auf der Decke hin und her. Die Wärme ihres geöffneten Körpers fühlend, übersteigerte er seine Lust, um die ihre erweckend zu besiegen. Er hielt ihren Kopf zwischen den Händen, umklammerte ihn, als wollte er die Gedanken, die darin erstarrt waren und die ihm nicht gehörten, herauspressen und sein Mund folgte den unschönen schweren Flächen der feisten Wangen und der niederen Stirn, die stumpf und unbeweglich blieben, so unbeweglich und stumpf wie die Masse, für die Martin sich opferte und die unerlöst doch blieb. Vielleicht mochte Ilona die feiste Massigkeit Korns so empfinden, und für einen Augenblick war es beglückend, daß er ihr es gleich tat und daß es gerecht war und daß es für sie und für die Erlösung zur Gerechtigkeit geschehe. Oh, sich auszulöschen, stets verwaister zu werden, selber sich zu vernichten mit all der Ungerechtigkeit, die man trägt und die man angesammelt hat, dennoch auch die auszulöschen, deren Mund man sucht, auszulöschen die Zeit, die auch die ihre war, die Zeit, die in den ältlichen Wangen sich niedergelegt hatte, Wunsch, die Frau zu vernichten, die in der Zeit gelebt hatte, zeitlos sie neu erstehen zu lassen, erstarrt und bezwungen in der Vereinigung mit ihm! Nun hat sich ihr Mund an seinen suchenden gepreßt wie die Schnauze eines Tieres an eine Glasscheibe, und Esch war voll Wut, daß sie ihre Seele, damit er ihrer nicht habhaft werde, hinter den zusammengebissenen Zähnen gefangen hielt. Und als sie mit rauhem Grunzen endlich die Lippen öffnete, da empfand er Seligkeit, wie er sie noch nie bei einem Weibe erfahren hatte, verströmte grenzenlos in ihr, sehnend sie zu besitzen, die nicht mehr sie war, sondern ein wiedergeschenktes, dem Unbekannten abgerungenes mütterliches Leben, auslöschend das Ich, das seine Grenzen durchbrochen hat, verschwunden und untergetaucht in seiner Freiheit. Denn der Mensch, der das Gute und das Gerechte will, will das Absolute, und Esch ward zum ersten Male inne, daß es nicht auf Lust ankomme, sondern daß es um eine Vereinigung geht, die herausgehoben ist über den zufälligen und traurigen, ja sogar schäbigen Anlaß, um ein vereinigtes Verlöschen, das zeitlos selber, die Zeit aufhebt und daß die Wiedergeburt des Menschen ruhend ist wie das All, das dennoch klein wird und ihm sich beschließt, wenn sein ekstatischer Wille es bezwungen hat, damit das ihm werde, was allein ihm zu eigen ist: die Erlösung.

Was bedeutete es schon, Liebhaber Mutter Hentjens zu sein! Viele Männer gibt es, welche meinen, daß der Mittelpunkt des Lebens im Dasein einer bestimmten Frau gelegen sei. Esch hatte sich seit jeher von solchen Vorurteilen freizuhalten gewußt. Justament nicht, auch wenn Frau Hentjen in seinen Gedanken sich manchmal merkwürdig vordrängte. Justament nicht. Für sein Leben gab es größere und höhere Ziele.

In der Nähe des Neumarkts blieb er vor einer Buchhandlung stehen. Sein Blick fiel auf ein Bild der Freiheitsstatue, golden auf grünes Leinen gepreßt; darunter der Titel »Amerika heute und morgen«. Er hatte in seinem Leben noch nicht viele Bücher gekauft und er wunderte sich selbst, daß er jetzt eintrat. Die Buchhandlung mit ihren glatten Ladentischen und der schönen Ordnung der viereckigen Bücher erinnerte von ferne an ein Zigarrengeschäft. Er wäre gerne länger verweilt, um zu plaudern, aber da niemand ihn beachtete, zahlte er das Buch und hatte ein Paket in der Hand, mit dem er nichts anzufangen wußte. Ein Geschenk für Frau Hentjen? Sicherlich würde sie nicht das geringste Interesse dafür aufbringen, und trotzdem war da etwas, das den Kauf auf unerklärliche Weise mit ihr in Zusammenhang brachte. Unschlüssig blieb er nochmals vor der Auslage stehen. An einer Schnur hinter der Glasscheibe hingen die bunten Hefte der Sprachführer und auf ihren Umschlägen wehten die Flaggen der zugehörigen Nationen wie eine fröhliche Aufmunterung für den Lernbegierigen. Esch begab sich zum Mittagstisch in die Wirtschaft.

Mit einem ungeeigneten Geschenk wagt man sich lieber gar nicht hervor, und Esch trug sein Buch zum Fenster; hier pflegte er nach Tisch immer seine Zeitung zu lesen, warum sollte er also nicht auch mit seinem Buche hier sitzen. Es dauerte gar nicht lange und über die leere Gaststube hin rief Mutter Hentjen ihm zu: »Nun, Herr Esch, Sie haben natürlich Zeit, am hellichten Tag Bücher zu lesen.« – »Ja«, rief er erfreut zurück, »ich zeige es Ihnen schon«, stand auf und brachte den Band zum Büfett »Was soll's damit«, sagte sie, als er ihr das Buch hinhielt; er machte eine Kopfbewegung, daß sie sich's ansehen möge; sie blätterte ein wenig herum, betrachtete einige Bilder genauer und gab ihm das Buch mit einem »Na schön«, einfach zurück. Esch war enttäuscht; er hatte es sich ja gedacht, daß sie dafür kein Interesse haben würde, was wußte so eine Frau von größeren und höheren Zielen! Nichtsdestoweniger blieb er stehen und wartete, daß noch etwas nachfolgen werde,... doch es folgte bloß, daß Mutter Hentjen sagte: »Sie denken wohl, den ganzen Nachmittag mit dem Zeug da herumzusitzen.« Esch antwortete: »Ich denke gar nichts«, und beleidigt trug er sein Buch nach Hause, um es eben allein zu lesen. Und er nahm sich vor, allein auszuwandern. Mutterseelenallein. Und trotzdem vermeinte er immer wieder, das amerikanische Werk nicht nur für sich sondern auch für Mutter Hentjen zu studieren.

Jeden Tag las er ein Stück. Vorerst hatte er bloß die Bilder angesehen, und wenn er jetzt an Amerika dachte, so schien es ihm, als ob dort die Bäume nicht grün, die Wiesen nicht bunt, der Himmel nicht mehr blau wäre, sondern als ob alles Leben dort in den glänzenden und eleganten Schattierungen braun-grauer Photographien oder in den scharfen Konturen zart schraffierter Federzeichnungen sich abspielte. Später vertiefte er sich in den Text. Die vielen statistischen Zahlen langweilten ihn zwar, doch er war zu gewissenhaft, um sie zu überschlagen, und es gelang ihm, sich eine ganze Menge davon einzuprägen. Viel Interesse brachte er den amerikanischen Polizei- und Gerichtseinrichtungen entgegen, die, behauptete das Buch, in den Dienst der demokratischen Freiheit gestellt waren, so daß es für jeden, der ein Buch zu lesen verstand, einsichtig wurde, daß man dort keine Krüppel auf Geheiß lasterhafter Reeder einzukerkern pflegte; Martin sollte also mitkommen. Esch blätterte um, und sonderbar genug, die Photographie des Ozeanriesen vor der Landungshalle zu New York zeigte Mutter Hentjen im Braunseidenen, den dünnen rosa Sonnenschirm zwischen den Händen, wie sie an der Reling lehnte, die Blicke auf das Gewühl der Ankömmlinge gerichtet, während Martin mit seinen Krücken auf einer Kiste saß, ringsum aber die Laute der englischen Sprache ertönten.

Und gründlich wie er war, entschloß sich Esch nach einigem Zögern, den Buchladen, dessen Einrichtung ihn angeheimelt hatte, wieder aufzusuchen. Der neuerlichen Geldausgabe nicht achtend, erwarb er den englischen Sprachführer mit dem anlokkend fröhlichen Union Jack und machte sich auch unverzüglich daran, die englischen Vokabeln zu lernen, und hinter jedem Worte stand das Wort »Freiheit« in den graubraunen eleganten Tönen einer seidig glänzenden Photographie, als sollte mit diesem Wort alles, was gewesen und in der alten Sprache ausgedrückt worden war, in Vergessenheit aufgelöst und erlöst werden. Er entschied, daß sie sogar untereinander sich der englischen Sprache bedienen würden, und daß zu diesem Zwecke Mutter Hentjen das Englische beigebracht werden müsse. Aber mit seiner gesunden Verachtung für alles Träumerische ließ er es nicht bei leeren Wünschen bewenden: sein Gewinnanteil wuchs, und wenn auch in den letzten Tagen der Besuch der Ringkämpfe etwas nachgelassen hatte, so blieben aus dem Geschäft jedenfalls an zweihundert Mark Überschuß, die er nun endgültig zum Grundstock des Reisegelds bestimmte; mithin konnte man handeln, konnte dem Kerker entfliehen, konnte das neue Leben beginnen. Oft trieb es ihn jetzt zum Dom. Schaute er von den Stufen über den Domplatz hin und tauchten Englisch sprechende Menschen auf, so war es wie ein Hauch von Freiheit, den man empfing und der die Stirne berührte, nahm man den Hut ab in dem lauen Sommerwind. Selbst die Straßen Kölns bekamen dann ein anderes, man könnte schier sagen, ein unschuldigeres Gesicht, und Esch betrachtete sie mit Wohlwollen und fast mit ein wenig Schadenfreude. Man sollte bloß erst drüben sein, jenseits des großen Teiches, dann wird es auch hier anders aussehen. Und würde man dereinst zurückkehren, so wird man sich von dem Englisch sprechenden Fremdenführer den Dom zeigen lassen.

Nach der Vorstellung wartete er auf Teltscher; in der milden regnerischen Luft gingen sie durch die Nacht. Esch blieb stehen: »Also, Teltscher, Sie haben stets von Ihren Amerika-Engagements geflunkert: jetzt heißt's Ernst damit machen.« Teltscher liebte Gespräche über das große Los: »Wenn ich will, kriege ich drüben Engagements so viel ich will.« Esch lehnte ab: »Mit Ihrer Messerwerferei... nun, ja,... meinen Sie nicht, daß man drüben auch Ringkämpfe oder so was machen könnte?« Teltscher lachte geringschätzig: »Wollen Sie vielleicht gar mit unseren Weibern hinüber?« – »Warum schließlich nicht?« – »Sie sind ein Trottel, Esch, mit dem Material wollen Sie hinüber! Wenn überhaupt... drüben verlangt man sportliche Leistungen, was aber unsere Weiber aufführen...«, er lachte wieder. Esch schlug vor: »Das ließe sich doch zusammenstellen.« – »Unsinn, die warten drüben gerade auf uns«, sagte Teltscher, »und wo bringen Sie hier so geschulte Kräfte zusammen...« Teltscher dachte nach, »...wenn diese Kühe wenigstens nach was aussehen würden, dann wäre eher etwas zu machen. Allerdings bloß in Mexiko oder Südamerika.« Esch war erst nicht im Bilde und Teltscher ärgerte sich über solche Begriffstutzigkeit: »No, bei der Fleischnot, was die dort drüben haben... wenn's mit der Ringerei nicht geht, hat man für die Kühe jedenfalls schon den Stall vorbereitet, und die Reisespesen und die Provision hat man in der Tasche.« Das schien einleuchtend. Schließlich warum nicht Südamerika oder Mexiko. Und das braungraue Photographenbild in Eschs Kopf verwandelte sich in farbenprächtige Südlichkeit. Ja, es war überzeugend. Teltscher sagte: »Sie haben doch diesmal Ihre Sache recht schön gemacht, Esch. Sehen Sie zu, daß wir unsern Zirkus frisch herrichten, mit Weibern, die was gleichen. Ich kenne ein paar Leute, die uns die Geschichte da drüben ganz gut agentieren würden. Und dann fahren wir mit der ganzen Fracht los.« Esch wußte, daß dies verteufelt nach Mädchenhandel aussah. Aber er brauchte es nicht zu wissen, denn die Ringkämpfe waren ein legales Geschäft, und wenn es sich vielleicht etwas anrüchig anließ, was verschlug's: das Konto einer Polizei, die Unschuldige einkerkert, wurde damit ein wenig ausgeglichen. Eine Polizei, die im Dienste der Freiheit wirkt und die von den Reedern kein Geld nimmt, wird solche Richtigstellungen nicht zu gewärtigen haben. Gewiß war Mädchenhandel nichts Feines, schließlich aber betreibt auch Mutter Hentjen ihre Wirtschaft gegen ihre Überzeugung. Und auch Lohberg mag sein Geschäft nicht. Und immer noch besser, man bringt Teltscher mit dem Zirkus nach Amerika, als ihn hier Messer werfen lassen. Sie gingen bei einem Schutzmann vorbei, der in dem nächtlichen Regen gelangweilt auf und ab patrouillierte, und Esch hätte ihm gerne versichert, daß die Polizei sich trotzdem nicht zu beklagen haben würde, sie wird ihren Nentwig schon noch von ihm geliefert bekommen! Ein Esch hält Ordnung und hält seine Verpflichtungen ein, selbst wenn der Partner ein Schwein ist. »Schweinepolizei«, brummte er. Der nasse Asphalt glänzte wie Photographenpapier schwarzbraun im Lichte der gelben Lampen und Esch sah die Freiheitsstatue vor sich, deren Fackel all das verbrennt und erlöst, was herüben zurückgelassen wird, alles Gewesene und alles Tote dem Feuer überantwortet, – und wenn dies Mord ist, so ist es einer, über den die Polizei nicht mehr richten darf. Um der Erlösung willen. Seine Entscheidung war getroffen, und als Teltscher ihm beim Abschied zurief: »Und vergessen Sie nicht: blond und immer wieder blond wird drüben verlangt«, da stand es für ihn fest, daß er blonde Mädchen suchen und bringen werde. Er hatte vorher bloß noch seine alten Rechnungen glatt zu stellen, dann würden sie mit der ganzen blonden Fracht losfahren. Würden von des Ozeanriesen hohem Deck hinunterschauen auf das Gewimmel der kleineren Fahrzeuge. Würden der Alten Welt ein Valet zurufen, auf Nimmerwiedersehen. Vielleicht werden die blonden Mädchen auf dem Schiffe ein Abschiedslied anstimmen, werden es im Chore singen, und wenn das Schiff, an scharfgespanntem Seil gezogen, bei den Ufern vorbeigleitet, dann wird am Ufer vielleicht Ilona spazieren gehen und winken, sie selber blond, dennoch aller Gefahr entrückt, und die Wasserfläche wird immer breiter werden.

Eigentlich hätte er zugeben müssen, daß seine Geliebte eine ebenbürtige Partnerin war: hatte man die Liebe hinter sich gebracht, so wollte Mutter Hentjen nichts mehr davon wissen. Darin glich sie ihm, war sie auch von anderen Motiven bewegt. Ihr nämlich war die Liebe etwas so tief Geheimes, daß sie kaum deren Namen auszusprechen vermochte. Stets aufs neue vergaß sie die Existenz des Liebhabers, den sie nun einmal hatte und den sie nicht abhalten konnte, nachmittags zur Zeit ihres Schlummerstündchens oder nachts, nachdem die letzten Gäste das Haus verlassen hatten, zu ihr zu schleichen, und stets aufs neue senkte sich mit seiner Annäherung erstarrte Überraschung auf sie hernieder, Erstarrung, die erst langsam sich löste, wenn das dämmerige Zimmer und der Alkoven sie aufgenommen hatten: dann löste es sich zu einem Gefühl verantwortungsloser Einsamkeit, und der dunkle Alkoven, in dem sie lag und zu dessen Decke sie aufschaute, begann zu entschweben, schien bald nicht mehr Teil des wohlvertrauten Hauses zu sein, sondern war wie ein freischwebendes Gefährt, das irgendwo im Dunkeln und Endlosen hing. Dann erst erfaßte sie, daß da einer war, der sich bei ihr befand und sich um sie bemühte, und es war nicht mehr Esch und das war überhaupt nicht mehr einer, den sie kannte, es war ein Wesen, das seltsam und gewalttätig sich in diese Einsamkeit gedrängt hatte und dem man doch die Gewalttätigkeit nicht vorwerfen konnte, denn dieses Wesen war ein Stück der Einsamkeit, und mit der Einsamkeit fand man es erst, ein Wesen, ruhend und drohend, heischend, daß man seine Gewalttätigkeit besänftige: man mußte darum die Spiele mit ihm spielen, die es forderte, und war das Spiel also auch erzwungen, es war auch seltsam erlaubt, weil die Einsamkeit es umschloß, und selbst Gott schloß die Augen davor. Der aber, mit dem sie das Lager teilt, ahnt kaum etwas von solcher Einsamkeit, und sie wachte strenge darüber, daß er die Einsamkeit nicht sprenge. Von tiefer Stummheit wird er umfangen, und sie läßt an dieser Stummheit nicht rütteln, mag er sogar dieses ungefüge Schweigen für Blödheit oder Plumpheit nehmen. In der Stummheit zerbricht die Scham, denn das Wort erst hat die Scham geschaffen. Was sie erlebt, ist nicht Lust sondern Befreiung von der Scham: so einsam ist es um sie, daß, als sei sie für ewig allein, sie sich keiner Faser des Körpers mehr schämt. Er begreift diese Stummheit nicht und ist doch niedergeworfen von diesem schamlosen Schweigen, das sich in tierischer Unbewegtheit darbietet und fordert. Sie gibt ihm kaum ein Seufzen, und alles in ihm ist qualvolles Warten und Hoffen, daß sich die Stimme endlich in einem Schrei befreiter rauher Lust auflöse. Freilich, gar oft wartet er vergebens und dann haßt er die besänftigende Gebärde, mit der sie ihn einlädt, an ihrer unbewegten fleischigen Achsel einzuschlafen. Jedesmal aber schickt sie den Liebhaber jäh und hart weg, als wollte sie ihn und seine Mitwisserschaft plötzlich vernichten: sie schiebt ihn zur Türe hinaus, und wenn er die Treppe hinabschleicht, spürt er ihre Feindseligkeit im Rücken. Da ahnt er, daß er in fremdestem Lande gewesen, und trotzdem zwingt ihn diese Erkenntnis qualvoll und mit steigendem Begehren stets aufs neue zu ihr zurück. Denn in der Seligkeit zu versinken, stumm und namenlos aufzugehen in der Schamlosigkeit des Geschlechts, wacht unbesiegbar die Begierde, die Frau zu zwingen, daß sie ihn erkenne, daß das Jetzt aufleuchte in ihr wie eine Fackel und alles andere versenge, daß in dem erleuchtenden Brand sie seiner inne werde und aus dem nächtlichen Schweigen, das alle umfaßt, rauh die Stimme ertöne und zu ihm, dem Einzigen, du sage wie zu ihrem Kinde. Er weiß nicht mehr, wie sie aussieht, sie ist jenseits von schön und häßlich, von jung und alt, sie ist ihm nur schweigende Aufgabe, sie erobernd zu erlösen.

Obwohl er sich's in vieler Beziehung nicht anders wünschen konnte, ja sogar zugeben mußte, daß es gewissermaßen eine magistrale und eine das gewöhnliche Maß übersteigende Art der Liebe war, in deren Bann er sich befand, so war Esch dennoch jedesmal von neuem gekränkt, wenn er ins Lokal trat und Mutter Hentjen voll Angst, es könnten die Gäste etwas merken, ihm so wenig Beachtung schenkte, daß es entgegen ihrer Absicht geradezu auffällig wurde. Hätte er nicht weiteres Aufsehen oder gar Gerede vermeiden wollen und wäre es nicht um die wohlfeile und reichliche Mittagskost gegangen, er wäre kurzerhand ganz ausgeblieben. Also bemühte er sich, nachgiebig zu sein und in seinen Besuchen ein richtiges Mittelmaß zu finden; aber dies gelang nicht, er konnte es Mutter Hentjen einfach nicht recht machen: erschien er im Lokal, so zog sie ein unwirsches Gesicht und wünschte sichtlich sein Verschwinden, und kam er nicht, so fragte sie giftig und zischend, ob er vielleicht bei seiner Negerin gesteckt habe.

Teltscher war der Meinung gewesen, daß man Gernerth anständigkeitshalber die Teilnahme an dem südamerikanischen Projekt anbieten müßte. Damit wäre dem Projekt in den Augen Eschs eine gewisse Solidität verliehen worden. Gernerth aber lehnte mit dem Hinweis auf seine Familie ab, die er im Herbste, sobald er seine neue Pachtung anträte, doch zu sich nehmen wolle. Blieb also der Windbeutel Teltscher als alleiniger Associé. Mit dem war freilich kein Staat zu machen, aber man durfte die Sache nicht hinzögern; Esch begann sofort mit der Anwerbearbeit und machte sich auf die Suche nach exportfähigen Ringerinnen. Vielleicht ließ sich bei dieser Gelegenheit wirklich noch die fehlende Negerin auftreiben; das wäre natürlich ein Extraspaß gewesen.

Er durchzog wieder die Kneipen und Bordelle, und wenn er daselbst manchmal so etwas wie ein schlechtes Gewissen verspürte, so war es bloß, weil Frau Hentjen, käme sie ihm je darauf, doch nie glauben würde, daß er sich aus Geschäftsrücksichten zu derartigem hergegeben habe. Sozusagen als Nachweis seiner erotischen Uninteressiertheit, gewissermaßen als moralisches, wenn auch unsinniges Alibi, erstreckte er diese geschäftlichen Streifungen bis auf die Lokale der gleichgeschlechtlichen Liebe, Lokale, denen er bisher fast zaghaft aus dem Wege gegangen war. Und trotzdem fühlte er dunkel, daß noch ein anderer Grund vorhanden sein mußte, der ihn dorthin trieb. Was sich dort abspielte, hätte ihn natürlich gleichgültig lassen können, und eigentlich war es komisch, welches Grauen ihn überkam, wenn er die Männer Wange an Wange gelehnt miteinander tanzen sah. Immer mußte er sich dann seines ersten Besuches in solch einer Dreckbude erinnern und wie er, ein in der Welt herumgeworfener Bursche, der seine Mutter kaum gekannt hatte, am liebsten davongelaufen und zu ihr geflüchtet wäre, da er zum erstenmal einen Transvestiten zu Gesicht bekommen hatte, der in Schnürleib und seidenem Schleppkleid, mit Fistelstimme unzüchtige Lieder sang. Wenn er sich den Dreck jetzt wieder ansah und es auf sich nahm, daß ihn beim Anblick dieser warmen Brüder das Kotzen ankam, so könnte Mutter Hentjen, diese Pute, eigentlich begreifen, welches Vergnügen ihm diese Geschäftswege boten. Weiß Gott, er würde lieber zu ihr flüchten, als hier herumlungern und nach irgend etwas suchen zu müssen wie nach der verlorenen Unschuld. Geradezu lächerlich, daß man in dieser Gesellschaft etwa auf einen Reedereipräsidenten stoßen sollte, wo diese Strichjungen sicherlich keine Ware für so einen Präsidenten sind. Immerhin, bei der Sippe hat man auf alles gefaßt zu sein. Und da der Mensch in gewagten Lebenssituationen der Selbstbeherrschung bedarf, haute Esch den Herrchen nicht die geschminkte Fresse ein, wenn sie ihn ansprachen; im Gegenteil, er war liebenswürdig, bot ihnen süßen Likör an, erkundigte sich nach ihrem Wohlergehen und – wurden sie zutraulich – auch nach ihren Einnahmequellen und nach den zahlenden Onkeln. Zwar wunderte er sich manchmal, weshalb er sich dieses Geschwätz anhörte, horchte aber auf, wenn der Name des Präsidenten Bertrand fiel; dann wurde das konturige zartschraffierte Bild, das er von der Gestalt dieses vornehmen Mannes kaum erfaßbar, dennoch überlebensgroß mit sich herumtrug, langsam farberfüllter, erhielt eine merkwürdige zarte Farbigkeit und wurde gleichzeitig ein wenig kleiner, da es sich nun verschärfte und verdichtete: auf einer Motorjacht fahre jener den Rhein entlang, er habe die schönsten Matrosen; alles sei weiß und himmelblau auf diesem Traumschiff; einst sei er nach Köln gekommen und der kleine Harry hat das Glück gehabt, ihm in die Arme zu laufen; bis Antwerpen fuhren sie mit der Zauberjacht und in Ostende lebten sie wie Götter; aber sonst gibt er sich mit unsereins nicht ab; sein Schloß steht in einem großen Park bei Badenweiler; Rehe äsen auf den Wiesen und die seltensten Blumen senden ihre Düfte aus; dort wohnt er, wenn er nicht in fernsten Landen weilt; niemand hat Zutritt und seine Freunde sind Engländer und Indier von unbeschreiblichem Reichtum; er besitzt ein Automobil und das ist so groß, daß er es zur Nachtruhe benützen kann. Er ist reicher als der Kaiser.

Beinahe vergaß Esch seine Anwerbungen, so sehr war er von dem Wunsch besessen, Harry Köhler zu finden; und als ihm dies gelang, hatte er Herzklopfen und benahm sich so respektvoll, als wüßte er nicht, daß der kleine Bursche kaum etwas anderes war als ein Strichjunge. Er vergaß seinen Haß, vergaß daß Martin leiden mußte, damit diese Burschen ein feines Leben führen konnten, ja, er war fast eifersüchtig, daß er dem Knaben, der feinen und wohlhabenden Verkehr gewöhnt war, nichts Ähnliches zu bieten hatte, es sei denn einen Besuch der Ringkämpfe, zu welchen er Herrn Harry freundlichst einlud. Doch dieser ließ sich durchaus nicht imponieren, sondern machte bloß angeekelt und abweisend »Puah«, so daß Esch sich schämen mußte, Unpassendes vorgeschlagen zu haben; aber da er sich zugleich ärgerte, sagte er grob: »Ja, auf eine Jacht kann ich Sie nicht einladen.« – »Wie belieben Sie zu meinen?« war die etwas mißtrauische, dennoch sehr sanfte Antwort. Alfons, der dicke blonde Musiker, der ohne Rock im bunten Seidenhemd am Tische saß und dessen Fettwülste wie Weiberbrüste unter dem Hemd lagen, lachte mit weißen Zähnen: »Er meint schon das Richtige, Harry.« Harry zeigte ein gekränktes Gesicht: »Sie wollen hoffentlich niemanden beleidigen, mein Herr.« Bewahre, lenkte Esch ein, wo werde er denn, es tue ihm bloß leid, weil er wisse, daß Herr Harry Feineres gewöhnt sei. Harry, schwach und resigniert lächelnd, winkte müde mit der Hand: »Vorbei.« Alfons streichelte seinen Arm: »Kränk' dich nicht, Kleiner, sind so viele da, die dich trösten wollen.« Harry schüttelte den Kopf in weicher Traurigkeit: »Man liebt bloß einmal im Leben.« Der spricht ja wie Lohberg, dachte Esch, und sagte: »Das ist wahr.« Denn mochte der Mannheimer Idiot auch selten recht haben, hier sollte es so sein, und Esch wiederholte: »Ja, das ist wahr.« Harry war offenbar erfreut, Anerkennung zu finden, und sah Esch dankbar an, doch Alfons, der so was nicht hören wollte, empörte sich: »Und alle Freundschaft, die man dir entgegenbringt, Harry, bedeutet dir nichts?« Harry schüttelte den Kopf: »Was ist das bißchen Vertrautheit, das ihr Freundschaft nennt? als ob Liebe mit eurer Freundschaft und mit dieser Vertrautheit je etwas zu tun hätte!« – »Ja, Kleiner, du hast eben deine eigenen Ansichten von der Liebe«, sagte Alfons zärtlich. Harry sprach wie aus einem Erinnern heraus: »Liebe ist große Fremdheit.« Esch mußte an das Schweigen Frau Hentjens denken, indessen Alfons sagte: »Das ist für einen armen Musiker eben zu hoch, mein Kleiner.« Das Orchester erzeugte großen Lärm, und Harry, der sich weit über den Tisch gelehnt hatte, um nicht schreien zu müssen, sprach leise und geheimnisvoll: »Liebe ist große Fremdheit: da sind zwei und jeder ist auf einem andern Stern und keiner kann je etwas vom andern wissen. Und auf einmal gibt's keine Entfernung mehr und keine Zeit und sie sind ineinandergestürzt, so daß sie nichts mehr von sich und nichts mehr voneinander wissen und auch nichts mehr zu wissen brauchen. Das ist Liebe.« Esch dachte an Badenweiler: entrückte Liebe auf entrücktem Schloß; so etwas war wohl für Ilona vorbestimmt. Aber während er noch darüber nachdachte, durchzuckte ihn wütender Schmerz, – niemals würde er ergründen, ob es solch hohe Form der Liebe gewesen war oder eine andere, mit der Herr und Frau Hentjen einander geliebt und sich gefunden hatten. Harry fuhr fort und sagte es auf wie einen Bibelvers: »Erst in einer fürchterlichsten Übersteigerung der Fremdheit, erst wenn die Fremdheit sozusagen ins Unendliche geführt ist, kann das aufblühen, was als unerreichbares Ziel der Liebe gelten darf und sie ausmacht: das Mysterium der Einheit... ja, so heißt es.« – »Prost«, sagte Alfons traurig, doch Esch war es, als hätte der Knabe ein höheres Wissen empfangen, und die Hoffnung erwachte, es möchte das Wissen, welches der Knabe in sich trug, auch Antwort auf seine eigenen Fragen enthalten. Und obwohl sein Gedanke keineswegs zu denen paßte, die Harry vorgetragen hatte, sagte er, was er einst zu Lohberg gesagt hatte: »Aber dann darf keiner überleben«, erfüllt von teils freudiger, teils bitterer Sicherheit, daß die Witwe Hentjen, weil sie noch am Leben war, ihren Gatten nicht geliebt haben konnte. Alfons flüsterte Esch zu: »Um Himmelswillen, reden Sie vor dem Kleinen nicht solche Dinge«, allein es nützte nichts mehr, Harry sah ihn entsetzt an und sagte tonlos, bloß eine Spur tonloser als notwendig: »Ich lebe ja nicht mehr.« Alfons schob ihm das Doppelglas Likör hin: »Armer Kerl, seit jener Geschichte führt er solche Reden... er hat ihn total verdorben.« Esch fühlte sich in die Wirklichkeit zurückgerissen; er stellte sich unwissend: »Wer?« Alfons zuckte die Achseln: »Nun er, der große Gott, der weiße Engel...« – »Halt den Mund, oder ich kratz' dir die Augen aus«, fauchte Harry, und Esch, dem der Kleine leid tat, herrschte Alfons an: »Laß ihn in Ruh'.« Harry brach plötzlich in hysterisches Weinen aus: »Ich lebe ja nicht mehr, lebe nicht mehr...« Esch war ziemlich hilflos, weil er nicht die gleichen Methoden anwenden konnte, die er sonst bei weinenden Mädchen zu üben gewohnt war. Also auch das Leben dieses Knaben hatte jener zerstört; er wollte Harry etwas zuliebe tun und sagte unvermittelt: »Wir wollen diesen Bertrand erschießen.« Harry schrie auf: »Das wirst du nicht tun!« – »Warum nicht? das muß dir doch Freude machen, er hat's wohl verdient.« – »Du, du wirst es nicht tun...«, der Kleine kreischte mit irrsinnigen Augen, »... du darfst ihn nicht anrühren...« Esch ärgerte sich, daß der Bursche so dumm war und die gute Absicht verkannte. »So ein Schwein muß abgestochen werden«, beharrte er. »Er ist kein Schwein«, flehte Harry, »er ist das Edelste, das Beste, das Schönste auf Erden.« Irgendwo hatte der Kleine sicherlich recht: man durfte jenem nichts tun – Esch war nahe daran, es zu versprechen. »Hoffnungslos«, sagte Alfons wehmütig und trank seinen Likör aus. Harry hatte das Gesicht zwischen den Fäusten, und wie ein Pagode nickend, begann er zu lachen: »Er und ein Schwein, er und ein Schwein«; dann schlug sein Lachen wieder in Schluchzen um. Als Alfons ihn an die seidige Fettbrust ziehen wollte, mußte sich Esch ins Mittel legen, um eine Balgerei zu verhüten. Er kommandierte, Alfons möge sich trollen, und zu Harry: »Wir gehen. Wo wohnst du?« Willenlos geworden, gehorchte der Knabe und nannte die Adresse. Auf der Straße nahm Esch seinen Arm, als ginge er mit einem Mädchen, und Schutz gebend, Schutz empfangend, waren beide fast glücklich. Der Wind strich leise vom Rhein herauf. Vor seiner Türe schmiegte sich Harry an Esch, und es schien, als ob er sein Gesicht dem Manne zum Kuß bieten wolle. Esch schob ihn in die Türe. Doch Harry schlüpfte nochmals heraus und flüsterte ihm zu: »Du wirst ihm nichts tun«, und ehe Esch sich dessen versah, hatte ihn der Junge umfaßt, ungeschickt seinen Ärmel geküßt und war ins Haus verschwunden.

Der Besuch der Ringkämpfe ließ merklich nach und es mußte etwas für die Propaganda geschehen. Ohne die anderen zu fragen, entschloß sich Esch auf eigene Faust, bei der »Volkswacht« einen Bericht über die Kämpfe zu reklamieren. Doch vor der verschmutzt-weißen Türe der Redaktion entdeckte er mit aller Deutlichkeit, daß ihn wieder einmal irgend etwas anderes hergeführt hatte. An und für sich war dieser Besuch völlig sinn- und zwecklos: die ganze Ringkämpferei war ihm gleichgültig geworden, denn selbst für Ilona leistete sie ja nichts, auch für Ilona mußte Wichtigeres, Endgültigeres geschehen, und er war sich auch klar, daß die »Volkswacht« keine Berichte bringen werde, wenn sie es aus irgendwelchen proletarischen Vorurteilen bisher nicht getan hatte. Im Grunde war die Haltung des sozialistischen Blattes lobenswert; da gab's wenigstens ein Links und ein Rechts, gab's eine reinliche Scheidung zwischen bürgerlicher und proletarischer Weltanschauung. Eigentlich sollte man Mutter Hentjen auf eine derartige Charakterstärke aufmerksam machen: sie würde diese Leute, die zwar gewöhnliche Sozialisten sind, die aber gleich ihr die Ringkämpfe verdammten, nicht mehr geringschätzig abtun, und auch den Sozialisten Martin wird sie nicht mehr über die Achsel anschauen dürfen. Esch stutzte, da er an Martin dachte, allein der Teufel mochte wissen, was er, August Esch, heute hier in dieser Redaktion zu suchen hatte! Daß es nicht wegen der Ringkämpfe geschah, das war klar. Noch beim Eintreten grübelte er darüber nach, und erst als der Redakteur in höchst kränkender Weise sich seiner nicht mehr entsann, erst als die Streikgeschichte herhalten mußte, um solch schlechtem Gedächtnis nachzuhelfen, erst da ging es Esch auf, daß es sich ihm um Martin handelte. Er platzte heraus: »Ich habe eine wichtige Nachricht für Sie.« – »Ach, der Streik«, der Redakteur versuchte mit einer Geste das Ereignis zu bagatellisieren, »der ist ja längst vorbei.« – »Freilich«, antwortete Esch gereizt, »aber Geyring ist noch in Haft.« – »Nun, und? er hat eben seine drei Monate.« – »Da muß endlich etwas geschehen«, hörte Esch sich mit größerem Stimmaufwand sagen, als er beabsichtigt hatte. »Na, schreien Sie nicht so mit mir, – ich habe ihn doch nicht eingesperrt.« Esch war nicht der Mann, der locker ließ: »Es muß etwas geschehen«, beharrte er grimmig und unduldsam, »ich kenne die Burschen, mit denen Ihr sauberer Herr Bertrand sich abgibt,... die sind in Köln, nicht in Italien!« setzte er triumphierend hinzu. »Die kennen wir schon etliche Jahre, lieber Freund und Genosse. Oder ist dies die Neuigkeit, die Sie uns bringen wollen?« Esch war vor den Kopf geschlagen: »Ja, aber warum unternehmen Sie dann nichts? er hat sich doch geopfert.« – »Lieber Genosse«, sagte der andere, »Sie scheinen etwas kindliche Vorstellungen zu haben. Immerhin könnten Sie wissen, daß wir in einem Rechtsstaat leben.« Er wartete, daß Esch sich nun empfehlen werde, indes der rührte sich nicht, und so saßen die beiden Männer eine Zeitlang einander gegenüber, wußten nicht, was miteinander beginnen, verstanden einander nicht und sahen ein jeder bloß die Nacktheit und die Häßlichkeit des anderen. Auf Eschs Wangen zeigten sich rote Flecken der Erregung, verebbten in der bräunlichen Haut. Der Redakteur hinwieder trug seinen leichten braunen Samtrock, und das ein wenig volle Gesicht mit dem braunen hängenden Schnurrbart war wie der Samt des Rockes weichlich und kräftig zugleich. In dieser Übereinstimmung lag so etwas wie Koketterie und erinnerte Esch an die gezierte Kleidung der Burschen in den Männerlokalen. Er wurde angriffslustig: »Den warmen Bruder droben, den schützen Sie also? Der andere darf dafür im Kerker schmachten.« Angeekelt verzog er den Mund und zeigte sein Pferdegebiß. Der Redakteur wurde ungeduldig: »Sagen Sie, lieber Herr, was geht das eigentlich Sie an?« Esch hatte einen roten Kopf: »Sie verhindern absichtlich alles, was ihn retten kann... den Artikel haben Sie nicht abgedruckt; den Kerl, der ihn ins Gefängnis gebracht hat, diesen Bertrand, den schützen Sie... und Sie, Sie geben vor, für die Freiheit einzutreten?!« Er lachte bitter auf. »Die Freiheit ist bei Ihnen gut aufgehoben!« Sichtlich ein Narr, dachte der Redakteur und darum antwortete er ruhig: »Hören Sie, es ist doch zeitungstechnisch nicht möglich, daß wir das noch als Neuigkeit veröffentlichen, was Sie uns Wochen und Monate zu spät herbringen: so etwas...« Esch sprang auf: »Sie werden von mir schon noch Neuigkeiten erfahren«, schrie er und war draußen, schmetterte die weiß-schmutzige Türe, die nicht ins Schloß fallen wollte, sondern einigemal klappte, hinter sich zu.

Auf der Straße hielt er verdutzt an. Warum hatte er sich in dieser Weise aufgeführt? Konnte er es denn ändern, daß diese Sozialisten Schweine waren? Wieder einmal hatte Frau Hentjen recht, wenn sie diese Bande verachtete. »Feile Presse«, sagte er vor sich hin. Und dabei war er mit der allerbesten Absicht gekommen, hatte ihnen die Chance bieten wollen, sich vor Frau Hentjen zu rechtfertigen. Von neuem begannen die Dinge und Standpunkte sich in der ärgerlichsten Weise zu verschieben und zu vermischen. Festzuhalten war, daß der Redakteur sich wie ein Schwein benommen hatte, erstens überhaupt und zweitens weil er diesen Präsidenten Bertrand mit allen Mitteln einer feilen Presse, ja einer feilen Presse zu schützen suchte. Und dieser Herr Präsident war erst recht ein Schwein, trotzdem es der Kleine nicht wahrhaben wollte und man diesem Schweinepräsidenten nichts tun durfte. Hingegen war das, was der Kleine über die Liebe geredet hatte, wieder richtig. Nichts ist eindeutig! höchstens das eine war klar hervorgegangen: Frau Hentjen konnte ihren Mann nicht geliebt haben; sie war zu der Ehe mit diesem Schwein gezwungen worden. Und da Esch solcherart mit großem Haß der Welt umher gedachte und der Schweine, die man abzustechen hätte, wie es Schweinen gebührt, haßte er immer deutlicher den Präsidenten Bertrand, haßte ihn ob seiner Laster und seiner Verbrechen. Er versuchte, sich ihn vorzustellen, wie er in seiner Üppigkeit, eine dicke Zigarre in der Hand, auf Polstermöbeln an der Tafel des Schlosses sitzt, und wenn das vornehme Bild schließlich wie aus Tabaknebel hervortauchte, so glich es dem eines geckenhaften Schneidermeisters, sehr ähnlich dem Porträt des Herrn Hentjen, das über dem Bord in der Wirtschaft hing.

Zu Mutter Hentjens Wiegenfest, das alljährlich von den Stammgästen entsprechend gefeiert wurde, hatte Esch eine kleine bronzene Freiheitsstatue aufgetrieben, und das Geschenk dünkte ihn sinnig, nicht nur als Hinweis auf die amerikanische Zukunft, sondern auch als ein glückliches Pendant zu der Schillerstatue, mit der er solchen Erfolg gehabt hatte. Mittags stellte er sich damit ein.

Leider war es ein Mißerfolg. Hätte er ihr das Geschenk in aller Heimlichkeit zugesteckt, so wäre sie sicherlich imstande gewesen, die Schönheit des Bildwerkes aufzunehmen; aber die panische Furcht, in die sie durch jede Annäherung in der Öffentlichkeit und durch jede Vertrautheit versetzt wurde, machte sie so blind, daß sie wenig Freude äußerte, und sie wurde auch nicht wärmer, als er entschuldigend bemerkte, daß die Statue vielleicht gut zu Schillers Monument passen dürfte. »Ja, wenn Sie finden...«, sagte sie unbeteiligt, und das war alles. Natürlich hätte sie auch dieses Geschenk zum Schmucke ihres Zimmers verwenden können; aber damit er sich nicht etwa einbilde, daß er für alles, was er daherbringe, solch bevorzugten Platz beanspruchen dürfe, und damit er ein für allemal zur Kenntnis nehme, daß sie die Reinheit ihres Zimmers noch immer hochhielt, ging sie hinauf und holte das Schillermonument, um es mitsamt der neuen Freiheitsstatue auf das Bord neben den Eiffelturm zu stellen. Da standen nun der Freiheitssänger, die amerikanische Statue und der französische Turm als Symbole einer Gesinnung, die Frau Hentjen nicht zu eigen war, und die Statue reckte den Arm, reckte die Fackel zu Herrn Hentjen hinauf. Esch fühlte seine Geschenke durch Herrn Hentjens Blick entweiht und er hätte gerne verlangt, daß man zumindest das Porträt entferne; allerdings, was hätte das genützt? das Lokal, in dem Herr Hentjen gewirkt hatte, wäre trotzdem dasselbe geblieben, und es war ihm fast lieber, daß alles deutlich und ehrlich an seinem Platz blieb. Wozu etwas unehrlich verheimlichen wollen, was zu verheimlichen nicht möglich war! Und er machte die Entdeckung, daß er nicht bloß durch die Wohlfeilheit der Kost angelockt wurde, die er unter den Augen des Herrn Hentjen verabreicht bekam, sondern daß er auch dessen Gesicht zu irgend etwas Geheimnisvollem brauchte wie eine besondere und bittere Würze dieser Kost: es war die gleiche unentrinnbare Bitterkeit, mit der er sich durch das mürrische Gehaben Mutter Hentjens kränken ließ und sich doch unentrinnbar ihr verfallen fühlte, als sie ihm nun mürrisch zuraunte, daß er nachts kommen dürfe.

Er verbrachte den Nachmittag unter geilen Gedanken an die sachlichen Liebesriten Mutter Hentjens. Und war wieder gequält von dieser Sachlichkeit, die in so krassem Widerspruch zu ihrer sonstigen Abweisung stand. In welchen Nächten hatte sie diese Gewohnheiten angenommen? Eine Hoffnung, an die er selber nicht glaubte, dämmerte auf und versprach, daß dies alles abfallen werde, sie müßten bloß erst einmal in Amerika drüben sein, und die Milde solcher Hoffnung verschmolz mit der Erregung, die ihn überkam, da er ihren Haustorschlüssel in der Tasche spürte. Er nahm den Schlüssel heraus, legte ihn auf die flache Hand, befühlte das glatte Eisen des Schaftes. Die englische Sprache zu erlernen, hatte sie wohl abgelehnt, aber der Hauch der Zukunft strich wieder durch die Gassen. Schlüssel zur Freiheit, dachte Esch. Der Dom stand grau in der späten Dämmerung, eisengrau ragten die Türme, umweht vom Hauche des Neuen und Ungewohnten. Esch rechnete die Stunden bis zur Nacht. Wichtiger als die Alhambra wäre die Anwerbung der Mädchen für Südamerika. Fünf volle Stunden, dann wird man das Haustor aufsperren. Esch sah den Alkoven vor sich, sah sie im Bette dort liegen: daß er zu ihr gleiten würde, daß sie unter der Berührung seiner Haut und seiner Erregung aufzucken wird, das ließ seinen Atem eng und trocken werden. Denn noch vorige Woche und all die Wochen vorher hatte sie ihn in dumpfer Bewegungslosigkeit empfangen, und war auch dieses kurze starre Aufzucken etwas sehr Geringfügiges, – es war die Masse des Gewohnten nun doch an einer Stelle aufgehoben, an einer zwar winzigen, dennoch jungfräulichen Stelle, und das war wie ein Signal der Zukunft und der Hoffnung. Und Esch erschien es unanständig, heute, an Mutter Hentjens Geburtstag, Hurenlokale zu betreten; er begab sich in die Alhambra.

Als er nachher zur Wirtschaft kam, bemerkte er schon von

weitem den gelben Schein, der auf dem holprigen Pflaster lag. Die Butzenscheibenflügel waren geöffnet, und drinnen sah man das Geburtstagskind sitzen, steif und im Seidenkleid, umringt von den lärmenden Gästen; eine Bowle stand auf dem Tisch. Esch blieb im Dunkeln, es widerte ihn an, hineinzugehen. Er machte kehrt, nicht um die Lokale aufzusuchen und pflichtgemäße Anwerbearbeit zu leisten, sondern er lief wütend durch die Straßen. Auf der Rheinbrücke lehnte er sich an das eiserne Geländer, schaute auf das schwarze Wasser, schaute zu den Schuppen hinüber. Seine Knie waren schwach geworden, so sehr hatte ihn die Gier gepackt, das starre Miedergehäuse zu sprengen, in dem die Frau steckte; die Fischbeinstäbe sollten knacken in dem wilden Kampf, der sich dabei entspinnen müßte. Mit ausgeleertem Gesicht schlackste er in die Stadt zurück; seine Hand ließ er an den Stäben des Brückengitters entlangstreifen.

Das Haus war dunkel. Mutter Hentjen, einen Leuchter in der Hand, erwartete ihn oben an der Treppe. Er blies den Lichtstumpen einfach aus und umfaßte sie. Doch sie hatte das Mieder bereits abgelegt und sie wehrte sich auch nicht, vielmehr gab sie ihm einen zärtlichen Kuß. Und obgleich ihn diese Begrüßung höchlich überraschte und obgleich es vielleicht nicht minder neu war als jenes Aufzucken, das er ungeduldig erwartete, so wurde trotzdem in diesem Kusse klar, schreckhaft und unwiderleglich, daß es zu ihren alten Gewohnheiten gehörte, an die Feier des Geburtstags eine zärtliche Liebesfeier anzuschließen; und wie der ersehnte Augenblick nun eintrat, wie das beglükkende Zucken durch ihren Körper ging, wurde es für Esch zu einem wütenden Schmerz, daß die Haut des Herrn Hentjen und dessen Körper, den er sich in dieser Lage lieber gar nicht vorstellen wollte, sie in gleicher Weise aufzucken gemacht hatte: das Gespenst, das er eben gebannt wähnte, war wieder auferstanden, höhnischer, unbesiegbarer denn je, und es zu besiegen, der Frau aber zu beweisen, daß bloß er vorhanden war, warf er sich über sie und schlug sein Pferdegebiß in ihre fleischige Achsel. Es mußte sie schmerzen, indes sie duldete schweigend, allerdings mit einem Gesicht, als bisse sie selber in eine Zitrone, und da er nun ermattet von ihr abließ, da legte sie ihren schweren ungelenken Arm wie in Dankbarkeit, doch auch wie einen Schraubstock, so fest um ihn, daß er kaum Atem fand und zornig sich frei zu machen suchte. Sie aber ließ nicht locker und sprach – es war das erstemal, daß sie in diesem Alkoven zu ihm sprach – mit ihrer gewohnten geschäftlichen Stimme, in der er, wäre er feinfühliger gewesen, doch etwas wie Angst gehört hätte: »Warum bist du so spät gekommen?... weil ich wieder um ein Jahr älter geworden bin?« Esch war von ihrem ungewohnten Sprechen so betroffen, daß er den Sinn der Worte nicht erfaßte, ja, nicht einmal zu erfassen versuchte: denn der überraschende Klang ihrer Stimme war ihm wie ein Abschluß, war wie eine Erleuchtung nach einer langen und schmerzlichen Gedankenreihe, Zeichen, daß alles anders werden könne. Er sagte: »Ich habe es satt, ich mache Schluß.« Frau Hentjen stockte das Blut in den Adern; sie vermochte kaum den pressenden Arm von seinen Schultern zu lösen, eiskalt und schwer war es in ihr geworden, und kraftlos sank der Arm herab. Sie begriff nur noch, daß sie ihre Bestürzung einem Manne nicht zeigen durfte, daß sie ihm den Laufpaß zu geben hatte, ehe er von selber davonlief, und mit großer Anstrengung brachte sie ein leises »Bitte, meinetwegen« hervor. Esch überhörte es und setzte fort: »Nächste Woche fahre ich ins Badische.« Warum mußte er ihr dies noch mitteilen? sie fühlte sich irgendwie geschmeichelt, weil ihn die Absicht, Schluß zu machen, offenbar so sehr erschütterte, daß es ihn in die Welt hinaustrieb. Allein, wenn er Schluß machen wollte, so stimmte es doch nicht, daß er jetzt wieder seinen Mund gegen ihre Achsel preßte. Oder wollte er bloß seiner Lust bis zum letzten Augenblick frönen? den Männern ist alles zuzutrauen! Nichtsdestoweniger faßte sie wieder Hoffnung, und obwohl ihr das Sprechen noch schwer fiel, fragte sie: »Warum? ist dort auch so'n Mädel wie in Ober-Wesel?« Esch lachte: »Ja, so 'ne Art Mädchen ist das schon.« Frau Hentjen war empört, daß er sich auch noch über sie lustig machte: »Es ist keine Kunst, eine schwache Frau zu verhöhnen.« Esch bezog es noch immer auf die Frau in Badenweiler und er mußte noch mehr lachen: »Na, gar so arg schwach ist die dort nicht.« Ihr Mißtrauen bekam neue Nahrung: »Wer ist's?« – »Geheimnis.« Sie schwieg beleidigt und duldete seine neue Zärtlichkeit. Mittendrin: »Wozu brauchst du eine andere?« Er konnte nicht umhin, sich einzugestehen, daß ihm diese Frau mit ihrer sachlichen, ja büromäßigen und doch so sonderbar widerstrebenden und keuschen Hingabe mehr Lust und Begehren schenkte als jede andere und daß er wirklich keine andere brauchte. Sie wiederholte: »Wozu brauchst du eine andere? mußt es bloß sagen, wenn ich dir nicht jung genug bin.« Er antwortete nichts, denn plötzlich erregte und beglückte es ihn, daß sie nunmehr zu reden begann, sie, die bisher nur stumm und mit rollendem Kopfe in seinen Armen gelegen hatte, so unveränderlich stumm, daß ihm diese Stummheit stets wie eine Erbschaft aus Herrn Hentjens Zeit gewesen war. Sie spürte seine Beseligung, und stolz fuhr sie fort: »Brauchst keine Junge, ich nehme es mit jedem Mädel auf...« Das ist ja Unsinn, dachte Esch schmerzlich, oder sie lügt. Und schmerzhaft kam ihm Harry in den Sinn; er sprach es aus: »Man liebt nur einmal«, und da Frau Hentjen einfach »Ja« sagte, als ob sie damit andeuten wollte, daß er es war, den sie liebte, da war es klar, wie sie log: gab vor, sich vor Männern zu ekeln, und saß trinkend mit ihnen am Tisch und ließ sich feiern, gab jetzt vor, ihn allein zu lieben und war doch voller Sachlichkeit. Aber vielleicht war alles nicht wahr; sie hatte ja keine Kinder. Wieder stieß sein Wunsch nach Eindeutigkeit und Absolutheit an eine unübersteigbare Mauer. Wenn nur all dies schon vorbei und erledigt wäre! Die Reise nach Badenweiler erschien ihm in diesem Augenblick wie ein notwendiger Auftakt, wie eine unumgängliche Vorübung zur Amerikafahrt. Offenbar spürte sie diese Reisegedanken, denn sie fragte: »Wie sieht sie aus?« – ? – »Nun, das badische Mädchen?« Ja, wie sah Bertrand aus? und schärfer als je erkannte er, daß er Bertrand nur im Bilde Hentjens sich vorzustellen vermochte. Er erwiderte barsch: »Das Bild muß weg.« Sie verstand nicht: »Welches Bild?« – »Das da drunten...«, er scheute sich, den Namen zu nennen, »das über dem Eiffelturm.« Sie begriff ein wenig, doch sie lehnte sich auf, weil er sich in ihre Dinge einmischen wollte: »Das hat noch niemand gestört.« – »Eben deshalb«, beharrte er, und während es ihm völlig klar wurde, daß es auch seine Affäre mit Hentjen war, die er mit Bertrand abrechnen mußte, setzte er seinen Gedanken fort: »und überhaupt: Schluß muß gemacht werden.« – »Nun ja...«, erwiderte sie zögernd, und vor Rebellion begriffstutzig, setzte sie hinzu: »Schluß mit was?« – »Wir fahren nach Amerika.« – »Ja«, sagte sie, »ich weiß.«

Esch hatte sich erhoben. Er wäre gerne auf und ab gegangen, wie er dies zu tun pflegte, wenn ihn etwas beschäftigte, aber im

Alkoven war kein Platz und draußen lagen die Nüsse. So saß er am Rande des Bettes. Und obgleich er bloß die Rede Harrys wiederholen wollte, veränderte sich die Rede in seinem Munde:

»Liebe ist nur in der Fremde möglich. Wenn man lieben will, muß man ein neues Leben beginnen und alles Alte vernichten. Erst in einem neuen, ganz fremden Leben, in dem alles Vergangene so tot ist, daß man es nicht einmal mehr zu vergessen braucht, können zwei Menschen so eins werden, daß es keine vergangene und überhaupt keine Zeit mehr für sie gibt.«

»Ich habe keine Vergangenheit«, sagte Mutter Hentjen beleidigt.

»Dann erst«, Esch machte seine böse Grimasse, die Frau Hentjen in der Dunkelheit glücklicherweise nicht sah, »dann erst braucht nichts mehr abgeleugnet zu werden, dann erst ist Wahrheit und die Wahrheit ist ohne Zeit.«

»Ich habe nie etwas abgeleugnet«, verwahrte sich Mutter Hentjen.

Esch ließ sich nicht beirren: »Die Wahrheit hat mit der Welt nichts mehr zu tun, nichts mit Mannheim...«; er schrie fast, »nichts mit dieser alten Welt hat sie zu tun.«

Mutter Hentjen seufzte. Esch schaute scharf nach ihr hin: »Da gibt's nichts zu seufzen, man muß sich von der alten Welt lösen, um selber erlöst zu werden...«

Mutter Hentjen seufzte sorgenvoll: »Was soll mit der Wirtschaft werden? werden wir sie verkaufen?«

Esch sagte mit Überzeugung: »Man muß Opfer bringen... sicherlich sogar, denn ohne Opfer keine Erlösung.«

»Wenn wir wegreisen, werden wir heiraten müssen«, und wieder etwas angstvoll, »...ich bin zu alt für dich, um zu heiraten?«

Esch, auf der Bettkante sitzend, betrachtete sie im Lichte der flackernden Kerze. Sein Finger zeichnete eine 37 auf das Deckbett. Er hätte ihr eine Torte mit siebenunddreißig Kerzen verehren können; aber besser so, sie verheimlichte ja ihr Alter und hätte sich bloß geärgert. Er betrachtete ihre schweren unbewegten Züge, und plötzlich hätte er sie gerne noch viel älter gesehen. Es schien ihm sicherer, wußte er auch nicht, warum. Würde sie Knall und Fall jung werden, im Flitterkleid der Jugend daliegen, Essig wär's mit dem Opfer. Und das Opfer mußte sein, mußte mit der Hingabe an die Alternde immer größer wachsen, damit Ordnung in die Welt komme und Ilona vor den Messern geschützt werde, damit der Stand der Unschuld allem Lebendigen wieder geschenkt werde, damit keine Seele mehr im Kerker zu schmachten hätte. Nun, man konnte sich darauf verlassen, Mutter Hentjen würde schon alt und häßlich werden. Wie ein ebener unendlicher glatter Korridor erschien ihm die Welt und er sagte sinnend: »Das Lokal sollte man mit braunem Linoleum bespannen, das wäre schön.«

Mutter Hentjen schöpfte Hoffnung: »Ja, und auch malen lassen; das ganze Haus ist schon in einem üblen Zustand... all die Jahre wurde nichts getan,... aber wenn du nach Amerika willst...?«

Esch wiederholte: »All die Jahre...«

Mutter Hentjen fühlte sich zu einer Entschuldigung verpflichtet: »Man muß sparen und da verschiebt man's eben von einem Jahr aufs andre,... und so vergeht die Zeit...« und dann setzte sie hinzu: »...und man wird alt.«

Esch ärgerte sich: »Wenn man keine Kinder hat, ist Sparen lächerlich... für mich hat auch niemand gespart.«

Aber Mutter Hentjen hörte nicht hin. Sie hätte bloß gern gewußt, ob es sich noch verlohnte, die Wirtsstube ausmalen zu lassen; sie fragte: »Wirst du mich nach Amerika mitnehmen?... oder eine Junge?«

Esch sagte grob: »Was soll's mit dem ewigen jung oder alt!... da gibt es dann kein jung und kein alt mehr,... überhaupt keine Zeit gibt's dann mehr...«

Esch stockte. Wer alt ist, kriegt keine Kinder. Das gehörte vielleicht zum Opfer. Aber im Stande der Unschuld bekommt niemand Kinder. Jungfrauen haben keine Kinder. Und während er ins Bett zurückglitt, ergänzte er: »Dann wird alles fest und sicher sein. Und was hinter einem ist, kann einem nichts mehr anhaben.«

Er klopfte die Decke zurecht und sorgsam zog er sie auch über Mutter Hentjens Schulter. Hierauf griff er nach dem messingnen Löschhütchen, das an dem Leuchter hing und das auch Herr Hentjen bei ähnlichen Gelegenheiten benützt hatte, und stülpte es über die flackernde Kerze.

III

Auf dem Weg ins Badische liegt Mannheim. Und Esch erinnerte sich, daß es Freundespflichten gab. Etwas hatte ihn ja schon längst bedrückt, und das wußte er jetzt: in einem so stark abflauenden Geschäft darf man die Einlage seiner Freunde nicht belassen. Daß sie bisher mehr als 50% Verdienst buchen konnten, war ja gut und schön, jetzt aber hieß es, den Verdienst in Sicherheit bringen. Raus aus dem Geschäft. Seine eigenen M. 300.- gehörten auf ein anderes Blatt. Falls die verlorengingen, wäre es eigentlich bloß gerecht. Denn 50% verdienen und dazu noch zwei Monate leben, und nicht schlecht leben, – wo blieb da das Opfer, mit dem man Ilona erlösen wollte? und die Flucht in die amerikanische Freiheit mit Sündengeld finanzieren, das war auch so eine falsche Rechnung! höchste Zeit also, daß die Ringkämpferei mitsamt dem Gelde flöten ging. Mutter Hentjen mußte wohl mit ihrer Prophezeiung recht behalten, daß er und dieses ganze Weibertheater ein Ende in Schimpf und Schanden nehmen würden.

Doch jetzt ging's um das Geld für Lohberg und Erna. Die Sache mit Gernerth zu besprechen war nicht einfach: abends klagte der Herr Direktor über den leeren Saal und tagsüber war er noch weniger erreichbar; in der Alhambra war er niemals, in seine Wohnung schien er überhaupt nicht zu kommen, und bei Oppenheimer gab's zwei dreckige leere Zimmer und keinen Menschen darin. Fragte man ihn aber, wo er seine Mahlzeiten einnehme, so antwortete er: »Ach, ich begnüge mich mit einem Butterbrot, ein Familienvater hat nicht zu prassen«, was natürlich nicht ganz stimmte, denn damals wie die englische Reisegesellschaft vom Dom zum Hotel hinüberging, wer trat da aus dem Marmorvestibül des Domhotels? Herr Gernerth in höchsteigener Person, satt und mit einer dicken Zigarre im Gesicht. »Prestigebesuche, lieber Freund«, hatte er gesagt und war auch schon davon, als ob man es ihm nicht gegönnt haben würde, im Domhotel zu wohnen, sogar mit der ganzen Familie. Heute allerdings war's anders: man wird den Herrn Direktor nicht entwischen lassen!

Und am Abend öffnete Esch die Türe zur Direktionskanzlei, sperrte sie grinsend hinter sich ab, steckte den Schlüssel in die

Hosentasche, und grinsend präsentierte er dem gefangenen Gernerth eine saubere »Gewinstabrechnung für die Einlage des Herrn Fritz Lohberg und des Fräulein Erna Korn«, dartuend, daß die beiden Genannten zu ihrer Kapitalseinlage per M. 2000.-, einen Gewinn per M. 1123.-, Summe M. 3123.-, zu bekommen hätten, und darunter stand »in Vollmachtsnamen quittiert, August Esch m.p.« Außerdem wolle er auch sein eigenes Geld. Gernerth schrie Zeter und Mordio. Erstens habe Esch keine legalisierte Vollmacht und zweitens seien die Kämpfe noch nicht abgeschlossen und von einem nicht abgeschlossenen Geschäft pflegt man keine Auszahlungen zu leisten. Sie stritten eine Weile hin und her, und unter vielem Gejammer bequemte sich Gernerth endlich, die Hälfte der geforderten Summe für Lohberg und Erna an Esch auszubezahlen, während die zweite Hälfte im Unternehmen stehen bleiben und an etwaigen weiteren Verdiensten noch nutznießen sollte. Für sich selbst jedoch konnte Esch außer einem Reisebetrag von fünfzig Mark nichts herausschlagen. Vielleicht war er zu nachgiebig gewesen. Immerhin, es genügte für die Reise.

Frau Hentjen war im Braunseidenen zum Bahnhof gekommen und sie lugte vorsichtig umher, ob kein Bekannter da sei, der sie etwa ins Gerede bringen würde. Denn trotz der frühen Stunde wimmelte es von Menschen. Am andern Bahnsteig wurde nach der Gegenrichtung ein Zug abgefertigt, in dem einige Waggons für Auswanderer eingeschoben waren, Tschechen oder Ungarn, und einige Heilsarmeeleute machten sich bei ihnen zu schaffen. Daß Mutter Hentjen ihn herbegleitet hatte, war in Ordnung; es war höchste Zeit, daß sie mit ihren albernen Heimlichkeiten aufhörte. Aber vor den Auswanderern und Heilsarmeesoldaten hatte Esch doch ein schlechtes Gewissen. »Blöde Vereinsmeierei«, schimpfte er. Weiß Gott, weshalb er sich so ärgerte. Wahrscheinlich war er jetzt auch schon mit der dummen Geheimniskrämerei angesteckt. Als eines der Heilsarmeemädchen vorbeikam, schaute er weg. Frau Hentjen bemerkte es: »Schämst dich wohl, daß ich hier bin? Fährt sie vielleicht gar mit, deine Dame?« Esch, ziemlich grob, verbat sich diese Narrheiten. Doch das hatte noch gefehlt: »Also, das hat man davon, daß man sich für einen Mann kompromittiert... wer mit Hunden schlafen geht, steht mit Flöhen auf.« Esch verstand wieder einmal nicht, was ihn an diese Frau fesselte. Wie sie hier im Tageslicht vor ihm stand, versanken die Bilder ihrer Geschlechtsbereitschaft und des dunklen Alkovens, diese Bilder, die ihn verfolgten, sobald er von ihr ferne war, sie versanken ins Nichts, als wären sie niemals gewesen. Mit dem gleichen Zug waren Mutter Hentjen und er damals nach Bacharach gefahren; damals hatte es begonnen – vielleicht wird es heute enden. Sie fühlte wohl seine Unbeteiligtheit, denn sie sagte plötzlich: »Wenn du mir untreu bist, wirst du schon sehen...« Geschmeichelt wollte er mehr davon hören; zugleich reizte es ihn, ihr weh zu tun: »Schön, heute noch rück' ich dir aus... was werde ich sehen?« Sie war erstarrt, gab keine Antwort. Da tat sie ihm leid und er nahm ihre Hand, die schwer und ungelenk in der seinen liegen blieb. »Na, na, was wird also geschehen?« Sie sagte mit leerem Blick: »Ich bringe dich um.« Es war wie ein Versprechen und eine erlösende Hoffnung; trotzdem zwang er sich zu lachen. Sie aber ließ sich von ihren Gedanken nicht abbringen. »Was bliebe mir sonst übrig?« Nach einer Pause: »Fährst vielleicht gar nach Ober-Wesel?... zu der Person?« Esch wurde ungeduldig: »Blödsinn, ich habe dir hundertmal gesagt, daß ich meine Mannheimer Geschäfte mit Lohberg liquidieren muß... wir wollen doch nach Amerika.« Frau Hentjen war nicht überzeugt: »Sei aufrichtig.« Esch wartete ungeduldig auf das Abfahrtszeichen; keinesfalls durfte er verraten, daß er zu Bertrand fahre: »Habe ich dich nicht eingeladen mitzukommen?« – »Das war ja nicht ernst gemeint.« Jetzt, knapp vor dem Abfahrtszeichen, schien es ihm, als wäre sein Angebot durchaus ernst gewesen, und wie er sie an ihrem dikken Oberarm hielt, hatte er Lust, sie zu küssen; sie stieß ihn zurück: »Hör mal, hier vor allen Leuten!« Aber da mußte er einsteigen.

Er hatte eigentlich die Absicht gehabt, direkt nach Badenweiler zu reisen, und erst angesichts der Stationstafel von St. Goar entschloß er sich endgültig, noch heute in Mannheim Station zu machen. Ja, und von Mannheim aus würde er ihr sogar schreiben; das wird sie beruhigen, – und Esch lächelte zärtlich, als er daran dachte, daß sie ihn töten wollte; eigentlich könnte man es darauf ankommen lassen. Allerdings, der Besuch in Badenweiler war wie eine Gefahr, etwas, wobei es ums Ganze ging, und es war ein Gebot der Anständigkeit, die fremden Gelder vorher abzuliefern. Der Satz »Man spielt nicht mit Menschenleben« fiel ihm ein und verflocht sich in den Rhythmus der rollenden Räder. Er sah Mutter Hentjen einen zärtlichen Revolver heben und dann hörte er wieder Harry sagen: »Du wirst ihm nichts tun.« Nun reihten sich auch Lohberg und Ilona und Fräulein Erna und Balthasar Korn vor ihm auf und er wunderte sich, daß er sie so lange nicht gesehen hatte; vielleicht waren sie in der Zwischenzeit gar nicht am Leben gewesen. Sie heben die Arme im rhythmischen Takt zu seiner Begrüßung, und es war, als bewegte sie ein unsichtbarer und vornehmer Puppenspieler an Drähten, die plötzlich nun da sind. Ein Coupé dritter Klasse ist wie eine Kerkerzelle und auf der Bühne links oben, dort wo der Mensch sonst eine Zahnlücke besitzt, hatte sich eine graue Kulisse vorgeschoben, eine Kulisse aus Pappe, hinter der nichts steckt als die grauen verstaubten Bühnenmauern. Aber auf der Kulisse war das Wort »Gefängnis« zu lesen und obwohl man wußte, daß nichts dahinter ist, wußte man doch, daß in dem Kerker einer steckt, den es gar nicht gibt und der dennoch die Hauptperson ist. Aber die Bühne, in die die Gefängniskulisse wie ein Zahn hineinragt, ist im Hintergrund von einem großen Prospekt abgeschlossen, auf dem ein herrlicher Park gemalt ist. Rehe äsen unter mächtigen Bäumen und ein Mädchen, dessen Kleid von Pailletten flimmert, pflückt Blumen. Der Gärtner im breitrandigen Strohhut, die blinkende Schere in den Händen und begleitet von einem Hündchen, steht neben dem dunklen Teich, dessen Fontäne einen weißen Strahl gleich einer glitzernden Peitsche in die Lüfte sendet und Kühlung gibt. Ganz ferne erblickt man die Lichter und die Verzierungen des prächtigen Schlosses, von dessen Zinnen die Fahne schwarz-weiß-rot weht. Und dies machte einen wieder unsicher.

Jetzt da er sich Mannheim näherte, kam ihm in den Sinn, daß Erna sicherlich mit dem keuschen Josef schlafe. Eigentlich war es keine Frage, es war so selbstverständlich, daß man darüber gar nicht nachzudenken brauchte, so selbstverständlich wie die Nase, die einer im Gesicht trägt, oder die Füße, mit denen er geht. Nichts und niemand hätte Esch von solcher Meinung abbringen können; was denn anderes sollten die beiden miteinander treiben? Trotzdem irrte er sich. Denn wenn die Inhalte des Lebens auch karg sind und gewiß nicht viel vonnöten ist, zwei Personen verschiedenen Geschlechts zum Einverständnis zu bringen, es ist manches doch minder selbstverständlich, als man meinen mochte. Wer gleich Esch noch im täglich-irdischen Leben steht, oder nur um ein sehr Geringes sich darüber hinausgehoben hat, vergißt leicht, daß es ein Reich der Erlösung gibt, dessen Bestand allerlei Irdisches ins Unsichere zieht, ja, daß es mit einem Male fragwürdig werden kann, ob man mit den Füßen geht, geschweige also, ob zwei Menschen miteinander schlafen. Hier allerdings war es so, daß Lohberg teils durch seine Schüchternheit zurückgehalten wurde, die Grenze edler und inniger Freundschaft zu überschreiten, teils aber auch durch sein stets waches Mißtrauen gegen das weibliche Geschlecht, insbesondere seitdem er nach einer häßlichen Erfahrung das Gift häßlicher Krankheiten zu scheuen gelernt hatte, und gar wenn er bedachte, daß Erna allen Anfechtungen eines Wüstlings Tür an Tür ausgesetzt gewesen war! Ja, so war Lohberg. Er ging mit Fräulein Erna Korn bloß spazieren, trank Kaffee mit ihr und betrachtete es als eine Zeit der Läuterung und der Buße, die erst ihr Ende finden sollte, wenn ihm ein Zeichen von oben, sozusagen das Zeichen der wahren erlösenden Gnade gegeben werden würde.

Esch kannte zwar die Tugend des Idioten, unvorstellbar hingegen war ihm das Ausmaß dieser Tugend, und noch viel weniger ahnte er, daß er selber nicht aufgehört hatte, Fräulein Erna zu beunruhigen, daß er, wenn nicht in ihrem Herzen, so doch im Blute ihr lag, und daß sie wohl aus diesem Grunde sich nicht beeilte, Lohberg das Zeichen der erlösenden Gnade zu geben, es vielleicht sogar absichtlich hinzögerte, weil sie in diesem Zögern eine richtige Vorbereitung für den Ehestand sah. Ja, dies alles konnte Esch nicht ahnen, am allerwenigsten aber, daß die beiden sich gerne damit beschäftigten, abstoßende Züge in seinem Charakterbild zu entdecken, und ihrer schwärmerischen Veranlagung gemäß sogar glaubten, in solch gemeinsamem Interesse eine gute Basis für einen Lebensbund zu besitzen.

All dieser Verhältnisse unkundig, hatte Esch auf einen freudig-feierlichen Empfang gerechnet. Statt dessen aber erschrak Fräulein Erna, als er im Türrahmen auftauchte. Ach, sagte sie rasch gefaßt, das wäre schön, daß sich der Herr Esch auch wieder einmal sehen ließe, ach, das wäre geradezu schön vom Herrn Esch, daß er freundlichst geruhe, sich gütigst wieder zu erinnern, nicht einmal der Mühe wert sei es ihm gewesen, eine

Karte zu schreiben. Und dann sagte sie: »Ja, wes Brot ich eß', des Lied ich sing'«, und allerlei Spitzes, so daß es Esch nicht einmal gelang, den Vorraum zu betreten. Korn jedoch, der die Stimmen gehört hatte, kam nun in Hemdärmeln aus der Wohnstube, und da er von rauherer Gemütsart als seine Schwester war und während der zwei Monate niemals an Esch gedacht hatte, ihm daher auch sein Schweigen durchaus nicht übel nahm, vielmehr sich baß gewundert hätte, soferne es Esch beigefallen wäre, ihm zu schreiben, Korn also war vollkommen erfreut, denn nicht nur, daß er allem, was er je gekannt hatte, anhänglich gesinnt blieb, er sah in dem wiedergekehrten Esch alsogleich eine Quelle der Anregung und überdies eine begrüßenswerte Einnahme aus dem leerstehenden Kabinett. Und er brauchte Geld für Ilona. Folglich schüttelte er dem Gast unter herzlichen Ausrufen die Hand und lud ihn ein, nur gleich wieder in sein Zimmer hineinzuspazieren, das nur auf ihn gewartet hätte. Solche Herzlichkeit tut einem Menschen, der mißmutig gewesen ist, gut, und Esch schickte sich an, seine Habseligkeiten in sein Zimmer zu tragen, das bloß auf ihn gewartet hatte, als Fräulein Erna ihn zurückhielt und halb zum Bruder gewendet sagte: sie wisse nicht ob dies angehen werde. Na, da brauste Korn aber auf: »Warum soll's jetzt wieder nicht gehen! wenn ich sag', es geht, so geht's.« Zweifelsohne hätte Esch als taktvoller Mann sich nun mit Worten des Bedauerns empfehlen müssen, doch selbst wenn er taktvoll gewesen wäre, was er ja keineswegs war, so gehörte er viel zu sehr zur Familie, um nicht die Fragen des Taktes hinter denen der Neugierde zurückzustellen; was war hier vorgefallen? und erstaunt blieb er einfach stehen. Fräulein Erna indes, die auch nicht gewohnt war, sich ein Blatt vor den Mund zu nehmen, befriedigte diese Neugier sehr rasch, denn sie zischte den Bruder an, daß er sie, die vor einer ehrsamen Heirat stünde, nicht zwingen könne, mit einem fremden Manne unter demselben Dach zu schlafen; sie müsse sich in diesem Hause ohnehin genug Schande gefallen lassen, und wenn ihr Künftiger nicht so ein hochherziger Mensch wäre, so dürfte sie ihm nachlaufen. Darauf sagte Korn in seiner heimatlichen Mundart: »Papperlapap, halt' die Goschen. Der Esch bleibt da.« Esch aber vergaß über die Andeutungen des Fräulein Erna alles übrige und er rief: »So eine Überraschung, herzlichen Glückwunsch, Fräulein Erna, wer ist denn der

Glückliche?« Da konnte Fräulein Erna natürlich nicht anders, als die Glückwünsche annehmen und sagen, daß sie mit Herrn Lohberg fast einig geworden sei. Sie hängte sich in Esch ein, führte ihn in die Wohnstube. Ja, und übrigens werde ihr Bräutigam auch gleich hier sein. Und wie sie nun von Lohberg sprachen, hatte Korn die großartige Idee, Esch in eine dunkle Ecke zu stellen, damit der ahnungslose Herr Bräutigam entsetzt auffahre, wenn Esch sich plötzlich ins Gespräch mischen würde wie ein Geist.

Als die Klingel im Vorraum ertönte und Erna öffnen ging, begab sich Esch gefügig in den dunklen Winkel. Korn, der beim Tische geblieben war, machte ihm herrische Zeichen, sich noch mehr in die Ecke zu drücken. Denn Korn war ein Mensch, der auf technische Vollkommenheit Wert legte und zornig wurde, wenn es an der Ausführung haperte. Aber nicht aus Furcht vor Korns Wut verharrte Esch so still in seinem Winkel, oh nein, er war durchaus nicht einer, den man ohne weiteres in einen Winkel scheuchen konnte, und es war durchaus kein Platz der Strafe und der Demütigung, auf dem er sich befand; geradezu freiwillig schob er sich noch enger an die Wand, und es war ihm auch gleichgültig, ob er die Malerei mit seinem Ärmel abstreifte, denn in dieser beschatteten Ecke erwachte höchst unvermittelt und sonderbar der Wunsch in ihm, daß die Distanz zu denen am Tische dort immer mehr sich vergrößern möge. Die wenigen Minuten, die bis zum Eintritt Lohbergs vergingen, reichten nicht aus, daß er sich's klar machte, doch es kam ihm vor, als gleite er wieder in jene merkwürdige Einsamkeit, die irgendwie mit Mannheim zusammenhing und die es verbot, sich mit den andern hier gemein zu machen, fordernde Einsamkeit, welche ihm aber jetzt so wohlgefällig war, daß sie ihm nicht einsam genug sein konnte, und wenn er sich bloß immer weiter und weiter in seinen Winkel zurückgezogen hätte, so wäre er ein erlöster und erhabener Eremit geworden, abgeschlossen gegen die Welt in seiner Zelle, Geist er über dem Tische der Fleischgebundenen. Freilich konnte dies nicht lange dauern, denn solche Erwägungen werden nur dann angestellt, wenn die Zeit nicht ausreicht, um sie zu Ende zu denken oder gar sie zu verwirklichen, und auch Esch hatte diese Gedanken bereits wieder vergessen, als Lohberg programmgemäß hereinkam und derart überrascht war, daß er sich über des Gastes Anwesenheit sogar freute. Gewiß gehörte Esch nicht ganz zu ihnen, so wenig Ilona zu ihnen gehörte, aber als sie jetzt um den Tisch herumsaßen, waren sie wie eine Familie und fragten einander nach vielen Dingen. Und da diese Fragen bald bei den Angelegenheiten des Wohlstandes angelangt waren, zog Esch stolz Brieftasche und Börse heraus und zählte 1561 Mark und 50 Pfennige auf den Tisch. Fräulein Erna griff freudig danach, denn sie hielt es für ihre Einlage samt Gewinn; doch wie Esch sie aufklärte, daß sie zwar so viel zu bekommen hätte, daß sie aber diese Summe vorderhand mit Lohberg zu teilen habe, weil die andere Hälfte stehen geblieben sei, da schrie sie auf, daß sie ja nun einen Schaden statt eines Nutzens habe. Und auch als er es ihr erklären wollte, nahm sie nicht Vernunft an, zeterte, sie werde sich nichts einreden lassen, sondern sie könne sehr gut rechnen: bitte – sie holte einen Zettel und einen Bleistift –, zwei-hundert-neun-zehn Mark und fünfundzwanzig Pfennige habe sie draufgezahlt, da stehe es schwarz auf weiß, und keifend hielt sie den Zettel unter Eschs betrübte Nase. Lohberg tat den Mund nicht auf; dabei mußte er als Geschäftsmann die Rechnung sehr gut verstanden haben. Will sich's mit dem Fräulein Braut eben nicht verderben, der feige Idiot. Esch sagte grob: »Unsereins hat auch seine Anständigkeit, – wahrscheinlich mehr als mancher, der hier schweigt.« Und er griff nach Ernas Arm, aber nicht etwa aus Liebe, sondern zornig und höchst unsanft legte er ihren Arm mitsamt dem Zettel auf den Tisch zurück. Vielleicht hatte sie's im Grunde doch verstanden, oder war es der feste Zugriff Eschs gewesen, kurzum, Fräulein Erna verstummte. Korn, der bisher unbeteiligt geblieben war, äußerte bloß, daß der Teltscher, der Jud', eben ein Gauner sei. Nun, dann möge er eben die Anzeige machen, erwiderte Esch, jeder Gauner gehöre angezeigt, anstatt daß man Unschuldige einsperren läßt. Und da Lohbergs feige unanständige Haltung Strafe erheischte, demütigte er ihn mit den Worten: »Unschuldige vergißt man! Hat zum Beispiel Herr Lohberg den armen Martin schon besucht?« Erna, die noch geduckt und angefüllt mit einer guten Erbitterung dasaß, replizierte, sie kenne andere Leute, die ihre Freunde vergäßen, ja, sie sogar schädigten, und daß es wohl Aufgabe des Herrn Esch gewesen wäre, sich um Herrn Geyring zu kümmern. »Dazu bin ich ja hergekommen«, sagte Esch. »Aha«, sagte Fräulein Erna, »denn sonst hätten wir überhaupt nichts mehr von Herrn Esch gesehen«, und zögernd und beinahe schüchtern, gewissermaßen aus der Verpflichtung, einen mutigen Kampf nicht aufzugeben, setzte sie hinzu: »und von unserem Gelde auch nichts.« Korn aber, der langsam dachte, sagte: »Den Juden lassen S' einsperren.«

Das war nun allerdings eine merkwürdige Lösung, und obzwar Esch sie eben selber vorgeschlagen hatte, es gelüstete ihn zu erwidern, daß dies nur eine schäbige Teillösung wäre, angesichts einer besseren, radikaleren, sozusagen geistigen Lösung, deren Nähe er bereits fühlte. Was sollte es fruchten, Teltscher auf ein paar Monate einzusperren, wenn Ilona trotzdem wieder den Messern ausgesetzt würde. Jetzt erst fiel ihm auf, daß sie, die eigentlich hierher gehörte, nicht da war, beinahe als sollte es vermieden werden, daß er ihr vor die Augen träte, ehe er sich seiner Aufgabe entledigt hätte. Allerdings, Aufgabe hin, Aufgabe her, – man denkt an das große Opfer, das bevorsteht, und gleichzeitig verspricht man, die Gewinne nachzutragen! Soll wirklich Ordnung werden, so müßte die Ringerei eben flöten gehen. Und weil er solcherart der keifenden Erna zumutete, ihr Geld nun doch noch für ihn dranzusetzen, ergab sich ein Schuldgefühl, das im Grunde nicht einmal unangenehm war; aber weil es die anderen nichts anging, begann er zu schreien: das sei also der Dank, und überhaupt tue es ihm leid, mit dem Gelde hergekommen zu sein, da er nun so empfangen werde, und im übrigen werde er wegen des Restes an Gernerth schreiben. Das könne er halten, wie er wolle, sagte Fräulein Erna mit spitzer Stimme. Dann möge sie gefälligst selber schreiben, denn er habe ausdrücklich jede Verantwortung abgelehnt. Das werde sie nicht tun. Schön, dann werde er es tun, denn er sei ein anständiger Mensch. »Ach?!« meinte Fräulein Erna. Und da verlangte Esch Tinte und Papier und zog sich auf sein Zimmer zurück, ohne die Anwesenden weiter zu beachten.

In seinem Zimmer lief er mit langen Schritten auf und nieder, wie er es in der Erregung zu tun pflegte. Dann pfiff er sich eins, damit die drinnen nicht glauben sollten, er ärgere sich, und vielleicht pfiff er auch, weil er sich einsam fühlte. Bald hörte er Erna und Lohberg im Vorraum. Sie waren leise; offenbar fürchtete sich Lohberg, feige wie er war, noch immer vor seinem Zorn, ließ die weißen Augen hin- und herrollen vor Hilflosigkeit. Wie so oft verband sich Lohbergs Bild mit dem Mutter Hentjens.

Jetzt war auch sie hilflos, mußte alles geschehen lassen, die Arme. Er horchte, ob Lohberg und Erna auf ihn schimpften. Nette Lage, in die Mutter Hentjen mit ihrer blöden Eifersucht ihn da gebracht hatte; nötig war's nicht gewesen, er könnte schon längst in Badenweiler sein. Im Vorraum war es still, Lohberg war gegangen; und Esch setzte sich hin, schrieb mit seiner reinlichen Buchhalterschrift: »Herrn Alfred Gernerth, Theaterdirektor, dzt. Köln, Alhambratheater. Ich ersuche um Überweisung meines Guthabens per M. 780.75 unter gleichzeitiger Legung einer definitiven Abrechnung. Hochachtungsvoll.« Mit dem Zettel in der einen Hand, Tintenfaß und Feder in der anderen, ging er schnurstracks in Ernas Stube hinüber.

Erna, in Filzpantoffeln herumschlapfend, schlug eben ihr Bett auf, und Esch staunte, daß sie ihre Schuhe so rasch hatte wechseln können. Sie war schon daran, sich über sein Eindringen zu empören, als sie seine Ausrüstung bemerkte: »Was wollen Sie mit dem Wisch?« Er kommandierte: »Unterschreiben.« – »Ihnen unterschreib' ich nichts mehr...« Mittlerweile aber hatte sie den Brief doch angesehen und ging damit zum Tische: »Meinetwegen«; nützen werde es zwar nichts, das Geld sei hin, durchgebracht, verludert, man müsse sich damit abfinden, einen Herrn Esch freilich, den lasse das kalt. Unter ihrem Keifen stieg wieder das kuriose Schuldgefühl gegen sie auf; ach was, er wird ihr schon zu ihrem Gelde verhelfen, und er nahm ihre Hand, um ihr zu zeigen, wo sie zu unterschreiben hatte. Als sie ihm die Hand entziehen wollte, ärgerte er sich aufs neue; er umschloß die Hand fester, geradezu unsanft ging er mit ihr um, und da geschah es zum zweitenmal, daß Fräulein Erna stumm und wehrlos wurde. Erst merkte er es nicht, führte bloß ihre Hand zur Unterschrift, jedoch da traf ihn von unten herauf ihr schräger Eidechsenblick wie eine Aufforderung. Und als er sie umfaßte, schmiegte sie die Wange an seine Brust. Daß sie's tat, machte ihm kein Kopfzerbrechen, so wenig er danach fragte, ob es bloß Nachklang ihrer alten Verliebtheit war, oder ob sie sich etwa für Lohbergs Unmännlichkeit rächen wollte, oder – und das wäre für Esch das Nächstliegende gewesen – ob sie es einfach geschehen ließ, weil er just da war, weil es so hatte kommen müssen, weil man sich wegen des Heiratens nicht mehr zu streiten brauchte. Die Dinge hatten sich eben geklärt: für Erna gab's einen Freier, und er selbst, er wird mit Mutter Hentjen nach

Amerika verschwinden; sogar die Wut gegen Lohberg legte sich, fast spürte er ein wenig Zärtlichkeit für den Idioten, der in so vielem Mutter Hentjen ähnelte, und da Fräulein Erna im vertrauten Verkehr sicherlich manches von ihrem Bräutigam übernommen haben dürfte, so war es, wenn auch in weiterer Ferne, als umarmte man in Erna ein Stück von Mutter Hentjen, und es war keine Untreue. Indes die Erinnerung an die alten Kämpfe war noch nicht völlig verflogen, noch zauderten sie beide, es war wie ein Augenblick feindseliger Keuschheit, und beinahe wäre Esch wieder unverrichteter Dinge in seine Stube zurückgekehrt wie einst. Da sagte sie plötzlich: »Pst, still« und entzog sich ihm: draußen hatte die Flurtüre geknarrt, und Esch begriff, daß Ilona gekommen war. Sie standen regungslos. Wie aber die Schritte draußen veklungen waren und die Tür zur Wohnstube hinter der Korns Zimmer lag, ins Schloß fiel, fielen auch sie sich in die Arme.

Als er später in sein Bett kroch, mußte er an Mutter Hentjen denken und daß er in Mannheim bloß Station gemacht hatte, um ihr eifersüchtiges Mißtrauen zu beschwichtigen. So, das hatte sie jetzt von ihrer blöden Eifersucht. Natürlich war seine Drohung, ihr noch am heutigen Tage untreu zu werden, bloß Spaß gewesen. Und jetzt ist es richtig eingetroffen und es war nicht seine Schuld. Dabei war es eigentlich nicht einmal eine richtige Untreue; einer solchen Frau kann man eben nicht so leicht untreu werden. Trotzdem blieb's eine Schweinerei. Und warum? weil man seine Rechnungen ohne Verzug ins Reine zu bringen hat, weil man anständigerweise bereits in Badenweiler sein müßte, statt auf eine so blöde Eifersucht Rücksicht zu nehmen. Das hatte man jetzt davon. Schöne Bescherung, aber man kann's nicht ändern. Esch drehte sich zur Wand.

Die Augen öffnend, erkannte er sein altes Zimmer; helle Vormittagssonne schaute durch die Gardinen, und es durchfuhr ihn wie ein Lanzenstich: mußte er nicht in sein Speditionsmagazin? dann erinnerte er sich, daß er mit der Mittelrheinischen nichts mehr zu tun hatte, und es war wie Ferien und Freiheit. Niemand konnte ihn mehr zum Gerichte wecken. Er blieb im Bett liegen, obwohl es ihm keinen Spaß mehr machte, aber er konnte liegenbleiben, so lange es ihm behagte. Auch war es sehr wahrscheinlich, daß Mutter Hentjen ihn nun umbringen würde, denn sie wird ja doch nie begreifen, daß er ihr treu geblieben war; sie wird ihn umbringen wollen, und dies war gleichfalls voll guter und freier Zuversicht. Wer vor dem Tode steht, ist frei und wer zur Freiheit erlöst ist, hat den Tod auf sich genommen. Er sah die Zinnen eines Schlosses vor sich, auf denen still die schwarze Fahne wehte, doch es mochte auch der Eiffelturm sein, denn wer vermag die Zukunft von der Vergangenheit zu unterscheiden! In dem Park ist ein Grab, ein Mädchengrab, Grab eines erdolchten Mädchens. Ja, vor dem Tode ist dem Menschen alles erlaubt, alles wird frei, sozusagen gratis und sonderbar unverbindlich. Erlaubt war es, auf der Straße an jede Frau heranzutreten und sie einzuladen, mit einem zu schlafen, und es würde von der gleichen angenehmen Unverbindlichkeit sein wie mit Erna, die er heute oder morgen verlassen wird, um ins Dunkle zu reisen. Er hörte sie draußen herumschaffen, die kleine knochige Ziege, und er wartete, daß sie wie ehedem käme, denn man muß es ausnützen, solange man die Sonne noch sieht. Daß die Erlaubnis zur Untreue erst durch eine Untreue erkauft werden muß, und daß man trotzdem dafür umgebracht zu werden wünscht, wahrlich, Mutter Hentjen war nicht der Mensch, dies zu begreifen; was wußte sie von derart komplizierten Buchungen, – wie hätte sie auch diese Buchungsfehler durchschauen können, die so tückisch in die Welt geraten sind, daß nur einer, der genau zu rechnen versteht, den Erlösertod sterben darf. Konnte doch das kleinste Versehen das Gebäude der Freiheit wanken machen. Jetzt hörte er Fräulein Ernas Stimme aus der Küche: »Ist's gestattet, dem gnädigen Herrn den Kaffee zu bringen?« – »Nein«, rief Esch, »ich bin gleich da«, sprang aus dem Bett, war im Hui angekleidet, hatte seinen Kaffee getrunken und war auch schon an der Trambahnhaltestelle, selber überrascht von der Eile, mit der alles vor sich gegangen war. Erst als der Wagen, der zur Strafanstalt hinausfuhr, auf sich warten ließ, überlegte er, ob bloß der Gedanke an den Gefängnisbesuch ihn so rasch aus dem Bett gejagt hatte oder ob vielleicht Ernas Stimme Schuld daran trug: schön war die Stimme ja nicht, gar wenn sie so zeterte wie gestern abend. Freilich, mit Keifen hat noch keine den Esch auf Trab gebracht. An der Stimme lag's also nicht, sonst hätte sie ihn ja schon längst aus der Wohnung getrieben, z. B. damals, wie sie ihn in die Küche hinausrief, damit er sich die schlafende Ilona ansähe.

Übrigens Ilona, die brauchte er überhaupt nicht mehr zu sehen, weder hier noch anderswo. Und am besten war es wohl, sich diese Dinge vom Leib zu halten, nichts davon zu wissen, daß es wahrscheinlich bloß Flucht vor Erna und ihren bösen Lüsten gewesen war, Flucht vor dieser unverbindlichen Lust, in der sich fürderhin alles abspielen soll, die aber das Tageslicht scheut, denn die Nacht allein ist die Zeit der Freiheit.

Im Gefängnis erfuhr er, daß bloß dreimal wöchentlich Besuchstag sei; er müsse morgen neuerlich vorsprechen. Esch überlegte. Was tun? unverzüglich nach Badenweiler weiterreisen? Er begann zu fluchen, weil er in der Freiheit seines Handelns gestört war. Schließlich aber sagte er: »Na schön, Galgenfrist«, und das Wort Galgenfrist wollte ihn nicht verlassen, wohnte in seinem Ohr und gab ihm sogar eine wohltuende stolze Kameradschaftlichkeit mit einem so mächtigen Manne, wie es der Präsident Bertrand war, denn die Galgenfrist war nun sowohl diesem als ihm selber geschenkt. Nein, er konnte nicht wegfahren, in die Dunkelheit fahren, ohne Martin vorher gesehen zu haben, und es wäre auch lächerlich, ja geradezu unwürdig wäre es gewesen, hätte dieser Mannheimer Aufenthalt bloß der Nacht mit Erna gegolten. Wenn man eine große Reise tut, läßt man nichts ungeordnet zurück, vielmehr hieß es noch, Gruß zu wechseln und Abschied zu nehmen. So fuhr er denn vor allem zum Hafen, um seine Bekannten in den Magazinen und in der Kantine aufzusuchen. Er fühlte sich beinahe wie ein Verwandter, der aus amerikanischer Ferne zu seinen Lieben heimkehrt und dem nun ein wenig bangt, daß man ihn, dem der Bart gewachsen ist, nicht mehr erkenne. Zum Beispiel wäre es immerhin möglich, daß die Wache am Eingang ihn gar nicht passieren lassen würde. Aber die Dinge entwickelten sich mit großer Freundlichkeit, nicht zuletzt, weil alle, denen er begegnete, wohl fühlen mochten, daß man ihm nichts mehr anhaben konnte; es begrüßten ihn die Zollwächter sofort mit schwebender Herzlichkeit und es entwickelte sich mit ihnen ein leichtes Gespräch. Ja, sagten sie lachend, soferne er nicht mehr bei der Reederei sei, dann hätte er auch hier nichts mehr zu schaffen, und Esch sagte, er werde ihnen schon zeigen, daß er hier etwas zu schaffen habe, und sie machten auch nicht den leisesten Versuch, ihn zurückzuhalten, als er hineinging. Niemand hinderte ihn, all die Schuppen und Krane, Magazine und Eisenbahnwagen nach Lust und Laune zu betrachten, und wenn er in die Magazine hineinrief, kamen die Platzmeister und Lagerhalter heraus und standen vor ihm wie Brüder. Trotzdem reute es ihn nicht, all dies zu verlassen, er prägte sich bloß alles recht deutlich ein und berührte auch manchmal einen Eisenbahnwagen oder eine Verladerampe, so daß das Gefühl des trockenen Holzes sich an seiner harten Handfläche festsetzte. Nur in der Kantine gab es eine Enttäuschung; sein Blick suchte Korn, und Korn fehlte; Korn war dumm und fürchtete sich, und Esch mußte lachen, denn er nahm ihm Ilona ja nicht mehr übel, Ilona wird ja entrückt sein, verschwunden auf unzugänglichem Schloß. So trank er bloß einen Schnaps mit den Polizisten und dann ging er den gewohnten Weg, der kaum mehr gewohnt, dennoch vertrauter als je vor ihm sich breitete, bis zu einer Straßenecke, an der das Zigarrengeschäft lag, erwartungsvoll ihm entgegenblickte, als hätte Lohberg schon mit großer Sehnsucht seiner geharrt, um mit ihm zu plaudern.

Da saß nun auch wirklich Lohberg hinter seiner Registrierkasse und hielt den großen Zigarrenabschneider in der Hand, und als Esch eintrat, legte er freundlich das Instrument weg, weil er Esch für vieles Abbitte zu leisten hatte, was jedoch keiner von ihnen aussprach, denn Esch war bereit zu verzeihen und wollte nicht, daß Lohberg weine. Vielleicht ging es gegen die Verabredung, daß Lohberg von Erna zu reden anhub, aber dies war so geringfügig, daß Esch kaum darauf achthatte. Wer könnte ihn früher wecken, als es ihm selber behagte; er war frei! »Sie ist ein prächtiger Kamerad«, sagte Lohberg, »und wir haben vielerlei gemeinsame Interessen.« Und da Esch frei war, zu sagen, was ihm behagte, so sagte er: »Ja, sie wird Sie nicht umbringen«; dabei betrachtete er Lohbergs kümmerliche Gestalt, die von Mutter Hentjen mit einem Daumen zerdrückt werden könnte, und Erna tat ihm leid, weil sie nicht einmal dazu imstande war. Lohberg aber lächelte furchtsam, er fürchtete sich ein wenig vor den fünebren Scherzen und wurde unter den Augen seines grimmigen Gastes immer spärlicher und kleiner. Nein, das war kein Gegner, mit dem ein Esch sich messen wollte; stark sind erst die Toten, mochten sie auch im Leben wie kümmerliche Schneidergesellen ausgesehen haben. Esch ging im Laden umher wie ein Geist, schnupperte in die Luft, er öffnete diese Lade und jene, und strich auch mit der flachen Hand über den glatten Verkaufstisch. Er sagte: »Wenn Sie tot sind, sind Sie stärker als ich,... aber Sie kann man ja gar nicht umbringen«, fügte er verächtlich hinzu, denn es fiel ihm ein, daß selbst ein toter Lohberg nicht in Betracht käme; den kannte er zu gut, der blieb ein Idiot, und bloß jene, die man niemals gekannt hat, jene, die niemals gelebt haben, die waren die Übermächtigen. Lohberg aber, mißtrauisch gegen die Frauen, sagte: »Was meinen Sie damit? meinen Sie die Witwenversorgung? ich habe eine Lebensversicherung abgeschlossen.« Das wäre allerdings ein Grund, einem Manne Gift einzugeben, sagte Esch und mußte so laut lachen, daß ihn das Lachen irgendwie lähmend in der Kehle schmerzte. Ja, Mutter Hentjen, das war eine Frau! Die arbeitete nicht mit Gift, die würde einen Lohberg einfach aufnadeln wie einen Käfer. Vor der mußte man Respekt und Hochachtung haben, und daß er sie je mit Lohberg hatte vergleichen können, dies wunderte Esch. Und er war ein wenig gerührt, weil sie sich dabei als schwache Frau hinstellte und vermutlich sogar recht hatte. Lohberg bekam eine Gänsehaut, rollte seine weißen Augen: »Gift«, sagte er, als hörte er dieses Wort, das er doch schon genügend oft angewandt hatte, zum ersten Male oder zumindest in einer endgültigen Fassung. Eschs Lachen wurde geruhsam und ein bißchen verächtlich: »Sie wird Sie schon nicht vergiften; dazu ist Erna wohl nicht imstande.« – »Nein«, sagte Lohberg, »sie hat ein goldenes Herz; sie ist nicht einmal imstande, einer Fliege ein Haar zu krümmen...« – »Einen Käfer aufspießen«, sagte Esch. »Ach, sicher nicht«, sagte Lohberg. »Aber sowie Sie ihr untreu werden, bringt sie Sie trotzdem um«, drohte Esch. »Ich werde meiner Gattin niemals untreu werden«, erklärte der Idiot. Esch jedoch wußte nun plötzlich, und es war eine angenehme und klare Erkenntnis, warum er Lohberg mit Mutter Hentjen hatte vergleichen können: Lohberg war eigentlich nur ein Frauenzimmer, so eine Art Transvestit war er, und deshalb verschlug es nichts, wenn er mit Erna schlief; auch Ilona hatte ja in Ernas Bett gelegen. Esch stand auf, stand robust und fest auf seinen Beinen und streckte die Arme aus wie einer, der vom Schlafe aufwacht, oder wie ein Gekreuzigter. Er fühlte sich stark, fest und wohlbestellt, ein Kerl, den umzubringen sich schon verlohnte. »Entweder er oder ich«, sagte er und er fühlte, daß ihm die Welt gehörte. »Entweder er oder ich«, wiederholte er, indem er mit langen

Schritten das Lokal durchmaß. »Was meinen Sie?« fragte Lohberg. »Nicht Sie«, antwortete Esch und zeigte ihm sein Pferdegebiß: »Sie, Sie bekommen die Erna«, denn so war es gerecht: der hier hatte einen schönen glatten Laden samt Lebensversicherung, bekam die kleine Erna und durfte ohne Qual und ohne Kopfzerbrechen leben; er hingegen war erwacht und hatte die Aufgabe auf sich genommen. Und da Lohberg fortfuhr, Erna mit warmen Worten zu preisen, sagte Esch, was jener hören wollte und als Zeichen von oben eigentlich längst erwartet hatte: »Ach, Sie mit Ihrem Heilsarmeegequassel..., wenn Sie noch lange fackeln, wird Ihnen das Mädchen ausrücken. Es wär' schon an der Zeit, daß Sie zugreifen. Sie Limonadebruder.« – »Ja«, sagte Lohberg, »ja, ich glaube, die Zeit der Läuterung ist nun erfüllt.« Hell und freundlich präsentierte sich der Laden im Lichte eines etwas trüben Sommertages; seine gelben Eichenmöbel machten einen soliden und gefestigten Eindruck, und neben der Registrierkasse lag ein Buch mit säuberlich addierten Kolonnen. Esch setzte sich an Lohbergs Pult und schrieb an Mutter Hentjen, daß er wohlbehalten angelangt und im Begriffe sei, seine Geschäfte zu erledigen.

Daß er diese zweite Nacht wieder mit Erna verbrachte, sah er als eine Formalität an, die zu erfüllen ein freier Mensch berechtigt war. Sie hatten in Freundschaft über die Ehe mit Lohberg gesprochen und taten sich das Liebe fast mit Zartheit und Wehmut und als ob sie nie miteinander gekämpft hätten. Und nach dieser langen und wachen Nacht erhob er sich mit dem guten Gefühl, daß er Erna und Lohberg zu ihrem Glücke verholfen habe. Denn der Mensch trägt vielerlei Möglichkeiten in sich, und je nach der logischen Kette, die er um die Dinge wirft, kann er sich beweisen, daß sie gut oder schlecht sind.

Gleich nach Tische machte er sich auf den Weg zur Strafanstalt. Bei Lohberg kaufte er Zigaretten, die er Martin zustecken wollte; etwas anderes fiel ihm nicht ein. Es war drückend heiß geworden und Esch mußte des Nachmittags in Goarshausen gedenken, an dem er Martin der Hitze wegen bemitleidet hatte. In der Anstalt wurde er ins Sprechzimmer gewiesen, dessen vergitterte Fenster auf den kahlen Hof hinausgingen. Die gelbgetünchten Gebäude warfen scharfkantige Schatten in den leeren Hof. In der Mitte des Platzes mochte wohl das Blutgerüst errichtet werden, auf dem der Delinquent zu knien hat, die Schärfe des Beils, mit dem der Kopf ihm abgehauen wird, im Nacken zu erwarten. Als Esch dies festgestellt hatte, wollte er den Hof nicht mehr sehen und wandte sich vom Fenster weg. Er betrachtete das Zimmer. In der Mitte stand ein gelbgestrichener Tisch, dessen Tintenspuren erkennen ließen, daß er aus irgendeiner Kanzlei hierhergeschafft worden war, auch einige Stühle waren vorhanden. Das Zimmer glühte trotz des Schattens, denn die Vormittagssonne hatte hereingebrannt und die Fenster waren geschlossen. Esch wurde schläfrig; er war allein und er setzte sich; man ließ ihn warten.

Dann hörte er Schritte auf dem gepflasterten Gang und das Klappern von Martins Krücken. Esch erhob sich, als sollte ein Vorgesetzter kommen. Martin jedoch trat in dieses Zimmer nicht anders als in Mutter Hentjens Wirtschaft. Wenn ein Musikautomat vorhanden gewesen wäre, er wäre wohl hingehumpelt und hätte hineingegriffen. Er sah sich in dem Raume um und schien befriedigt, daß Esch allein war, ging auf ihn zu und gab ihm die Hand: »'n Tag, Esch, schön von dir, daß du mich besuchst.« Er lehnte die Krücken an den Tisch, wie er es bei Mutter Hentjen immer getan hatte, und ließ sich nieder. »Na, setz' dich doch auch, Esch.« Der Aufseher, der ihn hergebracht hatte, erinnerte mit seiner Uniform an Korn; er war vorschriftsmäßig bei der Türe stehen geblieben. »Wollen Sie nicht auch Platz nehmen, Herr Oberaufseher? Es kommt ja niemand und ausreißen werde ich Ihnen bestimmt nicht.« Der Mann brummte etwas von Dienstreglement, aber er kam zum Tische hin und legte seinen großen Schlüsselbund darauf. »So«, sagte Martin, »jetzt ist's behaglich«, und dann schwiegen die drei Männer, saßen um den Tisch herum und betrachteten die Kerben im Holze. Martin war noch etwas vergilbter als sonst; Esch wagte nicht zu fragen, wie es ihm gehe. Martin mußte über das betretene Schweigen lächeln und sagte: »Also erzähl' einmal, August, was gibt es Neues in Köln? wie geht es Mutter Hentjen und den anderen?«

Esch fühlte sich trotz seiner erhitzten Wangen erröten, denn es war ihm nun plötzlich, als hätte er die Haft des Gefangenen benützt, ihm die Freunde zu stehlen. Und er wußte auch nicht, ob er dieselben vor dem Wärter preisgeben dürfe. Schließlich liebt es nicht ein jeder, im Sprechzimmer einer Strafanstalt mit einem Verbrecher in Verbindung gebracht zu werden. Er sagte: »Es geht ihnen allen gut.«

Martin mochte wohl die Bedenken verstanden haben, denn er drängte nicht auf ausführlichere Antwort, sondern fragte: »Und du selber?«

»Ich fahre nach Badenweiler.«

»Zur Kur?«

Esch fand, daß Martin keinen Anlaß habe, ihn zu verhöhnen. Er sagte trocken: »Zum Bertrand.«

»Alle Wetter, das ist ein Avancement! Ein feiner Mann, der Bertrand.«

Esch war sich nicht klar, ob Martin noch immer spaßte oder es sonstwie ironisch meinte. Ein feiner warmer Bruder war Bertrand, das war richtig. Aber so etwas durfte er vor dem Wärter nicht äußern. Er brummte: »Na, wenn er so fein wäre, säßest du nicht hier.«

»?«

»Du bist doch unschuldig.«

»Ich? ich habe es ja schwarz auf weiß, gerichtsordnungsmäßig geradezu, daß ich meine Unschuld mehrere Male verloren habe.«

»So laß endlich diese dummen Späße. Wenn der Bertrand so ein feiner Mann ist, so muß man's ihm sagen, was damals los war. Da wird er schon dafür sorgen, daß du rauskommst.«

»Damit willst du ihn behelligen? Deswegen fährst du nach Badenweiler?« Martin lachte und streckte ihm die Hand über den Tisch hin: »Aber, August, was fällt dir ein! ein Glück, daß der Mann nicht da sein wird...«

Esch sagte rasch: »Wo ist er?«

»Ach, der ist ja immer auf Reisen, in Amerika oder sonstwo.«

Esch stutzte: also der Bertrand war in Amerika! war ihm zuvorgekommen, war früher drüben in der leuchtenden Freiheit. Und obwohl er es doch stets geahnt hatte, daß die Größe und die Freiheit des fernen Landes in einem sehr bedeutsamen wenn auch nicht völlig erfaßbaren Zusammenhang mit der Größe und der Freiheit des unerreichbaren Mannes stehen müßten, schien es nun Esch, als ob durch eine Amerikareise des Präsidenten seine eigenen Auswanderungspläne für immer vernichtet wären. Und weil dies so war und weil alles so ferne und unerreichbar war, geriet er in Wut gegen Martin: »Ein Präsident kann leicht nach Amerika... aber Italien wird's auch tun.«

Martin sagte verträglich: »Meinetwegen Italien.«

Esch überlegte, ob er sich im Zentralbüro der Mittelrheinischen nach dem Aufenthaltsort Bertrands erkundigen müsse. Aber plötzlich erachtete er es für überflüssig und er sagte: »Er ist in Badenweiler.«

Martin lachte: »Na, du sollst recht haben; vorlassen würden sie dich sowieso nicht... steckt doch irgendein Mädel hinter der Reise, was?«

»Ich werde schon Mittel und Wege finden, daß er mich vorläßt«, sagte Esch drohend.

Martin witterte etwas: »Mach keine Dummheiten, August, belästige den Mann nicht; er ist ein anständiger Mensch, vor dem man Respekt haben muß.«

Offenbar hat er keine Ahnung, was sich hinter dem Bertrand alles verbirgt, dachte Esch, aber er durfte nichts sagen, also sagte er bloß: »Anständig sind sie alle; sogar der Nentwig«, und nach kurzem Überlegen, »die Toten waren auch anständig, freilich, wie es um diese Anständigkeit bestellt ist, das sieht man erst an der Erbschaft, die sie einem hinterlassen haben.«

»Was heißt das?«

Esch zuckte die Achsel: »Nichts, ich meinte bloß so,... ja, daß es schließlich doch gleichgültig ist, ob einer anständig ist oder nicht; er ist es immer nur auf der einen Seite; auf ihn kommt es auch gar nicht an, sondern bloß auf das, was er getan hat.« Und wütend setzte er hinzu: »Sonst kennt man sich überhaupt nicht mehr aus.«

Martin schüttelte belustigt und doch besorgt den Kopf: »Du, August, du hast hier in Mannheim einen Freund, der immer vom Gift gefaselt hat. Mir kommt vor, der hat dich vergiftet...«

Esch aber fuhr unbeirrt fort: »Man weiß ohnehin nicht mehr, was schwarz und was weiß ist. Alles geht durcheinander. Du weißt nicht einmal, was gewesen ist und was noch besteht...«

Martin lachte wieder: »Noch viel weniger weiß ich, was sein wird.«

»Sei doch endlich ernsthaft. Für die Zukunft opferst du dich auf; das hast du selber gesagt... das ist das Einzige, was bleibt: für die Zukunft sich aufopfern und Sühne für das, was geschehen ist; ein anständiger Mensch opfert sich, sonst gibt es keine Ordnung.«

Der Gefängniswärter hörte mißtrauisch zu: »Sie dürfen hier keine revolutionären Reden führen.«

Martin sagte: »Das ist kein Revolutionär, Herr Aufseher. Eher sind Sie einer.«

Esch war verblüfft, daß seine Meinung so aufgefaßt werden konnte. Also jetzt war auch er schon ein Sozialdemokrat! Auch recht! und trotzig fügte er hinzu: »Meinetwegen mag's revolutionär sein. Übrigens hast du selber immer gepredigt, daß es gleichgültig ist, ob ein Kapitalist anständig ist oder nicht, weil er als Kapitalist und nicht als Mensch bekämpft werden muß.«

Martin sagte: »Sehen Sie, Herr Oberaufseher, soll man Besuche empfangen? dieser Mann wird mir mit seinen Reden noch die ganze Seele vergiften. Wo ich doch eben erst geläutert worden bin.« Und zu Esch gewendet: »Du bist der alte Wirrkopf geblieben, lieber August.«

Der Wärter sagte: »Dienst ist Dienst«, und da ihm ohnedies schon zu heiß war, sah er auf die Uhr und erklärte, daß die Besuchszeit abgelaufen sei. Martin nahm die Krücken: »Also schön, führen wir mich wieder ab.«

Er gab Esch die Hand.

»Und laß es dir gesagt sein, August, mach keine Dummheiten. Und schönen Dank für alles.«

Esch war auf solch jähen Aufbruch nicht vorbereitet. Er behielt Martins Hand in der seinen und überlegte, ob er dem feindlichen Wärter gleichfalls die Hand geben dürfe. Aber er reichte sie ihm, weil sie doch gemeinsam an einem Tische gesessen hatten, und Martin nickte befriedigt dazu. Dann ging Martin, und Esch wunderte sich von neuem, daß es nicht anders war, als ob Martin das Lokal Mutter Hentjens verließe, und dabei ging's in die Kerkerzelle! Es schien wirklich alles gleichgültig zu sein, was auf der Welt geschah. Und trotzdem war nichts gleichgültig: man mußte es bloß erzwingen.

Vor dem Gefängnistor atmete Esch auf; er klopfte sich ab, wie um sich seiner eigenen Anwesenheit zu vergewissern, geriet an die für Martin bestimmten Zigaretten in seiner Tasche, und wieder stieg dieser vermaledeite unerklärliche Zorn in ihm hoch, und wieder war sein Mund voller Schimpfworte. Sogar Martin nannte er einen lächerlichen Volksredner, einen Demagogen, wie man so sagt, obwohl er ihm im Grunde nichts vorwerfen konnte, höchstens, daß er sich aufspielte, als sei er die Hauptperson, während es sich hier wahrlich um Wichtigeres drehte. Aber so sind eben die Demagogen.

Esch fuhr in die Stadt zurück, ärgerte sich, weil der Straßenbahnschaffner uniformiert war, und holte seine Sachen von Fräulein Erna. Sie empfing ihn mit Zeichen großer Zuneigung. Und in seinem Zorn gegen die Unentwirrbarkeit der Welt ließ er es sich aus Verachtung gefallen. Daraufhin nahm er kurz Abschied und eilte zum Bahnhof, um den Abendzug nach Müllheim zu erreichen.

Wenn Wünsche und Ziele sich verdichten, wenn der Traum vorstößt zu den großen Wendungen und Erschütterungen des Lebens, dann verengt sich der Weg zu dunkleren Schächten und der Vortraum des Todes senkt sich auf den, der bisher im Traume gewandelt hat: was gewesen ist, Wünsche und Ziele, sie gleiten nochmals vorüber wie vor den Augen des Sterbenden, und beinahe kann man es Zufall nennen, wenn es nicht zum Tode führt.

Der Mann, der in weiter Ferne nach seiner Frau sich sehnt oder auch nur nach der Heimat seiner Kindheit, steht am Beginn des Schlafwandelns.

Manches hat sich vielleicht schon vorbereitet und er hat es bloß nicht beachtet. So z.B., wenn es ihm auf dem Weg zum Bahnhof auffällt, daß die Häuser aus geschichteten Ziegeln, die Türen aus zersägten Brettern, die Fenster aus viereckigen Glastafeln bestehen. Oder wenn er sich der Redakteure und der Demagogen erinnert, die so tun, als wüßten sie, wo rechts und wo links ist, während doch bloß die Frauen dies wissen, und auch von denen keineswegs alle. Aber man kann nicht immerzu an solche Dinge denken, und ruhigen Gemütes trinkt er am Bahnhof ein Glas Bier.

Wie er aber den Zug nach Müllheim heranbrausen sieht, diesen so sicher auf das Ziel losschießenden großen und langen Wurm, da packt es ihn plötzlich, packt ihn plötzlicher Zweifel an der Zuverlässigkeit der Lokomotive, die vielleicht den Weg verfehlen könnte, packt ihn die Furcht, daß er, der bekanntlich sehr wichtigen irdischen Pflichten nachzukommen hat, diesen Pflichten entzogen und am Ende gar nach Amerika entführt werden würde.

In seinen Zweifeln hätte er sich am liebsten nach Art ungeübter Reisender an den uniformierten Verkehrsbeamten herangemacht, aber der Bahnsteig ist so ausgedehnt, ist so unermeßlich lang und kahl, daß man ihn kaum durcheilen kann und sich glücklich preisen muß, falls man den Zug, fahre er wohin immer, zwar atemlos, trotzdem noch glücklich erreicht. Natürlich bemüht man sich dann, an den Waggons die Tafeln zu entziffern, die das Fahrtziel bekanntgeben, indes man begreift bald, daß es ein nutzloses Beginnen ist, denn was die Tafeln zeigen, sind ja bloß Worte. Und der Reisende bleibt ein wenig unschlüssig vor dem Waggon stehen.

Unschlüssigkeit und Atemlosigkeit genügen sicherlich, einen Menschen von zorniger Gemütsart zum Fluchen zu bringen, noch dazu, wenn er, gehetzt vom Abfahrtssignal, in Windeseile die unbequemen Stufen des Wagens hinaufklimmen muß und sich das Schienbein an das Trittbrett anschlägt. Er flucht, flucht auf die Stufen und auf ihre dämliche Konstruktion, flucht auf das Schicksal. Indes hinter solcher Ungehobeltheit steckt eine richtigere, ja aufreizendere Erkenntnis, und wäre der Mensch helldenkend, er könnte es wohl aussprechen: bloßes Menschenwerk ist dies alles, ach, diese Stufen, angepaßt der Beugung und Streckung des menschlichen Knies, dieser unermeßlich lange Bahnsteig, diese Tafeln mit Worten darauf und die Pfiffe der Lokomotiven und die stählern glitzernden Gleise, Fülle von Menschenwerken, sie alle Kinder der Unfruchtbarkeit.

Undeutlich weiß der Reisende, daß er durch solche Betrachtungen sich über den Alltag erhebt, und er möchte es sich gern für sein ganzes Leben einprägen. Denn verdienen derartige Betrachtungen auch allgemein menschliche genannt zu werden, so sind ihnen die Reisenden, insbesonders jene von zorniger Gemütsart, eher geöffnet als die Stubenhocker, die nichts denken, selbst wenn sie noch so oft am Tage die Haustreppe hinauf- und hinuntersteigen. Der Stubenhocker merkt nicht, daß er von Menschenwerk umgeben ist und daß seine Gedanken gleichfalls bloßes Menschenwerk sind. Er sendet die Gedanken aus, so wie man sichere und geschäftstüchtige Reisende aussendet, damit sie die ganze Welt bereisen, und er meint, auf diese Weise die Welt in seine Stube und in sein eigenes Geschäft zu zwingen.

Der Mann jedoch, der statt seiner Gedanken sich selber ausschickt, hat solch voreilige Sicherheit verloren; sein Zorn wendet sich gegen alles, was Menschenwerk ist, gegen die Ingenieure, die die Stufen so und nicht anders konstruieren, gegen die Demagogen, die von der Gerechtigkeit, Ordnung und Freiheit faseln, als könnten sie die Welt nach ihrem Kopfe einrichten, gegen die Besserwisser wendet sich der Zorn des Mannes, in dem das Wissen der Unwissenheit aufgedämmert ist.

Eine schmerzliche Freiheit meldet sich, daß es auch anders sein könnte. Unvermerkt sind die Worte, mit denen die Dinge belegt werden, ins Unsichere geglitten; es ist, als seien die Worte verwaist. Unsicher geht der Reisende durch den langen Korridor des Wagens, ein wenig verwundert, daß es Glasfenster gibt wie in den Häusern, und er berührt die kühle Fläche mit seiner Hand. So gerät der Mensch, der eine Reise tut, leicht in einen Zustand unverbindlicher Verantwortungslosigkeit. Nun, da der Zug in voller Fahrt dahinbraust, scheinbar aufs Ziel losschießend, scheinbar in die Verantwortungslosigkeit strebend, und sein Hinstürmen höchstens mittels der Notbremse zum Halten zu bringen ist, nun da der Reisende mit sehr großer Eile unter seinen Füßen weggetragen wird, da versucht er, der auch in der schmerzlichen Freiheit der Tageshelle sein Gewissen nicht verloren hat, in entgegengesetzter Richtung zu gehen. Doch er kommt zu keinem Ende, denn hier ist alles Zukunft.

Eiserne Räder trennen ihn von der guten festen Erde, und der Reisende in dem Korridor denkt an Schiffe mit langen Gängen, wo Koje an Koje sich reiht, schwimmend auf dem Wasserberg hoch über dem Meeresgrund, der Erde ist. Süße, nie erfüllte Hoffnung! was nützt es, sich im Bauche des Schiffes zu verkriechen, wenn bloß der Mord die Freiheit bringen kann, – ach, nie wird das Schiff bei dem Schlosse anlegen, auf dem die Geliebte wohnt. Der Reisende in dem Korridor gibt seine Wanderung auf, und während er so tut, als betrachte er die Landschaft und die fernen Burgen, drückt er die Nase platt an die Scheibe des Fensters, wie er es als Kind getan hat.

Freiheit und Mord, so nahe verwandt wie Zeugung und Tod! Und wer in die Freiheit geworfen ist, der ist verwaist wie der Mörder, der auf seinem Gang zum Schafott nach der Mutter schreit. In dem dahinbrausenden Zug ist alles Zukunft, weil jeder Augenblick einem andern Orte schon angehört, und die Menschen im Waggon sind zufrieden, als wüßten sie, daß sie der Sühne entrückt werden. Jene, die auf dem Bahnsteig zurückgeblieben sind, sie haben noch getrachtet, mit Rufen und Tücherschwenken an das Gewissen der Enteilenden zu rühren und sie zur Pflicht zurückzubringen, aber die Reisenden geben die Verantwortungslosigkeit nicht mehr auf, verschließen die Fenster unter dem Vorwand, daß sie infolge der Zugluft ein steifes Genick befürchten, und packen ihre Eßvorräte aus, die sie nun mit niemandem mehr zu teilen brauchen.

Mancher von ihnen hat die Fahrkarte an den Hut gesteckt, auf daß seine Unschuld schon von weitem erkennbar sei, die meisten allerdings suchen mit hastiger Angst nach der Fahrkarte, wenn der Ruf des Gewissens ertönt und der uniformierte Beamte erscheint. Wer an Mord denkt, ist bald ertappt, und es nützt ihm nichts, daß er wie ein Kind kunterbunt vielerlei Speisen und Leckereien zu sich nimmt; es bleibt Henkersmahlzeit.

Sie sitzen auf Bänken, die von den Konstrukteuren in schamloser und vielleicht voreiliger Weise der zwiefach gebrochenen Form des sitzenden Körpers angepaßt worden sind, sitzen zu acht geordnet und aneinandergepreßt in ihrem bretternen Käfig, sie wackeln mit den Köpfen und hören das Knarren des Holzes und das leichte Kreischen des Gestänges über den rollenden stoßenden Rädern. Wer in der Fahrtrichtung sitzt, verachtet die anderen, die in die Vergangenheit schauen; sie fürchten die Zugluft, und wenn die Türe aufgerissen wird, so fürchten sie einen, der kommen könnte, ihnen den Kopf in den Nacken zu drehen. Denn wem dies geschieht, der weiß nichts mehr von der Gerechtigkeit zwischen Schuld und Sühne; er zweifelt, daß zwei und zwei vier, zweifelt, daß er seiner Mutter Kind ist und nicht etwa eine Mißgeburt. So sind auch ihre Fußspitzen sorgsam nach vorne gerichtet und deuten auf die zu verfolgenden Geschäfte. Denn in den Geschäften, die sie betreiben, liegt ihre Gemeinschaft. Eine Gemeinschaft ohne Kraft, doch voller Unsicherheit und voll des bösen Willens.

Bloß die Mutter kann das Kind beruhigen, daß es keine Mißgeburt ist. Die Reisenden hingegen und die Waisenkinder, sie alle, die die Brücken hinter sich verbrennen, wissen nicht mehr, wie es um sie steht. In die Freiheit geworfen, müssen sie Ordnung und Gerechtigkeit neu errichten; sie wollen sich von den Ingenieuren und Demagogen nichts mehr vorflunkern lassen, sie hassen das Menschenwerk in den staatlichen und technischen Einrichtungen, allein sie wagen nicht, sich gegen das jahrtausendealte Mißverständnis aufzulehnen und die schreckliche Revolution der Erkenntnis heraufzubeschwören, in der zwei und zwei nicht mehr zu summieren sein wird. Denn niemand ist da, sie der verlorenen und wiedergefundenen Unschuld zu versichern, niemand, in dessen Schoß sie ihr Haupt legen können, fliehend ins Vergessen aus der Freiheit des Tages.

Zorn schärft die Sinne. Die Reisenden haben ihr Gepäck mit großer Sorgfalt in den Netzen geordnet, sie führen zornige und kritische Gespräche über die politischen Einrichtungen des Reiches, über die öffentliche Ordnung und über das Rechtswesen, sie bekritteln die Dinge und Einrichtungen in scharfer Form, wenngleich mit Worten, an deren Gemäßheit sie nicht mehr recht glauben können. Und in dem schlechten Gewissen ihrer Freiheit fürchten sie den schrecklichen Krach des Eisenbahnunglücks, bei dem ihnen das eiserne Gestänge spießend durch den Leib fährt. Dergleichen hat man schon oft in der Zeitung gelesen.

Doch sie sind wie Menschen, die man allzufrüh aus dem Schlaf und zur Freiheit geweckt hat, auf daß sie rechtzeitig den Zug erreichen. So werden ihre Worte immer unsicherer und schläfriger, und bald verebbt das Gespräch in undeutlichem Murmeln. Der eine oder der andere sagt wohl noch, daß er nun lieber die Augen schlösse, als daß er das rasend vorbeieilende Leben betrachte, aber die Mitreisenden, zurückflüchtend in den Traum, hören ihm nicht mehr zu. Sie schlafen ein mit geballten Fäusten und den Mantel vors Gesicht gezogen, und ihre Träume sind voller Wut gegen die Ingenieure und Demagogen, die mit dem Wissen der Verruchten die Dinge bei den Namen nennen, die falsch sind, so schamlos in ihrer Falschheit, daß der zornige Traum den Dingen neue und sehr unsichere Namen geben muß, voll Sehnsucht aber, daß die Mutter die richtigen nenne und die Welt sicher werde wie eine feste Heimat.

Übernahe und überferne, wie einem Kinde, sind die Dinge, und der Reisende, der den Zug bestiegen hat und in weiter Ferne nach seiner Frau sich sehnt oder auch nur nach seiner

Heimat, ist wie einer, dem das Augenlicht zu versagen beginnt und den eine leise Angst überkommt, er könnte erblinden. Es ist vieles undeutlich um ihn geworden, wenigstens meint er, daß es so sei, sobald er sein Gesicht mit dem Mantel bedeckt hat, und dennoch beginnt ein Wissen in ihm aufzukeimen, das er vielleicht schon besaß, aber nicht beachtet hat. Er steht am Beginn des Schlafwandelns. Noch folgt er der Straße, welche von den Ingenieuren bereitet worden ist, aber er geht nur mehr am Rand, so daß man fürchten muß, er werde hinabstürzen. Die Stimme des Demagogen hört er noch, aber sie ist ihm nicht mehr Sprechen. Er streckt die Arme seitwärts und nach vorne gleich dem traurigen Seiltänzer, der hoch über der guten Erde von besserem Halt weiß. Erstarrt und bezwungen schwebt die gefangene Seele, und der Schlafende gleitet nach aufwärts, wo die Fittiche der Liebenden seinen Atem berühren wie die Flaumfeder, die man dem Toten auf die Lippen legt, und er wünscht, daß man ihn, als wäre er ein Kind, nach seinem Namen frage, damit er in den Armen der Frau, eratmend die Heimat, traumlos versinke. Noch ist er nicht sehr überhöht, doch schon steht er auf einer kleinen erstmaligen Staffel der Sehnsucht, denn er weiß es nicht mehr, wie er heißt.

> *Daß Einer komme, der den Opfertod auf sich nimmt und die Welt zum Stande neuer Unschuld erlöst: aufsteigt solch ewiger Wunsch des Menschen bis zum Morde, aufsteigt solch ewiger Traum bis zur Hellsichtigkeit. Zwischen geträumtem Wunsch und ahnendem Traum schwebt alles Wissen, schwebt das Wissen vom Opfer und vom Reich der Erlösung.*

Er hatte in Müllheim übernachtet. Im kühlen Morgendunst des Sommers lagen die grünen Berge des Schwarzwalds, da er den kleinen Zug bestieg, der ihn nach Badenweiler bringen sollte. Die Welt sah klar und nahe aus wie ein gefährliches Spielzeug. Die Lokomotive war so kurzatmig, daß man ihr gerne einige Haften am Halse geöffnet hätte; doch ob sie den Zug eigentlich rasch oder langsam zog, das wußte man nicht. Demungeachtet durfte man sich ihr mit Sorglosigkeit anvertrauen. Als sie hielt, grüßten Bäume freundlicher denn je, und umspielt von würzigen und leichten Lüften erhob sich neben dem Bahnhofsgebäude ein Kiosk mit einer Auslage voll schöner Ansichtskarten. Die hätten sich alle in Mutter Hentjens Sammlung gut gemacht, und Esch wählte eine, auf welcher der Schloßberg lieblich zu sehen war, steckte sie in die Tasche und suchte eine schattige Bank, mit Muße dort zu schreiben. Aber er schrieb nicht. Er blieb ruhig sitzen, wie einer, der nun nichts mehr zu versäumen hat, und friedlich ruhten seine Hände auf den Knien. So saß er lange, schaute durch geschlossene Lider das Grün der Bäume, saß so lange, daß voll Verwunderung er nicht mehr wußte, wie er hierher geraten war, als er dann durch die sorglosen Straßen ging, in denen die Menschen atmeten. Vor einem Hause stand ein drohendes Automobil und Esch betrachtete es eindringlich, ob es zum Übernachten geeignet sei. Gelassen betrachtete er auch noch andere Dinge, denn in ihm war die Sicherheit und die Gelöstheit des Reiters, der sein Ziel erreicht hat und der, im Sattel sich wendend, die anderen in weiter Ferne zurückbleiben sieht; alle Anspannung fällt da von ihm und bequem, fast zögernd legt er die letzte Strecke zurück, ja er ist voll Verlangen, daß noch ein besonders hohes und schwieriges Hindernis sich ihm entgegenstelle, ehe das Ziel erreicht wird und er nach dem sicheren Siege greift. Darum war es fast schmerzlich, so hold der Tag auch war, abhold jedem Schmerze, daß er mit solcher Sicherheit dem Hause Bertrands zustrebte: ohne Aufenthalt und ohne zu fragen, wußte er, wohin er sich zu wenden hatte. Er stieg die sanft gewundene Parkstraße hinan; der Atem des Waldes traf ihn, berührte seine Stirne, berührte die Haut im Kragen und in den Ärmeln, und den Hauch zu empfangen, nahm er den Hut in die Hand und öffnete die Knöpfe der Weste. Nun trat er in ein Parktor, kaum sich verwundernd, daß das Anwesen bei weitem nicht jenen großartigen Charakter besaß, mit dem es durch seine Traumbilder schwebte. Und wenn auch an keinem der Fenster dort droben Ilona im Flimmerkleide zu sehen war, der schönen Landschaft schönstes Widerspiel, sie selber schon am Ziele und lässig dort lehnend, ach, wenn man es auch sehr vermißte, unberührt blieb das Traumschloß, unberührt das Bild des Traumes, und es war, als ob das, was er leibhaftig vor sich sah, bloß eine sinnbildliche Stellvertretung wäre, errichtet für den augenblicklichen und praktischen Gebrauch, Traum im Traume. Oberhalb der sanft geböschten tiefgrünen Wiese, die im Morgenschatten lag, war das villenartige Gebäude in einem gemäßigten und soliden Stile ausgeführt, und als sollte die spielerische und gleitende Kühle dieses Morgens, als sollte das Sinnbild nochmals versinnbildlicht werden, gab es auf dem Böschungsabsatz einen fast lautlosen Springbrunnen und der war wie ein spiegelnder Trunk, den man bloß um der Klarheit des Wassers willen genießt. Aus dem Portierhause, das von Geißblatt umrankt hinter dem Tore lag, trat ein Mann in grauem Anzug, der nach dem Begehr fragte. Die silbernen Knöpfe an seinem Rock waren nicht das Zeichen einer Uniform oder Livree, sondern sie blitzten und spiegelten sanft und kühl, als seien sie bloß für diesen schimmernden Morgen angenäht worden. Hatte es gestern noch einen Augenblick sinkenden Selbstvertrauens gegeben, zweifelnd, ob der Herr Präsident überhaupt anzutreffen sein würde, es war nun jeder Zweifel verflogen, und beinahe hätte Esch behauptet, zu denen zu gehören, die ungefragt hier ein- und ausgehen dürfen. Also wunderte er sich nicht über den Pförtner, der es verabsäumte, Namen und Begehr in einen Durchschreibblock einzutragen, dachte auch nicht daran, daß es vielleicht geziemender gewesen wäre, beim Eingang zu warten, sondern dem Manne sich anschließend, ging er an seiner Seite, und der ließ es schweigend geschehen. Sie traten in einen dämmerigen und kühlen Vorraum, und während der Mann in einer der vielen weißlackierten Türen verschwand, die sanft sich öffnete und sanft hinter ihm sich schloß, spürte Esch den weichen schwebenden Teppich unter seinen Sohlen, harrte des Boten, der zurückkam und ihn durch einige Gelasse führte bis zu einer andern Pforte, bei der er mit einer Verbeugung den Gast entließ. Und obwohl dieser nun ohne weiteres des Führers enträt, denkt er, daß es richtiger und sogar wünschenswerter wäre, wenn die Flucht der Gemächer sich noch weithin, vielleicht ins Ewige erstrecken würde, in eine unerreichbare Ewigkeit, vorgelagert dem innersten Heiligtum, sozusagen dem Thronsaal vorgelagert, und fast glaubt der Gast, er hätte die unendliche Reihe unendlicher Räume auf eine wundersame und unanständige und unmerkliche Art dennoch durcheilt, da er bereits vor jenem stand, der die Hand ihm reichte. Und obwohl Esch wußte, daß es Bertrand war, und es keinen Zweifel mehr gab, weder hier noch sonstwo, da wollte ihn bedünken, es sei dieser bloß das Sinnbild eines andern, Spiegelbild eines eigentlicheren und vielleicht größeren, der im Verborgenen blieb, so einfach und glatt, so wahrhaft gleitend ging dies alles vonstatten. Nun sah er ihn auch, der bartlos wie ein Schauspieler und doch kein Schauspieler war; sein Gesicht war jugendlich und sein lockiges Haar war weiß. In dem Raume gab es viele Bücher, und Esch saß neben dem Schreibtisch, als wäre er bei einem Arzte. Er hörte ihn sprechen, und die Stimme war teilnehmend wie die eines Arztes. »Was führt Sie zu mir?«

Und der Träumende hörte seine eigene leise Stimme: »Ich werde Sie der Polizei angeben.«

»Oh, schade«, war die so leise Antwort, daß auch Esch die Stimme nicht zu heben wagte. Fast für sich selbst wiederholte er: »Der Polizei angeben.«

»Hassen Sie mich denn?«

»Ja«, log Esch und schämte sich der Lüge.

»Das ist doch nicht wahr, mein Freund, Sie haben mich doch gern.«

»Ein Unschuldiger sitzt an Ihrer Stelle im Gefängnis.«

Esch fühlte, wie der andere lächelte, und er sah Martin vor sich, wie er sprach und dabei lächelte. Und dieses Lächeln war auch in Bertrands Stimme: »Aber Kind, da hätten Sie mich doch schon längst anzeigen müssen.«

Man durfte ihm nichts tun; Esch sagte trotzig: »Ich meuchle nicht.«

Nun lachte Bertrand gar, ein leichtes unhörbares Lachen, und weil der Morgen so anmutig war, ja weil der Morgen so anmutig sich anließ, war Esch außerstande, sich zu ärgern, wie man sich eben ärgert, wenn man ausgelacht wird, sondern er vergaß, daß er doch gerade von Mord gesprochen hatte, und wäre es dem Anstand gemäß gewesen, er hätte gerne in das leichte Lachen Bertrands mit eingestimmt. Und zur Ernsthaftigkeit sich zwingend, und obschon die beiden Gedanken nicht recht zueinanderpaßten oder bloß in einem andern und schwerer verständlichen Zusammenhang sich befanden, setzte er fort: »Nein, ich begehe keinen Meuchelmord; Sie müssen Martin befreien.«

Bertrand jedoch, der offenbar alles verstand, schien auch dieses zu verstehen; seine nun ernstere Stimme war zwar noch immer voll beruhigender und leichter Fröhlichkeit: »Aber Esch, wie kann man bloß so feig sein? braucht man denn einen Vorwand für einen Mord?«

Nun war das Wort wieder hier, wenn auch nur herbeigeflattert wie ein stiller, dunkler Schmetterling. Und Esch dachte, es müßte Bertrand eigentlich nicht sterben, wo Hentjen ohnehin schon tot war. Aber dann ergab es sich wie eine klare und sanfte Erleuchtung, daß ein Mensch zweimal sterben könne. Und Esch sagte und wunderte sich, daß ihm dieser Gedanke nicht früher gekommen war: »Es steht Ihnen ja frei zu fliehen«, und lockend schlug er vor: »nach Amerika.«

Es war, als ob Bertrand nicht zu ihm spräche: »Du weißt es, mein Lieber, daß ich nicht fliehe. Zu lange schon habe ich diesen Augenblick erwartet.«

Da war Esch nun voll Liebe für jenen, der so viel höher stand als er und doch mit ihm, der bloß ein junger Angestellter seines Unternehmens und überdies ein Waisenkind war, vom Sterben sprach wie mit einem Freunde. Esch freute sich, die Magazinsbücher gut geführt und anständige Arbeit treu geleistet zu haben. Und er wagte nicht zu bejahen, daß er wisse, wie es um Bertrand bestellt war, wagte auch nicht zu bitten, daß Bertrand ihn umbringe, sondern er nickte bloß verständig mit dem Kopfe. Bertrand sagte: »Keiner steht so hoch, daß er den andern richten darf, und so verworfen ist keiner, daß seine ewige Seele nicht Ehrfurcht gebietet.«

Da wußte Esch nun plötzlich Bescheid wie noch nie, wußte auch, daß er sich und die Welt betrogen hatte, denn es war, als ob das Wissen, das Bertrand von ihm besaß, nun zu ihm zurückflute: niemals hatte er daran geglaubt, daß dieser Mann Martin befreien würde. Bertrand aber, der Erkennende und Erkannte, sagte mit einer leicht wegwerfenden Handbewegung: »Und wenn ich Ihre furchtsame Hoffnung und die unerfüllbare Bedingung erfüllte, Esch, müßten wir uns dann nicht beide schämen: Sie, weil Sie nur ein kleiner banaler Erpresser gewesen wären, ich, weil ich mich einem solchen Erpresser ausgeliefert hätte.«

Und obwohl Esch, dem überwach Träumenden, nichts entging, weder die etwas verächtliche Geste der Hand, noch der ironische Zug, der in dem Lächeln um Bertrands Mund nun zu sehen war, so ließ ihn doch die Hoffnung nicht los, Bertrand werde trotz allem die Bedingung erfüllen oder wenigstens fliehen: Esch hoffte es, denn jäh war die Befürchtung aufgestiegen, daß in dem zweiten Tod des Herrn Hentjen auch die Sehnsucht nach Mutter Hentjen sterben könne. Aber dies war seine Privatangelegenheit, und das Geschick Bertrands davon abhängig zu machen, erschien ihm nicht weniger unwürdig, als wenn er von ihm Geld erpreßt hätte, und es vertrug sich auch nicht mit der Reinheit des Morgens. Darum sagt er: »Es ist kein anderer Ausweg, – ich muß Sie anzeigen.«

Und Bertrand antwortete: »Jeder muß seinen Traum erfüllen, böse und heilig zugleich. Sonst wird er der Freiheit nicht teilhaftig.«

Esch verstand ihn nicht völlig, und um sich zu vergewissern, sagte er: »Ich muß Sie anzeigen. Es wird sonst immer ärger.«

»Ja, Lieber, es wird sonst immer ärger, und wir wollen es zu verhüten trachten. Ich habe ja von uns beiden den leichteren Teil; ich brauche bloß wegzugehen. Der Fremde leidet nie, er ist losgelöst, – es leidet bloß der, der verstrickt bleibt.«

Esch glaubte wieder den ironischen Zug um Bertrands Mund zu sehen: in solch kalte Fremdheit also verderbensvoll verstrickt, mußte Harry Köhler leidvoll zugrunde gehen, und dennoch konnte Esch dem Unheilbringenden nicht böse sein. Am liebsten hätte er selber es mit einer wegwerfenden Handbewegung abgetan und beinahe war es wie eine Ergänzung zu Bertrands Worten, da er sagte: »Wenn nicht Sühne wäre, gäbe es kein Gestern, kein Heute und kein Morgen.«

»Oh, Esch, du machst mir das Herz schwer. Du hoffst zu viel. Niemals noch ist die Zeit nach dem Tode gerechnet worden: immer stand die Geburt an ihrem Beginn.«

Auch Esch hatte ein schweres Herz. Er wartete, daß jener den Befehl erteilen werde, die schwarze Fahne auf der Zinne zu hissen, und er dachte: er muß Platz machen für den, nach dem die Zeit gezählt werden wird. Aber Bertrand schien trotzdem darüber nicht traurig zu sein, denn er sagte leichthin, gleichsam als Nebenbemerkung: »Viele müssen sterben, viele müssen geopfert werden, damit Platz für den erkennenden liebenden Erlöser geschaffen werde. Und erst sein Opfertod erlöst die Welt zum Stand der neuen Unschuld. Vorher aber muß der Antichrist kommen, – der Wahnsinnige, der Traumlose. Erst muß die Welt luftleer werden, ausgeleert wie unter einem Vakuumrezipienten,... das Nichts.«

Das war einleuchtend wie alles, was Bertrand sagte, so einleuchtend und vertraut, daß das Wagnis, seine ironische Miene nachzuahmen, fast zur Verpflichtung, fast zum Einverständnis werden wollte: »Ja, es muß Ordnung gemacht werden, damit man von vorne anfangen kann.«

Allein, da er es aussprach, schämte er sich schon, schämte sich der sarkastischen Miene und des Tonfalls; er fürchtete, daß Bertrand ihn neuerdings auslachen werde, denn er fühlte sich nackt vor ihm stehen, und er war dankbar, weil jener ihn bloß leise zurechtwies: »Mord und Gegenmord ist diese Ordnung, Esch, – die Ordnung der Maschine.«

Esch dachte: behielte er mich hier, so wäre Ordnung; man würde alles vergessen und hell würden die Tage in Ruhe und Klarheit dahinfließen; doch er verstößt mich. Und er mußte ja gehen, wenn Ilona hier sein würde. Darum sagte er: »Martin hat sich geopfert und keinen hat er erlöst.« Bertrands Hand machte eine kleine, etwas verächtliche, hoffnungslose Bewegung.

»Keiner sieht den andern im Dunkeln, Esch, und die fließende Helligkeit ist nur ein Traum. Du weißt, daß ich dich nicht bei mir behalten kann, so sehr du die Einsamkeit fürchtest. Wir sind ein verlorenes Geschlecht, auch ich kann bloß meinen Geschäften nachgehen.«

Es verstand sich, daß Esch darüber sehr vergrämt war und er sagte: »Ans Kreuz geschlagen.«

Nun lächelte Bertrand wieder, und weil er sich von ihm verstoßen fühlte, hätte Esch ihm fast den Tod gewünscht, wenn dies Lächeln nicht so freundlich gewesen wäre, freundlich und lautlos wie die Rede, die alles erriet: »Ja, Esch, – ans Kreuz geschlagen. Und in letzter Einsamkeit von der Lanze durchbohrt und mit Essig gelabt. Und dann erst mag jene Finsternis hereinbrechen, in welche die Welt zerfallen muß, damit es wieder licht und unschuldig werde, jene Finsternis, in der keines Menschen Weg den Weg des andern findet, – und gehen wir auch nebeneinander, wir hören uns nicht und vergessen einander, so wie auch du, mein lieber letzter Freund, vergessen wirst, was ich dir sagte, vergessen wie einen Traum.«

Er drückte auf einen Taster und gab Befehle. Dann gingen sie in den schönen Garten, der hinter dem Hause sich weithin ins Unermeßliche erstreckte, und Bertrand zeigte ihm die Blumen und seine Pferde. Zwischen den Blumen flatterten lautlos dunkle Schmetterlinge und die Pferde wieherten nicht. Bertrand hatte einen leichten Schritt, da er durch sein Besitztum ging, und doch war es Esch oft, als müßte der Leichte auf Krükken gehen, denn eine Sonnenfinsternis stand am Himmel. Dann saßen sie zusammen bei Tische; Silber und Wein und Früchte schmückten die Tafel, und sie waren wie zwei Freunde, die alles voneinander wissen. Als sie das Mahl eingenommen hatten, wußte Esch, daß die Zeit zum Abschied nahe war, denn der Abend konnte unverhofft anbrechen. Bertrand begleitete ihn bis zu den Stufen, die zum Garten führten, und dort wartete bereits das große rote Automobil mit den roten glatten Lederkissen, die von der Mittagssonne noch heiß waren. Und da ihre Finger zum Abschied sich nun berührten, spürte Esch das starke Verlangen, sich über Bertrands Hand zu beugen und sie zu küssen. Aber der Führer des Automobils ließ die Hupe heftig erschallen, so daß der Gast eilends das Gefährt besteigen mußte. Kaum war es in Bewegung, als sich ein so heftiger, wenn auch lauer Wind erhob, daß Haus und Garten wie weggeweht waren, und dieser Wind legte sich erst in Müllheim, wo ein erleuchteter Zug schnaubend des Reisenden harrte. Es war die erste Fahrt Eschs in einem Automobil und sie war sehr schön.

> *Groß ist die Angst dessen, der erwacht. Er kehrt mit geringerer Berechtigung zurück und er fürchtet die Stärke seines Traumes, der vielleicht nicht zur Tat, wohl aber zu neuem Wissen geworden ist. Ein Ausgestoßener des Traumes, wandelt er im Traume. Und es nützt ihm nicht einmal, daß er eine Ansichtskarte in der Tasche trägt, die er betrachten kann; vor dem Gericht bleibt er ein falscher Zeuge.*

Oft hat der Mensch nicht acht darauf, daß seine Sehnsucht im Laufe weniger Stunden ihr Antlitz geändert hat. Vielleicht sind es bloß gewisse feine Unterscheidungen, bloße Beleuchtungsnuancen, die der Durchschnittsreisende achtlos übersieht, indes die Sehnsucht nach der Heimat sich ihm unversehens in die Sehnsucht nach dem gelobten Lande verwandelt hat, und wenn auch sein Herz von dunkler Bangigkeit voll ist, bangend um die Nacht ruhender wartender Heimat, so sind seine Augen doch schon erfüllt von einer noch unsichtbaren Helligkeit, die von irgendwoher gekommen ist, unsichtbar noch, obgleich man ahnt, daß es die Helligkeit jenseits der Ozeane ist, wo die dunklen Nebel sich lichten: heben sich aber die Nebel, so werden die gebreiteten hellen Reihen der Felder dort sichtbar und die sanftgeböschten grünen Wiesen, ein Land, in das ein so ewiger Morgen eingebettet ist, daß der Bangende der Frauen zu vergessen beginnt. Das Land ist menschenleer und die wenigen Kolonisten sind Fremdlinge. Sie halten keinerlei Gemeinschaft untereinander, einsam ein jeder leben sie auf ihren Schlössern. Sie gehen ihrem Geschäfte nach und beackern die Felder, säen und jäten. Der Arm der Gerechtigkeit vermag ihnen nichts anzuhaben, denn sie brauchen weder Recht noch Gesetz. Mit ihren Automobilen fahren sie über die Steppe und über das jungfräuliche Land, das von Straßen noch nie durchzogen worden ist, und ihre einzige Führerin ist ihre unerfüllbare Sehnsucht. Auch wenn sich die Kolonisten ansässig gemacht haben, fühlen sie sich als Fremde; ihre Sehnsucht ist Fernweh, gilt einer Ferne von immer größerer, niemals erreichbarer Helligkeit. Und das ist eigentlich verwunderlich, denn es sind ja westliche Menschen, d. h. solche, deren Blick gegen den Abend gewendet ist, als ob dort nicht die Nacht stünde, sondern die Pforte des Lichtes. Ob sie diese Helligkeit so sehr suchen, weil sie scharf und bestimmt denken, oder nur weil sie sich im Dunklen fürchten, bleibe unentschieden. Man weiß bloß, daß sie sich immer dort ansiedeln, wo wenig Wald steht, oder daß sie ihn ausroden für einen lichten Park; denn lieben sie auch die Kühle des Dikkichts, sie sagen dennoch, daß sie die Kinder vor seiner unheimlichen Finsternis bewahren müßten. Dies mag nun richtig sein oder nicht, es zeigt immerhin, daß die Kolonisten nicht von jener bärbeißigen Art sind, mit der man Kolonisten oder Pioniere sich ausgestattet denkt, vielmehr daß ihre Art an das Gehaben von Frauen erinnert, und ihre Sehnsucht an die Sehnsucht der Frauen, Sehnsucht, die scheinbar dem geliebten Manne, in Wahrheit aber dem gelobten Lande gilt, in das er sie aus ihrer Dunkelheit geleiten soll. Doch muß man mit solchen Äußerungen vorsichtig sein; rasch nämlich sind die Kolonisten gekränkt und sie ziehen sich dann noch verschlossener in ihre Einsamkeit zurück. In den Steppen aber, in dem hügelreichen Grasland, das von kühlenden Flüssen geädert ist, und das sie bevorzugen, sind sie heiter, obwohl sie zu schamhaft sind, um zu singen. Dieses ist das dem Schmerze abgekehrte Leben der

Kolonisten und sie suchen es jenseits des Ozeans. Sie sterben leicht und jugendlich, auch wenn ihr Haar schon ergraut ist, denn ihre Sehnsucht ist ein immerwährendes Abschiednehmen. Sie sind hochmütig wie Moses, da er das gelobte Land schaute, er allein in der göttlichen Sehnsucht und er allein ausgeschlossen. Und oftmals wird man an ihnen die gleiche ein wenig hoffnungslose und etwas verächtliche Bewegung der Hand bemerken wie an Moses auf dem Berge. Denn unwiederbringlich liegt die Heimat des Volkes hinter ihnen, uneinbringlich die Ferne vor ihnen, und der Mensch, dessen Sehnsucht sich gewandelt hat, ohne daß er davon wußte, fühlt sich manchmal wie einer, der seine Schmerzen bloß betäubt hat und doch niemals ihrer völlig vergessen kann. Vergebliches Hoffen. Denn wer vermag das Vordringen im beseligten Gefilde vom Verirren des Verwaisten zu unterscheiden. Mag auch der Schmerz um das Unwiederbringliche immer geringer werden, je weiter einer ins gelobte Land vordringt, mag auch manches sich in der zunehmenden Helligkeit auflösen und in ihr verfallen, es wird wohl auch der Schmerz immer gelöster, immer heller, vielleicht sogar unsichtbarer, aber er verschwindet so wenig wie die Sehnsucht des Mannes, in dessen Schlafwandeln die Welt vergeht, zerfallend in dem Erinnern an die Nacht seines Weibes, sehnsüchtig und mütterlich, und schließlich nur mehr ein schmerzlicher Hauch des Einstigen. Vergebliches Hoffen, oftmals grundloser Hochmut. Verlorenes Geschlecht. So haben viele der Kolonisten, selbst wenn sie heiter und gelassen scheinen, ein schlechtes Gewissen und sie sind zur Sühne bereiter als manche andere Menschen, die doch sündiger sind als sie. Ja, es ist nicht unglaubhaft, daß es sogar solche gibt, welche die Klarheit und Ruhe, in die sie sich begeben haben, nicht mehr ertragen, und ob man gleich meinen könnte, es sei ihr unstillbares Fernweh so groß geworden, daß es notwendig wieder zum Gegenteil und vielleicht zum Ursprung zurückschlagen mußte, so ist es eben darum nicht weniger glaubhaft, daß man Kolonisten gesehen haben soll, die mit den Händen vor dem Gesicht geschluchzt haben, als ob sie an Heimweh litten.

So versank Esch, je mehr er sich im grauenden nebeligen Morgen der Stadt Mannheim näherte, in immer schmerzlichere Bangigkeit und fast wußte er nicht, ob ihn der Zug nicht geradewegs in die Wirtschaft nach Köln trüge, oder ob nicht Mutter

Hentjen, ein Kind von ihm zu empfangen, seiner in Mannheim harren würde. Er war enttäuscht, da er bloß den Brief vorfand, auf den er ohnehin gerechnet hatte, und am liebsten hätte er ihn gar nicht gelesen. Noch dazu wo man's dem Saubrief anmerkte, daß er unter dem Bilde des Herrn Hentjen geschrieben worden war. Vielleicht deshalb, vielleicht aber auch aus Bangigkeit zitterte Eschs Hand, als er trotzdem nach dem Briefe griff.

Er hatte Erna kaum beachtet, hatte auch ihre gekränkte Miene übersehen und war sofort in die Stadt gegangen, denn er wußte, daß er beim Polizeipräsidium irgendeine Anzeige zu erstatten habe. Sonderbarerweise aber war er zuerst zu Lohberg geraten, hatte ihn begrüßt, und jetzt überlegte er, ob er wiederum zum Hafen sollte. Indes auch dazu hatte er keine Lust und am liebsten wäre er ins Gefängnis hinausgefahren, obwohl ihm doch bekannt war, daß man erst nachmittags vorgelassen wurde. Von fernher meldete sich Einsamkeit, und schließlich stand er vor dem Schillerdenkmal und wäre zufrieden gewesen, wenn er daneben den Eiffelturm und die Freiheitsstatue gefunden hätte. Vielleicht war es bloß der Unterschied der Dimension; das Denkmal in Lebensgröße sagte ihm nichts, und nun war er nicht einmal mehr imstande, sich das Lokal Mutter Hentjens vorzustellen. So vertrödelte er den Morgen und kämpfte mit seinem Gedächtnis; ja er wollte eine Anzeige bei der Polizei anbringen, jedoch er vermochte nicht, den Inhalt dieser Anzeige zu formulieren. Mit einem Gefühl großer Erleichterung gab er den Plan endlich auf, als er zu der Einsicht kam, daß die Mannheimer Polizei, die Martin eingekerkert hatte, nicht würdig sei, die Anzeige zu empfangen, während er den Kölnern sowieso den Ersatzmann für Nentwig noch immer schuldig war. Er ärgerte sich: das hätte er sich auch schon früher einfallen lassen können, aber jetzt war es in Ordnung, und in Gesellschaft Lohbergs speiste er mit gutem Appetit zu Mittag.

Dann fuhr er zur Strafanstalt. Wieder war der Tag glühend heiß, wieder saß man in dem Sprechzimmer, – hatte man's je verlassen gehabt? alles war gleichgeblieben und nichts lag dazwischen: wieder trat Martin mit dem Gefängniswärter herein, wieder verspürte Esch die quälende Leere in seinem Kopf, wieder wurde es unerklärlich, warum er in diesem Amtsraume saß, unerklärlich, obwohl es doch zu einem bestimmten und lange vorbedachten Zwecke geschah. Zum Glück fühlte er in der Tasche die Zigaretten, die er Martin diesmal ganz gewiß zustecken würde, so daß der Besuch wenigstens die alte Schuld aufholte. Aber das war ein Vorwand, ja ein Vorwand, dachte Esch und dann: was man nicht im Kopfe hat, hat man in den Füßen. Alles war ärgerlich, und als sie wieder zu dritt um den Tisch herum saßen, war es die ironische Freundlichkeit Martins, die ihn heute besonders ärgerte, – sie mahnte ihn an etwas, das er nicht wahr haben wollte.

»Also von der Kur zurück, August? Siehst auch prächtig aus. Hast alle deine Bekannten getroffen?«

Esch log nicht, als er sagte: »Ich habe niemanden getroffen.«

»Oho, warst du also gar nicht in Badenweiler?«

Esch konnte nicht antworten.

»Esch, hast du Dummheiten gemacht?«

Esch schwieg noch immer und Martin wurde ernst: »Wenn du irgend etwas angestellt hast, sind wir miteinander fertig.«

Esch sagte: »Es ist alles fremdartig. Was sollte ich anstellen?«

Darauf Martin: »Hast du ein gutes Gewissen? etwas ist nicht in Ordnung!«

»Ich habe ein gutes Gewissen.«

Martin sah ihn noch immer prüfend an und Esch mußte sich an den Tag erinnern, da ihm Martin auf der Straße gefolgt war, als wollte er ihn von rückwärts mit der Krücke stoßen. Doch Martin war schon wieder freundlich und fragte: »Und was machst du dann noch immer in Mannheim?«

»Lohberg soll die Erna heiraten.«

»So, der Lohberg... ich weiß schon, der Zigarrenhändler. Und deshalb bleibst du hier?« Martins Blick wurde neuerdings mißtrauisch.

»Ich reise ja ohnedies heute... spätestens morgen.«

»Und was geschieht dann mit dir?«

Esch wünschte sich möglichst weit fort. Er sagte: »Ich will nach Amerika.«

Martin lächelte mit seinem alten Kindergesicht: »Ja, ja, das willst du schon lange... oder hast du jetzt einen besonderen Grund, der dich wegtreibt?«

Nein, er glaube bloß, jetzt gute Aussichten drüben zu haben.

»Na Esch, ich hoffe ja, daß ich dich vorher noch sehe. Besser gute Aussichten drüben, als daß dich etwas von hier wegtreibt... aber, wenn es anders sein sollte, siehst du mich nimmer, Esch!« Das klang fast drohend, und in den heißen ungelüfteten Raum senkte sich wieder das Schweigen über die drei Männer an dem tintenbespritzten Tisch. Esch stand auf und sagte, daß er eilen müsse, wenn er den Zug heute noch erreichen wolle, und da Martin ihn zum Abschied wiederum fragend und mißtrauisch anschaute, schob er ihm die Zigaretten in die Hand, während der uniformierte Wärter so tat, als sähe er es nicht, oder auch wirklich nichts gesehen hatte. Dann ließ Martin sich abführen.

Auf dem Heimweg zur Stadt klang Esch die Drohung Martins in den Ohren und vielleicht hatte sich die Drohung bereits verwirklicht, denn plötzlich konnte er sich Martin nicht mehr vorstellen, weder sein Hinken, noch sein Lächeln, noch daß der Krüppel je wieder in die Wirtsstube eintreten würde. Er war fremd geworden. Esch marschierte mit langen ungelenken Schritten, als müßte er die Entfernung zwischen sich und dem Gefängnis, als müßte er die Entfernung zwischen sich und allem, was hinter ihm lag, möglichst rasch vergrößern. Nein, der wird ihm nicht mehr nachlaufen, ihn von rückwärts mit der Krücke zu stoßen; weder kann einer dem andern nachlaufen, noch kann er ihn wegschicken, ein jeder dazu verdammt, seinen eigenen einsamen Weg zu gehen, entfremdet aller Gemeinschaft: es galt sich loszulösen aus der Verstrickung des Vergangenen, auf daß man nicht leide. Man mußte bloß rasch genug marschieren. Martins Drohung war merkwürdig wesenlos geworden, war wie ein bescheidener irdischer Abklatsch eines höheren Sachverhaltes, an dem man schon längst teilhatte. Und wenn man Martin zurückließ, wenn man ihn sozusagen opferte, so war auch dies wie eine irdische Wiederholung einer höheren Opferung, notwendig auch sie, um das Vergangene endgültig zu vernichten. Zwar waren die Straßen Mannheims noch wohlvertraut, aber es ging in die Fremde und in die Freiheit; man ging wie auf höherer Stufe, und wenn man morgen in Köln eintreffen wird, so wird man der Stadt und ihrem Bilde nicht mehr unterworfen sein, man wird sie fügsam und demütig finden, fügsam sich zu verändern. Esch machte eine wegwerfende Bewegung mit seinen schlenkernden Händen, und eine ironische Grimasse gelang ihm desgleichen.

Er war so sehr in Gedanken, daß er Korns Wohnungstür übersah; erst vor dem Dachbodeneingang merkte er, daß er ein Stockwerk wieder hinunterzusteigen hatte. Und er erschrak, als Fräulein Erna öffnete. Er hatte sie vergessen gehabt, und da schaute sie nun aus dem Türspalt, zeigte ihr gelbliches Lächeln und forderte ihr Teil. Es war der Teufel der Vergangenheit selber, der das Tor der Sehnsucht verstellte, Fratze des Irdischen, unbesiegbarer und höhnischer denn je, fordernd, daß man stets aufs neue hinabsteige in die Verstrickung des Gewesenen. Und da half kein gutes Gewissen, da half es nichts, daß es ihm jederzeit freistand nach Köln und nach Amerika weiterzureisen, – einen Herzschlag lang war es, als hätte Martin ihn nun dennoch eingeholt, als wäre es Martins Rache, die ihn hinab und zu Fräulein Erna stieß. Fräulein Erna aber schien zu wissen, daß es kein Entrinnen für ihn gab, denn gleich Martin lächelte sie vielwissend und wie in geheimer Kenntnis einer noch dunklen irdischen Bindung, die unentrinnbar und drohend und doch von äußerster Wichtigkeit war. Er sah Fräulein Erna prüfend ins Antlitz, es war das eines welken Antichrist und gab keine Antwort. »Wann kommt Lohberg?« Esch fragte es unvermittelt und wie in vager Hoffnung, hier eine Lösung zu finden; und als Fräulein Erna listig bedeutete, daß sie den Bräutigam absichtlich nicht verständigt habe, war's wohl eine erregende Bevorzugung und war trotzdem empörend. Ohne ihr böses Gesicht zu beachten, lief er aus dem Haus, um Lohberg für den Abend einzuladen.

Und es war in der Tat beruhigend, den Idioten anzutreffen, so beruhigend, daß Esch ihn sogleich mit sich nahm und nicht nur allerlei Lebensmittel, sondern überdies noch zwei Blumensträuße einhandelte, von denen er einen Lohberg in die Hand steckte. Kein Wunder, daß bei ihrem Anblick Fräulein Erna die Hände zusammenschlug und »Das nenne ich zwei Kavaliere!« ausrief. Esch erwiderte stolz: »Ein Abschiedsfest«, und während sie den Tisch rüstete, saß er mit seinem Freunde Lohberg auf dem Kanapee und sang »Muß i denn, muß i denn zum Städtle hinaus«, was ihm von seiten Fräulein Ernas mißbilligende und traurige Blicke eintrug. Ja, es war vielleicht wirklich ein Abschiedsfest, ein Fest der Loslösung aus dieser irdischen Gemeinschaft, und am liebsten hätte er Erna verboten, das Gedeck für Ilona aufzulegen. Denn auch Ilona sollte losgelöst und schon am Ziele sein. Und dieser Wunsch war so stark, daß Esch allen Ernstes hoffte, Ilona würde nun fernbleiben, für ewig fernbleiben. Und nebenbei freute er sich ein wenig auf Korns Enttäuschung.

Nun, Korn zeigte sich wirklich enttäuscht; allerdings äußerte sich seine Enttäuschung in unflätigem Geschimpfe über das ungarische Weibsbild, sowie in starker Ungeduld nach sofortiger Fütterung. Dabei bewegte er seine breite Masse mit seltsamer Hurtigkeit durch das Zimmer; er wandte sich zur Likörflasche, wandte sich zum Tisch, von dem er sich mit dickem Finger Wurstschnitten holte, und weil Erna ihm dies untersagte, wandte er sich gegen Lohberg und scheuchte ihn mit erhobenen Fäusten vom Kanapee, das er als angestammten Platz für sich beanspruchte. Der Lärm, den der Mann Korn hiebei verursachte, war außerordentlich groß, sein Leib und seine Stimme erfüllten den Raum immer mehr und mehr, erfüllten ihn bis zum Rande, ja all das Irdische und Fleischliche von Korns heißhungrigem Gehaben, es quoll über das Zimmer hinaus, drohte die ganze Welt übermächtig zu erfüllen, aufquoll das Vergangene und Unabänderliche, alles andere verdrängend, die Hoffnung erstickend; finster wird die erhöhte und lichtere Bühne, und vielleicht existierte sie überhaupt nicht. »Na, Lohberg, wo bleibt jetzt Ihr Reich der Erlösung?« schrie Esch, als könnte er damit sein Grausen übertäuben, schrie es aus Wut, weil weder Lohberg noch sonst jemand Antwort zu geben vermochte: warum mußte Ilona herabsteigen in die Berührung des Irdischen und Toten? Korn aber saß da mit breitem Hintern und kommandierte wild: »Essen auftragen!« – »Nein«, schrie Esch zurück, »erst bis Ilona hier ist!« Denn fürchtete er sich auch beinahe, Ilona wiederzusehen, es war jetzt alles in Frage gestellt, und plötzlich war Esch voller Ungeduld, daß Ilona käme, – gewissermaßen als Prüfstein der Wahrheit.

Ilona trat ein. Sie beachtete kaum die Anwesenden, folgte bloß dem Wink des schweigsam kauenden Korn, setzte sich zu ihm aufs Kanapee, und ebenso schweigsamem Befehl gehorchend, legte sie den weichen Arm lässig um seine Schulter. Doch im übrigen sah sie bloß die guten Dinge, die sie zu essen bekommen würde. Erna, die alles beobachtete, sagte: »Ich, wann ich du wär', Ilona, ich tät' schon die Hand wegnehmen vom Balthasar, beim Essen.« Freilich war's ins Leere geredet, denn Ilona begriff offenbar noch immer nichts von der deutschen Sprache, durfte wohl auch nie etwas davon begreifen, sowenig sie von den Opfern wissen durfte, die für sie gebracht worden waren. Keiner Sprache mächtig, war sie kaum Gast mehr zu nennen am Tische der Fleischgebundenen, eher ein Besuch im Gefängnis des Irdischen oder eine freiwillig Gefangene. Und Erna, die heute manches zu wissen schien, erwähnte nichts weiter von irdischen Dingen, und es war wie Zeugnis einer entrückteren Verständigung, daß sie den Blumenstrauß vom Tische nahm und ihn Ilona unter die Nase hielt: »Da riech' mal, Ilona«, sagte sie, und Ilona sagte: »Ja, danke schön«, und es klang wie aus einer Ferne, an die der kauende Korn niemals reichen wird, klang wie von höherer Stufe, bereit sie aufzunehmen, ließ man nur nicht nach im Opfer. Esch war leicht zumute. Jeder muß seinen Traum erfüllen, böse und heilig zugleich, dann wird er der Freiheit teilhaftig. Und so schade es war, daß der Tugendbold die Erna bekommen sollte, und sowenig Ilona je ahnen würde, daß nun eines Kontos Abschlußstrich gezogen wurde, es war Abschluß und Wendung, war Zeugenschaft und neues Wissen, da Esch sich erhob, der Runde zutrank, und mit kurzer herzlicher Gratulation das Brautpaar hochleben ließ, so daß alle, mit Ausnahme Ilonas, für die es eigentlich geschehen war, sehr überrascht taten. Aber da es auch in ihrer aller Wünschen gelegen hatte, waren sie nun dankbar, und Lohberg schüttelte ihm mit feuchten Augen viele Male die Hände. Dann gab sich das Brautpaar über sein Geheiß den Verlobungskuß.

Nichtsdestoweniger erschien ihm das Geschehene noch nicht endgültig, und als es zum Aufbruch ging und Korn sich schon mit Ilona zurückgezogen hatte, und Fräulein Erna den Hut schon annadeln wollte, um gemeinsam mit Esch ihren neuen Verlobten nach Hause zu begleiten, da weigerte sich Esch: nein, er halte es nicht für anständig, daß er, ein Junggeselle, im Hause von Lohbergs Braut übernachte, er sei gerne bereit, für heute bei Herrn Lohberg Domizil zu nehmen oder mit ihm zu tauschen, im übrigen sollten sie es sich noch überlegen, denn als neues Brautpaar würden sie sich ja noch allerhand zu sagen haben: und damit schob er die beiden in Ernas Zimmer und begab sich in sein eigenes.

Solcherart endete der Tag seiner ersten Loslösung und die erste Nacht des ungewohnten, unangenehmen Verzichtes brach für ihn an.

Der Schlaflose, der mit angefeuchteter weicher Fingerspitze die stille Kerze neben seinem Bett verlöscht hat und in dem nun kühler gewordenen Raume auf die Kühle des Schlafes wartet, lebt mit jedem Herzschlag zum Tode hin, denn so sonderbar der Raum kühl sich um ihn geweitet hat, so atemlos heiß und eilend ist die Zeit in seinem Kopfe, so atemlos, daß Anfang und Ende, Ursprung und Tod, Gestern und Morgen zusammenfallen in dem einzigen und einsamen Jetzt, es ausfüllen bis zum Rande, ja fast es sprengen.

Esch hatte einen Augenblick lang überlegt, ob Lohberg ihn nicht doch zum Heimweg abholen würde. Aber mit einer ironischen Grimasse entschied er, daß man zu Bette gehen dürfe, und immer noch grinsend begann er sich zu entkleiden. Beim Schein der Kerze überlas er den Brief Mutter Hentjens; die vielen Mitteilungen über die Wirtschaft waren langweilig; hingegen gab es eine Stelle, die ihn freute: »Und vergesse nicht, lieber August, daß du meine einzige Liebe auf der Welt warst und sein wirst und daß ich es sonst nicht überleben kann, und dich, lieber August, mitnehmen muß in das kühle Grab.« Ja, das freute ihn, und nun war er auch Mutter Hentjens halber zufrieden, daß er Lohberg zu Erna geschickt hatte. Dann benetzte er seine Fingerspitze, löschte die Kerze und streckte sich lang aus.

Eine schlaflose Nacht beginnt mit banalen Gedanken, etwa wie ein Jongleur erst banale und leichte Kunststücke zeigt, ehe er zu schwierigeren und atemraubenderen vorschreitet. Noch im Dunkeln mußte Esch grinsen, weil Lohberg zu der kichernden Erna unter die Decke schlüpfen wird, und er war froh, daß er auf den Tugendbold so gar nicht eifersüchtig zu sein brauchte. Freilich, die Lust auf Erna war einem jetzt gründlich vergangen, aber das war nur gut und in Ordnung. Und eigentlich denkt er an die Dinge dort drüben bloß um zu erproben, wie gleichgültig sie ihn lassen, gleichgültig, daß Erna mit ihren Händen den dürftigen Körper des Idioten entlangschmeichelt und daß sie so eine Mißgeburt bei sich duldet, und daß es überhaupt so vollkommen gleichgültig war, welche Eindrücke und welche Phallusbilder – er verwendete ein anderes Wort – sie in ihrem Geiste herumtrug. So leicht war es, sich dies alles vorzustellen, daß es wie ohne Gewicht schien, und überdies war man bei dem keuschen Josef nicht einmal sicher, ob die Dinge wirklich in dieser Weise vor sich gingen. Leicht wäre das Leben, wenn ihn dies alles bei Mutter Hentjen ebenso gleichgültig ließe, – allein schon die Berührung mit dem Gedanken war so schmerzlich, daß er aufzuckte, nicht viel anders als Mutter Hentjen in gewissen Momenten. Und gerne wäre er mit seinen Gedanken zu Erna zurückgeflüchtet, hätte nicht etwas den Weg verstellt, ein Unsichtbares, von dem er bloß weiß, daß es das Drohende, Unentrinnbare vom Nachmittag ist. Da will er noch lieber an Ilona denken, bei der es, damit Ordnung werde, lediglich darauf ankommt, die Erinnerung an die sausenden Messer aus ihrem Gedächtnis zu tilgen. Gleichsam als Vorübung zu schwierigeren Aufgaben will er daran denken, aber es gelingt nicht. Doch wie er endlich mit Zorn und Widerwillen sich vor Augen führt, daß sie jetzt lässig und weich den Korn, dieses tote Stück Vieh, erduldet, unachtsam ihrer selbst, so wie sie lächelnd zwischen den Messern gestanden hat, wartend, daß eines sie ins Herz träfe, – oh, da erblickt er plötzlich auch schon die Lösung der Aufgabe: Selbstmord ist es, den sie auf sonderlich komplizierte und weibliche Art begeht, Selbstmord, der sie hinabzieht in die Berührung des Irdischen. Davor also muß sie errettet werden! Lösung der Aufgabe, dennoch neue Aufgabe! Wahrlich, versperrte das Drohende nicht den Weg, man würde Ilona einfach beiseite lassen, würde zu Erna hinübergehen, den Lohberg beim Kragen nehmen und ihn kurzerhand an die Luft befördern. Daraufhin könnte man ruhig und traumlos schlafen.

Doch da er eben daran ist, sich auszumalen, wie friedlich die Welt dann wäre, und schlichtestes Begehren nach einem Weibe sich bereits wieder eingefunden hat, wird der Schlaflose von einem Gedanken ergriffen, der gleichzeitig ein wenig komisch und ein wenig furchtbar ist: er durfte ja nicht zu Erna zurückkehren, denn nun wäre ja nicht mehr zu entscheiden, wer der Vater des Kindes sein wird. Das also war die unerklärliche, tiefere irdische Bindung, das also war das Drohende, das ihn heute vor Erna hatte zurückschrecken lassen! Die Rechnung mochte schon stimmen; denn einer war gegangen, um Platz zu machen für den, nach dem die Zeit gezählt werden soll, und es wird schon auch stimmen, daß eines Erlösers Vater ein keuscher Josef sein muß. Der Schlaflose versucht wieder, seine ironische Grimasse zu ziehen, aber es gelingt ihm nicht mehr; seine

Lider sind zu fest geschlossen und niemand vermag im Dunkeln zu lachen. Denn die Nacht ist die Zeit der Freiheit, und Lachen ist die Rache des Unfreien. Oh, es war gerecht, daß er hier schlaflos und überwach lag, in einer kalten und fremdartigen Erregung, die nicht Lust mehr war, ein Scheintoter in seiner Gruft, da jener traumlos und starr in der seinen ruhte. Jedoch wie konnte man annehmen, daß jener deshalb geopfert ward, damit aus dem kümmerlichen irdischen Gefäß, das Fräulein Erna hieß, das neue Leben sprieße. Der Schlaflose flucht, wie Schlaflose dies manchmal zu tun pflegen, aber indem er flucht, fällt ihm ein, daß es trotzdem nicht stimmte, soferne die magische Stunde des Todes die Stunde der Zeugung zu sein hatte. Man kann nicht zu gleicher Zeit in Badenweiler und in Mannheim sein; es war also ein voreilig gezogener Schluß, und es ist wohl alles komplizierter und würdiger.

Das Zimmer war kühl in seiner Dunkelheit. Esch, ein Mensch impetuoser Haltungen, lag regungslos in seinem Bette, sein Herz hämmerte die Zeit zu einem dünnen Nichts zusammen, und kein Grund war einzusehen, warum man den Tod in eine Zukunft verlegen sollte, die ohnehin schon Gegenwart ist. Dem Wachenden mag solches unlogisch erscheinen, aber er vergißt, daß er selber zumeist in einer Art Dämmerzustand sich befindet und daß bloß der Schlaflose in seiner Überwachheit wahrhaft logisch denkt. Der Schlaflose hält die Augen geschlossen, als wolle er die kühle Grabesfinsternis, in der er liegt, nicht sehen, dennoch fürchtend, daß die Schlaflosigkeit in ganz gewöhnliches Wachsein umschlagen könnte angesichts der Gardinen, die wie Weiberröcke vor dem Fenster hängen, und all der Gegenstände, die aus der Finsternis sich lösen würden, wenn er den Blick öffnete. Doch er will schlaflos sein und nicht wach, sonst könnte er nicht mit Mutter Hentjen hier abgeschieden von der Welt und geborgen im Grabe liegen, voll Begehren, das nicht Begierde mehr war: ja, beraubt des Begehrens war er, und auch das war gut. Im Tode vereint, denkt der Schlaflose, scheinbar Getötete, ja, im Tode vereint, und eigentlich wäre das beruhigend gewesen, hätte man nicht an Erna und Lohberg denken müssen, die jetzt auch irgendwie im Tode vereint waren. Aber wie! Nun, der Schlaflose hat keine Lust mehr zu zynischen Witzen, er will sozusagen den metaphysischen Gehalt der Ereignisse auf sich wirken lassen und will die außerordentlich große

Entfernung richtig abschätzen, die sein Lager von den übrigen Räumen des Hauses trennt, will in aller Ernsthaftigkeit über die erreichbare Gemeinschaft nachdenken, über des Traumes Erfüllung, die zur Vollendung führen soll; und da er all dies nicht mehr versteht, wird er mürrisch und vergrämt, wird zornig, und er denkt nur mehr darüber nach, wie es möglich ist, daß aus Totem das Lebendige entstehen könne. Der Schlaflose streicht mit seiner Hand über das kurz geschorene Haar, ein kühles und prickelndes Gefühl bleibt im Handteller; es ist wie ein gefährliches Experiment, das er nicht wiederholen wird.

Und wie er solcherart zu schwierigeren und würdigeren Übungen vorgeschritten ist, wächst sein Zorn, und vielleicht ist es der Zorn machtlosen, lustlosen Begehrens. Ilona begeht auf eine sonderlich komplizierte und weibliche Art Selbstmord, erduldet Nacht für Nacht ein Stück Tod, so daß ihr Gesicht jetzt schon aufgedunsen ist, als hätte Verwesung sie berührt. Und jede Nacht, die die unzüchtigen Bilder neu in sie einprägt, muß solche Aufgedunsenheit vergrößern. Darum also hatte er heute den Anblick Ilonas gefürchtet! das Wissen des Schlaflosen wird zum hellsichtigen Vortraum des Todes, und er erkennt, daß Mutter Hentjen schon tot ist, daß sie, die Tote, kein Kind von ihm haben durfte, daß sie darum, statt nach Mannheim zu kommen, bloß einen Brief hatte schreiben dürfen, geschrieben unter dem Bilde dessen, von dem sie sich hatte töten lassen, genau so wie sich Ilona jetzt von dem Vieh, dem Korn, töten läßt. Auch Mutter Hentjens Wangen sind aufgedunsen, die Zeit und das Sterben liegen in ihrem Gesicht, und die Liebe ihrer Nächte ist tot, ist tot wie der Musikautomat, der mechanisch abschnurrt, es braucht bloß einer hineinzugreifen. Und Esch wird zornig.

Der Schlaflose weiß nicht, daß sein Bett an einer bestimmten Stelle steht, in einem Hause in bestimmter Straße, und er lehnt es ab, daran erinnert zu werden. Es ist bekannt, daß schlaflose Menschen zornigen Regungen leicht ausgesetzt sind; das Rollen einer einsamen Trambahn auf der nächtlichen Straße vermag sie zur Raserei zu bringen. Um wieviel stärker wird da wohl die Wut über einen Widerspruch sein, der so groß und furchtbar ist, daß er kaum mehr als Buchungsfehler bezeichnet werden darf. In größter Eile hetzt der Schlaflose seine Gedanken, um den Sinn der Frage zu finden, die von irgendwo, von fernher, vielleicht aus Amerika kommend, sich ihm aufgedrängt hat. Er spürt, daß es in seinem Kopfe eine Gegend gibt, die Amerika ist, eine Gegend, die nichts anderes ist, als der Platz der Zukunft in seinem Kopf, und die doch nicht existieren kann, solange die Vergangenheit so hemmungslos sich in die Zukunft stürzt, das Vernichtete in das Neue. In diesem Sturm des Hineinstürzens wird er selbst mitgerissen, doch nicht er allein, sondern sie alle um ihn herum werden mit ihm dahingeweht im Orkan des Eisigen, sie alle dem folgend, der sich als erster in den Sturm geworfen hat, weggefegt, auf daß die Zeit wieder Zeit werde. Nun war keine Zeit mehr, nur außerordentlich viel Raum: der Schlaflose, Überwache, hört ihrer aller Sterben, und wenn er die Lider auch noch so stark zusammenpreßt, um es nicht zu sehen, er weiß, daß der Tod immer Mord ist.

Nun war das Wort wieder da, doch nicht einhergehuscht wie ein Schmetterling, sondern rasselnd wie ein Trambahnwagen in der nächtlichen Straße war das Wort Mörder da und schrie. Der Tote gibt den Tod weiter. Keiner darf überleben. Als wäre der Tod ein Kind, hat Mutter Hentjen ihn von dem toten Schneidermeister empfangen, und Ilona bekommt ihn von Korn. Vielleicht ist Korn ebenfalls ein Toter; er ist feist wie Mutter Hentjen und von der Erlösung weiß er nichts. Oder, wenn er noch nicht tot ist, wird er sterben – kleine beglückende Hoffnung –, wird sterben wie der Schneidermeister, nachdem er den Mord vollbracht hat. Mord und Gegenmord, Zug um Zug, stürzen Vergangenheit und Zukunft ineinander, stürzen hinein in den Augenblick des Todes, der die Gegenwart ist. Sehr scharf und sehr ernst will es durchdacht werden, denn nur zu bald schleicht sich wieder so ein Buchungsfehler ein. Wo es schon über alle Maßen schwierig ist, Opfer und Mord voneinander zu unterscheiden! Muß alles vernichtet werden, ehe die Welt zum Stande der Unschuld erlöst wird? Mußte die Sintflut hereinbrechen, genügte es nicht, daß einer sich opferte, einer Platz machte? Noch lebt der Schlaflose, obwohl er wie jeder Schlaflose scheintot ist, nocht lebt Ilona, obwohl sie der Tod schon berührt hat, und bloß einer trägt das Opfer für das neue Leben und für die Ordnung einer Welt, in der nicht mehr mit Messern geschmissen werden darf. Das Opfer war nicht mehr ungeschehen zu machen. Und da alle abstrakten und allgemeingültigen Erkenntnisse im Zustand schlafloser Überwachheit gefunden werden, kam Esch zu dem Ergebnis: die Toten sind die Mörder

der Frauen. Er aber war nicht tot und ihm oblag es, Ilona zu retten.

Wieder taucht der Wunsch in ihm auf und die Ungeduld, den Tod von Mutter Hentjens Hand zu empfangen, der Zweifel, ob es nicht schon geschehen sei. Wenn er sich dem Tode unterwindet, der von den Toten kommt, versöhnt er die Toten und sie beruhigen sich bei dem einen Opfer. Das wäre nun wohl ein tröstlicher Gedanke! Und wie der Schlaflose heftiger vom Zorn übermannt werden kann als der Wachende in seinem Dämmerzustand, so empfindet er auch das Glück viel beseligter, man könnte fast sagen, in einer Art wilder Leichtigkeit. Ja, dieses leichte und erlöste Gefühl des Glückes kann so hell werden, daß die Dunkelheit unter seinen geschlossenen Lidern zu strahlen beginnt. Denn nun war kein Zweifel mehr, daß er, der Lebende, von dem die Frauen das Kind empfangen durften, daß er, sich hingebend an Mutter Hentjen und an ihren Tod, daß er durch diese außergewöhnliche Maßnahme nicht nur die Erlösung Ilonas vollendet, nicht nur auf ewig sie den Messern entrückt, nicht nur ihre Schönheit ihr wiedergewinnt und alles Sterben rückgängig macht, rückgängig bis zu neuer Jungfrauschaft, sondern daß er notwendig damit auch Mutter Hentjen vom Tode errettet, lebend wieder ihr Schoß, jenen zu gebären, der die Zeit aufrichten wird.

Da ist es ihm nun, als käme er mit seinem Bett aus weitester Ferne angefahren, und als stünde es nun wieder an einer bestimmten Stelle in einem bestimmten Alkoven, und der Schlaflose, wiedergeboren in neuerwachtem Verlangen, weiß, daß er am Ziele ist, zwar noch nicht an jenem letzten, in dem Sinnbild und Urbild wieder zur Einheit werden, aber doch an jenem vorläufigen Ziel, mit dem der Irdische sich begnügen muß, Ziel, das er Liebe nennt und das wie ein letzterreichbarer fester Punkt der Küste vor dem Unerreichbaren steht. Und gleichsam im Widerspiel zu Sinnbild und Urbild sind die Frauen seltsam vereint und dennoch getrennt; wohl sitzt Mutter Hentjen in Köln und harret seiner, das weiß er, wohl ist Ilona ins Unerreichbare und Unsichtbare entrückt, und er weiß, daß er sie nimmer wiedersehen wird, – aber dort draußen an jener Küste, wo Sichtbares mit dem Unsichtbaren sich vereint, das Erreichbare mit dem Unerreichbaren, dort wandeln die beiden und die beiden Silhouetten verschwimmen ineinander und werden eins, und selbst wenn sie sich voneinander lösen, sie bleiben vereint in nie erfüllter Hoffnung; Mutter Hentjen in vollkommener Liebe zu umfangen, ihr Leben als das seine tragend, sie, die Tote, in seiner Umarmung erlösend zu erwecken, wird er, wenn er die Alternde liebend umarmt, die Last des Alterns und der Erinnerung von dem Körper Ilonas nehmen, wird Ilonas neuer jungfräulicher Schönheit die erhöhte Stufe seiner Sehnsucht errichtet haben; ja, so sehr waren die beiden Frauen voneinander geschieden und doch eins geworden, Spiegelbild des Einen, jenes Unsichtbaren, nach dem man sich nicht umwenden darf und der doch die Heimat ist.

Der Schlaflose war am Ziel. Hatte er in seiner Überwachheit die Lösung auch schon vorausgewußt, so begreift er, daß er bloß einen logischen Faden um sie herum geführt hat und bloß darum schlaflos bleiben mußte, damit der Faden desto länger werde; nun aber erlaubt er sich, den letzten Knoten zu binden, und es ist wie eine verzwickte Buchungsaufgabe, die er endlich zur Lösung gebracht hat, und es ist sogar mehr als eine Buchungsaufgabe: die wahre Aufgabe der Liebe hatte er in ihrer vollkommenen Entscheidung auf sich genommen, da er sein irdisches Leben Mutter Hentjen unterwarf. Er hätte Ilona von diesem Ergebnis gern in Kenntnis gesetzt, aber wegen ihrer mangelhaften Beherrschung der deutschen Sprache mußte er es wohl unterlassen.

Der Schlaflose öffnet die Augen, erkennt sein Zimmer, und dann schläft er zufrieden ein.

Er hatte sich für Mutter Hentjen entschieden. Endgültig. Esch schaute nicht zum Coupéfenster hinaus. Und wie er seine Gedanken auf die vollkommene unbedingte Liebe richtet, ist's wie ein gewagtes Experiment: Freunde und Gäste würden in dem hellerleuchteten Lokale zechen; eintreten wollte er, und ungeachtet der vielen Augenzeugen würde Mutter Hentjen ihm entgegeneilen und an seine Brust sich werfen. Doch als er in Köln einlangte, da hatte sich das Bild sonderbar verschoben; denn das war nicht mehr eine Stadt, die er kannte, und der Weg durch die abendlichen Straßen dehnte sich meilenweit und fremd. Unbegreiflich, daß er bloß sechs Tage fortgewesen sein sollte. Es gab keine Zeit mehr, und unbestimmbar war das Haus, das sich ihm öffnete, unbestimmbar der Raum in undeutlicher

Weite. Esch stand an der Tür, sah hinüber zu Mutter Hentjen. Sie thronte hinter der Theke. Über dem Spiegel brannte ein Licht in bunter Tulpe, Schweigen hing in der Luft, und kein Gast war in dem düstern Raum. Es geschah nichts. Warum war er hierher gekommen? Es geschah nichts; Mutter Hentjen blieb hinter der Theke und endlich sagte sie in gewohnt gleichmütiger Weise »Guten Tag«. Dabei sah sie sich scheu im Lokal um. Zorn stieg in ihm auf, und mit einem Male begriff er nicht, warum er sich für diese Frau entschieden hatte. Also sagte er ebenfalls nur »Guten Tag«, denn wenn er ihre stolze Kühle auch irgendwie bejahte, und auch wußte, daß es ihm nicht zukam, mit gleicher Münze zurückzuzahlen, so war er doch zornig: wer die Entscheidung zur unbedingten Liebe im Herzen trägt, der ist immerhin berechtigt, sich gleichzustellen, – er trumpfte auf: »Danke dir für deinen Brief.« Sie sah sich wütend in dem leeren Lokal um: »Wenn Sie jemand hörte?« und Esch, völlig aufgebracht, sagte besonders vernehmlich: »Und wenn schon... laß doch diese dumme Geheimnistuerei endlich sein!« sagte es ohne Sinn und Zweck, denn das Lokal war leer und er selber wußte nicht, warum er hier saß. Mutter Hentjen schwieg entsetzt, machte sich an ihrer Frisur zu schaffen. Seitdem sie ihn an die Bahn begleitet hatte, war sie voller Reue, sich zu weit vorgewagt, zu sehr sich hingegeben zu haben, und gar seit jenem unbedachten Brief nach Mannheim war Mutter Hentjen in eine richtige Panik geraten; sie wäre Esch dankbar gewesen, wenn er den Brief nicht erwähnt hätte. Jetzt aber, wie er mit hölzern unerbittlichem Gesicht offenbar auf seinen Schein pochte, fühlte sie sich wieder mit eiserner Klammer gefaßt und wehrlos. Esch sagte: »Ich kann ja auch gehen«, und nun wäre sie wirklich hinter ihrem Tische hervorgekommen, wären nicht gerade die ersten Gäste eingetreten. So blieben sie beide stehen und schwiegen eine Weile; dann flüsterte Mutter Hentjen und deutete mit einem verächtlichen Tonfall an, daß es lediglich geschah, um der Szene ein Ende zu bereiten: »Du kommst heute nacht.« Esch antwortete nichts, setzte sich mit einem Glas Wein an einen Tisch. Er fühlte sich verwaist. Seine gestrige Rechnung, die so eindeutig gewesen war, war ihm undurchsichtig geworden: warum sollte er sich Ilonas wegen für diese Frau entscheiden? er sah sich in dem Lokale um und fand es noch immer fremd; es ging ihn nichts mehr an, er war zu weit von alledem entfernt. Was hatte er überhaupt noch in Köln zu schaffen? er sollte ja schon längst in Amerika sein. Doch da traf sein Blick auf das Konterfei des Herrn Hentjen, das dort droben über den Insignien der Freiheit hing, und es war, als kehrte nun jählings sein Gedächtnis zurück; er ließ sich Tinte und Papier geben und schrieb mit seiner schönsten Buchhalterschrift:

Anzeige!

Ich bringe einem löbl. Polizeipräsidium zur Kenntnis, daß Herr Eduard v. Bertrand in Badenweiler, Vorsitzender des Aufsichtsrates der Mittelrheinischen Reederei AG. zu Mannheim, leider mit Personen männlichen Geschlechtes in unzüchtigen Beziehungen steht, und bin bereit, meine Angaben als Zeuge zu beweisen.

Als er seine Unterschrift anbringen wollte, stockte er, denn er wollte zuerst schreiben: »Für die tieftrauernden Hinterbliebenen«, und obgleich er darüber lachen wollte, erschrak er. Schließlich aber setzte er seinen Namen und seine Adresse auf das Papier, und sorglich zusammengefaltet verwahrte er es in der Brieftasche. Bis morgen, sagte er sich, Galgenfrist. In der Brieftasche steckte auch die Karte aus Badenweiler. Er überlegte, ob er sie heute nacht schon Mutter Hentjen geben dürfte. Fühlte sich verwaist. Doch da sah er den Alkoven, sah sie wieder in ihrer aufwühlend schmerzlichen Geschlechtsbereitschaft, und als er beim Büfett vorbeikam, war seine Stimme heiser: »Also nachher.« Sie saß steif auf ihrem Stuhle und schien nichts gehört zu haben, so daß er voll neuen Zornes, der doch ein anderer war als der frühere, zurückkam und rücksichtslos laut sagte: »Das Bild dort oben nimmst du freundlichst weg.« Sie rührte sich noch immer nicht, und er ließ die Türe krachend hinter sich zufallen.

Als er dann kam und aufschließen wollte, fand er die Haustüre von innen verriegelt. Ohne Rücksicht darauf, ob ihn die Magd hören könne, schellte er, und als nichts sich rührte, läutete er Sturm. Das nützte; er hörte Schritte; fast hoffte er, daß es die kleine Magd sein würde: der könnte er sagen, er habe etwas in der Gaststube vergessen, außerdem aber würde ihn die Kleine auch nicht verschmähen, und das wäre eine gute Lektion für Muttern. Doch es war nicht die kleine Magd, sondern Frau

Hentjen in eigener Person; sie war noch völlig bekleidet und weinte. Beides erhöhte seine Wut. Sie stiegen schweigend hinauf und droben überfiel er sie kurzerhand. Als sie unterlag und ihre Küsse weich wurden, fragte er drohend: »Kommt das Bild weg?« Sie wußte zuerst nicht, wovon er sprach und als sie es verstand, begriff sie erst recht nicht: »Das Bild... ja das Bild, warum? gefällt es dir nicht?« Er antwortete, verzweifelt vor ihrem Unverständnis: »Nein, es gefällt mir nicht... es gefällt mir überhaupt vieles nicht.« Sie sagte willfährig und höflich: »Wenn es dir nicht gefällt, so kann ich es ja anderswohin hängen.« Sie war so unsäglich dumm, daß man wohl nur mit Schlägen etwas ausrichten konnte. Nun, Esch bezähmte sich: »Das Bild wird verbrannt.« – »Verbrannt?« – »Ja, verbrannt. Und wenn du dich noch weiter so dumm stellst, zünde ich die ganze Bude an.« Sie rückte erschrocken von ihm ab, und mit der Wirkung zufrieden, sagte er: »Könnte dir ja nur recht sein; du magst ja die Wirtschaft sowieso nicht.« Sie antwortete nicht, und wenn sie auch wahrscheinlich gar nichts dachte, sondern bloß die Flammen über ihrem Dach emporzüngeln sah, so war es doch, als wollte sie etwas verheimlichen. Er fuhr sie an: »Warum sagst du nichts?!« Der scharfe Ton machte sie vollends erstarren. War dieses Weib nicht zu bewegen, ihre Maske endlich fallen zu lassen? Esch hatte sich erhoben und stand nun drohend am Eingang des Alkovens, wie um zu verhindern, daß sie flüchte. Man mußte die Dinge beim rechten Namen nennen, sonst kam man mit diesem Stück Fleisch überhaupt nicht weiter. Aber bloß heiser und stockend vermochte er zu fragen: »Warum hast du ihn geheiratet?«, denn mit der Frage wühlte sich so viel Wildes und Hoffnungsloses in ihm auf, daß er mit seinen Gedanken zur Erna flüchtete. Die hatte er verlassen, trotzdem bei ihr nichts ihn quälte und es bei ihr völlig belanglos gewesen war, welche Phallusbilder sie in ihrer Erinnerung trug. Und egal war es ihm, ob Erna Kinder gehabt oder durch Kunststücke verhütet hatte. Er fürchtete die Antwort, wollte nichts hören, dennoch schrie er: »Na, wird's?« Frau Hentjen hingegen in neuerwachter Angst, sich zu sehr preiszugeben, vielleicht auch in der Angst, es könnte der Nimbus, um dessentwillen sie sich geliebt glaubte, verloren gehen, raffte sich zu einer Antwort auf: »Es ist so lange her... das kann dir doch gleichgültig sein.« Esch schob den Unterkiefer vor, entblößte das Pferdegebiß: »Gleichgültig soll es mir sein... mir soll es gleichgültig sein,...« er schrie, »ja, es ist mir schon gleichgültig... wurscht ist es mir!« So lohnte sie also seine absolute und restlose Hingabe und seine Qual. Sie war dumm und verstockt; ihm, der ihr Schicksal als das seine auf sich genommen hatte, ihm, der ihr Leben aufnehmen wollte, obwohl es vom Tode selber alt gemacht und besudelt worden war, ihm, August Esch, der bereit war, in vollkommener Entscheidung sich ihr hinzugeben, der seine ganze Fremdheit in ihr aufgehen lassen wollte, um damit auch all ihre Fremdheit und ihre Gedanken, und seien sie für ihn noch so schmerzhaft, sozusagen im Tauschwege zu erwerben: ihm also sollte es gleichgültig sein!! Oh, sie war dumm und verstockt und weil sie es war, mußte er sie schlagen; er war zum Bett hingetreten und holte aus und hatte ihre dicke unbewegte Wange getroffen, als könnte er auch die Unbeweglichkeit ihres Geistes damit treffen. Sie wehrte sich nicht und blieb starr liegen, und wenn er mit Messern nach ihr geworfen hätte, sie hätte sich auch nicht gerührt. Ihre Wange rötete sich und als eine Träne über die Rundung herabsickerte, besänftigte sich sein Zorn. Er setzte sich aufs Bett und sie rückte zur Seite, ihm Platz zu machen. Dann befahl er: »Wir werden heiraten.« Sie sagte bloß »Ja«, und Esch war nahe daran, neuerdings in Wut zu verfallen, weil sie nicht sagte, daß sie glücklich sei, den verhaßten Namen endlich ablegen zu dürfen. Sie aber wußte nichts anderes mehr zu antworten, als daß sie ihre Arme um ihn legte und ihn an sich zog. Er war müde und ließ es geschehen; vielleicht war es gerecht so, vielleicht war es gleichgültig, denn angesichts des Reichs der Erlösung ist ohnehin alles unsicher, unsicher jede Zeit, unsicher jede Zahl und jede Addition. Zwar war er von neuem erbittert, was wußte sie vom Reich der Erlösung? was wollte sie überhaupt davon wissen? wahrscheinlich so wenig wie der Korn! es wird wohl eine Zeit brauchen, bis man's ihr einbläut. Aber vorderhand muß man sich damit abfinden, mußte warten, bis sie es begreifen wird, mußte sie ihr Wirtschaftsbuch führen lassen, wie sie es eben tat. Im Lande der Gerechtigkeit, in Amerika, wird es anders werden, dort wird das Vergangene abfallen wie Zunder. Und als sie gepreßt fragte, ob er sich in Ober-Wesel aufgehalten habe, ärgerte er sich nicht, sondern schüttelte ernsthaft den Kopf und brummte: »Ach, woher.« So feierten sie ihre Hochzeitsnacht, besprachen, die Wirtschaft zu verkaufen, und Mutter Hentjen war ihm dankbar, daß er nichts anzünden würde. In einem Monat könnten sie schon auf hoher See sein. Morgen werde er sich daran machen, das amerikanische Geschäft mit Teltscher wieder in Gang zu bringen.

Er blieb länger als sonst. Sie gingen auch nicht mehr auf Fußspitzen die Treppe hinab. Und als sie ihn hinausließ, gab es schon Leute auf der Straße. Das erfüllte ihn mit Stolz.

Am nächsten Morgen begab er sich in die Alhambra. Natürlich war noch niemand da. Er stöberte in den Briefschaften auf Gernerths Tisch. Fand einen uneröffneten Umschlag, der seine eigene Handschrift trug, und war darob so verblüfft, daß er ihn im ersten Augenblick nicht erkannte: es war Ernas Brief, den er selber in Mannheim geschrieben hatte. Hm, die wird wieder ein schönes Gezeter anheben, wenn sie so lange keine Antwort erhält. Eigentlich nicht mit Unrecht. Unordentliches Gesindel beim Theater.

Endlich kam Teltscher dahergeschlendert. Esch freute sich beinahe, ihn wiederzusehen. Teltscher war gnädig: »No, höchste Zeit, daß Sie wieder da sind, – jeder macht seine Privatgeschäfte und der Teltscher soll die lausige Arbeit allein besorgen.« Wo Gernerth sei? »No, in München bei der werten Familie... schwere Krankheitsfälle in der Familie, Schnupfen wer'n sie haben.« Er wird schon zurückkommen, meinte Esch. »Bald müßt' er kommen, der Herr Direktor, gestern waren keine fufzig Leut' im Saal. Man muß das mit dem Oppenheimer besprechen.« – »Schön«, sagte Esch, »gehen wir zu Oppenheimer.«

Mit Oppenheimer kamen sie überein, daß die Schlußrunden angesetzt werden sollten. »Hab' ich Sie gewarnt oder nicht«, sagte Oppenheimer, »Ringkämpfe gut, aber ewig Ringkämpfe! wen interessiert das?« Esch konnte es recht sein; er brauchte sich ja bloß seinen Nutzen bei Gernerths Rückkunft auszahlen zu lassen, und je eher Schluß gemacht würde, desto eher kämen sie nach Amerika.

Diesmal nahm er Teltscher freiwillig zum Mittagessen mit, denn jetzt galt es, das amerikanische Projekt in Angriff zu nehmen. Kaum auf der Straße, zog Esch die gewisse Liste aus der Tasche und zählte die Mädchen zusammen, die er für die Reise vorgemerkt hatte. »Ja, ich hab' auch schon welche«, sagte Teltscher, »aber vorher muß mir der Gernerth mein Geld zurückgeben.« Esch wunderte sich, denn Teltscher hätte doch aus Lohbergs und Ernas Einschüssen befriedigt werden sollen. Teltscher sagte ärgerlich: »Und mit welchem Geld, glauben Sie, haben wir die Ringkämpfe finanziert? Er war doch passiv, verstehen Sie das nicht? Den Fundus hat er mir verpfändet, aber was fang' ich mit dem Fundus in Amerika an?« Dies war zwar etwas erstaunlich, aber immerhin, wenn das Ringkampfgeschäft liquidiert war, würde Gernerth flüssig werden und Teltscher konnte reisen. »Die Ilona kommt mit«, entschied Teltscher. Da wirst du dich irren, mein Lieber, dachte Esch, Ilona hatte mit diesen Dingen nichts mehr zu tun; mochte sie auch jetzt noch bei Korn liegen, es wird nicht lange währen, in Bälde wird sie auf einem fernen, unerreichbaren Schloß wohnen, in dessen Park die Rehe äsen. Er sagte, daß er noch zum Polizeipräsidium müsse, und sie machten den kleinen Umweg. In einem Papierladen kaufte Esch Zeitungen und einen Briefumschlag; die Zeitungen steckte er ein, und den Briefumschlag versah er sogleich mit einer schlingenreichen Anschrift. Dann entnahm er der Brieftasche die sorglich gefaltete Anzeige, tat sie in den Umschlag und ging zum Präsidium hinüber. Als er aus dem Gebäude zurückkam, setzte er das Gespräch fort: es sei überflüssig, daß Ilona mitführe. »Keine Red'«, sagte Teltscher, »erstens die glänzenden Engagements, die wir drüben finden, und zweitens, falls aus der Reise nichts wird, muß man hier an die Arbeit. Genug hat sie gefaulenzt; ich hab' ihr auch schon geschrieben.« – »Unsinn«, sagte Esch grob, »wenn man Mädchenhändler ist, nimmt man keine Frau mit.« Teltscher lachte: »No, wenn Sie der Meinung sind, daß ich es lassen soll, dann kaufen Sie mir die Chancen drüben ab. Sie sind ja jetzt Großkapitalist... von einer Geschäftsreise bringt man meistens Geld heim?« Esch stutzte; es war, als zwinkerte Teltscher zum Polizeipräsidium hinüber, – was sollte das heißen? Was wußte der jüdische Taschenspieler? wußte er selber doch nichts von dieser Reise; er fuhr Teltscher an: »Scheren Sie sich zum Teufel, ich habe kein Geld mitgebracht.« – »Nix für ungut, Herr Esch, nehmen Sie mir's nicht übel, das war nur nebenbei.«

Sie traten bei Mutter Hentjen ein, und Esch war es wieder, als besäße Teltscher irgendeine Mitwisserschaft und könnte etwa »Mörder« zu ihm sagen. Er wagte nicht, sich im Lokale umzusehen. Endlich hob er die Augen und fand an der Stelle von Hentjens Bild einen weißen Fleck, an dessen Rand Spinnweben hingen. Er schaute zu Teltscher hinüber, und der sagte nichts, weil er offenbar nichts bemerkt hatte, nein, gar nichts hatte er bemerkt! Esch wurde fast übermütig; teils aus Übermut, teils um Teltscher von dem Bilde abzulenken, ging er zum Musikautomaten und ließ ihn sein lärmendes Stück spielen; auf den Lärm hin erschien Mutter Hentjen, und es gelüstete Esch, sie mit lauter und vertrauter Herzlichkeit zu begrüßen: er hätte sie gerne als Frau Esch vorgestellt, und wenn er solch liebevollen Scherz unterdrückte, so geschah es nicht nur, weil er ihr dankbar war und bereit, sie in ihrer Zurückhaltung zu schonen, sondern auch weil der Herr Teltscher-Teltini eines solchen Vertrauens durchaus unwürdig war. Hingegen fühlte sich Esch keineswegs bemüßigt, diese Diskretion allzu weit zu treiben, und als Teltscher sich nach Tisch zu gehen anschickte, begleitete er ihn nicht wie sonst, um dann auf Umwegen zurückzukommen, vielmehr sagte er offen, daß er noch bleiben und seine Zeitungen lesen wolle. Er nahm die Zeitungen aus der Tasche, aber er steckte sie wieder ein. Blieb sitzen. Friedlich ruhten seine Hände auf den Knien. Er mochte nicht lesen. Betrachtete den hellen Fleck an der Wand. Und wie es still geworden war, ging er hinauf. Er war Mutter Hentjen dankbar und sie hatten einen angenehmen Nachmittag. Sie sprachen wieder vom Verkauf der Wirtschaft und Esch meinte, daß vielleicht Oppenheimer einen Käufer finden würde. Und sprachen zärtlich von ihrer Heirat. An der Decke des Alkovens war ein Fleck, der wie ein dunkler Schmetterling aussah; aber es war bloß Schmutz.

Abends wollte er sich pflichtgemäß auf die Mädchensuche begeben. Indes er überlegte sich's, mußte erst mal schauen, was der Junge, der Harry trieb. Er suchte ihn vergebens und wollte das Saulokal schon verlassen; da kam Alfons. Der Dicke war in einem komischen Zustand; seine fettigen Haare klebten in Unordnung am Schädel, sein Seidenhemd stand offen, ließ die haarlose weiße Brust sehen und irgendwie war man an zerwühlte Polster gemahnt. Esch mußte lachen. Der Dicke ließ sich an einem Tisch beim Eingang nieder und ächzte. Esch stand vor ihm und lachte noch immer, doch es war, als wollte er damit etwas betäuben: »Hallo, Alfons, was gibt es?« Der Musiker sah ihn aus seinem Fett heraus glanzlos und feindselig an. »Laß dir was zu trinken geben und sag', was los ist.« Alfons trank einen Kognak und schwieg. Endlich: »Heiliger Gott... das ist unerhört... ist dran schuld und fragt, was los ist!« – »Red' keinen Unsinn, was ist los?« – »Heiliger Gott! er ist tot!« Alfons stützte das Gesicht in die Hände und stierte vor sich hin; Esch setzte sich an den Tisch. »Also, wer ist tot?« Alfons stammelte: »Er hat ihn zu sehr geliebt.« Nun war es wieder komisch: »Wer? wen?« Alfons' Stimme kippte um: »Stellen Sie sich doch nicht so; Harry ist tot...« So so, Harry war tot, Esch wollte es eigentlich nicht verstehen, schaute etwas verständnislos auf den Dikken; dem liefen die Tränen über die Backen: »Mit Ihren Reden haben Sie ihn damals ganz irrsinnig gemacht... er hat ihn zu sehr geliebt... wie er es in der Zeitung gelesen hat, hat er sich eingeschlossen... heute mittags... und jetzt haben wir ihn gefunden... Veronal.« So so, Harry war tot; das hatte irgendwo seine Richtigkeit, es hatte so kommen müssen. Esch wußte nur nicht, welche Richtigkeit es damit hatte. Er sagte »Armer Kerl«, und plötzlich wußte er es, war voll eines befreiten Glükkes, weil er mittags den Brief beim Polizeipräsidium abgegeben hatte; hier hoben sich endlich einmal Mord und Gegenmord, Post und Gegenpost kontomäßig auf, hier war einmal ein korrekt glattgestelltes Konto gefunden! Komisch nur, daß er trotzdem an etwas schuld sein sollte; er sagte nochmals: »Armer Kerl... warum hat er es getan?« Alfons glotzte ihn entgeistert an: »Er hat es doch in der Zeitung gelesen...« – »Was?« – »Da«, Alfons deutete auf den Pack Zeitungen, die aus der Rocktasche Eschs hervorlugten. Esch zuckte die Achseln, – die Zeitungen hatte er vergessen. Er zog sie heraus: da stand nun schwarzumrandet und groß und in vielen Wiederholungen auf der letzten Seite, denn keine seiner Unternehmungen, noch die Beamten, noch die Arbeiter hatten sich die Wehmut nehmen lassen, die Trauernachricht auszugeben, daß Herr Eduard v. Bertrand, Vorsitzender des Aufsichtsrates, Ritter hoher Orden usw., nach kurzem schwerem Leiden heimgegangen sei. Im Texte vorne aber war neben ehrenvollen Nachrufen zu lesen, daß der Verblichene mutmaßlich in plötzlicher geistiger Umnachtung durch einen Revolverschuß seinem Leben ein Ende bereitet habe. Dies alles las Esch und es interessierte ihn wenig. Er stellte bloß fest, wie richtig es gewesen war, daß man das Bild heute entfernt hatte. Komisch, daß ein so völlig Unbeteiligter wie dieser Musiker solches Aufhebens davon machen konnte. Mit einer kleinen ironischen Grimasse klopfte er dem Dicken wohlwollend und beruhigend auf den schwammigen Rücken, zahlte ihm den Schnaps und ging zu Frau Hentjen. Lang und bequem ausschreitend, denkt er an Martin und daß ihm der nun nicht mehr mit seinen harten Krücken nachlaufen und ihn bedrohen würde. Und auch das war gut.

Allein gelassen, legte der Musiker Alfons die Fäuste an die Schläfen und schaute ins Leere. Esch schien ihm ein böser Mann zu sein, wie alle Männer, die zu Frauen gingen, um sie zu besitzen. Er hatte die Erfahrung gemacht, daß alle diese Männer Unheil stiften. Sie schienen ihm wie Amokläufer, die durch die Welt rasen und bei deren Nahen man nichts anderes tun konnte, als sich ducken. Er verachtete diese Männer, die dumm und gehetzt dahergerannt kommen, gierig, nicht nach dem Leben, das sie offenbar überhaupt nicht sahen, sondern nach irgend etwas, das außerhalb davon lag und für das sie im Namen einer Art Liebe das Leben zerstörten. Der Musiker Alfons war zu traurig, um dies ausdrücklich durchzudenken; aber er wußte, daß diese Männer zwar mit großer Leidenschaft von der Liebe sprechen, jedoch nur Besitz meinen, oder was man sonst so darunter versteht. Auf ihn hatte man natürlich nichts zu geben, denn er war bestenfalls ein gedankenloser Mensch und ein verkommener Orchesterspieler; aber er wußte, daß man das Absolute noch lange nicht erreicht, indem man sich für eine Frau entscheidet. Und er entschuldigte auch die bösartige Wut der Männer, denn er wußte eben auch, daß sie aus der Angst und aus der Enttäuschung entspringt, wußte, daß jene leidenschaftlichen und bösartigen Männer hinter einem Stück Ewigkeit her sind, damit es sie vor der Angst beschütze, die in ihrem Rücken steht und ihnen den Tod verkündet. Ein dummer und gedankenloser Orchestergeiger war er, aber er konnte Sonaten auswendig spielen, und vielerlei wissend, durfte er trotz seiner Traurigkeit darüber lächeln, daß die Leute in ihrer angstvollen Sucht nach dem Absoluten sich ewig lieben wollen, vermeinend, ihr Leben werde dann kein Ende nehmen und ewig währen. Mochten sie ihn geringschätzen, weil er auch Potpourris und Polka-schnell spielen mußte, er hatte trotzdem erkannt, daß diese Gehetzten, die das Unvergängliche und Absolute im Irdischen suchen, immer nur Sinnbild und Ersatz finden für das, was sie suchen, ohne daß sie es benennen könnten: denn sie sehen den Tod des andern ohne Bedauern und ohne Traurigkeit, so sehr sind sie von dem eigenen besessen; sie jagen nach dem Besitz, um von ihm besessen zu werden, weil sie in ihm das Feste und Unwandelbare erhoffen, das sie besitzen und behüten soll, und sie hassen die Frau, für die sie sich in Blindheit entschieden haben, hassen sie, weil sie bloßes Sinnbild ist, das sie voll Wut zerschlagen, wenn sie sich wieder der Angst und dem Tode preisgegeben finden. Der Musiker Alfons empfand Mitleid mit den Frauen; denn wollen sie es auch nicht besser haben, so sind sie doch nicht dieser zerstörend stupiden Besitzleidenschaft verfallen und sie sind weniger von Angst gejagt, sind verzückter, wenn sie Musik vorgesetzt bekommen, stehen mit dem Tode in innigerer und vertrauterer Beziehung: darin gleichen die Frauen den Musikern, und mag man selber auch nur ein fetter homosexueller Orchestermusiker sein, man darf sich ihnen verwandt fühlen, darf ihnen ein Stück der Ahnung zugestehen, daß der Tod etwas Trauriges und Schönes sei, wissend, daß sie nicht deshalb weinen, weil man ihnen einen Besitz weggenommen hat, sondern etwas, was zu benützen und anzusehen, gut und sanft war. Oh, welche Wirrseligkeit ist das Leben, unverstanden von den Besitzsüchtigen, kaum verstanden von den anderen, und doch geahnt von der Musik, die klingendes Sinnbild alles Gedachten, die Zeit aufhebt, um sie in jedem Takte zu bewahren, den Tod aufhebt, um im Klange neu ihn erstehen zu lassen. Wer dies, gleich den Frauen und den Musikern, erahnt hat, der durfte es auf sich nehmen, gedankenlos und dumm zu sein, und der Musiker Alfons befühlte die Fettwülste seines Leibes, als wären sie eine gute weiche Decke, durch die hindurch man etwas Wertvolles und Liebenswertes tasten konnte: mochten die Leute ihn verachten und als weibisch beschimpfen, ja, er war bloß ein armer Hund, aber nichtsdestoweniger war er der Vielfalt der Ewigkeit seliger und lässiger und weicher hingegeben, als jene die ihn beschimpften und die dennoch nur einen kleinen irdischen Ausschnitt zum Sinnbild und Ziel ihres traurigen Strebens machen. Er war es, der die anderen verachten durfte. Auch Esch tat ihm leid, und er mußte an die heroischen Kampfesklänge denken, die die Ringer beim Betreten der Arena begleiten, damit der Kämpfer angestachelter Mut den Tod vergäße, der hinter ihnen steht. Er überlegte, ob er bei Harry Totenwache halten sollte, aber es graute ihm vor dem wachsenen Antlitz und er zog vor, sich zu betrinken und die Gäste und Kellner zu betrachten, die sich bewegten und doch den Stempel des Todes in ihren Gesichtern trugen.

Ilona aber erhob sich zur nämlichen Stunde dieser Nacht vom Lager und betrachtete beim Schein des kleinen roten Öllichtes unter dem Muttergottesbild den schlafenden Balthasar Korn. Er schnarchte, und wenn das Dröhnen aussetzte, war es wie das Verstummen der Musik im Theater vor ihrer Nummer; in das Pfeifen seines Atems klang dann das dünne Sausen geschleuderter Messer. Freilich daran dachte sie nicht, obwohl der Brief Teltschers sie zur Arbeit zurückrief. Sie betrachtete Korn und versuchte sich vorzustellen, wie er ohne den schwarzen Schnauzbart und als kleiner Junge ausgesehen haben mochte. Sie wußte nicht genau, warum sie dies tat, aber es schien ihr, als würde die Muttergottes an der Wand ihr die Sünde dann eher vergeben. Denn Sünde war es, daß vor der Jungfrau heiligen Augen sie ihn zu unheiliger Lust benützt hatte, und wäre sie nicht frühzeitig mit der Krankheit angesteckt worden, so hätte auch sie Kinder gehabt. Korn verlassen zu müssen, war ihr gleichgültig, sie wußte, daß ein anderer nachfolgen werde, und es war ihr gleichgültig zu Teltscher zurückzukehren; sie machte sich keine Gedanken darüber, daß der in Köln auf sie wartete und daß er ihr verfallen war, sondern sie wußte bloß, daß er sie brauchte, damit er seine Messer nach ihr werfen könne. Auch daß sie nach Amerika fahren sollte, war ihr gleichgültig. Sie war schon allzuviel herumgereist, und Amerika war eine Stadt wie jede andere. Sie lebte ohne Hoffnung und ohne Angst. Sie hatte gelernt, Menschen zu verlassen, aber für heute fühlte sie sich noch als Besitz Korns. Sie trug eine Narbe am Halse, und sie hatte dem Mann, dem sie damals untreu war, recht gegeben, als er sie töten wollte. Wäre Korn ihr untreu geworden, so hätte sie ihn nicht getötet, sondern mit Vitriol begossen. Ja, eine solche Verteilung dünkte ihr in der Eifersucht angemessen, denn wer besitzt, will vernichten, doch wer bloß benützt, kann sich begnügen, das Objekt unbrauchbar zu machen. So gilt es für alle Menschen und auch für die Königin von England. Denn die Menschen sind alle gleich und keiner vermag dem andern etwas Gutes zu tun. Stand sie auf der Bühne, so war es licht, und lag sie bei einem Manne, so war es dunkel. Leben bedeutete essen und Essen bedeutete leben. Einmal hatte sich einer ihrethalben umgebracht: es hatte sie nicht sehr berührt, aber sie dachte gerne daran. Alles übrige versank im Schatten und in dem Schatten bewegten sich die Menschen wie dunklere Schatten, die ineinander verflossen und wieder auseinander strebten. Alle taten nur Unheil, als ob sie sich strafen müßten, wenn sie Lust aneinander suchten. Sie war ein wenig stolz, weil auch sie Unheil brachte, und als jener sich getötet hatte, war es wie eine Sühne und eine Entschädigung, die ihr von Gott für ihre Unfruchtbarkeit zuerkannt worden war. Vieles war unbegreiflich, eigentlich alles. Man konnte über den Sinn der Geschehnisse nicht nachdenken; nur wenn Kinder zur Welt kamen, schien sich das Schattenhafte zu verdichten und körperlich zu werden und dann war es, als ob eine süße Musik die Welt der Schatten ewiglich erfülle. Deshalb trägt Maria wohl auch den Jesusknaben dort droben über dem roten Lichte. Erna wird heiraten und Kinder bekommen: warum nahm Lohberg nicht sie, statt der spitzigen gelblichen Kleinen. Sie betrachtete Korn und fand in seinem Gesicht nichts von dem, was sie suchte; seine behaarten Fäuste lagen auf der Decke und waren niemals zart und jung gewesen. Es graute ihr vor seinem rotbeleuchteten fleischigen Antlitz, in dem der Schnurrbart stand, und sie ging mit ihren nackten Füßen leise zu Erna hinüber, glitt weich und lässig neben sie, schmiegte sich zärtlich an ihren eckigen Körper, und in dieser Lage schlief sie ein.

Nun benahm sich Esch schon fast wie ein Bräutigam oder richtiger wie ein Beschützer, denn sie hatten von ihrer Verbindung zwar noch nichts verlauten lassen, Esch hingegen wußte, was sich einer schwachen Frau gegenüber ziemt, und sie gestattete, daß er ihre Interessen wahrte. Nicht nur mit dem Mann, der das Mineralwasser und das Eis brachte, durfte er unterhandeln, sondern auch mit Oppenheimer, der auf seine Anregung hin mit der Veräußerung der Wirtschaft betraut worden war. Der rührige Oppenheimer nämlich betrieb nebst seinem Theatergeschäft, wenn es darauf ankam, auch die Vermittlung von Realitäten und sonst noch allerhand Agenturen, und war selbstverständlich gerne bereit, diesem Geschäft alle Aufmerksamkeit zuzuwenden. Für den Augenblick allerdings hatte er andere Sorgen im Kopfe. Er war gekommen, um das Haus zu besichtigen, aber mitten auf der Stiege blieb er stehen und sagte: »Nicht zu erklären, die Sache mit dem Gernerth; es wird ihm doch Gott behüt' nichts zugestoßen sein... übrigens, was kümmert's mich, ist ja nicht mein Geschäft.« Und wenn er sich damit auch immer wieder selber zu beruhigen trachtete, er kam ebenso oft darauf zurück, daß Gernerth jetzt schon acht Tage ausgeblieben sei, jetzt eben, wo Ihr die Kämpfe abschließen wollt und das Geld doch brauchen werdet für die Honorar' und für die rückständige Pacht. Daß der Gernerth, so ein anständiger Mensch, mit Pacht rückständig werden könnte, hätte er sich auch nie gedacht. Und dabei ist das Geschäft bis zuletzt glänzend, geradezu glänzend gegangen. Jetzt natürlich reicht's nicht, die Spesen zu decken. Na, höchste Zeit, daß Schluß gemacht wird. »Und das Pferd, der Teltscher, läßt ihn wegfahren und hat keine Kassaschlüssel und kann über nichts verfügen. Er hat doch Geld bei der Darmstädter gehabt!... zu erhaben, der Herr Teltscher, um sich darum zu kümmern, der Herr Künstler.«

Esch hatte bisher unbeteiligt zugehört, um so mehr als es ihm ganz begreiflich erschien, daß Teltscher lieber an Amerika dachte als an die absterbende Ringkämpferei. Nun aber horchte er auf: Geld bei der Darmstädter? Er fuhr Oppenheimer an: »In dem Geld bei der Darmstädter steckt die Einlage meiner Freunde; das Geld muß her!« Oppenheimer wiegte den Kopf: »Eigentlich kümmert's mich blutwenig«, sagte er , »auf alle Fälle werd' ich dem Gernerth nach München telegraphieren. Er soll kommen, Ordnung machen. Recht haben Sie, was soll man die Sache herumziehen.« Esch billigte die Maßnahme, und das Telegramm wurde abgeschickt; sie erhielten keine Antwort. Beunruhigt sandten sie zwei Tage später eines mit Rückantwort an Frau Gernerth und mußten erfahren, daß Gernerth gar nicht daheim gewesen sei. Das war verdächtig. Und am Wochenende hatten die Zahlungen zu erfolgen! Man war genötigt, die Polizei zu verständigen; die Polizei eruierte bei der Darmstädter, daß schon vor etwa drei Wochen der ganze Rest des Kontos von Gernerth abgehoben worden sei, und nun gab es keinen Zweifel mehr: Gernerth war mit dem Gelde durchgebrannt! Teltscher, welcher bis zum letzten Augenblick Gernerth verteidigt hatte, und sich nun den dümmsten Juden auf Erden nannte, weil er wieder so einem schlechten Menschen aufgesessen war, Teltscher wurde verdächtigt, Gernerth in die Hände gearbeitet zu haben. Angesichts des verpfändeten Fundus hatte er alle Mühe, seine Unschuld zu beweisen; freilich, was nützte es, daß ihm dies gelang, – er behielt kaum so viel Geld in der Tasche, um die nächsten Tage sein Leben fristen zu können. Hilflos wie ein Kind, beschuldigte er sich und die Welt, sprach nur immer wieder davon, daß Ilona kommen solle, und tagtäglich lag er Oppenheimer mit dem Wunsche nach einem sofortigen Engagement in den Ohren. Oppenheimer hatte es leichter, den Kopf oben zu behalten, denn es ging nicht um sein Geld; er tröstete Teltscher: es sei doch nicht so arg, ein Teltscher-Teltini als Besitzer des Fundus werde einen prächtigen Theaterdirektor abgeben; wenn er nur etwas Betriebskapital aufbrächte, wäre alles in schönster Ordnung und er werde mit dem alten Oppenheimer noch manches Geschäft abschließen. Dies leuchtete Teltscher ein, er gewann seine Regsamkeit so sehr und so geschwind zurück, daß er alsbald einen neuen Plan ausgeheckt hatte, und spornstreichs lief er damit zu Esch.

Esch aber war durch die eingetretene Wendung mehr als gereizt. Obwohl er stets geahnt, ja sogar gewußt hatte, daß es zu der Reise niemals kommen würde, und obwohl er vielleicht auch deshalb die Anwerbung der Mädchen bloß in so beiläufiger und laxer Weise betrieben hatte, und obwohl er sogar eine gewisse Befriedigung empfand, weil sein inneres Wissen recht behalten hatte: sein Leben war dennoch auf das amerikanische Projekt gerichtet gewesen und er war nun aufs tiefste erschüttert, schien es ihm doch, als ob seiner Beziehung zu Mutter Hentjen der Boden abgegraben worden sei. Wohin sollte er mit ihr? und wie stand er vor der Frau da?! Als Herrn über diese ganze Künstlerbande hatte sie ihn sehen wollen, und so schmählich war er der Bande auf den Leim gekrochen! Er schämte sich vor Mutter Hentjen.

In diese Stimmung platzte Teltscher mit seinem Projekt: »Hören Sie, Esch, jetzt sind Sie ja Großkapitalist, Sie könnten mein Kompagnon werden.« Esch starrte ihn an wie einen Irrsinnigen: »Kompagnon? Sie sind wohl verrückt? Sie wissen ebensogut wie ich, daß es mit Amerika Essig ist.« – »Man kann auch in Europa verdienen«, sagte Teltscher, »und wenn Sie Ihr Geld fruchtbringend doch anlegen wollen...« – »Welches Geld?!« schrie Esch. No, no, deshalb brauche er nicht zu schreien; es sei angeblich vorgekommen, daß jemand etwas geerbt hätte, sagte Teltscher und machte Esch damit vollends wütend: »Sie sind komplett verrückt geworden«, brüllte er, »was soll das Gefasel? Nicht genug, daß ich Ihnen einmal 'reingefallen bin...« – »Wenn Gernerth, der Schuft, durchgeht, können Sie mich nicht verantwortlich machen...«, sagte Teltscher gekränkt, »ich bin mehr geschädigt als Sie, und weil es mir elendig geht, brauchen Sie mich nicht zu beleidigen, wo ich Ihnen ein loyales Geschäft bringe.« Esch brummte: »Es handelt sich nicht um meinen Schaden, sondern um den meiner Freunde...« – »Ich bringe Ihnen die Möglichkeit, das Geld wieder hereinzubekommen.« Das war natürlich eine Hoffnung, und Esch fragte, wie Teltscher sich die Sache vorstelle. Nun, mit dem Fundus kann man schon etwas anfangen, das sagt auch Oppenheimer, und Esch habe doch selber gesehen, daß sich etwas verdienen lasse, sobald man es mit einiger Geschicklichkeit anpacke. »Und wenn nicht?« Dann allerdings gäbe es keinen anderen Ausweg, als den Fundus zu versteigern und irgendein Engagement mit Ilona anzunehmen. Esch wurde nachdenklich: so? dann müßte Teltscher wieder mit Ilona in Engagement gehen... Messer werfen?... so, so..., er wollte es sich überlegen...

Am nächsten Tage erkundigte er sich bei Oppenheimer, denn Teltscher gegenüber war alle Vorsicht geboten. Oppenheimer bestätigte Teltschers Angaben. »So?... er müßte also dann wieder mit Ilona ein Engagement annehmen...« – »An mir soll's nicht fehlen, ich werd' ihm schon ein Engagement verschaffen«, sagte Oppenheimer, »was soll er denn sonst beginnen, der Teltscher?« Esch nickte: »Und wenn er selber eine Pachtung übernimmt, braucht er Geld...?« – »Sie haben also die paar Tausender nicht zur Verfügung?« fragte Oppenheimer. Nein, die hatte er nicht. Oppenheimer wiegte den Kopf hin und her: ohne Geld ging es nicht; vielleicht könnte man jemanden andern für das Geschäft interessieren... wie wäre es zum Beispiel mit Frau Hentjen, welche, so sagt man, ihre Wirtschaft verkaufen wolle und eine Menge Geld freibekäme. Darauf habe er keinen Einfluß, sagte Esch, aber er werde es Frau Hentjen vortragen.

Er tat es nicht gerne, es war eine neue Aufgabe, doch sie war nicht zu umgehen. Esch fühlte sich in hinterhältiger Weise angegriffen. Möglich, daß trotz allem der Oppenheimer mit Teltscher unter einer Decke steckte; die beiden Juden! Warum sollte so einem Kerl nichts anderes übrig bleiben wie Messerschmeißen? als ob es keine ehrliche und anständige Arbeit gäbe! Und was hatte der von Tod und Erbschaft zu faseln? In eine Sackgasse hatten sie ihn hineingetrieben, als wüßten sie, daß nichts mehr ungeschehen gemacht werden durfte, sollte Ilona vor den Messern und die Welt vor dem Unrecht bewahrt bleiben, sollte Bertrand nicht umsonst geopfert und das Bild Herrn Hentjens nicht umsonst entfernt worden sein! Nein, es konnte und durfte nichts mehr rückgängig gemacht werden, denn um die Gerechtigkeit und um die Freiheit ging es, um die Freiheit, die man den Demagogen und den Sozialisten und den feilen Zeitungsschmierern nicht länger überantworten durfte. Das war die Aufgabe. Und daß er das Geld für Lohberg und Erna zu retten hatte, das schien wie ein Teil und wie ein Sinnbild jener höheren Aufgabe. Und falls Teltscher seine Pachtung nicht bekam, war das Geld endgültig verloren! Es gab kein Entrinnen. Esch wog die Konti gegeneinander ab, rechnete nach, und aus der Rechnung ergab sich die eindeutige Lösung: er mußte Mutter Hentjen bewegen, sich gleich ihm in den Dienst der Aufgabe zu stellen.

Nachdem er klar gesehen hatte, wichen Unsicherheit und Zorn von ihm. Er setzte sich auf sein Rad, fuhr nach Hause und schrieb an Lohberg einen ausführlichen Bericht über das unglaubwürdige und empörende Verbrechen des Herrn Direktor Gernerth, hinzufügend, daß er für die Rettung der Einlage sofort zuverlässige Vorsorge getroffen habe, und er bitte das werte Fräulein Erna, beruhigt zu sein.

Mit Amerika war's also Essig. Endgültig. Jetzt hieß es in Köln bleiben. Die Käfigtür war zugefallen. Man war eingesperrt. Die Fackel der Freiheit war erloschen. Sonderbarerweise konnte er Gernerth nicht böse sein. Viel eher war die Schuld einem Größeren anzulasten, einem, der trotz Verlockung und Hoffnung vornehm es verschmäht hat, nach Amerika zu flüchten. Ja, so war wohl das Gesetz, wenn auch nicht die Gerechtigkeit: wer sich opfert, der muß eben zuerst seine Freiheit hergeben. Nichtsdestoweniger blieb es eine unwahrscheinliche Lage. Esch wiederholte: »Eingesperrt«, als müßte er sich's selber bestätigen. Und beinahe guten Glaubens und nur zu einem geringen Teil mit schlechtem Gewissen erzählte er Mutter Hentjen, daß sie die Amerikareise bis auf weiteres verschieben müßten, da Gernerth vorausgefahren sei, das Geschäft drüben in Angriff zu nehmen.

Mutter Hentjen freilich durfte man erzählen, was man wollte; sie hatte sich weder für die Ringkämpferei, noch für den Herrn Direktor Gernerth je interessiert, und von den äußeren Geschehnissen nahm sie überhaupt bloß das auf, was ihr in den Kram paßte. So hörte sie auch jetzt nichts anderes, als daß es zu der gefürchteten Fahrt ins Abenteurerland nicht kommen werde, und es war wie ein laues Bad der Beruhigung, in das ihre Seele unverhofft gesetzt worden war, und das sie erst schweigend genießen mußte, ehe sie sagte: »Morgen lasse ich den Maler holen, sonst wird's Winter und die Wände trocknen nicht ordentlich.« Esch war bestürzt: »Malen? Du willst die Wirtschaft ja verkaufen!« Mutter Hentjen stemmte die Arme in die Hüften: »Nee, bis wir reisen hat es gute Weile, – ich lasse malen, das Haus soll schön sein.« Esch gab nach, zuckte die Achseln: »Möglich, daß wir's im Kaufpreis wieder hereinbringen.« – »Ja«, sagte Mutter Hentjen. Trotzdem konnte sie einen Rest Unsicherheit nicht abschütteln – wer wußte schon, ob das amerikanische Gespenst wirklich gebannt war –, und sie befand es für durchaus angemessen, sich ihre Bleibe und Sicherheit was kosten zu lassen. Daher waren Esch und Oppenheimer höchst angenehm überrascht, als es bloß wenigen Zuredens bedurfte, um Frau Hentjen zu der Einsicht zu bringen, daß das Theatergeschäft während Gernerths Abwesenheit finanziert werden müßte; und ebenso rasch war ihre Zustimmung zu einem Hypothekarisierungsantrag auf das Haus zu erlangen, den Oppenheimer vorsichtshalber gleich mitgebracht hatte. Das Geschäft wurde perfekt gemacht und Oppenheimer verdiente 1% Provision.

Solcherart wurde Mutter Hentjen Teilhaberin an Teltschers neuem Theaterunternehmen; kraft Oppenheimers Vermittlung wurde es in dem betriebsamen Duisburg eingepachtet und berechtigte zu der Hoffnung, daß Mutter Hentjen an reichlichen Gewinnen partizipieren würde. Esch hatte drei Bedingungen gesetzt: erstens behielt er sich das buchhalterische Kontrollrecht vor, zweitens waren vor Auslösung des Fundus die Kapitalrückstände an Lohberg und Erna auszubezahlen (das war nur recht und billig, wenn auch Mutter Hentjen nichts davon zu wissen brauchte), und drittens legte er den verwunderten Herren Teltscher und Oppenheimer die vertragliche Verpflichtung auf, die Glanznummer des Messerwerfens aus den allfälligen Jongleurvorführungen zu streichen. »Meschugge«, sagten die beiden Herren; aber Esch kehrte sich nicht daran.

Soweit hatten sich die Dinge eigentlich in eine recht anständige Ordnung gefügt. Das von Mutter Hentjen gebrachte Opfer hatte ihn nur auf ewig ihr verpflichtet und seine Entscheidung unwiderruflich gemacht. Zwar war die verhaßte Wirtschaft noch nicht verkauft, doch war die Hypothek gleichsam ein erster Schritt zur Vernichtung der Vergangenheit. Und auch in Mutter Hentjens Verhalten gab es manches, was als Beginn eines neuen Lebens deutbar gewesen wäre. Sie widersprach nicht seinen Heiratsplänen, sowenig sie der Hypothek widersprochen hatte, und ihre Seele war von einer Weichheit erfüllt, die bisher niemand an ihr gekannt hatte. Der Herbst war frühzeitig und kühl gekommen, und sie trug wieder das graue Barchentzeug und war oft ohne Mieder. Sogar ihre starre Frisur schien sich zu lockern; kein Zweifel, sie wandte nicht mehr die alte, adrette Sorgsamkeit an ihre äußere Erscheinung, und auch darin schied sich Vergangenes von Gegenwärtigem.

Esch stapfte durch das Haus. War man schon beschäftigungslos und eingesperrt, so sollte es sich wenigstens verlohnen. Allerdings, ein neues Leben war dies nicht zu nennen. Er saß beim Frühstück in der Wirtsstube und zum Abendbrot saß er noch immer dort. Mutter Hentjen äußerte Verschiedenes über einen Tunichtgut und Müßiggänger, der sich hier breit machte, aber sie fütterte ihn gern. Esch ließ sich beides gefallen. Studierte seine Zeitung, und manchmal betrachtete er die Ansichtskarten im Spiegelrahmen; war froh, daß es keine mit seiner eigenen Handschrift darunter gab. Und schandenhalber beaufsichtigte er die Maler und Anstreicher. Mutter Hentjen hatte leicht reden. Was die sich schon um das neue Leben kümmerte! Frauen haben es überhaupt einfacher – Esch mußte lachen – die können das neue Leben überall tragen, speziell unterm Herzen. Deshalb wohl mögen sie nicht raus in die neue Welt, haben schon alles in ihren vier Wänden, meinen, daß sie bloß im Käfig zu sitzen brauchen, um unschuldig zu werden! Da putzen und scheuern sie und glauben, daß es mit dem bißchen Maschinenordnung getan sei! Das neue Leben im Käfig? als ob das so einfach wäre!

Nein, mit kleinen Mittelchen, mit kleinen Veränderungen war das neue Leben, war der Stand der Unschuld im Kerker nicht zu errichten. Dem Unveränderlichen, dem Gewesenen, dem Irdischen ist nicht so leicht beizukommen. Unverändert stand das Haus, und von der lausigen Hypothek war ihm nichts anzumerken. Unverändert standen die Straßen, standen die Türme, um die der Herbstwind pfiff, und vom Hauch der Zukunft war nichts mehr zu spüren. Und eigentlich wäre es notwendig, Köln an allen vier Enden anzuzünden, es dem Erdboden gleichzumachen, damit kein Stein auf dem andern bliebe, die Vergangenheit und die Erinnerungen Mutter Hentjens wachzurufen. Denn was half's, daß Mutter Hentjen ihre Haare jetzt weniger adrett gebürstet trug: unverändert stolzierte sie durch die Straßen, und die Leute lüpften den Hut und jeder wußte, wessen Namen sie führte. Weiß Gott, so war es nicht gedacht gewesen, als man um des Opfers willen ihr Altern und das Verlöschen ihrer Reize auf sich genommen hatte. Ja, würden ihre Haare über Nacht erbleichen, würde sie mit einem Schlage zu einer ganz alten Frau werden, die sich an nichts erinnert, unkenntlich jedem, eine Fremde, der gewohnten Umgebung durch nichts mehr verknüpft, – ja, das wäre das neue Leben! Und Esch mußte daran denken, daß jedes Kind die Mutter altern macht, und daß kinderlose Frauen nicht altern: unverändert und tot sind sie, besitzen keine Zeit. Aber wenn sie das neue Leben erwarten, so sind sie voll Hoffnung, daß ihre Zeit wieder gezählt werde, und es ist Altern und neue Jungfrauschaft zugleich, ist Hoffnung auf den Stand der Unschuld alles Lebendigen, Vortraum des Todes, dennoch neues Leben, Reich der Erlösung in der alten Welt. Süße nie erfüllte Hoffnung.

Freilich, Mutter Hentjens Geschmack wäre das kaum gewesen. Anarchistische Ideen würde sie's nennen. Vielleicht sogar mit Recht. Man hat eben revolutionäre Gedanken, führt revolutionäre Reden, wenn man in einen Kerker gerät. Weiß selber nicht, daß man's tut. Esch stieg treppauf, treppab, fluchte auf das Haus, fluchte auf die Stufen, fluchte auf die Handwerker. Schön sah das neue Leben hier aus! Der helle Fleck an der

Wand, wo des Schenkwirts Bild gehangen hatte, war jetzt übermalt, so daß man meinen konnte, das Bild sei lediglich der Ausmalung wegen entfernt worden. Aus keinem andern Grunde. Esch starrte zur Wand hinauf. Nein, es war überhaupt kein neues Leben, das da begonnen wurde, sondern im Gegenteil, die Zeit sollte zurückgedreht werden. Diese Frau hatte es ja förmlich darauf angelegt, alles rückgängig und ungeschehen zu machen. Und eines Tages kam sie von der Putzarbeit ins Lokal herunter, atemlos und schwitzend und dennoch befriedigt: »Uff, man sollte es nicht glauben, wie dringend das Haus diese Arbeit schon gebraucht hat.« Esch sagte zerstreut: »Wann ist's denn zuletzt hergerichtet worden?« doch plötzlich dämmerte es ihm, daß dies anläßlich ihrer Verheiratung mit Hentjen gewesen sein mußte; er schlug auf den Tisch, daß die Teller klirrten, schrie: »Der Käfig wird eben nur dann ausgemalt, sooft ein neuer Vogel hineingesetzt wird!« Nicht viel hätte gefehlt, daß er sie mitten im Lokal geprügelt hätte. Er hatte es satt, sich den Kopf in den Nacken drehen zu lassen, immer wieder in die Vergangenheit schauen zu müssen. Dabei verlangte sie noch, daß er um sie werbe; denn mit der Heirat schien's ihr durchaus nicht dringend. Allenthalben, unabweisbar drängte sich das Gewohnte wieder auf. Und sichtbarlich genug floß in all ihrer neuen Bequemlichkeit und Weichheit ein breiter Streifen Seßhaftigkeit, und alles sprach dafür, daß sie nicht nur ihr altes Leben wieder aufzunehmen und für alle Ewigkeit fortzusetzen gedachte, sondern es war auch, als wollte sie die Liebe mitsamt dem Liebhaber zum Range einer nebensächlichen Verzierung, zu einer Art Malerei im Hause ihres Lebens herabdrücken. Und sogar jene halboffizielle Vertrautheit, die sie ihm gewissermaßen als Unterpfand ihres Bundes gewährt hatte, trachtete sie wieder einzuschränken. Fuhr er nach Duisburg, Teltschers Abrechnungen zu überprüfen, so fand sie kein Wort der Anerkennung, und lud er sie ein, vielleicht mal mitzukommen, so nannte sie dies eine Zumutung und stellte es ihm anheim, gleich dort zu bleiben: dort nämlich passe er hin.

Mutter Hentjen hatte recht! Auch diesmal! Zeigte ihm mit Recht, daß er in ihrem Hause nichts weiter als ein eben noch geduldeter fremder Waisenknabe war, einer, mit dem es keinerlei Gemeinschaft geben durfte. Und trotzdem hatte sie nicht recht! Und das war vielleicht das ärgste. Denn hinter der scheinbar berechtigten Ablehnung, hinter der scheinbar gerechten Strafe blickte stets aufs neue die alte blöde Furcht hervor, auch er – er, August Esch! – könnte es mit der Heirat bloß auf ihr Geld abgesehen haben. Das wurde wieder einmal sehr deutlich, als die Hypothekardokumente eintrafen; da schnüffelte Mutter Hentjen eine Zeitlang beleidigt herum, und sagte schließlich vorwurfsvoll: »Schade um die hohen Zinsen... ich könnte das ganz gut aus meinem Sparkassageld zurückzahlen«, womit es denn sonnenklar zutage trat, daß sie stille Reserven besaß und sie lieber verheimlichte, ja lieber eine Hypothek aufnahm, als daß sie ihm Einblick gewährte. Von einer wirklichen buchhalterischen Kontrolle ganz zu schweigen. Ja, so war diese Frau. Sie hatte nichts zugelernt, wußte nichts vom Reich der Erlösung, wollte nichts davon wissen. Und das neue Leben war ihr ein taubes Wort. Oh, sie strebte wieder zu jener geschäftlichen und magistralen Form der Liebe, der er verfallen war und die er doch nicht mehr ertrug; es war ein Kreislauf, dem er nicht entrinnen konnte. Unentrinnbar, unabänderlich stand das Gewesene. Unangreifbar. Und würde man sogar die ganze Stadt vernichten, – übermächtig bleiben die Toten.

Nun tauchte auch noch Lohberg auf. Zeigte sich mißtrauisch, weil bloß das Kapital, nicht aber der in Aussicht gestellte Gewinstanteil ausbezahlt worden war. Solche Forderungen hatten Esch gerade noch gefehlt. Allerdings, als der Idiot ein wenig verlegen und doch mit einigem Stolz andeutete, daß ihnen jeder Groschen wichtig wäre, weil Erna nun bald so weit sei und daher mit der Heirat ernst gemacht werden müsse, da klang es für Esch wie eine Stimme aus dem Jenseits, und er wußte, daß das Opfer noch nicht vollendet war. Die kleine und schäbige Hoffnung, es könnte dieses Kind, von dem er sich schon freigesprochen hatte, dennoch das Kind Lohbergs sein, erstickte in der unirdischen Gewißheit einer Sühne, verhängt über die vollkommene Liebe, zu der er sich entschieden hatte, verhängt zur Sühnung eines Frevels, in dem drohend der Mord rasselte, den Fluch der Unfruchtbarkeit über sie verhängend, während das sündig und ohne Liebe gezeugte Kind unweigerlich geboren werden würde. Und obwohl er voll Zorn war gegen Mutter Hentjen, die von nichts wußte und bloß an die Malerei in ihrem Hause dachte, statt sein Entsetzen zu teilen, sehnte er sich nach solcher Sühne, und der Wunsch, Mutter Hentjen möge den

Arm heben, ihn zu töten, wurde wieder sehr stark. Dessenungeachtet mußte er Lohberg beglückwünschen, und indem er ihm die Hände schüttelte, sagte er: »Die Gewinne sollen möglichst nachgezahlt werden... als Tauftaler.« Was blieb ihm sonst zu tun übrig? Er strich sich über das kurze steife Haar, und ein kühles prickelndes Gefühl haftete im Handteller. Von Lohberg erfuhr er auch, daß Ilona in Kürze nach Duisburg übersiedeln werde. Und er beschloß, daß ab nächstem Ersten allmonatlich Teltschers Bücher per Post nach Köln zur Kontrolle gesendet werden müßten.

Ja, was blieb sonst zu tun übrig? Es war ja alles in Ordnung. Erna wird ein eheliches Kind kriegen, und er wird Mutter Hentjen heiraten, und das Lokal wird frisch gemalt und mit braunem Linoleum bespannt. Und niemand ahnte, was sich hinter den schönen glatten Aspekten alles verbarg, keiner wußte, von wem das Kind gemacht worden war, das nun Lohbergs Namen tragen würde, und daß die vollkommene Liebe, in die er sich hatte retten wollen, nichts als Lug und Trug war, nackter Schwindel, um zu vertuschen, daß er hier als ein x-beliebiger Nachfolger des Schneidermeisters herumlief, in diesem Käfig herumlief als einer, der an Flucht und weite Freiheit dachte und doch nur an den Gitterstäben rütteln konnte. Immer dunkler wurde es, und niemals wird sich der Nebel jenseits der Ozeane lichten.

Oft mied er jetzt das Haus, es war eng und unvertraut geworden. Er trieb sich an den Ufern umher, besah die Reihe der Schuppen, schaute den Schiffen nach, die langsam den Strom hinabschwammen. Kam zu der Rheinbrücke, schlenderte weiter zum Polizeipräsidium, zum Opernhaus, gelangte in den Volksgarten. Auf einer Bank zu stehen – die Mädchen mit den Tamburins vor sich – und zu singen, ja, das war vielleicht das Richtige, von der gefangenen Seele zu singen, die durch die Kraft der erlösenden Liebe befreit wird. Sie mochten schon recht haben, die Heilsarmeeidioten, daß man vor allem den Weg zur wahren vollkommenen Liebe finden muß. Selbst die Fackel der Freiheit vermag wohl nicht zur Erlösung zu leuchten, war doch auch jener trotz aller möglichen Amerika- und Italienreisen nicht erlöst worden. Mit Schwindeleien läßt sich eben nichts ausrichten, man bleibt verwaist, bleibt frierend im Schnee stehen, wartend, daß die Gnade der Liebe weich sich herabsenke. Dann, ja dann, mag sich auch das Wunder herabsenken, das Wunder der vollkommenen Erfüllung. Heimkehr des Waisenkindes. Wunder einer Verdopplung der Welt und des Schicksals, – und das Kind, für das jener fortgegangen war, würde nicht das Kind Ernas sein, sondern das ihre, die trotz allem das wahre neue Leben tragen wird! Bald werden wir Schnee haben, weichen flaumigen Schnee. Und die gefangene Seele wird erlöst sein, hallelujah, wird auf der Bank stehen, höher als der, der sonst so viel höher stand. Und in seinem Geiste nannte er die, die durch ihn zur Mutter werden sollte, zum ersten Male bei ihrem Vornamen: Gertrud.

Kam er heim, so sah er in ihr Gesicht. Das Gesicht war freundlich und ihr Mund zählte getreulich auf, was sie am Vormittag gekocht hatte. Und wenn August Esch nicht eben großen Appetit verspürte, so wandte er sich ab. Es schauderte ihn, und unentrinnbar wußte er, daß ihr Schoß getötet war, oder schlimmer noch, eine Mißgeburt zu gewärtigen hatte. Allzu gewiß war er des Fluches, allzu gewiß des Mordes, der von dem Toten an der Frau verübt wurde, verübt wird. Wieder schmerzte die Frage so sehr, daß er sie nicht zu stellen wagte... waren ihnen Kinder versagt gewesen oder hatten sie bloß ihrer Lust gefrönt? Sein gieriger Zorn gegen Mutter Hentjen stieg, und wieder war er außerstande, sie mit dem Namen zu nennen, mit dem der Tote sie rief, ja, er verschwor sich, den Namen nicht eher in den Mund zu nehmen, ehe sie nicht begriffen hätte, um was es ging. Sie aber begriff nicht. Sie empfing ihn weich und sachlich und ließ ihn allein in seiner Einsamkeit. Er bemühte sich, dem Schicksal nachzugeben: es kam vielleicht nicht auf das Kind an, sondern das Wesentliche sollte ihre Bereitschaft sein, und er wartete auf diese Bereitschaft. Aber auch hier ließ sie ihn allein und wenn er, um sie zu ermuntern, in Andeutung sprach, daß sie nach ihrer Heirat Kinder haben wollten, sagte sie bloß trokken und sachlich »Ja«, aber was er erwartete, gab sie ihm nicht und in ihren Nächten schrie sie nicht, daß er ihr ein Kind machen solle. Er schlug sie, aber sie begriff nicht und blieb stumm. Bis er zu der Einsicht gelangte, daß auch dies nichts genützt hätte; wäre doch dann der Zweifel aufgestiegen, unabweisbar, ob sie nicht ebensowohl Herrn Hentjen um ein Kind angefleht hätte, und das Kind, dessen Vater zu sein er sich ersehnte, wäre in ihrem Schoße der gleiche Zufall gewesen wie eines aus Hentjens Samen. Keine Hilfe vermag die Frau dem Manne zu gewähren in der zweifelnden Pein des Unbeweisbaren. Und je mehr er sich peinigte, verständnislos mußte sie es geschehen lassen: nichtsdestoweniger war es nur mehr ganz schwach, war es sozusagen nur mehr Symbol und Andeutung, wenn er sie prügelte. Seine Auflehnung erlahmte.

Denn er erkannte, daß im Realen niemals Erfüllung sein könne, erkannte immer deutlicher, daß auch die weiteste Ferne im Realen lag, sinnlos jede Flucht, dort die Rettung vor dem Tod und die Erfüllung und die Freiheit zu suchen, – und sogar das Kind, kommt es auch lebendig aus dem Leib der Mutter, es bedeutet nicht mehr als der zufällige Schrei der Lust, in dem es empfangen wurde, verhallender und längst verwehter Schrei, der nichts für die Existenz des Liebenden beweist, dem er gegolten hat. Fremd das Kind, so fremd wie der vergangene Laut, fremd wie das Vergangene, fremd wie der Tote und der Tod, hölzern und ausgeleert. Denn unabänderlich ist das Irdische, mag es sich auch scheinbar verändern, und würde selbst die ganze Welt aufs neue geboren, sie würde trotz des Erlösers Tod den Stand der Unschuld im Irdischen nicht erlangen, nicht ehe das Ende der Zeit erreicht ist.

Zwar war solche Erkenntnis nicht sehr deutlich, allein sie genügte, um Esch zu veranlassen, daß er sich in seinem irdischen Kölner Leben einrichtete, eine anständige Stellung suchte und seinem Geschäfte nachging. Dank der guten Zeugnisse, die er besaß, fand er einen stolzeren und verantwortungsvolleren Posten als je vorher und erwarb nun wieder all den Stolz und die Bewunderung, die Mutter Hentjen für ihn bereitliegen hatte. Sie ließ die Gaststube mit braunem Linoleum bespannen, und jetzt, da die Gefahr der Auswanderung wohl endgültig gebannt war, begann sie selber von den amerikanischen Luftschlössern zu sprechen. Er ging darauf ein, teils weil er fühlte, daß sie ihm mit solchen Gesprächen eine Freude zu machen glaubte, teils aus Pflichtgefühl: denn wird er Amerika auch kaum mehr zu Gesicht bekommen, er wird den Weg dorthin nicht mehr verlassen, wird sich nicht umwenden, trotz des Unsichtbaren, der mit der Lanze folgt, bereit zuzustoßen, und ein Wissen, schwebend zwischen Wunsch und Ahnung, sagt ihm, daß der Weg nur mehr Symbol und Andeutung eines höheren Weges ist, den man in Wirklichkeit zu gehen hat und für den jener bloß das irdische Spiegelbild ist, schwankend und unsicher wie das Bild im dunklen Teich. Es war ihm dies alles nicht völlig klar, ja selbst das Wort vom Geistigen, in dem die Erfüllung und das Absolute zu suchen wäre, stand ihm nicht zu Gebote. Aber er erkannte, daß es bloßer Zufall war, wenn die Addition der Kolonnen stimmte, und so durfte er das Irdische immerhin wie von einer höheren Stufe aus betrachten, wie von einem lichteren Schloß, das über der Ebene sich erhebt, abgeschlossen gegen die Welt und doch spiegelnd ihr geöffnet, und oft war es, als ob das Getane und das Gesprochene und Geschehene nichts wäre als ein Vorgang auf mattbeleuchteter Bühne, eine Darbietung, die vergessen wird und nie vorhanden war, Gewesenes, an das niemand sich klammern kann, ohne das irdische Leid zu vergrößern. Denn immer versagt die Erfüllung im Realen, aber der Weg der Sehnsucht und der Freiheit ist unendlich und niemals ausschreitbar, ist schmal und abseitig wie der des Schlafwandlers, wenn es auch der Weg ist, der in die geöffneten Arme der Heimat führt und an ihre atmende Brust. So war Esch fremd in seiner Liebe und doch mit dem Irdischen vertrauter als früher, so daß es nichts verschlug und eigentlich im Unirdischen blieb, wenn um der Gerechtigkeit willen noch manches Irdische für Ilona zu erledigen war. Er sprach mit Mutter Hentjen von dem freien Amerika und von dem Verkauf der Wirtschaft und von der Heirat wie mit einem Kinde, dem man gern seinen Willen tut, und manchmal konnte er sie nun wieder Gertrud nennen, mochte sie auch in den Nächten, da er in sie versank, ihm namenlos sein. Sie gingen Hand in Hand, gleichwohl ein jeder auf seinem andern und unendlichen Weg. Als sie dann geheiratet hatten, und die Wirtschaft um einen viel zu billigen Preis verschleudert worden war, da waren es Stationen auf dem Wege des Sinnbilds, dennoch Stationen auf dem Wege der Annäherung an das Höhere und Ewige, das man, wäre Esch kein Freigeist gewesen, sogar das Göttliche hätte nennen können. Aber er wußte trotzdem, daß wir hier auf Erden alle auf Krücken unsern Pfad zu gehen haben.

IV

Als das Theater in Duisburg Bankerott machte und Teltscher mit Ilona wieder brotlos zu werden drohte, steckten Esch und seine Frau fast den ganzen Rest ihres Vermögens in das Theatergeschäft, und bald hatten sie das Geld endgültig verloren. Doch Esch fand nun die Stelle eines Oberbuchhalters in einem großen Industrieunternehmen seiner luxemburgischen Heimat, und seine Gattin bewunderte ihn darob nur um so mehr. Sie gingen Hand in Hand und liebten einander. Manchmal schlug er sie noch, aber immer weniger und schließlich gar nicht mehr.

Der dritte Roman

1918 · Huguenau oder die Sachlichkeit

1

Huguenau, dessen Vorfahren wohl Hagenau geheißen haben mochten, ehe das elsässische Land 1682 von den Truppen Condés besetzt worden war, hatte durchaus den Habitus eines bürgerlichen Alemannen. Beleibt und untersetzt, trug er Augengläser seit seiner Jugend, oder präziser gesagt, seit jenen Tagen, da er in Schlettstadt dem Handelsschulstudium oblag, und als er sich zur Zeit des Kriegsausbruchs seinem dreißigsten Lebensjahr näherte, waren alle Züge der Jugendlichkeit aus seinem Gesicht und aus seinem Gehaben verschwunden. Seine Geschäfte betrieb er im Badischen und in Württemberg, teils als Filiale des väterlichen Unternehmens (André Huguenau, Textilien, Colmar/Els.), teils auf eigene Rechnung und als Vertreter elsässischer Fabriken, deren Erzeugnisse er in jenem Rayon absetzte. Sein Ruf in Branchekreisen war der eines strebsamen, umsichtigen und soliden Kaufmanns.

Sicherlich hätte ihn sein kaufmännisches Ethos eher dem zeitgerechteren Schleichhandel als dem Kriegshandwerk verpflichtet. Doch er nahm es ohne weitere Auflehnung hin, als man sich 1917 über seine hochgradige Kurzsichtigkeit bedenkenlos hinwegsetzte und ihn zu den sogenannten Waffen rief. Zwar gelang es ihm noch während der Ausbildungszeit in Fulda, das eine oder das andere Tabakgeschäft abzuschließen, aber bald genug ließ er es bleiben. Nicht nur weil der Dienst ihn für alle anderen Dinge müde machte oder abstumpfte. Es war bloß so angenehm, an nichts anderes mehr denken zu müssen, und von ferne her gemahnte es an die Schulzeit: noch erinnerte sich der Schüler Huguenau (Wilhelm) an die Schlußfeier in der Schlettstadter Anstalt und mit welch eindrucksvollen Worten der Direktor damals die kommerzbeflissenen Jünglinge in den Ernst des Lebens entlassen hatte, in einen Lebensernst, mit dem man bisher ganz gut zurechtgekommen war und den man nun zugunsten einer neuen Schulzeit wieder aufgeben mußte. Nun war man wieder in eine ganze Reihe von Verpflichtungen hineingeraten, die man viele Jahre hindurch vergessen gehabt hatte, man wurde wie ein Schuljunge behandelt, wurde angeschrien, hatte ein ähnliches Verhältnis zu den Aborträumlichkeiten und ihrer Kollektivität wie in der Jugendzeit; auch der Fraß stand wieder im Mittelpunkt des Interesses, und die Respektbezeugungen und die ehrgeizigen Bestrebungen, in die man verflochten wurde, gaben dem Ganzen ein vollkommen infantiles Gepräge. Überdies war man in einem Schulgebäude untergebracht, und vor dem Einschlafen sah man die beiden Reihen der Lampen mit den grünweißen Schirmen über sich und die schwarze Tafel, die in dem Raume belassen worden war. Durch all dies wurden Kriegs- und Jugendzeit zu unauflöslicher Einheit verwirrt, und auch als das Bataillon endlich zur Front abging, kindische Lieder singend und mit Fähnchen geschmückt, primitive Unterkünfte in Köln und Lüttich beziehend, vermochte sich der Füsilier Huguenau von der Vorstellung eines Schulausflugs nicht freizumachen.

An einem Abend wurde seine Kompagnie in die Kampflinie gebracht. Es war eine ausgebaute Schützengrabenstellung, der man sich durch lange, gesichterte Laufgräben zu nähern hatte. In den Unterständen herrschte beispielloser Schmutz, der Fußboden war mit trockenem und frischem Tabakspeichel allenthalben bespuckt, an den Wänden gab es Urinstreifen, ob es nach Fäkalien oder nach Leichen stank, war nicht zu unterscheiden. Huguenau war zu müde, um sich das, was er sah und roch, auch wirklich zu vergegenwärtigen. Schon als sie einer nach dem andern durch den Laufgraben dahintrotteten, hatten sie wohl alle das Gefühl, hinausgestoßen zu sein aus dem Schutze des Kameradschaftlichen und des Zusammengehörens, und wenn sie auch sehr abgestumpft waren gegen den Mangel jedweder Reinlichkeit, und wenn sie auch das Zivilisatorische, mit dem der Mensch die Gerüche des Todes und der Verwesung abzuwehren sucht, nicht sehr entbehrten, und wenn auch diese Überwindung des Ekels immer die erste Vorstufe zum Heldentum ist – wodurch sich eine seltsame Verbindung zur Liebe ergibt –, und wenn auch das Grauen manchem von ihnen in langen Kriegsjahren zur gewohnten Umgebung geworden war, und wenn sie auch unter Flüchen und Witzen ihr Lager herrichteten, so gab es doch keinen, der nicht wußte, daß er als einsamer Mensch mit einsamem Leben und einsamem Tode hier herausgestellt worden war in eine übermächtige Sinnlosigkeit, in eine Sinnlosigkeit, die sie nicht begreifen oder höchstens als Scheißkrieg bezeichnen konnten.

Damals wurde von den verschiedenen Generalstäben gemeldet, daß am flandrischen Abschnitt völlige Ruhe herrsche.

Auch die abgelöste Kompagnie hatte ihnen versichert, daß nichts los sei. Trotz alledem begann nach Einbruch der Dunkelheit eine beiderseitige Artillerieschießerei, die immerhin arg genug war, um den Neuankömmlingen allen Schlaf zu rauben. Huguenau saß auf einer Art Pritsche, hatte Leibschmerzen, und erst nach geraumer Zeit merkte er, daß er in allen Gelenken zitterte und klapperte. Den anderen ging's auch nicht besser. Einer flennte. Die Alten freilich, die lachten: daran würden sie sich schon noch gewöhnen, das sei so ein allnächtlicher Jux, den sich die Batterien leisteten, der habe nichts zu bedeuten; und ohne sich weiter um die Schlappschwänze zu kümmern, schnarchten sie richtig schon nach wenigen Minuten.

Huguenau hätte sich gern beschwert: dies alles ging gegen die Verabredung. Übel und käsig wie ihm zumute war, sehnte er sich nach Luft, und als das Zittern in den Knien nachließ, schlich er auf lahmen Beinen zum Eingang des Unterstands, hockte sich dort auf eine Kiste und starrte mit leeren Augen in den feuerwerkartigen Himmel. Das Bild eines in einer Orangewolke gen Himmel auffliegenden Herrn mit erhobener Hand kam ihm immer wieder vor Augen. Dann erinnerte er sich an Colmar und daß man seine Schulklasse einmal ins Museum geführt und mit Erklärungen gelangweilt hatte; aber vor dem Bild, das wie ein Altar in der Mitte stand, hatte er sich gefürchtet: eine Kreuzigung, und Kreuzigungen liebte er nicht. Vor ein paar Jahren, da mußte er einmal zwischen zwei Kundenbesuchen einen Sonntag in Nürnberg vertrödeln, und da hatte er die Folterkammer besichtigt. Das war interessant gewesen! Und auch 'ne Menge Bilder gab es dort. Auf einem war ein Mann zu sehen, der an eine Art Pritsche angekettet war und der, wie die Beschreibung sagte, einen Pastor im Sächsischen mit vielen Dolchstößen ermordet hatte und nun dafür auf dieser Pritsche die Strafe des Räderns erwartete. Über den Vorgang des Räderns konnte man sich an den andern Ausstellungsstücken eingehend belehren. Der Mann hatte ein durchaus gutmütiges Aussehen, und es war ebenso unvorstellbar, daß dieser Mann einen Pastor erstochen hatte und zum Rädern bestimmt war, wie daß man selber hier im Leichengestank auf einer Pritsche ausharren sollte. Sicherlich litt auch der Mann an Leibschmerzen und mußte sich, weil er angekettet war, beschmutzen. Huguenau spuckte aus und sagte »merde!«

So saß Huguenau am Eingang des Unterstandes wie eine Schildwache; sein Kopf lehnte an einem Pfosten, er hatte den Mantelkragen hochgeschlagen, er fror nicht mehr, er schlief nicht und er wachte auch nicht. Folterkammer und Unterstand tauchten immer tiefer in die etwas schmutzigen und doch leuchtenden Farben jenes Grünewaldschen Altarwerks, und während draußen im aufzuckenden Orangelicht des Kanonenfeuerwerks und der Leuchtraketen die Äste der nackten Bäume ihre Arme zum Himmel reckten, schwebte ein Mann mit aufgehobener Hand in die strahlend aufbrechende Kuppel.

Als das erste Morgengrauen kalt und bleiern dämmerte, bemerkte Huguenau die Grasbüschel am Grabenrand und einige vorjährige Gänseblümchen. Da kroch er heraus und entfernte sich. Er wußte, daß er von den englischen Linien ohne weiteres abgeschossen werden konnte, und daß er von den deutschen Posten auch gehörige Unannehmlichkeiten zu gewärtigen hätte. Aber die Welt lag wie unter einem Vakuumrezipienten – Huguenau mußte an eine Käseglocke denken – die Welt lag grau, madig und vollkommen tot in unverbrüchlichem Schweigen.

2

Umgeben von der klaren Luft, die den Frühling vorbereitet, zieht der Deserteur waffenlos durch die belgische Landschaft. Eile würde ihm nicht frommen, bedächtige Vorsicht frommt ihm besser, und Waffen würden ihn nicht schützen; er geht sozusagen als nackter Mensch durch die Gewalten hindurch. Sein unbefangenes Gesicht ist ihm besserer Schutz als Waffen oder eilige Flucht oder falsche Ausweispapiere.

Belgische Bauern sind mißtrauische Kerle. Vier Jahre Krieg haben ihren Charakter nicht veredelt. Ihr Korn, ihre Kartoffeln, ihre Pferde und Kühe haben dran glauben müssen. Und wenn ein Deserteur sich zu ihnen flüchten will, so sehen sie ihn doppelt mißtrauisch an, ob es nicht der Mann ist, der einmal mit dem Gewehrkolben ans Hoftor getrommelt hat. Und wenn so einer auch ein erträgliches Französisch spricht und sich als Elsässer ausgibt, es hilft ihm in neun von zehn Fällen nicht viel. Wehe dem, der bloß als Flüchtling und trauriger Hilfeheischender durch das Dorf wanderte. Wer aber, wie Huguenau, ein treffendes Scherzwort rasch auf der Lippe hat, wer mit strahlend freundlichem Gesicht ins Gehöft tritt, der kann leicht ein Lager auf dem Heuboden erhalten, der mag des Abends mit der Familie in der dunklen Stube sitzen und von den Gewalttaten der Preußen erzählen und wie sie es im Elsaß getrieben haben, er wird Beifall finden, er erhält auch sein Teil von den spärlichen versteckten Vorräten, und wenn er Glück hat, besucht eine Magd den Fremdling im Heu.

Noch vorteilhafter allerdings ist es, sich Eingang in die Pfarrhöfe zu verschaffen, und Huguenau hatte bald herausgefunden, daß einem die Beichte dazu verhelfen konnte. Er legte sie in französischer Sprache ab, wobei er geschickt die Sünde des gebrochenen Soldateneides mit der Erzählung seines bejammernswürdigen Schicksals verquickte. Freilich war es nicht immer angenehm: einmal geriet er an einen Pfarrherrn, einen hageren, großen Mann von so asketischem und leidenschaftlichem Aussehen, daß er sich kaum getraute, am Abend nach der Beichte den Pfarrhof aufzusuchen, und als er den strengen Mann sah, der im Obstgarten Frühjahrsarbeiten verrichtete, wäre er am liebsten wieder davongegangen. Doch der Priester trat rasch auf ihn zu: »Suivez-moi«, befahl er barsch und führte ihn ins Haus.

In einer Dachkammer untergebracht, blieb Huguenau bei schmaler Kost beinahe eine Woche in dem Pfarrhof. Mit einer blauen Bluse versehen, arbeitete er im Garten; er wurde zur Messe geweckt, und er durfte mit dem schweigsamen Pfarrer an einem Tisch in der Küche essen. Seiner Flucht wurde keine Erwähnung getan, und das Ganze war wie eine Prüfungszeit, die Huguenau wenig behagte. Er hatte sogar schon erwogen, dem Asyl trotz seiner relativen Sicherheit den Rücken zu kehren und die gefährliche Wanderschaft fortzusetzen, da lag – es war der achte Tag nach seiner Ankunft – ein Zivilanzug in seiner Kammer. Er möge dies nehmen, sagte der Pfarrer, und es stünde ihm frei, zu gehen oder zu bleiben; nur könne er ihn nicht länger verköstigen, denn das Brot reiche nicht. Huguenau entschied sich fürs Weiterwandern, und als er zu zungenfertiger Dankesrede ansetzte, unterbrach ihn der Priester: »Haïssez les Prussiens et les ennemis de la sainte religion. Et que Dieu vous bénisse.« Er hob zwei segnende Finger, machte das Zeichen des

Kreuzes, und die Augen in seinem knochigen Bauerngesicht sahen voll Haß in eine Ferne, in der sie die Preußen und Protestanten vermuteten.

Als Huguenau aus dem Pfarrhof trat, wurde ihm klar, daß es nun einen regelrechten Fluchtplan zu entwerfen galt. Hatte er sich früher oftmals in der Nähe höherer Kommandostellen herumgetrieben, wo er in der Masse der Soldaten untertauchen konnte, so war dies jetzt unmöglich geworden. Im Grunde bedrückte ihn das Zivilgewand; es war wie eine Mahnung, in den Frieden und in den Alltag zurückzukehren, und daß er es auf Befehl des Pfaffen angelegt hatte, erschien ihm jetzt als Dummheit. Das war ein unbefugter Eingriff in sein Privatleben gewesen, und dieses Privatleben hatte er sich wahrlich teuer genug erkauft. Betrachtete er sich auch nicht eben als Angehörigen des kaiserlichen Heeres, so war er als Deserteur mit diesem Heere doch auf eine eigentümliche, man möchte wohl sagen, negative Art verbunden, und sicherlich war er ein Angehöriger des Krieges, dessen Vorhandensein er guthieß. Er hatte es auch nie leiden mögen, wenn die Leute in den Kantinen und Wirtschaften auf den Krieg und auf die Zeitungen schimpften oder behaupteten, daß die Zeitungen von Krupp gekauft seien, um den Krieg zu verlängern. Denn Wilhelm Huguenau war nicht nur Deserteur, sondern auch Kaufmann, und er bewunderte alle Fabrikanten, weil sie die Waren erzeugen, mit denen die übrigen Menschen handeln. Wenn also Krupp und die Kohlenbarone Zeitungen kauften, so wußten sie, was sie taten, und dies war ihr gutes Recht, so gut es sein eigenes war, Uniform zu tragen, solange es ihm beliebte. Nichts also konnte dafür sprechen, ins Hinterland zurückzukehren, in das der Pfaffe ihn mitsamt seinem Zivilgewand offenbar hatte schicken wollen, nichts sprach dafür, in eine Heimat zurückzukehren, in der es keine Ferien gab und die den Alltag bedeutete.

So blieb er im Etappengebiet. Er wandte sich gegen Süden, vermied die Städte, suchte die Dörfer auf, kam durch den Hennegau, kam in die Ardennen. Damals hatte der Krieg schon viel an Korrektheit eingebüßt, und man war den Deserteuren nicht mehr so scharf auf den Fersen wie ehedem, – es waren ihrer zu viele und man wollte es nicht wahr haben. Aber damit ist noch nicht erklärt, daß Huguenau unbehelligt aus Belgien hinausgelangte; viel eher mag dies auf die schlafwandlerische Sicherheit zurückzuführen sein, mit der er sich in dieser Gefahrenzone fortbewegte: er schritt dahin in der klaren Luft des Vorfrühlings, er schritt wie unter einer Glocke voll Unbekümmertheit, abgegrenzt von der Welt und doch in ihr, und er machte sich keine Gedanken. Er kam von den Ardennen ins deutsche Land, kam in die finstere Eifel, wo es noch recht winterlich war und das Gehen beschwerlich. Die Bewohner kümmerten sich nicht um ihn, sie waren unwirsch und verschlossen und haßten jeden Mund, der ihnen ihr bißchen Essen wegnehmen wollte. Huguenau mußte die Bahn benützen, er mußte das Geld angreifen, das er bisher gespart hatte. Der Ernst des Lebens trat in neuer und veränderter Form an ihn heran. Es mußte etwas geschehen, um die Ferienzeit zu sichern und zu verlängern.

3

Das Städtchen lag von Weinbergen umgeben in einem Nebental der Mosel. Oben auf der Höhe stand der Wald. Die Weinberge waren bereits bestellt, geradlinig waren die Stöcke gerichtet, da und dort unterbrochen von rötlichem Felswerk. Huguenau bemerkte mißbilligend, daß manche Besitzer das Unkraut in ihrem Grundstück nicht ausgerodet hatten und daß solch ein vernachlässigter Garten sich wie eine gelbe rechteckige Insel zwischen der grau-rosa Erde der übrigen ausnahm.

Nach den letzten Wintertagen in der Eifel droben war es mit einem Male richtiger Frühling geworden. Wie ein Zeichen unverlierbarer Ordnung und Wohlanständigkeit lächelte die Sonne heiteres Behagen und leichte Sicherheit ins Herz hinein; Angst, die vielleicht darin gesessen hatte, konnte ausgeatmet werden. Mit Genugtuung sah Huguenau das staatliche Bezirkskrankenhaus vor der Stadt, dessen lange Front im lauen Vormittagsschatten lag, er fand es angemessen, daß alle Fenster wie in einem südlichen Sanatorium geöffnet waren und es war ihm eine liebenswürdige Vorstellung, wie die leichte Frühlingsluft die weißen Krankensäle durchflutet. Er fand es auch richtig, daß das Dach des Krankenhauses mit einem großen roten Kreuz versehen war, und hatte im Vorbeiwandern ein wohlwollendes Auge für die Krieger, die mit ihren grauen Kitteln angetan, teils im Schatten, teils in der Gartensonne ihrer Genesung entgegenreiften. Drüben, jenseits des Flusses, lag die Kaserne, an ihrer üblichen ärarischen Bauweise als solche kenntlich, lag ein klosterähnliches Gebäude, von dem Huguenau später erfuhr, daß es die Strafanstalt war. Doch die Straße senkte sich freundlich und bequem zur Stadt hinab, und als er durch das mittelalterliche Stadttor schritt, ein Fiberköfferchen in der Hand, wie einst den Musterkoffer, da war es Huguenau nicht einmal unangenehm, daß dies so sehr an seinen Einzug in württembergische Orte erinnerte, die er einstmals – wie lange war dies schon her – zwecks Kundenbesuchs betreten hatte.

Auch jenes erzwungenen Nürnberger Ferientags mußte er sich angesichts der altertümlichen Straßen erinnern. Hier in Kurtrier hatte der pfälzische Krieg nicht so erbarmungslos gewütet wie sonst westlich des Rheins; unversehrt standen die Häuser des XV. und XVI. Jahrhunderts, stand auf dem Markt das gotische Rathaus mit dem Renaissanceaufbau und dem Turm, davor die Prangersäule. Und Huguenau, der auf seinen Geschäftsreisen schon manch schöne alte Stadt besucht, aber noch keine bemerkt hatte, wurde von einem Gefühl erfaßt, einem zwar unbekannten Gefühl, das er weder benennen, noch von irgendeinem Ursprung hätte ableiten können und das ihn dennoch seltsam anheimelte: wäre es ihm als ästhetisches Gefühl bezeichnet worden oder als ein Gefühl, das seine Quelle in der Freiheit besitzt, er hätte ungläubig gelacht, gelacht wie einer, den noch nie Ahnung von der Schönheit der Welt berührt hat, und er hätte insoweit sogar Recht damit gehabt, als niemand entscheiden kann, ob die Freiheit es ist, in der die Seele sich der Schönheit erschließt, oder ob es die Schönheit ist, die der Seele die Ahnung ihrer Freiheit verleiht, aber er hat trotz alledem unrecht, da auch für ihn ein tieferes menschliches Wissen, ein menschliches Sehnen nach einer Freiheit vorhanden sein muß, in der alles Licht der Welt anhebt und aus der die Heiligung des Lebendigen sonntäglich aufsprießt – und weil dies so ist und weil dies nicht anders sein kann, so mag es wohl auch in jenem Augenblick geschehen sein, in dem Huguenau aus dem Graben kroch und sich erstmalig der menschlichen Verbundenheit entlöste, daß ein Schimmer des höheren Glanzes, der die Freiheit ist, auf ihn fiel, auch ihm zuteil wurde, und er in diesem Augenblick zum ersten Male dem Sonntag geschenkt war.

Derartigen Meditationen abgewandt, belegte Huguenau ein Zimmer in dem Gasthof auf dem Marktplatz. Als müßte er seine Ferien noch einmal recht genießen, machte er sich einen guten Abend. Der Moselwein wurde ohne Lebensmittelkarte verabreicht und war ein ausgezeichneter Tropfen geblieben trotz des Krieges. Huguenau vergönnte sich drei Kännchen, und es wurde spät dabei. Bürger saßen an verschiedenen Tischen, Huguenau gehörte nicht zu ihnen; hie und da warf einer einen flüchtig fragenden Blick zu ihm herüber. Sie alle hatten ihre Beschäftigungen und Geschäfte, und er selber hatte nichts. Dessenungeachtet war er froh und zufrieden. Er wunderte sich selber: ohne Geschäft und trotzdem zufrieden! so zufrieden, daß er gerne bei dem Gedanken an all die Schwierigkeiten verweilte, die sich unweigerlich einstellen würden, wenn ein Mann wie er, ein Mann ohne Ausweispapiere, ohne Kundenstock in einer fremden Stadt ein Geschäft begründen und Kredit finden wollte. Und sich diese Verlegenheiten auszumalen, war ausgesprochen erheiternd. Möglich, daß der Wein daran Schuld trug. Jedenfalls fühlte sich Huguenau nicht als sorgenbedrückter Geschäftsreisender, sondern als ein fröhlicher und leichtbeschwingter Tourist, da er mit etwas dumpfem Kopf sein Bett aufsuchte.

4

Als man den Maurer und Landwehrmann Ludwig Gödicke aus dem verschütteten Graben herausbuddelte, war sein zum Schreien geöffneter Mund mit Erde angefüllt. Sein Gesicht war blau und schwärzlich, und der Herzschlag war nicht zu finden. Hätten die beiden Sanitätssoldaten, die ihn in die Hände bekamen, nicht über seinen Tod und sein Leben eine Wette abgeschlossen, so wäre er kurzerhand wieder begraben worden. Daß er die Sonne und die besonnte Welt aufs neue sehen sollte, verdankte er jenen 10 Zigaretten, die den Siegespreis der Wette gebildet hatten.

Mit der künstlichen Atmung kamen die beiden zwar nicht ganz zurecht, obwohl sie sich heftig abmühten und schwitzten; aber sie nahmen ihn mit und bewachten ihn gut, beschimpften ihn auch öfters, weil er das Rätsel seines Lebens, das hier das Rätsel seines Todes war, nicht und nicht offenbaren wollte, und sie ließen nicht ab, ihn den Ärzten zuzuschieben. So lag das Objekt ihrer Wette vier Tage lang im Feldlazarett, lag unbeweglich und mit schwarzer Haut. Ob während dieser Zeit ein Gefühl letzten schlummernden kleinen Lebens geglimmt haben mochte, ob dieses winzige Leben unter Schmerz und Alpdruck durch die Ruine des Körpers gejagt worden war, oder ob es ein leises und beglückendes Pochen am Rande eines großen Abgrundes gewesen, das wissen wir nicht und der Landwehrmann Gödicke hätte nicht die Möglichkeit gehabt, darüber Auskunft zu erteilen.

Denn nur stückweise, sozusagen halbzigarettenweise, trat das Leben in seinen Körper, und diese Langsamkeit und diese Vorsicht waren zweckentsprechend und natürlich, denn der zerquetschte Körper verlangte nach äußerster Regungslosigkeit. Viele lange Tage dürfte Ludwig Gödicke sich für das Wickelkind gehalten haben, das er vor vierzig Jahren gewesen war, eingeschnürt von einem unbegreiflichen Zwang und nichts fühlend als diesen Zwang. Und wenn er die Fähigkeit dazu gehabt hätte, er hätte wohl nach der Milchbrust der Mutter gegreint, und tatsächlich kam dann auch bald eine Zeit, in der er zu wimmern anhob. Es begann während des Transportes und war wie das wehe unablässige Wimmern eines Neugeborenen anzuhören; keiner wollte neben ihm liegen und eines Nachts hatte ein Bettnachbar sogar etwas nach ihm geworfen. Es war die Zeit, in der man glaubte, daß er schließlich werde verhungern müssen, da es für die Ärzte keinerlei Möglichkeit gab, ihm Nahrung einzuflößen. Daß er weiterlebte, war unerklärlich, und die Meinung des Oberstabsarztes Kuhlenbeck, es hätte der Körper von all dem unter die Haut gequetschten Blute gelebt, verdiente kaum den Namen einer Meinung, geschweige denn den einer Theorie. Besonders der Unterleib war arg hergenommen. Man machte ihm kühle Packungen, doch ob sie ihm Linderung brachten, das war nicht zu erkennen. Ja, vielleicht litt er gar nicht mehr so arg, denn das Wimmern verstummte allmählich. Bis es nach einigen Tagen verstärkt wieder hervorbrach: es war jetzt – oder man kann sich vorstellen, daß es so war – als würde Ludwig Gödicke die Stücke seiner Seele bloß einzeln zurückerhalten und als würde ihm jedes einzelne auf einer Woge von Qual einhergeschwemmt. Und es mochte wohl so gewesen sein, muß es auch unbestätigt bleiben, daß der Schmerz einer in Atome zerrissenen und zerstäubten Seele, die wieder in die Einheit gezwungen wird, größer ist als jeder andere Schmerz, ärger als die Schmerzen des Gehirns, das von stets erneuten Krampfwellen durchzittert wird, ärger als alle körperlichen Qualen, die den Prozeß begleiten.

So lag der Landwehrmann Gödicke auf luftgeschwellten Kautschukringen in seinem Bette, und während man seinem ausgemergelten Leib, dem anders kaum beizukommen war, nun langsam Nährklismen einlaufen ließ, versammelte sich seine Seele, unverständlich dem Oberstabsarzt Kuhlenbeck, unverständlich dem Oberarzt Flurschütz, unverständlich der Schwester Carla, versammelte sich seine Seele qualvoll um sein Ich.

5

Huguenau erwachte zeitig. Er ist ein fleißiger Mensch. Anständiges Zimmer; keine Knechtkammer wie bei dem Pfaffen; gutes Bett. Huguenau kratzte seine Schenkel. Dann versuchte er, sich zu orientieren.

Gasthof, Marktplatz, drüben liegt das Rathaus.

Eigentlich würde ihn vieles auffordern, das Leben dort wieder anzuknüpfen, wo man es ihm abgerissen hatte, manches spräche dafür, kaufmännische Pflichten zu erfüllen und als Kettenhändler von Butter und Textilien das Geld auf der Straße aufzulesen. Daß er trotzdem jeden Gedanken an Buttertonnen, Kaffeesäcke und Textilgewebe so widerwillig beiseite schob, befremdete ihn selber, und solches konnte einen Menschen, für den es seit seiner Knabenzeit keine andern Inhalte des Redens und Denkens gegeben hatte als Geld und Geschäft, auch wirklich befremden. Und verwunderlich tauchte der Gedanke an Schulferien wieder auf. Huguenau denkt lieber an die Stadt, in der er sich befindet.

Hinter der Stadt sind die Weinberge. Ja, und in manchen steht das Unkraut. Der Mann ist gefallen oder in Gefangenschaft. Die Frau kann's allein nicht schaffen. Oder treibt sich mit einem andern herum. Außerdem sind die Weinpreise unter Staatskontrolle. Wer es da nicht versteht, von hintenherum zu verkaufen, für den verlohnt es sich nicht, den Weingarten zu bestellen. Dabei sind's prima Sorten! ein bißchen schwer im Kopf wird einem davon.

Eigentlich müßte so eine Kriegerwitwe so einen Weinberg billig verkaufen.

Huguenau überlegte, welche Käufer für Moselweinlagen in Betracht kämen. Die müßte man finden. Daran wäre keine schlechte Provision zu verdienen. Weinhandlungen kämen in Betracht. Friedrichs in Köln, Matter & Co. in Frankfurt. Dorthin hatte er ehedem Schläuche geliefert.

Huguenau sprang aus dem Bett. Sein Plan war gefaßt.

Vor dem Spiegel machte er sich zurecht. Kämmte sich die Haare zurück. Sie waren lang gewachsen, seitdem sie der Kompagniefrisör abrasiert hatte. Wann war das nur gewesen? es war wie in einem früheren Leben, – würden im Winter die Haare nicht so langsam wachsen, sie müßten jetzt eigentlich noch viel länger sein. Bei Leichen wachsen die Haare und die Nägel weiter. Huguenau nahm eine Strähne und legte sie über die Stirn; sie reichte fast bis zur Nasenspitze. Nein, so konnte man nicht unter Leute gehen. Vor Feiertagen läßt man sich die Haare schneiden. Es waren zwar keine Feiertage. Aber so ähnlich war es doch.

Der Morgen war hell. Ein wenig kühl.

Im Frisörladen standen zwei gelbe Lehnsessel mit schwarzen Ledersitzen. Der Meister, ein wackliger alter Mann, tat Huguenau den nicht ganz saubern Frisiermantel um; oben steckte er ihm Papier in den Kragen. Huguenau scheuerte ein wenig mit dem Kinn hin und her; das Papier kratzte.

Am Haken hing eine Zeitung und Huguenau ließ sie sich reichen. Es war der in der Stadt erscheinende »Kurtriersche Bote« (mit der Beilage »Landwirtschaft und Weinbau im Moselland«). Just das, was er brauchte.

Er saß still, studierte das Blatt, und dann betrachtete er sich im Spiegel; man hätte ihn für einen der Honoratioren des Ortes halten können. Die Haare waren jetzt wunschgemäß geschoren, kurz, solid und deutsch. Auf der Kuppe des Hauptes blieb ein schmaler Streifen längerer Haare zur Errichtung eines Scheitels. Dann wurde rasiert. Der Meister schlug dünnen Schaum, der sich kalt und spärlich ums Gesicht strich. Die Seife war ein Dreck.

»Die Seife taugt nichts«, sagte Huguenau.

Der Meister gab keine Antwort, sondern klatschte das Messer gegen den Riemen. Huguenau war beleidigt, sagte aber nach einer Weile entschuldigend: »Kriegsware.«

Der Meister begann zu rasieren. Mit kurzen schabenden Strichen. Er rasierte schlecht. Trotzdem ist es angenehm, rasiert zu werden. Selbstrasieren ist auch so eine Kriegssache, aber billiger ist es. Na, ausnahmsweise ist es angenehm, sich bedienen zu lassen. Feiertäglich. An der Wand gab es ein stark dekolletiertes Mädchen, darunter war »Lotion Houbigant« zu lesen. Huguenau hatte den Kopf zurückgelegt, hielt die Zeitung in müßigen Händen. Der Kerl schabte ihm jetzt Kinn und Hals, der wird wohl nie zu einem Ende kommen. Immerhin, Huguenau hatte nichts dagegen; wir haben ja Zeit. Und um die Angelegenheit noch weiter hinauszuzögern, befahl er »Eine Lotion Houbigant«. Er bekam Kölnisch-Wasser.

Frisch rasiert, ein rasierter und frischer Mensch mit dem Geruch von Kölnisch-Wasser in der Nase, marschierte er zum Gasthof zurück. Als er den Hut abnahm, roch er hinein. Es roch nach Pomade, und auch dies war zufriedenstellend.

Im Speisesaal war es leer. Huguenau erhielt seinen Kaffee, und die Kellnerin brachte auch eine Brotkarte, von der sie einen Abschnitt abtrennte. Butter gab es nicht, bloß eine schwärzliche, sirupartige Marmelade. Auch der Kaffee war kein Kaffee, und während Huguenau die heiße Flüssigkeit schlürfte, rechnete er, wieviel die Fabrikanten am Kaffee-Ersatz verdienten; er rechnete neidlos und fand es in Ordnung. Freilich, Weinlagen in der Moselgegend zu billigem Preis erwerben, war auch kein schlechtes Geschäft, war eine prima Kapitalplacierung. Und als er sein Frühstück beendet hatte, machte er sich daran, eine Kaufanzeige für preiswerte Weinlagen aufzusetzen. Dann begab er sich mit dem Inserat zum »Kurtrierschen Boten«.

6

Das Bezirkskrankenhaus war völlig militarisiert. Durch die Krankenräume ging der Oberarzt Dr. Friedrich Flurschütz. Er trug die Uniformmütze zu seinem weißen Ärztekittel; Leutnant Jaretzki behauptete, daß dies einen lächerlichen Eindruck mache.

Jaretzki war im Offizierszimmer III untergebracht. Das war ein Zufall gewesen, denn die zweibettigen Zimmer waren für die Stabsoffiziere bestimmt, aber nun blieb er schon dort. Er saß auf dem Bettrand, als Flurschütz eintrat. Die Zigarette im Munde saß er da und hatte den Arm in der geöffneten Bandage auf dem Nachttisch liegen.

»Na, wie geht's, Jaretzki?«

Jaretzki deutete auf den Arm: »Der Oberstabs war eben hier.«

Flurschütz betrachtete den Arm, tastete vorsichtig daran herum: »Miese Sache... weitergegangen?«

»Ja, wieder ein paar Zentimeter... der Alte will amputieren.«

Der Arm lag da, rötlich, der Handteller aufgepolstert, die Finger wie rote Würste, um das Handgelenk herum ein Kranz gelber Eiterblasen.

Jaretzki sah auf den Arm und sagte: »Armer Kerl, wie er daliegt.«

»Machen Sie sich nichts draus, ist der linke.«

»Ja, wenn Ihr bloß schneiden könnt.«

Flurschütz zuckte die Achseln: »Was wollen Sie, es war das Jahrhundert der Chirurgie, gekrönt von einem Weltkrieg mit Kanonen... jetzt lernen wir auf Drüsen um, und beim nächsten Krieg werden wir diese verfluchten Gasvergiftungen schon glänzend behandeln... vorderhand bleibt wohl wirklich nichts anderes übrig als schneiden.«

Jaretzki sagte: »Nächster Krieg? Sie werden doch nicht glauben, daß dieser je aufhören wird.«

»Keine Schwarzseherei, Jaretzki, die Russen haben schon aufgehört.«

Jaretzki lachte ungut: »Gott erhalte Ihnen Ihren Kinderglauben und schenke uns anständige Zigaretten...«

Er hatte mit der gesunden rechten Hand eine Zigarettenschachtel aus dem offenen Fach unter der Lade des Nachttisches genommen und hielt sie Flurschütz hin.

Flurschütz wies auf den Aschenbecher voller Zigarettenstummeln: »Sie sollten nicht so viel rauchen...«

Schwester Mathilde kam herein: »Also wollen wir wieder einpacken... was meinen Sie, Herr Doktor?«

Schwester Mathilde sah gewaschen aus. Beim Haaransatz hatte sie Sommersprossen. Flurschütz sagte: »Sauerei mit dem

Gas.« Er schaute noch zu, wie die Schwester den Arm einschlug, und dann setzte er seinen Rundgang fort. An den beiden Enden des breiten Korridors waren die Fenster weit geöffnet, aber der Krankenhausgestank war nicht hinauszukriegen.

7

Das Haus lag in der Fischerstraße, einem der krummen Gäßchen, die zum Flusse hinabführen; es war ein Fachwerkbau in dem ersichtlich seit Jahrhunderten allerlei Handwerk geübt worden war. Neben der Haustür zeigte ein schwarzes, rissiges Blechschild in blassen Goldbuchstaben: »Kurtrierscher Bote, Redaktion und Verlag (Im Hofe).«

Durch den schmalen gangartigen Flur, in dessen Dunkelheit er über die Falltüre der Kellerstiege stolperte, an der Mündung der Wohnungstreppe vorüber, kam Huguenau in den überraschend geräumigen hufeisenförmigen Hof. An den Hof schloß sich der Garten an; dort blühten einige Kirschbäume, und dahinter weitete sich der Blick auf das schöne Berggelände.

Das Ganze zeugte von dem halbbäurischen Charakter der ehemaligen Besitzer. Die beiden Flügelgebäude hatten wohl Speicher und Stallungen enthalten; das linke war einstöckig, hatte eine schmale hühnersteigartige Holztreppe an der Außenmauer; wahrscheinlich waren da droben einstens die Knechtkammern gewesen. Das Stallgebäude rechts besaß statt des ersten Stockwerks ein hohes Heubodendach, und eine der Stalltüren war durch ein großes nüchternes Eisenfenster ersetzt worden, hinter dem man eine Druckmaschine arbeiten sah.

Von dem Mann bei der Druckmaschine erfuhr Huguenau, daß Herr Esch drüben im ersten Stock anzutreffen sei.

Huguenau erklomm also die Hühnerleiter und geriet unmittelbar an die Tür mit der Aufschrift »Redaktion und Verlag«, allwo Herr Esch, Besitzer und Herausgeber des »Kurtrierschen Boten« seines Amtes waltete. Es war ein hagerer Mann mit bartlosem Gesicht, in dem ein beweglicher Schauspielermund zwischen zwei langen scharfen Wangenfalten sarkastisch grimmassierte und lange gelbliche Zähne entblößte. Manches erinnerte an einen Schauspieler, manches an einen Pfarrer, manches an ein Pferd.

Das überreichte Inserat wurde mit der Miene eines Untersuchungsrichters und wie ein Manuskript geprüft. Huguenau griff nach der Brieftasche, der er einen Fünfmarkschein entnahm, gewissermaßen andeutend, daß er diesen Betrag für das Inserat anlegen wolle. Aber der andere gab darauf nicht acht, sondern fragte unvermittelt: »Sie wollen also die Leute hier auspowern? spricht sich wohl schon herum, das Elend unter unseren Weinbauern... he?«

Das war eine unvermutete Aggression, und Huguenau hatte den Eindruck, daß sie auf eine Emporschraubung des Annoncenpreises angelegt sei. Er brachte also noch eine Mark zum Vorschein, erzielte damit aber bloß das gegenteilige Resultat: »Danke... das Inserat wird nicht gebracht... Sie wissen offenbar nicht, was feile Presse heißt... sehen Sie, ich bin weder für Ihre sechs Mark feil, noch für zehn, noch für hundert!«

Huguenau wurde immer sicherer, einem gerissenen Geschäftsmann gegenüberzustehen. Doch eben deshalb durfte man nicht lockerlassen; vielleicht zielte jener auf die Anbahnung eines Kompagnieverhältnisses, und auch dies erschien nicht unvorteilhaft.

»Hm, ich habe gehört, daß man solche Inseratengeschäfte auch gerne auf perzentuelle Beteiligung macht... wie wäre es mit einem halben Prozent Provision? allerdings müßten Sie dann die Annonce mindestens dreimal bringen..., natürlich steht es Ihnen auch öfters frei, der Wohltätigkeit sind keine Schranken gesetzt...«; er riskierte ein Lachen des Einverständnisses und ließ sich neben dem rohen Küchentisch nieder, der Herrn Esch als Arbeitsplatz diente.

Esch hörte ihm nicht zu, sondern ging mürrischvergrämten Gesichts im Zimmer auf und ab, mit schweren ungelenken Schritten, die schlecht zu seiner Hagerkeit paßten. Der gescheuerte Fußboden knarrte unter dem schweren Tritt, und Huguenau betrachtete die Löcher und den Mauerschutt zwischen den Dielen, sowie Herrn Eschs schwere schwarze Halbschuhe, die merkwürdig nicht mit Schuhbändern, sondern mit einer an Sattelzeug gemahnenden Schnalle verschlossen waren und über deren Ränder graugestricktes Sockenzeug sich wulstete. Esch führte Selbstgespräche: »Jetzt kommen schon die Aasgeier über die armen Leute... aber wenn man die Öffentlichkeit auf das Elend aufmerksam machen will, dann hat man's mit dem Zensor zu tun.«

Huguenau hatte die Beine übereinandergeschlagen. Er besah die Dinge auf dem Tisch. Eine leere Kaffeetasse mit brauneingetrockneten Trinkspuren, eine bronzene Nachbildung der New Yorker Freiheitsstatue (aha, ein Briefbeschwerer!), eine Petroleumlampe, deren weißer Docht im Glasgefäß von ferne her und unartikuliert an einen Fötus oder an einen Bandwurm in Spiritus erinnerte. Aus einer Zimmerecke tönte jetzt die Stimme Eschs: »Der Zensor sollte einmal all den Jammer und das Elend selber mit ansehen... zu mir kommen die Leute... geradezu Verrat wäre es...«

Auf einem wackligen Regal lagen Papiere und zusammengeschnürte Zeitungsstöße. Esch hatte seine Wanderung wieder aufgenommen. In der Mitte der gelbgetünchten Wand, an einem zufälligen Nagel hing ein kleines vergilbtes, schwarzgerahmtes Bild, »Badenweiler mit dem Schloßberg«; vielleicht war es eine alte Ansichtskarte. Huguenau überlegte: solche Bilder oder Bronzestatuetten würden sich auch in seinem Büro recht hübsch ausnehmen. Doch da er sich nun dieses Büro und die dortige Tätigkeit ins Gedächtnis zurückrufen wollte, da gelang es nicht, da war es so ferne und fremd, daß er es aufgab, und sein Blick suchte wieder den aufgeregten Herrn Esch, dessen brauner Samtrock und helle Tuchhose so wenig zu dem groben Schuhwerk paßten wie die Bronzestatuette auf den Küchentisch. Esch spürte wohl seinen Blick, denn er schrie: »Zum Teufel, warum sitzen Sie überhaupt noch hier?«

Natürlich hätte Huguenau weggehen können, – aber wohin? Ein neuer Plan war nicht leicht zu fassen. Huguenau fühlte sich von einer fremden Macht auf Schienen gesetzt, die man nicht ohne weiteres und auch nicht ungestraft verlassen konnte. Also blieb er ruhig sitzen und putzte seine Brille, wie er dies, um Haltung zu wahren, bei schwierigen kaufmännischen Unterhandlungen zu tun pflegte. Es verfehlte auch diesmal nicht seine Wirkung, denn Esch, gereizt, pflanzte sich vor ihm auf, platzte von neuem los: »Wo kommen Sie eigentlich her? wer hat Sie hergeschickt..., von hier sind Sie nicht, und Sie werden mir nicht weismachen, daß Sie selber hier Weinbauer werden wollen... Sie wollen hier nur spionieren. Einsperren sollte man Sie!«

Esch stand vor ihm. Ein lederner Leibgurt kroch unter der braunen Samtweste hervor. Ein Hosenbein war heller verfärbt. Da nützt keine chemische Reinigung, dachte Huguenau, er müßte die Hose schwarz einfärben lassen, ich sollte es ihm sagen, was will er eigentlich von mir? wenn er mich tatsächlich hinauswerfen will, braucht er doch nicht erst einen Streit provozieren,... er will also, daß ich bleibe. Etwas war da nicht in Ordnung. Huguenau spürte irgendwo Kameradschaftlichkeit mit diesem Mann und gleichzeitig witterte er einen Vorteil. Einlenkend suchte er sich also zu vergewissern: »Herr Esch, ich habe Ihnen ein loyales Geschäft gebracht, und wenn Sie es ausschlagen wollen, so ist das Ihre Sache. Wollen Sie mich aber bloß beschimpfen, so hat unsere Unterredung weiter keinen Zweck.«

Er klappte die Brille zusammen, lüftete ein wenig seinen Sitz, solcherart mit dem Körper symbolisierend, daß er auch weggehen könne, – man brauche es nur zu sagen.

Esch schien nun tatsächlich keine Lust zu haben, die Unterhaltung abzubrechen: er hob begütigend die Hand und Huguenau vertauschte die symbolische Hockstellung wieder mit seinem Sitz: »Ja, ob ich hier selber Wein bauen werde, das ist allerdings fraglich, damit dürften Sie schon recht haben, – obwohl auch dies nicht ausgeschlossen wäre; man sehnt sich ja nach Ruhe. Aber kein Mensch will auspowern«, er redete sich in Hitze, »ein Makler ist ebenso ehrenwert wie jeder andere Mensch, und er will bloß ein Geschäft zusammenbringen, das beide Teile befriedigt, dann hat auch er seine Freude dran. Im übrigen möchte ich Sie bitten, mit Ausdrücken wie Spion etwas vorsichtiger umzugehen, das ist in Kriegszeiten nicht ungefährlich.«

Esch war beschämt: »Na, ich wollte Sie nicht beleidigen,... aber manchmal steigt einem der Ekel zum Halse, und da muß es heraus,... ein Kölner Baumeister, ein ausgesprochener Schwindler, hat Grundstücke zu Schleuderpreisen angekauft... hat die Leute von Haus und Hof vertrieben... und der Apotheker hier hat's ihm nachgemacht... wozu braucht der Herr Apotheker Paulsen Weinberge? können Sie mir das vielleicht sagen?«

Huguenau wiederholte beleidigt: »Spionieren...«

Esch hatte sich wieder in Bewegung gesetzt: »Auswandern

sollte man. Wohin immer. Nach Amerika. Wäre ich jünger, ich würde alles hinschmeißen und von vorne anfangen...« Er blieb neuerdings vor Huguenau stehen, »aber Sie, Sie sind ein junger Mann, – warum sind Sie eigentlich nicht an der Front? wie brachten Sie es fertig, sich hier herumzutreiben?« Jäh war er wieder aggressiv geworden. Nun, Huguenau wünschte nicht, auf das Thema einzugehen; er wich aus: es sei doch unbegreiflich, daß ein Mann in angesehener Position und an der Spitze einer Zeitung stehend, umgeben von einer schönen Gegend und der Achtung seiner Mitbürger und überhaupt, jetzt in vorgerückten Jahren Auswanderungspläne hege.

Esch grimmassierte sarkastisch: »Achtung meiner Mitbürger, Achtung meiner Mitbürger... wie die Hunde sind sie hinter mir her...«

Huguenau betrachtete den Schloßberg von Badenweiler, dann sagte er: »Nicht zu glauben...«

»Na, nehmen Sie vielleicht gar Partei für die Gesellschaft, wundern würde es mich nicht...«

Huguenau steuerte sein Schiff ins Oberwasser: »Schon wieder diese vagen Anwürfe, Herr Esch, wollen Sie sich wenigstens präziser ausdrücken, wenn Sie mir etwas vorzuwerfen haben.«

Allein Herrn Eschs sprunghaftes und reizbares Denken war nicht so leicht zu bändigen: »Präzise Ausdrücke, präzise Ausdrücke, auch das wieder so ein Gerede,... als ob man alles beim Namen nennen könnte...« er schrie Huguenau ins Gesicht, »junger Mann, ehe Sie nicht wissen, daß alle Namen falsch sind, wissen Sie gar nichts,... nicht einmal die Kleider an Ihrem Leib sind richtig.«

Huguenau war es unheimlich. Das begreife er nicht, sagte er.

»Natürlich begreifen Sie das nicht... aber daß ein Apotheker um einen Pappenstiel Grundstücke zusammenhamstert, jawohl, das begreifen Sie... und es ist Ihnen wohl auch begreiflich, daß man einen Menschen verfolgt, der die Dinge beim richtigen Namen nennt, daß man ihn als Kommunisten in Verruf bringt... daß man ihm den Zensor auf den Hals hetzt, was, das heißen Sie gut... Sie sind wohl auch der Meinung, daß wir in einem Rechtsstaat leben?«

Das wären unliebsame Verhältnisse, sagte Huguenau.

»Unliebsam! auswandern sollte man... ich habe es satt, mich damit herumzuschlagen...«

Huguenau fragte, was Herr Esch mit der Zeitung zu tun gedenke.

Esch machte eine wegwerfende Handbewegung, er habe schon so manches Mal zu seiner Frau gesagt, daß er am liebsten die ganze Pastete verkaufen würde, das Haus würde er behalten, – er habe auch schon daran gedacht, einen Buchhandel einzurichten.

»Da hat das Blatt unter den Anfeindungen wohl sehr gelitten, Herr Esch? ich meine, mit dem Absatz wird es wohl nicht mehr sehr weit her sein?«

Nein, das nicht, der Bote habe seine Stammkundschaft, die Kneipen, die Frisöre, vor allem die Dörfer draußen; die Anfeindungen beschränkten sich auf gewisse Kreise in der Stadt. Aber er habe es satt, sich damit herumzuschlagen.

Ob Herr Esch schon eine Preisidee hätte?

Ja doch, ... 20000 Emm sei das Blatt mit der Druckerei sicher unter Brüdern wert. Überdies wolle er die Räumlichkeiten auf längere Zeit, sagen wir etwa auf fünf Jahre, dem Zeitungsunternehmen kostenlos zur Verfügung stellen; das wäre für einen Käufer auch ein Vorteil. So habe er sich das gedacht, das wäre anständig, er wolle niemanden überhalten, er habe es bloß satt. Das habe er auch seiner Frau gesagt.

»Nun«, sagte Huguenau, »ich frage nicht aus bloßer Neugier... ich sagte Ihnen ja, daß ich Makler bin, und vielleicht kann ich etwas für Sie tun. Sehen Sie, lieber Esch«, – und er klopfte dem Zeitungsbesitzer gönnerhaft auf den knochigen Rücken, – »wir werden doch noch ein Geschäftchen miteinander machen; man soll eben nie jemanden vorzeitig hinauswerfen. Aber zwanzigtausend müssen Sie sich aus dem Kopf schlagen. Phantasie zahlt heutzutage kein Mensch mehr.«

Selbstgewiß und jovial kletterte Huguenau die Hühnerleiter hinab.

Vor der Druckerei saß ein Kind.

Huguenau musterte das Kind, musterte den Eingang zur Druckerei. »Fremden ist der Eintritt verboten« war auf der Tafel zu lesen.

Zwanzigtausend Emm, dachte er, und die Kleine als Draufgabe.

Fremd war er, aber den Eintritt konnte man ihm nicht mehr verbieten; wer einen Kauf vermitteln soll, muß die Ware vorher kennen. Der Esch wäre eigentlich verpflichtet gewesen, die Druckerei herzuzeigen. Huguenau überlegte, ob er ihn herunterrufen sollte, doch dann ließ er es bleiben: in ein oder zwei Tagen wird man ohnehin wieder hierherkommen, vielleicht sogar mit konkreten Kaufanträgen, – Huguenau war dessen völlig sicher, und außerdem war es jetzt Essenszeit. Also begab er sich zum Gasthof.

8

Hanna Wendling war erwacht. Sie öffnete nicht die Augen, denn noch bestand eine Möglichkeit, den entweichenden Traum zu erhaschen. Aber der glitt langsam hinweg, und am Schluß blieb nur das Gefühl, in das der Traum getaucht gewesen war. Als auch das Gefühl versickerte, einen Augenblick bevor es gänzlich verschwand, gab Hanna es freiwillig auf und blinzelte kurz zum Fenster hin. Durch die Spalten der Jalousien sikkerte jetzt milchiges Licht; es mußte noch früh am Tage sein oder es gab regnerisches Wetter. Das streifige Licht war wie eine Fortsetzung des Traumes, vielleicht weil mit ihm kein Geräusch hereindrang, und Hanna entschied, daß es noch sehr zeitig sein müsse. Es bewegten sich die Jalousien leise schaukelnd zwischen den geöffneten Fensterflügeln; das war wohl der frühe Morgenwind, und seine Kühle einzufangen, schnaubte sie ein wenig durch die Nase, als könnte sie damit die Stunde erschnuppern. Dann, geschlossenen Auges, griff sie links zum Nebenbett hinüber; es war nicht geöffnet, Polster, Plumeau, Decken waren ordentlich geschichtet und unter dem Plüschüberwurf verpackt. Ehe sie die Hand zurückzog, um sie samt der nackten Schulter wieder unter die laue Decke zu stekken, fuhr sie nochmals über den nachgiebigen und ein bißchen kühlen Plüsch, und das war wie eine Vergewisserung, allein zu sein. Das dünne Nachthemd war bis über die Hüften hinaufgerutscht, bildete dort einen unangenehmen Wulst. Ach, sie hatte wieder unruhig geschlafen. Indes, gleichsam zur Entschädigung, lag die rechte Hand auf dem warmen glatten Körper und die Fingerspitzen streichelten kaum merklich und leise über die Haut und den Flaum an ihrem Schoß. Sie selber mußte an irgendein galantes französisches Rokokobild denken; dann fiel ihr Goyas Unbekleidete Maya ein. Sie blieb noch ein wenig so liegen. Hierauf strich sie das Hemd herunter – seltsam, daß ein hauchdünnes Hemd sofort derartig warm macht –, überlegte, ob sie sich nach links oder rechts wenden sollte, entschied sich für rechts, als würde das aufgeschichtete Nebenbett ihr die Luft entziehen, horchte noch ein wenig nach der Stille auf der Straße und begab sich in einen neuen Traum, flüchtete in den neuen Traum, noch bevor sie von draußen her etwas vernehmen konnte.

Als sie nach einer Stunde neuerdings wach wurde, vermochte sie sich nicht darüber hinwegzutäuschen, daß der Vormittag schon weit vorgeschritten war. Für einen Menschen, der nur durch sehr schwache und für ihn kaum vorhandene Fäden mit dem verbunden ist, was man oder er selber das Leben nennt, ist das morgendliche Aufstehen stets eine schwere Aufgabe. Vielleicht sogar eine kleine Vergewaltigung. Und Hanna Wendling, die das Unausweichliche des Tages wieder herannahen fühlte, bekam Kopfweh. Im Hinterkopf begann es. Sie verschränkte die Hände im Nacken und als sie in ihre Haare griff, die sich sanft um die Finger legten, vergaß sie für einen Augenblick das Kopfweh. Dann drückte sie auf die schmerzende Stelle; es war ein Ziehen, das hinter den Ohren ansetzte und bis zu den Nackenwirbeln hinunterreichte. Sie kannte es. Wenn sie in Gesellschaft war, überfiel es sie manchmal so heftig, daß sie ganz schwindlig wurde. Mit jähem Entschluß warf sie die Decke zurück, schlüpfte in die steilhackigen Hausschuhe, ließ die Jalousien, ohne sie hochzuziehen, aufklaffen, und mit Hilfe des Handspiegels versuchte sie, den schmerzenden Nacken vor dem großen Toilettespiegel zu betrachten. Was tat dort weh? es war nichts zu entdecken. Sie wandte den Kopf hin und her; die Wirbel spielten unter der Haut – es war eigentlich ein netter Nakken. Auch die Schultern waren nett. Sie hätte gerne im Bette gefrühstückt, aber es war Krieg; schmählich genug, so lange im Bett zu bleiben. Eigentlich hätte sie den Jungen zur Schule bringen sollen. Täglich nahm sie sich's vor. Zweimal hat sie es durchgeführt, dann hat sie es doch wieder dem Mädchen überlassen. Natürlich sollte der Junge schon längst eine Französin oder eine Engländerin haben. Engländerinnen sind für die Erziehung besser. Wenn der Krieg vorbei sein wird, muß man den Jungen nach England geben. Wie sie so alt war wie er, ja, mit sieben Jahren hat sie besser Französisch als Deutsch gesprochen. Sie suchte nach einem Flakon mit Toiletteessig und rieb Nacken und Schläfen, betrachtete aufmerksam ihre Augen im Spiegel; sie waren goldbraun, in dem linken zeigte sich ein rotes Äderchen. Das kommt vom unruhigen Schlaf. Sie warf ihren Kimono um die Schultern und klingelte nach dem Mädchen.

Hanna Wendling war die Gattin des Rechtsanwalts Dr. Heinrich Wendling. Sie stammte aus Frankfurt. Heinrich Wendling war seit zwei Jahren in Rumänien oder Bessarabien oder sonstwo da drunten.

9

Huguenau hatte im Speisesaal Platz genommen. An einem der Nebentische saß ein weißhaariger Major. Das Mädchen stellte eben die Suppe vor ihn hin, und der alte Herr zeigte ein merkwürdiges Gehaben: mit gefalteten Händen, das rötliche Gesicht fromm verschlossen, neigte er sich ein wenig über den Tisch, und erst nach Beendigung solch unverkennbaren Gebets brach er das Brot.

Huguenau waren bei dem ungewohnten Anblick solchen Tuns die Augen steckengeblieben; er winkte das Mädchen heran und fragte ziemlich ungeniert nach dem merkwürdigen Offizier.

Das Mädchen beugte sich zu seinem Ohr: das sei der Stadtkommandant, ein adeliger Gutsbesitzer aus Westpreußen, der für Kriegsdauer reaktiviert worden sei. Frau und Kinder seien auf dem Gute verblieben und er stehe mit ihnen in täglichem Briefwechsel. Und die Kommandantur sei im Rathaus, der Herr Major aber wohne schon seit Kriegsbeginn hier im Hotel.

Huguenau nickte befriedigt. Plötzlich verspürte er im Magen lähmende Kälte, und da wußte er es nun plötzlich auch, daß da ein Mann saß, der die Militärgewalt verkörperte, daß dieser Mann bloß den Arm mit dem Suppenlöffel auszustrecken brauchte, um ihn zu vernichten, daß er also gewissermaßen mit seinem Henker Tür an Tür wohnte. Der Appetit war ihm vergangen! Sollte er nicht das Essen abbestellen und fliehen?!

Doch das Mädchen hatte inzwischen die Suppe gebracht, und während Huguenau mechanisch zu löffeln begann, wich die lähmende Kälte und ging in eine fast beglückende kühle Schwäche und Wehrlosigkeit über. Er durfte ja gar nicht fliehen, er mußte ja die Sache mit dem »Kurtrierschen Boten« ins reine bringen.

Ja, beinahe war ihm wohlig zumute. Denn der Mensch glaubt zwar, daß seine Entscheidungen und Entschlüsse in einer großen Mannigfaltigkeit sich bewegen, und in Wirklichkeit sind sie ein bloßes Pendeln zwischen Flucht und Sehnsucht, und alles Fliehen und alles Sehnen gilt doch dem Tode. Und in diesem Schwanken der Seele und des Geistes zwischen Pol und Gegenpol fühlte Huguenau, der soeben noch zur Flucht bereite Wilhelm Huguenau, sich seltsam zu dem alten Mann dort drüben hingezogen.

Mechanisch aß er, merkte nicht einmal, daß heute Fleischtag war, mechanisch trank er, und in der extremeren, sozusagen luzideren Realität, deren er nun schon seit Wochen teilhaftig war, zerfielen die Dinge, rückten auseinander bis zu den Polen, rückten bis an die Grenzen der Welt, wo alles Getrennte wieder eins wird und die Entfernung wieder aufgehoben ist, – Furcht wird zu Sehnsucht, Sehnsucht zu Furcht, und der »Kurtriersche Bote« verband sich mit jenem weißhaarigen Major zu einer seltsam unlöslichen Einheit. Das läßt sich nicht viel präziser oder rationaler ausdrücken, denn auch die Handlungen Huguenaus erfolgten unter Aufhebung jeglicher Entfernung, gewissermaßen irrational wie unter Kurzschluß und ohne Überlegungszeit; es war also auch kein eigentliches Warten, mit dem Huguenau zuwartete, bis der Major seine Mahlzeit beendet hatte, es war eine Art Gleichzeitigkeit von Ursache und Wirkung, in der er sich mit dem Augenblick erhob, da der Major nach neuerlichem stummem Gebet den Stuhl zurückschob und eine Zigarre anzündete: ohne jede Befangenheit und schnurstracks näherte er sich dem Major, trat er an den Major heran, unbefangen, obwohl er dabei noch keinen Vorwand für solchen Überfall wußte.

Doch kaum hatte er sich geziemend vorgestellt, da hatte er auch schon unaufgefordert Platz genommen, und leicht floß es ihm von den Lippen: er erlaube sich gehorsamst zu melden, daß er dem Pressedienst zugeteilt sei und sich in dessen Auftrag hier befinde, es gäbe nämlich hierorts ein Lokalblatt, »Kurtrierscher Bote« geheißen, über dessen Haltung allerlei Bedenkliches gemunkelt werde, und er sei, ausgestattet mit entsprechenden Vollmachten, hergereist, um die Verhältnisse an Ort und Stelle zu studieren. Ja, und – was werde ich jetzt sagen, dachte Huguenau, aber der Strom der Rede floß weiter; es war, als formte sie sich erst im Munde, – ja, und da die Zensurfragen gewissermaßen und in gewissem Sinne in das Ressort des Stadtkommandos fallen, so halte er es für seine Pflicht, dem Herrn Major hiemit Aufwartung zu machen und Meldung zu erstatten.

Während dieser Ansprache hatte der Major mit einem kleinen Ruck eine vorschriftsmäßige Haltung angenommen und den Versuch gemacht, den Einwand anzubringen, daß für diese Angelegenheit der regelmäßige Dienstweg angemessen erscheine; Huguenau, dem die strömende Rede nicht versiegen durfte, hörte kaum hin und schnitt den Einwand kurzweg mit dem Hinweis ab, daß er sich nicht in offizieller, sondern bloß in offiziöser Eigenschaft dem Herrn Major respektvollst genähert habe, da die erwähnten Vollmachten keine staatlichen seien, vielmehr solche der patriotischen Großindustrie, Namen brauche er nicht zu nennen, man wisse ohnehin, welche ihn mit der Mission betraut haben, bedenkliche Zeitungen bei Preiskonvenienz eventuell anzukaufen, da verhütet werden müsse, daß bedenkliche Ideen ins Volk dringen. Und Huguenau wiederholte »Bedenkliche Ideen im Volk«, wiederholte das Wort, als wäre ihm mit der Rückkehr zum Ausgangspunkt alle Sicherheit gegeben, als wäre das Wort ein gutes Bett, in dem es sich gut liegt.

Wahrscheinlich verstand der Major nicht, worauf es hinauslaufen sollte, aber er nickte, und Huguenau nahm seinen Kreislauf wieder auf: ja, es handle sich um bedenkliche Zeitungen, und nach seinem eigenen, wie überhaupt nach menschlichem Ermessen sei der »Kurtriersche Bote« eine bedenkliche Zeitung, deren Aufkauf er unbedingt empfehlen würde.

Er sah den Major triumphierend an, seine Finger trommelten auf dem Tisch, und es war, als erwarte er von dem Stadtkommandanten Bewunderung und Lob für die gelungene Leistung.

»Zweifelsohne sehr patriotisch«, stimmte der Major endlich zu, »ich danke für die Mitteilung.«

Huguenau hätte sich somit entfernen können, aber er mußte ein besseres Resultat erzielen, und so dankte er dem Herrn Major vor allem für das gezeigte Wohlwollen und bat, angesichts solchen Wohlwollens eine Bitte, eine kurze Bitte anschließen zu dürfen: »Meine Kaufproponenten legen begreiflichen Wert darauf, daß bei einem derartigen Aufkauf einer Zeitung, die doch mehr oder weniger ein Lokalblatt genannt werden muß, auch lokale Interessenten an der Sache beteiligt wären; das ist doch begreiflich, wegen der Kontrolle etcetera... Herr Major verstehen?«

Ja, das sei begreiflich, sagte der Major verständnislos.

Nun, sagte Huguenau, seine Bitte ginge dahin, der Herr Major, der ja hiefür als die berufenste Person gelten könne, möge doch einige zuverlässige und begüterte ortsansässige Herren nennen, die – selbstverständlich unter entsprechender Geheimhaltung – an dem Projekt zu interessieren wären.

Der Major meinte: eigentlich falle diese Angelegenheit in das Ressort der Zivilverwaltung und nicht in das des militärischen Kommandos, doch könne er Herrn Huguenau den Rat erteilen, sich Freitag abends hier einzufinden, da an diesem Tage stets einige Stadtverordnete und andere Herren der Bürgerschaft anzutreffen seien.

»Ausgezeichnet! aber Herr Major werden gleichfalls anwesend sein«, sagte Huguenau, der nicht so leicht locker ließ, »ausgezeichnet, wenn Herr Major die Patronanz über die Aktion übernehmen, dann kann ich für ein gutes Gelingen garantieren, speziell, da es sich doch um verhältnismäßig geringfügige Kapitalien handelt, und es sehr vielen der Herren höchst interessant sein wird, solcherart mit der Großindustrie in Fühlung und in ein gewisses Kompagnieverhältnis zu treten... ausgezeichnet, wirklich ausgezeichnet... Herr Major gestatten zu rauchen...« und er rückte seinen Stuhl näher heran, nahm eine Zigarre aus dem Etui, putzte seine Brillengläser und begann zu rauchen.

Der Major sagte, daß dies sicherlich sehr erfreuliche Auspizien wären und daß er bedaure, von diesen geschäftlichen Dingen nichts zu verstehen.

Oh, das mache nichts, sagte Huguenau, das tue nichts zur Sache. Und weil er seinen Kreis nochmals zu durchlaufen wünschte, vielleicht aus Virtuosentum, vielleicht um die gewonnene Sicherheit zu befestigen, vielleicht aus bloßem Übermut, rückte er noch ein Stückchen näher an den Major heran und bat um die Erlaubnis, eine weitere Mitteilung anfügen zu dürfen, die jedoch bloß für den Herrn Major persönlich bestimmt sei. Er habe nämlich bei seinen bisherigen Unterhaltungen mit dem Herausgeber jener Zeitung, einem gewissen Esch, von dem der Herr Major gewiß schon gehört habe, den sicheren Eindruck empfangen, daß hinter der Zeitung eine, wie möge er sich ausdrücken, eine ganze submarine Bewegung bedenklicher subversiver Elemente im Gange sei, manches scheine sich ja schon herumzusprechen, wenn aber das Zeitungsprojekt tatsächlich realisiert werde, so wäre er dann wohl in der Lage, auch in solch dunkles Treiben jenen Einblick zu gewinnen, der im Interesse des Volksganzen zu erstreben und notwendig sei.

Und ehe der alte Herr antworten konnte, war Huguenau aufgestanden und schloß seine Rede: »Bitte, oh bitte Herr Major, es ist bloß meine patriotische Pflicht... es ist nicht der Erwähnung wert... ich werde mir also gestatten, der so ehrenden Einladung am Freitag abend Folge zu leisten.«

Er schlug die Hacken zusammen und begab sich leicht, fast tänzerisch an seinen Tisch zurück.

10

Daß Herr August Esch seine Arbeit in der Redaktion auf solch grimmig unduldsame Art betrieb und daß er sich auf diesem Platze so besonders unwohl fühlte, mag weitgehend darauf zurückzuführen sein, daß er zeit seines Lebens einen buchhalterischen Beruf ausgeübt hatte, viele Jahre hindurch sogar als Oberbuchhalter eines großen Industrieunternehmens in seiner luxemburgischen Heimat, ehe er – man war schon mitten im Kriege – infolge einer unvorhergesehenen Erbschaft in den Besitz des »Kurtrierschen Boten« und des dazugehörigen Anwesens gelangte.

Denn ein Buchhalter, und gar ein Oberbuchhalter, ist ein Mensch, der innerhalb eigener und außerordentlich präziser Ordnungen lebt, Ordnungen, die so präzis sind, daß sie ihm von keiner andern Betätigung je wieder geboten werden können. Gestützt und gefestigt durch solche Ordnungen ist er gewohnt, in einer machtvollen und dennoch demütigen Welt zu leben, in der jedes Ding seinen Platz hat, in der er selber sich stets wiederfindet und sein Blick unbeirrbar und unverloren bleibt. Er wendet die Seiten des Hauptbuchs und vergleicht sie mit denen des Journals und des Saldokontos; lückenlose Brücken führen hinüber und herüber, sichern das Leben und das Tagewerk. Des Morgens bringt der Diener oder ein kleines Fräulein aus dem Korrespondenzbüro die Buchungsbelege, und der Oberbuchhalter paraphiert sie, damit sie sodann von den jungen Leuten in die Strazza eingetragen werden. Ist dies getan, kann der Oberbuchhalter über die schwierigeren Fälle in Ruhe nachdenken, gibt seine Weisungen, läßt nachschlagen. Wenn er dann im Geiste einen schwierigen Buchungsfall geordnet und geregelt hat, spannen und überspannen sich ihm neue und gesicherte Brücken von Kontinent zu Kontinent, und dieses Gewirr von gesicherten Beziehungen zwischen Konto und Konto, dieses unentwirrbare und für ihn doch so deutliche Netz, in dem kein Knoten fehlt, symbolisiert sich schließlich in einer einzigen Zahl, die er jetzt schon voraussieht, mag sie auch erst nach Monaten in die Bilanz eingehen. Oh, süße Aufregung der Bilanz, gleichgültig ob sie Gewinn bringt oder Verlust, denn dem Buchhalter bringt jedes Geschäft Gewinn und Zufriedenheit. Schon die monatlichen Rohbilanzen sind Siege der Kraft und Gewandtheit und sind dennoch nichts gegen die großen Buchabschlüsse am Halbjahrsende: in diesen Tagen ist er der Führer des Schiffes und seine Hand verläßt nicht das Steuerrad; die jungen Leute der Abteilung sind gleich Ruderknechten an ihren Plätzen, und man achtet nicht der Mittagspause und des Schlafs, bis alle die Konti abgeschlossen sind; doch die Aufstellung des Gewinn- und Verlustkontos und des Bilanzkontos behält er sich selbst vor, und wenn er den Saldo eingesetzt und den schrägen Abschlußstrich gezogen hat, dann besiegelt er die Arbeit mit seiner Unterschrift. Wehe aber, wenn die Bilanz um einen Pfennig nicht stimmt. Neue, doch bittere Lust. Begleitet vom ersten Hilfsbuchhalter geht er mit den Augen des Detektivs die verdächtigen Konti durch, und wenn es nichts nützt, werden unnachsichtig alle Buchungen des Halbjahres neuerdings überrechnet. Und wehe dem jungen Mann, in dessen Arbeit der Fehler entdeckt wird, – ihn trifft Grimm und kalte Verachtung, ja Entlassung. Findet man indes, daß der Fehler nicht der Buchhaltung unterlaufen ist, sondern bei der Aufnahme der Inventuren in den Magazinen, so zuckt der Oberbuchhalter bloß die Achsel und hat ein bedauerndes oder sarkastisches Lächeln auf den Lippen, denn die Aufnahme der Inventuren liegt außerhalb seines Machtbereichs, und überdies weiß er, daß in den Magazinen wie im Leben niemals jene Ordnung erreichbar sein wird, die er in seinen Büchern hält. Mit einer wegwerfenden Geste der Hand geht er in sein Büro zurück, und wenn dann die Tage ruhiger werden, dann geschieht es nicht selten, daß der Oberbuchhalter auf gut Glück einen der Folianten aufschlägt, mit raschem Daumen die Seite glättet und die Kolonne der Ziffern zur Probe summiert, sich seiner Fertigkeit freuend, die es erlaubt, bei aller Sicherheit der ölig laufenden Rechnung die Gedanken fernab schweifen zu lassen und die Überraschung zu genießen, die man erwartet und die trotzdem entzückt, wenn das Wunder der Rechnung wie ein sicherer Fels in der Welt des Unbestimmten noch immer besteht. Und es geschieht dann auch, daß ihm die Hand vom Buche herabgleitet, daß Wehmut sein Herz beschleicht und er über die neuen Systeme nachsinnt, die einzuführen zur Pflicht des modernen Buchhalters gehört, und wenn er dabei bedenkt, daß die neuen Systeme statt der gewichtigen und großen Bücher nüchterne Karten benutzen und die persönliche Kunst durch Rechenmaschinen ersetzen, so ist er voller Gram.

Außerhalb ihres Berufes sind die Buchhalter reizbar. Denn die Grenze zwischen Wirklichkeit und Unwirklichkeit ist nirgends deutlich zu erkennen, und wer in einer Welt geschlossener Bindungen lebt, gestattet nicht, daß es irgendwo eine andere Welt gäbe, deren Bindungen für ihn unverständlich und undurchschaubar sind: wer aus seiner festgefügten Welt heraustritt oder aus ihr herausgerissen wird, ist unduldsam, er wird zum asketischen und leidenschaftlichen Eiferer, ja, er wird zum Rebellen. Der Schatten des Todes hat sich auf ihn herabgesenkt, und der einstige Buchhalter – ist er bejahrt genug – taugt eigentlich nur mehr für den kleinen Alltag des Pensionisten, der, verschlossen gegen alles Außen und alle Zufälligkeiten, sich darauf beschränkt, den Rasen seines Gartens zu sprengen und die Obstbäume zu hegen; ist er aber noch rüstig und arbeitsam, so wird sein Leben zum aufreibenden Kampfe gegen eine Wirklichkeit, die für ihn Unwirklichkeit ist. Nun gar, wenn ihn Schicksal oder Erbschaft auf einen so exponierten Posten wie den eines Zeitungsherausgebers geführt hat, und mag es auch nur ein kleines Provinzblatt sein, dem er vorstehen soll. Denn es gibt wohl keinen Beruf, der so sehr von den Unberechenbarkeiten und den Unsicherheiten des Weltenlaufs abhängig ist wie der eines Schriftleiters, insonders zu Kriegszeiten, in welchen Nachricht und Gegennachricht, Hoffnung und Verzweiflung, Mut und Elend so nahe beieinander stehen, daß eine ordnungsmäßige Eintragung in die Bücher zur baren Unmöglichkeit wird: nur mit Hilfe von Zensurstellen kann statuiert werden, was als wahr zu gelten hat und was unwahr bleiben muß, und ein jedes Volk lebt in seiner eigenen patriotischen Wirklichkeit. Hier ist ein Buchhalter schlecht am Platze, denn leicht ist er geneigt zu schreiben, daß unsere wackeren Truppen, gewärtig des Befehls zu weiterem Vormarsch, sich noch am linken Marneufer befinden, während in Wirklichkeit die Franzosen ihrerseits schon längst auf das rechte Ufer vorgestoßen sind. Und wenn der Zensor solche Unwahrheiten rügt, so wird der Buchhalter, vor allem wenn er ein Mensch impetuoser Haltungen ist, unweigerlich zornig werden und wird nachweisen, daß der Generalquartiermeister zwar die Errichtung des Brückenkopfes am linken Ufer gemeldet hatte, daß aber von der Zurücknahme der Truppen niemals die Rede gewesen war. Dies ist bloß ein Beispiel unter vielen, man könnte wohl sagen, unter Hunderten, und an ihnen läßt sich immer wieder zeigen, wie unmöglich es ist, die Eintragungen in die Annalen der Geschichte mit jener Genauigkeit vorzunehmen, die für die Eintragung von Geschäftsvorfällen als erste und unbedingte Vorschrift gilt, und wie durch die Unkorrektheit des unübersichtlich gewordenen Krieges eine Rebellion genährt wird, zu der ein akriber und korrekter Mensch sogar schon im Frieden manchen Anlaß gefunden hätte, die aber hier zum notwendigen und unausweichlichen Kampf zwischen der Behörde und der Gerechtigkeit werden muß, zum Kampf zwischen zwei Unwirklichkeiten, zwischen zwei Vergewaltigungen, zu einem Kampf, der immer bestehen muß, vergleichbar dem Kreuzzug Don Quichottens gegen eine Welt, die sich den Forderungen des ordnungsetzenden Geistes nicht fügen will. Immer wird der Buchhalter für das Gerechte streiten, er wird um einen Pfennig durch alle Instanzen Prozeß führen, wenn solche Forderung in seinen Büchern steht, und ohne eigentlich ein guter Mensch zu sein, wird er sich zum Anwalt des gebeugten Rechtes aufschwingen, sobald er das Unrecht und die Gesetzwidrigkeit erkannt und registriert hat, unnachgiebig und zornig wird er auf seinem Platze stehen, ein hagerer Ritter, der mit seiner eingelegten Lanze Angriff um Angriff reiten muß zu Ehren der Rechnung, die in der Welt glatt aufgehen soll.

Solchermaßen war die Redaktionsarbeit des Herrn Esch keineswegs so einfach, wie man etwa meinen mochte. Gewiß wurde dem zweimal wöchentlich erscheinenden Blatt alles Material von einer Kölner Nachrichten- und Feuilletonkorrespondenz geliefert, und der Schriftleiter hatte eigentlich nichts anderes zu tun, als unter den brennenden Tagesnachrichten die brennendsten herauszusuchen, brauchte bloß unter den schöngeistigen Romanen und Artikeln die schönsten auszuwählen, und höchstens die Lokalberichte, die überdies zum Großteil aus »Eingesendet« bestanden, hatte er selber zu versorgen. Aber wenn sich dies auch sehr einfach anließ und es im Grunde auch sehr einfach war, insolange Esch sich auf die Führung der Buchhaltung beschränkte, die er dem »Kurtrierschen Boten« (allerdings nicht in amerikanischer sondern in der bescheideneren italienischen Manier) neu eingerichtet hatte, es stellten sich alle Komplikationen ein, als der bisherige Schriftleiter zu den Waffen gerufen wurde und Herr Esch durch seinen natürlichen und buchhalterischen Sparsinn sowie durch die schwieriger gewordenen Verhältnisse dazu getrieben wurde, die Redaktion des Blattes selber in die Hand zu nehmen. Da begann der Kampf! es begann der Kampf um die akribe Evidenz der Welt und gegen die falschen und gefälschten Buchungsbelege, die man den Menschen reichen wollte, es begann der Kampf gegen die Behörden, die es nicht duldeten, daß der »Kurtriersche Bote« von den Mißständen im Felde und im Hinterland, von Matrosenaufständen und von Unruhen in den Munitionsfabriken die Öffentlichkeit benachrichtige, ja, sogar von den Vorschlägen des Blattes zur wirksamen Bekämpfung solcher Übel wollte man nichts hören; vielmehr fand man es verdächtig – obzwar bloß ein Übelwollender es verdächtig finden konnte –, daß Herr Esch derartige Nachrichten zugetragen bekam, und es wurde bereits erwogen, ihm als ausländischem Staatsbürger (Luxemburger) die Ausübung seiner redaktionellen Tätigkeit zu untersagen; er wurde mehrmals verwarnt, und der Verkehr mit der Zensurstelle in Trier gestaltete sich von Woche zu Woche unangenehmer. Kein Wunder also, daß Herr Esch, selber mit der Welt im Streite, Brüderlichkeit zu der gedemütigten und getretenen Menschenkreatur zu empfinden begann und ein Oppositioneller und ein Rebell wurde. Aber er gestand es sich nicht ein.

11

Geschichte des Heilsarmeemädchens in Berlin (1)

Zu den vielen Unduldsamkeiten und Beschränktheiten, deren die Vorkriegszeit eine Fülle besaß und deren wir uns heute mit Recht schämen, gehört wohl auch das gänzliche Unverständnis gegenüber allen Phänomenen, die auch nur ein wenig außerhalb einer sich völlig rational dünkenden Welt lagen. Und weil man damals gewöhnt war, bloß die abendländische Kultur und ihr Denken als verpflichtend anzusehen, alles übrige aber als minderwertig abzutun, so war man leichthin geneigt, alle Phänomene, die der rationalen Eindeutigkeit nicht entsprachen, der Kategorie des Unter-Europäischen und Minderwertigen zuzurechnen. Und trat nun gar ein solches Phänomen, wie etwa die Heilsarmee, im kleinen Gewande des Friedens und der flehentlichen Bitte auf, da war des Spottens kein Ende. Man wollte Eindeutiges und Heroisches, mit andern Worten Ästhetisches sehen, man glaubte, daß dies die Haltung des europäischen Menschen sein müsse, man war in einem mißverstandenen Nietzscheanismus befangen, mochten auch die meisten den Namen Nietzsche niemals vernommen haben, und der Spuk fand erst ein Ende, als die Welt so viel Heroismus zu sehen bekam, daß sie ihn vor lauter Heroismus nicht mehr zu sehen vermochte.

Heute geselle ich mich zu jeder Heilsarmeeversammlung, die ich auf der Straße antreffe, ich lege gerne etwas auf den Sammelteller und oft lasse ich mich in Gespräche mit den Heilssoldaten ein. Nicht, als ob ich von den etwas primitiven Heilslehren bekehrt worden wäre, doch ich meine, daß wir, die wir einst in Vorurteilen befangen waren, die ethische Pflicht haben, unsere Verfehlungen, wo immer es angeht, wieder gut zu machen, auch wenn diese Verfehlungen bloß den Anschein ästhetischer Verworfenheit hätten und wir überdies die Entschuldigung unserer damaligen großen Jugend ins Treffen führen können. Allerdings drang solche Erkenntnis mir nur langsam ins Bewußtsein, um so mehr, als man während des Krieges den Heilsarmeeleuten bloß selten begegnete. Ich hatte zwar gehört, daß sie eine ausgedehnte caritative Tätigkeit entfalteten, aber ich war fast überrascht, als ich in einer der äußeren Straßen Schönebergs das Heilsarmeemädchen traf.

Ich dürfte wohl einen etwas saloppen und hilfsbedürftigen Eindruck gemacht haben, indes mein freundlich überraschtes Lächeln ermunterte sie, mich unter einem taktvollen Vorwand anzusprechen: sie bot mir eine der Flugschriften an, von denen sie einen Pack unterm Arm trug. Vielleicht wäre sie enttäuscht gewesen, wenn ich ihr einfach ein Blatt abgekauft hätte; ich sagte also: »Ich habe leider kein Geld.« – »Das macht nichts«, erwiderte sie, »kommen Sie zu uns.«

Wir gingen durch mehrere typische Vorstadtstraßen, vorbei an unverbauten Grundstücken, und ich redete vom Kriege. Ich glaube, daß sie mich für einen Drückeberger hielt, oder gar für einen Deserteur, der in einer Art Geständniszwang von dem Thema nicht loskam, denn sie war offenkundig bemüht, das Gespräch auf andere Dinge zu lenken. Doch ich blieb bei meinem Thema, warum, vermöchte ich heute nicht mehr zu sagen, und schimpfte weiter.

Plötzlich hatten wir uns verirrt. Wir waren auf einem schmalen Weg um einen Fabrikkomplex herumgegangen, und als wir an die Ecke kamen, zeigte sich's, daß der Komplex noch lange kein Ende hatte. Wir bogen also links in einen kleinen Pfad ab, den ein müßiger, etwas schlapper Stacheldraht begrenzte, – unverständlich, was es hier zu begrenzen gab, da das Land dahinter aus bloßem Kehricht und Abfall bestand, aus Scherben, verbeulten Gießkannen, überhaupt aus vielerlei Gefäßen, die man aus unerfindlichen Gründen an diesen schwer erreichbaren und entlegenen Fleck getragen hatte, – und schließlich endete dieser Pfad im freien Felde, zwar keinem richtigen Felde, denn es wuchs hier nichts, aber immerhin einem Felde, das vielleicht vor dem Kriege, vielleicht aber noch im Vorjahr geackert worden war. Davon zeugten die hartgewordenen Ackerfurchen, die wie gefrorene lehmige Wellen aussahen. Gesät war dann wohl nimmer worden. In der Ferne zog ein Eisenbahnzug langsam über die Felder.

Hinter uns lagen die Fabriken, lag die große Stadt Berlin. Unsere Situation war also keine verzweifelte, so scharf auch die Nachmittagssonne auf uns herniederbrannte. Wir beratschlagten, was zu tun wäre. Weiterwandern bis zum nächsten Dorf? »So können wir uns nirgends sehen lassen«, sagte ich, und folgsam versuchte sie, den Staub von ihrem dunklen Uniformrock abzuklopfen. Es war der rauhe Stoff, aus dem die Uniformen der Schaffnerinnen angefertigt wurden, Ersatzstoff mit Papiergarn durchschossen.

Da entdeckte ich einen Pflock, der dort eingerammt war wie ein Mal. Dort begaben wir uns hin. Wir saßen abwechselnd im schmalen Schatten des Pflockes. Wir sprachen wenig, bloß davon, daß ich an Durst litt. Und als es kühler geworden war, fanden wir in die Stadt zurück.

12

ZERFALL DER WERTE (1)

Hat dieses verzerrte Leben noch Wirklichkeit? hat diese hypertrophische Wirklichkeit noch Leben? die pathetische Geste einer gigantischen Todesbereitschaft endet in einem Achselzukken, – sie wissen nicht, warum sie sterben; wirklichkeitslos fallen sie ins Leere, dennoch umgeben und getötet von einer Wirklichkeit, die die ihre ist, da sie deren Kausalität begreifen.

Das Unwirkliche ist das Unlogische. Und diese Zeit scheint die Klimax des Unlogischen, des Antilogischen nicht mehr übersteigen zu können: es ist, als ob die ungeheure Realität des Krieges die Realität der Welt aufgehoben hätte. Phantastisches wird zur logischen Wirklichkeit, doch die Wirklichkeit löst sich zu alogischester Phantasmagorie. Eine Zeit, feige und wehleidiger denn jede vorhergegangene, ersäuft in Blut und Giftgasen, Völker von Bankbeamten und Profiteuren werfen sich in Stacheldrähte, eine wohlorganisierte Humanität verhindert nichts, sondern organisiert sich als Rotes Kreuz und zur Herstellung von Prothesen; Städte verhungern und schlagen Geld aus ihrem eigenen Hunger, bebrillte Schullehrer führen Sturmtrupps, Großstadtmenschen hausen in Kavernen, Fabrikarbeiter und andere Zivilisten kriechen als Schleichpatrouillen, und schließlich, wenn sie glücklich wieder im Hinterland sind, werden aus den Prothesen wieder Profiteure. Aufgelöst jedwede Form, ein Dämmerlicht stumpfer Unsicherheit über der gespenstischen Welt, tastet der Mensch, einem irren Kinde gleich, am Faden irgendeiner kleinen kurzatmigen Logik durch eine Traumlandschaft, die er Wirklichkeit nennt und die ihm doch nur Alpdruck ist.

Das pathetische Entsetzen, mit welchem diese Zeit als wahnsinnig, das pathetische Wohlgefallen, mit dem sie als groß bezeichnet wird, rechtfertigen sich an der hypertrophischen Unfaßbarkeit und Illogizität der Ereignisse, die scheinbar ihre Wirklichkeit ausmachen. Scheinbar! Denn wahnsinnig oder groß kann niemals eine Zeit, kann immer nur ein Einzelschicksal sein. Unsere Einzelschicksale aber sind so normal wie eh und je. Unser Gesamtschicksal ist die Summe unserer Einzelschicksale, und jedes dieser Einzelleben entwickelt sich durchaus »normal«, sozusagen seiner Unterhosenlogizität gemäß. Wir empfinden das Gesamtgeschehen als wahnsinnig, aber für unser Einzelschicksal können wir mit Leichtigkeit einen logischen Motivenbericht liefern. Sind wir wahnsinnig, weil wir nicht wahnsinnig geworden sind?

Die große Frage: wie kann das Individuum, dessen Ideologie sonst wahrlich auf andere Dinge gerichtet war, die Ideologie und Wirklichkeit des Sterbens begreifen und sich ihr fügen? Man mag antworten, daß die große Masse es ohnehin nicht täte und bloß dazu gezwungen worden sei, – das stimmt vielleicht jetzt, wo es Kriegsmüdigkeit gibt, aber es gab und gibt ja selbst heute noch echte Kriegs- und Schießbegeisterung! man mag antworten, daß der Durchschnittsmensch, dessen Leben zwischen Futtertrog und Bett dahinläuft, überhaupt keine Ideologie besitze und daher für die Ideologie des Hasses – jedenfalls der einleuchtendsten, ob sie nun einem Nationen- oder Klassenhaß gilt – ohne weiteres zu gewinnen gewesen wäre, ja, daß solch armseliges Leben in den Dienst einer überindividuellen Sache gestellt, auch wenn sie eine verderbenbringende ist, doch den Schein eines sozialen Lebenswertes erhalten hätte: aber wenn dies auch vielleicht zutreffen mag, so besaß diese Zeit dennoch irgendwo andere und höhere Werte, an denen der einzelne in seiner erbärmlichen Durchschnittsmenschlichkeit trotz allem partizipiert hat. Diese Zeit hatte irgendwo ein reines Erkenntnisstreben, hatte irgendwie einen reinen Kunstwillen, hatte ein immerhin präzises Sozialgefühl; wie kann der Mensch, all dieser Werte Schöpfer und ihrer teilhaftig, wie kann er die Ideologie des Krieges »begreifen«, widerspruchslos sie empfangen und billigen? wie konnte er das Gewehr zur Hand nehmen, wie konnte er in den Schützengraben ziehen, um darin umzukommen oder um daraus wieder zu seiner gewohnten Arbeit zurückzukehren, ohne wahnsinnig zu werden? Wie ist solche Wandelbarkeit möglich? wie konnte die Ideologie des Krieges in diesen Menschen überhaupt Platz finden, wie konnten diese Menschen eine solche Ideologie und deren Wirklichkeitssphäre überhaupt begreifen? von einer, dabei durchaus möglichen, begeisterten Bejahung ganz zu schweigen! sind sie wahnsinnig, weil sie nicht wahnsinnig wurden?

Gleichgültig gegen fremdes Leid! jene Gleichgültigkeit, die den Bürger ruhig schlafen läßt, wenn im nahen Gefängnishof einer unter der Guillotine liegt oder am Pfahl erwürgt wird! jene Gleichgültigkeit, die bloß multipliziert zu werden braucht, damit es von denen daheim keinen anficht, wenn Tausende in Stacheldrähten hängen! Gewiß ist es die nämliche Gleichgültigkeit und es greift trotzdem darüber hinaus, denn hier geht es nicht mehr darum, daß sich eine Wirklichkeitssphäre fremd und teilnahmslos gegen eine andere abschließt, sondern es geht darum, daß es ein einziges Individuum ist, in welchem Henker und Opfer vereint sich vorfinden, daß also ein einziger Bereich die heterogensten Elemente in sich vereinen kann, und daß trotzdem das Individuum als Träger dieser Wirklichkeit sich völlig natürlich und mit absoluter Selbstverständlichkeit darin bewegt. Es ist nicht der Kriegsbejaher und es ist nicht der Kriegsverneiner, die einander gegenüberstehen, es ist auch nicht eine Wandlung innerhalb des Individuums, das sich infolge vierjährigen Nahrungsmittelmangels zu einem andern Typus »verändert« hat und sich jetzt sozusagen selber fremd gegenübersteht: es ist eine Zerspaltung des Gesamtlebens und -Erlebens, die viel tiefer reicht als eine Scheidung nach Einzelindividuen, eine Zerspaltung, die in das Einzelindividuum und in seine einheitliche Wirklichkeit selber hinablangt.

Ach, wir wissen von unserer eigenen Zerspaltung und wir vermögen doch nicht, sie zu deuten, wir wollen die Zeit, in der wir leben, dafür verantwortlich machen, doch übermächtig ist die Zeit, und wir können sie nicht begreifen, sondern nennen sie wahnsinnig oder groß. Wir selbst, wir halten uns für normal, weil ungeachtet der Zerspaltung unsere Seele, alles in uns nach logischen Motiven abläuft. Gäbe es einen Menschen, in dem alles Geschehen dieser Zeit sinnfällig sich darstellte, dessen eigenes logisches Tun das Geschehen dieser Zeit ist, dann, ja dann wäre auch diese Zeit nicht mehr wahnsinnig. Deshalb wohl sehnen wir uns nach dem »Führer«, damit er uns die Motivation zu einem Geschehen liefere, das wir ohne ihn bloß wahnsinnig nennen können.

13

Von außen besehen wäre das Leben Hanna Wendlings als das eines Müßiggangs in geordneten Verhältnissen zu bezeichnen gewesen. Und sonderbarerweise auch von innen her besehen. Sie selber hätte es wahrscheinlich auch nicht anders bezeichnet. Es war ein Leben, das zwischen dem Aufstehen am Morgen und dem Niederlegen am Abend wie ein schlaffer Seidenfaden hing, schlaff und sich kräuselnd vor Spannungslosigkeit. Das Leben in seiner Vielfalt von Dimensionen, es verlor in diesem besonderen Fall eine Dimension nach der andern, ja, es füllte kaum mehr die drei Dimensionen des Raumes aus: man konnte mit Fug sagen, daß die Träume Hanna Wendlings plastischer und bluterfüllter waren als ihre Wachheit. Aber so sehr dies auch die eigene Meinung Hanna Wendlings sein mochte, diese Meinung traf doch den Kern der Sache nicht, denn sie beleuchtete bloß die makroskopischen Verhältnisse ihres Jung-Frauendaseins, während sie von den mikroskopischen, auf die allein es ankommt, kaum etwas ahnte: kein Mensch weiß etwas von der mikroskopischen Struktur seiner Seele, und sicherlich soll er auch nicht darum wissen. Hier war es nun so, daß unter der sichtbaren Schlaffheit der Lebensführung eine konstante Gespanntheit der Einzelelemente lag. Wollte man bloß ein genügend kleines Stück aus dem scheinbar weichen Faden herausschneiden, so würde man in ihm eine ungeheure Torsion entdecken, einen Krampf der Moleküle sozusagen. Was sich davon nach außen hin manifestierte, wäre am landläufigsten mit dem Wort Nervosität zu umreißen, soferne man darunter den aufreibenden Guerillakrieg versteht, den das Ich in jedem kürzesten Augenblick gegen jene winzigsten Partien des Empirischen zu führen hat, mit denen seine Oberfläche in Berührung gerät. Doch wenn dies für Hanna auch weitgehend zutraf, so lag die eigentümliche Spannung ihres Wesens dennoch nicht in der nervösen Unduldsamkeit gegenüber den Zufälligkeiten des Lebens, mochten sich diese Zufälligkeiten nun in dem Staub auf ihren Lackschuhen oder dem Druck der Ringe an ihren Fingern oder auch nur in einer nicht gar gekochten Kartoffel bemerkbar machen, nein, daran lag es nicht, denn dies alles war sogar von einer schillernden Kleinbewegtheit, war wie das Flimmern leichtbewegten Wasserspiegels in der Sonne, und sie hätte es nicht missen mögen, es bewahrte irgendwie vor Langeweile, nein, daran lag es nicht, wohl aber in der Diskrepanz zwischen dieser so vielfach schattierten Oberfläche und dem unerschütterlichen und unbewegten Meeresgrund ihrer Seele, der so tief unter alldem sich breitete, daß man ihn nicht erblicken konnte, niemals erblicken wird: es war die Diskrepanz zwischen der sichtbaren Oberfläche und einer unsichtbaren, die nichts mehr begrenzt, es war jene Diskrepanz, in deren Unendlichkeit sich das gespannteste Spiel der Seele abspielt, es war die Unermeßlichkeit zwischen einer Avers- und Reversseite der Dämmerung, eine Spannung ohne Gleichgewicht, man könnte wohl sagen, eine fluktuierende Spannung, da auf der einen Seite das Leben steht, auf der andern aber die Ewigkeit, die der Meeresgrund der Seele und des Lebens ist.

Es war ein Leben, weitgehend aller Substanz entleert, und vielleicht aus diesem Grunde ein belangloses Leben. Daß es das der insignifikanten Gattin eines insignifikanten Provinzrechtsanwalts war, fällt dabei nicht sehr in die Waagschale. Denn mit der Signifikanz der Menschenschicksale ist es überhaupt nicht sonderlich weit her. Und wenn auch das ethische Gewicht einer Nichtstuerin inmitten einer Zeit voller Kriegsgreuel als sehr gering einzuschätzen ist, so darf doch nicht vergessen werden, daß von all jenen, die freiwillig oder gezwungen die heldische Pflichterfüllung des Krieges auf sich genommen hatten, fast ein jeder sein ethisches Schicksal gerne mit dem unethischen einer Nichtstuerin vertauscht hätte. Und vielleicht, wenn auch nur vielleicht, ist die Lähmung, welcher Hanna Wendling mit dem fortschreitenden und zunehmenden Krieg verfiel, nichts anderes als der Ausdruck eines höchst ethischen Entsetzens über das

Grauen, dem die Menschheit sich anheimgegeben sah. Und vielleicht war dieses Entsetzen in ihr bereits so groß gewachsen, daß Hanna Wendling selber nichts mehr davon wissen durfte.

14

An einem der nächsten Nachmittage war Huguenau wieder bei Herrn Esch.

»Nun, Herr Esch, was sagen Sie: die Sache macht sich!«

Esch korrigierte Druckbogen, hob den Kopf: »Welche Sache?«

Imbécile, dachte Huguenau, doch er sagte: »Nun, mit der Zeitung.«

»Fragt sich erst, ob ich dabei mitmache.«

Huguenau wurde mißtrauisch: »Na, hören Sie, bloßstellen dürfen Sie mich nicht... oder unterhandeln Sie vielleicht schon anderwärts?«

Dann bemerkte er das Kind, das er damals vor der Druckerei gesehen hatte: »Ihre Tochter?«

»Nein.«

»So... sagen Sie, Herr Esch, wenn ich Ihre Zeitung verkaufen soll, müßten Sie mir doch den Betrieb zeigen...«

Esch wies auf das Zimmer, Huguenau versuchte ihn aufzuheitern: »Das kleine Fräulein gehört also auch dazu...«

»Nein«, sagte Esch.

Huguenau gab nicht nach; eigentlich war es ihm unklar, warum ihn dies interessierte: »Aber die Druckerei, die gehört doch dazu... die muß ich doch sehen...«

»Meinetwegen«, sagte Esch, stand auf und nahm das Kind bei der Hand, »gehen wir in die Druckerei.«

»Wie heißt denn du?« fragte Huguenau.

Das Kind sagte: »Marguerite.«

»Une petite Française«, sagte Huguenau.

»Nein«, sagte Esch, »bloß der Vater ist Franzose...«

»Interessant«, sagte Huguenau, »und die Mutter?«

Sie kletterten die Hühnerleiter hinunter. Esch sagte leise: »Die Mutter lebt nicht mehr... der Vater war Elektriker, hier in der Papierfabrik, jetzt ist er interniert.«

Huguenau schüttelte den Kopf: »Traurige Verhältnisse,

sehr traurig... und Sie haben das Kind zu sich genommen?«

Esch sagte: »Sie wollen wohl alles wissen?«

»Ich? nein... aber das Kind muß doch irgendwo wohnen...«

Esch sagte unwirsch: »Es lebt bei der Schwester der Mutter... hierher kommt es bloß manchmal zum Mittagstisch... es sind arme Leute.«

Huguenau war befriedigt, da er jetzt alles wußte: »Alors tu es une petite Française, Marguerite?«

Das Kind schaute an ihm hinauf, der Schimmer einer Erinnerung glitt über das Gesicht, sie ließ Esch los, nahm den Finger Huguenaus, aber sie antwortete nichts.

»Sie kann kein Wort Französisch... es sind doch schon vier Jahre her, daß der Vater interniert ist...«

»Wie alt ist sie denn jetzt?«

»Achte«, sagte das Kind.

Sie traten in die Druckerei.

»Das ist die Druckerei«, sagte Esch, »Maschinen und Setzerei allein sind schon ihre paar Tausend wert.«

»Ältere Konstruktion«, sagte Huguenau, der noch nie eine Druckmaschine gesehen hatte. Rechts war die Setzerei; die altersgrauen Setzkasten interessierten ihn nicht, aber die Druckmaschine gefiel ihm. Das Ziegelpflaster, an vielen Stellen mit großen Betonflecken ausgebessert, war um die Maschine herum von Öl durchtränkt und braun. Da stand die Maschine, schwer und fest stand sie da, das Gußeisen schwarz lackiert, die schmiedeisernen Stangen blank, und an den Gelenken und Lagern saßen gelbe Messingringe. Ein alter Arbeiter in blauer Bluse rieb mit einem Wergbündel an den blanken Stangen, ohne sich weiter um die Besucher zu scheren.

Esch sagte: »So, das ist alles, gehen wir... komm, Marguerite.« Er entfernte sich grußlos und ließ seinen Gast einfach stehen. Huguenau sah dem Rüpel nach und es war ihm ganz recht; jetzt konnte man sich die Sache hier mit Muße betrachten. Es war eine angenehme Atmosphäre von Ruhe und Festigkeit. Er zog seine Zigarrentasche, suchte eine Zigarre heraus, deren Deckblatt etwas ramponiert war, und brachte sie dem Mann bei der Maschine.

Der Drucker sah ihn fragend an, denn Tabak war rar und eine Zigarre war immerhin ein Geschenk. Er wischte sich die Hand an seinem blauen Zeug ab, nahm die Zigarre, und weil er nicht recht wußte, wie er danken sollte, sagte er: »Das ist eine Seltenheit.« – »Jawohl«, antwortete Huguenau, »mit dem Tabak sieht es übel aus.« – »Überall sieht es übel aus«, bekräftigte der Drucker. Huguenau horchte auf: »So ähnlich sagte es auch Ihr Herr Chef.« – »Das sagt ein jeder.«

Das war nicht die Antwort, die Huguenau hören wollte: »Rauchen Sie doch an«, kommandierte er. Der Mann biß, ein wenig wie ein Nußknacker, mit starken bräunlichen Zähnen die Zigarrenspitze ab und zündete an. Sein Arbeitsanzug und sein Hemd standen offen und ließen den weißen Pelz auf der Brust sehen. Huguenau hätte für seine Zigarre gerne eine Gegenleistung eingestrichen; der Mann sollte irgend etwas erzählen; er ermunterte ihn: »Feines Maschinchen, was?« – »Es tut's«, war die karge Antwort. Huguenau, dessen Sympathien der Maschine gehörten, war für diese ob des geringen Lobes beleidigt. Und weil ihm nichts anderes einfiel, das Schweigen zu unterbrechen, fragte er: »Wie heißen Sie?« – »Lindner.« Dann schwiegen sie definitiv und Huguenau überlegte, ob er nun nicht doch gehen sollte, – als sein Finger wieder von einer Kinderhand ergriffen wurde; Marguerite war auf ihren bloßen Füßen unhörbar heruntergekommen.

»Tiens«, sagte er, »tu lui as échappé.«

Das Kind schaute verständnislos zu ihm hinauf.

»Ach ja, du kannst nicht Französisch ... schäm' dich, das mußt du lernen.«

Das Kind machte eine wegwerfende Bewegung, die gleiche, die Huguenau schon an Esch bemerkt hatte: »Der droben kann auch Französisch ...«

Es sagte: der droben.

Huguenau war befriedigt; er sagte leise: »Du magst ihn nicht?«

Finsteren Gesichts schob das Kind die Unterlippe vor, aber dann entdeckte es, daß Lindner rauchte: »Herr Lindner raucht!«

Huguenau lachte und öffnete die Zigarrentasche: »Willst du auch eine Zigarre?«

Das Kind schob die Tasche von sich und antwortete langsam: »Schenk mir Geld.«

»Was! Geld willst du haben? wozu brauchst du denn Geld?«

Lindner sagte: »Jetzt fangen sie eben schon zeitig an.«

Huguenau hatte sich einen Stuhl herangezogen; er nahm Marguerite zwischen die Knie: »Weißt du, Geld brauch ich selber.«

Das Kind wiederholte mit seiner verbissenen Langsamkeit: »Schenk mir Geld.«

»Ich schenke dir Pralinés.«

Das Kind schwieg.

»Wozu brauchst du Geld?«

Und obwohl Huguenau wußte, daß »Geld« ein sehr wichtiges Wort ist, und obwohl es ihn nicht losließ, konnte er sich plötzlich nichts darunter vorstellen und mußte angestrengt nachdenken: »Wozu braucht man Geld?«

Marguerite hatte die Arme auf seine Knie gestemmt und hielt sich sehr steif zwischen seinen Beinen.

Lindner brummte: »Ach, lassen Sie sie laufen«, und zu Marguerite, »mach, daß du raus kommst, die Druckerei ist nichts für Kinder.«

Marguerite hatte böse, schiefe Augen. Sie nahm wieder den Finger Huguenaus, begann zur Türe hin zu zerren.

»Eile mit Weile«, sagte Huguenau, der sich erhoben hatte, »nur die Ruhe kann es machen, was, Herr Lindner?«

Lindner wischte wieder wortlos an seiner Maschine, und da ergab sich für Huguenau mit einem Male eine unerklärliche Verwandtschaft zwischen dem Kind und der Maschine, gewissermaßen eine geschwisterliche Beziehung. Und als könnte er die Maschine damit trösten, sagte er noch rasch, ehe er bei der Tür war, zu dem Kinde: »Ich gebe dir zwanzig Pfennig.«

Als das Kind die Hand ausstreckte, überkam ihn neuerdings der sonderbare Zweifel am Geld, und behutsam, als handle es sich um ein Geheimnis, das nur sie beide anging und von dem niemand, selbst die Maschine nicht, etwas hören durfte, zog er das Kind dicht an sich heran, beugte sich zu seinem Ohr: »Wozu brauchst du Geld?«

Die Kleine sagte: »Gib.«

Wie aber Huguenau nichts dergleichen tat, überlegte sie finster. Dann sagte sie: »Ich sag' dir's«, drängte sich aus seiner Umklammerung und zerrte ihn zur Türe hinaus.

Als sie im Hofe standen, war es merkwürdig kühl geworden. Huguenau hätte das kleine Wesen, dessen Wärme er eben gespürt, gerne auf den Arm genommen; es war unrecht von dem Esch, ein Kind zu dieser Jahreszeit bloßfüßig herumlaufen zu lassen. Er war ein bißchen verlegen und putzte seine Brillengläser. Erst als das Kind wieder die Hand ausstreckte und »gib« sagte, erinnerte er sich an die zwanzig Pfennig. Doch er vergaß nach dem Zwecke zu fragen, öffnete die Börse und fingerte die beiden Eisenmünzen heraus. Marguerite nahm sie, lief davon, und Huguenau, allein gelassen, wußte nichts Besseres zu tun, als nochmals den Hof und die Gebäude zu mustern. Dann ging auch er.

15

Mit dem Augenblick, in dem der Landwehrmann Ludwig Gödicke, die notwendigsten Stücke seiner Seele um sein Ich versammelt hatte, stellte er dieses schmerzliche Verfahren ein. Man könnte nun hiezu einwenden, daß der Mann Gödicke sein Leben lang ein primitiver Mensch gewesen war und daß ihm auch ein weiteres Suchen zu keiner größeren seelischen Reichhaltigkeit hätte verhelfen können, weil ihm eben niemals, auch nicht in den Höhepunkten seines Lebens, eine größere Anzahl von Bestandteilen für sein Ich zur Verfügung gestanden wäre. Weder aber kann bewiesen werden – und dies widerlegt solchen Einwand von vornherein –, daß der Mann Gödicke zu den Primitiven zu rechnen gewesen wäre, noch kann man ihn in seiner neuen Verfassung als Primitiven bezeichnen, und am allerwenigsten darf man sich die Welt und die Seele eines Primitiven gewissermaßen baustoffarm und wie mit der Axt gezimmert vorstellen. Man möge sich bloß überlegen, wie kompliziert die Sprachen der Primitiven gegenüber denen der Kulturvölker konstruiert sind, und man wird die Widersinnigkeit des Einwands begreifen. Es ist also durchaus unentscheidbar, ob der Landwehrmann Gödicke eine engere oder weitere Wahl unter den Bestandstücken seiner Seele getroffen, wie viele er zum Neuaufbau seines Ichs zugelassen und wie viele er ausgeschlossen hat, es kann bloß gesagt werden, daß er mit dem Gefühl herumging, es fehle ihm etwas, das einstens zu ihm gehört hatte, etwas, das er zwar zu seinem neuen Leben nicht unbedingt brauchte, das er aber entbehren und dem er trotzdem den Eintritt verweigern mußte, weil es ihn sonst getötet hätte.

Und daß hier tatsächlich etwas fehlte, war auch leicht an der

Sparsamkeit seiner Lebensäußerungen zu konstatieren. Er konnte gehen, wenn auch nur unter Schwierigkeiten, konnte essen, wenn auch ohne Lust, und bloß die Verdauung, wie überhaupt alles, was mit seinem gequetschten Unterleib zusammenhing, bereitete ihm noch arge Mühsal. Vielleicht war auch die Mühsal des Sprechens dazu zu rechnen, denn oft war es ihm, als laste auf seiner Brust der gleiche Druck wie auf seinen Eingeweiden, als sei der Eisenreifen, der seinen Bauch einengte, auch um die Brust gelegt und hindere ihn am Sprechen. Doch solche Unmöglichkeit und Unfähigkeit, das geringste Wörtchen herauszupressen, war sicherlich in eben jener Sparsamkeit begründet, mit der er jetzt sein Ich aufgebaut hatte und die gerade noch den kärglichsten und knappsten Stoffwechsel erlaubte, für die aber jede weitere Ausgabe, und beschränkte sie sich auf den bloßen Atem eines einzigen Wortes, ein unersetzliches Manko bedeutet haben würde.

So ging er, auf zwei Stöcke gestützt, im Garten umher, der braune Vollbart lag abgebogen auf der Brust, braune Augen über tiefen, mit schwärzlichen Haaren bewaldeten Wangengruben schauten ins Leere, er trug den Spitalskittel oder den Uniformmantel, je nachdem die Schwester diese Kleidungsstücke vorbereitete, und er nahm es gewiß nicht zur Kenntnis, daß er sich in einem Lazarett befand oder daß eine Stadt vor ihm lag, deren Namen er nicht wußte. Der Maurer Ludwig Gödicke hatte sozusagen ein Gerüst für das Haus seiner Seele errichtet, und wenn er auf seine zwei Stöcke gestützt umherging, empfand er sich durchaus als ein Gerüst mit mancherlei Stützen und Streben; indes er konnte sich nicht entschließen, oder richtiger, es war ihm unmöglich, Steine und Ziegel für das Haus selber herbeizuschaffen, vielmehr war alles, was er tat, oder genauer ausgedrückt, alles was er dachte – denn er tat ja nichts –, mit dem Gerüstbau als solchem beschäftigt, mit der Ausgestaltung dieses Gerüstes, in dem es vielerlei Leitern und Verbindungen gab, ein Gerüst, das mit jedem Tage verwirrender wurde und auf dessen Festigkeit man bedacht sein mußte: Selbstzweck eines Gerüstes, nichtsdestoweniger ein echter Zweck, da unsichtbar in des Gerüstes Mitte und doch auch in jedem einzelnen der tragenden Teile das Ich des Häuserbauers Ludwig Gödicke hing und vor Schwindel bewahrt werden mußte.

Dr. Flurschütz dachte oft daran, den Mann an eine Geistesheilanstalt abzugeben. Aber Oberstabsarzt Kuhlenbeck meinte, daß der Schock bloß eine Folge der Verschüttung, also nicht organisch bedingt sei, und daß der Patient ihn mit der Zeit schon verwinden werde. Und weil es ein stiller Patient geworden war, dessen Betreuung keinerlei Schwierigkeiten bereitete, kam man überein, den Landwehrmann so lange zu behalten, bis seine körperlichen Gebrechen völlig ausgeheilt sein würden.

16

Geschichte des Heilsarmeemädchens in Berlin (2)

Gar manches läßt sich bloß in Versen sagen,
So sinnlos scheint es dem, der bloß in Prosa spricht;
Verse entheben mancher starren Pflicht
Und singend läßt sich manches sagen, klagen
Vom Leide, das in nachtgetränkten Tagen
Gleich Taggespenstern aus dem Herzen bricht,
Gleich Heilsarmeegesängen: und man lächelt nicht,
Wenn sie auf Tamburins und ihre Trommeln schlagen. –
So zog Marie schamlos durch viele Gassen,
So zog sie hin durch Kneipen in Berlin;
Die Uniform des Heils saß schlecht, der Strohhut tat nicht passen,
Sie war ein Mädchen und sie tat verblühn,
Und wenn sie sang, so war's ein dünnes Singen
Und sinnlos war's, und dennoch trug sie Schwingen.
Marie, so hieß sie, lebte in Hospizen,
Wo's sauer roch im grauen Korridor
Nach faulem Kohl und ruß'gem Ofenrohr
Und wo die Reinheit stank aus allen Ritzen,
Wo man im Sommer an den Schultern fror,
Und alte Männer im Sprechzimmer sitzen,
Gestank im Mund und von den Füßen schwitzen…
Hier lebte sie, hier trat sie in das Tor,
Hier stand das Bett in braunem Holzverschlage,
Und überm Bett das braune Kruzifix,
Hier kniete sie und dankte für die Plage

Und sah nach oben, harrte des Geschicks,
Das ihr der Kreuzesmann vom Himmel würde bringen.
Hier schlief sie ein, und ihre Nacht war Klingen.
Doch morgens wusch sie sich mit kaltem Wasser,
Denn warmes war in diesem Haus verpönt;
Das Licht des Himmels war noch grau getönt,
Die Luft war wartend still und war oft wie ein nasser
Und weicher Segelstoff, der hängt und manchmal dröhnt.
Um diese Zeit ist vieles hoffnungslos und krasser:
Wer mag auf Freude hoffen oder daß er
Sich diesen neuen Tag verewigt und verschönt?
Daß er an diesem Tag, der einsam angebrochen,
Die Freundschaft schließe, die er sich ersehnt?
Marie weiß nichts davon, – sie muß den Kaffee kochen,
Sie fegt und wischt und an das Fenster lehnt
Sie dann ein Weilchen hin: da ist's fast ein Gelingen
Und Segen atmet auf aus Straße und aus Dingen.

17

Es geschah selten genug, daß Hanna Wendling in die Stadt kam. Sie haßte den Weg, und nicht nur die staubige Landstraße, was schließlich zu verstehen gewesen wäre, sondern auch den Pfad längs des Flusses. Dabei waren es kaum 25 Minuten und auf der Straße gar nur eine Viertelstunde. Im Grunde hatte sie den Weg niemals leiden mögen, selbst zu jener Zeit nicht, als sie Heinrich noch täglich aus der Kanzlei abgeholt hatte. Später gab's das Auto, allerdings nur für ein paar Monate, denn dann kam der Krieg. Heute hatte Dr. Kessel sie in seinem Einspänner zur Stadt mitgenommen.

Sie machte Einkäufe. Ihr neues Kleid reichte bloß bis zum Knöchel und sie spürte die Blicke der Menschen auf ihren Füßen. Sie besaß ein gutes Gefühl für die Mode, hatte es immer besessen, sie spürte die Mode, so wie einer zur bestimmten Stunde aufwacht und nicht auf die Uhr zu schauen braucht. Modejournale waren für sie stets nur eine nachträgliche Bestätigung. Und daß ihr die Leute auf die Füße blickten, das war auch wie eine Bestätigung. Es gibt natürlich viele Menschen, welche pünktlich aufzuwachen verstehen, und viele Frauen mit gutem Gefühl für die immanente Logik der Mode gibt es, der Mensch aber, dem solche Fähigkeit zu eigen ist, hält sich zumeist für den einzigen dieser Art. So war Hanna Wendling jetzt ein bißchen stolz, und wenn sie auch bloß ahnte, daß der Stolz unberechtigt war, so machte sich dennoch ein Anflug schlechten Gewissens bemerkbar angesichts all der abgezehrten Frauen, die vor dem Bäckerladen Polonaise standen. Allein wenn man bedachte, daß mit ein wenig Sinn für das Modische eine jede dieser Frauen sich den Rock kürzen könnte, da es ja fast gar keine Kosten verursacht – das Stubenmädchen war damit in einer Stunde fix und fertig gewesen, trotz des frischen Besatzes –, so war hinwiederum der Stolz nicht unberechtigt, und weil Stolz gute Laune erzeugt, so kam es, daß Hanna Wendling sich weder über die schwarzen Fingernägel des Grünwarenhändlers ärgerte, noch über die Fliegen, die im Laden herumtanzten, und für den Augenblick machte es ihr auch kaum etwas aus, daß ihre Schuhe staubig waren. Wie sie so durch die Straßen schlenderte und einmal bei dem, ein andermal bei jenem Schaufenster stehenblieb, hatte sie zweifelsohne jenes mädchen- oder nonnenhafte Aussehen, das man – im Kriege war diese Beobachtung häufig zu machen – an Frauen finden wird, die längere Zeit von ihren Männern getrennt sind und ihnen die Treue halten. Doch weil Hanna Wendling jetzt ein wenig stolz war, hatte sich ihr Gesicht entschleiert, und jener undefinierbare zarte Schleier, der wie ein Vorbote dämmernden Alterns auf solchen Gesichtern liegen kann, war von unsichtbarer Hand weggezogen worden: das Antlitz glich einem ersten Frühlingstag nach einem allzu langen Winter.

Dr. Kessel, der Visiten in der Stadt absolvierte, um hierauf ins Lazarett hinauszufahren, sollte sie wieder zu Hause absetzen; sie hatte sich mit ihm bei der Apotheke verabredet. Als sie hinkam, stand der Einspänner bereits dort, und Dr. Kessel plauderte mit Apotheker Paulsen. Was von Apotheker Paulsen zu halten war, das brauchte man Hanna Wendling nicht zu sagen, ja, sie besaß vielleicht die über diesen Einzelfall hinausgehende Erkenntnis, daß alle Männer, die sich von ihren Frauen betrogen wissen, eine besondere und besonders hohle Galanterie gegenüber anderen Frauen an den Tag legen; und trotzdem war sie geschmeichelt, als er mit den Worten: »Welch charmanter Besuch, wie ein holder Frühlingstag«, ihr entgegenstürzte.

Denn so radikal Hanna Wendling sonst Menschen in Bausch und Bogen abzulehnen und abzutun pflegte, heute, da sie sich gelöst und frei fühlte, war sie selbst den Komplimenten eines hohlen Apothekers zugänglich, – es war ein Pendeln von einem Extrem ins andere, ein Schwanken zwischen völliger Verschlossenheit und völliger Gelöstheit, eine Maßlosigkeit der Haltung, wie sie bei verkrampften Menschen vorzukommen pflegt und die sicherlich nicht die Maßlosigkeit der Renaissancepäpste ist, wohl aber die Haltlosigkeit und die Insignifikanz eines bürgerlichen Menschen, dem die Wertinstinkte fehlen. Zumindest ließe sich behaupten, daß es Mangel an Wertinstinkt war, der jetzt Hanna Wendling, die auf der roten Plüschbank in der Apotheke Platz genommen hatte, dazu veranlassen konnte, den Apotheker Paulsen mit freundlichen Blicken anzustrahlen und seiner Lyrik einen Gehalt zu verleihen, an den sie zugleich glaubte und nicht glaubte. Ja, sie war Dr. Kessel, den die Pflicht ins Lazarett rief, ausgesprochen böse, weil er zum Aufbruch mahnen mußte, und als sie neben ihm in dem Wagen saß, hatte sich der Schleier wieder über ihr Gesicht gebreitet.

Einsilbig war sie auf dem Weg, einsilbig zu Hause. Sie verstand wieder einmal nicht, warum sie sich so sehr wehrte, für die Dauer des Krieges ins Frankfurter Vaterhaus zurückzukehren. Daß in dem kleinen Städtchen die Verköstigung leichter durchzuführen war, daß sie die Villa nicht allein stehen lassen durfte, daß die Luft hier dem Jungen zuträglicher sein sollte, das waren Scheingründe, die bloß dazu dienten, den seltsamen Zustand der Entfremdung zu bemänteln, einer Entfremdung, die sich nicht wegleugnen ließ. Menschenscheu war sie, das hatte sie auch zu Dr. Kessel gesagt; »menschenscheu« wiederholte sie, und während sie es aussprach, war es, als ob Heinrich dafür verantwortlich zu machen wäre, genau so, wie sie ihm vorwarf, daß der Messingmörser aus der Küche an die Metallsammlung abgeliefert worden war. Selbst auf den Jungen erstreckte sich diese geheimnisvolle Entfremdung. Wenn sie in der Nacht aufwachte, kostete es Mühe sich vorzustellen, daß der Junge im Nebenzimmer schlief und daß dies ihr Kind sein sollte. Und wenn sie ein paar Töne am Klavier anschlug, so war es nicht mehr ihre Hand, die es tat, sondern es waren fremde unbewegliche Finger geworden, und sie wußte, daß sie sogar die Musik verlieren werde. Hanna Wendling ging ins Badezimmer, um den Stadtvormittag von sich abzuwaschen. Dann betrachtete sie sich sorgsam im Spiegel, suchend, ob dies noch ihr Gesicht sei. Sie fand es, fand es aber so seltsam überschleiert, und obwohl ihr dies eigentlich gefiel, machte sie dennoch Heinrich dafür verantwortlich.

Im übrigen ertappte sie sich jetzt öfters dabei, daß ihr sein Name nicht zuhand war und daß sie ihn dann auch für sich so nannte, wie sie ihn vor den Dienstboten zu bezeichnen pflegte: Dr. Wendling.

18

Geschichte des Heilsarmeemädchens in Berlin (3)

Ich hatte Marie, das Heilsarmeemädchen, für einige Wochen aus den Augen verloren. Berlin glich damals – ja, wem oder was glich es? es waren heiße Tage, der Asphalt war weich, oftmals löcherig, nichts wurde ausgebessert, die Weiber führten das große Wort, hatten obrigkeitliche Funktionen als Schaffnerinnen oder so; die Bäume in den Straßen waren schon im Frühling welk, sahen aus wie Kinder mit Greisengesichtern, und blies der Wind, so wirbelte er Staub und Zeitungsfetzen auf; Berlin war dörflicher geworden, sozusagen natürlicher, aber eben dadurch unnatürlich, es glich sozusagen seiner eigenen Kopie. In der Wohnung, in der ich mich eingemietet hatte, waren zwei oder drei Zimmer von jüdischen Flüchtlingen aus der Lodzer Gegend besetzt, ich konnte eigentlich niemals erkunden, wie viele es waren und wie sie zusammengehörten; es gab alte Männer in Röhrenstiefeln und mit Schläfenlocken, und einmal traf ich auch einen, aus dessen Kaftan weiße Kniestrümpfe und Schnallenschuhe hervorschauten, wie man sie im 18. Jahrhundert getragen hatte; es gab Männer, die den Kaftan bloß durch den längeren Schnitt ihrer Röcke andeuteten, und junge Männer von merkwürdig milchigem Angesicht, mit flockigem blonden Bart, der wie ein Theaterbart aufgeklebt war. Mitunter zeigte sich auch einer in feldgrauer Uniform, und es war, als ob sogar die Uniform noch etwas vom Kaftan an sich hätte. Und manchmal kam ein Mann unbestimmten Alters, städtisch gekleidet, und sein brauner Bart war wie der des Ohm Krüger rahmenförmig ausrasiert und nur in der Schläfengegend ungeschoren belassen. Er trug stets einen Stock mit einer altmodischen Krücke und einen Kneifer an einer schwarzen Schnur. Ich habe ihn sogleich für einen Arzt gehalten. Natürlich gab es auch Frauen und Kinder, Matronen mit falschem Scheitel, Mädchen, die merkwürdig modisch angezogen waren.

Mit der Zeit fing ich ein paar Worte des Jiddisch-Deutsch auf, das sie sprachen. Wirklich verstanden habe ich es natürlich niemals. Aber ihnen schien dies unvorstellbar, denn wenn ich in ihre Nähe geriet, unterbrachen sie das gutturale Geschnatter, das so sonderbar aus dem Munde würdiger Greise kam; sie betrachteten mich mit Scheu. Abends saßen sie meist im unbeleuchteten Zimmer, und wenn ich des Morgens in den Vorraum trat, der stets mit allerlei Kleidungsstücken vollgeräumt war und in dem das Dienstmädchen Schuhe putzte, sah ich öfters einen der älteren Männer am Fenster stehen. Er hatte die Gebetriemen um Stirn und Handgelenk geschnallt, bewegte den Oberkörper im Takte des Schuhputzens und hie und da die Fransen seines Gebetmantels küssend, betete er mit rasenden welken Lippen rasende welke Worte zum Fenster hinaus. Vielleicht weil das Fenster nach Osten ging.

Ich war von dem Getriebe der Juden so gefangen, daß ich viele Stunden des Tages der stillen Beobachtung widmete. Im Vorzimmer hingen zwei Öldrucke, Rokokoszenen darstellend, und ich mußte darüber nachdenken, ob sie wohl diese Bilder und vieles andere zu erkennen und mit den gleichen Augen wie unsereins zu betrachten vermöchten. Und mit diesen Beobachtungen beschäftigt, hatte ich das Heilsarmeemädchen Marie, obgleich ich sie mit alldem irgendwie in Zusammenhang brachte, völlig vergessen.

19

Leutnant Jaretzkis Arm war amputiert worden. Oberhalb des Ellbogens. Kuhlenbeck machte seine Sachen gründlich. Der Rest Jaretzkis saß im Garten des Krankenhauses, saß bei den Bosketten und betrachtete den blühenden Apfelbaum.

Inspektion durch den Stadtkommandanten.

Jaretzki erhob sich, griff nach der kranken Hand, griff ins Leere. Dann stand er stramm.

»Guten Morgen, Herr Leutnant, soweit wieder wohlauf?«

»Zu Befehl, Herr Major, es fehlt eben ein gutes Stück.«

Fast war es, als würde sich Major v. Pasenow für Jaretzkis Arm verantwortlich fühlen, da er sagte: »Es ist ein böser Krieg... wollen Sie nicht Platz behalten, Herr Leutnant.«

»Danke gehorsamst, Herr Major.«

Der Major sagte: »Wo wurden Sie verwundet?«

»Ich wurde nicht verwundet, Herr Major... Gas.«

Der Major schaute auf Jaretzkis Armstumpf: »Ich verstehe nicht recht... Gas führt doch zu Erstickung...«

»Es gibt auch solche Gaswirkungen, Herr Major.«

Der Major sann eine Weile. Dann sagte er: »Eine unritterliche Waffe.«

»Gewiß, Herr Major.«

Beide dachten daran, daß auch Deutschland solch unritterliche Waffe in Verwendung habe. Aber sie sprachen es nicht aus.

Der Major sagte: »Wie alt sind Sie?«

»Achtundzwanzig, Herr Major.«

»Zu Anfang des Krieges gab es noch kein Gas.«

»Nein, Herr Major, ich glaube nicht.«

Die Sonne beschien die lange gelbe Mauer des Krankenhauses. Einige weiße Wolken hingen im blauen Himmel. Der Kies des Gartenweges steckte fest in der schwarzen Erde und am Rande des Rasens kroch ein Regenwurm. Der Apfelbaum war wie ein großes helles Bukett.

Vom Hause her kam der Oberstabsarzt im weißen Kittel.

Der Major sagte: »Ich wünsche Ihnen eine baldige Genesung.«

»Ich danke gehorsamst, Herr Major«, sagte Jaretzki.

20

ZERFALL DER WERTE (2)

Vielleicht ist das Entsetzen dieser Zeit in den architektonischen Erlebnissen am sinnfälligsten: eine grauenhafte Müdigkeit bringe ich stets heim, wenn ich durch die Straßen gewandert bin. Ich brauche die Häuserfronten gar nicht eigens betrachten; sie beunruhigen mich, auch ohne daß ich den Blick zu ihnen erhebe. Manchmal flüchte ich zu den so sehr gerühmten neuen Bauten, aber – sicherlich ist es ungerecht – das Warenhaus von Messel, der doch gewiß ein großer Architekt ist, hat in seiner Gotik für mich etwas Komisches, und es ist eine ärgerliche und ermüdende Komik. Es ermüdet mich so sehr, daß ich mich kaum bei den klassizistischen Bauten auszuruhen vermag. Und doch liebe ich die großzügige Klarheit der Schinkelschen Architektur.

Ich bin überzeugt, daß in keiner früheren Zeit der Mensch die architektonischen Ausdrucksformen mit Ekel und Widerwillen betrachtet hat; das ist unserer Zeit vorbehalten geblieben. Bis zum Klassizismus war Bauen eine natürliche Funktion. Es mag sein, daß man neue Bauwerke gar nicht sah, so wenig man einen neugepflanzten Baum zur Kenntnis nehmen muß, allein wenn man sie sah, so wußte man, daß etwas Gutes und Natürliches geschehen war; so sah noch Goethe auf die Bauwerke seiner Zeit.

Nein, ich bin kein Ästhet, war es sicherlich auch niemals, mochte wohl auch manches solchen Anschein erweckt haben, und ebensowenig ist es rücksehnende Sentimentalität, verklärende Rückschau auf vergangene Epochen. Nein, hinter all meinem Ekel und meiner Müdigkeit steckt eine alte sehr fundierte Erkenntnis, die Erkenntnis, daß es für eine Epoche nichts Wichtigeres gibt als ihren Stil. Keine Epoche der Menschheit, die sich anders als durch ihren Stil und vor allem durch ihren Baustil charakterisiert hätte, und sie ist wohl nur so weit Epoche zu nennen, als sie ihren Stil besitzt.

Man mag mir einwenden, daß meine Müdigkeit und Reizbarkeit auf meine Unterernährung zurückzuführen sei. Man mag mir sagen, daß diese Zeit ihren sehr prägnanten Maschinen-, Kanonen- und Eisenbetonstil besitzt, man mag mir sagen, daß erst künftige Generationen den Stil dieser Zeit erfassen werden. Nun, irgendein Stilchen besitzt jede Zeit, und selbst die Gründerjahre hatten trotz allen Eklektizismus ihren Stil. Und ich gebe sogar zu, daß der Stilwille von der Technik einfach überrannt worden ist und daß man den neuen Baustoffen eben noch nicht ihre adäquaten Ausdrucksformen abgerungen hat, daß all die beunruhigende Disproportion vorderhand noch unbewältigter Zweck sei. Immerhin wird niemand mir abstreiten können, daß dem neuen Bauausdruck, möge er nun vom neuen Material oder von der persönlichen Unfähigkeit bestimmt sein, etwas abhanden gekommen ist, ja, von ihm mit aller Bewußtheit verworfen wird und mit Recht verworfen werden muß, etwas, das ihn radikal von allen früheren Stilen unterscheidet: das Merkmal des Ornaments. Gewiß kann man auch dies noch als Tugend preisen und behaupten, man verstünde erst jetzt, so materialgerecht zu konstruieren, daß man des ornamentalen Beiwerks entraten könne. Aber ist der Terminus von der »Materialgerechtheit« nicht bloß ein modernes Schlagwort? hat etwa die Gotik oder sonst irgendeine Zeit nicht materialgerecht gebaut? Wer das Ornament als Beiwerk betrachtet, ist sich über die innere Logik eines Baues nicht im klaren. »Baustil« ist Logik, ist eine Logik, die das Gesamtbauwerk durchdringt, angefangen vom Grundriß bis zur Luftkontur, und innerhalb dieser Logik ist das Ornament bloß das letzte, der differentiale Ausdruck im kleinen für den einheitlichen und einheitsetzenden Grundgedanken des Ganzen. Ob es nun Unfähigkeit zum Ornament ist oder seine Ablehnung, es bedeutet hier das gleiche, es bedeutet nichts anderes als daß die architektonische Ausdrucksform dieser Zeit aufs schärfste von allen früheren Stilen unterschieden ist.

Indes, was nützt solche Einsicht! Weder kann die ornamentale Form durch Eklektizismus geschaffen, noch kann künstlich eine neue errungen werden, ohne in die komischen Gebilde eines Van de Velde zu verfallen. Was bleibt, ist eine tiefe Beunruhigung, Beunruhigung und Wissen, daß dieser Baustil, der keiner mehr ist, bloß ein Symptom darstellt, ein Menetekel für einen Zustand des Geistes, welcher der Ungeist dieser Unzeit sein muß. Ach, ihn zu sehen, macht mich müde. Wenn ich könnte, ich würde meine Wohnung nicht mehr verlassen.

21

Abgesehen davon, daß das Essen im Gasthof kostspielig war und Huguenau es sich erst vergönnen wollte, nachdem er seinen neuen Erwerb gefunden haben würde, hatte er das sichere Empfinden, daß er die bevorstehende Aktion gefährden könnte, falls er dem Major allzu häufig unter die Augen käme. Weitere Unterhandlungen hätten bloß geschadet und kaum etwas gefördert, und es erschien vorteilhafter, wenn der Major ihn bis zur Freitagszusammenkunft vergessen würde. Also nahm Huguenau seine Mahlzeiten in einer bescheideneren Wirtschaft ein und tauchte erst am Freitagabend wieder im Speisesaal auf.

Er hatte sich nicht getäuscht. Da saß der Major und zeigte sich durchaus überrascht, wie er in hurtig herzlicher Weise auf ihn zutrat und ihm aufs neue für die so freundliche und ehrende Einladung dankte. »Ja«, sagte der Major, der sich nun endlich erinnerte, »ja, ich werde Sie den Herren vorstellen.«

Huguenau dankte nochmals und setzte sich bescheiden an einen andern Tisch. Als aber der Major mit dem Abendbrot fertig war und aufschaute, da lächelte Huguenau ihm zu und erhob sich ein wenig, um zu zeigen, daß er dem Major zu Befehl stünde. Gemeinsam gingen sie denn auch in das kleine Nebenzimmer hinein, wo der Freitagstammtisch der bürgerlichen Herren sich befand.

Die Herren waren vollzählig beisammen, sogar der Bürgermeister war da. Huguenau konnte sich die Namen all der Herren gar nicht merken. Er hatte sofort beim Eintreten das Gefühl gehabt, mit warmer Sympathie begrüßt zu werden, und hatte das Vorgefühl eines großen Erfolges. Das Gefühl trog nicht. Die meisten der Herren wußten bereits von seiner Anwesenheit in der Stadt und im Gasthof; er war offenbar schon Gesprächsthema gewesen, und man brachte seinen Ausführungen, wie er später Esch erzählte, das wärmste Interesse entgegen. Der Abend endigte mit einem ungemein positiven Resultat.

Das war schließlich kein Wunder. Die Herren standen unter dem Eindruck, an einem geheimen Konventikel teilzunehmen, und es war gleichzeitig eine Art Femgericht, das über den Rebellen Esch abgehalten wurde. Und wenn Huguenau ein so überaus wohlgefälliges Ohr bei seinen Zuhörern fand, so lag dies nicht nur an seinem starken Willen, es zu gewinnen, lag nicht nur an seiner traumwandlerischen Sicherheit, sondern es lag auch daran, daß er kein Rebell war, vielmehr einer, der für sich und seine Tasche sorgte, und daß er damit die Sprache redete, die die anderen verstanden.

Huguenau hätte die Herren mit Leichtigkeit dahin bringen

können, die von Esch verlangten 20000 Mark zu zeichnen. Aber er tat es nicht. Irgendeine geheime Angst befahl, daß alles im Beiläufigen und gerade noch Haltbaren verbleiben müsse, weil die wahre Sicherheit außerhalb oder oberhalb des Realen schwebt und weil eine allzu große Solidität gefährlich ist wie irgendeine unerklärliche Belastung. Das mag sinnlos aussehen; allein, es läßt sich zu jeder Unsinnigkeit etwas Vernünftiges denken, und so war denn das, was Huguenau dazu dachte, völlig vernünftig und führte sonderbarerweise zu dem nämlichen Ergebnis: würde er von den Herren allzu viel Geld verlangen oder annehmen, so könnte doch einer auf die Idee kommen, ihn nach seiner Legitimation zu fragen; wenn er aber stolz war und zu hohe Beteiligungen ablehnte, den Hauptteil der Zeichnungen seiner eigenen (legendären) Gruppe vorbehielt, so stand es für jedermann außer Zweifel, daß man in ihm tatsächlich den Exponenten der kapitalkräftigsten Industriegruppe des Reiches zu sehen hatte (Krupp). Und wirklich zweifelte keiner, und zu guter Letzt glaubte Huguenau selber daran. Er erklärte sich außerstande, den geehrten Herren eine größere Beteiligung als ein Drittel der in Betracht kommenden M. 20000.-, also insgesamt M. 6600.- überlassen zu können; er sei jedoch bereit, mit seiner Gruppe Rücksprache zu pflegen, ob sie sich statt mit der Zweidrittelmajorität auch mit einfacher Majorität von 51 % begnüge, und er nehme auch gerne Vormerkung für spätere Kapitalserhöhungen entgegen, – für den Augenblick freilich müßten die Herren, so leid es ihm täte, sich mit der geringeren Summe bescheiden.

Das war bedauerlich für die Herren, aber es ließ sich nichts dagegen machen. Es wurde vereinbart, daß die Zahlungen gegen interimistische Anteilscheine geleistet werden sollten, sobald Huguenau den Kauf des »Kurtrierschen Boten« durchgeführt haben würde, und daß nach weiterer Fühlungnahme mit der Zentralgruppe das ausgebaute Unternehmen die Form einer G.m.b.H. oder gar einer A.-G. zu erhalten hätte. Man gedachte der künftigen Aufsichtsratsitzungen, und der Abend schloß mit einem Hoch auf die verbündeten Armeen und auf Seine Majestät den Kaiser.

22

Als Huguenau erwachte, griff er unter das Kopfpolster; dort pflegte er nachtsüber seine Brieftasche aufzubewahren. Er hatte das angenehme Gefühl, 20000.- Mark zu besitzen, und wenn er auch wußte, daß in der Brieftasche sich nicht einmal jene 6600.- befanden, die er erst nach dem Kauf des »Boten« von den ortsansässigen Herren erhalten sollte, sondern daß er nur mehr einen Rest von M. 185.- darinnen hatte, so sollte es bei den 20000.- bleiben. Er besaß 20000 Emm, und damit basta.

Entgegen seiner Gewohnheit blieb er noch im Bette liegen. Wenn er 20000 Emm besaß, so war es ein Wahnsinn, sie dem Esch zu geben, bloß weil der so viel für sein Dreckblatt verlangte. Jeder Preis ist aufs Abhandeln eingerichtet, und er wird dem Esch etwas abhandeln, darauf kann der sich verlassen. Mit M. 14000.- wäre die Zeitung noch immer überzahlt, und das ergäbe einen Privatnutzen von 6000.- Emm. Man muß es bloß geschickt deichseln, damit es nicht herauskommt, daß der Esch nicht seine ganzen 20000.- bekommen wird. Man kann es Kapitalreserve nennen, oder daß die Industriegruppe sich vorderhand mit der einfachen Majorität statt mit der qualifizierten Zweidrittelmajorität begnügt, oder sonst was Ähnliches. Es wird einem schon etwas einfallen! und Huguenau sprang vergnügt aus dem Bett.

Es war noch recht zeitig, da er sich in die Redaktion begab. Und er überfiel den verdutzten Esch mit den heftigsten Vorwürfen ob dessen schlechter Beleumdung. Es sei schauderhaft, was er, Wilhelm Huguenau, der doch für Herrn Esch wahrlich nicht verantwortlich sei, sich während dieser paar Tage über die Zeitung habe anhören müssen. Als Makler hätte es ihn gewiß gleichgültig lassen können, aber es breche ihm das Herz, ja, es sei herzbrechend, mitanzusehen, wie ein gutes Geschäft mutwillig zugrunde gerichtet werde; eine Zeitung lebt von ihrem Ruf, und wenn ihr Ruf pleite ist, dann ist sie es selber auch. So wie die Sache liegt, habe Herr Esch es zuwege gebracht, daß der »Kurtriersche Bote« eine schlechte unverkäufliche Affäre geworden sei. »Sie müssen sich klar sein, lieber Esch, daß Sie dem Übernehmer des Blattes eigentlich etwas herauszahlen müßten, anstatt noch Geld zu verlangen.«

Esch hatte ein vergrämtes Gesicht; dann grimassierte er verächtlich. Huguenau freilich war damit nicht aus der Fassung zu bringen: »Da gibt es nichts zu grinsen, lieber Freund Esch, die Sache ist todernst, wahrscheinlich viel ernster, als Sie selber glauben.« Von einer Rentabilität könne keine Rede sein, und wenn man dennoch zu einer solchen gelangen wolle, so sei dies bloß mit Hilfe unerhörter Opfer, ja Opfer, mein lieber Herr Esch, möglich. Sollte sich, wie er gerne glauben und hoffen wolle, unter seinen Freunden eine Gruppe opferwilliger Männer finden, die zu diesem völlig sinnlosen, weil idealen Vorhaben bereit wären, so könnte Herr Esch von Glück reden, von einem Glück, wie man es vielleicht nur ein einziges Mal im Leben träfe, denn dank besonders günstiger Umstände und seiner sicherlich tatkräftigen Vermittlertätigkeit werde er Esch überdies eventuell noch einen Nutzen von 10000.- Mark herausschlagen, und wenn Esch nicht zugreife, so tue es ihm leid, sich derart uneigennützig mit Eschs Angelegenheiten, die ihn gar nichts, aber rein schon gar nichts angingen, befaßt zu haben.

»Dann lassen Sie es bleiben«, schrie Esch und schlug auf den Tisch.

»Bitte, ich kann es natürlich bleiben lassen,... aber es ist nicht einzusehen, warum Sie so wütend werden, wenn man Ihre phantastischen Preisideen nicht schlankweg akzeptiert.«

»Ich habe nichts Phantastisches verlangt,... zwanzigtausend ist das Blatt unter Brüdern wert.«

»Ja, sehen Sie nicht ein, daß man Ihre Bewertung sogar akzeptiert? denn Sie werden zugeben, daß man mindestens weitere Zehntausend zur Ausgestaltung des Blattes hineinstecken muß... und dreißigtausend, das wäre denn doch überzahlt, nicht wahr?«

Esch wurde nachdenklich. Huguenau spürte, daß er auf gutem Wege war: »Nun, jetzt werden Sie vernünftig... ich will Sie natürlich nicht drängen... Sie können sich die Sache ja überschlafen...«

Esch ging im Zimmer auf und ab. Dann sagte er: »Ich will's einmal mit meiner Frau besprechen.«

»Tun Sie das ruhig... nur überlegen Sie sich's nicht zu lang... Bargeld lacht, mein lieber Herr Esch, aber es wartet nicht.«

Er erhob sich: »Ich will morgen wieder mal nachfragen... und empfehlen Sie mich inzwischen der werten Frau Gemahlin.«

23

Dr. Flurschütz und Leutnant Jaretzki gingen vom Krankenhaus in die Stadt. Die Straße war voller Löcher und Gruben, aufgerissen von den Lastautos, die mit Eisenreifen fuhren, weil es keinen Gummi mehr gab. Eine stillgelegte Dachpappefabrik streckte dünne schwarze Blechschlote in die stille Luft. Im Wald zwitscherten die Vögel. Jaretzkis Ärmel war mit einer Sicherheitsnadel an der Tasche seines Uniformrocks befestigt.

»Merkwürdig«, sagte Jaretzki, »seitdem ich den linken los bin, hängt mir der rechte wie ein Gewicht herunter... am liebsten würde ich auch den abschneiden.«

»Sie sind eben ein symmetrischer Mensch... Ingenieure haben Sinn für Symmetrie.«

»Wissen Sie, Flurschütz, manchmal vergesse ich völlig, daß ich so einen Beruf gehabt habe... Sie verstehen das nicht, Sie sind ja in Ihrem Beruf geblieben.«

»Na, das kann man nicht eben behaupten..., ich war doch eher Biolog als Arzt...«

»Ich habe ein Offert bei der A. E. G. eingereicht, Leutemangel haben sie ja jetzt überall... aber daß ich wieder beim Reißbrett sitzen werde, das kann ich mir nicht vorstellen... was meinen Sie wohl, wieviel Tote es so insgesamt gibt?«

»Weiß nicht, fünf Millionen, zehn Millionen... vielleicht zwanzig, bis es zu Ende sein wird.«

»Ich bin überzeugt, daß das nie zu einem Ende kommen kann... das geht ewig so weiter.«

Dr. Flurschütz blieb stehen: »Sagen Sie, Jaretzki, begreifen Sie, daß man hier so ruhig herumspaziert, daß überhaupt das Leben so ruhig weiterläuft, während ein paar Kilometer von hier lustig drauflos geknallt wird?«

»Na, ich begreife manches nicht..., übrigens haben wir beide unser Teil draußen abbekommen...«

Dr. Flurschütz tastete mechanisch nach der Einschußnarbe unter dem Mützenschild: »So meinte ich's nicht... das war am Anfang, wie man sich dazu gedrängt hat, weil man sich schämte... nein, jetzt müßte man von Rechts wegen wahnsinnig werden.«

»Das fehlte noch..., danke schön, dann lieber noch sich besaufen...«

»Das Rezept befolgen Sie ja gründlich.«

Der Wind trug den Teergeruch von der stillgelegten Dachpappefabrik zu ihnen herüber.

Dr. Flurschütz, dünn und gebeugt, mit seinem blonden Spitzbart und dem Kneifer, sah in der Uniform etwas linkisch aus. Sie schwiegen eine Weile.

Die Straße senkte sich. Verstreute Parterrehäuschen, in neuerer Zeit hier vor den Toren der Stadt errichtet, schoben sich zur Zeile zusammen und machten einen friedlichen Eindruck. In allen Vorgärten wurde kümmerliches Gemüse gezogen.

Jaretzki sagte: »Kein Vergnügen, das ganze Jahr im Teergeruch zu wohnen.«

Flurschütz sagte: »Ich war in Rumänien und war in Polen. Sehen Sie... und überall stehen die Häuser ebenso friedlich da... so mit den gleichen Tafeln, Maurermeister, Schlosser und so... in einem Unterstand bei Armentières da gab's unter den Brettern der Zimmerung eine Tafel ›Tailleur pour Dames‹... es ist vielleicht kitschig, aber dort ist mir der ganze Wahnsinn erst richtig aufgegangen.«

Jaretzki sagte: »Jetzt mit dem einen Arm könnte ich mich auch in irgendeinen Heeresbetrieb als Ingenieur stecken lassen.«

»Das wäre Ihnen lieber als die A. E. G.?«

»Nee, mir ist überhaupt nichts lieber... vielleicht melde ich mich mit dem einen Arm nochmals hinaus... zum Handgranatenschmeißen genügt der eine... helfen Sie mir die Zigarette anzünden.«

»Was haben Sie heute schon getrunken, Jaretzki?«

»Ich? nicht der Rede wert, ich habe mich nüchtern gehalten für den Wein, zu dem ich Sie jetzt führen werde.«

»Also wie ist's mit der A. E. G.?«

Jaretzki lachte: »Um ehrlich zu sein: ein sentimentaler Versuch, ins Bürgerliche zurückzufinden, eine Karriere vor sich haben, nicht mehr Herumvögeln, Heiraten... aber daran glauben Sie ebensowenig wie ich.«

»Warum soll ich denn nicht daran glauben?«

Jaretzki skandierte mit der Zigarette: »Weil... der... Krieg... nie... zu... einem... Ende... gelangen... kann... wie oft soll ich's Ihnen denn noch sagen!«

»Auch das ist eine Lösung«, sagte Flurschütz.

»Es ist die einzige Lösung.«

Sie waren beim Stadttor angelangt. Jaretzki stellte den Fuß auf den Prellstein, holte die Handschuhe aus der Tasche, und, die Zigarette schief im Mund, klopfte er sich den Staub der Landstraße von den Schuhen. Dann strich er den dunklen Schnurrbart glatt, und durch den kühlen Torbogen betraten sie die enge stille Gasse.

24

ZERFALL DER WERTE (3)

Die Prävalenz des Baustils innerhalb der Charakteristika einer Epoche ist eine der sonderbarsten Angelegenheiten. Überhaupt diese ganz merkwürdige Vorzugsstellung, die die bildende Kunst innerhalb der Historie erhalten hat! Sie ist gewiß nur ein sehr geringer Ausschnitt aus der Fülle der menschlichen Tätigkeiten, von denen eine Epoche erfüllt ist, sicherlich nicht einmal ein sehr geistiger Ausschnitt und doch überragt sie an Charakterisierungskraft alle anderen geistigen Gebiete, überragt die Dichtung, überragt sogar die Wissenschaft, überragt sogar die Religion. Was durch die Jahrtausende hin dauert, ist das bildende Kunstwerk, es bleibt der Exponent der Epoche und ihres Stils.

Es kann nicht nur an der Haltbarkeit des Materials liegen: aus den letzten Jahrhunderten hat sich beschriebenes Papier die Menge erhalten, und dennoch ist jede gotische Statue »mittelalterlicher« als alle mittelalterliche Literatur. Nein, das wäre eine sehr dürftige Erklärung, – ist eine Erklärung möglich, so muß sie in der Wesenheit des Begriffes »Stil« selber gefunden werden.

Denn Stil ist sicherlich nicht etwas, das sich auf das Bauen oder auf die bildende Kunst beschränkt, Stil ist etwas, das alle Lebensäußerungen einer Epoche in gleicher Weise durchzieht. Widersinnig wäre es, den Künstler als Ausnahmsmenschen anzusprechen, als einen, der eine Art Sonderexistenz innerhalb des Stils führt und ihn produziert, während die anderen ausgeschlossen bleiben.

Nein, wenn es Stil gibt, so sind alle Lebensäußerungen von ihm durchdrungen, dann ist der Stil einer Periode ebensowohl in ihrem Denken vorhanden, als in jeder Handlung, die von den Menschen dieser Periode gesetzt wird. Und bloß aus diesem Faktum heraus, das sein muß, weil es anders nicht sein kann, ist die Erklärung für die verwunderliche Tatsache zu suchen, daß gerade jene Handlungen, welche sich im Räumlichen manifestieren, von so außerordentlicher, im wahren Sinn des Wortes sichtbarer Bedeutung geworden sind.

Vielleicht wäre es müßig, darüber nachzudenken, wenn nicht das Problem dahinter stünde, das allein alles Philosophieren legitimiert: die Angst vor dem Nichts, die Angst vor der Zeit, die zum Tode führt. Und vielleicht ist all die Beunruhigung, die von schlechter Architektur ausgeht und die es dahin bringt, daß ich mich in meiner Wohnung verkrieche, vielleicht ist sie nichts anderes als jene Angst. Denn was immer der Mensch tut, er tut es, um die Zeit zu vernichten, um sie aufzuheben, und diese Aufhebung heißt Raum. Selbst die Musik, die bloß in der Zeit ist und die Zeit erfüllt, wandelt die Zeit zum Raume, und daß alles Denken im Räumlichen vor sich geht, daß der Denkprozeß eine Verquickung unsagbar verwickelter vieldimensionaler logischer Räume darstellt, diese Theorie besitzt allergrößte Wahrscheinlichkeit. Ist dem aber so, dann mag es auch klar sein, daß allen jenen Manifestationen, die sich unmittelbar auf den Raum beziehen, eine Bedeutung und eine Sinnfälligkeit zukommt, wie sie keiner andern menschlichen Tätigkeit je zukommen kann. Und auch die besondere symptomatische Bedeutung des Ornaments wird daran klar. Denn das Ornament, losgelöst aus jeglicher Zweckform, wenn auch aus ihr herausgewachsen, wird zum abstrakten Ausdruck, zur »Formel« des ganzen Raumgedankens, wird zur Formel des Stils selber, und damit zur Formel der ganzen Epoche und ihres Lebens.

Und darin scheint mir jene, fast möchte ich sagen, magische Bedeutung zu liegen, wird es bedeutsam, daß eine Epoche, die völlig dem Sterben und der Hölle verhaftet ist, in einem Stil leben muß, der kein Ornament mehr hervorzubringen vermag.

25

Wäre damals nicht der Hausbau in Aussicht gestanden, so hätte sich Hanna Wendling vielleicht nicht in den jungen Provinzrechtsanwalt verliebt. Aber im Jahre 1910 lasen die jungen Mädchen des besseren Bürgerstands den »Studio«, die »Innendekoration«, die »Deutsche Kunst und Dekoration«, sie besaßen das Werk »Stilmöbel in England«, und ihre erotischen Vorstellungen von der Ehe waren aufs innigste mit architektonischen Problemen verquickt. Das Haus Wendling oder »Haus in Rosen«, wie auf seinem Giebel in barockalen Lettern zu lesen war, entsprach in bescheidenem Ausmaß diesen Idealen; es hatte ein tief herabgezogenes Dach; Majolikaputten neben dem Hauseingang zeigten Symbole der Liebe und der Fruchtbarkeit; es gab eine englische Hall mit einem Rohziegelkamin, und auf dem Kaminsims stand messingener Krimskrams. Freude und Mühe hatte es gekostet, alle Möbel in eine so richtige Stellung zu bringen, daß überall ein architektonisches Gleichgewicht zu herrschen beginnen konnte, und als alles fertig war, hatte Hanna Wendling das Gefühl, daß bloß sie allein von der Vollkommenheit dieses Gleichgewichts wisse, mochte Heinrich auch daran teilhaben, ja, mochte ein gutes Stück ihres Eheglücks in solch gemeinsamem Wissen um die geheime Harmonie und die Kontrapunktik der Möbel- und Bilderanordnungen gelegen sein.

Nun, die Möbel hatten sich seitdem nicht verrückt, im Gegenteil, es wurde streng darauf geachtet, den ursprünglichen Plan nicht um einen Millimeter zu verändern, und dennoch war es anders geworden; was war geschehen? kann Gleichgewicht sich abnützen, kann Harmonie fadenscheinig werden? Anfänglich war es ihr nicht bewußt gewesen, daß sich Teilnahmslosigkeit dahinter verbarg, – das Positive war einfach ins Neutrale zurückgesunken, und erst als es ins Negative umschlug, wurde es bemerkbar: nicht daß das Haus oder die Möbelanordnungen ihr nun plötzlich widerwärtig geworden wären, dem hätte sich zur Not durch Umstellen des Mobiliars beikommen lassen, nein, es war etwas, das tiefer hinabreichte; es war der Fluch des Zufälligen und Zusammengewehten, der sich über die Dinge und über das Zueinander der Dinge gebreitet hatte, und keine Anordnung hätte man sich ausdenken können, die nicht ebenso zufällig und willkürlich gewesen wäre wie die bestehende. Es war zweifelsohne eine gewisse Verwirrung, eine gewisse Düsternis, ja, beinahe eine Gefahr, die in alldem lag, besonders da kein Grund einzusehen war, warum die Unsicherheit des Architektonischen vor anderen Dingen des Gefühls oder gar vor den Fragen der Mode haltmachen sollte; das war merkwürdig beängstigend, und wußte Hanna Wendling auch recht gut, daß es weit Wichtigeres und Schwereres gibt, so war vielleicht nichts so sehr beängstigend wie die Vorstellung, daß sogar die Modejournale ihre Anziehung einbüßen würden und daß man eines Tages selbst die »Vogue«, die während dieser vier Kriegsjahre so sehr entbehrte englische »Vogue«, ohne Entzücken, ohne Interesse, ohne Verständnis betrachten könnte.

Wenn sie sich bei derartigen Vorstellungen ertappte, so nannte sie sie phantastisch, obwohl es eigentlich viel eher nüchterne denn phantastische Gedanken waren, erfüllt von einer Art Ernüchterung, die bloß insoferne phantastisch war, als kein Rausch sich hier ernüchterte, sondern ein ohnehin nüchterner und nahezu normaler Zustand einer nachmaligen und zweiten Ernüchterung unterworfen, daß er sozusagen noch normaler wurde und im Negativen landete. Solche Wertungen sind natürlich bis zu einem bestimmten Grad immer relativ; die Grenze zwischen Nüchternheit und Berauschtheit ist nicht immer festzuhalten, und ob erst die russische Menschenliebe als Berauschtheit zu bezeichnen wäre oder ob man dies bereits auf die normale soziale Beziehung zwischen Mensch und Mensch anwenden kann, ja ob die Zusammenschau der Dinge als Rausch oder als Nüchternheit zu nehmen ist, das bleibt letzten Endes unentscheidbar. Dennoch ist es nicht unmöglich, daß es für die Nüchternheit einen Zustand der Entropie oder einen absoluten Nullpunkt gäbe, einen absoluten Nullpunkt, dem alle Beziehungen mit Notwendigkeit und unaufhaltsam zustreben. Und daß Hanna Wendling sich auf diesem Wege befand, hat manche Wahrscheinlichkeit für sich und war im Prinzip vielleicht nichts anderes als ihr Vorauseilen vor der Mode: die Entropie des Menschen ist seine absolute Vereinsamung, und was er vorher Harmonie oder Gleichgewicht genannt hat, ist vielleicht bloß ein Abbild gewesen, Abbild, das er sich von dem sozialen Gefüge geschaffen hat und schaffen mußte, solange er noch dessen Teil gewesen ist. Je einsamer er aber wird, desto mehr zerfallen und isolieren sich ihm auch die Dinge, desto gleichgültiger müssen ihm die Beziehungen zwischen den Dingen werden, und schließlich vermag er sie kaum mehr zu sehen. So ging Hanna Wendling durch ihr Haus, ging durch ihren Garten, ging über

Wege, die nach englischem Muster mit Bruchtafeln gepflastert waren, und sie sah nichts mehr von der Architektonik und nichts mehr von den Verschlingungen der weißen Wege, und so schmerzlich dies auch hätte sein mögen, es war kaum mehr schmerzlich, weil es notwendig war.

26

Huguenau sprach nun täglich in der Fischerstraße bei Herrn Esch vor. Oftmals geübtem geschäftlichem Brauche folgend, berührte er die Angelegenheit, um derentwillen er kam, mit keiner Silbe, wartete, daß der Partner anfinge, redete vom Wetter, redete von der Ernte, redete von den Siegen. Als er merkte, daß Esch von den Siegen nichts hören wollte, ließ er die Siege weg und beschränkte sich aufs Wetter.

Im Hofe traf er manchmal Marguerite. Das Kind war zutraulich, hängte sich an seinen Finger und wollte wieder mit in die Druckerei.

Huguenau meinte: »Aha, du glaubst, daß das wieder zwanzig Pfennig einträgt, aber der Onkel Huguenau ist noch nicht reich genug, alles braucht seine Zeit.«

Trotzdem steckte er ihr zehn Pfennig für die Sparbüchse zu. »Na, was werden wir machen, wenn wir beide reich sein werden...?«

Das Kind antwortete nicht, schaute zu Boden. Endlich sagte es zögernd: »Weggehen.«

Huguenau war dies aus irgendeinem Grund angenehm: »Also dazu brauchst du das Geld... nun, wenn wir reich sind, können wir ja miteinander wegreisen... ich nehme dich mit.«

»Ja«, sagte Marguerite.

Stieg er zu Esch hinauf, so kam sie meistens nachgekrochen, setzte sich auf den Boden und hörte zu. Oder sie lachte wenigstens zur Türe herein.

Huguenau sagte dann, schon weil es ein Gesprächsthema war: »Ich mag Kinder gut leiden.«

Esch schien das zu gefallen; er schmunzelte: »Ein Racker ist das,... die wäre imstande, einen umzubringen.«

Haïssez les Prussiens, mußte Huguenau denken, obwohl Esch kein Preuße war, sondern ein Luxemburger. Esch fuhr fort:

»Ich denke oft daran, den kleinen Racker zu adoptieren... wir sind nämlich kinderlos.«

Huguenau wunderte sich: »Ein fremdes Kind...«

Esch sagte: »Fremdes oder eigenes... das ist ja gleich... man hält's sonst nicht aus.«

Huguenau lachte: »Nun ja, bei den eigenen weiß man's auch nie.«

Esch sagte: »Der Vater ist interniert... ich habe meiner Frau gesagt, daß man sie adoptieren könnte... sie ist ja fast wie ein Waisenkind.«

Huguenau meinte: »Hm, Sie müßten dann aber für sie sorgen.«

»Natürlich«, sagte Esch.

»Wenn Sie etwas Kapital disponibel haben oder freibekommen, beispielsweise durch einen Verkauf, dann könnten Sie eine Lebensversicherung für Ihre Familie eingehen,... ich stehe mit verschiedenen Gesellschaften in Konnexion.«

»So«, sagte Esch.

»Ich bin gottlob noch Junggeselle, in so schweren Zeiten ein unschätzbarer Vorteil... wenn ich aber einmal einen Hausstand gründe, würde ich meine Familie mit Kapital oder sonstwie sicherstellen... na, Sie sind ja in der beneidenswerten Lage, dies tun zu können...«

Huguenau entfernte sich.

Im Hofe erwartete ihn Marguerite.

»Möchtest du immer hier bleiben?«

»Wo hier?« fragte das Kind.

»Na hier, beim Onkel Esch.«

Das Kind sah ihn feindselig an.

Huguenau zwinkerte mit den Augen und schüttelte sich: »Nicht wahr, nein?«

Marguerite lachte auch.

»Also, du willst nicht...«

»Nein, ich mag nicht.«

»Du magst ihn überhaupt nicht... er ist wohl sehr streng mit dir, he?« und Huguenau machte die Bewegung des Hauens.

Marguerite zog einen verachtungsvollen Mund: »Nein...«

»Und sie... die Tante Esch...?«

Das Kind zuckte die Achsel.

Huguenau war befriedigt: »Also, du bleibst nicht da... wir

werden alle beide wegreisen, nach Belgien... komm, jetzt gehen wir zu Herrn Lindner in die Druckerei.«

Einträchtig gingen sie zur Druckmaschine und sahen Herrn Lindner zu, wie er Papier vorlegte.

27

Geschichte des Heilsarmeemädchens in Berlin (4)

Daß die Juden mich beobachteten, erwies sich als richtiges Gefühl. Ich war zwei Tage ein wenig unpäßlich, hatte mein Frühstück kaum berührt und war bloß für eine halbe Stunde ausgegangen. Am Abend des zweiten Tages klopfte es an meine Kammertür, und zu meiner Überraschung trat der kleine Mann ein, den ich stets für einen Arzt gehalten hatte. Und er entpuppte sich auch wirklich als solcher.

»Sie sollen sein krank«, sagte er.

»Nein«, sagte ich, »und wenn, so kümmert's niemanden.«

»Es kostet Ihnen nichts, es ist nicht wegen Geld«, sagte er schüchtern, »man muß helfen.«

»Danke«, sagte ich, »ich bin ganz wohl.«

Er stand vor mir, den Stock hielt er an die Brust gepreßt.

»Fieber?« fragte er bittend.

»Nein, ich bin ganz wohl, ich gehe jetzt aus.«

Ich stand auf und wir gingen gemeinsam aus dem Zimmer.

Im Vorraum wartete einer der jungen Juden, einer mit dem Theaterflaum auf den Wangen.

Der Arzt stellte sich jetzt vor: »Dr. Litwak ist mein Name.«

»Bertrand Müller, Dr. phil.« Ich gab ihm die Hand; der junge Jude streckte mir auch die seine hin. Sie war trocken und kühl, so glatt wie sein Gesicht.

Sie schlossen sich an, als wäre es die selbstverständlichste Sache der Welt. Ich hatte zwar keinerlei Ziel, ging aber sehr schnell. Die beiden, links und rechts von mir, hielten Schritt und konversierten miteinander auf Jiddisch. Ich ärgerte mich ernstlich: »Ich verstehe nicht ein halbes Wort.«

Sie lachten: »Er sagt, er versteht nix.«

Nach einer Weile: »Wirklich, Sie verstehen kein Jiddisch?«

»Nein.«

Wir kamen auf die Reichenbergerstraße hinaus und ich nahm Kurs auf Rixdorf.

Nun, und da begegneten wir Marie.

Sie lehnte an einem Laternenpfahl. Es war schon recht dunkel, doch man sparte mit Gas. Trotzdem erkannte ich sie sofort.

Im übrigen gaben die Fenster der gegenüberliegenden Wirtschaft ein wenig Licht.

Auch Marie erkannte mich; sie lächelte mir zu. Dann fragte sie: »Sind das Ihre Freunde?«

»Nachbarn«, sagte ich.

Ich schlug vor, die Wirtschaft aufzusuchen, denn Marie schien mir ermattet und eines Imbisses bedürftig. Allein die beiden weigerten sich, die Wirtschaft zu betreten. Vielleicht fürchteten sie, daß sie gezwungen werden sollten, Schweinefleisch zu essen, vielleicht fürchteten sie Verhöhnung oder sonst irgend etwas. Auf alle Fälle hätte man's zum Anlaß nehmen können, sie loszuwerden.

Da ereignete sich etwas Merkwürdiges: Marie schlug sich zur Partei der Juden, sagte, daß sie durchaus keinen Hunger habe, und als könnte es gar nicht anders sein, ging sie mit dem jungen Juden voran, während ich mit Dr. Litwak folgte.

»Wer ist das?« fragte ich den Arzt und wies auf den jungen Juden, dessen graue Schöße vor mir herbaumelten.

»Nuchem Sussin heißt er«, sagte Dr. Litwak.

28

Oberstabsarzt Kuhlenbeck und Dr. Kessel operierten. Im allgemeinen wurde Dr. Kessel, der zwar im Lazarett Hilfsdienst versah, aber durch Zivil- und Krankenkassenpraxis überlastet war, von Kuhlenbeck verschont; jetzt aber hatte die Offensive neues Krankenmaterial gebracht, und da war's nicht zu vermeiden. Ein Glück, daß bloß leichtere Fälle zugewiesen wurden. Was man eben so leichtere Fälle nennt.

Und weil sie richtige Ärzte waren, sprachen sie von den Fällen, als sie später in Kuhlenbecks Zimmer saßen. Auch Flurschütz hatte sich eingefunden.

»Schade, daß Sie heute nicht mit dabei waren, Flurschütz, Sie hätten Ihre Freude gehabt«, sagte Kuhlenbeck, »es ist kolossal, was man so zulernt... wenn wir nicht operiert hätten, wäre der Mann sein Leben lang krank herumgelaufen...« er lachte, »jetzt kann er sich in sechs Wochen aufs neue totschießen lassen.«

Kessel sagte: »Ich wollte bloß, unsere armen Krankenkassenpatienten hätten es so gut wie die Leute hier.«

Kuhlenbeck sagte: »Kennen Sie die Geschichte vom Delinquenten, der die Gräte verschluckt und den man operiert hat, um ihn am Morgen aufhängen zu können? das ist beiläufig unser Metier.«

Flurschütz sagte: »Wenn die Ärzte aller Kriegführenden streiken würden, dann wäre es mit dem Krieg bald zu Ende.«

»Nanu, Flurschütz, Sie können ja den Anfang machen.«

Dr. Kessel sagte: »Ich hätte alle Lust, das Bändchen zurückzuschicken... schämen Sie sich nicht, Kuhlenbeck, einem alten Kollegen das einzubrocken!«

»Was soll ich machen, ich mußte Sie eingeben... für Zivilisten ist das weiß-schwarze normiert.«

»Ja, und Sie laufen mit dem schwarz-weißen herum... Sie sind übrigens auch schon längst an der Reihe, Flurschütz.«

Flurschütz sagte: »Im Grunde liegt's doch daran, daß man hier herumsitzt und von mehr oder minder interessanten Fällen spricht, ohne an was andres zu denken... wir haben ja überhaupt keine Zeit, an etwas anderes zu denken... und so ist es überall. Man wird aufgefressen von dem, was man tut,... glattweg aufgefressen.«

Dr. Kessel sagte: »Du lieber Himmel, ich bin sechsundfünfzig, woran soll ich noch denken... ich bin froh, wenn ich abends in mein Bett komme.«

Kuhlenbeck sagte: »Wollen Sie einen Schnaps auf Regimentsunkosten... um zwei Uhr kriegen wir wieder so an die zwanzig Mann... bleiben Sie zur Übernahme hier?«

Er war aufgestanden und zu dem Medikamentenschrank beim Fenster getreten, dem er eine Flasche Kognak und drei Gläser entnahm. Wie er im Profil beim Fenster stand und ins Fach des Schrankes hinauflangte, zeichnete sich sein Bart gegen das Licht ab, und er sah mächtig aus.

Flurschütz sagte: »Wir werden alle ausgeleert von dem Beruf, in dem wir eben stecken... und das Militär und der Patriotismus sind auch nichts anderes als solche Berufe... man kann schlechterdings nicht mehr begreifen, was in einem anderen Bereich als in dem eigenen vorgeht.«

»Gottseidank«, sagte Kuhlenbeck, »Ärzte brauchen nicht zu philosophieren.«

Schwester Mathilde trat ein. Sie roch gewaschen. Oder man glaubte, daß sie so riechen mußte. Ihr schmales langnasiges Gesicht kontrastierte mit ihren roten Dienstmädchenhänden.

»Herr Oberstabsarzt, vom Bahnhof wird angerufen, daß der Transport eingelangt ist.«

»Na, schön, noch eine Zigarette zum Abschied... Schwester, Sie fahren mit?«

»Schwester Carla und Schwester Emmy sind ohnehin bereits am Bahnhof.«

»Auch recht..., also los, Flurschütz.«

»Mit dem Pfeil, dem Bogen«, sagte Dr. Kessel, aber ohne rechtes Animo.

Schwester Mathilde war an der Tür stehengeblieben. Sie liebte es, sich im Ärztezimmer aufzuhalten. Und als sie alle hinausgingen, erhaschte Flurschütz den Schimmer ihres weißen Halses, sah die Sommersprossen beim Haaransatz und war ein wenig gerührt.

»Tag, Schwester«, sagte der Oberstabsarzt.

»n' Tag, Schwester«, sagte auch Flurschütz.

»Gott mit uns«, sagte Dr. Kessel.

29

Bäume und Häuser standen vor dem Auge des Maurers Gödicke, es wechselte das Wetter, es war Tag und es war Nacht, es bewegten sich Menschen und er hörte sie sprechen. Auf zumeist runden Gegenständen aus Blech oder Steingut wurde Essen gebracht und vor ihn hingestellt. All dies kannte er, aber der Weg, der zu diesen Dingen hinführte oder auf dem sie zu ihm kamen, war ein mühseliger Weg: der Maurer Gödicke hatte jetzt schwerer zu arbeiten, als er es in seinem arbeitsreichen Leben je getan. Denn es war durchaus nicht selbstverständlich, den Löffel zum Munde zu führen, wenn man sich nicht im klaren war, wen eigentlich man damit fütterte, und angesichts des furchtbaren Zwanges, sich dies klarzumachen, wurde es zur

Qual einer hoffnungslosen Arbeit und einer unerfüllbaren Pflicht; denn niemandem, am allerwenigsten dem Mann Gödicke selber, wäre es möglich gewesen, sich über die Konstruktionselemente jenes Baues, der die Seele desselbigen Gödicke darstellte, eine Theorie zu bilden. So z.B. wäre es falsch zu behaupten, daß der Mann Gödicke aus vielerlei Gödickes zusammengesetzt war, etwa aus einem Knaben Ludwig Gödicke, der auf der Straße gespielt, mit Freunden gemeinsam onaniert und in den Müllstätten und Sandgruben Tunnels gebaut hat, aus diesem Knaben Gödicke, der von der Mutter zum Essen gerufen wurde, um hierauf dem gleichfalls das Maurergewerbe ausübenden Vater das Essen auf den Bau zu bringen, daß also dieser Knabe Ludwig Gödicke einen Bestandteil seines jetzigen Ichs darstellen würde, das zu behaupten, wäre ebenso falsch, wie wenn man einen andern Bestandteil etwa in jenem Jüngling Gödicke erblicken wollte, der die Hamburger Zimmerleute ob ihrer breitrandigen Hüte und Perlmutterwesten so sehr beneidet hat, daß er nicht eher ruhte, bevor er nicht, ihnen allen zum Tort die Braut des Zimmermanns Gürzner im Gebüsch am Flußufer drangekriegt hatte, er, ein einfacher Maurerbursche, und es wäre falsch zu behaupten, daß wieder ein anderer Teil jener Mann sei, der während eines Streiks die Betonmischmaschine durch Lockerung der Trommeln unbrauchbar gemacht hatte und der trotzdem aus der Organisation ausgetreten war, als er das Dienstmädchen Anna Lamprecht einfach deshalb ehelichte, weil sie wegen des Kindes so sehr geweint hatte: nein, ein derartiger Längsschnitt durch eine Persönlichkeit, eine derartige, quasi historische Aufspaltung gibt niemals die Bestandteile der Persönlichkeit, denn sie kann über das Biographische nicht hinausreichen. Die Schwierigkeiten, mit denen der Mann Gödicke zu kämpfen hatte, waren also sicherlich nicht darin gelegen, daß er die Reihe dieser Personen in sich leben fühlte, viel eher lag die Schwierigkeit darin, daß diese Reihe mit einem Male abriß, daß die Biographie an einem bestimmten Punkte unterbrochen war, daß keine Verbindung zu ihm, der doch das letzte Glied solcher Kette sein sollte, herüberreichte, und daß er auf solche Art, losgelöst von etwas, das er kaum mehr als sein Leben bezeichnen durfte, seine eigene Existenz verloren hatte. Er sah jene Gestalten wie durch ein rußgeschwärztes Glas, und wenn er, den Löffel zum Munde führend, auch gern den Mann gefüttert hätte, der mit Gürzners Braut unter den Büschen geschlafen, ja, wenn dies auch sehr erfreulich gewesen wäre, so war man dennoch nicht imstande, eine Brücke hinüberzuschlagen, man blieb sozusagen am andern Ufer und konnte des Mannes drüben nicht habhaft werden. Und vielleicht hätte man trotzalledem die Brücke geschlagen, hätte man bloß sicher gewußt, wer eigentlich sich an Gürzners Braut erinnerte: die Augen, die das Ufergebüsch von damals vor sich sahen, waren nicht die gleichen, die hier die Bäume an der Chaussee erblickten, und die waren wieder nicht völlig die gleichen wie jene, die hier im Zimmer umherschauten. Und bestimmt gab es einen Gödicke, der es nicht duldete und der es verbot, daß jener Mann gefüttert werde, jener Mann, welcher noch immer bereit war, mit Gürzners Braut zu schlafen. Und der Gödicke, der die Schmerzen im Unterleib zu erleiden hatte, konnte ebensowohl der sein, der das Verbot erließ, wie jener, den es treffen sollte, doch es konnte ebensowohl ein ganz anderer sein. Es waren höchst komplizierte Verhältnisse, und der Maurer Gödicke durchschaute sie in keiner Weise. Sie hatten sich vielleicht ergeben, weil der ins Bewußtsein zurückkehrende Gödicke die Stücke seiner Seele nicht zurückrufen wollte, vielleicht aber waren sie auch die Ursache, daß er dazu nicht imstande war. Freilich, würde er jetzt in sich hineinblicken können, so wäre es nicht von der Hand zu weisen, daß er in jedem der zugelassenen Stücke seines Ichs einen eigenen Gödicke erkennen würde, etwa so, als ob jedes dieser Stücke eine eigene selbständige Region um sich gebildet hätte. Denn es mag schon sein, daß es mit der Seele nicht anders ist als mit einem Protoplasma, in dem man durch Zerschneiden die Häufung von Zellkernen und damit Regionen von selbständig intakten Eigenleben zu erzeugen vermag. Wie immer dem auch sei, und wie immer es entstanden sein möge: es lebten in der Seele Gödickes vielerlei selbständige und intakte Spaltungsleben, von denen man eigentlich jedes einzelne als Gödicke bezeichnen durfte, und es war eine mühselige und kaum zu bewältigende Arbeit, sie alle unter einen Hut zu bringen.

Diese Arbeit mußte der Maurer Gödicke ganz allein vollbringen; niemand war da, ihm zu helfen.

30

Als Huguenau nach einer Respektszeit von zwei Tagen wieder bei Esch erschien, fand er in dem Korbsessel neben Eschs Arbeitstisch eine breithüftige, reiz- und geschlechtslose Person unbestimmten Alters. Es war Frau Esch, und Huguenau wußte, daß er nun gewonnenes Spiel haben würde. Er brauchte sich ihr bloß vorteilhaft zu präsentieren: »Oh, die gnädige Frau wird uns bei unsern so schwierigen Verhandlungen zur Seite stehen.«

Frau Esch ruckte ein wenig ab: »Ich verstehe nichts von Geschäften, das ist Sache meines Mannes.«

»Ja, der Herr Gemahl, der ist allerdings ein Geschäftsmann comme il faut! der ist, wie man so sagt, mit allen Wassern gewaschen, an dem wird sich noch mancher die Zähne ausbeißen.«

Frau Esch lächelte ein wenig, und Huguenau fühlte sich ermutigt:

»Ausgezeichnete Idee von ihm, die Konjunktur auszunützen und sich von der Zeitung zu befreien, die ihm sowieso bloß Ärger und Kummer bereitet, und wo das Geschäft immer nur schlechter und schlechter geht.«

Frau Esch sagte höflich: »Ja, mein Mann muß sich mit der Zeitung recht viel ärgern.«

»Trotzdem geb' ich's nicht auf«, sagte Esch.

»Aber, aber, Herr Esch, Ihre Gesundheit ist Ihnen wohl gar nichts wert, da hat doch die Frau Gemahlin auch noch ein Wörtchen dreinzureden,... übrigens«, Huguenau überlegte, »... wenn Sie sich partout nicht von ihrer Tätigkeit trennen wollen, so können Sie sich ja Ihre fernere Mitarbeit ausbedingen, die Käufergruppe wird es nur begrüßen, wenn ich ihr eine so wertvolle Kraft sichere.«

Darüber ließe sich reden, meinte Esch, aber unter 18000 Mark sei es nicht zu machen, das habe er soeben mit seiner Frau besprochen.

Nun, es sei immerhin vernünftig, daß Herr Esch schon etwas von dem Phantasiepreis nachgelassen habe, doch wenn er an dem Geschäft beteiligt bleiben wolle, so müsse er wohl dies ins Kalkül ziehen.

Inwieferne, fragte Herr Esch.

Huguenau fühlte, daß Fixigkeit geboten wäre.

»Am einfachsten, meine Herrschaften, ist es wohl, wenn wir einen Probevertrag aufsetzen und dabei die einzelnen Punkte besprechen.«

»Meinetwegen«, sagte Esch und nahm ein Blatt Papier, »diktieren Sie.«

Huguenau setzte sich in Positur: »Also schön. Überschrift: Gedächtnisprotokoll.«

Es ergab sich demnach unter vielem Hin- und Herreden, das den ganzen Vormittag in Anspruch nahm, der Vertrag:

§ 1. Herr Wilhelm Huguenau als Machthaber und Treuhänder einer kombinierten Interessentengruppe tritt dem Zeitungsunternehmen offene Handelsgesellschaft »Kurtrierscher Bote« als öffentlicher Gesellschafter bei, so zwar, daß das Firmenvermögen folgendermaßen verteilt wird:

10% verbleiben im Besitze des Herrn August Esch,

60% erhält die von Herrn Huguenau vertretene »Industriegruppe«,

30% erhält die gleichfalls von Herrn Huguenau vertretene Gruppe lokaler Interessenten.

Die von Herrn Esch ursprünglich gewünschte Halbbeteiligung wurde von Huguenau abgelehnt: »Es geht gegen Ihr eigenes Interesse, lieber Esch, je größer Ihre Beteiligung, desto geringer Ihr Barerlös,... Sie sehen, daß ich Ihr Interesse im Auge behalte.«

§ 2. Das Firmenvermögen besteht aus den Verlags- und sonstigen Rechten, sowie aus der gesamten Büro- und Druckereieinrichtung. Über die neue Besitzverteilung werden interimistische Anteilscheine ausgegeben.

Die Freiheitsstatue und die Ansicht von Badenweiler wurden von Herrn Esch als Privateigentum reklamiert und aus dem Firmenvermögen ausgeschieden. »Bitte«, sagte Huguenau großzügig.

§ 3. Die Nettogewinne werden im Verhältnis der Anteilscheinbesitze unter den Partnern aufgeteilt, soweit sie nicht einem Reservefonds zugeführt werden. Die Verluste werden im gleichen Verhältnis getragen.

Die Bestimmung über die Verluste wurde auf Verlangen des Herrn Esch in den Vertrag aufgenommen, da Herr Huguenau Verluste überhaupt nicht in Erwägung gezogen hatte. Auch der Reservefonds war eine Erfindung Eschs.

§ 4. Herr Huguenau bringt als Machthaber und Vertreter der neuen Teilhabergruppe ein Kapital von M. 20000.– (sage zwanzigtausend Mark) in die Firma ein. Ein Drittel des Kapitals ist sofort zu erlegen, je ein weiteres Drittel kann, auf Wunsch der einzahlenden Partner, nach einem halben, resp. einem ganzen Jahr spätestens fällig gemacht werden. Für verspätete Einzahlung ist der Firma eine Vergütung von 4% pro Halbjahr zu leisten. Die Anteilscheine werden nach Maßgabe der Einzahlung ausgefolgt.

Da die Anteilscheine sofort bei Einzahlung ausgefolgt werden sollten und die hohe Verzinsung von 4 % ein genügendes Abschreckungsmittel bildete, fürchtete Huguenau nicht besonders, daß die lokalen Interessenten von dem Recht auf Ratenzahlung Gebrauch machen würden. Und wenn sie's trotzdem täten, so wird sich schon ein Weg finden, die Sache zu überbrücken. Auch machte es Huguenau wenig Sorge, wie er selber die Raten der legendären Industriegruppe aufbringen würde, – die nächste Rate war ohnehin erst in einem halben Jahr, also Neujahr 1919 fällig, und bis dahin hatte es gute Weile und vielerlei konnte sich ereignen; Kriegsverhältnisse bringen allerhand Unordnung, vielleicht gibt es dann Frieden, vielleicht wird die Zeitung jene Beträge selber in Verdienst bringen und es wird sich sogar als notwendig erweisen, diese Verdienste durch fiktive Verluste zu verschleiern und verschwinden zu lassen, vielleicht würde Esch bis dahin tot sein, – man wird sich schon zu helfen wissen und durchs Leben schlagen.

§ 5. Die Zahlungen des Herrn Wilhelm Huguenau per insgesamt M. 20000.– werden auf zwei Konti u.z. M. 13400.– auf Konto »Huguenau-Industriegruppe« und M. 6600.– auf Konto »Lokalgruppe« verbucht.

Nun kam aber der schwierigste Punkt der Verhandlung. Denn Esch beharrte auf seinen M. 18000.–, während Huguenau behauptete, daß von diesem Preis vor allem 10 % für die restliche Beteiligung Eschs, weitere M. 2000.– aber für die Teilhaberschaft an dem erhöhten Geschäftskapital in Abzug gebracht werden müßten, insgesamt also M. 4000.–, so daß Esch, würde man sogar seine eigene Einschätzung akzeptieren, bloß M. 14000.– zu bekommen hätte, daß dies aber noch immer viel zu viel sei, daß ein Makler objektiv sein müsse, und er werde auch niemals einen solchen Preis bei seiner Gruppe durchsetzen können, so sehr er es auch Esch und seiner liebenswürdigen

Gattin gönnen würde, nein, es wäre einfach unmöglich, denn er müsse mit einem seriösen Vorschlag vor seine Auftraggeber treten und er habe keine Lust, sich auslachen zu lassen; er sei in dieser Angelegenheit sicherlich nicht Partei, sondern objektiv, und als objektiver Beurteiler könne er für die verkauften 90% M. 10000.– vorschlagen und nicht um einen Pfennig mehr.

Nein, schrie Esch, achtzehntausend wolle er.

»Wie kann ein Mann nur so schwerhörig sein«, wandte sich Huguenau an Frau Esch, »ich habe ihm doch eben vorgerechnet, daß er selbst nach seiner eigenen Einschätzung bloß vierzehntausend zu fordern hätte.« Frau Esch seufzte.

Schließlich einigte man sich auf M. 12000.– und auf einen Dienstvertrag:

§ 6. Herr August Esch als bisheriger Alleineigentümer erhält:

a) eine Abfertigung von M. 12000.–, von denen ein Drittel, d.i. M. 4000.– sofort und je weitere M. 4000.– am 1. Januar und am 1. Juli 1919 von der Firma an Herrn Esch auszuzahlen sind. Die beiden ausständigen Raten werden mit 4% pro anno verzinst;

b) einen Dienstvertrag als Schriftleiter und Buchhaltungschef mit einem Monatssalär von M. 125.– für die Dauer von zwei Jahren.

Vielleicht hätte Esch noch immer nicht nachgegeben, auch nicht, als Huguenau den Streit geschickt auf das Nebenthema der Ratenverzinsung verschob, um sich nach hartem Scheingefecht die 4% abringen zu lassen, hätte auch dann noch immer nicht nachgegeben, wäre er nicht von den in Aussicht stehenden komplizierten Buchungen geblendet gewesen und so sehr entzückt, daß es ihm gar nicht in den Sinn kam, es könnten die aushaftenden Raten – von denen er freilich nicht wußte, daß deren Einzahlung ein besonderes Wunder erfordert haben würde – es könnten also die Raten etwa unberichtigt bleiben oder es könnte gar die Differenz zwischen den M. 12000.– und den M. 20000.– trotz aller bestechenden Buchungsaussichten in die fraudulös geöffnete Tasche Huguenaus fließen. Allerdings dachte Huguenau ebensowenig an etwas derart Häßliches, sowenig es ihm zu Bewußtsein kam, daß ihm mit der Zahlung der lokalen Interessengruppe der »Kurtriersche Bote« via facti geschenkt wurde; er kämpfte mit aller Ehrlichkeit für die Interessen seines hypothetischen Auftraggebers und sagte erschöpft:

»Uff, also meinetwegen M. 12000.– und wie Sie's wünschen 4%, damit wir zu einem Ende kommen; ich will's auf meine Kappe nehmen... aber jetzt krieg ich auch was...«:

§ 7. Gegenseitige Rechte und Pflichten:

a) Herr Huguenau fungiert als Herausgeber. Die kommerzielle und finanzielle Führung des Unternehmens ist ausschließlich ihm überlassen. Er hat ferner das Recht, Artikel für das Blatt nach seinem Gutdünken aufzunehmen oder abzulehnen. Für diese Tätigkeit garantiert ihm die Firma einen Mindestgewinn von M. 175.– pro Monat, d.i. M. 2100.– vom Jahresgewinn.

b) Herr Esch hat während der Dauer seines Dienstvertrages das Recht und die Pflicht, die Buchhaltung des Unternehmens zu besorgen und fungiert als zweiter Schriftleiter.

Auf die Beschränkung seiner Schriftleiterbefugnisse mußte Esch mit Rücksicht auf die Industriegruppe eingehen; die Buchhalterrechte bildeten eine Art Entschädigung.

§ 8. Die von der Zeitung im Hause des Herrn Esch bisher benützten Räumlichkeiten verbleiben dem Unternehmen für weitere 3 Jahre überlassen. Weiters stellt Herr Esch für die gleiche Zeit zwei gutmöblierte Zimmer mit Frühstück dem Herausgeber im Vordertrakt des obgenannten Hauses zur Verfügung. Herr Esch erhält für diese Leistungen vom Unternehmen eine Vergütung von M. 25.– pro Monat.

§ 9. Bei einer späteren Verwandlung der offenen Handelsgesellschaft in eine G.m.b.H. oder A.-G. sind die obigen Bestimmungen sinngemäß zu berücksichtigen.

Bei dieser projektierten Umwandlung in eine Gesellschaft mit öffentlicher Rechnunglegung würde das Kartenhaus natürlich zusammenstürzen müssen. Aber Huguenau machte sich keine Gedanken; für ihn war das Ganze ein durchaus legales Geschäft, und bloß daß es ihm freies Quartier und Frühstück eingetragen hatte, empfand er als kleine Spitzbüberei, die ihn aber herzlich freute. Esch bemängelte dagegen, daß es nicht zehn Paragraphen geworden waren. Sie dachten eine Weile nach und dann fanden sie:

§ 10. Etwaige Streitigkeiten aus diesem Vertrag werden vor dem öffentlichen Gericht ausgetragen.

So konnte Huguenau in erstaunlich kurzer Frist melden – man schrieb den 14. Mai –, daß die Transaktion in glatter Weise erledigt worden sei. Die Honoratioren zögerten nicht, ihren vollen

Kapitalseinschuß von M. 6600.– zu leisten; hievon wurden M. 4000.– vertragsgemäß Herrn Esch übergeben, M. 1600.– bestimmte Herr Huguenau als vorsichtiger und solider Kaufmann für die Deckung von Betriebsspesen, während er die restlichen M. 1000.- mit dem Titel Dispositionsfonds versah und für sich verwendete. Die interimistischen Anteilscheine wurden den Zeichnern ausgefolgt, und bereits nach wenigen Tagen wurde in gebührender Form angekündigt, daß die Zeitung ab 1. Juni unter neuer Leitung und in neuer Aufmachung erscheinen werde. Huguenau hatte den Major zu bewegen vermocht, die neue Ära mit einem Leitartikel zu eröffnen, und ebenso sollte die Festnummer durch teils patriotische, teils nationalökonomische, zumeist aber patriotisch-ökonomische Aufsätze aus den Federn der am Blatte beteiligten Honoratioren geziert werden.

Doch Huguenau bezog zur Feier der neuen Epoche die ihm eingeräumten zwei Zimmer im Hause Eschs.

31

ZERFALL DER WERTE (4)

Gewiß wird nicht nur der Künstler vom Stil seiner Epoche getragen, gewiß durchdringt der Stil alles Tun der Zeitgenossen, gewiß erfährt der Stil seinen Niederschlag nicht nur im Kunstwerk sondern in allen Werten, die die Kultur einer Zeit ausmachen und von denen das Kunstwerk bloß ein geringfügiger Teil ist, und trotzdem steht man ziemlich hilflos vor der konkreten Frage, inwieweit sich der Stil in einem Durchschnittsmenschen, etwa in einem Agenten von der Art Wilhelm Huguenaus, verkörpern sollte. Hat der Mann, der mit Schläuchen und Textilien handelt, ein Gemeinsames mit einem Stilwillen, wie er in den Kaufhausbauten Messels oder der Turbinenhalle Peter Behrens immerhin aufscheint? Sein persönlicher Geschmack wird doch sicherlich zinnenbekrönte Villen mit vielen Nippes darin vorziehen, und selbst wenn er es nicht täte, er bliebe dennoch Teil des Publikums, das, wie immer es sich auch verhält, vom Künstler durch eine Kluft getrennt ist.

Wenn man aber so einen Menschen, wie Huguenau einer ist,

näher betrachtet, so sieht man, daß es auf die Kluft zwischen ihm und dem Künstler gar nicht ankommt. Wohl ist anzunehmen, daß in Epochen ausgesprochenen Stilwillens das Unverständnis zwischen Künstler und Zeitgenossen weniger kraß war als heute, daß also ein neues Bild Dürers in der Sebalduskirche allgemeine Freude und Bewunderung auch bei den Huguenaus jener Zeit erregt hat; denn manches spricht dafür, daß damals Künstler und Zeitgenosse von einer ganz andern Lebensgemeinschaft umschlossen waren und daß das Verständnis, das der Maler für den Tuchscherer und den Sporer hatte, mindestens ebenso eindringlich war wie die Freude, die diese beim Betrachten seiner Bilder empfanden. Natürlich ist dies unkontrollierbar, und es mag auch sein, daß manches Revolutionäre bei den Zeitgenossen auf wenig Anerkennung stieß; so dürfte es etwa Grünewald ergangen sein. Aber derartige Verschiebungen sind nicht sehr wesentlich, und ob nun im Mittelalter zwischen Künstler und Zeitgenossen Verständnis geherrscht hat oder nicht, ist gleichgültig angesichts der Tatsache, daß sowohl Verständnis als Unverständnis genauso Ausdruck des legendären »Zeitgeistes« sind wie das Kunstwerk selber oder das sonstige Tun der Zeitgenossen.

Ist dem aber so, dann ist es auch gleichgültig, wohin der architektonische und sonstige Geschmack eines Agenten vom Schlage Huguenaus gerichtet ist, und es ist auch ohne Bedeutung, daß Huguenau ein gewisses ästhetisches Vergnügen an Maschinen besaß: wichtig allein ist die Frage, ob sein sonstiges Tun, ob sein sonstiges Denken von den gleichen Gesetzen bewegt wird, die an einer andern Stelle des Lebens einen ornamentlosen Stil erzeugten oder die Relativitätstheorie hervorbrachten oder zu den Gedankengängen des Neukantianismus führten, – mit andern Worten, ob auch das Denken einer Epoche den Stil in sich trägt, jenem Stil unterworfen ist, der im Kunstwerk faßlich in Erscheinung tritt; ob also die Wahrheit, als Realisat des Denkens, nicht genauso den Stil der Epoche trägt, in der sie gefunden wird und in der sie gilt, gleich allen anderen Werten dieser Epoche.

Und es kann auch gar nicht anders sein. Denn nicht nur daß von einem gewissen Gesichtspunkt aus gesehen, die Wahrheit ein Wert unter allen anderen Werten ist, es ist auch das Tun des Menschen unter die Leitung der Wahrheit gestellt, ist sozusagen von der Wahrheit durchtränkt: was immer er tut, es ist ihm in jedem Augenblick plausibel, er motiviert es sich mit Gründen, die ihm Wahrheit sind, er stellt es unter eine logische Beweiskette, er hat – zumindest für den Augenblick, in dem es geschieht – immer richtig gehandelt. Ist also sein Tun dem Stil unterworfen, so muß auch sein Denken es sein: ob hiebei (praktisch und erkenntnistheoretisch) das Tun dem Denken vorausgegangen ist oder das Denken dem Tun, das Primat des Lebens dem Primat der Ratio, das sum dem cogito, das cogito dem sum, das braucht nicht entschieden zu werden, – erfaßbar bleibt bloß die rationale Logik des Denkens, während die irrationale Logik des Tuns, die jeden Stil ausmacht, bloß am geschaffenen Werk, bloß am Resultat erkennbar ist.

Mit dieser sehr innigen Verbindung zwischen dem Wesen des logischen Denkens und den Werten und Unwerten, die vom Tun hervorgebracht werden, wird aber zugleich das Denkschema, das einen Huguenau beherrscht und ihn zwingt, so und nicht anders zu handeln, das ihm seine geschäftlichen Erwägungen vorschreibt und ihn Verträge so und nicht anders konzipieren läßt, – es wird all die innere Logik eines Huguenau in die Gesamtlogik der Epoche eingeordnet und in einen wesenhaften Zusammenhang zu jener Logik gesetzt, von der der produktive Geist der Epoche und ihr sichtbarer Stil durchdrungen ist. Und mag auch dieses rationale Denken, mag auch diese rationale Logik bloß ein dünner, gewissermaßen eindimensionaler Faden sein, der um die Vieldimensionalität des Lebens herumzulegen ist, es ist das Denken, schwebend im Abstraktum des logischen Raumes, dennoch die Abbreviatur für die Vieldimensionalität des Geschehens und seines Gesamtstils, nicht viel anders als das Ornament im Körperraum die Abbreviatur des sichtbaren Stilresultates ist, die Abbreviatur aller Werke, die den Stil tragen.

Huguenau ist ein Mensch, der zweckmäßig handelt. Zweckmäßig hat er seinen Tag eingeteilt, zweckmäßig führt er seine Geschäfte, zweckmäßig konzipiert er seine Verträge und schließt sie ab. Alldem liegt eine Logik zugrunde, die durchaus ornamentfrei ist, und daß solche Logik allenthalben nach Ornamentfreiheit verlangt, scheint kein allzu gewagter Schluß zu sein, ja, es scheint sogar so gut und so richtig wie alles Notwendige gut und richtig ist. Und doch ist mit dieser Ornamentfreiheit das Nichts, ist mit ihr der Tod verbunden, verbirgt sich hinter ihr das Monstrum eines Sterbens, in dem die Zeit zerfallen ist.

32

Der Rebell darf nicht mit dem Verbrecher verwechselt werden, mag auch die Gesellschaft den Rebellen oft als Verbrecher brandmarken, mag auch der Verbrecher sich manchmal als Rebell ausgeben, um seine Taten zu adeln. Der Rebell steht allein: treuester Sohn der Gemeinschaft, die ihm Ziel der Opposition und Auflehnung ist, ist dem Rebellen die bekämpfte Welt eine Fülle lebendiger Beziehungen, deren Fäden bloß durch teuflische Bosheit in Verwirrung gebracht worden sind, und die zu entwirren und nach eigenem besserem Plane zu ordnen seine Aufgabe wird. So protestierte Luther gegen den Papst, und Esch war mit Fug als Rebell zu bezeichnen.

Dies ist aber noch lange kein Grund, um dagegen Huguenau als Verbrecher zu beschimpfen. Man würde ihn damit nicht nur beleidigen, sondern ihm auch bitteres Unrecht zufügen. Vom militärischen Standpunkt aus ist ein Deserteur natürlich ein Verbrecher, und sicherlich gibt es überzeugte Soldaten, die den Deserteur mit der gleichen Intensität verabscheuen wie etwa ein Bauer den Hühnerdieb, und gleich dem Bauern werden sie bloß in der Todesstrafe eine gerechte Ahndung des Frevels erkennen. Nichtsdestoweniger besteht hier ein prinzipieller und objektiver Unterschied: das Wesentliche eines Verbrechens liegt in seiner Wiederholbarkeit; in seiner Wiederholbarkeit ist es nichts anderes als ein bürgerlicher Beruf. Das Verbrechertum ist nur in sehr loser Form gegen die Gesellschaft gerichtet, selbst wenn sein Kampf gegen die Bürgerlichkeit amerikanische Formen annimmt; der Dieb und der Wechselfälscher wüßten mit der Ausrufung des Kommunismus wenig anzufangen, und der Schränker, der des Abends auf leiser Gummisohle sein Handwerk auszuüben geht, ist ein Handwerker wie jeder andere, er ist konservativ wie jeder Handwerker, und sogar der Beruf eines Mörders, der, das Messer zwischen den Zähnen, die unbequeme Mauer hinaufklimmt, ist nicht gegen die Gesamtheit gerichtet, sondern ist bloß ein persönliches Geschäft, das der Mörder mit seinem Opfer auszutragen hat. Nichts kehrt sich gegen das Bestehende. Vorschläge zur Verbesserung oder Milderung des Strafrechts sind niemals von den Verbrechern angeregt worden, so sehr es doch sie vor allen anderen anginge. Käme es auf die Verbrecher an, man würde noch immer Diebe und Falschmünzer an den Galgen hängen, und man wäre noch nicht einmal so weit, Mord von Totschlag zu unterscheiden, obwohl die Verbrecher sonst für Nuancen ihrer Berufsausführung ein feines Gefühl besitzen und es gerne sehen, wenn die Rechtspflege ihren verfeinerten Abschattungen und Ansprüchen sich anpaßt; aber eben weil es ihnen Bedürfnis ist, daß für jene Tat der Galgen, für jene das Rad und die glühende Zange, für jene die Rute oder das Stockhaus erkannt werde, eben durch diese unbeholfenen Wünsche, die im Grunde nichts anderes sind als das Gestammel ungebildeter Menschen, die sich nicht richtig ausdrücken können und schwerfällig, sozusagen in Symbolen nach etwas verlangen, das bloß ein kleiner Teil dessen ist, wonach ihr Herz steht und das kaum erfaßbar ist, eben dadurch wird es deutlich, wohin ihr Wunsch zielt: daß das von ihnen bewohnte Land, dieses Land an der Grenze einer Welt voller guter Ordnungen, daß es einbezogen werde in jene größere, gute, fast geliebte Ordnung, die zu ändern nicht vonnöten ist, – und wenn die Verbrecher diese Einbeziehung und Verknüpfung bloß mittels eines Gefüges wohlgeordneter scharfer Strafen sich vorstellen können, so ist daraus zu ersehen, daß sie soziale und sehnsüchtige Naturen sind, lediglich von der Begierde erfüllt, Grenzstreitigkeiten zu vermeiden, ihrem Beruf in Ruhe nachzugehen und immer klagloser, lautloser, ja feinnerviger sich einzupassen in den Dienst, welcher der gesamten Ordnung und dem Bestehenden gilt.

Rebell und Verbrecher, sie beide bringen ihre Ordnung, ihre eigenen Wertgebilde an das Bestehende heran. Während aber der Rebell das Bestehende unterjochen will, sucht der Verbrecher sich ihm einzufügen. Der Deserteur gehört weder zu dem Bereich des einen, noch zu dem Bereich des andern, oder er gehört beiden an. Dies mochte Huguenau fühlen, da er nun vor der Aufgabe stand, seine eigene kleine Welt und Wirklichkeit am Rande der größeren Ordnung zu errichten und in sie einzupassen, und wenn er es auch bejahte, daß Deserteure zum Tode des Erschießens verurteilt werden, so lag dies vorderhand abseits, und es war nicht sinnlos, nicht sinnloser als die Sprache seiner Träume, daß der »Kurtriersche Bote« sich ihm wie ein Teil einer großen Maschine darstellte, wie ein Messinggelenk, in dem die Gestänge ineinandergreifen, wie ein Punkt, in dem das Land seines Gesetzes an jenes grenzte, dessen Gesetze er achtete und liebte, in das er eindringen und in dem er wohnen wollte. Und all diese Motive hatten es für Huguenau so überaus notwendig gemacht, den »Kurtrierschen Boten« zu erobern, machen es aber auch erklärlich, daß ihm die Aktion so überaus glücklich gelungen war.

33

Leitartikel des »Kurtrierschen Boten« vom 1. Juni 1918

Des Deutschen Volkes Schicksalswende

Betrachtungen von
Stadtkommandant Major Joachim v. Pasenow

> Dann verließ ihn der Teufel und sieh, die Engel traten hinzu und dienten ihm. Matth. 4, 11

Wenn auch der Wechsel in der Leitung dieser Zeitung nur ein geringeres Ereignis ist neben dem gewaltigen, dessen Jahrestag wir nun in Bälde zum vierten Male werden begehen können, so dünkt mich, daß, wie so oft, wir auch hier die kleinere Begebenheit als Spiegel des größeren Geschehens zu betrachten hätten.

Denn stehen wir auch mit unserer Zeitung an einem Wendepunkt und haben wir auch die Absicht, einen neuen und besseren Weg einzuschlagen, der uns näher zur Wahrheit führen soll, haben wir auch die Zuversicht, daß uns dies, soweit menschliche Kraft zu . . . .

. . . .

. . . .

wo ist der Teufel, den es aus der Welt zu jagen gilt, wo die Engel, die wir zur Hilfe herbeirufen wollen? Einem alten Soldaten geziemt es, seine Meinung geradeheraus zu sagen, auf die Gefahr hin, daß sie manchmal als unzeitgemäße Sprache klingen . . . .

. . . .
. . . .
Umklammerung der Feindvölker zu befreien, sondern auch das Vaterland und mit ihm die ganze Welt von dem schändlichen Geiste zu erlösen, der die Erde . . . .
. . . .
. . . .
nicht wunder nehmen, daß die Völker mit hundertfältiger Zwietracht und tausendfacher Zerrissenheit bestraft werden. Denn an dem Gliede, mit dem du gesündigt hast, sollst du gestraft werden.

Ich höre den Einwand, daß wir solcherart die Strafe einfach hinzunehmen, die Geißel zu erdulden, dem Peiniger auch die zweite Backe hin- . . . .
. . . .
. . . .
gleichwie der Kampf Luthers gegen das verderbt gewordene Papsttum ein gerechter Kampf war. Lehrt uns doch unser Meister Clausewitz, daß zu den Waffen des Krieges der Geist der Gerechtigkeit gehört, der . . . .
. . . .
. . . .
es von unserem Kampfe heißen soll: »Aus Schrecken vor ihm flohen seine Feinde, alle Übeltäter wurden bestürzt, und die Rettung liegt in seiner Hand« (Makkabäer III. 6), so darf es nicht auf die Verfolgung der fliehenden Feinde ankommen, sondern auf die Rettung, auf die Rettung des eigenen wie des fremden Volkes. Wir wären kurzsichtig, und wahrlich, es wären alle Opfer umsonst gewesen, wenn solches leichtfertig und Gottes . . . .
. . . .
. . . .
besitzt jene äußere Freiheit, die wir erringen müssen, bloß wenn ihm gleichzeitig die innere höhere und wahrhaft göttliche Freiheit geschenkt wird. Und diese erringen wir nicht auf den Schlachtfeldern, so siegreich wir auch auf diesen sein mögen, sondern wir finden sie nur in unseren Herzen. Denn die innere Freiheit ist gleichberechtigt mit dem Glauben, den die Welt zu verlieren sich anschickt. So ist dieser Krieg nicht bloß . . . .
. . . .

. . . .
nach der Schrift? »Gute fromme Werke machen nimmermehr einen guten frommen Mann, sondern ein guter frommer Mann macht gute fromme Werke«, berichtet Luther von der Freiheit eines Christenmenschen, und er sagt weiter dazu: »So denn die Werke niemand fromm machen, und der Mensch muß fromm sein, ehe er die Werke tut, so ist offenbar, daß allein der Glaube aus lauteren Gnaden durch Christum . . . .

. . . .

. . . .

und sagte Johannes (III. 30) »er muß wachsen, ich aber muß abnehmen«, so war es der Krieg, der wachsen mußte, da der Glauben abnahm, und ehe der Glauben nicht aufs neue geboren wird und sich entfaltet, eher wird auch dieser Krieg kein Ende zu finden vermögen. Das Böse um des Bösen willen . . . . .

. . . .

. . . .

und fast mutet es uns an, als müßten sich erst die schwarzen Heerscharen über die ganze Welt ergießen, damit aus dem Feuer der Apokalypse die neue Brüderlichkeit und Gemeinschaft erstehen könne, damit wieder das Reich Christi errichtet und zu neuer und herrlicher . . . .

. . . .

. . . .

schwarze Truppen, versehen mit unritterlichen Waffen, gegen uns aufgeboten werden, so ist es nur ein Vortrupp. Ihm folgt der schwarze Heerbann, folgt der Apokalypse Johanni Schrekken. Denn solange die weiße Rasse die Trägheit des Gefühls nicht zu überwinden und von sich . . . .

. . . .

. . . .

Ehre nimmt, es ist ein verlorenes Geschlecht, und es wird die furchtbare Dunkelheit um sie sein, und keiner wird kommen, Hilfe zu leisten, und ihrer . . . .

. . . .

. . . .

das Gift der Gottesleugner und Abenteurer, das nicht nur die stolzen Metropolen der Feinde durchseucht, hat auch unser Vaterland nicht verschont. Wie ein unentwirrbares Netz liegt es unsichtbar über unseren Städten . . . .

. . . .
. . . .
gleichwie erst der glorreiche Feldzug anno 70 kommen mußte, um die zerrissenen deutschen Stämme zu einen, so wird es der Ruhm dieses viel größeren und schrecklicheren Krieges sein, nicht nur Stämme brüderlich geeint zu haben, sondern gleichermaßen . . . .
. . . .
. . . .
auch der Glaube und die Gnade der Freiheit wieder unser sein. Dann kann es heißen: »Ein Christenmensch ist ein dienstbarer Knecht aller Dinge und jedermann untertan«, sowie »Ein Christenmensch ist ein freier Herr über alle Dinge und niemand untertan«, es wird alles beides gelten, und darunter haben wir uns die wahre Freiheit vorzustellen.

Ich weiß nicht, ob ich mich recht verständlich habe machen können, mußte ich doch selbst lange ringen, um zu diesen Erkenntnissen zu gelangen, und bin doch überzeugt, daß sie stückhaft sind. Aber auch hier mag gelten, was General Clausewitz sagte: »Der herzzerreißende Anblick von Gefahren und Leiden läßt das Gefühl leicht ein Übergewicht über die Verstandesüberzeugung gewinnen, und im Dämmerlicht aller Erscheinung ist eine tiefe, klare Einsicht so schwer, daß ihr Wechsel begreiflicher und verzeihlicher wird. *Es ist immer nur ein Ahnen und Herausfühlen der Wahrheit,* nach dem gehandelt wird.«

So setzte sich Major v. Pasenow mit dem Problem des Krieges und der deutschen Zukunft auseinander, und es kam ihn hart an. Der Krieg, für dessen Gewerbe er erzogen worden war, der Krieg, für den er eine Jugend lang die Uniform getragen und für den er sie vor vier Jahren wieder angelegt hatte, der Krieg war plötzlich keine Angelegenheit der Uniformen mehr, keine Angelegenheit der Blauhosen und Rothosen, keine Angelegenheit feindlicher Kameraden, die ritterlich die Klingen kreuzen, der Krieg war weder Krönung noch Erfüllung eines uniformierten Lebens geworden, sondern hatte unbemerkt und doch immer fühlbarer dieses Lebens Grundlagen erschüttert, hatte dessen moralischen Zusammenhalt fadenscheinig gemacht, und durch die Maschen des Gewebes grinste das Sündige. Des Sündigen Herr zu werden reichten die in der Kadettenanstalt Culm geschulten geistigen Kräfte nicht aus, und dies war nicht weiter erstaunlich, da selbst die Kirche, trotz ihres besseren Rüstzeuges die Antinomie des Sündenfalls nicht restlos zu meistern versteht. Aber was Augustinus als Heil der irdischen Welt vorgeschwebt, was vor ihm die Stoiker schon erträumt hatten, die Idee des Gottesstaates, der alles in sich aufnimmt, was Menschenantlitz trägt, diese erhabene Idee, sie leuchtete durch das Bild herzzerreißender Gefahren und Leiden, sie war – eher ein Gefühl denn eine Verstandesüberzeugung, eher ein Dämmerlicht als eine tiefe klare Einsicht – auch in der Seele des alten Offiziers aufgekeimt, und so zog sich eine zwar verschwommene und manchmal verzerrte, aber immerhin verfolgbare Linie von Zeno und Seneca, vielleicht sogar schon von den Pythagoräern bis zu den Gedankengängen des Majors v. Pasenow.

34

ZERFALL DER WERTE (5)
Logischer Exkurs

Zugegeben, daß in der kgl. preußischen Kadettenanstalt Culm ein anderer Denkstil herrschte als etwa in einem römisch-katholischen Priesterseminar, es erinnert der Begriff eines »Denkstils« doch sehr an die Vagheit jener philosophischen und historischen Richtungen, deren methodologisches Krux in dem Wort »Intuition« gelegen ist. Denn die apriorische Eindeutigkeit des Denkens und des Logos erlaubt keine stilistischen Abschattungen, sie bedarf also außer der apriorischen Selbsterfassung des Geistes keinerlei anderer Intuition, und sie verweist alles übrige auf das Gebiet empirischer Abweichungen, pathologischer Abweichungen, die nicht der philosophischen, sondern der psychologischen und medizinischen Forschung anheimgegeben sind. Insuffizienz des empirischen und irdischen Denkens menschlicher Gehirne vor der absoluten Logik des Ichs, vor der absoluten Logik Gottes.

Oder es ließe sich auch einwenden: die absolute formale Logik bleibt ja bestehen, ist auch für die menschlichen Gehirne unabänderlich, – es ändern sich bloß die Denkinhalte, es ändern sich die Einsichten in das Wesen der Welt, es ist also bestenfalls eine erkenntnistheoretische, nie und nimmer eine logische Frage. Die Logik bleibt »stillos« wie die Mathematik.

Hat die Form des Logischen mit Inhalten tatsächlich nichts zu schaffen? irgendwo ist sie nämlich merkwürdigerweise selber Inhalt, am deutlichsten wohl, wenn man die sogenannt formalen Beweisketten verfolgt, denn nicht nur, daß die Glieder dieser Ketten Axiome sind oder axiomähnliche Sätze – etwa der Satz des Widerspruchs –, also Aussagen, die eine unübersteigbare Plausibilitätsschranke bilden (bis sie, wie z. B. beim Satz vom ausgeschlossenen Dritten, eines Tages doch überschritten wird) und deren Evidenz nur mehr inhaltlich erfaßt, aber nicht mehr formal bewiesen werden kann, sondern darüber hinaus, es würde überhaupt keine derartige logische Kette aufzustellen sein, es würde die ganze logische Maschinerie des Schließens und Beweisens sofort steckenbleiben, wenn es nicht überlogische und, trotz aller Vorverlegung der Formalgrenze, letzten Endes metaphysische und inhaltliche Prinzipien gäbe, die in ihrer Anwendung den gesamten Mechanismus in Gang erhalten würden. Das Gebäude der formalen Logik ruht auf inhaltlichen Grundlagen.

Der intuitionistisch-psychologistische Idealismus hat ein »Wahrheitsgefühl« vorausgesetzt, an dessen Evidenz jede Fragekette, beginnend mit dem staunenden »was ist das?«, fortgeführt im stets wiederholten »warum?«, schließlich zur Ruhe kommt, zu einer letzten axiomatischen Plausibilität: »So ist es und nicht anders.« Ist nun auch angesichts der Unabänderlichkeit eines apriorischen und rein formalen Logos das Wahrheitsgefühl eine überflüssige Einführung, so gelangt es angesichts der inhaltlichen Elemente im Logischen zu neuen und berechtigteren Ehren. Denn die Evidenzpositionen am Ende der Frage- und Beweisketten haben sich von der formalen Unabänderlichkeit losgelöst und sollen nun trotzdem bestimmenden Einfluß auf den logischen Beweisgang selber und auf dessen Form nehmen. Das Problem, das sich damit erhebt: »In welcher Art können Inhalte, seien sie nun logisch-axiomatischer oder außerlogischer Natur, derart in die formale Logizität eingreifen, daß bei Aufrechterhaltung der formalen Invarianz die Veränderlichkeit des Denkstils eintritt?«, dieses Problem ist kein psychologisches und kein empirisches mehr, sondern ein methodologisches und metaphysisches, denn hinter ihm steht in aller Apriorität die Urfrage alles Ethischen: Wie kann Gott den Irrtum zulassen, wie darf in der Welt Gottes der Wahnsinnige leben?

Man kann sich vorstellen, daß eine Fragekette überhaupt zu keinem Schluß kommt: alle ontischen Fragekettten besitzen offenbar diese Eigentümlichkeit, – das Problem der Materie, das sich von Grundbegriff zu Grundbegriff, vom Urstoff zum Atom, vom Atom zum Elektron, vom Elektron zum Energiequantum weiterschiebt und immer wieder nur zu einem vorläufigen Ruhepunkt gelangt, ist ein Beispiel für solch eine unendliche Fragekette.

An welcher Stelle eine derartige Fragekette abgebrochen wird, ist nun Angelegenheit des Wahrheits- und Evidenzgefühls, also Angelegenheit der in Kraft stehenden Axiomatik. Wenn nach der Lehre des Thales dieser Plausibilitätspunkt für die ontische Fragekette mit der Substanz »Wasser« zu setzen war, so deutet dies darauf hin, daß für Thales ein Axiomensystem in Geltung stand, innerhalb dessen die Wasser-Qualität der Materie »beweisbar« erschien. Hier sind es inhaltliche und nicht formallogische Axiome, die die Fragekette abstoppen, es sind Axiome der geltenden Kosmogonie, – aber diese inhaltlichen Axiome müssen mit den formal-logischen in irgendeiner, zumindest in der Beziehung der Widerspruchslosigkeit stehen, denn würde der inhaltliche Fortgang des Beweises mit dem formalen nicht übereinstimmen, es gäbe keine Plausibilität. (Daß nichtsdestoweniger inhaltliche und logische Axiome in Widerstreit geraten können, ist an der Lehre von der doppelten Wahrheit zu ersehen.) Aber selbst wenn man sich mit vollkommener Skepsis auf den Standpunkt des Ignorabimus stellt, und, das Vorhandensein einer kosmogonischen Plausibilität und ihrer Axiomatik leugnend, die Fragekettten als unabbrechbar annimmt und ihren Abbruch als eine rein zweckmäßige, doch fiktive Willkürlichkeit betrachtet, so ist es klar, daß auch das Ignorabimus als solches einen bestimmten Plausibilitätscharakter besitzt und daß auch dieser von einer bestimmten Logizität und einer bestimmten logischen Axiomatik gestützt wird.

Eine gewisse, über den Rahmen des rein Intuitionistischen hinausgehende rationale Vorstellung dieser Verhältnisse könnte vielleicht die Menge der in einem Weltbild enthaltenen und wirksamen Axiome liefern. Selbstverständlich kann diese Menge weder aufgewiesen noch durchgezählt werden, – man kann bloß den Axiomsreichtum oder die Axiomsarmut in den Extremfällen sichtbar machen. Die Kosmogonie der Primitiven z.B. ist von äußerster Kompliziertheit: jedes Ding der Welt führt sein Eigenleben, ist gewissermaßen causa sui, jeder Baum wird von seinem eigenen Gott bewohnt, jedes Ding von seinem eigenen Dämon; es ist eine Welt von unendlich vielen Axiomen und jede Kette von Fragen, die sich auf die Dinge der Welt beziehen, jede Fragekette stößt nach ganz wenigen, ja vielleicht schon nach dem ersten Schritt auf eines dieser Axiome. Gegenüber solcher Vielfalt kurzer, fast eingliedriger ontologischer Ketten sind in einer monotheistischen Welt diese Ketten bereits sehr weit, wenn auch nicht unendlich weit fortgeführt, so weit nämlich, bis sie in dem einzigen Urgrund »Gott« zusammenlaufen. Zieht man also bloß die ontologisch-kosmogonischen Axiome in Betracht – unter Vernachlässigung der anderen, also etwa der rein logischen –, so ist für die beiden Extremfälle, die sich in den polaren Kosmogonien der primitiven Magie und des Monotheismus repräsentieren, die Axiomenanzahl von Unendlich auf Eins herabgesunken.

Soferne Sprache Ausdruck der Logik ist, soferne Logik immanent in der Struktur der Sprache aufscheint, läßt sich von der Sprache ein Rückschluß auf die ontologische Axiomenanzahl, auf die Natur der Logik und die Veränderlichkeit ihres »Stils« ziehen. Denn eben das komplizierte ontologische System der Primitiven, eben ihr ausgebreitetes Axiomensystem spiegelt sich in der ganz außerordentlich komplizierten Struktur und Syntax ihrer Sprachen wider. Und ebensowenig wie die Veränderung des metaphysischen Weltbilds auf Zweckmäßigkeitsgründe zurückzuführen ist – niemand wird behaupten können, daß die abendländische Metaphysik »zweckmäßiger« sei als etwa die auf mindestens gleich hoher Entwicklungsstufe stehende chinesische –, ebensowenig wird die Vereinfachung und der grundlegende Stilwandel innerhalb der Sprachen (kann auch ihre Gebrauchsabschleifung nicht angezweifelt werden) ausschließlich unter den Zweckmäßigkeitsgedanken gestellt werden dürfen, ganz abgesehen davon, daß die Zweckerklärung für eine ganze Reihe von Veränderungen und syntaktischen Eigentümlichkeiten nicht ausreicht.

Welche Funktionen das Axiomensystem, sei es nun ontisch oder logisch, für die eigentliche logische Struktur haben kann, auf welche Art es sich in dieser Unabänderlichkeit des Formalen trotzdem als »Stil« ausprägt, kann immerhin durch ein Bild vorstellbar gemacht werden: bei gewissen geometrischen Konstruktionen wird der unendlich ferne Punkt willkürlich innerhalb der endlichen Zeichenebene angenommen, und dann wird so konstruiert, als würde dieser fiktive Unendlichkeitspunkt wirklich der unendlich weit entfernte sein. Die Lage der einzelnen Konstruktionsglieder zueinander bleibt in einer solchen Konstruktion die gleiche, als würde jener Punkt wirklich unendlich weit entfernt sein; bloß haben sich alle Maße verzerrt und zusammengeschoben. Und so ähnlich darf man sich die Veränderungen vorstellen, welche die logischen Konstruktionen erleiden, wenn der logische Plausibilitätspunkt aus dem Unendlichen ins Endliche und Irdische gerückt wird: die formale Logik als solche, ihre Schlußweise, ja sogar ihre inhaltlichen Assoziationsnachbarschaften bleiben bestehen, – was sich ändert, sind ihre »Maße«, ist ihr »Stil«.

Der Schritt, der über die monotheistische Kosmogonie hinaus noch zu tun blieb, war ein fast unmerklicher, und war doch von größerer Bedeutung als alle vorhergegangenen: der Urgrund wird aus der »endlichen« Unendlichkeit eines immerhin noch anthropomorphen Gottes in die wahre abstrakte Unendlichkeit hinausgeschoben, die Frageketten münden nicht mehr in dieser Gottesidee, sondern laufen tatsächlich in die Unendlichkeit (sie streben sozusagen nicht mehr nach einem Punkt, sondern haben sich parallelisiert), die Kosmogonie ruht nicht mehr auf Gott, sondern auf der ewigen Fortsetzbarkeit der Frage, auf dem Bewußtsein, daß nirgends ein Ruhepunkt gegeben ist, daß immer weiter gefragt werden kann, gefragt werden muß, daß weder ein Urstoff noch ein Urgrund aufzuweisen ist, daß hinter jeder Logik noch eine Metalogik steht, daß jede Lösung bloß als Zwischenlösung gilt und daß nichts übrigbleibt als der Akt des Fragens als solcher: die Kosmogonie ist radikal wissenschaftlich geworden und ihre Sprache und ihre Syntax haben ihren »Stil« abgestreift, haben sich zum mathematischen Ausdruck gewandelt.

35

Dienstag, den 4. Juni, gingen Esch und Huguenau über den Marktplatz. Es war Regenwetter. Beleibt und rundlich, mit offenem Überrock, stolzierte Huguenau einher. Wie ein Sieger, dachte Esch giftig.

Als sie beim Rathaus einbogen, begegnete ihnen eine traurige Eskorte: gefesselt, flankiert von zwei Mann mit aufgepflanztem Seitengewehr, vielleicht vom Bahnhof oder vom Gerichtsgebäude kommend, wurde ein deutscher Soldat ins Gefängnis geführt. Es war Regenwetter, die Tropfen klatschten dem Mann ins Gesicht, und um sie wegzuwischen, mußte er von Zeit zu Zeit die aneinandergeschlossenen Hände heben und sein Gesicht an ihnen reiben; das war eine ungeschickte und zugleich rührende Gebärde.

»Was ist's mit dem?« fragte Esch den ebenfalls etwas betroffenen Huguenau.

Huguenau zuckte die Achsel, murmelte etwas von Raubmord und Kinderschändung: »Oder er hat einen Pfarrer erstochen... mit einem Küchenmesser.«

Esch wiederholte: »Mit einem Messer erstochen.«

»Wenn's ein Deserteur ist, wird er erschossen«, schloß Huguenau den Fall ab, und Esch sah das Kriegsgericht in dem wohlbekannten Schwurgerichtssaal tagen, sah den Stadtkommandanten als Gerichtsherrn, hörte dessen mitleidslosen Urteilsspruch und sah, wie der Mann im klatschenden Regen in den Gefängnishof geführt wird, und wie er angesichts des Exekutionspeletons zum letzten Male sein Antlitz, auf dem Wasser, Tränen und kalter Schweiß zusammenfließen, an den gefesselten Händen abwischt.

Esch war ein Mensch impetuoser Haltungen; die Welt schied

sich ihm in Schwarz und Weiß, schien ihm von einem Spiel böser und guter Kräfte beherrscht. Aber seine Impetuosität schob ihm oftmals die Person vor die Sache, und er war schon nahe daran, nicht den kalten grausamen Militarismus, sondern den Major für die Unmenschlichkeit, die an dem armen Deserteur verübt werden würde, verantwortlich zu machen, und schon wollte er zu Huguenau sagen, daß der Major ein Schwein sei, – als es plötzlich nicht stimmte: plötzlich kannte man sich nicht aus, denn plötzlich war es unfaßbar, daß der Major und der Verfasser jenes Artikels identisch sein sollten.

Der Major war kein Schwein, der Major war etwas Besseres, der Major war plötzlich von der schwarzen auf die weiße Seite der Welt gerückt.

Esch hatte den Leitartikel in aller Deutlichkeit vor Augen, und die zwar nicht völlig klaren, doch edlen Gedanken des Majors waren für ihn klar und groß, dünkten ihn wie ein Teil des höheren Auftrags, für die Freiheit und Gerechtigkeit der Welt zu sorgen, und das war um so bemerkenswerter, als er darin einen Teil seiner eigenen Aufgabe und das Ziel wiederfand, allerdings so sehr zu erhöhtem und lichtem und gelöstem Ausdruck verwandelt, daß er alles, was er selber hiezu gedacht oder getan hatte, nun als dumpf, eng, alltäglich und kurzsichtig empfand. Esch blieb stehen: »Man muß zahlen«, sagte er.

Huguenau war unangenehm berührt: »Sie haben leicht reden, Sie werden nicht erschossen.«

Esch schüttelte den Kopf, machte eine wegwerfende und ein wenig hoffnungslose Handbewegung: »Wenn es bloß darauf ankäme,... auf die Anständigkeit kommt es an... wissen Sie, daß es eine Zeit gegeben hat, in der ich einem Freidenkerverein beitreten wollte!«

»Und wenn schon«, sagte Huguenau.

»Sie sollten nicht so reden«, sagte Esch, »an der Bibel ist doch was dran. Lesen Sie nur mal den Artikel des Majors.«

»Feiner Artikel«, sagte Huguenau.

»Also?«

Huguenau dachte nach: »Noch einen Artikel wird er uns kaum schreiben,... jetzt müßte man etwas anderes bringen... aber das muß ich natürlich wieder alleine machen, Ihnen fällt ja rein gar nichts ein. Und dabei wollten Sie eine Zeitung herausgeben!«

Esch sah ihn verzweiflungsvoll an; mit so einem Stück Fleisch war offenbar nicht weiterzukommen, der Kerl verstand nicht oder wollte nicht verstehen. Esch hätte ihn gern verdroschen. Er schrie ihn an: »Wenn Sie der Engel sein sollten, der zu ihm getreten ist, um ihm zu dienen, dann bin ich schon lieber der Teufel.«

»Wir sind alle keine Engel«, philosophierte Huguenau.

Esch gab es auf; sie waren ohnehin schon daheim.

Im Flur spielte Marguerite mit ein paar Jungen aus der Nachbarschaft. Sie schaute böse auf, weil man sie störte, aber Esch kehrte sich nicht daran, packte sie und setzte sie sich auf den Nacken, hielt sie an den Beinen fest.

»Achtung auf die Türen«, rief er und duckte sich an der Schwelle.

Huguenau kam hinterdrein.

Als sie die Treppe hinaufklommen und Marguerite, hoch über dem Geländer schwebend, auf den sonderbar vergrößerten Hof und den schwankenden Garten hinabblickte, bekam sie Angst; sie griff mit ihren harten Kinderfäusten nach Eschs Stirn, versuchte, sich in seinen Augenhöhlen festzukrallen.

»Ruhe da droben«, kommandierte Esch, »Achtung auf die Tür.« Aber es nützte nichts, daß er sich bückte: Marguerite machte sich steif, warf den Oberkörper zurück, bumste mit dem Kopf gegen das Türsims und begann zu heulen. Esch, der von altersher gewohnt war, weinende Frauen durch körperliche Berührung zu beschwichtigen, ließ das Kind in Kußhöhe herabgleiten, doch nun strampelte es, fuhr ihm wieder in die Augen, so daß er wohl oder übel es zu Boden stellen und laufen lassen mußte. Marguerite wollte entwischen, aber da stand Huguenau und machte Anstalten, sie abzufangen. Er hatte mit Vergnügen zugeschaut, wie die Kleine von Esch wegstrebte, und wenn sie nun statt dessen bei ihm geblieben wäre, so wäre das eine große Genugtuung gewesen. Freilich, da er nun ihr finsteres Gesicht sah, wagte er nicht, sie aufzuhalten, vielmehr spreizte er die Beine und sagte: »Hier ist das Tor.« Die Kleine begriff, lachte und kroch auf allen vieren durch das Tor.

Eschs Augen waren ihr gefolgt: »Die könnte einen umbringen wie nichts«, es klang wie Rührung, »so ein kleiner schwarzer Racker.« Huguenau saß ihm gegenüber: »Na, Ihren Geschmack scheint sie ja ganz gut zu treffen... aber ich muß mir jetzt doch bald einen eigenen Schreibtisch hier reinstellen.« – »Ich kann's nicht hindern«, brummte Esch, »wäre sowieso an der Zeit, daß Sie sich um die Redaktionsgeschäfte kümmerten.« Huguenaus Gedanken waren noch bei dem Kinde: »Die Kleine sitzt ja auch immer hier herum.« Esch lächelte ein wenig: »Kinder sind ein Segen und eine Plage, Herr Huguenau, aber das verstehen Sie nicht.« – »Das werde ich schon noch kapieren, daß Sie in das Kind vernarrt sind... warum würden Sie denn sonst ein fremdes kleines Biest adoptieren wollen.« – »Eigenes oder fremdes ist wurscht, das habe ich Ihnen bereits einmal gesagt.« – »Gar so wurscht ist das nicht, wenn ein anderer das Vergnügen gehabt hat.« – »Sie verstehen das nicht«, schrie Esch und sprang auf.

Er lief einigemal im Zimmer hin und her, dann ging er zu der Ecke, in der die Zeitungspakete aufgestapelt lagen, holte sich ein Blatt, es war die Festnummer, und begann, den Artikel des Majors zu studieren.

Huguenau sah ihm interessiert zu. Esch hielt den Kopf mit beiden Händen, seine kurzen grauen Haare standen borstig zwischen seinen Fingern, – er hatte ein leidenschaftliches, fast ein asketisches Aussehen, und Huguenau, der eine dunkel und unbehaglich aufsteigende Erinnerung abwehren wollte, sagte mit munterer Stimme: »Passen Sie auf, Esch, wie wir mit der Zeitung noch hochkommen werden.« Esch antwortete: »Der Major ist ein guter Mensch.« – »Ja«, sagte Huguenau, »aber denken Sie lieber darüber nach, was man aus dem Blatt machen könnte«, er war zu Esch hingetreten und, als wollte er ihn aufwecken, tippte er ihm auf die Schulter, »der Kurtriersche, der muß noch in Berlin und in Nürnberg verlangt werden, und im Hauptwachecafé in Frankfurt, Sie kennen doch Frankfurt, auch dort muß er aufliegen,... ein Weltblatt muß er werden.«

Esch gab nicht acht. Er wies mit dem Finger auf eine Stelle des Artikels: »So denn Werke niemand fromm machen und der Mensch muß fromm sein, ehe er Werke tut,... wissen Sie, was das heißt? daß es nicht auf das Kind ankommt, sondern auf die Gesinnung, fremdes oder eigenes ist wurscht, hören Sie, ist wurscht!«

Huguenau war irgendwie enttäuscht: »Ich weiß nur, daß Sie ein Narr sind und daß Sie die Zeitung auf den Hund gebracht haben mit Ihren Gesinnungen.« Sagte es und verließ den Raum.

Die Türe war schon lange zugefallen, und Esch saß noch immer da, starrte auf die Türe, saß und grübelte. Klar war's ja nicht, aber mit der Gesinnung konnte der Huguenau immerhin recht haben. Nichtsdestoweniger schien es, als dürfte jetzt Ordnung werden. Die Welt war geteilt in Gut und Böse, in Soll und Haben, in Schwarz und Weiß, und wenn es auch vorkommen mochte, daß ein Buchungsfehler unterlief, so war er auszumerzen, und man wird ihn ausmerzen. Esch war ruhiger geworden. Friedlich ruhten seine Hände auf den Knien, er saß ruhig, blickte durch geschlossene Lider auf die Türe, sah durch geschlossene Lider das ganze Zimmer, welches nun seltsam in eine Landschaft überging – oder war es eine Ansichtskarte? – und nun wie ein Kiosk war unter grünen Bäumen, Bäumen des Badenweiler Schloßbergs, er sah das Antlitz des Majors, und es war das Antlitz eines Größeren und Höheren. Und Esch saß so lange, daß voll Verwunderung er nicht mehr wußte, wo er hingeraten war, und nur mit Mühe fand er zu seiner Lektüre zurück. Zwar hätte er den Artikel Satz für Satz auswendig hersagen können, doch er zwang sich, weiterzulesen, und er wußte nun wieder, wohin er auf dieser Welt gehörte. Denn die Betrachtungen des Majors, die an das deutsche Volk gerichtet waren, hatten auf einen, wenn auch nicht bedeutenden Teil der Nation ihre Wirkung ausgeübt, und dieser Teil war eben Herr Esch.

36

Vier Frauen scheuerten das Krankenzimmer.

Oberstabsarzt Kuhlenbeck kam herein, schaute ihnen einen Augenblick lang zu: »Na, wie geht's euch denn?«

»Wie soll's uns denn gehen, Herr Oberstabsarzt...«

Die Frauen seufzten, dann scheuerten sie weiter.

Eine hob den Kopf: »Mein Mann kommt nächste Woche auf Urlaub.«

»Großartig, Tielden,... da werden die Betten wackeln...«

Frau Tielden errötete unter dem braunen Leder ihres Gesichtes. Die andern lachten los. Und Frau Tielden lachte mit.

Mit einem Male tönte von einem der Betten her ein Bellen. Es war kein richtiges Bellen, es war ein atemloses, schweres, und sehr schmerzliches Herausstoßen von etwas, das kaum ein Ton war und von ganz tief herauskam.

Der Landwehrmann Gödicke saß auf seinem Bett; seine Züge waren schmerzhaft verzerrt, und er war es, der auf so eigentümliche Weise lachte.

Es war der erste Laut, den man seit seiner Einlieferung von ihm zu hören bekam (wenn man sein anfängliches Wimmern nicht dazurechnete).

»So ein Schweinigel«, sagte Oberstabsarzt Kuhlenbeck, »da kann er lachen.«

37

Geschichte des Heilsarmeemädchens in Berlin (5)

Der welke Frühling steinerner Gesetze,
Der welke Frühling einer Judenbraut,
Der welke Lärm der Stadt, der gleichsam ohne Laut
Gefangen liegt im unsichtbaren Netze,
Ein Sommertag aus Stein, dem keine Milde taut,
Ein welker Himmel blickt auf Asphaltplätze,
In Straßenschluchten, und wie eine Krätze
Breitet sich Stein auf grauer Erdenhaut.
Oh, Stadt voll falschem Licht, oh, Stadt voll falschem Grölen,
Der Büßende mag keine Bäume sehn,
Er sucht den Ort, in dessen Büßerhöhlen
Aus dem Gesetz das Heiltum wird erstehn
Springbrunnengleich aufsteigend aus Gedanken
Aus heiligem Buch, aus Zweifel und aus Schwanken.
Es ist die Stadt der Wanderer, Angstbüßer und Asketen,
Die Stadt des Volks, das Gott sich auserwählt,
Des Volks, das ohne Lust sich mehrt und bloß die Söhne zählt,
Des Volks der Greise, die am Fenster beten,
Mönchsbärtig Volks, das stets sich Gott vermählt
Mit harten Festen, Riemen, Kultgeräten,
Indes die Weiber fette Klosterbrote kneten
Und zu Jahrzeiten blasses Öllicht schwelt;
Volk, das die Weiber nimmt, um in dem Bett zu zeugen
Den blassen Jüngling mit Theaterbart,

Den Jakobsjüngling, dem sich Engel beugen
Und dem die Wahrheit wird, Wegweiser auf der Fahrt
Zu jenem Bronn, an dem die Engel sanken,
Zu jenem Bronn, wo Rachels Schafe tranken.
Oh, graue Stadt, Station blasser Nomaden
Am Zionswege, der zu Gott hinführt,
Gottlose Stadt, ins leere Netz geschnürt,
Der leere Steinraum, fluch- und schmerzbeladen,
In dem die Heilsarmee die dünne Trommel rührt,
Auf daß der Sünder lasse seinen Schaden
Heimfand auch er zum Wahrheitsweg voll Gnaden,
Zum Zionswege, den die Liebe kürt. –
In dieser Stadt Berlin, in jenen Frühlingstagen
Traf Nuchem Sussin auf die Heilsmarie
Und eine Weile war ein süßes Zagen
Und ihre Seelen fielen in die Knie;
Sie fühlten nicht des Schicksals schwere Pranken,
Sie sahen Zion und ihr Sein war Danken.

38

Seit nahezu zwei Jahren war Heinrich Wendling nicht auf Urlaub gewesen. Trotzdem war Hanna überrascht, so überrascht, als bräche ein unfaßbar irrationales Ereignis herein, da nun der Brief eintraf, mit dem Heinrich seine Heimkunft ankündigte. Die Fahrt von Saloniki dauerte mindestens sechs Tage, wahrscheinlich sogar länger, aber immerhin, es war nur noch eine Angelegenheit von Tagen. Hanna fürchtete seine Ankunft, als hätte sie einen heimlichen Liebhaber vor ihm zu verbergen. Sie empfand jeden Tag der Verzögerung wie ein Geschenk; doch jeden Abend machte sie noch sorgsamere Nachttoilette als sonst, und noch länger als sonst blieb sie des Morgens im Bette liegen, wartend, fürchtend, daß der Heimkehrende, schmutzig und unrasiert, sofort von ihr Besitz ergreifen werde. Und mochte sie sich derartiger Vorstellungen eigentlich auch schämen und schon aus diesem Grunde hoffen, daß irgendeine Offensive oder ein anderes Unheil den Urlaub vereiteln würde, so spürte sie eine noch viel stärkere und sehr seltsame Hoffnung, die dazwischen lief, ein Ahnen, von dem man nichts wissen wollte und auch nichts wußte und das wie das Gefühl vor einer schweren Operation war: man mußte sich ihr unterziehen, um vor etwas Unabänderlichem, dem man sonst unaufhaltsam zustrebte, bewahrt zu werden, es war wie eine letzte, schreckliche Zuflucht, dunkel auch sie, dennoch wie eine Rettung vor der tieferen Dunkelheit. Wollte man solches Verhalten, dieses hoffende Fürchten und schreckhafte Harren, als Masochismus werten, man bliebe damit bloß an der äußersten seelischen Oberfläche. Und die Erklärung, die sich Hanna selber für ihren Zustand, soweit sie ihn überhaupt zur Kenntnis nahm, gestatten durfte, wich nicht wesentlich von jener törichten Meinung alter Frauen ab, die in einer Heirat das einzige Heilmittel sehen, um damit sämtliche Leiden bleichsüchtiger junger Mädchen ein für alle Male in Ordnung zu bringen. Nein, sie hätte es nicht gewagt, weiter darüber nachzudenken, es war ein Gestrüpp, in das sie nicht einzudringen wünschte, und wenn sie irgendwie gewärtigte, es werde sich mit dem Eintreffen Heinrichs eine natürliche Ordnung wiederherstellen lassen, so ahnte sie mit gleicher Intensität, daß solche Ordnung nie mehr zu finden sein werde.

Richtiger Sommer war es geworden. Das »Haus in Rosen« machte seinem Namen Ehre, obwohl man, der Zeit Rechnung tragend, die Pflege der Blumen hinter der des Gemüses zurückstellte und der kränkliche Aushilfsgärtner nicht einmal dazu ausreichte. Doch die Crimson Ramblers ließen sich auch durch den Krieg nicht bändigen und rankten sich bis zu den Putten neben der Eingangstüre empor, die Gruppen der Pfingstrosen waren weiß und rosa, und die Streifen der Heliotropen und Levkoien an den Rändern der Rasenflächen waren in voller Blüte. Beruhigt lag die grüne Landschaft vor dem Haus, die weitausholende Senkung des Tales fing den Blick und lenkte ihn bis zum Waldesrand, das Försterhaus drüben, das man im Winter mit allen seinen Fenstern sah, war wieder im Grün verschwunden, grün waren die Weinberge geworden, und dunkel lag der Wald, dunkler noch, da nun schwarzes Gewölk über dem Berg heraufzog.

Hanna hatte nachmittags ihren Liegestuhl vor das Haus gestellt. Unter den Kastanienbäumen lag sie und schaute auf die heraufziehenden Wolken, deren Schatten über den Feldern vorrückte, das lichte helle Grün in ein schwärzliches und sonderbar ruhiges Grünviolett verwandelnd, und als der Schatten sich nun über den Garten legte und es plötzlich kühl und kellerig wurde, da begannen die Blumen, die von der Hitze bisher verschlossenen Blumen, plötzlich zu duften, als wäre ihr Atem gelöst worden. Oder vielleicht war es die plötzliche Kühle, die Hanna nun den Duft spüren ließ, doch war dies so plötzlich, so einmalig, so vehement, es war diese hervorbrechende Welle von süßem Duft so kühl und bezaubernd wie ein Abend in südlichen Gärten, wie eine Dämmerung am felsigen Gestade eines Tyrrhenischen Meeres. So lag die Erde am Ufer der Wolke, die ihre Woge herabsandte, Gewitterregen dicht und mild, und Hanna, in der geöffneten Verandatüre stehend, roch den Süden, und wenn sie auch fast gierig die milde Feuchtigkeit einsog, die sie kühl und frisch in der Nase fühlte, so war mit der Erinnerung des Geruchs auch jene Angst herangeweht worden, die sie zum ersten Male empfunden hatte, als sie an einem Regenabend während ihrer Hochzeitsreise in Sizilien am Meeresufer gestanden hatte: das Hotel lag hinter ihr, die Blumen des Hotelgartens dufteten, und sie wußte nicht, wer der fremde Mann war, der neben ihr stand, – er hieß Dr. Wendling.

Sie erschrak, der Gärtner war über den Weg geeilt, die Gartenmöbel in Sicherheit zu bringen; sie erschrak, sie mußte an einen Einbrecher denken, obgleich sie genau wußte, was der Mann vorhatte. Wäre Walter nicht zu ihr herausgekommen, sie hätte sich ins Zimmer geflüchtet und die Türe abgesperrt. Walter hatte sich auf die Schwelle gesetzt; er streckte seine nackten Beine in den Regen hinaus und beschäftigte sich damit, einen trockenen Schorf von seinem Knie vorsichtig abzulösen, um sodann die neue rosa Haut befriedigt zu streicheln. Auch Hanna hatte sich auf die Schwelle gesetzt; sie hielt ihre Beine, ihre schönen schlanken Beine mit den Händen umfaßt – auch sie trug keine Strümpfe wenn sie daheim im Garten war – und die glatten Schienbeine fühlten sich kühl an.

Nun hatte der Regen den Duft der Blumen, den er erst erweckt hatte, niedergeschlagen und es roch nur noch nach feuchter Erde. Das braungesprenkelte Ziegeldach des Gärtnerhauses glänzte vor Nässe, und als der Gärtner jetzt wieder über den Weg ging, knirschte der Kies nicht mehr vor Trockenheit, sondern raschelte körnig und gewaschen. Hanna legte den Arm um die Schultern des Kindes, – warum konnten sie nicht ewig so sitzenbleiben, beruhigt eingeordnet in eine reinliche und kühle Welt! sie hatte nur noch sehr wenig Angst. Nichtsdestoweniger sagte sie: »Wenn es heute nacht so gewittert, darfst du bei mir schlafen, Walter.«

39

Als Oberstabsarzt Kuhlenbeck und Dr. Kessel den Speisesaal des Gasthofs betraten, saß der Major an seinem gewohnten Platz. Er las die eben eingelangte Kölnische Zeitung. Die beiden Herren grüßten, und der Major erhob sich und bat die Herren an seinen Tisch.

Der Oberstabsarzt wies in höchst taktloser Weise auf die Zeitung: »Werden wir das Vergnügen haben, Sie auch in anderen Blättern zu lesen, Herr Major?«

Der Major schüttelte bloß den Kopf, reichte dem Oberstabsarzt das Blatt, deutete auf die Kriegsberichte: »Schlechte Nachrichten.«

Der Oberstabsarzt überflog den Bericht: »Eigentlich nicht schlechter als sonst, Herr Major.«

Der Major sah fragend auf.

»Nun, es gibt doch bloß eine gute Nachricht, Herr Major, und die heißt: Friede.«

»Da haben Sie recht«, sagte der Major, »aber es soll ein ehrenvoller Frieden sein.«

»Schön«, sagte Kuhlenbeck und hob sein Glas, »also auf den Frieden.«

Die beiden anderen Herren stießen mit ihm an, und der Major wiederholte: »Auf einen ehrenvollen Frieden... wofür wären sonst alle Opfer gebracht worden?« Als wollte er noch etwas sagen, behielt er das Glas in der Hand, blieb aber stumm; endlich brach er die Erstarrung und sagte: »Ehre ist keine bloße Konvention,... früher wäre Giftgas als Waffe verpönt gewesen.«

Die Herren schwiegen und tranken ihren Wein.

Dann sagte Dr. Kessel: »Was nützen die schönsten Theorien über die Kriegsernährung... wenn ich abends heimkomme, kann ich mich kaum auf den Beinen halten; für einen älteren Menschen reicht es eben nicht aus.«

Kuhlenbeck sagte: »Sie sind ein Defaitist, Kessel; Diabetes ist erwiesenermaßen auf ein Minimum zurückgegangen, und mit Karzinom scheint es auch so zu gehen... es ist einfach Ihr persönliches Unglück, daß Sie kein Diabetiker sind... im übrigen, lieber Kollege, wenn Sie Ihre Beine spüren... wir werden alle nicht jünger.«

Major v. Pasenow sagte: »Ehre ist nicht Trägheit des Gefühls.«

»Ich verstehe nicht recht, Herr Major«, sagte Oberstabsarzt Kuhlenbeck.

Der Major sah ins Leere: »Ach nichts... Sie wissen... mein Sohn fiel vor Verdun... er wäre jetzt bald achtundzwanzig.«

»Sie haben aber noch Familie, Herr Major?«

Der Major antwortete nicht sogleich; mag sein, daß er die Frage als Indiskretion empfand. Schließlich sagte er: »Ja, der Jüngere und die beiden Mädchen... der Junge... der wird nun auch bald eingezogen werden... man muß dem König geben, was des Königs ist...« er stockte, dann fuhr er fort: »Sehen Sie, daß man Gott nicht gibt, was Gottes ist, das ist der Grund des Übels.«

Dr. Kuhlenbeck sagte: »Man gibt nicht einmal dem Menschen, was des Menschen ist,... ich meine, wir müßten erst damit anfangen.«

»Zuerst Gott«, sagte Major v. Pasenow.

Kuhlenbeck hob das Kinn; sein schwarz-grauer Bart stand in die Luft: »Wir Ärzte sind eben schnöde Materialisten.«

Der Major wehrte begütigend ab: »Das sollten Sie nicht aussprechen.«

Dr. Kessel war auch nicht dieser Ansicht; ein richtiger Arzt sei stets ein Idealist. Kuhlenbeck lachte: »Richtig, ich vergaß Ihre Krankenkassenpraxis.«

Nach einer Weile sagte Dr. Kessel: »Wenn es wieder halbwegs möglich sein wird, nehme ich meine Kammermusik wieder auf.«

Und der Major sagte, daß auch seine Frau gerne musiziere. Er dachte eine Weile nach, und dann fügte er hinzu: »Spohr, ein tüchtiger Komponist.«

Seitdem es ruchbar geworden war, daß Gödicke gelacht hatte, versuchten die Zimmergenossen alles mögliche, um ihn wieder dazu zu bringen. Es wurden ihm die schweinischesten Witze aufgetischt, und wenn er im Bette lag, ging selten einer vorbei, der nicht erwartungsvoll das Gestell zum Wackeln gebracht hätte. Doch es fruchtete nichts. Gödicke lachte nicht mehr. Er blieb stumm.

Bis eines Tages Schwester Carla eine Feldpostkarte brachte: »Gödicke, Ihre Frau hat Ihnen geschrieben...« Gödicke regte sich nicht, »ich will's Ihnen vorlesen.« Und Schwester Carla las ihm vor, daß seine getreue Frau nun schon lange nichts mehr von ihm gehört habe, daß sie und die Kinder wohlauf seien und daß sie alle hofften, er möge bald zurückkommen. »Ich werde für Sie antworten«, sagte Schwester Carla. Gödicke gab kein Zeichen des Verständnisses von sich, und man hätte meinen können, daß er tatsächlich nichts verstanden habe. Und wahrscheinlich wäre es ihm auch wirklich geglückt, den Sturm in seiner Seele vor jedem Betrachter zu verbergen, diesen Sturm, der die Teile seines Ichs durcheinanderrüttelte und in rascher Folge an die Oberfläche hob, um sie ebenso rasch wieder in die dunklen Wogen unterzutauchen, es wäre ihm geglückt, den Sturm zu beruhigen und mählich wieder zum Stillstand zu bringen, wenn nicht in diesem Augenblick der Spaßvogel des Zimmers, der Dragoner Josef Sattler, vorbeigekommen wäre und sich in gewohnter Weise an das Fußende des Bettes gehängt hätte, um so'n bißchen daran zu wackeln. Da tat der Landwehrmann Gödicke einen Schrei, der keineswegs das Lachen war, das man von ihm erwartete und zu dem er eigentlich verpflichtet gewesen wäre, er tat einen bösen und schweren Schrei, setzte sich auf, keineswegs so langsam und mühselig, wie man es sonst an ihm gewohnt war, er entriß Schwester Carla die Feldpostkarte und er zerfetzte die Feldpostkarte. Dann sank er zurück, denn die rasche Bewegung hatte ihm Schmerzen verursacht, und er hielt sich den Unterleib.

So lag er da, schaute zur Decke empor und versuchte, eine notdürftige Ordnung in seinen Gedanken herzustellen. Er war sich bewußt, richtig gehandelt zu haben; er hatte mit voller Berechtigung den Eindringling abgewehrt. Daß dieser Eindringling das Dienstmädchen Anna Lamprecht samt drei Kindern gewesen war, das war fast gleichgültig und durfte rasch wieder vergessen werden. Er freute sich geradezu, daß er den Mann, der das Dienstmädchen Lamprecht geehelicht hatte, so rasch wieder zur Ruhe bringen und auf seinen Platz hinter der dunklen Barriere hatte verweisen können, – dort soll er warten, bis er gerufen wird. Trotzdem war es damit nicht abgetan: wer einmal gekommen ist, der kann wiederkommen, auch wenn er nicht gerufen wird, und wenn man einmal eine Türe geöffnet hat, dann kann jede andere Tür von selber auffliegen. Voll Schrecken fühlte er, hätte er es auch nicht zu formulieren gewußt, daß jeder Einbruch in irgendeinen Teil der Seele alle anderen Teile in Mitleidenschaft zog, ja, daß sie alle dadurch verändert wurden. Es war wie ein Dröhnen in seinen Ohren, ein Dröhnen der Seele, ein Dröhnen des Ichs, das so stark dröhnte, daß er es mit dem ganzen Körper spürte, aber es war auch, wie wenn man einen Erdknebel unter die Zunge geschoben bekam, einen erstickenden Knebel, der einem alle Gedanken veränderte. Oder vielleicht war es auch anders, jedenfalls aber war es etwas Übermächtiges, dem man sich ausgeliefert fühlte. Es war, als wollte man den Mörtel auf eine Ziegellage aufstreichen und der Mörtel erstarrte schon auf der Kelle. Es war, als gäbe es hier einen Baupolier, der zu einer unstatthaften und unmöglichen Eile antrieb und die Ziegel in rasender Eile auf das Gerüst schaffen ließ, so daß sie sich türmten und nicht aufzuarbeiten waren. Das Gerüst mußte einstürzen, wenn man, solchem Treiben Einhalt zu tun, die Ziegelwinde und die Betonmischmaschine nicht rechtzeitig unbrauchbar machte. Am besten wäre es, die Augen würden einem wieder zuwachsen und die Ohren würden wieder verstopft werden; der Mann Gödicke dürfte nichts sehen, nichts hören, nichts essen dürfte er. Hätte er jetzt nicht so arge Schmerzen, er würde in den Garten gehen und sich eine Handvoll Erde holen, die Löcher zu verstopfen. Und während er sich den bösen Unterleib hielt, aus dem die Kinder herausgeflossen waren, während er die Hände darauf preßte, als sollte nie mehr etwas aus ihm herausfließen dürfen, während er die Zähne aufeinanderbiß und die Lippen schmal machte, damit nicht einmal das Seufzen des Schmerzes ihnen entgleite, da war es ihm, als würden ihm solcherart die Kräfte wachsen, als könnten die wachsenden Kräfte das Gerüst immer höher und immer lichter bauen, als wäre er selber allgegenwärtig auf jedem Stockwerk und auf jeder Ebene des Gerüstes und als würde er schließlich doch ganz allein im obersten Stockwerk, an des Gerüstes Spitze stehen, stehen können, stehen dürfen, schmerzlos und gelöst, singend, wie er immer droben gesungen hatte. Die Zimmerleute würden unter ihm arbeiten, hämmern, Klammern einschlagen, und er würde hinunterspucken, wie er immer hinuntergespuckt hat, im weiten Bogen über sie hinwegspucken, und wo es unten hintreffen und aufklatschen würde, dort würden Bäume wachsen, die, so hoch sie auch wüchsen, dennoch nicht bis zu ihm hinaufreichen werden.

Als Schwester Carla mit dem Waschbecken und den Tüchern kam, lag er ruhig und ließ sich auch ruhig in die Kompressen packen. Zwei Tage lang verweigerte er wieder Trank und Speise. Und dann trat bald das Ereignis ein, bei dem er zu sprechen begann.

41

Geschichte des Heilsarmeemädchens in Berlin (6)

Zu meiner eigenen Verwunderung hatte ich wieder begonnen, mich mit meinen geschichtsphilosophischen Arbeiten über den Wertzerfall zu beschäftigen. Obwohl ich kaum aus dem Hause ging, brachte ich die Arbeit nur langsam vorwärts. Nuchem Sussin kam manchmal zu mir herein, setzte sich auf die grauen Schöße seines Gehrocks. Niemals knöpfte er ihn auf; es war wohl eine Art Scham, die ihn daran hinderte. Ich fragte mich oft, wie diese Leute zu Dr. Litwak Vertrauen haben konnten, der mit seinem kurzen Sakko allen ihren Anschauungen Hohn sprach. Bis ich mir zurechtlegte, daß der Spazierstock, den Dr. Litwak vor sich hertrug, eine Art Ersatz für den Mangel an längeren Bekleidungsstücken darzustellen hätte. Aber natürlich ist das bloß eine Vermutung.

Es war lange nicht herauszukriegen, was Sussin eigentlich wollte. Wenn er Platz nahm, versäumte er niemals »Sie erlauben zur Güte« zu sagen, und nach einer Pause ratlosen Schweigens kam dann irgendein juristisches Problem: ob die Regierung befugt sei, Speisen und Fette, die man bereits im Haus oder auf dem Teller habe, zu beschlagnahmen, ob der Unterhaltsbeitrag, den die Frauen der Soldaten erhalten, mit einer Todesfallversicherung verbunden werden könnte ... man wußte eigentlich nicht, wo er damit hinauswollte, es war, als schalte er auf gut Glück irgendwelche Drähte zusammen, und man hatte doch das Gefühl, als ergäben sich daraus echte Probleme oder als breite sich in seinem Innern eine juristische Landschaft aus, die durch solche künstlichen und verzwickten Fernrohre zu erspähen man aufgefordert wurde.

Auch wenn er ein Buch in die Hand und vor die schwachsichtigen Augen nahm, war es, als läse er ganz andere Dinge heraus. Er hatte einen maßlosen Respekt vor Büchern, aber er konnte über irgendeine Zeile bei Kant unbändig lachen, und er war verwundert, wenn ich nicht mit einstimmte. So war es für ihn ein außerordentlich guter Witz, als er bei Hegel den Satz fand: *Das Prinzip der Zauberei ist, daß zwischen dem Mittel und dem Erfolg der Zusammenhang nicht erkannt wird.* Sicherlich verachtete er mich, weil ich die Dinge und ihre Komik nicht so durchschaute wie er, und sonderbarerweise neigte ich dazu, ihm eine richtigere, wenn auch kompliziertere Einsicht zuzugestehen. Allerdings waren dies die einzigen Anlässe, bei denen ich ihn habe lachen sehen.

Und dann hatte er ein gewisses Verhältnis zur Musik. In meinem Zimmer hing eine Laute mit vielen Bändern. Ich glaube, daß sie dem Sohn der Wirtin gehört hatte; der Sohn war in Gefangenschaft oder vermißt. Jedesmal forderte Sussin mich auf: »Spielen Sie«, und wollte mir nicht glauben, daß ich es nicht könne. Hielt mich für zu schamhaft. Aber endlich gelangte er auf diesem Wege zu seinem eigentlichen Thema: »Haben Sie schon gehört spielen die Leute... die in Uniform?... sehr schön.«

Er meinte die Heilsarmee und lächelte verstohlen, weil ich es erriet. »Ich geh' mir anhören heute abend. Kommen Sie mit?«

42

Huguenaus Freude an der Zeitung hatte nicht lange gewährt, nicht einmal einen ganzen Monat. Man schrieb noch Juni, und Huguenau hatte es satt. Im ersten Überschwang war ihm die große Tat der Festnummer und der Festartikel gelungen; da ihm aber nicht gleich wieder etwas Neues einfiel, verlor er die Lust. Es war, als hätte er ein Spielzeug in die Ecke geworfen; er mochte es nicht mehr. Und wenn auch vielleicht die klarere Einsicht dahinter steckte, daß man aus einem Provinzblatt eben keine große Zeitung machen könne, so war er eigentlich doch nur gelangweilt, wollte einfach nichts mehr wissen und fühlte sich von der Realität des Zeitungsgetriebes gestört. Hatte er es einstens nie eilig genug gehabt, in sein Geschäft zu kommen, so verzögerte er sich jetzt gerne im Bett, dehnte das Frühstück über Gebühr und machte sich nur widerwillig auf den Weg ins Hinterhaus, ja, es geschah sogar öfters, daß er sich in der Küche bei Frau Esch aufhielt, um mit ihr die Lebensmittelpreise zu besprechen. Und war er endlich im Redaktionsbüro, so kletterte er meistens bald wieder hinunter und schlich zur Druckmaschine.

Marguerite spielte im Garten. Huguenau rief ihr über den Hof zu: »Marguerite, ich bin in der Druckerei.«

Das Kind kam herbeigelaufen, und gemeinsam traten sie ein. »'n Morgen«, sagte Huguenau kurz, denn seitdem Lindner und der Hilfssetzer seine Untergebenen geworden waren, bestrebte er sich, möglichst kurz mit ihnen zu sein. Die beiden Leute scherten sich allerdings nicht viel darum, und er hatte wieder das Gefühl, daß sie ihn, der von Maschinen nichts verstand, recht sehr verachteten. Jetzt arbeiteten sie in der Setzerei, und Huguenau, die Kleine an der Hand, bemühte sich, ihnen fachmännisch über die Schulter zu schauen, war aber froh, als er aus der Setzerei wieder draußen und bei seiner Druckmaschine war.

Die Druckmaschine liebte er noch immer. Denn ein Mann, der zeitlebens von Maschinen erzeugte Waren verkauft hat, dem aber die Fabriken und die Maschinenbesitzer etwas im Range Übergeordnetes und eigentlich Unerreichbares sind, ein solcher Mann wird es sicherlich als besonderes Erlebnis empfinden, wenn er selber plötzlich Maschinenbesitzer geworden ist, und es mag wohl sein, daß sich dann in ihm jenes liebevolle Verhältnis zur Maschine herausbildet, wie man es bei Knaben und jungen Völkern fast immer findet, ein Verhältnis, das die Maschine heroisiert und sie in die gehobene und freiere Ebene eigener Wünsche und mächtiger Heldentaten projiziert. Stundenlang kann der Knabe die Lokomotive am Bahnhof betrachten, tief erfreut, daß sie die Waggons von einem Gleis auf das andere überstellt, und stundenlang konnte Wilhelm Huguenau vor seiner Druckmaschine sitzen und mit ernsthaftem leerem Knabenblick hinter den Brillengläsern ihr liebevoll zusehen, restlos befriedigt, daß sie sich bewegte, Papier schluckte und wieder herausgab. Und das Übermaß seiner Liebe zu diesem lebendigen Wesen erfüllte ihn so sehr, daß kein Ehrgeiz in ihm aufkeimen oder gar der Versuch entstehen konnte, diese unverständliche und wunderbare Maschinenfunktion je zu begreifen; bewundernd und zärtlich und fast ängstlich nahm er sie hin, wie sie war.

Marguerite war auf die Papierballen gekrochen und Huguenau saß auf der rohen Bank, die dort stand. Er schaute auf die Maschine, schaute auf das Kind. Die Maschine war sein Eigentum, sie gehörte ihm, das Kind gehörte dem Esch. Eine Zeitlang warfen sie sich einen zusammengeballten Papierbogen zu; dann war Huguenau des Ballspiels müde, er schlug die Beine übereinander, putzte seine Brille und sagte: »An den Inseraten wäre noch etwas zu holen.«

Das Kind spielte mit dem Papierball.

Huguenau fuhr fort: »So arg habe ich mir's nicht vorgestellt. Die Zeitung ist überzahlt... immerhin, wir haben die Druckerei,... du hast doch die Druckmaschine gern?«

»Ja, spielen wir Druckmaschine, Onkel Huguenau!«

Marguerite kam von ihrem Papierballen herunter und kroch auf seine Knie. Dann nahmen sie einander bei den Armen, warfen den Oberkörper taktmäßig vor und zurück und skandierten die Bewegung: »Pum, pum.«

Huguenau bremste. Marguerite blieb rittlings auf seinen Knien sitzen. Huguenau war ein wenig atemlos: »Die Zeitung ist überzahlt... wenn's hoch geht, bringt man es auf vierhundert Exemplare... aber wenn wir zwei Seiten Inserate haben, ist es ein gutes Geschäft und wir werden reich. Nicht wahr, Marguerite?«

Marguerite hüpfte auf seinem Knie, und Huguenau setzte sie in wippende Trabbewegung; sie lachte, weil er ihr damit die Worte durcheinanderschüttelte: »Ja, du wirst reich, du wirst reich.«

»Freut dich das, Marguerite?«

»Dann gibst du mir viel Geld.«

»So?«

»Viel Geld.«

»Weißt du, Marguerite, wir werden Burschen aufnehmen, die werden die Inserate einsammeln... in den Dörfern... überall. Gegen Provision.«

Das Kind nickte ernsthaft.

»Ich habe es mir schon zurechtgelegt, Heiratsannoncen, Verkäufe etcetera, etcetera... hol mal die Vorlagen von Herrn Lindner«, und er rief in den Setzraum hinüber: »Lindner, die Inseratenvorlagen.«

Das Kind war hinübergelaufen und brachte die Vorlagen.

»Sieh mal, solche Vorlagen geben wir den Agenten mit, ...wirst sehen, wie das zieht.« Er hatte das Kind wieder auf den Schoß genommen und sie studierten gemeinsam die Vorlagen. Dann sagte Huguenau: »Also mit dem Geld willst du ihnen durchbrennen... wohin willst du denn?«

Marguerite zuckte die Achseln: »Fort.«

Huguenau überlegte: »Über die Eifel kommst du nach Belgien. Dort wohnen gute Leute.«

Marguerite fragte: »Gehst du mit?«

»Vielleicht... vielleicht später, ja.«

»Wann später?«

Sie schmeichelte sich an ihn heran, aber Huguenau sagte plötzlich und brüsk: »Schluß«, nahm sie und setzte sie auf die Druckmaschine. Sonderbar deutlich stieg wieder das Bild jenes Mörders auf, jenes Kinderschänders, der an die Pritsche angekettet war, und das Bild beunruhigte ihn. »Alles zu seiner Zeit«, sagte er und betrachtete das Kind, das leicht und beweglich auf der soliden unbewegten Maschine saß und das trotzdem irgendwie dazu gehörte. Würde die Maschine in Gang geraten, sie würde Marguerite ebenso schlucken wie das Papier, und er vergewisserte sich, daß der Riemen richtig abgeworfen war. Beinahe furchtsam wiederholte er: »Alles zu seiner Zeit, die Zeit wird schon noch kommen... hier stört er uns ohnehin nicht.«

Und während er darüber nachdachte, wofür die Zeit noch kommen werde, fiel ihm ein, daß dieser Esch mit seinem Pferdegebiß, daß dieser hagere unleidliche Lehrer ihm keine Ruhe ließ und unter Berufung auf den Vertrag immer wieder versuchte, ihm Redaktionsarbeiten anzuhängen, – beruft sich auf den Vertrag und verlangt, daß er den ganzen Tag bei ihm sitzen und arbeiten soll, verlangt wahrscheinlich auch noch, daß er sich eine blaue Bluse anziehe. Auf seinen Schein bestehen, das kann so einer, aber Ideen nicht um einen Dreier! Und Huguenau war nun von einem außerordentlichen Wohlbehagen erfüllt, weil's dem Herrn Lehrer noch kein einziges Mal gelungen war, ihn zur Arbeit zu zwingen.

Die Inseratenvorlagen ordnend, sagte er: »Dem Herrn Lehrer werden wir's schon noch eintränken, – was, Marguerite?«

»Nimm mich runter«, sagte das Kind.

Huguenau ging zur Maschine, doch als die Kleine den Arm um seinen Hals legte, blieb er einen Augenblick lang sinnend stehen, denn nun hatte er es gefunden: im geheimen war er ja über den Lehrer gesetzt! er hatte sich ja selbst angeboten, diesen verdächtigen Menschen zu überwachen und auszuspionieren und der Major hatte es gutgeheißen! Da war es Huguenau, als sei er bloß hierher verschlagen worden, um seinen eigentlichen Lebenszweck zu finden, als würde das Leben restlos sich erfüllen, wenn es gelänge, die Geheimbündelei des Herrn Esch restlos aufzudecken. Ja, so war es, und Huguenau gab Marguerite einen herzlichen Kuß auf die mit Druckerschwärze verschmierte Wange.

Herr Esch aber saß oben in der Redaktion, zufrieden, daß er seine Arbeit fortsetzen und sie nicht an Huguenau abgeben mußte. Denn er war zu allem andern überzeugt, daß Huguenau niemals imstande sein würde, die Zeitung jenen Richtlinien gemäß zu führen, die der Major ihr vorgezeichnet hatte, und sein Trachten ging dahin, es selber zu besorgen, auf daß er dem Major und der guten Sache damit diene.

43

Dr. Flurschütz untersuchte im Operationszimmer Jaretzkis Armstumpf: »Sieht prächtig aus... der Oberstabs wird Sie nächster Tage auch abmelden... ist Ihnen doch recht... in irgendein Erholungsheim.«

»Natürlich ist's mir recht, höchste Zeit, daß man hier rauskommt.«

»Scheint mir auch, sonst müssen wir Sie noch mit Delirium dabehalten.«

»Was soll man denn machen außer Saufen... das habe ich mir wirklich erst hier angewöhnt.«

»Sie haben früher nie getrunken?«

»Nö, nie... na ja, so'n bißchen, wie eben ein jeder... wissen Sie, ich war am Polytechnikum in Braunschweig... wo haben denn Sie Ihren Doktor her?«

»Erlangen.«

»Na, da müssen Sie doch auch Ihre Zeit gesoffen haben... es gehört schon mal dazu in den kleinen Städten... und wenn man dann so rumsitzt wie hier, da kommt's eben von selber wieder...« Flurschütz fingerte noch immer an dem Armstumpf herum, »...sehen Sie, die eine Dreckstelle will und will nicht zuheilen... wie ist's mit meiner Prothese?«

»Schon bestellt... ohne Prothese schicken wir Sie nicht weg.«

»Schön, dann machen Sie aber, daß sie kommt... wenn Sie nicht Ihren Beruf hier hätten, würden Sie auch wieder saufen.«

»Weiß nicht... ich hätte auch sonst einiges zu tun... mit einem Buch hat man Sie wahrlich noch nie gesehen, Jaretzki.«

»Sagen Sie mal, aber ehrlich, lesen Sie wirklich den Haufen Bücher, den Sie da in Ihrem Zimmer herumliegen haben?«

»Ja.«

»Merkwürdig... und hat das irgendeinen Sinn und Zweck?«

»Nicht den geringsten.«

»Dann bin ich beruhigt... wissen Sie, Doktor Flurschütz... ja, ich halt schon still... Sie haben doch schon eine Reihe Menschen vom Leben zum Tode befördert, dazu sind Sie ja da, aber wenn man so richtig ein paar umgebracht hat... sehen Sie, dann braucht man wohl sein ganzes Leben lang kein Buch mehr in die Hand zu nehmen... das ist so ein Gefühl von mir... man hat schon alles erledigt... deshalb wird auch der Krieg nicht aufhören...«

»Kühner Gedankenflug, Jaretzki, was haben Sie heute schon getrunken?«

»Nö, ich bin nüchtern wie ein Säugling...«

»So, fertig... in längstens vierzehn Tagen werden wir es mit der Prothese versuchen... Sie müßten dann eigentlich in so 'ne Schule gehen... Sie wollen doch zeichnen...«

»Ja, wie man's nimmt, ich kann es mir bloß nicht mehr vorstellen.«

»Und die A.E.G.?«

»Also meinetwegen Prothesenschule... manchmal denke ich mir, daß Ihr mir das Ding höchst überflüssigerweise heruntergesäbelt habt... sozusagen bloß aus Gerechtigkeitssinn habt Ihr es getan, weil ich dem Franzosen damals die Handgranate zwischen die Beine geschmissen hab'...« Flurschütz sah ihm aufmerksam in die Augen: »Achtung, Jaretzki, bleiben Sie bei Besinnung, Sie sind ja beängstigend... wieviel haben Sie heute wirklich schon intus?«

»Nicht der Rede wert... ich bin Ihnen ja dankbar für Ihren Gerechtigkeitssinn, und ausgezeichnet habt Ihr operiert... fühle mich jetzt viel wohler auf dieser Welt... scheißwohl und alles schön erledigt... und die A.E.G. wartet bloß auf mich.«

»Im Ernst, Jaretzki, Sie sollten dort eintreten.«

»Aber daß Sie's nur wissen... den falschen Arm habt Ihr erwischt... mit dem da«, Jaretzki schlug mit zwei Fingern auf die Glasplatte des Instrumententischs, »mit dem hab ich die Granate geschmissen... wahrscheinlich hängt er mir deshalb noch immer wie ein Bleigewicht am Leib.«

»Das kommt schon noch in Ordnung, Jaretzki.«

»Ohnehin schon alles in Ordnung.«

44

ZERFALL DER WERTE (6)

Zur Logik des Soldaten gehört es, dem Feind eine Handgranate zwischen die Beine zu schmeißen;

zur Logik des Militärs gehört es überhaupt, die militärischen Machtmittel mit äußerster Konsequenz und Radikalität auszunützen und wenn es nottut, Völker auszurotten, Kathedralen niederzulegen, Krankenhäuser und Operationssäle zu beschießen;

zur Logik des Wirtschaftsführers gehört es, die wirtschaftlichen Mittel mit äußerster Konsequenz und Absolutheit auszunützen und, unter Vernichtung aller Konkurrenz, dem eigenen Wirtschaftsobjekt, sei es nun ein Geschäft, eine Fabrik, ein

Konzern oder sonst irgendein ökonomischer Körper, zur alleinigen Domination zu verhelfen;

zur Logik des Malers gehört es, die malerischen Prinzipien mit äußerster Konsequenz und Radikalität bis zum Ende zu führen, auf die Gefahr hin, daß ein völlig esoterisches, nur mehr dem Produzenten verständliches Gebilde entstehe;

zur Logik des Revolutionärs gehört es, den revolutionären Elan mit äußerster Konsequenz und Radikalität bis zur Statuierung einer Revolution an sich vorwärtszutreiben, wie es überhaupt zur Logik des politischen Menschen gehört, das politische Ziel zur absoluten Diktatur zu bringen;

zur Logik des bürgerlichen Faiseurs gehört es, mit absoluter Konsequenz und Radikalität den Leitspruch des Enrichissez-vous in Geltung zu setzen: auf diese Weise, in solch absoluter Konsequenz und Radikalität entstand die Weltleistung des Abendlandes – um an dieser Absolutheit, die sich selbst aufhebt, ad absurdum geführt zu werden: Krieg ist Krieg, l'art pour l'art, in der Politik gibt es keine Bedenken, Geschäft ist Geschäft –, dies alles besagt das nämliche, dies ist alles von der nämlichen aggressiven Radikalität, ist von jener unheimlichen, ich möchte fast sagen, metaphysischen Rücksichtslosigkeit, ist von jener auf die Sache und nur auf die Sache gerichteten grausamen Logizität, die nicht nach rechts, nicht nach links schaut, – oh, dies alles ist der Denkstil dieser Zeit!

Man kann sich dieser brutalen und aggressiven Logik, die aus allen Werten und Unwerten dieser Zeit hervorbricht, nicht entziehen, auch wenn man sich in die Einsamkeit eines Schlosses oder einer jüdischen Wohnung verkrochen hat; indes, wer die Erkenntnis fürchtet, ein Romantiker also, dem es um Geschlossenheit des Welt- und Wertbildes geht, und der das ersehnte Bild in der Vergangenheit sucht, er wird mit gutem Grund auf das Mittelalter hinblicken. Denn das Mittelalter besaß das ideale Wertzentrum, auf das es ankommt, besaß einen obersten Wert, dem alle anderen Werte untertan waren: den Glauben an den christlichen Gott. Sowohl die Kosmogonie war von diesem Zentralwert abhängig (ja noch mehr, sie konnte aus ihm scholastisch deduziert werden) als auch der Mensch selber, der Mensch mitsamt seinem ganzen Tun, bildete einen Teil jener Weltordnung, die bloß Spiegelbild einer ekklesiastischen Hierarchie war, in sich geschlossenes und endliches Abbild einer ewigen und unendlichen Harmonie. Für den mittelalterlichen Kaufmann galt kein »Geschäft ist Geschäft«, der Konkurrenzkampf war ihm etwas Verpöntes, der mittelalterliche Künstler kannte kein l'art pour l'art, sondern bloß den Dienst am Glauben, der mittelalterliche Krieg nahm nur dann die Würde der Absolutheit in Anspruch, wenn er im Dienste des einzigen absoluten Wertes, im Dienste des Glaubens geführt wurde. Es war ein im Glauben ruhendes, ein finales, kein kausales Weltganzes, eine Welt, die sich durchaus im Sein, nicht im Werden begründete, und ihre soziale Struktur, ihre Kunst, ihre soziale Verbundenheit, kurzum ihr ganzes Wertgefüge waren dem umfassenden Lebenswert des Glaubens unterworfen: der Glaube war der Plausibilitätspunkt, bei dem jede Fragekette endigte, er war es, der die Logik durchsetzend, ihr jene spezifische Färbung und jene stilbildende Kraft verlieh, die nicht nur als Stil des Denkens, sondern immer wieder solange der Glaube überhaupt lebt, als Stil der Epoche zum Ausdruck kommt.

Doch das Denken hat den Schritt vom Monotheistischen ins Abstrakte gewagt, und Gott, der im Endlich-Unendlichen der Dreieinigkeit sichtbare und persönliche Gott, wurde zu dem, dessen Name nicht mehr auszusprechen und von dem kein Bild mehr zu machen ist, aufgestiegen und versunken in die unendliche Neutralität des Absoluten, verschwunden in einem grausamen Sein, das nicht mehr ruht, sondern unerreichbar ist.

In der Gewalt solcher Umwälzung, getragen von der Radikalisierung, ja, man könnte wohl sagen, von der Entfesselung des Logischen, in dieser Umverlegung des Plausibilitätspunktes auf eine neue Unendlichkeitsebene, in dieser Entrückung des Glaubens aus dem irdischen Wirken, wird das Sein-Ruhende aufgehoben. Die stilbildende Kraft im irdischen Raume scheint erloschen, und neben der Wucht des Kantschen Gebäudes und neben dem Lodern der Revolution steht zierlich noch immer das Rokoko, steht ein sofort zum Biedermeier degeneriertes Empire. Denn mochte auch das Empire und kurz darauf die Romantik die Diskrepanz zwischen der geistigen Umwälzung und den irdisch-räumlichen Ausdrucksformen erkannt haben, mochte ihr rückgewendeter Blick auch die Antike und die Gotik zu Nothelfern anrufen, es war die Entwicklung nicht mehr zu hemmen; aufgelöst das Sein zu reiner Funktionalität, aufgelöst selbst das physikalische Weltbild, zu solcher Abstraktheit aufgelöst, daß es nach zwei Generationen sogar des Raumes beraubt werden konnte, war die Entscheidung für das reine Abstraktum bereits getroffen. Und angesichts des unendlich fernen Punktes, zu dessen unerreichbar noumenaler Ferne nunmehr jede Frage- und Plausibilitätskette hinzustreben hat, war die Bindung der einzelnen Wertgebiete an einen Zentralwert mit einem Schlage unmöglich geworden; mitleidlos durchdringt das Abstrakte die Logik jedes einzelnen Wertschaffens, und ihre Inhaltsentblößung verbietet nicht nur jegliche Abweichung von der Zweckform, sei es nun die Zweckform des Bauens oder die einer anderen Tätigkeit, sondern sie radikalisiert auch die einzelnen Wertgebiete so sehr, daß diese, auf sich selbst gestellt und ins Absolute verwiesen, voneinander sich trennen, sich parallelisieren und, unfähig einen gemeinsamen Wertkörper zu bilden, paritätisch werden, – gleich Fremden stehen sie nebeneinander, das ökonomische Wertgebiet eines »Geschäftemachens an sich« neben einem künstlerischen des l'art pour l'art, ein militärisches Wertgebiet neben einem technischen oder einem sportlichen, jedes autonom, jedes »an sich«, ein jedes in seiner Autonomie »entfesselt«, ein jedes bemüht, mit aller Radikalität seiner Logik die letzten Konsequenzen zu ziehen und die eigenen Rekorde zu brechen. Und wehe, wenn in diesem Widerstreit von Wertgebieten, die sich eben noch die Balance halten, eines das Übergewicht erhält, emporwachsend über allen anderen Werten, emporgewachsen wie das Militärische jetzt im Kriege oder wie das ökonomische Weltbild, dem sogar der Krieg untertan ist, – wehe! denn es umfaßt die Welt, es umfaßt alle anderen Werte und rottet sie aus wie ein Heuschreckenschwarm, der über ein Feld zieht.

Der Mensch aber, der Mensch, einst Gottes Ebenbild, Spiegel des Weltwerts, dessen Träger er war, er ist es nicht mehr; mag er auch noch eine Ahnung von der einstigen Geborgenheit besitzen, mag er sich auch fragen, welch übergeordnete Logik den Sinn ihm verdreht hat, der Mensch, hinausgestoßen in das Grauen des Unendlichen, mag ihn auch schaudern, mag er auch voll Romantik und Sentimentalität sein und sich zurücksehnen in die Obhut des Glaubens, er wird ratlos bleiben im Getriebe der selbständig gewordenen Werte, und nichts bleibt ihm übrig als die Unterwerfung unter den Einzelwert, der zu seinem Berufe geworden ist, nichts bleibt ihm übrig, als zur Funktion dieses Wertes zu werden, – ein Berufsmensch, aufgefressen von der radikalen Logizität des Wertes, in dessen Fänge er geraten ist.

45

Huguenau hatte mit Frau Esch Mittagspension vereinbart. Das war in jeder Beziehung zweckmäßig, und Frau Esch gab sich alle Mühe, das mußte man ihr lassen.

Als er eines Tages zum Essen hinaufkam, fand er Esch bei dem gedeckten Tische, vertieft in ein schwarzgebundenes Buch. Neugierig schaute er ihm über die Schulter und erkannte die Holzschnitte einer Bibel. Da er sich selten über etwas erstaunte, außer wenn es jemandem gelang, ihn bei einem Geschäft zu übertölpeln, was aber selten genug vorkam, sagte er bloß: »Aha«, und wartete, daß das Essen serviert werde.

Frau Esch ging durchs Zimmer breithüftig, reiz- und geschlechtslos; ihre irgendwie blonden Haare waren unordentlich zu einem Knoten aufgesteckt. Im Vorübergehen aber berührte sie unvermittelt und überflüssigerweise ihres Mannes harten Rücken, und Huguenau hatte plötzlich die Empfindung, daß sie sich ihrer Ehelichkeit allnächtlich recht wohl zu bedienen wisse. Der Gedanke war ihm nicht angenehm, und so fragte er: »Na, Esch, bereiten Sie sich aufs Kloster vor?«

Esch blickte vom Buche auf: »Es ist die Frage, ob man flüchten darf«, und in gewohnter Grobheit hinzufügend, »aber das verstehen Sie nicht.«

Frau Esch brachte die Suppe herein, und Huguenau wurde von seinem unangenehmen Gedanken nicht losgelassen. Die beiden leben wie ein Liebespaar ohne Kinder, wollen wohl deshalb das Mädel, die Marguerite, adoptieren, um das zu bemänteln. Eigentlich saß er auf dem Platz, auf den ein Sohn hingehörte. Also nahm er, einfachen Gemütes, den Scherz wieder auf und erzählte Frau Esch, daß ihr Mann ins Kloster gehen werde. Worauf Frau Esch fragte, ob es wahr sei, daß in allen Klöstern unzüchtige Beziehungen zwischen den Herren Mönchen herrschten. Und sie lachte über eine in ihr aufsteigende wüste Vorstellung. Dann aber wandten sich ihre Augen langsam und mißtrauisch zu ihrem Manne hin:

»Dir ist wohl alles zuzutrauen.«

Herrn Esch war es offenbar peinlich; Huguenau bemerkte, wie er errötete und ihren Blick mit Zorn erwiderte. Doch in dem Bestreben, vor dem Weibe die Haltung nicht zu verlieren, ja, sich zu steigern, erklärte Esch, daß es schließlich bloß auf die Gewohnheit ankomme, im übrigen aber allgemein bekannt sei, daß man auch im Mönchsleben durchaus kein warmer Bruder zu sein brauche, vielmehr meine er, daß er auch als Kuttenträger recht gut seinen Mann stellen würde.

Frau Esch war völlig ernst und starr geworden. Sie strich mechanisch ihre Haare zurecht und sagte schließlich: »Schmeckt's, Herr Huguenau?«

»Prächtig«, sagte Huguenau und löffelte seine Suppe.

»Wollen Sie noch einen Teller«, Frau Esch seufzte, »ich habe ohnehin nichts Besonderes mehr für heute, bloß einen Maiskuchen.«

Sie nickte zufrieden, als Huguenau sich den Teller nochmals füllen ließ. Huguenau indes blieb bei seinem Thema: wahrscheinlich habe Herr Esch die Kriegskost schon über; im Kloster gebe es keine Fleisch- und keine Mehlkarten, dort lebe man noch wie im tiefsten Frieden; das wäre bei dem Grundbesitz der Pfaffen nicht weiter verwunderlich. Dort schlage man sich noch den Bauch voll. Wie er in Maulbronn gewesen sei, da habe ihm ein Angestellter des Klosters erzählt...

Esch unterbrach ihn: wenn die Welt wieder wahrhaft frei werden würde, dann brauchte sie keine Gefängniskost zu fressen...

»Kraut und Rüben«, sagte Frau Esch.

»Dörrkraut«, sagte Huguenau, »was nennen Sie wahrhaft frei?«

Esch sagte: »Die Freiheit eines Christenmenschen.«

»Meinetwegen«, sagte Huguenau, »möchte wissen, wie das mit dem Dörrkraut zusammenhängen soll.«

Esch griff nach der Bibel: »Mein Haus ist ein Bethaus; ihr aber habt es gemacht zur Mördergrube.«

»Mhm, Mörder kriegen Dörrkraut«, Huguenau feixte; dann wurde er ernst: »Sie meinen also, daß der Krieg so eine Art Mord ist, Raubmord gewissermaßen, wie die Sozialisten sagen.«

Esch beachtete ihn nicht; er blätterte weiter: »Weiters steht in der Chronik... zweites Buch... sechster Abschnitt, Vers acht... da: Weil es in deinem Herzen ist, ein Haus zu bauen meinem Namen, so hast du wohlgetan, daß es in deinem Herzen ist; doch sollst du das Haus nicht bauen, sondern dein Sohn, der aus deinen Lenden kommen wird, der soll meinem Namen das Haus bauen.« Esch hatte einen roten Kopf bekommen: »Das ist sehr wichtig.«

»Möglich«, sagte Huguenau, »warum?«

»Mord und Gegenmord... viele müssen sich opfern, damit der Erlöser geboren wird, der Sohn, der das Haus bauen darf.«

Huguenau fragte vorsichtig: »Meinen Sie den Zukunftsstaat?«

»Mit Gewerkschaften allein ist's nicht getan.«

»So... das steht auch im Artikel des Majors?«

»Nein, das steht in der Bibel, nur hat's noch keiner herausgelesen.«

Huguenau drohte Esch mit dem Finger: »Sie sind ein ganz geriebener Bursche, Esch... und Sie glauben, daß der alte Kerl, der Major es nicht merken wird, daß Sie es jetzt von hintenherum mit der Bibel machen?«

»Was?«

»Na, die kommunistische Propaganda.«

Esch grinste mit seinen gelben starken Zähnen: »Sie sind ein Idiot.«

»Grob sein kann leicht einer, ...was meinen Sie denn mit Ihrem Zukunftsstaat?«

Esch dachte angestrengt nach: »Ihnen kann man ja nichts begreiflich machen... aber eines lassen Sie sich gesagt sein: wenn die Menschen einmal wieder die Bibel zu lesen verstehen werden, dann braucht es keinen Kommunismus und keinen Sozialismus mehr... so wenig es eine französische Republik oder einen deutschen Kaiser geben wird.«

»Na, da haben wir also doch die Revolution... erzählen Sie das nur mal dem Major.«

»Das erzähle ich ihm auch ruhig.«

»Da wird er sehr erfreut sein... und was wird dann geschehen, wenn Sie den Kaiser abgeschafft haben werden?«

Esch sagte: »Die Herrschaft des Erlösers über alle Menschen.«

Huguenau blinzelte zu Frau Esch hinüber: »Also Ihres Sohns?«

Auch Esch schaute auf seine Frau; es war fast, als wäre er erschrocken: »Meines Sohnes?«

»Wir sind kinderlos«, sagte Frau Esch.

»Sie haben doch gesagt, daß Ihr Sohn das Haus bauen wird«, grinste Huguenau.

Das aber war Esch denn doch zu viel: »Herr, Sie lästern... Sie sind so dumm, daß Sie lästern oder einem die Worte im Munde verdrehen...«

»Er meint es doch nicht so schlimm«, begütigte Frau Esch, »das Essen wird ganz kalt, wenn Ihr streitet.«

Esch schwieg und ließ sich vom Maiskuchen vorlegen.

»Na, ich bin schon öfters mit einem schweigsamen Pfarrer bei Tisch gesessen«, sagte Huguenau.

Esch antwortete noch immer nicht, und Huguenau hob wieder an: »Also was hat es mit der Herrschaft des Erlösers auf sich?«

Frau Esch machte erwartungsvolle Augen: »Sag's ihm.«

»Symbol«, knurrte Esch.

»Interessant«, sagte Huguenau, »und das sind dann die Pfaffen?«

»Heiliger Gott, da soll doch gleich... Ihnen was beizubringen, ist auch eine hoffnungslose Aufgabe... von der Herrschaft der Kirche haben Sie wohl noch nie etwas gehört... und das will ein Zeitungsherausgeber sein!«

Nun war Huguenau seinerseits ehrlich empört: »So also sieht Ihr Kommunismus aus... wenn er wirklich so aussieht... den Pfaffen wollen Sie alles zuschanzen. Deshalb wollen Sie ins Kloster gehen... damit die Pfaffen noch fetter leben... für uns bleibt dann nicht mal Dörrkraut... das sauer verdiente Geld will er dieser Gesellschaft in den Rachen werfen... nein, da ist mir mein ehrliches Geschäft wirklich noch lieber als Ihr Kommunismus.«

»Zum Teufel, dann gehen Sie ihr Geschäft betreiben, aber wenn Sie nichts zulernen wollen, dann versteifen Sie sich nicht, mit Ihren beschränkten – ja, ich sage, beschränkten! – Ansichten eine Zeitung herausgeben zu wollen. Das läßt sich nicht vereinen!«

Worauf Huguenau auftrumpfend kundtat, daß man froh sein könne, ihn gefunden zu haben; an dem Inseratengeschäft, wie ein gewisser Herr Esch es betrieben habe, wäre der Kurtriersche, das könne man sich an den Fingern ausrechnen, binnen

Jahresfrist zugrunde gegangen. Und erwartungsvoll zwinkerte er Frau Esch zu, annehmend, daß sie ihm auf diesem praktischen Gebiet Gefolgschaft leisten werde. Jedoch Frau Esch räumte den Maiskuchen vom Tische und war milde gestimmt: wieder mußte Huguenau mißbilligend bemerken, daß sie die Hand auf des Gatten Schulter gelegt hatte, sie hörte nicht auf die Rede, sondern stellte bloß fest, daß es Dinge gäbe, die unsereins, Sie, lieber Herr Huguenau, und ich, nicht so leicht erlernen. Und Esch, in Apotheose die Tafel aufhebend, schloß die Diskussion: »Lernen müssen Sie, junger Mann, lernen Sie die Augen öffnen.«

Huguenau verließ das Zimmer. Pfaffengerede, dachte er. Haïssez les ennemis de la sainte religion. Ja, merde, blagueurs, er war schon bereit zu hassen, aber wen er zu hassen habe, das ließ er sich nicht vorschreiben. D'ailleurs je m'en fous. Das klappernde Geräusch abgewaschener Teller und der fade Spülichtgeruch der Küche begleiteten ihn über die Holzstiege und erinnerten ihn sonderbar deutlich an sein Elternhaus und an die Mutter in der Küche.

46

Wenige Tage darauf floß folgendes Schreiben aus Huguenaus Feder:

Hochgeboren
dem Herrn Stadtkommandanten und Major
Joachim v. Pasenow

Loco

Betr. Geheimbericht No. 1

Hochgeborener Herr Major!

Unter höfl. Bezugnahme auf dsbzgl. Unterredung, die zu führen ich die Ehre hatte, erlaube ich mir höfl. mitzuteilen, daß ich gestern mit beregtem Herrn Esch und mehreren Elementen eine Zusammenkunft hatte. Wie bekannt, trifft Herr Esch mehrmals wöchentlich subversive Elemente in der Wirtschaft »Zur Pfalz« und lud mich derselbe frdl. ein, gestern mitzugehen. Außer einem Meister der Papierfabrik, einem gewissen Liebel, befand sich daselbst ein Arbeiter der genannten Fabrik, dessen Namen ich wegen absichtlich undeutlicher Aussprache nicht verstand, weiters zwei Insassen des Militärkrankenhauses, welche Ausgang hatten, u. zw. ein Unteroffizier namens Bauer und ein Kanonier polnischen Namens. Etwas später kam noch ein Kriegsfreiwilliger der Minenwerferabteilung. Er heißt Betger, Betzger oder so ähnlich, und wurde von dem genannten E. mit Herr Doctor angesprochen. Es bedurfte nicht einmal meiner Aufforderung, um das Gespräch auf die Kriegsereignisse zu lenken und wurde vor allem über das mögliche Kriegsende geredet. Insbesondere der obberegte Kriegsfreiwillige äußerte, daß die Sache ihrem Ende entgegengehe, weil die Österreicher schlapp machten. Er hat von den Leuten eines durchfahrenden Panzerzuges unserer Bundesbrüder gehört, daß die größte Pulverfabrik bei Wien von italienischen Fliegern oder Verrat in die Luft gesprengt wurde und daß die österreichische Flotte nach Ermordung ihrer Offiziere zum Feinde übergegangen ist und ist dieselbe erst von deutschen Unterseebooten daran gehindert worden. Der Kanonier sagte darauf, er könne dies nicht glauben, weil auch die deutschen Matrosen nicht mehr mittun wollen. Als ich ihn fragte, woher er dies weiß, sagte er, er habe es von einem Mädchen in dem hier errichteten Freudenhause erfahren, bei der ein Marinezahlmeister auf Urlaub gewesen ist. Nach der ruhmreichen Schlacht am Skagerrak berichtet sie, resp. der Zahlmeister, resp. der Kanonier, daß die Matrosen sich weigerten, weiter zu dienen und sei die Verpflegung der Mannschaft auch unbekömmlich. Es kamen demnach alle überein, daß Schluß gemacht werden muß. Der Werkmeister betonte hiezu, daß der Krieg niemand Gewinn bringe als dem Großkapital und daß die Russen die ersten gewesen sind, die dieses erkannt haben. Diese umstürzlerischen Ideen wurden auch von E. vertreten, welcher sich hiebei auf die Bibel berief, doch glaube ich aus meinen Erfahrungen mit Herrn E. mit Bestimmtheit sagen zu können, daß er damit scheinheilige Zwecke verfolgt und daß ihm das Kirchengut ein Dorn im Auge ist. Offenbar zur Deckung des in Vorbereitung befindlichen Komplottes schlug er vor, eine Bibelgesellschaft zu gründen, was jedoch bei dem größten Teil der Anwesenden Hohn erregte. Um einerseits von ihm, andererseits von dem Zahlmeister weiteres zu erfahren, wurde, nachdem sich die beiden Insassen des Krankenhauses und die Fabriksarbeiter entfernt hatten, über meine Anregung das Freu-

denhaus besucht. Mehrere Mitteilungen über den Zahlmeister konnte ich dort zwar nicht erhalten, hingegen wurde mir das Verhalten des Herrn E. immer verdächtiger. Der Doctor, welcher in dem Hause zweifelsohne Stammkunde ist, stellte mich nämlich mit den Worten: das ist ein Herr von der Regierung, dem müßt Ihr es gratis machen, vor, woraus ich entnehmen konnte, daß E. gegen mich einen bestimmten Verdacht hatte und daher seine Komplicen mir gegenüber zur Vorsicht ermahnt hätte. Ich konnte demnach Herrn E. nicht veranlassen, aus seiner Reserve herauszutreten und obwohl er auf meine Einladung und Kosten sehr viel getrunken hat, war er trotz Zuspruchs nicht zu bewegen, das Zimmer aufzusuchen, sondern blieb augenscheinlich völlig nüchtern, welchen Zustand er benutzte, um im Salon lärmende Reden über die Unchristlichkeit und das Laster in derartigen Etablissements zu halten. Erst als ihn der kriegsfreiwillige Doctor darüber aufklärte, daß diese Häuser von der Heeresverwaltung aus Sanitätszwecken der Armee gefördert werden und demnach als Heereseinrichtungen geachtet werden müssen, gab er seinen oppositionellen Standpunkt auf, den er allerdings auf dem Heimweg wieder aufnahm.

Ohne Mehranlaß für heute, zeichnet sich in ausgezeichneter Hochschätzung und empfehle mich zu weiteren Diensten gerne bereit

Hochachtungsvoll
Wilh. Huguenau

PS. Ich gestatte mir erg. nachzutragen, daß während der Sitzung im Wirtshaus »Zur Pfalz« Herr Esch davon Erwähnung machte, daß im hiesigen Gefangenenhaus ein oder mehrere Deserteure untergebracht sind, welche erschossen werden sollen. Es wurde darauf die auch von ihm vertretene allgemeine Meinung geäußert, daß es keinen Sinn hat, jetzt vor Kriegsende, mit welchem diese Leute also sicher rechnen, noch Deserteure zu erschießen, weil ohnehin genug Blut geflossen ist. Herr Esch meinte, man solle eine dsbzgl. Aktion einleiten. Ob er damit eine gewaltsame oder eine andere gemeint hat, hat er nicht geäußert. Ich möchte nochmals erg. betonen, daß ich genannten E. für einen Wolf im Schafspelz halte, der sein reißendes Wesen hinter frommen Gesprächen verbirgt. Nochmals

hochachtungsvoll empfohlen
d. O.

Nach Beendigung seines Berichtes schaute Huguenau in den Spiegel und prüfte, ob ihm eine ähnlich ironische Grimasse gelänge, wie sie ihn an Esch schon so oft geärgert hatte. Ja, das Briefchen war eine Meisterleistung; es tat wohl, dem Esch eins am Zeug zu flicken, und Huguenau war von diesem angenehmen Gedanken so sehr bewegt, daß er sich die Freude ausmalte, die der Major beim Empfang des Dokuments empfinden würde. Er überlegte, ob er es persönlich überreichen solle, doch dann schien's ihm angemessener, daß der Major es mit dem dienstlichen Posteinlauf in die Hände bekäme. Also gab er den Brief eingeschrieben auf, nicht ohne vorher auf den Umschlag ein großes, dreimal unterstrichenes »Persönlich« gemalt zu haben.

Nun, Huguenau hatte sich getäuscht; der Major freute sich durchaus nicht, als er den Brief unter den Akten auf seinem Schreibtisch vorfand.

Es war ein trüber gewitteriger Morgen, der Regen floß an den Scheiben der Kanzleifenster herab und die Luft roch schweflig oder nach Ruß. Etwas Häßliches und Gewalttätiges steckte hinter dem Brief, etwas Untergründiges, und wußte der Major auch nicht, und war es auch nicht seines Amtes, es zu wissen, daß es immer Gewalt und Vergewaltigung ist, wenn einer den Versuch unternimmt, die eigene Wirklichkeit mit der Wirklichkeit der anderen zu verbinden und in sie einzudringen, so fiel ihm doch das Wort »Nachtalben« ein, und es war, als müßte er sich, als müßte er seine Frau und seine Kinder vor etwas schützen, das nicht seine Welt, sondern ein Pfuhl war. Zögernd griff er nochmals nach dem Brief; im Grunde konnte man dem Manne nichts vorwerfen, dessen Gewalttätigkeit sozusagen bloß eine unmerkliche war, der bloß eine patriotische Pflicht erfüllt und Meldung erstattet hatte, und wenn es mit den widerlichen unehrenhaften Praktiken eines Agent provocateur geschah, so durfte man es dem ungebildeten Mann nicht zur Last legen. Aber weil dies alles eigentlich unbegreiflich und nicht zu fassen war, so fühlte der Major nur die Beschämung, einem Menschen niederer Geistesart Vertrauen geschenkt zu haben, und das Gesicht unter den weißen Haaren wurde vor Scham noch etwas röter. Nichtsdestoweniger durfte sich der Stadtkommandant nicht für berechtigt erachten, das Dokument einfach dem Papierkorb zu überantworten, vielmehr war es ein

Gebot dienstlicher Pflicht, den Verdächtigen mit maßvollem Mißtrauen weiter zu beobachten, ihm gewissermaßen aus der Ferne zu folgen, auf daß ein etwaiges Unheil verhütet werde, das dem Vaterland von seiten des Herrn Esch vielleicht doch drohen könnte.

47

Oberstabsarzt Kuhlenbeck telephonierte mit Dr. Kessel: »Kollege, können Sie heute um drei operieren kommen? eine kleine Kugelextraktion...«

Dr. Kessel meinte, daß er es kaum möglich machen könne, seine Zeit sei so knapp.

»Ist Ihnen wohl zu einfach, das bißchen Kugelschneiden, mir auch... man muß genügsam sein... auf die Dauer allerdings ist das kein Leben, keine Arbeit, ich lasse mich auch versetzen... aber heute hilft's nichts... ich befehle Ihnen zu kommen, schicke Ihnen das Auto, in einer halben Stunde sind wir fertig.«

Kuhlenbeck legte den Hörer hin. Lachte: »Nun, für zwei Stunden ist er versorgt.«

Flurschütz saß daneben: »Ich habe mich ohnehin gewundert, daß Sie Kessel wegen einer solchen Kleinigkeit kommen lassen.«

»Der brave Kessel fällt mir immer wieder rein. Den Appendix von Kneese nehmen wir gleich mit.«

»Den wollen Sie wirklich operieren?«

»Warum nicht? der Mann soll ein Vergnügen haben... und ich auch.«

»Will er sich denn operieren lassen?«

»Na, Flurschütz, jetzt sind Sie auch schon so naiv wie unser alter Kessel, – habe ich schon je einen gefragt? hinterher waren sie alle noch dankbar. Und die vier Wochen Krankenurlaub, die ich einem jeden verschaffe... na, sehen Sie.«

Flurschütz wollte etwas sagen. Kuhlenbeck winkte ab: »Ach, lassen Sie mich mit Ihren Sekretionstheorien zufrieden... lieber Freund, wenn ich in einen Bauch hineinschauen kann, brauche ich keine Theorien... folgen Sie mir und werden Sie Chirurg... die einzige Möglichkeit, jung zu bleiben.«

»Und meine ganze Drüsenarbeit soll ich an den Nagel hängen?«

»Hängen Sie ruhig... Sie operieren doch schon ganz nett.«

»Mit dem Jaretzki muß etwas geschehen, Herr Oberstabsarzt,... der Mann ist fertig.«

»Probieren wir's mit einer Trepanation.«

»Sie haben ihn ja schon abgemeldet... der gehört mit seinen Nerven in eine Spezialbehandlung.«

»Ich habe ihn für Kreuznach gemeldet, dort wird er sich schon aufrappeln... Ihr seid mir eine Generation! ein bißchen Saufen, und schon klappt Ihr zusammen und müßt in eine Nervenheilanstalt... Ordonnanz!«

Die Ordonnanz erschien im Türrahmen.

»Sagen Sie Schwester Carla, daß um drei operiert wird... ja, und der Marwitz von Zimmer zwei und Kneese auf drei bekommen heute nichts zu essen... 's ist gut... sagen Sie, Flurschütz, eigentlich würden wir den armen Kessel gar nicht brauchen, wir machen das ganz hübsch alleine... Kessel würdigt es sowieso nicht, beklagt sich bloß, daß ihm die Beine weh tun; ein richtiger Sadismus von mir, ihn herauszusprengen... na, was denken Sie, Flurschütz?«

»Mit Verlaub, Herr Oberstabsarzt, mit mir geht es ja noch, aber lang wird es nicht mehr dauern... und dann wird es nicht mehr möglich sein, die Medizin einfach zum Operieren zu kommandieren.«

»Insubordination, Flurschütz?«

»Bloß theoretisch, Herr Oberstabsarzt,... nein, ich glaube, daß in nicht allzu ferner Zeit die Medizin sich so weit spezialisiert haben wird, daß ein Konsilium zwischen einem Internisten und einem Chirurgen oder einem Dermatologen überhaupt zu keinem Ergebnis wird führen können, einfach weil es kein Verständigungsmittel zwischen den Spezialisierungen mehr geben wird.«

»Falsch, ganz falsch, Flurschütz, in Kürze wird es überhaupt nur noch Chirurgen geben... das ist das einzige, was von dieser ganzen poweren Medizin übrigbleiben wird, ...der Mensch ist ein Schlächter und überall bleibt er ein Schlächter, was anderes versteht er nicht... aber das versteht er aus dem FF.« Und Dr. Kuhlenbeck betrachtete seine großen geschickten behaarten Hände und die ganz kurz geschnittenen Nägel.

Dann sagte er sinnend: »Wissen Sie, wer sich mit dieser Tatsache nicht abfindet, der könnte wirklich wahnsinnig werden... man muß es nehmen, wie es ist, und seine Freude daran haben..., also, Flurschütz, lassen Sie sich raten, satteln Sie um und werden Sie Chirurg.«

48

Um jeden Papierballen, den man geliefert haben wollte, mußte man sich herumschlagen, und obwohl Esch für das Quantum des »Kurtrierschen Boten« einen behördlichen Zuweisungsschein in Händen hatte, mußte er allwöchentlich zur Papierfabrik hinaus. Und fast ein jedes Mal gab's einen Krach mit dem alten Herrn Keller oder mit dem Betriebsleiter.

Es war eben Betriebsschluß, als Esch die Fabrik verließ. Auf der Straße holte er den Meister Liebel und den Maschinisten Fendrich ein. Den Liebel mochte er eigentlich nicht leiden, diesen strohblonden Turmschädel mit der dicken Ader auf der Stirn.

Er sagte: »'n Abend.«

»'n Abend, Esch, haben Sie fleißig mit dem Alten gebetet?«

Esch verstand nicht.

»Na, damit er Ihnen Papier liefert.«

»Blöde Witze«, sagte Esch.

Fendrich blieb stehen, zeigte auf seine durchlöcherten Schuhsohlen: »Das kostet sechs Mark... da hat man was davon, daß die Löhne steigen.«

Für Esch war es ein Anknüpfungspunkt: »Mit den Löhnen allein ist es eben nicht getan, das ist der Irrtum von all den Gewerkschaften.«

»Wie ist das, Esch, wollen Sie Fendrichs Stiebel auch mit der Bibel flicken...« und er entdeckte: »Bibel, Stiebel, das reimt sich.«

»Blöde Witze«, wiederholte Esch.

Fendrichs Augen glänzten dunkel in fiebrigen Höhlen; er war tuberkulös und bekam zu wenig Milch. Er sagte: »Glauben ist vielleicht auch ein Luxus, den sich bloß die Reichen leisten können.«

Liebel sagte: »Majore und Zeitungsherausgeber.«

Esch sagte, gleichsam entschuldigend: »Ich bin bei der Zeitung auch bloß ein Angestellter«, doch dann fuhr er auf: »überhaupt ist das ein Blödsinn, als ob die Gewerkschaften das Gelübde der Armut abgelegt hätten!«

Fendrich sagte: »Es wäre schon ganz schön, wenn man glauben könnte.«

Esch sagte: »Ich habe etwas herausgefunden: auch der Glaube muß sich erneuern, auch für ihn muß ein neues Leben kommen... in der Bibel steht, daß erst der Sohn das Haus wird bauen dürfen.«

Liebel sagte: »Natürlich wird's die nächste Generation besser haben, das ist keine Neuigkeit... ich kann mit meinen hundertvierzig Mark nicht mehr leben, auch wenn man die Erzeugungsprämien dazu rechnet... das sieht der Alte nicht ein... dabei bin ich sozusagen Meister.«

»Ich habe auch nicht mehr«, sagte Esch, »und selbst wenn man das Haus dazurechnet... ich habe zwei Mieter, von denen ich anständigerweise keinen Zins verlangen kann, arme Teufel... das Gebäudekonto ist bei mir passiv.«

Der Abendwind frischte auf. Fendrich hustete.

Liebel sagte: »Nun ja.«

Esch gestand: »Ich war schon beim Pfarrer...«

»Wozu?«

»Wegen der Bibelstelle, der Idiot hat nicht einmal zugehört... hat was von Beten und Kirche gequatscht, und das war alles. Der blöde Pfaff... man muß sich selber helfen.«

»Ja«, sagte Fendrich, »keiner hilft einem.«

Liebel sagte: »Wenn man zusammenhält, hilft man sich gegenseitig... das ist der Vorteil der Gewerkschaften.«

»Der Doktor findet, ich müßte ins Gebirge, hat auch schon zehnmal bei der Krankenkasse eingereicht... aber wer nicht aus dem Feld kommt, der kann jetzt warten, und ich huste immer weiter.«

Esch zeigte seine ironische Miene: »Mit Gewerkschaften und Krankenkassen werden Sie's nicht viel weiter bringen als ich mit dem Pfaffen...«

»Allein muß man krepieren«, sagte Fendrich und hustete.

Liebel fragte: »Was wollen Sie eigentlich!«

Esch dachte nach: »Früher meinte ich, daß man bloß fortmüßte... nach Amerika... mit einem Schiff über ein großes

Meer... damit man ein neues Leben beginnen kann... aber jetzt...«

Liebel wartete auf die Fortsetzung: »Und jetzt?«

Doch Esch sagte unvermittelt: »Vielleicht sind die Protestanten besser dran... der Major ist auch Protestant... aber man muß erst selbst drüber nachdenken... man müßte sich zusammensetzen und die Bibel lesen, damit man sich ein Bild machen kann... wenn man allein ist, bleibt man immer im Zweifel, auch wenn man noch so viel nachdenkt.«

»Wenn man Freunde hat, ist es leichter«, sagte Fendrich.

»Kommen Sie zu mir«, sagte Esch, »ich zeige Ihnen die Stelle in der Bibel.«

»Ja«, sagte Fendrich.

»Und was ist mit Ihnen, Liebel?« fühlte Esch zu fragen sich verpflichtet.

»Erst müßt Ihr mir erzählen, was Ihr miteinander ausgeknobelt habt.«

Fendrich seufzte: »Jeder sieht's nur mit eigenen Augen.«

Liebel lachte und entfernte sich.

»Der wird schon noch kommen«, sagte Esch.

49

Geschichte des Heilsarmeemädchens in Berlin (7)

Ich habe nicht viel von jenem Abend behalten, an dem ich Nuchem Sussin zur Heilsarmee begleitete. Ich war mit Wichtigerem beschäftigt. Man mag die philosophische Betätigung einschätzen wie man will, es wird die Außenwelt doch unansehnlich und weniger bemerkenswert. Und außerdem sind auch die bemerkenswertesten Dinge unansehnlich, solange man sie erlebt. Kurzum, ich weiß nur noch, wie Nuchem Sussin neben mir hergeschritten ist, in seinem geschlossenen grauen Gehrock, mit seinen viel zu kurzen und daher wehenden Hosen und mit dem viel zu kleinen lächerlichen Samthut. All diese Juden, soferne sie nicht mit ihren schwarzen Schildmützen versehen sind, tragen diese zu kleinen Samthüte, sogar der sozusagen modische Dr. Litwak, und ich konnte mich nicht der rohen Frage an Nuchem enthalten, woher er solchen Hut bezöge. »Man bekommt«, war die Antwort.

Zudem waren jene Begebnisse gar nicht der Rede wert. Einen Anstrich von Wichtigkeit erhielten sie erst durch Dr. Litwak, der gestern bei mir war. Er hat die unangenehme Gewohnheit, einfach einzudringen; bei meiner sogenannten Krankheit hat er es auch so gemacht. Er stand also wieder vor mir, der ich auf der Chaiselongue lag, er hatte den unvermeidlichen Spazierstock in der Hand und den lächerlich kleinen Samthut auf dem Kopf. Das heißt, der Hut war gar nicht so klein, breitkrempig war der Hut, aber er saß zu hoch, er deckte nicht den Schädel. Übrigens fiel mir auf, daß auch Dr. Litwak in seiner Jugend einen milchigen Teint gehabt haben mußte. Jetzt erinnerte er an gelbe Sahne ohne Fehl.

»Sie werden mir können sagen, was ist mit dem Sussin.«

Ich sagte, weil es der Wahrheit entsprach: »Er ist mein Freund.«

»Freund, schön...« Dr. Litwak zog sich einen Stuhl heran. »...die Leut' sind besorgt, sie haben mich lassen rufen... Sie verstehen?«

Ich hatte im Grunde keinerlei Verpflichtung, ihn zu verstehen, aber ich wollte das Verfahren abkürzen: »Er hat das Recht hinzugehen, wohin er will.«

»No, wer hat schon Recht, wer hat nicht das Recht... ich mach' Ihnen ja keinen Vorwurf... aber was hat er herumzulaufen mit der Goite?«

Jetzt fiel mir erst ein, daß ich an jenem Abend Marie und Nuchem mit in meine Stube genommen hatte. Wer kein Geld hat, kann sich nicht in Wirtschaften herumdrücken.

Ich mußte lachen.

»Sie lachen und die Frau sitzt drüben und weint.«

Das war nun allerdings eine Neuigkeit; immerhin hätte ich wissen können, daß diese Juden schon mit fünfzehn heiraten. Wenn ich bloß gewußt hätte, wer Nuchems Frau war; eines von den modischen Mädeln? oder eine von den Matronen mit Scheitel? das letztere schien mir plausibler.

Ich nahm Dr. Litwak bei der Kneiferschnur: »Hat er auch Kinder?«

»Was denn soll er haben? a Katz?«

Dr. Litwak machte ein so empörtes Gesicht, daß ich ihn nach seinem Vornamen fragen mußte.

»Dr. Simson Litwak«, stellte er sich neuerdings vor.

»Also hören Sie, Doktor Simson, was wollen Sie eigentlich von mir?«

Er dachte eine Weile nach: »Ich bin ein aufgeklärter Mensch… aber was geht zu weit… Sie müssen ihn zurückhalten.«

»Wovon soll ich ihn zurückhalten? daß er nach Zion will? lassen Sie ihm das harmlose Vergnügen.«

»Er wird sich noch taufen… Sie müssen ihn zurückhalten.«

»Ob er als Jud oder Christ nach Jerusalem kommt, ist doch Wurscht.«

»Jerusalem«, sagte er wie einer, dem man ein Bonbon in den Mund gesteckt hat.

»Na also«, sagte ich, hoffend, daß er nunmehr abtreten werde.

Er lutschte offenbar noch immer an dem Namen: »Ich bin ein aufgeklärter Mensch… aber mit dem Gesing und die Schmonzes ist noch keiner hingekommen… da gehören andere Leut' dazu… ich muß zu jedem gehen, ich bin ein Doktor, mir kann's egal sein, ob einer ein Jud oder Christ… überall gibt's brave Menschen,… werden Sie ihn zurückhalten?«

Diese Beharrlichkeit ging mir auf die Nerven: »Ich bin ein großer Antisemit«, er lächelte ungläubig, »ich bin ein Agent der Heilsarmee, ich bin der Quartiermeister in Jerusalem…«

»Spaß«, sagte er belustigt, obwohl es ihm sichtlich unbehaglich war, »Spaß, nebbich.«

Damit hatte er allerdings recht: Spaß, nebbich, das war beiläufig jene Haltung zum Leben, in die ich hineingeraten war. Wer war dafür verantwortlich zu machen? der Krieg? ich wußte es nicht, weiß es wahrscheinlich auch heute nicht, wenngleich sich manches seitdem verändert hat.

Ich hielt Dr. Litwak noch immer an der Kneiferschnur. Er sagte: »Sie sind doch auch ein aufgeklärter Mensch…«

»Nun, und?«

»Was lassen Sie den Leuten nicht ihre…« er brachte es bloß schwer heraus, »…ihre Vorurteil'?«

»So, Vorurteile nennen Sie das!«

Jetzt war er völlig verwirrt. »Eigentlich sind es keine Vorurteil'… was sind schon Vorurteil'?…« und schließlich beruhigt: »es sind doch wirklich keine Vorurteil'.«

Als er draußen war, überlegte ich mir den Heilsarmeeabend. Wie gesagt, er war für mich völlig eindruckslos verlaufen. Hie und da habe ich Nuchem Sussin betrachtet, wie er dort saß und mit etwas entgeistertem Lächeln um den geschweiften Judenmund im milchigen Antlitz dem Singen zugehört hatte. Und dann habe ich die beiden mit in mein Zimmer genommen, oder richtiger bloß Marie, denn Nuchem wohnte ohnehin hier, – nun, und dann saßen sie beide bei mir im Zimmer, ließen mich reden und schwiegen. Bis daß Nuchem wieder auf die Laute deutete und sagte: »Spielen Sie.« Da nahm Marie die Laute und sang das Lied: »Durch Zions Tore zog schon ein / ein Heer so mächtiglich, / Gewaschen in des Lammes Blut – / und Raum ist auch für dich.« Und Nuchem hörte mit etwas entgeistertem Lächeln zu.

50

Huguenau wartete acht Tage, daß irgendeine Belobung oder zumindest eine Antwort vom Major eintreffen werde. Er wartete zehn Tage. Dann wurde er unruhig. Der Bericht hatte den Major offenbar nicht befriedigt. Aber war es seine Schuld, daß der Kretin, der Esch, kein Material bot? Huguenau überlegte, ob er einen zweiten Bericht folgen lassen sollte, doch was sollte er hineinschreiben? daß der Esch sich nach wie vor mit den Weinbauern und Arbeitern herumtrieb, das war nichts Neues, das mußte den Major langweilen!

Der Major sollte sich nicht langweilen, – Huguenau zerbrach sich den Kopf über die Frage, was er dem Major bieten könne. Etwas mußte unbedingt geschehen; in der Redaktion regierte Esch und tat, als ob kein Herausgeber vorhanden wäre, und in der Druckerei war es vor Ödigkeit kaum mehr auszuhalten. Huguenau suchte in den großen Zeitungen nach Anregung und fand sie, als er die Entdeckung machte, daß die Journale allenthalben im Dienst der vaterländischen Wohltätigkeit arbeiteten, während der »Kurtriersche Bote« nichts, rein gar nichts dergleichen unternommen hatte. So sah eben das gute Herz des Herrn Esch aus, das gute Herz, das den Anblick des Elends unter den Weinbauern nicht erträgt. Aber er für seine Person wußte nun, was zu tun war.

Am Freitag abend erschien er nach langer Zeit wieder im Gasthof und begab sich geradewegs ins Honoratiorenzimmer, denn da gehörte er hin. Der Major saß an seinem Tische im vorderen Speisesaal, und Huguenau grüßte gemessen und kurz im Vorbeigehen.

Die Herren war glücklicherweise bereits in größerer Anzahl versammelt, und Huguenau erklärte sich glücklich, sie anzutreffen, denn er habe etwas Wichtiges zu besprechen, und zwar sofort, noch ehe der Herr Major hereinkomme. Und er entwikkelte in längerer Rede, daß die Stadt eines richtigen Wohltätigkeitsvereins, wie solche zu Milderung der Kriegsschäden allenthalben bereits seit Jahren bestünden, entbehre, schmerzlich entbehre, und daß er anrege, einen solchen alsogleich zu gründen. Was die Zwecke eines solchen Vereins beträfe, so wolle er unter vielen anderen bloß die Erhaltung von Kriegsgräbern, die Obsorge für Kriegerwitwen und -waisen und noch manches andere anführen, weiters, daß die Mittel für diese edlen Zwecke aufgebracht werden müßten, daß man hiefür z. B. einen »Eisernen Bismarck« auf dem Markt aufstellen könne, den Nagel zu zehn Pfennig, wo es doch eigentlich eine rechte Schande sei, daß gerade hier kein solches Standbild vorhanden sei, und daß schließlich Wohltätigkeitsveranstaltungen verschiedener Art, ganz abgesehen von Sammlungen, den Kassebestand stets ergänzen würden. Und daß der Ehrenschutz über diesen Verein, für welchen den Namen »Moseldank« in Vorschlag zu bringen er sich erlaube, dem Herrn Stadtkommandanten angetragen werden möge. Er selber und sein »Kurtrierscher Bote« stünden – natürlich im Rahmen seiner schwachen Kräfte –, dem Verein und seinen edlen Zwecken jederzeit kostenlos zur Verfügung.

Es brauchte eigentlich kaum erwähnt zu werden, daß das Projekt ungeteilten Beifall fand und einstimmig sowie debattelos angenommen wurde. Huguenau und Herr Apotheker Paulsen wurden designiert, dem Herrn Major den Antrag zu überbringen, und nachdem sie ihre Röcke zurechtgezupft hatten, traten sie mit einiger Feierlichkeit in den Speisesaal.

Der Major sah etwas befremdet auf, dann gab er sich einen kleinen vorschriftsmäßigen Ruck und hörte die Phrasen der beiden Herren aufmerksam, aber verständnislos an. Die Phrasen kreuzten und überholten sich, der Major hörte von einem Eisernen Bismarck, von Kriegerwitwen und einem Moseldank und begriff nicht. Huguenau war schließlich einsichtig genug, das Wort dem Herrn Apotheker Paulsen zu überlassen; es erschien ihm auch bescheidener, dies zu tun, und so saß er still, betrachtete die Uhr an der Wand, das Bild »Kronprinz Friedrich nach der Schlacht bei Gravelotte« und die Tafel »Spatenbräu« (mit der Schaufel), die an einer Schnur neben dem Kronprinzenbild aufgehängt war. Wo bekam man jetzt noch Spatenbräu! Inzwischen hatte der Major die Rede des Apothekers Paulsen begriffen: er glaubte, daß keine militärischen Gründe gegen die Annahme des Ehrenschutzes sprächen, er begrüße die patriotische Aktion, er könne bloß wärmstens danken, und er erhob sich, um seinen Dank zu den übrigen Herren ins Nebenzimmer zu tragen. Paulsen und Huguenau folgten, stolz auf die vollbrachte Leistung.

Man blieb längere Zeit beisammen, denn es war ja eine Art Gründungsfest. Huguenau paßte eine Gelegenheit ab, sich an den Major heranzumachen, und diese Gelegenheit ergab sich denn auch bald, da man auf das Wohl und das Gedeihen des neuen Vereins sowie seines Protektors trank und dabei selbstverständlich den Anreger des schönen Gedankens, Herrn Redakteur Huguenau, nicht vergaß.

Huguenau, das Glas in der Hand, trat die Runde um die Tafel an, gelangte so zu Major v. Pasenow: »Ich hoffe Herrn Major heute mit mir zufrieden.«

Er habe niemals Anlaß zu Unzufriedenheit gehabt, entgegnete der Major.

»Doch, doch, Herr Major, mein Bericht ist überaus dürftig ausgefallen, ... aber ich bitte, mir zugute zu halten, daß die Verhältnisse sehr schwierige sind. Dazu meine Überlastung durch die Neueinrichtung der Zeitung; ich bitte, es mir nicht als Pflichtvergessenheit auszulegen, daß ich noch keinen zweiten Bericht folgen lassen konnte ...«

Der Major lehnte ab: »Ich meine, daß es sich kaum lohnt, der Angelegenheit weiter nachzugehen; Sie haben Ihrer Pflicht vollkommen Genüge geleistet.«

Huguenau war betroffen: »Oh, noch lange nicht, noch lange nicht«, murmelte er und nahm sich vor, nun erst recht seine Überwachungstätigkeit weiterzuführen.

Als der Major nichts darauf sagte, fuhr Huguenau fort: »Wir werden morgen sofort die Aufrufe für den Moseldank drukken... würden Herr Major bei der Gelegenheit nicht unserem Unternehmen, dem Sie so gütig Pate gestanden sind, die Ehre

Ihres Besuches schenken,... das wäre sicherlich die schönste Propaganda für den neuen Verein.«

Der Major sagte, daß er das Unternehmen gewiß sehr gerne besuchen werde; für den morgigen Tag seien die Dispositionen schon getroffen, aber der Tag sei ja gleichgültig.

»Je eher, desto besser, Herr Major«, riskierte Huguenau. »Herr Major werden zwar nichts Besonderes dort vorfinden,... alles höchst bescheiden... und von der Reorganisationsarbeit ist von außen natürlich wenig zu merken, aber die Druckerei ist vollkommen in Ordnung, mit aller Bescheidenheit gesagt...«

Plötzlich hatte er eine neue Idee: »Die Druckerei wäre zum Beispiel für Drucksachen der Heeresverwaltung ausgezeichnet leistungsfähig«, er kam in Feuer, am liebsten hätte er den Major beim Rockknopf genommen, »sehen Sie, Herr Major, sehen Sie, wie der Esch das Geschäft vernachlässigt,... da mußte ich erst kommen, um daran zu denken. Wir müssen Heereslieferungen erhalten, jetzt wo das Blatt sozusagen unter Ihrer direkten Patronanz steht und wo wir so viel Geld hineingesteckt haben,... wie soll ich denn sonst eine Dividende für die Aktionäre herausschinden... bei dem Zustand, in dem ich das Geschäft vorgefunden habe!« er jammerte geradezu und war ehrlich erbittert.

Der Major sagte etwas hilflos: »Das ist nicht mein Ressort...«

»Gewiß, gewiß, Herr Major, aber wenn Herr Major ernstlich wollen... wenn Herr Major die Druckerei gesehen haben werden, werden Sie gewiß auch wollen...«

Er sah den Major verführerisch und lockend, aber zugleich verzweiflungsvoll an. Doch dann besann er sich, er putzte die Brillengläser, blickte im Kreise umher: »Es ist ja auch im Interesse aller beteiligten Herren hier,... selbstverständlich sind alle Herren zur Besichtigung des Unternehmens eingeladen.«

Nun, die meisten kannten Eschs Bude ohnehin. Allein sie sagten es nicht.

51

Seitdem Heinrich Wendling seinen Urlaub angekündigt hatte, waren mehr als drei Wochen vergangen. Und obwohl sie immer noch des Morgens länger im Bette blieb, glaubte Hanna kaum mehr daran, daß Heinrich wirklich noch kommen würde. Aber plötzlich war er da, weder am Abend noch am Morgen, sondern am hellen Mittag. Er hatte die halbe Nacht am Koblenzer Bahnhof verbracht und war dann mit einem Militärzug langsam heraufgekommen. Und während er dies erzählte, standen sie auf dem gepflasterten Gartenweg einander gegenüber; die Mittagssonne brannte, in der Mitte der Rasenfläche leuchtete der rote Gartenschirm neben dem Streckstuhl, auf dem sie gelegen hatte, man roch die heiße rote Baumwolle, und das herabgeglittene Buch blätterte im leichten Mittagswind. Der Heimgekehrte berührte sie nicht, er hatte ihr nicht einmal die Hand gereicht, doch er starrte ihr unverwandt ins Gesicht, und sie, wissend, daß er ein Bild suchen mußte, das er seit mehr als zwei Jahren mit sich trug, sie hielt still unter dem suchenden Blick, und auch sie schaute in das ihr zugewandte Antlitz, auch sie suchend, zwar nicht nach einem Bilde, das sie begleitet hatte, denn in ihr war kein Bild mehr vorhanden, doch nach Zügen suchte sie, um derentwillen sie einst gezwungen gewesen, dieses Antlitz zu lieben. Sonderbar unverändert schien ihr nun dieses Antlitz, sie kannte und wiedererkannte die Linie der Lippen, Stellung und Form der Zähne, die Einkerbung oberhalb des Kinns war die gleiche geblieben, und der Raum an der Nasenwurzel zwischen den Augen war infolge des breiten Oberschädels ein wenig zu groß. »Ich muß dein Profil sehen«, sagte sie und er wandte folgsam den Kopf. Da war es wieder die gleiche gerade Nase über der langen Oberlippe, es war bloß alle Weichlichkeit verschwunden. Man mußte ihn eigentlich einen schönen Mann nennen, doch sie fand trotzdem nicht, was sie einst so sehr entzückt und bezwungen hatte. Heinrich fragte: »Wo ist der Junge?« – »Er ist in der Schule... willst du nicht ins Haus gehen?« Sie traten ins Haus. Aber auch jetzt berührte er sie nicht, küßte sie nicht, sondern schaute sie bloß an. »Ich muß mich vor allem säubern... seit Wien nicht gebadet.«

»Ja, wir wollen ein Bad einlaufen lassen.«

Die beiden Dienstmädchen kamen, den Herrn zu begrüßen. Hanna war dies nicht ganz angenehm. Sie ging mit ihm ins Badezimmer hinauf. Richtete selber die Badetücher.

»Es ist alles noch am alten Platz, Heinrich.«

»Oh, es ist alles noch am alten Platz.«

Sie verließ das Badezimmer; es gab allerlei anzuordnen, umzuordnen; sie tat es müde.

Schnitt Rosen im Garten für den Mittagstisch.

Kehrte nach einiger Zeit leise zur Badezimmertür zurück, hörte ihn drinnen plätschern. Sie fühlte das herannahende Kopfweh im Hinterhaupt. Auf das Treppengeländer sich stützend, stieg sie wieder zur Hall hinunter.

Endlich kam der Junge aus der Schule. Sie nahm ihn bei der Hand. Vor dem Badezimmer rief sie: »Darf man schon hinein?« – »Natürlich«, klang es etwas erstaunt zurück. Sie öffnete ein wenig, lugte durch den Spalt; Heinrich stand halbangezogen vor dem Spiegel, und da steckte sie dem Jungen eine der Rosen in die widerwillig geöffnete Kinderfaust und schob ihn hinein und lief selber davon.

Im Eßzimmer wartete sie auf die beiden und mußte wegblikken, als sie eintraten. Sie sahen sich lächerlich ähnlich, die gleichen weitauseinanderstehenden Augen, die nämlichen Bewegungen, der nämliche Ansatz des braunen Haars, bloß daß Heinrich es jetzt ganz kurz geschoren trug. Es war, als hätte sie an dem Kinde gar kein Teil gehabt. Ein fürchterlicher Mechanismus war es; oh, es ist fürchterlich, verliebt gewesen zu sein. Und ihr Leben erschien ihr in diesem Augenblick wie eine einzige Unzurechnungsfähigkeit, verzweifelte Unzurechnungsfähigkeit, die man doch niemals würde abstellen können.

Heinrich sagte: »Wieder daheim«, und setzte sich auf seinen alten Platz. Vielleicht erschien ihm sein Ausspruch selber dumm; er lächelte unsicher. Der Bub betrachtete ihn aufmerksam und befremdet.

Da saß er wie ein Familienvater und war ein Störenfried.

Auch das Mädchen konnte den Blick nicht von ihm abwenden; es war etwas wie scheue Verwunderung und wie Neid darin, und als das Mädchen wieder hereinkam, sagte Hanna sehr laut: »Soll ich zu Röders telefonieren ... wegen Abend?«

Rechtsanwalt Röders war der Kanzleikollege Wendlings; er war über fünfzig und militärfrei.

Die Uhr in dem englischen Mahagonigehäuse schlug ihren tiefen Gongschlag.

Hanna berührte mit dem kleinen Finger die Kante seines Handrückens, als sollte diese Liebkosung um Verzeihung bitten für den Gedanken an den Abend mit Röders, zugleich aber auch mahnen, daß sie körperliche Berührung vermeiden wollten.

Heinrich sagte: »Natürlich muß ich bei Röders anklingeln,... ich will's dann gleich besorgen.«

Hanna sagte: »Nachmittags wollen wir mit Papa spazieren gehen, uns zeigen.«

»Ja, das wollen wir«, sagte Heinrich.

»Ist es nicht schön, daß Papa wieder bei uns sitzt?«

»Ja«, sagte das Kind nach einigem Zögern.

»Du mußt dir seine Schulhefte ansehen,... jetzt kann er schon schreiben und rechnen. Seine Briefe hat er ganz allein geschrieben.«

»Das waren mächtig schöne Briefe, Walter.«

»Das waren nur Karten«, sagte Walter schüchtern.

Daß sie das Kind zwischen sich nahmen, um über seinen braunen Scheitel hinweg einander zu finden, deuchte ihnen beiden wie ein Mißbrauch. Sicherlich wäre es richtiger gewesen zu sagen: wir küssen uns erst, bis unsere Sehnsucht unerträglich geworden ist. Aber diese Sehnsucht war keine Sehnsucht, war bloß unerträgliche Erwartung.

Sie gingen ins Kinderzimmer, über dessen Täfelung ein sogenannt lustiger Kinderfries gemalt war. Und mit jener zweiten und helleren und etwas verschobenen Intelligenz, die aus übersteigerter Erwartung oder aus klammerndem ziehendem Kopfschmerz zu entspringen vermag, wußte Hanna, daß diese Schleiflackmöbel und all diese Weiße gleichfalls Mißbrauch des Kindes waren, wußte daß dies mit des Kindes eigenem Sein und Wesen nichts zu tun hatte, sondern daß hier ein Symbol errichtet und eingerichtet worden war, Symbol ihrer weißen Brüste und der weißen Milch, die sie nach erfolgreicher Umarmung geben sollten. Sie hatte die Hände an den schmerzenden Nakken gelegt. Es war ein sehr entfernter und sehr undeutlicher Gedanke, und doch lag darin die Ursache, um derentwillen sie sich niemals im Kinderzimmer hatte aufhalten mögen und den Jungen lieber zu sich kommen ließ. Sie sagte: »Du mußt Papa auch deine neuen Spielsachen zeigen.« Walter brachte den neuen Baukasten und die feldgrauen Soldaten. Es waren dreiundzwanzig Mann und ein Offizier, der gebeugten Knies mit gezücktem Degen auf den Feind hinwies. Keines der drei bemerkte, daß auch Dr. Heinrich Wendling eine feldgraue Offiziersuniform trug; allerdings hatte ein jedes ein anderes Motiv für dieses Nichtbemerken: Walter, weil er den Vater als Eindringling empfand, Heinrich, weil er die heroische Geste des Zinnsoldaten unmöglich mit dem eigenen Kriegertum identifizieren konnte, Hanna, weil sie, zu ihrem eigenen Schrecken, diesen Mann nackt vor sich sah, nackt und isoliert in seiner Nacktheit. Es war die gleiche Isoliertheit, in der die Möbel wie nackt, unverbunden ihrer Umgebung, beziehungslos untereinander, fremd und befremdend um sie herumstanden.

Auch er mußte es fühlen. Und als sie spazieren gingen, nahmen sie das Kind in die Mitte, und es war Trennung, obwohl Hanna, lustig mit dem Arm schlenkernd, den Knaben an der Hand führte, und obwohl Heinrich oftmals die andere Hand des Knaben ergriff. Sie schauten einander auch nicht an, sie waren gleichsam von Scham befangen, sie blickten geradeaus oder auf die Wiesen, wo Löwenzahn und violetter Klee, Steinnelken und lila Skabiosen zwischen den Gräsern wuchsen. Es war ein warmer Tag und Hanna war es nicht gewohnt, nachmittags spazieren zu gehen. Trotzdem lag es nicht allein an der Hitze, daß sie, heimgekehrt, ein so starkes Bedürfnis nach einem Bad verspürte; jeder Wunsch setzte jetzt merkwürdig in einer tieferen Schicht an: als wäre es eine große Einsamkeit, die den ins Waser getauchten Körper umgibt, waren es Vorstellungen von der magischen Wiedergeburt, die der Einsame durch das Wasser erfährt. Deutlicher allerdings als solche Gedanken war dabei die Scheu, das Badezimmer abends in Heinrichs Anwesenheit aufsuchen zu müssen. Indes, es wäre vor dem Mädchen auffallend gewesen, wenn sie mitten am Tage ein Bad genommen hätte, und vorschützend, daß sie sich für den Abend umkleiden müsse, bat sie Heinrich, er möge mittlerweile einen Wagen bestellen und sich um Walter bekümmern. Dann begab sie sich ins Badezimmer, um wenigstens zu duschen. Wie sie aber in die Wanne stieg, in der noch vom Vormittag her einige Tropfen hingen, denn an der Brause haftete noch das Wasser, da wurden ihr die Knie schwach, und sie mußte das kalte Wasser so lange über sich rinnen lassen, bis ihre Haut wie Glas und die Spitzen ihrer Brüste ganz hart geworden waren. Hernach war es erträglicher.

Sie fuhren spät zu Röders; Heinrich schickte den Wagen weg, es war solch schöner Abend, und Hanna war mit der Rückkehr zu Fuß dankbar einverstanden, – je später es werden würde, desto besser. Und es war wohl Mitternacht, als sie das Haus Röders verließen. Doch wie sie dann den stillen Marktplatz überquerten, auf dem außer dem Posten vor der Kommandantur niemand zu sehen war, und dieser Platz mit den dunklen Häusern ringsum, in denen kaum ein Licht mehr brannte, wie ein Krater der Einsamkeit vor ihnen lag, wie ein Krater der Stille, aus dem stets neue Wellen der Ruhe sich über die schlafende Stadt ergossen, da faßte Heinrich Wendling seine Frau unter den Arm, und in dieser ersten Berührung der Körper schloß sie die Augen. Vielleicht hatte auch er die Augen geschlossen, sah weder den schweren sommerlichen Nachthimmel, noch den weißen Streif der Landstraße, die sich vor ihnen dehnte und in deren Staub sie gingen, vielleicht sah jeder von ihnen ein anderes Firmament, sie beide verschlossen wie ihre Augen, ein jeder in seiner Einsamkeit, und doch vereint in dem Wiedererkennen der Körper, die zum endlichen Kusse sich fügten, entschleierten Gesichts, lasziv in der Deutlichkeit des Geschlechts, dennoch keusch in dem Schmerz nie endenwollender Fremdheit, die von keiner Zärtlichkeit mehr aufgehoben werden kann.

52

Nach dem Begräbnis Samwalds begann der Mann Gödicke zu sprechen.

Der Kriegsfreiwillige Samwald war der Bruder des Uhrmachers Friedrich Samwald gewesen, des Uhrmachers, der in der Römerstraße seinen Laden hatte. Nach einem Trommelfeuer samt Sturmangriff hatte der junge Samwald plötzlich zu husten begonnen und war zusammengeklappt. Er war ein netter, tapferer Bursche von 19 Jahren gewesen, von allen wohlgelitten, und so hatte er es erreichen können, daß er in das Lazarett seiner Vaterstadt geschickt wurde. Er war nicht einmal mit einem Krankentransport, sondern wie ein Urlauber allein gekommen, und Oberstabsarzt Kuhlenbeck hatte gesagt: »Na, dich, mein Junge, dich werden wir bald hochbringen.« Und obgleich auch Dr. Kessel um Samwald sehr bemüht gewesen war, und Samwald doch schon ganz gesund geschienen hatte, bekam er auf einmal wieder einen Blutsturz und nach drei Tagen lag er da, hinweggerafft. Trotz der schönen Sonne, die vom Himmel lachte.

Weil es ein Spital leichter Fälle war, wurde das Sterben nicht verheimlicht wie in den großen Spitälern. Im Gegenteil, das Sterben wurde zu einem feierlichen Ereignis gestaltet. Bevor man ihn zum Friedhof hinaustrug, hatte man den Sarg vor dem Eingang des Lazaretts aufgebahrt, und hier wurde die Einsegnung vorgenommen. Die Lazarettinsassen, soweit sie nicht bettlägerig waren, hatten die Waffenröcke angelegt und standen in Reih und Glied, und eine Menge Leute waren aus der Stadt gekommen. Der Oberstabsarzt hatte einen Heldennachruf gehalten, der Pfarrer stand vor dem Sarg, ein Junge in roter Soutane mit weißem Überwurf schwenkte das Räucherfaß. Dann knieten die Weiber nieder, auch manche der Männer, und es wurde nochmals der Rosenkranz gebetet.

Gödicke hatte sich im Garten aufgehalten. Als er die Ansammlung bemerkte, kam er mit seinen Stöcken hin und stellte sich mit dazu. Was da vor sich ging, war ein wohlvertrauter Anblick, und darum mußte er ihn ablehnen. Er dachte nach; er wollte diesen Anblick zerstören, zerfetzen wie man ein Stück Papier oder Karton zerfetzt – darüber mußte er scharf und eng nachdenken. Als die Weiber auf die Knie plumpsten wie Scheuerfrauen, saß ihm das Lachen in der Kehle, aber es war ihm verboten, einen Laut von sich zu geben. Er stand da auf seine beiden Stöcke gestützt, inmitten der knienden Weiber, wie ein Gerüst stand er da und rammte seine Stützen in die Erde und preßte den Ton in die Kehle zurück. Nun aber die Weiber ihr Vaterunser und ihre drei Aves beendet hatten und zu der Stelle kamen: »Abgestiegen zu der Hölle, am dritten Tage wieder auferstanden von den Toten«, da war es wie auf einer tieferen Fläche des Gerüstes, da war es wie von einem Bauchredner, den er einmal gehört hatte, da war es dort oberhalb des so schmerzenden und zusammengezogenen Unterleibs, daß Worte sich formten, und statt zu bellen, vielleicht sogar unhörbar, so sehr steckten die Worte noch drinnen, sagte der Maurer Gödicke: »Auferstanden von den Toten...«, sofort wieder verstummend, so sehr entsetzte ihn dieses Geschehen, das sich in dem untern Stockwerk des Gerüsts abspielte. Man beachtete ihn nicht; man hatte den Sarg aufgehoben; auf den Schultern der Träger schwankte der Sarg mit dem daraufgeschnallten

Kruzifix; der Uhrmacher Samwald, klein und ein wenig krumm, schloß sich inmitten der übrigen Anverwandten den Trägern an; dann folgten die Ärzte; dann kamen alle anderen. Hinterdrein, in seinem Spitalskittel, gestützt auf seine beiden Stöcke, humpelte der Maurer Gödicke.

Auf der Chaussee bemerkte ihn Schwester Mathilde. Sie bahnte sich den Weg zu ihm: »Gödicke, Sie können doch so nicht mitgehen... denken Sie mal, im Spitalskittel...« aber er hörte nicht auf sie. Auch als sie den Oberstabsarzt zur Verstärkung heranholte, ließ er sich nicht beirren, sondern blickte geradeaus vor sich hin und ging seinen geraden Weg weiter. Kuhlenbeck sagte schließlich: »Ach, lassen Sie ihn, Krieg ist Krieg,... wenn er müde wird, soll ein Mann bei ihm bleiben, der ihn heimbringt.«

Es war ein langer Weg, den Ludwig Gödicke solcherart zurücklegte; die Frauen um ihn herum beteten, und die Ufer der Straße waren voller Gebüsche. War eine Gruppe mit ihren Aves zu Ende, so begann eine andere, und aus dem Walde rief der Kuckuck. Manche der Männer und auch der kleine Uhrmacher Samwald trugen schwarze Anzüge wie Zimmerleute. Es rückte vieles zusammen, besonders wenn an den Wegbiegungen der Zug sich verlangsamte und die Leiber zusammendrängte; und die Röcke der Weiber waren wie sein eigener Kittel; um die Beine schlugen die Röcke beim Gehen; und eine da vorne ging mit gebeugtem Kopf und ein Taschentuch vor dem Gesicht. Und wenn der Mann Gödicke auch nicht hinsah, sondern den Blick unverwandt geradeaus auf die Wagenspuren geheftet hielt, ja sogar oftmals versuchte, die Augen zu schließen, nicht anders als er die Zähne zusammengepreßt hielt, auf daß die Teile seiner Seele sich noch näher zusammendrängten, sein Ich zu ersticken, ja, wenn er auch lieber stehen geblieben wäre, die Stöcke in den Boden gerammt, und all diese Menschen lieber zum Schweigen und zum Stehen gebracht hätte, sie lieber zerstoben gesehen hätte nach allen Windrichtungen, so war er dennoch fortgezogen, fortgetragen, und er schwamm und er schwebte, er selber ein schwankender Sarg, auf der Woge des wiederkehrenden Gebets, das ihn begleitete.

Als auf dem Friedhof die Leiche nochmals eingesegnet wurde und über der geöffneten Erde, in die man sie hinabließ, nochmals die Litanei anhob: »Auferstanden von den Toten«, und während der kleine Uhrmacher Samwald unentwegt in die Grube schaute und schluchzte, und ein jeder an das Grab herantrat, die Erde dem Krieger nachzuschütten und dem Uhrmacher die Hand zu drücken, da stand, nunmehr allen sichtbar, gestützt auf seine zwei Stöcke und mit wehendem Vollbart, da stand im grauen langen Spitalskittel dieser Mann Gödicke mächtig vor dem kleinen Uhrmacher Samwald am Rande des Grabes und beachtete nicht die gebotene Hand, sondern sprach mit großer Anstrengung, trotzdem für alle vernehmlich, seine ersten Worte; er sagte: »Auferstanden von den Toten.« Und hierauf legte er seine Stöcke beiseite, jedoch nicht, weil er die Schaufel nehmen und Erde hinabschütten wollte, nein, das tat er nicht, es geschah etwas völlig anderes und Unerwartetes, – er schickte sich an, selber in die Grube zu steigen, schickte sich umständlich und mühselig an, hinunterzuklettern, und ein Bein hatte er auch glücklich schon über den Rand hinausgebracht. Natürlich war sein Vorhaben jedermann unbegreiflich; man glaubte, daß er, der sich noch nie ohne Stöcke fortbewegt hatte, kraftlos zusammengesunken sei. Der Oberstabsarzt und noch etliche Trauergäste sprangen hinzu, zogen ihn aus der Grube und trugen ihn zu einer der Friedhofsbänke. Vielleicht war nun der Mann Gödicke wirklich schon von seinen Kräften verlassen; er leistete keinen Widerstand mehr, und er saß auch jetzt ganz still da, hatte die Augen geschlossen und sein Kopf war zur Seite gesunken. Der Uhrmacher Samwald aber, der mitgelaufen war und gerne beim Tragen geholfen hätte, war bei ihm geblieben; und da ein großer Schmerz die Seele eines Menschen aufzulockern vermag, so ahnte Samwald, daß hier etwas Besonderes geschehen war; neben ihm sitzend, sprach er zu dem Maurer Gödicke tröstend wie zu einem Leidtragenden, sprach zu ihm wie zu einem, der das schwerste Leid zu tragen hat, und er sprach von dem toten Bruder, der einen schönen und jungen und schmerzlosen Tod gehabt. Und der Mann Gödicke hörte es mit geschlossenen Augen an.

Inzwischen waren die Honoratioren des Ortes an das Grab getreten, unter ihnen, wie sich's gehörte, auch Huguenau im blauen Anzug, einen steifen schwarzen Hut in der einen Hand, in der anderen aber einen Kranz. Und Huguenau sah sich höchst indigniert um, weil der Bruder des Verstorbenen nicht zur Stelle war, diesen Kranz zu bewundern, einen schönen Eichenkranz, gestiftet vom Verein »Moseldank«, ein wirklich schönes Gebinde mit Schleifen, auf welchen zu lesen war: »Dem tapferen Krieger das Vaterland.«

53

Geschichte des Heilsarmeemädchens in Berlin (8)

Wie im Keime künft'ger Spiegelmeere
ruhn im Regenbogensilberschaum,
Odem über feuchtem Raum,
zitternd Bündel goldner Sonnenspeere
und an jenem fernsten Saum,
wo der Himmel, daß er sich gebäre,
selber Spiegel einem Spiegelmeere
niedersinkt in Aphroditens Traum:
war es damals, daß es ihm geschehen?
war es damals, daß er es erfuhr,
aufgeschleudert, kreißend in den Wehen
eines süßen Zwanges Unnatur?
Waren's Wälder, die um Wiesen buchten,
untersinkend unter dem Verfluchten?
denn erdröhnend in dem Funkensprühn
wird er von der Stimme fortgeschnellt,
wird sein Auge gräßlich erst erhellt,
da er wirbelnd in dem Felsenglühn
gelber Schluchten niederfällt,
niederbrechend in dem Ungestüm
und zerbrechend im gelähmten Mühn,
rückzuflüchten aus der Feuerwelt,
rückzufinden zu Zypressenhainen,
zu Gebüsch, das in die Fluten taucht,
Nacht und Tag sich in dem Schatten einen,
Duft dem Dufte mild entgegenhaucht,
Dämmerstand in Pinien und Buchen, –
ewig wird er diese Stunden suchen,
denn für ewig hat er sie vergessen,
da er von der Stimme aufgeschreckt,
da sein Wissen, plötzlich aufgeweckt,

ihn zum Rand erfüllet und indessen
sich das Nichtsein seinem Sein entzweckt
zweifelschwanger wüsten-unermessen:
war es Meer gewesen? waren es Zypressen?
Doch die Stimme hat es überdeckt,
jene Stimme, die ihn hochgeschleudert,
jene Stimme, der er untertan;
fände er sie wieder, wäre er geläutert
und Vergeßnes bräche wieder an,
bräche wieder auf im schweren Meergeruche
uferspiegelnd Wiesenhain und Buche. –
Wissen aber, in ihm neu geboren,
treibt von Zweifel ihn zu neuer Zweifelspein
und es jagt ihn durch die Wüsteneien
nach der Stimme, die er stets verloren,
und sie fliehend, holt er sie stets ein
mit dem Eide, den er falsch geschworen
jenem Einen, dem er einst erkoren,
ein Verräter: und sein Mund wird Schreien,
wird zum Schrei, das Wissen übertäubend,
wird zum Schrei im Schluchten-Urgebrülle,
Schrei, im Wüstenglast zerstäubend,
Schrei des Tieres ohne Hülle,
Schrei des Wildes in den Feuerschluchten,
oh, Schrei des Staunens! Schrei des Heimgesuchten!
Fühl' ich das Staunen! des Staunens Wunder?
oder staunt mein Ich?
Von welcher Grenze kommst du her,
Gedanke, tiefstes Ungefähr?
im Todesraume schwebe ich,
schreiend und ewig, Ahasver!
Im schlaflosen blutgelben Höllenlicht,
verdorrt meine Hände, verdorrt mein Gesicht,
zum Schreien geboren, ich, Ahasver!
verjagt aus dem Ursprung, in Klüfte gejagt,
im Wissen erhoben, im Zweifel zernagt,
Steine aussäend, vom Staube genährt,
aus Wissen geschmiedet, im Sehnen verzehrt,
von Stimmen gesegnet, von der Stimme verflucht,
gesegneter Sämann der verbotenen Frucht.

Der Major war einigermaßen peinlich berührt, als die Ordonnanz ihm den Besuch des Herrn Redakteur Esch meldete. War dieser Zeitungsmann ein Abgesandter Huguenaus? ein Sendbote des Pfuhls und des Untergründigen? Der Major vergaß darüber beinahe, daß Huguenau selber zwischen sich und dem angeblich politisch suspekten Esch einen Trennungsstrich gezogen hatte, und da er nach ein paar Augenblicken des Unbehagens nichts Entscheidendes fand, sagte er schließlich: »Na, ist ja egal... ich lasse bitten.«

Esch allerdings erweckte weder den Eindruck eines Sendboten der Hölle, noch den eines politisch suspekten Individuums; er war betreten und verlegen wie einer, der seinen Entschluß schon wieder bereut: »Es handelt sich, Herr Major... kurz, mir ist der Aufsatz des Herrn Major sehr zu Herzen gegangen...«

Major von Pasenow war es klar, daß er sich durch gleißnerische Reden nicht verführen lassen dürfe, so beglückend es auch gewesen wäre, an die Wirkung seiner schriftstellerischen Betrachtungen zu glauben.

»Und wenn mich der Herr Major als Teufel bezeichneten, den man auszutreiben hat...«

Worauf der Major festzustellen für nötig befand, daß ein Bibelzitat keinerlei persönliche Spitze oder Anspielung beinhalte, daß solches sogar eine Herabwürdigung der Bibel bedeuten würde, und daß wir bei jeder Wendung in unserem Leben, wenn es zum Besseren sein soll, ein Stück des Teuflischen hinter uns lassen müssen. Falls Herr Esch also gekommen sei, um jetzt noch nachträglich Rechenschaft oder Genugtuung zu fordern, so könnte er es bei dieser Erklärung bewenden lassen.

Esch hatte während der Rede des Majors seine Festigkeit wiedererlangt: »Nein, Herr Major, darum handelt sich's nicht. Ich würde sogar den Teufel auf mich nehmen,... freilich nicht, weil man mir einige Male meine Zeitung konfisziert hat«, er machte eine wegwerfende Geste, »nein, Herr Major, man kann mir nicht nachsagen, daß meine frühere Zeitungstätigkeit unanständiger gewesen ist als meine jetzige. Ich komme mit einem andern Anliegen.« Und er verlangte nicht mehr und nicht weniger, als daß der Major ihm und seinen Freunden – oder wie er sich in seiner Erregung ausdrückte, den Brüdern – den Weg zum Glauben weisen möge.

Wie er da vor dem Schreibtisch stand, den Hut zwischen den Händen, die Backenknochen von den Flecken der Erregung gerötet, einer Röte, die in der bräunlichen Haut der Wangenhöhlen verebbte, erinnerte Esch an des Majors Gutsverwalter. Was hat ein Gutsverwalter vom Glauben zu reden? und der Major hatte das Gefühl, als sei die Beschäftigung mit Glaubensfragen ein dem Gutsherrn vorbehaltenes Recht. Bilder des gewohnten religiösen Lebens stiegen in ihm auf, er sah die Kirche, bei der er mit seiner Familie vorfuhr, im sommerlichen Staub mit dem hochräderigen Wagen, mit dem niedern pelzbedeckten Schlitten zur Winterszeit; sah, wie er mit seinen Kindern und dem Gesinde die weihnachtliche und österliche Bibelstunde abhielt, sah die polnischen Mägde in roten Kopftüchern und Kitteln zur katholischen Kirche des Nachbardorfes wandern, und während er durch jene Kirche an Herrn Eschs römisch-katholische Glaubenszugehörigkeit gemahnt wurde, rückte ihm dieser in eine unangenehme Verwandtschaft zu den polnischen Landarbeitern und in jene Atmosphäre beunruhigender Unzuverlässigkeit, mit welcher er teils aus persönlicher Erfahrung, teils wegen ihrer Politik, teils aus bloßem Vorurteil, die polnische Nation zu behaften pflegte. Und da es nun einmal so ist, daß die Gewissensfragen des Nebenmenschen gar oft das Unbehagen hervorrufen, als ob hier einer etwas übertreibe, was ihm keineswegs so wichtig ist, wie er vorgibt, so forderte der Major Herrn Esch wohl zum Sitzen auf, doch er ging auf das angeschlagene Thema nicht ein, sondern erkundigte sich nach dem Gedeihen der Zeitung.

Indes war Esch nicht der Mann, der sich so leicht von einem Vorhaben abbringen ließ: »Eben die Zeitung verpflichtet Sie, Herr Major, mich anzuhören«, – und auf den fragenden Blick des Majors – »... ja, Sie, Herr Major, haben dem Kurtrierschen einen neuen Weg vorgeschrieben... und wenn ich mir auch selbst immer gesagt habe, daß Ordnung in der Welt gemacht werden muß und daß auch der Redakteur dazu beitragen muß, sofern er nicht ein Anarchist und gewissenloses Schwein sein will... Herr Major, alle suchen die Rettung, alle fürchten sie das Gift, alle warten, daß die Erlösung komme und die Ungerechtigkeit vernichtet werde.«

Er war ins Schreien geraten und der Major sah ihn befremdet an. Esch fand sich wieder zurecht: »Sehen Sie, Herr Major, der Sozialismus, der ist bloß ein Zeichen unter vielen anderen... aber seit dem Artikel in der Eröffnungsnummer... Herr Major, es handelt sich um die Freiheit und um die Gerechtigkeit in der Welt... man spielt nicht mit Menschenleben, es muß etwas geschehen, sonst sind alle Opfer umsonst gewesen.«

»Alle Opfer umsonst...« wiederholte der Major wie aus einem Erinnern heraus. Doch dann besann er sich: »Wollen Sie etwa, Herr Esch, die Zeitung ins sozialistische Fahrwasser zurücklenken? und wollen Sie dazu gar meine Unterstützung?«

Eschs Miene war respektlos und verächtlich: »Auf den Sozialismus kommt's nicht an, Herr Major,... auf das neue Leben kommt es an... auf die Anständigkeit... auf das gemeinsame Suchen nach dem Glauben... meine Freunde und ich, wir haben eine Bibelstunde eingerichtet... Herr Major, es war Ihnen doch ernst ums Herz, als Sie Ihren Artikel schrieben, da dürfen Sie uns jetzt nicht verstoßen.«

Es war klar: Esch präsentierte eine Rechnung, wenn auch nur eine seelische, und der Major mußte wieder des Verwalters gedenken, der ihm in der Kanzlei mit seinen Rechnungen gegenübersitzt, und er denkt auch wieder an die polnischen Landarbeiter, die sich bemühen, ihn übers Ohr zu hauen. Drohten nicht auch die mit dem Sozialismus? Vielleicht war es längst Vergessenes, als er sagte: »Immer verstößt uns einer, Herr Esch.«

Esch war aufgestanden und ging seiner Gewohnheit gemäß mit ungelenken Schritten im Zimmer auf und ab. Die scharfen Längsfalten neben dem Mund waren noch tiefer als sonst; wie vergrämt er aussieht, dachte der Major, unglaubhaft ist es, daß dieser ernste Mensch ein Wirtshausgänger und ein Besucher anrüchiger Lokale sein soll, ein Sendling aus der Welt des Untergründigen. Ist er solch ein Heuchler? Es war so unvorstellbar wie jene Welt selber.

Esch pflanzte sich unvermittelt vor ihm auf: »Herr Major, um es gerade herauszusagen... wie vermag ich mein Amt auszufüllen, wenn ich mir nicht einmal im klaren bin, ob uns der Weg nicht im protestantischen Glauben erleichtert wäre...«

Nun hätte der Major wohl erwidern können, daß es keineswegs zu den Pflichten eines Schriftleiters gehöre, theologische

Probleme zu lösen, – aber er war über die direkte Frage Eschs viel zu sehr erschrocken, um überhaupt eine Antwort zu finden: es war nicht viel anders als das Ersuchen Huguenaus um Heereslieferungen, und für einen Augenblick schienen die Gestalten der beiden Männer wieder verfließen zu wollen. Der Major griff nach dem Eisernen Kreuz an seiner Brust und seine Haltung wurde dienstlich: ihm, einem Militär in exponierter Position, stand es ihm an, Proselyten zu machen? die katholische Kirche galt schließlich irgendwie als Verbündete, und er hätte es auch nicht auf sich genommen, einen Österreicher oder Bulgaren oder Türken zu veranlassen, daß er den eigenen Staatsverband zugunsten des deutschen aufgebe. Es war recht ärgerlich, wie dieser Esch auf seinem Schein bestand, und doch mutete es wieder süß und verlockend an: war nicht die Gnade ewig sich erneuernden und stets neu sich gebärenden Glaubens in dieser Aufforderung, sich mitzuteilen? Aber noch wehrte sich der Major und meinte darauf hinweisen zu müssen, daß er, selber ein Protestant, sich nicht berufen fühle, einem Katholiken Führer in Glaubensdingen zu sein.

Esch machte wieder seine wegwerfende Handbewegung, das tue nichts zur Sache; in des Majors Artikel heiße es, der Christ habe dem Christen beizustehen, – also gäbe es keinen Unterschied zwischen katholischer und protestantischer Christlichkeit, und der katholische Stadtpfarrer wisse noch viel weniger von solchen Zweifeln und Fragen.

Der Major antwortete nicht. War es wirklich ein Netz aus seinen eigenen Worten, das sich über ihm zusammenzog? mit dem ihn jener hinabzerren wollte in den Pfuhl und in die Dunkelheit? Und dennoch war es, als wollte eine sanfte Hand ihn hinausgeleiten zu den stillen Ufern ruhiger Flüsse. Er mußte an die Taufe im Jordan denken, und beinahe wider seinen Willen sagte er: »In Dingen des Glaubens gibt es keine Vorschrift, Herr Esch; der Glaube ist ein natürlich springender Quell, wie es schon in der Bibel heißt«, und dann setzte er sinnend hinzu: »die Gnade muß ein jeder allein erfahren.«

Unhöflich hatte Esch dem Major den Rücken gekehrt; er stand beim Fenster, hielt die Stirn gegen die Scheiben gepreßt. Jetzt wandte er sich um; sein Ausdruck war ernst, beinahe bittend: »Herr Major, es handelt sich ja nicht um Vorschriften,... es handelt sich um Vertrauen...« und nach einer Weile: »sonst wäre es ja...« das richtige Wort fiel ihm nicht ein, »sonst wäre die Zeitung auch nicht besser als alle andern Zeitungen... eine feile Presse... Demagogengeschwätz... Sie, Herr Major, aber wollten etwas anderes...«

Wieder fühlte Major v. Pasenow die Süßigkeit des Hinströmens, des Fortgetragenwerdens, als wollte eine Silberwolke ihn aufnehmen, schwebend über den Frühlingsflüssen. Geborgenheit des Vertrauens! Nein, dieser Mann, der da ernst vor ihm stand, war kein Abenteurer, kein Verräter, kein Unzuverlässiger, keiner, der das Vertrauen auf die andere Seite des Lebens trägt, schamlos und nackt es dort auszustellen. So begann der Major erst zögernd, doch dann immer wärmer werdend, von der Führerschaft Luthers zu erzählen, in dessen Nachfolge keiner verzweifeln müsse, keiner, Herr Esch! denn ein jeder trage das Fünklein im Seelengrunde, und – oh, wie stark fühlte es Major v. Pasenow selber, war es ihm auch zu sagen verwehrt – keiner ist von der Gnade ausgeschlossen, dürfe doch jeder, der in der Gnade ist, hinausgehen, das Heil zu predigen. Und jeder, der in das eigene Herz sich versenkt, wird die Wahrheit erkennen und den Weg; und er wird wohl auch diesen Weg zur Klarheit finden und wird ihn beschreiten. »Seien Sie getrost, Herr Redakteur«, sagte er, »es wird sich alles zum Besten wenden.« Und er sei auch bereit, wenn Herr Redakteur Esch es wünsche und seine eigene knappe Zeit es erlaube, wieder mit ihm zu sprechen – der Major hatte sich erhoben und Esch über den Tisch hin die Hand gereicht –, im übrigen werde er nächstens einmal zur Besichtigung der Druckerei beim »Kurtrierschen Boten« vorbeikommen. Er nickte Esch zu. Der war unschlüssig stehen geblieben, und der Major fürchtete eine Dankesrede. Aber es folgte kein Dank, sondern Esch fragte fast grob: »Und meine Freunde?« Der Major wurde neuerdings ein wenig dienstlicher: »Später, Herr Esch, später vielleicht.« Und Esch machte eine ungelenke Verbeugung.

Trotzdem gab es für Esch und seine radikale Impetuosität kein Halten mehr. Seiner suchenden Seele war es gleichzeitig eine Huldigung für den Major, als er wenige Tage später – zum Erstaunen aller, die es erfuhren, und das war bald die ganze Stadt – den protestantischen Glauben annahm.

55

ZERFALL DER WERTE (7)
Historischer Exkurs

Jene verbrecherische und rebellische Zeit, die die Renaissance genannt wird, jene Zeit, in der das christliche Wertgebilde in eine katholische und eine protestantische Hälfte zersprengt wurde, jene Zeit, in der mit dem Auseinanderfallen des mittelalterlichen Organons der Prozeß der fünfhundertjährigen Wertauflösung eingeleitet und der Samen der Moderne gelegt wurde, Zeit der Aussaat und zugleich der ersten Blüte, diese Zeit ist weder durch den Protestantismus eindeutig zu umreißen, noch durch ihren Individualismus, noch durch ihren Nationalismus, noch durch ihre Sinnenfreude, und auch nicht durch ihre humanistische und naturwissenschaftliche Erneuerung: wenn diese Zeit, die in ihrem Stil so sinnfällig als Einheit in Erscheinung tritt und zu einem Ganzen zusammengehalten wird, wenn sie einen dieser Einheitlichkeit gemäßen Zeitgeist und Stilträger besessen hat, dann kann dieser nicht durch irgendein beliebiges der vielfältigen Phänomene getragen worden sein, selbst dann nicht, wenn es sich um ein Phänomen von so tiefer revolutionärer Gewalt handelt, wie es der Protestantismus ist, vielmehr müssen alle diese Phänomene auf einen gemeinsamen Nenner gebracht werden, sie müssen eine gemeinsame Wurzel besitzen, und diese Wurzel muß in der logischen Struktur des Denkens liegen, an dieser spezifischen Logik, die alle Handlungen der Epoche durchtränkt und erfüllt.

Es läßt sich nun mit einigem Recht behaupten, daß eine durchgreifende Revolution des Denkstils – und die Revolutionierung aller Lebensphänomene weist auf solch vollkommenen Umschwung im Denken hin – stets dann erfolgt, wenn das Denken an seine Unendlichkeitsgrenze gestoßen ist, wenn es die Antinomien der Unendlichkeit nicht mehr mit den alten Mitteln zu lösen vermag und von hier aus genötigt ist, seine eigenen Grundlagen zu revidieren.

Am deutlichsten, weil in unmittelbarer Nähe liegend, kann ein derartiger Denkumbruch an der Grundlagenforschung der modernen Mathematik beobachtet werden, die, von den Antinomien des Unendlichen ausgehend, zu einer Revolutionierung der mathematischen Methode gelangt, zu einer Umgestaltung, deren Tragweite heute noch nicht abzuschätzen ist. Allerdings ist nicht zu entscheiden, ob es sich hiebei um eine neue Revolution des Denkens handelt oder um die letzte endgültige Liquidierung mittelalterlicher Logizität (wahrscheinlich ist beides der Fall.) Denn nicht nur ragen die Reste des mittelalterlichen Wertgebildes bis in unsere Zeit hinein und geben der Vermutung Raum, daß auch die dazugehörigen Denkreste noch in Kraft geblieben sind, es ist eben die Antinomie und es ist das Wesen der Antinomien des Unendlichen, daß sie auf dem Boden der Deduktion erwachsen, – damit aber wohl auch auf dem Boden der Theologie: kein theologisches Weltsystem, das nicht deduktiv wäre, d.h. das nicht alle Erscheinungen aus einem obersten Prinzip, also aus Gott, vernunftgemäß abzuleiten sucht, und jedweder Platonismus, von hier aus gesehen, ist letzten Endes deduktive Theologie. Wenn daher der platonisch-theologische Gehalt im System der modernen Mathematik auch nicht ohne weiteres sichtbar ist, vielleicht sogar unsichtbar bleiben muß, so lange diese Mathematik der adäquate Ausdruck der herrschenden und sie beherrschenden Logik ist, so zeigt sich dennoch eine auffallende Verwandtschaft zwischen ihren Unendlichkeitsantinomien und denen der Scholastik: gewiß spielte sich die Infinitendiskussion des Mittelalters nicht auf mathematischem Gebiete ab (oder nur höchst nebenbei in kosmischen Erwägungen), aber die »ethische« Unendlichkeit, wie man sie wohl nennen dürfte, und wie sie etwa in dem Problemkreis um die unendlichen Attribute Gottes zutage tritt, enthält alle Fragen des Aktual- und Potentiell-Unendlichen, stellt strukturgemäß das nämliche Grenzgebiet dar, auf dem die Antinomien und Schwierigkeiten der modernen Mathematik liegen. Da wie dort entsteht der antinomische Sachverhalt aus der Absolutierung der logischen Funktion, einer Absolutierung, die nicht zu umgehen ist, so lange eine herrschende Logik nicht sich selbst aufgeben will, und die erst bemerkt werden kann, wenn die antinomische Grenze erreicht wird. Für die Scholastik nimmt diese Fehlabsolutierung vor allem in der Symbolauslegung Gestalt an: die Sichtbarkeit der Kirche, also ihre irdische und endliche Daseinsform, die nichtsdestoweniger den Anspruch auf Absolutheit erhebt, die aristotelische »Verendlichung« des unendlich fernen platonisch-logischen Punktes mußte eine Verendlichung aller Symbolformen nach sich ziehen, und wurde es auch ein System bewunderungswürdiger Symbolspiegelungen, ein System von Symbolen zu Symbolen, allüberschattet und zu magischer Einheit verbunden durch das erhaben-irdische, unendlich-endliche Symbol der Eucharistie, so war der Denkumbruch im Unendlichen nicht mehr aufzuhalten, und an der antinomisch-unendlichen Grenze mußte das scholastische Denken umwenden, um die endlich gewordene platonische Idee dialektisch wieder aufzulösen, d.h. die Umkehr zum Positivismus vorzubereiten und jene automatische Entwicklung zu nehmen, deren Anfänge bereits in der aristotelischen Formung der Kirche sichtbar waren, deren weiterer Fortgang aber trotz mannigfacher Rettungsversuche von seiten der Scholastik (Lehre von der doppelten Wahrheit, Streit der Nominalisten und Realisten, Occams Neubegründung der Erkenntnistheorie) nicht mehr gehemmt werden konnte; an der Absolutierung, an den Unendlichkeitsantinomien mußte sie scheitern, – die Logizität war aufgehoben.

Alles Denken stimmt aber nur insolange mit den Tatsachen überein, als das Vertrauen zu seiner Logizität aufrecht bleibt. Dies gilt für jedes Denken, nicht bloß für das deduktiv-dialektische (um so mehr als es unentscheidbar ist, wieviel Deduktion in irgendeinem Denkakt enthalten ist). Es wäre falsch, zu sagen, daß das Vertrauen in die Deduktion verloren wurde, weil man die Tatsachen plötzlich mit anderen, besseren Augen zu betrachten gelernt hat; gerade das Umgekehrte ist der Fall: die Tatsachen werden erst dann anders betrachtet, wenn die Dialektik zusammengebrochen ist, und dieser Zusammenbruch ist nicht auf ein Versagen vor der Wirklichkeit zurückzuführen, vor einer Wirklichkeit, deren Zurechtbiegung noch lange vorgehalten hätte, sondern er muß vorher auf dem eigensten Gebiet der Logik, nämlich angesichts des Unendlichkeitsproblems erlitten worden sein. Die Geduld des Menschen vor der Autorität der Logik ist schier unerschöpflich und sie läßt sich höchstens mit seiner unwandelbaren Geduld vor der ärztlichen Kunst vergleichen, und so wie der menschliche Körper den unsinnigsten Kuren vertrauensvoll ausgesetzt wird und dabei sogar gesundet, so erträgt die Wirklichkeit auch das unmöglichste Theoriengebäude, – insolange die Theorie nicht selber ihren Bankrott erklärt, so lange wird sie vom Vertrauen getragen und die Wirklichkeit ordnet sich ihr unter. Erst nach erfolgter Bankrotterklärung reibt sich der Mensch die Augen, erst dann wendet er sich der Wirklichkeit wieder zu, verlegt den Quell seines Wissens vom Gebiet des Vernunftschlusses auf das der lebendigen Erfahrung.

Diese beiden Phasen der geistigen Revolution sind nun im ausgehenden Mittelalter deutlich zu erkennen: Bankrotterklärung der scholastischen Dialektik und darauffolgend die – wahrhaft kopernikanische – Wendung zum unmittelbaren Objekt. Oder mit andern Worten, es ist die Wendung vom Platonismus zum Positivismus, von der Sprache Gottes zu der Sprache der Dinge.

Doch mit dieser Wendung vom zentralistisch ekklesiastischen Organon zur Vielfalt der unmittelbaren Eindrucksmöglichkeiten, mit diesem Übergang vom platonischen Gebilde mittelalterlicher Theokratie zur positivistischen Schau auf die empirisch gegebene und unendlich bewegte Welt, mit dieser Atomisierung der einstigen Ganzheit, mußte notwendigerweise eine Atomisierung der Wertgebiete, soweit sie mit den Objektgebieten zusammenfallen, Hand in Hand gehen. Kurzum, die Werthaltungen werden nicht mehr von einer Zentralstelle aus geleitet, sondern erhalten ihre Prägung vom Objekt aus, – nicht mehr um Aufrechthaltung der biblischen Kosmogonie handelt es sich, sondern um die »wissenschaftliche« Beobachtung des Naturobjektes und um das Experiment, das mit ihm angestellt werden kann, nicht um die Errichtung des Gottesstaates handelt es sich mehr, sondern um ein selbständig gewordenes politisches Objekt, das eine neue adäquate politische Methode in Gestalt des Machiavellismus erforderlich macht, nicht dem absoluten Krieg, wie er sich in den Kreuzzügen konkretisierte, gilt der Sinn des Ritters, sondern irdischem Streit, der mit neuartigen unritterlichen Feuerwaffen ausgetragen wurde, nicht mehr um die Christenheit geht es, sondern um bestimmte empirische Menschengruppen, die durch das äußere sprachliche Merkzeichen ihrer Nationalität zusammengehalten werden, nicht dem Menschen als Glied des ekklesiastischen Organons, sondern dem menschlichen Individuum in seiner Eigenbedeutung gilt das Interesse des aufkommenden Individualismus, und für die Kunst ist die Gemeinschaft der Heiligen und ihre Verherrlichung nicht mehr das einzige letzte Ziel, sondern es liegt in der getreuen Beobachtung der äußeren Welt, liegt in jener Treue, die den Naturalismus der Renaissance ausmacht. Aber so weltlich diese Wendung zum unmittelbaren Objekt auch aussehen mag, so wahrhaft heidnisch, daß sie mit Freuden die neuentdeckte Antike zum Eideshelfer aufrief, so drängte sich neben dem äußeren Objekt das innere mit nicht geringerer Mächtigkeit auf, ja, die Unmittelbarkeit der Renaissance ist vielleicht eben in dieser Innenschau am unmittelbarsten: Gott, der bisher bloß durch das Medium der kirchlich-platonischen Hierarchie in Erscheinung treten durfte, er wurde mit dem Blick auf das Seeleninnere, mit der Entdeckung des Fünkleins im Seelengrunde zur unmittelbaren mystischen Erkenntnis, er wurde zur wiedergefundenen Gnade, – und dieses auffallende Zusammensein äußerster heidnischer Weltlichkeit mit der konsequentesten Innerlichkeit des mystischen Protestantismus, dieses Zusammenwohnen disparatester Werttendenzen innerhalb eines einzigen Stilgebiets wäre wohl völlig unerklärbar, würde es nicht auf den gemeinsamen Nenner der Unmittelbarkeit zurückzuführen sein. Der Protestantismus wurde gleich allen anderen Phänomenen der Renaissance, und vielleicht noch stärker als die anderen, ein Phänomen der Unmittelbarkeit.

Aber noch ein weiteres und sehr entscheidendes Konstitutionsmerkmal dieser Epoche darf von hier aus seine Begründung erfahren: das Phänomen der »Tat«, das in jeder Lebensäußerung der Renaissance, und nicht zuletzt im Protestantismus, so sinnfällig in Erscheinung tritt, jene beginnende Verachtung des Wortes, die den sprachlichen Ausdruck womöglich auf seine poetische und rhetorische Autonomie einzuschränken wünscht, ihn aber in die übrigen Bereiche nicht eindringen läßt und statt dessen den handelnden Menschen als einzigen Faktor einsetzt, dieses Hinstreben zu einer Stummheit, die die Stummheit einer ganzen Welt vorbereiten sollte, all dies steht in einer nicht zu verkennenden Beziehung zu der Zerfällung der Welt in Einzelwertgebiete, ist abhängig von jener Wendung zur Sprache der Dinge, die, um im Bilde zu bleiben, eine stumme Sprache ist. Es ist fast so, als hätte damit dokumentiert werden sollen, daß eine Verständigung zwischen den einzelnen Wertgebieten überflüssig geworden ist, oder als könnte eine derartige Verständigung die Strenge und Eindeutigkeit der Ding-Sprache verfälschen. Die beiden großen rationalen Verständigungsmittel der Moderne, die Sprache der Wissenschaft in der Mathematik und die Sprache des Geldes in der Buchhaltung, sie haben beide in der Renaissance ihren Ausgangspunkt gefunden, sind beide aus jener ausschließlichen und eindeutigen Gerichtetheit auf das eigene Wertgebiet und aus einer Esoterik des Ausdrucks entstanden, deren Strenge beinahe als Askese zu bezeichnen wäre. Dennoch hat solche Sinnesrichtung mit der katholisch-mönchischen Askese wenig gemein, denn sie ist nicht wie diese Mittel zum Zweck, will nicht ekstatische »Hilfe« sein, sondern sie ist aus der Eindeutigkeit der Tat hervorgegangen, der Tat, die fortan als die allein eindeutige Sprache zu gelten hat und der allein sie sich unterordnet. So ist auch der Protestantismus seinem Ursprung und Wesen gemäß »Tat«, er setzt den gott-handelnden, den gottsuchenden, den gott-findenden Menschen mit einer ebensolchen Aktivität ausgestattet voraus, wie sie dem neuen Naturforscher, ja, wie sie dem neuen Kriegertypus und dem neuen Politiker eigentümlich war. Luthers Religiosität ist durchaus die eines Tatmenschen und im Grunde alles andere denn kontemplativ. Aber eben in der »Tat«, in dieser »Tatsächlichkeit« liegt auch hier die Strenge, die kategorisch-imperative Pflichterfüllung, die Absperrung gegen alle anderen Wertgebiete, jene geradezu bilderstürmende Askese eines Calvin, eine, man möchte sagen, erkenntnistheoretische Askese, die Erasmus sogar die Forderung erheben ließ, daß die Musik aus dem Gottesdienste ausgeschlossen werde.

Allerdings: auch das Mittelalter kannte die Tat. Und so sehr sich der neue Positivismus von der scholastischen Platonik abheben mochte, er legte mit der Verweisung des Individuums auf das einsame Ich zugleich die »positivistische Wurzel« alles Platonischen frei. Die neue Christlichkeit protestierte nicht nur, sie reformierte auch, sie empfand sich durchaus als Renaissance des christlichen Gedankens, und wenngleich sie fürs erste ohne Theologie auftrat, so entwickelte sie auf autonomer und schmälerer Basis späterhin doch eine rein platonisch-idealistische Theologie: denn als solche kann die Kantsche Philosophie aufgefaßt werden. Die »Wertrichtung«, die ethische Forderung an das Tun, hatte sich gegenüber dem Mittelalter nicht geändert und hätte sich auch nicht ändern dürfen, denn nur in dem handelnden Willen zum Wert und zu seiner Absolutheit konstituiert sich der Wert, – andere als absolute Werte gibt es nicht. Was sich geändert hat, war die Abgrenzung der wertsetzenden Tat: während sich bisher die Intensität der Absolutierung auf den Gesamtwert des christlichen Organons bezogen hatte, wurde nun die Radikalität der auf sich selbst gestellten Logik, wurde die Strenge ihrer Autonomie jedem Einzelgebiet separat zugeordnet, wurde jedes dieser Einzelgebiete zum eigenen Wertgebiet absolutiert, wurde jene Vehemenz in die Welt gebracht, mit der die absolutierten Wertgebiete brückenlos und beziehungslos nebeneinander bestehen sollen, jene Vehemenz, die der Renaissancezeit ihre eigentümliche Färbung verliehen hat.

Gewiß ließe sich einwenden, daß der Gesamtstil der Zeit all die disparaten Wertgebiete gleichmäßig umfaßte, ja, daß sogar die Persönlichkeit Luthers sich keineswegs asketisch auf ein einziges Gebiet beschränkte, vielmehr, daß sich gerade bei ihm die religiösen und weltlichen Momente in eigentümlicher Weise vereinen. Aber es läßt sich ebensogut sagen, daß hier erst der Anfang einer Entwicklung stattfindet, die zu ihrer vollen Entfaltung fünfhundert Jahre benötigte, daß die Zeit noch voller Sehnsucht nach mittelalterlicher Zusammenfassung war und daß eben eine Persönlichkeit wie die Luthers, die zwar nicht mehr logisch, doch kraft ihres menschlichen Reichtums die disparatesten Werttendenzen in sich zusammenfaßte, diesem Bedürfnis der Epoche entgegenkommend, die Epoche zu der seinen machte und eine Wirkung auf sie ausübte, die ungleich größer sein mußte, als die des »logischeren« Calvin. Es ist, als ob die Zeit noch voll Furcht vor der »Strenge« und der beginnenden Stummheit gewesen wäre, als ob sie diese fürchterliche kommende Stummheit hätte übertäuben wollen, und als ob sie vielleicht darum zur Geburtsstunde der neuen Sprache Gottes, zur Geburtsstunde der neuen polyphonen Musik hätte werden müssen. Aber dies sind unbeweisbare Vermutungen. Hingegen kann es als gesichert gelten, daß dieser Zustand der Epoche, daß diese Verwirrtheit des Beginns es war, die die katholische Gegenreformation ermöglichte, daß die Angst vor der beginnenden Einsamkeit und Isoliertheit die Bereitschaft für eine Bewegung auslöste, welche das Wiederfinden der Einheit versprach. Denn die Gegenreformation hatte die gigantische Aufgabe auf sich genommen, die von der asketischen Nur-Religiosität des Protestantismus ausgeschlossenen Wertgebiete neuerlich zu sammeln, eine neuerliche Zusammenfassung der Welt und all ihrer Werte zu versuchen und unter Leitung der neuen jesuitischen Scholastik nochmals die mittelalterliche Ganzheit anzustreben, auf daß die platonische Einheit der Kirche thronend als oberster Wert über allen anderen Wertgebieten ihre göttliche Stellung für immer bewahre.

56

Der Uhrmacher Samwald kam nun öfters ins Spital hinaus. Er besuchte die Stätte, an der man seinen Bruder gepflegt hatte, auch wollte er sich erkenntlich zeigen und tat dies, indem er nicht nur die Uhren des Lazaretts kostenlos regulierte, sondern sich auch allen Insassen anbot, ihre Taschenuhren ohne Entlohnung in Reparatur zu nehmen. Und dann besuchte er den Landwehrmann Gödicke.

Gödicke aber wartete auf diese Besuche. Seit dem Begräbnis war ihm manches klarer und ruhiger geworden; das Irdische seines Lebens hatte sich verdichtet, und trotzdem schien es gehobener und luftiger zu werden, ohne an Sicherheit zu verlieren. Er wußte nun mit aller Deutlichkeit, daß er vor dem Dunkeln, hinter dem jener andere Gödicke, oder richtiger, jene vielen Gödickes von einst standen, daß er vor dieser dunklen Schranke nicht mehr zu erschrecken brauchte, denn sie war ja bloß die Zeit, während welcher er im Grabe gelegen hatte. Und kam jetzt einer, der ihn an das andere erinnern wollte, an das, was vor seiner Grablegung geschehen war, so brauchte man nicht mehr Angst zu haben, sondern man konnte es sozusagen mit einem Achselzucken abtun, wissend, daß es nichts mehr zu bedeuten hatte. Er mußte es jetzt nur mehr durchwarten, denn das Leben, das sich jetzt um ihn sammelte, brauchte er nicht mehr zu fürchten, selbst wenn es ganz nahe an ihn heranrückte: er hatte den Tod bereits hinter sich, und alles, was kam, diente lediglich dazu, das Gerüst immer höher zu bauen. Zwar sprach er noch immer kein Wort und er hörte auch nicht hin, wenn die Schwestern und die Zimmerkameraden sich an ihn wandten, aber seine Stummheit und Taubheit waren nun weit weniger Verteidigung seines Ichs und seiner Einsamkeit denn Verachtung und Strafe für die Störenfriede. Nur den Uhrmacher Samwald duldete er, ja er wartete auf ihn.

Samwald allerdings machte es ihm leicht. Selbst wenn Gödicke gebückt und auf die Stöcke gestützt einherging, konnte er auf den kleinen Uhrmacher herabsehen; doch war dies keineswegs das Wesentliche. Wichtiger war es wohl, daß Samwald, als wüßte er, wen er vor sich hatte, nicht den geringsten Versuch machte, ihn auszufragen oder an irgend etwas zu erinnern, das ihm, Ludwig Gödicke, nicht genehm war. Eigentlich sprach Samwald überhaupt nicht viel. Saßen sie nebeneinander auf einer Bank des Gartens, so zeigte er ihm die Uhren, die er zur Reparatur übernommen hatte, ließ die Deckel springen, so daß man das Räderwerk sehen konnte, und versuchte zu erklären, wo der Fehler lag. Oder er sprach von dem toten Bruder, der, wie er sagte, zu beneiden wäre, weil er es überstanden hätte und sich in einem schöneren Jenseits befände. Wenn aber der Uhrmacher Samwald dann vom Paradies und den himmlichen Freuden zu reden anhob, so war dies wohl einerseits abzulehnen, denn es war ein Belang, welcher den Konfirmationsunterricht des verschollenen Knaben Gödicke anging, andererseits jedoch war es wie eine Huldigung für den Mann Gödicke, wie eine Frage an ihn, der mit besserem Wissen bereits im Jenseitigen wandelte. Und wenn Samwald von Bibelversammlungen erzählte, die er zu besuchen pflegte und in denen er viel Erleuchtung erfuhr, wenn er erzählte, daß das Elend dieses Krieges schließlich zu einem lichteren Heil der Seele führen müsse, so hörte Gödicke noch lange nicht hin, allein es war von ferneher wie eine Bestätigung wiedergefundenen Lebens und es war wie eine Aufforderung, in diesem Leben einen gebührenden, gewissermaßen einen jenseitigen Platz einzunehmen. Der kleine Uhrmacher schien ihm dann wie einer der Jungen oder eines der Weiber, die die Ziegel zur Mauer zutrugen und die man zwar keiner Rede würdigte, sondern höchstens barsch anließ, die man aber nichtsdestoweniger brauchte. Es mag dies wohl auch der Grund gewesen sein, der ihn einmal veranlaßte, den kleinen Uhrmacher in seinen Erzählungen zu unterbrechen und ihm den Befehl zu erteilen: »Hol mir ein Bier«, und als der Befehl nicht prompt ausgeführt worden war, hatte er mit empörter Verständnislosigkeit vor sich hingeschaut. Viele Tage war er böse auf Samwald, schenkte ihm keinen Blick, und Samwald zerbrach sich den Kopf darüber, wie er Gödicke wieder versöhnen könnte. Das war schwierig genug. Denn Gödicke wußte ja eigentlich selber nicht, daß er böse auf Samwald war, und er litt sehr darunter, daß er unter dem Zwange eines unbekannten Gebotes das Gesicht abwenden mußte, sobald Samwald erschien. Und nicht daß er eben Samwald als den Urheber solchen Gebotes betrachtete, doch er verübelte es ihm zutiefst, daß das Gebot nicht aufgehoben wurde. Es war eine Art mühseligen Einander-Suchens, das zwischen den beiden Männern stattfand, und fast war es ein genialer Gedanke des Uhrmachers, als er eines schönen Tages den Mann Gödicke bei der Hand faßte und mit sich zog.

Es war ein guter warmer Nachmittag, und der Uhrmacher Samwald führte den ehemaligen Maurer Gödicke am Ärmel des Waffenrocks, Schritt für Schritt und vorsichtig, achtete auch darauf, den zackigen Basaltschotter auf der Straße zu vermeiden. Manchmal ruhten sie. Und wenn sie eine Weile geruht hatten, zupfte Samwald an Gödickes Ärmel, und Gödicke erhob sich und sie gingen weiter. So kamen sie zu Eschs Anwesen.

Die Leiter, die zur Redaktion hinaufführte, war für Gödicke zu steil, und Samwald setzte ihn auf die Bank vorm Garten und stieg allein hinauf; er kam mit Esch und Fendrich zurück. »Das ist Gödicke«, sagte Samwald. Gödicke grüßte nicht. Esch wollte sie ins Gartenhaus führen. Indes vor den beiden Mistbeeten, deren Glasfenster aufgeschlagen waren, weil Esch für den Herbstanbau gesät hatte, blieb Gödicke stehen und schaute in die Vertiefungen, in denen die braune Erde lag. Esch sagte »Na?« Jedoch Gödicke starrte weiter in die Beete. So blieben sie alle stehen, barhäuptig und in ihren dunklen Anzügen, als wären sie um ein geöffnetes Grab versammelt. Samwald sagte: »Herr Esch hat die Bibelstunden eingerichtet... wir wollen den Himmel suchen.« Da lachte der Mann Gödicke, er lachte nicht wild, es war vielleicht bloß ein etwas geräuschvolles Lächeln, und er sagte: »Der Gödicke Ludwig auferstanden von den Toten«, nicht sehr laut sagte er es, und er sah triumphierend auf Esch, ja, er richtete sich aus seiner demütig gebückten Haltung auf und war beinahe so groß wie Esch. Fendrich, der die Bibel unterm Arm trug, betrachtete ihn mit den fiebrigen Augen des Lungenleidenden, und dann berührte er leise die Uniform Gödickes, als wollte er sich vergewissern, ob Gödicke auch leibhaftig vorhanden wäre. Für den Mann Gödicke aber schien die Sache erledigt, er hatte das Seinige getan, es war nicht einmal gar so sehr anstrengend gewesen, er durfte sich ausruhen, und so ließ er sich einfach auf dem Holzrand des Mistbeets nieder, wartend, daß Samwald sich neben ihn setzen werde. Samwald sagte: »Er ist müde«, und Esch ging mit langen Schritten in den Hof zurück und rief zum Küchenfenster hinauf, die Frau möge Kaffee bringen. Dann brachte Frau Esch Kaffee, und sie holten auch Herrn Lindner aus der Druckerei, auf daß er mit ihnen Kaffee trinke, und standen um Gödicke herum, der am Rande des Mistbeets saß, und schauten zu, wie er den Kaffee schlürfte. Und bloß Gödicke sah etwas anderes. Und nachdem Gödicke mit dem Kaffee gelabt war, nahm Samwald ihn wieder bei der Hand und sie machten sich auf den Heimweg ins Lazarett. Vorsichtig gingen sie, und Samwald achtete darauf, daß Gödicke nicht auf den zackigen Schotter trete. Manchmal ruhten sie. Und wenn Samwald dem andern zulächelte, wandte dieser den Blick nicht mehr ab.

57

Ja, Huguenau war sehr verstimmt. Die Aufrufe für den Eisernen Bismarck waren gottsjämmerlich ausgefallen. Daß die Druckerei kein Klischee für ein Bismarckbild besaß, das war noch verzeihlich, aber nicht einmal ein richtiges Eisernes Kreuz in Lorbeerumrahmung war vorhanden, und so blieb nichts anderes übrig, als jede der vier Ecken des Aufrufs mit einem jener kleinen Eisernen Kreuze zu versehen, mit denen man sonst die Todesanzeigen der Kriegsgefallenen zu schmücken pflegte. Er wäre mit dem Wisch gar nicht selber zum Major gegangen, wenn er nicht auch eine gute Nachricht in der Tasche gehabt hätte: eine Bildhauerwerkstätte in Gießen, deren Inserat er entdeckt und der er sofort telegraphiert hatte, machte sich erbötig, eine Bismarckstatue innerhalb zweier Wochen zu liefern. Aber der Major war von den geschmacklosen Aufrufen selbstverständlich tief enttäuscht gewesen: er hat erst gar nicht hingehört und die Entschuldigungen bloß mit einem mißmutig gleichgültigen »Ist ja egal« quittiert. Und wenn er sich auch schließlich herbeigelassen hatte, seinen Besuch für heute anzusagen, so hatte er es einem doch gleich wieder vergällt, indem er sich nach Esch erkundigte. Das war um so ungerechter, als doch der Esch daran Schuld trug, wenn es in der Druckerei keine anständigen Klischees gab.

Die Hände in den Hosentaschen, stelzte Huguenau im Hofe auf und ab, wartete auf den Major. Was den Esch anbelangt, so hatte man's immerhin ganz gut eingefädelt. Es war ganz schlau gewesen, ihn gestern zurückzuhalten, als er zur Papierfabrik hinausgewollt hatte, – nun, und heute, da war's eben ein Irrtum gewesen, heute war merkwürdigerweise doch zu wenig Papier am Lager, und da hatte man den Herrn Redakteur eben hinausgeschickt. Leider hat der Kerl es für nötig befunden, das Rad zu nehmen, und wenn der Major noch lange auf sich warten läßt, so ist der ganze Fahrplan übern Haufen geworfen, und die beiden treffen dann doch noch hier zusammen.

Es war ein warmer trüber Tag. Huguenau schaute ein paarmal auf die Uhr, dann ging er in den Garten, besah das Obst, das noch unreif in den Zweigen hing, schätzte die Ernte ab. Allerdings kommt's in diesen Zeiten gar nicht bis zur Reife, vorher ist alles längst gestohlen. Eines Morgens wird der Esch seinen Garten ausgeräumt finden. Lang wird's nicht mehr dauern; an der Sonnenseite röten sich bereits die Pflaumen, und Huguenau griff hinauf und prüfte die Frucht zwischen den Fingern. Esch sollte einen Stacheldraht um den Garten ziehen; aber so viel ist die Ernte sicherlich nicht wert. Nach dem Krieg wird Stacheldraht billig sein.

Warten ist wie gespannter Stacheldraht im Innern. Huguenau sah wieder ins Geäst, blinzelte zu den grauen Wolken; dort wo die Sonne sich verbarg, blendete es weiß. Er pfiff einigemal nach Marguerite; die aber tauchte nicht auf und Huguenau ärgerte sich: natürlich war sie wieder mit den Jungen unten am Fluß. Am liebsten hätte er sie sich geholt. Doch er mußte auf den Major warten. Plötzlich – eben wollte er wieder nach ihr pfeifen – stand Marguerite neben ihm. Er sagte streng: »Wo steckst du denn immer! wir kriegen Besuch.« Dann nahm er sie bei der Hand, und sie überquerten den Hof, gingen durch den Hausflur und hielten draußen auf der Fischerstraße Ausschau nach dem Major. Ich habe Esch zu früh weggeschickt, mußte Huguenau stets aufs neue denken.

Endlich bog der Major um die Ecke; er war von dem bejahrten

Proviantoffizier begleitet, der gleichzeitig Adjutantendienst in der Kommandantur versah. Huguenau, der zwar darauf gerechnet hatte, den Major für sich allein zu haben, fühlte sich dennoch geschmeichelt, daß der Besuch in so offizieller Form vor sich gehen sollte. Eigentlich war es eine Dummheit gewesen, den Esch fortzulassen, das gesamte Personal hätte Spalier bilden und Marguerite in einem weißen Kleidchen hätte einen Blumenstrauß überreichen müssen. Irgendwie war auch für dieses Versäumnis der Esch verantwortlich zu machen, aber nun war es geschehen, und Huguenaus Feierlichkeit mußte sich auf einige Verbeugungen beschränken, da die beiden Offiziere jetzt vor dem Hause stehen blieben.

Glücklicherweise verabschiedete sich der Proviantoffizier, so daß die Situation aus dem Offiziellen ins Private sich wandelte, und als der Major den Hauseingang betrat, war Huguenau von vertraulicher Ergebenheit überglänzt. »Marguerite, mach einen Knicks«, kommandierte er. Marguerite starrte dem fremden Mann ins Gesicht. Der Major fuhr ihr über die schwarzen Locken: »Nun, man sagt Guten Tag, kleine Tatarin.« Huguenau entschuldigte: »Es ist die Kleine von Esch...« Der Major hob Marguerites Kinn: »So, du bist Herrn Eschs Tochter?« – »Sie ist bloß im Hause,... quasi eine Ziehtochter«, berichtigte Huguenau. Der Major strich ihr wieder über die Locken: »Kleine schwarze Tatarin«, wiederholte er, während sie den Flur durchschritten. »Eine geborene Französin, Herr Major,... Esch will sie eventuell adoptieren... aber es ist überflüssig, sie ist ohnehin bei ihrer Tante... wollen Herr Major nicht gleich die Druckerei besichtigen? bitte, hier gleich rechts...« Huguenau lief voran. »Schon gut, Herr Huguenau«, sagte der Major, »ich möchte vorerst doch Herrn Redakteur Esch begrüßen.« – »Esch wird ehestens erscheinen, Herr Major, ich meinte, daß Herr Major vor allem ungestört die Einrichtungen besichtigen wollten.« – »Herr Esch stört mich durchaus nicht«, sagte der Major und Huguenau war von dem etwas scharfen Ton betroffen. Er witterte irgendeine Intrige Eschs,... na, dem wird er schon noch auf seine Schliche kommen, und dann gibt es einen gesalzenen Geheimbericht Nr. 2. Und weil es einen solchen geben würde, war Huguenau beruhigt: denn keine Seele duldete es, daß der innere Strom ihres Geschehens von außen aufgehalten und aufgestaut werde. Und so sagte Huguenau gemessen:

»Herr Esch mußte leider in die Papierfabrik... ich mußte für Papierlieferungen Vorsorge treffen... vielleicht besichtigten Herr Major mittlerweile doch die Druckerei.«

Die Maschine war zu Ehren des Majors in Bewegung gesetzt worden, und zu Ehren des Majors ließ Huguenau überflüssigerweise eine Partie des Moseldank-Aufrufs einlegen. Er hielt Marguerite noch immer an der Hand, und als Lindner die erste Partie des Aufrufs schichtete, nahm Huguenau das oberste Blatt und überreichte es dem Major. Neuerdings glaubte er, sich entschuldigen zu müssen: »Es ist eben eine sehr einfache Aufmachung, wenigstens ein richtiges Eisernes Kreuz mit Lorbeerkranz wäre am Platz gewesen... bei einer Aktion, der Herr Major persönlich vorstehen!«

Der Major hatte nach dem Eisernen Kreuz am Knopfloch gegriffen, schien beruhigt, daß es noch dort hing. »Ach, das Eiserne Kreuz, – wozu noch eines? das ist doch überflüssig.« Huguenau verbeugte sich: »Ja, Herr Major haben gewiß recht, in einer so schweren Zeit muß auch eine bescheidene Aufmachung genügen, ich kann Herrn Major bloß beipflichten, aber ein bescheidenes Bildchen hätte keine Mehrkosten verursacht... dem Herrn Esch ist das natürlich gleichgültig.« Der Major schien nicht gehört zu haben. Nach einer Weile aber sagte er: »Ich glaube, Herr Huguenau, daß Sie Herrn Esch Unrecht tun.« Huguenau lächelte artig und auch ein wenig verächtlich. Doch der Major sah nicht auf ihn, sondern auf Marguerite: »Ich hätte sie für eine Sklavin gehalten, so ein kleines schwarzes Tatarenmädchen.« Huguenau fühlte sich verpflichtet, nochmals auf die französische Geburt der Kleinen hinzuweisen. »Sie ist bloß so hier im Haus.« Der Major beugte sich zu Marguerite: »Ich habe auch so ein Mädelchen daheim, ein wenig größer ist sie wohl, vierzehn Jahre... und auch nicht so schwarz wie eine kleine Tatarin... Elisabeth heißt sie...« und nach einem Weilchen sagte er: »Also eine kleine Französin.« – »Sie kann bloß Deutsch«, sagte Huguenau, »hat alles verlernt.« Der Major fragte: »Du hast deine Pflegeeltern gewiß sehr lieb?« – »Ja«, sagte Marguerite, und Huguenau wunderte sich, daß sie so lügen mochte; aber weil der Major geistesabwesend schien, wiederholte er deutlich: »Sie wohnt bei ihren Verwandten.« Der Major sagte: »Des Vaterhauses beraubt...« Das klang nun wirklich etwas geistesabwesend, er war eben ein alter Herr, und Huguenau bestätigte: »Sehr wohl, Herr Major, das richtige Wort, des Vaterhauses beraubt...« Der Major sah Marguerite aufmerksam ins Gesicht. Huguenau lockte: »Die Setzerei, Herr Major, die Setzerei haben Sie noch nicht gesehen.« Der Major fuhr dem Kind über die Stirne: »Du darfst nicht so bös dreinschauen, darfst nicht solche Falten auf der Stirn machen...« Das Kind überlegte ernsthaft, dann sagte es: »Warum?« Der Major lächelte, strich leicht mit dem Finger über ihre Lider, unter denen hart der Augapfel ruhte, lächelte und sagte: »Kleine Mädchen dürfen keine Stirnfalten machen... das ist eine Sünde.... versteckt und sichtbar zugleich, so ist immer die Sünde.« Marguerite drängte weg, und Huguenau fiel es ein, wie sie sich von Esch weggestrampelt hatte; recht hat sie, dachte er. Der Major strich sich nun selbst über die Augen: »Na, ist ja egal...« und Huguenau, welcher spürte, daß der Major gleichfalls wegstrebte, wenn auch mit schwachen Kräften, war geradezu froh, wie er nun Esch auf seinem etwas zu niedern Rad O-beinig in den Hof einfahren und bei der Holzstiege abspringen sah.

Sie traten alle in den Hof hinaus, um Esch zu empfangen, und der Major stand zwischen Huguenau und dem Kinde.

Esch lehnte das Rad an die Wand unterhalb der Hühnerleiter und ging langsam auf die Gruppe zu. Er zeigte keinerlei Verwunderung, den Major vorzufinden, so wenig Verwunderung zeigte er und mit solcher Selbstverständlichkeit begrüßte er den Gast, daß Huguenau argwöhnte, es hätte dieser hagere Lehrer bereits um den Besuch gewußt. Also äußerte er seinen Unmut: »Was sagen Sie zu dieser überraschenden Ehre?! Sie sind wohl gar nicht überrascht?«

»Ich freue mich«, sagte Esch.

Der Major sagte: »Ich freue mich, daß sie noch rechtzeitig heimgekommen sind, Herr Esch.«

Esch sagte ernst: »Vielleicht in zwölfter Stunde, Herr Major.«

Huguenau sagte: »Es ist noch nicht so spät,... wollen Herr Major auch noch die übrigen Lokalitäten besichtigen; die Stiege ist bloß ein wenig unbequem.«

Esch sagte: »Es war ein weiter Weg.«

Das Kind sagte: »Er ist auf dem Rad gekommen.«

Der Major sagte sinnend: »Ein weiter Weg... und er ist noch nicht am Ziele.«

Huguenau sagte: »Wir haben das Ärgste bereits hinter uns... wir haben bereits zwei Seiten Inserate... und wenn wir uns noch Aufträge der Heeresverwaltung verschaffen könnten...«

Esch sagte: »Es handelt sich nicht um die Ankündigungen.«

Huguenau sagte: »Wir haben nicht einmal ein Klischee mit einem Eisernen Kreuz... darum handelt es sich Ihnen wohl auch nicht!«

Das Kind deutete auf des Majors Brust: »Hier ist das Eiserne Kreuz.«

Der Major sagte: »Das Ehrenzeichen ist immer unsichtbar, bloß die Sünde ist sichtbar.«

Das Kind sagte: »Lügen ist die größte Sünde.«

Esch sagte: »Das Unsichtbare ist hinter uns her, wir kommen aus der Lüge, und wenn wir den Weg nicht finden, verirren wir uns in der Dunkelheit des Unsichtbaren.«

Das Kind sagte: »Niemand hört's, wenn man lügt.«

Der Major sagte: »Gott hört es.«

Huguenau sagte: »Niemand hört einen Deserteur, niemand kennt ihn, auch wenn er mit allem, was er spricht, recht behält.«

Esch sagte: »Keiner sieht den andern im Dunkeln.«

Der Major sagte: »Sichtbar, und doch einer vor dem andern versteckt.«

Das Kind sagte: »Der liebe Gott hört es nicht.«

Esch sagte: »Die Stimme der Kinder wird er einstens wieder hören.«

Huguenau sagte: »Es ist besser, daß keiner einen hört, man muß sich allein durchschlagen... wir werden's schon schaffen.«

Der Major sagte: »Wir haben ihn verlassen und er hat uns allein gelassen... so allein, daß wir uns nicht mehr finden können.«

Esch sagte: »In der Einsamkeit eingekerkert.«

Das Kind sagte: »Man wird mich nicht finden können.«

Der Major sagte: »Den wir verlassen, den müssen wir ewig suchen.«

Huguenau sagte: »Du willst dich verstecken.«

»Ja«, sagte das Kind.

Der milchgraue Himmel begann zu zerreißen; er wurde an manchen Stellen blau. Das Kind, bloßfüßig und unhörbar, war davongelaufen. Dann gingen auch die Männer. Jeder nach einer andern Richtung.

58

Geschichte des Heilsarmeemädchens in Berlin (9)

Gestern waren sie also wieder bei mir, der Nuchem und die Marie, und wir haben zusammen gesungen. Auf meinen Vorschlag hin sangen wir zuerst das Lied:

»Wir ziehn zum Kampfe froh hinaus
Mit hellem Glaubensmut,
Es schreckt uns nicht des Satans Graus
Und alle seine Wut.
Das Banner weht uns stolz voran,
Zum Siegen stets bereit;
Ist immer vorne auf dem Plan,
Und führt uns in den Streit!
(Chor)
Dir wolln wir treu ergeben sein,
Getreu bis in den Tod,
Dir wolln wir unser Leben weihn,
Der Fahne blau-gelb-rot.«

Wir sangen es nach der Melodie des Andreas-Hofer-Liedes, Marie begleitete auf der Laute, Nuchem summte mit und schlug den Takt mit leisen glatten Händen. Während des Spiels blickten sie manchmal einander an, aber es mag auch sein, daß es mir bloß so erschien, weil ich durch die Reden des Dr. Litwak mißtrauisch geworden war. Auf alle Fälle grölte ich sehr laut, und das hatte verschiedene Beweggründe. Denn einesteils wollte ich damit die Familie beruhigen, die sich zweifelsohne inzwischen vor meiner Türe angesammelt hatte: die Kinder in die erste Reihe sich drängend und vielleicht das Ohr am Holze, der weißbärtige Großvater mit vorgebeugtem Oberleib, die Hand zur Hörmuschel geformt, während die Frauen sich mehr im Hintergrund halten und die eine oder die andere still vor sich hin weint, sie allesamt langsam vorrückend, dennoch nicht wagend, die Türe zu öffnen, – ja, einesteils wollte ich sie beruhigen, andernteils war es mir ein sadistisches Vergnügen, sie da draußen zu wissen, sie zu locken und abzustoßen. Aber indem ich so laut grölte, wollte ich Nuchem und Marie damit auch sagen: geniert euch nicht, meine Kinder, ihr seht, daß ich mit mir und mit meiner Stimme beschäftigt bin, öffne deinen Schlußrock, Nuchem, hebe deine Rockschöße, mach eine Verbeugung vor dem Fräulein, und du, Marie, ziere dich nicht länger, nimm deinen Rock mit zwei Fingern, und tanzt ihr beide, tanzt nach Jerusalem, tanzt in mein Bett, tut, als ob ihr zu Hause wäret. Und so sang ich nicht einmal mehr Maries Text mit, sondern meinen eigenen, den richtigeren: »Zu Mantua in Banden der treue Hofer lag«, weiter wußte ich leider nicht, aber ich modulierte diese Zeile und fand es angemessen und schön.

Nun freilich schloß Marie das Lied mit jenem Schrumm ab, mit dem alle Lieder zur Laute endigen und sie sagte: »Das haben wir brav gemacht, jetzt wollen wir zur Belohnung auch ein Stückchen beten.«

Und schon war sie von ihrem Stuhl gerutscht, hatte die gefalteten Hände zum Gesicht erhoben und begann den 122. Psalm: »Ich freute mich über die, so mir sagten: lasset uns ins Haus des Herrn gehen! Unsere Füße stehen in deinen Toren, Jerusalem. Jerusalem ist gebaut, daß es eine Stadt sei, da man zusammenkommen soll, da die Stämme hinaufgehen, die Stämme des Herrn, wie geboten ist dem Volk Israel, zu danken dem Namen des Herrn.«

Ich konnte sie nicht bremsen, es sei denn, daß ich ihr die Laute am Schädel zerschlagen hätte. So also kniete auch ich nieder, breitete die Arme aus und betete: »Wir wollen Tee kochen den Töchtern und Jünglingen Israels, wir wollen Rum in den Tee hineintun, Kriegsrum, Heldenrum, Ersatzrum, um unsere Einsamkeit zu betäuben, denn übergroß ist unsere Einsamkeit, sei es nun in Zion oder in der heiligen Stadt Berlin.« Doch während ich so sprach und mit den Fäusten an meine Brust schlug, hatte Nuchem sich erhoben: er stand vor mir, hatte mir den Hintern zugekehrt, und mit dem betenden Gesicht zum geöffneten Fenster gewandt, vor dem der zerrissene schmierige Kattunvorhang wie eine verblaßte gelb-rot-blaue Fahne im Nachthauch baumelte, hatte er seinen Oberkörper in wippende Bewegung versetzt. Oh, das war unanständig, das war unanständig von Nuchem, der doch mein Freund war.

Ich sprang zur Türe, riß sie auf, schrie hinaus: »Komm herein, Israel, trink Tee mit uns, sieh die obszönen Bewegungen meines Freundes an und das geöffnete Antlitz meiner Freundin.«

Der Vorraum jedoch, der Vorraum war leer. Wie weggehuscht waren sie, hineingepurzelt in ihre Stuben, die Weiber über die Kinder, und der ächzende Großvater, der sich nicht aufrichten kann, mitten darunter.

»Schön«, sagte ich, schloß die Türe und wandte mich wieder meinem häuslichen Spuk zu, »schön, meine Kinder, nun gebt euch den Zionskuß.«

Die beiden aber standen nun da mit hängenden Armen, getrauten sich nicht, einander anzufassen, nicht zu tanzen, mit blödem Lächeln standen sie da. Und schließlich tranken wir Tee.

59

Das Symposion oder Gespräch über die Erlösung

Unfähig, sich selber mitzuteilen, unfähig, seine Einsamkeit zu sprengen, verdammt, Schauspieler seiner selbst, Stellvertreter des eigenen Wesens zu bleiben, – was immer der Mensch vom Menschen erfahren kann, bleibt bloßes Symbol, Symbol eines unfaßbaren Ichs, reicht über den Wert eines Symbols nicht hinaus: und alles, was auszusagen ist, es wird zum Symbol des Symbols, wird zum Symbol zweiter, dritter, n-ter Ableitung und verlangt im wahren Doppelsinn des Wortes nach der Vorstellung. Es wird daher niemandem Schwierigkeiten bereiten und wird höchstens der Kürze der Erzählung dienen, wenn man sich vorstellen wollte, wie das Ehepaar Esch zusammen mit dem Major und Herrn Huguenau sich auf einer Theaterszene befindet, in eine Darbietung verstrickt, der kein Mensch entgeht: als Schauspieler zu agieren.

Um den Tisch in Eschs Gartenhause sitzen Frau Esch, ihr zur Rechten der Major, zur Linken Huguenau, ihr gegenüber (mit dem Rücken zum Zuschauer) Herr Esch. Das Abendessen ist vorbei. Auf dem Tische das Brot und der Wein, den Herr Esch von einem inserierenden Weingutbesitzer eingehandelt hat.

Es beginnt zu dunkeln. Im Hintergrund sind noch die Konturen des Gebirgszuges zu erkennen. Zwei Kerzen, in den Glasglocken sogenannter Windleuchter brennend, werden von Mücken umtanzt. Man hört die stoßweise asthmatische Arbeit der Druckmaschine.

ESCH: Darf ich noch einschenken, Herr Major?

HUGUENAU: Prächtiges Weinchen, an dem ist nichts auszusetzen; da können wir uns mit unsern Elsässerweinen verstekken. Kennen Herr Major unsere Elsässerweine?

MAJOR: *(abwesend)*: Ich glaube nicht.

HUGUENAU: Nun, es ist ein harmloser Wein... wir Elsässer sind überhaupt harmlos..., ein ehrlicher Tropfen sozusagen, nichts Hinterhältiges *(er lacht)* und nachher gibt's höchstens einen einfachen natürlichen Rausch..., man schläft ein, wenn man genug hat, das ist alles.

ESCH: Ein Rausch ist nie natürlich, ein Rausch ist eine Vergiftung.

HUGUENAU: Ei, sieh an, da kann ich mich an Fälle erinnern, wo Sie ganz gerne ein Gläschen über den Durst genehmigten... zum Beispiel... Herr Esch, ich sage bloß Wirtschaft »Zur Pfalz«... übrigens *(er schaut Esch aufmerksam an)* gar so unvergiftet kommen Sie mir nicht vor.

MAJOR: Ihre Angriffe gegen unseren Freund Esch sind recht bedauerlich, Herr Huguenau.

ESCH: Lassen Sie ihn, Herr Major, er meint es nicht ernst.

HUGUENAU: Doch, ich meine es ernst,... ich sage überhaupt alles gerade heraus, wie ich es mir denke,... unser Freund Esch ist ein Wolf im Schafspelz,... ja, dabei bleibe ich... und, mit Verlaub zu sagen, seine Räusche tut er im geheimen ab.

ESCH: *(verächtlich):* Mich hat noch kein Wein umgeschmissen...

HUGUENAU: Ja, ja, nur immer hübsch nüchtern, Herr Esch, da verrät man sich nicht.

ESCH: ...es mag vorkommen, daß ich trinke, ja, und daß dann die Welt so einfach wird, als würde sie aus lauter Wahrheit bestehen... so einfach wie im Traum... einfach und doch schamlos voller falscher Namen... der richtige Name ist nicht zu finden...

HUGUENAU: Sie müssen eben Meßwein trinken, dann werden Sie Ihre Namen schon erwischen... oder den Zukunftsstaat, wie man's eben nimmt.

MAJOR: Man soll auch im Scherze nicht lästern... auch im Wein und Brot ist das Gleichnis.

HUGUENAU: *(merkt seinen Fauxpas und errötet).*

FRAU ESCH: Ach, Herr Major, so geht es immer, wenn Herr Huguenau mit meinem Mann beisammen ist... gewiß, was sich liebt, das neckt sich, aber manchmal ist es wirklich nicht mehr mitanzuhören, wie er alles in den Kot zerrt, was meinem armen Mann heilig ist.

HUGUENAU: Scheinheilig! *(Er hat sich wieder zurechtgefunden und zündet die erloschene Zigarre umständlich an.)*

ESCH: *(von seinem Gedankengang besessen):* Die Wahrheit im Traum kommt auf Krücken... *(er schlägt auf den Tisch)* die ganze Welt geht auf Krücken... eine hinkende Mißgeburt...

HUGUENAU: *(interessiert):* Invalide?

ESCH: ...wenn es nur einen einzigen Fehler in der Welt gibt, wenn an einer einzigen Stelle das Unwahre wahr sein sollte, dann... ja, dann ist die ganze Welt unwahr... ist alles unwirklich geworden... teuflisch weggezaubert...

HUGUENAU: Hokuspokus, weg ist sie...

MAJOR: *(ohne auf Huguenau zu hören):* Nein, Freund Esch, im Gegenteil: unter tausend Sündern braucht bloß ein Gerechter zu sein...

HUGUENAU: ...der große Zauberer Esch...

ESCH: *(grob):* Was wissen Sie von Zauberei... *(schreit ihn an)*... eher sind Sie ein Taschenspieler, ein Jongleur, ein Messerschmeißer...

HUGUENAU: Herr Esch, Sie sind in Gesellschaft. Menagieren Sie sich.

ESCH: *(beruhigter):* Zauberei, Taschenspielerei ist teuflisch, das ist das Böse, macht die Unordnung immer nur noch größer...

MAJOR: Wo die Erkenntnis fehlt, dort ist das Böse...

ESCH: ...und erst muß der kommen, der den Fehler ausmerzt und Ordnung macht... der den Opfertod auf sich nimmt, die Welt zu neuer Unschuld zu erlösen...

MAJOR: Der die Prüfung auf sich nimmt... *(mit Festigkeit)* doch der ist schon gekommen: er war es, der die falsche Erkenntnis vernichtet und die Zauberei vertrieben hat...

ESCH: ...noch ist Finsternis und in Finsternis ist die Welt zerfallen... ans Kreuz geschlagen und in letzter Einsamkeit von der Lanze durchbohrt...

HUGUENAU: Hm, unangenehm.

MAJOR: Eine furchtbare Dunkelheit war um ihn, ein Dämmerlicht stumpfer Unsicherheit, und keiner trat zu ihm, in der Einsamkeit ihm zu helfen... er aber hat das Böse auf sich genommen, er hat die Welt vom Bösen erlöst...

ESCH: ...noch ist Mord und Gegenmord, und es wird erst Ordnung, wenn wir aufwachen...

MAJOR: Die Prüfung auf sich nehmen, erweckt werden aus der Sünde...

ESCH: ...noch ist nichts entschieden, wir sind bloß eingekerkert und müssen warten...

MAJOR: ...eingekreist sind wir von der Sünde, und der Geist ist Ungeist...

ESCH: ...wir warten auf das Gericht, noch haben wir Galgenfrist und wir können das neue Leben beginnen... das Böse hat noch nicht gesiegt...

MAJOR: ...befreit aus dem Ungeist, befreit durch die Gnade, ...dann ist das Böse verschwunden und es war niemals da...

ESCH: ...ein böser Zauber, ein fauler Zauber war es...

MAJOR: ...immer ist das Böse außerhalb der Welt, außerhalb ihrer Grenzen; nur wer über die Grenze tritt, wer aus der Wahrheit heraustritt, der stürzt in den Abgrund des Bösen.

ESCH: ...wir stehen am Rande des Abgrundes... am Rande des dunklen Schachtes...

HUGUENAU: Das ist für uns zu hoch, was, Frau Esch?

FRAU ESCH: *(streicht ihr Haar zurück; dann legt sie den Finger an den Mund, um Huguenau Schweigen zu gebieten).*

ESCH: Viele müssen noch sterben, viele müssen sich opfern, damit Platz werde für den Sohn, der das Haus neu bauen darf... dann erst werden die Nebel sich lichten und es wird das neue Leben, licht und unschuldig...

MAJOR: Das Böse ist bloß scheinbar unter uns, verwandelt in vielerlei Gestalt, aber niemals ist es selber da, ...Gleichnis des Nichts – wahrhaft ist bloß die Gnade.

HUGUENAU: *(der sich nicht in die Rolle des schweigenden Zuhörers verweisen lassen will):* Na, wenn Diebstahl oder Kinderschändung oder Desertion oder Krida bloß scheinbar ist, dann sieht es ja recht tröstlich aus.

MAJOR: Das Böse ist nicht-existent... die Gnade hat die Welt von dem Bösen erlöst.

ESCH: Je ärger das Übel, je tiefer die Finsternis, je schärfer das sausende Messer, desto näher das Reich der Erlösung.

MAJOR: Nur das Gute ist wahrhaft und wirklich... es gibt bloß eine Sünde: das Gute nicht wollen, die Erkenntnis nicht wollen, nicht guten Willens sein...

HUGUENAU: *(eifrig)*: Ja, Herr Major, das stimmt... ich zum Beispiel, ich bin gewiß kein Engel... *(nachsinnend)*...allerdings, dann könnte man überhaupt nicht strafen... ein Deserteur, zum Beispiel, der den guten Willen hat, der dürfte nicht erschossen werden, um nur ein Beispiel zu erwähnen.

ESCH: Keiner steht so hoch, daß er den andern richten darf, keiner ist so verworfen, daß seine ewige Seele nicht Ehrfurcht gebietet.

HUGUENAU: Jawohl.

MAJOR: Wer Böses will, kann noch gleichzeitig Gutes wollen, doch wer das Gute nicht will, hat die Gnade verspielt... es ist die Sünde der Beharrung, die Trägheit des Gefühls.

ESCH: Nicht auf die guten und schlechten Werke kommt es an...

HUGUENAU: Ich bitte um Verzeihung, Herr Major, es stimmt doch nicht ganz... ich habe in Reutlingen einmal bei einer Pleite sechshundert Emm verloren, ein schönes Stück Geld, und warum? weil der Mann religiösen Wahnsinn hatte, das konnte man natürlich nicht ahnen... und richtig ist er auch freigesprochen und ins Irrenhaus gesteckt worden. Aber mein Geld war weg.

ESCH: Was soll das heißen?

HUGUENAU: Na, daß da ein guter Mann war, der trotzdem böse Werke getan hat... *(feixend)* und wenn Sie mich umbringen, Herr Esch, so werden Sie wegen religiösen Wahnsinns freigesprochen, und wenn ich Sie umbringe, so werde ich um einen Kopf kürzer gemacht... was sagen Sie jetzt dazu, Sie, Herr Esch, mit Ihrer Scheinheiligkeit? hn? *(Er blickte beifallheischend auf den Major.)*

MAJOR: Der Wahninnige ist wie der Träumer; er hat die falsche Wahrheit... er flucht seinem eigenen Kinde... keiner ist ungestraft das Sprachrohr Gottes... er ist der Gezeichnete.

ESCH: Er hat die falsche Wirklichkeit... wir haben alle noch die falsche Wirklichkeit... von Rechts wegen müßten wir alle wahnsinnig sein! wahnsinnig in unserer Einsamkeit.

HUGUENAU: Ja, aber ich werde erschossen und er nicht! ich bitte um Verzeihung, Herr Major, darin steckt eben seine Scheinheiligkeit... *(in Eifer geratend)* ah, merde, la sainte religion et les curés à faire des courbettes auprès de la guillotine, ah, merde, alors... ich bin ein aufgeklärter Mensch, aber das geht denn doch über die Hutschnur!

MAJOR: Aber, aber, Herr Huguenau, der Moselwein ist Ihrem Temperament doch gefährlich *(Huguenau macht eine entschuldigende Geste)*... die Prüfung und die Strafe freiwillig auf uns nehmen, wie wir den Krieg auf uns nehmen mußten, weil wir gesündigt haben... das ist nicht scheinheilig.

ESCH: *(abwesend):* Ja, die Sühne auf sich nehmen... in letzter Einsamkeit...

Die Druckmaschine stellt die Arbeit ein; die Schläge verstummen; man hört die Grillen zirpen. Nachtwind bewegt die Blätter der Obstbäume. Um den Mond herum sind einige weißbeleuchtete Wolken sichtbar. In der plötzlich eingetretenen Stille erschweigt das Gespräch.

FRAU ESCH: Wie gut die Stille tut.

ESCH: Manchmal ist es, als sei die Welt nur eine einzige furchtbare Maschine, die nie still wird... der Krieg und alles... es geht nach Gesetzen, die man nicht begreift, ...freche selbstsichere Gesetze, Ingenieurgesetze... jeder muß handeln, wie es ihm vorgeschrieben ist, jeder mit dem Gesicht nach vorn... jeder ist eine Maschine, die man nur von außen sieht und die feindlich ist... oh, die Maschine ist das Böse und das Böse ist die Maschine. Ihre Ordnung ist das Nichts, das kommen muß... ehe die Zeit wieder anheben darf...

MAJOR: Symbol des Bösen...

ESCH: Ja, ein Symbol...

HUGUENAU: *(zur Druckerei hinhorchend, befriedigt):* Jetzt wird Lindner frisches Papier vorlegen.

ESCH: *(in plötzlicher Angst):* Mein Gott, gibt es keine Möglichkeit, daß ein Mensch zum andern kommt! gibt es keine Gemeinschaft, gibt es kein Verstehen! Soll jeder für den andern bloß die böse Maschine sein!

MAJOR: *(legt begütigend ihm die Hand auf den Arm):* Doch, Esch...

ESCH: Wer ist für mich nicht böse, mein Gott?!

MAJOR: Der dich erkannt hat, mein Sohn,... bloß der Erkennende überwindet die Fremdheit.

ESCH: *(die Hände vor dem Gesicht):* Gott, du sollst mein Erkennender sein.

MAJOR: Nur wer Erkenntnis besitzt, dem wird Erkenntnis gegeben, nur wer Liebe säet, wird Liebe ernten.

ESCH: *(immer die Hände vor dem Gesicht gefaltet):* Da ich dich, o Gott, erkenne, wirst du mir nicht mehr zürnen, ich aber bin dein lieber Sohn, herausgehoben aus der Verwaistheit... Wer sich dem Tod unterwindet, ist in der Liebe,... erst wer sich in die fürchterliche Übersteigerung der Fremdheit und des Todes wirft,... dem wird die Einheit.

MAJOR: Und die Gnade kommt über ihn und nimmt ihm die Angst, die Angst, sinnlos auf Erden gewandelt zu sein, unbelehrt und sinnlos und hilflos ins Nichts gehen zu müssen...

ESCH: So wird Erkenntnis zu Liebe, und Liebe wird zur Erkenntnis, unantastbar jegliche Seele, die zum Gefäß der erkennenden Gnade bestimmt ist; aufgenommen in die Liebe, die Gemeinde der Seelen schaffend, unantastbar und einsam sie alle und doch erkennend vereint, – höchstes Gebot des Erkennens, Lebendes nicht zu verletzen: habe ich Gott dich erkannt, unsterblich bin ich in dir.

MAJOR: Maske um Maske laß fallen, bis nackt dein Herz und dein Antlitz.
Preisgegeben dem Atem des Ewigen...

ESCH: werd ich zum leeren Gefäß,
Abgeschieden von allem, entblößt jeder Begierde
Nehm' ich die Strafe auf mich, um im Nichts zu vergehn.
Furchtbar, oh furchtbar die Angst...

MAJOR: Angst ist die keimende Botschaft
Göttliche Gnade, Angst ist Gottes Gebot an der Pforte des Heils, – Schreite hindurch...

ESCH: Erkenn' mich, oh Herr, erkenn' mich in furchtbarer Not,
Wenn der Vortraum des Todes sich senkt über mich, der ich im Traume gewandelt.
Todesangst rauscht über mir, preisgegeben bin ich und einsam,
Abgeschieden von allem in meinem einsamen Sterben...
(Verständnislos lauscht Huguenau und angstvoll Frau Esch ihrem Gatten.)

MAJOR: Und dennoch bist du nicht einsam, wenn im Nichts du erstirbst,
Des Bösen entledigt, erschwiegen die Angst,
Abnehmend du, auf daß der Herrliche wachse,
Dann erst Erkannter erkennst du
Mächtig erstanden das All herrlich geöffneter Welt.

ESCH: Erkenn' ich dich liebend durch ihn, der mich liebend erkannte,
Wandelt die Wüste sich mir zum Garten des ewigen Lichtes,
Unermeßlich gebreitet die Wiesen, niemals die Sonne verfinstert…

MAJOR: Garten der Gnade, Garten, die Welt überspannend,
Milde im Frühlingshauch, Heimat, angstlos geborgen…

ESCH: Sündhaft war ich und böse, böse in wissender Angst,
Wissend vom falschen Weg, jagend am Rande des Abgrunds,
Gesicht und Hände verdorrt, durch Wüsten und Schluchten gehetzt,
Dem Dolche entfliehend geflohen, im Nacken Ahasvers Angst,
An den Füßen Ahasvers Furcht, in den Augen Ahasvers Gier
Nach dem Einen, den stets ich verlor, nach dem Einen, den ich nicht sah,
Dem Einen, den ich verriet und der mich dennoch erkoren
Hingegeben dem Sturm, Eissturm im Sternenhauf, –
Samen der Gnade versenkt, gehrend, o keimt er nun auf
Zur Rettung, die mir geschah…

MAJOR: So sei mir der Bruder von einst, der Bruder, den ich verloren
Sei als Bruder mir nah'…

Die beiden im Wechselgesang, etwa im Tone der Heilsarmee (der Major Bariton, Herr Esch im Baß):

Herr Gott, Zebaoth,
Nimm uns auf in deine Gnade,
Schling um uns dein einend Band;
Führe uns mit deiner Hand,
Herr Gott, Zebaoth,
Aus dem Krummen in das Grade,
Führ uns ins gelobte Land,
Herr Gott, Zebaoth.

Huguenau, der bis dahin den Takt auf den Tisch geschlagen hat, einfallend (Tenor):

Schütze uns vor Beil und Rade,
Schütze uns vor Henkers Hand,
Herr Gott Zebaoth.

ALLE DREI: Herr Gott, Zebaoth.

FRAU ESCH *einfallend (gar keine Stimme):*

Dich zu meinem Tische lade,
Den durch dich gedeckt ich fand,
Herr Gott, Zebaoth.

ALLE *(Huguenau und Esch auf den Tisch trommelnd):*

Herr Gott, Zebaoth,
Rette meine Seelen,
Rette sie vor ihrem Tod,
Laß sie nimmer quälen,
Laß sie in dem Glauben baden
Und behüte sie vor Schaden,
Wende ab sie von dem Tand,
Fach ihr Fünklein an zum Brand,
Fünklein an zum Brande rot,
Herr Gott, Zebaoth,
Rett, o rett mich vor dem Tod.

Der Major hat den Arm um Eschs Schulter gelegt. Huguenau, die trommelnde Faust noch auf dem Tische, läßt sie nun langsam herabgleiten. Die Kerzen sind heruntergebrannt. Frau Esch schenkt den Männern den Rest des Weines in die Gläser, sorgsam darauf bedacht, daß jeder gleich viel bekomme; den letzten kleinen Überschuß erhält das Glas ihres Mannes. Der Mond hat sich leicht verdunkelt, und aus der schwarzen Landschaft weht jetzt der Wind kühler, etwa wie aus einer Kellertür. Jetzt nimmt auch die Druckmaschine ihre stoßweise Arbeit wieder auf, und Frau Esch berührt den Arm ihres Gatten: »Wollen wir nicht zu Bette gehen?«

(Verwandlung)

Vor dem Hause Eschs · Der Major und Huguenau

Huguenau, mit dem Daumen auf die Schlafzimmerfenster des Ehepaars Esch weisend: »Jetzt legen die sich ins Bett. Esch hätte wohl auch noch mit uns bleiben können... aber sie weiß schon, was sie will... Na, gestatten Herr Major, daß ich Herrn Major noch ein paar Schritte begleite. Ein wenig Bewegung tut gut.«

Sie gehen durch die schweigenden mittelalterlichen Straßen. Die Haustore sind wie schwarze Löcher. In einem steht, an die Tür gedrückt, ein Liebespaar, aus einem andern löst sich ein Hund und läuft auf drei Beinen die Straße hinauf; an der Ecke verschwindet er. Hinter manchen Fenstern brennt noch spärliches Licht, – was aber geht hinter den unbeleuchteten vor? möglich, daß ein Toter dahinter liegt, auf seinem Bette ausgestreckt, die spitze Nase in der Luft, und das Laken macht ein kleines Zelt über den emporgerichteten Zehen. Sowohl der Major als Huguenau schauen zu den Fenstern hinauf, und Huguenau möchte gern den Major fragen, ob Herr Major gleichfalls an Leichen denken müssen, – indes der Major geht stumm, fast bekümmert einher: seine Gedanken sind wahrscheinlich bei Esch, sagt sich Huguenau und er mißbilligt es, daß Esch jetzt bei der Frau liegt und den guten Alten damit betrübt. Aber was zum Teufel, was hat der überhaupt betrübt zu sein?! hat sich prompt mit dem Esch angefreundet, statt sich der Aufdringlichkeit dieses scheinheiligen Pferdes zu erwehren! eine nette Freundschaft hat sich da zwischen den beiden Herren etabliert, zwischen diesen beiden Herren, die offenbar vergessen haben, daß sie ohne ihn niemals zusammengekommen wären: wer also hat die Prioritätsrechte auf den Major? – und wenn der Major jetzt betrübt ist, so geschieht es ihm recht. Im Gegenteil, wenn's nach Recht und Gerechtigkeit ginge, wäre es noch viel zu wenig und der Herr Major mitsamt seinem geliebten Herrn Esch müßte für den Verrat noch besonders büßen... Huguenau stutzte, – ein abenteuerlicher und aufreizender Gedanke war in luzider Helligkeit aufgekeimt: mit dem Major eine neue, eine waghalsige Verbindung einzugehen, den Esch, der bei dem Weib im Bette liegt, gewissermaßen mit dem Major zu betrügen und den Major selber in eine demütigende Situation zu bringen! ja, ein ausgezeichneter und erfolgverheißender Gedanke, und Huguenau sagte: »Herr Major erinnern sich meines ersten Berichtes, in dem ich von meinen Besuchen im Pu...« Huguenau klopfte sich auf den Mund, »verzeihen, im Freudenhaus gemeldet hatte. Der Herr Esch schläft jetzt bieder im Ehebett, aber damals hat er mitgehalten. Inzwischen bin ich der Sache weiter nachgegangen und glaube, eine Spur gefunden zu haben. Ich möchte jetzt wieder mal in das Haus schauen,... wenn Herr Major für die Angelegenheit und für das, ich möchte sagen, interessante Milieu dort Interesse haben, würde ich gehorsamst anregen, daß Herr Major jetzt eine Besichtigung vornehmen.«

Der Major ließ nochmals den Blick über die Fensterfronten gleiten, über die Haustore, die wie Eingänge schwarzer Kellerlöcher aussahen, und dann, zu Huguenaus Überraschung, sagte er ohne weiteren Widerstand: »Gehen wir.«

Sie kehrten um, denn das Haus lag in der entgegengesetzten Richtung und außerhalb der Stadt. Der Major schritt wieder stumm neben Huguenau, vielleicht noch bekümmerter als vordem, und Huguenau, so sehr es ihn auch nach einem leichten und vertrauten Ton gelüstete, wagte nicht einmal, ein Gespräch aufzunehmen. Aber eine noch ärgere Überraschung wartete seiner: als sie vor dem Hause anlangten, über dessen Pforte eine große rote Laterne leuchtete, da sagte der Major plötzlich »Nein« und gab ihm die Hand. Und wie Huguenau ihn verdutzt anstarrte, zwang er sich zu einem Lächeln: »Machen Sie Ihre Recherchen heute doch lieber allein.« Der alte Mann wandte sich wieder der Stadt zu. Huguenau sah ihm mit Zorn und Bitterkeit nach; dann allerdings dachte er an Esch, zuckte die Achseln und öffnete die Tür.

Nach einer knappen Stunde verließ er das Haus. Seine Stimmung war besser geworden; Angst, die auf ihm gelastet hatte, war verflogen, er hatte irgend etwas in Ordnung gebracht, und wußte er es auch nicht zu benennen, er empfand trotzdem deutlich, daß er wieder sich selbst und seiner klaren Nüchternheit zurückgegeben war. Mochten die anderen treiben was sie wollten, mochten sie ihn ausschließen, ihm konnte es schnurz sein. Er schritt rüstig fürbaß, ein Heilsarmeelied, das er wo gehört haben mußte, fiel ihm ein, und zu jedem Schritt skandierte er mit seinem Stock auf den Boden: »Herr Gott, Zebaoth.«

60

Siegesfeier des Vereins »Moseldank« in der Bierwirtschaft »Stadthalle« zur Erinnerung an die Schlacht bei Tannenberg

Jaretzki strich im Garten der »Stadthalle« umher. Im Saale wurde getanzt. Natürlich hätte man auch als Einarmiger mittun können, aber Jaretzki fühlte sich geniert. Er war froh, als er an einer der Saaltüren Schwester Mathilde traf: »Na, Sie tanzen auch nicht, Schwesterchen?«

»Doch, ich tanze, wollen wir's mal versuchen, Leutnant Jaretzki?«

»Bevor ich nicht das Zeugs, die Prothese habe, läßt sich mit mir nichts Rechtes anfangen... nur saufen und rauchen... eine Zigarette, Schwester Mathilde?«

»Ach wo denken Sie hin, ich bin doch hier im Dienst.«

»So, Sie tanzen also dienstlich, bitte dann kümmern Sie sich gefälligst auch um einen armen einarmigen Krüppel... setzen Sie sich doch'n bißchen zu mir.«

Etwas schwerfällig ließ sich Jaretzki beim nächsten Tische nieder.

»Gefällt's Ihnen da, Schwesterchen?«

»Ach, ganz nett.«

»Mit gefällt's nämlich nicht.«

»Die Leute sind doch fröhlich, man muß es ihnen mal gönnen.«

»Wissen Sie, Schwester, ich hab' nämlich vielleicht schon 'nen Dusel... aber das macht nichts... ich sage Ihnen, daß dieser Krieg niemals aufhören kann... oder was meinen Sie?«

»Nun, schließlich muß er wohl aufhören...«

»Was werden wir denn treiben, wenn's keinen Krieg mehr geben wird... wenn für Sie keine Krüppel zum Pflegen mehr fabriziert werden?«

Schwester Mathilde sann nach: »Nach dem Krieg... ja, Sie wissen doch auch, was Sie dann anfangen wollen. Sie sprachen doch schon von einer Anstellung...«

»Bei mir ist's was anderes... ich war im Feld... ich habe Leute umgebracht... verzeihen Sie, es klingt vielleicht'n bißchen wirr, aber die Sache ist doch ganz klar... für mich ist die Chose erledigt... aber da sind die vielen anderen...« er wies auf den Garten, »die müssen erst alle ran... die Russen sollen schon Frauenbataillone einrichten...«

»Sie könnten einem ja geradezu Angst einjagen, Herr Leutnant Jaretzki.«

»Ich? nö... ich hab's ja schon erledigt... ich geh' heim... such mir 'ne Frau... Nacht für Nacht die gleiche... ich hab das Herumv... mir scheint, ich hab' doch 'nen Dusel, Schwester,... aber sehen Sie, es ist nicht gut, daß der Mensch allein sei, es ist nicht gut, daß der Mensch allein sei... so heißt es schon in der Bibel. Und auf die Bibel halten Sie ja große Stücke, Schwester.«

»Wie wär's, Herr Leutnant Jaretzki, möchten Sie nicht jetzt schon heimgehen? einige von unseren Leuten wollen auch schon aufbrechen... da könnten Sie gleich mit...«

Sie spürte seinen Alkoholatem im Gesicht: »Ich, ich sage Ihnen, Schwester, daß der Krieg nicht aufhören kann, weil der Mensch draußen allein geworden ist... weil einer nach dem andern an die Reihe kommt, allein zu sein... und jeder, der allein ist, muß einen andern töten... Sie meinen, daß ich zu viel getrunken habe, Schwester, aber Sie wissen, ich vertrage schon was,... wirklich kein Grund, mich in die Klappe zu legen... aber was ich Ihnen sage, das ist die Wahrheit.«

Er erhob sich: »Komische Musik, was?... weiß gar nicht, was die eigentlich tanzen, wollen wir'n bißchen zusehen?«

Der Kriegsfreiwillige Dr. Ernst Pelzer von der Minenwerferabteilung prallte mit dem eiligen Huguenau zusammen: »Hoppla, Herr Oberzeremonienmeister,... Sie sind ja das reinste Wirbelwindchen... immer hinter den Damen her.«

Huguenau hörte gar nicht hin; er deutete mit erfreuter Wichtigkeit auf zwei Herren in Bratenrock, die soeben den Festgarten betreten hatten: »Der Herr Bürgermeister ist eingetroffen!«

»Aha, besseres Wild,... na, denn weiter gutes Gejaide und Weidmannsheil mit Horridoh und Hussassa, edler Jäger...«

»Danke, danke, Herr Doktor«; Huguenau, der nicht zugehört hatte, rief es über die Schulter zurück und holte bereits zur offiziellen Begrüßungsansprache aus.

Oberstabsarzt Kuhlenbeck gehörte eigentlich an den Honoratiorentisch. Doch er hatte sich nicht lange dort aufgehalten.

»Rin ins Vergnügen«, sagte er, »wir sind Landsknechte in eroberter Stadt.«

Er steuerte auf eine Gruppe junger Mädchen zu. Trug den Kopf hoch, sein Bart stach etwas waagrecht in die Luft. Als er bei Füsilier Kneese vorbeikam, der traurig und gelangweilt an einem Baum lehnte, schlug er ihn auf die Schulter: »Na, trauern Sie Ihrem Blinddarm nach? Ihr seid mir schöne Landsknechte, seid da, um den Frauen Kinder zu machen... man muß sich ja für Euch Waschlappen schämen... vorwärts, alter Schlappschwanz!« – »Zu Befehl, Herr Oberstabsarzt«, sagte Kneese und stand stramm.

Kuhlenbeck hakte sich in Berta Kringel ein, preßte ihren Arm an sich: »Jetzt tanz ich mit euch allen 'ne Runde rum ... wer am besten tanzen kann, kriegt 'nen Kuß.«

Die Mädchen kreischten auf, Berta Kringel suchte sich frei zu machen. Aber als er ihre kurzfingrige Bürgermädchenhand mit seiner weichen Mannstatze umschloß, fühlte er, wie ihre Finger schwach wurden und sich in sein Fleisch kuschelten.

»Also ihr wollt nicht tanzen... habt wohl alle Angst vor mir... gut, so führe ich euch zur Tombola... kleine Kinder wollen spielen.«

Lisbeth Wöger rief: »Sie machen sich ja doch nur immer lustig über uns, Herr Oberstabsarzt... ein Oberstabsarzt tanzt doch nicht.«

»Na, Lisbeth, du wirst mich schon noch kennenlernen.«

Und Oberstabsarzt Kuhlenbeck erwischte auch Lisbeth am Arm.

Als sie beim Tombolatisch standen, kam Frau Paulsen, die Gattin des Apothekers Paulsen, daher, faßte Posto neben Oberstabsarzt Kuhlenbeck und wisperte mit bleichen Lippen: »Daß du dich nicht schämst... mit dem grünen Gemüse.«

Der große Mann schaute ein wenig ängstlich hinter dem Kneifer hervor, dann lachte er: »Oh, gnädige Frau, Sie bekommen das große Los.«

»Danke«, sagte Frau Paulsen, und entfernte sich.

Lisbeth Wöger und Berta steckten die Köpfe zusammen: »Hast du die grünen Augen gesehen, die sie gemacht hat?«

Obwohl Heinrichs Anwesenheit ihr Einsiedlerleben bis zu einem gewissen Grade durchbrochen hatte, war Hanna Wendling nicht gern zum Feste gekommen. Doch fühlte sich Rechtsanwalt Wendling als hervorragender Bürger der Stadt und als Offizier dazu verpflichtet. So waren sie mit Röders hinausgefahren.

Sie saßen im Saale; Dr. Kessel war bei ihnen. An der Schmalseite war der Honoratiorentisch errichtet, weißgedeckt und mit Blumen und Laubgewinden geschmückt; dort präsidierten der Bürgermeister und der Major, und auch Herr Redakteur Huguenau hatte dort seinen Platz. Als er die Neuankömmlinge bemerkte, steuerte er auf sie zu. Das Komiteeabzeichen steckte im Knopfloch, aber noch deutlicher leuchtete es von seiner Stirn. Kein Mensch hätte Herrn Huguenaus Würde übersehen können. Wen er vor sich hatte, wußte Huguenau natürlich schon längst; Frau Wendling war ihm oft genug auf der Straße aufgefallen, und das übrige war leicht zu erfahren gewesen.

Er hielt Kurs auf Dr. Kessel: »Darf ich Sie, hochgeehrter Herr Doktor, um die besondere Ehre bitten, mich den Herrschaften freundlichst vorzustellen.«

Ja, das durfte er.

»Eine besondere Ehre, eine besondere Ehre«, sagte Herr Huguenau, »ein besonderer Vorzug; gnädigste Frau leben ja so zurückgezogen, und wenn nicht der besondere Glücksfall eingetreten wäre, daß der Herr Gemahl auf Urlaub hier ist, so wäre uns gewiß nicht das Vergnügen zuteil geworden, Sie heute in unserer Mitte begrüßen zu dürfen.«

Der Krieg habe sie menschenscheu gemacht, meinte Hanna Wendling.

»Das ist ein Unrecht, gnädige Frau. Gerade in so schwerer Zeit bedarf der Mensch der Aufheiterung... ich hoffe, die Herrschaften bleiben zum Tanze hier.«

»Nein, meine Frau ist ein wenig müde, da müssen wir wohl leider bald gehen.«

Huguenau war aufrichtig gekränkt: »Aber Herr Rechtsanwalt, wenn Sie und die gnädige Frau uns einmal das Vergnügen schenken, wenn eine so schöne Frau unser Fest verschönt... es ist ja zu wohltätigem Zweck, da müssen Herr Oberleutnant doch einmal ausnahmsweise ein Auge zudrücken und Gnade vor Recht ergehen lassen.«

Und obwohl Frau Hanna Wendling sich über die Seichtheit

solchen Geschwätzes völlig im klaren war, schloß sie dennoch ihr Antlitz auf, als sie sagte: »Nun, Ihnen zuliebe, Herr Chefredakteur, wollen wir noch ein Weilchen bleiben.«

In der Mitte des Gartens hatte man den Soldaten eine lange Tafel aufgebaut, und der »Moseldank« hatte ihnen ein Fäßchen Bier gespendet, das auf seinen zwei Böcken daneben stand. Das Bier war schon längst alle, aber einige von den Leuten lümmelten noch immer um den leeren Tisch. Auch Kneese hatte sich wieder zu ihnen gesellt und zeichnete mit der Fingerspitze Ornamente in den Biertümpeln auf dem Brettertisch: »Der Oberstabs sagt, daß wir ihnen Kinder machen sollen.«

»Wem?«

»Den Mädels hier.«

»Sag ihm, er soll's uns vormachen.«

Gewieher.

»Er ist schon dran.«

»Soll uns lieber zu unsern Weibern lassen.«

Die Lampions schaukelten im Nachtwind.

Jaretzki streicht allein durch den Garten. Wie er Frau Paulsen begegnet, verbeugt er sich: »So einsam, schöne Frau.«

Frau Paulsen sagt: »Sie ja auch, Herr Leutnant.«

»Hat bei mir nichts zu bedeuten, ich hab's schon hinter mir.«

»Wollen wir nicht unser Glück bei der Tombola versuchen, Herr Leutnant?« Frau Paulsen hakt sich in den gesunden rechten Arm Jaretzkis ein.

Huguenau trifft auf Oberstabsarzt Kuhlenbeck, der mit Lisbeth und Berta unter den Bäumen promeniert.

Huguenau grüßt: »Frohes Fest, Herr Oberstabsarzt, frohes Fest, meine jungen Damen.«

Und weg ist er.

Oberstabsarzt Kuhlenbeck hält noch immer kurzfingrige Bürgermädchenhände in seinen großen warmen Pranken: »Gefällt euch dieser elegante junge Mann?«

»Nee...« kichern die beiden Mädchen.

»So? warum nicht?«

»Da gibt's andere.«

»Also wer zum Beispiel?«

Berta sagte: »Dort drüben geht Leutnant Jaretzki mit Frau Paulsen spazieren.«

»Laß die man ruhig«, sagte der Oberstabsarzt, »ich geh' mit dir.«

Die Musik blies einen Tusch. Huguenau stand neben dem Kapellmeister auf der Musikestrade, die auf der einen Seite in den Saal, auf der anderen pavillonartig in den Garten hineinragte.

Die Hände zum Trichter formend, schrie Huguenau in den Garten über die Tische hin: »Silentium.«

Im Garten und Saale wurde es mäuschenstill.

»Silentium«, krähte Huguenau nochmals in die Stille hinein. Hauptmann v. Schnaack, der mit dem verheilten Lungenschuß von Zimmer VI, war zu ihm auf das Podium getreten, entfaltete nun ein Blatt Papier: »Sieg vor Amiens. 3700 Engländer gefangen, drei feindliche Flugzeuge abgeschossen, davon zwei durch Hauptmann Bölcke, der damit seinen 23. Luftsieg errang.«

Hauptmann v. Schnaack hob den Arm: »Hoch, hoch, hoch.« Die Musik intonierte das Deutschlandlied. Alle erhoben sich; die meisten sangen mit. Als es still geworden war, tönte es aus einer schattigen Ecke: »Hurra, hurra, hurra, es lebe der Krieg!«

Alle wandten sich um.

Dort saß Leutnant Jaretzki. Er hatte eine Flasche Sekt vor sich und versuchte, den gesunden Arm um Frau Paulsen zu schlingen.

Die Wände des Saals waren mit den Bildnissen der verbündeten Heerführer und Herrscher, mit Eichenlaub und Papiergirlanden geschmückt; Fahnentuch drapierte sich herum. Der patriotisch-repräsentative Teil des Festes war erledigt, und Huguenau konnte sich dem Vergnügen widmen. Er war stets ein guter Tänzer gewesen, hatte sich stets schmeicheln dürfen, trotz beleibter Untersetztheit gute Figur zu machen; doch hier war es mehr, hier war es mehr als die Elastizität und Agilität eines beleibten kleinen Mannes, hier unter den Augen der Heerführer wurde der Tanz zur Siegesfeier.

Es ist der Tänzer dieser Welt entrückt. Eingeschmiegt in die Musik, hat er sein freies Handeln aufgegeben und handelt dennoch in höherer und luziderer Freiheit. In der Strenge des

Rhythmus, der ihn führt, ist er geborgen und eine große Gelöstheit kommt über ihn aus der Geborgenheit. So bringt die Musik Einheit und Ordnung in das Verworrene und in die Wirrsäligkeit des Lebens. Die Zeit aufhebend, hebt sie den Tod auf und läßt ihn trotzdem in jedem Takte neu erstehen, selbst in den Takten jenes öden und langen Potpourris, das hier erklingt und das »Von allen musikalischen Gestaden« heißend, vaterländische Weisen mit feindlichen Tänzen wie Cake-walk, Matchiche und Tango in bunter Folge aneinanderreiht. Des Tänzers Dame summt, doch wärmer werdend, singt sie. Und ihre gerührte und ungeschulte Stimme läßt die barbarischen Texte, die sie ausnahmslos beherrscht, mit dem schmeichelnden Hauch ihres Atems an seinem Gesicht vorbeistreifen, da er im Tango sich ihr zubeugt. Aber schon strafft der Tänzer sich wieder, starr und streng blickt sein angestachelter Mut durch die Brillengläser, blickt in die Ferne, und mutig trotzen Tänzer und Tänzerin feindlichen Gewalten, wenn die Musik zum heroischen Marschtempo aufbraust; nun aber kippen sie mit dem Rhythmus zum listig wippenden One-step, watscheln sonderbar wakkelnd, fast ohne sich fortzubewegen, an einem Platze, bis die langen Wellen des Tangos wieder heranrollen und der Schritt wieder katzig und weich wird, biegsam Haltung und Schenkel. Kommen sie am Honoratiorentisch vorüber, hinter dessen Blumenvasen der Major mit dem Bürgermeister sitzt, so nimmt der Tänzer mit gerundetem Arm das Glas vom Tische – denn er selbst gehört auch zu dieser Tafel – und ohne den Tanz zu unterbrechen, dem Seiltänzer gleich, der hoch in der Luft leichthin und lächelnd leckeres Mahl verzehrt, trinkt er den Sitzenden zu.

Fast führt er die Tänzerin nicht; nur die eine Hand, galant in das Taschentuch gewickelt, ruht unterhalb des zärtlichen Rükkenausschnitts, die Linke hängt lässig herab. Erst wenn die Musik zum Walzer umschlägt, dann fassen sich die freien Hände, steif und gedoppelt strecken sich die Arme aneinander, und die Finger verschränkt, wirbelt das Paar im Kreise. Schweift sein Blick im Saale, so sind die Reihen gelichtet. Ein einziges Paar außer ihnen tanzt noch, kommt näher, streift beinahe, entfernt sich, gleitet längs der Wände davon. Die übrigen sind unter die Zuschauer getreten; der feindlichen Tanzweisen nicht mächtig, bewundern sie. Verstummt die Musik, so klatschen Zuschauer und Tänzer in die Hände, und die Musik hebt wieder an.

Beinahe ist es wie ein Wettkampf. Huguenau sieht nicht seine Partnerin, die den Kopf empfangend zurückgeworfen, sich seiner starken, dennoch kaum sichtbaren Leitung hingegeben hat, er merkt nicht, daß die Musik eine zartere und straffere Kunst des Geschlechts in seiner Dame auslöst, eine bacchantische Weibheit, wie sie dem Gatten der Dame, wie sie ihrem Liebhaber, wie sie ihr selber ewig unbekannt bleiben wird, er sieht auch nicht das ekstatische Lächeln, mit dem die andere Dame zahnfleischentblößend an ihrem Herrn hängt, er sieht bloß diesen, sieht bloß diesen feindlichen Tänzer, der, ein hagerer Weinagent in Frack mit schwarzer Krawatte und Eisernem Kreuz, ihn selber, der bloß den blauen Anzug zur Verfügung hat, an Eleganz und heldischer Auszeichnung überstrahlt. So könnte auch der hagere Esch hier tanzen, und darum, die Frau ihm zu rauben, heftet Huguenau nun den Blick in die Augen der vorübergleitenden Tänzerin, und er tut es so lange, bis sie den Blick erwidert, sich ihm mit den Blicken schenkt, so daß er, Wilhelm Huguenau, nun beide Frauen besitzt, sie besitzt, ohne sie zu begehren, denn es geht ihm nicht um die Gunst der Frauen, mag er jetzt auch um sie werben, – es geht ihm nicht um Liebeslust, vielmehr verdichtet sich ihm dieses Fest und dieser geräumige Saal immer enger um die weißgedeckte Tafel dort, und seine Gedanken richten sich immer unbedingter auf den Major, der weißbärtig und schön hinter den Blumen sitzt und ihm zusieht, ihm, Wilhelm Huguenau in der Mitte des Saales: er ist der Krieger, der vor seinem Häuptling tanzt.

Doch die Augen des Majors füllen sich mit steigendem Entsetzen. Dieser Saal mit den beiden Männern, schamlos watschelnd, schamlos hüpfend, schamloser noch als die an sie angegatteten Frauen, das war wie ein verrufenes Haus, das war die Hölle. Und daß ein Krieg von solchen Siegesfeiern begleitet sein durfte, das machte den Krieg selber zum blutigen Zerrbild der Verworfenheit. Es war als würde die Welt gesichtslos werden, gesichtslos jedes Antlitz, ein Pfuhl des Ununterscheidbaren, ein Pfuhl, aus dem es keine Rettung mehr gab. Von Grauen erfaßt, ertappte sich der Major v. Pasenow, daß er, ein preußischer Offizier, am liebsten die Fahnentücher von der Wand gerissen hätte, nicht weil sie durch den festlichen Greuel entweiht wurden, sondern weil sie dem Greuel und dem höllischen Gepräge unfaßbar verbunden waren, in einer Unfaßbarkeit, hinter der all die Unritterlichkeit unritterlicher Waffen, verräterischer Freunde und gebrochener Bündnisse stand. Und in sonderbar eisiger Bewegungslosigkeit steigt furchtbar der Wunsch in ihm auf, das dämonische Gezücht zu vernichten, es auszurotten, es zermalmt zu seinen Füßen liegen zu sehen. Aber bewegungslos und groß wie aufgetürmtes Gebirge, wie eines Gebirgsturms Schatten an der Wand, erhebt sich über dem Gezücht das Bild des Freundes, vielleicht das Bild des Esch, ernst und feierlich, und dem Major v. Pasenow ist es, als müßte für den Freund es geschehen, daß das Böse zermalmt und ins Nichts verwiesen werde. Major v. Pasenow sehnt sich nach dem Bruder.

Schwester Mathilde suchte nach Oberstabsarzt Kuhlenbeck. Sie fand ihn im Kreise angesehener Gewerbetreibender. Da saßen der Kaufmann Kringel, der Gastwirt und Fleischselcher Quint, der Herr Baumeister Salzer, der Herr Postdirektor Westrich. Und die Frauen und Töchter saßen daneben.

»Einen Augenblick, Herr Oberstabsarzt.«

»Noch ein Weib, das es auf mich abgesehen hat.«

»Nur ein Augenblickchen, Herr Oberstabsarzt.«

Kuhlenbeck stand auf: »Was ist los, mein Kind?«

»Wir müssen Leutnant Jaretzki wegschaffen...«

»Na, er wird eben genug haben.«

Schwester Mathilde lächelte zustimmend.

»Will mal nach ihm sehen.«

Jaretzki lag mit dem gesunden Arm auf dem Tisch, hatte den Kopf darin vergraben und schlief.

Der Oberstabsarzt schaute auf die Uhr: »Flurschütz löst mich ab. Er muß jeden Augenblick mit dem Auto da sein. Er soll ihn dann mitnehmen.«

»Kann man ihn hier so schlafen lassen, Herr Oberstabsarzt?«

»Wird ohnehin nichts anderes übrigbleiben. Krieg ist Krieg.«

Dr. Flurschütz blinzelte aus etwas entzündeten Augen durch den Wirtsgarten. Dann ging er in den Saal. Der Major und die übrige ausgezeichnete Gesellschaft hatten das Fest bereits verlassen. Die lange Tafel war weggeschafft und der ganze Saal diente dem Tanze, der dick, rauchig, schwitzend, schleifend sich vorwärts bewegte.

Es dauerte, bis er den Oberstabsarzt erspäht hatte; mit ernster

Miene, emporgestreckten Bartes, drehte Kuhlenbeck sich mit Frau Apotheker Paulsen im Walzer. Flurschütz wartete das Ende des Tanzes ab, und dann meldete er sich.

»Na, endlich, Flurschütz. Da sehen Sie Ihren würdigen Vorgesetzten, zu solch kindischen Vergnügungen bringen Sie ihn mit Ihrer Saumseligkeit... jetzt nützt Ihnen aber nichts; wenn der Stabsarzt tanzt, muß der Oberarzt nach.«

»Herr Oberstabsarzt, Insubordination, ich tanze nicht.«

»Das nennt sich Jugend... ich glaube, ich bin doch noch jünger als Ihr alle... aber jetzt gehe ich, schicke Ihnen dann das Auto. Nehmen Sie den Jaretzki mit; vorderhand ist er stinkbesoffen... eine von den beiden Schwestern fährt mit mir, die andere mit Ihnen.«

Im Garten stöberte er Schwester Carla auf: »Schwester Carla, ich nehme Sie samt vier Fußverletzten mit nach Hause. Machen Sie sie stellig, aber dalli.«

Dann verstaute er seine Fracht. Drei Mann kamen in den Fond, Schwester Carla und ein Mann auf die Vordersitze, und er selber nahm neben dem Chauffeur Platz. Sieben Krücken starrten in die schwarze Luft (die achte lag irgendwie im Wagen). Sterne hingen im schwarzen Gezelt. Es roch nach Benzin und nach Staub. Aber von Zeit zu Zeit, besonders an den Wegbiegungen, spürte man die Nähe des Waldes.

Leutnant Jaretzki erhob sich. Er hatte ein Gefühl, als wäre er im Coupé eingeschlafen gewesen. Nun hielt der Zug an einer größeren Station; Jaretzki wollte zum Büfett. Viele Leute gab's auf dem Bahnsteig und viele Lichter. »Sonntagsverkehr«, sagte sich Jaretzki. Ihm war kalt geworden. So um den Magen herum. Was Warmes wird ihm gut tun. Plötzlich fehlte ihm der linke Arm. Wird schon im Gepäcknetz liegen. Er bahnte sich den Weg durch Tische und Menschen. Beim Tombolastand hielt er an.

»Einen Grog«, befahl er.

»Gut, daß Sie da sind«, sagte Schwester Mathilde zu Dr. Flurschütz, »mit Jaretzki wird es heute nicht so einfach abgehen.«

»Werden es schon schaffen, Schwester,... gut amüsiert?«

»Ach ja, es war ganz vergnügt.«

»Ist's Ihnen nicht auch ein wenig gespenstisch, Schwester?«

Schwester Mathilde suchte zu begreifen, antwortete nicht.

»Na, hätten Sie sich früher mal so was vorstellen können?«

»Es erinnert doch an unsere Kirchweihfeste.«

»Etwas hysterische Kirchweih.«

»Ja, vielleicht, Doktor Flurschütz.«

»Leere Formen, die noch leben... schaut aus wie 'ne Kirchweih, aber die Leute wissen nicht mehr, wie ihnen geschieht...«

»Es wird sich schon wieder einrenken, Herr Doktor.«

Sie stand gesund und gerade vor ihm.

Flurschütz schüttelte den Kopf: »Noch nie hat sich etwas eingerenkt... am allerwenigsten das Jüngste Gericht... so ähnlich schaut das doch aus: nicht?«

»Woran Sie bloß denken, Doktor!... aber wir müssen unsere Patienten sammeln.«

Beim Musikpavillon wurde der umherirrende Jaretzki von dem Kriegsfreiwilligen Dr. Pelzer abgefangen: »Herr Leutnant, Sie scheinen dringend nach etwas zu suchen.«

»Ja, einen Grog.«

»Das ist eine famose Idee, Herr Leutnant, der Winter bricht an, und ich werde einen Grog holen... setzen Sie sich aber inzwischen.« Er lief davon und Jaretzki setzte sich auf den Tisch, schlenkerte mit den Beinen.

Dr. Wendling und Frau, im Begriffe, das Fest zu verlassen, kamen vorbei. Jaretzki salutierte: »Gestatten, Herr Oberleutnant, Leutnant Jaretzki, hessisches Jägerbataillon Nr. 8, Heeresgruppe Kronprinz, Verlust des linken Arms infolge Gasvergiftung bei Armentières, stellt sich gehorsamst vor.«

Wendling sah ihn befremdet an: »Sehr erfreut«, sagte er, »Oberleutnant Dr. Wendling.«

»Diplomingenieur Otto Jaretzki«, fühlte sich Jaretzki zu ergänzen verpflichtet, wobei er nun auch vor Hanna stramm stand, um zu zeigen, daß die Vorstellung auch ihr gegolten hatte.

Hanna Wendling hatte heute schon viel Bewunderung erfahren. Sie sagte liebenswürdig: »Das ist aber schrecklich mit Ihrem Arm.«

»Jawohl, meine Gnädigste, schrecklich, aber gerecht.«

»Aber, aber, Herr Kamerad«, sagte Wendling, »da kann man doch nicht von Gerechtigkeit sprechen.«

Jaretzki hob einen Finger: »Keine Juristengerechtigkeit, Herr Kamerad,... wir haben eine neue Gerechtigkeit bekommen, was sollen dem Menschen so viel Gliedmaßen, wenn er allein ist... das werden Sie wohl zugeben, meine Gnädigste.«

»Guten Abend«, sagte Wendling.

»Schade, jammerschade«, sagte Jaretzki, »aber natürlich, jeder ist seiner Einsamkeit verpflichtet... guten Abend, meine Herrschaften.« Und er wendet sich wieder seinem Tische zu.

»Merkwürdiger Mensch«, sagt Hanna Wendling.

»Betrunkener Narr«, antwortet ihr Mann.

Der Kriegsfreiwillige Pelzer kommt mit zwei Groggläsern vorbei und macht Front.

Huguenau eilte aus dem Tanzsaal. Wischte sich den Schweiß von der Stirn, steckte das Taschentuch in den Kragen.

Schwester Mathilde hielt ihn an: »Herr Huguenau, Sie könnten uns behilflich sein, unsere Patienten zusammenzutrommeln.«

»Besondere Ehre, gnädiges Fräulein, soll ich einen Tusch blasen lassen?« – er wollte sich schon zur Musik hinwenden.

»Nein, nein, Herr Huguenau, machen Sie nicht so viel Aufsehen, es geht auch so.«

»Bitteschön... großartiges Fest gewesen, nicht wahr, gnädiges Fräulein? der Herr Major hat sich auch überaus günstig ausgesprochen.«

»Gewiß, ein schönes Fest.«

»Auch der Herr Oberstabsarzt schien durchaus befriedigt... war in glänzender Stimmung... darf ich Sie bitten, mich dem Herrn Oberstabsarzt zu empfehlen... er hat uns so rasch verlassen, ich konnte ihm nicht das Geleite geben.«

»Bitte, Herr Huguenau, machen Sie vielleicht die Soldaten im Tanzsaal darauf aufmerksam, daß Dr. Flurschütz und ich sie am Eingang erwarten.«

»Soll geschehen, soll sofort geschehen... daß Sie uns aber so bald verlassen wollen, ist nicht recht, gnädiges Fräulein... hoffentlich kein Zeichen, daß Sie sich nicht amüsiert haben... das will ich denn doch nicht hoffen...«

Das Taschentuch im Kragen, eilte Huguenau in den Saal zurück.

»Wie ist's mit den Offizieren, Schwester?« fragte Flurschütz.

»Ach, um die brauchen wir uns nicht weiter zu kümmern, die haben wohl selber für Fahrgelegenheit gesorgt.«

»Schön, scheint sich doch noch alles einzurenken... aber der Jaretzki bleibt uns nicht erspart.«

Jaretzki und der Kriegsfreiwillige Dr. Pelzer saßen noch immer im Garten unter der Musikestrade. Jaretzki versuchte durch das braune Grogglas auf die Lampions zu schauen.

Flurschütz setzte sich zu ihnen: »Wie wär's mit Schlafengehen, Jaretzki?«

»Mit einem Weibe gehe ich schlafen, ohne Weib gehe ich nicht schlafen... die Sache hat damit begonnen, daß die Männer ohne Weiber und die Weiber ohne Männer schlafen gegangen sind... das war schlecht.«

»Da hat er recht«, sagte der Kriegsfreiwillige.

»Möglich«, sagte Flurschütz, »und darauf sind Sie jetzt gekommen, Jaretzki?«

»Ja, jetzt eben... aber ich weiß es schon lange.«

»Damit werden Sie sicherlich die Welt erlösen.«

»Es würde schon genügen, wenn er Deutschland erlöste...« sagte der Kriegsfreiwillige Pelzer.

»Deutschland...« sagte Flurschütz und sah in den leeren Garten.

»Deutschland...« sagte Pelzer, »damals habe ich mich als Kriegsfreiwilliger an die Front gemeldet... jetzt bin ich froh, daß ich hier sitze.«

»Deutschland...«, sagte Jaretzki, der zu weinen begonnen hatte, »...zu spät...« er wischte sich die Augen, »Flurschütz, Sie sind ein netter Junge, ich liebe Sie.«

»Das ist brav von Ihnen, ich liebe Sie auch... wollen wir jetzt heimgehen?«

»Wir haben kein Heim mehr, Flurschütz,... ich will's mit dem Heiraten versuchen.«

»Auch dafür ist's heute wohl zu spät«, sagte der Kriegsfreiwillige.

»Ja, spät ist es, Jaretzki«, sagte Flurschütz.

»Dafür ist's nie zu spät«, heulte Jaretzki, »aber du hast ihn mir abgeschnitten, du Schwein.«

»Na, Jaretzki, jetzt wär's aber an der Zeit, daß Sie endlich mal aufwachen...«

»Schneidest du ihn mir ab, schneid' ich ihn dir ab ... deshalb muß der Krieg ewig weitergehen ... hast du's auch schon mal mit einer Handgranate versucht ...?« er nickte ernsthaft, »... ich, ich hab's getan ... feine Eier, die Handgranaten ... faule Eier.«

Flurschütz nahm ihn unterm Arm: »Ja, Jaretzki, wahrscheinlich haben Sie sogar recht ... ja, und wahrscheinlich ist es wirklich das einzige Verständigungsmittel ... aber nun kommen Sie, mein Freund.«

Beim Eingang waren die Soldaten bereits um Schwester Mathilde versammelt.

»Haltung, Jaretzki«, sagte Flurschütz.

»Zu Befehl«, sagte Jaretzki, und als er vor Schwester Mathilde hintrat, stand er stramm und meldete: »Ein Leutnant, ein Oberarzt und vierzehn Mann zur Stelle ... melde gehorsamst, daß er ihn mir abgeschnitten hat ...« er machte eine kleine Kunstpause, und dann zog er den leeren Ärmel aus der Tasche, ließ ihn vor Schwester Mathildes langer Nase hin- und herbaumeln: »Keusch und leer.«

Schwester Mathilde rief: »Wer fahren will, soll mitfahren; ich gehe mit den übrigen zu Fuß.«

Huguenau kam herausgestürzt: »Es hat hoffentlich alles geklappt, gnädiges Fräulein, und wir sind vollzählig ... darf ich glückliche Heimkunft wünschen ...«

Er verabschiedete sich von Schwester Mathilde, von Dr. Flurschütz, von Leutnant Jaretzki, von jedem einzelnen der vierzehn Mann, wobei er sich jedem von ihnen als »Huguenau« vorstellte.

61

Geschichte des Heilsarmeemädchens in Berlin (10)

Was eigentlich habe ich mit Marie vor? ich lade sie ein, ich lasse sie singen, ich verkupple sie in aller Keuschheit mit Nuchem, dem Talmudisten, dem abtrünnigen Talmudisten, muß man wohl sagen, und ich lasse sie wieder weggehen, wegziehen in die Gefilde ihres grauen Hospizes. Was habe ich mit ihr vor? und warum gibt sie sich zu diesem Spiele her? will sie meine Seele retten, will sie sich gar an die unendliche, an die von Grund aus unmögliche Aufgabe heranmachen, die talmudische Seele des Juden aufzufangen, sie Jesum zuzuführen? Was dachte sich übrigens dieser Nuchem? Da hatte ich zwei Menschen anscheinend völlig in meine Hand bekommen und weiß dennoch nichts von ihnen, weiß nicht, was sie denken und was sie heute abend essen werden: so einsam ist der Mensch, daß niemand und nicht einmal Gott, der ihn doch geschaffen hat, etwas von ihm weiß.

Die Sache beunruhigte mich außerordentlich, um so mehr, als ich mir Marie immer nur als ein Wesen habe vorstellen können, das bis zum Rande mit Liedern und Bibelsprüchen angefüllt ist, und in meiner Beunruhigung machte ich mich auf den Weg ins Hospiz. Ich mußte zweimal hingehen, ehe ich sie antraf. Sie war auf Krankenmission und kam immer erst abends heim. Ich saß also in dem Sprechzimmer, betrachtete die Bibelverse an der Wand, betrachtete das Portrait des Generals Booth und überlegte mir nochmals alle Möglichkeiten. Ich erinnerte mich meines ersten Zusammentreffens mit Marie, ferner der zufälligen Begegnung mit Nuchem, ich vergegenwärtigte mir alles, was seitdem geschehen war, ich prägte mir alles sehr genau ein und nahm auch den augenblicklichen Zustand nicht aus: besah mit großer Aufmerksamkeit das Sprechzimmer, ging in dem Zimmer umher, das schon langsam dunkelte, denn das Wetter hatte sich verdüstert; draußen fielen schwere Tropfen, und die Dunkelheit war beschleunigt. Ich fragte mich, ob auch die beiden alten Männer, die gleich mir in diesem Zimmer saßen, in mein Gedächtnis einzubeziehen wären, und ich tat es, – sicher ist sicher. Sie waren sehr müde, ihre Gedanken waren undurchdringlich, ich war Luft für sie.

Es war schon spät, als Marie endlich kam. Inzwischen waren die beiden alten Männer hinausgeführt worden, und beinahe hatte ich mich geängstigt, daß man mit mir ebenso verfahren würde. In dem schlecht beleuchteten Raume erkannte sie mich nicht sogleich, sie sagte: »Gott segne Sie«, und ich erwiderte: »Das ist ein Gleichnis.« Mich nun erkennend, erwiderte sie ihrerseits: »Das ist kein Gleichnis, Gott möge Sie segnen.« Nun sagte ich meinerseits: »Bei uns Juden ist alles Gleichnis.« Darauf erwiderte sie: »Sie sind kein Jude.« Ich dagegen: »Das Brot und der Wein sind nicht minder Gleichnis; überdies wohne ich mit Juden beisammen.« Sie sagte: »Unser Heim ist stets im

Herrn.« So war es richtig, so hatte ich sie mir vorgestellt, auf alles einen heiligen Spruch. Jetzt hatte ich sie wieder in der Hand, und ich erhob meine Stimme: »Ich verbiete Ihnen, meine jüdische Wohnung je wieder zu betreten«, aber das klang hier hohl, ich mußte sie wohl erst wieder bei mir haben, um vernünftig mit ihr reden zu können; ich lachte also auf und sagte: »Spaß, nebbich, Spaß.« Doch mochte ich mich damit auch aus meinen eigenen Worten in die eines Fremden, ja die eines artfremden Volkes retten, mich unter die Fittiche eines mir fremden Gottes begeben, es nützte nichts, ich fand meine Sicherheit nicht zurück. Mag sein, daß ich wirklich vom Warten allzu zermürbt war, alt geworden war wie die beiden alten Männer, die man schließlich aus dem Wartezimmer hinausgeführt hatte, ich war durch das Warten erniedrigt worden, ein Geschöpf statt eines Schöpfers, ein entthronter Gott. Fast demütig mußte ich sagen: »Ich wollte Sie vor Schaden bewahren, Dr. Litwak hat mich auf die Gefahren aufmerksam gemacht.« Das war nun allerdings eine Verdrehung des Tatbestandes, denn jener hatte die Gefahren ja bloß für Nuchem befürchtet. Und solch lächerlichen Halbfreigeist zum Eideshelfer anzurufen! wahrlich, ich hätte mein Selbstbewußtsein nicht ärger schädigen können. Und so einfältig es war, was sie entgegenzusetzen hatte, es war eine Zurechtweisung: »Wer in der Freude ist, ist vor Schaden bewahrt.« Unter dieser Demütigung riß mir die Geduld und ich merkte nicht, daß ich nun eigentlich die Geschäfte des Großvaters und Dr. Litwaks besorgte. »Du sollst dich mit dem jungen Juden nicht weiter einlassen, er hat eine dicke Frau und viele Kinder.« Oh, hätte ich in ihrer Seele lesen können, wissen können, ob ich sie damit verletzt und verwundet hatte, aufgerissen dieses Herz, das in der Freude zu sein vorgibt, – aber nichts war davon zu merken, vielleicht hatte sie mich gar nicht verstanden. Sie sagte bloß: »Ich will zu Ihnen kommen. Wir werden singen.« Ich gab mich geschlagen. »Wir können gleich gehen«, sagte ich mit einem Rest von Hoffnung, daß ich ihren Weg doch noch bestimmen würde. Sie sagte: »Herzlich gern, aber ich muß nochmals zu meinen Kranken.«

So war ich gezwungen, völlig unverrichteterdinge den Heimweg anzutreten. Der Regen fiel nur mehr sacht. Vor mir marschierte ein sehr junges Liebespaar; sie gingen eingehängt und ihre Arme schlenkerten im Takt des Marschierens.

Religionen entstehen aus Sekten und zerfallen wieder in Sekten, kehren zu ihrem Ursprung zurück, ehe sie sich gänzlich auflösen. Am Anfang des Christentums standen die einzelnen Christus- und Mithraskulte, an seinem Ende stehen die grotesken amerikanischen Sekten, steht die Heilsarmee.

Der Protestantismus, die erste große Sektenbildung des christlichen Zerfalls. Eine Sekte, keine neue Religion. Denn das wichtigste Merkmal einer neuen Religion fehlte: die neue Theologie, welche eine neue Kosmogonie mit dem neuen Gotteserlebnis zu neuer Weltganzheit amalgamiert. Der Protestantismus aber, undeduktiv und untheologisch seinem Wesen nach, lehnte es ab, aus dem Bereich des autonomen inneren Gotteserlebnisses herauszutreten.

Die Kantsche Erneuerung als nachträgliche protestantische Theologie nahm zwar die Aufgabe auf sich, dem neuen positivistisch-wissenschaftlichen Inhalt den religiös-platonischen Gehalt zu verleihen, doch weit war sie davon entfernt, eine theologische Wertgesamtheit nach katholischem Muster anzustreben.

Der Schutz gegen einen fortschreitenden Sektenzerfall des Katholizismus wurde durch die Jesuiten der Gegenreformation in einer drakonischen, geradezu militärischen Wertzentralisation organisiert. Es war die Zeit, in der sogar die Reste der alten heidnischen Volksbräuche in den Dienst der Kirche gestellt wurden, in der die Volkskunst ihre katholische Wendung erfuhr, in der die Jesuitenkirche einen noch nie erhörten Pomp entfaltete, eine ekstatische Einheit bezweckend und erzielend, die zwar nicht mehr die symboldurchtränkte Einheit der Gotik war, wohl aber ihr heroisch-romantisches Widerspiel.

Der Protestantismus mußte solchen Schutzes gegen den weiteren Sektenzerfall entraten. Sein Verhältnis zu den außerreligiösen Wertgebieten ist nicht das der Einbeziehung, sondern das der Tolerierung. Er verschmäht die außerreligiöse »Hilfe«, denn seine asketische Forderung geht nach radikaler Innerlichkeit des Gotteserlebnisses. Und war auch ihm der ekstatische Wert Urgrund und oberster Sinn des Religiösen, so sollte dieser Wert mit absoluter Strenge rein und ungebrochen und autonom aus dem religiösen Wertgebiet selber gewonnen werden.

Das Verhältnis der Strenge ist es, nach welchem der Protestantismus sein Verhältnis zu den außerreligiösen irdischen Wertgebieten regelt und mit welchen er auch selber seinen irdischen und kirchlichen Bestand zu sichern trachtet. Rein und einsinnig auf Gott gerichtet, wird er notwendig auf die einzig vorhandene geistig-irdische Emanation Gottes verwiesen: auf die Heilige Schrift, – und die Bindung an die Schrift erhebt sich zu jener obersten irdischen Pflicht, auf welche die ganze Radikalität, die ganze Strenge der protestantischen Methode übertragen wird.

Der protestantischeste Gedanke: der kategorische Imperativ der Pflicht. Der ganze Gegensatz zum Katholizismus: die äußeren Lebenswerte werden nicht in den Glauben einbezogen, werden nicht theologisch kanonisiert, sondern sie werden bloß an Hand der Schrift streng und fast nüchtern überwacht.

Hätte der Protestantismus den andern, den katholischen Weg eingeschlagen, um seinerseits zu einem protestantischen Wert-Organon zu gelangen, wie dies z. B. Leibniz vorgeschwebt hatte, er hätte sich vielleicht nicht minder wirksam als der Katholizismus gegen eine weitere Sektenabspaltung geschützt, aber er hätte notgedrungen seine eigene Wesenheit aufgegeben. Er befand und befindet sich in der Situation einer revolutionären Partei, die Gefahr läuft, sich mit dem bekämpften alten Staat identifizieren zu müssen, wenn sie dessen Machtmittel ergriffen hat. Der gegen Leibniz erhobene Vorwurf des Kryptokatholizismus war nicht ganz unberechtigt.

Keine Strenge, hinter der nicht Angst stünde. Aber die Angst vor dem Sektenzerfall wäre ein viel zu kleines Motiv, um die protestantische Strenge zu erklären. Und die Flucht in die Buchstabentreue, die Flucht in die Schrift, ist geschwängert von der göttlichen Angst, von jener Angst, die aus der poenitentia

Luthers hervorbricht, jener »absoluten« Angst vor der »Grausamkeit« des Absoluten, die Kierkegaard erlebt hat und in der Gott »trauernd thront.«

Es ist, als wollte der Protestantismus mit der Bindung an die Schrift den letzten Hauch der Sprache Gottes in einer Welt bewahren, die in der Sprache der Dinge verstummt war, verfallen in die Stummheit und Grausamkeit des Absoluten, – und in göttlicher Angst erkannte der protestantische Mensch, daß es das eigene Ziel ist, vor dem ihm graut. Denn mit der Ausschaltung aller Wertgebiete, mit der radikalen Rückverweisung ins autonome Gotteserlebnis wird eine letzte Abstraktion vorgenommen, deren logische Rigorosität unzweideutig zur Aufhebung jedweden irdisch-religiösen Glaubensinhalts hindrängt, zu einer absoluten Inhaltsentblößung, nichts übrig lassend als die reine Form, die reine, inhaltsentleerte und neutrale Form einer »Religion an sich«, einer »Mystik an sich«.

Auffallend die Übereinstimmung mit der religiösen Struktur des Judentums: vielleicht ist hier der Prozeß der Neutralisierung des Gotteserlebnisses, die Entblößung des Mystischen von allem Gefühlsmäßig-Irdischen, die Eliminierung der »äußeren« ekstatischen Hilfen noch weiter vorgeschritten, vielleicht ist hier eine für den irdischen Menschen kaum mehr zu ertragende Annäherung an die Kälte des Absoluten schon erreicht, – doch auch hier besteht als letzter Bindungsrest an das Irdisch-Religiöse die ganze Strenge und Rigorosität des Gesetzes.

Diese Übereinstimmung im Prozeß der Verinnerlichung, diese Übereinstimmung der Glaubensformen, deren Auswirkung sogar bis in eine oft behauptete Übereinstimmung gewisser Charakterzüge orthodoxer Juden mit denen calvinistischer Schweizer oder puritanischer Engländer hinabreichen soll, diese Übereinstimmung ließe sich natürlich auch auf eine gewisse Ähnlichkeit der äußeren Situation zurückführen: der Protestantismus als revolutionäre Bewegung, das Judentum als gedrückte Minorität, sie sind beide oppositionell, und es ließe sich sogar sagen, daß selbst ein in die Minorität geratener Katholizismus, wie etwa in Irland, die gleichen Wesenszüge aufweist.

Doch ein Katholizismus solchen Schlages hat dann mit dem römischen ebensowenig gemein wie der ursprüngliche protestantische Gedanke mit den römischen Tendenzen innerhalb der High Church. Es ist einfach eine Umkehrung des Vorzeichens eingetreten. Wie immer aber auch derartige empirische Fakten ausgelegt werden, ihr Erklärungswert ist gering, – denn die Fakten wären nicht vorhanden, stünde hinter ihnen nicht das entscheidende Gotteserlebnis.

Ist es diese stumme und radikale und ornamentlose Religiosität, ist es diese der Strenge und nur der Strenge unterworfene Unendlichkeit, die den Stil der neuen Epoche ausmacht? liegt in dieser Rigorosität des Göttlichen die Manifestation des in die unendliche Ferne gerückten Plausibilitätspunktes? ist in dieser Alleszermalmung des Inhaltlich-Irdischen die Wurzel der Wertzersplitterung zu sehen? Ja.

Der Jude, kraft der abstrakten Strenge seiner Unendlichkeit, der moderne, der »fortgeschrittenste« Mensch kat'exochen: er ist es, der sich mit absoluter Radikalität dem einmal gewählten Wert- und Berufsgebiet hingibt, er ist es, der den »Beruf«, den Erwerbsberuf, in den er zufällig geraten ist, zu einer bisher ungekannten Absolutheit steigert, er ist es, der, ohne Bindung an ein anderes Wertgebiet und in unbedingter Strenge hingegeben an sein Tun, zur höchsten geistigen Leistung sich verklärt, zur viehischesten Verworfenheit im Materiellen sich erniedrigt: im Bösen wie im Guten, doch immer im Extremen bleibend, – es ist, als ob der Strom des absolut Abstrakten, der seit zweitausend Jahren wie ein kaum sichtbares Bächlein des Ghettos neben dem großen Strom des Lebens geflossen ist, nun zum Hauptstrom werden sollte, es ist, als ob die Radikalität des protestantischen Gedankens die ganze Furchtbarkeit der Abstraktion, die zweitausend Jahre lang der Obhut des Unscheinbarsten anheim gegeben und auf ihr Minimum reduziert gewesen war, virulent gemacht hätte, als ob er die absolute Ausdehnungsfähigkeit, die potentiell dem rein Abstrakten und nur diesem innewohnt, explosionsartig entfesselt hätte, auf daß die Zeit zersprengt und der unscheinbare Hüter des Gedankens zur paradigmatischen Inkarnation der zerfallenden Zeit werde.

Scheinbar gibt es für den christlichen Menschen bloß zwei Möglichkeiten: entweder die vorläufig noch vorhandene Geborgenheit im katholischen Allwert, im wahrhaft mütterlichen Schoß der Kirche, oder der Mut, mit einem absoluten Protestantismus das Grauen vor dem abstrakten Gott auf sich zu nehmen, – wo diese Entscheidung nicht getroffen ist, dort lastet die Angst vor dem Kommenden. Und tatsächlich ist es so, daß in allen Ländern der Unentschiedenheit diese Angst unausgesetzt umgeht und latent vorhanden ist, mag sie auch bloß in dem Grauen vor dem Juden zum Ausdruck kommen, vor dem Juden, dessen Geist und dessen Lebensführung als verhaßtes Bild des Kommenden, wenn zwar nicht erkannt, so doch gefühlt wird.

In der Idee eines protestantischen Wert-Organons lebt sicherlich die Sehnsucht nach Wiedervereinigung der Gesamtchristlichkeit, nach jener Wiedervereinigung, die auch Leibniz angestrebt hat: daß er, der alle Wertgebiete seiner Zeit umfaßte, dazu gedrängt worden war, wird fast als Notwendigkeit empfunden, ebenso aber daß er, der Jahrhunderte vorweggenommen und die lingua universalis der Logik vorausgesehen hat, in jener letzten Vereinigung auch die Abstraktheit einer religio universalis gedacht haben mußte, deren Kälte zu ertragen, vielleicht bloß er fähig war, er, der tiefste Mystiker des Protestantismus. Doch die protestantische Linie verlangte erst die Alleszermalmung; nicht Leibnizens Philosophie wurde zur protestantischen Theologie, sondern die Kants, und die Wiederentdeckung Leibniz' geschah bezeichnenderweise durch katholische Theologen.

All die vielen Sektenbildungen, die sich in der Folge vom Protestantismus abspalteten und von ihm mit jener scheinbaren Toleranz geduldet wurden, die jeder revolutionären Bewegung eigentümlich ist, sie bewegen sich in der nämlichen Richtung, sind Abklatsch, Verkleinerung, Verflachung des alten Gedankens eines protestantischen Wert-Organons, sind »gegenreformatorisch« eingestellt: von den grotesken amerikanischen Sekten ganz zu schweigen, zeigt z. B. die Heilsarmee nicht nur eine dem Jesuitismus der Gegenreformation gemäße militärische Aufmachung, sondern auch ganz deutlich die Tendenz zur Wertzentralisation, zur Sammlung aller Wertgebiete, zeigt, wie alle Volkskunst bis herab zum Gassenhauer wieder ins Religiöse zurückgeleitet und in das Programm der »ekstatischen Hilfen« gestellt werden soll. Rührendes und unzulängliches Mühen.

Rührendes und unzulängliches Mühen, trügerische Hoffnung, den protestantischen Gedanken aus dem Grauen des Absoluten zu retten. Rührender Ruf nach Hilfe, Ruf nach den »Hilfen« einer göttlichen Gemeinschaft, und mag sie auch nur noch als Abklatsch einer großen einstigen Gemeinschaft fühlbar sein. Denn die Stummheit, das Grausame, das Neutrale in seiner ganzen Strenge steht vor der Türe, und der Hilferuf wird immer dringender von allen denen erhoben, die nicht fähig sind, das Kommende auf sich zu nehmen.

63

An dem Sonntagnachmittag, der auf das Fest in der Stadthalle folgte, entschloß sich Major v. Pasenow zu seiner eigenen Überraschung, der Einladung Eschs Folge zu leisten und die Bibelstunde zu besuchen. Das kam folgendermaßen: eigentlich dachte er gar nicht an Esch, und Schuld daran hatte vielleicht bloß der Spazierstock, den er plötzlich im Ring des Kleiderständers lehnen sah, einen Spazierstock mit weißer Elfenbeinkrücke, der auf irgendeine Weise ins Gepäck geraten war und offenbar bis jetzt im Schranke versteckt gewesen sein mußte. Natürlich kannte er den Stock von altersher, aber es war trotzdem ein fremder Stock. Einen Augenblick lang schien es dem Major v. Pasenow, als wäre es notwendig, Zivil anzulegen und eine jener zweideutigen Vergnügungsstätten zu besuchen, die von Offizieren nicht in Uniform betreten werden dürfen. Und sozusagen als Annäherungswert schnallte er nicht den Degen um, sondern nahm den Stock zur Hand und verließ den Gasthof. Ein wenig zögernd blieb er vor dem Hause stehen, dann schlug er die Richtung zum Fluß ein. Er promenierte langsam, auf seinen Stock gestützt, vielleicht wie ein verwundeter oder kranker Offizier in einem Badeort, – und flüchtig mußte er daran denken, daß an dem Stock eine Gummikapsel fehlte. So gelangte er gemächlichen Schrittes vor die Stadt und hatte das kleine Freiheitsgefühl eines Mannes, der jederzeit umkehren darf, ein Offizier auf Urlaub. Und tatsächlich kehrte er bald um – es war wie ein beglückendes und beruhigendes, dennoch beunruhigendes Heimfinden –, und als wäre es ein dringliches Versprechen, das er eilends einzulösen hätte, ging er auf kürzestem Wege zu Eschs Anwesen.

Seitdem die Zahl der Anhänger gewachsen war, und weil man während der schönen Jahreszeit ohnehin keines geheizten Lokals bedurfte, fanden die Versammlungen in einem der leeren Schuppenräume des ehemaligen Wirtschaftsgebäudes statt. Ein Zimmermann, der dem Kreise angehörte, hatte einfache Bänke beigestellt; ein kleiner Tisch mit einem Stuhl befand sich in der Mitte des Raumes. Wegen Mangel eines Fensters war das Tor offen gelassen worden, und der Major, den Hof betretend, wußte sogleich, wohin sich wenden.

Da nun der Major im Rahmen des Tores erschien und ein wenig verweilte, sein Auge an das Dämmerlicht zu gewöhnen, da standen alle auf; fast sah es aus, als hätten sie einen Vorgesetzten zur Kaserneninspektion erwartet, und dieser Eindruck wurde durch die Uniformen der anwesenden Militärpersonen verstärkt. Dieses wenn auch nur gleichnishafte Zurückverwandeln in gewohntere Würde milderte für den Major das Außergewöhnliche der Situation; es war wie eine leichte und doch feste Hand, die ihn vor einem dunklen Gleiten zurückhielt, es war wie das flüchtige Ahnen einer eben bestandenen Gefahr, und er salutierte.

Esch war mit den anderen aufgesprungen, und nun geleitete er den Gast zu dem Stuhle hinter dem Tischchen. Er selbst blieb daneben stehen, gewissermaßen ein Engel, der zu ihm getreten war, über ihn zu wachen. Und der Major empfand es so ähnlich, ja, es war, als hätte sich der Zweck seines Besuches damit schon erfüllt, als umgäbe ihn eine Atmosphäre der Gesichertheit, ein vereinfachter Lebensraum, der ihn gleich einem Heimgefundenen aufnehmen wollte. Auch das Schweigen, das ihn umgab, war wie Selbstzweck, es hätte ewig so andauern mögen: keiner sprach ein Wort, der Raum, von Schweigen erfüllt, durch Schweigen seltsam entleert, war wie über die eigenen Grenzen hinaus geweitet, und das gelbe Sonnenlicht vor dem geöffneten Tor floß vorüber wie ein ewig unermeßlicher Strom, an dessen Ufer man saß. Niemand wußte, wie lange die schweigende Bewegungslosigkeit währte, es war gleichsam die starre Unentscheidbarkeit der Sekunde, in der der Tod neben dem Menschen steht, und obwohl der Major wußte, daß Esch es war, der neben ihm stand, fühlte er die ganze Brüderlichkeit des Todes, fühlte sein Drohen wie einen süßen Halt. Und da er versuchte, sich ihm zuzuwenden, geschah es mit all der Anstrengung desjenigen, der Entscheidendes erwartet und der trotzdem weiß, daß er bis zum letzten Augenblick die Form zu wahren hat. Mit großer Anstrengung wandte er sich ihm zu und sagte: »Ich bitte fortzusetzen.«

Nun aber erfolgte durchaus nichts, denn Esch sah auf den weißen Scheitel des Majors, er hörte des Majors leise Stimme, und es war, als wüßte der Major alles von ihm, als wüßte er alles von dem Major, zwei Freunde, die viel voneinander wissen. Er und der Major, sie waren da wie auf erhöhter und lichterer Bühne, an bevorzugter Stelle waren sie, still war die Versammlung, als hätte ihr eine Glocke Schweigen geboten, und Esch, der es nicht wagte, die Hand auf die Schulter des Majors zu legen, stützte sich auf die Lehne des Stuhls, obzwar eigentlich auch dies ungebührlich war. Er fühlte sich stark, fest und wohlbestellt, so stark wie in seinen besten Jugendtagen, gleichwohl geborgen und weich, als wäre er befreit von allem Menschenwerk, als wäre der Raum nicht mehr aus geschichteten Ziegeln, das Tor nicht mehr aus zersägten Brettern, als wäre alles Gotteswerk und als wäre das Wort in seinem Munde das Wort Gottes. Er schlug die Bibel auf und las aus dem 16. Kapitel der Apostelgeschichte: »Schnell aber war ein großes Erdbeben, also daß sich bewegten die Grundfesten des Gefängnisses. Und von Stund an wurden alle Türen aufgetan und aller Bande los. / Als aber der Kerkermeister aus dem Schlafe fuhr und sah die Türen des Gefängnisses aufgetan, zog er das Schwert und wollte sich selbst erwürgen, denn er meinte, die Gefangenen wären entflohen. / Paulus aber rief laut und sprach: Tu dir kein Leid! denn wir sind alle noch hier.«

Den Finger zwischen die Seiten des zugeklappten Buches gelegt und vorsichtig sich räuspernd, wartete Esch. Er wartete, daß die Grundfesten des Gebäudes erzittern sollten, er wartete, daß eine große Erkenntnis sich jetzt auftun werde, er wartete, daß jener den Befehl erteilen werde, die schwarze Fahne zu hissen, und er dachte: ich muß Platz machen für den, nach dem die

Zeit gezählt werden wird. Er dachte es und wartete. Jedoch für den Major waren die gehörten Worte wie Tropfen, die im Auffallen zu Eis wurden; er schwieg und alle schwiegen mit ihm.

Esch sagte: »Sinnlos jede Flucht, freiwillig müssen wir die Haft auf uns nehmen... der Unsichtbare mit dem Schwerte steht hinter uns.«

Wie sich der Major einen Augenblick sehr richtig vorstellte, hatte Esch den Sinn der Bibelstelle teils bedeutungsgerecht, teils höchst unklar und phantastisch erfaßt, aber der alte Herr verweilte nicht bei dieser Überlegung, vielmehr versank sie ihm in einem Bilde, das, einer Erinnerung gleichend, doch kaum Erinnerung war, da er alles leibhaftig vor sich sah: die alten Landsturmleute und die jungen Rekruten, wie Apostel und Jünger waren sie, wie eine Gemeinde, die sich in einem Gemüsekeller oder in einer dunklen Gruft zusammengefunden hat, dunkle fremde Sprache redend, dennoch verständlich wie die Sprache der Kindheit, überglänzt von himmlischer Silberwolke, – und voll entschlossener Inbrunst, und zuversichtlich gleich ihm sahen die Jünger zu der Himmlischen empor.

»Wir wollen singen«, sagte Esch und er begann:

»Herr Gott, Zebaoth,
Nimm uns auf in Deine Gnade,
Schling um uns Dein einend Band,
Führe uns mit Deiner Hand,
Herr Gott, Zebaoth.«

Mit der Stiefelsohle klopfte Esch den Takt; viele der Leute taten desgleichen, sie wiegten sich im Takt und sie sangen. Vielleicht sang auch der Major mit, er wußte es nicht, es war eher ein Singen in seinem Innern, ein Singen in seinen geschlossenen Augen, kristallener Tropfen, der singend aus der Wolke fällt. Und er hörte die Stimme: Tu dir kein Leid! denn wir sind noch alle hier!

Esch ließ den Gesang verebben, und dann sagte er: »Nichts nützt es, der Finsternis des Kerkers zu entfliehen, denn wir entfliehen bloß zu neuer Finsternis... wir müssen das Haus neu bauen, wenn die Zeit gekommen sein wird.«

Eine Stimme setzte wieder ein:

»Fach ihr Fünklein an zum Brand,
Fünklein an zum Brande rot.
Herr Gott, Zebaoth.«

»Halt's Maul«, sagte eine andere Stimme.
Eine nächste Stimme respondierte:

»Mit Feuer tauf uns. Jesus Christ,
Send das Feuer!
Dies Feuer unser Anrecht ist.
Send das Feuer!
Herr, unser Gott, wir flehn Dich an,
Send das Feuer!
Nur so wird alles wohlgetan.
Send das Feuer!«

»Halt's Maul«, sagte wieder die andere Stimme, schwerfällige Stimme, doch dröhnend wie ein Kellergewölbe, und es war die eines Menschen in Landwehruniform, der mit langem Bart, auf zwei Stöcke gestützt, nun dastand. Und trotz der Anstrengung, die es ihm machte, fuhr er fort, dies zu sagen: »Wer nicht tot war, muß's Maul halten… wer tot war, ist getauft, die andern nicht.«

Doch auch der erste Sänger war aufgesprungen und seine Stimme erwiderte singend:

»Rett, oh rett mich vor dem Tod,
Herr Gott, Zebaoth.«

»Send das Feuer«, sagte da auch der Major, und obwohl er es sehr leise sagte, war es vernehmlich genug, daß Esch sich nun zu ihm herabbeugte. Es war gewissermaßen ein unkörperliches Herabbeugen, zumindest wurde es von dem Major so empfunden, es war eine leichte Sicherheit in dieser Annäherung, beruhigend und gleichzeitig beunruhigend, und der Major betrachtete die Elfenbeinkrücke seines Stockes auf dem Tischchen vor ihm, betrachtete die weiße Manschette, die aus dem Ärmel des Uniformrockes hervorlugte, – es war gewissermaßen eine unkörperliche Ruhe, eine gewissermaßen verdünnte, helle, fast weiße Ruhe, die in dem dunklen Raum und über all dem Stimmengewirr ausgespannt lag, ein klingendes durchsichtiges Netz in einer merkwürdig abstrakten Vereinfachung. Draußen flutete wie ein scharfer feuriger Schutz der Strom des Sonnenlichtes vorüber; man war in einem Hafen, in einer Gruft, in einem Keller, in einer Katakombe.

Vielleicht erwartete Esch, daß der Major weitersprechen werde, denn der Major hob zweimal die Hand, gleichsam einstimmend in den rhythmischen Takt des Gesanges, gleichsam ihn zu begrüßen, – Esch hielt den Atem an, allein der Major ließ die Hand wieder sinken. Da sagte Esch, als sollte damit aus Totem das Lebendige erstehen: »Die Fackel der Freiheit… der erleuchtende Brand… die Fackel der wahren Freiheit.«

Für den Major indes war es eine Art Verschmelzung, und er hätte nicht zu sagen gewußt, ob er den erleuchtenden Kranz der Fackeln über sich sah, oder ob er die Stimme des Mannes hörte, der den Refrain »Send das Feuer« immer weiter psalmodierte, oder ob es die Stimme Eschs war oder das Weinen des kleinen Uhrmachers Samwald, das dünn aus dem Hintergrund hervordrang: »Rette uns aus der Finsternis, führe uns zu den paradiesischen Freuden.«

Aber der Landwehrmann, der keuchend sich aufgerichtet hatte, und er schwang dabei einen seiner Stöcke, gab heisere Laute von sich, heulende Worte: »Auferstanden von den Toten… wer nicht in der Erde war, soll's Maul halten.«

Esch entblößte sein Pferdegebiß, lachte: »Du darfst selber dein ungewaschenes Maul halten, Gödicke.«

Das waren grobe Worte; Esch mußte selber so laut darüber lachen, daß es ihn irgendwie lähmend in der Kehle schmerzte wie einen, der im Schlafe lacht. Der Major allerdings vernahm weder die Grobheit der Rede noch das überlaute Lachen, denn in seinem besseren Wissen sah er durch die Rauheit der Oberflächen hindurch, ja, er bemerkte sie gar nicht, und eher war es ihm, als würde Esch mit leichter Hand alles in Ordnung bringen können, als würden Eschs Züge, unkenntlich fast in dem Dämmerlicht, zu seltsam dämmeriger Landschaft mit dem ganzen Raum verschmolzen sein, und durch das dröhnende Lachen schimmerte ihm eine Seele, die sich aus dem Nachbarfenster beugt und lächelt, Seele des Bruders, dennoch keine Einzelseele, dennoch nicht in der Nachbarschaft, sondern wie eine unendlich ferne Heimat. Und er lächelte Esch zu. Doch auch in Esch war das Wissen und er wußte gleichfalls, daß ein gemeinsames Lächeln gemeinsam sie auf erhöhte Stufe trug, es war ihm, als käme er aus weitester Ferne angefahren inmitten eines brausenden Windes, der alles Gewesene hinwegfegt, als käme er auf feurigem rotem Gefährt angefahren, um hier am Ziele zu sein, an jenem erhöhten Ziele, an dem es gleichgültig wird, wie einer heißt, gleichgültig, ob einer in den andern verfließt, Ziel, an dem es kein Heute und kein Morgen mehr gibt, – er spürte den Hauch der Freiheit seine Stirne berühren, Traum im Traume, und Esch, die Knöpfe der Weste öffnend, stand da, hochaufgerichtet, als wollte er den Fuß auf des Schlosses Freitreppe setzen.

Freilich, den Mann Ludwig Gödicke hatte er trotz alledem nicht einschüchtern können. Der war nun fast bis an das Tischchen vorgehumpelt und kampfbereit schrie er: »Wer reden will, soll erst mal in die Erde kriechen... da...«, er bohrte die Spitze seines Stockes in den Lehmboden, »...da... kriech erst selber mal da hinein.«

Esch mußte wieder lachen. Er fühlte sich stark, fest und wohlbestellt, robust auf seinen Beinen, ein Kerl, den umzubringen sich schon verlohnte. Er streckte die Arme aus wie einer, der vom Schlafe aufwacht oder wie ein Gekreuzigter: »Na, willst du mich vielleicht gar erschlagen... mit deinen Krücken... du läufst ja auf Krücken, du Mißgeburt.«

Einige riefen, den Gödicke solle man in Ruhe lassen, das sei ein heiliger Mann.

Esch machte eine wegwerfende Geste: »Keiner ist heilig... heilig ist erst der Sohn, der das Haus bauen wird.«

»Alle Häuser baue ich«, brüllte der Maurer Gödicke, »alle Häuser habe ich gebaut... immer höher...« und er spuckte verächtlich aus.

»Wolkenkratzer in Amerika«, feixte Esch.

»Er kann auch Wolkenkratzer bauen«, weinte der Uhrmacher Samwald.

»Ja, kratz dich selber... Wände kann er abkratzen.«

»Aus der Erde heraus bis in den Himmel hinein...«

Gödicke hatte die Arme mit den beiden Stöcken in der Luft, er sah drohend und gewaltig aus, »...auferstanden von den Toten!«

»Tot!« schrie Esch, »die Toten glauben, daß sie mächtig

sind... ja, mächtig sind sie, aber das Leben im dunklen Haus können sie nicht erwecken... die Toten sind die Mörder! Mörder sind sie!«

Er stockte, erschrocken über das Wort vom Mord, das jetzt wie ein dunkler Schmetterling durch die Luft geflattert war, doch nicht minder erschrocken und verstummt vor dem Gehaben des Majors: denn der Major hatte sich erhoben, mit einem sonderbar steifen Ruck, und hatte das Wort wiederholt, wiederholte starr »Mörder« und blickte, als erwarte er Entsetzliches, auf das geöffnete Tor und auf den Hof hinaus.

Alle schwiegen und sahen auf den Major. Der Major regte sich nicht, schaute noch immer gebannt auf das Tor und Esch schaute gleichfalls hin. Nichts Außergewöhnliches war dort sichtbar; die Luft zitterte im Sonnenlicht, die Hausmauer am andern Ufer des Sonnenstroms – eine Kaimauer, mußte der Major denken – blendete, ein viereckiger weißer Ausschnitt in dem braunen Kasten des Tors und seiner Flügel. Aber das Gleichnis hatte seine beglückende Unmittelbarkeit verloren, und als Esch, die eingetretene Ruhe benützend, nochmals die Bibelstelle vorlas: »Und von Stund an waren alle Türen aufgetan«, da war dem Major das Tor wieder ein gewöhnliches Scheunentor, und nichts war geblieben, als daß der Hof da draußen von ferne her an die Heimat gemahnte und an den großen Gutshof inmitten der Ställe. Und auch als Esch schloß: »Tu dir kein Leid! denn wir sind noch alle hier!« da war es nicht mehr Ruhe, es war Angst, – die Angst, daß in der Welt des Gleichnisses und der Stellvertretung bloß das Böse leibhaftig sein könne. »Wir sind noch alle hier«, sagte Esch nochmals, doch der Major konnte es nicht glauben, denn es waren nicht mehr Apostel und Jünger vor seinen Augen, sondern Landsturmleute und Rekruten, Angehörige des Mannschaftsstandes, und er wußte, daß Esch gleich ihm, einsam wie er selber, voll Angst auf das Tor starrte. So standen sie nebeneinander.

Und da geschah es, daß am Grunde des dunklen Kastens, daß im Rahmen des Tores eine Gestalt auftauchte, eine rundliche, untersetzte Gestalt, die sich über den weißen Kies des Hofes hinbewegte, ohne daß die Sonne sich verdunkelte. Huguenau. Die Hände auf dem Rücken, ein Passant, der gemächlich einherschlendert, spazierte er über den Hof und machte vor dem Tore halt, blinzelte herein. Unbeweglich stand noch der Major, stand Esch, denn mochte es ihnen auch eine Ewigkeit dünken, es waren nur wenige Sekunden, und als Huguenau sich vergewissert hatte, was hier vor sich ging, nahm er den Hut ab, kam auf Zehenspitzen herein, verbeugte sich vor dem Major und setzte sich bescheiden ans Ende einer Bank. »Der Leibhaftige«, murmelte der Major, »der Mörder...«, aber vielleicht sagte er es gar nicht, denn die Kehle war ihm zugeschnürt, und beinahe hilfeheischend schaute er auf Esch. Esch indes lächelte, lächelte fast sarkastisch, obgleich er selber das Eindringen Huguenaus wie einen hinterhältigen Angriff empfand oder wie einen Meuchelmord, wie einen unentrinnbaren Tod, der trotzdem herbeigewünscht wird, selbst dann, wenn der Arm, der den Dolch hält, nur der eines schäbigen Agenten ist, – Esch lächelte, und weil der, der vor dem Tode steht, zur Freiheit erlöst ist und ihm alles erlaubt ist, berührte er den Arm des Majors: »Immer ist ein Verräter unter uns.« Und der Major erwiderte ebenso leise: »Er soll sich packen... er soll sich packen...« und als Esch den Kopf schüttelte, setzte er hinzu: »...nackt und bloß ausgestellt... ja, nackt und bloß sind wir ausgestellt auf der andern Seite...« und dann sagte er schließlich: »...ist ja egal...« denn in der Welle des Ekels, die er plötzlich in sich aufsteigen fühlte, floß breit und übermächtig die Gleichgültigkeit, floß die Müdigkeit. Und müde und schwerfällig ließ er sich wiederum bei dem Tischchen nieder.

Am liebsten hätte auch Esch nichts mehr von alledem gehört und gesehen. Am liebsten hätte er die Versammlung aufgehoben. Aber er durfte den Major nicht in solchem Mißklang scheiden lassen, und so schlug er etwas unziemlich mit der Bibel auf den Tisch, und rief: »Wir bleiben im Text. Jesaia, Kapitel 42, Vers 7, Daß du sollst öffnen die Augen der Blinden und die Gefangenen aus dem Gefängnis führen, und die da sitzen in der Finsternis, aus dem Kerker.«

»Amen«, respondierte Fendrich.

»Es ist ein schönes Gleichnis«, sagte nun auch der Major.

»Ein Gleichnis von der Erlösung«, sagte Esch.

»Ja, ein Gleichnis von der erlösenden Buße«, sagte der Major und gab sich einen kleinen vorschriftsmäßigen Ruck, »ein schönes Gleichnis... wollen wir damit für heute schließen?«

»Amen«, sagte Esch, und knöpfte die Weste zu.

»Amen«, sagte die Versammlung. –

Als sie den Schuppen verließen und die Leute in stillem Gespräch noch unschlüssig auf dem Hofe beisammenstanden, drängte sich Huguenau durch die Gruppen zum Major hin, war aber von dessen abweisender Miene betroffen. Demungeachtet wollte er auf die Begrüßung nicht verzichten, um so weniger, als er sich hiezu schon ein Scherzwort zurechtgelegt hatte: »Herr Major sind also gekommen, um die Primiz unseres neugebackenen Herrn Pastors mitzufeiern?« Das kurze fremde Nicken, mit dem diese Anrede quittiert wurde, belehrte ihn, daß das Verhältnis getrübt sei, und dies wurde noch deutlicher, als der Major sich umwandte und mit auffallend lauter Stimme sagte: »Kommen Sie, Esch, wir wollen ein wenig vor die Stadt gehen.« Huguenau blieb in einer Mischung von Verständnislosigkeit, Wut und suchendem, vagem Schuldbewußtsein zurück.

Die beiden nahmen den Weg durch den Garten. Die Sonne neigte sich bereits zu den westlichen Höhenzügen.

Es war damals, als würde der Sommer überhaupt kein Ende nehmen: Tage von vergoldeter zitternder Stille folgten einer dem andern in gleichem strahlendem Licht, als wollten sie vor ihrer süßen Ruhe die blutigste Periode des Krieges doppelt sinnlos erscheinen lassen. Wie nun die Sonne hinter der Bergkette verschwand, der Himmel zu immer zarterem Blau aufhellte, die Landstraße immer friedlicher sich dehnte und das Leben sich allenthalben in sich faltete wie das Atmen des Schlafes selber, da ward jene Ruhe immer offenkundiger und aufnahmsbereiter für die Seele des Menschen. So lag der Sonntagsfrieden wohl über dem ganzen deutschen Vaterland, und in heftig aufquellender Sehnsucht gedachte der Major seiner Frau und seiner Kinder, die er über die abendlichen Felder sich ergehen sah: »Wäre dies alles nur schon vorbei«, und Esch konnte kein Wort des Trostes für ihn finden. Hoffnungslos dünkte sie beide jegliches Leben, einziger spärlicher Gewinn ein Spaziergang in abendlicher Landschaft, auf der ihrer beider Blicke ruhten. Es ist wie eine Galgenfrist, dachte Esch. Und so gingen sie schweigend.

Es wäre falsch zu sagen, daß Hanna das Urlaubsende herbeisehnte. Sie fürchtete sich davor. Nacht für Nacht war sie die Geliebte dieses Mannes. Und ihr Tagewerk, auch bisher nur ein verwischtes Hinhuschen des Bewußtseins, das dem Abend und dem Bett entgegendämmerte, es war jetzt noch viel eindeutiger solchem Ziele zugewandt, in einer erschreckenden Eindeutigkeit, die kaum mehr Verliebtheit genannt werden durfte, so hart, so glücklos war alles in dem Wissen um das Frau-Sein und Mann-Sein eingetaucht: eine Seligkeit ohne Lächeln, eine geradezu anatomische Seligkeit, die für ein Rechtsanwaltsehepaar teils zu göttlich, teils zu unwürdig war.

Gewiß war ihr Leben ein Hindämmern. Aber dieses Hindämmern ging sozusagen schichtenweise vonstatten, es versank niemals ins Bewußtlose, war eher ein allzu deutlicher Traum mit dem schmerzlichen Wissen um die Lähmung des Willens, und je unfreier, je wahrhaft faunischer oder florischer das Geschehen sie umfaßt hielt, desto wacher wurde die Schicht des Erkennens, die darüber lag. Man war bloß nicht imstande, davon zu sprechen, und nicht etwa nur, weil Scham sich dazwischen stellte, sondern viel eher, weil das Wort wohl niemals an jene Entblößung heranreicht, die aus dem Tun herausspringt wie die Nacht aus dem Tage, – es war sozusagen auch das Reden in mindestens zwei Schichten geteilt, in ein Nachtreden, das ein Stammeln war, untergeordnet dem Geschehen, und in ein Tagreden, das, losgelöst von dem Geschehen in einem weiten Bogen darum herum ging und eine Einkreisungsmethode befolgte, die immer die Methode des Rationalen ist, ehe sie sich im Aufschrei und im Weinen der Verzweiflung selber aufgibt. Und oftmals war dann ihr Reden ein Tasten und Suchen nach der Ursache der Krankheit, die sie befallen hatte. »Wenn der Krieg vorbei ist«, sagte Heinrich fast täglich, »wird alles wieder anders werden... wir sind durch den Krieg irgendwie primitiver geworden...« – »Ich kann es nicht verstehen«, pflegte Hanna dann zu antworten, oder: »Es ist gar nicht durchzudenken, es ist alles unvorstellbar.« Dabei wies sie es im Grunde ab, mit Heinrich wie mit einem Gleichberechtigten zu sprechen; er war schuldtragend und eigentlich sollte er sich verteidigen, statt über den Dingen zu stehen. Und während sie vor dem Spiegel die blonden Schildpattkämme aus den lichten Haaren nahm, sagte sie: »Der merkwürdige Mensch in der Stadthalle hat von der Einsamkeit gesprochen.« Heinrich lehnte ab: »Der war betrunken.« Hanna kämmte ihr Haar und mußte daran denken, daß ihre Brüste von den gehobenen Armen gestrafft wurden. Sie spürte es unter der Seide des Hemdchens, auf der sie sich wie zwei kleine spitze Zelte abzeichneten. Man sah es im Spiegel, neben dem, links und rechts, je eine Kerzenglühlampe hinter zartgemustertem rosa Schirm leuchtete. Dann hörte sie Heinrich sagen: »Wir sind wie durch ein Sieb gerüttelt worden... verstäubt.« Sie sagte: »In einer solchen Zeit dürften keine Kinder zur Welt kommen.« Sie dachte an den Jungen, der Heinrich so ähnlich sah, und unvorstellbar schien es ihr, daß ihr blonder Körper dazu eingerichtet war, ein Stück des Mannes aufzunehmen; eine Frau zu sein. Sie mußte die Augen schließen. Er sagte: »Möglich, daß eine Generation von Verbrechern heranwächst... nichts bürgt dafür, daß es heute oder morgen bei uns nicht genauso losgeht wie in Rußland... na, hoffentlich nicht,... aber dagegen spricht bloß die ungeheure Haltbarkeit einer noch vorhandenen Ideologie...« Sie spürten beide, wie diese Rede ins Leere ging. Es war nicht viel anders, als wenn ein Angeklagter sagen wollte: »Prachtvolles Wetter heute, Hoher Gerichtshof«, und Hanna schwieg für einen Augenblick, ließ sich von der Haßwelle tragen, von dieser Haßwelle, in der ihre Nächte noch schmählicher, noch tiefer, noch lustvoller wurden. Dann sagte sie: »Wir müssen es abwarten,... es hängt wohl mit dem Krieg zusammen... aber nicht so... es ist, als ob der Krieg erst das Zweite wäre...« – »Inwiefern das Zweite?« fragte Heinrich. Hanna machte eine Falte zwischen den Augenbrauen: »Wir sind das Zweite und der Krieg ist das Zweite... das Erste ist etwas Unsichtbares, etwas, das aus uns herausgekommen ist...« Sie erinnerte sich, daß sie das Ende der Hochzeitsreise ersehnt hatte, um – so glaubte sie damals – eilends zur Einrichtung ihres Heimes zurückkehren zu können. Immerhin, die jetzige Situation war so ähnlich; auch eine Hochzeitsreise ist ein Urlaub. Was sich damals gemeldet hatte, war wohl auch nichts anderes gewesen als die Ahnung von der Abgeschlossenheit und Einsamkeit, – vielleicht, so dämmerte ihr jetzt, ist die Einsamkeit das Erste, ist Einsamkeit der Kern der Krankheit! Und weil es damals gleich nach ihrer Hochzeit begonnen hatte, – Hanna rechnete nach: ja, schon in der Schweiz hatte es begonnen, – und weil alles so genau stimmte, verschärfte sich ihr Verdacht, Heinrich müsse damals einen irreparablen Fehler oder sonst irgendein Unrecht an ihr begangen haben, ein Unrecht, das nie mehr ungeschehen zu machen, sondern nur mehr zu vergrößern war, ein gigantisches Unrecht, das mit dazu beigetragen hatte, den Krieg zu entfesseln. Sie hatte Crème aufgelegt und mit den Fingerspitzen sorgfältig verrieben, und nun betrachtete sie ihr Gesicht im Spiegel mit behutsamer Aufmerksamkeit. Das Jungmädchengesicht von damals war verschwunden und zu einem Frauengesicht geworden, durch welches das des jungen Mädchens nur mehr durchschimmerte. Sie wußte nicht, warum dies alles zusammengehörte, aber sie beschloß den schweigenden Gedankengang und sagte: »Der Krieg ist nicht die Ursache, er ist nur ein Zweites.« Und dann wußte sie: ein zweites Gesicht ist der Krieg, ein Nachtgesicht. Es war ein Auseinanderfallen der Welt, ein Nachtgesicht, zerstäubend zu kalter und ganz leichter Asche, und es war das Auseinanderfallen ihres eigenen Gesichtes, war wie dieses Auseinanderfallen, das sie spürte, wenn er sie in den Achselhöhlen küßte. Er sagte: »Gewiß, der Krieg ist erst die Folge unserer verfehlten Politik«, und vielleicht hätte er sogar zu begreifen vermocht, daß die Politik auch nur ein Zweites ist, soferne es eine Ursache gibt, die noch tiefer liegt. Doch er war von seiner Erklärung befriedigt, und Hanna, mit dem jetzt unersetzbaren französischen Parfüm sparsam sich betupfend und den Duft aufschnuppernd, hörte nicht mehr hin: sie hatte den Nacken gebeugt, um auf den silbrigen Haaransatz geküßt zu werden, und so geschah es. »Noch«, sagte sie.

65

Esch war ein Mensch impetuoser Haltungen. Deshalb war jede Lappalie imstande, ihn zur Selbstaufopferung zu bringen. Sein Wunsch geht nach Eindeutigkeit: er möchte eine Welt formen, deren Eindeutigkeit so stark ist, daß seine eigene Einsamkeit daran festgebunden wäre wie an einem eisernen Pfahl.

Huguenau war ein Mensch, der sich den Wind um die Nase hatte wehen lassen; selbst wenn er im luftleeren Raum daherkam, pfiff ihm der Wind um die Nase.

Da gab es einen, der flüchtete vor seiner eigenen Einsamkeit bis nach Indien und Amerika. Er wollte das Problem der Einsamkeit mit irdischen Mitteln lösen, – er war ein Ästhet und deshalb mußte er sich umbringen.

Marguerite war ein Kind, ein in einem Geschlechtsakt gezeugtes Kind, behaftet mit der Erbsünde und allein gelassen in der Sünde: es mag vorkommen, daß jemand ihm zunickt und es fragt, wie es heiße, – aber solch flüchtige Anteilnahme wird es nicht mehr retten.

Kein Gleichnis, das nicht wieder nur durch ein Gleichnis ausgedrückt werden muß, – steht das Unmittelbare am Anfang oder am Ende der Gleichnisreihe?

Gedicht des Mittelalters: die Gleichnisreihe hebt bei Gott an und kehrt zu Gott zurück, – sie schwebt in Gott.

Hanna Wendling wünschte eine Ordnung der Dinge, in deren schwebendem Gleichgewicht das Gleichnis zu sich selbst zurückkehrt wie in einem Gedicht.

Der eine nimmt Abschied, der andere desertiert, – alle desertieren sie aus dem Chaos, doch bloß einer, der niemals gebunden war, wird nicht erschossen.

Es gibt nichts Hoffnungsloseres als ein Kind.

Wer in der geistigen Vereinsamung ist, vermag sich noch in die Romantik zu retten, und aus der seelischen Vereinsamung führt immer noch ein Weg zum Du des Geschlechts, – doch für die Einsamkeit an sich, für die unmittelbare Einsamkeit läßt sich die Rettung ins Gleichnis nicht mehr finden.

Major v. Pasenow war ein Mensch, der sich mit aller Inbrunst nach der Vertrautheit der Heimat sehnte, nach einer unsichtbaren Vertrautheit in den sichtbaren Dingen. Und seine Sehnsucht war so stark, daß das Sichtbare Schicht um Schicht ins Unsichtbare versank, das Unsichtbare aber Schicht um Schicht im Sichtbaren.

»Ach«, sagt der Romantiker und zieht sich das Kleid eines fremden Wertsystems an, »ach, nun gehöre ich zu euch und bin nicht mehr einsam.« – »Ach«, sagt der Ästhet und zieht das gleiche Kleid an, »ich bleibe einsam, aber es ist ein schönes Kleid.« Der ästhetische Mensch stellt innerhalb des Romantischen das böse Prinzip dar.

Das Kind ist mit jedem Ding sofort vertraut: es ist ihm unmittelbar und in einem Atem doch Gleichnis. Daher die Radikalität des Kindes.

Wenn Marguerite weinte, so geschah dies bloß aus Wut. Nicht einmal mit sich selber hatte sie Mitleid.

Je einsamer der Mensch wird, je gelockerter das Wertsystem, in dem er sich befindet, desto deutlicher wird sein Tun vom Irrationalen her bestimmt. Der romantische Mensch, geklammert an die Formen eines fremden und dogmatisierten Wertsystems, ist – man möchte es nicht glauben – durchaus rational und unkindlich.

Das Rationale des Irrationalen: ein anscheinend absolut rationaler Mensch wie Huguenau vermag Gut und Böse nicht zu unterscheiden. In einer absolut rationalen Welt gibt es kein absolutes Wertsystem, gibt es keine Sünder, höchstens Schädlinge.

Auch der Ästhet unterscheidet nicht Gut und Böse, deswegen fasziniert er. Doch er weiß sehr wohl, was gut und was böse ist, er will es bloß nicht unterscheiden. Und das macht ihn verworfen.

Eine Zeit, die so rational ist, daß sie unausgesetzt flüchten muß.

66

Geschichte des Heilsarmeemädchens in Berlin (11)

Ich ziehe mich von den Juden möglichst zurück, aber nach wie vor bin ich gezwungen, sie weiter zu beobachten. So muß ich mich über die Vertrauensstellung, die der Halbfreigeist Simson Litwak bei ihnen einnimmt, stets aufs neue wundern. Es ist offenkundig, daß dieser Litwak ein Dummkopf ist, den man hatte studieren lassen, bloß weil er zu einer richtigen Beschäftigung nicht taugte, – man braucht nur sein glattes nacktes Gesicht, das aus seinem Umhängebart nun auch schon über fünfzig Jahre in die Welt hineinschaut, mit den zerfurchten, zerdachten Gesichtern der Judengreise zu vergleichen! – und trotzdem scheint er bei ihnen als eine Art Orakel zu gelten, das sie bei jeder Gelegenheit heranholen. Vielleicht ist's ein Rest des Glaubens an den Lallenden, der das Sprachrohr Gottes sein soll, denn Respekt vor der Wissenschaft kann's nicht sein; sie sind sich allzu sehr bewußt, die bessere Wissenschaft zu besitzen. Es ist kaum anzunehmen, daß ich mich täusche. Dr. Litwak freilich sucht diesen Sachverhalt zu bemänteln, aber es gelingt ihm schlecht. Die Geschichte mit seiner Aufgeklärtheit ist nämlich bloßer Schwindel; seine Ehrfurcht vor dem Wissen der Judengreise ist übergroß, und wenn er trotz der schlechten Behandlung, die ich ihm angedeihen lasse, mich doch immer wieder freundschaftlich begrüßt, so verdanke ich dies zweifellos meiner Weigerung, die talmudische Weltanschauung der Judengreise als »Vorurteil« zu bezeichnen. Offenbar hat er daraus noch überdies die Hoffnung abgeleitet, daß ich Nuchem auf dem rechten Weg erhalten werde; und so läßt er sich's gefallen, daß ich ihn und seine Vertraulichkeit immer und immer wieder abweise.

Heute traf ich ihn auf der Treppe. ich stieg hinauf, er kam herunter. Wäre es umgekehrt gewesen, ich hätte einfach vorbeilaufen können; einem Abwärtsstürmenden kann man nicht so leicht den Weg vertreten. Aber ich kletterte zu langsam hinauf, Großstadtschwüle und Unterernährung. Neckisch hielt er den Spazierstock quer. Er wollte mich wohl drüber springen lassen wie einen Pudel (ich ertappe mich dabei, daß ich in der letzten Zeit leicht, allzu leicht beleidigt bin; auch das mag wohl von der Unterernährung herrühren). Ich hob den Stock mit zwei Fingern, um mir Passage zu schaffen. Ach, war mir das vertrauliche Grinsen zuwider. Er nickte mir zu. »Was sagen Sie jetzt? die Leut' sind ganz unglücklich.« »Ja, heiß ist's.«

»Wenn's wegen der Hitz wär'!«

»Ja, und die Österreicher sind in den Sieben Gemeinden stekken geblieben.«

»Spaß mit die Sieben Gemeinden... nu, was sagen Sie wirklich dazu? er sagt, Freud' muß sein im Herzen.«

Mein Zustand bringt es mit sich, daß ich auf die dümmsten Debatten eingehe: »Das klingt immerhin nach Davidpsalmen... haben Sie was dagegen?«

»Dagegen? dagegen... ich sag' bloß, der alte Großvater hat recht, die alten Leut' haben immer recht.«

»Vorurteile, Simson, Vorurteile.«

»Mich werden Sie nicht hecheln!«

»Also, was sagt der Herr Großpapa?«

»Passen Sie auf! er sagt, a Jud hat sich nicht zu freuen im Herzen, sondern da...« Er tippt sich mit der Hand auf die Stirn.

»So, mit dem Kopf?«

»Ja, mit'm Kopp.«

»Und was tut ihr mit dem Herzen, wenn ihr mit'm Kopp euch freut?«

»Mit dem Herz haben wir zu dienen... uwchol lewowcho uwchol nawschecho uwchol meaudecho, das heißt auf deutsch, mit ganzem Herzen, mit ganzer Seele und mit ganzem Vermögen.«

»Das sagt auch der Großvater?«

»Das sagt nicht nur der Großvater, so ist's.«

Ich versuchte, ihn mitleidig anzuschauen, aber es wollte nicht recht gelingen: »Und Sie nennen sich aufgeklärt, Herr Dr. Simson Litwak?«

»Natürlich bin ich ein aufgeklärter Mensch... so wie Sie sind ein aufgeklärter Mensch... natürlich... aber wollen Sie deshalb das Gesetz umstoßen?« Er lachte.

»Gott segne Sie, Dr. Litwak«, sagte ich und stieg weiter.

Er antwortete: »Bis zu hundert«, er lachte noch immer, »aber umstoßen das Gesetz kann keiner, Sie nicht, ich nicht, der Nuchem nicht...«

Ich stieg die Proletariertreppe hinauf. Warum blieb ich hier? in dem Hospiz wäre ich besser aufgehoben. Bibelsprüche statt Öldrucken an den Wänden. Beispielsweise gesagt.

67

Geschichte des Heilsarmeemädchens in Berlin (12)

Er sprach: mein Maultier trabt mit raschen Hufen,
mit Schellenkränzen und mit Purpurzaum
und trägt uns beide durch den Zionstraum.
Er sprach: ich habe dich gerufen.
Er sprach: in meinem Herzen ist ein großes Schaun,
den Tempel schaue ich und seine tausend Stufen
und schau die Stadt, an der die Ahnen schufen.
Er sprach: wir wollen eine Hütte bau'n.
Er sprach: bisher war Warten, daß ich mich vergeude,
nur Warten gab's, Versunkenheit im Buch.
Er sprach: ich harrte seiner und nun kam die Freude...,
er sprach es nicht, doch war's des Herzens Spruch.
Auch sie war stumm. In Schweigen und versunken
so gingen sie und waren dennoch trunken.
So gingen Sie und waren dennoch trunken
von Schweigen, Sehnen und versteckter Pracht,
so gingen sie und keines hatte acht
der Straßen, Mietskasernen und Spelunken.
Sie sprach: in meinem tiefsten Herzensschacht
aufgehrt das Fünklein, gehrt zum hellen Funken
und wird zum Licht und wird zum lichten Prunken.
Er sprach: ich habe dein gedacht.
Sie sprach: mein Herz ist aufgeglommen,
du neigst der Büßerin das milde Antlitz zu.
Er sprach: hell glänzt der Weg, der Zionsweg des Frommen.
Sie sprach: für uns am Kreuze littest du.
Sie sprachen nichts: das Wort war abgeblendet.
Sie taten nichts: die Tat war schon vollendet.

68

»Was, Sie wollen um diese Zeit noch ausgehen, Leutnant Jaretzki!« Schwester Mathilde saß neben dem Eingang des Lazaretts, und Leutnant Jaretzki, im erleuchteten Türrahmen, zündete sich eine Zigarette an.

»War bei der Hitze heute noch nicht vorm Haus...« er klappte sein Feuerzeug zu, »...gute Erfindung, die Benzinfeuerzeuge,... daß ich nächste Woche abmarschiere, wissen Sie schon, Schwester?«

»Ja, ich habe es gehört. Nach Kreuznach auf Erholung,... Sie sind wohl recht froh, daß Sie endlich hier rauskommen...«

»Nun ja... Sie müssen übrigens auch froh sein, mich loszuwerden.«

»Man kann nicht sagen, daß Sie ein bequemer Patient waren.«

Schweigen.

»Kommen Sie ein bißchen spazieren, Schwester, jetzt ist's kühl.«

Schwester Mathilde zögerte: »Ich muß bald wieder rein... wenn Sie mögen, ein wenig vor dem Haus.«

Jaretzki sagte beruhigend: »Ich bin ganz nüchtern, Schwester.«

Sie gingen auf die Straße hinaus. Das Krankenhaus mit seinen zwei Reihen beleuchteter Fenster lag zu ihrer Rechten. Die Stadt unten war in ihren Umrissen zu erkennen, noch ein wenig schwärzer als die Schwärze der Nacht. Ein paar Lichter brannten dort und auch auf den Höhen zeigte das eine oder andere Licht das Vorhandensein eines einsamen Bauernhauses an. Die Uhren der Stadt schlugen neun.

»Möchten Sie nicht auch von hier fort, Schwester Mathilde?«

»Ach, ich bin ganz zufrieden... ich habe meine Arbeit.«

»Eigentlich ist es furchtbar nett von Ihnen, daß Sie mit solch einem Suff- und Reservefritzen spazierengehen, Schwester.«

»Warum sollte ich nicht mal mit Ihnen spazierengehen, Leutnant Jaretzki?«

»Ja, warum eigentlich nicht...« nach einer Weile: »Also Sie wollen Ihr ganzes Leben hier bleiben?«

»Das denn doch nicht... wenn der Krieg vorbei ist.«

»Dann wollen Sie nach Hause?... nach Schlesien?«

»Das wissen Sie?«

»Ach, das weiß man bald... und Sie glauben, daß Sie so einfach wieder nach Hause fahren werden... als ob nichts gewesen wäre?«

»Ich habe darüber eigentlich nie nachgedacht... es kommt ja immer alles anders.«

»Wissen Sie, Schwester,... ich bin ganz nüchtern... aber es ist meine innerste Überzeugung: so richtig nach Hause kommt keiner mehr.«

»Wir wollen alle wieder nach Hause, Herr Leutnant, wofür hätten wir denn gekämpft, wenn nicht für unsere Heimat.«

Jaretzki blieb stehen: »Wofür wir gekämpft haben? wofür wir gekämpft haben... fragen Sie lieber nicht, Schwester... übrigens haben Sie recht, es kommt ohnehin alles anders.«

Schwester Mathilde schwieg. Dann sagte sie: »Wie meinen Sie das, Herr Leutnant?«

Jaretzki lachte: »Na, hätten Sie je geglaubt, daß Sie mit einem besoffenen einarmigen Ingenieur spazierengehen werden... Sie sind doch eine Gräfin.«

Schwester Mathilde antwortete nicht. Sie war zwar keine Gräfin, wohl aber ein Fräulein v., und ihre Großmutter war eine Gräfin.

»Vielleicht ist's Wurscht... wenn ich ein Graf wäre, wär's auch nicht anders, ich müßte auch saufen... wissen Sie, wir sind jeder viel zu allein, als daß so etwas noch was ausmachen könnte... jetzt habe ich Sie böse gemacht?«

»Ach, woher...«, sie sah in der Dunkelheit die Linie seines Profils und fürchtete, daß er nach ihrer Hand greifen würde. Sie ging auf die andere Straßenseite.

»Jetzt heißt's umkehren, Herr Leutnant.«

»Sie müssen ja auch allein sein, Schwester, sonst hielten Sie es nicht aus... seien wir froh, daß der Krieg nicht aufhört...«

Sie waren wieder beim Gittertor des Lazaretts. Die meisten der Fenster waren jetzt dunkel. Man sah die schwache Notbeleuchtung in den Krankensälen.

»So, und jetzt gehe ich was trinken, trotz allem... Sie werden ja ohnehin nicht mithalten, Schwester.«

»Höchste Zeit, daß ich hineinkomme, Leutnant Jaretzki.«

»Gute Nacht, Schwester, schönen Dank.«

»Gute Nacht, Herr Leutnant.«

Schwester Mathilde fühlte sich irgendwie enttäuscht und traurig. Sie rief ihm nach: »Kommen Sie nicht zu spät heim, Herr Leutnant.«

69

Seitdem er damals mit Esch durch die abendlichen Felder gewandert war, geschah es öfters, daß der Major nach Erledigung des Dienstes seinen Weg durch die Fischerstraße nahm, ja, daß er, kaum ein paar Gassen weiter, seinen Schritt hemmte, unschlüssig stehenblieb und wieder umkehrte. Man hätte geradezu sagen können, daß er um den »Kurtrierschen Boten« herumstrich. Vielleicht wäre er sogar eingetreten, hätte er nicht ein Zusammentreffen mit Huguenau gefürchtet, ja, selbst auf der Straße wollte er ihm nicht begegnen, selbst daran konnte er nicht ohne Beklommenheit denken. Aber als nun statt Huguenau plötzlich Esch vor ihm auftauchte, da wußte er nicht, ob es nicht diese Begegnung war, die er noch mehr gefürchtet hatte. Denn da stand er, der Stadtkommandant in Uniform, den Degen an der Seite, mit einem Zeitungsmenschen in Zivil, er stand in Uniform auf offener Straße und hatte diesem Mann die Hand gereicht, und anstatt es dabei bewenden zu lassen, war er, alle Haltung vergessend, beinahe glücklich, daß dieser Mann Anstalten machte, ihn zu begleiten. Doch Esch hatte respektvoll den Hut abgenommen, und der Major blickte in ein zerfurchtes ernstes Gesicht, blickte auf die kurzgeschorenen steifen grauen Haare, – und es war wie eine Beruhigung, war wie plötzliche Erinnerung an Bibelstunden in der Heimat und zugleich war es die Brüderlichkeit jenes Nachmittags, die wieder aufkeimte, mit ihr aber auch das Bedürfnis, diesem Manne, der fast ein Freund war, etwas Gutes zu sagen, vielleicht auch nur, damit der Freund eine gute Erinnerung an ihn bewahre; er zögerte noch ein wenig, und dann sagte er: »Kommen Sie.«

In der Folge wiederholten sich diese Spaziergänge. Freilich nicht so oft, als der Major oder gar Esch es sich gewünscht hätten. Denn nicht nur, daß die Zeit immer bewegter wurde, – Truppen wurden einquartiert und zogen wieder ab, Autokolonnen durchrasselten die Straßen, und so manche Nacht mußte der Stadtkommandant seine Ruhe dem Dienste opfern, – Major v. Pasenow konnte es auch nicht über sich bringen, den »Kurtrierschen Boten« nochmals aufzusuchen, und es dauerte immerhin einige Zeit, bis Esch dies erraten hatte. Dann allerdings begann er sich danach einzurichten: unauffällig wartete er in der Nähe der Kommandantur, und wenn es sich eben schickte, brachte er Marguerite mit. »Der kleine Racker will durchaus mitkommen«, sagte er; zwar war es dem Major nicht ganz klar, ob die Zutraulichkeit des Kindes als nett oder als aufdringlich zu werten wäre, aber er nahm es freundlich auf und fuhr Marguerite über die schwarzen Locken. Dann wanderten sie selbdritt über die Felder oder über den Pfad längs der Ufergebüsche, und manchmal war es, als erwachte eine Sehnsucht des Abschiednehmens, ein weiches und lindes Fließen des Herzens, ein atmendes Gewässer des Verhauchens, es war wie die Gewißheit eines Endes, in dem der Anfang sich beschließt. Indes so sanft dies auch war, ein leiser Unmut mischte sich hinein, vielleicht weil Esch an diesem Abschiednehmen nicht teilhatte, vielleicht weil es unzulässig war, daß Esch daran teilnähme, vielleicht aber auch weil Esch weder das eine noch das andere erkennen ließ, sondern in einem enttäuschenden Schweigen verharrte. Das war irgendwie dunkel und hinterhältig, denn noch lebte eine verschwommene Hoffnung, daß alles gut und einfach sich gestalten würde, wenn Esch bloß zu sprechen anhöbe. Ach, es war verwunderlich unauffindbar, was er von Esch eigentlich zu hören erwartete, und trotzdem hätte Esch darum wissen müssen. So gingen sie schweigend, schweigend in die Abendhelle und in die wachsende Enttäuschung, und die Helligkeit über den Feldern war dann eine falsche und müde Helligkeit. Und wenn Esch den Hut abnahm, den Wind durch die kurzen straffgebürsteten Haare streichen ließ, so konnte dies zu einer so unziemlichen Vertraulichkeit werden, daß der Major das kleine Mädchen beinahe bedauerte, weil es in die Gewalt eines solchen Menschen geraten war. Einmal sagte er: »Kleine Sklavin«; doch auch dies verfloß in müder Gleichgültigkeit. Marguerite aber lief voraus und kümmerte sich nicht um die beiden Männer.

Sie waren zur Talhöhe hinaufgestiegen und folgten dem Waldsaum. Das kurze trockene Gras knisterte unter ihren Schuhen. Still war's über dem Tal. Man hörte das Knarren der Wagen auf der Straße unten, die gemähten Felder zeigten ihre braune Erde, und kühl wehte die Luft aus der dunklen Tiefe des Laubes. Die Weingärten lagen grün an den Abhängen, in das Rauschen des Waldes mischte sich schon die silbrig metallische Schärfe des Herbstes, und die Stauden am Waldesrand mit ihren schwarzen und roten Beeren waren bereit, herbstlich zu verdorren. Über den westlichen Hängen senkte sich die Sonne, funkelte feurig in den Fenstern der Häuser im Tal. Jedes der Häuser stand auf einem langen (nach Osten gerichteten) Schattenteppich, man sah auf die schwarz-rot gesprenkelten Dächer des Gefängniskomplexes, sah in die nackten und rohen Höfe, und auch in ihnen lagen düstere, scharfkantige Schatten.

Ein kleiner Feldweg führte den Abhang hinunter, und nahe bei der Strafanstalt mündete er in die Straße. Marguerite, vorauslaufend, war eingebogen, und der Major nahm es als einen Fingerzeig Gottes: »Wir wollen heimkehren«, sagte er müde. Als sie etwa zur halben Talhöhe hinabgelangt waren, blieben der Major und Esch stehen und horchten: ein merkwürdig stoßweises Summen drang zu ihnen herauf, ohne daß man anzugeben vermocht hätte, woher es stammte. Nichts war zu sehen, bloß ein Auto kam aus der Stadt herausgefahren, der Motor brummte wie gewöhnlich und alle Augenblicke gab es ein Hupensignal; eine lange Staubwolke schleppte es hinter sich her. Das unheimliche Geräusch hatte mit dem Auto nichts zu tun. »Ein böses Geräusch«, sagte der Major befremdet. »Eine Maschine«, sagte Esch, obwohl es durchaus nicht nach Maschine klang. Das Auto folgte den Windungen der Straße und gelangte nun unter heftigem Tuten zur Strafanstalt. Esch, mit seinen schärferen Augen konnte feststellen, daß es das Auto der Kommandantur war, und er wurde unruhig, da er es hinter der Anstalt nicht wiederauftauchen sah. Er sagte nichts, aber er beschleunigte den Schritt. Das Geräusch wurde immer härter und akzentuierter, und als sie das Anstaltstor zu Gesicht bekamen, hielt dort das Auto inmitten einer Schar aufgeregter Menschen. »Da ist etwas geschehen«, sagte der Major, und nun hörten sie auch schon aus den vergitterten und mit Holz verschlagenen Gefängnisfenstern einen fürchterlichen Chor, skandiert in Gruppen von drei Worten: »Hunger, Hunger, Hunger,... Hunger, Hunger, Hunger,... Hunger, Hunger, Hunger...« und von Zeit zu Zeit wurde der Chor von einem allgemeinen Viehhofgeheul unterbrochen. Der Chauffeur war ihnen entgegengeeilt: »Melde gehorsamst, Herr Major, eine Revolte... wir haben Herrn Major vergeblich gesucht...«, dann rannte er zurück, den Posten herauszuschellen.

Die Leute machten Platz, um den Major durchzulassen, doch der war stehen geblieben. Die Luft schwang noch immer im dreigeteilten Chor, und nun begann Marguerite im Takt mitzuhüpfen: »Hunger, Hunger, Hunger«, jubelte sie. Der Major blickte auf das Haus mit den fürchterlich undurchdringlichen Fenstern, er blickte auf das hüpfende Kind, dessen Lachen ihm sonderbar erstarrt, sonderbar boshaft erschien, und es überschwemmte ihn das Entsetzen. Unabweisbares Geschick, unabwendbare Prüfung! Der Chauffeur riß noch immer an dem eisernen Glockenstrang und schlug mit dem Seitengewehr gegen das Tor, bis endlich die Guckklappe geöffnet wurde und das Tor sich ächzend und schwerfällig in den Angeln drehte. Der Major hatte sich an einen Baum gelehnt und seine Lippen murmelten: »Es ist das Ende.« Esch machte eine Bewegung, als ob er ihm helfen wollte, – der Major winkte ab: »Es ist das Ende«, wiederholte er, aber er richtete sich auf, griff an die Brust, strich über das Band des Eisernen Kreuzes und dann, die Hand am Degengriff, schritt er rasch auf das Gefängnistor zu.

Der Major war im Tor verschwunden. Esch setzte sich auf die kleine Hügelböschung neben der Straße. Immer noch war die Luft von den synkopierten Rufen durchschnitten. Ein einzelner Schuß ertönte, gefolgt von neuerlichem allgemeinen Geheul. Dann noch letzte Rufe wie die letzten Tropfen eines zugedrehten Wasserhahns. Dann war es still. Esch schaute auf das Tor, das sich hinter dem Major geschlossen hatte. – »Es ist das Ende«, sagte nun auch er und wartete. Doch das Ende brach nicht herein, kein Erdbeben kam und kein Engel, und das Tor ward nicht aufgetan. Das Kind hockte neben ihm, und er hätte es gerne in den Arm genommen. Wie eine Kulisse ragten die Gefängnismauern in den hellen Abendhimmel, wie Zähne mit Lücken dazwischen, und Esch fühlte sich fern von sich, fern von dem Geschehnis, dem er jetzt beiwohnte, fern von allem; er scheute sich, seine Lage zu verändern, und er wußte nicht mehr, wie er hierher geraten war. Neben dem Tor hing eine Tafel, die man nicht mehr entziffern konnte; natürlich waren es die Besuchszeiten, die darauf verzeichnet standen, aber das waren bloße Worte. Denn selbst die Demagogen und die Mörder und die Mißgeburten, die man eingekerkert hatte, werden aus dem Gefängnis heraustreten zu neuer und lichterer Gemeinschaft in einem gelobten Lande. Nun hörte er das Kind sagen: »Da ist Onkel Huguenau« und er sah Huguenau im Geschwindschritt vorbeimarschieren, sah ihn und wunderte sich nicht, so lautlos war dies alles, lautlos der Schritt Huguenaus, lautlos die Bewegungen der Leute vor dem Gefängnistor, lautlos dies alles wie die Bewegungen der Artisten und Seiltänzer, wenn die Musik erschweigt, so lautlos wie der helle Abendhimmel in seinem Erblassen. Uneinbringlich lag die Ferne vor dem Träumenden, dennoch nicht Träumenden, vor dem Verwaisten, niemals Heimfindenden, und er war wie ein Mensch, dessen Sehnsucht sich gewandelt hat, ohne daß er davon wußte, wie einer, der seine Schmerzen bloß betäubt hat und ihrer nicht vergessen kann. Die ersten Sterne wurden sichtbar, und es war Esch, als säße er tage- und jahrelang an dieser Stelle, umgeben von geisterhafter und wattierter Ruhe. Dann wurden die Bewegungen der Menschen immer geringer, schattenhafter, erstarben völlig, und es wurde eine lautlose wartende schwarze Masse vor dem Tore. Und schließlich fühlte Esch nur mehr das feuchte Gras an der Innenfläche seiner Hände.

Das Kind war verschwunden; vielleicht war es mit Huguenau gelaufen; Esch hatte darauf nicht acht, er starrte auf das Tor. Endlich kam der Major. Er ging rasch, in einer ungewohnten Geradlinigkeit, fast schien es, als würde er ein wenig hinken und suchte es zu verbergen. Er ging geradewegs auf das Auto zu. Esch war aufgesprungen. Der Major stand jetzt in dem Wagen, hochaufgerichtet stand er dort und sah über ihn hinweg, blickte über die Menge, die sich stumm um das Gefährt geschart hatte, sah auf die weiße Straße vor sich und zur Stadt hinüber, in der bereits die Lichter aus den Fenstern blinkten. In der Nähe leuchtete ein rotes Licht auf; Esch wußte schon wo. Mag sein, daß auch der Major es bemerkt hatte, denn er schaute jetzt auf Esch herunter und sagte, indem er ihm ernst die Hand reichte: »Na, ist ja egal.« Esch sagte nichts; er drängte sich rasch durch die Menge und schlug den Weg über die Felder ein. Hätte er sich aber umgewandt und wäre es nicht so dunkel gewesen, so hätte er sehen können, daß der Major stehengeblieben war und ihm, dem in der Nacht Verschwindenden, nachblickte.

Nach einiger Zeit hörte er den Motor anspringen und sah, wie die beiden Lichter des Wagens den Windungen der Straße folgten.

Huguenau war im Eilmarschtempo von der Strafanstalt heimgekehrt; Marguerite war hinterdrein gelaufen. In der Druckerei ließ er die Maschine abstoppen: »Noch eine wichtige Einrükkung, Lindner«, und dann verfügte er sich auf sein Zimmer zur schriftstellerischen Arbeit. Als er damit fertig war, sagte er »Salü« und spuckte in die Richtung der Eschschen Wohnräume. »Salü«, sagte er nochmals, als er bei der Küchentüre vorbeiging, und dann übergab er Lindner das Elaborat: »Unter Stadtereignisse in Petitdruck«, befahl er. Und am nächsten Tag war im »Kurtrierschen Boten« unter Stadtereignissen in Petit zu lesen:

Zwischenfall in unserem Gefangenenhaus

Gestern abend kam es in unserem Gefangenenhaus zu einigen unerquicklichen Szenen. Einige Insassen glaubten Grund zur Klage zu haben, daß die Kost nicht die gewohnte Güte aufweise und wurde dies von einigen vaterlandslosen Elementen zum Anlaß genommen, um die Verwaltung in lärmender Weise zu beschimpfen. Über Veranlassung des Eingreifens des sofort herbeigeholten Stadtkommandanten Herrn Major von Pasenow, resp. seiner Ruhe und Besonnenheit, resp. Mannhaftigkeit wurde der Zwischenfall sofort beigelegt. Die Gerüchte, daß es sich um einen Ausbruchsversuch von angeblich hier eingekerkerten und ihrer gerechten Aburteilung entgegensehenden Deserteuren handelte, sind, wie wir aus bester Quelle erfahren, vollkommen haltlos, da keine solchen eingekerkert sind. Verletzt wurde niemand.

Es war wieder eine jener luziden Eingebungen gewesen, und vor Freude hatte Huguenau beinahe gar nicht geschlafen. Immer wieder hatte er sich vorgezählt:

erstens wird sich der Major wegen der Deserteure ärgern, aber auch die Geschichte von der schlechten Kost kann einem Stadtkommandanten nicht eben behagen; und wenn einer es verdient, daß er sich ärgert, so ist's der Major;

zweitens wird der Major den Esch verantwortlich machen, besonders wegen des Hinweises auf die Wohlinformiertheit; kein Mensch wird es dem Herrn Redakteur glauben, daß er nichts davon gewußt hat, – mit den Spaziergängen der beiden Herren ist's jetzt wohl zu Ende;

drittens, wenn man sich ausmalte, wie der magere Herr Pastor mit dem Pferdegesicht jetzt wüten wird, das schmeckte beglückend und süß auf der Zunge;

viertens, und so schön legal war es vor sich gegangen, – er war der Herausgeber und durfte schreiben, was er wollte, und für die lobenden Worte müßte der Major ihm eigentlich noch danken;

fünftens und sechstens, das ließe sich so fortsetzen, es war mit einem Wort eine ausgezeichnet wohlgelungene Sache, es war mit einem Wort ein Coup, – und überdies wird der Major jetzt Hochachtung vor ihm bekommen: die Berichte eines Huguenau haben doch Hand und Fuß, auch wenn man sie verschmäht;

ja fünftens und sechstens und siebentens, man konnte so fortfahren, es steckte noch viel mehr darin, freilich irgendwo auch etwas Unangenehmes, an das man lieber nicht denken mochte. –

Am Morgen in der Druckerei las Huguenau den Artikel und war wieder sehr zufrieden. Er blickte zum Fenster hinaus und zur Redaktion hinüber und zog seine ironische Grimasse. Aber er ging nicht hinauf. Nicht daß er sich etwa vor dem Pastor dort droben gefürchtet hätte. Wenn man bloß sein gutes Recht ausübt, braucht man sich nicht zu fürchten. Und man muß sein gutes Recht ausüben, wenn man verfolgt wird. Und wenn darüber alles zugrunde ginge, muß man sein gutes Recht ausüben! Man will bloß in Frieden und in ungestörter Ordnung leben, man will bloß den Platz haben, der einem gebührt. Und Huguenau ging zum Friseur, wo er nochmals den »Kurtrierschen Boten« studierte.

Allerdings, das Mittagessen blieb ein Problem. Es war unangenehm, mit Esch, der sich doch irgendwie, wenn auch unberechtigterweise als der Betrogene fühlen wird, an einem Tisch zu sitzen. Man kennt diese strafenden Blicke von Pfaffen; da kann einem das Essen nicht anschlagen. So ein Pfaff ist selber ein Kommunist, der alles sozialisieren will, und tut dann so, als ob der andere die Weltordnung umschmeißen will, nur weil man sich nicht alles gefallen läßt.

Huguenau geht spazieren und denkt darüber nach. Indes es fällt ihm nichts Rechtes ein. Es ist wie in der Schule: man mag so erfindungsreich sein wie man will, und dann weiß man doch nichts Besseres, als sich krank melden. Also kehrt er um, damit er noch vor Esch zu Hause sei, und steigt zu Mutter Esch hinauf (denn so pflegte er sie seit neuerer Zeit zu nennen). Und mit jeder Stufe wird seine Leidensmiene echter. Vielleicht fühlt er sich wirklich nicht ganz wohl und es wäre am richtigsten, überhaupt nichts zu essen. Aber schließlich war die Pension bezahlt, und er brauchte diesem Esch nichts zu schenken.

»Frau Esch, ich bin krank.«

Frau Esch sieht auf und ist von Huguenaus Jammermiene gerührt.

»Frau Esch, ich werde nichts essen.«

»Aber, aber, Herr Huguenau... eine Suppe, ich mache Ihnen ein gutes Süppchen... das hat noch niemandem geschadet.«

Huguenau denkt nach. Dann sagt er traurig: »Eine Bouillon?«

Frau Esch ist bestürzt: »Ja, aber... ich habe doch kein Suppenfleisch im Hause.«

Huguenau wird noch trauriger: »Ja, ja, kein Fleisch... ich glaube, ich habe Fieber... fühlen Sie mal, Mutter Esch, wie heiß ich bin...«

Frau Esch kommt näher und legt zögernd einen Finger auf Huguenaus Hand.

Huguenau sagt: »Eine Omelette wird vielleicht das Richtige sein.«

»Soll ich Ihnen nicht lieber einen Tee machen?«

Huguenau witterte Ersparnisse: »Ach, eine Omelette wird schon gehen... Sie haben doch Eier im Haus... vielleicht von drei Eiern.«

Hierauf verläßt er schleppenden Schrittes die Küche.

Teils weil es sich für einen Kranken so schickt, teils weil er den versäumten Schlaf der heutigen Nacht einzubringen hat, legt er sich aufs Kanapee. Aber mit dem Schlaf ist es übel bestellt, die Erregung über den gelungenen journalistischen Coup zittert noch immer nach. Vielleicht hätte man sich zu Bett legen sollen. Dahinduselnd blickt er auf den Spiegel oberhalb des Waschtisches, blickt auf das Fenster, horcht auf die Geräusche des Hauses. Es sind die gewohnten Küchengeräusche: er hört Fleischklopfen, – also hat sie ihn doch betakelt, die dicke Eschin, damit der Kerl das ganze Fleisch kriegt. Natürlich wird sie sich darauf ausreden, daß sie aus Schweinefleisch keine

Bouillon kochen kann, aber so ein zartes leichtgebratenes Schweinefleisch schadet auch einem Kranken nichts. Da hört er kurzes scharfes Hacken auf einem Brett und agnosziert es als Schneiden des Gemüses, – ja, er hat seiner Mutter immer angstvoll zugeschaut, wenn sie mit raschen hackenden Schnitten Petersilie oder Sellerie zerkleinerte, immer in Angst, daß sie ihre Fingerspitzen mittreffen werde. Küchenmesser sind scharf. Er ist froh, daß das Hackgeräusch jetzt endet und die Mutter den unverwundeten Finger am Küchenhandtuch abwischt. Wenn man bloß schlafen könnte; besser wär's doch, sich ins Bett zu legen, die Eschin sollte daneben sitzen und stricken oder ihm Kompressen machen. Er fühlt seine Hand an; sie ist wirklich sehr heiß. Man muß an etwas Angenehmes denken. Zum Beispiel an Weiber. An nackte Weiber. Die Treppe knarrt, jemand kommt heraufgestiegen; merkwürdig, der Vater pflegte sonst nicht so zeitig dran zu sein. Na ja, ist auch nur der Postbote. Mutter Esch spricht mit ihm. Früher war stets der Bäcker ins Haus gekommen, jetzt sieht man ihn nie. Das ist Unsinn; unmöglich zu schlafen, wenn man Hunger hat.

Huguenau blinzelt wieder zum Fenster hin, bemerkt draußen die Kette der Colmarer Berge; der Burgvogt der Hochkönigsburg ist ein Major, der Kaiser selber hat ihn dazu eingesetzt. Haïssez les Prussiens et les ennemis de la sainte religion. Jemand lacht in Huguenaus Ohr; er hört alsasserditsch reden. Ein Kochtopf geht über; es zischt auf dem Herd. Jetzt flüstert ihm jemand Hunger, Hunger, Hunger ins Ohr. Das ist zu blöd. Warum darf er nicht mit den anderen essen! immer hat man ihn schlechter und ungerechter behandelt. Ob man wohl auf seinen Platz jetzt den Major setzen wird? Die Treppe knarrt schon wieder, – Huguenau schrickt zusammen, es ist des Vaters Schritt. Ach Gott, es ist bloß der Esch, der Herr Pastor.

Schwein, der Esch, geschieht ihm recht, wenn er sich ärgert. Wie du mir, so ich dir. Küchenmesser sind scharf; und spitzig sind sie auch. Jetzt ist er glücklich Protestant geworden, dann wird er ein Jud werden, wird sich beschneiden lassen; das muß man seiner Frau erzählen. Fingerspitze, Messerspitze. Am besten ist es, gleich aufstehen und hinübergehen, ihn fragen, ob er ein Jud werden wird. Zu blöd, sich vor ihm zu fürchten; ich bin bloß zu faul. Aber mein Essen soll sie mir bringen, und das gleich... bevor der Pastor sein Futter bekommt. Huguenau horcht gespannt hinüber, ob sie schon zu Tisch gehen. Kein Wunder, daß man selber immer mehr abnimmt, wenn der Esch einem alles wegfrißt. Aber so ist er. Ein Pfaff muß einen Bauch haben. Hochstapelei sein Pastorenrock. Der Scharfrichter hat auch einen schwarzen Anzug. Ein Scharfrichter muß viel essen, der braucht Kräfte. Man weiß nie, ob sie einen schon zur Exekution holen oder bloß das Essen bringen. Von nun an wird in den Gasthof gegangen und am Tische des Majors Fleisch gefressen. Heute abend schon. Wenn's mit der Omelette noch lange dauert, gibt's aber einen Krach. Zu einer Omelette braucht man fünf Minuten!

Frau Esch tritt leise ins Zimmer, stellt den Teller mit dem Eiergericht auf einen Stuhl und rückt diesen neben das Kanapee.

»Soll ich Ihnen nicht doch einen Tee kochen, Herr Huguenau, einen Kräutertee?«

Huguenau schaut auf. Sein Ärger ist beinahe verflogen, das Mitgefühl tut wohl.

»Ich habe Fieber, Frau Esch.«

Sie sollte ihm einmal über die Stirne streichen, das Fieber zu prüfen; er ärgert sich, daß sie's nicht tut.

»Ich werde mich ins Bett legen, Mutter Esch.«

Frau Esch jedoch steht unbeweglich vor ihm und beharrt darauf, ihm Tee einzuflößen: ein ausgezeichneter Tee sei es, nicht nur ein uraltes, sondern auch ein berühmtes Medikament, der Kräutersammler, der das Geheimnis von Vater und Urgroßvater geerbt hat, sei ein schwerreicher Mann geworden, ein Haus in Köln besitze er, die Leute aus der ganzen Gegend pilgern zu ihm. Sie hatte selten so viel in einem Atem gesprochen.

Huguenau ist trotzdem nicht dafür: »Ein Kirsch, Frau Esch, würde mir gut tun.«

Sie zog ein angeekeltes Gesicht: Schnaps? nein! auch ihren Mann, dessen Gesundheit nicht eben die festeste sei, habe sie dafür gewonnen, den Tee einzunehmen.

»So? Esch trinkt den Tee?«

»Ja«, sagte Frau Esch.

»Na, in Gottes Namen, machen Sie auch mir den Tee«, und mit einem Seufzer setzte Huguenau sich auf und verzehrte seine Omelette.

71

Der Abschied von Heinrich war sonderbar schmerzlos verlaufen. Soweit physische und seelische Belange auseinanderzuhalten sind, war es ein ausschließlich physisches Ereignis gewesen. Als Hanna vom Bahnhof heimkam, fühlte sie sich selber ein wenig wie ein leerstehendes Haus, in dem man die Gardinen heruntergelassen hat. Das war alles. Im übrigen wußte sie mit aller Bestimmtheit, daß Heinrich aus dem Kriege heil zurückkehren werde. Und mit dieser Gewißheit, die Heinrich nicht zum Märtyrer werden ließ, war nicht nur die gefürchtete angstvolle Sentimentalität am Bahnhof glücklich vermieden, sondern es war – weit über die Unannehmlichkeit des Abschieds hinaus – auch der Wunsch, Heinrich möge nie mehr zurückkehren, ins Abstruse und Gefahrlose verschoben worden. Wenn sie zu dem Jungen sagte: »Vati wird bald wieder bei uns sein«, so wußten sie wohl beide, wie sie's meinte.

Das physische Ereignis als welches sie diese sechswöchige Urlaubszeit sohin mit Fug bezeichnen durfte, stellte sich jetzt in ihrem Geiste wie eine Verengung ihres Lebensstromes dar, wie eine Verengung ihres Ichs; es war wie ein Eindämmen ihres Ichs in die Grenzen der Körperlichkeit gewesen, wie ein schäumendes Hindurchpressen eines Flusses durch eine Klamm. Hatte sie, wenn sie es recht bedachte, stets das Gefühl gehabt, als werde ihr Ich nicht durch ihre Haut begrenzt und als könnte es durch die sehr durchlässige Haut bis in die Seidenwäsche dringen, die sie am Leibe trug, und war es fast, als würden sogar ihre Kleider einen Hauch ihres Ichs beherbergen (daher wohl die große Sicherheit in Modedingen), ja war es fast, als lebte dieses Ich weit außerhalb des Leibes, viel eher ihn umgebend als in ihm wohnend, und als würde es nicht mehr in ihrem Kopfe denken, sondern irgendwie außerhalb desselben, sozusagen auf einer höheren Warte, von der aus sie ihre eigene Körperlichkeit, wie sehr wichtig diese auch sein mochte, als eine kleinwinzige Belanglosigkeit betrachten konnte, so war während der sechswöchigen Dauer des physischen Ereignisses, während des stürzenden Durchgangs durch die Klamm, von all der diffusen Weiträumigkeit nur mehr ein glitzernder Dunst übrig geblieben, ein Regenbogenglast über den tosenden Wassern, gewissermaßen das letzte Refugium der Seele. Jetzt aber, da sich die gemächliche Ebene wieder weitete und es gleichsam ein Abnehmen der Fesseln war, da wurde solches Aufatmen und Glätten gleichzeitig zu dem Wunsche, die tosende Enge zu vergessen. Dieses Vergessen ging nun allerdings höchst stückweise vor sich. Alles Persönliche war verhältnismäßig geschwind versunken, das Gehaben Heinrichs, seine Stimme, seine Worte, sein Gang, all dies tauchte sehr bald unter; das Generelle hingegen blieb. Oder um ein unanständiges Gleichnis zu gebrauchen: zuerst verschwand sein Gesicht, dann alles Bewegte an ihm, Hände und Füße, aber der unbewegte und starrende Leib, dieser Torso, der vom Brustkorb bis zu den Schenkelstümpfen reichte, dieses höchst laszive Bild des Mannes, das erhielt sich in der Tiefe ihres Gedächtnisses, ein Götterbild, eingebettet in die Erde oder überspült von den Uferwellen des Tyrrhenischen Meeres. Und je weiter solch stückweises Vergessen fortschritt – und das war das Fürchterliche daran –, je mehr sich dieses Götterbild verkürzte, desto konzentrischer und isolierter wurde seine Anstößigkeit, eine Anstößigkeit, an die das Vergessen immer langsamer und langsamer, mit immer schmäleren Schnitten heranrückte, – ohnmächtig vor der Anstößigkeit. Das ist bloß Gleichnis, und wie jedes Gleichnis vergröbert auch dieses den wahren Sachverhalt, der, stets im Schattenhaften bleibend, ein Durcheinanderfließen von unklaren Vorstellungen ist, ein Fluten halberinnerter Erinnerungen, halbgedachter Gedanken, halbgewollter Wollungen, ein Fluß ohne Ufer mit silbrigem Dunst darüber, silbriger Hauch, der bis in die Wolken und zu den schwarzen Sternen reicht. So war der Torso im Schlamm des Flusses kein Torso, er war ein abgeschliffener Kiesel, er war ein isoliertes Stück Möbel, Hausrat oder Unrat, hineingeworfen in den Strom des Geschehens, ein Klumpen, hineingeworfen in die Uferwellen: Welle rollte um Welle, Tag wob sich um Nacht, und Nacht wob sich um Tag, und was die Tage einander reichten, war unkenntlich, manchmal noch unkenntlicher als die Träume, die einander folgten, und manchmal war da etwas darunter, das an das geheime Wissen von Schulmädchen gemahnte und dennoch irgendwie den geheimen Wunsch erweckte, solchem infantilen Wissen zu entflüchten, in die Welt des Individuellen zu flüchten und das Gesicht Heinrichs wieder der Vergessenheit zu entreißen. Aber das war bloß ein Wunsch, und seine Erfüllung hätte mindestens ebensoviel

Möglichkeiten zugelassen als es Ergänzungsmöglichkeiten für einen griechischen Torso gibt, den man in der Erde gefunden hat: d.h. es war ein unerfüllbarer Wunsch.

Für den ersten Blick dürfte es belanglos erscheinen, ob in dem Gedächtnis der Hanna Wendling das Individuelle oder das Generelle die Oberhand behält. Aber in einer Zeit, in der sich das Generelle so allgemein sichtbar zum Dominierenden aufgeschwungen hat, wo der soziale Verband des Humanen, der bloß von Individuum zu Individuum sich spinnt, aufgelöst ist zugunsten von Kollektivbegriffen bisher nie geahnter Einheitlichkeit, wo ein entindividualisierter Zustand voller Grausamkeit eingetreten ist, wie er eigentlich bloß der Kindheit und dem Senium entspricht, da wird auch das Einzelgedächtnis sich solch allgemeiner Regel nicht entziehen, und die Vereinsamung einer höchst unbeträchtlichen Frau, mag dieselbe auch hübsch sein und ihrem Partner eine gute Bettgefährtin, kann nicht mit dem leider erfolgten Entzug sexueller Befriedigung erklärt werden, sondern bildet einen Teil des Ganzen, spiegelt wie jedes Einzelschicksal ein metaphysisches Walten wider, das über die Welt verhängt ist, ein, wenn man will, physisches Ereignis, dessenungeachtet metaphysisch in seiner Tragik: denn diese Tragik heißt Vereinsamung des Ichs.

72

Geschichte des Heilsarmeemädchens in Berlin (13)

Hat diese Zeit, hat dieses zerfallende Leben noch Wirklichkeit? Meine Passivität wächst von Tag zu Tag, nicht weil ich mich an einer Wirklichkeit zerreibe, die stärker wäre als ich, sondern weil ich allenthalben ins Unwirkliche stoße. Ich bin mir durchaus bewußt, daß bloß im Aktiven der Sinn und das Ethos meines Lebens zu suchen ist, aber ich ahne, daß diese Zeit für die einzig wahre Aktivität, für die kontemplative Aktivität des Philosophierens keine Zeit mehr hat. Ich versuche zu philosophieren, – doch wo ist die Würde der Erkenntnis geblieben? ist sie nicht längst erstorben, ist die Philosophie angesichts des Zerfalls ihres Objektes nicht selber zu bloßen Worten zerfallen? Diese Welt ohne Sein, Welt ohne Ruhen, diese Welt, die ihr Gleichgewicht nur in der steigenden Geschwindigkeit noch finden und erhalten kann, ihr Rasen ist zur Schein-Aktivität des Menschen geworden, ins Nichts ihn zu schleudern, – oh, gibt es eine tiefere Resignation als die einer Zeit, die nicht mehr zu philosophieren vermag! Selbst das Philosophieren ist zu einem ästhetischen Spiel geworden, einem Spiel, das es nicht mehr gibt, es ist in den Leerlauf des Bösen geraten, ein Geschäft für Bürger, die sich des Abends langweilen! nichts bleibt uns mehr als die Zahl, nichts bleibt uns mehr als das Gesetz!

Oft scheint es mir, als wäre der Zustand, der mich beherrscht und der mich in dieser Judenwohnung festhält, nicht mehr Resignation zu nennen, als sei er vielmehr eine Weisheit, die sich mit der allumschließenden Fremdheit abzufinden gelernt hat. Denn selbst Nuchem und Marie sind mir fremd, sie, denen meine letzte Hoffnung gegolten hat, die Hoffnung, daß sie meine Geschöpfe seien, die unerfüllbare süße Hoffnung, daß ich ihr Schicksal in die Hand genommen hätte, es zu bestimmen. Nuchem und Marie, sie sind nicht meine Geschöpfe und waren es niemals. Trügerische Hoffnung, die Welt formen zu dürfen!

Besitzt die Welt Eigenexistenz? Nein. Besitzen Nuchem und Marie eine Eigenexistenz? sicherlich nicht, denn kein Wesen führt ein Eigenleben. Aber die Instanzen, welche die Geschicke bestimmen, liegen weit außerhalb meiner Macht- und Denksphäre. Ich selbst kann bloß mein eigenes Gesetz erfüllen, mein eigenes, mir vorgeschriebenes Geschäft versehen, ich bin nicht imstande, darüber hinauszudringen, und mag meine Liebe zu den Geschöpfen Nuchem und Marie auch nicht erlöschen, mag ich auch nicht ablassen im Kampf um ihre Seelen und ihr Geschick, es bleiben die Instanzen, von denen sie abhängen, für mich unerreichbar, sie bleiben vor mir verborgen, so verborgen wie der weißbärtige Großvater, dem ich manchmal wohl im Vorzimmer begegne, der aber seine eigentliche Gestalt erst in der mir ewig verschlossenen Stube annimmt und der bloß durch seinen Delegaten Litwak mit mir verkehrt, sie bleiben mir so verborgen wie der weißbärtige General Booth, dessen Bild im Sprechzimmer des Hospizes hängt. Und wenn ich mir's richtig überlege, so ist es gar kein Kampf, weder gegen den Großvater, noch gegen den Heilsarmeegeneral, vielmehr bemühe ich mich, es ihnen beiden recht zu machen, und ihnen gilt auch mein Werben um Nuchem und Marie, ja, manchmal glaube ich, daß es mir ausschließlich darauf ankommt, mit meinem Tun die Liebe jener Greise zu erringen, auf daß sie mich segnen und ich nicht einsam sterbe. Denn die Wirklichkeit ist bei denen, die das Gesetz gegeben haben.

Ist dies Resignation? ist es Abkehr von allem Ästhetischen? wo stand ich einst? mein Leben verdämmert hinter mir, und ich weiß nicht, ob ich gelebt habe oder ob es mir erzählt worden ist, so sehr ist es in den fernen Meeren versunken. Trugen Schiffe mich dorthin zu den Gestaden des fernen Ostens und des fernen Westens? war ich ein Baumwollpflücker in den Plantagen Amerikas, war ich der weiße Jäger in indischen Elefantendschungeln? alles ist möglich, nichts ist unwahrscheinlich, nicht einmal ein Schloß im Park wäre unwahrscheinlich, Höhe und Tiefe, alles ist möglich, denn nichts ist geblieben in dieser Dynamik, die um ihrer selbst willen da ist, scheinbar in Arbeit, scheinbar in Ruhe und Klarheit: nichts ist geblieben, – hinausgeschleudert mein Ich, hinausgeschleudert ins Nichts, unerfüllbar die Sehnsucht, unerreichbar das gelobte Land, unsichtbar die immer größere, niemals erreichbare Helligkeit, und die Gemeinschaft, welche wir suchen, ist eine Gemeinschaft ohne Kraft, doch voll des bösen Willens. Vergebliches Hoffen, oftmals grundloser Hochmut, – es blieb die Welt ein fremder Feind, weniger noch als ein Feind, ein Fremdes, dessen Oberfläche ich wohl abtasten konnte, in das einzudringen mir doch niemals gelang, ein Fremdes, in das ich niemals eindringen werde, fremd in stets zunehmender Fremdheit, blind in stets zunehmender Blindheit, vergehend und zerfallend im Erinnern an die Nacht der Heimat, und schließlich nur mehr ein zerfallender Hauch des Einstigen. Ich bin viele Wege gegangen, um den Einen zu finden, in dem alle anderen münden, indes sie führten immer weiter auseinander, und selbst Gott war nicht von mir bestimmt, sondern von den Vätern.

Ich sagte zu Nuchem: »Ihr seid ein mißtrauisches Volk, ein böses Volk, selbst Gott kontrolliert ihr stets aufs neue in seinem eigenen Buch.«

Er antwortete: »Das Gesetz bleibt bestehen. Gott ist erst, wenn man alles aus dem Gesetz herausgelesen hat.«

Ich sagte zu Marie: »Ihr seid ein braves, aber gedankenloses Volk! Ihr glaubt, daß ihr bloß gut sein braucht und Musik zu schlagen, und daß ihr damit Gott herbeilockt.«

Sie antwortete: »Die Freude an Gott ist Gott, seine Gnade ist unerschöpflich.«

Ich sagte zu mir: »Du bist ein Trottel, du bist ein Platoniker, du glaubst, die Welt erfassend, sie dir gestalten zu können und dich selbst zu Gott zu erlösen. Merkst du nicht, daß du daran verblutest!«

Ich antwortete mir: »Ja, ich verblute.«

73

ZERFALL DER WERTE (9)
Erkenntnistheoretischer Exkurs

Hat diese Zeit noch Wirklichkeit? besitzt sie eine Wertwirklichkeit, in der sich der Sinn ihres Lebens aufbewahren wird? gibt es Wirklichkeit für den Nicht-Sinn eines Nicht-Lebens? – wohin hat sich die Wirklichkeit geflüchtet? in die Wissenschaft? in das Gesetz? in die Pflicht? oder in den Zweifel einer ewig fragenden Logik, deren Plausibilitätspunkt im Unendlichen entschwunden ist? Hegel hat der Geschichte den »Weg zur Befreiung der geistigen Substanz« verheißen, den Weg zur Selbstbefreiung des Geistigen, – es wurde der Weg zur Selbstzerfleischung aller Werte.

Gewiß kommt es nicht darauf an, ob die Hegelsche Geschichtskonstruktion durch den Weltkrieg widerlegt worden ist (das hat bereits die Siebenzahl der Planeten besorgt), denn die in einem vierhundertjährigen Prozeß autonom gewordene Wirklichkeit war unter keinen Umständen mehr geneigt und fähig, sich einem deduktiven System zu beugen. Und wichtiger wäre es, nach den logischen Möglichkeiten dieser anti-deduktiven Wirklichkeit, nach den logischen Ursachen solcher Anti-Deduktion zu fragen, kurzum, nach den »Bedingungen der möglichen Erfahrung«, unter denen diese Geistesentwicklung hatte zustandekommen müssen, – aber die Verachtung alles Philosophischen, die Müdigkeit am Wort, gehört wohl selber zu dieser Wirklichkeit und zu dieser Entwicklung, und nur mit allem Mißtrauen gegen die Überzeugungskraft von Worten stellt man jene dringlichen methodologischen Fragen: was ist ein historisches Ereignis? was ist die historische Einheit? oder noch weiter gefaßt: was ist ein Ereignis überhaupt? welche Auslese ist erforderlich, damit Einzelfakten sich zur Einheit eines Ereignisses zusammenfügen?

Die Bindung des autonomen Lebens an die Kategorie des Wertes ist so unlösbar und wesenseigentümlich gegeben wie die Bindung des autonomen Bewußtseins an die Kategorie der Wahrheit, – man könnte für Phänomene wie Wert oder Wahrheit andere Namen suchen, aber als Phänomene bleiben sie trotzdem bestehen, so unweigerlich wie das Sum und das Cogito selber, sie beide aus der brückenlosen Autonomie des Ichs bezogen, sie beide sowohl Akt als auch Setzung dieses Ichs; so spaltet sich der Wert in die wertsetzende, im allgemeinsten Sinne weltformende Tat und in das geformte, räumlich sichtbare, welt-sichtbare Wertrealisat, es spaltet sich der Wertbegriff in die komplementären Kategorien: in den ethischen Wert des Tuns und den ästhetischen Wert des Getanen, Avers- und Reversseite der gleichen Medaille, und erst in ihrem Zusammenhalt ergeben sie den allgemeinsten Wertbegriff und den logischen Ort alles Lebens. Und tatsächlich ist es in der Historie immer so gewesen: schon die antike Geschichtsschreibung war ihren Wertbegriffen untertan, die moralisierende Historie des 18. Jahrhunderts wendet die ihrigen mit aller Bewußtheit an, und in Hegels Konzeption tritt der absolute Wert sowohl im Begriff des »Weltgeistes« als in dem des »Richteramts der Geschichte« aufs deutlichste zutage. Kein Wunder demnach, daß die methodologische Funktion des Wertbegriffs zum Hauptthema der nachhegelschen Geschichtsphilosophie wurde, allerdings mit dem verhängnisvollen Nebenresultat, die Gesamterkenntnis in eine naturwissenschaftlich-wertfreie und in eine geisteswissenschaftlich-wertbezogene zu zerfällen, – wenn man will, eine erste Bankerotterklärung der Philosophie, da hiermit die Identität von Denken und Sein auf das logisch-mathematische Gebiet beschränkt wurde und für den ganzen übrigen Erkenntnisbereich diese idealistische Hauptaufgabe der Philosophie aufgehoben oder in die Vagheit der Intuition verschoben erscheint.

Hegel hat gegen Schelling den (berechtigten) Vorwurf erhoben, daß er das Absolute »wie aus der Pistole geschossen« in die Welt projiziert hätte. Das nämliche gilt aber wohl auch für den Wertbegriff der Hegelschen und nachhegelschen Philosophie. Den Wertbegriff einfach in die Geschichte zu projizieren und alles, was von der Geschichte aufbewahrt wird, kurzerhand als »Wert« zu bezeichnen, ist zur Not für die rein ästhetischen Werte der bildenden Kunst noch zulässig, stimmt aber sonst so weitgehend nicht, daß man im Gegenteil sich gedrängt fühlt, die Geschichte als Konglomerat von Unwerten zu erklären und eine Wertwirklichkeit der Geschichte überhaupt zu leugnen.

Erste These:

die Geschichte besteht aus Werten, weil das Leben bloß unter der Wertkategorie zu erfassen ist, – aber diese Werte können nicht als Absoluta in die Wirklichkeit eingeführt werden, sondern können bloß im Zusammenhang mit einem ethisch handelnden wertsetzenden Wertsubjekt gedacht werden. Hegel hat ein solches Wertsubjekt mit dem absoluten und objektivierten »Weltgeist« in die Wirklichkeit gesetzt, doch seine Konstruktion mußte sich an ihrer allumfassenden Absolutheit ad absurdum führen. (Hier zeigte sich wieder die nicht übersteigbare Unendlichkeitsschranke des deduktiven Denkens.) Es gibt bloß endliche Setzungen. Wo ein konkretes, von vornherein endliches Wertsubjekt vorhanden ist, also eine konkrete Person, ist die Relativierung der Werte, ihre Abhängigkeit vom introduzierten Subjekt völlig durchsichtig, – die Biographie einer Person entsteht durch Aufzeichnung aller Wertinhalte, die ihr selber wichtig gewesen sind. Die Person kann als solche höchst wertlos, ja wertfeindlich sein, ein Räuberhauptmann oder ein Deserteur zum Beispiel, aber als Wertzentrum mit dem ihm zugehörigen Wertkreis ist er trotzdem biographie- und geschichtsreif. Und ebenso verhält es sich mit den fiktiven Wertzentren: die Geschichte eines Staates, eines Klubs, einer Nation, der deutschen Hansa, ja sogar die Geschichte unbelebter Gegenstände, etwa die Architekturgeschichte eines Hauses, wird durch Auslese jener Fakten gebildet, die dem betreffenden Wertzentrum, hätte es einen Wertwillen gehabt, selber wichtig gewesen wären. Ein Ereignis ohne Wertzentrum zerfließt im Nebelhaften, – die Schlacht bei Kunersdorf besteht nicht aus der Liste der daran beteiligten Grenadiere, sondern aus den Wirklichkeitsformungen, die den Plänen des Feldherrn unterlegt werden. Jede geschichtliche Einheit hängt von dem effektiven oder fiktiven Wertzentrum ab; der »Stil« einer Epoche, ja die Epoche selber als historisches Ereignis wäre nicht vorhanden, wenn nicht in ihren Mittelpunkt das einheitschaffende Ausleseprinzip gesetzt werden würde, ein »Geist der Epoche«, dem die wertsetzende und stilbildende Kraft zugemessen wird. Oder, um einen abgebrauchten Ausdruck zu verwenden: Kultur ist ein Wertgebilde, Kultur ist bloß unter einem Stilbegriff zu denken, und um sie überhaupt denken zu können, bedarf es des stil- und wertsetzenden »Kulturgeists« im Zentrum jenes Wertkreises, der die Kultur darstellt.

Bedeutet dies Relativierung aller Werte? Aufgabe jeglicher Hoffnung, daß mit der Einheit von Denken und Sein das Absolute des Logos sich in der Wirklichkeit je manifestiere? Aufgabe der Hoffnung, daß der Weg zur Selbstbefreiung des Geistes und der Humanität jemals auch nur annäherungsweise beschritten werden könne?

Zweite These:

die Geschichtsreife, die Biographiereife der wertsetzenden Tat ist von der Absolutheit des Logos bedingt. Denn das effektive oder fiktive Wertsubjekt kann bloß in der Einsamkeit seines Ichs imaginiert werden, in jener unaufhebbaren brückenlosen und platonischen Einsamkeit, deren Stolz es ist, ausschließlich von den Vorschriften des Logischen abhängig zu sein, und deren Zwang es ist, das Tun unter solch logische Plausibilität zu stellen; dies aber bedeutet, durchaus im Kantschen Sinne, nicht nur die Forderung nach dem »guten Willen«, der das Werk um des Werkes willen schafft, sondern auch die Vorschrift, alle Konsequenzen aus der autonomen Gesetzlichkeit des Ichs zu ziehen, auf daß das Werk, unbeeinflußt von jeglicher Dogmatik, in reiner Originalität dieses Ichs und dieses Gesetzes geschaffen werde. Mit andern Worten: was nicht rein aus seiner Eigengesetzlichkeit entsteht, das verschwindet aus der Geschichte. Aber so sehr diese Eigengesetzlichkeit in der Zeit wirkt, also zeit- und stilbedingt ist, es kann solche Stilbedingtheit immer wieder nur Abschattung des übergeordneten Logos sein, jenes Logos, der heute wirkt und der das Denken ist, sicherlich auch heute nichts anderes als eine irdische Abschattung, dennoch durch jede Abschattung hindurchschimmernd, in seinem unverlierbaren Anspruch auf Überzeitlichkeit allein es ermöglichend, daß ein stilgebundenes Denken in ein anderes Ich zu projizieren ist. Und diese formale Grundeinheitlichkeit wird im engeren Bereich des getanen Werkes und des Allgemein-Ästhetischen, nämlich im Künstlerischen, am deutlichsten in der Unzerstörbarkeit der Kunstformen, stets von neuem und mit voller Klarheit ersichtlich.

Hieraus ergibt sich zusammenfassend die

dritte These:

die Welt ist Setzung des intelligiblen Ichs, denn unverloren und unverlierbar bleibt die platonische Idee. Doch die Setzung ist nicht »aus der Pistole geschossen«, es können nur immer wieder Wertsubjekte gesetzt werden, Wertsubjekte, die ihrerseits die Struktur des intelligiblen Ichs widerspiegeln und die ihrerseits ihre eigenen Wertsetzungen, ihre eigenen Weltformungen vornehmen: die Welt ist nicht unmittelbare Setzung des Ichs, sondern dessen mittelbare Setzung, sie ist »Setzung von Setzungen«, »Setzung von Setzungen von Setzungen« usf. in unendlicher Iteration. In dieser »Setzung von Setzungen« erhält die Welt ihre methodologische Organisierung und Hierarchie, sicherlich eine relativistische Organisierung, trotzdem – der Form nach – eine absolute, denn die ethische Forderung, die an die effektiven oder fiktiven Wertsubjekte gestellt wird, bleibt ungemindert bestehen, mit ihr aber auch die immanente Geltung des Logos innerhalb des getanen Werkes: es bleibt die Logik der Dinge bestehen. Und muß auch der logische Fortschritt der Geschichte immer wieder umbrechen, sobald die Unendlichkeitsgrenze ihrer methaphysischen Konstruktion erreicht ist, und muß auch das platonische Weltbild immer wieder einer positivistischen Schau weichen, unbezwingbar bleibt die Wirksamkeit der platonischen Idee, die in jedem Positivismus stets aufs neue die mütterliche Erde berührt, um, getragen vom Pathos der Erfahrung, stets aufs neue das Haupt zu erheben.

Jede begrifflich erfaßte Einheit in der Welt ist »Setzung der Setzung«, jeder Begriff, jedes Ding ist es, und wahrscheinlich reicht diese methodologische Funktion der einheitstiftenden Erkenntnis, die das Ding bloß als autonomes und wertsetzendes Wertsubjekt erfassen kann, bis in die Mathematik hinein, solcherart den Unterschied zwischen mathematisch-naturwissenschaftlicher und empirischer Begriffsbildung aufhebend. Denn nicht nur, daß, methodologisch betrachtet, die »Setzung der Setzung« nichts anderes darstellt als die Introduzierung des ideellen Beobachters in das Beobachtungsfeld, wie dies von den empirischen Wissenschaften, zum Beispiel von der physikalischen Relativitätstheorie, ganz unabhängig von erkenntnistheoretischen Ansichten längst durchgeführt worden ist, es ist auch die mathematische Grundlagenforschung mit den Fragen »Was ist die Zahl?«, »Was ist die Einheit?« zu einem Punkte gelangt, an welchem sie sich zwangsläufig auf den Notausgang der Intuition verwiesen sah: durch das Prinzip der »Setzung der Setzung« aber erfährt die Intuition ihre logische Legitimierung, denn die Einsetzung des Ichs in das hypostasierte Wertsubjekt kann mit Fug als die methodologische Struktur des Intuitionsaktes angesprochen werden!

Daß das Prinzip der »Setzung der Setzung« so lange unbemerkt bleiben konnte, darf vielleicht auf seine Selbstverständlichkeit, ja auf seine Primitivität zurückgeführt werden. Ja, Primitivität! Und es scheint für den Hochmut des Menschen eine unüberwindliche Belastung zu sein, wenn er primitive Haltungen zugeben soll. Denn wird auch durch den Vorgang der »Setzung der Setzung« das Eindringen des intelligiblen Ichs in alle Dinge der Welt gewährleistet, so ist – sieht man von diesem platonischen Hintergrund für einen Augenblick ab – in der »Setzung der Setzung« eine Allbeseelung der Natur, mehr noch, eine Allbeseelung der Welt in ihrer ganzen Totalität vollzogen, eine Allbeseelung, die jedem Ding und jedem noch so abstrakten Begriff ein Wertsubjekt introduziert und die bloß mit einer Allbeseelung der Welt, wie sie im Denken der Primitiven aufscheint, verglichen werden kann: es ist, als gäbe es für die Entwicklung des Logischen eine Art Ontogenese, welche selbst in der höchstentwickelten logischen Struktur alle einstigen und scheinbar abgestorbenen Denkformen, also auch die der direkten Beseelung, die Urform der eingliedrigen Plausibilitätskette, lebendig erhält und die jedem Denkschritt die Form, wenn auch nicht den Inhalt der primitiven Metaphysik aufprägt, – sicherlich eine Beleidigung für den Rationalisten, dennoch Trost für das pantheistische Gefühl.

Und trotzdem ist hier der Trost auch für den rationalen Bereich zu suchen. Ist nämlich die »Setzung der Setzung« in ihrer Gebundenheit an den Logos als die logische Struktur des intuitiven Aktes zu interpretieren, so darf in ihr auch die »Bedingung möglicher Erfahrung« für das sonst unerklärliche Faktum der Verständigung zwischen Mensch und Mensch, zwischen Einsamkeit und Einsamkeit gesehen werden: sie gibt also nicht nur die erkenntnistheoretische Struktur der Übersetzbarkeit aller Sprachen, und seien sie untereinander noch so sehr verschieden, sondern darüber hinaus, weit darüber hinaus, gibt sie in der Einheit des Begriffs den gemeinsamen Nenner aller menschlichen Sprache, gibt sie die Gewähr für die Einheit des Menschen und seiner Menschlichkeit, die noch in der Selbstzerfleischung ihres Daseins Ebenbild Gottes bleibt, – denn, Spiegel seiner selbst, in jedem Begriff und in jeder Einheit, die er setzt, leuchtet dem Menschen der Logos, leuchtet ihm das Wort Gottes als Maß aller Dinge entgegen. Und mag das Ruhende dieser Welt, mag ihr ästhetischer Wert aufgehoben und zur Funktion aufgelöst sein, aufgelöst in den Zweifel an aller Gesetzlichkeit, mehr noch, aufgelöst in die Pflicht zur Frage und zum Zweifel, unangetastet bleibt die Einheit des Begriffes, unangetastet die ethische Forderung, unangetastet bleibt die Rigorosität des ethischen Wertes als reine Funktion, Pflichtwirklichkeit strengster Observanz und als solche immer noch Einheit der Welt, Einheit des Menschen, aufscheinend in allen Dingen, unverloren und unverlierbar über Räume und Zeiten hinweg.

74

Dr. Flurschütz half Jaretzki beim Anlegen der Prothese. Auch Schwester Mathilde stand daneben.

Jaretzki ruckte an den Riemen: »Na, Flurschütz, bricht Ihnen nicht das Herz, daß es jetzt ans Abschiednehmen geht... von Schwester Mathilde ganz zu schweigen!«

»Wissen Sie, Jaretzki, eigentlich hätte ich Sie noch ganz gern hier und unter meine Aufsicht behalten... Sie sind jetzt in keiner guten Periode.«

»Weiß nicht... warten Sie...« Jaretzki bemühte sich, eine Zigarette zwischen die Finger der Prothese zu klemmen, »...warten Sie... wie wär's, wenn wir dies als Zigarettenhalter ausbilden würden... oder als Dauer-Zigarettenspitze... das wäre ganz ingeniös...?«

»Halten Sie einen Augenblick still, Jaretzki«, Flurschütz schnallte die Gurten, »...so, wie fühlen Sie sich?«

»Wie eine neugeborene Maschine... eine Maschine in einer ausgezeichneten Periode... wenn die Zigaretten besser wären, wär's noch ausgezeichneter.«

»Können Sie nicht lieber das Rauchen ganz sein lassen... natürlich auch das andere.«

»Die Liebe? ja gerne.«

Schwester Mathilde sagte überflüssigerweise: »Nein. Dr. Flurschütz meint, daß Sie das Trinken aufgeben sollten.«

»Ach so, das habe ich nicht kapiert... wenn man nüchtern ist, kapiert man nämlich immer so schwer... daß Ihnen das noch nicht aufgefallen ist, Flurschütz: erst wenn der Mensch besoffen ist, versteht einer den andern.«

»Das ist ein kühner Rechtfertigungsversuch!«

»Na, Flurschütz, erinnern Sie sich bloß, wie prachtvoll besoffen wir August vierzehn waren... mir kommt vor, als ob es damals das erste und das letzte Mal gewesen ist, wo man richtig zusammengehört hat.«

»So ähnlich sagt es Scheler...«

»Wer?«

»Scheler. Genius des Krieges... kein gutes Buch.«

»Ach so, ein Buch... das ist nichts... aber ich will Ihnen was sagen, Flurschütz, und das ist mit allem Ernst gesagt: geben Sie mir irgendeine andere, irgendeine neue Besoffenheit, meinetwegen Morphium oder Patriotismus oder Kommunismus oder sonstwas, das den Menschen ganz besoffen macht... geben Sie mir etwas, damit wir wieder alle zusammengehören, und ich lasse das Saufen sein... von heut auf morgen.«

Flurschütz dachte nach; dann sagte er: »Etwas Richtiges ist ja dran... aber wenn's durchaus Besoffenheit und Zusammengehörigkeit sein soll, da gibt's doch eine einfache Remedur, Jaretzki: verlieben Sie sich.«

»Auf ärztlichen Befehl, jawoll... haben Sie sich schon auf Befehl verliebt, Schwester?«

Schwester Mathilde errötete; auf ihrem Hals mit den Sommersprossen zeigten sich zwei rote Streifen.

Jaretzki sah nicht hin: »Schlechte Periode fürs Verlieben... mir scheint, wir sind alle in einer schlechten Periode... mit der Liebe ist's auch aus...« er probierte an den Gelenken der Prothese, »...eigentlich müßte eine Gebrauchsanweisung beiliegen... da müßte es doch irgendwo ein Spezialgelenk für Umarmungen geben.«

Flurschütz war sonderbar beleidigt. Vielleicht weil Schwester Mathilde dabei war. Schwester Mathilde errötete noch tiefer: »Was Sie für Einfälle haben, Herr Jaretzki.«

»Warum? durchaus nette Ideen... Prothesen für die Liebe... das wäre überhaupt 'ne feine Sache, Spezialausführung für Stabsoffiziere vom Oberst aufwärts... ich richte mir 'ne Fabrik ein.«

Flurschütz sagte: »Müssen Sie immer das enfant terrible mimen?«

»Nein, ich habe bloß Ideen für die Rüstungsindustrie... jetzt wollen wir abschnallen.« Jaretzki nestelte an den Gurten; Schwester Mathilde half ihm. Er bog die Gelenke der Metallfinger gerade: »So, und jetzt kriegt er seinen Handschuh... Ringfinger, Goldfinger, und das ist der Daumen, der schüttelt die Pflaumen.«

Flurschütz besah die Narben an dem nackten Armstumpf: »Ich glaube, es sitzt ganz gut, geben Sie bloß acht, daß Sie sich im Anfang nicht wundscheuern.«

»Es scheuern die braven Scheuerfrauen... der schüttelt die Pflaumen.«

»Na, mit Ihnen, Jaretzki, gibt es wirklich keine Verständigungsmöglichkeit.«

75

Natürlich hatte es nichts genützt, daß Huguenau sich damals beim Mittagstisch vor Esch versteckt hatte. Noch am selben Abend war es zu einem fürchterlichen Auftritt gekommen. Allerdings war Esch bald entwaffnet gewesen, denn Huguenau hatte nicht nur auf das verbriefte Herausgeberrecht gepocht, das ihm die beliebige Einschaltung von Artikeln völlig anheimstellte, sondern er hatte auch Eschs eigene Argumente angewendet: »Lieber Freund«, hatte er gehöhnt, »Sie haben oft genug gejammert, daß man Ihnen Prügel vor die Füße wirft, weil Sie die öffentlichen Mißstände aufdecken wollen, ... nun wenn ein anderer den Mut aufbringt, es wirklich zu tun, dann ziehen Sie den Schwanz ein... na freilich, man will sich die Protektion eines Herrn Stadtkommandanten nicht verscherzen... nur immer hübsch den Mantel nach dem Wind, was?« Ja, diese Reden hatte Esch sich anhören müssen, und obwohl es ein niederträchtiger hinterhältiger Angriff war, mit dem ihm da in den Rücken gefallen wurde, hatte er nichts anderes zu erwidern gewußt als das Götzzitat, und im übrigen hatte er geschwiegen.

Huguenau aber, das Steuerruder geschickt herumwerfend, war daraufhin zu Frau Esch gegangen, um sich bitter über den Mann zu beklagen, der einen gewissenhaften Mitarbeiter roh behandelte, und warum? bloß weil der gewissenhaft und selbstlos seine Pflicht erfüllte. Das war nicht ohne Wirkung geblieben, und als Esch am nächsten Tag zum Mittagstisch hinaufgekommen war, hatte er einen schmollenden und beleidigten Huguenau vorgefunden, sowie eine Gattin, welche die Unschuld des Herrn Huguenau mit versöhnlichen Worten unter ihren Schutz nahm, so daß man, ehe man sich dessen versah, wieder einträchtig und gemeinsam die Suppe gelöffelt hatte, sehr zur Zufriedenheit der Frau Esch, welche bereits in großer Angst gewesen war, einen Gast zu verlieren, der niemals mit Lob gespart hatte.

Aber vielleicht war es sogar auch Esch ganz recht gewesen, daß sich der definitive Krach mit anschließendem Hinauswurf Huguenaus hatte vermeiden lassen; man konnte nicht wissen, was für Anschläge gegen den Major dieser Bursche noch im Schilde führte... es war jedenfalls gut, ihn unter den Augen zu behalten. Und so war Huguenau geblieben, wenn auch die Mittagsmahlzeiten nicht eben gemütlich zu verlaufen pflegten, besonders, da Esch nun die Gewohnheit angenommen hatte, den Tischgenossen über die Schüsseln hinweg mit mißtrauischen Blicken zu mustern.

Huguenau, das muß zu seiner Ehre gesagt werden, gab sich alle Mühe, die Stimmung aufzuheitern; doch der Erfolg war bloß mäßig. Auch heute, obwohl es schon über acht Tage her war, zeigte sich Esch wieder einmal von seiner unerträglichsten Seite. Und auf die zaghafte Frage seiner Gattin gab er nur ein Brummen von sich: »Nach Amerika auswandern...«

Dann wurde nichts mehr gesprochen.
Schließlich aber lehnte sich Huguenau gesättigt in seinem Stuhl zurück und unterbrach das unbehagliche Schweigen mit den verheißungsvollen Worten. »Mutter Esch«, sagte er und hob einen Finger, »Mutter Esch, ich habe einen Bauern aufgetrieben, der uns Mehl liefern wird, vielleicht auch mal einen Schinken.«
»So?« sagte Esch mißtrauisch, »wo haben Sie den nun wieder aufgegabelt?«
Natürlich existierte dieser Bauer noch gar nicht, aber was nicht ist, kann werden, und Huguenau ärgerte sich, daß sein guter Wille niemals anerkannt wurde. Doch er wollte sich nicht schon wieder mit Esch überwerfen, im Gegenteil, er wollte ihm etwas Verbindliches sagen: »Man muß es Mutter Esch doch 'n bißchen erleichtern... vier Münder... ich staune, daß sie's überhaupt zuwege bringt... man muß ja auch die Kleine dazu rechnen.«
Esch lächelte: »Ja, die Kleine.«
Huguenau sagte zuvorkommend: »Wo steckt sie denn jetzt?«
Frau Esch seufzte: »Sie haben recht, es ist heutzutage keine Kleinigkeit, vier Münder zu stopfen... es wäre auch besser gewesen, wenn mein Mann uns nicht die Sorge um die Kleine aufgehalst hätte.«
»Da lasse ich mir nicht dreinreden«, fuhr Esch auf. Er sah zornig zu seiner Frau hin, die mit seltsam steifem Lächeln dasaß, als wäre sie schuldbewußt. Esch war etwas besänftigt: »Wenn's kein neues Leben gibt, ist alles tot.«
»Ja, ja«, sagte Frau Esch.
Huguenau sagte: »Aber den ganzen Tag treibt sie sich auf der Straße herum ... mit den Jungens; passen Sie auf, die wird Ihnen noch auskneifen.«
»Na, es schmeckt ihr ganz gut bei uns«, sagte Frau Esch. Und Esch, beinahe behutsam, beinahe als berührte er eine Schwangere, griff nach dem dicken Oberarm seiner Frau: »Das will ich meinen, daß sie gern bei uns ist, was?«
Huguenau ärgerte sich über das Ehepaar. Er sagte: »Mir schmeckt es ebenfalls bei Ihnen, Mutter Esch... möchten Sie mich vielleicht auch adoptieren?« Er hätte gerne hinzugefügt, daß Esch dann den Sohn hätte, von dem er immer faselte und der das Haus bauen soll, – aber aus irgendeinem, ihm selbst un-

verständlichen Grunde war er tief indigniert und die ganze Sache kam ihm nicht mehr scherzhaft vor. Wenn Esch plötzlich aufgesprungen wäre, ihn zu bedrohen, Huguenau hätte sich nicht gewundert. Kein Zweifel, es war besser, das Lokal zu verlassen und Marguerite zu suchen; sie wird wohl im Hofe drunten sein. Am besten wäre es, mit Marguerite auf und davon zu gehen.

Auch Frau Esch schien über das Ansinnen, das Huguenau ihr gestellt hatte, erschrocken zu sein. Sie fühlte ihren Arm von Eschs knochiger Hand umklammert, und mit offenem Munde starrte sie Huguenau an, der sich inzwischen erhoben hatte; erst als er bei der Tür war, stotterte sie: »Warum nicht, Herr Huguenau...«

Huguenau hörte es noch, aber es minderte nicht seine erbitterte Indignation gegen Esch. Unten traf er Marguerite und er schenkte ihr eine ganze Mark. »Für die Reise«, sagte er, »aber du mußt dich dazu ordentlich anziehen... warme Hosen... laß mal sehen... mir scheint gar, du bist ganz nackt... im Herbst wird's kühl.«

76

Es war schon nach neun, als es bei Dr. Kessel klingelte. Kuhlenbeck saß mit seiner Zigarre in der Ecke des Kanapees: »Nanu, Kessel, noch ein Patient?« – »Was denn sonst«, erwiderte Kessel, der sich automatisch erhoben hatte, »was denn... keine Nacht, in der man sich ausschlafen dürfte.« Und müde ging er ins Nebenzimmer, um die Tasche zu holen.

Mittlerweile war das Mädchen heraufgekommen: »Herr Doktor, Herr Doktor, der Herr Major ist unten.« – »Wer?« rief Kessel aus dem Nebenzimmer. »Der Herr Major.« – »Das geht mich an«, sagte Kuhlenbeck. »Sofort«, rief Kessel, und, die schwarze Tasche noch in der Hand, eilte er hinaus, den Gast zu empfangen.

Nun stand der Major in der Türe; er lächelte ein wenig verlegen.

»Es war mir bekannt, daß die Herren beisammen sind... und da Sie, Herr Doktor Kessel, mich so freundlich eingeladen hatten,... ich dachte, daß die Herren vielleicht musizierten.«

»Na, Gottseidank, ich meinte schon, es wäre wieder was vorgefallen«, sagte Kuhlenbeck, »... na, um so besser.«

»Nein, es ist nichts vorgefallen«, sagte der Major.

»Keine Revolte also?« sagte Kuhlenbeck in gewohnter Taktlosigkeit und fügte hinzu: »Wer hat eigentlich den idiotischen Artikel im Boten gebracht? der Esch oder der Hanswurst mit dem französischen Namen?«

Der Major antwortete nicht; er war von den Fragen Kuhlenbecks unangenehm berührt. Er bedauerte, hergekommen zu sein. Kuhlenbeck aber fuhr fort: »Na, besonders gut wird es den Herrschaften im Gefängnis nicht eben gehen... aber von der Front sind sie weg und da hätten sie schon allen Anlaß, sich ruhig zu verhalten. Wissen wohl nicht mehr, was für ein Gnadengeschenk es ist, zu leben, einfach zu leben, und mag's noch so schäbig sein... der Mensch hat ein schlechtes Gedächtnis.«

»Zeitungsleute«, sagte der Major, obwohl es keine richtige Antwort mehr war.

»Ich fürchtete schon, wieder weggerufen zu werden«, sagte Kessel, »Hoffentlich gibt's heute keine Störung mehr.«

Kuhlenbeck redete weiter: »Unerhörter Luxus des Staates, in der jetzigen Zeit Zuchthäuser in Betrieb zu halten... außerdem überflüssig... die ganze Welt ist ein Zuchthaus... wird sich ohnehin nicht mehr lang halten... übrigens hätte die Anstalt schon längst evakuiert werden müssen... was machen wir denn mit den Leuten, wenn wir alle übersiedeln?«

»So weit ist es noch nicht«, sagte der Major, »und mit Gottes Hilfe soll es auch nicht so weit kommen.« Er sagte es, aber er glaubte nicht daran. Erst am Nachmittag hatte er wieder einen Geheimbefehl mit Vorschriften für den Fall einer möglichen Evakuierung der Stadt erhalten. Befehle und Gegenbefehle kreuzten sich, und man wußte nicht, was die nächste Stunde bringen würde. Es war ein Pfuhl.

Kuhlenbeck besah seine großen guten Operateurpranken: »Wenn die Franzosen rüberkommen... seien Sie versichert, wir erwürgen sie mit den bloßen Händen.«

Kessel sagte: »Manchmal halte ich es für ein Glück, daß meine arme Frau diese Zeiten nicht miterlebt.« Er schaute auf die Photographie, die mit einem Immortellenkranz und einem Trauerflor geschmückt über dem Klavier hing.

Auch der Major schaute hinauf: »Ihre Frau Gemahlin war

gleichfalls musikalisch?« fragte er schließlich. Neben dem Klavier stand das Cello in einem grauen Leinensack, auf dem eine rote Leier und zwei gekreuzte Flöten eingestickt waren. Warum war er hergekommen? warum war er zu den Ärzten gekommen? fühlte er sich krank? er mochte Ärzte doch nicht leiden, sie sind alle Freigeister und unzuverlässig. Wissen nicht, was Ehre ist. Da saß der Oberstabsarzt mit zurückgelehntem Kopf in der Sofaecke, blies Rauchringeln zur Decke, steckte den Kinnbart in die Luft. Das war alles unanständig. Warum war er hergekommen? aber besser noch hier sein als in dem einsamen Hotelzimmer oder in dem Speisesaal, wo jeden Augenblick dieser Huguenau auftauchen konnte. Kessel hatte noch eine Flasche von dem Bernkasteler kommen lassen, und der Major trank hastig ein Glas. Dann sagte er: »Ich dachte, daß die Herren musizieren würden.«

Kessel lächelte abwesend: »Ja, meine Frau war sehr musikalisch.«

Kuhlenbeck sagte: »Wie wär's, Kessel, wenn Sie doch mal Ihre Baßgeige da hervorholten... es wird uns allen gut tun.«

Der Major spürte, daß Kuhlenbeck ihm damit eine Freundlichkeit erweisen wollte, wenn es vielleicht auch ein wenig zu vertraulich war. Er sagte daher bloß: »Ja, es wäre schön.«

Kessel ging zum Cello, und mit einem Blick zur Photographie hinauf entkleidete er das Instrument. Doch dann stockte er: »Ja, wer soll mich aber begleiten?«

»Sie werden es schon alleine schaffen, Kessel«, sagte Kuhlenbeck, »nur Mut.« Kessel zögerte noch ein wenig: »Ja, was soll ich spielen?« – »Etwas fürs Gemüt«, sagte Kuhlenbeck, und Kessel zog einen Stuhl heran, setzte sich neben das Klavier, als wäre da jemand, ihn zu begleiten; er schlug eine Taste an, fuhr über die Saiten des Bogens und stimmte das Instrument. Dann schloß er die Augen.

Er spielte die Cellosonate e-moll op. 38 von Brahms. Sein mildes Gesicht war seltsam nach innen gekehrt, der graue Schnurrbart über den eingezogenen Lippen war kein Schnurrbart mehr, sondern ein grauer Schatten, die Falten der Wangen hatten sich anders gelagert, es war kein Gesicht mehr, fast unsichtbar war es, vielleicht eine graue Herbstlandschaft in Erwartung des Schnees. Und auch als eine Träne längs der Nase heruntersikkerte, war es keine Träne mehr. Nur die Hand war noch Hand, und es war, als hätte der Bogenstrich alles Leben zu ihr hingezogen, gehoben und gesenkt von den Wellen des braunen weichen Stroms der Töne, der immer breiter wurde und ihn, der dort spielte, umfloß, so daß er sehr allein und abgetrennt war. Er spielte. Wahrscheinlich war er bloß ein Dilettant, aber das dürfte für ihn, das dürfte für den Major und wohl auch für Kuhlenbeck gleichgültig gewesen sein: denn die lärmende Stummheit dieser Zeit, ihres Getöses stummer und undurchdringlicher Schall, aufgerichtet zwischen Mensch und Mensch, eine Wand, durch die des Menschen Stimme nicht hinüber, nicht herüber mehr dringt, so daß er erbeben muß, – aufgehoben war die entsetzliche Stummheit der Zeit, es war die Zeit selber aufgehoben und sie hatte sich zum Raum geformt, der sie alle umschloß, da nun Kessels Cello erklang, aufsteigend der Ton, den Raum aufbauend, den Raum erfüllend, sie selber erfüllend.

Als die Musik verklungen war, und Dr. Kessel wieder zu Dr. Kessel wurde, gab sich der Major einen kleinen Ruck, um in einer vorschriftsmäßigen Haltung die Rührung zu verbergen. Und er wartete, daß Kessel nun etwas Tröstliches sagen werde, – jetzt hätte es doch gesagt werden dürfen! Aber Dr. Kessel senkte bloß den Kopf und man sah die schütteren Locken – keine steife graue Bürste wie bei Esch –, die dünn die Glatze bedeckten. Fast beschämt räumte er das Instrument weg, sackte es in die Leinwand ein, was einen beinahe unanständigen Eindruck machte, und Kuhlenbeck in seiner Sofaecke äußerte nichts als: »Tja.« Vielleicht schämten sie sich alle drei.

Endlich sagte Kuhlenbeck: »Tja, Ärzte sind eben musikalisch.«

Der Major suchte in seinem Gedächtnis. In seiner Jugend hatte er einen Freund gehabt, war es ein Freund gewesen? der hatte Geige gespielt, aber es war kein Arzt, obwohl er... mag sein, daß er Arzt gewesen war oder hatte werden wollen. Das Gedächtnis setzte aus, das Gedächtnis wurde starr, die Bewegung erstarrte, und der Major sah bloß seine eigene nackte Hand auf dem schwarzen Stoff der Uniformhose. Und wider den eigenen Willen sprachen die Lippen: »Nackt und bloß ausgestellt...«

»Hallo«, sagte Kuhlenbeck.

Der Major wandte sich ihm zu: »Ach nichts... es sind arge Zeiten... Seien Sie bedankt, Herr Doktor Kessel.«

Nun sagte auch Kessel: »Ja, die Musik ist ein Trost in dieser Zeit... es bleibt uns sonst nicht mehr viel.«

Kuhlenbeck schlug auf den Tisch: »Wir wollen hier nicht Trübsal blasen... und wenn die Welt voll Teufel wär', wer lebt, darf nicht verzweifeln... lassen Sie bloß Frieden sein, und wir rappeln uns schon wieder auf!«

Der Major schüttelte den Kopf: »Gegen elenden Verrat ist man machtlos.« Das Bild Eschs stand vor ihm, dieses gelbbraune Gesicht mit dem herausfordernden Lächeln, ja, herausfordernd war das richtige Wort, dieses Gesicht, das dennoch irgendwie um Verzeihung bat, und es hatte den vorwurfsvollen Ausdruck eines gestürzten Pferdes.

»Wir Deutschen sind immer verraten worden«, sagte Kuhlenbeck, »und wir leben trotzdem.« Er hob das Glas: »Es lebe Deutschland!« Auch der Major hob das Glas, und er dachte: »Deutschland«, dachte an eine gute Ordnung und an die Geborgenheit, die Deutschland ihm bisher gewesen war. Er sah Deutschland nicht mehr. Irgendwie machte er Huguenau für das Unglück des Vaterlands verantwortlich, für die Truppendurchmärsche, für die widersprechenden Befehle der Heeresleitung, für die unritterlichen Waffen des Gaskriegs, für die wachsende allgemeine Unordnung. Und schier hätte er gewünscht, daß das Bild Eschs mit dem Huguenaus zu einem einzigen verschwimmen und verfließen möge, erweisend, daß sie beide Stellvertreter des Bösen seien, beides Abenteurer, emporgetaucht aus dem unentwirrbaren Getriebe voller Geschäfte und Gesichter, die man nicht verstand, beide unzuverlässig und verächtlich, schuldtragend, dämonisch schuldtragend am unheilvollen Ausgang des Krieges.

Kessel sagte: »Ich habe abgeschlossen... ich tue meine Pflicht, aber ich habe abgeschlossen.«

Unentwirrbar war das Leben, das Netz des Bösen lag über der Welt, und der stumme gewaltige Lärm hatte wieder angehoben. Wer vom strengen Pfad der evangelischen Pflicht abweicht, ist sündig, und sündig war die Hoffnung gewesen, daß die Gnade schon im Irdischen sich erfülle, verkündet von des Freundes Stimme, die das Schweigen und die Starrheit des Panzers zerbricht und die Einsamkeit erlöst zu süßem Hinströmen. Und der Major sagte: »Wir sind vom Pfade der Pflicht abgewichen und müssen die Strafe ertragen.«

»Nanu, Herr Major«, Kuhlenbeck lachte, »dafür bin ich nicht zu haben, wohl aber dafür, den Pfad nach Hause anzutreten, damit unser müder Kessel endlich ins Bett kommt.« Er war aufgestanden, der Uniformrock hing etwas weitfaltig um seinen massigen Körper. Ein verkleideter Zivilist, mußte der Major denken, – es war nicht des Königs Rock. Major v. Pasenow hatte sich gleichfalls erhoben. Warum war er hierhergekommen, er, der den Rock des Königs trug? Die irdische Pflicht ist Abbild des göttlichen Gebots, und der Dienst an etwas Größerem als man selbst ist, verpflichtet den Menschen zur Unterordnung unter die höhere Idee, verlangt von ihm, daß er auch den letzten schmalen Streifen persönlicher Freiheit aufgebe, wenn es not tut. Freiwilliger Gehorsam, ja, das war die von Gott bestimmte Position, alles andere ist als nichtexistent anzusehen. Der Major zog den Rock glatt, griff an das Band des Eisernen Kreuzes, und mit der vorschriftsmäßigen Haltung, in der er sich verabschiedete, fand er zu jener Klarheit und Geborgenheit zurück, die Pflicht und Uniform dem Menschen verleiht.

Dr. Kessel hatte sie die Treppe hinunterbegleitet. Bei der Haustüre sagte der Major mit einiger Förmlichkeit: »Ich danke Ihnen, Herr Doktor Kessel, für den Kunstgenuß, den Sie uns bereitet haben.« Kessel zögerte ein wenig mit der Antwort und dann sagte er leise: »Ich habe zu danken, Herr Major,... es ist das erstemal seit dem Tode meiner armen Frau, daß ich wieder musiziert habe.« Indes der Major hörte es nicht, sondern gab ihm bloß mit etwas steifer Geste die Hand. Er ging mit Kuhlenbeck durch enge Gassen, sie gingen über den Marktplatz, dünner Herbstregen strich ihnen schräg entgegen, sie trugen beide graue Offiziersmäntel, trugen beide Offiziersmützen, und waren trotzdem nicht Kameraden in des Königs Rock. Dies konstatierte der Major.

77

Geschichte des Heilsarmeemädchens in Berlin (14)

Erkenntnisse, die mittels Fasten und Kasteiungen zustande kommen, entbehren sicherlich der letzten logischen Schärfe.

Ich glaube mit Bestimmtheit sagen zu dürfen, daß sich um jene Zeit eine Änderung meines Erkenntniszustandes vollzog. Allein ich beobachtete diese Wandlung mit äußerstem Mißtrauen, da sie eben mit der dauernden Unterernährung Hand in Hand ging, ja, ich war fast bereit, Dr. Litwaks Ansicht beizutreten und mich für krank zu erklären, und dies um so mehr, als man viel eher von einem luzideren Körpergefühl, denn von einer Verschärfung meiner Welterkenntnis sprechen konnte. Legte ich mir zum Beispiel die alte Frage vor, ob mein Leben noch eine sinnhafte Wirklichkeit besäße, so war es jenes Körpergefühl, das mir Antwort erteilte und mir die Gewißheit schenkte, in einer Art Wirklichkeit zweiter Stufe zu leben, daß eine Art unwirklicher Wirklichkeit, wirklicher Unwirklichkeit angehoben hatte, und sie durchrieselte mich mit sonderbarer Freudigkeit. Es war eine Art Schwebezustand zwischen Noch-nicht-Wissen und Schon-Wissen, es war Sinnbild, das sich nochmals versinnbildlichte, ein Schlafwandeln, das ins Helle führte, Angst, die sich aufhob und sich doch wieder aus sich selbst erneuerte, es war wie ein Schweben über dem Meer des Todes, ein beschwingtes Auf- und Abgleiten über den Wellen, ohne sie zu berühren, so leicht war ich geworden, – es war eine beinahe körperliche Erkenntnis, mit der ich die höhere platonische Wirklichkeit der Welt aufnahm, und alles in mir war voller Sicherheit, daß ich bloß einen geringen Schritt zu tun brauchte, um solch körperliche Erkenntnis in eine rationale zu verwandeln.

In dieser schwebenden Wirklichkeit strömten die Dinge auf mich zu, sie strömten in mich ein, und ich mußte mich nicht um sie bemühen. Was früher wie Passivität ausgesehen hatte, hat jetzt seinen Sinn erhalten. War ich früher zu Hause geblieben, um meinen Gedanken nachzuhängen, philosophische Monologe zu halten und sie von Zeit zu Zeit in skizzenhafter Form zu notieren, so bleibe ich jetzt in meiner Stube wie ein Kranker, der seinem Arzt und seiner Krankheit gehorsam ist. Alles traf zu, wie Dr. Litwak es wollte. Er besucht mich jetzt ständig, und zuweilen rufe ich ihn sogar selber zu mir herein; und wenn er in plötzlicher Änderung seiner Sinnesart mir nun weismachen will, daß ich nicht krank sei, »A bißl anämisch sind Sie und sonst sind Sie meschugge«, so trifft auch dies zu, denn ich fühle mich wie ausgeblutet. Ich will nicht mehr denken, nicht etwa, weil ich unfähig dazu wäre, sondern ich denke nicht mehr, weil ich es verachte. Gewiß bin ich noch nicht so weise geworden, ich maße mir durchaus nicht an, jene letzte Stufe des Wissens erreicht zu haben, daß ich mich über das Wissen stellen dürfte, ach, viel zu tief stehe ich unter dem Wissen, es ist viel eher die Angst, das Schwebende zu verlieren, die sich hinter der Verachtung des Wortes verbirgt. Oder ist es die plötzlich erwachte Überzeugung, daß die Einheit von Denken und Sein nur im bescheidensten Rahmen zu verwirklichen ist? Denken und Sein beides auf ein Minimum reduziert!

Marie besucht mich manchmal, bringt mir einige Lebensmittel, wie ihren übrigen Kranken, und ich lasse es mir gefallen. Neulich traf sie Litwak und Nuchem bei mir an. Ihrer Gewohnheit gemäß grüßte sie mit ihrem freundlichen »Gott segne Sie«, und Litwak verabsäumte auch diesmal nicht »Bis zu hundert« darauf zu antworten. Marie hustete und er machte ein besorgtes Gesicht: »Man hat das nicht notwendig«, sagte er, wobei es offen blieb, ob er die wahrscheinlich vorhandene Lungenkrankheit meinte oder die Ansteckungsgefahr, der er Nuchem ausgesetzt sah. Er trug sich auch an, Marie kostenlos zu untersuchen, und als sie ablehnte, sagte er: »Gehen Sie wenigstens spazieren viel an der frischen Luft... und nehmen sie ihn mit, er ist anämisch.« Nuchem stand daneben und blätterte in meinen Büchern. Im übrigen verschrieb mir Litwak immer wieder neue Mittel, und wenn er mir die Rezepte aushändigte, lachte er: »Nehmen werden Sie's sowieso nicht, aber a Doktor muß verschreiben.« Wir waren zu so etwas wie einem guten Einverständnis gelangt.

Wo war der Punkt unseres Verständnisses? warum mußte ich bei ihnen bleiben, – warum war das Provisorium dieser Judenwohnung für mich ein Dauerndes geworden, das zu verlassen ich mir nicht mehr vorstellen konnte? warum mein Gehorsam gegen diese Juden? alles war provisorisch, die Flüchtlinge waren provisorisch, ja, ihre ganze Existenz war es, und auch die Zeit selber war provisorisch, so provisorisch wie der Krieg, der sich über sein eigenes Ende hinaus verlängerte. Das Provisorische ist zum Definitiven geworden, unausgesetzt hebt es sich selber auf und bleibt weiter bestehen. Es ist hinter uns her und wir richten uns mit ihm ein, in einer Judenwohnung, in einem Hospiz. Aber es hebt uns über das Gewesene, es hält uns in einem glückhaften, fast euphorischen Schwebezustand, in dem alles Zukunft ist.

Schließlich war ich Dr. Litwak gehorsam und ging spazieren, sofern Nuchem oder Marie mich begleiteten.

Es waren sehr schöne Herbsttage und ich saß mit Marie unter Bäumen. Und weil sich alles in einer hellen Aufrichtigkeit abspielte, und weil die Worte ohne Belang waren, fragte ich sie: »Bist du ein gefallenes Mädchen?«

»Ich war es«, antwortete sie.

»Und jetzt bist du keusch?«

»Ja.«

»Du weißt, daß du Nuchem nie erretten wirst?«

»Ich weiß es.«

»Du liebst ihn also?«

Sie lächelte.

Spiegel seiner selbst, Sinnbild des Sinnbilds! zu welcher Grenze vermag das fortgesetzte Gleichnis uns zu führen, wenn nicht zum Tode!

»Höre, Marie, ich will mich umbringen, erschießen oder in den Landwehrkanal springen... aber du mußt mich begleiten, allein tue ich keinen Schritt.« Das klang spaßig, aber es war ernst gemeint. Sie spürte das wohl, denn ohne zu lachen, gewissermaßen sachlich, antwortete sie: »Nein, das werde ich nicht, und auch Sie dürfen sich nicht umbringen.«

»Aber deine Liebe zu Nuchem ist doch hoffnungslos.«

Sie vermochte daraus keine Konsequenzen zu ziehen; sie heftete bloß ihre Augen fragend auf mich, fahndend nach der Möglichkeit eines Einverständnisses. Ihre Augen waren farblos.

Es war kein gutes Spiel, das ich mit ihr spielte, und doch war das Einverständnis auch zwischen uns schon längst hergestellt, denn sie sagte: »Wir sind in der Freude.«

Ich sagte: »Nuchem wird sich nicht umbringen, er darf es nicht, er ist in der Pflicht, wir aber sind in der Freude... wir dürfen es tun.«

Vielleicht beruhigte es sie, daß Nuchem vor jedem Selbstmord bewahrt war, denn nun lächelte sie wieder, ja, sie kreuzte sogar die Beine wie eine Dame, und wie einer solchen war ihr das Besserwissen ins Gesicht geschrieben: »Auch wir sind in der Pflicht.«

Ich konnte ihr die Heilsarmeephrasen nicht übelnehmen, mag sein, weil innerhalb eines Provisoriums jede Phrase schon ihren Sinn verloren hat, mag sein, weil sie schon von vornherein einen neuen Sinn erhält und zutrifft. Mag sein, daß auch die Worte zwischen Vergangenheit und Zukunft schweben können, daß auch sie zwischen Gesetz und Freude schweben, geflüchtet aus der Verachtung, die ihnen gebührt, geflüchtet zu neuem Sinn im Bewegten.

Indes ich wollte von Pflicht nichts hören, da sie mich zur Erkenntnis zurückgerufen hätte; ich wollte von Pflicht nichts hören, ich wollte den Zustand meines eigenen Schwebens aufrechterhalten, und ich fragte: »Du bist glücklich, trotz deiner unglücklichen Liebe?«

»Ja«. sagte sie.

Unwiederbringlich ist die Heimat verloren, uneinbringlich liegt die Ferne vor uns, allein der Schmerz wird immer gelöster, immer heller, vielleicht sogar unsichtbarer, nichts bleibt als ein schmerzlicher Hauch des Einstigen. Und Marie sagte: »Das Übel in der Welt ist groß, doch die Freude ist größer.«

Ich sagte: »Ach, Marie, du hast die Fremdheit kennengelernt und bist trotzdem glücklich... und du weißt, daß der Tod allein, daß dieser letzte Augenblick allein die Fremdheit aufheben wird, und willst trotzdem leben.«

Sie antwortete: »Wer in Christum ist, ist nie einsam... kommen Sie zu uns.«

»Nein«, sagte ich, »ich gehöre in meine Judenwohnung, ich gehe zu Nuchem.«

Aber es machte keinen Eindruck mehr auf sie.

78

Ein Mann, dem die Arme amputiert worden sind, ist ein Torso. Diese Gedankenbrücke pflegte Hanna Wendling zu benützen, wenn sie sich bemühte, vom Generellen ins Individuelle und Konkrete zurückzufinden. Und am Ende dieser Brücke stand dann nicht Heinrich, sondern, ein wenig torkelnd, Jaretzki mit dem leeren Ärmel in der Tasche des Uniformrocks. Es dauerte lange, bis sie diese Vorstellung klar zu erkennen vermochte, und noch länger, bis sie bemerkte, daß dieser Vorstellung irgendwo eine reale Wirklichkeit entsprechen könnte. Und dann dauerte es noch eine geraume Weile, bis sie sich entschloß, Dr. Kessel anzurufen.

Dieser sehr verlangsamte Vorgang war sicherlich nicht in Hannas besonders moralischer Gesinnung begründet; nein, es war ihr bloß jegliches Gefühl für Zeit und Tempo abhanden gekommen, es war eine Verlangsamung des Lebensstromes, allerdings nicht dessen Aufstauung, sondern weit eher ein Verdunsten und Verflüchtigen ins Nichts, ein Versickern in einem völlig porösen Boden, ein Verschwinden und Vergessen des soeben Gedachten. Und als Dr. Kessel sie verabredungsgemäß in seinem Einspänner zur Stadt abholte, da war es, als hätte sie den Arzt aus irgendeiner eigentümlichen und nicht formulierbaren Besorgnis um den Sohn zu sich gebeten, und nur mit Mühe brachte sie ihr Gedächtnis zur Besinnung. Dann freilich, in plötzlicher Furcht, abermals zu vergessen, fragte sie sofort – sie durchquerten eben den Garten –, wer eigentlich der einarmige Leutnant im Lazarett wäre. Dr. Kessel war nicht gleich im Bilde, doch als er ihr in den Wagen geholfen hatte und nun ein wenig ächzend neben ihr Platz nahm, da fiel es ihm ein: »Natürlich, Sie meinen Jaretzki, natürlich... armer junger Mensch, der wird jetzt wohl an eine Nervenheilanstalt abgegeben werden.« Womit das Erlebnis Jaretzki für Hanna beendigt war. Sie erledigte ihre Einkäufe in der Stadt, expedierte ein Paket an Heinrich, stattete Röders einen Besuch ab. Zu Röders hatte sie auch Walter hinbestellt; sie wollten dann zu Fuß nach Hause gehen. Die unerklärlichen Besorgnisse um Walter waren mit einem Male verschwunden. Ein milder und beruhigter Herbstabend.

Es wäre nicht verwunderlich gewesen, wenn Hanna Wendling in dieser Nacht von einem griechischen Torso im Flußschlamm geträumt hätte, von einem Marmorblock oder – auch dies hätte genügt, – von einem Kieselstein, über den die Wellen hinspülen. Da sie sich aber eines solchen Traumes nicht erinnerte, wäre es unaufrichtig und unsachlich, darüber etwas auszusagen. Feststeht hingegen, daß sie eine unruhige Nacht hatte, oftmals aufwachte und zu den geöffneten Fenstern hinüberlugte, wartend, daß die Jalousien gehoben und der maskierte Kopf eines Einbrechers sichtbar werden würde. Am Morgen dachte sie daran, dem Gärtnerehepaar das Wirtschaftszimmer neben der Küche einzuräumen, damit für alle Fälle ein Mann im Hause wäre, den man zur Hilfe rufen könnte, verwarf aber den Plan, da der kleine schwächliche Gärtner wahrhaftig keinen Schutz darstellte, und es blieb nur ein starker Rest Unwillen gegen Heinrich zurück, der das Gärtnerhaus so weit entfernt von der Villa angelegt hatte; auch die Anbringung von Fenstergittern hatte er verabsäumt. Doch sie mußte selber zugeben, daß all dieses Unbehagen mit eigentlicher Angst kaum etwas zu tun hatte: es war weit weniger Angst als eine Art Überreiztheit gegen die einsame isolierte Lage der Villa, und bei aller Ablehnung, die Hanna gegen eine menschennähere Behausung sicherlich gehegt und auch geäußert hätte, es war der leere Raum, der das Anwesen umgab, so leer, es war die abgestorbene und wie aus Stücken wieder aufgebaute Landschaft so abgestorben, daß es gleichsam ein Gürtel der Leere wurde, welcher sich immer enger um die Einsame zwängte, Gürtel, welcher bloß durch einen Gewaltstreich, durch ein Zerbrechen oder einen Durchbruch oder einen Einbruch wieder gesprengt werden konnte. In der Zeitung hatte sie kürzlich von der russischen Revolution und von den Sowjets unter dem Titel »Der Einbruch von unten« gelesen; dieses Wort war ihr in der Nacht eingefallen und kam ihr wie ein Gassenhauer immer wieder ins Ohr. Jedenfalls wird es gut sein, bei Schlosser Kruhl die Preise für Fenstervergitterungen einzuholen.

Die Nächte wurden länger und der kalte Mond schwamm wie ein Kieselstein im Himmel. Trotz der empfindlichen Nachtkühle konnte Hanna sich nicht dazu aufraffen, die Fenster zu schließen. Fürchterlicher noch als ein lautloser Einbrecher erschien ihr das Klirren, das die eingedrückten Fensterscheiben verursachen würden, und diese eigentümliche Spannung, die nicht eigentlich Angst war, dennoch in jedem Moment an der Kippe stand, in Panik umzuschlagen, verleitete sie zu scheinbar romantischen Haltungen. So lehnte sie nun beinahe allnächtlich an dem geöffneten Fenster und schaute hinaus auf die tote Zone des Herbstes, merkwürdig festgehalten, beinahe angesaugt von der Leere der Landschaft, und die Angst, die eben dadurch aller Angst entkleidet wurde, war ein leichter Schaum, – das Herz trug sich leicht wie eine Blume und die Starre der Einsamkeit war aufgefaltet in geöffneter Freiheit des Atmens. Und dies war beinahe wie eine beglückende Untreue gegen Heinrich, es war ein Zustand, den sie als das strikte Gegenteil eines andern und vergangenen Zustandes empfand ... ja, welches Zustandes nur? und dann merkte sie, daß es das Gegenteil dessen war, was sie einst das physische Ereignis genannt hatte. Und das Gute war, daß das physische Ereignis in diesen Augenblicken völlig vergessen war.

79

Die Befürchtungen Eschs sollten sich bewahrheiten: dem Major wurde noch weiteres Übel von Huguenau zugefügt. Allerdings spielte Huguenau vorerst eine passive Rolle.

Anfangs Oktober langte auf dem Schreibtisch des Majors eine jener Listen ein, mit denen die Heeresleitung nach desertionsverdächtigen oder sonstwie von ihren Kommandostellen vermißten Militärpersonen zu fahnden pflegte; unter den Namen befand sich auch der eines Wilhelm Huguenau aus Colmar, Füsilier im Füsilierregiment Nr. 14.

Der Major hatte die Liste schon wieder beiseite gelegt, als sich eine Beunruhigung meldete. Er nahm die Liste also nochmals zur Hand, streckte sie seiner Weitsichtigkeit wegen auf Armeslänge von sich, und gegen das Licht gewendet las er nochmals: »Wilhelm Huguenau« einen Namen, den er doch schon gehört haben mußte. Er schaute fragend auf die Ordonnanz, die sich während des Posteinlaufs im Zimmer zu Verfügung zu halten hatte, er sah noch, wie der Mann, der nun offenbar einen Befehl erwartete, sich stramm aufrichtete, er hatte noch die Kraft, »Sie können abtreten« zu kommandieren, doch da er nun allein ist, fällt er vornüber auf die Platte des Tischs, das Gesicht in den Händen vergraben.

Aus seiner Bewußtlosigkeit schreckt er mit dem Gedanken auf, daß die Ordonnanz noch bei der Türe stehe, und daß die Ordonnanz Esch sei. Er wagt erst gar nicht hinzusehen, und als er endlich merkt, daß wirklich niemand dort steht, sagt er ins leere Zimmer hinein: »Ist ja egal...« als könnte er damit den Fall erledigen. Allerdings, es nützt nichts, das Bild Eschs steht nach wie vor bei der Türe und blickt ihn an, Esch blickt ihn an, als hätte er ein Brandmal an ihm entdeckt. Es ist ein strafender vorwurfsvoller Blick, der auf ihm ruht, und der Major schämt sich, daß er Huguenau beim Tanze zugeschaut hat. Doch der

Gedanke verflimmert, und plötzlich hört er die Stimme Eschs: »Immer ist ein Verräter unter uns.«

»Immer ist ein Verräter unter uns«, sagt nun der Major. Ein Verräter ist ein unehrenhafter Mensch, ein Verräter ist ein Mensch, der sein Vaterland verrät, ein Verräter ist ein Mensch, der das Vaterland und die Kameraden betrogen hat... ein Deserteur ist ein Verräter. Und während er solcherart seine Gedanken immer näher an den versteckten Gegenstand heranrückt, zerreißt plötzlich die Hülle, und er weiß mit einem Male alles, alles: er selber ist der Verräter, er selber war es gewesen, er, der Stadtkommandant war es gewesen, der einen Deserteur zu sich gerufen und ihm beim Tanzen zugeschaut hat, er war es gewesen, der den Deserteur zu sich gerufen hat, damit er von dem Deserteur in die Redaktion eingeladen werde, damit der Deserteur ihm den Weg ins Zivilistische bereite, zu Freunden, die keine Kameraden sind... der Major hat an das Eiserne Kreuz gegriffen und reißt an dem Band: ein Verräter darf das Ehrenzeichen nicht tragen, ein Verräter muß das Ehrenzeichen ablegen, darf nicht mit dem Ehrenzeichen aufgebahrt werden... eine Unehrenhaftigkeit läßt sich bloß durch eine Pistolenkugel auslöschen... man mußte die Strafe auf sich nehmen... und der Major, erstarrt in der Bewegung, den Blick wie gefroren, sagte: »Das unritterliche Ende.«

Er hatte die Hand noch an den Uniformknöpfen; mechanisch vergewisserte er sich, ob sie alle geschlossen seien, und das war nun eine seltsame Beruhigung, war gleichsam eine Hoffnung auf Rückkehr in die Pflicht, Rückkehr ins eigentliche geborgene Leben, wenn auch das Bild Eschs noch nicht verschwunden war. Schillernd und unheimlich war das Bild, es stand in jener Welt und zugleich in dieser, Vertreter des Guten und Bösen zugleich, voll leichter Sicherheit war es und doch voll fremdester Ungewißheit des Zivilistischen, ein Mann, der die Weste öffnet und das Hemd sehen läßt. Und der Major, die Hand noch immer an den Uniformknöpfen, richtet sich auf, streicht den Rock glatt, streicht sich dann über die Stirne und sagt: »Hirngespinste.«

Gerne würde er Esch rufen lassen, der könnte alles aufklären... er möchte es gerne, aber es wäre ein neuerliches Abweichen vom Wege der Pflicht, ein neuerliches Abweichen ins Zivilistische. Das durfte nicht sein. Überdies... man muß sich allein besinnen: der ganze Verdacht konnte sich als haltlos erweisen... und wenn man es recht überlegte, hatte sich dieser Huguenau stets korrekt und patriotisch betragen... vielleicht würde sich doch alles von selber aufklären und zum Guten wenden.

Der Major, mit noch ein wenig zitternden Händen, hatte abermals die Liste vor die Augen gehalten, dann legte er sie weg und wandte sich dem übriggebliebenen Posteinlauf wieder zu. Indes so sehr er sich bemühte, seine Gedanken wieder in Ordnung zu bringen, das Bemühen scheiterte an den widersprechenden Befehlen und Dienstanweisungen, und er vermochte die Widersprüche nicht zu entwirren. Das Chaos der Welt stieg allenthalben, es stieg das Chaos der Gedanken und das Chaos der Welt, die Dunkelheit stieg und die Dunkelheit hatte den Klang eines höllischen Sterbens, in dessen Prasseln nur eines hörbar, nur eines gewiß wurde: die Niederlage des Vaterlands – oh, die Dunkelheit stieg, es stieg das Chaos, aber aus dem Chaos im Pfuhle giftiger Gase grinste die Fratze Huguenaus, die Fratze des Verräters, Werkzeug der göttlichen Strafe, Urheber des wachsenden Unglücks.

Zwei Tage lang ertrug der Major die Pein einer Unschlüssigkeit, deren er sich im Drange der überstürzten äußeren Ereignisse selbst nicht bewußt wurde. Angesichts der allgemeinen Unordnung hätte er die kleine Desertionsangelegenheit natürlich auf sich beruhen lassen können, doch ebenso natürlich war es, daß für den Stadtkommandanten ein derartig billiger Ausweg überhaupt nicht im Bereich des Denkbaren lag. Denn der kategorische Imperativ der Pflicht duldet es nicht, daß Unzuverlässigkeit auf Unzuverlässigkeit gehäuft werde; und am zweiten Tage gab der Major den Befehl, Huguenau auf die Kommandantur zu laden.

Als er den Verräter vor sich sah, wallte des Majors ganzer zurückgedämmter Abscheu mit erneuter Stärke auf. Die herzliche Begrüßung erwiderte er mit dienstlicher Förmlichkeit und, über den Tisch hin die Liste reichend, wies er wortlos auf die Rubrik »Wilhelm Huguenau«, die mit einem roten Strich angezeichnet war. Huguenau begriff, daß es jetzt ums Ganze ging, und angesichts der drohenden Gefahr fand er die luzide Sicherheit wieder, die ihn bisher noch immer beschützt hatte. Zwar schlug er einen leichten Ton an, allein die Strenge des Blickes hinter den blitzenden Augengläsern gab dem Major zu verstehen, daß da einer war, der sich seiner Haut recht gut zu wehren wußte: »Ich habe Ähnliches schon lange erwartet, hochgeehrter Herr Major; die Unordnung bei den Heeresstellen, mit Verlaub zu sagen, reißt eben mehr und mehr ein... ja, Herr Major schütteln den Kopf, aber so ist es, ich bin leider ein lebendes Beispiel dafür; als ich mich bei der Pressehauptleitung abmeldete, nahm mir der dienstführende Unteroffizier meine Papiere ab, angeblich um das Regiment zu verständigen; ich befürchtete gleich damals arge Unannehmlichkeiten, da es doch nicht angeht, einen dienstpflichtigen Soldaten ohne Dokumente fortzuschikken – da werden Herr Major mir nur recht geben –, mich aber hat man mit dem Hinweis beruhigt, daß man mir die Dokumente nachsenden würde; man händigte mir bloß einen interimistischen Militärfahrschein nach Trier aus, Herr Major verstehen, ich hatte nichts in der Tasche als meinen Fahrschein, im übrigen, hilf dir selbst! na, und den Fahrschein habe ich vorschriftsmäßig beim Bahnhofkommando abgeliefert... ja, so war die Geschichte. Natürlich habe ich mir auch selbst vorzuwerfen, daß ich zwischenzeitig die ganze Chose immer wieder vergaß; aber Herr Major wissen ja am besten, wie überlastet ich bin; und wenn schon die Behörden versagen, kann man dem einfachen Steuerträger und Landesverteidiger keinen Vorwurf machen. Sollte man meinen. Anstatt aber vor der eigenen Türe zu kehren, ist es natürlich einfacher, einen anständigen Menschen zum Deserteur zu stempeln! Herr Major, würde es mir meine patriotische Pflicht nicht verbieten, ich hätte nicht übel Lust, diesen unerhörten Fall in die Presse zu bringen!«

All dies klang plausibel; der Major wurde wieder unsicher.

»Wenn ich Herrn Major einen Vorschlag unterbreiten dürfte, so würde ich ersuchen, der Heeresgendarmerie und dem Regiment wahrheitsgetreu mitzuteilen, daß ich hier die offiziöse Landeszeitung leite und daß ich die fehlenden Dokumente, um die ich mich indessen bekümmern will, ehebaldigst nachfolgen lasse.«

Der Unmut des Majors hakte bei dem Wort »wahrheitsgetreu« ein. Welche Sprache wagte dieser Mann zu führen.

»Es steht Ihnen nicht zu, mir Vorschriften über die Art meiner Meldungen zu machen. Und im übrigen, um vollkommen bei der Wahrheitstreue zu bleiben: ich glaube Ihnen nicht!«

»So, Herr Major glauben mir nicht? Haben Herr Major vielleicht schon untersucht, auf welche glaubwürdige Denunziation jene Anzeige zurückzuführen ist? und daß es sich bloß um eine Denunziation – und um eine läppische und boshafte obendrein – handeln kann, ist doch sonnenklar...«

Er schaute triumphierend auf den Major, der, von dem neuerlichen Angriff überrumpelt, gar nicht merkte, daß es zu dieser Anzeige keinerlei Denunziation bedurft hätte. Und triumphierend fuhr Huguenau fort: »Wie viele Leute wissen denn überhaupt, daß ich Unzukömmlichkeiten mit meinen Papieren hatte? ich kenne bloß einen einzigen, und dieser einzige hat, angeblich zum Spaß oder zum Symbol, wie er's zu nennen beliebt, mich oft genug als Verräter beschimpft, wollen sich Herr Major bloß erinnern... ich kenne solche scheinheilige Späße... religiösen Wahnsinn nennen es die Herrschaften und unsereiner kann das Geld daran verlieren, wenn's nicht gar den Kragen kostet...«

Völlig überraschend fiel ihm der Major ins Wort: er schlug sogar mit dem Papiermesser auf den Tisch: »Wollen Sie Herrn Redakteur Esch gefälligst aus dem Spiele lassen. Er ist ein ehrenwerter Mann.«

Vielleicht war es unklug von Huguenau, sich zu verbeißen und nicht abzuirren, das Kartenhaus drohte jeden Augenblick einzustürzen. Er wußte es, aber etwas in ihm sagte »va banque«, und er konnte nicht anders: »Ich mache Herrn Major gehorsamst darauf aufmerksam, daß nicht ich, sondern Sie den Namen des Herrn Esch zuerst genannt haben. Also habe ich mich nicht getäuscht, und er ist der saubere Denunziant. Ah, wenn der Wind von dieser Seite her weht und Herr Major mit Rücksicht auf die Freundschaft mit Herrn Esch dessen Geschäfte führen will, dann allerdings, dann bitte ich höflichst um meine Verhaftung.«

Das sitzt. Der Major hatte den Finger gegen Huguenau ausgestreckt und stammelte mühselig: »Packen Sie sich, packen Sie sich... ich lasse Sie abführen.«

»Bitte, Herr Major, bitte,... ganz nach Ihrem Belieben. Aber ich weiß, was ich von einem preußischen Offizier zu halten habe, der zu solchen Mittelchen greift, um sich eines Zeugen seiner defaitistischen Reden in kommunistischen Versammlungen zu entledigen, es ist ja hübsch, wenn man seinen Mantel nach dem Winde hängt, aber ich habe keine Lust, den Windfänger abzugeben... Salü.«

Die letzten, eigentlich unsinnigen Worte, von Huguenau bloß zum Aufputz seiner Rhetorik draufgegeben, hörte der Major nicht mehr. Tonlos murmelte er noch: »Packen Sie sich... er soll sich packen... der Verräter...« während Huguenau schon längst das Zimmer verlassen und respektlos die Türe hinter sich zugeschlagen hatte. Es war das Ende, das unritterliche Ende! gebrandmarkt, für immer gebrandmarkt!

Gab es noch einen Ausweg? nein, es gab keinen Ausweg... der Major hatte aus der Schreibtischlade den Armeerevolver genommen und ihn vor sich hingelegt. Dann nahm er ein Briefblatt, legte es gleichfalls vor sich hin; es sollte das Abschiedsgesuch werden. Am liebsten würde er um infame Kassierung ansuchen. Aber es sollte alles seinen dienstlichen ordentlichen Weg gehen. Er wird seinen Platz nicht verlassen, ehe er nicht den Dienst ordnungsgemäß übergeben haben würde.

Obwohl der Major glaubte, all diese Verrichtungen mit rascher und soldatischer Pünktlichkeit zu vollziehen, ging alles sehr langsam vonstatten, und jede Bewegung kostete sehr große Anstrengung. Und mit sehr großer Anstrengung begann er zu schreiben, mit fester Hand wollte er schreiben. Vielleicht lag es an dieser übermäßigen Anstrengung, daß er über die ersten Worte nicht hinauskam: »An das...« hatte er auf das Papier gemalt mit Buchstaben, die ihm selber fremd waren, und dann war er stecken geblieben, – die Feder war zerbrochen, sie hatte das Papier zerrissen und einen häßlichen Fleck verursacht. Und den Federhalter fest, ja krampfhaft umklammernd, sank der Major, kein Major mehr, sondern ein ganz alter Mann, langsam in sich zusammen. Nochmals versuchte er, die zerbrochene Feder einzutauchen, indes es gelang nicht, er warf das Tintenfaß um, die Tinte rann in einem schmalen Bach über die Platte, tropfte auf das Beinkleid. Der Major achtete nicht mehr darauf. Er war mit tintenbeschmutzten Händen sitzen geblieben und starrte auf die Türe, hinter der Huguenau verschwunden war. Doch als sich die Türe nach einer Weile öffnete und die Ordonnanz sichtbar wurde, da gelang es ihm, sich aufzurichten und die Hand gebieterisch auszustrecken: »Packen Sie sich«, befahl er dem etwas verblüfften Mann, »packen Sie sich... ich bleibe im Dienst.«

80

Jaretzki war mit Hauptmann v. Schnaack abgereist. Die Schwestern standen noch vor dem Gittertor und winkten dem Wagen nach, der die beiden zur Bahn brachte. Als sie ins Haus zurückgingen, sah Schwester Mathilde spitzig und altjüngferlich aus.

Flurschütz sagte: »Eigentlich furchtbar nett von Ihnen, daß Sie sich gestern abend seiner so angenommen haben,... der Kerl war ja in einer abscheulichen Verfassung... wo hat er denn den polnischen Schnaps hergehabt?«

»Ein unglücklicher Mensch«, sagte Schwester Mathilde.

»Haben Sie die Toten Seelen gelesen?«

»Lassen Sie mich mal nachdenken... ich glaube schon...«

»Gogol«, sagte Schwester Carla mit dem Stolze schlagfertiger Bildung, »russische Leibeigene.«

»So eine tote Seele ist der Jaretzki«, sagte Flurschütz, und nach einer Weile, indem er auf die Gruppe der Soldaten im Garten hinwies, »...das sind sie alle, tote Seelen... wahrscheinlich wir alle; jeden hat es irgendwo gepackt.«

»Können Sie mir das Buch leihen?« fragte Schwester Mathilde.

»Hier habe ich's nicht... wird sich aber schon wo finden lassen... übrigens Bücher... Sie wissen, ich kann nichts mehr lesen...«

Er hatte sich auf die Bank neben dem Hauseingang gesetzt, schaute auf die Straße und auf die Berge, auf den hellen Herbsthimmel, der sich im Norden verdüsterte. Schwester Mathilde zögerte ein wenig, dann nahm auch sie Platz.

»Wissen Sie, Schwester, es müßte eigentlich ein neues Verständigungsmittel außerhalb der Sprache erfunden werden... was so geschrieben und gesprochen wird, das ist vollkommen taub und stumm geworden,... es müßte etwas Neues geben, sonst behält unser Oberstabs noch recht mit seiner Chirurgie...«

»Ich begreife nicht recht«, sagte Schwester Mathilde.

»Ach, bemühen Sie sich nicht, es ist ein Blödsinn... ich meinte bloß irgendwie, wenn die Seelen tot sind, so bleibt bloß das chirurgische Messer,... aber es ist ein Unsinn.«

Schwester Mathilde dachte nach: »Sagte nicht Leutnant Jaretzki etwas Ähnliches, als man ihm den Arm amputieren mußte?«

»Schon möglich, er hatte es ja auch mit dem Radikalismus... natürlich konnte er nicht anders als radikal sein... wie jedes eingesperrte Tier...«

Schwester Mathilde war von dem Ausdruck »Tier« schokkiert: »Ich glaube, daß er sich bloß bemüht hat, alles zu vergessen... er hat es einmal angedeutet und das mit dem Trinken...«

Flurschütz hatte die Mütze zurückgeschoben; er spürte die Narbe auf seiner Stirne und rieb ein wenig daran: »Eigentlich würde ich mich nicht wundern, wenn jetzt eine Periode käme, in der die Menschen es überhaupt bloß darauf anlegen würden, zu vergessen, nur zu vergessen: Schlafen, Essen, Schlafen, Essen... so wie die Leute hier... Schlafen, Essen, Karten spielen...«

»Das wäre ja furchtbar, ganz ohne Ideale!«

»Liebe Schwester Mathilde, was Sie erleben, das ist ja kaum der Krieg, das ist nur eine Miniaturausgabe des Krieges... Sie haben sich seit vier Jahren nicht von hier fortgerührt... und die Leute schweigen ja alle, wenn sie auch verwundet sind... schweigen und vergessen... aber Ideale hat keiner mit heimgebracht, das können Sie mir glauben.«

Schwester Mathilde hatte sich erhoben. Das Wetter stand jetzt als breite schwarze Wolkenwand gegen den hellen Himmel.

»Ich melde mich möglichst bald wieder zu einem Feldlazarett«, sagte er.

»Leutnant Jaretzki meinte, daß der Krieg niemals aufhören wird.«

»Ja,... vielleicht ist's eben deshalb, daß ich wieder raus will.«

»Ich sollte mich wohl auch für draußen melden...«

»Na, Schwester, Sie leisten hier auch genug.«

Schwester Mathilde sah zum Himmel: »Ich muß die Liegestühle hineinschaffen.«

»Ja, tun Sie das, Schwester.«

81

Es war Sonnabend; Huguenau zahlte in der Druckerei die Wochenlöhne aus.

Das Leben war in gewohnter Weise weitergegangen, nicht einen Augenblick war es Huguenau in den Sinn gekommen, daß er als offen gesuchter und verfolgter Deserteur eigentlich hätte flüchten müssen. Er war einfach dageblieben. Nicht nur, weil er seinem Wirkungskreis schon allzusehr verbunden war, nicht nur, weil es einem kaufmännischen Gewissen schwer erträglich ist, ein Unternehmen im Stiche zu lassen, in dem ein schönes Stück Geld, fremdes oder eigenes, investiert ist, nein, es war viel eher ein Gefühl allseitiger Unabgeschlossenheit, das ihn zurückhielt und das ihn nicht kapitulieren ließ, ein Gefühl, das ihn zwang, seine Wirklichkeit gegenüber der der anderen zu behaupten. Und war's auch ein wenig wie ein Nebel, alles in allem ergab es dennoch eine sehr deutliche Vorstellung: daß der Major und Esch sich hinterher wieder finden und ihn verhöhnen werden. Er blieb also und traf mit Frau Esch bloß eine Vereinbarung betreffs Rückvergütung nicht konsumierter Mahlzeiten, so daß er nun ohne materielle Einbuße dem verhaßten Mittagstisch öfters fernbleiben konnte.

Natürlich wußte er, daß die Verhältnisse nicht danach angetan waren, Einzelaktionen gegen einen kleinen elsässischen Deserteur zu begünstigen; er befand sich in relativer Sicherheit und außerdem hatte er den Major in geradezu erpresserischer Gewalt. Er wußte es, aber er wollte es nicht wissen. Im Gegenteil, er spielte mit dem Gedanken, daß sich das Kriegsglück noch wenden und der Major wieder ein großer Herr sein werde, daß der Major und Esch bloß darauf warteten, um ihn sodann zu vernichten. Da hieß es, solche Pläne beizeiten konterkarieren. Vielleicht war's purer Aberglaube, aber er durfte die Hände nicht in den Schoß legen, er mußte seine Zeit ausnützen, allzu viel Dringliches hatte er noch zu erledigen, und weil er nicht genau anzugeben vermocht hätte, wohin ihn diese Dringlichkeit eigentlich trieb, so beruhigte er sich dabei, daß seine Feinde es sich selbst zuzuschreiben hätten, wenn er Konterminen legte.

Nun zahlte er die Löhne aus. Lindner besah das Geld, zählte nochmals nach, besah nochmals das Geld und ließ es auf dem Tische liegen. Der Setzergehilfe stand daneben und sagte auch nichts. Huguenau begriff nicht: »Na, Lindner, warum nehmen Sie's nicht?... haben Sie am Ende was gegen das Geld?«

Schließlich sagte Lindner mit offenkundigem Widerstreben: »Der Tariflohn beträgt 92 Pfennig.«

Das war was Neues. Aber Huguenau fand sich zurecht: »Ja, ja, in großen Betrieben... aber in so einer Quetsche... Sie, ein alter erfahrener Arbeiter, Sie müssen doch wissen, wie's um uns bestellt ist. Angefeindet von allen Seiten, nichts als Feinde,... wenn ich nicht das Blatt so weit wieder auf den Damm gebracht hätte, gäb's heute überhaupt keine Löhne mehr... das ist der Dank. Oder glauben Sie vielleicht, daß ich Ihnen nicht das doppelte Salär gönnen würde... aber woher soll ich's denn nehmen? Sie meinen wohl, daß wir eine Regierungszeitung mit Subventionen sind,... dann hätt's allerdings einen Sinn, der Organisation beizutreten und Tariflöhne zu verlangen. Dann träte ich selber der Organisation bei, da ging's mir besser.«

»Ich bin nicht bei der Organisation«, brummte Lindner.

»Wo haben Sie denn die Tariflöhne her?«

»Das weiß man bald.«

Huguenau hatte inzwischen überlegt. Natürlich war der Liebel daran schuld mit seiner Gewerkschaftspropaganda. Also der war auch ein Feind! Doch mit Liebel mußte man sich gerade jetzt verhalten. Er sagte also: »Na, wir werden uns schon einigen... sagen wir, neue Tarife ab November, bis dahin wollen wir's besprechen.«

Die beiden Leute gaben sich zufrieden.

Abends ging er ins Wirtshaus »Zur Pfalz«, um Liebel zu treffen. Eigentlich war die Affäre mit Lindner bloß ein Vorwand. Huguenau war nicht eben schlecht gelaunt, er sah klar in die Welt; man muß bloß wissen, wo der Feind steht, dann kann man, wenn's drauf ankommt, einen Frontwechsel vornehmen. Na, er wußte, wo der Feind stand. Jetzt haben sie den Puff und zwei Kneipen draußen gesperrt,... aber wie er ihnen seine Hilfe zum Kampfe gegen die subversiven Elemente angetragen hat, da hat's der Major ausgeschlagen. Na, morgen soll der Alte wieder mal im Blatte belobt werden, diesmal für die Bordellschließung. Und Huguenau summte vor sich hin: »Herr Gott, Zebaoth.«

In der »Pfalz« saßen Liebel, der kriegsfreiwillige Doktor Pelzer und noch einige. Pelzer fragte sofort: »Und wo haben Sie den Esch gelassen? den sieht man ja gar nicht mehr.«

Huguenau feixte.

»Bibelstunde am heiligen Sabbath... jetzt wird er sich bald auch noch beschneiden lassen.«

Alles grölte und Huguenau war stolz. Pelzer aber sagte: »Macht nichts, der Esch ist doch ein patenter Bursche.«

Liebel schüttelte den Kopf: »Man sollte nicht meinen, was es heute alles gibt...«

Pelzer sagte: »Gerade in solchen Zeiten macht sich jeder seine Gedanken... ich bin Sozialist und Sie sind es, Liebel... aber trotzdem ist der Esch ein patenter Bursche... ich mag ihn gut leiden.«

Die etwas turmartige Stirne Liebels wurde rot und die darüber laufende Ader schwoll an: »Meiner Ansicht nach ist dies Volksverdummung und müßte abgestellt werden.«

»Jawohl«, sagte Huguenau, »destruktive Ideen.«

Einer am Tisch lachte: »Herrjeh, wie jetzt sogar schon die Großkapitalisten reden!«

Huguenaus Brillengläser blitzten den Sprecher an: »Wenn ich Großkapitalist wäre, so säße ich nicht hier, sondern in Köln, wenn nicht gar in Berlin.«

»Na, ein Kommunist sind Sie gerade auch nicht, Herr Huguenau«, sagte Pelzer.

»Bin ich auch nicht, mein verehrtester Herr Doktor... aber ich weiß, was Recht und was Unrecht ist... wer hat als erster die Mißstände im Gefangenenhaus aufgedeckt? he?«

»Niemand leugnet Ihre Verdienste«, gab Pelzer zu, »wo hätten wir so einen schönen Eisernen Bismarck, wenn Sie nicht gewesen wären.«

Huguenau wurde zum Biedermann; er schlug Pelzer auf die Schulter: »Uzen Sie Ihre Großmutter, mein Lieber!«

Aber dann legte er los: Verdienste hin, Verdienste her. Gewiß war er stets ein guter Patriot gewesen, gewiß habe er die Siege seines Vaterlandes gefeiert, wer wage es, ihn deswegen zu tadeln! aber er habe dabei ganz genau gewußt, daß dies das einzige Mittel war, die Bourgeosie, die den Beutel gewiß nicht lokker im Sacke sitzen hat, in Schwung zu bringen, damit für die Kinder armer gefallener Proletarier etwas getan werde; so viel er sich erinnerte, dürfte er es gewesen sein, der dies zustande gebracht hat! und der Dank? es würde ihn nicht wundern, wenn jetzt schon geheime Polizeibefehle gegen ihn liefen! aber er fürchte sich nicht, sie mögen nur kommen, er habe schon noch Freunde, die ihn gegebenenfalls aus dem Gefängnis befreien würden, mit der geheimen Gerichtsbarkeit müsse überhaupt aufgeräumt werden! ein Mensch verschwindet, man weiß nicht wie, und hinterher wird man erfahren, daß er im Gefängnishof verscharrt worden ist, weiß Gott, wie viele ihrer sind, die noch in den Kerkern schmachten! Nein, wir haben keine Justiz, wir haben eine Polizeijustiz! und das Ärgste ist die Scheinheiligkeit dieser Polizeibüttel, die Bibel haben sie immer bei der Hand, aber lediglich, um einen damit auf den Kopf zu dreschen. Und vor und nach dem Fressen gibt es ein Tischgebet, die andern aber dürfen mit oder ohne Tischgebet verhungern...

Pelzer hatte mit Wohlgefallen zugehört; nun unterbrach er ihn: »Mir scheint, Huguenau, Sie sind ein agent provocateur.«

Huguenau kratzte sich den Scheitel: »Und meinen Sie, daß mir solche Anträge noch nicht gestellt worden sind? wenn ich Ihnen erzählen wollte... na, lassen wir das... ich war immer korrekt und werde korrekt bleiben, und wenn's den Kragen kostet... ich vertrage bloß keine Scheinheiligkeit.«

Liebel sagte zustimmend: »Mit der Bibel ist das schon so eine Sache... das Volk mit Bibelsprüchen abspeisen, das haben die Herren gern.«

Huguenau nickte: »Jawohl, erst Bibelsprüche und nachher erschießen... es gibt Leute genug, die damals die Schießerei im Gefängnis mit anhörten... na, ich will nichts gesagt haben. Aber ehe ich mich in so 'ne Bibelstunde setze, gehe ich noch lieber in den Kintopp.«

So bezog Huguenau seine Stellung in dem beginnenden Kampf zwischen Oben und Unten. Und wenn ihm die bolschewistische Propaganda auch höchst gleichgültig war und er als erster nach Schutz gerufen hätte, wenn es um sein eigenes Hab und Gut gegangen wäre, ja, wenn er auch die zunehmende Anzahl der Einbrüche bloß mit großem Unbehagen im »Kurtrierschen Boten« meldete, so sagte er jetzt mit aufrichtiger Überzeugung: »Die Russen sind ganz gescheite Kerle.«

Und Pelzer sagte: »Das will ich glauben.«

Als sie das Lokal verließen, drohte Huguenau dem Meister Liebel mit dem Finger: »Sie sind mir auch so ein Scheinheiliger.. hetzen da den braven alten Lindner auf, wo ich ohnehin eigentlich bloß für die Leute arbeite... das wissen Sie doch ganz gut. Na, wir werden die Chose schon miteinander ins reine bringen.«

Ein achtjähriges Kind, das die Absicht hat, allein in die Welt hinauszuwandern.

Es geht auf dem schmalen Rasenstreifen zwischen den Radspuren, und es sieht die verwelkenden blaßlila Kleeknospen, die sich hierher verirrt haben, es sieht altersgraue, trockene Kuhfladen, in deren Rissen das Gras wieder wächst, und es bemerkt die Kletten, die sich an die Strümpfe hängen und stechen. Das Kind sieht auch sonst allerlei, sieht die Herbstzeitlosen in den Wiesen, sieht zwei gelbgraue Kühe, die am Talhange grasen, und weil es nicht fortwährend in die Landschaft schauen kann, schaut es auch auf sein Kleid und sieht die Heckenröschen, mit denen der schwarze Kattun bedruckt ist: immer eine offene Blume und eine Knospe zusammen an einem hellgrünen Stengel zwischen zwei grünen Blättchen; in der Mitte der offenen Rose ist ein gelber Punkt. Das Kind wünscht sich einen schwarzen Hut, an den man eine Rose samt Knospe und zwei Blättern anstecken würde, – das würde gut zusammenpassen. Aber es besitzt einen grauen Lodenmantel mit Kapuze.

Dem Kinde nun, das längs des Flusses so dahinwandert und eine Hand in die Hüfte gestemmt hält, während die andere eine Mark für die Wegzehrung fest umschließt, dem Kinde ist die Gegend wohlbekannt. Es fürchtet sich nicht. Wie eine Hausfrau durch ihre Wohnung, geht das Kind durch die Landschaft, und wenn es wegen des angenehmen Gefühls in der großen Zehe einen Stein von dem Rasenstreifen stößt, so macht es damit auch ein wenig Ordnung. Ringsum ist alles klar. Das Kind sieht nun die Baumgruppen, die plastisch in der durchsichtigen Luft des frühen Herbstnachmittags stehen, und die Landschaft ist ihm ohne Geheimnis: hinter der durchsichtigen Luft ist der hellblaue Himmel, zwischen dem durchsichtig grünen Gelaub steht, als müßte es so sein, immer wieder ein Baum mit gelben Blättern, auch er abgehoben gegen den Himmel, und manchmal, obwohl kein Hauch sich regt, weht es von irgendwoher ein gelbes Blatt, das langsam kreiselnd auf den Weg sich senkt.

Wenn das Kind seine Augen nach rechts wendet, dorthin, wo die Weiden und die Gebüsche das Flußufer säumen, so vermag es den weißen Schotter im Flußbett zu sehen, es sieht auch das Wasser, denn das Laub des Gebüsches ist im Herbst schütter geworden und zeigt das braune Geäst, es ist nicht mehr die undurchdringlich grüne Wand wie im Sommer. Wendet aber das Kind die Augen nach links, so sieht es die Sumpfwiese: unheimlich und heimtückisch liegt sie da, und will man den Fuß in ihr Gras setzen, so quatscht das Wasser auf und quillt in die Schuhe; man darf so eine Wiese nicht überqueren, denn wer weiß? man könnte im Sumpfe unrettbar ersticken.

Das Naturgefühl der Kinder ist geringer und trotzdem intensiver als das der Erwachsenen. Sie werden nicht an einem schönen Aussichtspunkt verweilen, die Gegend in sich aufnehmen, aber sie können von einem Baum, der auf dem fernen Hügel steht, so sehr angezogen werden, daß sie ihn am liebsten in den Mund nehmen möchten und hinlaufen, ihn zu berühren. Und die Landschaft des großen Tals, die sich ihnen zu Füßen weitet, sie wollen sie nicht betrachten, sondern sie wollen sich in sie hineinstürzen, als könnten sie damit auch die eigene Bangigkeit hineinwerfen; deshalb sind Kinder in steter, oftmals nutzloser Bewegung, wälzen sich im Grase, klettern auf Bäume, versuchen das Laub zu essen, und verbergen sich schließlich in der Baumkrone oder in der dunklen Geborgenheit eines Gebüsches.

Ist also vieles von dem, was im allgemeinen der schier unerschöpflichen Kraftentfaltung der Jugend und ihrem sinnlos sinnvollen Überschäumen zugeschrieben wird, nichts anderes als die nackte Angst der Kreatur, die zu sterben begonnen hat, da sie ihre Einsamkeit erkennt, ist also in sehr vieler Beziehung das Herumlaufen der Kinder ein Herumirren am Beginn des Lebenslaufs, ist also ihr von den Erwachsenen so oft als unmotiviert gerügtes Lachen das Lachen desjenigen, der sich von der Einsamkeit überrascht und überfallen sieht, so wird es nicht nur verständlich, daß ein achtjähriges Kind den Entschluß zu fassen vermag, in die Welt hinauszuwandern, um mit solch außerordentlichem, man möchte wohl meinen, heroischem und letztem Aufgebot die eigene Einsamkeit zusammenzuraffen, in ihr die große Einsamkeit zu besiegen, die Unendlichkeit gegen die Einheit zu werfen, die Einheit gegen die Unendlichkeit, – nicht nur dies wird verständlich, und nicht nur daß es bei einer derartigen Unternehmung weder auf die üblichen Motive ankommt, noch auf deren Gewicht, sondern daß es sich hier um ganz andere Motivationen handelt: es kann etwa ein Schmetterling, also ein Ding so geringen Gewichtes, daß es in keiner Weise in die Waagschale fällt, von bestimmendem Einfluß auf den Gang der Angelegenheit werden, ja, das kann geschehen, – wendet sich zum Beispiel der Schmetterling, der eine Zeitlang vor dem Kinde hergeflattert ist, jetzt vom Wege fort, um über die Sumpfwiese hin zu verschwinden, so ist dies bloß in den Augen der Erwachsenen belanglos, weil diese nicht zu sehen vermögen, daß die Seele des Schmetterlings, nicht er selber, dennoch er selber es ist, der das Kind verlassen hat. Und da bleibt das Kind stehen, es löst die Hand aus der Hüfte und mit einer von vornherein zum Scheitern verurteilten Haschbewegung hascht es nach dem längst schon Enteilten.

Nun legt das Kind zwar noch eine Strecke des ursprünglichen Weges zurück. Es gelangt fast bis zu jener großen Eisenbrücke, welche die von Osten kommende und zur Stadt hinstrebende Landstraße über den Fluß bringt. An dieser Stelle würde der Uferpfad, dem das Kind bisher gefolgt ist, die Landstraßenböschung hinauf- und jenseits wieder hinunterführen. Doch das Kind gelangt nicht einmal bis zu diesem Punkt. Denn angesichts dieser durchaus wohlbekannten Brücke, angesichts des grauen Gitterwerks, durch welches hindurchblickend, der schwarze Tannenwald in lauter schwarze Vierecke geteilt ist, Anblick, vor dem das Kind sich stets gefürchtet hat, und angesichts dieser überraschenden, scheinbar nie endenwollenden Bekanntheit der Gegend, entschließt sich das Kind nun plötzlich, das Tal endgültig zu verlassen. Gedacht, getan. Und wenn das Kind, da es von daheim weggewandert war, vielleicht gehofft hatte, es werde das Bekannte und Heimatliche bloß sehr langsam, sozusagen schmerzlos in das Fremde hineingleiten, so wird das Schmerzliche des jähen Abschieds von dem starken Wunsch übertäubt, an das jenseitige Ufer der Sumpfwiese zu gelangen, dorthin, wo der Schmetterling verschwunden ist.

Nur ein mäßig hoher Hang ist es, der sich dort erhebt, dennoch hoch genug, daß das Kind von dem Hause, das auf dem Gipfel errichtet ist, bloß das Dach, und von den Bäumen, die dort stehen, bloß die Wipfel sieht. Vielleicht wäre es das Ratsamste gewesen, einfach von der Landstraße aus den Aufstieg zu unternehmen. Doch die Ungeduld des Kindes ist hiefür zu groß: unter dem hellblauen Himmel, diesem kühl-heißen Himmel des Nachsommers, unter den Sonnenstrahlen, die auf den Rücken brennen, beginnt das Kind zu laufen; es läuft die Sumpfwiese entlang, eine Furt zu finden oder einen Steg, einen noch so schmalen Steg will es finden, aber während es sucht, hat es die Wiese auch schon umkreist und steht am Fuße des Hügels, als wäre ihm der Hügel entgegengekommen, ein Kamel, das sich niederkniet, damit man es besteige. Diese doppelte Eile, die eigene und die des Hügels, hat etwas Unheimliches an sich, und das Kind zögert nun auch wirklich, da es den Fuß auf die unmerkliche Beugung setzen will, in der die ebene Wiese in die Steile übergeht. Hebt das Kind jetzt den Kopf, so ist das Bauernhaus oben völlig verschwunden und nur einige Baumwipfel sind sichtbar. Indes je höher es hinanklettert, desto mehr wächst wieder die Ansiedlung droben dem Blick entgegen, erst die Bäume in einem satten Grün, als lockte dort der Frühling, dann das Dach, aus dem kerzengerade die Rauchfahne steigt, und schließlich tauchen die weißen Mauern des Hauses zwischen den Stämmen auf: es ist wohl ein Bauernhaus inmitten eines sehr grünen Gartens, und der letzte Hang, der so steil ist, daß das Kind ihn auf allen vieren erklimmt, ist gleichfalls so grün, daß das Kind bloß mit den Händen weitertappt, bis daß es ausgestreckt auf dem Bauche liegt, das Gesicht im Gras, und erst ganz langsam die Knie wieder nachkriechen läßt.

Nun, da das Kind tatsächlich oben ist und der Hofhund kläffend an der Kette zerrt, da ist der erhoffte Frühling ausgeblieben. Freilich ist die Landschaft fremd und unbekannt, und selbst das Tal, in welches das Kind jetzt einen Blick wirft, selbst dieses ist nicht mehr das Tal, aus dem es gekommen ist. Zwiefache Verwandlung! Verwandlung wohl von Traurigkeit geschwängert, nichtsdestoweniger keine Entscheidung, denn die Verwandlung ist bloß auf das Licht zurückzuführen: mit der für den Herbst eigentümlichen Raschheit ist die helle Reinheit des Lichtes milchig geworden, aber zugleich entsteht dem weißlichen Schild des Himmels ein Gegenhimmel, da das Tal sich mit ebenso weißem Nebel zu füllen beginnt. Noch ist es Nachmittag, doch der Abend der Fremdheit ist bereits hereingebrochen. Weit in das Unendliche dehnt sich die Straße, an der das Anwesen liegt, und in der rasch aufsteigenden Kälte sterben die Schmetterlinge. Dies aber ist das Entscheidende! Dem Kind wird mit einem Male klar, daß es kein Ziel gibt, daß ihm das Herumirren und das Suchen nach einem Ziel nichts gefruchtet hat, daß höchstens das Unendliche selber Ziel sein kann. Das Kind denkt es nicht, allein es antwortet auf die nie gestellte Frage mit seinem Tun, es stürzt sich in die Fremdheit, es flüchtet sich auf die Straße, es flüchtet in die sich dehnende unendliche Straße, es verliert die Besinnung, und nicht einmal mehr zu weinen vermag es in seinem atemlosen Lauf, der wie ein Stillestehen ist zwischen den unbewegten Nebelwänden. Und sickert durch den Nebel dann der Abend wirklich heran, der Mond zu einem hellen Fleck in der Nebelwand wird, und wenn dann die Nebel mit einem lautlosen Schlag weggewischt sind und alle Sterne sich wölben, wenn die Unbewegtheit der Dämmerung abgelöst worden ist von der Starrheit der Nacht, da ist das Kind in ein unbekanntes Dorf gelangt, stolpert durch stumme Gassen, in denen hie und da ein Fuhrwerk ohne Gespann steht.

Fast ist es gleichgültig, wie weit Marguerite gelangte, ob sie zurückgebracht wurde oder ob sie das Opfer eines Landstreichers geworden ist, – das Schlafwandeln der Unendlichkeit ist über sie gekommen und wird sie nie mehr freigeben.

83

Geschichte des Heilsarmeemädchens in Berlin (15)

Oh neues Jahr, Herbstjahr in Hungergassen,
oh milde Sterne, die den Herbst erwärmten,
oh Angst des Langen Tags! oh Angst der leeren Ernten,
oh Angst des Abschieds, da sie nun gelassen
sich Abschied gaben, und in den sehr verhärmten
Augen nichts war als tränenloses Noch-Erfassen:
sie haben voneinander abgelassen,
und in der Stadt, in der die Autos lärmten,
verlor sich Weg um Weg, verlor sich Spur um Spur,
verlor sich Herz um Herz, ward Angst der Kreatur, –
die Sonne glänzte nicht, und Mond war weißer Stein,
und doch war's niemals Furcht, denn in dem Silberschein
der Greise, die der Seele Schicksal lenken,
wird Angst der Seele seligstes Verschenken!
Denn war's nicht Angst gewesen, die sie hingezogen,
wie müde Blätter zueinander wehen?

und ihrer Liebe Angst, war's nicht ein kleines Lehen
der Himmelsangst, in deren Purpurbogen
die Silberchöre seiner Blicke wehen?
Die scheue Taube kommt herabgeflogen,
schwebt überschwebend über dunklen Sintflutwogen
und trägt das Bündnis über allen Seen:
Gott thront in Angst, thront in verlaßner Stille, in ihm wird
Liebe Angst und Angst wird Liebeswille,
wird Bündnis zwischen Zeit und erdgebundnen Zeiten,
zum Bund der Einsamkeit mit allen Einsamkeiten –
es tat in Liebe Gott die große Angst versenken,
in Deiner Angst, oh Gott, da ward Dein Sein zum Denken.

84

Die Bibelversammlungen waren jetzt schlecht besucht. Die äußeren Ereignisse lenkten den Blick von den Vorgängen in der eigenen Seele ab, und dies galt besonders für die Fremden, die allen Gerüchten ein williges Ohr liehen, wenn sie die Möglichkeit einer baldigen Heimkehr witterten. Die Einheimischen waren beständiger, für sie war die Bibelstunde bereits zur gewohnten Ordnung geworden, die sie unabhängig von Krieg oder Frieden beizubehalten wünschten, aber im Grunde gab es für jeden einen Winkel, in dem er durch die Friedensgerüchte eher gestört als erfreut war.

Fendrich und Samwald waren Einheimische, und sie gehörten zu den Getreuesten. Huguenau behauptete zwar, daß Fendrich bloß käme, weil Frau Esch doch immer wieder Milch im Hause hatte, ja, manchmal behauptete er sogar, daß er selber an seinem Frühstückskaffee verkürzt werde, bloß weil Frau Esch die Milch für den Betbruder abknappen wolle. Und er hielt mit dieser Ansicht durchaus nicht hinterm Berge; Frau Esch lachte dann dazu: »Wer wird denn so eifersüchtig sein, Herr Huguenau«, und Huguenau hatte die Antwort parat: »Passen Sie auf, Mutter Esch, die Betbrüderschaft des Herrn Gemahls, die wird Sie noch arm fressen.« Im übrigen waren Huguenaus Anwürfe ungerecht; Fendrich wäre auch ohne Milchkaffee gekommen.

Immerhin, jetzt saßen die beiden, Samwald und Fendrich, wieder in der Küche. Huguenau, der sich zum Ausgehen bereit gemacht hatte, steckte die Nase herein: »Schmeckt's den Herren?« Frau Esch antwortete an ihrerstatt: »Ach, ich habe ja nichts im Hause.« Huguenau schaute den beiden auf den Mund, ob sie nicht kauten, schaute auf den Tisch, und als er keinerlei Speise entdeckte, war er befriedigt. »Na, da kann ich Sie ja ruhig verlassen«, sagte er. »Sie sind ja in bester Gesellschaft, Mutter Esch.« Dennoch blieb er; er hätte gerne gewußt, was Frau Esch mit den beiden redete. Und als alle schwiegen, begann er das Gespräch: »Wo ist denn heute Ihr Freund, Herr Samwald? der mit den Stöcken?« Samwald wies zum Fenster, das im Herbstwind zitterte: »Bei schlechtem Wetter hat er Schmerzen... er spürt's im voraus.« – »Oh, la la«, sagte Huguenau, »Rheumatismus; ja, das ist unangenehm.« Samwald schüttelte den Kopf: »Nein, er spürt im voraus... er weiß sehr viel im voraus...« Huguenau hörte nur halb hin: »Gicht kann es auch sein.« Fendrich schauerte ein wenig: »Ich spür's auch in allen Gliedern... bei uns in der Fabrik gibt's über zwanzig mit der Grippe... die Tochter vom alten Petri ist gestern gestorben... im Lazarett hat's auch schon Tote gegeben, Esch sagt, daß es die Pest ist... Lungenpest.« Huguenau war angewidert: »Der soll sich mit seinem defaitistischen Gerede in acht nehmen... Pest! das wäre ja noch schöner.« Samwald sagte: »Gödicke, dem kann nicht einmal die Pest mehr was anhaben... er ist ein Auferstandener.« Fendrich wußte noch einiges zu dem Thema: »Nach der Bibel müssen jetzt alle Heimsuchungen der Apokalypse kommen... das hat auch der Major prophezeit... Esch sagt es auch.« – »Merde, jetzt habe ich genug«, sagte Huguenau, »ich wünsche weiter recht gute Unterhaltung. Salü.«

Auf der Stiege traf er mit Esch zusammen: »Zwei recht angenehme Kumpane haben Sie da droben sitzen... wenn die ganze Stadt von der Pest reden wird, werden Sie dran schuld sein... Sie machen mit Ihrer Betbrüderschaft noch die ganze Welt verrückt, das ist ja Volksverdummung.« Esch entblößte das Pferdegebiß und winkte wegwerfend mit der Hand, worauf Huguenau in Ärger geriet: »Da gibt's gar nichts zu grinsen, Herr Pastor.« Zu seiner Überraschung wurde Esch sofort wieder ernst: »Sie haben recht, es ist durchaus nicht zum Lachen... die Leute haben recht.« Huguenau wurde es unbehaglich: »Womit haben sie recht?... mit der Pest etwa?« Esch sagte ruhig: »Ja, und es wäre auch besser für Sie, ja, für Sie, mein Verehrtester, wenn Sie endlich erkennen wollten, daß wir uns mitten in der Angst und in der Heimsuchung befinden...« – »Möchte wissen, was mir das nützen sollte«, sagte Huguenau und er begann die Treppe weiter hinunter zu steigen. Esch hatte seinen Schulmeisterton: »Das könnte ich Ihnen freilich sagen, aber Sie wollen es ja nicht wissen... fürchten sich ja, es zu wissen...« Huguenau hatte sich umgedreht. Esch stand zwei Stufen über ihm und sah mächtig aus; es war peinlich, so zu ihm hinaufsehen zu müssen, und Huguenau turnte wieder eine Stufe höher. Er war irgendwo mißtrauisch geworden. Was hatte der Esch schon wieder, was er nicht sagen wollte? was konnte der wissen? Als Esch aber anhob: »Nur wer in der Angst ist, wird der Gnade teilhaftig werden...« da stoppte Huguenau ab: »Halt, das brauche ich wirklich nicht mehr zu hören...« Neuerlich ließ Esch das verhaßte sarkastische Grinsen sehen: »Hab' ich's nicht gesagt? es paßt wohl nicht in Ihre neue Richtung... im übrigen hat es wohl nie zu Ihnen gepaßt.« Und er wollte weitergehen.

Hinter Huguenaus Brillengläsern blitzte es: »Einen Moment, Herr Esch...«

Esch blieb stehen.

»Ja, Herr Esch, das muß ich denn doch sagen... natürlich paßt das Gefasel nicht zu mir... ob Sie nun grinsen oder nicht, es hat nie zu mir gepaßt... ich war immer ein Freigeist und habe nie ein Hehl daraus gemacht... ich habe Sie in Ihrer Betbrüderei nie gestört, lassen Sie also gefälligst auch mich nach meiner Fasson selig werden... meinetwegen können Sie's auch neue Richtung nennen, und ich erlaube Ihnen sogar, mir nachzuschnüffeln, wie Sie's offenbar tun, und im übrigen bin ich kein Volkstribun wie Sie, und ein Volksverdummer bin ich erst recht nicht, ich habe keinen Ehrgeiz, aber wenn ich den Leuten so zuhöre, natürlich nicht Ihren Betbrüdern dort droben, so scheint es mir, daß die Dinge denn doch einen andern Lauf nehmen, als es Ihnen, Herr Pastor, angenehm ist... ich meine, man wird bald was erleben, und ich sehe auch einige Leute am Laternenpfahl... wenn der Herr Major nicht beliebte, auf mich bös zu sein, so würde ich ihn ganz gehorsamst warnen; ich bin ein guter Kerl,... auf Sie ist er zwar auch nicht mehr gut zu sprechen, der wankelmütige alte Narr, aber immerhin stelle ich's Ihnen frei, ihm die Warnung zu übermitteln. Sie sehen, mit mir kann man mit offenen Karten spielen; ich stoße keinen von rückwärts nieder wie andere Leute.«

Und damit machte er nun endgültig kehrt und marschierte pfeifend die Stiege hinab. Hinterher ärgerte er sich allerdings über seine Gutmütigkeit – er hatte doch keinerlei Anlaß zu irgendeinem Schuldgefühl gegenüber den Herren Pasenow und Esch –, warum und wovor hatte er sie eigentlich gewarnt?

Esch war stehen geblieben. Irgendwie fühlte er's wie einen Stich im Herzen. Dann sagte er sich: »Wer sich opfert, ist anständig.« Und wenn man diesem Burschen auch jede Schlechtigkeit zutrauen konnte, – solange er bramarbasierte, war es gut; Hunde, die bellen, beißen nicht. Und wenn der in den Wirtshäusern das Maul aufreißt, so schadet's noch weniger, am allerwenigsten dem Major. Esch lächelte, er stand robust und fest auf seinen Beinen und dann streckte er die Arme aus wie einer, der vom Schlafe aufwacht oder wie ein Gekreuzigter. Er fühlte sich stark, fest und wohlbestellt, und als wäre das eine Rechnung, in der die Welt glatt aufgeht, wiederholte er: »Wer sich opfert, ist anständig«, und dann stieß er die Tür zur Küche auf.

85

»Keiner sieht den andern im Dunkeln.«
Ereignisse des 3., 4. und 5. November 1918

Was Huguenau vorausgesagt hatte, ging tatsächlich in Erfüllung: man erlebte etwas, und zwar am 3. und 4. November.

Am Morgen des 2. November fand eine kleine Demonstration der Arbeiter aus der Papierfabrik statt. Man zog, wie stets bei solchen Anlässen, vor das Rathaus, doch diesmal wurden, eigentlich ohne besonderen Grund, die Fenster eingeworfen. Der Major ließ die Halbkompagnie, die ihm noch zur Verfügung stand, aufziehen, und die Demonstranten zerstreuten sich. Trotzdem war es bloß eine scheinbare Ruhe. Die Stadt war voller Gerüchte; der Zusammenbruch der Front war bekannt, von Waffenstillstandsverhandlungen hingegen war nichts zu erfahren, schreckliche Dinge lagen in der Luft.

So verging der Tag. Abends sah man im Westen rötlichen

Schein, und es hieß, Trier brenne an allen vier Enden. Huguenau, der nun bedauerte, daß er die Zeitung nicht schon längst an die Kommunisten verkauft hatte, wollte eine Separatausgabe drucken lassen, doch die beiden Arbeiter waren unauffindbar. In der Nacht gab es eine Schießerei in der Nähe der Strafanstalt. Man munkelte, daß es ein Zeichen gewesen wäre, um die Gefangenen zum Ausbruch zu bewegen. Späterhin wurde verlautbart, daß ein Gefangenenwärter infolge eines Mißverständnisses Alarmschüsse abgegeben hätte; aber niemand glaubte daran.

Kalt, neblig, winterlich war inzwischen der Morgen angebrochen. Bereits um sieben Uhr versammelte sich der Magistrat in dem ungeheizten, kaum beleuchteten, getäfelten Sitzungsaale; allgemein war die Bewaffnung der Bürgerschaft gefordert worden, – auf den laut gewordenen Einwand, daß dies als aufreizende Maßnahme gegen die Arbeiter ausgelegt werden könnte, wurde die Errichtung einer Schutzgarde beschlossen, welcher sowohl Bürger als Arbeiter angehören sollten. Es gab einige Schwierigkeiten mit dem Stadtkommandanten wegen Beistellung von Gewehren aus den Beständen des Munitionsmagazins, aber schließlich – beinahe über den Kopf des Majors hinweg – wurden die Waffen geholt. Natürlich war zu einer regelrechten Werbung keine Zeit mehr, und so wurde bloß ein unter dem Vorsitz des Bürgermeisters zusammentretendes Komitee gewählt, dem die Waffenverteilung obliegen sollte. Noch am Vormittag wurden Gewehre an alle jene ausgegeben, die sich als ortsansässig und waffenkundig legitimierten, und als es so weit war, konnte der Stadtkommandant das Zusammenwirken von Militär und Schutzgarde nicht mehr ablehnen; die Ausstellung der Posten geschah bereits von der Kommandantur aus.

Esch und Huguenau hatten sich selbstverständlich gemeldet. Esch, – vor allem bestrebt, in der Nähe des Majors zu bleiben, – ersuchte um Verwendung innerhalb der Stadt. Er wurde für den Nachtdienst bestimmt, während Huguenau nachmittags an der Brücke zu wachen hatte.

Huguenau saß auf der Steinbalustrade der Brücke und fror im Novembernebel. Sein Gewehr mit aufgestecktem Bajonett lehnte neben ihm. Zwischen den Steinen der Balustrade wuchs Gras, und Huguenau beschäftigte sich damit, es auszurupfen.

Auch uralte Mörtelstückchen konnte man zwischen den Steinen herauslösen und sie dann ins Wasser fallen lassen. Er langweilte sich reichlich und fand die ganze Angelegenheit sinnlos. Der aufgeklappte Kragen seines kürzlich gekauften Wintermantels scheuerte rauh an Hals und Kinn und gab keine Wärme. Aus Langeweile verrichtete er seine Notdurft, aber auch das ging vorbei, und er saß wieder da. Sinnlos war es, hier zu sitzen, mit der dummen grünen Binde am Ärmel, und außerdem kalt. Und er überlegte, ob er nicht ins Bordell rübergehen sollte, – schon weil dem Major die Schließung gar nichts genützt hatte; jetzt nannte sich's eben Geheimbetrieb.

Wie er sich gerade ausmalt, daß die Alte im Puff geheizt haben dürfte und daß es dort schön warm sein würde, steht Marguerite vor ihm. Huguenau war erfreut: »Tiens«, sagte er, »was treibst du hier... ich dachte, du wärst verreist... was hast du denn mit meiner Mark angefangen?«

Marguerite antwortete nichts.

Huguenau möchte lieber ins Bordell: »Ich kann dich nicht brauchen... du bist noch nicht vierzehn... schau, daß du heimkommst.«

Nichtsdestoweniger nimmt er sie auf den Schoß; es ist wärmer so. Nach einer Weile fragt er: »Hast du dir die warmen Hosen angezogen?« Als sie's bejahte, war er befriedigt. Sie saßen eng aneinander geschmiegt. Die Rathausuhr tönte durch den Nebel herüber; fünf Uhr, und wie dunkel es schon ist.

»Kurze Tage«, sagte Huguenau, »ein Jahr schon wieder herum.«

Eine zweite Uhr folgte mit vier und fünf Schlägen. Er wurde immer trauriger. Wozu dies alles? was hatte er hier zu tun? dort jenseits der Felder lag Eschs Anwesen, und Huguenau spuckte in weitem Bogen nach der entsprechenden Richtung. Aber da überkam ihn jäher Schreck: er hatte die Tür zur Druckerei offenstehen lassen, und wenn es heute zu Plünderungen kommt, so werden sie ihm seine Maschinen zerschlagen.

»Runter«, sagte er grob zu Marguerite, und als sie zögerte, versetzte er ihr eine Ohrfeige. Hastig durchsuchte er seine Taschen nach dem Druckereischlüssel. Sollte er selber nach Hause oder sollte er Marguerite mit dem Schlüssel zur Eschin schikken?

Schon war er nahe daran, die Pflicht im Stiche zu lassen und sich nach Hause zu begeben, da fuhr er zusammen, denn das war nun wirklich ein Schreck, der durch Mark und Bein ging: am Waldrand droben leuchtete es grell auf und im nächsten Augenblick erfolgte eine fürchterliche Detonation. Er erfaßte gerade noch, daß es in der Kaserne der Minenwerferkompagnie war, daß irgendein Dummkopf Munitionsreste zur Explosion gebracht haben mußte, hatte sich aber auch schon instinktmäßig zu Boden geworfen und war klug genug, liegen zu bleiben, um weitere Explosionen abzuwarten. Richtig folgten in kurzem Abstand noch zwei heftige Detonationen, und dann ging der Lärm in vereinzeltes Geknatter über.

Huguenau lugte vorsichtig über die Steinbalustrade, sah die Ruinenmauern der Magazinschuppen von innen her rot und schwelend erleuchtet und das Dach der Kaserne brennen. »Also, es geht los«, sagte er sich, stand auf, putzte seinen neuen Wintermantel ab. Dann blickte er sich nach Marguerite um, pfiff ihr einige Male, aber die war davongerannt, – hoffentlich nach Hause. Er hatte wenig Zeit, sich zu besinnen, denn da kam auch schon ein Trupp Menschen von der Kaserne heruntergelaufen, Stöcke, Steine und sogar Gewehre in den Händen. Und zu Huguenaus Verwunderung lief Marguerite daneben her.

Es ging auf das Gefangenenhaus los, das war klar. Huguenau hatte es im Nu kapiert, und er fühlte sich wie ein Generalstabschef, dessen Befehle auf die Sekunde genau ausgeführt werden. »Brave Leute«, sagte etwas in ihm und fand es natürlich, daß er sich ihnen anschloß.

Im Sturmschritt und johlend langten sie bei der Anstalt an. Das Tor war geschlossen. Ein Steinhagel prasselte dagegen, und dann wurde der direkte Angriff geführt. Huguenau schmetterte den ersten Kolbenschlag gegen die Bohlen. Einer hatte sich ein Brecheisen verschafft, man mußte nicht lange arbeiten, die Bresche war bald gelegt, das Tor sprang auf und die Menge flutete in den Hof. Er war menschenleer, das Personal hatte sich irgendwo versteckt; nun, man wird sie schon ausräuchern, die Burschen, – aber aus den Zellen tönte wilder Gesang: »Hoch soll er leben, hoch soll er leben, dreimal hoch!«

Als die erste Detonation erfolgte, befand sich Esch in der Küche. Mit einem Satz war er beim Fenster, prallte aber zurück, als ihm bei der zweiten Explosion das gelockerte Fenster samt

Rahmen entgegensauste. War's ein Fliegerangriff? Die Frau lag zwischen den Scherben auf den Knien und ratschte das Vaterunser. Eine Sekunde lang staunte er mit offenem Mund: sie hatte ihr ganzes Leben lang nicht gebetet! dann riß er sie empor: »In den Keller, Flieger.« Indes schon von der Stiege aus sah er den Brand des Munitionsmagazins, hörte das von dort kommende Geknatter. Also es ging los. Und sein nächster Gedanke war: »Der Major!« Die winselnde Frau – noch klang ihr Jammern ihm nach, er möge sie nicht verlassen – ins Zimmer zurückstoßen, das Gewehr nehmen und die Stiege hinunterstürzen, war das Werk eines Augenblicks.

Die Straße war voll schreiender Menschen. Vom Marktplatz tönte ein Trompetensignal. Esch keuchte die Straße hinauf. Hinter ihm wurden im Laufschritt ein paar angeschirrte Pferde gebracht; er wußte, daß sie für die Feuerwehr bestimmt waren, und es tat ihm wohl, daß ein Stück Ordnung noch intakt geblieben war. Die Spritze stand schon auf dem Marktplatz, man hatte sie herausgezogen, aber es fehlte an Mannschaften. Der Hornist war auf den Bock gestiegen, ließ immer wieder den Sammelruf ertönen, vorderhand waren erst sechs Mann vorhanden. Von der andern Seite des Platzes kam die Kompagnie herangelaufen, und der Hauptmann war so besonnen, sie in den Dienst der Feuerwehr zu stellen; sie ratterte mit der Spritze davon.

Im Rathaus waren alle Türen offen. Kein Mensch zu finden; die Kommandantur leer. Es war eine Erleichterung für Esch; also würden sie den Alten wenigstens hier nicht gleich finden. Aber wo war er? Als Esch heraustrat, kam ihm endlich ein Soldat in den Weg. Esch rief ihn an, ob er den Kommandanten gesehen hätte. Ja, der habe zuletzt die Schutzgarde alarmieren lassen und sei entweder bei der Kaserne oder bei der Strafanstalt... die sei angeblich gestürmt worden.

Also zur Strafanstalt! Esch setzte sich in schweren ungelenken Trab.

Während die Menge in die Gefängnisgebäude eindrang, war Huguenau im Hofe stehen geblieben. Es war ein Erfolg, zweifelsohne, es war ein Erfolg, – Huguenau zog die ironische Miene, die ihm jetzt schon ganz gut gelang. Der Major würde sich nicht übel wundern, wenn er ihn hier sähe, und Esch dito.

Kein Zweifel, es war ein ausgezeichnet prachtvoller Erfolg; nichtsdestoweniger war es Huguenau unbehaglich zumute, – was nun? er betrachtete den Hof, die brennende Kaserne gab ein schönes Licht, aber so was unerhört Besonderes war's schließlich nicht, er hatte sich den Hof nie anders vorgestellt. Und von der Bande hier hatte er auch schon genug.

Plötzlich gellende Schreie! Sie hatten einen Wärter aufgespürt und zerrten ihn auf den Hof heraus. Als Huguenau hinkam, lag der Mann wie gekreuzigt auf der Erde, bloß das eine Bein stieß krampfhaft hochgereckt und rhythmisch in die Luft. Zwei Weiber hatten sich über ihn geworfen, und auf der einen Hand stand mit genagelter Sohle der Kerl mit der Brechstange und ließ das Eisen auf die Knochen des Gemarterten sausen. Huguenau spürte, daß er sich übergeben müsse. Panik in Bauch und Herzen, rannte er mit geschultertem Gewehr in die Stadt zurück.

Diese aber lag im Scheine der brennenden Kaserne scharf beleuchtet, spitzgieblig, und die schwarzen Konturen der Häuser überragt von den Türmen des Rathauses und der Kirchen. Von dort schlug es halb sechs, unbekümmert, als schwebte noch tiefer Frieden über dieser menschlichen Ansiedlung. Und der vertraute Klang der Uhren, der vertraute Anblick der Häuser, all der Friede, der noch da war, während es ringsumher schon brannte, ließ Huguenaus atemlose Angst zu einer unbändigen Sehnsucht nach menschlicher Nähe werden. Quer über die Felder rannte er, manchmal stehenbleibend, um Atem zu holen. Da merkte er, daß es nach Selchstube roch, und neuerdings durchfuhr es ihn, daß die Türe zur Druckerei nicht abgesperrt sei, daß die Schränker und Einbrecher jetzt aus dem Gefängnis strömen würden, und mit verdoppelter Angst, mit verdoppelter Anstrengung strebte er weiter und nach Hause.

Hanna Wendling lag mit hohem Fieber zu Bett. Dr. Kessel hatte zuerst die Schuld auf die allnächtlich geöffneten Fenster schieben wollen; später mußte er zugeben, daß es die spanische Grippe war.

Als die Explosion stattfand und die Scheiben ins Zimmer klirrten, wunderte sich Hanna keineswegs: nicht sie trug die Verantwortung für die geschlossenen Fenster, die waren ihr aufgezwungen worden, und da Heinrich es verabsäumt hatte, Gitter einsetzen zu lassen, so würden jetzt natürlich die Einbrecher einsteigen. Fast befriedigt konstatierte sie: »Der Einbruch von unten«, und wartete auf das, was nun weiter erfolgen würde. Doch da es ärger und ärger krachte, kam sie zur Besinnung, sprang aus dem Bett im plötzlichen Wissen, daß sie zu dem Jungen mußte.

Sie hielt sich am Bettpfosten fest, trachtete ihre Gedanken zu sammeln: der Junge war in der Küche, ja, sie erinnerte sich, sie hatte ihn der Ansteckungsgefahr wegen hinuntergeschickt. Sie mußte hinunter.

Ein scharfer Luftzug wehte durch das Zimmer, wehte durch das ganze Haus. Alle Fenster und Türen waren aus den Rahmen geschleudert worden und im ersten Stockwerk waren die Scheiben der ganzen Vorderfront eingedrückt, denn hier an dieser hochgelegenen Stelle des Tales wirkte sich der Luftdruck besonders stark aus. Die nächste Detonation deckte die Hälfte des Zigeldachs prasselnd ab. Hätte das Haus nicht Zentralheizung gehabt, eine Feuersbrunst wäre unvermeidlich gewesen. Hanna allerdings bemerkte die Kälte nicht, sie bemerkte kaum den prasselnden Lärm, sie begriff nicht, was geschehen war, suchte auch gar nicht zu begreifen: an dem kreischenden Stubenmädchen vorbei, dem sie im Garderobenraum begegnete, eilte sie in die Küche.

In der Küche fiel es ihr auf, daß es kalt gewesen sein mußte, denn da war es wohlig. Hier unten hatten die Fenster nicht gelitten. In einem Winkel hockte die Köchin und hielt den heulenden zitternden Jungen auf dem Schoß. Die Katze lag friedlich vor dem Herd. Auch der merkwürdige brenzliche Geruch war aus der Nase verschwunden; es roch sauber und warm. Man hatte das Gefühl, gerettet zu sein. Dann entdeckte sie, daß sie in unbegreiflicher Geistesgegenwart ihre Bettdecke mitgenommen hatte. Sie wickelte sich in die Decke und setzte sich in das entfernteste Kücheneck; man mußte acht haben, daß der Junge nicht angesteckt werde, und sie wehrte ab, als er zu ihr herüberwollte. Das Stubenmädchen war ihr gefolgt, und nun kam auch der Gärtner mit seiner Frau herüber: »Die Kaserne brennt... dort.« Der Gärtner wies zum Fenster, doch die Frauen getrauten sich nicht hinzugehen, blieben an ihren Plätzen. Hanna fühlte sich völlig bei Besinnung. Sie sagte: »Wir müssen es abwarten«, und wickelte sich fester in ihre Decke. Plötzlich erlosch aus irgendeinem Grunde das elektrische Licht. Das Stubenmädchen schrie wieder auf. Hanna wiederholte ins Dunkel hinein: »Wir müssen es abwarten...« und dann geriet sie wieder ins Dämmern. Der Junge war im Schoße der Köchin eingeschlafen. Das Stubenmädchen und die Gärtnersfrau saßen auf der Kohlenkiste, der Gärtner lehnte beim Herde. Die Fenster klirrten noch immer, und von Zeit zu Zeit ging draußen wieder eine Lage Ziegel nieder. Sie saßen im Finstern, sie schauten alle auf die beleuchteten Fenster, sie schauten unbeweglich hin, und sie wurden immer unbeweglicher.

Auf der Straße, die zur Strafanstalt hinunterführte, hastete Esch, – das Gewehr war ihm von der Schulter gerutscht, und er hielt es in der Hand wie ein stürmender Soldat. Etwa mittwegs hörte er das Johlen eines herankommenden Trupps. Er warf sich ins Gebüsch, um ihn vorbeiziehen zu lassen. Es waren etwa zweihundert Leute, alles mögliche Gesindel, darunter die Sträflinge, an ihren grauen Gewändern kenntlich. Einige versuchten, die Marseillaise zu singen, andere die Internationale. Eine Feldwebelstimme schrie fortwährend: »Viererreihen bilden«, aber keiner hielt sich daran. An der Spitze des Zuges schwebte eine Puppe über den Köpfen der Marschierenden: an einer Stange, an einer Art Galgen hing die mit Zeug und Tüchern ausgestopfte Montur eines Gefangenenwärters – den hatten sie wahrscheinlich zu diesem Zwecke nackt ausgezogen –, die Puppe trug einen weißen Zettel an die Brust geheftet, und in dem zuckenden Licht der brennenden Depots konnte Esch das Wort »Stadtkommandant« entziffern. Sogar ein Kind hatten sie mit, es saß auf den Schultern eines der Kerle, ein kleines Mädchen, das an Marguerite erinnerte, doch Esch gab nicht mehr darauf acht: er ließ den Zug passieren, und um etwaigen Nachzüglern auszuweichen, lief er neben der Straße auf der Wiese weiter.

Die Scheinwerfer eines Autos tauchten vor ihm auf. Esch gerann das Blut, – das konnte bloß der Major sein! der Major, der da den Aufrührern unweigerlich in die Arme fuhr. Man mußte ihn aufhalten! aufhalten um jeden Preis! Esch rutschte die Böschung hinab, stellte sich laut schreiend und winkend mitten auf die Straße. Aber man bemerkte ihn nicht oder wollte ihn nicht bemerken, und wäre er nicht zur Seite gesprungen, er wäre überfahren worden. Er konnte noch wahrnehmen, daß es tatsächlich der Wagen des Majors war, daß sich neben dem Major drei Soldaten befanden, einer davon auf dem Trittbrett. Hilflos starrte er dem Wagen nach, dann rannte er aus Leibeskräften hinterher; in entsetzensvoller Angst rannte er, jede Sekunde erwartend, Furchtbares sehen zu müssen. Und schon fielen dort vorne einige Schüsse, es folgte ein krachender explosionsartiger Schlag, Schreien und Lärmen. Esch sprang wieder die Böschung hinauf.

Vor den ersten Häusern stand der Haufe; die Gegend war noch immer von dem Brande beleuchet. Hinter den Gebüschen Deckung suchend, gelangte Esch zum ersten Gartenzaun und konnte sich nun im Schutze der Einfriedung nähern. Der Wagen hatte sich überschlagen und lag brennend auf der jenseitigen Straßenböschung. Augenscheinlich hatte der Chauffeur, angesichts der Menge oder von einem Stein getroffen, die Herrschaft über den Wagen verloren und war aufgefahren. Halb gekauert vor einem Baum, an dem er sich den Schädel zerspalten hatte, röchelte er noch, während der eine Soldat ausgestreckt auf der Straße lag. Der andere hingegen, ein Unteroffizier, wohl mit heiler Haut aus dem Sturze hervorgegangen, war von der tollwütigen Meute umringt. Unter den Faust- und Stockhieben machte er schwache flehentliche Bewegungen, sprach etwas, das in dem Lärm unverständlich blieb; dann brach auch er zusammen. Esch überlegte, ob er in die Horde hineinschießen sollte, aber in diesem Augenblick zuckte eine blaue Flamme aus der Motorhaube, und einer rief: »Der Wagen explodiert!« Die Menge wich zurück, verstummte und wartete auf die Explosion. Als jedoch nichts erfolgte, der Wagen bloß still weitergloste, ertönten bald Rufe: »Aufs Stadtkommando«, »Aufs Rathaus«, und der Trupp wälzte sich weiter der Stadt zu.

Wo aber war der Major?! plötzlich wußte es Esch: unter dem Wagen und in Gefahr, bei lebendigem Leibe zu rösten. Von Angst gejagt, kletterte Esch über die Planke, sprang auf den Wagen zu, rüttelte an dem Gestell; trockenes Schluchzen überkam ihn, als ihm klar wurde, daß er ihn allein nicht zu heben vermochte. Verzweifelt stand er vor dem brennenden Gefährt, verbrannte sich seine ohnmächtigen Hände bei erneuten Versuchen. Da kam ein Mann herbei. Es war der dritte Soldat, unverletzt, denn er war über die Böschung hinausgeflogen und auf die Wiese gefallen. Zu zweit gelang es ihnen, die eine Seite des

Wagens zu lüpfen. Esch kroch darunter, stützte die Wand mit dem Rücken, und der Soldat zog den Major hervor. Gottseidank! Doch damit war's noch nicht getan, es hieß, schleunigst aus der Nähe des gefährlichen Automobils fliehen, und so trugen sie den Bewußtlosen die Böschung hinauf, betteten ihn hinter ein paar Sträucher auf die Wiese.

Esch kniete neben dem Major nieder, schaute ihm ins Gesicht; es war ein friedliches Gesicht und der Atem ging regelmäßig, wenn auch schwach. Das Herz schlug gleichfalls in ruhigem Takt – Esch hatte des Majors Mantel und Rock aufgerissen –, und mit Ausnahme einiger Versengungen und Abschürfungen war keinerlei äußere Verletzung zu entdecken. Der Soldat stand daneben; »Wir haben noch die anderen…« Esch erhob sich schwerfällig. Eine ungekannte Müdigkeit. Alle Glieder taten ihm weh. Trotzdem raffte er sich noch einmal auf, und sie brachten auch den verwundeten Unteroffizier in Sicherheit. Die Leichen des verunglückten Soldaten und des Chauffeurs legten sie auf die Böschung. Als es geschehen war, warf Esch sich neben dem Major ins Gras: »Einen Augenblick verschnaufen… ich kann nicht weiter.« Er war so erschöpft, daß er es kaum beachtete, als über den Dächern der Stadt rasche Flammen in die Höhe loderten und der Soldat aufschrie: »Die Kerle haben das Rathaus angezündet!«

Im Lazarett war's drunter und drüber gegangen.

Zuerst waren alle in den Garten geflüchtet, ohne Rücksicht auf die Leute, die sich nicht erheben konnten; keiner hatte sich um ihre Klagen gekümmert.

Es hatte der ganzen Autorität Kuhlenbecks bedurft, um die Ordnung wiederherzustellen. Eigenhändig hatte er die schwersten Fälle ins Erdgeschoß geschafft, er trug die Leute wie kleine Kinder auf den Armen, seine Stimme dröhnte durch die Korridore, und er beschimpfte jeden, sogar Flurschütz und Schwester Mathilde, in unflätiger Weise, wenn seine Befehle nicht augenblicklich ausgeführt wurden. Schwester Carla war durchgegangen und unauffindbar.

Schließlich kam es ins Gleis. Die Betten aus dem verwüsteten Oberstock wurden heruntergebracht, und nach und nach fanden sich die Leute wieder ein. Einige fehlten. Sie waren im Garten oder noch weiter, im Wald oder sonstwo.

Flurschütz und ein Pfleger machten sich auf die Suche. Einer der ersten, den sie außerhalb des Gartens entdeckten, war Gödicke; er war nicht sehr weit gekommen, stand auf der Berglehne, die er sich als Aussichtspunkt gewählt hatte, und streckte seine beiden Stöcke gegen den Himmel.

Man hätte meinen können, daß er jauchze.

Und in der Tat: als sie näherkamen, hörten sie, wie er lachte, dieses brüllende Tierlachen, auf das die ganze Mannschaft schon seit Monaten gewartet hatte.

Er kümmerte sich nicht um die beiden, die ihn anriefen, und da sie näherkamen und sich anschickten, ihn zu holen, schwenkte er drohend seine Stöcke.

Flurschütz war ein wenig ratlos: »Aber, Gödicke, kommen Sie doch...«

Gödicke wies mit den Stöcken auf die Flammen drüben und brüllte entzückt: »Das Jüngste Gericht... auferstanden von den Toten... auferstanden von den Toten... wer nicht auferstanden ist, kommt in die Hölle... der Teufel holt euch alle... alle holt er euch jetzt...«

Was sollte man da machen! Aber nachdem sie ihm eine Weile zugesehen hatten, fiel dem Pfleger das Richtige ein: »Ludwig, Brotzeit ist's, komm vom Gerüst herunter.«

Gödicke wurde stumm; er schaute argwöhnisch aus seinem Bart heraus, doch schließlich humpelte er mit.

Atemlos und zitternd hatte Huguenau den Garten durchquert und war bei der Druckerei angelangt. Im ersten Augenblick wußte er nicht, was ihn hergeführt hatte. Dann begriff er. Die Druckmaschine! Er trat ein. Der dunkle Raum war von außen flackernd beleuchtet und lag in sonntäglich anmutender Ordnung. Huguenau, das Gewehr zwischen den Beinen, setzte sich vor die Maschine. Er war enttäuscht; die Maschine lohnte seine Anstrengung nicht, – kalt und ungerührt stand sie da und warf bloß unruhige Schatten, die ihm unbehaglich waren. Wenn die Verbrecherbande wirklich käme, die Saumaschine würde es eigentlich verdienen, daß sie zusammengeschlagen werde. Obwohl es ein schönes Maschinchen ist... er legte die Hände darauf, ärgert sich, daß sich das Eisen so kalt anfühlt. Merde, was ärgert ihn daran! Huguenau zuckt die Achsel, schaut auf den Hof, hinüber auf den Sonntagspredigtschuppen. Ob der Esch nächsten Sonntag wieder predigen wird? Haïssez les ennemis de la sainte religion. Pfaffengesindel. Ein leerer Schuppen, das ist ihr Geschäft,... was hat so einer zu verlieren! Die Knochen sollte man dem zerschlagen. Der hat keine Sorgen... am Sonntag predigen, und jetzt sitzt er droben bei seinem Weib, und sie trösten sich gegenseitig, während man hier bei der Saumaschine sitzen muß.

Neuerdings vergißt er, warum er gekommen ist. Er lehnt das Gewehr an die Maschine. Im Hofe schnuppert er: wieder der Selchküchengeruch, der ihm entgegenschlägt. Heute gibt's wohl kein Abendbrot,... na, oben wird's schon was geben, – den Esch läßt sie schon nicht verhungern.

Wie er oben im Flur steht, erschrickt er, weil die Tür zu seinem Zimmer aus den Angeln gehoben ist. Da stimmt etwas nicht. Die Türe ist außerdem verklemmt, nur mit Mühe vermag er sie aufzureißen, und drinnen im Zimmer sieht es noch wüster aus: der Spiegel hängt nicht mehr über dem Waschtisch, sondern liegt auf dem zerschmetterten Geschirr. Wüst. Unverständlich und beunruhigend, es erinnert an Knochensplitter. Huguenau setzt sich auf's Kanapee, er möchte sich die Geschichte begreiflich machen, aber er will nicht nachdenken,... es soll jemand kommen, ihm alles gut erklären und ihn beruhigen... ihm über die Haare streichen.

Da fällt ihm ein, daß er ohnehin Frau Esch rufen müßte, ihr den Schaden zeigen,... sonst macht sie ihn am Ende noch dafür verantwortlich,... fällt ihm nicht ein, einen Schaden zu bezahlen, den er nicht angerichtet hat. Aber wie er sie eben rufen will, stürzt sie, die sein Kommen gehört hat, ins Zimmer: »Wo ist mein Mann?«

Eine weite wonnige und erregende Beruhigung überkam Huguenau, als er ein vertrautes Gesicht erblickte. Er lächelte ihr freundlich und herzlich entgegen: »Mutter Esch...« er strahlte ihr förmlich entgegen, ...jetzt wird alles gut, sie soll mich zu Bett bringen...

Sie indes schien ihn überhaupt nicht zu sehen: »Wo ist mein Mann?« Die dumme Frage störte ihn, – was wollte die Frau jetzt von dem Esch? wenn der nicht da ist, so ist's doch nur gut... er antwortete grob: »Wie soll ich wissen, wo er sich herumtreibt, zum Essen wird er schon kommen.«

Vielleicht hatte sie's gar nicht gehört, denn sie war auf ihn zugetreten, hatte ihn bei den Schultern gepackt; sie schrie ihn geradezu an: »Er ist weggelaufen, mit der Flinte ist er weggelaufen... ich habe schießen hören.«

Eine Hoffnung stieg auf: der Esch ist erschossen! doch warum hatte diese Frau dann so eine jämmerliche Stimme? warum funktionierte sie falsch? Er wollte Ruhe von ihr empfangen und statt dessen sollte er herhalten, sie zu beruhigen, und noch dazu wegen dieses Esch! Sie flehte noch immer: »Wo ist er?« und noch immer hatte sie seine Schulter nicht losgelassen. Betreten und zornig zugleich tätschelte er ihr die dicken Oberarme wie einem weinenden Kinde, er hätte ihr sogar gern etwas Gutes getan, er fuhr an den Armen auf und ab, allein sein Mund sprach unfreundliche Worte: »Was jammern Sie denn nach Esch? haben Sie nicht auch schon genug von dem Patron?... ich bin doch hier bei Ihnen...« und während er so sprach, merkte er selber erst, daß er Gröberes von ihr verlangte... wie zum Ersatz für das, was sie ihm schuldig blieb. Nun spürte auch sie, worauf es hinauslief: »Herr Huguenau, um Gotteswillen, Herr Huguenau...« Aber im vorhinein fast ohne Willen, unter seinem keuchenden Drängen setzte sie ihm kaum mehr Widerstand entgegen. Wie ein Delinquent, der dem Henker selber behilflich ist, öffnete sie ihm die Hose, und zwischen ihren breitgeöffneten hochgereckten Schenkeln kippte er kußlos mit ihr auf das Kanapee.

Ihr erstes Wort nachher: »Retten Sie meinen Mann!« Huguenau war es gleichgültig; jetzt mochte der leben, solang er wollte. Jedoch im nächsten Augenblick brach sie in schrille Schreie aus: das Fenster war plötzlich blutrot erleuchtet, orangegelbe Garben stiegen auf, das Rathaus brannte. Sie sank zu Boden, ein unförmiger Klumpen,... sie, sie war an allem schuld: »Jesus Maria, was hab' ich getan, was hab' ich getan...« sie kroch zu ihm hin, »...retten Sie ihn, retten Sie ihn...« Huguenau war ans Fenster getreten. Er war verdrossen; nun ging es auch hier noch los. Er hatte schon von da draußen genug, übergenug. Und was wollte dieses Weib von ihm? verantwortlich war schließlich der Esch... mochte der mit dem Major drüben braten, Heilige sind immer gebraten worden. Und jetzt wird es doch noch Plünderungen geben... und wieder hat er vergessen, die Druckerei abzusperren... er nahm es zum Anlaß, mit guter Manier fortzukommen: »Ich werde nach ihm sehen.« Würde er Esch jetzt begegnen, überlegte er beim Hinausgehen, er würde ihn die Treppe hinunterschmeißen.

In der Druckerei aber war nach wie vor alles in Ordnung. Das Gewehr lehnte dort und die Maschine warf ihre unruhigen Schatten. Rot, schwarz, gelb, orangefarben schossen die Garben des Rathauses in den Himmel hinein, während es drüben bei der Kaserne und den Depots noch immer schmutzigbraun qualmte. Die Obstbäume streckten leere Äste hart empor. Huguenau besah das Schauspiel und fand mit einem Male, daß es richtig war... alles war richtig, auch die Maschine gefiel ihm wieder... alles war richtig, war in Ordnung gebracht, er war sich selbst und seiner klaren Nüchternheit zurückgegeben... jetzt mußte nur noch ein Schlußpunkt gesetzt werden, und dann war alles gut!

Er stieg leise wieder hinauf, lugte vorsichtig in die verwüstete Küche, schlich zur Brotlade, schnitt sich einen tüchtigen Ranken herunter, und da er sonst nichts fand, ging er in die Druckerei zurück, setzte sich bequem hin, nahm das Gewehr zwischen die ausgestreckten Beine und begann langsam zu essen,... mit den Plünderern wird man auch schon irgendwie fertig werden.

Esch und der Soldat knieten neben dem Major. Sie wollten ihn ins Bewußtsein zurückbringen und rieben ihm Brust und Hände mit nassem Gras. Als er endlich die Augen aufschlug, bewegten sie ihm Arme und Beine, und es zeigte sich, daß nichts gebrochen war. Aber er anwortete auf keinen Zuruf, ausgestreckt blieb er liegen, und bloß seine Hände waren ruhelos geworden, griffen in die feuchte Erde, gruben in der Erde, suchten nach Schollen, zerkrümelten sie.

Es war klar, daß man ihn je eher wegschaffen mußte. Hilfe aus der Stadt herbeizurufen, war nicht möglich; also mußten sie's allein besorgen. Der verletzte Unteroffizier hatte sich inzwischen so weit wieder aufgerafft, daß er sitzen konnte, – man durfte ihn also eine Weile sich selber überlassen, und sie beschlossen, vor allem den Major über die Felder zu Eschs Anwesen zu tragen; auf der Straße wäre es zu gefährlich gewesen.

Als sie eben beratschlagten, wie es am besten anzupacken wäre, schien es, als ob der Major sprechen wollte: einen Brokken Erde zwischen den Fingern, hatte er die Hand gehoben, und seine Lippen öffneten sich und schoben sich vor, aber die

Hand sank immer wieder zurück und kein Ton wurde hörbar. Esch hatte sein Ohr ganz nahe an des Majors Mund gebracht und wartete; endlich verstand er: »Mit dem Pferde gestürzt... ein leichtes Hindernis, trotzdem gestürzt... das rechte Vorderbein gebrochen... ich werde ihn selbst erschießen... Unehrenhaftigkeit mit einer Kugel auslöschen...« und dann, deutlicher und als ob er eine Zustimmung erbitten wollte: »...mit einer Kugel, nicht mit unritterlichen Waffen...« – »Was sagt er?« fragte der Soldat. Esch antwortete leise: »Er glaubt, daß er vom Pferd gefallen ist... aber jetzt los... wenn's nur nicht so verdammt hell wäre... wir nehmen jedenfalls die Gewehre mit.«

Der Major hatte wieder die Augen geschlossen. Sie hoben ihn vorsichtig auf und, oftmals rastend und den Platz wechselnd, schleppten sie ihn über die regennassen aufgeweichten Felder, deren Erde sich schwer und klebrig an die Schuhe hängte. Einmal öffnete der Major die Augen, sah den Brand in der Stadt, und Esch voll anblickend, kommandierte er: »Gas... Flammenwerfer... löschen gehen.« Dann versank er wieder in Somnolenz.

Bei seinem Anwesen angelangt, verabschiedete Esch den Soldaten: er möge nun rasch zu seinem Kameraden zurückkehren, – er selbst wolle später nachkommen, und zum Hinauftragen des Majors würde er hier schon Hilfe finden. So legten sie ihn vorerst auf die Bank vor der Laube. Als aber der Soldat sich entfernt hatte, ging Esch leise ins Haus, lehnte das Gewehr an die Flurwand und öffnete die Falltür zur Kellerstiege. Dann lud er sich den Major auf die Schultern und trug ihn hinein, tappte vorsichtig die Kellerstiege hinab, und unten bettete er ihn auf einen Kartoffelhaufen, den er vorsorglich mit einer Kotze überdeckt hatte. Entzündete die Petroleumlampe, die an der schmutzigen Mauer befestigt war, dichtete die Kellerluke mit Brettern und Lappen ab, damit kein Lichtstrahl nach außen dringe. Kritzelte schließlich einen Zettel, den er dem Major zwischen die gefalteten Hände steckte: »Herr Major! Sie haben bei dem Kraftwagenunfall das Bewußtsein verloren. Ich komme bald zurück. Hochachtungsvoll Esch.« Er sah nochmals nach der Lampe und ob sie genügend gefüllt sei; vielleicht würde er lange ausbleiben müssen. Zur Kellertüre führten drei Stufen hinauf; bevor Esch öffnete, wandte er sich nochmals um, betrachtete fast zögernd das geduckte Gewölbe und darin den regungslosen langausgestreckten Mann: wäre der blakige Petroleumgeruch nicht gewesen, man hätte es für eine kühle Gruft halten können.

Langsam stieg er hinauf. Im Flur horchte er ein wenig nach oben. Es regte sich nichts,... nun, die Frau wird sich schon beruhigt haben; der Verwundete vor der Stadt war jetzt wichtiger. Er schulterte das Gewehr und trat auf die Straße.

Doch seine Gedanken waren bei dem Mann, der in dem Keller lag, die Petroleumlampe zu seinen Häupten. Wenn das Licht erlischt, ist der Erlöser nahe. Es muß das Licht erlöschen, damit die Zeit gezählt werde.

Huguenau war eben mit seinem Brot fertig geworden und überlegte, wie er zu weiteren Nahrungsmitteln gelangen könnte, als er in dem scharfen Lichte draußen eine Gestalt im Garten erblickte. Er griff nach dem Gewehr, aber da hatte er auch schon erkannt, daß es niemand anderer als Esch war und daß Esch eine Art Sack auf dem Rücken trug. Also ist der Herr Pastor sogar unter die Plünderer gegangen! verwunderlich wäre es ja nicht, nun, es wird sich ja gleich zeigen, und neugierig wartete er, daß jener mit der Last näherkäme. Eschs Schritte tappten langsam und schwerfällig durch den Hof, es dauerte lange, bis er vor dem Fenster sichtbar wurde. Doch dann ging Huguenau beinahe der Atem aus, – Esch schleppte einen Menschen! Esch schleppte den Major daher! ein Mißverständnis war ausgeschlossen, es war der Major, den Esch daherschleppte. Auf Zehenspitzen schlich Huguenau zur Türe, steckte den Kopf durch den Spalt – kein Zweifel, es war der Major –, und er sah, wie Esch mit seiner Bürde im Kellerloch verschwand.

Huguenau war aufs äußerste gespannt, wie sich die Dinge weiter entwickeln würden. Und als Esch wieder zum Vorschein kam und auf die Straße hinaustrat, da schulterte auch Huguenau sein Gewehr und folgte in gemessener Entfernung.

Die Straßen, die in der Richtung zum Rathaus lagen, waren voll und grell beleuchtet, in den Querstraßen warfen die Häuser scharfe zuckende Schlagschatten. Kein Mensch war zu sehen. Alles war zum Marktplatz gerannt, von dem dunkles Getöse herübertönte. Huguenau muß daran denken, daß in den verödeten Gassen jeder nach Belieben plündern könnte; und wenn er selbst jetzt in irgendein Haus eindränge, herauszutragen was er wollte, niemand tät's ihm verwehren, – freilich, was ließe sich aus so einer Bude schon groß heraustragen, und der Ausdruck vom »bessern Wild« fällt ihm ein. Esch steuerte um die nächste Ecke; er ging also nicht zum Rathaus, der scheinheilige Halunke. Zwei Burschen rannten vorbei; Huguenau nahm das Gewehr, zum Zuschlagen bereit, in die Hand. Aus einer Seitengasse schwankte ihm ein Mann entgegen, der ein Fahrrad führte: mit der Linken hielt er die Lenkstange umkrampft, die Rechte hing, wie gebrochen, schlotternd herab; Huguenau sah mit Grausen in ein zerschlagenes, zerschmettertes Gesicht, aus dem noch ein Auge blicklos ins Leere starrte. Bloß bemüht, sein Rad festzuhalten, als wollte er es ins Jenseits mitnehmen, torkelte der Verwundete vorüber. Kolbenhieb ins Gesicht, sagte sich Huguenau und packte sein Gewehr fester. Ein Hund löste sich aus einem Haustor, schnüffelte hinter dem Verwundeten drein und dem herabtropfenden Blut, leckte daran. Esch war jetzt nicht sichtbar. Huguenau beschleunigte den Schritt. Bei der nächsten Straßenkreuzung gewahrte er wieder das Aufblinken des Seitengewehrs vor sich. Er folgte ihm rascher. Esch marschierte geradeaus, schaute nicht rechts, nicht links, sogar das brennende Rathaus schien seine Aufmerksamkeit nicht zu erregen. Nun hallten seine Schritte nicht mehr auf dem buckligen Pflaster, denn hier draußen gab es keine Pflasterung, und nun bog er in eine Gasse ein, die längs der Stadtmauer führte. Huguenau trieb es vorwärts; er war jetzt etwa zwanzig Schritte hinter Esch, der ruhig seinen Weg fortsetzte: sollte er ihn mit dem Kolben erschlagen? nein, das wäre sinnlos, es mußte vielmehr ein Schlußpunkt gesetzt werden. Und da übermächtigt es ihn wie eine Erleuchtung, – er senkt das Gewehr, ist mit ein paar tangoartigen katzigen Sprüngen bei Esch und rennt ihm das Bajonett in den knochigen Rücken. Esch geht, zu des Mörders großer Verwunderung, noch ein paar Schritte ruhig weiter, dann stürzt er lautlos vornüber aufs Gesicht.

Huguenau steht neben dem Gefallenen. Sein Fuß berührt die Hand, die über einer Radspur im fettigen Straßenschmutz liegt. Soll er drauftreten? kein Zweifel, der ist tot. Huguenau war ihm dankbar, – es war alles gut! er hockte sich hin und sah in das seitwärts gedrehte bartstoppelige Gesicht. Als er den gefürchteten höhnischen Zug nicht darin fand, war er zufrieden und klopfte der Leiche wohlwollend, fast zärtlich auf die Schulter.

Es war alles gut.

Er tauschte die Gewehre aus, ließ sein eigenes blutiges bei dem Toten, eine an solchem Tage wohl überflüssige Vorsicht, aber er liebte eine ordnungsgemäße Gebarung. Und hernach begab er sich auf den Heimweg. Hell war die Stadtmauer vom Rathaus her beleuchtet, die Bäume zeichneten ihre Schatten auf ihr ab, eine letzte orangegelbe Garbe schoß aus dem Dach des Rathauses hervor – Huguenau mußte des Mannes auf dem Colmarer Bilde gedenken, der zu dem aufbrechenden Himmel emporschwebte, und am liebsten hätte er ihm die erhobene Rechte geschüttelt, so leicht und froh war ihm zumute –, dann krachte der Rathausturm in sich zusammen und das Feuer verebbte in bräunlichem Rot.

Das halbzertrümmerte »Haus in Rosen« lag noch immer lichtlos und schweigend im Nachtwind, der hier heroben blies.

In der Küche hatte sich nichts verändert. In starrer Regungslosigkeit verharrten die sechs Menschen noch immer dort, saßen noch immer regungslos, unbeweglicher vielleicht noch als vorher, wie eingespannt und gefesselt in den Drähten des Wartens. Sie schliefen nicht und sie wachten nicht, und sie wußten auch nicht, wie lange dieser Zustand schon währte. Bloß der Junge schlummerte. Von Hannas Schultern war die Decke herabgeglitten, Hanna fror nicht. Einmal sagte sie in die Stille hinein: »Wir müssen es abwarten«, aber die anderen hörten es wohl gar nicht. Und doch lauschten sie, lauschten ins Leere, lauschten auf die Stimmen, die von draußen hereindrangen. Und wenn es in Hannas Ohr immer wieder »Der Einbruch von unten« sagte, und sie auch keinen Sinn mehr damit verbinden konnte, sinnlose Worte, ein sinnloses Geräusch, so lauschte sie dennoch, ob es nicht diese sinnlosen Worte seien, die da draußen gerufen wurden. Die Wasserleitung tropfte einförmig. Keiner der sechs Menschen regte sich. Vielleicht vernahmen auch die anderen den Ruf vom Einbruch, denn trotz großer sozialer Unterschiede, trotz Isoliertheit und Unverbundenheit waren sie alle zu einer Gesamtheit geworden, es war ein Ring der Verzauberung um sie alle geschlagen, eine Kette, deren Glieder sie selber waren und die ohne schwere Schädigung nicht durchbrochen werden konnte. Und aus dieser Verzauberung, aus diesem gemeinsamen Trancezustand heraus wird es verständlich, daß für Hanna der Ruf des Einbruchs immer deutlicher wurde, so deutlich wie sie ihn mit ihren leiblichen Ohren niemals hätte wahrnehmen können; der Ruf kam heran wie getragen von der Kraft des gemeinsamen Lauschens, er schwamm auf dem Strom dieser Kraft, die dennoch eine kraftlose Kraft war, eine Kraft des bloßen Aufnehmens und Hörens, und der Ruf war sehr stark, die Stimme wurde immer mächtiger und war wie ein brausender Wind, der draußen wehte. Der Hund winselte im Garten, kläffte einige Male auf. Dann verstummt auch der Hund, und sie hört nur mehr die Stimme. Und die Stimme befahl es ihr: Hanna erhebt sich, sie steht auf, die anderen scheinen es nicht zu bemerken, auch nicht, als sie die Türe öffnet und den Raum verläßt; sie geht mit nackten Sohlen, aber sie weiß es nicht. Ihre nackten Sohlen gehen über Betonestrich, das war der Korridor, sie gehen über fünf steinerne Stufen, gehen über Linoleum, das war die Office, gehen über Parkett und Teppiche, das war die Hall, gehen über eine sehr trockene Kokosmatte, über Ziegelscherben, über das Pflaster eines Gartenwegs. In diesem geradlinigen Gehen, das fast ein Schreiten zu nennen ist, wissen bloß die Sohlen den Weg, denn die Augen wissen bloß das Ziel, – und als sie aus der Türe tritt, da sieht sie es auch, sieht das Ziel! am Ende des sehr verlängerten Pflasterweges, am Ende dieser sehr langen Brücke, dort, halb über den Gartenzaun geschwungen, der Einbrecher, der Mann, dort auf das Brückengeländer geklettert, – der Mann in grauer Sträflingskleidung, ein grauer Steinblock, so hängt er dort. Und rührt sich nicht. Mit vorgestreckten Händen betritt sie die Brücke, die Bettdecke läßt sie fallen, das Nachthemd wolkt sich im Winde, und so schreitet sie auf den unbeweglichen Mann zu. Aber, sei es, weil die Leute in der Küche ihr Fortgehen nun doch bemerkt haben, sei es, weil sie in magischer Kette von ihr nachgezogen worden sind, es folgt der Gärtner, es folgt das Stubenmädchen, es folgt die Köchin, es folgt die Gärtnersfrau, und wenn auch nur schwach und mit gebundenen Stimmen rufen sie nun die Herrin.

Es war wohl die Sonderbarkeit dieser Prozession, angeführt von der weißen Frau mit den geisterhaften Gewändern, die dem Einbrecher die Haare sich sträuben ließ und ihn so sehr lähmte, daß er kaum imstande war, das erhobene Bein zurückzuschwingen. Und als er es drüben hatte, da stierte er noch eine

Weile auf das gespenstische Bild, und dann lief er davon und verschwand in der Dunkelheit.

Hanna indes ging auf ihrem Wege weiter, und als sie beim Zaun war, da streckte sie die Hände zwischen den Stäben hindurch wie durch das Gitter eines Fensters und als wollte sie einem Scheidenden winken. Von der Stadt her leuchtete Brand herüber, doch die Explosionen waren verstummt und der Bann gebrochen. Und sogar der Wind hatte sich jetzt gelegt. Sie sank schlafend am Gitter zusammen und wurde vom Gärtner und von der Köchin ins Haus zurückgetragen, wo man ihr im Wirtschaftszimmer neben der Küche das Bett rüstete.

(Im Wirtschaftszimmer neben der Küche erlag am nächsten Tag Hanna Wendling ihrer schweren Lungengrippe).

Huguenau marschierte heimwärts. Vor einem Hause stand ein weinendes Kind, sicherlich kaum drei Jahre alt. Wo mag Marguerite stecken? dachte er. Er hob das Kind auf, zeigte ihm das schöne Feuerwerk, das vom Marktplatz herüberstrahlte, und er ahmte das Prasseln und Zischen der Flammen, das Krachen des Gebälks so lange nach, ssss ssssscht schschschschschkrrach bis das Kind lachte. Dann trug er es ins Haus hinein, die Mutter belehrend, daß man in solchen Zeiten ein kleines Kind nicht unbeaufsichtigt auf der Straße zu lassen habe.

Daheim angelangt, lehnte er das Gewehr an die Flurwand, genau so wie Esch es getan hatte, öffnete hierauf die Falltüre und stieg zum Major hinunter.

Der Major hatte, seitdem Esch fortgegangen war, seine Lage nicht verändert; er ruhte noch immer auf dem Kartoffelhaufen, den Zettel zwischen den Fingern, aber seine blauen Augen waren geöffnet und starrten in das Licht der Kellerlampe. Er wandte den Blick auch nicht ab, als Huguenau eintrat. Huguenau räusperte sich, und wie der Major sich nicht rührte, war er beleidigt. Die Zeiten waren wahrlich nicht danach, kindischen Zwist so lange fortzusetzen. Er zog den Schemel heran, der sonst zum Kartoffellesen benutzt wurde, und mit einer gemessenen Verbeugung nahm er dem Major gegenüber Platz: »Herr Major, ich begreife ja, daß Herr Major Gründe haben, mich nicht sehen zu wollen, aber schließlich wächst über alles Gras, und die Umstände haben ja doch schließlich mir recht gegeben, und ich möchte nicht unerwähnt lassen, daß mich Herr Major in durchaus falscher Beleuchtung gesehen haben; vergessen Herr Major nicht, daß ich das Opfer einer niedrigen Intrige gewesen bin, man soll Toten nichts Schlechtes nachsagen, aber bedenken Herr Major die Geringschätzung, mit der mir dieser Pastor von allem Anfang an begegnet ist. Und niemals ein Dank! haben Herr Major ein Wort der Anerkennung gehabt für all die Feste, die ich zu Ehren des Herrn Major arrangiert habe; immer nur so ein, ich danke Ihnen – aber sonst: drei Schritt vom Leibe. Aber ich will nicht ungerecht sein, denn einmal haben mir der Herr Major ganz spontan die Hand gegeben, damals als wir den Eisernen Bismarck eingeweiht haben: Sie sehen, Herr Major, daß ich jede Freundlichkeit des Herrn Major gut im Gedächtnis behalten habe, aber selbst damals haben Herr Major einen ironischen Zug um den Mund gehabt, wenn Sie wüßten, wie ich es haßte, wenn der Esch so feixte! immer war ich ausgeschlossen, wenn ich mich so ausdrücken darf. Und warum? bloß weil ich nicht von vorneherein dazu gehört habe... sozusagen ein Ortsfremder, dahergelaufen, wie der Esch zu sagen beliebte, das war kein Grund, mich zu verhöhnen und mich zurückzusetzen; immer sollte ich abnehmen, das war auch so ein Ausdruck von ihm – immer sollte ich abnehmen, damit dieser Herr Pastor wachsen und sich vor dem Herrn Major großtun kann. Ich habe das ganz gut verstanden, Herr Major können versichert sein, daß das einen Menschen kränkt; und auch die Anspielungen, mit denen Sie mich ›böse‹ genannt haben, oh ja, das habe ich sehr genau verstanden, Herr Major mögen sich bloß erinnern, einen ganzen Abend lang haben Sie über die Bösheit gesprochen, kein Wunder, wenn ein Mensch, dem solches gesagt wird, schließlich auch wirklich einmal böse werden würde; ich gebe auch zu, daß es faktisch danach ausgesehen hat, und daß Herr Major mich vielleicht heute einen Erpresser oder Mörder nennen werden, und trotzdem sieht es bloß so aus; in Wirklichkeit ist alles anders, man kann's sozusagen nicht präzis ausdrücken; und Herr Major haben ja wahrscheinlich auch gar nicht das Interesse zu wissen, wie es wirklich ist. Ja, Herr Major haben damals auch viel von Liebe geredet, und der Esch hat seitdem immerzu von Liebe gefaselt – er war überhaupt zum Kotzen mit seinem Gefasel, aber wenn man immer von Liebe spricht, so sollte man einen andern wenigstens verstehen wollen, bitte, Herr Major, ich weiß natürlich, daß ich das nicht verlangen kann, und daß ein Mann in der Stellung des Herrn Major sich doch nie herbeilassen wird, für einen Menschen wie ich, wo ich doch ein gewöhnlicher Deserteur bin, solche Gefühle zu hegen, wenn ich mir auch zu sagen gestatten möchte, daß der Esch nicht so groß was Besseres als ich gewesen ist... ich weiß nicht, ob Herr Major richtig verstehen, was ich meine, aber ich bitte Herrn Major, Geduld zu haben...«

Seine Brillengläser putzend, schaute er den Major an, der immer noch keinen Laut und keine Bewegung von sich gab: »Ich bitte Herrn Major inständig, nicht etwa zu glauben, Herr Major werden von mir in diesem Keller gefangen gehalten, um Herrn Major zu zwingen, mich anzuhören; es geht draußen fürchterlich zu, und wenn Herr Major hinausgingen, würden Herr Major an die Laterne gehängt werden. Herr Major werden sich morgen selbst davon überzeugen können, haben Sie um Gottes Willen einmal Vertrauen zu mir...«

So sprach Huguenau auf die lebende unbewegliche Puppe ein, bis ihm endlich inne wurde, daß der Major ihn nicht hörte. Aber er wollte noch immer nicht daran glauben: »Ich bitte um Verzeihung, Herr Major sind erschöpft, und ich rede. Ich will etwas zu essen holen.« Eilfertig stürzte er hinauf. Frau Esch saß zusammengekrümmt auf einem Küchenstuhl und weinte krampfig in sich hinein. Als er eintrat, fuhr sie auf: »Wo ist mein Mann?«

»Es geht ihm ganz gut, er wird schon kommen. Haben Sie etwas zu essen? ich brauche es für einen Verwundeten.«

»Ist mein Mann verwundet?!«

»Nein! ich sagte Ihnen, er wird schon kommen. Geben Sie mir was Eßbares, können Sie eine Omelette machen; nein, das dauert zu lang...«

Er ging in den Wohnraum; dort stand Wurst auf dem Tisch. Ohne zu fragen nahm er sie, legte sie zwischen zwei Scheiben Brot. Frau Esch war ihm gefolgt, kreischte angstvoll: »Lassen Sie das, das gehört für meinen Mann.«

Huguenau hatte das unangenehme Gefühl, daß man einem Toten nichts wegnehmen dürfe; vielleicht würde es dem Major auch Unglück bringen, wenn er Totenspeise äße. Im übrigen war Wurst wohl ohnehin nicht das Richtige für ihn. Er dachte einen Augenblick nach: »Schön, aber Milch werden Sie doch haben... Sie haben doch immer Milch im Hause.«

Ja, Milch hatte sie. Er füllte einen Schnabeltopf und trug ihn sorgsam hinunter.

»Herr Major, Milch, schöne frische gute Milch«, rief er mit munterer Stimme.

Der Major rührte sich nicht. Offenbar war auch Milch nicht das Richtige; Huguenau ärgerte sich: vielleicht hätte ich ihm doch lieber Wein bringen sollen? das hätte ihn erweckt und gekräftigt... er scheint doch sehr schwach zu sein... na, jetzt wollen wir es trotz alledem versuchen! Und Huguenau beugte sich herab, hob den Kopf des Alten, der es willen- und kraftlos geschehen ließ und sogar folgsam die Lippen öffnete, da Huguenau den Schnabel des Topfes daran setzte. Und als der Major die langsam einfließende Milch annahm und schluckte, war Huguenau glücklich. Er rannte hinauf, um einen zweiten Topf zu holen; an der Türe blickte er zurück, sah, daß der Major den Kopf gedreht hatte, um zu schauen, wo er hinging, und freundlich zurücknickend, winkte er mit der Hand: »Gleich bin ich wieder da.« Und als er wieder herunterkam, schaute der Major noch immer auf die Kellertüre und lächelte, richtiger lachte ihm ein wenig zu. Aber er trank nur mehr einige Tropfen. Er hatte einen Finger Huguenaus erfaßt und war eingeschlummert.

Den Finger in der Faust des Majors, saß Huguenau dort. Las den Zettel, den der Major noch immer auf dem Leibe liegen hatte, und steckte dieses Beweisstück ein. Natürlich wird er es nicht brauchen, denn geriete er in eine Klemme, er würde jedenfalls antworten, daß der Major ihm von Esch übergeben worden sei; immerhin, doppelt genäht, hält besser. Von Zeit zu Zeit versuchte er behutsam, seinen Finger freizubekommen, aber da wachte der Major auf, lächelte ein bißchen, und, den Finger nicht loslassend, schlief er wieder ein. Der Schemel war reichlich hart und unbequem. So verbrachten sie den Rest der Nacht.

Gegen Morgen gelang es Huguenau sich freizumachen. Keine Kleinigkeit, die ganze Nacht auf einem Schemel zu hocken.

Er stieg zur Straße hinauf. Es war noch dunkel. Die Stadt schien still zu sein. Er ging zum Marktplatz hinüber. Das Rathaus, bis zum Grunde ausgebrannt, rauchte qualmend. Militär und Feuerwehr hatten Posten aufgestellt. Auch zwei Häuser des Marktplatzes waren vom Feuer ergriffen worden, und kunterbunt lag Hausrat vor ihnen aufgestapelt. Dann und wann wurde die Spritze wieder in Bewegung gesetzt, um neu aufglosende Glut niederzudämpfen. Es fiel Huguenau auf, daß auch Leute in Sträflingskleidern bei der Spritze behilflich waren und sich eifrig an den Aufräumungsarbeiten betätigten. Er sprach einen Mann an, der gleich ihm die grüne Binde trug, fragte, was sich hier noch ereignet hätte, denn er selbst sei anderweitig beschäftigt gewesen. Der Mann erzählte gerne: ja, eigentlich sei mit dem Einsturz des Rathauses alles zu Ende gewesen. Sie seien dann, Freund und Feind, recht fassungslos um den Brandherd herumgestanden und hätten zu tun gehabt, die Nachbarhäuser zu schützen. Ein paar Kerle hätten zwar versucht, in die Häuser einzudringen, aber auf das Geschrei der Frauen seien sogar ihre eigenen Genossen über die Plünderer hergefallen. Einigen wäre dabei allerdings der Schädel eingedroschen worden, aber das war gut gewesen, auf das hin hat keiner mehr ans Plündern gedacht. Jetzt eben haben sie die Verwundeten ins Krankenhaus hinausgeschafft, – es war die höchste Zeit gewesen, denn die haben gejammert, daß man es kaum mit anhören konnte. Man hat natürlich gleich nach Trier telephoniert; aber dort gibt's natürlich auch einen Wirbel, und so seien erst jetzt, wo alles vorüber ist, zwei Autos mit Mannschaften gekommen. Im übrigen heißt es, daß der Stadtkommandant abgängig sein soll...

Um den brauche man sich nicht zu sorgen, meinte Huguenau, den habe er selber aufgelesen; freilich in einem üblen Zustand sei der Major gewesen, eigentlich hätte er sich eine Rettungsmedaille verdient, denn jetzt sei der Alte in guter Pflege und, wie gesagt, gerettet.

Er hob salutierend den Finger an den Hut, machte kehrt und trottete nach dem Lazarett hinaus. Es dämmerte bereits.

Kuhlenbeck war nicht gleich zu finden, aber er kam bald und als er Huguenaus ansichtig wurde, schrie er ihn an: »Was wollen Sie, Sie Hanswurst?«

Huguenau setzte seine beleidigtste Miene auf: »Herr Oberstabsarzt, ich habe Ihnen zu melden, daß Herr Esch und ich den Herrn Stadtkommandanten, der schwer verwundet ist, heute nacht bei uns verbergen mußten... wollen Sie bitte veranlassen, daß er sogleich abgeholt werde.«

Kuhlenbeck lief zur Türe: »Doktor Flurschütz« donnerte er auf den Korridor hinaus. Flurschütz kam. »Nehmen Sie ein Auto, – die Wagen sind doch jetzt da? – und fahren Sie mit zwei Wärtern in die Zeitungsbude... Sie wissen ja... übrigens«, schnauzte er Huguenau an, »Sie fahren mit.« Dann schien er besänftigt; er gab Huguenau sogar die Hand und sagte: »Na, brav, daß ihr Euch seiner angenommen habt...«

Als sie in den Keller kamen, schlummerte der Major noch immer friedlich auf seinem Kartoffelhaufen, und schlummernd wurde er hinaufgetragen. Huguenau war inzwischen in die Redaktion hinübergelaufen. Viel Bargeld war ja nicht da, bloß die Handkassa und die Marken, das übrige trug er, soweit er es nicht nach Köln an die Bank überwiesen hatte, mit sich herum; doch auch um die Marken wäre es schade..., man konnte nicht wissen, was noch bevorstand... vielleicht wird doch noch geplündert werden! Wie er zurückkam, war der Major schon installiert, ein paar Leute standen um das Auto herum, fragten, was vorgefallen sei, und Flurschütz machte sich eben zur Abfahrt bereit. Huguenau war wie vor den Kopf geschlagen: man wollte den Major ohne ihn wegfahren! Und plötzlich wurde ihm klar, daß er selber unter keinen Umständen hier bleiben durfte, – er hatte nicht die mindeste Lust, dabei zu sein, wenn Esch gebracht werden würde.

»Sofort komme ich, Herr Oberarzt«, rief er, »sofort!«

»Wie? Sie wollen mitfahren, Herr Huguenau?«

»Selbstverständlich, ich muß ja noch die ganze Angelegenheit zu Protokoll geben... nur einen Augenblick, bitte.«

Er stürzte hinauf. Frau Esch kniete jetzt in der Küche und betete. Als Huguenau im Türrahmen auftauchte, rutschte sie auf den Knien heran. Er aber hörte nicht ihre Anrufungen, sondern sprang in sein Zimmer hinüber, packte von seinen Habseligkeiten – es waren ihrer nicht viele –, was ihm erreichbar war, verstaute sie in seinem Fiberköfferchen, setzte sich darauf, damit das Schloß zuschnappe, und dann raste er zurück. »Fertig«, kommandierte er dem Chauffeur, und sie fuhren ab.

Beim Krankenhaus stand Kuhlenbeck bereits vor dem Tore, die Uhr in der Hand: »Also, was ist los?«

Flurschütz, der als erster ausgestiegen war, schaute aus etwas entzündeten Augen zu dem Major hinüber: »Vielleicht eine Gehirnerschütterung... vielleicht Ärgeres...«

Kuhlenbeck sagte: »Wir sind ohnehin das reinste Narrenhaus... und so was nennt sich Lazarett... na, wir werden ja sehen...«

Der Major, der schon während der Fahrt zu dem weißlichen Morgenhimmel hinaufgeblinzelt hatte, war nun völlig erwacht. Als man ihn aus dem Auto hob, wurde er unruhig; er warf sich hin und her, und es war deutlich, daß er nach etwas suchte. Kuhlenbeck war hinzugetreten und hatte sich über ihn gebeugt: »Was machen Sie uns denn für Geschichten, Herr Major?«

Da wurde der Major nun völlig wild. Sei es, daß er Kuhlenbeck erkannte, sei es, daß er ihn nicht erkannte, er packte ihn beim Bart, schüttelte böse daran, fletschte die Zähne, und nur mit Mühe konnte er gebändigt werden. Doch er wurde allsogleich still und friedlich, als Huguenau an die Bahre herantrat. Er nahm wieder Huguenaus Finger, Huguenau mußte neben der Bahre einhergehen und er ließ sich auch nur untersuchen, solange Huguenau dicht an seiner Seite war.

Übrigens brach Kuhlenbeck die Untersuchung sehr bald ab: »Das hat keinen Zweck«, sagte er, »wir geben ihm eine Injektion und dann müssen wir ihn eben wegbringen... evakuiert werden wir ohnehin... also so rasch als möglich nach Köln mit ihm... aber wie?... ich kann hier niemanden entbehren, der Evakuationsbefehl kann jeden Augenblick eintreffen...«

Huguenau meldete sich: »Vielleicht könnte ich den Herrn Major nach Köln transportieren... wenn ich mich so ausdrükken darf, als freiwilliger Krankenpfleger... die Herren sehen ja, daß der Herr Major mit meiner Pflege zufrieden ist.«

Kuhlenbeck dachte nach: »Mit dem Nachmittagszug?... nein, das ist jetzt alles viel zu unsicher...«

Flurschütz hatte eine Idee: »Es muß doch heute ein Lastwagen nach Köln gehen... könnte man das nicht irgendwie arrangieren?«

»Heute geht alles«, sagte Kuhlenbeck.

»Dann darf ich wohl um einen Marschbefehl nach Köln ersuchen«, sagte Huguenau.

Und so geschah es, daß Huguenau, ausgestattet mit richtigen militärischen Dokumenten, am Ärmel eine Rote-Kreuz-Binde, die er sich von Schwester Mathilde ausgebeten hatte, den Major in seine offizielle Obhut bekam und ihn nach Köln brachte. Man hatte die Tragbahre auf das Lastauto gestellt, Huguenau nahm daneben auf seinem Fiberköfferchen Platz, der Major ergriff seine Hand und ließ sie nicht mehr los. Später wurde auch Huguenau von Müdigkeit überwältigt. Er bettete sich, so gut es ging, neben der Tragbahre, schob sein Köfferchen unter den Kopf, und nebeneinander ruhend, Hand in Hand, schliefen sie wie zwei Freunde. So kamen sie nach Köln.

Huguenau gab den Major ordnungsgemäß im Spital ab, wartete geduldig an seinem Bett, bis eine Injektion die Gefahr eines neuerlichen Ausbruchs gebannt hatte, und dann konnte er sich fortstehlen. Aber vom Spitalkommando erwirkte er sich einen Militärfahrschein in seine colmarsche Heimat. Am nächsten Morgen behob er bei der Bank den Guthabenrest des »Kurtrierschen Boten« und tags darauf reiste er ab. Seine Kriegsodyssee, die schöne Ferienzeit war zu Ende. Man schrieb den 5. November.

86

Geschichte des Heilsarmeemädchens in Berlin (16)

Wer vermag fröhlicher zu sein als ein Kranker? nichts zwingt ihn, sich dem Lebenskampf zu stellen, es steht ihm sogar frei zu sterben. Er ist nicht gezwungen, aus den Ereignissen, die der Tag ihm zuträgt, induktive Schlüsse zu ziehen, um danach sein Verhalten einzurichten, er darf in sein eigenes Denken eingesponnen bleiben, – eingesponnen in die Autonomie seines Wissens, darf er deduktiv, darf er theologisch denken. Wer vermag fröhlicher zu sein als der, der seinen Glauben denken darf! Manchmal gehe ich allein aus. Ich gehe langsam, die Hände in den Taschen, und schaue in die Gesichter der Passanten. Es sind endliche Gesichter, – doch häufig, ja eigentlich immer gelingt es mir, das Unendliche dahinter zu entdecken. Das sind gewissermaßen meine induktiven Eskapaden. Daß ich bei diesen Streifzügen, die mich übrigens nicht sehr weit führen – bloß einmal gelangte ich bis nach Schöneberg, wurde aber sehr müde davon –, niemals Marie getroffen habe, daß unter den Gesichtern niemals das ihre auftauchte, daß sie mir so völlig entschwunden ist, das enttäuscht mich kaum, denn sie war immer darauf gefaßt gewesen, auf auswärtige Mission geschickt zu werden, und das war wohl geschehen. Nun, ich bin auch fröhlich ohne sie.

Die Tage waren kurz geworden. Und da der elektrische Strom kostspielig ist und ein in die eigene Autonomie eingesponnener Mensch ohne weiteres dieses Lichtes entraten kann, habe ich lange Nächte. Nuchem sitzt dann oft bei mir. Sitzt in der Dunkelheit und spricht wenig. Er denkt wohl an Marie, doch nie hat er ihrer Erwähnung getan.

Einmal sagte er: »Jetzt wird aufhören der Krieg.«

»So«, sagte ich.

»Jetzt wird sein Revolution«, sagte er weiter.

Ich hatte eine Hoffnung, ihn zu packen: »Da wird die Religion abgeschafft.«

Ich hörte ihn in der Dunkelheit lautlos lachen: »Steht das in Ihre Bücher?«

»Hegel sagt: es ist die unendliche Liebe, daß Gott sich mit dem ihm Fremden identisch gesetzt hat, um es zu töten. Das sagt Hegel... und dann wird die absolute Religion kommen.«

Wieder lachte er, ein leichter Schatten in der Dunkelheit: »Das Gesetz bleibt«, sagte er.

Seine Hartnäckigkeit war unerschütterlich; ich sagte: »Ja, ja, ich weiß, Sie sind der ewige Jude.«

Er sagte leise: »Jetzt werden wir gehen nach Jerusalem.«

Ich hatte ohnehin schon zu viel gesprochen und ließ es dabei bewenden.

87

Des Schiffes breiter Kiel, des stummen Schiffes, welches niemals landet,
gräbt schwere Furche in die Nebelwellen,
die flach und küstenlos unendlich fern zerschellen,
oh, Meer des Schlafs, das uns im Nichts umbrandet!
Oh Traum voll blinder Fracht, Träume der nackten Quellen,
oh Traum, der nach dem Du auf jenem Schiffe fahndet,
oh Wünsche! Furchtbare! – furchtbarer noch geahndet
durch das Gesetz, an dem sie küstenlos und stumm zerschellen:
Kein Traum hat je des andern Traum getroffen,
einsam die Nacht, und ist sie auch gehalten

von deines Atems Tiefe, ausatmend unser Hoffen,
daß wir dereinst verklärt zu höheren Gestalten
uns nähern werden auf der licht-erhöhten
Stufe der Gnade, uns nähern werden, ohne uns zu töten.

88

ZERFALL DER WERTE (10)
Epilog

Es war alles gut.

Und Huguenau, ausgestattet mit einem richtigen Militärfahrschein, war kostenlos in seine colmarsche Heimat zurückgekehrt.

Hat er einen Mord begangen? hat er einen revolutionären Akt vollführt? er brauchte darüber nicht nachzudenken und er tat es auch nicht. Hätte er es aber getan, er hätte bloß sagen können, daß seine Handlungsweise vernünftig gewesen war und daß jeder der Honoratioren des Ortes, zu denen er sich schließlich mit Fug zählen durfte, nicht anders gehandelt hätte. Denn fest stand die Grenze zwischen Vernünftigem und Unvernünftigem, zwischen Wirklichkeit und Unwirklichkeit, und Huguenau hätte höchstens zugegeben, daß er in weniger kriegerischen oder weniger revolutionären Zeitläuften die Tat unterlassen hätte, was aber schade gewesen wäre. Und besinnlich hätte er wohl hinzugesetzt: »Alles zu seiner Zeit.« Doch dazu kam es nicht, weil er eben niemals jener Tat gedachte und auch niemals mehr ihrer gedenken wird.

Huguenau gedachte nicht jener Tat und noch viel weniger wurde ihm die Irrationalität bewußt, von der seine Handlungsweise erfüllt gewesen war, so sehr erfüllt war, daß man geradezu von einem Durchbruch des Irrationalen hätte sprechen können; nie weiß der Mensch etwas von der Irrationalität, die das Wesen seines schweigenden Tuns ausmacht, nichts weiß er von dem »Einbruch von unten«, dem er ausgesetzt ist, er kann davon nichts wissen, da er in jedem Augenblick seines Lebens sich innerhalb eines Wertsystems befindet, dieses Wertsystem aber keinem anderen Zwecke dient, als all das Irrationale zu verdekken und zu bändigen, von dem das erdgebundene empirische

Leben getragen wird: nicht nur das Bewußtsein, auch das Irrationale ist, kantisch gesprochen, ein Vehikel, das alle Kategorien begleitet, – es ist das Absolute des Lebens, das mit all seinen Trieben, Wollungen, Emotionen neben dem Absoluten des Denkens dahinläuft, und nicht nur das Wertsystem selber ist getragen vom spontanen Akt der Wertsetzung, der ein irrationaler Akt ist, sondern auch das Weltgefühl, das hinter jedem Wertsystem steht, ist sowohl in seinem Ursprung als in seinem Sein jeder rationalen Evidenz entrückt. Und der gewaltige Apparat der erkenntnismäßigen Plausibilisierung, welcher um die Sachverhalte herum errichtet ist, hat die gleiche Funktion wie jener nicht minder gewaltige der ethischen Plausibilisierung, in welchem sich die menschliche Handlung bewegt, Brücken des Vernünftigen, die sich spannen und überspannen, sie dienen einzig dem Zweck, das irdische Dasein aus seiner unentrinnbaren Irrationalität, aus seiner »Bösheit« zu höherem »vernünftigem« Sinn und zu jenem eigentlich metaphysischen Wert zu führen, in dessen deduktiver Struktur es dem Menschen ermöglicht wird, der Welt und den Dingen und den eigenen Handlungen die gebührende Stelle anzuweisen, sich selbst aber wiederzufinden, auf daß sein Blick unbeirrbar und unverloren bleibe. Kein Wunder, daß unter solchen Umständen Huguenau von seiner eigenen Irrationalität nichts wußte.

Jedes Wertsystem geht aus irrationalen Strebungen hervor, und die irrationale, ethisch ungültige, Welterfassung ins absolut Rationale umzuformen, diese eigentliche und radikale Aufgabe der »Formung«, wird für jedes überpersönliche Wertsystem zum ethischen Ziel. Und jedes Wertsystem scheitert an dieser Aufgabe. Denn die Methode des Rationalen ist immer nur die der Annäherung, sie ist eine Einkreisungsmethode, die in zwar stets kleinerem Bogen das Irrationale zu erreichen trachtet, doch nie es erreicht, gleichgültig ob es als Irrationalität des inneren Gefühls, ob es in der Unbewußtheit dieses Lebens und Erlebens oder ob es als Irrationalität der Weltgegebenheiten und der unendlich vielfältigen Weltgestalt auftritt, – das Rationale vermag bloß zu atomisieren. Und wenn das Volk sagt: »Ein Mensch ohne Gefühl ist kein Mensch«, so steckt darin etwas von der Erkenntnis, daß es einen unauflösbaren irrationalen Rest gibt, ohne den kein Wertsystem bestehen kann und kraft dessen das Rationale vor einer wahrhaft verderbenbringenden

Autonomie, vor einer »Über-Rationalität« bewahrt bleibt, die, vom System aus gesehen, ethisch womöglich noch verwerflicher, noch »böser«, noch »sündiger« ist als das Irrationale: es ist die reine, die dialektische und deduktive, die autonom gewordene Ratio, die im Gegensatz zum formbaren Irrationalen keine Formung mehr zuläßt und die, in ihrer Starrheit die eigene Logizität aufhebend, an die logische Unendlichkeitsgrenze stößt, – die autonom gewordene Vernunft ist radikal böse, sie hebt die Logizität des Systems und damit dieses selber auf; sie leitet seinen Zerfall und seine endgültige Zersplitterung ein.

Für jedes Wertsystem gibt es eine Wegstrecke, in welcher die gegenseitige Durchdringung von Rationalem und Irrationalem ihr Maximum erreicht, gibt es einen saturierten Gleichgewichtszustand, in welchem die beidseitige Bösheit unwirksam, unsichtbar, unschädlich wird, – Zeiten des Höhepunkts und des vollkommenen Stils! denn fast könnte der Stil einer Epoche in dieser gegenseitigen Durchdringung definiert werden: durch wieviel Poren das Rationale auch ins Leben dringe, es ist dem Leben und dem zentralen Wertwillen untertan, wenn die Zeit des Höhepunkts erreicht ist, und in wieviel Adern des Systems das Irrationale auch fließen mag, es ist sozusagen kanalisiert, es ist auch noch in seinen feinsten Verästelungen zum Dienst und zum Antrieb des zentralen Wertwillens bestellt, – das Irrationale an sich und das Rationale an sich, sie sind beide stillos, richtiger, sie sind stilfrei, jenes in der Stilfreiheit der Natur, dieses in der Stilfreiheit der Mathematik, aber in ihrer Vereinigung, in ihrer gegenseitigen Bändigung, in solch gebändigt rationalem Leben des Irrationalen ergibt sich jenes Phänomen, das als der eigentliche Stil eines Wertsystems bezeichnet werden darf.

Doch dieser Gleichgewichtszustand ist kein dauernder, er ist immer nur Durchgangsstadium; die Logik der Tatsachen treibt das Rationale ins Überrationale, sie treibt das Überrationale an seine Unendlichkeitsgrenze, sie bereitet den Prozeß des Wertzerfalls vor, die Auflösung des Gesamtsystems in Partialgebilde, und am Ende dieses Prozesses steht neben einer entfesselten autonomen Vernunft ein entfesseltes autonomes irrationales Leben. Gewiß dringt die Vernunft auch in die Partialsysteme ein, ja sie leitet diese zu eigener autonomer Entwicklung, leitet sie zu eigener autonomer Unendlichkeit, aber die Entwicklungsbreite der Vernunft innerhalb des Partialsystems wird von dem jeweiligen Sachgebiet eingeschränkt. So gibt es ein spezifisch kaufmännisches oder ein spezifisch militärisches Denken, deren jedes zur konsequenten kompromißlosen Absolutheit hinstrebt, deren jedes ein entsprechendes deduktives Plausibilitätsschema ausbildet, jedes seine »Theologie«, seine »Privattheologie«, wenn man sie so nennen dürfte, – und genau in dem gleichen Maße, als eine derartige militärische oder kommerzielle Theologie in Wirksamkeit tritt, um ein sachgebunden verkleinertes Organon zu errichten, genau in dem gleichen Maße bleiben innerhalb der Partialgebiete Irrationalitäten gebunden; denn auch die Partialgebiete sind Spiegelungen des Ichs und des Gesamtsystems, und auch sie befinden sich im Gleichgewichtszustand oder streben nach einem solchen, so daß man, eben in Ansehung solchen Gleichgewichts, von einem militärischen oder kaufmännischen Lebensstil sprechen kann. Indes, je kleiner das System wird, desto geringer wird seine ethische Ausdehnungsfähigkeit, desto geringer wird sein ethischer Wille, desto stumpfer und gleichgültiger wird es gegen die Bösheit, wird es gegen das Überrationale und gegen das Irrationale, das in ihm noch wirkt, desto kleiner wird die Anzahl der gebundenen Kräfte, desto größer die, gegen welche es indifferent ist und die es als »Privatangelegenheit« des Individuums betrachtet: je weiter die Zerschlagung des Gesamtsystems fortschreitet, je entfesselter die Vernunft der Welt wird, desto sichtbarer, desto wirkender wird das Irrationale, – das Gesamtsystem der Religion macht die von ihr ergriffene Welt rational, die Entfesselung der Vernunft muß in gleicher Weise die Stummheit alles Irrationalen freimachen.

Letzte Zerspaltungseinheit im Wertzerfall ist das menschliche Individuum. Und je weniger dieses Individuum an einem übergeordneten System beteiligt und je mehr es auf seine eigene empirische Autonomie gestellt ist – auch darin Erbe der Renaissance und des in ihr bereits vorgezeichneten Individualismus –, desto schmäler und bescheidener wird seine »Privattheologie«, desto unfähiger wird diese, irgendwelche Werte außerhalb ihres engsten individuellen Bereiches zu erfassen: was außerhalb des engsten Wertkreises vor sich geht, kann nur noch unverarbeitet, ungeformt, m.e.W. dogmatisch hingenommen werden, – es entsteht jenes leere und dogmatische Spiel von Konventionen, also von Überrationalitäten kleinster Dimension, die für das Wesen des philiströsen Menschen typisch sind (niemand wird Huguenau diese Bezeichnung versagen können), es entsteht das konfliktlose Neben- und Ineinanderwirken einer dem Irrationalen verhafteten Lebendigkeit und eines Überrationalen, das in gespenstisch totem Leerlauf nur noch diesem Irrationalen dient, stillos und ungebändigt sie beide, vereinigt in einer Disparatheit, die keinen Wert mehr zu bilden vermag. Der Mensch, der, aus jedem Wertverband entlassen, zum ausschließlichen Träger des Individualwertes geworden ist, der metaphysisch »ausgestoßene« Mensch, ausgestoßen, weil sich der Verband zu Individuen aufgelöst und zerstäubt hat, ist wertfrei, stilfrei und nur noch vom Irrationalen her bestimmbar.

Huguenau, ein wertfreier Mensch, gehörte allerdings auch dem kommerziellen System an; er war ein Mann, der in Branchekreisen einen guten Ruf genoß, er war ein gewissenhafter und umsichtiger Kaufmann und er hatte seiner kaufmännischen Pflicht stets voll und ganz, ja, mit aller Radikalität Folge geleistet. Daß er Esch umgebracht hatte, fiel zwar nicht in den kaufmännischen Pflichtenkreis, widersprach aber auch nicht dessen Usancen. Es war eine Art Ferialhandlung gewesen, getätigt zu einer Zeit, in welcher auch das kaufmännische Wertsystem aufgehoben und bloß das individuelle übriggeblieben war. Hingegen lag es in der Linie des kaufmännischen Ethos, in welches Huguenau zurückgekehrt war, daß er in Berücksichtigung der nach Friedensschluß einsetzenden Markentwertung an Frau Gertrude Esch folgendes Schreiben richtete:

Frau
N. N. Esch
Wohlgeboren

Werte Frau,

Sie recht wohlauf hoffend, freue ich mich, von mir dasselbe mitteilen zu können und nehme ich Anlaß, um in frdl. Erinnerung zu bringen, daß ich lt. Vertrag v. 14. V. 1918 Machthaber über 90 % der Geschäftsanteile des »Kurtrierschen Boten« bin. Ordnungshalber bemerke ich hiezu, daß von diesen 90 % ein Drittel, d. i. 30 % im Besitze verschiedener Herren am dortigen Platze sich befinden, die ich jedoch in der Geschäftsleitung vertrete, so daß also ohne mein Wissen und Willen keinerlei Betrieb geführt, noch sonstige Geschäfte gemacht werden dürfen und muß ich Sie, resp. die anderen Herren Compagnons bei ev. Dawiderhandeln voll und ganz für alle Folgen und Schäden haftbar machen. Sollten Sie, resp. die verehrl. anderen Herren Compagnons trotzdem den Betrieb aufgenommen haben, so bitte ich demnach vor allem um gefl. Rechnungslegung und Überweisung des auf meine Gruppe entfallenden Gewinstanteiles von 60 % (lt. Vertrag, § 3) und behalte mir alle weiteren Schritte höfl. vor.

In meiner Ihnen bekannten Loyalität stelle ich andererseits fest, daß ich durch den force-majeure-Fall des Kriegsendes verhindert wurde, dem Unternehmen für mich, resp. meine Gruppe, die beiden restlichen Raten von insgesamt M. 13 400, von denen Ihnen als Erbin nach dem sel. Herrn August Esch noch M. 8000 zukommen, termingerecht zu bezahlen. Allerdings mache ich gleichfalls loyal aufmerksam, daß Sie, wenn Sie darauf reflektiert hätten, versäumt haben, die Zeitung, resp. mich als deren Geschäftsleiter, auf Auszahlung dieser Raten unter Setzung einer entsprechenden Nachfrist rekommandiert zu mahnen, so daß ich jetzt lediglich verpflichtet bin, falls Sie die Mahnung jetzt ergehen lassen, Ihnen die Zahlung unter Vergütung der gesetzlichen Verzugszinsen zu leisten, damit unsere juristische Lage glattgestellt ist.

Da ich es aber vermeiden will, mit der hochgeschätzten Gattin meines sehr geehrten seligen Freundes Herrn August Esch etwaige Auseinandersetzungen vor Gericht zu haben, obwohl der dortige Platz im besetzten Gebiet liegt, so daß für mich als französischer Staatsbürger wenig Schwierigkeiten vorhanden wären und ich ein Freund prompter Erledigung bin, stelle ich höfl. Antrag, unser damaliges Geschäft zu stornieren, wovon Sie in Anbetracht der juristischen Sachlage allen Vorteil hätten.

Diese Stornierung kann am einfachsten dadurch geschehen, daß ich Ihnen die mir, resp. meiner Gruppe gehörigen 60 % der Geschäftsanteile zurückverkaufe und bin ich bereit, dies zu besonders akzeptablen Bedingungen zu tun und offeriere Ihnen freibleibend, Zwischenverkauf vorbehalten, diese Anteile zur Hälfte des seinerzeitigen Originalpreises, umgerechnet auf Frankenparität. Der Gesamtkaufpreis betrug M. 13 400, infolgedessen nach Friedensparität ca. frcs. 16 000, so daß ich Ihnen die

Anteile in besonders entgegenkommender Weise um frcs. 8000, in Worten

achttausend französische Francs

erlasse, wobei ich besonders betone, daß ich weder meine Aufwendungen noch meine Einschüsse, die ich privat für das Geschäft geleistet habe, noch meine mehrmonatliche Aufopferung meiner Arbeitskraft einkalkuliert habe, obwohl das Geschäft eben dadurch viel mehr wert ist als zu jenem Zeitpunkt, in welchem ich es übernommen habe, und sehe mich zu dieser besonders bescheidenen und entgegenkommenden Haltung und Forderung bloß bewogen, um Ihnen den Entschluß angenehm zu machen und eine glatte Erledigung herbeizuführen, um so mehr, als Sie diese Summe, soferne Sie dieselbe nicht flüssig haben sollten, leicht durch eine Hypothek auf Ihr unbelastetes Anwesen aufbringen werden.

Ich erlaube mir schließlich, erg. darauf aufmerksam zu machen, daß Sie mit diesen rückgekauften 60 % Anteilen zusammen mit den Ihnen szt. verbliebenen 10 % eine erdrückende Majorität von 70 % fest in Händen haben werden, mit der Sie die Minoritätsgruppe der anderen Herren Compagnons glatt an die Wand drücken können, und bin überzeugt, daß Sie sodann in Kürze wieder Alleinbesitzerin eines blühenden Unternehmens sind, bzgl. welchen ich nicht unerwähnt lassen will, daß das Inseratengeschäft, wie ich mir schmeichle es eingeführt zu haben, allein schon eine Goldgrube ist, und stehe ich Ihnen dsbzgl. auch weiterhin mit Rat und Tat gerne zur w. Verfügung.

Aus allen diesen Umständen belieben Sie zu ersehen, daß ich mein Offert unter Hintansetzung meiner eigenen Interessen gestellt habe, weil es mir Schwierigkeiten macht, die Geschäfte der Zeitung von hier aus zu leiten, doch bin ich überzeugt, daß mir andere Reflektanten wesentlich mehr bieten würden, was für Sie keineswegs angenehm sein kann, weswegen ich Sie bitte, mir Ihre geehrte zustimmende Antwort innerhalb 14 Tagen zugehen zu lassen, widrigenfalls ich die Angelegenheit meinem Rechtsanwalt übergebe.

In der conviction, daß Sie meinen freundschaftlichen und entgegenkommenden Vorschlag würdigen werden, so daß wir sodann zur endgültigen Perfektionierung schreiten können, erlaube ich mir noch mitzuteilen, daß die geschäftliche Lage in unserer Gegend eine recht zufriedenstellende ist und ich sehr gut beschäftigt bin, und zeichne ich

hochachtungsvoll

Wilh. Huguenau
in Fa. André Huguenau
Recommandé

Das war eine erpresserische und häßliche Handlung, aber sie wurde von Huguenau nicht als solche empfunden; sie verstieß weder gegen seine Privattheologie noch gegen die des kommerziellen Wertsystems, ja sie wäre auch von Huguenaus Mitbürgern nicht als häßlich empfunden worden, denn es war ein kommerziell und juristisch einwandfreier Brief, und selbst Frau Esch empfand solche Legalität als ein Fatum, dem sie sich williger beugte, als etwa einer Beschlagnahmung von seiten der Kommunisten. Huguenau freilich bedauerte hinterher die übertriebene Bescheidenheit seiner Forderung – die Hälfte des Selbstkostenpreises! – allein man darf den Bogen niemals überspannen, und als die achttausend Franken wirklich bezahlt wurden, da war es ein begrüßenswerter Einschuß in das Colmarer Unternehmen, und es war noch mehr: es war die endgültige Liquidierung der Kriegsbegebenheit, es war die endgültige Heimkehr und vielleicht, wenn auch nur vielleicht, war es sogar etwas Schmerzliches. Denn nun war alles Feriale endgültig verschwunden. Und soferne im Ablauf des menschlichen Lebens und seiner Insignifikanz überhaupt Berichtenswertes zu finden ist, so gibt es nun nichts mehr dergleichen im Leben Huguenaus. Er hatte das väterliche Geschäft übernommen, und im Sinne der Ahnen, solid und auf Gewinn bedacht, führte er es weiter. Und weil das Junggesellenleben für einen bürgerlichen Kaufmann nicht taugt und die Tradition seines Hauses, aus der auch sein eigenes Dasein hervorgegangen war, von ihm es erheischte, daß er eine brave Frau eheliche, um einesteils mit ihr Kinder zu zeugen, andernteils aber die Mitgift zur Konsolidierung des Geschäftes zu verwenden, so machte er sich daran, die hiezu notwendigen Schritte zu unternehmen. Und weil inzwischen der Franc sich zu entwerten begann, die Deutschen aber die Goldmark eingeführt hatten, so war es bloß natürlich und nicht weiter bemerkenswert, daß er seine Augen auf das rechtsrheinische Land richtete. Und weil er die Braut, die über entsprechende Mittel verfügte, schließlich im Nassauischen fand und dies eine protestantische Gegend ist, so war es auch nicht weiter erstaunlich, daß Liebe und Vermögensvorteile einen Freigeist zu einem Glaubenswechsel bewegen konnten. Und weil die Braut und ihre Familie dumm genug waren, Wert darauf zu legen, so war er ihnen zuliebe eben dem evangelischen Glauben beigetreten. Und wenn nun der eine oder der andere seiner Mitbürger ob dieses Schrittes den Kopf schüttelte, so verwies der Freigeist Huguenau auf die Bedeutungslosigkeit derartiger Formalitäten, und gleichsam zur Bekräftigung solcher Ansicht gab er trotz evangelischer Glaubenszugehörigkeit seine Stimme der katholischen Partei, als dieselbe anno 1926 ein Wahlbündnis mit den Kommunisten einging. Und weil die Elsässer, wie die meisten Alemannen, ein oftmals schrullenhaftes Volk sind und viele von ihnen selber einen kleinen Sparren haben, so wunderten sie sich nicht sehr lange über Huguenaus Abweichungen, die eigentlich keine Abweichungen waren, denn zwischen Kaffeesäcken und Textilgeweben, Schlafen und Essen, Geschäften und Kartenspiel lebte Huguenau in Frieden dahin. Er wurde Familienvater, seine elastische Rundlichkeit wölbte sich und wurde mit der Zeit ein wenig weichlich, auch sein strammer Gang geriet mit der Zeit zusehends ins Watscheln; er war mit seinen Kunden höflich, war seinen Untergebenen ein strenger Chef von vorbildlichem Arbeitseifer; frühmorgens war er auf den Beinen, Ferien gönnte er sich nicht, seine Freuden waren spärlich, und ästhetische Genüsse gab es überhaupt keine oder sie wurden verachtet; kaum daß seine Obliegenheiten ihm Zeit ließen, sonntags mit Frau und Kindern spazieren zu gehen, geschweige denn das Museum zu besuchen, – Bilder waren ihm ohnehin zuwider. Er stieg zu städtischen Würden auf, er wandelte wieder den Pfad der Pflicht. Sein Leben war das, das seine fleischlichen Ahnen seit zweihundert Jahren geführt hatten, und sein Gesicht war ihr Gesicht. Sahen sie doch alle gleich aus, die Huguenaus, feist und satt und ernst zwischen ihren Wangen, und daß sich da bei einem von ihnen ein sarkastisch-ironischer Zug ausprägen werde, war nicht zu vermuten gewesen. Doch ob dies in der Mischung des Blutes bedingt oder bloßes Spiel der Natur war oder etwas, das eine Vollendung des Enkels anzeigt und ihn von allen seinen Ahnen löst, ist schwierig zu entscheiden und ein Detail, auf das niemand, am allerwenigsten Huguenau selber, irgendeinen Wert legt. Denn vieles war ihm gleichgültig geworden, und dachte er an die Kriegsbegebenheiten zurück, so schrumpften sie immer mehr und mehr zusammen, und schließlich blieb nichts mehr übrig als eine einzige Zahl von frcs. 8000, in der sie sich symbolisierten und mit der sie in die Bilanz eingegangen waren, und alles, was er damals erlebt hatte, glitt für den Kaufmann Huguenau ins Konturige und in die zarten Töne der französischen Banknoten, mit denen er seitdem zu tun gehabt hatte. Der zartgraue Nebel traumhaften silbernen Schlafes hatte sich über das Geschehene gebreitet, immer undeutlicher wurde es ihm, immer dunkler, als schöbe ein rußgeschwärztes Glas sich davor, und schließlich wußte er nicht mehr, ob er jenes Leben gelebt hatte oder ob es ihm erzählt worden war.

Es ließe sich vielleicht vertreten, daß all dieses Verdämmern und Vergessen bloß eine Resignationshaltung darstelle, lediglich bedingt von dem bürgerlichen Wertsystem, das im elsässischen Land, also auch in Colmar, unter dem Schutze der siegreichen französischen Bajonette wieder aufgerichtet worden war, während das Land selber, eingedenk jahrhundertelanger Unbill, die es von rechts und von links erfahren hatte, als richtiges Grenzland voll revolutionären Geistes steckte und auch in Huguenau allerlei Rebellisches rumorte. Es wäre immerhin zu vertreten, daß die freigewordenen irrationalen Kräfte sich keinem alten Wertsystem mehr fügen wollen und daß sie, unter Zwang gesetzt, notwendig den Zustand der Abgestorbenheit sowohl für die Gemeinschaft als für das Individuum hervorrufen müssen. Und es ergibt sich darauf die Frage nach dem Schicksal der im Wertzerfall freiwerdenden irrationalen Kräfte: sind sie tatsächlich nur noch Kampfmittel im Streite der einzelnen Wertgebiete? sind sie tatsächlich nur noch Mittel der gegenseitigen Zerfleischung? sind sie tatsächlich nur noch Mord? müssen sie, wenn der Wertzerfall bis zur letzten Zerspaltungseinheit vorgeschritten ist, zum Kampf des Individuums gegen das Individuum werden, müssen sie zum Kampf aller gegen alle führen? Oder auf die Angelegenheit Huguenaus eingeschränkt: kann ein Partialwertsystem wie das kommerzielle, in das Huguenau zurückgekehrt war, eine genügend starke Bindungsfähigkeit besitzen, um auch ohne Unterstützung von Bajonetten und Polizeiknütteln die irrationalen Strebungen wieder zu einem Organon zu vereinigen und dem gleichfalls freigewordenen Wertwillen ein Ziel zu weisen?

Erkenntnistheoretisch allerdings eine unzulässige Frage. Denn sie provoziert Aussagen über das Wesen des Irrationalen, provoziert schon mit der Bezeichnung »Kräfte« eine mechanistische Auslegung, eine anthropomorphe und voluntaristische Metaphysik, kurzum eine Ausdeutung, der sich das Irrationale seiner Idee nach widersetzt, weil es das stumme und eben irrationale Leben ist, das wohl das Material für die rationale »Wertformung« abgibt, jedoch im Urzustand ungeformter Irrationalität bloß die Konstatierung seines anonymen Daseins und darüber hinaus keinerlei Theoretisierung gestattet. Das übergeordnete Totalsystem, das religiöse System also, ist sich dieses Sachverhaltes vollkommen bewußt. Die Kirche kennt bloß ein Wertsystem, ihr eigenes, weil sie ihrem platonischen Ursprung gemäß bloß eine Wahrheit, bloß einen Logos kennt: durchaus rational eingestellt, kann sie das Außerlogische nicht dulden, ist von vorneherein verhalten, dem Irrationalen und seinen hypothetischen »Eigenschaften« nicht nur die erkenntnistheoretische, sondern auch die ethische Existenzberechtigung abzusprechen, – das Irrationale wird zum Bestialen schlechthin, und alles, was sich von ihm aussagen läßt, beschränkt sich auf die Feststellung, daß es da ist und unter die Kategorie des Bösen subsumiert zu werden hat. Soferne das Irrationale unter diesem Gesichtswinkel als Problem überhaupt in Betracht kommt, so nur in der Frage nach der möglichen Existenz des Bösen innerhalb einer von Gott geschaffenen Welt, und soferne die angeblichen systembildenden Fähigkeiten des Irrationalen überhaupt diskutiert werden sollen, so nur im Hinblick auf die mögliche Erscheinungsform des Bösen. Freilich sind dies Fragen, die die Kirche niemals ignoriert hat, die sie niemals ignorieren konnte; die Existenz des Bösen hat stets zur Voraussetzung der ecclesia militans gehört, und wenn der Prozeß des Wertzerfalls solche Existenz zur fortgesetzten Manifestation bringt, so ist die Kirche stets von neuem genötigt, die Verantwortung für diesen Zerfall dem Bösen zuzuschieben, m.a.W. das Überrationale, in dem der Ursprung des Zerfalls liegt, aus ihrem eigenen Bestand auszuscheiden und es in die Kategorie des Bösen, mithin des Irrationalen zu verweisen. Da aber der Kirche einerseits so gut wie jedem Einzelmenschen das

Wissen um die »Setzung der Setzung« zu eigen ist, ja, da sie vielleicht klarer als jeder Einzelmensch weiß, daß die Bedingung möglicher Erfahrung für alle Erscheinungsformen von der Kategorie des »Wertes« bestimmt wird, da sie aber andererseits ihre eigene Wertstruktur als die einzig gültige ansehen muß, so wird sie dem irrational Bösen zwar keine systembildenden Kräfte, wohl aber die Erscheinungsform der Nachahmung zuordnen, wird im Bösen immer nur die Nachahmung ihrer eigenen Erscheinungsform erblicken, sie wird dem Bösen zwar kein rationales Denken, wohl aber eine leere nachgeahmte Form des Denkens unterlegen, ein »wahrheitsentleertes« Denken (das Böse als privatio des Guten), ein leeres überrationales und dogmatisches Spiel von Konventionen, eine vom Irrationalen irregeleitete »Vernünftelei«, die, bloß dem Irrationalen dienend, den ethischen Willen zum leeren Klappern von Moralen verkehrt, in letzter Auswirkung aber und erweitert zum Totalsystem die Bösheit der Philistrosität zum gigantischen Ausmaß des Antichrist erheben wird: je vollkommener sich das Böse in der Welt etabliert, desto vollkommener wird die Imitation, die der Christ durch den Antichrist erfährt, desto bedrohlicher wird das Wertsystem des Antichrist, das bloß Totalsystem sein kann, weil auch das System der Kirche ein Totalsystem ist, das Böse selber unteilbar und homogen, so unteilbar und homogen wie die ihm entgegengesetzte und von ihm imitierte Wahrheit. Daß neben diesem Totalsystem die Partialsysteme verblassen, daß der Katholizismus dem sichtbarsten Ausdruck des Wertzerfalls, dem protestantischen Gedanken, eine besondere Bedeutung unter den Phänomenen des Zerfallprozesses beimißt und ihn zum dominierenden, ja zum Leitgedanken der verhängnisvollen und irrationalen Entwicklung erhebt, daß die Kirche in ihm wie in allen Partialsystemen bloß Zerrbilder des wahren Wertsystems sieht, Vorstufen bereits für das drohende Totalsystem des Antichrist, diese Einschätzung entspricht nicht nur dem speziellen kirchlichen Standpunkt, sondern hat auch eine wohlfundierte Stütze im objektiven Sachverhalt, z. B. in der merkwürdigen Affinität, die der Protestantismus zu jedem anderen Partialsystem aufweist: sei es das kapitalistische, sei es das nationalistische oder sonst ein Partialsystem, es ist immer auf einen gemeinsamen »revolutionären« antikirchlichen Nenner mit dem Protestantismus zu bringen, d.h. vom kirchlichen System aus gesehen, auf den Nenner des Verbrecherischen, in dem alle irrationalen wertfeindlichen Kräfte des Ketzertums sichtbar werden. Und wenn die Kirche auch oftmals äußere Konzessionen macht und, das kleinere Übel dem größeren vorziehend, diese oder jene Teilbewegung, etwa die nationalistische als konservierende Positionen gegenüber radikaleren, rein revolutionären Zersplitterungen toleriert, so wird sie die Grundfrage nach dem Schicksal der irrationalen Kräfte immer nur unter dem rigorosesten Aspekt entscheiden: Christ oder Antichrist – entweder Rückkehr in den kirchlichen Schoß oder Untergang der Welt in der vollkommenen Wertzersplitterung des gegenseitigen Kampfes.

Gleichgültig ob Spiegel- oder Zerrbild, als Wertsystem imitiert jedes Partialsystem die Struktur des Totalsystems, und soweit dessen Erkenntnisse prinzipiell und formal sind, müssen sie sich im kleineren Verbande wiederholen und bestätigen; die inhaltlichen Abweichungen hingegen, notwendig, weil kein System sich selbst als »böse« bezeichnen kann, müssen in der Einschätzung des Irrationalen liegen. Jedes Partialsystem ist seiner logischen Entstehung, seiner logischen Begründung nach revolutionär; wenn beispielsweise das nationalistische Partialsystem, der eigenen logischen Absolutierung folgend, ein Organon errichtet, in dessen Mittelpunkt der zum Gott erhobene Nationalstaat sich befindet, so wird mit dieser Beziehung aller Werte auf den Staatsgedanken, mit dieser Unterordnung des Individuums und seiner geistigen Freiheit unter die Staatsgewalt nicht nur eine revolutionär-antikapitalistische Stellung bezogen, sondern mit noch weit höherer Stringenz eine antireligiöse, antikirchliche Richtung eingeschlagen, die eindeutig und strikt zum absolut revolutionären Wertzerfall, demnach auch zur Aufhebung des eigenen Systems hinweist. Will also das Partialsystem seinen eigenen Bestand im Prozeß der Wertzersplitterung sichern, will es sich seiner eigenen zu diesem Ziele hindrängenden Ratio erwehren, so muß es seine Zuflucht zu irrationalen Mitteln nehmen, und daraus ergibt sich die eigentümliche Zweideutigkeit, erkenntnistheoretisch gesprochen, sogar Unsauberkeit, die jedem Partialsystem anhaftet: dem fortschreitenden Wertzerfall gegenüber die Rolle des Totalsystems übernehmend, das Irrationale als rebellisch und verbrecherisch einschätzend, ist das Partialsystem genötigt, aus der homogenen Masse des Irrationalen und seiner anonymen Bösheit eine Gruppe »guter« irrationaler Kräfte herauszuheben, um mit deren Hilfe den gefürchteten weiteren Zerfall zu hemmen und die eigene Bestandlegitimation zu erbringen, – jede »Teilrevolution«, und in diesem Sinne ist jedes Partialsystem »Teilrevolution«, beruft sich auf irrationale Aprioritäten, auf das Gewicht von Gefühlswerten, auf die Würde eines »irrationalen Geistes«, der gegen die radikale Vernunft der Vollrevolution ausgespielt wird; jedes Partialsystem muß einen »ungeformten« irrationalen Rest ausdrücklich anerkennen, sozusagen als Reservat im Flusse der Vernunft, um sich selbst als Ruhepunkt im Prozeß des Wertzerfalls zu fixieren.

Denn Revolutionen sind Auflehnungen des Bösen gegen das Böse, Auflehnung des Irrationalen gegen das Rationale, Auflehnung des Irrationalen im Gewande einer entfesselten Vernunft gegen rationale Institutionen, die zur Aufrechterhaltung ihres Bestandes sich selbstgenügsam auf den ihnen innewohnenden irrationalen Gefühlswert berufen, – Revolutionen sind der Kampf zwischen Unwirklichkeit und Wirklichkeit, zwischen Vergewaltigung und Vergewaltigung, sie müssen eintreten, wenn die Entfesselung des Überrationalen die Entfesselung des Irrationalen nach sich gezogen hat, wenn die Zerschlagung des Wertsystems bis zur letzten und individuellen Werteinheit vorgedrungen ist und alles Irrationale in der absoluten Wertfreiheit des autonom einsam gewordenen Individuums durchbricht. Es ist der Durchbruch des Irrationalen, der Durchbruch des Autonomen, der Durchbruch des Lebens, und der einsam wertfreie Mensch ist sein Werkzeug; und wenn alle irdische Angst und Einsamkeit zuerst den irdisch Verlassenen befallen muß, also den proletarischen Menschen, preisgegeben dem Hunger, den Soldaten im Schützengraben, preisgegeben dem Trommelfeuer, wenn diese im wahren Sinne des Wortes »Ausgestoßenen« die ersten sein müssen, die zur Wertfreiheit gelangen, so sind sie auch die ersten, den Ruf des Mordes zu vernehmen, der rasselnd wie aufeinandergeschlagenes Eisen die Stummheit des Irrationalen übertönt. Und immer ist es so, daß der Mensch des kleineren Wertverbandes den Menschen des sich auflösenden größeren Verbandes vernichtet, immer übernimmt er, der Unglücklichste, die Rolle des Henkers im

Prozeß des Wertzerfalls, und an dem Tage, an dem die Fanfaren des Gerichtes ertönen, dann ist es der wertfreie Mensch, der zum Henker einer Welt wird, die sich selbst gerichtet hat.

Huguenau hatte einen Mord begangen. Er hat ihn hinterher vergessen, er dachte nicht mehr an ihn, während er jeden einzelnen kaufmännischen Coup, der ihm in der Folge gelungen war (Brief an Frau Esch!), treu im Gedächtnis bewahrte. Und das war selbstverständlich: es bleiben bloß jene Taten am Leben, die in das jeweilige Wertsystem passen, Huguenau aber hatte ins kaufmännische System zurückgefunden. Und eben deswegen kann behauptet werden, daß er, obwohl Erbe eines blühenden väterlichen Geschäftes, unter geeigneteren Umständen ein ebenso tüchtiger Revolutionär hätte werden können, wie er ein tüchtiger Kaufmann geworden ist. Denn der proletarische Mensch als Träger der Revolution ist nicht der »Revolutionär«, der zu sein er glaubt, den es aber gar nicht gibt – kein Unterschied zwischen dem Volk, das bei der Vierteilung des Königsattentäters Damiens jubelte, und dem, das sich 35 Jahre später um die Guillotine Ludwigs XVI. drängte –, er ist bloß der Exponent eines größeren Geschehens, er ist Exponent des europäischen Geistes schlechthin: mag der Einzelmensch mit seinem philiströsen Leben auch noch in einem alten Partialsystem verharren, mag er wie Huguenau im kommerziellen System landen, mag er sich einer Vorrevolution oder der definitiven Revolution anschließen, der Geist der positivistischen Wertauflösung ist es, der sich über die ganze abendländische Welt erstreckt, und sein sichtbarer Ausdruck beschränkt sich keineswegs auf den proletarisch-russischen Materialismus, vielmehr ist dieser bloß eine Spielart des positivistischen Denkens, in dem die gesamte westliche Philosophie, soweit sie auf diesen Namen überhaupt noch Anspruch erhebt, sich aufgelöst hat. Ja, sogar die Probleme der Güterverteilung treten in den Hintergrund, obwohl auch der Unterschied zwischen amerikanistischen und kommunistischen Arbeitsmethoden immer mehr verschwindet, sie treten in den Hintergrund vor der Einheit der Ideologien, die immer einsinniger zu einem gemeinsamen Punkt hinstreben, zu einem Ziel, für das es ohne Bedeutung ist, ob es mit dieser oder jener politischen Signatur versehen sein wird, da seine ganze Bedeutsamkeit – der Grundfrage gemäß – einzig und allein darin liegt, daß es ein Totalsystem sein kann, fähig, die entfesselten Ströme des Irrationalen wieder zu vereinigen. Und darum ist es auch belanglos, ob irgendeine »irrationale« Vorrevolution lebensfähig ist oder nicht, denn sie bleibt ohne jeden Einfluß auf die »rationale« definitive Revolution, in die sie schließlich münden muß; hingegen vermag sie – über jede mechanistische Auslegung hinaus – als Partialgebilde das zu zeigen, was innerhalb von Totalgebilden notwendig unerkannt bleiben muß: daß es irrationale Kräfte gibt, daß sie wirksam sind und daß sie wesensgemäß zum Zusammenschluß innerhalb eines neuen Wertorganons hindrängen, zu einem Totalsystem, das, vom Standpunkt der Kirche aus gesehen, kein anderes sein wird als das des Antichrist. Es handelt sich hiebei nicht etwa um untergeordnete Symptome wie um den anti-platonischen Eifer der Kommunisten oder um die aufklärerische Propaganda marxistischer oder bürgerlicher Freidenkervereine, um einen Atheismus also, der bei aller Sündhaftigkeit für die Kirche viel zu geringfügig, ja viel zu bemitleidenswürdig ist, als daß er mit der Bösheit des Antichrist in einem Atem genannt werden dürfte, denn es geht um den europäischen Geist, um den »ketzerischen« Geist der Unmittelbarkeit und des Positivismus, so daß in diesem allgemeinsten Sinne es sogar gleichgültig wird, ob die protestantische Ideologie über Fichte in die nationalistische Revolution oder (eindeutiger allerdings) über Hegel in den marxistischen Kommunismus eingedrungen ist, und wenn auch die Kirche mit dem unfehlbaren Instinkt des Hasses, ihres Ketzerhasses, den Protestantismus noch in den entlegensten Derivaten aufspürt und eben deshalb den Kommunismus, dessen urchristliche Prinzipien sie ohne weiteres akzeptieren könnte, mit einer sonst unverständlichen Intransigenz verfolgt, so ist die konkrete Erscheinungsform des Kommunismus noch nicht die Konkretisierung des Antichrist, sondern bloß Vorstufe. Und mag auch jene protestantische Theologie des Kantianismus sich hier zu einer richtigen »marxistischen« Theologie entfalten, ausgestattet mit einer strengen Gesetzesauslegung, mit einer fixen Ontologie und einer unumstößlichen Ethik, sohin ausgestattet mit allen Komponenten einer richtigen Theologie, in ihrer Gesamtheit deren sichtbare Kirche darstellend, und mag auch diese Kirche sich mit aller Bewußtheit als Antikirche etablieren, Maschinen zu ihren Kultgeräten erheben, Ingenieure und Demagogen zu ihren Priestern einsetzen, so ist dies noch nicht das Totalsystem als solches, es ist noch nicht der Antichrist, – aber es ist der Weg und es ist der Hinweis auf die Auflösung des christlich-platonischen Weltbilds! Und deutlich, und eben für niemanden deutlicher als für den Katholizismus, zeichnet sich bereits in all dieser Dogmatik, zeichnet sich im Aufbau dieser marxistischen Antikirche und ihres asketischen und harten Staatsgedankens die mächtige Kontur eines Geistes ab, der weit über den Marxismus, weit über jede Staatsvergottung hinausreicht und der alles Revolutionäre, welche Form immer es annähme, so weit hinter sich zurückläßt, daß selbst der marxistische Weg wie ein Umweg erscheint: es ist die Kontur einer kirchenlosen »Kirche an sich«, die substanzfreie Ontologie einer »Naturwissenschaft an sich«, eine dogmenfreie »Ethik an sich«, kurzum ein Organon von jener letzten logischen und nüchternen Abstraktion, die durch die unendliche Hinausrückung des Plausibilitätspunktes gewonnen werden soll und in der die ganze Radikalität des protestantischen Geistes aufscheint, – es ist jene positivistische Doppelbejahung weltlicher Gegebenheit und rigoroser Pflichtaskese, wie sie Luther und der ganzen Renaissance schon eigentümlich gewesen war und die, ihre eingeborene und notwendige Idee nunmehr erfüllend, zu einer neuen Einheit von Denken und Sein hinstrebt, zu einer neuen Einheit ethischer und materialer Unendlichkeit. Es ist jene Einheit, die das Wesen jeder Theologie ausmacht und die bestehen muß, selbst wenn versucht wird, das Denken aus der Welt wegzuleugnen, die aber auch bestehen kann, wenn der wissenschaftliche Plausibilitätspunkt des »Für-wahr-Haltens« zusammenfällt mit dem Plausibilitätspunkt des »Glaubens« und die doppelte Wahrheit wieder zur eindeutigen Wahrheit wird. Denn am Ende der endlosen Fragekette, die zu solcher Plausibilität hinführt, steht die reine Tat, steht die Idee des reinen Pflichtorganons, die Idee des rationalen gottfreien Glaubens, steht in steinerner Gesetzlichkeit die inhaltsentleerte Form einer »Religion an sich«, vielleicht sogar die rationale Unmittelbarkeit einer »Mystik an sich«, deren stumm-asketische und ornamentlose Religiosität, untertan der Strenge und nur der Strenge, auf das letzte Ziel dieser wahrhaft protestantischen Revolution hinweist: auf das tonlose Vakuum einer grausamen Absolutheit, in der der abstrakte Geist Gottes thront, Gottes Geist, nicht Gott selber, dennoch er selber, voll Trauer thronend in der Angst des traumlos unverbrüchlichen Schweigens, das der reine Logos ist.

An dieser Situation des europäischen Geistes nahm Huguenau wenig Anteil, wohl aber an der herrschenden Unsicherheit. Denn das Irrationale im Menschen spürt das Irrationale der Welt, und wenn auch die Unsicherheit der Welt eine sozusagen rationale Unsicherheit ist, oftmals sogar eine geschäftliche, so ist sie doch durch die Entfesselung der Vernunft entstanden, die in jedem Wertgebiet zur Unendlichkeit strebt und an dieser überrationalen Unendlichkeitsgrenze sich selbst aufhebend ins Irrationale und Nicht-mehr-Erfaßbare umschlägt. Ungebändigt ist das Geld und die Technik geworden, die Währungen schwanken, und trotz aller Erklärungen, die der Mensch für das Irrationale bei der Hand hat, vermag das Endliche nicht dem Unendlichen zu folgen und kein vernünftiges Mittel vermag die irrationale Unsicherheit des Unendlichen wieder ins Vernünftige und Beherrschbare zurückzubringen. Es ist, als ob das Unendliche zu einem selbständigen und konkreten Leben erwacht wäre, getragen und aufgenommen von dem Absoluten, das in der Stunde zwischen Niederbruch und Aufstieg, in dieser magischen Stunde des Todes und der Zeugung am fernsten Horizont aufleuchtet. Und mochte Huguenau von dem Leuchten des aufbrechenden Himmels die Augen auch abwenden und überhaupt von derlei Möglichkeiten nichts wissen wollen, so fühlte er doch den Hauch des Eisigen, der, die Welt überwehend, sie in Starrkrampf versetzt, die Dinge der Welt aber ihres Sinnes beraubt. Und wenn Huguenau allmorgendlich die Weltereignisse in der Zeitung verfolgte, so geschah es mit dem Unbehagen aller Zeitungsleser, die gierig nach den Berichten greifen, voll Hunger nach den Tatsachen, besonders nach den mit Illustrationen geschmückten Tatsachen, und die dabei täglich von neuem hoffen, daß die Masse der Fakten imstande sein werde, die Leere einer stummgewordenen Welt und einer stummgewordenen Seele auszufüllen. Sie lesen ihre Zeitungen und in ihnen ist die Angst des Menschen, der allmorgendlich zur Einsamkeit erwacht, denn die Sprache der alten Gemeinschaft ist ihnen erschwiegen und die neue ist ihnen unhörbar. Mögen sie sich auch Verständnis und klaren Blick vortäuschen, indem sie die politischen und öffentlichen Einrichtungen oder die des

Rechtswesens scharf bekritteln, mögen sie auch ihre Ansichten hierüber im Laufe des Tages miteinander austauschen, sie stehen ohne Sprache zwischen dem Noch-nicht und dem Nichtmehr, sie trauen keinem Worte, wollen es durch Bilder belegt sehen, sie können selbst an die Gemäßheit der eigenen Rede nicht mehr glauben, und, zwischen Ende und Anfang gestellt, wissen sie bloß, daß die Logik der Tatsachen unaufhaltsam, das Gesetz unantastbar bleibt: keine Seele, und sei sie noch so verworfen, sei sie noch so böse, sei sie noch so philiströs und dem billigsten Dogma hingegeben, kann sich dieser Einsicht und dieser Angst entledigen, – dem Kinde gleichend, das von der Einsamkeit überrascht und überfallen worden ist, bemächtigt von der Angst der Kreatur, die zu sterben begonnen hat, muß der Mensch die endliche Furt suchen, die sein Leben und seine Sicherheit sein soll. Nirgends findet er Beistand. Und es nützt nichts, daß er immer wieder danach strebt, sich in ein Partialsystem zu retten, und ob er es nun tut, weil er im Festhalten an alten romantischen Formen einen Schutz vor der Unsicherheit erwartet, oder weil er hofft, in einer Partialrevolution werde das Bekannte und Heimatliche bloß sehr langsam, gewissermaßen schmerzlos in das unerbittlich Fremde hineingleiten, er findet keinen Beistand, denn es ist der Rausch einer Schein-Gemeinschaft, in die er sich verirrt hat, und die tiefere und geheime Verknüpfung, nach der er fahndet, löst sich in der Hand, die den Faden zu erhaschen vermeint, und wenn der Enttäuschte sich schließlich in das geldlich-kommerzielle System flüchtet, er entgeht der Enttäuschung nicht: selbst diese eigentlichste Daseinsform philiströser Bürgerlichkeit, widerstandsfähiger als alle anderen Partialsysteme, da sie die feste Einheit in der Welt verspricht, Einheit, deren der Mensch bedarf, um der Unsicherheit zu entgehen, – zwei Markstücke sind mehr als ein Markstück, und eine Summe von 8000 Francs besteht aus vielen Franken und ist doch ein Ganzes und ist ein rationales Organon, in dem die Rechnung der Welt aufgeht, – selbst diese Widerstandsfähigkeit, an die der Bürger trotz aller Währungsschwankungen so gerne glauben möchte, schwindet dahin, nirgends läßt sich mehr das Irrationale eindämmen und keine Gestalt der Welt läßt sich mehr als Addition rationaler Kolonnen darstellen. Und wenn der Kaufmann Wilhelm Huguenau, aufgestiegen zu städtischen Würden, ein Mensch, der bei allen

Dingen des Lebens vorerst mal nach dem Preis und dem geldlichen Gewinn zu fragen pflegte, wenn dieser Huguenau es auch als durchaus rational erachtete, daß in solchen Zeiten finanzieller Unsicherheit ein gesteigertes Mißtrauen an den Tag gelegt werden müsse, so konnte es dennoch vorkommen, daß er mit ironischer Miene oder mit wegwerfender Handbewegung etwas abzutun suchte, über dessen Herkunft er sich verwunderlich keine Rechenschaft geben konnte, und daß er dann plötzlich stutzend »Was ist Geld?« fragte, mitunter aber auch einem Kunden, nachdem er ihn scharf und mißtrauisch gemustert hatte, einfach den Kredit entzog, bloß weil ihm der Mann plötzlich nicht mehr gefiel oder weil ihm ein sarkastischer oder sonst ein Zug um den Mund herum zuwider war, – ob sich solch eine Maßnahme nun als günstig oder ungünstig erwies, ob damit ein fauler Kunde rechtzeitig abgeschüttelt oder ein kreditfähiger in die Arme der Konkurrenz getrieben wurde, es war, ungeachtet aller praktischen Konsequenzen, eine abrupte und wahrscheinlich luzide Methode, die da gewissermaßen unter Kurzschluß vor sich ging, im Geschäftsleben immerhin unüblich, sicherlich irrational, und nicht zuletzt lag es wohl an ihr, daß sich um Huguenau unmerklich eine Kluft auftat, eine tote Zone des Schweigens, die ihn von allen anderen Bürgern der Stadt trennte. Das war freilich bloß wie ein fernes Ahnen, jedoch es verdichtete sich, wurde beinahe greifbar, sobald Huguenau sich unter vielen Menschen befand: in einem Kino, in einem Lokal, wo die Jugend tanzte, oder bei Festen, mit welchen der Jahrestag des französischen Sieges gefeiert wurde, da konnte er, der selber vielleicht einmal den Bürgermeisterstuhl besteigen wird, still an dem blumengeschmückten Tisch zwischen den anderen Notabeln sitzen und mit ernsthaft leerem Knabenblick hinter den dicken Brillengläsern den Tanzenden zusehen; und wiewohl er noch lange nicht in den Jahren war, die den Verzicht auf das Tanzvergnügen vorschreiben, so glaubte er kaum der eigenen Erinnerung, wenn er seinem Nachbarn zuflüsterte (nie unterließ er dies), daß er selber einstens ein flotter Tänzer gewesen sei. Denn ob er nun in solch einem patriotischen Saale weilte oder ob er sonntags mit seinem Ältesten zur Straßburger Allee hinauswanderte, dem Start der Radwettfahrer beizuwohnen, ja, wenn er diese oder andere gesellschaftliche Veranstaltungen eigentlich nur deshalb aufsuchte, um die Probe aufs

Exempel vorzunehmen, er geriet unweigerlich in jenes seltsame Unbehagen, in dem die Dinge sich unmerklich verrückten und in dem eine jede festliche Veranstaltung, der doch ein unteilbarer Begriff zukommen sollte, sich zu etwas beunruhigend Uneinheitlichem aufzulösen begann, zu einem Etwas, das von irgend jemandem wider besseres Wissen mittels Dekorationen, Fahnen und Girlanden zu unnatürlicher Einheit zusammengepreßt und zusammengebunden worden war. Und wäre Huguenau vor solch abwegigen Gedanken nicht zurückgeschreckt, er hätte zweifelsohne gefunden, daß es überhaupt keinen Begriff und keinen Namen gibt, dem ein konkretes Substrat entspricht, er hätte sicherlich gefunden, daß es versteckte, wenn auch sichtbare Symbole sein müssen, die die Einheit des Ereignisses und den Zusammenhalt der Welt verbürgen, Symbole, deren Existenz notwendig ist, weil sonst alles Sichtbare in ein unnennbares, schwereloses, trockenes Gefüge kalter und durchsichtiger Asche zerfallen würde, – und Huguenau hätte den Fluch des Zufälligen und Zusammengewehten gespürt, der sich über die Dinge und über das Zueinander der Dinge breitet, so daß keinerlei Anordnung auszudenken ist, die nicht ebenso zufällig und willkürlich wäre: müßten nicht jene Radfahrer sofort in alle Winde zerstieben, wenn sie nicht mehr durch die gemeinsame Dreß und das gemeinsame Klubabzeichen zusammengehalten würden? Huguenau stellte solche Frage nicht, denn sie überstieg den Fassungsraum dessen, was mit einiger Berechtigung als seine Privattheologie bezeichnet werden durfte; indes die ungestellte Frage machte ihn nicht weniger reizbar als die Unsichtbarkeit aller Instanzen, von denen er abhing, und diese Reizbarkeit konnte sich z. B. in einer unmotivierten Ohrfeige entladen, die er seinem Kinde auf dem Heimwege verabfolgte. Solcherart entspannt, pflegte er allerdings in die nüchterne Wirklichkeit zurückzufinden und bestätigte damit die Hegelsche Erkenntnis: »Der wirklich freie Wille ist die Einheit des theoretischen und praktischen Geistes.« Wohlgelaunt marschierte er in die Stadt hinein, vorbei an den verschiedenen Gotteshäusern, aus denen eben die Leute strömten, marschierte lustig summend fürbaß, schlug auch mit dem Stocke den Takt, und sooft einer ihn grüßte, salutierte er und sagte »Salü«.

Denn in allem und jedem kommt es auf das Verhältnis zur

Freiheit an, und selbst die kleinste und engste Theologie, deren Reichweite gerade noch auslangt, die schäbigsten Handlungen eines empirischen Ichs zu plausibilisieren, also selbst die Privattheologie eines Huguenau, sie dient noch der Freiheit, selbst für sie ist die Freiheit das eigentliche, das eigentlich mystische Deduktionszentrum (und dies gilt für Huguenau zumindest seit jenem Tage, da er im Morgengrauen den Schützengraben verlassen und eine anscheinend irrationale, nichtsdestoweniger sehr rationale Handlung im Dienste der Freiheit begangen hatte, so daß alles, was seit jenem Tage von ihm angestrebt worden war, und alles, was er in seinem Leben noch anstreben wird, als eine Wiederholung jener ersten feierlichen und feiertägigen Handlung sich darstellt), ja fast ist es, als ob die Freiheit wie eine besondere und erhabene Kategorie über allem Rationalen und Irrationalen schwebe, wie ein Ziel und wie ein Ursprung, dem Absoluten gleichend, mit dem sie aufleuchtet und das sie dennoch überleuchtet, ein letztes und mildes Strahlen in den Feuerschluchten des aufgerissenen Himmels. Niemals könnte Irrationales zu Rationalem sich zusammenschließen, könnte das Rationale wieder sich auflösen in der Harmonie des lebendigen Gefühls, hätten sie nicht beide teil an einem übergeordneten ehrfurchtgebietenden Sein, das die höchste Wirklichkeit und gleichzeitig die tiefste Unwirklichkeit ist: erst in diesem Zusammenhalt von Wirklichkeit und Unwirklichkeit wird die Ganzheit der Welt und ihre Gestalt sich ergeben, – die Idee der Freiheit ist es, in der die ewige Erneuerung des Humanen sich rechtfertigt, denn im Irdischen unerreichbar muß der Weg zu ihr stets von neuem beschritten werden. Oh, schmerzliche Pflicht zur Freiheit! schreckliche und ewig erneute Revolution der Erkenntnis, in der sich der Aufstand des Absoluten gegen das Absolute rechtfertigt, der Aufstand des Lebens gegen die Vernunft, – Rechtfertigung einer Vernunft, die, scheinbar sich selbst abtrünnig, das Absolute des Irrationalen gegen das Absolute des Rationalen entfesselt, Rechtfertigung, weil in ihr auch die letzte Gewähr gegeben ist, daß die entfesselten irrationalen Kräfte sich wieder zu einem Wertsystem zusammenschließen. Kein Wertsystem, das sich nicht der Freiheit unterwürfe, und sogar das kleinste noch, es fahndet nach der Freiheit, sogar der in irdischeste Einsamkeit und Autonomie verfallene Mensch, er, der nicht weiter als bis zur Freiheit des Mordes gelangt, zur Freiheit des Kerkers, bestenfalls zur Freiheit des Deserteurs, sogar er, der wertentblößte Mensch, auf dem der Zwang alles Irdischen lastet, – preisgegeben dem Atem des Ewigen, gibt es keinen, für den das Himmelszeichen der Freiheit nicht in der Nacht seiner Einsamkeit einmal aufgeglommen wäre: jeder muß seinen Traum erfüllen, böse und heilig zugleich, und er tut es, um der Freiheit teilhaftig zu werden in der Dunkelheit und Dumpfheit seines Lebens. Und so überkam Huguenau manchmal das Empfinden, als säße er in einer Höhle oder in einem finstern Schacht und als blickte er hinaus auf eine kalte Zone, die wie ein Gürtel der Einsamkeit um seinen Standort gelegt war, und das Leben zog in fernen Bildern am dunklen Firmament vorüber, und dann hatte er große Sehnsucht, aus solchem Pferch herauszukriechen und draußen einer Freiheit und Einsamkeit teilhaftig zu werden, deren Existenz er wie eine ihm allein zukommende Schau von irgendwoher ahnte; es war wie ein Wissen um die tiefste Gemeinsamkeit, in die jene tiefste Einsamkeit schließlich umschlagen müßte, aber es gelangte nicht weiter als bis zu der stumpfen Vorstellung, es würde dort draußen möglicherweise gestattet sein, ein brüderliches und herzliches Beisammensein zu erzwingen, mit Todesdrohung oder mit Gewalt oder zumindest mit Ohrfeigen die anderen zu zwingen, daß sie ihn aufnähmen und seine bessere Wahrheit hörten, die er doch nicht aussprechen konnte. Denn mochte er sich auch im Gehaben und in der Lebensführung kaum von jenen anderen unterscheiden, mochte sein Lebenswagen auch immer sicherer auf den Schienen dahingleiten, auf die er bereits in der Jugendzeit gesetzt worden war und die er keinesfalls mehr zu verlassen gedachte, mochte es also auch ein sehr fleischliches, ja massives Leben sein, das hier seinem Tode entgegenrollte, so schien es in einer gewissen Beziehung trotzdem gehobener und luftiger, da er sich mit jedem Tage ausgeschlossener und einsamer fühlte und doch nicht mehr darunter litt: abgegrenzt von der Welt und doch in ihr, rückten ihm die Menschen in stets weitere und ersehntere Fernen, aber er unternahm keinen Versuch, die Ferne zu durchmessen, und auch darin unterschied er sich nicht im geringsten von irgendeinem der übrigen Sterblichen, weil eben ein jeder von ihnen es weiß, daß des Menschen Leben nicht ausreicht, den Weg zu durchschreiten, der wie eine Kreisbahn zu immer höheren Ebenen ansteigt und auf dem das Gewesene und Versinkende als höheres Ziel wieder aufersteht, um mit jedem Schritte zurückzusinken in die ferneren Nebel: unendliche Bahn des geschlossenen Ringes und der Vollendung, luzide Realität, in der die Dinge zerfallen und auseinanderrücken bis zu den Polen und bis an die Grenzen der Welt, wo alles Getrennte wieder eins wird, wo die Entfernung wieder aufgehoben ist und das Irrationale seine sichtbare Gestalt annimmt, wo Furcht nicht mehr zu Sehnsucht, Sehnsucht nicht mehr zu Furcht wird, wo die Freiheit des Ichs wieder in die platonische Freiheit Gottes mündet, unendliche Bahn des geschlossenen Ringes und der Vollendung, für den nur beschreitbar, der sein Wesen erfüllt hat, – unerreichbar für jeden.

Unerreichbar für jeden! Und selbst wenn Huguenau statt im kommerziellen in einem revolutionären System gelandet wäre, seinem Wandeln wäre die Bahn der Vollendung nach wie vor verschlossen gewesen. Denn Mord bleibt Mord, Bösheit bleibt Bösheit, und die Philistrosität eines auf das Individuum und seine irrationalen Triebe eingeschränkten Wertgebietes, dieses letzte Produkt eines jeden Wertzerfalls, bleibt der Punkt der absoluten Verworfenheit, bleibt gewissermaßen der invariant absolute Nullpunkt, der allen Wertskalen und allen Wertsystemen ungeachtet ihrer gegenseitigen Relativität gemeinsam ist, gemeinsam zu sein hat, weil kein Wertsystem aufgestellt werden kann, das in seiner Idee und in seiner logischen Wesenheit nicht der »Bedingung möglicher Erfahrung« unterworfen wäre, empirische Abschattung einer allen Systemen gemeinsamen logischen Struktur und einer an den Logos gebundenen apriorischen Unwandelbarkeit. Und fast scheint es Ausfluß der gleichen logischen Notwendigkeit, daß der Übergang von einem Wertsystem zu einem neuen jenen Nullpunkt der Wertatomisierung passieren muß, daß er über ein Geschlecht hinweggehen muß, das, bar jeder Beziehung zum alten wie zum neuen Wertsystem, eben in dieser Beziehungslosigkeit, in dieser an Wahnsinn grenzenden Gleichgültigkeit gegen fremdes Leid, in dieser radikalsten Wertentblößung die ethische und damit die historische Legitimation für die grausame Nichtachtung liefert, der alles Humane in Zeiten der Revolution ausgesetzt ist. Und vielleicht muß es so sein, weil bloß ein Geschlecht von solch absoluter Stummheit fähig ist, den Anblick des Absoluten und den aufbrechenden Feuerschein der Freiheit zu ertragen: Glanz, der über die tiefste Finsternis und nur über die tiefste Finsternis hinzuckt, seine irdische Spiegelung ist wie ein Bild im dunklen Teich, und der irdische Widerhall seines Schweigens ist das eiserne Rasseln des Mordes, dennoch undurchdringlicher Schall der Stummheit, aufgerichtet wie eine Wand dröhnenden Schweigens zwischen Mensch und Mensch, daß seine Stimme nicht hinüber, nicht herüber zu dringen vermag und er erbeben muß. Furchtbarer Spiegel, furchtbares Echo der zum Absoluten durchbrechenden Ratio! ihrer Strenge irdisches Widerspiel wird zum Zwang und zur stummen Gewalt, und die rationale Unmittelbarkeit ihres göttlichen Zieles wird zur Unmittelbarkeit des Irrationalen, das den Menschen zu widerwillig stummem Gehorsam überwältigt hat, ihre unendliche Fragekette wird zur eingliedrigen des Irrationalen, das nicht mehr fragt, sondern nur noch handelt, eine Gemeinschaft zersprengend, die es nicht mehr gibt, da sie ohne Kraft, doch voll des bösen Willens sich selbst im Blut ersäuft und in Giftgasen erstickt. Oh, welch einsamer Tod ist das irdische Widerspiel der göttlichen Einsamkeit! Hinausgestoßen in das Grauen einer entfesselten Vernunft, ihr zum Dienste befohlen, ohne sie zu begreifen, Gefangener eines übergeordneten Geschehens, Gefangener seiner Irrationalität, gleicht der Mensch dem Wilden, der in böser Verzauberung den Zusammenhang zwischen Mittel und Erfolg nicht durchschaut, gleicht er dem Wahnsinnigen, der sich aus dem Gewirr seines Irrationalen und Überrationalen nicht befreien kann, gleicht er dem Verbrecher, der nicht imstande ist, den Weg zur Wertwirklichkeit einer ersehnteren Gemeinschaft zu finden. Unwiederbringlich entschwindet ihm das Gewesene, uneinbringlich entweicht ihm das Künftige, und das Dröhnen der Maschinen weist ihm keinen Weg zu dem Ziel, das unerreichbar und küstenlos im Nebel der Unendlichkeit die schwarze Fackel des Absoluten erhebt. Furchtbare Stunde des Todes und der Zeugung! furchtbare Stunde des Absoluten, getragen und ertragen von einem Geschlecht, das sich ausgelöscht hat, das nichts von der Unendlichkeit weiß, in die es durch seine eigene Logik getrieben wird, – unbelehrt, hilflos, sinnlos sind sie dem Orkan des Eisigen preisgegeben, sie müssen vergessen, um leben zu können, und sie wissen nicht, warum sie sterben. Ihr Weg ist der Weg Ahasvers, ihre Pflicht ist Ahasvers Pflicht, ihre Freiheit ist die Freiheit des Gehetzten und ihr Ziel ist das Vergessen. Verlorenes Geschlecht! nichtexistent wie das Böse selber, gesichts- und geschichtslos im Pfuhl des Ununterscheidbaren, verdammt, in der Zeit sich zu verlieren, geschichtslos in einer Zeit, die sich zur absoluten Geschichte erhebt! Wie immer der Einzelmensch sich zu den Ereignissen der Revolution stelle, ob er sich nun reaktionär an überlebte Formen klammere, das Ästhetische für das Ethische nehmend, wie jeder Konservativismus es tut, oder ob er sich abseits halte in der Passivität egoistischen Wissens, oder ob er, seinen irrationalen Trieben hingegeben, die destruktive Arbeit der Revolution besorge:

er bleibt schicksalshaft unethisch, ausgestoßen aus der Epoche, ausgestoßen aus der Zeit,

doch nie und nirgends ist der Geist der Epoche so stark, so wahrhaft ethisch und historisch wie in jenem letzten und zugleich ersten Aufflackern, das die Revolution ist, – Tat der Selbstaufhebung und der Selbsterneuerung, letzte und größte ethische Tat des zerfallenden, erste des neuen Wertsystems, Augenblick der radikal geschichtsbildenden Zeitaufhebung im Pathos des absoluten Nullpunktes!

Groß ist die Angst des Menschen, der sich seiner Einsamkeit bewußt wird und aus seinem eigenen Gedächtnis flüchtet; ein Bezwungener und Ausgestoßener ist er, zurückgeworfen in tiefste kreatürliche Angst, in die Angst dessen, der Gewalt erleidet und Gewalt tut, und zurückgeworfen in eine übermächtige Einsamkeit, kann seine Flucht und seine Verzweiflung und seine Dumpfheit so groß werden, daß er daran denken muß, sich ein Leid anzutun, dem steinernen Gesetz des Geschehens zu entrinnen. Und in der Furcht vor der Stimme des Gerichtes, die aus dem Dunkel hervorzubrechen droht, erwacht in ihm mit doppelter Stärke die Sehnsucht nach dem Führer, der leicht und milde bei der Hand ihn nimmt, ordnend und den Weg weisend, der Führer, der keinem mehr nachfolgt und der vorangeht auf der unbeschrittenen Bahn des geschlossenen Ringes, aufzusteigen zu immer höheren Ebenen, aufzusteigen zu immer hellerer Annäherung, er, der das Haus neu erbauen wird, damit aus Totem wieder das Lebendige werde, er selber auferstanden aus der Masse der Toten, der Heilsbringer, der in seinem eigenen Tun das unbegreifbare Geschehen dieser Zeit sinnvoll machen wird, auf daß die Zeit neu gezählt werde. Dies ist die Sehnsucht.

Doch selbst wenn der Führer käme, das erhoffte Wunder bliebe aus: sein Leben wäre Alltag im Irdischen, und gleichwie der Glaube im Für-wahr-Halten versenkt ist und das Für-wahr-Halten im Glauben einer stets rationalen Religion, der Heilsbringer wandelt im unscheinbarsten Gewande und vielleicht ist es der Passant, der jetzt über die Straße geht, – denn wo immer er wandle, im Gewühl der Großstadtstraßen oder im Abendschein der Felder, sein Weg ist der Zionsweg, dennoch unser aller Weg, ist ein Suchen der Furt zwischen dem Bösen des Irrationalen und dem Bösen des Überrationalen und auch seine Freiheit ist die schmerzliche Freiheit der Pflicht, ist Aufopferung und Sühne für das Geschehene, auch sein Weg ist der Weg der Prüfung, ist untertan der Strenge, und auch seine Verlassenheit ist die des Kindes, ist die Verlassenheit des Sohnes, dem das Ziel im Unerreichbaren entschwindet, da er vom Vater verlassen ward. Und trotzdem: schon die Hoffnung auf das Wissen des Führers ist eigenes Wissen, schon das Ahnen der Gnade ist Gnade, und so vergeblich unser Hoffen auch sei, daß mit dem sichtbaren Leben des Führers das Absolute sich im Irdischen jemals erfüllen werde, ewig annäherbar bleibt das Ziel, unzerstörbar die Messiashoffnung der Annäherung, ewig wiederkehrend die Geburt des Wertes. Und mögen wir auch von der stets zunehmenden Stummheit des Abstrakten umgeben sein, der Mensch verfallen dem kältesten Zwange, ins Nichts geschleudert, hinausgeschleudert das Ich, es ist der Hauch des Absoluten, der über die Welt hinwegfegt, und aus dem Ahnen und Herausfühlen der Wahrheit, aufsprießt die feierliche und feiertägliche Sicherheit, mit der wir es wissen, daß jeder das Fünklein im Seelengrunde trägt und daß die Einheit unverlierbar bleibt, unverlierbar die Brüderlichkeit der gedemütigten Menschenkreatur, aus deren tiefster Angst unverlierbar und unverloren die Angst einer göttlichen Gnade leuchtet, Einheit des Menschen, aufscheinend in allen Dingen, über Räume und Zeiten hinweg, Einheit, in der alles Licht anhebt und die Heiligung alles Lebendigen, – Symbol des Symbols, Spiegel des Spiegels, auftauchend aus dem in Finsternis versinkenden Dasein, aufquellend aus Wahnsinn und Traumlosigkeit wie ein geschenktes, dem Unbekannten abgerungenes und wiedergefundenes mütterliches Leben, Urbild des Sinnbildes, im Aufstand des Irrationalen, auslöschend das Ich und seine Grenzen durchbrechend, Zeit und Entfernung aufhebend, im Orkan des Eisigen, im Sturme des Hineinstürzens springen alle Türen auf, es bewegen sich die Grundfesten des Gefängnisses, und aus der schwersten Finsternis der Welt, aus unserer bittersten und schwersten Finsternis wird dem Hilflosen der Ruf, tönt die Stimme, die das Gewesene mit allem Künftigen verbindet und die Einsamkeit mit allen Einsamkeiten, und es ist nicht die Stimme der Furchtbarkeit und des Gerichts, zaghaft tönt sie im Schweigen des Logos, dennoch von ihm getragen, emporgehoben über den Lärm des Nicht-Existenten, es ist die Stimme des Menschen und der Völker, die Stimme des Trostes und der Hoffnung und der unmittelbaren Güte: »Tu dir kein Leid! denn wir sind alle noch hier!«

Schluß der *Schlafwandler*

Wien 1928-31

Hermann Brochs Kommentare

Der Roman *Die Schlafwandler*

Dieser Roman hat zur Voraussetzung, daß die Literatur mit jenen menschlichen Problemen sich zu befassen hat, die einesteils von der Wissenschaft ausgeschieden werden, weil sie einer rationalen Behandlung überhaupt nicht zugänglich sind und nur mehr in einem absterbenden philosophischen Feuilletonismus ein Scheinleben führen, andererseits mit jenen Problemen, deren Erfassung die Wissenschaft in ihrem langsameren, exakteren Fortschritt noch nicht erreicht hat. Der Besitzstand der Literatur zwischen dem »Nicht mehr« und dem »Noch nicht« der Wissenschaft ist solcherart eingeschränkter, aber auch sicherer geworden und umfaßt den ganzen Bereich des irrationalen Erlebens und zwar in dem Grenzgebiet, in welchem das Irrationale als Tat in Erscheinung tritt und ausdrucksfähig und darstellbar wird. Es ergibt sich daraus die spezifische Aufgabe, aufzuweisen, wie das Traumhafte die Handlung bestimmt und wie auch das Geschehen immer wieder bereit ist, ins Traumhafte umzukippen. Das Schriftstellerische ist zu dieser Aufgabe legitimiert, da die dichterische Methode zum Unterschied von der der Wissenschaft nicht mit den Worten vollzogen wird, die tatsächlich niedergeschrieben sind, sondern in der Herstellung einer Spannung zwischen Worten und Zeilen besteht, in einer Spannung, in der ihr eigentlicher Ausdruck liegt.

Die Schlafwandler zeigen nun, daß diese Durchsetzung mit dem Traumhaften durchaus nicht dort zu suchen ist, wo das Leben im vorhinein irreal gedacht ist, sondern daß im Gegenteil mit dem Abbau alter Kulturfiktionen auch das Traumhafte immer freier wird und daß mit je krasserem realen Geschehen es um so deutlicher und ungebundener mit dem Irrationalen verquickt ist. *Die Schlafwandler* zeigen dies in drei zeitlichen und gesellschaftlichen Etappen, 1888, 1903, 1918, also in jenen Perioden, in denen der Übergang von der ausklingenden Romantik des späten 19. Jahrhunderts zur sogenannten Sachlichkeit der Nachkriegsepoche sich vollzieht. Dabei ist es wesentlich, daß das Problem der drei Protagonisten – ihrem Leben einen Lebenssinn zu geben –, das in den drei Teilen abgehandelt wird, mit der zunehmenden Versachlichung immer mehr ins Unbewußte gerät. Innerhalb der romantischen Periode des ersten

Teiles wird das Problem zwar vage, dennoch bewußt von dem Helden, Pasenow, aufgestellt und im Sinne der *herrschenden Fiktionen,* d.i. Religion, *Erotik* und eine ethisch-ästhetisierende Lebenshaltung zu lösen versucht. Der Held des zweiten Teils, Esch, hat die anarchische Stellung eines Menschen zwischen zwei Perioden. Äußerlich bereits kommerzialisiert und dem Lebensstil der kommenden Sachlichkeit angenähert, ist er innerlich noch den traditionellen Werthaltungen verhaftet. Die Frage nach dem Lebenssinn, die keineswegs mehr bewußt, sondern nur mehr dunkel und dumpf in ihm rumort, muß also noch im Sinne der alten Schemata gelöst werden. Da die religiösen Formen nur mehr rudimentär vorhanden sind, teils verdummt, teils versandet in einem sterilen Mystizismus oder Heilsarmeegetriebe, verschiebt sich der Akzent der Lösung ins Erotische und gelangt dort in eine anarchische und mystische Resignation. Im dritten Teil aber wird es wieder eindeutig: der Held, Huguenau, hat mit der Werttradition fast nichts mehr zu tun (äußerlich ausgedrückt durch den Hiatus seiner Desertion von der Front); denn er ist sowohl ein vollkommen irreligiöser als unerotischer Mensch. Nichtsdestoweniger oder vielleicht eben weil er sich um das Problem überhaupt nicht kümmert, weder bewußt wie Pasenow noch ahnend wie Esch, führt sein Weg dorthin, wo die Möglichkeit des religiösen Lebenssinns liegen kann, nämlich in die platonische Abkehr von dem Realen. Pasenows und Eschs Privatschicksal erfüllt sich mit der Gesamtlösung des dritten Teils, für Pasenow, engbegrenzt in seiner Pflicht-, Milieu- und Familiensituation, sozusagen in Komprimierung aller dieser Elemente, für Esch aber, dessen Kompromißlösung mit zunehmendem Alter auf die noch unadäquatere Form des religiösen Mystizismus zurück sich biegen muß, in der Erfüllung seiner ahnenden unklaren Angst, für beide als Sühne ihrer seelischen Verschuldungen. Und es ergibt sich als notwendig, daß der Mensch der neuen Lebensform, also Huguenau, zum Rächer an dem Veralteten, Absterbenden werden muß.

Als Symbol dieses ganzen Aufbaus erweist sich die Person Bertrands, der als der eigentliche Held des gesamten Romans zu gelten hat. Bertrand, Vorläufer der Zeitentwicklung, hat den Hiatus (wenn auch nicht in einer Desertion, so doch in der Quittierung des Dienstes) bereits im Jahre 1888 vollzogen gehabt. Sein äußeres Leben ist daher das des modernen Menschen, Finanzmann großen Stils. Er weiß, worauf es ankommt und will radikale Lösungen. Doch in seine Zeit gebunden, kommt auch er von ihren traditionsgemäßen Wertfiktionen nicht fort und bleibt trotz gegenteiligen Bemühens im Materialismus befangen. Die Radikalisierung der erotischen Fiktion, die bei ihm so weit geht, daß er auch die Homosexualität auf sich nimmt, die die anderen fliehen und bekämpfen, muß scheitern, bewußt zwar, aber doch schmählich, ebenso wie es scheitern muß, wenn er den Zug ins Unendliche durch Reisen materialisieren will. Was übrig bleibt, ist die nicht minder zeitgebundene Resignation eines Ästheten und der Mut zur Konsequenz des Selbstmordes. Symbolisiert er also in seinem Schicksal auf höherer Ebene das Gesamtgeschehen des Romans, d.h. das Fiasko der alten Werthaltungen, so ist andererseits seine Person der Form nach Symbol für das Anwachsen des dunklen und traumhaften Elements, das mit jedem der drei Teile das Geschehen immer deutlicher durchsetzt. Im ersten Teil ist er selber Person der Handlung, im zweiten beherrscht er zwar das äußere Geschehen, tritt aber selber nur mehr traumhaft in Erscheinung und verschwindet mit dem Selbstmord, während er im dritten Teil, obwohl real nicht mehr vorhanden, sich überall auswirkt, bestimmend für die Haltung aller Personen, die mit ihm in Verbindung gestanden sind.

Der Roman bemüht sich, diese choreographische Symmetrie auch in den Nebenfiguren, wie im ganzen Geschehen und in den Stimmungslagen zum Ausdruck zu bringen. Nicht zuletzt auch im Stil, der andererseits wieder von den drei Zeitepochen bestimmt ist. Nebenbei ergab sich hieraus die Notwendigkeit, jeden der drei Teile als abgesonderte Einzelerzählung aufzubauen – es versteht sich, daß die naturalistische, resp. naturalistisch-psychologische Darstellung durch diese Architektonik, die aber sicherlich wesentlich ist zur Methode des Unausgesprochenen, nicht leiden durfte.

Dieser »Methodologische Prospekt«, wie er in Brochs Korrespondenz genannt wird, war für den Verleger vorgesehen. Ende 1929 schickte der Autor ihn als Begleitinformation mit der ersten Fassung der Trilogie an den S. Fischer-Verlag, dann im April 1930 an den Kiepenheuer Verlag in Berlin und im Juli 1930 an den Rhein-Verlag in München. Bei dem Original handelt es sich um ein vierseitiges Typoskript (YUL = Yale University Library). Erstmals abgedruckt in: *Wirkendes Wort,* Jg. 17, Nr. 1 (1967), S. 42-44. Ferner in: *Hermann Broch – Daniel Brody. Briefwechsel 1930-1951,* hrsg. v. Bertold Hack und Marietta Kleiß (Frankfurt am Main: Buchhändler-Vereinigung, 1971), S. 37-40; *Materialien zu Hermann Brochs ›Die Schlafwandler‹,* hrsg. v. Gisela Brude-Firnau (Frankfurt am Main: Suhrkamp, 1972), S. 7-10.

Problemkreis, Inhalt, Methode der *Schlafwandler*

Problemkreis: er ist von der Überzeugung bedingt, daß das autonome und unantastbare Reservatgebiet des Dichterischen in jener tiefsten irrationalen Schichte, in jener wahrhaft panischen Region des Erlebens gegeben ist, dunkles traumhaftes Geschehen, in dem der Mensch bloß gesteuert von Uraffekten, kindlichen Haltungen, Erinnerungen, erotischen Wünschen, tierhaft und zeitlos dahintreibt. Denn in diesen Regionen versagt der rationale und wissenschaftliche Ausdruck, das Wort gilt nicht mehr in seiner Eigenbedeutung, nur mehr mit seinem wechselnden Symbolcharakter, und das Objekt muß in der Spannung zwischen den Worten und Zeilen eingefangen werden. – Unverloren und nicht minder schlafwandlerisch aber wirkt im Traumhaften die Sehnsucht nach Erweckung, erkenntnismäßiger und erkennender Erweckung aus dem Schlaf, je nach dem subjektiven Vokabular »Erlösung«, »Rettung«, »Lebenssinn«, »Gnade« genannt. Zeiten starker religiöser Bindung haben die dionysisch-apollinische Polarität durch die Bahnung des Traumhaften in bestimmte Werthaltungen weitgehend gelöst; rückgewendet ergab sich, von diesen Werthaltungen aus, die Konstituierung der Sünde (und der tragischen Konflikte des Menschen) – der Sünde des Triebhaften und Unerweckten, das nicht zu den Werthaltungen vordringt, und der Sünde des Rationalen, Diabolischen, das die Werthaltungen ablehnt oder sie anders gebildet haben will. Grob gesprochen ist dies der Problemkreis aller ethischen Konflikte, mit denen Dichtung je sich befaßte, die die bisherigen Werthaltungen akzeptierte. Hieraus ergibt sich notwendig das *neue Problem:* wohin wirkt die Sehnsucht nach Erweckung und Errettung, wenn sie in einer Zeit des Verfalls und der Auflösung der alten Werthaltungen nicht mehr in diese münden kann? Kann aus dem Schlaf und Traum übelsten Alltags ein neues Ethos entstehen?

Inhalt: Das Problem wird in den drei Teilen des Romans, »Pasenow oder die Romantik«, »Esch oder die Anarchie«, »Huguenau oder die Sachlichkeit« dreimal abgewandelt, u.zw. 1888, 1903, 1918, also zu jenen Epochen, die beiläufig die Endstationen der alten europäischen Werthaltungen darstellen. Es wird hierbei vor allem gezeigt, daß die Durchsetzung des Lebens mit traumhaften Elementen immer sichtbarer wird, je kraftloser die alten Wert-Traditionen werden. Die »träumerische« Romantik gibt dem Traumhaften weniger Raum als eine Zeit des sachlichen Wertchaos, in der auch das Traumhafte ungebändigt auf sich selbst gestellt ist, selber geradezu sachlich wird. Ferner: daß es den Menschen nichts nützt, sich an die absterbenden Wertformen zu halten: wenn Pasenow die Lösung in der traditionellen Religiosität sucht, Esch in einen erotischen Mystizismus sich »rettet«, so sind dies Halblösungen, die keine Befreiung aus dem Traumhaften bringen, sondern viel eher das Ethische in die Sphäre des Dunkeln und Triebhaften ziehen – Urtypus der tragischen Schuld. Der Rächer für solche Schuld entsteht, äußerlich begünstigt durch die Krise 1918, notwendig in dem »wertfreien« sachlichen Menschen (symbolisiert durch einen fast verbrecherischen Typus, der seinen Kindheitstraum in der Wirklichkeit einfach naiv zu Ende lebt): Huguenau, für den im Epilog die Möglichkeit des wiederkehrenden Ethos angedeutet wird, im Blick auf die platonische Freiheit, auf die alleine es ankommt. – Neben diesen drei Protagonisten steht die Gestalt Bertrands, der passiven Hauptperson des ganzen Romans, Typus des »rationalen Menschen«, vielfach Vorläufer des sachlichen, aber nicht wertbefreit, sondern wertnegierend, ethischer (und romantechnischer) Gegenpol zur Sünde des Unerweckten und an der Sünde des Rationalen zu Grunde gehend.

Methode: Der Hauptsache nach ist die Darstellung von der fortgesetzten Freiwerdung der traumhaften Elemente und der Verschüttung der alten Werthaltungen bestimmt. Dies sei bloß an einem simplifizierten Beispiel erläutert:

Teil I ist von den heute sehr vereinfacht erscheinenden Formen der Romantik eingeschlossen. Es ist eine möglichst harmlose Erzählung von gleichmäßigem Tempogefälle und fast ungebrochener naturalistischer Färbung.

Teil II. Stil und Rhythmus werden explosivartig fortbewegt, aber immer wieder reflexiv gestaut (womit auch die architektonische Statik des Mittelteils gegenüber den beiden Eckteilen betont werden konnte). Die Gestalten, manchmal überscharf kantig, werden manchmal ins Undeutliche abgeschliffen, verdämmern manchmal, wie die Bertrands, völlig im Traumhaften und stehen am Rande der Wirklichkeit. Die äußere Form naturalistischer Erzählung wird zwar noch beibehalten, aber die innere Bewegtheit spiegelt das Anarchische.

Teil III. Das Chaotische wird wieder zur Ruhe gebracht, damit Rückkehr zu Teil I, aber in neuer »sachlicher« Form; in gewissem Sinne Reportage. Die Assoziationsreihen werden vereinfacht. Aber der völlige Niederbruch der alten Werthaltungen erlaubt hier die Sprengung der reinen Erzählung: die stetig fortschreitende Entfesselung des seiner weltanschaulichen Fixierungen entkleideten Irrationalen darf in den Stil eingehen und gibt ihm die Lizenz zur Anwendung aller Kunstmittel trotz der Nüchternheit des sachlichen Berichtes.

Diese Anpassung der Darstellung und des Stils an den Inhalt beschränkt sich selbstverständlich nicht auf die drei Teile als solche, sondern trachtet, in jede Einzelsituation einzudringen, wobei die Einheit des Ganzen durch die einheitliche psychologische Methode, durch die konsequente Durchführung der Assoziations- und Symbolreihen, durch ein peinliches Auswiegen des Gesamtaufbaus, durch die regelmäßige Wiederkehr der Hauptstrukturen und Grundmotive in den einzelnen Teilen, durch eine gewisse Dichtheit des Rhythmus und des Tempos, zu erreichen versucht worden ist. Denn nur in solcher einheitlichen Geschlossenheit von Reflexion, Handlung und Stil kann der Sinn einer künstlerischen Gestaltung erstrebt, die Möglichkeit einer neuen Form des Romans erfüllt werden. Wie weit es gelungen ist, entzieht sich natürlich meiner Beurteilung und ist, wie ich glaube, auch von sekundärer Bedeutung gegenüber dem obersten Geltungsanspruch eines erzählenden Buches: nämlich seiner beunruhigenden lebendigen Wirkung, die das Unfaßbare in immer neuen Schächten hervorbrechen läßt.

Dieser Kommentar ist Teil eines Briefes Brochs an Georg Heinrich Meyer, Rhein-Verlag, vom 10. 4. 1930. Das Original des Briefes befindet sich im Deutschen Literatur Archiv, Marbach, (= DLA), eine Kopie in YUL. Erstdruck in: Hermann Broch, *Briefe von 1929 bis 1951,* hrsg. v. Robert Pick (Zürich: Rhein-Verlag, 1957), S. 17-20. Ferner in: *H. Broch – D. Brody, Briefwechsel,* a.a.O., S. 15-17; *Materalien zu H. Brochs ›Die Schlafwandler‹,* a.a.O., S. 12-15.

Ethische Werte sind dem Inhalt nach relativ. Das »Göttliche« ist soweit absoluter Wert als es Form ist, Form des mystischen Erlebens. Seine Realisationen dagegen, Realisationen des Glaubens in Formen von Kirchen und Kulten oder sonstigen Werthaltungen, sind relativ und sind dem Wandel des Empirischen und des Zeitlichen unterworfen, d.h. sie können und müssen absterben. Überall dort, wo eine Realisation mit dem Anspruch auf Absolutheit auftritt, schlägt das Ethische ins Dogmatisch-Moralische um. Der Mensch, der sich dem Dogmatischen unterwirft, kann alle guten moralischen Eigenschaften besitzen, aber er wird sich je weiter von einer wahrhaft ethischen Befreiung entfernen, je abgestorbener und dogmatischer die Werthaltungen sind, unter deren Herrschaft er sich begeben hat. Oder von anderer Seite her beleuchtet: ethische Werte gehen mit zunehmender Dogmatisierung und Moralisierung in ästhetische über – alles Revolutionäre ist ethisch, aber in seiner Äußerung unästhetisch, ja antiästhetisch, alles Konservative moralisch-dogmatisch, aber ästhetisch. Die »Freiheit«, auf die es letzten Endes in allem wahrhaft Ethischen immer ankommt, nimmt auf überkommene Werte keine Rücksicht, der Begriff der Autonomie, in dem die Freiheit ihre logische Begründung erfährt, hat mit moralischen Haltungen nichts zu tun: gewiß ist diese Autonomie noch nicht die Erfüllung des letzten göttlichen Wertes, aber sie ist *die alleinige Form,* in der er sich erfüllen kann. (Alles weitgehend bei Kant vorbereitet, natürlich auch bei Platon und bei Augustinus; aber Belege kann ich mir ersparen.)

In den *Schlafwandlern:* Pasenow und Esch, beides moralische Typen, wenn auch verschiedenen Moral-Dogmen unterworfen, Moraldogmen, die aber in dieser Zeit des Wertverfalles eben absterbend sind, zur »Romantik« werden, Bertrand ist dagegen der spezifisch ästhetische Mensch; er weiß vom ethischen Wertzerfall und versucht sein Leben, unter weitgehender moralischer (nicht ethischer) Autonomie ins rein Ästhetische zu retten. Bloß Huguenau ist der wahrhaft »wertfreie« Mensch und damit das adäquate Kind seiner Zeit. Er allein kann daher fortbestehen, er allein ist in der »Autonomie dieser Zeit«, in der sich ein revolutionäres Ringen nach Freiheit ausdrückt. Er ist der passive Revolutionär, wie eben die Masse der Revolutionäre jede Revolution passiv mitmacht und doch macht. Sicherlich hat er, bloß der Form des Autonomen nach ethisch, sonst aber völlig amoralisch, noch keineswegs die Freiheit der neuen Göttlichkeit, des neuen Glaubens errungen; er erstrebt dies auch gar nicht, ersehnt es auch nicht, obwohl hie und da ein Lichtblick kommender Möglichkeit in ihm aufzuckt: genauso wie diese Zeit noch nicht ihre Gläubigkeit gefunden hat, noch lange nicht finden wird, sondern nur hie und da ahnt. Aber es ist die Lebensform, die »Form der Freiheit«, in der allein einmal der neue Inhalt erstehen kann; er steht am Beginn des Weges (eines Weges, den Esch in der Anarchie der Werte – am Schluß des II. Teiles – nach der Berührung mit Bertrand vorgeahnt hat, ohne allerdings die Möglichkeit zu haben, ihn je gehen zu können). In gewissem Sinn ist Huguenau damit auch der eigentliche Gegenspieler Mutter Hentjens geworden – daher auch, von der psychologischen Motivation abgesehen, die Notwendigkeit seiner Kopulierung mit ihr – Mutter Hentjens, die ihrerseits von allem Anbeginn an »wertfrei« und autonom ist, wie eben das »Weibliche« oder die »Natur« als solche immer wertfrei ist.

Die »Ethische Konstruktion« fügte Broch als separate Anlage seinem Brief an den Rhein-Verlag vom 19. 7. 1930 bei. Das Original, ein zweiseitiges Typoskript, befindet sich im DLA, eine Kopie in YUL. Erstdruck in: H. Broch, *Briefe*, a.a.O., S. 25-26. Ferner in: *H. Broch – D. Brody. Briefwechsel,* a.a.O., S. 37-39; *Materialien zu H. Brochs ›Die Schlafwandler‹*, a.a.O., S. 15-17.

Über die Grundlagen des Romans *Die Schlafwandler*

Ich möchte einiges über die Grundlagen des Romans vorausschicken, aus dem ich ein paar Stücke vorlesen werde. Es sind dies Auszüge aus einem theoretischen Buch, das sich in Vorbereitung befindet. Grundlagen bedeuten stets ein Credo, bedeuten eine Grundüberzeugung, aus der heraus eine Arbeit erwachsen ist. Denn ohne diese Überzeugung wäre die Arbeit im vorhinein verurteilt, Schund zu sein. Damit ist natürlich nicht gesagt, daß eine reine Überzeugung die Arbeit davor schützt, Schund zu werden.

M. a. W., es handelt sich um die Frage: unter welchen Bedingungen hat ein Roman Daseinsberechtigung? Die nächstliegende Antwort: er hat überhaupt keine Daseinsberechtigung. Das ließe sich mit verschiedenen Gründen belegen. Etwa, daß eine Zeit schwerster wirtschaftlicher Not kein Organ für künstlerische Produktion hat, ja nicht einmal haben dürfte.

Oder mit einem Schlagwort: in einer solchen Zeit brauchen wir keine Worte, sondern Taten.

Nun haben aber viele Schlagworte, auch wenn sie noch so dumm klingen, oftmals einen realen Nährboden.

Was heißt nämlich »Taten«? sicherlich etwas höchst Unmittelbares, eine unmittelbare Wendung zum Objekt, eine unmittelbare Verbindung zwischen dem Subjekt und dem Objekt, anders gesprochen, ein unmittelbarer Kontakt zwischen dem Individuum und seinem Leben, kurz mit der Welt.

Ein Beispiel: das Mittelalter als platonisch-scholastisches Gebilde betrachtete die Weltphänomene und auch den Menschen lediglich als Systemglieder im theologischen System. Das Wesentliche der Renaissance, aber auch des Protestantismus, kann in der Durchbrechung dieser, sagen wir *mittelbaren* Weltanschauung gesehen werden. Die Renaissance als Geburtsstunde der modernen Naturwissenschaft bringt das Naturobjekt zum ersten Mal seit der Antike wieder in unmittelbare Reichweite des Menschen. Der Protestantismus tut genau das gleiche mit dem religiösen Erleben.

Es würde zu weit führen, auf dieses Beispiel, das ziemlich weite Perspektiven eröffnet, hier näher einzugehen. Aber gewissermaßen wäre zu sagen, daß heute erst die Saat der Renaissance voll aufgegangen ist. Erst der werkende Mensch von heute ist völlig ins Leben geworfen. Ich brauche dies nicht weiter auszuschmücken. Diese Ins-Leben-Geworfenheit hat jeder von uns am eigenen Leib erfahren. Der werkende Mensch von heute ist in einem viel tieferen Sinne *stumm* als etwa ein Trappist. Seine Sprache ist eigentlich nur mehr Verständigung, ist eigentlich, im weitesten Sinne genommen, immer nur Signal, immer nur Geschäftsbrief. Er spricht von den Dingen, so weit es unerläßlich nötig ist, aber er spricht nicht mehr über die Dinge. Und wenn er nicht an seinem Arbeitsplatz steht, so treibt er Sport und gerät in ein unmittelbares und stummes Verhältnis zur Natur. Oder er geht ins Kino. Oder er hört Radiomusik. Niemals war die Welt mit so viel Bild- und Musikwirkungen erfüllt wie heute. Über die Rolle der Musik im modernen Wertsystem wäre noch besonders zu sprechen. Kurz zusammengefaßt: der Mensch von heute ist ein visueller, ist ein auditiver Mensch, aber er ist radikal anti-intellektualisiert.

Ja, wie ist es aber dann mit der Intellektualität? nun, natürlich auch nicht anders. Der moderne Intellektuelle ist der Wissenschaftler kat' exochen, d.h. der Naturwissenschaftler. Über die Resultate seiner Tätigkeit muß nicht berichtet werden. Sie wissen alle, daß die Wendung zum Objekt das wissenschaftliche Weltbild in geradezu unfaßbarer Weise bereichert hat, daß wir einen neuen Kosmos besitzen.

Aber auch hier, in dieser intellektuellen Sphäre, ist die Verachtung des Wortes sichtbar. Die Wissenschaft versucht, ihre Sprache, ihre Geschäftsbriefe, immer mehr vom Wort unabhängig zu machen, d.h. sie sucht ein absolut korrektes Verständigungsmittel. Sie hat es auch gefunden. U.z. in der Mathematik, in jener Mathematik, die gleichfalls ihren Ursprung in der Renaissance genommen hat. Kant hat diese Entwicklung vorausgewußt, als er den Wissenschaften nur so weit Wissenschaftlichkeit zubilligte, als sie Mathematik enthalten, d.h. sich mathematisch ausdrücken lassen. Vom Wort aus gesehen: sind auch die Wissenschaften stumm geworden. –

Stehen also wir, die wir uns noch um das Wort, um einen sprachlichen Ausdruck bemühen, auf einem verlorenen Posten? wollen wir etwas ausdrücken, das überhaupt kein ausdrückbares Substrat besitzt? hat sich das intellektuelle Reden über die Dinge in ein leeres Daherreden verwandelt?

Es ist eine Frage, die nicht ganz leicht zu beantworten ist. Wenn Sie z. B. das russische Kulturprogramm betrachten, das bloß die Realwissenschaften gelten läßt, zutiefst anti-intellektuell und antiplatonisch eingestellt ist, so haben Sie nicht nur eine Illustration zum Gesagten, sondern auch die eine radikale Beantwortungsmöglichkeit, u. z. im negativen Sinne. Und wenn Sie den heutigen Stand der Philosophie betrachten, oder zumindest jenen Zweig, der heute eine Art führende Stellung errungen hat, nämlich den von Russel ausgehenden Neo-Positivismus, so sagt Ihnen schon dieser Name, daß hier die Beantwortungen in ähnlicher Richtung liegen.

Es gibt eben keine isolierten Erscheinungen in der Welt. – Aber eben in Betrachtung dieser Philosophie wird es sichtbar, daß diese Beantwortungsmöglichkeit *nicht* ausreicht.

Was die neue Philosophie will, ihre Erhebung zur reinen Wissenschaft, ihre Abkehr vom Dahin-Reden über die Dinge, drängt letzten Endes zu ihrer Mathematisierung. Das ist erfreulich. Und der Ansatz ist auch bereits vorhanden, nämlich in der Logistik und ihrer Zeichensprache. –

Aber gleichzeitig wird eine furchtbare Verarmung der Philosophie deutlich. Gewiß war die bisherige Philosophie in diesem Sinne unwissenschaftlich, sonst gäbe es auch nicht so viele Philosophenschulen, gewiß war sie zum großen Teil ein Kreislauf auf dem gleichen Fleck, aber sie hat das große Erbe, das seit ihrem Bestehen, oder sagen wir, um einen Namen zu nennen, seit Plato zu hüten gehabt hat, niemals vergessen. Sie hat unentwegt das Auge auf das ethische Problem gerichtet gehabt, und sie war im weitesten Sinne genommen stets Theologie.

Die Mathematisierung der Philosophie hat das ungeheure Gebiet des Mystisch-Ethischen aus ihrer Problematik ausgeschaltet. Legitim ausgeschaltet. Und vielleicht auf später verschoben, bis die Ausdrucksmittel des Rationalen wieder so weit gediehen sein werden, das Metaphysische zu erfassen. Es ist ein ungeheures Verdienst des Positivismus, seine Kräfte zu kennen und zu wissen, woran er nicht mehr heranreicht. Er hat seine Krankheitseinsicht.

Aber die Ausschaltung des Irrationalen aus der rationalen Wissenschaftlichkeit kann das Irrationale nicht erschlagen. Es ist da. Und es meldet sich unausgesetzt. Vielleicht vehementer denn je. Was frühere Epochen der unseren voraus hatten, war das strenge rationale Wertsystem. Denn vergessen Sie nicht: *jede Religion ist rational* und nichts verdammt der Religiöse so tief als das Dumpf-Mystische.

Was wir erleben, ist der Zusammenbruch der großen rationalen Wertsysteme. Und wahrscheinlich ist die Katastrophe des Menschlichen, die wir erlebten, nichts anderes als dieser Zusammenbruch. Eine Katastrophe der Stummheit.

Wir haben, kraß gesprochen, keine Philosophie, und wir haben noch viel weniger eine Theologie. Die rationalen Mittel zu deren Wiederaufrichtung sind nicht vorhanden oder noch nicht vorhanden.

Aber die Probleme sind da, ungebrochen und vehementer denn je in ihrer Stummheit. Und wenn wir uns mit ihnen befassen wollen, so können wir es nur versuchen auf ihrem eigenen Boden, auf dem Boden des Irrationalen. Und dieser irrationale Ausdruck, diese Erkenntnis, schwebend zwischen der Mitteilbarkeit und dem Stummen, diese Ausdrückbarkeit durch Symbole und Ungesagtes, war stets das Künstlerische, war stets das Dichterische.

Dichten war stets eine Ungeduld der Erkenntnis, ein Vorauseilen vor dem Rationalen, ein Wegbereiten.

Oder, wenn Sie wollen, die Vielfalt des Geschehens ist rational nicht auszuschöpfen. Das Rationale geht millimeterweise vor, es muß die Welt sozusagen mit Atomen pflastern, der Mensch aber ist ungeduldig. Er hat bloß ein kurzes Leben und schreit nach Totalität.

Von hier aus kann man die Aufgabe des Dichterischen in der heutigen Welt zu verstehen suchen. Was die Philosophie anstrebte: die Welt darzustellen und aus dieser Darstellung selber heraus den Weg zur Ethik und zu den Wertsetzungen zu finden, diese Aufgabe der Philosophie scheint nunmehr der Dichtung und besonders der epischen Dichtung zuzufallen, oder, um sehr unbescheiden zu sprechen, genauso wie aus den antiken dichterischen Kosmogonien sich die rationale Philosophie und die Wissenschaften entwickelt haben, genauso werden jetzt infolge einer Selbstbescheidung des Wissenschaftlichen und eines Versagens des Theologischen die irrationalen Bestandteile des Lebens wieder an den irrationalen Ausdruck des Dichterischen zurückgewiesen.

Selbstverständlich läßt sich für das Gesagte nur ein Indizienbeweis erbringen. Als Stücke eines solchen Beweises könnte historisch angeführt werden, daß die neue Romanform eben in dem Augenblicke entstehen mußte, als das mittelalterlich-theologische Weltbild in die endgültige Phase seines Liquidierungsprozesses trat, also mit dem Ende des Barock und des ausgehenden 18. Jahrhunderts. Und um diese Zeit wurde der *Wilhelm Meister* geschrieben, mit dem Goethe wie mit so vielem andern seiner Zeit vorausgeeilt ist.

Als ein anderes Stück eines solchen Beweises wäre auf den polyhistorischen Charakter aller Philosophien hinzuweisen. Wie ein verkleinertes Abbild der großen religiösen Kosmogonien, von denen uns die Scholastik des Mittelalters als zeitlich nächstes Beispiel gelten darf, haben alle späteren Philosophien versucht, das ganze Wissen um die Welt polyhistorisch in ihr System einzufangen. Ja, dieses im Grunde nebensächliche Charakteristikum des Philosophischen wurde mit der Dekadenz der Philosophie zu deren Hauptpfeiler. Es kam schließlich so weit, daß man, wie bei Wundt, unter Philosophie einfach die Addition aller Wissenschaften verstand.

Die moderne Philosophie hat, wie gesagt, diese polyhistorischen Aspirationen zum großen Teil wieder abgestreift. Aus einer gesunden Selbstbescheidung heraus und in ihrem Trachten nach mathematischer Wissenschaftlichkeit. Aber genauso wie die Vielfalt der Welt nicht aus der Welt zu schaffen ist, genauso wie das Irrationale im Menschen immer wieder zum Worte sich meldet, genauso wie das ethische Problem und das Problem der Werthaltungen so drängend wie eh und je ist, genauso wenig läßt sich der Wunsch des Menschen nach der Totalität des Weltbildes unterdrücken. Und deswegen kann es als Komponente des zu führenden Beweises gelten, daß der moderne Roman ausgesprochen polyhistorische Tendenzen zeigt und sich bemüht, auch in diesem Punkte die Nachfolgeschaft der Philosophie anzutreten. Von derartigen polyhistorischen Romanen kann nicht eindringlich genug der *Ulysses* von Joyce genannt werden, ebenso André Gide in seinen großen Versuchen zur Neuformung der Romankunst, nicht zuletzt, wenn auch auf anderm Wege, Robert Musil, Ihnen allen wohlbekannt.

Es versteht sich, daß sich ein derartiger Polyhistorismus nicht auf das Sachliche allein beschränkt. Es ist auch ein Polyhistorismus der Methoden, denn Form und Inhalt bilden stets eine Einheit. Wieder muß auf Joyce verwiesen werden und auf dessen souveräne Behandlung aller Darstellungsformen, aller Stilarten, aller Symbole, an diese ganze Vielfalt des Instrumentariums, mit welchem das Irrationale des Lebens gehoben und zu Bewußtsein gebracht werden soll. Und auf dieses Irrationale allein kommt es an. Auf diese Heraushebung der tieferen Schichten des Gefühls und des Lebens. Denn erst in ihnen kann man den Wegweiser finden, der zu den neuen Werten zeigt, und in ihnen ist die unmittelbare Wendung zum Objekt zu finden, die das Wesen dieser Zeit ausmacht.

Von hier aus gesehen hat der neue Roman eine große Aufgabe innerhalb der Erkenntnis zu bewältigen. Daß der einzelne zu dieser großen Aufgabe bloß ein bescheidenes Schärflein beitragen kann, beweisen Ihnen die *Schlafwandler*.

Broch hielt diesen kleinen Vortrag am 6. 2. 1931 als Einleitung zu einer Lesung aus dem »Esch«-Teil der *Schlafwandler* in der Wiener Volkshochschule (16. Bezirk). Bei dem titellosen Original handelt es sich um ein sechsseitiges, bisher unveröffentlichtes Typoskript mit zahlreichen maschinenschriftlichen und handschriftlichen Korrekturen (YUL). Broch schickte den Kommentar mit einem Brief vom 7. 2. 1931 (uv. YUL) an den Wiener Literaturkritiker und Journalisten Theo Feldmann, wobei er darauf hinwies, daß er die hier skizzierten Gedanken zu einem theoretischen Buch über James Joyce und den modernen Roman ausarbeiten wolle. Somit kann der Vortrag als erster Entwurf zu dem Essay »James Joyce und die Gegegenwart« (vgl. Bd. 9/1, S. 63-94 dieser Ausgabe) betrachtet werden. Er ist ferner eine Vorstudie zum Aufsatz »Das Unmittelbare in Philosophie und Dichtung« (vgl. Bd. 10/1, S. 167-190 dieser Ausgabe).

»Tu dir kein Leid! denn wir sind noch alle hier!« Mit diesem paulinischen Wort voll Versöhnung und milder Hoffnung endigt »Huguenau« und damit die große *Schlafwandler*-Trilogie Brochs: nicht Niedergang, sondern Wende ist das deutsche Schicksal, ist das Schicksal der Welt.

Im Mittelpunkt dieses Schlußbandes steht der »Zerfall der Werte«, die historische und erkenntnistheoretische Darstellung jenes vierhundertjährigen Prozesses, der unter der Leitung des Rationalen das christlich-platonische Weltbild des mittelalterlichen Europas auflöste, grandioser und fürchterlicher Prozeß, an dessen Ende die völlige Wertzersplitterung, die Entfesselung der Vernunft mit dem gleichzeitigen Durchbruch aller Irrationalität steht, die Selbstzerfleischung der Welt in Blut und Not.

Die beiden ersten Bände zeigen die Endphase dieses Zerfallprozesses, sie zeigen, wie der Mensch, das Kommende ahnend und fürchtend, versucht, noch einmal innerhalb der alten Werthaltungen Lebenssinn und Halt zu finden, dem Drohenden und Unentrinnbaren zu entfliehen: ist 1888 in »Pasenow« noch die Auseinandersetzung mit den Fiktionen nationaler und evangelischer Pflicht das aktuelle Problem einer ihrer eigenen konservativen Aufgabe bewußten junkerlichen Klasse, so hat 1903 sowohl die Aufgabe als der tragende Mensch den Rest von Profil verloren, den sie noch besessen hatten, es bleibt von den alten Werthaltungen nur mehr der Begriff einer vagen »Anständigkeit« übrig und – als haltbarster Bestand – die auf Jungfräulichkeit und Eifersucht basierende Sexualmoral, Fiktionen, in die sich der Handlungsgehilfe Esch zu retten trachtet, da sein anarchisches Gewissen allen Boden unter den Füßen zu verlieren beginnt.

In »Huguenau« ist der Prozeß des Wertzerfalls zu seinem Ende gediehen, die Umwertung der Welt hat begonnen, »eine schreckliche Revolution der Erkenntnis« hat gleichzeitig mit der äußeren Revolution eingesetzt, der (im alten Sinne) »wertfreie« und unmoralische Mensch tritt auf den Plan, wird zum rächenden Henker für das Gewesene.

Während »Pasenow« noch den Stil des alten Familienromans festhält (allerdings gemeistert von einem durchaus Modernen), kündigt sich – in strenger Parallelität zum historischen Auflösungsprozeß der Lebensformen – im »Esch« bereits jene Auflösung und Sprengung der Erzählkunst an, die im »Huguenau« zu überraschendem Durchbruch gelangt. Um den »Zerfall der Werte« rankt sich das Geschehen des Romans, eigentlich mehrerer Romane auf verschiedenen Bewußtseins- und Darstellungsebenen, die, aufsteigend vom rein Lyrischen bis zum rein Kognitiven in genauer Kontrapunktik sowohl die Motive der beiden vorhergegangenen Teile aufnehmen, als auch, ineinander verwoben, das Thema des im Wertzerfall vereinsamten und von der Weltangst erfaßten Menschen abwandeln, um schließlich in gewaltiger Zusammenfassung die Ahnung des kommenden Ethos aufleuchten zu lassen.

In dieser Vereinigung der erkenntnismäßigen mit den rein dichterischen Darstellungsmitteln bilden die *Schlafwandler* nicht nur einen ganz neuen Typus des Romans, sie bedeuten nicht nur einen Markstein und einen Wendepunkt in der Entwicklung deutscher Erzählkunst, sondern weit darüber hinaus: in ihrem geschichtsphilosophischen Gehalt, in ihrer dichterischen Schau, in ihrer wissenschaftlichen und seherischen Präzision erheben sie sich zu einer Höhe, die ihren Dichter zum wegweisenden Deuter dieser Zeit macht.

Der Rhein-Verlag stellt mit aller Verantwortung dieses deutsche Werk neben das des großen irischen Revolutionärs Joyce, stellt neben die Monumentalität des *Ulysses* die *Schlafwandler* Hermann Brochs.

Bei diesem Selbstkommentar Brochs handelt es sich um den Entwurf für einen Verlagsprospekt (Klappentext), den Broch als Anlage seinem Brief vom 17. März 1932 an Daniel Brody, Chef des Rhein-Verlags, beifügte. Stark gekürzt diente er als Vorlage für die vordere Klappe des Schutzumschlages bei der Ausgabe des »Huguenau«-Teils der Trilogie (Rhein-Verlag, München/Zürich 1932). Das Original ist ein zweiseitiges Typoskript, YUL. Erstdruck in: *H. Broch – D. Brody. Briefwechsel,* a.a.O., S. 288-290. Ferner in: *Materialien zu H. Brochs ›Die Schlafwandler‹,* a.a.O., S. 17-18.

Anmerkungen des Herausgebers

Textkritische und bibliographische Hinweise

Es wird ein Überblick vermittelt über die Textversionen, ihre Entstehungs- und Erscheinungsdaten, ihre Publikationsorte und Aufbewahrungsstellen in Archiven und Sammlungen. Die Datierungen fußen vor allem auf Brochs Korrespondenz, wie sie in dem ersten Band der *Briefe* (Bd. 13/1) erscheint.

A. Der erste Roman: *1888. Pasenow oder die Romantik*

I. Die Novellenfassung

Die Existenz der Novellenfassung des »Pasenow« wird für 1929 von Frank Thiess bezeugt in seinem Artikel »Dokumente des abendländischen Geistes. Hermann Broch und sein Werk«, in: *Das literarische Deutschland. Zeitung der Deutschen Akademie für Sprache und Dichtung,* Jg. 2, Nr. 12 (20. 6. 1951), S. 1 und in seiner Autobiographie *Freiheit bis Mitternacht* (Wien, Hamburg 1965), S. 370f. Broch selbst schreibt rückerinnernd am 26. 1. 1944 (uv. YUL = Yale University Library, New Haven, Conn.), daß *Die Schlafwandler* »ursprünglich aus Kurzgeschichten« entstanden seien. Diese wahrscheinlich 1928 entstandene Novellenfassung ist verlorengegangen.

II. Die Romanfassungen

1. Fassung

a) Entstanden 1929. Es handelt sich um ein 224 (faktisch, da unregelmäßig numeriert, 230) Seiten zählendes Typoskript, das gebunden ist, zahlreiche kleinere Korrekturen und Zusätze in Handschrift aufweist und den Titel »Die Schlafwandler. Erster Teil. Pasenow oder die Romantik« trägt, wobei es sich bei »oder die Romantik« um einen handschriftlichen Zusatz handelt; YUL. Diese Fassung ähnelt bereits stark der Schlußfassung. Die Reinschrift dieses Typoskripts schickte Broch Ende 1929 bzw. Anfang 1930 an die Verlage Diederichs, S. Fischer, Kiepenheuer und an den Rhein-Verlag.

b) Entstanden 1929. Titelloser, maschinenschriftlicher Durchschlag von a), gebunden, mit zahlreichen handschriftlichen Korrekturen, die zum Teil über jene im Original hinausgehen; YUL.

c) Entstanden 1929. Es handelt sich um ein 237 (faktisch, da unregelmäßig numeriert, 238) Seiten zählendes, gebundenes, zahlreiche kleinere handschriftliche Korrekturen aufweisendes Typoskript mit dem Titel »Die Schlafwandler. Erster Teil. 1888 Pasenow oder die Romantik«, wobei »1888« und »oder die Romantik« handschriftliche Hinzufügungen sind. Die Korrekturen gehen zum Teil über jene der Typoskripte a) und b) hinaus; YUL.

2. Fassung

Entstanden zwischen Mai und Juli 1930. Überarbeitete Version der ersten Fassung. Titellose Druckfahnen, 192 Seiten; YUL. Besonders der Anfang des dritten Kapitels ist stark überarbeitet, wobei die Bertrand-Figur detailreicher geschildert wird.

3. Fassung

Entstanden zwischen Ende August und Anfang Oktober 1930. Überarbeitete Version der zweiten Fassung. Titellose, zweite Druckfahnen, 192 Seiten, YUL und BMT (Broch-Museum Teesdorf bei Wien). Das Exemplar im BMT trägt das Datum 24. X. 1930. Diese Fassung enthält zahlreiche kleinere handschriftliche Korrekturen und Zusätze. Gab die Vorlage ab für den – nicht erhalten gebliebenen – Umbruch, in den – außer kleinen Korrekturen – erstmals der Schluß des zweiten Kapitels einging, der beginnt mit »Der Diener Peter stand auf der Terrasse[...]«, endet mit »[...]wird der Diener Peter der Bronzeplatte drei diskrete Schläge verabfolgen.«

Erstdruck

– Hermann Broch, *Die Schlafwandler. Der erste Roman. Pasenow oder die Romantik 1888* (München–Zürich: Rhein-Verlag, 1931 [statt richtig 1930]).

B. Der zweite Roman: *1903. Esch oder die Anarchie*

I. Die Novellenfassung

Es ist fraglich, ob eine Novellenfassung dieses zweiten Romans der Trilogie existiert hat. Ein Manuskript liegt nicht vor, und Hinweise Brochs oder Zeugnisse anderer darüber gibt es nicht.

II. Die Romanfassungen

1. Fassung

a) Entstanden 1929. Es handelt sich um ein 281 (faktisch, da unregelmäßig numeriert, 283) Seiten umfangreiches, gebundenes, zahlreiche kleinere handschriftliche Änderungen aufweisendes Typoskript (maschinenschriftlicher Durchschlag) mit dem Titel »Die Schlafwandler. Zweiter Teil. Esch oder die Anarchie«, wobei »oder die Anarchie« ein handschriftlicher Zusatz ist; YUL. Wie noch die zweite Fassung enthält diese erste Eingriffe des Erzählers (eines »Erzähl-Wir«), die in der dritten Fassung nicht mehr vorkommen. So heißt es zu Anfang des dritten Kapitels: »Nicht wir haben unsere Mannheimer Freunde vergessen, sondern Esch hatte ihrer nicht gedacht. [...] In diesem Auf und Ab von Erwägungen finden wir Esch.« Ansonsten ähnelt das Typoskript bereits sehr der Schlußfassung.

b) Von a) liegt in YUL eine Reinschrift vor. Es handelt sich um ein Typoskript von 275 (faktisch, da unregelmäig numeriert, 276) Seiten, gebunden, mit sehr geringfügigen handschriftlichen Korrekturen. Der Titel lautet wie der der Vorlage, wobei ebenfalls »oder die Anarchie« ein handschriftlicher Zusatz ist. Vor dem Titelblatt enthält dieses Typoskript eine Seite eingeschoben mit der maschinenschriftlichen Aufschrift »Für das Roman-Preisausschreiben Kennwort ›Peregrinus‹«. Broch schickte ein Exemplar dieses Typoskripts Ende 1929 wegen eines Roman-Preisausschreibens an den Diederichs Verlag, ferner Anfang 1930 an S. Fischer, Kiepenheuer und an den Rhein-Verlag. Von diesem Typoskript liegt ferner ein identischer maschinenschriftlicher Durchschlag vor; YUL.

2. Fassung

Entstanden zwischen Juli und August 1930. Überarbeitete Version der ersten Fassung. Broch benutzte das 281seitige Original der ersten Fassung als Grundlage für die zweite Fassung; YUL. Es enthält überaus zahlreiche handschriftliche Korrekturen und Zusätze, die über jene der ersten Fassung hinausgehen. Das Typoskript ist gebunden und enthält auf dem Umschlag des Einbandes die von Broch stammende – wahrscheinlich später nachgetragene – handschriftliche Notiz »Esch oder die Anarchie am 23. September 1933 abgeschlossen«. Ein Teil des Datums (23. September) ist durchgestrichen; das Wort »abgeschlossen« ist schwer lesbar, es könnte eventuell auch

»abgeschickt« heißen. Auf jeden Fall ist die Jahresangabe falsch, denn dieses Typoskript wurde nicht im September 1933, sondern im September 1930 an die Druckerei geschickt. Die Seiten 117-122 dieses Typoskripts sind verlorengegangen.

3. Fassung

Entstanden zwischen Anfang Oktober 1930 und Anfang Januar 1931. Überarbeitete Version der zweiten Fassung. Es handelt sich um die Druckfahnen, S. 193-406, gebunden, titellos, YUL, mit überaus zahlreichen und umfangreichen handschriftlichen Korrekturen und maschinenschriftlichen Einschüben. Völlig umgeschrieben sind die sogenannten »Traumkapitel« im dritten Kapitel; neu sind die kursiv gesetzten Motti dieser Traum-Abschnitte (»Wenn Wünsche[...]«, »Daß einer komme[...]«, »Groß ist die Angst[...]«). Erstmals eingefügt ist im dritten Kapitel auch die Abschnitts-Überschrift »Der Schlaflose«. Gab die Vorlage ab für den Umbruch, in dem nochmals kleinere Korrekturen vorgenommen wurden, der aber verlorengegangen ist.

Erstdruck

– Hermann Broch, *Die Schlafwandler. Der zweite Roman. Esch oder die Anarchie 1903* (München–Zürich: Rhein-Verlag, 1931).

C. Der dritte Roman: *1918. Huguenau oder die Sachlichkeit*

I. Die Novellenfassung

Die Datierung wirft Probleme auf. Sicher ist, daß die Novellenfassung vor Mitte August 1928 entstanden ist, denn ein Entwurfsblatt zur ersten Romanfassung, das die Änderung von S. 48/49 (Ende des dreizehnten Kapitels) der Novellenfassung zur ersten Romanfassung aufweist, ist geschrieben auf einem Blatt, das ursprünglich als Entwurf zu einem englisch verfaßten Brief an »Messrs. Curtis Brown« dienen sollte und das Datum »Vienna, 16th August 1928« trägt. Außer diesem Datum und der Teiladresse »Messrs. Curtis Brown« enthält dieser Briefentwurf als Absender die Anschrift von Brochs Freund »Dr. George Saiko. Vienna IX. Liechtensteinstrasse 23«. Diese Anschrift ist allerdings maschinenschriftlich durchgestrichen (mit der Type »x«).

Es handelt sich um ein 101seitiges, gebundenes Typoskript mit dem Titel »Huguenau von H.J.B.«, YUL. Die Seite 45 des Typoskripts ist verlorengegangen. Die Kapitelnumerierung ist nicht ganz exakt. Die Ziffern der Kapitel VI und VII wurden vertauscht, und Kapitel VII kommt zweimal vor. Statt aus sechsundzwanzig besteht die Novelle daher aus de facto siebenundzwanzig Kapiteln. Das Typoskript enthält überaus zahlreiche handschriftliche Korrekturen und kleinere Zusätze, die sämtlich auf die erste Romanfassung verweisen. Bei dieser Novellenfassung handelt es sich um eine einsträngige, im traditionellen Stil verfaßte Erzählung, die den Kern der Huguenau-Handlung des späteren dritten Trilogie-Teils enthält. Die Kenntnis von voraufgehenden Novellen- oder Romanteilen wird bei dieser Novellenfassung nicht vorausgesetzt; es handelt sich um eine in sich geschlossene Erzählung.

Erstdruck

– Hermann Broch, *Novellen. Prosa. Fragmente.* Bd. 6 der Kommentierten Werkausgabe, herausgegeben von Paul Michael Lützeler (Frankfurt am Main: Suhrkamp, 1980), S. 37-126.

II. Die Romanfassungen

1. Fassung

Entstanden 1929. Überarbeitete Version der Novellenfassung. Es handelt sich um ein 151seitiges, gebundenes Typoskript mit dem Titel »Die Schlafwandler. Dritter Teil (Epilog). Huguenau oder die Sachlichkeit«, wobei »oder die Sachlichkeit« ein handschriftlicher Zusatz ist; YUL. Das Typoskript weist wenige handschriftliche Änderungen auf. Neben diesem Original liegt ein textidentischer maschinenschriftlicher Durchschlag vor, in dessen Titel vor »Huguenau« die Jahreszahl »1918« handschriftlich eingesetzt ist; YUL. Ferner existiert eine 152seitige Reinschrift (maschinenschriftlicher Durchschlag); YUL. Ein Exemplar dieses letzteren Typoskripts schickte Broch Ende 1929 bzw. Anfang 1930 an die Verlage Diederichs, S. Fischer, Kiepenheuer und an den Rhein-Verlag.

Anders als in der Novellenfassung wird hier an Motive aus dem »Pasenow« (Uniform, Apokalypse etc.) und dem »Esch« (Badenweiler, Eschs Impetuosität etc.) angeknüpft. Wie in der Novellenfassung ist der Odysseus-Rahmen beibehalten. Die

Eingriffe des Erzählers sind seltener, doch kommen sie vereinzelt noch vor. So liest man im Kapitel III der Novellenfassung: »Es gehört zu den bemängelten Zufälligkeiten dieser Erzählung, daß Huguenau Elsässer ist.« Entsprechend heißt es im Kapitel III der ersten Romanfassung: »Es mag zu den bemängelten Zufälligkeiten dieser Erzählung gerechnet werden, daß Huguenau Elsässer ist.« Die Reflexionen des Erzählers über den »Rebellen« tauchen in der Novellenfassung bereits im sechsten, in der ersten Romanfassung dagegen erst im achten Kapitel auf. Wegen der Umstrukturierung des achten Kapitels enthält vom Kapitel VIII ab die erste Romanfassung ein Kapitel mehr, d.h. das achte Kapitel der Novellenfassung entspricht dem neunten der ersten Romanfassung, das zehnte Kapitel der Novellenfassung entspricht dem elften der ersten Romanfassung etc. Huguenaus Kaufvertrag ist im achten Kapitel der Novellenfassung hintereinander ohne Unterbrechung abgedruckt; im neunten Kapitel der ersten Romanfassung dagegen werden die jeweiligen Paragraphen durch Erzählabschnitte unterbrochen. Pasenows Leitartikel im *Kurtrierschen Boten* ist im Kapitel IX der Novellenfassung vollständig, im Kapitel X der ersten Romanfassung dagegen mit den aus der Schlußfassung bekannten Auslassungen abgedruckt. Im Kapitel XV der Romanfassung ist (gegenüber dem entsprechenden Kapitel XIV der Novellenfassung) neu die Überschrift »Das Symposium oder das Gespräch über das Böse« und der Einleitungsabschnitt über das Symbol. Das Kapitel XXV der Novellenfassung bzw. das Kapitel XXVI der ersten Romanfassung enthält jeweils die gleiche erste Fassung des »Schiff«-Sonetts unter dem Titel »(Engführung der Gesamtkonstruktion)«. Beibehalten wurde in beiden Fassungen der Eingriff des Erzählers im Schlußsatz des letzten Kapitels: »So wurde dem Kaufmann Huguenau die Welt so zart, gläsern und ferne, objektivierte sich ihm so sehr, daß dem Verfasser dieser Erzählung berechtigter Zweifel aufsteigt, ob er es war oder nicht Huguenau selber, der sie geschrieben hat.«

Wie bei der Novellenfassung handelt es sich auch bei der ersten Romanfassung um eine einsträngige, objektiv erzählte Story, d.h. um den Kern der Huguenau-Handlung der folgenden zweiten und dritten Romanversion.

2. Fassung

Mit größeren Unterbrechungen entstanden zwischen Ende August 1930 und Ende Januar 1932. Äußerst stark überarbeitete und erweiterte Version der ersten Romanfassung. 483seitiges, titelloses, gebundenes Typoskript, YUL, mit zahlreichen hand- und maschinenschriftlichen Änderungen und Einschüben. Da die Unregelmäßigkeiten der Paginierung sehr groß sind, seien die irregulär numerierten Seiten hier einzeln aufgeführt: 30A; 40a; 49A-G; 58A; 60 doppelt; 61, 62 kommen zweimal vor; 64A-C; 73A-C; 79AB; eine Seite Text fehlt zwischen 93 und 92; 158 sollte 157 und 157 sollte 158 heißen; 180 hat zwei Viertelseiten Einschub; 186-196 sind eine Seite; 206 ist unnumeriert; 206a; 213 und 214 sind eine Seite; 219A-L, wobei zwischen 219F und 219G eine Seite Text fehlt; 220 hat eine zusätzliche Seite Anhang; 235-241 sind ausgelassen; 264-266 sind eine Seite; 282-285 sind eine Seite; 315 ist unnumeriert; 342 ist falsch numeriert als 243; 396 ist falsch numeriert als 389; 441 ist ausgelassen; 441A-C; 455 ist ausgelassen, 460 fehlt; 468-469 sind eine Seite.

Die Entstehungszeit dieser Fassung läßt sich in vier Phasen einteilen. Während der ersten Phase – September bis November 1930 – überarbeitet Broch die erste Romanfassung, d.h. die Huguenau-Handlung. Die beiden ersten Kapitel der ersten Romanversion werden zusammengefaßt, wobei die Einleitung des ersten Kapitels (Odysseus-Rahmen) gestrichen wird. Nach Brochs eigener Aussage geschah dies, um den Eindruck der Joyce-Imitation zu vermeiden. Broch hatte den *Ulysses* erst nach Fertigstellung der ersten Romanfassung gelesen. Es entstehen jene Abschnitte über die Pflegetochter Eschs, Marguerite, nämlich die Kapitel 14, 26, 42, 75 und 82. Weiterhin verfaßt er die neuen Huguenau-Kapitel 5, 22, 48, 50, 57, 69 und 81. Auch das die verschiedenen Erzählstränge zusammenbindende Kapitel 85 weist zahlreiche Abschnitte auf, zu denen sich in der ersten Romanfassung keine Entsprechungen finden. Die Huguenau-Handlung im engeren Sinne wird von Broch in diesen Monaten um ungefähr ein weiteres Drittel ergänzt. Folgende Kapitel der ersten Romanfassung (römische Ziffern) entsprechen denen der zweiten Romanfassung (arabische Ziffern): I, II = 1; III = 2; IV = 3; V = 7; VI = 10; VII = 9; VIII = 21/30; IX = 32; X = 33; XI = 35; XII = 45; XIII = 46; XIV = 54; XV = 59; XVI = 60; XVII = 63; XVIII = 70; XIX = 79; XX = 84; XXI-XXV = 85; XXVI = 87; XXVII = 88. In die erste Jahreshälfte von 1931 fällt die Arbeit an jenen Kapiteln, die man als »Parallelgeschichten« bezeichnet, und die mit der Huguenau-Handlung im engeren Sinne nichts zu tun haben. Die formale Anregung zu diesen Parallelgeschichten dürften Dos Passos' Romane *Manhattan Transfer* (1925) und *The 42nd Parallel* (1930) gegeben haben, die Broch 1930 las. Bei diesen Geschichten handelt es sich um die Erzählung vom Landwehrmann Gödicke, um die Geschichte von Leutnant Jaretzki (in Verbindung mit der Schilderung der Lazarett-Ärzte) und um die Hanna-Wendling-Erzählung. Die Geschichte vom Landwehrmann Gödicke besteht aus den Kapiteln 4, 15, 29, 36, 40, 52 und 56. Die Jaretzki- bzw. Ärzte-Erzählung umfaßt die Kapitel 16, 19, 23, 28, 39, 43, 47, 60, 68, 74, 76, 80 und 85 (siebter Abschnitt). Die Parallelgeschichte von Hanna Wendling wird erzählt in den Kapiteln 8, 13, 17, 25, 38, 51, 64, 71, 78 und 85 (fünfter und elfter Abschnitt). Im Kapitel 60 (Siegesfeier in der Stadthalle) wird die Huguenau-Handlung mit den Erzählsträngen der übrigen Geschichten verbunden. Das reflexive Pendent zu dem Erzählkapitel 60 stellt das Kapitel 65 dar, in dem in einer Reihe von Aphorismen die verschiedenen Gestalten des Romans charakterisiert werden. Mit der Fertigstellung der Parallelgeschichten ist die zweite Arbeitsphase Mitte 1931 abgeschlossen. Während der dritten Phase (Juni und Juli 1931) werden nachträglich die »Geschichte des Heilsarmeemädchens in Berlin (1-16)« und der »Zerfall der Werte (1-10)« zwischengeschaltet. Die »Geschichte des Heilsarmeemädchens in Berlin« wird in den Kapiteln 11, 16, 18, 27, 37, 41, 49, 53, 58, 61, 66, 67, 72, 77, 83 und 86 erzählt. Der »Zerfall der Werte« verteilt sich über die Kapitel 12, 20, 24, 31, 34, 44, 55, 62, 73 und 88. Bei den lyrischen Passagen der »Geschichte des Heilsarmeemädchens« und den philosophischen Reflexionen des »Zerfalls der Werte« griff Broch auf Arbeiten aus der Zeit während des Ersten Weltkriegs zurück. Das im Kapitel 53 enthaltene Ahasver-Gedicht (»Geschichte des Heilsarmeemädchens in Berlin [8]«) geht zurück auf eines der 1915 von Broch verfaßten »Vier Sonette über das metaphysische Problem der Wirklichkeitserkenntnis«. Das erste dieser Sonette trägt den Titel »Fluch des Relativen« und beginnt mit den Zeilen: »Fühl ich das Staunen? Staunt mein Ich?/ Von welcher Grenze kommst Du her,/ Gedanke, tiefstes Ungefähr!/ Im Todesraume schwebe ich,/ Schreiend und ewig, Ahasver.–« Vgl. diese Sonette im Band 8 (*Gedichte*) dieser Ausgabe. Die Studien »Zerfall der Werte« waren Frucht von Brochs zeitkritischen, geschichts- und werttheoretischen Studien während der Jahre 1915 bis 1922 und 1925 bis 1929. Vgl. dazu die entsprechenden philosophischen Studien in den Bänden 10/1 + 2 dieser Ausgabe (*Philosophische Schriften*). Der »Zerfall der Werte (1)«, d.h. das 12. Kapitel, beginnt z.B. mit dem fast wörtlich identischen Absatz, wie er in der Einleitung des um 1917 entstandenen Essays »Zur Erkenntnis dieser Zeit« zu finden ist. Siehe Band 10/2, S. 11 dieser Ausgabe.

Die vierte Arbeitsphase beginnt im Oktober und November 1931. Während dieser Monate überarbeitet Broch das »Schiffs«-Sonett (Kapitel XXVI der ersten, Kapitel 87 der zweiten Romanfassung) dreimal. Die zweite, dritte und letzte Version des Gedichtes befindet sich im Typoskript der zweiten Romanfassung, wobei die zweite Fassung den (durchgestrichenen) Titel »Koda« trägt. In den Wochen zwischen Ende November 1931 und Ende Januar 1932 überarbeitet Broch das letzte Kapitel 88, den »Epilog«. Broch kombiniert hier den schon aus der Novellenfassung bekannten Schluß der Huguenau-Handlung (Brief Huguenaus an Frau Esch etc.) mit dem »Zerfall der Werte (10)«, der die negativ- und positiv-utopischen Tendenzen der Trilogie reflektierend zusammenfaßt. Seit Juli 1931 gab Broch diese Fassung – oder eine verlorengegangene Reinschrift von ihr – sukzessive in Druck.

3. Fassung

Entstanden zwischen Herbst 1931 und Anfang 1932. Überarbeitete Version der zweiten Fassung. Die Druckfahnen sind – anders als bei »Pasenow« und »Esch« – im Falle des »Huguenau« verlorengegangen. Sie müssen, wie ein Vergleich zwischen der zweiten Fassung und dem Erstdruck zeigt, noch zahlreiche kleinere Korrekturen enthalten haben. So werden z.B. die Kapitel 30 und 32 umgestellt und das »Symposium oder Gespräch über das Böse« wird umbenannt in »Das Symposion oder Gespräch über die Erlösung« (Kapitel 59). Ende Februar 1932 stellt Broch die letzten kleineren Korrekturen am Umbruch fertig. Das Umbruch-Exemplar ist verlorengegangen.

Erstdruck

– Hermann Broch, *Die Schlafwandler. Der dritte Roman. Hu-*

guenau oder die Sachlichkeit 1918 (München–Zürich: Rhein-Verlag, 1932).

Die Schlafwandler bzw. Einzelromane aus der Trilogie sind nach der Erstpublikation auf deutsch in folgenden Auflagen erschienen:

- *Die Schlafwandler. Eine Romantrilogie* (Zürich: Rhein-Verlag, 1952), Band 3 der 10bändigen Gesammelten Werke. Bis 1963 in vier Auflagen,
- *Esch oder die Anarchie* (Frankfurt am Main und Hamburg: Fischer, 1954).
- *Pasenow oder die Romantik* (Frankfurt am Main: Suhrkamp, 1962).
- *Die Schlafwandler. Eine Romantrilogie* (Darmstadt: Moderner Buch-Club, 1963).
- *Esch oder die Anarchie* (Frankfurt am Main: Suhrkamp, 1969).
- *Huguenau oder die Sachlichkeit* (Frankfurt am Main: Suhrkamp, 1970).

Entstehungschronologie

1929 Zu Anfang des Jahres liegen die Novellenfassungen des »Pasenow« und des »Huguenau« – vielleicht auch die des »Esch» – vor. Während des ganzen Jahres konzipiert Broch die Trilogie und schreibt die ersten Fassungen der drei Romane. Ursprünglich plant er als Gesamttitel »Bertrand«, im August erwägt er den Titel »Huguenau«, im September »Historischer Roman«, und erst Wochen später wählt Broch den Titel »Die Schlafwandler«. Gegen Jahresende schickt er die erste Trilogiefassung an den Eugen Diederichs Verlag in Jena, um an einem Roman-Preisausschreiben teilzunehmen, das dieser Verlag zwischen April 1929 und Mai 1930 veranstaltete. Dem Preisgericht gehörte u. a. Frank Thiess an. Am 1. Juli 1930 vergab der Verlag den Preis an Carl Haensel, erwähnte in seinen Anzeigen über das Preisausschreiben aber auch die Teilnahme Brochs. Vgl. *Börsenblatt für den Deutschen Buchhandel,* Nr. 155 vom 8. Juli 1930, S. 639f.

1930 Anfang des Jahres reicht Broch seine erste Trilogie-Fassung beim S. Fischer Verlag in Berlin ein. Seinem Schreiben fügt er das Exposé »Der Roman *Die Schlafwandler*« hinzu. Am 27. März erhält er die Absage des Verlags durch Gottfried Bermann. Während der »Pasenow«-Teil gelobt wird, kann sich der Verleger mit den beiden anderen Trilogie-Teilen nicht befreunden und empfiehlt dem Autor, »Esch« und »Huguenau« im Stile des »Pasenow« fortzuführen, ein Ansinnen, das der Autor zurückweist. Anfang April schickt Broch die gleiche Romanfassung an den Kiepenheuer Verlag in Berlin und zur selben Zeit an den Rhein-Verlag in München. Auf den Rhein-Verlag, München–Zürich, hatte die C. G. Jung-Schülerin Jolande Jacobi Broch hingewiesen, die den Leiter des Rhein-Verlages, Daniel Brody, kannte. Broch sympathisiert sogleich mit dem Verlag, da er Joyce in deutscher Übersetzung verlegt. Mit dem Kiepenheuer Verlag kommt es zu keiner Einigung, der Rhein-Verlag dagegen schließt mit Broch einen Publikationsvertrag über die Romantrilogie ab. Am 10. April erläutert Broch dem Rhein-Verlag seine mit dem Roman verbundenen Intentionen in dem Kommentar »Problemkreis, Inhalt, Methode der *Schlafwandler*«. In die Monate Mai bis Juli fällt die Überarbeitung des ersten Trilogie-Teils; es entsteht die zweite Fassung des »Pasenow«, in der vor allem die Bertrand-Figur stärker herausgearbeitet wird. Mitte Juli schickt Broch diese zweite Romanfassung des »Pasenow« in Druck. Gleichzeitig verfaßt er den Selbstkommentar »Ethische Konstruktion in den *Schlafwandlern*«, den er am 19. Juli an den Rhein-Verlag schickt. Ab Mitte Juli beginnt Broch mit der Arbeit an der zweiten Fassung des »Esch«. Am 24. August erhält er die Fahnen des »Pasenow«. In sie trägt er in den folgenden Wochen die Korrekturen zur dritten Romanfassung des ersten Trilogie-Teils ein. Zur selben Zeit sendet er die zweite Fassung des »Esch« an die Druckerei und beginnt mit der zweiten Romanversion des »Huguenau«. Er plant die Einführung einer weiteren Figur in den »Huguenau«, der Pflegetochter Eschs, Marguerite, und glaubt zunächst, diese relativ geringfügige Erweiterung im Laufe des Septembers bewerkstelligen zu können. In der ersten Septemberwoche schickt Broch die dritte Fassung (korrigierte Fahnen) des »Pasenow« an den Rhein-Verlag. Gleichzeitig arbeitet Broch weiter an der zweiten »Huguenau«-Romanfassung. Seit Anfang Oktober korrigiert er die Fahnen des »Esch«, arbeitet also an der dritten Fassung des zweiten Trilogieteils. Die Korrekturen am »Esch« werden Mitte Oktober unterbrochen durch die letzten Änderungen am »Pasenow«-Umbruch, den er am 27. Oktober an den Rhein-Verlag schickt. Dieser Umbruch enthält erstmals den Schluß des zweiten Kapitels (»Der Diener Peter stand auf der Terrasse[...]«). Seit Ende Oktober arbeitet Broch weiter an den Korrekturen der »Esch«-Fahnen (= dritte Fassung), wobei besonders die »Traumkapitel« erweitert und umgeformt werden. Am 5. November gibt der Autor nach der letzten Überprüfung den »Pasenow«-Umbruch in Druck. Damit ist die Fertigstellung des ersten Bandes der Trilogie abgeschlossen. Der Band erscheint noch im Dezember 1930, doch wird als Erscheinungsjahr 1931 angegeben. Während der Monate November und Dezember schickt Broch die Fahnen des »Esch« (= dritte Fassung) in Teilen sukzessive zur Umbruchsetzung an den Verlag.

1931 Die Korrekturen an den »Esch«-Fahnen ziehen sich bis zum 13. Januar hin. Bereits am 1. Januar teilt Broch dem Verlag mit, daß er den »Huguenau« zu einem wesentlich umfangreicheren Roman auszuweiten gedenkt. Zu dieser Zeit hat er lediglich vier neue Abschnitte (Marguerite-Kapitel) zusätzlich in den »Huguenau« eingebaut. Ende Januar bringt er vereinzelte Korrekturen am »Esch«-Umbruch an. Auch in die Schlußrevision des Umbruchs gehen Ende Februar noch vereinzelte Korrekturen ein. Damit ist die Arbeit am zweiten Band der Trilogie abgeschlossen, und der »Esch« erscheint im April. Mitte Mai glaubt Broch, mit den Erweiterungen zur zweiten Romanfassung des »Huguenau« fertig zu werden, doch zieht sich die Ausarbeitung der jetzt entstehenden »Parallel«-Geschichten bis zum Juni hin. Am 5. Juni weist die zweite Romanfassung des »Huguenau« bereits eine Länge von ca. 300 Typoskriptseiten auf. Mitte Juni schreibt Broch an seinen Verleger, daß diese neue Fassung mit der ersten nur noch wenig Ähnlichkeit habe. Die ersten 230 Seiten dieser zweiten Romanfassung schickt der Autor am 18. Juli an den Verlag. In einem Brief an den Rhein-Verlag erläutert Broch am 4. August die Funktion der neu eingebauten philosophischen Essay-Folge »Zerfall der Werte« in den »Huguenau«. Am 22. August sendet er dem Verlag die Seiten 231-316, die u. a. das Kapitel 60 (Fest in der Stadthalle) enthalten. Im gleichen Monat paßt er die Kapitel »Zerfall der Werte (4) und (5)« stärker der Romanhandlung an. Die zweite Fassung des »Huguenau« wird Ende September vorläufig abgeschlossen, doch ziehen sich die Einzelkorrekturen zu dieser Fassung bis Oktober hin. Mitte November überarbeitet Broch die beiden Schlußkapitel. Parallel dazu werden laufend die Fahnenkorrekturen an den bereits in Druck gegebenen Teilen der nunmehr dritten Fassung des »Huguenau« vorgenommen. Die Feilarbeit am letzten Kapitel (»Epilog«) zieht sich von Ende November bis Ende Dezember hin.

1932 Anfang Januar entschließt Broch sich nochmals zu einer Revision des »Epilogs«, die er am 29. Januar beendet. Die Fertigstellung kleinerer Umbruch-Korrekturen dauert bis zum Februar an. Der »Huguenau« erscheint im April.

Verzeichnis der Übersetzungen

Englisch:
- *The Sleepwalkers,* übersetzt von Edwin und Willa Muir, (London: Secker, 1932) und (New York: Little, Brown, 1932).

Schwedisch:
- *Den romantiske löjtnanten* (= *Pasenow*), übersetzt von Torsten Nordström, (Stockholm: Bonnier, 1932).

Spanisch:
- *Los Sonámbulos,* übersetzt von Arístides Gregori, (Buenos Aires: Editorial Castelar, 1946).
- *Pasenow o el Romanticismo,* übersetzt von Maria Angeles Grau, (Barcelona: Lumen, 1974).
- *Esch o la Anarquía,* übersetzt von Maria Angeles Grau, (Barcelona: Lumen, 1977).

Französisch:
- *Les Somnambules,* übersetzt von Pierre Plachat und Albert Kohn, (Paris: Gallimard, 1956/1957).

Serbo-Kroatisch:
- *Mesečari,* übersetzt von Branimir Živojinović, (Beograd: Nolit, 1958 und 1960).

Italienisch:
- *I sonnambuli,* übersetzt von Clara Bovero, (Turin: Einaudi, 1960).

Tschechisch:
- *Namesícnici,* übersetzt von Rio Preisner, (Prag: Mladá fronta, 1966).

Dänisch:
- *Søvngaengerne,* übersetzt von Villy Sørensen, (Kopenhagen: Gyldendal, 1966/1967).

Norwegisch:
- *Søvngjengerne,* übersetzt von Kjell Askildsen, (Oslo: Gyldendal, 1969).

Holländisch:
- *Esch of de anarchie* (= *Esch*), übersetzt von Jaap Walvis, (Amsterdam: Meulenhoff, 1969).

Japanisch:
- *Muyu No Hitobito,* übersetzt von Hideo Kikumori (Tokio: Chuo-Koron, 1971).

Israelisch:
- *Pasenow oder die Romantik,* übersetzt von Gabriel Zorem, (Tel Aviv: Mifalim Universitaim, 1977).

Auswahlbibliographie zur Sekundärliteratur

Arntzen, Helmut. »Hermann Broch: *Die Schlafwandler*«, in: H. A., *Der moderne deutsche Roman. Voraussetzungen, Strukturen, Gehalte* (Heidelberg: Rothe, 1962), S. 58-75.

Bernheim, Mark A. *The Monastery and the Fortress. Broch's »Die Schlafwandler« and the Rehumanization of Modern Art*, Dissertation, Rutgers University, 1974.

Bier, Jean Paul. »Een ›wetenschappelijke‹ roman: *Die Schlafwandler* door Hermann Broch«, in: *Tijdschrift van de Vrije Universiteit van Brussel*, Jg. 4 (1962), S. 193-203.

Bier, Jean Paul. »Die formtheoretische Bedeutung des Bertrandproblems in *Die Schlafwandler* von Hermann Broch«, in: *Revue des Langues Vivantes*, Jg. 34 (1968), S. 508-513.

Blei, Franz. »Hermann Broch: *Pasenow*«, in: *Der Querschnitt*, Jg. 11, Nr. 3 (März 1931), S. 213.

Blei, Franz. »Die Sachlichkeit«, in: *Der Querschnitt*, Jg. 13, Nr. 4 (1933), S. 301.

Blöcker, Günter. »Hermann Broch«, in: G. B., *Die Neuen Wirklichkeiten. Linien und Profile der modernen Literatur* (Berlin: Argon, 1957), S. 307-318.

Brinkmann, Richard. »Romanform und Werttheorie bei Hermann Broch. Strukturprobleme moderner Dichtung«, in: *Deutsche Vierteljahrsschrift für Literaturwissenschaft und Geistesgeschichte*, Jg. 31, Nr. 2 (1957), S. 169-197.

Brude-Firnau, Gisela (Hrsg.). *Materialien zu Hermann Brochs »Die Schlafwandler«* (Frankfurt am Main: Suhrkamp, 1972).

Brude-Firnau, Gisela. »Wilhelm II. oder die Romantik. Motivübernahme und -gestaltung bei Hermann Broch«, in: *Zeitschrift für deutsche Philologie*, 93. Jg. (1974), S. 238-257.

Brude-Firnau, Gisela. »Zufällig durch die Zeitung? Die Bedeutung der Tageszeitung für Hermann Brochs *Schlafwandler*«, in: *The German Quarterly*, Jg. 49 (1976), S. 31-44.

Burgmüller, Herbert. »Hermann Broch«, in: *Frankfurter Zeitung* (12. 12. 1934).

Busch, Günther. »Hermann Broch: *Die Schlafwandler*«, in: *Streit-Zeit-Schrift*, Jg. 2, Nr. 2 (1958), S. 412-413.

Cohn, Dorrit C. *»The Sleepwalkers«. Elucidations of Hermann Broch's Trilogy* (Den Haag und Paris: Mouton, 1966).

Dahl, Sverre. *Relativität und Absolutheit. Studien zur Geschichtsphilosophie Hermann Brochs (bis 1932)*, Dissertation, Universität Oslo, 1978.

Durzak, Manfred. *Hermann Broch: Dichtung und Erkenntnis*, (Stuttgart: Kohlhammer, 1978), S. 33-79.

Emmel, Hildegard. »Das Problem des Verbrechens: Hermann Bı und Robert Musil«, in: H. E., *Das Gericht in der deutschen Liter des 20. Jahrhunderts* (Bern: Francke, 1963), S. 56-81.

Emrich, Wilhelm. »Die Erzählkunst des 20. Jahrhunderts und ihr geschichtlicher Sinn«, in: W. E., *Protest und Verheißung* (Frankfurt am Main: Athenäum, 1965), S. 176-192.

Fechter, Paul. »*Pasenow oder die Romantik*«, in: *Deutsche Allgemeine Zeitung* (14. 1. 1931).

Fechter, Paul. »*Esch oder die Anarchie*. Der 2. Band der *Schlafwandler*«, in: *Deutsche Allgemeine Zeitung*, Nr. 233 (27. 5. 1931).

Fechter, Paul. »Die Trilogie des Zusammenbruchs«, in: *Deutsche Allgemeine Zeitung*, Nr. 251 (1. 6. 1932),

Forte, Luigi. *Romanzo e utopia. Hermann Broch e la trilogia dei Sonnambuli* (Firenze: Olschki, 1970).

Freese, Wolfgang. »Zur Funktion der Liebe in den Romanen Hermann Brochs«, in: W. F., *Mystischer Moment und reflektierte Dauer* (Göppingen: Kümmerle, 1969), S. 145-240.

Frey, Alexander M. »*Esch oder die Anarchie*«, in: *Neue Badische Landeszeitung* (25. 4. 1931).

Frey, Alexander M. »Hermann Broch: *Huguenau*«, in: *Simplicissimus* (5. 6. 1932).

Frey, Alexander M. »*Pasenow oder die Romantik*«, in: *Neue Badische Landeszeitung* (8. 2. 1931).

Frisé, Adolf. »Roman und Essay«, in: *Neue Deutsche Hefte*, Nr. 80 (März 1961), S. 1069-1080.

Gaupp, Fritz. »Hermann Broch: *Die Schlafwandler I. Pasenow oder die Romantik*«, in: *Vossische Zeitung* (11. 1. 1931), Beilage.

Gaupp, Fritz. »Hermann Broch: *Esch oder die Anarchie 1903*«, in: *Vossische Zeitung* (21. 6. 1931), Beilage.

Geissler, Rolf. »Hermann Broch: *Die Schlafwandler*«, in: R. G., *Möglichkeiten des modernen deutschen Romans* (Frankfurt am Main: Diesterweg 1962), S. 102-160.

Geissler, Rolf. »Hermann Broch: *Die Schlafwandler*«, in: R. G., *Dekadenz und Heroismus. Zeitroman und völkisch-nationalsozialistische Literaturkritik* (Stuttgart: Deutsche Verlagsanstalt, 1964), S. 150 bis 168.

Hardin, James F. *Fear, Anguish and Salvation: Key Concepts in the Novels of Hermann Broch*, Dissertation, University of North Carolina, 1967.

Hardin, James N. »The Theme of Salvation in the Novels of Hermann Broch«, in: *Publications of the Modern Language Association of America*, Jg. 85, Nr. 2 (März 1970), S. 219-227.

Hasubek, Peter. »Geschichtsphilosophie und Erzählkunst. Bemerkungen zu Karl Gutzkow und Hermann Broch«, in: *Études Germaniques*, Jg. 22, Nr. 4 (1967), S. 515-537.

Hatfield, Henry. »Hermann Broch's *The Sleepwalkers«,* in: H. H., *Crisis and Continuity in Modern German Fiction. Ten Essays* (Ithaca: Cornell University Press, 1969), S. 109-127.

Herd, Eric W. »Essay and Novel: Hermann Broch's *Die Schlafwandler*«, in: *Jahrbuch für Internationale Germanistik,* VIII. Jg., Nr. 1 (1976), S. 47-70.

Hesse, Hermann. »*Die Schlafwandler* von Hermann Broch«, in: *Neue Zürcher Zeitung,* Nr. 1112 (15. 6. 1932), Morgenausgabe.

Hochgesang, Michael. »Der Roman des Wertzerfalls«, in: *Deutsche Zeitschrift,* Jg. 47, Nr. 8 (1934), S. 522-525.

Hund, Wolf D. »Zerfall der Werte 1-10. Über den erkenntnistheoretischen Ansatz bei Hermann Broch«, in: *Literatur und Kritik,* Jg. 4, Nr. 36/37 (1969), S. 400-410.

Jens, Walter. »Mathematik des Traums: Hermann Broch«, in: W. J., *Statt einer Literaturgeschichte* (Pfullingen: Neske, 1957), S. 109-131.

Koebner, Thomas. *Die mythische Dimension in Hermann Brochs Romantrilogie »Die Schlafwandler«,* Dissertation, Universität München, 1967.

Krapoth, Hermann. »Dichtung und Philosophie«, in: H. K., *Dichtung und Philosophie. Eine Studie zum Werk Hermann Brochs* (Bonn: Bouvier, 1971), S. 147-195.

Kreutzer, Leo. *Erkenntnistheorie und Prophetie. Hermann Brochs Romantrilogie »Die Schlafwandler«* (Tübingen: Niemeyer, 1966).

Kurz, Paul Konrad. »Hermann Brochs *Schlafwandler*-Trilogie als zeitkritischer Erlösungsroman«, in: *Stimmen der Zeit,* Jg. 91, Bd. 177, Nr. 1 (1966), S. 96-103.

Kuttner, Erich. »*Die Schlafwandler:* Ein Briefwechsel«, in: *Vorwärts* (4. 6. 1932).

Lange, Manfred. *Die Liebe in Hermann Brochs Romanen: Untersuchungen zum epischen Werk des Dichters* (Regensburg: Walhalla & Prätoria, 1966).

Lützeler, Paul Michael. *Hermann Broch – Ethik und Politik. Studien zum Frühwerk und zur Romantrilogie »Die Schlafwandler«* (München: Winkler, 1973).

Mandelkow, Karl Robert. *Hermann Brochs Romantrilogie »Die Schlafwandler«. Gestaltung und Reflexion im modernen deutschen Roman* (Heidelberg: Winter, 1962; ²1975 mit neuem Nachwort).

Miller, Leslie L. *Hermann Broch's »Die Schlafwandler«: A Critical Study in the Light of His Letters, Exposé and an Unpublished Version of the Novel,* Dissertation University of California Berkeley, 1964.

Miller, Leslie L. »The Composition of Hermann Broch's *Die Schlafwandler* and the Figure of ›Maurer Gödicke‹«, in: *Proceedings of the North-West-Conference on Foreign Languages,* Jg. 16, Nr. 17 (1965), S. 44-49.

Mitchell, Breon. »Joyce and Hermann Broch: The Reader Digests«, in: B. M., *James Joyce and the German Novel 1922-1933* (Athens: Ohio University Press, 1976), S. 151-174.

Muir, Edwin. »Hermann Broch: *The Sleepwalkers*«, in: *The Bookman* (New York), Jg. 75, Nr. 7 (November 1932), S. 664-668.

Muir, Edwin. »Time and the Modern Novel«, in: *Atlantic Review*, Bd. 165, Nr. 4 (April 1940), S. 535-537.

Osterle, Heinz D. »Die Deutschen in bürgerlicher Sicht: Hermann Broch«, in: H. D. O., *Die Deutschen im Spiegel des sozialkritischen Romans der Emigranten, 1933-1950*, Dissertation, Brown University, 1964, S. 446-472.

Osterle, Heinz D. »Hermann Broch, *Die Schlafwandler:* Revolution and Apocalypse«, in: *Publications of the Modern Language Association of America*, 86. Jg., Nr. 5 (1971), S. 946-958.

Osterle, Heinz D. »Hermann Broch, *Die Schlafwandler:* Kritik der zentralen Metapher«, in: *Deutsche Vierteljahrsschrift für Literaturwissenschaft und Geistesgeschichte*, Jg. 44, Nr. 2 (1970), S. 229-268.

Pascal, Roy. »Fortklang und Nachklang des Realismus im Roman der Gegenwart«, in: Werner Kohlschmidt (Hrsg.), *Spätzeiten und Spätzeitlichkeit* (Bern, München: Francke, 1962), S. 133-146.

Puetz, Rainer. *Die Figur des »Schlafwandlers« bei Hermann Broch* (Köln: Hundt, 1975).

Reinhardt, Hartmut. *»Erweiterter Naturalismus. Untersuchungen zum Konstruktionsverfahren in Hermann Brochs Romantrilogie »Die Schlafwandler«* (Köln und Wien: Böhlau, 1972).

Reuter, Gabriele. »Hermann Broch's Crudely Powerful Fiction«, in: *New York Times Book Review* (28. 6. 1931), S. 8.

Richter, Werner. »Hermann Broch: *Pasenow oder die Romantik 1888*«, in: *Berliner Tageblatt* (1. 3. 1931).

Richter, Werner. »Hermann Broch: *Die Schlafwandler*. 2. Band: *Esch oder die Anarchie*, in: *Berliner Tageblatt* (13. 9. 1931).

Richter, Werner. »Hermann Broch: Zum Abschluß der *Schlafwandler*-Trilogie, *Huguenau*«, in: *Berliner Tageblatt* (23. 10. 1932).

Ritzenhoff, Ursula C. E. *Hermann Brochs »Pasenow«-Roman: Eine Re-Orientierung* (Bern: Peter Lang, 1976).

Rothe, Wolfgang. »Das Bild des Menschen bei Hermann Broch«, in: Wilhelm R. Beyer (Hrsg.), *Homo homini homo. Festschrift für Joseph E. Drexel zum 70. Geburtstag* (München: Beck, 1966), S. 81-97.

Rothe, Wolfgang. »Metaphysischer Realismus. Literarische Außenseiter zwischen Links und Rechts«, in: W. R. (Hrsg.), *Die deutsche Literatur in der Weimarer Republik* (Stuttgart: Reclam, 1974), S. 255-270.

Saviane, Renato. »I Sonnambuli«, in: R. S., *Apocalissi e Messianismo nei Romanzi di Hermann Broch* (Università di Padova: Pubblicazioni dell Istituto di Anglistica e Germanistica, 1971), S. 17-65.

Schachter, Kate. *Symbol and Symbolism in Hermann Broch's »Die Schlafwandler«*, Dissertation, New York University, 1973.

Schiavoni, Giulio. *Broch* (Firenze: La Nuova Italia, 1976), S. 17-34.

Schlant, Ernestine. »Hermann Broch's *Sleepwalkers:* Dialectical Structure and Epistemological Unity«, in: *The Germanic Review*, Jg. 43, Nr. 3 (Mai 1968), S. 201-214.

Schlant-Bradley, Ernestine. »The Mechanics and Metaphysics of Sleepwalking«, in: E. S., *Hermann Broch* (New York: Twayne, 1978).

Sera, Manfred. »Utopie und Parodie in Hermann Brochs Romantrilogie *Die Schlafwandler«*, in: M. S., *Utopie und Parodie bei Musil, Broch und Thomas Mann* (Bonn: Bouvier, 1969), S. 73-138.

Simpson, Malcolm R. *The Novels of Hermann Broch* (Bern: Peter Lang, 1977).

Spender, Stephen. »Nightmare and Redemption: *The Sleepwalkers*«, in: *Commentary*, Bd. 6, Nr. 10 (Oktober 1948), S. 385-387.

Steinecke, Hartmut. *Hermann Broch und der polyhistorische Roman. Studien zur Theorie und Technik eines Romantyps der Moderne* (Bonn: Bouvier, 1968).

Steinecke, Hartmut. »Hermann Broch. Zeitkritik zwischen Epochenanalyse und Utopie«, in: Hans Wagener (Hrsg.), *Zeitkritische Romane des 20. Jahrhunderts* (Stuttgart: Reclam, 1975), S. 76-96.

Schoolfield, George C. »Broch's *Sleepwalkers:* Aenaeas and the Apostles«, in: *James Joyce Review*, Jg. 2, Nr. 1/2 (1958), S. 21-38.

Thiess, Frank. »Die Moral durch ein Prisma geworfen: Hermann Broch. Zur *Schlafwandler*-Trilogie des Dichters«, in: *Die Literarische Welt*, Jg. 8, Nr. 32 (5. 8. 1932), S. 1-2.

Trommler, Frank. »Hermann Broch«, in: F. T., *Roman und Wirklichkeit. Eine Ortsbestimmung am Beispiel von Musil, Broch, Roth, Doderer und Gütersloh* (Stuttgart: Kohlhammer, 1966), S. 101-132.

Waldeck, Peter Bruce. *»Die Schlafwandler«*, in: P. B. W., *Die Kindheitsproblematik bei Hermann Broch* (München: Fink, 1968), S. 15 bis 53.

Waldinger, Ernst. »Hermann Broch: *Die Schlafwandler«*, in: *Books Abroad*, Jg. 14, Nr. 4 (Herbst 1940), S. 396-397.

Walter-Echols, Elisabeth. *Relativity and Totality: Scientific Themes in Hermann Broch's* »Die Schlafwandler« and »Die Schuldlosen«, Dissertation, Indiana University, 1976.

Watt, Roderick. »America in the Work of Hermann Broch«, in: *New German Studies* Nr. 3 (1975), S. 16-30.

Weidlé, Wladimir. »*Les Somnambules:* trente ans de la vie de l'Allemagne«, in: *Le Mois*, Nr. 3 (März 1931), S. 167-173.

Weidlé, Wladimir. »*Les Somnambules* de M. Hermann Broch: Apocalypse du temps présent«, in: *Le Mois*, Nr. 18 (1.-7. 6. 1932), S. 198 bis 203.

Weiss, Walter. »Hermann Broch«, in: Hermann Kunisch und Hans Henneke (Hrsg.), *Handbuch der deutschen Gegenwartsliteratur* (München: Nymphenburger Verlagsanstalt, 1965), S. 132-135.
Welzig, Werner. »Hermann Broch«, in: W. W., *Der deutsche Roman im 20. Jahrhundert* (Stuttgart: Kröner, 1967), S. 196-205.
White, J. J. »The Identity and Function of Bertrand in Hermann Broch's *Die Schlafwandler*«, in: *German Life and Letters,* Jg. 24, Nr. 2 (1971), S. 135-144.
Wolf, August B. »Hermann Broch: *Esch oder die Anarchie,* in: *Prager Presse,* Jg. 11, Nr. 213 (8. 8. 1931), S. 7.
Wolf, August B. »Hermann Broch: *1918. Huguenau oder die Sachlichkeit*«, in: *Prager Presse* (27. 11. 1932), Beilage.
Wolf, C. A. »*Die Schlafwandler*«, in: *Frankfurter Zeitung* (13. 11. 1932).
Ziolkowski, Theodore. »Zur Entstehung und Struktur von Hermann Brochs *Schlafwandlern*«, in: *Deutsche Vierteljahrsschrift für Literaturwissenschaft und Geistesgeschichte,* Jg. 38, Nr. 1 (1964), S. 40-69.
Ziolkowski, Theodore, »Hermann Broch's *The Sleepwalkers*«, in: Th. Z., *Dimensions of the Modern Novel. German Texts and European Contexts* (Princeton: Princeton University Press, 1969), S. 138-180.
Zwoll, Cornelius van. *Motifs and Themes in Hermann Broch's »Die Schlafwandler«*, Dissertation, Michigan State University, 1965.

Editorische Notiz

»Kommentierte Ausgabe« bedeutet im Rahmen dieser Edition ein Doppeltes: Zum einen werden bei der Ausgabe der dichterischen Werke Brochs die essayistischen Selbstkommentare des Autors mitabgedruckt, und zum anderen werden die einzelnen Bände mit erklärenden Anmerkungen des Herausgebers versehen. Diese Anmerkungen umfassen bei der Edition der Dichtungen entstehungschronologische, textkritische und bibliographische Hinweise, bei den Essays und Briefen zusätzlich einen Fußnotenapparat. Der Abdruck der Texte erfolgt unter Zugrundelegung der Erstveröffentlichungen bzw. der Originalmanuskripte. Alle abgeschlossenen Arbeiten Brochs und alle fertige Abschnitte enthaltenden Fragmente des Autors werden in die Edition aufgenommen. Offensichtliche Schreibfehler werden stillschweigend korrigiert, doch wird, was die Zeichensetzung anbetrifft, der Brochsche Usus als Richtschnur anerkannt. Eingriffe des Herausgebers in den Text – etwa im Falle einer Wortauslassung oder bei Unleserlichkeit – werden als solche gekennzeichnet durch Einfügungen in eckigen Klammern.

Brochs Romantrilogie *Die Schlafwandler* – entstanden in den Jahren zwischen 1928 und 1932 – liegt in drei Fassungen vor. Lediglich die letzte, vom Autor selbst für den Druck bestimmte dritte Version wird hier publiziert. Die hier vorgelegte Edition ist erstmals textkritisch gesichert. Verwiesen sei auf die zahlreichen brieflichen Selbstkommentare Brochs zu seiner Trilogie, wie sie sich abgedruckt finden im Band 13/1 *(Briefe)* dieser Ausgabe.

Von Hermann Broch
erschienen im Suhrkamp Verlag

Bergroman. Die drei Originalfassungen textkritisch herausgegeben von Frank Kress und Hans Albert Maier. 1969. 4 Bände in Schuber, zus. 1500 S. Ln.
Der Denker. Eine Auswahl. 1966. 328 S. Ln.
Der Dichter. 1964. 256 S. Ln.
Der Tod des Vergil. 1958. Sonderausgabe. 542 S. Ln.
Dichter wider Willen. 96 S. Ln.
Die Entsühnung. 1961. 80 S. Pp.
Die Schlafwandler. 1952. Sonderausgabe. 762 S. Ln.

suhrkamp taschenbücher
Barbara und andere Novellen. Eine Auswahl aus dem erzählerischen Werk. Herausgegeben mit Nachwort und Kommentar von Paul Michael Lützeler. 1973, Band 151. 380 S.
Materialien zu Hermann Broch ›Der Tod des Vergil‹. Herausgegeben von Paul Michael Lützeler, st 317. 361 S.

Kommentierte Werkausgabe
Herausgegeben von Paul Michael Lützeler
Band 1: Die Schlafwandler. Eine Romantrilogie. st 472. 768 S.
Band 2: Die Unbekannte Größe. Roman. st 393. 262 S.
Band 3: Die Verzauberung. Roman. st 350. 417 S.
Band 4: Der Tod des Vergil. st 296. 522 S.
Band 5: Die Schuldlosen. Roman in elf Erzählungen. st 209. 352 S.
Band 7: Dramen. st 539. 430 S.
Band 9/1: Schriften zur Literatur. Kritik. st 246. 448 S.
Band 9/2: Schriften zur Literatur. Theorie. st 247. 320 S.
Band 10/1: Philosophische Schriften. Kritik. st 375. 314 S.
Band 10/2: Philosophische Schriften. Theorie. st 375. 334 S.
Band 11: Politische Schriften. st 445. 514 S.
Band 12: Massenwahntheorie. Beiträge zu einer Psychologie der Politik. st 502. 592 S.
Band 13/1: Briefe 1, 1913–1938. st 710. 510 S.
Band 13/2: Briefe 2, 1938–1945. st 711. 478 S.
Band 13/3: Briefe 3, 1945–1951. st 712. ca. 600 S.

Kommentierte Werkausgabe (Leinenausgabe)
textidentisch mit der Taschenbuchausgabe. In limitierter Auflage

Bibliothek Suhrkamp

Demeter, Romanfragment. 1967. Band 199. 242 S.

Die Erzählung der Magd Zerline. 1967. Band 204. 80 S.

Pasenow oder die Romantik. 1962. Band 92. 203 S.

Esch oder die Anarchie. 1969. Band 157. 224 S.

Huguenau oder die Sachlichkeit. 1970. Band 187. 328 S.

Gedanken zur Politik. 1970. Band 245. 192 S.

James Joyce und die Gegenwart. Essay. 1972. Band 306. 84 S.

Hofmannsthal und seine Zeit. 1974. Band 372. 147 S.

Menschenrecht und Demokratie. Herausgegeben und eingeleitet von Paul Michael Lützeler. 1978. Band 588. 288 S.

edition suhrkamp

Zur Universitätsreform. Herausgegeben und mit einem Nachwort von Götz Wienold. 1969. Band 301. 144 S.

Materialien zu Hermann Brochs ›Die Schlafwandler‹. Herausgegeben von Gisela Brude-Firnau. 1972. Band 517. 216 S.

Alphabetisches Gesamtverzeichnis der suhrkamp taschenbücher